KB085025

The Three Body

삼체

三體 Ⅲ－死神永生

Death's
End

삼체

3부 사신의 영생

류츠신 지음 | 허유영 옮김

자음과모음

'초석' 앞에 쓰다

'초석.'

그리 특별할 것 없는 평범한 단어지만 중국 SF계를 개척하겠다는 우리의 신념과 열정을 이보다 더 정확하게 표현하는 말은 없을 것이기에 이 시리즈의 제목을 '초석'으로 정했다.

최근 10년간 중국 문학에서 SF계는 비약적인 발전을 이루었다. 왕진캉(王晉康), 류츠신(劉慈欣), 허훙웨이(何宏偉), 한쑹(韓松) 등 여러 작가들이 SF를 발표해 독자들에게 큰 사랑을 받았다. 그들이 발표한 작품 모두 SF계의 개척과 탐색이라는 중요한 의미를 지닌 수작들이다. SF계의 선봉에 선 잡지 『SF 세계』가 여러 독자층을 아우르는 시리즈 간행물로 확대되었고, 대형서점마다 SF 코너가 개설될 만큼 SF시장이 성장했다는 점도 고무적이다.

중국 SF가 미국 SF와는 여전히 큰 격차를 보인다고 지적하는 사람도 적지 않다. 하지만 분명히 말할 수 있는 것은 10년 전에 비하면 상황이 사뭇 달라졌다는 사실이다. 미국 SF와의 비교를 동서양 취향 차이로 논할 수 있을 만큼 커다란 진전을 이룬 작품이 많이 발표되었다(더 이상 문학적

기교와 색채, 상상력은 찾아볼 수 없는 유치한 소설뿐이라고 혹평할 수 없다). 물론 차이는 분명하게 존재하지만 우열을 가릴 수 있는 것이 아니라 취향의 차이라고 해야 더 정확할 것이다. 취향의 문제를 논한다는 것 자체가 중국 SF가 성숙해지고 있음을 의미한다.

미국 SF와의 격차란 궁극적으로 시장성의 차이다. 미국의 SF는 잡지에서 단행본, 영화, 게임, 완구에 이르기까지 완전한 산업을 형성하고 있다. 반면 중국에서는 단행본 출간조차 독자들은 독자들대로 만족하지 못하고 출판사는 출판사대로 수천 부밖에 안 되는 판매 부수에 한숨을 짓는 것이 현실이다. 결과적으로 낮은 인세도 감수한 채 그저 열정 하나로 창작에 매진하는 작가들만이 SF계에서 버티고 있다. 물론 출판사들도 이런 상황이 계속되는 것을 결코 바라지 않는다.

'SF세계'는 중국에서 가장 영향력 있는 SF 전문 출판사로서 중국 SF계의 발전을 위해 많은 노력을 기울여왔다. SF 출판도 그 사업의 중요한 일부분이다. 현재 중국 SF계에서 가장 시급한 일은 원대한 안목을 가지고 시장성을 높이기 위해 노력하는 것이다. 우리는 먼 미래를 내다보며 이 시작점에 '초석'들을 놓고자 한다.

특별히 밝혀두고 싶은 것은 초석의 종류든 형태든 그 무엇에도 제한을 두지 않았다는 점이다. 큰 건물을 짓기 위해서는 다양한 석재가 필요한 법이다. 우리는 언젠가 중국 문학계는 물론 전체 문화계에 우뚝 솟게 될 이 건물에 무한한 기대를 품고 있다.

야오하이쥔(姚海軍)
'SF세계' 편집장

차례

-
-
-

연대 대조표

일러두기

1. 이 책은 重京出版社에서 출간된 劉慈欣의 소설 三體 Ⅲ—死神永生(2010)을 한국어로 옮긴 것입니다.
2. 옮긴이의 주는 따로 표시하였고, 그 외 모든 주는 지은이의 것입니다.

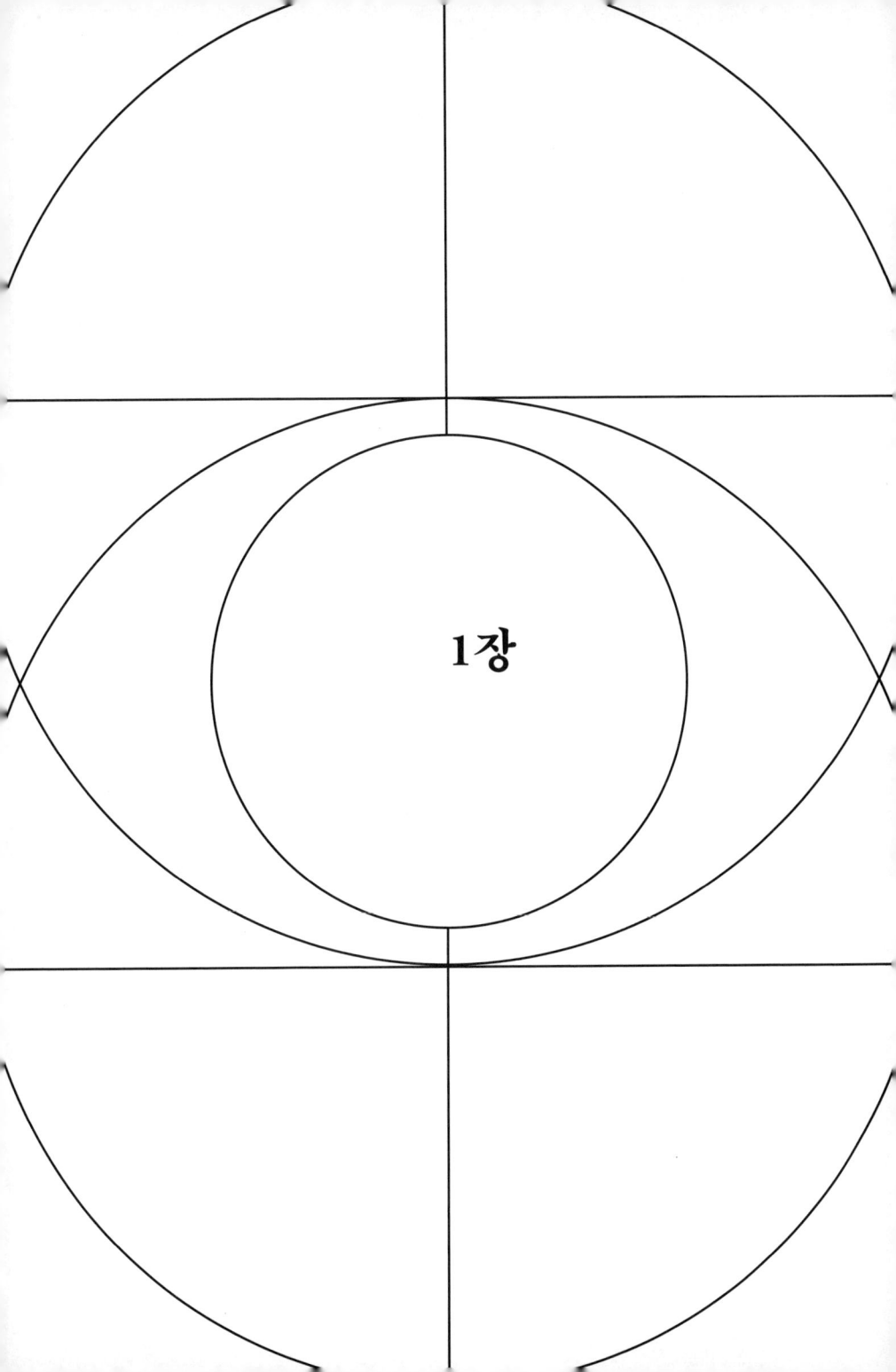

1장

《시간 밖의 과거》 발췌

서문

사실 이 이야기는 역사라고 불러야 하지만 필자가 기억에만 의지해 쓴 것이므로 엄밀히 말해 역사라고 할 수 없다.

과거의 일이라는 표현도 정확하지 않다. 이 모든 것이 과거에 발생한 것도 아니고, 현재에 발생한 것도 아니며, 미래에 발생할 것도 아니기 때문이다.

세부적인 내용은 생략하고 역사 또는 과거 일의 큰 틀만 쓸 것이다. 세부적인 내용들은 충분히 많이 남아 있을 것이기 때문이다. 그 정보들은 대부분 표류병 속에 담겨 있지만 그것이 새로운 우주에 도달해 보존될 수 있기를 바란다.

따라서 필자는 큰 틀만 쓸 것이며 훗날 모든 정보와 세부적인 내용이 채워질 것이다. 물론 그 일은 우리의 몫이 아니며, 언젠가 꼭 그런 날이 오기를 바란다.

유감스럽게도 그런 날은 과거에도 없었고, 현재에도 없으며, 미래에도 없을 것이다.

태양을 서쪽 하늘로 옮기면 햇빛의 각도 변화에 따라 들판의 볏잎에 매달린 이슬이 일제히 눈을 뜨듯이 영롱하게 반짝인다. 태양을 어둡게 해서 일찍 석양을 만든 뒤 지평선 위로 드리운 내 뒷모습을 바라본다. 내가 손을 흔들면 석양 앞에 있는 그림자도 손을 흔든다. 그 그림자를 보면 내가 아직 젊다는 생각이 든다.

옛일을 회상하기에 참 좋은 시간이다.

서기 1453년 5월, 마술사의 죽음

생각에 잠겼던 콘스탄티누스 11세가 앞에 쌓여 있는 성 방어지도를 밀어놓은 뒤 자줏빛 가운을 단단히 여미고 조용히 기다렸다.

그의 시간 감각은 정확했다. 정확한 시간에 진동이 울렸다. 마치 깊숙한 지구의 중심에서 타고 올라온 것처럼 묵직하고 강렬한 진동이었다. 은촛대가 웅웅 소리를 내며 흔들리자 먼지 한 줄기가 우수수 떨어졌다. 대궁전 지붕 위에서 1000년 넘게 기다리고 있던 먼지일 수도 있다. 떨어진 먼지가 촛불 위로 내려앉자 작은 불꽃이 튀었다. 그 진동은 544킬로그램짜리 화강암 공이 날아와 성벽을 타격하여 만들어낸 것이었다. 정확히 세 시간마다 하나씩 날아왔다. 오스만제국의 우르반 대포를 한 번 장전하는 데 필요한 시간이었다. 거대한 포탄의 목표물은 세계에서 가장 견고한 성벽이었다. 테오도시우스 2세가 5세기에 처음 만든 뒤 계속 확장되고 보강된 이 성벽은 비잔틴 사람들이 강적에게 대항하는 중요한 방어 무기였다. 하지만 거대한 석공이 날아와 부딪칠 때마다 성벽이 움푹 파였다. 마치 보이지 않는 거인이 성벽을 크게 한입 베어 먹은 것 같았다. 황제는 공중에서 부서진 돌 조각이 땅에 떨어지기도 전에 병사와 시민들이 용맹한 모기처럼 흙먼지를 뚫고 날아가 성벽의 부서진 틈을 향해 몸을 던지는 장면을 상상할 수 있었다. 그들은 건물에서 떨어진 벽돌, 나무토막, 모래 자루, 귀한 아라비아 카펫까지 닥치는 대로 가져다가 틈을 메울 것이다. 심지어 그는 석양에 황금빛으로 물든 흙먼지가 성 안으로 천천히 날아오는 모습까지 상상할 수 있었다. 콘스탄티노플을 덮는 금빛 염포(殮布)처럼 그렇게.

포위된 도시가 공격을 받은 5주 동안 이 진동은 매일 일곱 차례씩 일정한 간격으로 찾아왔다. 하늘을 향해 우뚝 선 거대한 종이 시간을 알리는 것 같았다. 이것은 또 다른 시계의 시간이자 이교도의 시간이었다. 그에 비하면 성벽 모퉁이에서 기독교 세계를 상징하며 서 있는 쌍두독수리 동종(銅鐘)이 울리는 소리는 희미하고 무기력하기만 했다.

진동이 잦아들고 한참이 지난 뒤에야 콘스탄티누스가 상상을 거두고 현실로 돌아왔다. 문 앞에 있는 호위병에게 밖에서 기다리고 있는 사람을 들여보내라고 손짓을 했다.

대신 프란체스가 야윈 여인을 데리고 들어왔다.

"폐하, 이 아낙이 바로 헬레나입니다."

프란체스가 뒤에 있는 여자를 가리키며 아뢴 뒤 자기 뒤에 숨어 있는 여자에게 앞으로 나오라는 눈짓을 했다.

황제는 그녀의 신분을 한눈에 알아챌 수 있었다. 비잔틴은 상류층 귀족과 하류층 평민의 옷차림이 확연히 달랐다. 보통 귀족 여자들은 화려한 장신구로 치장했지만 평민 여자들은 품이 넓고 긴 상의와 외투로 몸을 꽁꽁 감추고 다녔다. 헬레나의 옷차림은 상류층의 화려함과 평민의 보수적인 특징이 뒤섞여 있었다. 안에는 흰색 옷을 입고 겉에는 화려한 '팔라' 망토를 걸치고 있었다. 그 망토는 원래 금실로 자수를 놓은 '투니카' 위에 걸치는 것이다. 또 그녀의 팔라는 귀족을 상징하는 자주색과 붉은색이 아니라 노란색이었다. 음탕한 요염함이 흐르는 그녀의 얼굴은 조용히 시들어버리느니 차라리 화려하게 썩어 문드러지길 바라는 꽃봉오리를 연상시켰다. 창녀. 너무 타락하지는 않은 창녀였다. 그녀는 가늘게 떨리는 몸으로 두 눈을 내리깐 채 서 있었다. 하지만 콘스탄티누스는 열병에 걸린 듯 형형하게 빛나는 그녀의 눈동자를 보았다. 그 눈빛에는 그런 계층에게서는 거의 볼 수 없는 흥분과 기대가 차올라 있었다.

황제가 헬레나에게 물었다.

"마술을 부릴 줄 안다고?"

그는 이 일을 서둘러 끝내고 싶다는 생각뿐이었다. 프란체스는 진중하고 착실한 사람이었다. 지금 성을 지키고 있는 병사 8000여 명 중 얼마 되지 않는 상비군과 제노바 용병 2000명을 제외하면 대부분은 10만 시민 가운데 긴급 소집된 이들이었고, 그걸 주도한 사람이 바로 유능한 대신인 프란체스였다. 황제는 그 여인이 부린다는 마술에 관심이 없었지만 프란체스의 체면을 봐서 어쩔 수 없이 응해주고 있었다.

"네, 폐하. 제가 술탄을 죽일 수 있습니다."

무릎을 꿇고 대답하는 헬레나의 목소리가 가늘게 떨렸다.

닷새 전, 헬레나는 황궁 문 앞에서 황제를 알현하게 해달라고 청했다. 앞을 가로막으려던 호위병들이 그녀가 갑자기 가슴 속에서 꺼내 높이 치켜든 물건을 보고 우뚝 멈추었다. 그게 무엇이고 또 어디서 왔는지는 모르지만 분명히 평범한 물건은 아니었다. 헬레나는 황제를 만나지 못하고 체포되어 치안관에게 보내졌다. 그 물건을 어디서 훔쳤느냐고 묻자 그녀가 자백했고 그 말이 사실임이 확인되었다. 그 후 그녀는 프란체스에게 보내졌다.

프란체스는 손에 들고 있던 자루를 열고 안에 든 물건을 꺼내 조심스럽게 황제의 탁자 위에 올려놓았다. 콘스탄티누스 11세의 눈빛이 닷새 전 그 물건을 처음 본 병사들의 눈빛처럼 변했다. 병사들과 다른 점이 있다면 그는 그 물건이 무엇인지 알고 있다는 것이었다. 순금으로 된 성배였다. 성배 위에 박힌 보석의 광채가 황금빛과 어우러져 마음을 사로잡았다. 성배는 916년 전 유스티니아누스 대제 시대에 두 개가 만들어졌는데 보석의 모양과 위치만 다를 뿐 모든 게 똑같았다. 그중 하나는 역대 황제들에게 전해지며 지금까지 보관되고 있지만 다른 하나는 서기 537년 성소피아대성당을 재건할 당시 다른 성물들과 함께 지하의 밀폐된 밀실에 보관되었다. 지금 그들 앞에 있는 성배는 후자일 것이다. 전자는 시간의 세계 속에서 빛이 바랬기 때문이다. 물론 눈앞에 있는 성배와 비교해야만 퇴색된 것을 알 수 있을 정도였다. 이 성배는 바로 어제 만든 것처럼 눈부시게 빛나고 있었다.

처음에는 아무도 헬레나의 말을 믿어주지 않았다. 사람들은 그녀가 물주로 잡은 어떤 부자에게서 훔쳤을 것이라고 생각했다. 성당 지하에 밀실이 있다는 것을 아는 사람은 많았지만 정확한 위치를 아는 사람은 거의 없었기 때문이다. 게다가 성당 아래 묻혀 있는 커다란 석조 밀실에는 문도 없고 통로도 없기 때문에 대대적인 공사를 하지 않으면 접근조차 할 수 없었다. 도시가 위험에 빠지자 나흘 전 황제는 귀한 문헌과 성물을 모두 챙겨 위급해지면 신속하게 옮길 수 있도록 짐을 싸놓게 했다. 하지만 육로와 해로가 모두 끊겨버려 도시가 함락되어도 피신할 곳이 없다는 걸 그도 알고 있었다. 장정 30명이 달라붙어 사흘 동안 파낸 끝에 겨우 밀실에 들어갈 수 있었다. 밀실을 둘러싸고 있는 돌은 기자의 피라미드만큼이나 거대했다. 성물은 모두 밀실에 있는 두꺼운 석관 안에 있었다. 석관에 커다란 쇠못 12개가 박혀 있어 석관을 여는 데만 또 한나절이 걸렸다. 쇠못을 모두 뽑아낸 뒤 장정 다섯 명이 병사들의 감시 속에서 무거운 석관 뚜껑을 열었을 때 제일 먼저 사람들의 시선을 끌어당긴 것은 1000년 동안 감춰져 있던 성물과 금은보화가 아니라 맨 위에 여전히 성성한 상태로 보존돼 있는 포도 한 송이였다. 헬레나는 자신이 닷새 전에 그 포도를 가져다 놓았다고 했다. 그녀의 말대로 절반쯤 먹고 포도알 일곱 개만 매달려 있다. 동판으로 된 관 뚜껑에 새겨진 성물 목록과 대조해보니 없어진 것은 성배 하나뿐이었다. 만약 헬레나가 성배를 내놓으며 자백하지 않았더라면 현장에 있던 모든 사람이 석관을 열기 전에 파손된 흔적이 전혀 없었다고 증언하더라도 누구 한 사람은 죽음을 면하기 어려웠을 것이다.

황제가 성배를 가리켰다.

"그걸 어떻게 꺼냈느냐?"

헬레나의 몸이 심하게 떨렸다. 그녀가 정말 마술을 부릴 수 있다고 해도 황제 앞에서는 긴장하지 않을 수 없었다. 그녀가 겁에 질린 눈빛으로 황제를 쳐다보다가 한참 만에 입을 열었다.

그녀가 신중하게 단어를 골라 말했다.

"그곳이 제게는…… 제게는…… 모두 열려 있습니다."

"그렇다면 덮개를 열지 않고 그릇 속에 무엇이 담겼는지 맞혀볼 수 있겠느냐?"

헬레나는 고개를 저으며 아무 말도 하지 못했다. 그저 애처로운 눈빛으로 프란체스를 바라볼 뿐이었다.

프란체스가 그녀 대신 대답했다.

"특정한 장소에서만 마술을 부릴 수 있다고 합니다. 그곳이 어딘지 말해줄 수 없고 누구와 동행해서도 안 된다고 합니다. 그러면 마술의 효력이 사라진다고 합니다. 영원히."

헬레나가 고개를 돌려 황제를 보며 연방 고개를 끄덕였다.

황제가 코웃음을 쳤다.

"너 같은 계집들은 유럽에서 진즉에 불에 타 죽었지."

헬레나는 바닥에 엎드려 꼼짝도 하지 못했다. 야윈 체구가 잔뜩 오그라들어 어린아이 같았다.

황제가 그녀에게 물었다.

"사람을 죽일 수 있느냐?"

헬레나가 대답하지 못하고 떨고만 있다가 프란체스의 재촉에 고개를 끄덕였다.

황제가 프란체스에게 말했다.

"좋아. 시험해보게."

프란체스가 헬레나를 데리고 긴 계단을 내려갔다. 계단참마다 벽에 꽂혀 있는 횃불이 어둠 속에 작은 빛무리를 만들었다. 횃불 아래 무장한 병사 한두 명이 서 있고, 그들의 투구에 반사된 불빛이 깜깜한 벽 위에서 희미하게 어룽졌다. 두 사람이 어두운 지하창고에 도착했다. 싸늘한 기운에 헬레나가 망토 깃을 올려 세웠다. 이곳은 여름에 얼음을 보관해두던 지하창고지만 지금은 얼음 대신 한 사람이 횃불 아래 웅크리고 있었다. 전쟁포로였다. 해진 옷으로 볼 때 오스만제국의 주력군인 아나톨리아 군대의 장교인 것 같았다. 그는 매우 건장했고 붉은 불빛을 받으며 이리처럼 두 사람을 노려보고 있었다. 프란체스와 헬레나가 굳게 잠긴 쇠창살 문 앞에 멈춰 섰다.

프란체스가 전쟁포로를 가리키며 물었다.

"보이느냐?"

헬레나가 고개를 끄덕였다.

프란체스가 양피 자루를 그녀에게 건네며 계단 위를 가리켰다.

"가거라. 날이 밝기 전에 그의 머리를 가져와."

양피 자루 속을 더듬어보니 샴쉬르 한 자루가 들어 있었다. 날렵하게 구부러진 칼날이 어둠 속에서 서늘한 빛을 내는 초승달 같았다. 그녀가 프란체스에게 칼을 건넸다.

"필요 없습니다."

그녀가 망토 깃을 세워 얼굴을 반쯤 가린 뒤 몸을 돌려 발소리도 내지 않고 계단을 올라갔다. 드문드문 이어진 빛줄기를 두 갈래로 가르며 마치 변신술을 부리듯 고양이처럼 어둠 속으로 사라졌다.

프란체스는 헬레나가 보이지 않을 때까지 그녀의 뒷모습을 응시하다가 옆에 있는 호위장교에게 쇠창살 안에 있는 포로를 가리키며 말했다.

"방어를 강화하고, 저자를 한시도 놓치지 말고 감시해."

장교가 명령을 받고 돌아간 뒤 프란체스가 손짓하자 누군가 어둠 속에서 걸어 나왔다. 그가 걸친 짙은색 수사복이 어둠과 하나가 되어 보이지 않았던 것이다.

"멀리 떨어져서 미행해. 놓쳐도 상관없지만 들켜선 안 돼."

프란체스가 낮은 소리로 지시하자 그가 고개를 끄덕이고 조용히 떠났다.

전쟁이 시작된 후 매일 밤 그랬듯 콘스탄티누스 11세는 오늘도 잠들지 못했다. 적의 대포가 성벽을 부수는 진동에 놀라 잠에서 깨면 다시 잠이 오지 않았다. 뒤척이는 사이에 다음 진동이 또 울렸다. 아직 날이 밝지 않았지만 옷을 입고 서재로 향했다. 프란체스가 벌써 와서 기다리고 있었다. 황제는 그 마녀의 일을 거의 잊고 있었다. 부친인 마누엘 2세나 형 요안니스 8세와 달리 그는 매우 현실적이었다. 기적이 일어나길 바라는 사람은 결국 비명에 죽는다는 걸 알고 있었다.

프란체스가 문을 향해 손짓을 하자 헬레나가 조용히 들어왔다. 그녀는 처음 왔을 때와 달라진 게 별로 없었다. 여전히 겁에 질려 떨고 있었고 손에는 양피 자루가 들려 있었다. 황제는 자루를 보자마자 역시 시간 낭비였다는 걸 깨달았다. 자루가 납작하고 피가 배어 나온 자국이 없는 걸 보니 사람 머리가 들어 있지 않은 게 분명했다. 그러나 프란체스는 실패자의 얼굴이 아니었다. 그의 눈빛이 몽유병에 걸린 사람처럼 얼떨떨했다.

황제가 말했다.

"가져와야 할 걸 가져오지 못했군."

프란체스가 헬레나가 들고 있던 양피 자루를 책상 위에 펼치며 유령을 본 사람처럼 똑바로 황제를 응시했다.

"폐하, 가져왔습니다."

황제가 자루 속을 들여다보니 회색의 작은 물건이 들어 있었다. 오래된 양기름처럼 말랑말랑했다. 프란체스가 촛대를 가까이 가져다 놓자 황제도 그게 무엇인지 알 수 있었다.

"골입니다. 그 아나톨리아인의."

"저 여자가 두개골을 쪼겠다고?"

콘스탄티누스가 뒤에 있는 헬레나를 흘긋 쳐다보았다. 그녀는 놀란 생쥐 같은 눈으로 망토를 두른 채 몸을 떨고 있었다.

"아닙니다, 폐하. 아나톨리아인의 시신은 머리에 상처가 없었습니다. 몸 전체가 온전한 상태였습니다. 병사 20명을 시켜 다섯 명씩 교대로 각각 다른 위치에 서서 감시하게 하고 지하창고도 삼엄하게 경비했습니다. 모기 한 마리 날아 들어오지 못하도록……."

프란체스가 말을 멈췄다. 자신의 기억에 충격을 받은 듯 몸이 굳어졌다가 황제의 재촉에 말을 이었다.

"저 여자가 떠난 지 두 시간이 채 안 돼서 아나톨리아인이 갑자기 경련을 일으키고 눈이 뒤집어지더니 그 자리에서 고꾸라져 죽었습니다. 감시자 중에 경험이 풍부한 그리스 의사도 있고 평생 전쟁터를 누빈 노병도 있었지만 그들 모두 사람이 이렇게 죽는 건 처음 보았다고 합니다. 한 시간 남짓 지나서 저 여자가 이걸 들고 돌아왔습니다. 의사가 시신의 머리를 열어보니 속이 텅 비어 있었습니다."

콘스탄티누스는 자루 속에 든 골을 자세히 들여다보았다. 아무 상처도 없이 깨끗했다. 인체 중 가장 약한 부위인 뇌가 이토록 온전하다는 건 아주 조심스럽게 꺼냈다는 뜻이다. 황제가 망토 밖으로 빠져나온 헬레나의 손을 보았다. 곱고 긴 손이었다. 그 두 손으로 사람의 뇌를 꺼냈을 광경을 상상했다. 수풀 사이에서 버섯을 따내듯, 가지에서 꽃봉오리를 따듯 조심스럽게 꺼냈을 것이다.

황제가 비스듬히 고개를 들어 맞은편 벽을 보았다. 벽 너머에서 지평선을 뚫고 서서히 올라오는 거대한 무언가를 쳐다보고 있는 듯했다. 대포의 진동이 또 한 번 울렸다. 그는 처음으로 그 진동을 느끼지 못했다.

만약 신의 기적이 있다면 지금이 바로 나타날 때였다.

콘스탄티노플은 절체절명의 위기에 내몰려 있었지만 아직 절망하기는 일렀다. 5주 넘게 계속된 혈전으로 적도 큰 타격을 입었다. 투르크인의 시체가 성벽만큼 높이 쌓여 있는 곳도 있었다. 며칠 전 용감한 제노바 함대가 적의 해협 봉쇄선을 돌파하고 골든혼으로 들어와 병사와 식량을 지원해주었다. 사람들은 그들을 서유럽에서 파견할 대규모 지원군의 선발대라고 믿었다. 오스만제국의 진지에서도 전쟁에 대한 회의감과 염증이 확산되고 있었다. 여러 장군들이 비잔틴제국에서 내놓은 최후 조건을 받아들이고 철군하자고 주장했다. 오스만제국의 패퇴가 아직 현실이 되지 못한 것은 오직 한 사람 때문이었다.

메흐메트 2세. 그는 라틴어에 능통하고 박학다식하며 예술과 과학에 조예가 깊은 사람이었다. 자신이 순조롭게 왕위를 물려받을 것임을 알면서도 단지 후환을 없애기 위해 친아우를 욕조에 빠뜨려 익사시킨 사람이었다. 자신이 여색을 밝히지 않는다는 걸 알리기 위해 군대 전체가 보는 앞에서 아름다운 여자 노예의 목을 벤 사람이었다. 그는 오스만제국이라는 거대하고 흉포한 전차의 바퀴축이었다. 이 바퀴축이 부러지면 전차는 땅으로 고꾸라질 것이다.

그런데 정말로 기적이 나타난 것이었다.

"왜 이런 임무를 스스로 짊어지려는 것이냐?"

황제가 비스듬히 향해 있는 시선을 벽에 고정시킨 채 묻자 헬레나가 이 질문을 기다리고 있었다는 듯 재빨리 대답했다.

"성녀가 되고 싶습니다."

콘스탄티누스가 가만히 고개를 끄덕였다. 그 이유라면 믿을 수 있었다. 돈이나 재물은 지금 그녀에게 중요치 않다. 마음만 먹는다면 세상 모든 금화를 다 손에 넣을 수 있으니까. 하지만 창녀는 성녀와 가장 거리가 먼 여인이었다. 창녀에게는 성녀가 가진 명예가 충분히 탐날 수 있었다.

"십자군의 후예인가?"

헬레나가 말을 멈추었다가 조심스럽게 덧붙였다.

"그렇습니다. 폐하, 제 조상이 마지막 원정에 참여했습니다. 네 번째는 아니었습니다."*

황제가 헬레나의 머리에 손을 얹자 그녀가 힘없이 무릎을 꿇고 엎드렸다.

"떠나라, 아이야. 메흐메트 2세를 죽이고 성을 구하면 성녀가 되어 만인의 경배를 받을 것이다."

황혼 무렵 프란체스가 성로마노스문이 있는 성벽으로 헬레나를 데리고 갔다. 전장이 한눈에 펼쳐졌다. 그리 멀지 않은 곳에 피로 물들어 흑갈색이 된 모래사장과 그 위에 널브러진 시체들이 있었다. 흡사 방금 살인비

* 1204년 십자군 제4차 원정 때 콘스탄티노플을 점령하고 약탈했다.

가 내린 것 같았다. 시선을 조금 멀리 옮기자 바로 전에 포탄을 발사한 대포에서 피어오른 하얀 연기가 전장을 향해 날아오고 있었다. 이곳에서 가벼운 것은 연기뿐이었다. 그보다 더 멀리 잿빛 하늘 아래로 오스만 군대의 막사가 육안으로 닿을 수 있는 한계까지 길게 펼쳐져 있었다. 빽빽이 꽂혀 있는 신월기(新月旗)가 습한 해풍을 맞아 파도처럼 펄럭였다. 그 옆으로 보스포루스해협을 가득 채운 오스만제국의 전함들은 바다가 바람에 출렁이지 못하도록 촘촘히 박아놓은 검은 못 같았다.

헬레나가 이 모든 광경을 바라보다가 도취된 듯 눈을 감았다. 이곳이 나의 전장이고, 이것이 나의 전쟁이다. 어릴 적 아버지에게 수없이 들었던 조상의 이야기가 다시 그녀의 머릿속에 떠올랐다. 해협 너머 유럽 프로방스의 한 농장에 어느 날 상서로운 구름이 모여들더니 구름 속에서 소년 군대가 내려왔다. 그들의 갑옷 위에서 십자가가 붉게 빛났다. 한 천사가 그들을 이끌고 있었고 그의 부름에 따라 그녀의 조상도 그 군대에 들어갔다. 그들은 지중해를 넘어 성지에 도착해 하느님을 위해 싸웠고, 그녀의 조상은 성전 기사가 되었다. 나중에 콘스탄티노플에서 아름다운 성녀 기사를 만나 사랑에 빠졌고 그렇게 해서 이 위대한 가족이 탄생하게 되었다…….

헬레나는 자라면서 점점 진실을 알게 되었다. 이야기의 큰 틀은 사실이었다. 그녀의 조상은 실제로 소년십자군에 들어갔었다. 당시 서유럽에 페스트가 퍼져 농장이 황폐해진 시절이지만 소년십자군에 들어가면 어쨌든 굶어 죽지 않을 수는 있었다. 하지만 그는 성전에 참전하지 않았다. 배에서 내리자마자 다른 1만여 명의 소년들과 함께 족쇄가 채워져 노예로 팔렸기 때문이다. 몇 년 뒤 운 좋게 도망쳐 떠돌다가 콘스탄티노플에서 성녀 기사단의 여자 병사를 만났다. 나이가 훨씬 많은 여자였지만 그녀의 운명도 그보다 나을 게 없었다. 서유럽 정예부대가 와서 이교도를 무찔러주기를 바랐던 비잔틴인들은 닭 모가지 비틀 힘도 없어 보이는 걸인 행색의 여자들이 찾아오자 화가 나서 모든 보급을 중단해버렸다. 결국 성녀들은 어쩔 수 없이 창녀로 전락했고 그중 한 사람이 헬레나의 할머니였다.

100여 년 동안 헬레나의 이 영광스러운 가족은 굶어 죽지 않을 정도로만 근근이 살았고 아버지 대에 와서는 더욱 가난해졌다. 굶주림을 견디지 못한 헬레나는 스스로 할머니와 같은 길을 걷기로 했다. 얼마 후 그 사실을 알게 된 아버지가 딸에게 매질을 하며 다시 한번 그런 짓을 하다가 들키면 죽여버리겠다고 했다. 단, 남자를 집으로 데려와 아버지가 직접 흥정하고 돈을 받는다면 허락하겠다는 조건을 걸었다. 헬레나는 그길로 가출해 혼자 힘으로 살길을 찾았다. 콘스탄티노플을 떠나 예루살렘과 트라브존을 떠돌아다니다가 배를 타고 베네치아까지 건너갔다. 더 이상 배를 곯지 않았고 좋은 옷도 입을 수 있었지만 그녀는 자신이 진창에 나뒹구는 풀이라는 걸 알고 있었다. 아무나 밟고 지나가 진흙과 한데 엉켜버린 풀이었다.

그런데 기적이 나타났다. 아니, 그녀가 기적 속으로 뛰어든 것일 수도 있다.

20여 년 전 유럽 전쟁 중에 성녀 하나가 홀연히 나타났다. 잔다르크였다. 하지만 헬레나는 그녀를 영웅으로 생각하지 않았다. 그녀는 그저 하늘이 내린 검을 얻었을 뿐이다. 하지만 하느님이 헬레나에게 내린 선물은 그녀를 성모마리아 다음가는 여자로 만들어줄 수 있는 것이었다.

"저길 봐. 저것이 파티흐*의 막사다."

프란체스가 성로마노스문과 정면으로 마주하는 방향을 가리켰다.

헬레나가 그쪽을 빠르게 훑어본 뒤 고개를 끄덕였다.

* 오스만제국의 술탄 메흐메트 2세의 별명. 정복자라는 뜻이다.

프란체스가 양피 자루를 건넸다.

"각각 다른 옷을 입고 다른 방향에서 그린 그의 초상화 세 장이 들어 있다. 검을 가져가라. 이번엔 그의 뇌뿐 아니라 머리까지 통째로 가져와야 해. 밤에 노리는 게 좋을 거다. 낮에는 막사를 비울 때가 많으니까."

헬레나가 양피 자루를 받았다.

"나리도 제 말을 잊지 마세요."

"물론이지. 걱정 마라."

헬레나가 한 경고를 두고 하는 말이었다. 미행하지 말고 그녀가 가는 곳에 들어오지 말라고 했다. 경고를 어기면 마술이 영원히 효력을 잃게 될 것이라면서.

지난번 미행했던 부하의 보고에 따르면, 헬레나가 지하창고를 나간 뒤 멀찌감치 따라가며 미행했는데 그녀가 조심스럽게 구불구불한 길을 돌아 테오도시우스 성벽 북쪽의 블라헤르네 지구로 갔다고 했다. 뜻밖의 장소였다. 그곳은 적의 포격이 가장 집중된 곳이기 때문에 군사 외에는 아무도 가지 않았다. 부하는 그녀가 절반쯤 부서진 탑 속으로 들어가는 것을 마지막으로 더 이상 미행하지 못했다. 그 탑은 모스크의 일부분이었던 것으로 콘스탄티누스가 성안에 있는 모스크를 전부 부술 것을 명령했지만 이 탑만 남겨두었다. 지난번 페스트가 창궐했을 때 환자 몇 명이 그 탑 안에서 죽는 바람에 누구도 가까이 가려 하지 않았다. 게다가 전쟁이 시작된 후 어디선가 날아온 포탄에 맞아 탑이 절반쯤 무너졌다. 부하는 그 탑에 들어가본 적이 있는 두 병사를 불러다 탑 안에 무엇이 있는지 물어보았다. 탑이 무너지기 전 그 위에 망루를 설치하려다가 고도가 충분하지 않아 그만둔 적이 있었다. 병사들의 말에 따르면 탑 안에는 거의 백골 상태의 시신 몇 구 외에는 아무것도 없다고 했다.

이번에는 프란체스도 그녀를 미행시키지 않았다. 그는 성벽을 내려가는 헬레나의 뒷모습을 지켜보았다. 그녀가 성벽 위 병사들 사이로 지나갈 때 먼지와 피로 범벅이 된 병사들의 투구 사이에서 그녀의 망토가 유난히 도드라져 보였지만 전투에 지친 병사 중 누구도 그녀에게 눈길을 주지 않았다. 그녀는 잰걸음으로 성벽을 내려가 두 번째 성벽 문을 통해 빠져나갔다. 혹시 있을지 모르는 미행자를 따돌리기 위해 길을 돌지 않고 이번에는 곧장 블라헤르네 지구로 향했다. 막 내려앉기 시작한 땅거미 속으로 그녀가 사라졌다.

콘스탄티누스 11세는 바닥에서 말라가고 있는 물 자국을 응시하며 사라지는 희망을 보는 것 같았다. 물 자국은 방금 떠난 12명의 해병이 남기고 간 것이었다. 지난주 그들은 오스만제국의 암적색 군복을 입고 머리에 무슬림 터번을 두른 차림으로 작은 배를 몰아 적의 해협 봉쇄선을 뚫고 먼바다로 나갔다. 비잔틴을 지원하러 온 유럽 함대를 맞이하고 그들에게 적의 동향을 알려주려는 것이었다. 하지만 그들이 맞이한 것은 텅 빈 에게 해였고 그들을 도우러 온다던 유럽 함대는 그림자도 보이지 않았다. 병사들은 실망했지만 임무를 잊지 않고 다시 적진을 넘어 돌아와 황제에게 이 비보를 알렸다. 콘스탄티누스는 이제야 알았다. 유럽이 지원군을 보낼 것이라는 생각은 그만의 착각이었고 냉혹한 기독교도들은 천년 성지인 비잔틴이 이교도의 손아귀에 들어가도록 방관하고 있다는 것을.

바깥이 술렁이며 시끄러워지더니 호위병이 들어와 월식이 일어났다고 알렸다. 명백한 흉조였다. 달이 밝게 빛나는 한 콘스탄티노플은 멸망하지 않을 것이라는 전설 같은 예언이 있었다. 창문 너머로 검게 구멍 뚫린 달을 보았다. 하늘의 무덤이었다. 그는 헬레나가 돌아오지 않을 것임을, 자신이 적의 머리를 손에 넣지 못할 것임을 예감했다.

하룻낮 하룻밤이 꼬박 지나고 다시 해가 떴지만 예감대로 헬레나에게서는 아무 소식도 없었다.

　프란체스가 부하들을 데리고 블라헤르네의 탑으로 달려갔다. 그런데 탑이 시야에 들어온 순간 모두 놀라 입을 다물지 못했다. 방금 떠오른 달의 시린 달빛 아래에 탑이 온전한 모습으로 우뚝 서 있었다. 뾰족한 탑 꼭대기가 막 별이 나오기 시작한 밤하늘을 찌를 듯이 솟아 있었다. 그녀를 미행했던 부하가 지난번에는 분명히 탑이 절반쯤 무너져 있었다고 말했다. 이 지역 전투에 참가했던 장교와 병사들의 증언도 그의 말과 같았다. 프란체스가 부하를 싸늘하게 노려보았다. 아무리 많은 사람이 증언한다 해도 프란체스는 부하의 말이 거짓이라고 생각했다. 눈앞에 멀쩡하게 서 있는 탑이 모든 증언을 압도하는 확실한 증거였다. 하지만 프란체스는 부하를 처벌하고 싶지 않았다. 곧 도시의 종말이 닥치면 누구도 벌을 피할 수 없을 것이므로. 옆에 있던 한 병사도 하려던 말을 다시 삼켰다. 그는 이 탑의 윗부분이 포탄을 맞고 부서졌던 게 아니라는 걸 알고 있었다. 2주 전 어느 날, 밤사이 포격이 한 번도 없었는데 아침에 일어나 보니 첨탑이 보이지 않았다. 탑 주변에 부서진 벽돌 조각도 없었다. 이곳은 우르반 대포가 집중적으로 포격하는 곳이었다. 거대한 포탄이 언제든 성벽을 뚫고 이곳에 떨어질 수 있었다. 포탄 하나에 병사 십수 명이 죽은 적도 있었다. 남아 있는 탑의 반쪽도 언제든 무너질 수 있어 아무도 탑에 들어가려 하지 않았다. 그와 함께 탑이 무너진 것을 목격한 전우 두 명은 이미 전사했고 그도 괜한 일에 말려들고 싶지 않았다. 자신이 본 것을 그대로 얘기한들 아무도 믿어주지 않을 것이라고 생각했다.

　프란체스가 부하들을 데리고 탑으로 들어갔다. 페스트로 죽은 백골이 들개에게 파헤쳐져 어지럽게 흩어져 있었다. 산 사람은 없었다. 벽에 매달아 만든 회전계단을 따라 2층으로 올라갔다. 희미한 불빛 사이로 창 아래 웅크리고 있는 헬레나가 보였다. 잠든 게 분명했지만 반쯤 뜬 눈꺼풀 사이로 보이는 눈동자에 불빛이 비쳤다. 그녀의 옷은 찢어져 있었고 흙투성이였으며 헝클어진 머리칼 사이로 보이는 얼굴에는 그녀 자신이 할퀸 것 같은 피 맺힌 상처가 두세 줄 나 있었다. 프란체스가 사방을 둘러보았다. 원뿔형 공간에는 아무것도 없었다. 곳곳에 두꺼운 흙먼지가 쌓여 있어 조금만 건드려도 자취가 남겠지만 주위에는 흔적이 전혀 없었다. 헬레나도 그들처럼 이곳에 처음 왔다는 걸 짐작할 수 있었다. 인기척에 놀라 깨어난 그녀가 허겁지겁 벽을 잡고 일어났다. 창으로 들어온 달빛이 그녀의 머리 위에 내려앉아 은빛 광륜을 만들었다. 그녀가 놀란 눈으로 한참을 응시하다가 현실로 돌아오는 듯하더니 다시 회상하듯 눈을 반쯤 감았다. 아직 꿈에서 빠져나오지 못한 것 같았다.

"여기서 뭘 하고 있느냐!"

프란체스의 고성이 허공을 울렸다.

"나리, 제가…… 제가 그곳에 갈 수가 없습니다!"

"그곳이라니?"

헬레나는 여전히 반쯤 감은 눈으로 기억을 더듬고 있었다. 마치 어른이 잡아끄는데도 마음에 드는 장난감 앞을 떠나지 못하는 아이 같았다.

"거긴 아주 넓고, 아주 좋아요. 참 아늑해요. 여긴…… 여긴 관 속처럼 좁아요. 바깥도…… 관처럼 좁아요. 거기로 가고 싶어요!"

그녀가 눈을 번쩍 뜨고 겁에 질린 눈동자로 사방을 둘러보았다.

프란체스가 물었다.

"너의 임무는?"

헬레나가 힘겹게 가슴 앞에 십자가를 그렸다.

"기다리세요. 더 기다리세요."

프란체스가 창밖을 가리켰다.

"더 이상 어떻게 기다려?"

우르릉우르릉하는 소리가 파도처럼 밀려오고 있었다. 자세히 들어보니 전혀 다른 두 개의 소리가 합쳐진 것 같았다.

하나는 성 밖에서 들리는 소리였다. 메흐메트 2세가 내일 콘스탄티노플에 대한 총공격을 개시하기로 결정했다. 젊은 술탄이 말을 타고 오스만 군대의 모든 막사를 살펴본 뒤 병사들에게 약속했다.

"내가 원하는 건 콘스탄티노플이다. 이 도시의 금은보화와 여자는 모두 너희에게 나눠 주겠다. 성을 함락시킨 뒤 사흘 동안 마음껏 약탈해도 좋다!"

군대 전체가 환호했다. 일제히 터져 나온 환호성 사이로 구호와 박수 소리가 섞였다. 군영 안에 피운 모닥불 연기와 불꽃을 따라 하늘로 올라간 소리가 광란의 살기가 되어 도시 상공에 자욱하게 모여들었다.

콘스탄티노플 성안에서 들리는 소리는 비통하고 침울했다. 모든 시민이 대주교를 따라 성소피아대성당까지 행진한 뒤 마지막 추도 미사를 올리고 있었다. 기독교 역사상 한 번도 보지 못했고, 다시는 보지 못할 장면이었다. 장엄한 찬송가가 울려 퍼지고 비잔틴 황제와 대주교, 동방정교회 신도, 이탈리아에서 온 천주교도, 무장한 도시방위군, 베네치아와 제노바의 상인과 선원, 수많은 시민이 어스름한 촛불 아래로 운집했다. 그들은 하느님 앞에 모여 목숨 건 최후의 혈전을 준비하고 있었다.

프란체스는 헬레나에게 기대할 수 없다는 걸 알았다. 아마도 그녀는 영리한 사기꾼이고 마술은 처음부터 없었을 수도 있다. 그렇다면 괜찮은 결과다. 하지만 그녀가 정말로 마술을 부릴 줄 알고 이미 적진에 가서 오스만인들에게 임무를 부여받고 돌아왔다면 그는 지금 위험에 처해 있을 수도 있었다. 망해가는 비잔틴이 그녀에게 무엇을 줄 수 있을까? 성녀라는 영예조차 부여하기 힘들 수 있다. 동방정교회와 천주교가 창녀이자 마녀를 성녀로 추앙하도록 절대로 내버려둘 리가 없다. 그녀가 돌아온 목표는 아마도 황제일 것이고, 어쩌면 프란체스까지 포함되어 있을지도 모른다. 이미 우르반*의 선례가 있었다.

프란체스가 부하에게 눈짓을 하자 부하가 검을 뽑아 헬레나를 향해 휘둘렀다. 칼끝이 그녀의 가슴을 관통해 등 뒤의 벽돌 틈에 박혔다. 검을 빼내려고 했지만 꿈쩍도 하지 않았다. 헬레나가 손을 뻗어 칼자루를 붙잡았다. 부하는 그녀의 손이 닿을까 봐 움찔하며 검을 놓고는 프란체스 일행을 따라 허둥지둥 도망쳤다. 그러는 동안 헬레나는 아무 소리도 내지 않았다. 그녀의 머리가 천천히 수그러졌다. 은빛 광륜이 달빛을 잃고 어둠 속에 묻혔다. 탑 안은 칠흑처럼 어두웠고 창백한 달빛이 바닥을 비추자 피가 검은 뱀처럼 꿈틀거리며 기어갔다.

프란체스가 탑을 빠져나올 때 성 안팎의 소리도 멎었다. 최후의 일전을 앞둔 고요함이 유럽과 아시아의 경계에 있는 이 대지와 바다를 뒤덮었다. 동로마제국의 마지막 여명이 밝아오고 있었다.

탑 2층에서 여자 마법사가 칼에 찔린 채 벽에 박혀 죽었다. 그녀는 인류 역사상 하나뿐인 진정한 마법사였을 것이다. 하지만 그녀가 죽기 약 열 시간 전에 짧은 마법의 시대도 끝이 났다. 마법의 시대는 고차원 파편이 처음 지구에 닿은 서기 1453년 5월 3일 16시에 시작되었고, 파편이 지구를 완전히 떠난 서기 1453년 5월 28일 21시에 끝났다. 25일 하고 다섯 시간이었다. 그 후 세상은 정상 궤도로 되돌아갔다.

---

* 헝가리 출신의 기술자. 콘스탄티노플에서 대포를 만들었지만 국고가 바닥난 비잔틴이 적은 돈조차 주지 못하자 메흐메트 2세를 찾아가 오스만에서 대포를 만들었다. 이 대포는 길이 8미터, 직경 약 95센티미터의 거대한 크기였으며 500킬로그램짜리 포탄의 사정거리가 1.5킬로미터 이상이었다. 우르반 대포라고 불리는 이 대포가 콘스탄티노플 공격 당시 엄청난 위력을 발휘했다. 콘스탄티노플의 견고한 성벽을 무너뜨릴 수 있는 유일한 무기였다.

29일 저녁, 콘스탄티노플은 함락되었다.

온종일 이어진 피비린내 나는 전투가 거의 막바지에 다다를 무렵 콘스탄티누스 11세가 벌 떼처럼 달려드는 오스만 군대를 보며 큰 소리로 외쳤다.

"내 목을 베어줄 기독교인이 한 사람도 없단 말인가?"

황제가 자줏빛 가운을 벗어 던진 뒤 검을 뽑아 들고 적진으로 몸을 던졌다. 그의 은색 투구가 암적색 염산에 던져진 은박지처럼 순식간에 흔적도 없이 사라졌다.

콘스탄티노플 함락의 역사적 의의는 오랜 세월이 흐른 뒤에야 나타났다. 일이 발생했을 때 사람들이 제일 먼저 떠올린 건 마침내 로마제국이 완전히 사라졌다는 것이다. 비잔틴은 고대 로마의 뒤꽁무니에 1000년 동안 길게 이어진 바큇자국이었다. 화려한 전성기도 있었지만 결국 작열하는 태양 아래 물 자국처럼 증발해버렸다. 당시 고대 로마인들은 호사스러운 목욕탕에 몸을 담그고 휘파람을 불며 자신의 제국이 화강암으로 만든 이 목욕탕처럼 영원히 지속될 것이라고 생각했다.

지금 사람들은 알고 있다. 끝나지 않는 축제는 없으며 모든 것에는 끝이 있다는 사실을.

위기의 세기 원년, 생명의 선택 항

양둥(楊冬)은 자신을 구하고 싶었지만 거의 불가능하다는 걸 알고 있었다.

그녀는 통제센터 맨 위층 발코니에서 운행을 멈춘 가속기를 내려다보았다. 둘레 20킬로미터의 가속기는 이 높이에 올라와야 전체를 볼 수 있었다. 그것은 관례를 깨고 지하터널이 아니라 지상의 콘크리트 관 속에 설치되었다. 마치 석양에 에워싸인 거대한 마침표처럼 보였다.

어떤 마침표일까? 물리학의 마침표이길 바랐다.

양둥에게는 기본적인 신념이 있었다. 삶과 세상은 추악할지 몰라도 미시적, 거시적 종극은 조화롭고 아름다우며 우리가 살아가는 일상의 세계는 이 아름다운 바다 위에 떠 있는 거품에 불과하다고 믿었다. 그런데 지금 일상의 세계는 아름다운 겉포장을 두르고, 그것이 품고 있는 미시적, 거시적 현실은 어지럽고 추악했다.

그녀는 무서웠다.

사실 이런 생각을 하지 않으면 그만이었다. 물리학 없이도 그녀는 살수 있다. 이론물리학과 무관한 직업을 선택해 결혼하고 아이를 낳으며 여느 여자들처럼 평온하게 살 수도 있다. 물론 그렇게 산다면 그녀에게는 영혼의 반쪽만 가지고 사는 삶이 될 것이다.

그녀를 신경 쓰이게 하는 또 한 가지는 엄마였다. 그녀는 엄마의 컴퓨터로 수신된 정보들이 고도로 암호화되어 있다는 사실을 우연히 알고 호기심이 생겼다. 엄마는 암호를 풀고 난 정보를 완전히 파기하지 않고 간단히 삭제했다. 나이 많은 사람들이 으레 그렇듯 그녀의 엄마도 컴퓨터와 인터넷에 능숙하지 못했고 하드디스크를 포맷해도 데이터를 쉽게 복구할 수 있다는 사실을 알지 못했다. 양둥은 순전히 호기심으로 엄마가 삭제한 일부 파일을 복구했다. 태어나서 처음으로 엄마 몰래 저지른 일이었다. 용량이 큰 파일들을 며칠에 걸쳐 읽은 뒤 엄마와 삼체 세계의 비밀을 알게 되었다.

양둥은 이 사실에 엄청난 충격을 받았다. 단둘이 의지하며 살아온 엄마에게 완전히 다른 모습이 있었다니! 더욱이 세상에 그런 사람이 있을 거란 사실조차 믿어본 적이 없었다. 엄마에게 물어볼 수도 없었다. 아니, 영원히 물어볼 수 없을 것 같았다. 그걸 묻는 순간 엄마가 정말로 자기가 몰랐던 모습으로 변해버릴 것 같았다. 엄마의 비밀을 모른 척하고 아무 일도 없는 것처럼 엄마를 대하면 이대로 계속 살 수는 있다. 물론 그렇게 산다면 그녀에게는 역시 영혼의 반쪽만 가지고 사는 삶일 것이다.

반쪽 영혼으로 사는 건 별일 아니었다. 주위를 둘러보아도 그런 사람이 적지 않았다. 망각과 적응에 능하기만 하면 반쪽으로 살아도 평온하게, 심지어 행복하게 살 수 있었다.

하지만 이 둘을 합치면 온전한 하나의 영혼이 된다.

양둥은 발코니 난간을 짚고 건물 아래 심연을 응시했다. 처음에는 공포가, 그다음에는 유혹이 따라왔다. 그녀는 자신의 체중을 지탱하던 난간이 휘청이는 느낌에 감전된 사람처럼 뒤로 물러섰다. 그곳에 더 있을 수가 없어 터미널실로 들어갔다.

그곳에는 슈퍼컴퓨터의 터미널이 설치되어 있었다. 서버에 가속기가 연결된 것은 아니고 데이터를 오프라인으로 처리할 때만 사용했다. 며칠 전 작동을 완전히 중단시킨 터미널 중 몇 대에 불이 켜져 있는 것에 작은 위안을 받았다. 하지만 이곳은 이제 가속기와 아무 관련도 없었고, 서버가 다른 프로젝트에 사용되고 있다는 걸 그녀도 알고 있었다. 그녀가 들어오는 것을 보고 젊은 직원 하나가 일어났다. 그는 선명한 녹색 렌즈를 끼운 뿔테 안경을 쓰고 있었다. 양등은 두고 간 물건을 가지러 온 것이라고 했다. 그녀가 누구인지 알고 나자 녹색 안경이 친절한 미소를 지으며 지금 슈퍼컴퓨터로 작업 중인 프로젝트에 대해 설명해주었다.

지구의 진화에 관한 수학모델이었다. 시뮬레이션으로 과거와 미래 지표면 형태의 변화를 예측하는 모델인데 종전의 비슷한 프로젝트와 다른 점은 생물, 지질, 대기, 해양, 천문 등 다양한 요인이 종합되어 있다는 것이다. 녹색 안경이 모니터 몇 개의 스위치를 켜서 보여주었다. 모니터 위에 예전 데이터그래프와는 완전히 다른 것이 나타났다. 하늘에서 내려다본 대륙과 바다처럼 선명한 색채의 도형들이었다. 녹색 안경이 능숙하게 마우스를 움직여 도형 속 몇 곳을 확대하자 숲과 강이 보였다. 추상적인 데이터와 이론이 점령했던 이곳에 대자연의 기운이 스며든 것을 보고 양등은 모종의 해방감을 느꼈다.

녹색 안경의 설명이 끝난 뒤 그녀는 자기 물건을 찾아와 점잖게 인사를 했다. 터미널실 문을 나서려는데 자신을 뒤따르는 녹색 안경의 시선이 느껴졌다. 그녀는 문득 누군가와 대화하고 싶은 충동에 몸을 돌렸다.

"신이 있다고 믿나요?"

불쑥 입에서 튀어나온 말에 양둥 자신도 놀랐지만 이곳에서 작동되고 있는 모델을 생각하면 너무 뜬금없는 질문은 아닌 것 같아 조금 마음이 놓였다.

녹색 안경도 그녀의 질문에 말문이 막혔는지 입만 벌린 채 망설이다가 조심스럽게 물었다.

"어떤 신 말씀인가요?"

"그냥 신이요."

양둥이 짧게 대답했다. 모든 것을 압도하는 피로감이 다시 그녀를 덮쳐 길게 설명할 여력이 없었다.

"믿지 않습니다."

양둥은 대형 모니터 속 대륙과 바다를 가리켰다.

"하지만 생명체가 존재할 수 있는 환경은 물리적 매개변수가 너무 제한적이에요. 예를 들어 액체 상태의 물은 아주 좁은 온도 범위 내에서만 존재하죠. 우주학의 관점에서 보면 더 분명해요. 빅뱅이 가능한 매개변수는 1경 분의 1의 오차만 있어도 중원소가 생겨나지 않고 생명체도 생겨날 수 없어요. 이 세상이 어떤 존재에 의해 지혜롭게 설계되었다는 증거가 아닐까요?"

녹색 안경이 고개를 저었다.

"빅뱅에 대해서는 잘 모르지만 지구의 환경은 그렇지 않아요. 지구에 생명이 출현하고 생명도 지구를 바꿨죠. 지금의 지구 환경은 지구와 생명이 상호작용한 결과라고 생각합니다."

그가 잠시 생각하다가 마우스를 잡았다.

"이 시뮬레이션을 보세요."

그가 대형 모니터에 설정 창을 띄웠다. 현기증이 날 만큼 복잡한 매개변수가 쓰여 있었지만 그가 제일 위에 있는 선택 항의 체크 표시를 지우자 모든 창이 사라졌다.

"생명이라는 선택 항을 삭제하고 지구에 생명이 없는 상태로 현재까지 진화했다면 어떤 모습인지 볼게요. 시간상 대략적으로 계산할게요."

서버가 전 출력으로 가동되기 시작했다. 전력 소비가 많은 슈퍼컴퓨터를 이렇게 작동시키면 소도시 하나와 맞먹는 전력이 소모되겠지만 양둥은 그를 말리지 않았다.

모니터에 갓 탄생한 행성이 나타났다. 난로에서 금방 꺼낸 숯처럼 표면이 새빨갛게 타오르고 있었다. 시간이 지질연대에 따라 흐르고 행성이 점점 냉각되자 표면의 색과 무늬가 느리게 변화했다. 가만히 보고 있으면 최면에 걸릴 것 같았다. 몇 분 뒤 모니터에 오렌지색 행성이 나타나더니 시뮬레이션이 완료되었음을 알렸다.

"대략적인 수준으로 계산한 거예요. 정밀하게 계산하려면 한 달은 걸리죠."

녹색 안경이 마우스를 움직여 우주에서 행성 표면으로 내려오며 보여주었다. 광활한 사막을 건너 거대한 돌기둥이 빽빽이 서 있는 것 같은 산위를 지나친 뒤 깊고 넓은 열곡(裂谷)과 운석이 떨어져 생긴 듯한 분지를 지나갔다.

양둥이 이해할 수 없다는 듯 물었다.

"이게 어디죠?"

"지구예요. 생명체가 없는 상태로 지금까지 진화했다면 지구 표면은 이런 모습일 거예요."

"하지만…… 바다는요?"

"바다는 없어요. 강도 없고요. 다 말랐어요."

"생명체가 없으면 지구상에 액체 상태의 물이 존재하지 않는다는 뜻이에요?"

"실제로는 이것보다 훨씬 놀라울 거예요. 이건 대략적인 시뮬레이션이니까. 하지만 생명체가 지구의 현재 모습에 큰 영향을 미쳤다는 건 알 수 있죠."

"그래도……."

"생명체는 지표면에 존재하는 아주 미세하고 부드럽고 연약한 존재라고 생각하시나요?"

"그렇지 않나요?"

"시간의 힘을 간과하셨어요. 개미 한 무리가 쌀알만 한 돌멩이를 쉬지 않고 옮긴다고 가정할 때 10억 년이 지나면 태산을 옮길 수가 있어요. 시간이 충분히 주어진다면 생명체는 암석이나 금속보다 더 강하고 태풍과 화산보다 훨씬 위력적이에요."

"하지만 조산운동은 지질의 힘에 의해 일어나잖아요."

"꼭 그런 건 아니에요. 생명체가 산을 만들어낼 수는 없지만 산맥의 분포를 변화시킬 수는 있죠. 큰 산이 세 개 있는데 그중 두 개에서만 식물이 자란다면 식물이 자라지 않는 산은 풍화되어 사라지죠. 산이 사라지기까지 빠르면 천만 년쯤 걸리겠지만 지구에게 천만 년은 긴 시간이 아니에요."

"그럼 바다는 왜 없어지죠?"

"그건 시뮬레이션 과정을 일일이 기록해야 알 수 있지만 추측할 수는 있어요. 식물, 동물, 세균 모두 대기층에서 중요한 작용을 하고 있어요. 생명이 없으면 대기층 성분이 지금과 많이 다를 테고 자외선과 태양풍을 막아내지 못해 바다가 증발하겠죠. 처음에는 지구의 대기가 금성처럼 수증기로 가득 차겠지만 대기층의 최상층에 있는 수증기가 점점 우주로 증발하면 수십억 년 뒤에는 지구가 모두 말라버릴 거예요."

양둥은 더 묻지 않고 말없이 메마른 황색 세상을 쳐다보았다.

"현재의 지구는 생명체가 자신을 위해 만든 터전이에요. 신과 무관하게요.”

녹색 안경은 자신의 설명에 만족한 듯 두 팔을 벌려 대형 모니터를 안았다.

양둥은 지금의 심리 상태로는 자세한 얘기를 나누고 싶지 않았지만 방금 녹색 안경이 수학모델에서 생명 항목을 삭제하는 순간, 한 가지 생각이 그녀의 뇌리에 날아와 박혔다. 마침내 그 무서운 질문이 그녀의 입에서 흘러나왔다.

“그럼 우주는요?”

시뮬레이션 과정을 삭제하고 있던 녹색 안경이 의아한 표정으로 물었다.

“우주요? 우주가 뭐요?”

“이런 수학모델로 우주 전체를 시뮬레이션한다면, 그러니까 조금 전처럼 생명 항목을 삭제하고 시뮬레이션한다면 우주는 어떤 모습일까요?”

“물론 지금과 똑같겠죠. 결과값이 정확하다면요. 방금 보여드린 건 지구에 국한된 거예요. 우주라면 생명체가 너무 적어서 우주의 진화 과정에 거의 영향을 미치지 못할 것 같아요.”

양둥은 하려던 말을 목구멍으로 다시 밀어 넣었다. 그녀는 녹색 안경에게 인사를 하고 애써 감사의 미소를 지어 보였다. 그리고 밖으로 나와 하늘의 희미한 별을 올려다보았다.

엄마의 컴퓨터에서 본 정보에 의하면 우주에는 생명체가 적지 않다. 아니, 우주는 생명체로 꽉 차 있다.

그렇다면 우주는 생명체로 인해 얼마나 많이 바뀌었을까? 그 변화가 얼마만큼 진행되었을까?

특히 이 두 번째 의문이 그녀를 섬뜩하게 했다.

그녀는 자신을 구하기엔 이미 늦었다는 걸 알고 있었다. 생각을 멈추고 머릿속을 깜깜한 허공처럼 비우려고 했지만 조금 전 마지막 의문이 그녀의 잠재의식 속에 끈질기게 달라붙어 떨어지지 않았다.

대자연은 정말 저절로 생겨났을까?

위기의 세기 4년, 윈톈밍

　오늘 회진 시간에 닥터 장(張)이 윈톈밍(雲天明)에게 신문을 건넸다. 입원 기간이 길었으니 바깥세상의 일도 알아야 하지 않겠느냐면서. 윈톈밍은 의아했다. 병실에도 텔레비전이 있었다. 닥터 장에게 다른 의도가 있는 것 같았다.

　신문을 펼치며 든 첫 느낌은 입원하기 전에 비해 삼체와 ETO(지구 삼체 조직)에 대한 기사가 훨씬 줄어들었다는 점이다. 입원하기 전만 해도 삼체와 ETO의 기사가 연일 신문의 모든 지면을 차지했다. 드디어 위기와 무관한 기사를 읽을 수 있었다. 어떤 환경에든 만족하고 안주하려는 인간의 본성이 발휘되었다. 세상은 지금 4세기 후의 미래였던 일이 점점 현실이 되고 있다. 하지만 이상할 건 없다. 4세기 전이면 중국에는 명나라가 있고 누르하치가 북방에서 후금을 건국했을 무렵이며, 서양에서는 중세의 암흑기가 막 끝난 때였다. 증기기관 발명은 아직 100년도 더 남았고, 사람들이 전기를 사용한 것도 그로부터 200여 년 뒤였다. 그때 누군가 400년 뒤에 일어날 일을 걱정했다면 사람들은 기우라며 그를 놀렸을 것이다.

사실 윈톈밍의 현재 병세로 보면 바로 내년의 일도 걱정할 필요가 없었다.

기사 하나가 그의 눈길을 끌었다. 1면은 아니지만 눈에 띄는 헤드라인이었다.

"제3기 인민대표대회 상임위원회 특별회의 안락사법 통과."

이상하지 않은가? 인민대표대회 상임위원회 특별회의는 삼체 위기와 관련된 입법을 위해 소집되었다. 안락사법이 위기와 무슨 관련이 있단 말인가?

'닥터 장이 내게 이 소식을 알려주려는 걸까?'

하지만 길게 생각할 겨를도 없이 격렬한 기침이 시작되어 신문을 밀어놓고 고통스러운 잠을 청했다.

다음 날 텔레비전 뉴스에서 안락사법에 대해 보도하고 전문가들이 나와 토론을 벌였지만 큰 관심을 끌지 못했다. 사람들의 반응은 무덤덤했다.

그날 밤 기침과 고통스러운 호흡, 항암치료로 인한 메스꺼움, 무기력 때문에 윈톈밍은 잠들지 못했다. 옆 침대의 리(李) 선생이 산소통을 가져다주며 그의 침대 발치에 앉았다. 다른 침대의 두 환자가 잠든 걸 확인한 뒤 그가 낮은 소리로 윈톈밍에게 말했다.

"톈밍, 나 먼저 가려고."

"퇴원하세요?"

"아니. 안락."

사람들은 그 일을 이야기할 때 마지막 글자를 생략했다.

"왜 그런 생각을 하세요? 자식들도 효자인데⋯⋯."

윈톈밍이 상체를 일으켜 앉았다.

"그래서 그래. 이대로 더 있으면 자식들이 집을 팔아야 해. 그렇게 해도 병은 못 고칠 텐데. 자식들, 손주들한테 무책임한 짓을 할 순 없지."

리 선생은 원톈밍에게 이런 얘기를 하는 게 적절치 않은 것 같아 그의 팔을 한 번 주무르고 침대로 돌아갔다.

커튼 위로 흔들리는 나무 그림자를 보며 원톈밍도 잠이 들었다. 병에 걸린 뒤 처음으로 평화로운 꿈을 꾸었다. 꿈속에서 노가 없는 조각배를 타고 있었다. 흰 종이로 접은 조각배가 잔잔한 물 위에 떠 있고, 몽롱한 잿빛 하늘에서 선선한 부슬비가 내리고 있었다. 빗방울이 물 위로 떨어지지 않는 듯 수면이 거울처럼 매끈했다. 사방이 회색과 한 덩어리가 되어 기슭이 보이지 않고 수평선도 볼 수 없었다. 새벽에 일어나 꿈을 더듬어보는데 조금 이상했다. 꿈속에서 그는 부슬비가 그치지 않을 것이고 수면 위에도 영원히 잔물결이 일지 않을 것이며 그곳의 하늘은 영원히 잿빛 그대로일 것이라고 확신하고 있었다.

리 선생의 안락이 진행되었다. 뉴스에서 '진행'이라는 단어를 반복해서 강조했다. '집행'이라는 표현은 타당하지 않고, '실시'라고 해도 어울리지 않으며, '완성'이라고 하면 사람이 반드시 죽어야 한다는 뜻인데 안락 절차로 볼 때 그 역시 정확한 표현이 아니었다.

닥터 장이 원톈밍을 찾아와 그의 건강 상태가 허락한다면 리 선생의 안락식에 참석할 수 있는지 물었다. 닥터 장이 서둘러 설명했다.

"우리 도시의 첫 안락 사례라 각계 대표들이 참석할 거예요. 환자 대표도 참석하는 게 모양새가 좋을 것 같아서 그래요. 다른 뜻은 없어요."

원톈밍은 그의 요청 속에 다른 의미가 들어 있음을 은연중에 느꼈지만 닥터 장의 세심한 치료에 대한 보답인 셈치고 참석하기로 했다. 그런데 문득 닥터 장을 예전에 어디서 만났던 것 같았다. 그의 이름도 왠지 익숙했지만 어디서 보았는지 생각이 나지 않았다. 지금까지 그런 생각이 들지 않았던 것은 그들 사이의 대화가 병세와 치료에 국한되었기 때문일 것이다.

진료할 때는 다른 화제로 대화할 때와 분위기가 사뭇 달랐다.

리 선생의 안락식에 가족은 한 명도 참석하지 않았다. 그는 가족에게 이 사실을 알리지 않고 안락이 끝난 뒤 (병원이 아니라) 시(市) 민정국이 가족에게 통보해달라고 요청했다. 이는 안락사법으로 허용된 것이었다. 취재하러 온 기자가 많았지만 대부분 안으로 들어오지 못했다. 안락은 병원 응급실에서 진행되었다. 응급실 한쪽 벽이 특수한 통유리로 되어 있어 유리벽 밖에서만 안을 들여다볼 수 있고 안에 있는 환자는 밖을 볼 수 없었다.

원텐밍은 유리벽 앞에 모여 있는 각계 인사들 틈으로 비집고 들어갔다. 안락실 모습이 처음 그의 시야에 들어왔을 때 울컥 치미는 공포와 메스꺼움에 왈칵 구역질을 할 뻔했다. 병원 측의 원래 의도는 좋았다. 최대한 인간적인 분위기를 내기 위해 응급실에 화사한 커튼을 달고 꽃병으로 장식하고 벽에도 핑크색 하트를 잔뜩 붙여놓았다. 하지만 효과는 예상과 정반대였다. 마치 묘실을 신방으로 꾸민 것처럼 죽음의 공포 위에 괴이함이 덧입혀졌다.

정중앙에 있는 침대에 누운 리 선생은 평온해 보였다. 원텐밍은 아직 그와 작별 인사를 하지 못했다는 것이 생각나 마음이 더 무거워졌다. 공증인 두 명이 들어가 공증 절차를 마치고 리 선생이 공증서에 서명했다. 공증인이 나온 뒤 다른 사람이 들어가 마지막 절차를 설명해주었다. 흰 가운을 입고 있었지만 의사인지는 알 수 없었다. 그가 침대 앞에 있는 큰 모니터를 가리키며 리 선생에게 거기 쓰인 글을 읽을 수 있는지 물었다. 리 선생이 읽을 수 있다고 대답하자, 그는 또 오른손으로 침대 옆에 있는 마우스를 움직여 모니터 속 버튼을 누를 수 있는지 물었다. 이 방법이 불편하다면 다른 방법도 있다고 친절하게 말했다. 리 선생은 할 수 있다고 했다. 원텐밍은 리 선생이 했던 말이 생각났다. 그는 컴퓨터를 써본 적도 없고 통장에서 돈을 찾을 때도 직접 은행에 가야 한다고 했다. 그렇다면 그는 난생처음 마우스를 잡아보는 것이리라. 흰 가운을 입은 사람은 리 선생에게 모니터에 곧 질문이 나타날 것이고 같은 질문이 다섯 번 반복될 것이라고 말했다. 질문 아래 0부터 5까지 버튼 여섯 개가 있는데 그 질문에 대한 대답이 긍정이면 지시에 따라 버튼을 누르면 된다. 1부터 5 중에서 임의의 숫자가 나오게 되는데 '예' '아니요'가 아니라 숫자 버튼을 사용한 것은 환자가 무의식 상태에서 똑같은 버튼을 반복해서 누르는 것을 방지하기 위함이었다. 반대로 대답이 부정적이라면 0을 누르면 된다. 그러면 안락 절차가 즉시 중단된다. 간호사가 들어가 리 선생의 왼팔에 주삿바늘을 꽂았다. 주삿바늘은 관을 통해 노트북 크기의 자동주사기에 연결되어 있었다. 흰 가운을 입은 사람이 무언가를 꺼내 겹겹이 밀봉되어 있는 포장을 뜯자 작은 유리관이 나왔다. 그 안에 연노란색 액체가 들어 있었다. 그가 유리관을 조심스럽게 주사기에 넣은 뒤 간호사와 함께 밖으로 나왔다. 안락실에 리 선생 혼자 남았다. 안락 절차가 곧 시작되었다. 모니터에 질문이 뜨는 동시에 아름다운 여자 목소리로 읽어주었다.

—삶을 끝내길 원하십니까? '예'라면 3을, '아니요'라면 0을 눌러주세요.
리 선생이 3을 눌렀다.
—삶을 끝내길 원하십니까? '예'라면 5를, '아니요'라면 0을 눌러주세요.
리 선생이 5를 눌렀다.
같은 질문이 두 번 더 나왔다. '예'라면 각각 1과 2를 누르라고 했고 리 선생은 그대로 눌렀다.
—삶을 끝내길 원하십니까? 마지막 질문입니다. '예'라면 4를, '아니요' 라면 0을 눌러주세요.

그 순간 슬픔이 거센 파도처럼 윈텐밍의 뇌리를 덮쳤다. 기절할 것 같았다. 어머니가 돌아가셨을 때도 이런 극도의 비통함을 느끼지는 않았다. 리 선생에게 0을 누르라고 소리치고 싶었다. 유리를 깨고 들어가 목소리가 예쁜 여자를 죽여버리고 싶었다.

하지만 리 선생은 4를 눌렀다.

주사기가 소리 없이 작동되었다. 유리관 속에 있는 연노란색 액체가 빠르게 줄어들더니 이내 사라졌다. 그러는 동안 리 선생은 미동도 없이 눈을 감은 채 편안히 누워 있었다.

모여 있던 사람들이 다 돌아갔지만 윈텐밍은 유리벽에 기댄 채 꼼짝도 하지 않았다. 그는 이미 생명이 사라진 유리 너머의 육신을 보지 않았다. 눈은 뜨고 있었지만 아무것도 보지 않았다.

"고통 없이 떠나셨어요."

닥터 장의 목소리가 귓가로 날아온 모기처럼 나직이 울리고 누군가의 손이 윈텐밍의 어깨에 얹혔다.

"다량의 바르비탈, 근이완제, 고농도 염화칼륨을 섞은 주사약이에요. 바르비탈이 제일 먼저 작용해 환자를 깊은 수면 상태로 진입시키면 근이완제가 호흡을 중단시키고 염화칼륨이 심장박동을 멎게 하죠. 20~30초밖에 걸리지 않아요."

윈텐밍의 어깨에 얹혀 있던 닥터 장의 팔이 내려간 뒤 멀어지는 그의 발걸음 소리가 들렸다. 윈텐밍은 돌아보지 않았지만 닥터 장의 얼굴을 떠올리다가 그를 어디서 보았는지 생각났다.

"장 선생님, 저희 누나 아시죠?"

윈텐밍이 작은 소리로 부르자 걸음 소리가 멎었지만 닥터 장은 고개를 돌리지 않았다.

한참 만에 대답이 돌아왔다.

"음, 고등학교 동창이에요. 어릴 때 텐밍 씨를 두어 번 본 적이 있어요."

원텐밍은 기계적인 걸음걸이로 병원 본관에서 나왔다. 이제 알았다. 닥터 장이 누나를 위해 한 일이라는 걸. 누나가 동생을 죽이고 싶어 하는 것이다. 물론, 안락으로 말이다.

원텐밍은 어릴 적 누나와 함께 놀던 행복했던 시절을 종종 회상했다. 하지만 나이가 들면서 남매 사이가 점점 멀어졌다. 싸운 것도 아니고 누가 상처를 준 것도 아니었지만 관계가 저절로 소원해졌다. 두 사람 모두 상대가 자신과 완전히 다른 부류라고 느꼈고, 상대에게 멸시당하는 기분이었다. 누나는 계산이 빠르지만 똑똑하지 못했고, 자신처럼 계산은 빠르지만 똑똑하지 못한 남자와 결혼하더니 아이들이 다 크도록 집 한 채 사지 못했다. 시댁도 집이 없기는 마찬가지여서 누나 가족이 아버지 집에 얹혀살고 있었다. 원텐밍도 성격이 괴팍해 남들과 잘 어울리지 못했고 일에서든 생활에서든 누나보다 크게 나을 것이 없었다. 그는 회사 기숙사에서 혼자 살면서 건강이 좋지 않은 아버지를 모시는 일은 전적으로 누나에게 미루었다.

원텐밍은 누나가 무슨 생각을 하는지 짐작할 수 있었다. 그가 아프기 시작한 후 보험금만으로는 병원비를 충당할 수 없는 데다가 갈수록 돈이 많이 드는 병이라 아버지가 저금해놓은 돈을 그의 치료비에 보태고 있었다. 하지만 누나가 집조차 없는 걸 알면서도 아버지는 누나에게 금전적인 도움을 준 적이 없었다. 누가 봐도 차별이었다. 그 때문에 지금 누나는 아버지의 돈을 쓰는 건 곧 자기 돈을 쓰는 것이라고 여기고 있었다. 더군다나 그 돈을 희망도 없는 치료에 쓰고 있으니, 동생이 안락을 한다면 자기 돈도 지키고 동생의 고통도 줄일 수 있다고 생각할 것이다.

하늘에 먹구름이 자욱했다. 그날 꿈에서 보았던 것 같은 하늘이었다. 끝없는 잿빛을 보며 원텐밍은 긴 한숨을 내쉬었다.

'좋아. 죽으라면 죽어줄게.'

카프카의 소설이 생각났다. 소설에서 주인공이 아버지와 말다툼을 하다가 아버지가 "죽어버려!"라고 욕하자 "알았어요. 죽으러 갈게요"라고 말한다. 마치 "알았어요. 쓰레기 버리러 갈게요" "알겠어요. 문 닫을게요"라고 말하듯이 아무렇지 않게 말하고는 그길로 집을 나가 길 건너편에 있는 다리 위로 올라가더니 곧바로 몸을 던진다. 훗날 카프카는 그 대목을 쓸 때 '사정의 쾌감'을 느꼈다고 회상했다. 지금 이 순간 윈톈밍은 카프카를 이해할 수 있었다. 100년 전 중절모를 쓰고 서류가방을 든 채 프라하의 거리를 말없이 걷던, 자신처럼 괴팍했던 그 남자를 말이다.

병실로 돌아와보니 누군가 윈톈밍을 기다리고 있었다. 대학 동창 후원(胡文)이었다. 대학 때 친구가 없었던 윈톈밍이 그나마 제일 가깝게 지낸 동창이었다. 둘 사이에 우정이 존재하기 때문이 아니라 후원이 그와는 정반대로 누구와도 친하게 지내는 성격이었기 때문이다. 윈톈밍은 아마 그의 인간관계에서 가장 바깥쪽에 있는 사람일 것이다. 졸업 후에는 한 번도 연락한 적이 없었다. 후원은 꽃바구니 대신 음료 한 상자를 들고 왔다.

후원이 짧게 탄식하더니 불쑥 물었다.

"대학교 1학년 때 그 엠티 기억나? 처음으로 다 같이 놀러 갔잖아."

물론 기억하고 있었다. 그때 청신(程心)이 처음으로 그의 옆에 앉았다. 그녀와 말한 것도 그때가 처음이었다. 사실 청신은 그 후 대학 4년 동안 윈톈밍에게 무관심했다. 그렇다고 윈톈밍이 먼저 그녀에게 말을 걸 용기도 없었다. 그날 그가 혼자 앉아 미윈(密雲)저수지를 바라보고 있을 때 청신이 다가와 뭘 좋아하느냐며 말을 걸었다. 그들은 저수지를 향해 작은 돌멩이를 던지며 처음 말을 튼 친구와 나눌 수 있는 가장 일반적인 화제로 대화를 나누었다. 하지만 윈톈밍은 그때 나누었던 대화를 한 글자도 빼놓지 않고 기억하고 있었다. 청신이 작은 종이배를 접어 물에 띄우자 순백의 종이배가 미풍에 밀려 천천히 멀어지다가 작은 흰 점이 되었다. 그의 대학 생활에서 가장 찬란한 하루였다. 사실 구름이 잔뜩 끼고 부슬비가 내려 수면 위로 빗방울 자국이 가득했으며 그들이 던진 돌멩이도 축축했다. 하지만 그는 그날부터 부슬비가 오는 날과 축축한 땅, 젖은 돌멩이를 좋아하게 되었고 종이배를 접어 책상에 올려놓는 버릇이 생겼다.

그는 문득 생각했다. 자신이 그날 밤 꿈에서 본 빗속 피안의 세계가 그 기억에서 비롯되었을까?

하지만 그녀와 대화를 나눈 뒤에 있었던 일은 후원의 얘기를 듣고 어렴풋이 떠오를 정도였다. 청신이 그와 얘기를 나누다가 친구들이 불러 가고 난 뒤 후원이 다가와 옆에 앉으며 말했다.

"우쭐할 거 없어. 쟨 누구한테든 잘해주니까."

그건 윈톈밍도 알고 있었다.

하지만 그 화제는 이어지지 않았다. 후원이 깜짝 놀라 윈톈밍의 손에 들려 있는 생수병을 가리키며 뭘 마시고 있느냐고 물었다. 병 속에 찌꺼기 같은 것이 잔뜩 섞인 초록색 물이 들어 있었다. 윈톈밍은 길가의 풀을 으깨서 넣은 것이라며 이게 바로 진정한 자연의 음료라고 했다. 기분이 좋아서인지 그날 윈톈밍은 유난히 말이 많았다.

"나중에 기회가 되면 회사를 차려서 이런 음료를 만들 거야. 아주 잘 팔릴 거 같아."

후원이 말했다.

"세상에서 제일 맛없는 음료겠지."

그러자 윈톈밍이 반문했다.

"술이 맛있어? 담배는 또 어떻고? 코카콜라도 처음 마시면 맛이 없어. 중독성이 있어서 사람들이 좋아하는 거지."

"바로 그때 네가 내 인생을 바꿨어!"

후원이 윈텐밍의 어깨를 툭 치고는 가지고 온 상자를 열어 음료 한 병을 꺼냈다. 초록색 포장지에 드넓은 초원이 그려져 있고 '녹색폭풍'이라는 상표가 찍혀 있었다. 후원이 뚜껑을 열어 내밀자 윈텐밍이 한 모금 마셨다. 시원하지만 쓰고 떫은맛이 혀를 감쌌다. 그가 눈을 감았다. 부슬비가 내리던 그 호숫가로 되돌아간 것 같았다. 청신이 곁에 앉아 있었다……

후원이 말했다.

"이건 무가당이야. 시중에서 판매하는 건 이것보다 더 달아."

"이게, 잘 팔려?"

"잘 팔려. 문제는 생산원가야. 풀로 만들었다고 원가가 낮을 거라고 생각하면 오산이야. 어느 정도 규모가 되기 전에는 사과나 호두보다 더 비싸. 풀에 유해 성분이 많고 가공 과정도 복잡하지. 하지만 앞으로 전망이 밝아. 투자하겠다는 회사들이 줄을 섰어. 후이위안(匯源)*은 아예 회사를 인수하겠다나. 헛소리지."

윈텐밍은 말없이 후원을 쳐다보았다. 항공우주학을 전공한 뒤 음료 회사를 차린 기업가였다. 그는 행동가였다. 원래 인생이란 그런 사람들의 것이다. 자신 같은 사람들은 인생에서 내팽개쳐질 뿐이라고 윈텐밍은 생각했다.

"친구, 내가 너한테 빚을 졌어."

후원이 신용카드 세 장과 쪽지 한 장을 그의 손에 쥐여주고 주위를 두리번거린 뒤 그의 귓가에 대고 속삭였다.

"300만 위안 넣어놨어. 비밀번호도 적어놨고."

"내가 특허를 신청한 것도 아닌데."

* 옮긴이 주: 중국 최대 음료 회사.

윈텐밍이 담담하게 말했다.

"그래도 아이디어는 네 것이잖아. 네가 없었으면 녹색폭풍도 없었어. 너만 괜찮다면 이 돈으로 법적인 빚을 정리하자. 물론 우정은 정리할 수 없지. 난 영원히 너한테 빚을 진 거야."

"법적으로도 빚지지 않았어."

"꼭 받아줘. 넌 지금 돈이 필요하잖아."

윈텐밍은 더 이상 사양하지 않고 자신에게는 엄청난 거액을 받았다. 하지만 흥분되지는 않았다. 그 돈으로도 자신의 목숨을 살릴 수 없다는 걸 알고 있었기 때문이다. 하지만 아직 일말의 희망은 남아 있었다. 후원이 돌아간 뒤 병원 데스크로 달려갔다. 닥터 장이 아니라 유명한 종양 전문가인 부원장을 만나게 해달라고 했다. 윈텐밍은 그를 만나자마자 단도직입적으로 물었다. 돈만 있으면 병을 고칠 수 있는 희망이 있는지.

나이가 지긋한 부원장은 컴퓨터로 윈텐밍의 차트를 찾아본 뒤 가만히 고개를 저었다. 그의 암세포가 폐부터 온몸으로 전이되어 수술이 불가능하고 항암치료에 의존할 수밖에 없으므로 돈이 문제가 아니라고 했다.

"젊은이, 아무리 좋은 약도 죽을병을 고칠 수는 없고 부처도 인연이 없는 사람은 구도할 수 없다고 했어."

실낱같은 희망이 싸늘하게 식은 뒤 그는 놀라울 만큼 차분해졌다. 바로 그날 오후 안락사 신청서를 제출했다. 그의 주치의인 닥터 장에게 신청서를 건네자 닥터 장은 미안한 듯 그의 눈을 똑바로 보지 못하고 말했다.

"우선 항암치료를 중단하죠. 더 이상 고통받을 필요 없어요."

이제 한 가지 문제만 남았다. 이 돈을 어떻게 쓸 것인가. 아버지에게 드리고 나머지는 가족에게 나눠주는 것이 상례다. 물론 그의 가족이란 누나를 의미한다. 하지만 윈텐밍은 그러고 싶지 않았다. 그는 이미 누나 뜻대로 죽음을 선택했으므로 누나에게 마음의 빚 따위는 없었다.

자신의 꿈이 무엇인지 생각해보았다. 엘리자베스호 같은 호화 유람선을 타고 여행하는 건 어떨까? 그 돈으로 충분할 것이다. 하지만 그의 건강 상태가 허락하지 않았다. 그에게 남은 시간이 그렇게 많지는 않을 것이다. 속이 상했다. 그럴 수만 있다면 햇빛 쏟아지는 갑판 위에서 바다를 바라보며 살아온 나날을 되짚어볼 수도 있고, 부슬비가 내리는 날 낯선 나라의 바닷가에 내려 작은 호수에 축축한 돌멩이를 던질 수도 있을 것이다…….

또 청신이 떠올랐다. 요즘 그녀를 생각하는 시간이 많아졌다.

그날 밤 텔레비전에 이런 뉴스가 나왔다.

UN 행성방위이사회 제12차 회의에서 제479호 의안이 통과됨에 따라 스타 프로젝트가 실행에 옮겨지게 되었습니다. 스타 프로젝트가 정식 궤도에 오르면 UN 개발 계획, 경제사회이사회 개발을 위한 에너지 자원위원회, 유네스코로 이루어진 스타프로젝트위원회가 전 세계에서 이 계획을 실행하게 됩니다.

오늘 오전 스타 프로젝트 중국 네트워크의 정식 개통과 함께 국내에서도 이 프로젝트가 개시되었습니다. UN 개발 계획 베이징(北京) 대표처 관계자는 중국 기업과 개인은 이 프로젝트에 참여할 수 있지만 사회 단체의 입찰은 받지 않을 것이라고 밝혔습니다.

원텐밍은 갑자기 무슨 생각이 난 듯 옷을 걸치고 병실 밖으로 나갔다. 간호사에게 산책을 하고 싶다고 했지만 소등 시간이 지나서 안 된다고 했다. 그는 불 꺼진 병실로 돌아가 커튼을 걷고 창문을 열었다. 리 선생의 병상에 새로 온 환자가 작은 소리로 구시렁거렸다. 원텐밍은 고개를 들고 도시의 스모그에 가려진 몽롱한 하늘을 올려다보았다. 희미하지만 밤하늘에서 은빛 점들이 반짝이고 있었다. 그 돈으로 할 일이 생겼다.

청신에게 별을 선물할 것이다.

《시간 밖의 과거》 발췌

스타 프로젝트 — 위기 초기의 유치증

위기의 세기가 시작되고 첫 20년 동안 인간 사회에 발생한 일련의 일들은 그 전과 후 사람들이 이해하기 어려운 것이었다. 역사학자들은 그것을 위기 유치증이라고 명명했다. 문명 전체를 위협하는 갑작스럽고 전례 없는 위기가 유치증을 유발했다는 것이 일반적인 견해지만, 개인으로 보면 그럴 수 있다고 해도 인간 사회 전체로 보면 그렇게 단순하지 않았다. 삼체 위기가 가져온 문화적 충격은 사람들의 당초 상상을 훨씬 뛰어넘었다. 생물학적으로는 포유류의 먼 조상이 바다에서 육지로 올라온 사건에 비견될 만하고, 종교적으로는 아담과 이브가 에덴동산에서 쫓겨났을 때의 충격과 맞먹는 것이었지만, 역사학적으로나 사회학적으로는 비슷한 사례를 찾을 수가 없었다. 인류 문명이 지금껏 경험한 모든 일을 다 합쳐도 이 사건에 비하면 아무것도 아니었다. 사실 이 일은 인류 사회의 문화, 정치, 종교, 경제를 뿌리부터 흔들어놓았다. 충격파가 문명의 가장 깊은 곳까지 파고들었다가 그 영향이 빠르게 표면으로 올라왔다. 인류 사회와의 거대한 관성과 상호작용이 유치증을 일으킨 근본 원인일 것이다.

유치증의 전형적인 사례는 면벽 프로젝트와 스타 프로젝트다. 두 가지 모두 당시 국제사회가 UN을 통해 창안해낸 것이지만 다른 시대 사람들의 관념으로는 불가사의한 행동이었다. 전자는 역사를 바꾸어 그 후의 문명사 전체에 지대한 영향을 미쳤다. 이에 대해서는 다른 장에서 따로 서술할 것이다. 후자는 시작된 지 얼마 되지 않아서 흐지부지 사라진 뒤 빠르게 잊혔다.

스타 프로젝트가 생겨난 원인은 두 가지다. 하나는 위기 초기에 나타난 UN 지위 격상의 필요성이고, 다른 하나는 도피주의의 출현과 유행이다.

삼체 위기의 출현으로 인류는 처음으로 공동의 적과 마주하게 되었고 UN에 거는 기대도 자연히 높아졌다. 보수파도 UN을 철저히 개혁하는 한편 더 높은 권력을 부여하고 더 많은 자원을 동원할 수 있게 해야 한다고 주장했다. 급진파와 이상주의자들은 한 걸음 더 나아가 지구 연합을 성립하고 UN이 세계 정부가 되어야 한다고 주장했다. 중소 국가들은 UN 지위 격상에 더욱 적극적으로 나섰다. 그들은 이 위기를 강대국으로부터 기술 및 경제적 지원을 얻을 기회로 여겼다. 반대로 강대국의 반응은 냉담했다. 처음 위기가 출현했을 때 강대국들은 각자 우주 방위의 기초 연구에 막대한 투자를 했다. 우주 방위가 미래 국제정치의 중요한 분야로 떠올라 국가의 우주 방위 능력이 국력과 정치적 지위를 결정짓는 중요한 요인이 될 것이라고 예상했기 때문이다. 또 한편으로는 대형 기초 연구를 진행하려는 열망을 오래전부터 가지고 있었지만 민생경제와 국제정치상의 제약 때문에 쉽게 뛰어들지 못하고 있을 뿐이었다. 강대국 정치가들에게 삼체 위기는 과거 케네디와의 냉전 관계만큼 중요하며 그때보다 백배는 더 큰 기회를 품고 있었다. 하지만 강대국들은 자신들의 이런 노력을 UN이라는 틀 안으로 편입시키는 걸 원치 않았다. 국제사회에서 '세계는 하나'라는 구호가 점점 거세지자 어쩔 수 없이 UN에 정치적인 공수표를 남발했지만 실제로 그들이 주도하는 우주 방위 체제에 대한 투자는 미미했다.

위기 초기의 UN 사무총장 세이가 결정적인 인물이었다. 그녀는 UN이 신기원을 창조할 수 있는 기회가 도래했다고 판단하고 강대국 연석회의나 국제 포럼에 불과한 UN을 개혁해 독립된 정치 실체로 만들고 태양계 방위 체계 구축에 있어서 실질적인 주도권을 가지려 했다. 이 목표를 실현하기 위해서는 우선 UN이 동원 가능한 충분한 자원을 확보해야 했지만 당시에는 이 선결 조건이 실현되지 못했다. 스타 프로젝트는 이 선결 조건을 충족시키기 위해 세이가 고안해낸 방법이었다. 결과가 어떻든 이런 프로젝트를 생각해냈다는 것만으로도 그녀의 정치적 지혜와 상상력은 증명된 셈이다.

스타 프로젝트 수립에 기초가 된 국제법은 우주법 협정이었다. 우주법 협정은 삼체 위기의 산물이 아니라 위기가 닥치기 전 해양법 협정과 남극 조약을 참고해 오랫동안 입안하고 협상이 진행되고 있었다. 하지만 당시의 우주법 협정은 카이퍼 벨트* 이내의 태양계 자원에 국한되어 있었다. 삼체 위기가 출현하자 외우주를 고려하지 않을 수 없었지만 화성에도 상륙하지 못한 인류의 기술 수준으로는 이 협정의 만료 시한(50년)이 지난다 해도 태양계 밖의 자원은 현실적으로 아무런 의미가 없었다. 강대국들은 그것이 UN에 제시할 공수표로 제격임을 알아차리고 이 조약에 태양계 밖의 자원에 대한 조항을 추가했다. 카이퍼 벨트 밖에 있는 천연자원(천연자원이라는 표현에 대한 장황한 정의도 덧붙였다. 간단히 말하면 인류 외의 문명에 점유되지 않은 자원을 의미한다는 것인데, 여기서 처음으로 '문명'이라는 단어를 국제법으로 정의했다)의 개발과 기타 경제적 행위는 반드시 UN의 틀 내에서 이뤄져야 한다는 내용이었다. 역사적으로 이 조항을 '위기 부가 조항'이라고 불렀다.

스타 프로젝트가 출현한 두 번째 원인은 도피주의였다. 도피주의가 막 등장해 뚜렷한 부작용이 나타나기 전이므로 도피가 위기에 대처하는 최후의 선택이라는 인식이 있었다. 이런 상황에서 태양계의 외행성, 특히 지구형행성을 가진 항성의 가치가 주목받기 시작했다.

스타 프로젝트가 처음 제안되었을 때는 UN이 태양계 밖의 일부 항성과 그 부속 행성의 소유권을 경매로 판매한다는 내용이었다. 국가, 기업, 사회단체, 개인 누구나 경매에 참여할 수 있고 판매 대금은 UN이 태양계 공동 방위 체계에 대한 기초 연구에 사용하기로 했다. 세이는 항성 자원이 풍부하다고 주장했다. 태양계에서 100광년 이내에 30만 개 넘는 항성이 있고, 1000광년 이내에 있는 항성은 헤아릴

* 옮긴이 주 : 해왕성 바깥에서 태양 주위를 도는 작은 천체들의 집합체.

수도 없이 많은데 적어도 그 항성 중 10분의 1은 부속 행성을 갖고 있을 것으로 추산된다. 그러므로 그중 극히 일부만 판매해도 우주 개발 자금을 충분히 조달할 수 있다는 게 그녀의 논리였다.

이 독특한 제안은 발표되자마자 큰 관심을 모았다. PDC(행성방위이사회) 각 상임이사국들은 그녀의 계획에 동조하는 것은 아니지만 예견할 수 있는 미래에 이 제안이 통과되어도 자국에 미치는 피해는 없을 것이라고 판단했다. 반대로 이 제안이 부결되면 당장 국제정치에 골치 아픈 문제가 발생할 것이 틀림없었다. 수차례 논쟁과 타협 끝에 항성 경매 범위가 카이퍼 벨트 밖 100광년으로 확대되었고 마침내 제안이 통과되었다.

스타 프로젝트는 시작되자마자 끝났다. 이유는 간단하다. 항성이 팔리지 않았던 것이다. 판매된 항성은 17개밖에 되지 않았고 그마저도 싼 가격에 팔렸다. UN은 이 경매로 4000만 달러밖에 벌지 못했고 구매자 명단은 공개되지 않았다. 사람들의 관심사는 구매자들이 쓸모없는 종잇장을 무엇에 쓰려고 그렇게 비싼 돈을 주고 샀는지였다. 비록 그 종이가 아무리 막강한 법률적 효력을 가지고 있다 해도 말이다. 아마도 다른 세계를 소유했다는 만족감 때문일 것이라고 추측했다. 비록 영원히 직접 가볼 수는 없지만 말이다. (심지어 육안으로 보이지 않는 것도 있었다.)

세이는 이 프로젝트가 실패했다고 생각하지 않았다. 그녀는 처음부터 그런 결과를 예상하고 있었다. 스타 프로젝트는 본질적으로 UN의 정치 선언이었다.

스타 프로젝트는 사람들에게 금세 잊혔다. 이 프로젝트의 출현은 위기 초기 인류 사회에서 나타난 비정상적인 행동 방식을 보여주는 전형적인 예다. 스타 프로젝트와 거의 동시에, 똑같은 요인으로 탄생한 것이 면벽 프로젝트다.

원톈밍은 인터넷 사이트에 있는 주소를 보고 스타 프로젝트 중국 대표처에 전화를 걸어 통화한 뒤 후원에게 연락해 청신의 주소, 신분증 번호등 개인정보를 알아봐달라고 부탁했다. 그는 후원이 조롱, 연민, 감탄 등 여러 가지 반응을 보일 것으로 예상했지만 생각과 달리 후원은 긴 침묵 끝에 가벼운 탄식을 내뱉었다.

"좋아. 국내에 없을 수도 있지만."

"내가 물어봤다는 얘긴 하지 마."

"걱정 마. 본인에게 직접 물어보진 않을 거니까."

다음 날 원톈밍은 후원의 문자 메시지를 받았다. 그가 알려달라고 한 청신의 개인정보가 거의 다 적혀 있었지만 직장은 빠져 있었다. 항공기술연구원에 다니다가 작년에 다른 곳으로 옮긴 뒤 그녀가 어디서 일하는지 아는 사람이 없다고 했다. 대신 상하이(上海)와 뉴욕 두 곳의 주소가 적혀 있었다.

그날 오후 원톈밍은 볼일이 있다며 닥터 장에게 외출 허가를 신청했다. 닥터 장이 동행하겠다고 했지만 거절했다.

원톈밍은 택시를 잡아타고 유네스코 베이징 대표처로 향했다. 위기가 닥친 뒤 베이징 주재 UN 기구들의 규모가 급속도로 커져 유네스코 대표처도 쓰환(四環)* 밖 대형 오피스빌딩의 대부분을 사용하고 있었다. 그 오피스빌딩의 커다란 사무실이 스타 프로젝트 대표처였다. 대표처로 들어서자 커다란 별자리표가 그를 맞이했다. 검은 벨벳 같은 배경 위에 복잡하게 그려진 은색 선이 별자리를 연결하고 있었다. 다시 보니 컴퓨터와 연결된 대형 액정 모니터였다. 일부분을 확대하거나 검색할 수도 있었다. 사무실에는 일상적인 응대를 맡은 여직원 외에는 아무도 없었다. 원톈밍이 찾아온 용건을 말하자 여직원이 활짝 웃으며 나갔다가 금발의 여자를 데리고 돌아왔다. 여직원은 그녀가 유네스코 중국 대표처 주임이자 아시아·태

* 옮긴이 주: 베이징 중심부터 차례로 건설된 순환도로 중 4차 순환도로.

평양 지역 스타 프로젝트 책임자라고 소개했다. 주임도 반갑게 그에게 악수를 청하며 유창한 중국어로 인사했다. 그가 항성을 사겠다고 찾아온 첫 중국인이라고 했다. 기자들을 불러 축하 행사를 열어야 하지만 신분을 비밀로 하고 절차를 간소화해달라는 그의 요청을 존중하겠다고 했다. 그녀는 스타 프로젝트를 홍보할 수 있는 좋은 기회를 놓쳐서 무척 아쉽다는 말도 덧붙였다.

'걱정 마세요. 중국에 나 같은 바보가 또 있을 리는 없으니까.'

윈텐밍은 속으로 생각하고 있던 말을 밖으로 내뱉을 뻔했다.

양복 차림에 안경을 쓴 중년 남자가 들어왔다. 주임은 항성 경매의 실무를 담당하는 베이징 천문대 연구원 허(何) 박사라고 그를 소개했다. 주임이 밖으로 나가자 허 박사가 윈텐밍을 소파로 안내했다. 그가 여직원에게 차를 가져오라고 한 뒤 윈텐밍에게 물었다.

"혹시 건강이 안 좋으신가요?"

윈텐밍의 안색은 건강한 사람들과 다를 수밖에 없었다. 하지만 고문 같은 항암치료를 중단한 뒤에는 컨디션이 좋아져 새로 태어난 것 같은 착각마저 들었다. 윈텐밍이 허 박사의 질문을 이해하지 못하고 전화로 했던 말을 반복했다.

"항성을 선물로 주려고 해요. 항성은 그 사람 명의로 할게요. 저의 개인정보는 아무것도 밝힐 수 없어요. 물론 선물받는 사람에게도 비밀로 해주시고요."

허 박사가 말했다.

"가능합니다. 어떤 종류의 항성을 원하시죠?"

"지구에서 최대한 가깝고 행성이 딸려 있는 걸로요. 지구형행성이면 제일 좋고요."

윈텐밍이 별자리표를 가리키자 허 박사가 고개를 저었다.

"제시하신 금액으로는 불가능합니다. 그런 항성은 최저가로 따져도 그것보다 훨씬 비쌉니다. 말씀하신 금액으로는 행성이 없는 항성만 가능해요. 거리도 그렇게 가까울 수는 없고요. 솔직히 말씀드릴게요. 사실 그 금액으로는 아주 먼 항성밖에는 살 수 없어요. 어제 전화를 받고 선생님이 국내 1호 입찰자라는 점을 고려해 한 곳의 가격을 특별히 깎아드리기로 했습니다."

그가 마우스를 움직여 별자리표의 한 곳을 확대했다.

"바로 이 항성입니다. 여러 번 유찰된 곳이죠. 이 항성을 구매하신다면 깎아드릴 수 있습니다."

"얼마나 멀리 있나요?"

"태양계에서 286.5광년 떨어져 있습니다."

"너무 멀군요."

허 박사가 웃으며 고개를 저었다.

"천문학에 대해 좀 아시는 것 같군요. 이렇게 생각해보세요. 286광년과 286억 광년이 우리에게 얼마나 큰 차이가 있을까요?"

윈톈밍은 침묵으로 대답을 대신했다. 사실 거의 차이가 없었다.

"이 별에는 아주 큰 장점이 있습니다. 볼 수 있다는 겁니다. 사실 항성을 살 때 겉모습이 중요하지 거리나 부속 행성의 유무는 중요하지 않다고 생각합니다. 가깝지만 보이지 않는 별보다 멀지만 육안으로 볼 수 있는 별이 훨씬 낫고, 행성은 있지만 보이지 않는 별보다 행성은 없지만 육안으로 볼 수 있는 별이 낫죠. 결국 별을 보려고 사는 거니까요."

윈톈밍이 고개를 끄덕였다. 청신이 그 별을 볼 수 있다면 참 좋을 것이다.

"이름이 뭔가요?"

"수백 년 전 티코 브라헤의 천체도에도 나오는 별이지만 이름은 없고 일련번호만 있습니다."

허 박사가 마우스 화살표를 그 빛나는 점 위로 옮기자 옆으로 글자가 나타났다.

'DX3906.'

허 박사가 그에게 이 번호의 뜻을 설명해주었다. 항성의 종류, 절대광도, 상대광도, 주계열성*의 위치 등등.

구매 절차가 신속하게 완료되고 공증인 두 명을 불러 공증 수속까지 마쳤다. 주임이 UN 개발 계획과 경제사회이사회 개발을 위한 에너지 자원 위원회의 두 직원을 데리고 오자 여직원이 샴페인을 가지고 왔다. 조촐한 축하 행사가 끝난 뒤 주임이 DX3906에 대한 청신의 소유권의 효력이 정식으로 발생되었음을 선언했다. 그녀가 검은 가죽으로 싼 고급스러운 파일을 원톈밍에게 건넸다.

"선생님의 별입니다."

위원회 직원들이 돌아간 후 허 박사가 원톈밍에게 물었다.

"개인적인 질문을 해도 될까요? 대답하지 않으셔도 괜찮아요. 이 별을 받을 분이 여자인가요?"

원톈밍이 잠시 망설이다가 고개를 끄덕였다.

허 박사가 고개를 끄덕이며 감탄했다.

"누군지 몰라도 복이 많은 분이네요! 부자시군요. 부럽습니다."

거의 말이 없었던 여직원이 허 박사를 향해 혀를 쏙 내밀었다.

"그런 소리 마세요. 부자라서 그렇다고요? 박사님한테 300억 위안이 있으면 애인에게 별 하나 턱 사주실 수 있어요? 그저께 하셨던 말씀 잊지 마세요."

* 옮긴이 주: 별이 태어난 뒤 내부의 핵이 수소핵 융합 반응으로 안정적인 에너지를 발산하는 시기에 있는 별. 평범한 별의 일생에서 가장 긴 시간을 차지함.

허 박사는 자신이 했던 말을 여직원이 이 자리에서 말해버릴까 봐 긴장했다. 이틀 전 그는 UN의 이 프로젝트가 10년 전 사기꾼들이 써먹던 수법과 똑같다고 혹평했다. 다른 점이 있다면 그들은 별이 아니라 달과 화성을 팔아먹으려 했던 것뿐이라고 말이다. 이번에도 속는 사람이 있으면 그건 정말 기적일 거라는 말도 덧붙였다. 다행히 여직원은 그가 했던 말을 하지 않았다.

여직원이 말했다.

"돈 문제가 아니에요. 낭만이 있어야 할 수 있는 일이에요. 낭만! 아시겠어요?"

그녀는 아까부터 신화 속 인물을 우러러보는 눈빛으로 윈텐밍을 흘금흘금 훔쳐보았다. 처음에는 호기심이었지만 곧 경외심과 존경심으로 바뀌었고, 나중에는 항성의 소유권 증서가 담긴 가죽 파일에서 시선을 떼지 못했다. 감추지 못한 질투심이 그녀의 얼굴 위를 스쳤다.

허 박사가 윈텐밍에게 말했다.

"증서는 즉시 소유권자에게 배송될 겁니다. 발신 장소에 이곳 주소가 들어갈 거예요. 요청하신 대로 구매자에 대한 모든 정보는 비공개로 하겠습니다. 공개할 정보가 없기도 하고요. 실제로 저는 선생님에 대해 아는 게 하나도 없죠. 선생님의 성씨조차 모르지 않습니까?"

허 박사가 자리에서 일어나 창밖을 쳐다보았다. 벌써 날이 저물어 어둑어둑했다.

"선생님의 별을 보러 가실까요? ……아니, 여자분께 선물한 별이요."

"옥상에서 볼 수 있나요?"

"시내에서는 보이지 않고 교외로 나가야 해요. 불편하시면 다음에 가셔도 되고요."

"아니에요. 지금 가죠. 그 별을 정말 보고 싶으니까."

허 박사가 도시의 불빛을 멀리 따돌리고 두 시간 남짓 차를 몰았다. 지나가는 자동차 불빛에 방해받지 않도록 도로에서 멀리 떨어진 들판으로 향했다. 두 사람은 시동과 모든 불을 끈 뒤 차에서 내렸다. 깊은 가을 밤하늘 위로 별빛이 바다를 이루고 있었다.

"북두칠성 아시죠? 저 사각형의 대각선을 따라 시선을 옮겨보세요. 그 방향에 별 세 개가 둔각을 이루고 있는 게 보일 거예요. 그 둔각의 모서리에서 밑으로 수직선을 그으며 내려오세요. 제가 거길 가리키고 있어요. 보이세요? 그게 선생님의 별이에요. 여자분께 선물하신 별이요."

윈톈밍이 별 두 개를 가리키자 허 박사는 그 별이 아니라고 했다.

"두 별 중간에서 남쪽으로 조금 내려온 곳에 있는 별이요. 그 별의 시등급은 5.5예요. 일반인도 찾는 법을 배우면 관찰할 수 있어요. 오늘은 날씨가 좋아서 육안으로 보일 거예요. 자, 별을 똑바로 쳐다보지 말고 시선을 약간 비켜서 곁눈으로 보세요. 눈가 쪽이 약한 빛에 더 예민하니까 곁눈으로 보다가 별을 찾아내면 똑바로 보세요."

허 박사의 도움으로 윈톈밍도 DX3906을 찾아냈다. 있는 듯 없는 듯 아슴아슴하게 빛나는 작은 점일 뿐이어서 조금만 한눈을 팔아도 시야에서 사라졌다. 사람들은 별이 은색인 줄 알지만 자세히 보면 별마다 색이 다르다. DX3906은 암적색이었다. 허 박사는 이 별이 계절에 따라 위치가 바뀐다면서 계절별로 DX3906을 관찰할 수 있는 방법을 적어주겠다고 했다.

허 박사가 짙은 밤하늘을 바라보며 말했다.

"저 별을 받는 여자분처럼 선생님도 운이 좋으세요."

"난 운이 나빠요. 곧 죽을 거니까."

윈톈밍이 고개를 돌려 허 박사를 흘긋 쳐다본 뒤 다시 밤하늘로 시선을 던졌다. 이번에는 DX3906을 아주 쉽게 찾아낼 수 있었다.

허 박사가 그의 말에 놀라는 기색 없이 담배 한 개비를 꺼내 불을 붙였다. 이미 짐작하고 있던 것 같았다. 한참 동안 말없이 담배만 피우던 허 박사가 입을 열었다.

"그렇더라도 선생님은 운이 좋으세요. 세상 밖을 한 번도 보지 못하고 죽는 사람이 대부분이잖아요."

허 박사가 내뿜은 담배 연기가 윈톈밍의 시야를 가려 희미한 별이 가물거렸다. 윈톈밍은 청신이 그 별을 볼 때쯤이면 자신은 이미 세상에 없을 것이라 생각했다. 사실 그가 보고 있고 청신이 보게 될 별은 그 항성의 286년 전 모습이다. 이 희미한 광선이 3세기 가까이 우주를 지나 그들의 망막으로 들어온 것이다. 별이 지금 발산하는 빛은 286년 뒤에 지구에 닿을 것이고 그때는 청신도 이 세상에 없을 것이다.

그녀는 어떤 인생을 살게 될까? 윈톈밍은 그녀가 이 망망한 하늘에 자기 별이 하나 있다는 걸 기억해주길 바랐다.

윈톈밍의 마지막 날이 밝았다. 특별한 점을 발견하고 싶었지만 수많은 날 중 하루일 뿐이었다. 평소처럼 아침 7시에 눈을 뜨자 평소와 똑같은 햇빛이 맞은편 벽의 똑같은 자리를 비추고 있었다. 날씨는 나쁘지도 좋지도 않았고 하늘은 평소와 똑같은 남회색이었다. 창 앞의 참나무는 잎이 다 떨어져 마지막 잎조차 남아 있지 않았다. 심지어 오늘은 아침 메뉴도 평소와 똑같았다. 오늘은 이미 지나간 28년 11개월 6일처럼 특별한 게 하나도 없었다.

리 선생처럼 윈톈밍도 안락을 가족에게 알리지 않았다. 아버지에게 편지를 남기고 싶었지만 할 말이 없어서 그만두었다.

10시 정각, 정해진 시간에 혼자 안락실로 들어갔다. 매일 검사받으러 갈 때처럼 차분했다. 그는 이 도시의 네 번째 안락자였으므로 큰 관심을 받지 못했다. 안락실에는 다섯 명밖에 없었다. 공증인 두 명, 진행인, 간호사, 병원장이었다. 닥터 장은 오지 않았다. 원톈밍은 조용히 떠날 수 있을 것 같다고 생각했다.

그의 요청에 따라 안락실에 있는 모든 장식을 떼어내고 일반 병실처럼 네 벽을 깨끗하게 남겨놓아 편안한 느낌이었다.

원톈밍이 진행인에게 말했다.

"진행 절차는 알고 있으니 혼자 할 수 있어요."

진행인이 고개를 끄덕이고 유리벽 밖으로 나갔다. 공증인도 나가고 그와 간호사만 남았다. 간호사의 얼굴 표정에서는 처음 안락을 진행할 때의 두려움과 긴장은 찾아볼 수 없었다. 자동주사기의 바늘을 원톈밍의 왼팔에 침착하게 꽂았다. 원톈밍은 문득 간호사에게 알 수 없는 감정을 느꼈다. 어쨌든 그녀는 그의 마지막을 함께하는 사람이었다. 별안간 28년 전 자신이 태어날 때 받아준 사람이 누군지 궁금했다. 그 두 사람이 진정으로 자신을 도와준, 이 세상에 몇 안 되는 사람이라는 생각에 고마운 마음이 들었다. 그가 고맙다고 말하자 간호사가 미소를 지은 뒤 고양이처럼 소리 없이 밖으로 나갔다. 안락 절차가 시작되었다. 모니터에 질문이 나타났다.

—삶을 끝내길 원하십니까? '예'라면 5를, '아니요'라면 0을 눌러주세요.

그는 지식인 가정에서 태어났지만 그의 부모는 사회적으로든 인맥으로든 무능한 사람들이라 변변한 인생을 살지 못했다. 부모는 귀족이 아니지만 아들에게만큼은 귀족 교육을 고집했다. 원톈밍은 어려서부터 고전만 읽고 클래식만 들을 수 있었으며 부모가 보기에 교양 있고 수준 있는 친구와만 사귀어야 했다. 부모는 아들에게 주변 사람들과 그들 사이에서 일어나는 일이 얼마나 저속한지 얘기해주며 자신들은 보통 사람보다 정신 수준이 훨씬 높다고 누누이 강조했다. 초등학교 때는 그도 친구가 몇명 있었지만 집에 데려오는 건 꿈도 꿀 수 없었다. 부모가 수준 낮은 아이들과 놀지 말라고 할 게 뻔했기 때문이다. 중학생이 된 뒤로는 귀족 교육이 더 심해져 친구 하나 없는 외톨이가 되었다. 그런데 그 무렵 부모가 이혼했다. 가정 파탄의 장본인인 아버지의 내연녀는 보험 영업 사원이었다. 어머니는 이혼 후 돈 많은 건축 하청업자와 결혼했다. 보험 영업 사원과 건축 하청업자는 부모가 아들에게 절대로 가까이하지 말라고 했던 부류였다. 부모는 더 이상 아들에게 귀족 교육을 시킬 자격이 없음을 깨달았지만 원텐밍은 이미 귀족 교육의 굴레에서 빠져나올 수 없었다. 마치 태엽 달린 수갑처럼 빠져나가려고 발버둥 치면 칠수록 더 바짝 조여들었다. 그는 점점 괴팍하고 예민해져 사람들과 멀어졌다.

그의 청소년기와 유년기 기억은 온통 잿빛이었다.

5를 눌렀다.

— 삶을 끝내길 원하십니까? '예'라면 2를, '아니요'라면 0을 눌러주세요.

그의 상상 속에서 대학은 불안한 곳이었다. 낯선 환경과 낯선 사람은 언제나 그를 긴장시켰다. 대학에 막 입학했을 때 모든 것이 그의 상상과 비슷했다. 청신을 만나기 전까지는 그랬다.

예전에도 여학생에게 끌린 적은 있지만 이런 감정은 처음이었다. 낯설고 냉랭했던 세상이 갑자기 화사하고 따뜻한 햇빛으로 가득 찼다. 처음에는 그 햇빛이 어디에서 오는지 알 수 없었다. 구름에 가려진 태양이 내뿜는 빛은 은은한 달빛처럼 원반의 형태밖에 만들 수 없지만, 빛이 사라지면 사람들은 낮을 환하게 밝히는 빛이 모두 태양에서 나왔다는 걸 깨닫게 된다. 원텐밍의 태양은 긴 국경절* 연휴가 다가오면서 사라졌다. 청신이 집에 내려가자 사방이 어두워졌다.

---

* 옮긴이 주:중국의 건국 기념일.

물론 청신에게 그런 감정을 느낀 것이 윈톈밍만은 아니었고, 그는 다른 남학생들처럼 잠도 못 자고 밥도 못 먹을 만큼 괴롭지도 않았다. 작은 희망조차 품지 않았기 때문이다. 자기처럼 괴팍하고 예민한 남자를 좋아할 여자는 없다고 생각했다. 그가 할 수 있는 건 그녀를 멀리서 바라보고 그녀가 발산하는 햇살을 받으며 조용히 봄날의 아름다움을 누리는 게 전부였다.

청신은 윈톈밍이 말수가 적은 남자라고 생각했다. 그녀도 말수가 적었지만 차가운 미인은 아니었다. 그녀는 말을 많이 하지 않지만 남의 얘기를 듣는 건 좋아했다. 그녀가 맑은 눈동자를 깜빡이며 얘기를 들을 때면 상대는 자신이 그녀에게 중요한 사람이 된 것 같았다.

윈톈밍이 고등학생 시절에 끌렸던 예쁜 여학생들과 달리 청신은 그를 투명 인간 취급 하지 않았다. 만날 때마다 미소 지으며 인사하고, 단체 활동이 있을 때 다른 학생들이 고의나 실수로 윈톈밍을 빼놓으면 일부러 그에게 찾아가 알려주었다. 그녀는 같은 과 학생 중 처음으로 성을 빼고 그의 이름을 불러준 친구였다. 그녀와 많은 대화를 나눈 건 아니지만 윈톈밍은 그녀가 유일하게 자신의 여린 모습을 발견하고 자신이 상처받을까 봐 진심으로 걱정하고 있다고 느꼈다. 하지만 이성적인 윈톈밍은 그녀의 행동 속에 다른 의미가 들어 있지 않다는 것도 알고 있었다. 후원의 말처럼 그녀는 누구에게나 친절했다.

윈톈밍이 또렷이 기억하고 있는 일이 있었다. 바로 엠티 때였다. 다 같이 산을 오르고 있는데 청신이 멈추더니 돌계단 위에서 무언가를 조심스럽게 집어 들었다. 못생긴 벌레였다. 축축하고 물컹거리는 벌레가 그녀의 새하얀 손가락 사이를 기어다녔다. 옆에 있는 여학생이 그걸 보고 새된 비명을 질렀다.

"징그러워! 그건 왜 주워?"

청신이 벌레를 가만히 풀숲에 놓아주며 말했다.

"여기 있으면 밟혀 죽잖아."

사실 윈톈밍과 청신은 별로 교류가 없었다. 대학 4년을 통틀어 단둘이 대화한 건 두세 번밖에 되지 않았다.

선선한 여름밤 윈톈밍이 도서관 옥상에 올라갔다. 그가 제일 좋아하는 곳이었다. 그곳을 아는 사람이 별로 없어서 혼자 시간을 보낼 수 있었다. 비 갠 뒤 쾌청한 밤하늘에 평소에는 보이지 않는 은하수가 걸려 있었다.

"하늘에 우유를 뿌려놓은 것 같아!"

소리 나는 쪽으로 고개를 돌리자 언제 왔는지 청신이 옆에 서 있었다. 밤바람에 그녀의 머리칼이 흩날려 꿈속 같았다. 두 사람이 함께 은하수를 올려다보았다.

윈톈밍이 감탄했다.

"별이 참 많기도 하다. 안개가 낀 것 같네."

청신은 시선을 아래로 옮겨 그를 쳐다보며 발아래 교정과 도시를 가리켰다.

"저기 좀 봐. 얼마나 예쁜지 몰라. 우린 저 멀리 은하수가 아니라 여기에 살고 있어."

"하지만 우리 전공은 지구 밖으로 나가기 위한 거잖아?"

"그래도 여기서 더 잘 살려는 거지, 지구를 떠나려는 건 아니야."

청신의 말이 그의 괴팍하고 폐쇄적인 성격을 우회적으로 가리키고 있다는 걸 윈톈밍도 알고 있었지만 말없이 듣기만 했다. 그가 청신과 제일 가깝게 서서 대화를 나눈 것이 그때였다. 환상이겠지만 그녀의 체온까지 느껴지는 것 같았다. 풍향이 바뀌어 그녀의 긴 머리칼이 자기 얼굴에 스치기를 진심으로 바랐다.

4년의 대학 생활이 끝나고 윈톈밍은 대학원에 합격하지 못했지만 청신은 가뿐히 합격한 뒤 고향 집에 내려갔다. 윈톈밍은 학교에 가능한 한 오래 머물고 싶었다. 개강 후 청신을 다시 보고 싶었기 때문이다. 하지만 기숙사에서 계속 지낼 수 없어 학교 근처에 작은 집을 얻고 시내에서 직장을 구하기로 했다. 이력서를 수없이 냈지만 번번이 면접에서 탈락했다. 대학원이 개강한 뒤 학교에 가서 청신을 찾았지만 그녀를 볼 수가 없었다. 조심스레 수소문해보니 그녀가 담당 교수와 함께 상하이에 있는 항공기술연구원으로 옮겨갔으며 졸업할 때까지 계속 그곳에 있을 것이라고 했다. 공교롭게도 바로 그날 원톈밍은 입사 통보를 받았다. 우주 기술을 민간 분야에 응용하는 회사인데 설립한 지 얼마 되지 않아 대규모 채용을 한 덕분이었다.

태양이 떠난 뒤 원톈밍은 스산한 마음을 안고 사회에 진출했다.

2를 눌렀다.

—삶을 끝내길 원하십니까? '예'라면 4를, '아니요'라면 0을 눌러주세요.

갓 입사했을 때는 예상보다 만족스러웠다. 같은 또래와 실력을 겨루어야 했던 학교에 비해 사회에서는 사람들과 어울리기가 훨씬 쉬웠다. 외롭고 폐쇄적인 성격을 바꿀 수 있을 거란 기대도 했다. 하지만 사람들에게 몇 번 이용당한 뒤 사회도 위험한 곳이라는 걸 알았다. 그는 다시 사람들을 멀리하고 학창 시절을 그리워하며 자신만의 껍데기 속으로 숨어들었다. 회사 생활도 삐걱거리기 시작했다. 신생 회사지만 경쟁이 치열해 분발하지 않으면 뒤처졌다. 한해 한해 지날수록 그의 입지는 점점 줄어들었다.

그사이 연애도 두 번 했지만 금세 헤어졌다. 청신이 그의 마음을 차지하고 있기 때문만은 아니었다. 그에게 청신은 언제나 구름 뒤에 있는 태양이었다. 그가 원하는 건 멀리서 그녀를 바라보며 그녀의 온화한 빛을 느끼는 것뿐이었다. 꿈속에서라도 그녀와 가까워지는 건 감히 용기 낼 수 없었다. 청신의 소식을 수소문하지 않고 혼자 추측만 했다. 똑똑하니까 박사과정을 밟고 있을 것이라고. 그 외에 그녀의 생활에 대해서는 추측하고 싶지 않았다. 연애가 길게 가지 못한 주된 원인은 그의 괴팍한 성격이었다. 성격을 바꾸고 싶었지만 쉽지 않았다.

윈톈밍의 문제는 세상으로 뛰어들 수도 없고, 세상과 별개로 우뚝 설 수도 없다는 것이었다. 그는 출세할 능력도 자본도 없이 고통스럽게 허공에 붕 떠 있었다. 자신의 인생이 어디로 어떻게 흘러갈지 알 수 없었다.

그런데 갑자기 그 길의 끝이 눈앞에 닥쳤다.

4를 눌렀다.

—삶을 끝내길 원하십니까? '예'라면 1을, '아니요'라면 0을 눌러주세요.

폐암이 너무 늦게 발견되었다. 한 번의 오진 때문에 시간이 지체된 것 같았다. 폐암은 전이가 빠른 암이다. 처음 암 판정을 받았을 때 이미 시간이 얼마 남지 않았다고 했다.

병원을 걸어 나오며 생각했지만 두렵지는 않았다. 유일하게 남은 감정은 외로움이었다. 긴 시간 외로움이 쌓이고 쌓였지만 보이지 않는 둑이 막아주어 견딜 수 있는 정적인 상태였다. 그런데 그 둑이 한순간에 무너지고 말았다. 켜켜이 쌓인 외로움이 검은 광풍처럼 하늘에서 덮쳐 그가 감당할 수 있는 한계를 넘어버렸다.

청신이 보고 싶었다.

그길로 공항으로 달려가 그날 오후 상하이에 도착했다. 비행기에서 내려 택시에 오르자 미친 듯이 폭주하던 마음이 차분하게 가라앉았다. 너는 곧 죽을 사람이니까 그녀를 혼란스럽게 해서는 안 된다고 자신을 타일렀다. 그녀에게 자신의 존재를 알리지 않고 그저 멀리서 볼 수 있다면 그걸로 족했다. 물에 빠진 사람이 물 위로 올라와 한 번 숨을 쉬면 다시 내려가 평온하게 숨을 거둘 수 있는 것처럼.

항공기술연구원 정문 앞에 도착하자 더 냉정해졌다. 자신이 몇 시간 동안 완전히 이성을 잃었다는 걸 깨달았다. 청신이 정말로 박사과정을 밟았더라도 이미 졸업했을 것이다. 지금도 이곳에 있을지 장담할 수 없었다. 정문 앞 수위실에 물어보니 이곳에서 근무하는 연구원이 2만 명도 넘어서 사람을 찾으려면 어느 부서에 있는지 알아야 한다고 했다. 그는 동창들의 연락처를 몰라 물어볼 사람도 없었다. 호흡이 가빠지고 기력이 없어 정문에서 그리 멀지 않은 곳에 가서 앉았다.

청신이 여기서 근무하고 있을 수도 있고, 퇴근 시간이 거의 다 되었으니 기다리면 어쩌면 그녀를 볼 수 있을 것도 같았다.

넓은 정문의 개폐형 울타리 옆 검고 낮은 담장에 연구소 명칭이 금색으로 커다랗게 새겨져 있었다. 처음 지어졌을 때와는 비교할 수 없을 만큼 규모가 확장되었다. 한 가지 생각이 그의 뇌리를 스쳤다. 이렇게 큰 연구소에 문이 하나밖에 없을까? 지친 몸을 추슬러 수위실에 가서 물어보니 여기 말고 문이 네 개나 더 있다고 했다.

있던 자리로 천천히 돌아가 다시 앉았다. 그곳에서 기다리는 수밖에 없을 것 같았다.

청신이 졸업한 후에도 여기에서 근무하고 있고, 오늘 외근을 나가지 않았으며, 퇴근할 때 다섯 개의 문 중 이 문으로 나온다면 그녀를 볼 수 있을 것이다.

막연한 희망에 모든 것을 건 이 순간이 마치 그의 인생 같았다.

퇴근 시간이 되자 사람들이 나오기 시작했다. 걸어 나오는 사람도 있고 자전거나 자동차를 타고 나오는 사람도 있었다. 사람이 점점 많아졌다가 다시 줄어들더니 한 시간 후에는 몇 사람만 드문드문 나왔다.

청신은 없었다.

청신이 이 문으로 나왔다면 그가 놓쳤을 리 없었다. 그녀가 차를 몰고 나왔더라도 마찬가지였다. 그렇다면 그녀가 이곳에서 일하지 않거나 이곳에서 일하지만 오늘은 출근하지 않았거나, 아니면 출근했지만 다른 문으로 나갔을 것이다.

서쪽으로 기운 태양이 건물과 나무의 그림자를 길게 늘였다. 마치 측은한 그를 품어주려 다가오는 팔 같았다. 땅거미가 짙게 깔릴 때까지 그곳에 앉아 있다가 택시를 타고 공항으로 가서 비행기를 타고 독신자 기숙사로 돌아왔다. 어떻게 택시를 잡아탔는지, 어떻게 비행기를 탔는지 하나도 기억나지 않았다.

그는 이미 죽은 것 같았다.

1을 눌렀다.

―삶을 끝내길 원하십니까? 마지막 질문입니다. '예'라면 3을, '아니요'라면 0을 눌러주세요.

나의 묘비명은 무엇일까? 그는 자신에게 무덤이 있을지조차 확신할 수 없었다. 베이징 외곽에 있는 묘지는 무척 비쌌다. 아버지가 사려고 해도 누나가 동의하지 않을 것이다. 산 사람이 살 집도 없는데, 죽은 사람에게 무슨 땅이냐고 할 것이다. 그의 유골은 바바오(八寶)산 공동묘지의 작은 틀 안에 보관될 가능성이 컸다. 그래도 만약 묘비가 있다면 이렇게 쓰고 싶었다.

'왔노라. 사랑했노라. 그녀에게 별을 선물했노라. 그리고 떠났노라.'

3을 눌렀다.

조금 전부터 유리벽 바깥이 술렁이더니 원톈밍이 사망 버튼을 누름과 동시에 안락실 문이 꽈당 열리며 사람들이 들이닥쳤다. 제일 먼저 들어온 사람은 안락 진행인이었다. 그가 병상 앞으로 달려가 자동주사기의 전원을 껐다. 뒤이어 들어온 병원장은 아예 벽에 꽂힌 콘센트를 잡아 뽑았다. 마지막으로 들어온 건 간호사였다. 그녀는 황급히 주사 줄을 잡아당겨 기계에서 뽑고는 윈톈밍의 왼팔에 꽂힌 바늘을 확 뺐다. 주삿바늘이 뽑힌 통증 때문에 윈톈밍이 팔을 붙잡고 있는 사이에 사람들이 주사 줄을 확인하고는 천만다행이라는 듯 중얼거렸다. "다행히 주사약이 나오지 않았어요"라고 말하는 것 같았다. 간호사가 윈톈밍의 왼팔에 흐르는 피를 닦아주었다.

유리벽 바깥에 서 있는 한 사람이 윈톈밍의 세상을 밝혀주었다. 청신이었다.

윈톈밍은 그의 가슴에 떨어져 옷으로 스며든 청신의 눈물을 또렷하게 느꼈다. 그녀는 변한 게 거의 없었다. 어깨까지 내려오던 머리칼이 목에 닿는 단발로 바뀌어 예쁘게 고불거리고 있다는 걸 그제야 알았다. 하지만 그는 황홀한 그녀의 머리칼을 만질 용기가 없었다.

그는 정말 쓰레기였다. 하지만 지금 그는 천국에 있었다.

천국의 고요함처럼 긴 침묵이 이어졌다. 윈톈밍은 이 정적이 영원히 계속되기를 바랐다.

그가 마음속으로 청신에게 말했다.

'넌 날 구할 수 없어. 네가 말린다면 안락사를 포기하겠지만 결과는 달라지지 않아. 넌 내가 준 별을 가지고 행복을 찾아.'

그의 말을 들은 것처럼 청신이 천천히 고개를 들어 올렸다. 두 사람의 눈빛이 이렇게 가까이에서 마주친 건 처음이었다. 그의 꿈속보다 더 가까웠다. 눈물이 그렁그렁 맺혀 영롱하게 빛나는 그녀의 눈동자를 보자 그의 가슴이 찢어질 듯 아팠다.

하지만 청신의 입에서 나온 말은 그의 예상을 완전히 벗어났다.

"톈밍, 너 알아? 안락사법은 널 위해 통과됐어."

위기의 세기 1~4년, 청신

청신이 학업을 마치고 막 사회로 진출했을 때 삼체 위기가 닥쳤다. 그녀는 차세대 창정(長征) 로켓의 엔진 연구팀에 배치되었다. 남들은 핵심 연구팀에 배치된 그녀를 부러워했지만 그녀는 전공에 대한 열정이 식은 지 오래였다. 그녀는 화학 로켓이 산업혁명 초기의 대형 굴뚝과 비슷하다고 생각했다. 당시에 굴뚝은 산업 문명의 대명사였고, 시인들은 빽빽이 솟은 거대한 굴뚝을 숲에 비유하며 찬미했다. 오늘날에도 사람들은 옛날 사람들처럼 로켓을 찬미하며 그것이 우주 시대를 대표한다고 생각하고 있지만, 사실 화학 로켓으로는 진정한 우주 시대를 열 수 없었다. 삼체 위기의 출현으로 이 사실은 더 분명하게 증명되었다. 화학물질을 에너지로 태양계 방위 체계를 구축한다는 것은 헛된 망상이었다. 그녀는 학교에서 자기 전공 분야에만 국한하지 않고 핵에너지와 관련된 수업을 선택해서 수강했다. 위기가 닥친 뒤 우주 기술을 발전시키려는 노력이 다방면에서 이뤄지고, 오랫동안 미뤄온 1세대 우주 비행기 프로젝트도 시작되었다. 그녀가 속한 연구팀이 우주 비행기의 우주 구간 엔진 설계를 맡았다. 청신의 전공은 장래가 밝은 것처럼 보였고 그녀의 능력도 인정받았다. 하지만 우주 기술 분야의 수석 엔지니어들은 대부분 화학 엔진 전공자였다. 그녀는 화학 엔진이 사양 기술이며 그 분야의 연구가 오래 지속될 수 없다고 확신했다. 잘못된 연구를 중단하고 방향을 전환해야 한다고 생각했지만 그녀가 맡은 일은 그 잘못된 연구에 모든 걸 쏟아붓는 것이었다. 그녀의 고민이 점점 깊어졌다.

뜻밖에도 화학 엔진 연구에서 벗어날 수 있는 기회가 빠르게 찾아왔다. UN이 행성 방위와 관련된 기구들을 설립한 것이다. 그 기구들은 종전의 UN 기구와 달리 행정적으로는 PDC의 지휘를 받지만 전문 인력은 각국에서 파견했다. 각국의 우주 분야에서 인력이 차출되어 이 기구로 파견되었다. 상사가 그녀를 불러 PDC 전략정보국 기술계획센터 주임의 우주 기술 보조원으로 가지 않겠느냐고 물었다. 현재 적에 대한 첩보 업무는 ETO를 통해 삼체 세계의 정보를 알아내는 데 주력하고 있었다. 하지만 PDC 전략정보국, 즉 PIA는 삼체의 함대와 모성(母星)에 대한 직접적인 정찰을 목표로 삼은 정보기관으로 막강한 우주 기술을 기반으로 하고 있었다. 청신은 조금의 망설임도 없이 제안을 받아들였다.

PIA 본부는 UN 본부에서 멀지 않은 6층짜리 오래된 건물에 있었다. 18세기 말에 지어진 이 건물은 거대한 화강암 바위처럼 튼튼했다. 태평양을 건너간 청신은 처음 이 건물에 들어섰을 때 오래된 성에 들어간 듯한 음산함을 느꼈다. 그곳은 그녀가 상상했던 지구세계정보센터와는 완전히 달랐다. 비밀스러운 귓속말로 만들어진 비잔틴식 음모의 공간 같았다.

건물에는 아무도 없었다. 각국의 파견 직원 중 그녀가 제일 먼저 도착했다. 포장을 막 푼 사무기기와 종이 상자로 어수선한 사무실의 한가운데

서 PIA 기술계획센터 주임 미하일 바디모프를 만났다. 기골이 장대한 사십대 러시아인이었다. 강한 러시아 억양 때문에 그녀는 한참을 듣고 나서야 그가 영어로 말하고 있다는 걸 알았다. 그는 종이 상자에 걸터앉아 우주 분야에서 십수 년간 일한 자신에게 보조원 따위는 필요하지 않은데도 한사코 각국에서 PIA에 직원을 보내고, 그러면서 또 투자에는 인색하다고 툴툴거렸다. 그러다가 의기소침하게 서 있는 초면의 젊은 여자에게 미안했는지 훗날 이 기관이 역사를 창조하게 된다면—충분히 가능한 이야기다. 좋은 역사가 아닐 수도 있지만—자신과 청신이 그 역사의 첫 목격자가 될 것이라고 말했다.

동료와의 만남에 기분이 좋아진 청신은 그에게 전공 분야에서 어떤 일을 했었는지 물었다. 그는 지난 세기에 실패한 구소련의 부란 우주왕복선 설계에 참여했고, 그다음에는 화물 우주선의 부수석 설계사였다고 말했다. 하지만 그다음 경력에 대해서는 외교부에서 2년간 일한 뒤 "어떤 부서"에서 "우리가 앞으로 하게 될 일과 비슷한 일"을 했다고 두루뭉술하게 눙쳤다. 그리고 앞으로 도착할 동료들에게는 무슨 일을 하다 왔는지 묻지 않는 게 좋을 거라는 충고도 덧붙였다.

바디모프가 말했다.

"국장님도 오셨어요. 국장실은 위층이니까 가서 인사해요. 시간 오래 빼앗긴 말고."

넓은 국장실로 들어가자 짙은 시가 냄새가 훅 끼쳤다. 제일 먼저 청신의 시선을 끈 건 벽에 걸린 커다란 유화였다. 먹구름 자욱한 하늘과 어둑어둑한 눈밭이 캔버스의 대부분을 차지했다. 저 멀리 구름과 눈이 한 덩어리로 보이는 곳에 검은 물체가 있었다. 자세히 보니 낡은 건물들이었는데 대부분 단층짜리 판잣집이고, 그 사이에 이삼 층짜리 유럽식 건물이 섞여 있었다. 가까운 곳에 있는 강과 다른 지형으로 볼 때 18세기 초 뉴욕의 모습인 것 같았다. 청신은 첫눈에 그 그림이 차갑다고 느꼈지만 그림 앞에 앉아 있는 사람과는 잘 어울리는 것 같았다. 그 옆에 걸린 작은 유화에는 옛날 검이 그려져 있었다. 황금색 날밑 아래 예리한 날을 번뜩이는 검이 청동 갑옷이 걸쳐진 손에 들려 있고 팔뚝까지만 그려져 있었다. 그 손이 검을 든 채 파란 수면 위에서 붉은 꽃, 흰 꽃, 노란 꽃을 엮은 화관을 건져 올리고 있었다. 큰 그림과 달리 색조가 화려하고 선명했지만 뭔가 불길한 기운이 느껴졌다. 화관의 흰 꽃에 핏자국이 선명했다.

국장 토머스 웨이드는 예상보다 훨씬 젊었다. 바디모프보다도 젊고 잘생겼으며 고전적인 분위기가 있었다. 청신은 그에게서 흐르는 고전적인 분위기가 그의 무표정한 얼굴 때문이라는 걸 알았다. 마치 뒤에 있는 유화에서 꺼낸 차디찬 조각상 같았다. 그는 별로 바쁘지 않은 듯했고 책상은 컴퓨터도 서류도 없이 텅 비어 있었다. 그는 손에 든 시가의 불꽃을 감상하다가 청신이 들어오자 고개만 살짝 들어 곁눈으로 쳐다보고는 다시 시가 끝으로 시선을 옮겼다. 청신이 자기소개를 하고 앞으로 잘 부탁드린다고 말하자 그가 다시 고개를 들었다. 처음 본 그의 눈빛은 나른하고 심드렁했지만 깊은 곳에 그녀를 불안하게 하는 날카로움이 감춰져 있었다. 그의 입가에 엷은 미소가 번졌지만 청신은 조금도 따뜻함을 느낄 수 없었다. 마치 얼어붙은 강의 갈라진 틈으로 스며나온 차디찬 물이 얼음 위로 천천히 번지는 것 같았다. 그녀는 화답하듯 미소를 지으려고 했지만, 웨이드가 던진 첫마디에 미소와 함께 얼어붙었다.

"어머니를 매춘굴에 팔아넘길 수 있나?"

청신은 놀라 고개를 저었다. 어머니를 매춘굴에 팔지 않겠다는 뜻이 아니라 자신이 잘못 들은 게 아닌지 귀를 의심하는 행동이었다. 웨이드가 시가를 끼운 손을 흔들었다.

"고맙네. 가서 일 봐."

그녀에게 국장을 만나고 온 얘기를 들은 바디모프가 대수롭지 않다는 듯 웃었다.

"하하하! 그건 이 바닥에서 유행했던 말이에요. 제2차 세계대전 때 시작됐지, 아마. 상사가 새로운 부하를 놀릴 때 쓰는 말이죠. 속임수와 배신이 주요 업무인 곳은 지구상에서 여기뿐이라는 뜻이에요. 우리는 공인된 규칙에 대해서 적당히…… 뭐랄까…… 조금 유연하죠. PIA는 두 부류의 사람들로 구성되어 있어요. 청신 씨 같은 기술 전문가와 정보기관이나 군대의 정보 분야에서 온 사람들. 양쪽의 사고방식과 행동 양식이 아주 달라요. 다행히 나는 양쪽 다 잘 알고 있으니 여기 적응하는 데 도움을 줄 수 있을 거예요."

청신이 말했다.

"하지만 우린 기존과는 다른 정보 업무를 다루죠. 삼체 세계를 직접 대해야 하니까요."

"변하지 않는 것도 있어요."

각국에서 파견한 직원들이 속속 도착했다. 대부분 PDC 상임이사국에서 온 사람들이었고 서로 예의를 갖추었지만 경계와 의심을 늦추지 않았다. 기술 전문가들은 누가 자기 것을 훔쳐갈세라 주머니를 꽉 움켜쥐고 절대 교류하지 않겠다는 듯 보였고, 정보원들은 뭔가 훔치러 온 사람들처럼 과하다 싶을 정도로 쾌활하고 우호적이었다. 바디모프의 말처럼 그들은 삼체 세계를 정탐하는 것보다 서로 간의 정보 염탐에 더 관심이 있는 것 같았다.

이틀 뒤 PIA의 제1차 전체 회의가 열렸다. 이때도 전원 참석한 것은 아니었다. 웨이드 아래로 영국, 프랑스, 중국에서 온 부국장이 있었다. 중국에서 온 위웨이민(于維民) 부국장이 제일 먼저 발언했다. 청신은 그가 중국의 어떤 기관에서 온 사람인지 알지 못했다. 그는 최소한 세 번은 만나야 얼굴을 기억할 수 있는 평범한 외모의 소유자였다. 다행히도 그는 여느 중국 관료들처럼 장황하게 끌지 않고 짧게 말을 끝냈지만 그의 발언 내용은 역시 그런 기구가 설립될 때 으레 하는 고리타분한 단어의 나열이었다.

그는 말했다.

"이 자리에 있는 여러분은 본질적으로는 각국의 파견 직원으로 PIA 외에 본국의 지시도 받고 있습니다. 본국에서 맡은 책임보다 PIA에 대한 충성을 우선할 것을 요구하지도 기대하지도 않겠습니다. 하지만 PIA가 인류 문명을 지키는 위대한 임무를 수행하고 있다는 걸 잊지 말고 각자 두 가지 신분 사이에서 균형을 유지하기를 바랍니다. PIA는 외계 침입자를 직접 상대해야 하므로 가장 단결된 단체가 되어야 합니다."

위웨이민의 발언이 시작되었을 때 청신은 웨이드가 한쪽 발로 탁자 다리를 밀어 몸을 탁자에서 천천히 떼는 것을 보았다. 회의에는 무관심한 듯했다. 그다음 사람이 발언한 후 웨이드에게 발언을 청하자 그가 손사래를 치며 사양했다. 다른 사람들이 차례로 발언하고 더 이상 발언할 사람이 없자 그가 입을 열었다.

웨이드가 아직 설치되지 못하고 회의실에 쌓여 있는 사무기기와 종이 상자들을 가리켰다. 기구 설립 초기에 해야 하는 잡다한 일을 의미하는 것이었다.

"이런 일들은 여러분이 각자 하길 바랍니다. 이런 것들로 내 시간을 빼앗지 말고 저 사람들의 시간도 빼앗지 마세요."

그가 바디모프를 가리키며 말했다.

"자, 참석해줘서 고맙습니다! 기술계획센터 우주 연구원들은 가지 말고 남으세요. 그럼, 회의는 이걸로 마칩니다."

모두 돌아간 뒤 10명 남짓 남은 회의실은 조용해졌다. 오래된 상수리나무 문이 닫히자마자 웨이드가 총알을 튕겨내듯 불쑥 말했다.

"PIA가 삼체 함대를 향해 탐사정을 발사할 계획입니다."

모두 어리둥절해 서로 얼굴만 쳐다보았다. 청신도 놀랐다. 물론 그녀도 어서 빨리 잡무에서 벗어나 전문적인 일을 하고 싶었지만 이렇게 빠르고 단도직입적으로 시작할 줄은 몰랐다. PIA는 이제 막 설립되어 각국에 대표처도 없고 정식 업무에 돌입할 조건을 갖추지 못한 상태였다. 그런데 청신이 가장 놀란 건 웨이드가 말한 방법 자체였다. 기술적으로든 다른 면에서 보든 그의 계획은 실현 가능성이 희박했다.

"그 계획을 성사시키기 위한 요건이 있습니까?"

바디모프가 물었다. 유일하게 그 혼자만 놀란 기색이 전혀 없었다.

"상임이사국 대표들에게는 이 제안을 얘기하고 상의했지만 PDC 회의에서 정식으로 제안하지는 않았습니다. 접촉해본 바로는 상임이사국들이 가장 관심을 갖는 요건이 있어요. 그들의 투자를 이끌어내려면 이 요건을 필수적으로 충족시켜야 합니다. 타협은 불가능해요. 탐사정의 속도를 광속의 1퍼센트까지 끌어올린다는 것. 다른 요건들은 나라마다 다르지만 정식 회의에서 협상할 수 있어요."

NASA에서 온 고문이 말했다.

"가속 단계만을 고려하고 감속을 고려하지 않는다는 전제하에 탐사정이 2~3세기 안에 오르트 구름에 도달해 감속을 시작한 삼체 함대와 접촉하고 정탐한다는 건가요? 그건 미래에나 가능할 텐데요."

웨이드가 말했다.

"미래에 기술이 얼마나 발전할지 불확실해요. 인류가 우주에서 계속 달팽이 같은 속도로 항해해야 한다면 최대한 일찍 출발하기라도 해야 해요."

청신은 정치적인 요인이 개입되었을 수 있다고 생각했다. 이것은 인류 최초로 외계 문명과 직접 접촉하려는 계획이고, PIA의 향후 지위에도 중요한 영향을 미쳤다.

"현재 인류의 우주 항해 속도로는 오르트 구름까지 가는 데 2만~3만 년이 걸립니다. 지금 탐사정을 발사해도 400년 후 적의 함대가 지구에 도착할 때까지 대문도 못 나가는 꼴이에요."

"그러니까 속도를 반드시 광속의 1퍼센트로 끌어올려야 합니다."

"항해 속도를 현재의 100배로 끌어올린다고요? 우주선이나 탐사정은 말할 것도 없고 엔진의 작업물질 분출 속도조차 그 속도보다 몇 자릿수나 낮습니다. 운동량 원리에 따르면 우주선의 속도를 광속의 1퍼센트까지 끌어올리려면 작업물질의 분출 속도가 그 속도를 넘어서야 해요. 게다가 빠르게 가속을 올리려면 작업물질의 속도가 광속의 1퍼센트보다 훨씬 높아야 하죠. 현재로서는 절대로 불가능해요. 단기간에 이렇게 엄청난 기술혁신을 기대할 수도 없어요. 이 계획은 기본적으로 실현 불가능합니다."

웨이드가 주먹으로 탁자를 세게 내리쳤다.

"우리에게 자원이 있다는 걸 잊지 마세요! 과거에는 항공 우주 분야가 비주류였지만 이제 주류가 되었어요. 그러니까 우리도 과거에는 상상도 못 했던 막대한 자원을 이용할 수 있습니다. 자원으로 원리를 바꾸면 됩니다. 모든 자원을 한곳에 집중시킬 수 있어요. 저돌적인 힘으로 광속의 1퍼센트까지 밀어붙일 겁니다!"

바디모프가 본능적으로 고개를 들어 주위를 둘러보자 웨이드가 눈치 빠르게 그의 생각을 간파했다.

"기자나 외부인은 없으니까 걱정 마세요."

바디모프가 웃으며 고개를 저었다.

"외람되지만 자원으로 원리를 바꾸겠다는 말씀이 밖으로 새어나가면 웃음거리가 될 거예요. 그러니 여기서만 얘기하시고 PDC 회의에서는 하지 마세요."

"모두 나를 비웃고 있다는 걸 알고 있어요."

모두 침묵했다. 이 토론을 어서 끝내고 싶다는 생각뿐이었다.

웨이드가 사람들을 둘러보며 말했다.

"아, 모두는 아니군. 날 비웃지 않는 사람이 한 명 있죠."

그가 손을 들어 청신을 가리켰다.

"청, 자네 의견은 어때?"

웨이드의 날카로운 시선이 청신에게 날아가 꽂혔다. 그녀는 웨이드가 손가락이 아닌 검으로 자신을 가리킨 것 같은 착각이 들었다. 청신은 조심스럽게 주위를 둘러보았다.

'내가 여기서 발언할 자격이 있을까?'

웨이드가 말했다.

"우리도 MD를 도입해야 해."

청신이 더 당황했다.

'MD라니? 맥도날드? 의학사(Doctor of medicine)?'

"자넨 중국인이면서 MD도 모르나?"

청신이 그 자리에 있는 다른 다섯 명의 중국인에게 도와달라는 시선을 보냈지만 그들도 어리둥절하기는 마찬가지였다.

"한국전쟁 때 미군에 포로로 잡힌 중국 병사들은 중국의 작전 전략에 대해 아주 많이 알고 있었지. 중국군이 일선 부대에 작전 전략을 알려주고 병사들과 토론해 더 좋은 방안을 수립하게 했거든. 그게 바로 MD야. 물론 나중에 자네가 포로로 잡혔을 때 너무 많은 걸 알고 있기를 바라지는 않지만."

웃음소리가 터져 나왔다. 청신은 MD가 'Military Democracy(군대 민주주의)'의 약자라는 걸 그제야 알았다. 참석자들도 이 점에는 동의했다. 비록 우주 기술 분야의 엘리트인 그들은 풋내기 기술 보조원에게서 대단한 의견이 나올 거라고 기대하지 않았지만, 절대다수가 남자인 그들은 적어도 토론 과정에서는 그녀를 존중했다. 청신은 최대한 엄숙하고 수수한 옷차림을 하고 있었지만 그녀의 매력을 반감시키지는 못했다.

청신이 말했다.

"제 생각에는……."

"자원으로 원리를 바꾼다?"

카미유라는 이름의 나이 많은 프랑스 여자가 경멸하는 투로 끼어들었다. 유럽 우주 기구의 수석 고문이었다. 그녀는 청신에게 쏠린 사람들의 시선이 편치 않았다.

청신이 카미유에게 예의 바르게 고개 숙여 인사를 하고 말했다.

"원리는 차치하고, 현재 이용 가능성이 가장 높은 자원은 핵무기입니다. 기술혁신을 이루지 못한 상황에서 핵무기는 인류가 우주로 발사할 수 있는 가장 강력한 에너지체입니다. 우주선이나 탐사정에 대형 복사세일을 다는 걸 상상해보세요. 솔라세일*과 비슷하게 에너지 복사를 통해 작동되는 박막(薄膜)이죠. 복사세일 뒤에서 일정한 간격으로 계속 핵폭발을 일으키면……."

또 웃음소리가 터져 나왔다. 카미유의 웃음소리가 제일 도드라졌다.

"오, 자기. 만화 같은 장면이야. 거대한 세일을 달고 핵탄두를 잔뜩 실은 우주선이라……. 아널드 슈왈제네거 같은 남자가 핵탄두를 우주선 끝으로 던져서 폭발시키는 건 어때? 아주 멋질 거 같지 않아?"

점점 커지는 웃음소리를 즐기며 카미유가 말했다.

---

* 옮긴이 주 : 우주선 추진 에너지를 얻기 위해 태양에서 복사되는 빛의 입자인 광자를 모으는 커다란 박막 거울.

"대학교 1학년 숙제를 다시 해보는 게 좋겠어. 추력 중량비* 계산 말이야."

"원리를 바꾸진 못했지만 저돌적인 힘은 낼 수 있겠어요. 그걸 이런 미인이 생각해낸 게 아쉽지만."

다른 고문이 뒤이어 얹은 한마디에 웃음소리가 최고조로 치솟았다. 하지만 청신은 차분했다.

"핵탄두를 우주선에 싣는 게 아니에요."

청신의 말에 웃음소리가 뚝 멈추었다. 요란한 징 위에 손바닥을 댄 것처럼 모든 울림이 사라졌다.

"우주선은 세일과 탐사정으로만 이루어져서 깃털처럼 가벼울 거예요. 핵폭발의 복사에 가속되기 쉽도록."

회의장에 정적이 감돌았다. 모두 핵탄두를 어디에 싣겠다는 얘기인지 궁금했지만 아무도 묻지 않았다. 사람들이 웃는 동안 서릿발 같은 표정으로 앉아 있던 웨이드의 얼굴에 차가운 미소가 서서히 번졌다.

청신이 뒤에 있는 정수기에서 종이컵을 한 뭉치 들고 와 탁자 위에 일정한 간격으로 줄지어놓았다. 그녀가 펜을 들고 종이컵을 따라 움직이며 말했다.

"핵탄두는 우주선의 초기 항해 구간에만 설치해요. 전통적인 추진 방식으로 미리 발사시켜놔요, 이렇게. 우주선이 핵탄두를 지나는 순간마다 세일 뒤에서 핵탄두를 폭발시키면 추진력이 생성될 거예요."

청신에게로 쏠렸던 사람들의 시선이 흩어졌다. 마침내 그들은 그녀가 한 말을 진지하게 생각하기 시작했다. 유일하게 카미유만이 청신에게서

---

* 엔진 무게에 대한 엔진의 추력 비율. 청신의 상상처럼 우주선에 다량의 핵탄두를 싣는다면 우주선이 무거워져 추력 중량비가 낮아지므로 빠른 속도로 항해할 수 없다.

시선을 떼지 않았다.

청신이 말을 이었다.

"이 방법을 항로 추진법이라고 하고, 이 구간의 항로를 추진 구간이라고 한다면, 추진 구간은 전체 항로 중 아주 짧은 일부예요. 핵탄두 1000개를 발사한다고 가정할 때 지구에서 목성에 이르는 5천문단위* 구간에서만 폭발시키면 가능해요. 그것보다 더 짧아도 되고요. 추진 구간을 화성 궤도 이내로 압축한다면 현재 기술로도 가능해요."

귀엣말로 속삭이는 소리가 침묵을 깨자, 한두 방울씩 떨어지던 빗방울이 장대비로 변하듯 웅성거리는 소리가 점점 번져 회의실을 채웠다.

"갑자기 떠오른 생각이 아닌 것 같은데?"

말없이 듣고 있던 웨이드가 묻자 청신이 웃으며 말했다.

"예전에 우주학계에서 이런 구상이 나온 적이 있어요. 핵펄스 추진 방식이라고 부르죠."

카미유가 끼어들었다.

"청 박사, 핵펄스 추진 구상은 우리도 알아요. 그건 추진 에너지를 우주선에 탑재하는 방식이었죠. 추진 에너지를 항로에 설치한다는 건 박사의 아이디어잖아요? 적어도 나는 그런 방식을 들어본 적이 없으니까."

분위기가 조금 차분해진 뒤 토론이 이어졌지만 또다시 열기가 차올랐다. 큼직한 고깃덩이를 발견한 굶주린 늑대들 같았다.

웨이드가 탁자를 두드렸다.

"중요하지 않은 얘기로 시간 끌지 맙시다. 우린 타당성 연구를 하는 사람들이 아니라 이 방법의 타당성 연구를 진행할 가능성이 있는지 탐구하는 사람들이에요. 일단 큰 줄기만 본다면 문제가 없습니다."

---

* 옮긴이 주: 태양계 내 천체의 거리를 나타내는 단위. 지구와 태양의 거리를 1천문단위로 한다.

짧은 침묵 후 바디모프가 말했다.

"이 방법에 큰 장점이 있습니다. 착수하기 쉽다는 겁니다."

똑똑한 사람만 모인 자리였으므로 다들 바디모프의 말 속에 담긴 뜻을 이해했다. 이 계획의 첫 단계는 다량의 핵탄두를 지구 궤도로 보내는 것인데 탑재 수단이 이미 만들어져 있었다. 바로 대륙 간 탄도미사일이다. 미국의 피스키퍼(Peacekeeper), 러시아의 토폴(Topol), 중국의 둥펑(東風)을 이용해 핵탄두를 지구 저궤도로 올려 보낼 수 있었다. 아니면, 중거리 탄도미사일에 추진 로켓을 달기만 해도 충분히 가능했다. 위기가 출현한 뒤 체결된 대규모 핵감축 협상에서 논의된 것처럼 미사일과 핵탄두를 지면에서 해체하는 방법에 비하면 훨씬 적은 비용으로 핵탄두를 처리할 수 있는 방법이기도 했다.

"좋습니다. 항로 추진법에 대한 토론은 여기까지 합시다. 다른 제안이 있나요?"

웨이드가 청신을 제외한 다른 사람들을 둘러보았다.

아무도 말하지 않았고 한 사람이 무슨 말을 하려다가 이내 그만두었다. 자신의 구상이 청신과 경쟁할 수 없다고 판단한 것이다. 사람들의 시선이 점점 청신에게로 모여들었다. 아까와는 사뭇 다른 눈빛이었다.

"이런 회의를 두 번 더 소집할 겁니다. 다음 회의에는 더 많은 제안이 나오길 바랍니다. 항로 추진법에 대해서는 즉시 타당성 연구를 진행합시다. 코드명을 뭐라고 할까요?"

바디모프가 말했다.

"핵탄두가 폭발할 때마다 우주선의 속도가 한 단계씩 올라가니까 계단 프로젝트가 어떨까요? 타당성 연구를 진행할 때 속도 외에도 중요하게 고려해야 할 것이 있습니다. 탐사정의 무게입니다."

"복사세일을 아주 얇고 가볍게 만들 수 있어요. 기존 재료와 기술로 50제곱킬로미터 면적의 세일 무게를 50킬로그램 이내로 제한할 수 있어요."

실패한 솔라세일 실험을 주도했던 러시아 전문가가 말했다.

"그럼 탐사정의 무게가 문제군."

이 말에 모두의 시선이 한곳으로 모였다. 카시니호*의 설계를 맡았던 수석 설계사였다.

"기본적인 정탐 장비와 오르트 구름에서 식별 가능한 신호를 지구로 전송하는 데 필요한 안테나 크기, 동위원소 전원의 무게를 고려하면 전체 무게가 2~3톤은 될 겁니다."

바디모프가 단호하게 고개를 저으며 말했다.

"안 돼요. 청의 말대로 깃털처럼 가벼워야 해요."

"정탐 기능을 최소한으로 낮추면 1톤 정도 되겠지만 너무 작아서 가능할지 모르겠어요."

웨이드가 말했다.

"세일을 포함해서 최대 1톤으로 줄여보세요. 전 인류의 힘으로 1톤짜리 물체를 추진시키는 건 가능할 테니까."

그 후 일주일 동안 청신은 거의 비행기 안에서 잠을 자야 했다. 그녀는 바디모프가 이끄는 팀에 소속되어 미국, 중국, 러시아, 유럽이라는 4개의 우주 기구 사이를 오가며 계단 프로젝트의 타당성 연구를 진행시켰다. 일생 동안 가볼 수 있을지 상상도 못 했던 곳들을 일주일 동안 수없이 돌아다녔지만 차창이나 회의실 창밖으로 보이는 풍경에 만족해야 했다. 원래는 강대국의 우주 기구가 모두 참여하는 타당성 연구팀을 조직하려고 했

---

* 옮긴이 주 : 미국과 유럽이 공동으로 개발한 무인 토성 탐사선이다. 1997년 10월 15일 발사되어 2004년 7월 1일 토성 궤도에 진입한 뒤 20년간 임무를 수행하고 2017년 9월 산화되었다.

지만 성사되지 못하고 각국 우주 기구에서 각자 타당성 연구를 진행하기로 했다. 이렇게 하면 각국의 결과를 비교해 더 정확한 결론을 내릴 수 있다는 장점은 있지만 PIA의 업무량이 너무 많아진다는 단점이 있었다. 청신은 지금까지 한 번도 경험하지 못한 열정을 일에 쏟아부었다. 무엇보다도 자신이 제안한 방안이었기 때문이다.

얼마 후 미국, 중국, 러시아, 유럽 우주 기구의 타당성 연구 보고서가 속속 PIA에 도착했다. 결과는 비슷했다. 좋은 소식은 복사세일의 면적을 25제곱킬로미터까지 축소할 수 있고, 재료를 개선해 무게를 20킬로그램까지 줄일 수 있다는 것이었다. 하지만 그것보다 훨씬 나쁜 소식이 있었다. PIA가 원하는 광속의 1퍼센트 속도를 내려면 탐사정의 무게를 당초 구상의 5분의 1, 즉 200킬로그램까지 줄여야 한다는 것이었다. 여기에서 세일의 무게를 제외하면 탐사 및 통신 장비의 무게가 최대 180킬로그램을 넘지 않아야 했다.

브리핑을 들은 뒤 웨이드가 태연하게 말했다.

"실망할 필요 없어요. 내가 더 나쁜 소식을 가져왔으니까. 최근 열린 PDC 회의에서 계단 프로젝트가 부결됐어요."

7개 상임이사국 가운데 4개국이 계단 프로젝트에 반대했다. 그들의 반대 이유는 놀랄 만큼 일치했다. PIA의 우주 전문가들과 달리 그들은 이 추진 방식 자체에는 관심이 없었고 탐사정의 정탐 효과가 제한적이라고 판단했던 것이다. 미국 대표는 정탐 효과가 "거의 0에 가깝다"고 잘라 말했다. 그들이 내세우는 이유는 이랬다. 탐사정은 감속 능력이 없지만 삼체 함대는 감속을 시작할 것이므로 이 둘은 최소한 광속의 5퍼센트 상대속도로 스쳐 지나갈 것으로 예상되지만(탐사정이 적의 함대에 포획되지 않는다는 가정하에) 정탐 창이 너무 작다. 탐사정의 무게 제한 때문에 레이더 등을 이용해 정탐할 수 없고 정보를 받기만 하는 수동적인 정탐에만 국한될 것이다. 게다가 수신할 수 있는 정보는 대부분 전자파인데 적의 통신 장비는 이미 전자파가 아닌 중성미자*나 중력파 같은, 현재 인류의 기술로는 결코 따라갈 수 없는 매개체를 사용할 가능성이 크다. 또 한 가지 중요한 반대 이유는 지자(智子)가 존재하기 때문에 탐사정에 관한 모든 계획이 적에게 투명하게 공개될 것이므로 성공 가능성이 더욱 희박하다는 것이었다. 요 컨대 막대한 투자 금액에 비해 얻을 수 있는 것이 너무 적고, 상징적인 의의가 더 크기 때문에 그들의 관심을 끌지 못했다. 나머지 세 상임이사국이 찬성표를 던진 것은 강대국의 최대 관심사가 탐사정을 광속의 1퍼센트 속도로 추진시키는 기술이기 때문이다.

웨이드가 말했다.

"그들의 말이 맞아요."

모두 침묵하며 계단 프로젝트를 위해 묵념했다. 가장 실망한 사람은 역시 청신이었다. 하지만 그녀는 경력도 없는 젊은 나이에 거둔 첫 성과치고는 나쁘지 않다고 자위했다. 사실 이 정도만 해도 예상을 훨씬 뛰어넘은 것이었다.

웨이드가 청신을 보며 말했다.

"청, 표정이 안 좋군. 우리가 계단 프로젝트를 포기할 거라고 예상했겠지?"

사람들이 놀란 눈빛으로 웨이드를 바라봤다. 그들의 휘둥그레진 눈동자는 "포기하지 않으면 뭘 할 수 있죠?"라는 무언의 반문이었다.

웨이드가 일어나 탁자 주위를 돌며 말했다.

"포기하지 않아. 앞으로 계단 프로젝트든 다른 프로젝트든 내가 포기 명령을 내리지 않는 한 계속 추진하도록 해요."

---

* 옮긴이 주 : 우주를 구성하는 가장 기본적인 입자로 전기적으로 중성이며 질량이 0에 가까움.

그의 차분하고 냉정했던 말투가 사라지고 광분한 야수가 포효하듯 외쳤다.

"전진! 전진! 수단과 방법을 가리지 말고 전진하라!"

마침 웨이드가 청신의 뒤를 지나고 있었다. 등 뒤에서 화산이 폭발하는 듯한 기세에 놀란 청신은 두 어깨를 바짝 움츠렸다. 하마터면 비명을 터뜨릴 뻔했다.

바디모프가 물었다.

"다음 단계로 뭘 해야 하죠?"

"사람을 보내야지."

웨이드의 말투가 다시 냉정해졌다. 이 짧은 말은 조금 전 포효 소리에 묻혀 주목받지 못했지만 시간이 흐르자 사람들은 가볍게 흘린 듯한 이 말 속에 중요한 의미가 담겨 있음을 알았다. 웨이드의 말은 바디모프가 물은 질문에 대한 대답이었다. 사람을 보내는 것이 계단 프로젝트의 다음 단계라면, 그를 PDC나 다른 어떤 가까운 곳이 아니라 태양계에서 1광년 떨어진 극한의 오르트 구름으로 보내 삼체 함대를 정탐하게 한다는 뜻이었다!

웨이드가 습관적인 동작을 반복했다. 탁자 다리를 발로 밀어 탁자에서 몸을 멀리 띄운 채 사람들이 토론하기를 기다렸다. 하지만 아무도 입을 열지 않았다. 일주일 전 그가 삼체 함대에 직접 탐사정을 발사하겠다는 계획을 처음 밝혔을 때처럼 사람들은 그의 말을 곱씹으며 그가 던져놓은 실타래를 조금씩 풀고 있었다. 시간이 얼마 지나지 않아 그들은 그의 말이 처음 생각했던 것처럼 황당하지만은 않다는 것을 깨달았다.

인체 동면 기술이 성숙 단계에 이르러 사람이 동면 상태로 항해하는 것이 가능했다. 사람의 체중이 70킬로그램이라고 가정할 때 나머지 110킬로그램은 동면 장비와 1인용 우주선(관처럼 단순하게 만들 수 있었다)으로 채울 것이다. 그다음 문제가 남아 있었다. 2세기 후 탐사정이 삼체 함대와 마주쳤을 때 누가 그(그녀)를 깨울 것인가? 깨어난 뒤에 그(그녀)가 무엇을 할 수 있을까?

열심히 궁리했지만 아무도 방법을 찾아내지 못했다. 회의실은 고요했다. 하지만 웨이드는 그 순간 모두의 생각을 읽고 있는 것 같았다. 사람들의 머릿속에 방법이 떠올랐을 때 그가 말했다.

"적의 심장부로 사람을 들여보내는 겁니다."

바디모프가 말했다.

"그러려면 삼체 함대가 탐사정을 포획하거나 그 사람을 체포해야 해요."

"그럴 가능성이 크지, 안 그래?"

웨이드가 "안 그래?"라는 말과 동시에 눈썹을 추어올려 위를 쳐다보았다. 마치 다른 누군가에게 묻는 것처럼. 회의실에 있는 사람들은 지금 이 순간에도 지자가 유령처럼 주변을 떠다니고 있다는 걸 알고 있었다. 4광년 밖 세계에 있는 '회의 참석자'들도 그들의 말을 듣고 있었다. 사람들은 자꾸만 그걸 잊고 있다가 문득 생각날 때면 공포감과 함께 자신이 아주 작은 존재가 된 것 같은 기묘한 기분에 사로잡혔다. 마치 어떤 아이가 돋보기를 가지고 들여다보고 있는 개미가 된 것 같았다. 어떤 계획을 생각해내든 적이 저 위에서 내려다보고 있다는 걸 생각하면 자신감이 완전히 사라졌다. 하지만 인류는 적에게 모든 것이 투명하게 공개된 이 전쟁에 적응해야만 했다.

웨이드는 이번에는 이런 상황을 바꿀 수 있을 것 같았다. 그의 구상으로는 우리의 계획이 적에게 투명하게 알려지는 것이 오히려 유리했다. 그들은 태양계 밖으로 발사된 사람의 궤도 매개변수를 정확히 계산해낼 수 있으므로 원한다면 아주 쉽게 포획할 수 있다. 지자의 존재 덕분에 그들이 인간 세상을 손바닥 들여다보듯 훤히 알고 있기는 하지만, 살아 있는 인간 표본을 직접 연구한 적은 없으므로 삼체 함대가 호기심에 그 동면자를 포획할 가능성이 다분하다.

　인류의 전통적인 첩보전에서는 신분이 완전히 드러난 스파이를 적의 내부로 들여보내는 것이 무의미하지만, 그들이 수행하려는 건 전통적인 전쟁이 아니었다. 인간이 외계 함대 속으로 들어간다는 것 자체가 위대한 쾌거였다. 설령 그(그녀)의 신분과 임무가 낱낱이 드러난다고 해도 마찬가지다. 그(그녀)가 그곳에서 무엇을 할 수 있을지는 지금 고민할 필요가 없다. 그(그녀)가 그곳에 들어갈 수만 있다면 가능성은 무궁무진하다. 삼체인의 투명한 사고와 전략상의 허점 때문에 이런 가능성이 더욱 매력적이었다.

　인간을 적의 심장부로 들여보낼 것이다.

《시간 밖의 과거》 발췌

인체 동면―인류가 시간 위에서 처음 직립보행을 하다

　새롭게 출현한 기술을 사회학적 관점에서 바라보면 완전히 다른 면을 볼 수 있다. 하지만 개발 단계나 기술이 막 완성되었을 때는 사회학적 관점에서 바라보지 못한다. 컴퓨터도 처음 등장했을 때는 단순히 계산 속도를 높이기 위한 수단이었고 혹자는 전 세계에 다섯 대만 있어도 충분하다고 했다. 동면 기술도 마찬가지다. 이 기술이 현실이 되기 전, 사람들은 이것으로 불치병 환자에게 치료 기회를 제공할 수 있다고 생각했다. 조금 멀리 바라보더라도 장거리 행성 간 항해 수단으로 예상하는 것에 그쳤다. 하지만 동면 기술이 거의 현실이 된 뒤에는 사회학적 관점에서 조금만 생각해도 이 기술이 인류 문명을 완전히 바꿔놓으리라는 걸 예상할 수 있었다.

　모든 건 한 가지 믿음에서 시작되었다.

내일은 더 나을 것이라는 믿음.

사실 사람들이 이런 믿음을 갖게 된 건 최근 2~3세기의 일이다. 그 전에는 이런 믿음이 우스운 헛소리로 치부되었다. 유럽 중세 시대는 1000년 전 고대 로마 시대보다 물질적으로 빈곤하고 정신적으로도 억압되어 있었고, 중국도 위진남북조가 과거 한나라보다, 원나라와 명나라가 과거 당나라나 송나라보다 가난했다. 산업혁명 이후 세상이 점점 발전하자 사람들도 미래에 대한 믿음을 갖기 시작했다. 이 믿음은 삼체 위기가 닥치기 전 최고조에 달했다. 냉전이 끝나고 평화가 찾아온 뒤 물질 생활이 빠르게 윤택해졌다. 환경문제 등이 있었지만 큰 위협은 아니었다. 사람들에게 10년 뒤를 상상해보라고 하면 각기 다를 수도 있겠지만 100년 뒤를 상상해보라고 하면 약속이나 한 듯 천국을 상상했다. 100년 전을 생각해보면 앞으로 100년 후 세상이 어떻게 변할지 예상할 수 있었다.

동면할 수만 있다면 현재에 머물러 있기를 바라는 사람은 거의 없을 것이다.

사람들은 동면 기술을 사회학적인 관점에서 바라본 뒤에야 동면에 심각한 부작용이 있음을 알았다. 그것과 비교하면 인간 복제의 부작용은 아무것도 아니었다. 인간 복제는 윤리적인 문제이고 기독교 문화와 충돌할 뿐이지만 동면의 부작용은 현실적이며 인류 전체에 영향을 미칠 수 있었다. 이 기술이 산업화되면 일부 사람들만 미래의 천국으로 떠나고 나머지 사람들은 암담한 현실 속에서 훗날 그들이 살게 될 천국을 만들어야 할 것이다. 하지만 무엇보다 큰 문제는 영생의 유혹이었다. 사람들은 1~2세기 후면 분자생물학이 더욱 발전해 사람이 죽지 않고 영원히 살 수 있을 것이라고 믿었다. 그렇다면 지금 동면하는 행운아들은 영생으로 가는 첫발을 내딛는 셈이다. 인류 역사상 처음으로 사신(死神)마저도 불공평해지고, 그로 인해 어떤 부작용이 생겨날지 감히 예측할 수 없었다.

이 상황이 위기 초기에 나타난 도피주의와 흡사해 훗날 역사학자들은 이를 초기 도피주의 또는 시간 도피주의라고 불렀다. 위기 이전에 각국 정부는 동면 기술을 인간 복제보다 더 엄격하게 규제했다.

하지만 삼체 위기가 모든 것을 바꿔놓았다. 하루아침에 미래가 천국에서 지옥으로 바뀌고, 불치병 환자들마저 미래에 대한 희망을 잃었다. 동면에서 깨어났을 때 세상이 불바다가 되어 있다면 진통제조차 먹지 못할 것이므로.

위기가 닥친 뒤 동면 기술에 대한 모든 규제가 풀리고 기술이 금세 실용 단계로 접어들었다. 이로써 인류는 처음으로 시간을 뛰어넘을 수 있는 능력을 갖게 되었다.

청신은 동면 기술에 대해 조사하기 위해 중국 하이난(海南) 싼야(三亞)로 향했다. 중국 의학과학원 부설 최대 동면기지가 이 무더운 휴양지에 건설되어 있었다. 다른 지역은 한겨울이지만 이곳은 봄처럼 포근했다. 동면센터는 푸른 숲에 둘러싸인 하얀 건물이었다. 현재 10여 명이 동면 상태로 이곳에 있었지만 모두 단기 체험자이고 진정으로 세기를 건너뛸 동면자는 없었다.

1인용 동면 장비의 무게를 100킬로그램 이하로 줄일 수 있는지 묻자 동면센터 직원이 황당하다는 듯 실소했다.

"100킬로그램이요? 1톤 이하도 어려워요!"

물론 그도 자기 말투가 다소 무례하다는 걸 알았다. 청신은 동면센터를 둘러보고 소개를 들으며 동면이 일반인이 상상하는 것처럼 사람을 완전히 냉각시키는 게 아니라는 걸 깨달았다. 동면 온도가 영하 약 50도로 그렇게 낮지 않으며, 동면 중인 인체 내의 혈액을 얼지 않는 액체로 대체하고 체외순환 시스템을 통해 주요 장기가 가장 약한 수준의 생리 활동을 유지하도록 해야 했다. 그 활동이 아주 미미하고 느릴 뿐 정지하는 것은 아니었다. 동면센터 직원은 이것을 "컴퓨터의 대기 모드와 같다"고 설명했다. 동면자 한 사람을 유지시키려면 동면 탱크, 체외생명유지 시스템,

냉각 설비가 필요한데 이것들을 다 합치면 무게가 약 3톤은 나갔다.

청신은 센터의 기술자들과 장비 소형화에 대해 논의하던 중 놀라운 사실을 발견했다. 외우주에서 동면 중인 인체의 온도를 영하 약 50도에서 유지시키기 위해 필요한 것은 냉각이 아니라 가열이었다. 특히 태양에서 멀리 떨어진 해왕성 궤도 밖으로 나가면 공간 온도가 절대영도*에 가깝기 때문에 영하 50도를 유지하려면 거의 난로를 피우듯 열을 가해야 했다. 1~2세기라는 긴 항해 시간을 고려할 때 동위원소 전지를 사용하는 것이 가장 타당한데, 그렇게 하려면 과장을 조금도 안 보태고 무게가 100톤은 나갈 것이라고 했다.

본부로 돌아와 조사 결과를 브리핑하자 사람들이 낙담했다. 지난번과 다른 점이 있다면 웨이드에게 한 가닥 기대를 걸고 있다는 것이었다.

웨이드가 사람들을 둘러보며 말했다.

"왜들 이렇게 날 쳐다보는 겁니까? 난 신이 아니에요! 각자 나라에서 여기로 파견된 이유가 뭔가요? 노후를 안락하게 보내라고 파견된 건 아니죠? 나쁜 소식만 보고하라고 파견된 건 아니죠? 나도 방법을 몰라요. 이 문제를 해결하는 게 여러분의 일이란 말입니다!"

그가 탁자 다리를 세게 밀자 요란한 소리와 함께 의자가 멀리 미끄러졌다. 그는 처음으로 회의실의 금연 규정을 위반하고 시가를 피웠다.

사람들의 시선이 새로 온 동면 기술 전문가들에게로 옮겨갔지만 그들도 침묵했다. 해결 방법을 고민하고 있는 것이 아니라 전문가의 존엄에서 나온 분노였다. 이 편집광들은 지금 불가능한 일을 요구하고 있었다.

"어쩌면……."

청신이 작은 목소리로 세 글자를 입 밖에 내고 주위를 둘러보았다. 그

---

* 옮긴이 주 : 이론적으로 가능한 가장 낮은 온도.

녀는 아직 MD가 익숙하지 않았다.

웨이드는 곧장 그녀를 향해 시가 연기와 함께 말을 뱉었다.

"전진! 수단과 방법을 가리지 말고 전진!"

청신이 말했다.

"어쩌면…… 꼭 산 사람이 아니어도 될지 몰라요."

서로 얼굴만 쳐다보고 있던 사람들의 시선이 동면 전문가에게 모여들었다. 하지만 그들은 고개를 저었다. 산 사람이 아니어도 된다는 것이 무슨 뜻인지 모르겠다는 의미였다.

청신이 말했다.

"사람을 영하 200도 이하 초저온으로 급속 냉동시켜 발사하면 생명유지 시스템이나 가열 시스템이 필요 없어요. 1인용 우주선만 있으면 되니까 아주 가볍게 만들 수 있겠죠. 여기에 사람의 체중을 합쳐도 110킬로그램이면 충분할 거예요. 그 사람이 인간에게는 사망 상태지만 삼체인에게도 그럴까요?"

동면 전문가가 말했다.

"급속 냉동된 인체를 깨어나게 하려면 해동 과정에서 세포 구조가 파괴되는 걸 막아야 합니다. 두부를 얼렸다가 녹이면 스펀지처럼 변하는 것과 같아요. 아, 여기 계신 분들은 얼린 두부는 먹어보지 못하셨겠군요?"

중국인 전문가가 서양인들에게 묻자 모두 먹어본 적은 없으나 그의 말은 이해했다고 대답했다.

"삼체인에게는 세포 파괴를 막는 기술이 있을 겁니다. 아주 짧은 시간에, 예를 들면 1밀리초나 1마이크로초 안에 순간적으로 정상체온으로 해동시키는 거죠. 하지만 우리에겐 그런 기술이 없어요. 1밀리초 안에 해동시킬 수는 있지만 인체가 고온에 기화되겠죠."

청신은 그의 말을 주의 깊게 듣지 않았다. 과연 누구를 영하 200도 이하로 냉동시켜 우주로 보낼 것인지 골똘히 생각했다. 수단과 방법을 가리지 않고 전진하려고 했지만 내딛는 걸음이 가늘게 떨렸다.

웨이드가 청신을 보며 고개를 끄덕였다.

"아주 좋아."

이 말은 그녀의 기억 속에서 웨이드가 처음으로 부하에게 하는 칭찬이었다.

이번 PDC 상임이사국 회의에서 계단 프로젝트의 새로운 방안을 심의했다. 웨이드가 각국 대표와 물밑 접촉을 통해 협의한 결과 심의 통과는 낙관적이었다. 이 방안은 본질적으로 인류 최초로 지구 밖 문명과의 접촉을 의미했으므로 그 의의만으로도 탐사정의 가치가 한 단계 올라갔다. 특히 인간이 삼체 함대에 들어간다는 건 적의 심장부에 폭탄을 심는 것과 같아서 전략적으로 절대적인 우위를 차지할 수 있으므로 그(그녀)가 전쟁의 방향을 바꿔놓을 수 있었다.

UN 특별 총회가 오늘 밤 전 세계에 면벽 프로젝트를 공개하는 바람에 PDC 회의가 한 시간가량 늦춰져 PIA 사람들은 회의장 밖 로비에서 기다려야 했다. 지금까지 회의 때마다 웨이드와 바디모프만 PDC 회의장에 들어가고 다른 사람들은 밖에서 기다리다 전문적인 분야에 대해 질의할 때만 불려 들어갔다. 그런데 이번에는 웨이드가 청신을 함께 데리고 들어갔다. 말단 보조원에게는 흔치 않은 대우였다.

UN 특별 총회가 끝난 뒤 기자들이 한 사람에게 우르르 몰려들었다. 그는 막 발표된 면벽자였다. PIA 사람들은 계단 프로젝트의 운명을 초조하게 기다리느라 면벽자에겐 관심이 없었다. 한두 명쯤 호기심에 다가갔을 뿐이다. 충격적인 총격 사건이 발생했을 때도 회의장 안에 있는 사람들은 총성을 듣지 못했다. 유리문을 통해 밖에서 소란이 벌어진 것만 알 수 있었다. 청신도 다른 사람들과 함께 뛰어나갔지만 상공에 떠 있는 헬리콥터의 서치라이트에 눈이 부셔 앞을 볼 수 없었다.

그녀보다 먼저 달려 나왔던 동료가 외쳤다.

"맙소사! 면벽자 한 명이 제거당했어요! 총을 몇 발이나 맞고 머리가 터졌대요!"

웨이드가 냉랭하게 물었다.

"면벽자가 누구지?"

눈앞에서 벌어진 사건도 그의 흥미를 끌지 못하는 것 같았다.

동료가 청신을 가리키며 말했다.

"잘 모르지만 당신 나라 사람이래요. 기대를 모으고 있는 세 명과 달리, 살해당한 저 사람만 누군지 아무도 몰라요. 이름 없는 애송이라던데요."

웨이드가 말했다.

"비상시국에 이름 없는 애송이가 어디 있나? 평범한 사람이 중책을 맡을 수도 있고 유명한 사람도 언제든 교체될 수 있지."

웨이드는 뒤에 덧붙인 말 중 앞은 청신을 보며 말하고, 뒤는 바디모프를 보며 말한 다음 PDC 회의 비서가 부르자 그쪽으로 갔다.

바디모프가 옆에 있는 청신에게 낮은 소리로 말했다.

"나한테 하는 경고야. 어제 화를 내면서 청이 날 대신할 수도 있다고 하더군."

"저는……."

바디모프가 청신을 향해 손을 들자 서치라이트 불빛이 그의 손바닥을 핏줄까지 보이도록 환하게 비추었다. 그가 말했다.

"농담 아니야. 이 기구의 인사 배치는 상례를 따르지 않지. 청은 차분하고 성실하고 부지런하고 창의력도 있어. 특히 책임감이 강하지. 보통 젊은 여자들과는 달라. 진심이야. 청이 날 대신할 수 있어서 기뻐. 하지만 아직은 날 대신할 수 없어. 청은 어머니를 매춘굴에 팔아넘길 수 없으니까. 그런 점에선 아직 어린애야. 영원히 그랬으면 좋겠고.”

바디모프가 고개를 들어 어수선한 주위를 살폈다.

그때 누군가 빠른 걸음으로 다가와 둘 사이로 끼어들었다. 카미유였다. 그녀의 손에 들려 있는 서류가 계단 프로젝트의 타당성 연구 보고서인 것 같았다. 카미유가 서류를 누구에게도 건네지 않고 몇 초 동안 허공에 들고 있다가 바닥으로 내동댕이쳤다.

“이런 젠장!”

카미유가 성난 욕설을 내뱉었다. 모든 것을 압도하는 헬리콥터 소음 속에서도 주변에 있던 몇 사람이 고개를 돌려 그녀를 쳐다보았다.

“돼지! 전부 돼지새끼들이야! 진흙탕에서 뒹굴기만 좋아하는 돼지새끼들!”

바디모프가 놀라며 물었다.

“누구 얘기예요?”

“전부 다! 전 인류요! 반세기 전에 달에 착륙했는데 아직 아무것도 내놓지 못하고 있잖아요! 할 수 있는 게 하나도 없어요!”

청신은 바닥에 떨어진 서류를 집어 들고 바디모프와 함께 펼쳐 보았다. 예상대로 타당성 연구 보고서였다. 전문적인 내용이라 대충 훑어봐서는 무슨 내용인지 알 수가 없었다. 그때 웨이드가 돌아오고 PDC 회의 비서가 15분 뒤 회의가 시작될 것이라고 알렸다. 국장을 보자 카미유도 조금 냉정을 되찾았다.

“NASA가 우주에서 소형 핵폭발 실험을 두 차례 실시했대요. 그 결과가 이 안에 들어 있어요. 필요 속도에 도달하기에는 비행체가 아직 너무 무겁다며 무게를 지금의 10분의 1로 줄이래요. 10분의 1로! 10킬로그램이어야 한다는 얘기예요. 희소식도 함께 알려주더군요. 복사세일의 무게를 10킬로그램까지 줄일 수 있다고요. 탑재량이요? 500그램까지는 봐주겠지만 그 이상은 안 된다고 자비롭게 말하더군요. 탑재량이 늘어나면 세일을 묶는 케이블을 더 굵은 걸로 써야 한대요. 탑재량이 1그램 늘어날 때마다 케이블 무게가 3그램씩 늘어나야 해서 광속의 10분의 1 속도를 낼 수 없다나. 그러니까 우리에게 허용된 건 500그램이라고요. 깔깔깔! 500그램! 우리 천사의 말대로 깃털처럼 가볍겠어요!"

웨이드가 빙긋 웃으며 고개를 끄덕였다.

"모니에는 태울 수 있겠군. 아, 우리 어머니가 기르는 고양이예요. 다이어트로 체중을 절반으로 줄인다면 가능하겠어."

웨이드는 남들이 즐겁게 일할 때는 어둡고, 모두 절망에 빠져 있을 때는 웃으며 농담을 던졌다. 늘 그런 식이었다. 청신은 이것이 리더의 풍모라고 생각했지만 바디모프는 그녀가 사람을 볼 줄 모른다고 했다. 그건 리더의 풍모나 사기 진작과는 관계없이 그저 남이 절망하는 걸 보면 신이 나는 웨이드의 성격이었다. 설령 그 절망 속에 자신이 포함되어 있더라도 말이다. 절망한 사람을 보면 그는 모종의 쾌감을 느꼈다. 충성심 강한 바디모프가 웨이드를 부정적으로 평가하자 청신은 조금 놀랐지만 어쨌든 지금 웨이드가 셋의 절망을 즐기고 있는 건 분명했다.

청신은 몸을 가누기가 힘들었다. 오랫동안 쌓인 피로가 한꺼번에 밀려온 탓에 다리가 풀려 풀밭에 털썩 주저앉았다.

웨이드가 말했다.

"일어나."

청신은 처음으로 명령에 따르지 않고 그대로 앉은 채 힘없이 말했다.

"너무 지쳤어요."

웨이드가 청신과 카미유를 가리켰다.

"당신 그리고 당신. 앞으로 이렇게 무의미한 감정 과잉은 허락하지 않을 겁니다. 멈추지 말고 전진해요. 수단과 방법을 가리지 말고 전진!"

바디모프가 간곡한 말투로 말했다.

"길이 보이지 않아요. 포기하시죠."

"수단과 방법을 가리지 않는 게 뭔지 모르는군요."

"회의는 어떻게 할까요? 취소할까요?"

"아니, 계획대로 진행해요. 자료가 준비되지 않았으니 구두로 발표합시다."

"구두로요? 500그램짜리 탐사정에 500그램짜리 고양이를 싣겠다고 말하실 건가요?"

"둘 다 틀렸어요."

웨이드의 마지막 말에 바디모프와 카미유의 눈이 번쩍 뜨였다. 청신도 풀밭에서 스프링처럼 튀어 일어났다.

총에 맞은 뤄지(羅輯)를 실은 구급차가 군용차와 헬리콥터의 호위를 받으며 병원으로 향했다. 뉴욕의 야경은 휘황한 빛을 되찾았다. 눈부신 배경을 뒤로하고 서 있는 웨이드는 마치 검은 유령 같았다. 두 눈동자에서 나오는 서늘한 빛만 가물거리며 반짝였다.

그가 말했다.

"뇌만 보냅시다."

《시간 밖의 과거》 발췌

화룡출수(火龍出水), 연발 쇠뇌, 계단 프로젝트

중국 명나라 때 이런 무기가 있었다. 작은 불화살 여러 개를 모체(화룡) 안에 넣고 모체에 추진용 화약통을 달아 만든 무기인데 바다에서 발사하면 수면에 가깝게 날아간 뒤에 모체에서 불화살이 발사되었다. 연발 쇠뇌도 있었다. 동서양 문헌에 모두 연발 쇠뇌가 있었다는 기록이 있는데 중국에서 가장 오래된 기록은 삼국 시대의 것이다. 이 두 가지 무기는 시대를 초월한 화력을 내기 위해 기존의 낙후된 무기를 새로운 방식으로 조합해서 제작한 것이다.

위기의 세기 초 계단 프로젝트도 당시의 낙후된 기술을 이용해 가벼운 탐사정을 광속의 100분의 1까지 추진시켰다. 이 정도 항해 속도는 반세기 이후의 기술로나 가능한 것이었다.

당시 인류의 탐사정이 태양계를 벗어나 해왕성의 위성에 착륙할 수 있었으므로 항로의 추진 구간에 핵탄두를 설치하는 기술은 이미 성숙 단계에 있었다. 다만 비행체의 항로와 핵탄두를 정확하게 교차시키고 핵탄두의 폭발 시점을 통제하기가 쉽지 않았다.

모든 핵탄두는 복사세일이 스쳐 지나간 직후에 폭발해야 했다. 거리가 3~10킬로미터 떨어졌을 때 폭발하는데 이 거리는 핵탄두의 폭발 당량에 따라 결정되었다. 세일의 속도가 빨라질수록 정밀도가 높아져야 하지만 세일의 속도가 광속의 100분의 1에 도달하고 정밀도가 나노초급 이상으로 높아지더라도 당시의 기술로 불가능한 일은 아니었다.

비행체 자체에 동력이 없으므로 핵탄두 폭발 위치로 항해 방향을 조절했다. 항로 위에 있는 모든 핵탄두에 위치 컨트롤 엔진을 달아 세일이 도착하기 전 정확하게 위치를 파악하고, 둘의 교차 거리가 수백 미터까지 좁혀졌을 때 그 거리를 조절해 세일과 다른 각도로 폭발의 추력을 발생시킴으로써 비행체의 항해 방향을 바꾸는 방식이다.

복사세일은 부드러운 필름 재질로 제작하고 케이블을 이용해 우주선 뒤로 끌어당겨 전체 비행체가 항해 방향에 따라 거꾸로 누운 거대한 낙하산 형태가 되어야 했다. 당량에 따라 낙하산에서 뒤로 3~10킬로미터 떨어진 지점에서 핵폭발이 일어나야 하며, 우주선이 핵복사에 영향받지 않도록 세일의 케이블을 길게 늘여 복사 세일과 우주선의 거리를 최대한 넓혔다. 이 거리가 500킬로미터였다. 우주선 표면은 증발하면서 온도가 내려가는 재료로 만들어 핵폭발 때마다 증발해 온도가 내려가는 동시에 우주선의 중량이 계속 줄어들게 했다.

이런 슈퍼 낙하산이 지구에 떨어진다면 낙하물이 지표면에 닿아도 낙하산 자체는 500킬로미터 상공에 떠 있을 것이다. 나노 재료로 만든 세일 케이블은 거미줄의 10분의 1 굵기로 육안으로 볼 수 없으며, 100킬로미터에 무게가 8그램밖에 되지 않지만 가속 시 우주선에 추력을 가할 수 있고 핵복사에도 끊어지지 않을 만큼 강했다.

(……) 화룡출수와 연발 쇠뇌가 2급 미사일과 기관총 역할을 해내지 못했듯 계단 프로젝트도 인류에게 새로운 우주 항해 시대를 열어주지 못했다. 계단 프로젝트는 당시의 기술을 모두 동원해 시도한 최후의 승부였던 셈이다.

피스키퍼 대륙 간 탄도미사일의 집단 발사가 시작된 지 30분이 흐르고 있었다. 발사된 미사일 여섯 개의 꼬리가 하나로 합쳐지며 달빛이 투과되어 천국으로 향하는 은빛 길처럼 보였다. 그 후 5분 간격으로 거대한 불덩이가 은빛 사다리를 따라 하늘로 올라갔다. 주위에 있는 나무와 사람들의 그림자가 붉은빛 속에서 가물거리며 초침처럼 움직였다. 우선 미사일 30발을 발사해 핵탄두 300개를 지구 궤도로 올려 보냈다. 핵탄두의 당량은 50만 톤부터 250만 톤까지 각기 달랐다. 러시아와 중국에서도 각각 미사일 토폴과 둥펑을 계속 발사하고 있었다. 세계 종말의 날이 온 것 같은 광경이었지만 청신은 천국으로 향하는 길 끝의 구부러진 각도를 보고 이것이 대륙 간 공격 궤도가 아니라 우주 발사 궤도라는 걸 알 수 있었다. 수억 명을 살상할 수 있는 무기를 우주로 날려 보내는 것이다. 이 거대한 에너지가 깃털을 광속의 100분의 1로 추진시킬 것이다.

하늘을 올려다보고 있는 청신의 눈가에서 흘러나온 뜨거운 눈물이 미사일이 발사될 때마다 영롱하게 반짝였다. 그녀는 속으로 되뇌었다. 설령 여기까지밖에 할 수 없을지라도 계단 프로젝트는 해볼 만한 가치가 있다고.

옆의 두 남자 웨이드와 바디모프는 이 장엄한 광경에도 심드렁해 보였다. 고개를 들어 올려다보지도 않고 담배를 피우며 이야기를 나누고 있었다. 청신은 그들의 대화 내용을 알고 있었다.

계단 프로젝트에 참여할 사람을 고르고 있는 중이었다.

지난 PDC 상임이사국 회의에서 명문화되지도 않은 제안이 통과되었다. PDC 설립 이후 처음 있는 일이었다. 청신도 과묵한 줄만 알았던 웨이드의 연설 능력을 처음 확인했다.

웨이드가 말했다.

"삼체인이 초저온으로 냉동된 인체를 부활시킬 수 있다면 인간의 뇌도 부활시킬 수 있을 겁니다. 부활시킨 뇌를 외부와 연결시켜 교류할 수도 있겠죠. 양자를 2차원으로 펼쳐 표면에 회로를 식각할 수 있는 문명에겐 어려운 일이 아닐 겁니다. 어떤 의미에서 보면 뇌만 있어도 온전한 육체가 있는 사람과 다를 게 없습니다. 그 사람의 의식, 정신, 기억, 특히 그의 전략이 모두 들어 있으니까요. 이 계획이 성공한다면 적의 심장부에 폭탄을 심는 것과 같습니다. 상임이사국들은 뇌가 사람과 동일하다는 데 동의하지 않겠지만 어쨌든 선택의 여지가 없습니다. 게다가 그들의 최대 관심사는 광속의 100분의 1로 추진시키는 기술이죠."

그의 제안이 찬성 다섯 표, 기권 두 표로 통과되었다.

계단 프로젝트가 본격적으로 시작되면서 누구를 실어 보낼 것인지의 문제가 대두되었다. 청신은 누가 좋을지 상상할 용기조차 없었다. 그(그녀)

의 뇌가 정말로 삼체인의 손에 들어가 부활한다 해도 그 후의 생활(생활이라고 부를 수 있다면)은 그(그녀)에게 악몽이 될 것이다. 이런 생각이 들 때마다 그녀의 마음도 영하 200도 이하 초저온에 들어간 것처럼 오그라들었다. 다른 사람들은 그녀만큼 괴롭지 않은 것 같았다. PIA가 한 국가에 속한 정보기관이라면 일이 빠르게 해결되겠지만, PIA는 실질적으로 PDC 상임이사국들이 구성한 정보 위원회에 불과하고 계단 프로젝트가 국제사회에 완전히 공개되어 있었기 때문에 매우 민감한 사안이었다.

관건은 그(그녀)를 우주로 보내기 전에 반드시 죽여야 한다는 것이다.

위기가 출현한 뒤 패닉에 빠졌던 세계가 서서히 진정되자 새로운 주장이 국제정치의 주류로 떠올랐다. 위기가 민주주의 정치를 붕괴시키는 무기로 이용되는 걸 막아야 한다는 것이었다. PIA 사람들은 모두 자국 정부로부터 계단 프로젝트의 인선 문제에 신중히 접근하고 절대로 남에게 휘둘리지 말 것을 지시받았다.

이 문제의 해결 방법은 역시 웨이드에게서 나왔다. PDC와 UN을 시작으로 가능한 한 많은 국가에서 안락사법을 제정하도록 유도하자는 제안이었다. 지금까지와 다르게 이 제안을 말하는 그의 말투에 자신감이 없었다.

얼마 후 PDC의 7개 상임이사국 중 3개국이 안락사법을 통과시켰다. 하지만 현재 의료 기술로 치료할 수 없는 불치병 환자에 한해서만 안락사를 허용한다고 법률에 명시했다. 계단 프로젝트가 원하는 것과는 거리가 먼 조항이었지만 여기서 더 나아가는 건 불가능했다.

불치병 환자 중에서 계단 프로젝트에 참여할 사람을 찾을 수밖에 없었다.

하늘을 울리는 진동과 불빛이 사라지고 1차 발사가 끝났다. 웨이드와 PDC의 참관인 몇 사람이 먼저 차를 타고 떠나고 바디모프와 청신만 남았다.

바디모프가 말했다.

"오늘은 자네 별을 볼 수 있겠지?"

청신은 나흘 전 DX3906 소유권 증서를 받았다. 말할 수 없이 기뻤다. 지금껏 느껴보지 못한 행복감에 머리가 어지러울 정도였다. 그녀는 온종일 속으로 되뇌었다.

'누가 내게 별을 선물했어. 누가 내게 별을 선물했어. 내가 별을 갖게 됐다고……'

그녀가 국장에게 업무 보고를 하러 갔을 때도 얼굴에 도는 화색을 감추지 못하는 것을 웨이드가 보고 무슨 일이냐고 묻자 그녀가 증서를 보여주었다.

웨이드가 심드렁하게 증서를 돌려주었다.

"휴지 조각이야. 늦기 전에 싼값에 파는 게 현명해."

그의 말도 청신의 기쁨에 찬물을 끼얹지 못했다. 예상했던 반응이다. 그녀가 웨이드에 대해 아는 건 CIA에서 일하다가 미국 국토안보부 차관을 거쳐 여기로 왔다는 것뿐이다. 그의 사생활에 대해서는 PDC 회의가 있던 날 어머니와 고양이가 있다고 얘기한 걸 제외하면 아는 게 하나도 없었고, 누가 그의 사생활에 대해 말하는 걸 들은 적도 없었다. 심지어 그가 어디에 사는지조차 몰랐다. 그는 마치 일 외의 다른 부분에서는 전원이 꺼져버리는 기계 같았다.

청신은 바디모프에게도 이 기쁜 소식을 알렸다. 바디모프는 그녀를 축하하며 전 세계 여자들이 질투할 것이라고 했다. 살아 있는 여자들과 이미 죽은 공주들까지 모두 말이다. 그녀는 인류 역사상 처음으로 별을 가진 여자이기 때문이다.

청신이 말했다.

"누굴까요?"

"생각해봐. 짐작 가는 사람이 있을 거야. 일단 억만장자인 건 분명해. 상징적인 의미뿐인 선물에 수백만 달러를 쓰는 걸 보면."

청신은 고개를 저었다. 학교 다닐 때부터 지금까지 그녀를 따라다닌 남자들은 있었지만 그렇게 돈 많은 남자는 없었다.

바디모프가 하늘을 올려다보고 감탄하며 말했다.

"학력도 높겠지. 정신적인 걸 추구하는 사람이니까. 로맨스 소설이나 영화에서도 이렇게 낭만적인 남자는 본 적이 없어."

감탄하긴 청신도 마찬가지였다. 사춘기 소녀 시절에는 그녀도 장밋빛 공상에 도취된 적이 있었지만 지금은 철없는 망상이라 생각하며 자조했다. 현실에서 갑자기 별이 날아올 줄은 꿈에도 몰랐다. 게다가 이건 소녀 시절 꾸었던 꿈보다 더 낭만적이고 신비로운 현실이었다.

자신이 아는 남자는 아니라고 장담했다. 멀리서 그녀를 짝사랑하는 남자가 즉흥적으로 떠오른 생각에 주체할 수 없을 만큼 많은 재산 중 아주 작은 일부를 썼을 수도 있다. 그녀가 영영 진실을 모르게 하고 싶다는 생각으로 말이다. 설령 그렇다 해도 그에게 고마웠다.

그날 밤 청신은 새로 지은 월드트레이드센터 꼭대기 층에 올라갔다. 자신의 별이 보고 싶었다. 증서와 동봉된 자료에서 별 찾는 방법을 자세히 읽어두었지만 뉴욕 하늘에는 먹구름이 자욱하게 끼어 있었다. 다음 날, 그 다음 날도 날씨가 흐렸다. 구름이 거대한 손바닥처럼 그녀의 선물을 감추고 장난을 치는 것 같았다. 하지만 그녀는 실망하지 않았다. 자신이 받은 선물이 절대로 사라지지 않는다는 걸 알고 있었기 때문이다. DX3906은 저 우주에 있고 지구와 태양보다 수명이 길 것이므로 언젠가는 볼 수 있다고 생각했다.

그녀는 밤마다 아파트 발코니에 서서 밤하늘을 올려다보며 자신의 별을 상상했다. 도시의 불빛이 구름을 희부옇게 비추었지만 그녀는 그것이

DX3906에서 비치는 장밋빛 빛무리라고 상상했다. 꿈에서 그녀가 그 별 위를 날고 있었다. 장밋빛 별이었다. 작열하듯 뜨겁지 않고 봄바람처럼 선선했다. 투명한 바다가 항성 표면을 뒤덮고 바닷속에서 흔들리는 해초를 선명하게 볼 수 있었다……

잠에서 깬 뒤 그녀가 피식 웃었다. 항공우주학을 전공한 그녀는 꿈에서도 DX3906에 행성이 없다는 걸 잊지 않았다.

별을 받은 지 나흘째 되던 날, 청신은 첫 미사일 발사를 참관하기 위해 PIA 관계자 몇 명과 케이프 커내버럴에 갔다(우주 발사 위치 때문에 대륙 간 탄도미사일을 원래 위치에서 발사하지 못하고 이곳에서 한꺼번에 발사해야 했다).

미사일이 남기고 간 꼬리가 구름 한 점 없이 맑은 밤하늘에 흩어지는 걸 보며 청신과 바디모프는 별 찾는 방법이 쓰인 종이를 펼쳤다. 두 사람 모두 천문학이 낯설지 않았으므로 금세 별의 위치를 찾을 수 있었다. 그런데 별이 보이지 않았다. 바디모프가 차에서 군용 망원경 두 개를 가져다가 그 방향을 살펴보자 DX3906을 쉽게 찾을 수 있었다. 일단 찾아놓은 뒤에는 망원경 없이 육안으로도 잘 보였다. 청신은 암적색 별빛에서 오랫동안 눈을 떼지 못했다. 헤아릴 수 없이 먼 곳을 상상하며 그 거리를 마음으로 더듬어보려 애썼다.

"제 뇌를 계단 프로젝트 비행체에 싣고 날아간다면 3만 년은 걸려야 저기에 도착하겠죠?"

대답이 돌아오지 않자 그녀가 고개를 돌렸다. 바디모프가 별을 보지 않고 차에 기대서서 전방을 응시하고 있었다. 어둠 속에서 우울한 그의 얼굴이 희미하게 보였다.

"왜 그러세요?"

청신의 물음에 바디모프가 한참 만에 입을 열었다.

"난 책임을 회피하고 있어."

"무슨 책임이요?"

"계단 프로젝트에 가장 적합한 사람은 바로 나야."

청신은 깜짝 놀랐다. 한 번도 그런 생각을 해보지 않았지만 그의 말을 듣고 보니 정말로 그랬다. 그는 우주에 관해 전문 지식을 가지고 있고 외교와 정보 분야에서 경험이 풍부하며 차분하고 성숙했다. 건강한 사람 중에 뽑는다면 그가 가장 적합했다.

"하지만 건강하시잖아요."

"그렇지. 그래도 회피하고 있다는 사실은 달라지지 않아."

"누가 은연중에 그런 얘길 했어요?"

청신은 제일 먼저 웨이드를 떠올렸다.

"아니. 어쨌든 책임에서 도피하고 있어. 3년 전 늦은 나이에 결혼해서 딸아이가 이제 겨우 한 살이야. 내겐 아내와 아이가 중요해. 죽는 게 두려워. 하지만 죽느니만 못하게 사는 나를 두 사람에게 보여주는 건 더 싫어."

"주임님에겐 아무 책임이 없어요. PIA도 러시아 정부도 그런 명령을 내리지 않았고 또 내릴 리도 없어요."

"그래. 그저 청에게 털어놓고 싶었어……. 실은 내가 제일 적합한 사람이라는 걸."

"인류는 추상적인 개념이 아니에요. 인류에 대한 사랑은 한 사람 한 사람의 사랑에서 시작돼요. 먼저 사랑하는 사람들에게 책임을 다하세요. 주임님은 아무 잘못도 없어요. 자책하지 마세요."

바디모프가 고개를 들어 청신의 별을 올려다보았다.

"위로 고마워. 청은 이런 선물 받을 자격이 있어. 나도 아내와 딸에게 별을 선물하고 싶군."

밤하늘에서 불빛 하나가 켜졌다. 잠시 후 또 하나가 켜지며 땅에 있는 사람의 얼굴을 비추었다. 우주에서 핵폭발 추진 실험이 진행되고 있었다.

계단 프로젝트에 참여할 사람을 찾는 일이 급해졌다. 청신은 몇 가지 사무적인 일에만 참여했기 때문에 큰 부담이 없었다. 탐사정 탑승 후보들의 우주학 지식 수준을 검증하는 것이 그녀의 주요 업무였다. 전문 지식은 가장 기본적인 자격 요건이었다. 안락사법이 통과된 3개 상임이사국의 불치병 환자 중에서 선택해야 했으므로 그들이 원하는 풍부한 우주학 지식을 가진 사람을 찾을 가능성은 희박했다. PIA가 여러 경로를 통해 가능한 한 많은 후보를 물색했다. 때마침 청신의 대학 동창이 뉴욕에 왔다가 그녀에게 연락했다. 오랜만에 만난 두 사람이 다른 동창들의 근황을 얘기하다가 윈톈밍의 이야기가 나왔다. 친구는 윈톈밍이 폐암 말기라는 걸 후원에게 들어 알고 있었다. 청신은 윈톈밍의 이야기를 듣고 길게 생각할 것도 없이 위웨이민 부국장을 찾아가 윈톈밍을 후보로 추천했다. 위웨이민이 계단 프로젝트 탑승자 선발을 책임지고 있었다.

청신은 훗날 그 순간을 수없이 회상하며 그때 자신이 너무 경솔했다는 걸 인정할 수밖에 없었다.

청신은 중국에 가기로 결정했다. 위웨이민이 동창인 그녀가 윈톈밍에게 직접 제안하는 게 좋겠다고 하자 그녀는 역시 길게 생각하지 않고 바로 받아들였다.

청신의 말을 다 듣고 난 뒤 윈톈밍은 병상에서 천천히 일어나 앉았다. 청신이 계속 누워 있으라고 하자 그가 무표정한 얼굴로 혼자 있고 싶다고 했다.

청신이 조용히 문을 닫고 나가자 그는 미친 사람처럼 히스테릭한 웃음을 터뜨렸다.

'이런 바보 천치! 윈톈밍! 너보다 더 명청한 놈이 세상에 또 있겠어? 사랑하는 여자한테 별을 주면 그 여자가 널 사랑할 줄 알았어? 순진하게 눈

물 흘리며 태평양을 건너 널 구하러 올 줄 알았어? 동화 같은 소리! 청신은 널 죽이러 왔다고!'

뒤이어 떠오른 아주 쉬운 추측에 그는 숨이 넘어가게 웃었다.

청신이 도착한 시간으로 볼 때 그녀는 윈톈밍이 이미 안락을 선택했다는 것도 모르고 있었다. 다시 말해 윈톈밍이 안락을 선택하지 않았더라도 그를 꼬드겨 안락을 시켰을 것이란 얘기다.

아니, 그녀가 원하는 대로 죽는다면 그는 안락하게 죽을 수 없다.

그의 누나가 병원비 때문에 그를 안락시키려 한 것은 충분히 이해할 수 있다. 또 누나는 진심으로 그가 안락하게 죽길 바랐다. 하지만 청신은 그를 가장 비참하게 죽이려 하고 있었다. 그는 우주가 무서웠다. 항공우주학을 전공했으므로 우주가 위험하다는 걸 남들보다 더 잘 알고 있었다. 지옥이 땅 밑에 있는 게 아니라 하늘에 있다는 걸 알고 있었다. 그런데 청신은 그의 일부, 그것도 영혼이 담겨 있는 일부가 춥고 광활한 암흑의 심연 속에서 영원히 떠돌기를 바라고 있었다.

하지만 그럴 수 있다면 억세게 운이 좋은 편에 속했다.

청신의 바람대로 그의 뇌가 삼체인의 손에 들어가 부활한다면 그것이야말로 진정한 악몽일 것이다. 냉혹한 외계인들이 그의 뇌에 센서를 붙이고 각종 감각을 입력하는 실험을 할 것이다. 물론 그들이 가장 관심 있는 감각은 고통일 것이다. 그들은 그에게 굶주림, 갈증, 폭력, 화상, 질식 등의 감각을 차례로 체험하게 하고, 고문 의자, 전기 충격, 심지어 능지처참의 감각까지 주입할 것이다. 그의 기억을 검색해 그가 가장 두려워하는 고문이 무엇인지 찾아내고, 그것이 변태적인 시대의 역사 기록에 이미 등장했다는 사실도 알게 될 것이다. 먼저 사람을 살이 짓이기도록 두들겨 팬 다음 전신을 붕대로 감고 하루가 지난 뒤에 붕대와 피딱지가 엉겨 붙으면 붕대를 가차 없이 풀어버리는 고문……. 그의 머릿속을 검색해 공포를 찾아낸 다음 붕대가 풀릴 때의 감각을 뇌에 주입할 것이다. 옛날에 실제로 그런 가혹한 형벌을 당한 사람은 금세 죽었지만 그는 죽지 않을 것이고 기껏해야 쇼크 상태에 그칠 것이다. 외계인들에게는 그 상태가 전원이 꺼진 것처럼 아무렇지도 않게 보여, 깨워서 또 해보고 또 한 번 해볼 것이다. 호기심 때문이거나 심심풀이로…… 손도 없고 몸도 없는 그는 벗어날 수도 없고 혀를 깨물고 죽지도 못한 채 배터리처럼 고통의 전류가 충전되고 방전되기를 영원히 반복할 것이다.

숨이 넘어갈 듯한 그의 웃음소리에 놀란 청신이 들어와 물었다.

"톈밍, 왜 그래?"

그가 웃음을 뚝 멈췄다.

"윈톈밍, UN PIA를 대표해서 물을게. 인류에 속한 한 인간으로서 책임을 다하기 위해 이 임무를 수행하겠니? 전적으로 네 선택에 따를게. 넌 거절할 수 있어."

윈톈밍이 그녀의 성스럽고 비장한 얼굴과 간곡한 기대가 담긴 눈동자를 쳐다보았다. 그녀는 인류 문명과 지구를 지키기 위해 싸우고 있었다. 그는 사방을 둘러보았다. 유리창으로 비껴 들어온 석양빛이 더러운 피처럼 새하얀 벽을 물들이고, 밖에 외롭게 서 있는 참나무는 무덤에서 뻗어 나온 해골 같았다.

처연한 미소가 그의 입가에서부터 서서히 번졌다.

그가 말했다.

"좋아. 임무를 맡을게."

위기의 세기 5~7년, 계단 프로젝트

바디모프가 죽었다. 그의 차가 알렉산더해밀턴브리지의 난간을 뚫고 나가 할렘강으로 곤두박질쳤다. 차를 인양하는 데 하루가 걸렸다. 시신 부검 결과, 바디모프는 백혈병을 앓고 있었으며 그로 인한 망막 출혈로 갑작스러운 실명을 일으켜 교통사고가 난 것으로 밝혀졌다.

청신은 큰 슬픔에 빠졌다. 바디모프는 친오빠처럼 그녀를 보살펴주었고 타국 생활과 업무에 적응할 수 있도록 도와주었다. 청신은 특히 그의 넓은 아량에 감동했다. 청신은 항상 열정적으로 일하는 데다가 남달리 똑똑해 어딜 가나 주목받았다. 투철한 책임감 때문이라고는 해도 바디모프보다 더 두드러지는 건 어쩔 수 없었다. 하지만 그는 항상 너그러웠고 청신이 자신의 재능을 마음껏 발휘할 수 있도록 격려했다.

바디모프의 죽음에 대한 내부의 반응은 두 가지로 극명하게 나뉘었다. 전문 인력들은 청신처럼 상사의 죽음에 슬퍼한 반면, 냉정한 첩보요원들은 자기들끼리 있는 자리에서 바디모프의 시신이 물에 너무 오래 잠겨 있던 탓에 뇌를 쓸 수 없는 것을 아쉬워했다.

청신의 슬픔은 서서히 한 가지 의문으로 바뀌었다. 생각할수록 너무 공교로웠다. 처음 이런 생각이 들었을 때 그녀는 가슴이 선득했다. 이 사건의 배후에 어떤 음모가 있다면 그 어둠과 공포는 그녀가 감당할 수 없을 만큼 클 것이다.

기술계획센터의 의학 전문가에게 문의해보니, 인위적으로 백혈병을 일으키는 것이 가능했다. 그런데 방사능에 노출시킬 경우 백혈병을 일으킬 수는 있지만 피폭량과 노출 시간을 조절하기가 어렵다고 했다. 피폭량과 시간이 조금만 부족해도 발병하지 않고, 조금만 넘쳐도 피폭으로 급사할 수 있기 때문이다. 만약 바디모프가 PDC에서 안락사법 통과를 추진하고 있을 때 누군가 그에게 손을 썼다면 시간적으로 가능한 일이었다. 정말로 배후에 누군가 있다면 전문 지식을 가진 사람일 것이다.

고정밀 가이거계수기로 바디모프의 책상과 아파트를 검사했지만 이상한 점은 발견하지 못했다. 소량의 방사성 잔류물이 발견되었지만 모두 자연적으로 발생한 것임이 확인되었다. 바디모프의 베개 밑에 그의 아내 사진이 있었다. 아름다운 그녀는 그보다 열한 살 젊은 발레리나였다. 딸도 무척 귀여웠다. 바디모프가 직업적인 예민함 때문에 아내와 딸의 사진을 책상 위나 침대 머리맡에 두지 않는다고 말한 적이 있었다. 무의식중에 그렇게 하면 아내와 딸이 위험에 노출될 것 같아서 보고 싶을 때만 사진을 꺼내 본다고 했었다. 청신은 그가 했던 말이 떠올라 가슴이 먹먹해졌다.

청신은 바디모프를 생각할 때마다 저절로 윈톈밍이 떠올랐다. 그는 후보 일곱 명과 함께 PIA 본부에서 그리 멀지 않은 비밀 장소에서 각종 테스트를 받고 있었다. 머지않아 그중 최종적으로 한 명이 선발될 것이다. 중국에서 윈톈밍을 만나고 온 뒤로 청신은 우울함을 떨칠 수가 없었다. 처음에는 보일 듯 말 듯 떠다니던 먹구름이 점점 짙어지더니 마음 전체를 뒤덮어버렸다.

처음 윈톈밍과 만났을 때를 회상했다. 대학교 1학년 초 같은 과 학생들이 차례로 자기소개를 하고 있을 때 조용히 구석에 앉아 있는 윈톈밍을 보았다. 보기만 했을 뿐인데 그의 내면을 가득 채운 고독감과 연약함을 느낄 수 있었다. 예전에도 외톨이인 남자를 본 적이 있지만 그런 감정을 느낀 적은 없었다. 그의 마음속을 몰래 훔쳐보는 기분이었다. 청신은 여자의 마음에 햇빛을 비출 수 있는 태양 같은 남자를 좋아했다. 윈톈밍은 그런 남자와는 정반대였지만 이상하게 그에게 마음이 끌렸다. 그와 얘기할 때도 행여 상처를 줄까 봐 조심스러웠다. 지금까지 어떤 남자에게도 그렇게 조심스러운 적이 없었다. 얼마 전 뉴욕에 온 동창에게 윈톈밍의 얘기를 들었을 때 그녀는 자신의 기억 속에서 그가 아주 깊은 곳으로 밀려나 있는 걸 알았다. 그의 얘기를 듣지 않았다면 기억나지 않을 만큼 깊숙이 처박혀 있었다. 그런데 그를 생각하자 깊은 곳에 파묻혔던 그가 아주 또렷하게 보였다.

그날 밤 청신은 악몽을 꾸었다. 자기 별의 바닷속 장밋빛 해초가 점점 검게 변하더니 이내 항성 전체가 오그라들어 블랙홀이 되었다. 우주가 푹 파인 것처럼 빛 한 점 없는 블랙홀이었다. 작은 형광 물체가 암흑의 인력에 붙들려 벗어나지 못하는 듯 블랙홀 주위를 돌고 있었다. 냉동된 뇌였다.

눈을 번쩍 떴다. 뉴욕의 야경 불빛이 스며든 커튼의 희미한 빛무리를 보며 불현듯 그녀는 자신이 무슨 짓을 했는지 깨달았다.

사실 그녀는 PIA의 요청을 윈톈밍에게 전달했을 뿐이고 그는 거절할 수 있었다. 그녀는 지구 문명 수호라는 숭고한 목적을 위해 그를 추천했다. 생명이 이미 막바지에 다다라 조금만 늦었어도 그는 세상을 떠났을 것이다. 그녀가 그를 구한 셈이기도 했다! 그녀는 양심에 부끄러운 일을 하지 않았다.

하지만 그녀는 이것이 바로 사람들이 말하던 '어머니를 매춘굴에 파는'

일이라는 걸 깨달았다.

동면 기술에 대해 생각했다. 이제 진정한 동면에 들어간 사람들이 있었다. 그중 대부분은 의료 기술의 발전을 기대하는 불치병 환자였다. 윈톈밍도 생존할 기회가 있었다. 그의 사회적 지위로는 동면 기회를 얻기가 어렵겠지만 그녀가 도와준다면 가능했을 것이다. 그녀가 그의 기회를 빼앗은 셈이었다.

다음 날 청신은 출근하자마자 웨이드를 찾아갔다. 처음에는 위웨이밍을 찾아가려고 했지만 직접 국장에게 말하는 게 나을 것 같았다. 어차피 최종 결정을 내리는 건 그였으므로.

웨이드의 사무실에 갈 때마다 그는 손에 든 시가 불빛을 쳐다보고 있었다. 그가 전화 통화, 서류 검토, 대화, 회의 등 리더의 통상적인 업무를 수행하는 걸 거의 본 적이 없었다. 청신은 그가 언제 그런 일을 하는지도 알수가 없었다. 그녀가 볼 때마다 그는 말없이 깊은 생각에 빠져 있었다.

청신이 말했다.

"후보 5호는 자격 요건에 미치지 못하는 것 같습니다. 추천을 철회합니다. 후보 5호를 제명시켜주세요."

"왜지? 테스트에서 높은 성적을 받았는데."

청신은 속으로 놀랐지만 금세 냉정함을 되찾았다. 후보를 테스트할 때 먼저 특수 전신마취를 이용해 피검자의 신체 각 부위와 감각기관은 일시적으로 기능을 상실하고 의식만 또렷하게 유지되게 했다. 뇌가 신체에서 떨어져 독립적으로 존재하는 상태를 설정하는 것이다. 주로 심리검사로 외계 환경에 적응하는 능력을 확인하는 테스트였다. 하지만 검사자도 삼체 함대의 내부 환경을 모르기 때문에 추측으로 시뮬레이션할 수밖에 없다. 한마디로 냉혹한 테스트였다.

청신이 말했다.

"학력이 너무 낮아요."

"자넨 학력은 높지만 자네 뇌는 이 임무를 제대로 수행하지 못할 거야."

"성격도 괴팍해요. 그렇게 괴팍한 사람은 처음 봤어요. 환경에 적응할 능력이 전혀 없어요."

"그게 5호의 제일 큰 장점이지! 자네가 말하는 환경이란 인간의 환경이야. 환경에 잘 적응한다는 건 환경에 대한 의존도가 높다는 뜻이기도 해. 그런 사람은 인류의 환경과 관계를 끊고 낯선 외계 환경에 들어가면 심리적으로 버티지 못하고 무너질 확률이 높아. 자네가 바로 그 좋은 예지."

청신은 그의 말이 옳다는 걸 부인할 수 없었다. 그녀는 외계 환경은커녕 그런 테스트도 버텨내지 못할 것이다. 사실 PIA의 최고 책임자가 말단 부하 직원의 말을 듣고 계단 프로젝트의 후보를 제명시킬 가능성이 희박하다는 걸 그녀도 알고 있었다. 하지만 이대로 포기할 수는 없었다. 어떤 대가를 치르더라도 그를 돕고 싶었다.

"다른 건 차치하더라도 그는 오랫동안 외톨이로 지냈기 때문에 인류에 대한 책임감이 전혀 없어요. 누굴 사랑할 줄도 몰라요."

이 말이 사실인지는 청신 자신도 의심스러웠다.

"지구에서 그가 미련을 품고 있는 게 있지."

웨이드의 시선은 시가 끝에 고정돼 있었지만 청신은 그의 눈빛이 시가 끝에 반사되어 검붉은 불꽃의 에너지를 안고 자신을 향하고 있는 것 같았다. 다행히 웨이드는 이 화제에 관해 깊이 파고들지 않았다.

"5호가 가진 또 다른 장점은 창의성이야. 전문 지식은 부족하지만 창의성으로 보완하고도 남지. 그의 작은 아이디어 하나가 자네 동창을 억만장자로 만들었다는 걸 아나?"

청신도 방금 후보들의 자료를 보고 그 일을 알았다. 하지만 자신에게 별을 선물한 사람이 후원일 리 없다고 확신했다. 그는 그런 사람이 아니었다. 그가 만약 그녀에게 사랑을 표현하려고 했다면 비싼 자동차나 다이아 몬드 목걸이를 주었으면 주었지, 결코 별을 선물할 사람이 아니었다.

"필요한 기준을 적용하면 모든 후보가 자격에 한참 미달이야. 하지만 어쩔 수 없지. 자네 덕분에 5호에 대한 믿음이 더 확고해졌어. 고맙군."

웨이드가 시가에서 시선을 들어 예의 그 엷은 냉소를 머금고 청신을 바라보았다. 그는 또다시 그녀의 절망과 고통을 즐기고 있었다.

하지만 청신은 희망을 완전히 버리지 않았다. 그녀는 계단 프로젝트 후보자 서약식에 참석했다. 위기가 출현한 뒤 개정된 우주 협약에 따르면, 경제 개발, 이민, 과학 연구 등을 위해 지구의 자원을 태양계 밖으로 가지고 나가려는 사람은 반드시 인류에게 충성하겠다는 서약을 해야 했다. 미래를 위해 만들어진 조약이었다.

서약식은 UN 총회장에서 열렸다. 몇 개월 전 발표한 면벽 프로젝트와 달리 이 서약식은 외부에 공개하지 않고 소수만 참석했다. 계단 프로젝트의 후보 일곱 명과 서약식을 주재할 UN 사무총장, PDC 의장이 참석했으며, 청중석의 맨 앞 두 줄에만 청신을 포함해 계단 프로젝트에 참여한 PIA 관계자가 앉았다.

서약 절차는 간단했다. 서약자가 UN 사무총장이 들고 있는 UN기 위에 손을 올려놓고 정해진 서약문을 읽었다. 인류 사회에 영원히 충성할 것이며 우주에서 인류에 해를 끼치는 일을 절대로 하지 않겠다는 내용이었다.

서약은 후보자의 일련번호에 따라 진행했다. 윈톈밍은 앞에서 다섯 번째였다. 그의 앞에 미국인 두 명과 러시아인 한 명, 영국인 한 명이 서고, 그의 뒤에는 미국인과 중국인이 섰다. 후보자 모두 병색이 역력하고 그중 둘은 휠체어를 타고 있었지만 정신은 또렷했다. 그들의 생명은 기름이 거의 바닥난 등불의 마지막 심지처럼 밝게 타오르고 있었다.

청신은 윈톈밍을 쳐다보았다. 지난번보다 더 초췌했지만 차분해 보였다. 윈톈밍은 청신이 있는 쪽으로 시선을 돌리지 않았다.

윈톈밍 앞에 있는 네 사람의 서약은 순조로웠다. 그중 휠체어를 타고 있는 미국인은 췌장암을 앓고 있는 오십대 물리학자였다. 그는 휠체어에서 비틀거리며 일어나 혼자 힘으로 사무총장 앞에 가서 서약했다. 가냘프지만 집념에 찬 그들의 목소리가 텅 빈 회의장에 희미하게 메아리쳤다. 영국인이 UN기 대신 성경에 서약할 수 있느냐고 물어보는 탓에 잠시 서약식이 중단되었지만 허락이 떨어지자 성경 위에 손을 얹고 서약한 다음 윈톈밍의 차례가 되었다.

청신은 비록 무신론자지만 방금 영국인이 손을 올렸던 성경을 품에 안고 간절히 기도하고 싶었다.

'톈밍, 서약해. 인류에 충성하겠다고 서약해. 넌 해야 해. 넌 책임감이 강하고 누굴 사랑할 줄도 아는 남자잖아. 웨이드 말처럼 이 지구에 네가 미련 품고 있는 게 있잖아.'

윈톈밍이 사무총장석으로 올라가 UN기를 들고 있는 세이 앞에 서는 것을 보고 초조해진 청신은 눈을 감았다.

그런데 윈톈밍의 서약이 들리지 않았다.

윈톈밍은 세이의 손에 있는 UN기를 가져다 연설대에 올려놓았다.

"저는 서약하지 않겠습니다. 저는 이 세계에서 아웃사이더입니다. 여기서 행복과 즐거움을 얻지 못했고 사랑도 얻지 못했습니다. 물론 다 제 탓이지만……."

마치 자신의 처량한 일생을 회상하듯 그의 두 눈은 살짝 감겨 있고 말투는 담담했다. 연단 아래 있는 청신은 최후의 심판을 듣는 것처럼 몸이 약하게 떨렸다.

윈톈밍이 차분한 말투로 말했다.

"서약하지 않겠습니다. 제가 인류에게 책임이 있다는 걸 인정하지 않겠습니다."

"그럼 어째서 계단 프로젝트에 참여했나요?"

세이가 물었다. 그녀의 목소리는 온화했고 윈톈밍을 바라보는 시선도 평온했다.

"다른 세계를 보고 싶습니다. 인류에 충성할 것인지 말 것인지는 삼체 문명을 본 뒤에 결정하겠습니다."

세이가 고개를 끄덕이며 담담하게 말했다.

"아무도 서약을 강요하지 않아요. 내려가세요. 자, 다음 분."

그 순간 청신은 얼음 동굴에 떨어진 듯 진저리를 쳤다. 아랫입술을 깨물고 흘러나오려는 눈물을 참았다.

윈톈밍이 마지막 테스트를 통과했다.

앞자리에 앉아 있던 웨이드가 고개를 돌려 청신을 보았다. 더 깊은 절망과 고통을 감상하던 그가 눈빛으로 말했다.

'그의 자질을 직접 봤지?'

청신이 되물었다.

'하지만…… 그의 말이 진심이라면요?'

'우리가 그렇게 믿으면 적도 그렇게 믿겠지.'

웨이드가 몸을 돌렸다가 무슨 생각이 난 듯 다시 고개를 돌려 청신을 흘긋 쳐다보았다.

'참 재밌는 게임이야, 그렇지?'

뜻밖의 일이 일어났다. 마지막 후보는 마흔세 살의 미국인 조이너였다. 그녀는 에이즈에 걸린 NASA 엔지니어였다. 그녀도 서약을 거부했다. 그녀는 억지로 떠밀려 이곳에 왔다고 했다. 거절하면 주변의 멸시를 받다가 가족에게 버림받은 뒤 병원에서 죽을 날만 기다리게 될 것 같아서. 조이너의 말이 사실인지도, 그녀가 윈톈밍의 영향을 받았는지도 알 수 없었다.

그런데 다음 날 밤늦게 조이너의 병세가 급격히 악화되었다. 감염에 의한 폐렴으로 호흡이 느려지더니 이른 새벽 숨을 거두고 말았다. 병사였기 때문에 정상적인 절차에 따라 그녀의 뇌를 산 채로 급속 냉동하지 못했다. 이미 산소 부족으로 사망했기 때문에 쓸 수가 없었다.

결국 윈톈밍이 계단 프로젝트의 임무를 수행할 사람으로 선발되었다.

마지막 순간이 왔다. 청신은 윈톈밍의 병세가 급격히 악화되어 뇌 절제 수술을 해야 한다는 통지를 받았다. 수술은 웨스트체스터병원 신경외과에서 진행되었다.

청신은 병원 밖에서 서성였다. 들어갈 수도 없고 돌아갈 수도 없어서 그 자리에 선 채로 고통을 곱씹었다. 함께 온 웨이드가 성큼성큼 병원으로 들어가다가 우뚝 멈춰 서더니 청신의 고통을 몇 초쯤 감상한 뒤 흡족한 표정으로 치명적인 일격을 날렸다.

"참, 자네가 기뻐할 소식이 있어. 자네의 그 별 말이야. 그걸 선물한 사람이 바로 윈톈밍이라더군."

청신이 그 자리에서 굳어졌다. 주위의 모든 것이 눈앞에서 빠르게 변하고 감정의 격랑이 그녀를 집어삼킬 듯 덮쳤다.

청신은 병원으로 달려 들어갔다. 정문을 지나 긴 복도를 미친 듯이 달리다가 신경외과 밖에서 보안요원 두 사람에게 저지당했다. 발버둥 쳤지만 붙들려 꼼짝도 할 수 없었다. 보안요원에게 직원증을 보여주고 풀려나 수술실로 달려갔다. 수술실 밖에 서 있던 사람들이 미친 듯이 달려오는 그녀를 보고 길을 터주자, 그녀가 붉은 등이 켜진 수술실 문을 밀치고 들어갔다.

모든 게 끝난 뒤였다.

흰옷을 입은 사람들이 일제히 그녀를 쳐다보았다. 시신은 이미 다른 문을 통해 옮겨지고 있었다. 정중앙의 선반 위에 약 1미터 높이의 원기둥형 스테인리스 단열 용기가 놓여 있었다. 방금 밀폐를 마친 용기에서 넘쳐나온 초저온 액체헬륨의 백색 증기도 다 사라지기 전이었다. 백색 증기가 용기 외벽을 따라 작은 폭포처럼 쏟아져 내리다가 선반 표면에 닿으면 사라졌다. 백색 증기에 에워싸인 용기가 이 세상 물건이 아닌 것 같았다.

선반으로 다가가자 그녀가 몰고 온 기류에 차가운 증기가 흩어졌다. 한기가 그녀를 감싸 안는 듯하다가 이내 사라졌다. 그녀는 자신을 따라온 어떤 것이 자기 곁을 떠나 다른 차원의 시공으로 날아가는 것 같았다. 영영 되찾을 수 없을 것이다. 청신이 액체헬륨 용기 앞에 엎드려 울음을 터뜨렸다. 그녀가 토해낸 슬픔이 수술실을 가득 채우고, 병원 전체로 퍼져나가 뉴욕 전체를 침잠시켰다. 비통한 바다가 차올라 그녀를 질식시켰다.

얼마나 시간이 흘렀을까. 청신은 누군가의 손이 어깨에 놓인 것을 느꼈다. 아까부터 놓여 있었지만 이제야 느낀 것이다. 그녀에게 말하는 목소리도 들렸다. 아까부터 말하고 있었지만 그녀가 이제야 들었을 것이다.

"희망이 있어요."

노쇠하고 느린 목소리가 되뇌었다.

"희망이 있어요."

청신은 숨도 쉬기 힘들 만큼 오열했지만 그 목소리가 점점 흐느낌 사이로 파고들었다. 예상했던 공허한 위로가 아니었다.

"생각해봐요. 뇌가 다시 깨어날 수 있다면 그걸 담는 가장 이상적인 용기는 뭘까요?"

청신은 눈물이 그렁그렁한 얼굴을 들어 올렸다. 눈물 때문에 말하는 이의 모습이 어룽져 보였다. 백발이 성성한 노인은 하버드 의과대학의 신경외과 권위자이자 뇌 절제 수술을 한 주집도의였다.

"뇌의 모든 세포에 이 뇌가 속했던 몸의 모든 유전자가 들어 있어요. 그들이 몸을 복제해서 뇌를 다시 이식할 수 있을 거예요. 그러면 다시 온전한 사람이 되겠죠."

청신은 앞에 있는 초저온 용기를 멍하니 쳐다보았다. 두 줄기 눈물이 뺨을 타고 흘러내렸다. 갑자기 생각난 듯 불쑥 던진 그녀의 물음에 모두가 놀랐다.

"그럼 그는 뭘 먹죠?"

그녀가 밖으로 뛰어나갔다. 들어올 때처럼 다급해 보였다.

다음 날 청신은 웨이드의 사무실을 찾아갔다. 그녀가 불치병에 걸린 후 보자들만큼이나 초췌한 얼굴로 편지봉투를 내밀었다.

"탐사정에 이 종자들을 실어주세요."

웨이드가 봉투를 거꾸로 쏟자 작은 비닐 10여 개가 우르르 쏟아졌다. 그가 흥미롭다는 듯 하나씩 들여다보았다.

"밀, 옥수수, 고구마. 그리고…… 채소 몇 가지군. 이건 고추인가?"

청신이 고개를 끄덕였다.

"톈밍이 고추를 좋아했어요."

웨이드가 그것들을 다시 봉투에 담아 그녀에게 내밀었다.

"안 돼."

"왜죠? 18그램밖에 안 된다고요!"

"0.18그램의 무게도 줄여야 해."

"그의 뇌가 18그램 더 나가는 셈 치면 되잖아요!"

"조금이라도 무거우면 최종 속도가 떨어지고 그러면 적의 함대를 만나는 것도 몇 년 늦어져. 게다가, 그건 뇌야. 입도 없고 위는 더더욱 없지. 이걸 어디다 쓰지? 복제 같은 터무니없는 얘긴 믿지 마. 그들은 뇌를 인큐베이터에 보관할 거야."

웨이드의 입가에 싸늘한 미소가 번졌다.

청신은 웨이드의 시가를 빼앗아 그의 얼굴에 던져버리고 싶은 충동을 애써 누르며 봉투를 받았다.

"국장님보다 높은 사람에게 부탁할 거예요."

"소용없을 거야. 그다음엔 어떻게 할 건가?"

"사표를 낼 거예요."

"그건 안 돼. PIA는 아직 자네가 필요해."

청신도 싸늘하게 웃었다.

"아무도 날 막지 못해요. 국장님을 진정한 상사로 생각한 적이 한 번도 없으니까."

"그건 나도 알아. 하지만 내 허락 없인 아무것도 못 해."

청신이 몸을 홱 돌려 밖으로 나가려는데 등 뒤에서 그의 목소리가 들렸다.

"계단 프로젝트가 성공하려면 윈톈밍을 잘 아는 사람이 미래로 가야 해."

청신은 걸음을 우뚝 멈추었다.

"PIA 사람이어야 하지. 자네가 가겠나? 자, 이제 사표를 내도 좋아."

청신은 문 쪽으로 아주 느리게 몇 걸음 더 내딛다가 이내 멈춰 섰다.

웨이드가 말했다.

"선택을 분명히 해."

"미래로 가겠어요."

청신은 문고리를 붙잡은 채 고개도 돌리지 않고 힘없이 말했다.

계단 프로젝트에 참여한 탐사정의 복사세일이 지구 정지궤도에서 펼쳐졌다. 청신은 그때 처음이자 마지막으로 탐사정을 보았다. 25제곱미터의 거대한 세일이 햇빛을 북반구로 반사했다. 청신은 상하이로 돌아와 있었다. 그녀는 깊은 밤 칠흑같이 어두운 하늘 위에 나타났다가 5분 뒤 서서히 사라지는 오렌지색 빛무리를 보았다. 우주에 어떤 눈 하나가 나타나 지구를 흘긋 쳐다본 뒤 눈을 감는 것 같았다. 그 후 가속 과정은 육안으로는 보이지 않았다.

청신에게 유일한 위안은 탐사정에 종자가 실려 있다는 것이었다. 그녀가 준 것이 아니라 우주 육종 전문가들이 엄격하게 고른 종자였다.

9.3킬로그램의 세일과 직경 45센티미터의 구형 탐사정이 500킬로미터 길이의 거미줄 케이블 네 개로 연결되었다. 탐사정의 표면은 증발하며 열을 분산시키는 재질로 뒤덮여 있어 발사 때 850그램이었던 무게가 가속 구간에서는 510그램으로 줄어들었다.

가속 구간은 지구에서 목성 궤도까지였으며 이 구간의 항로 위에 당량이 각기 다른 1004개의 핵탄두가 떠 있었다. 이 중 3분의 2는 핵탄두고 나머지는 수소폭탄이었다. 이 폭탄은 말하자면 우주 지뢰였다. 비행체가 핵지뢰의 폭발을 유도하며 가속이 이루어졌다. 이 밖에도 여러 대의 우주선이 가속 구간을 돌며 비행체의 항해 방향과 속도를 관측해 핵탄두의 위치를 조정했다. 핵폭발의 섬광이 박동하는 심장처럼 세일 뒤에서 일정한 간격으로 나타났다 사라지고 핵폭풍이 이 가벼운 깃털을 강하게 추진시켰다. 목성 궤도에 접근해 997번째 핵탄두가 폭발할 때 비행체가 예정 속도인 광속의 1퍼센트에 도달했는지 측정했다.

그런데 이때 고장이 발생했다. 감측 시스템으로 세일 반사광의 주파수 스펙트럼을 분석한 결과 세일이 구부러지고 있었다. 케이블 중 하나가 끊어진 것 같았다. 케이블 한 개가 끊어진 뒤 998번째 핵탄두가 폭발하면서 나머지 케이블 세 개가 잘못된 분속도*를 받아 예정된 항로를 벗어난 것

* 옮긴이 주:특정 방향에 대한 속도 벡터의 성분.

이다. 세일이 구부러지면서 레이더를 반사하는 면적이 급격히 줄어들자, 감측 시스템이 비행체를 놓치고 비행체의 궤도 매개변수를 잃어버렸다. 인류는 영원히 그걸 되찾을 수 없었다. 처음에는 작은 차이지만 시간이 갈수록 점점 오차가 커졌다. 비행체의 예정된 항로에서 멀어질수록 삼체 함대에게 포획될 가능성도 줄어들었다. 마지막으로 포착된 비행체의 대략적인 방향에 따르면 6000여 년 뒤 어떤 항성을 지나고 500만 년 뒤 은하계 밖으로 나갈 것으로 예상되었다.

하지만 계단 프로젝트는 적어도 절반의 성공은 거둔 셈이었다. 인간이 비행체—비록 깃털만큼 가볍지만—를 상대론적 속도에 거의 근접한 속도로 추진하는 데 성공했기 때문이다.

청신도 미래로 갈 필요가 없어졌다. 그녀는 계단 프로젝트가 완전히 바꿔놓은 인생을 계속 살아야 할 것 같았다. 하지만 PIA는 그녀를 동면시켰다. 그녀의 신분이 계단 프로젝트의 미래 연락원으로 변경되었다. 2세기 뒤 인류에게 우주 항해에 관한 도움을 주기 위해서는 이 계획을 잘 아는 사람이 필요했다. 죽은 자료만으로는 부족했다. 어쩌면 그녀를 미래로 보낸 진정한 목적은 미래 사람들이 계단 프로젝트를 잊거나 오해하지 않도록 예방하려는 것일 수도 있다. 같은 시기에 다른 대형 프로젝트에서 미래로 연락원을 보낸 것도 모두 같은 목적이었다.

만약 오랜 세월이 흘러 미래의 누군가가 그들을 평가하게 된다면 세월이 만든 오해를 해명할 수 있는 사람을 보내두는 것이 안전했다.

냉기에 휘감긴 청신은 쇠미해지는 의식 속에서 한 가닥 위안을 느꼈다. 자신도 윈톈밍처럼 끝없는 어둠 속을 표류하게 되었다는 것을 말이다……

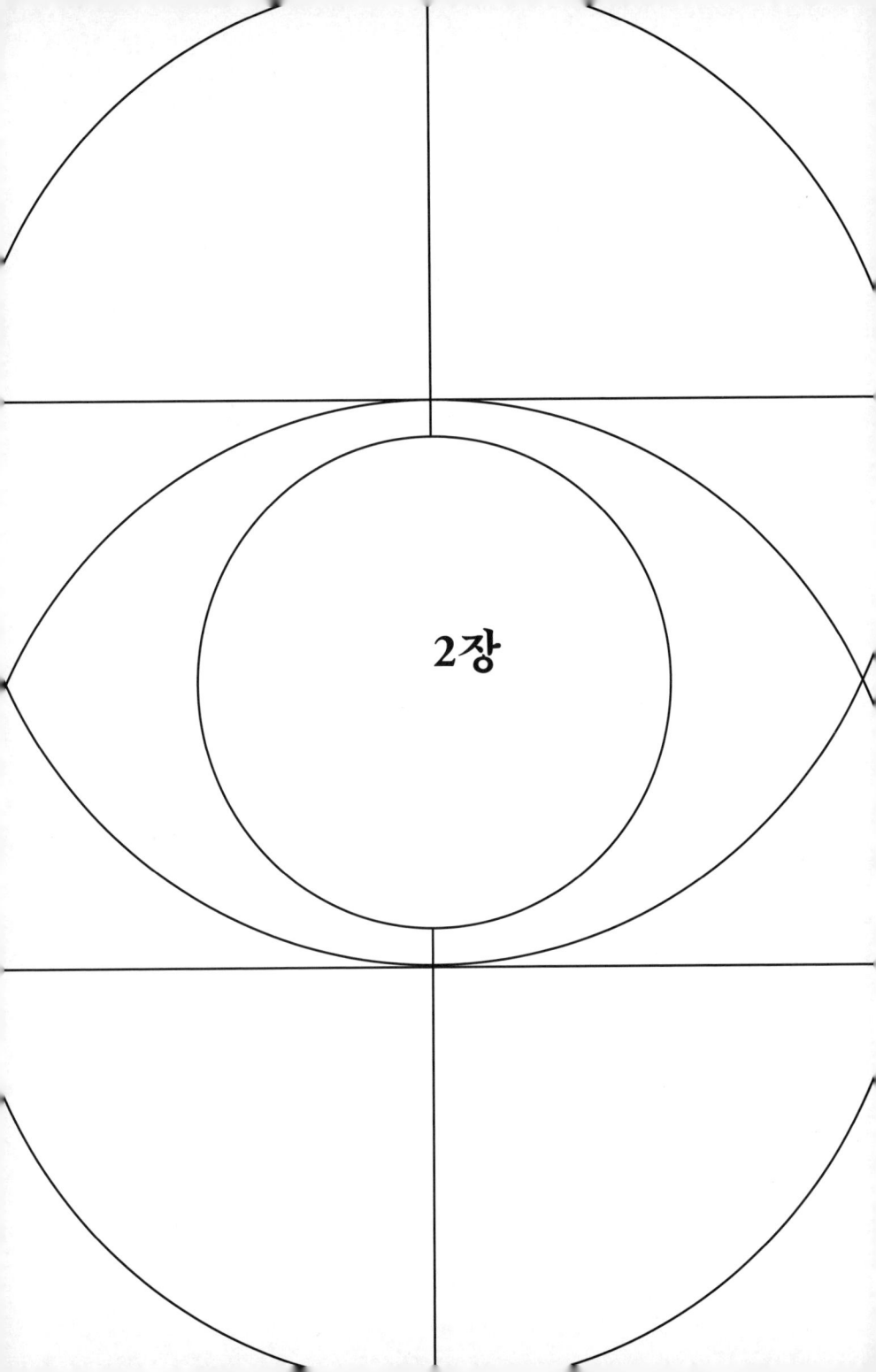

2장

위협의 세기 12년, 청동시대호

청동시대호에서 육안으로 지구를 볼 수 있었다. 감속 항해를 할 때 선미가 지구 쪽을 향하면 사람들은 선미 광장으로 모여들어 넓은 창문을 통해 지구를 바라보았다. 지구는 그저 작은 별이고 은은한 푸른빛만 볼 수 있었다. 마지막 감속이 시작되고 행성 간 항해 엔진이 켜지자 무중력상태로 광장에서 떠다니고 있던 사람들이 낙엽처럼 속속 모여들어 거대한 선창 유리에 바짝 붙었다. 인공중력이 서서히 강해지다가 지구중력인 1G에서 멈추면 선창이 지면이 되었다. 선창 위에 엎드린 사람들에게는 이 중력이 지구의 포옹처럼 느껴졌다. 선창 유리가 회음벽*처럼 사람들의 소리를 전달했다.

"집에 간다!"

* 옮긴이 주 : 둥글게 곡선을 이루며 이어지는 벽으로 한쪽 끝에서 작은 소리로 말해도 다른 쪽 끝에서 잘 들을 수 있음.

"집에 간다!"

"아이를 볼 수 있어!"

"이제 아이를 가질 수 있어!"*

"그녀가 날 기다린다고 했어."

"돌아가면 눈에 차지 않을걸? 자넨 인류의 영웅이니까 여자들이 새 떼처럼 몰려들겠지."

"마지막으로 새 떼를 본 게 언제더라?"

"옛날 생각하면 꿈만 같아."

"지금이 차라리 꿈같지."

"우주가 무서워."

"나도 무서워. 돌아가자마자 전역할 거야. 작은 농장에서 일하면서 죽을 때까지 땅에서 살고 싶어."

지구 함대가 장렬하게 산화된 후 14년이 지났다. 태양계 양끝에서 벌어진 어둠의 전쟁에서 살아남았지만 함대와 지구의 교신이 끊겼다. 하지만 그 후 1년 반 동안 청동시대호는 지구에서 발사한 많은 신호를 받을 수 있었다. 대부분은 지구 표면의 방송과 통신 내용이 흘러나온 것이었지만 선명한 우주 통신도 있었다. 그런데 위기의 세기 208년 11월 초의 어느 이틀 동안, 지구에서 흘러나오던 전자파가 완전히 사라졌다. 툭 꺼져버린 전등처럼 지구의 모든 주파수대가 고요해졌다.

---

* 청동시대호가 태양계를 떠날 때 제정된 법에 따라 우주선에서 사망자가 있을 때만 새로 아이를 낳을 수 있다.

《시간 밖의 과거》 발췌

암흑의 숲 공포증

우주가 암흑의 숲이라는 사실을 인류가 알게 된 후 모닥불 옆에서 큰 소리로 외치던 아이는 허겁지겁 불을 끄고 어둠 속에서 몸을 떨었다. 아이에게는 화성마저 두려운 존재가 되었다.

처음 이틀 동안은 민간 이동통신까지 모두 금지되었고 지구상에 있는 대부분의 통신기지가 강제로 폐쇄되었다. 예전 같으면 대혼란이 일어났겠지만 이번에는 모두 이해하고 찬성했다. 비록 이성을 되찾고 이동통신도 회복되었지만 전자파 발사에 대한 통제는 과거 그 어느 때보다 엄격했다. 모든 무선통신이 아주 낮은 출력으로 제한되었고 이 출력을 초과하는 발사는 반인류죄로 처벌받을 수 있었다.

하지만 사람들은 이렇게 과도한 반응이 무의미하다는 것을 내심 알고 있었다. 지구의 전자기 신호가 우주로 가장 많이 새어나간 것은 아날로그 신호 시대였다. 수많은 텔레비전과 무선 라디오 신호가 높은 출력으로 발사되었다. 디지털통신 시대로 접어들어 광섬유와 케이블을 이용한 통신이 시작되면서 통신 출력이 아날로그통신보다 낮아지자 지구에서 우주로 나가는 전자기 신호가 급격히 줄어들었다. 삼체 위기가 닥치기 전 어떤 학자는 외계 친구들이 지구를 발견하기가 점점 힘들어지고 있다며 걱정하기도 했다.

사실 전자파는 우주에서 가장 원시적이고 출력이 낮은 정보 전달 수단이다. 우주에서 전자기 정보가 급감하고 기형적으로 바뀌어 달라지자 지구에서 새어 나오는 전자기 정보가 2광년 밖으로 나가지 못했다. 예원제(葉文潔)가 고안해낸 항성급 출력의 발사를 써야만 행성 간 감청자가 그 신호를 받을 수 있었다.

인류의 기술이 발달하면서 중성미자와 중력파라는 고효율의 우주 정보 전달

기술이 등장했다. 이 가운데 후자가 인류가 삼체 세계를 위협하는 주요 수단이 되었다.

암흑의 숲 이론은 인류 문명에 깊은 영향을 미쳤다. 모닥불의 타버린 재 옆에 있던 아이는 낙천적인 성격이 사라지고 점점 괴팍하고 폐쇄적인 성격으로 변해 갔다.

지구의 전자기 신호가 갑자기 사라진 원인에 대해 청동시대호 탑승자들은 대부분 태양계가 삼체인에게 점령되었을 것이라고 추측했다. 청동시대호는 속도를 높여 지구형행성을 가진 26광년 밖 항성을 향해 열심히 나아갔다.

그런데 열흘 뒤 갑자기 우주 함대 사령부가 보낸 전파 신호가 수신되었다. 청동시대호와 태양계의 다른 쪽 끝에 있는 블루스페이스호를 향해 동시에 발송된 이 신호는 지구에서 발생한 일에 대해 설명하고 인류가 삼체 세계를 위협하는 데 성공했으므로 지구로 귀환하라는 내용이었다. 마지막으로 이 신호가 위험을 무릅쓰고 발사된 것이므로 재발송되지 않을 것임을 강조했다.

청동시대호는 이 신호를 믿을 수가 없었다. 태양계 점령자들이 놓은 함정일 가능성도 있었다. 그들은 지구로의 귀환을 고려해 가속을 멈추고 지구를 향해 계속 질문을 보냈지만 지구는 아무런 대답 없이 전자기 침묵 상태를 유지했다.

청동시대호가 다시 가속하려 하자 신기한 일이 일어났다. 삼체 세계에서 온 한 지자가 우주선 안에서 저차원 펼침을 한 뒤 청동시대호와 태양계 사이에 양자 통신 채널을 구축해준 것이다. 이로써 지구에서 받은 신호가 사실임이 입증되었다.

청동시대호의 우주군 병사들은 최후의 전쟁에서 살아남은 자신들이 인류의 영웅이 되었고 지구 세계 전체가 자신들의 귀환을 손꼽아 기다리고 있다는 사실을 알았다. 함대 사령부는 청동시대호에 탑승한 군대 전체에 최고 영예의 훈장을 수여하겠다고 했다.

청동시대호는 즉시 지구로 방향을 틀었다. 청동시대호는 태양에서 2300천문단위 떨어진 카이퍼 벨트를 벗어나 있었지만 오르트 구름까지는 아직 멀고도 멀었다. 최고 항속에 가깝게 항해하고 있었으므로 다량의 열핵연료를 소모해 감속한 뒤에야 태양계 쪽으로 약간 낮은 속도로 항해할 수 있었고 지구까지는 11년이 걸렸다.

전방에 작고 하얀 점이 나타나더니 빠르게 또렷해졌다. 청동시대호를 마중 나온 전함 그래비티호였다.

그래비티호는 최후의 전쟁 이후 지구에서 건조된 첫 항성급 전함이었다. 행성급 우주선의 외형이 점점 다양해졌다. 일반적으로 대형 우주선은 몇 개의 모듈을 여러 가지 형태로 조합해서 만들었지만, 그래비티호는 군더더기 없는 백색 원기둥 형태였다. 매끈한 원기둥이 비현실적인 느낌을 주었다. 슈퍼모델링 프로그램이 우주를 모니터 삼아 그려낸 기본 도형 같기도 하고, 현실 속의 실체가 아니라 플라톤의 이상 세계에 나오는 하나의 원소 같기도 했다. 청동시대호 사람들이 지구의 중력파 안테나를 볼 수 있다면 이 우주선이 그 안테나의 거의 완벽한 복제품임을 알 수 있을 것이다. 사실 그래비티호의 함체가 중력파 안테나였다. 우주선 자체가 행성 간 항해가 가능한 중력파 발사기와 같아서 지구상에 있는 발사기처럼 우주의 여러 방향으로 중력파 신호를 보낼 수 있었다. 이 거대한 중력파 발사 장치가 바로 인류가 삼체 세계에 암흑의 숲 위협을 가하는 무기였다.

두 전함이 하루 동안 나란히 항해한 뒤 청동시대호가 그래비티호의 호위를 받으며 지구의 정지궤도로 들어갔다. 청동시대호가 서서히 우주선

기지로 진입하자 기지 내부의 넓은 생활 구역이 보였다. 올림픽 개막식이나 메카의 성지를 연상시킬 만큼 수많은 사람이 인산인해를 이루고 있었다. 화려한 색의 눈송이가 전함을 향해 날아왔다. 사람들이 전함을 향해 던진 꽃이었다. 전함에 탄 사람들은 양쪽을 가득 메운 인파 속에서 가족의 얼굴을 찾으려 빠르게 눈을 움직였다. 사람들이 뜨거운 눈물을 흘리며 환호하고 있었다.

청동시대호가 미세하게 진동하다가 완전히 멈추었다. 함장이 함대 본부에 상황을 보고하고 당직 인원을 전함 안에 남겨두겠다고 했지만 가족이 기다리고 있으니 전원 하선하라는 명령이 내려왔다. 대령 하나가 교대 인력을 데리고 전함에 올랐다. 그들은 전함에 타고 있던 군인들과 일일이 포옹하며 재회의 눈물을 흘렸다. 그들의 군복만 봐서는 어느 함대 소속인지 알 수가 없었다. 그들은 태양계 함대가 새로 창설되었으며 청동시대호 탑승자들을 포함해 최후의 전쟁에 참전했던 영웅들이 태양계 함대의 주력 부대가 될 것이라고 설명했다.

대령이 말했다.

"우리 생전에 삼체 세계를 정복하고 인류를 위해 두 번째 태양계를 개척할 겁니다!"

누군가 외우주는 너무 무섭다며 다시는 지구를 떠나고 싶지 않다고 하자 대령이 말했다.

"물론 여러분은 인류의 영웅이므로 앞으로의 생활을 선택할 권리가 있습니다. 하지만 조금 쉬고 나면 생각이 바뀔 겁니다. 이 위대한 전함이 다시 출발하는 것을 보고 싶군요."

청동시대호의 군인들이 전함을 빠져나오기 시작했다. 모든 군인이 긴 통로를 지나 우주선 기지의 생활 구역으로 들어갔다. 눈앞이 환해졌다. 전함 내부와 비교할 수도 없을 만큼 신선한 공기에서 비 갠 후의 달콤한 향기마저 느껴졌다. 푸른 지구를 배경으로 환영 인파의 환호성이 넓은 공간을 가득 채웠다.

대령의 요구에 따라 함장이 인원 점검을 했다. 대령은 탑승자의 이름을 두 번씩 호명해 전원이 내렸는지 확인해줄 것을 요구했다.

갑자기 정적이 감돌았다. 주위를 에워싼 인파는 그대로였지만 숨소리 하나 들리지 않았다. 대령의 목소리가 매우 크게 울렸다. 입가에는 아직 따뜻한 미소가 남아 있지만 기이한 정적 속에서 그의 목소리가 서슬 퍼런 검처럼 날카롭게 들렸다.

"이제 선포한다. 그대들은 이미 군적을 박탈당했다. 그대들은 더 이상 태양계 함대 소속이 아니지만 그대들이 함대에 안긴 치욕은 영원히 씻기지 않을 것이다. 그대들은 가족을 만날 수 없다. 가족이 만나기를 거부할 것이다. 그대들의 부모는 그대들을 부끄러워하고, 그대들의 배우자는 이미 떠났다. 그대들의 자식이 사회에서 차별받지는 않았지만 십수 년간 수치심을 안고 자랐으며 그대들을 증오하고 있다. 그대들은 함대 세계의 사법 시스템으로 넘겨졌다!"

대령이 말을 마친 뒤 수행장교 몇 명과 자리를 뜨자 광장을 메웠던 인파도 사라지고 주위가 컴컴해졌다. 서치라이트 몇 줄기가 광장을 훑고 지날 때마다 그들을 포위하고 있는 무장 헌병들이 보였다. 광장과 주위의 계단까지 가득 채웠고, 모든 총구가 중앙을 향했다. 누군가 고개를 돌려 청동시대호를 쳐다보았다. 전함 주위에 떨어져 있는 꽃다발은 모두 진짜였다. 흩날리는 꽃잎 속에서 타고 온 전함이 장례를 기다리고 있는 거대한 관처럼 보였다.

신고 있던 마그네틱 부츠의 자력이 사라져 몸이 허공으로 떠올랐다. 흔들리는 과녁처럼 허공에서 허우적거리고 있는 그들을 향해 어디선가 싸늘한 목소리가 날아왔다.

"가지고 있는 모든 무기를 내놓아라! 모두 협조해주기 바란다. 협조하지 않는 자는 생명의 안전을 보장받을 수 없다. 그대들을 일급 살인죄와 반인류죄로 체포한다."

위협의 세기 13년, 심판

청동시대호 사건의 재판은 태양계 함대의 군사 법정에서 진행되었다. 법정은 지구 정지궤도의 함대 기지에 있었다. 함대 세계의 본거지는 화성과 소행성대, 목성 궤도에 있었지만 지구 세계의 관심이 주목된 사건이기 때문에 지구에서 가까운 곳에 법정을 설치했다. 지구에서 온 방청객들을 배려해 기지를 회전시켜 중력을 발생시켰다. 법정의 커다란 선창으로 푸른 지구와 눈부신 태양, 은하수의 찬란한 별빛이 번갈아 나타났다. 변화무쌍한 배경 속에서 청동시대호 사건의 재판이 시작되었다. 재판은 한 달 동안 계속되었으며 다음은 재판 기록 중 일부다.

—닐 스콧, 남, 45세, 대령, 청동시대호의 함장

판사 : 양자호에 대한 공격을 결정하던 과정으로 다시 돌아가겠습니다.

스콧 : 아까 말한 그대로입니다. 공격 명령은 저의 단독 결정이었습니다. 청동시대호의 그 어떤 장교와도 논의하거나 소통하지 않았습니다.

판사 : 모든 책임을 혼자 지려고 하는군요. 그건 피고인에게도, 피고인이 비호하려는 대상에게도 모두 불리해요.

검사 : 공격하기 전 전함의 군대 전체가 투표했다는 걸 입증하는 증거들이 있습니다.

스콧 : 그 투표에 대해서는 이미 설명했습니다. 전함 탑승 인원 1775명 가운데 59명만이 공격에 찬성했습니다. 그러므로 공격의 원인과 근거가 될 수 없습니다.

판사 : 59명의 명단을 제출할 수 있나요?

스콧 : 무기명투표였습니다. 전함 내부 네트워크를 통해 실시했습니다. 항해 및 작전 일지에도 기록된 내용입니다.

검사 : 피고인은 사실을 숨기고 있습니다. 기명투표였고 투표 결과가 피고인의 말과 완전히 달랐다는 증거가 있습니다. 피고인이 일지 기록을 고쳤습니다.

판사 : 피고인은 실제 투표 결과를 제출하세요.

스콧 : 일지를 고치지 않았습니다. 현재 일지에 기록된 내용이 사실과 같습니다.

판사 : 닐 스콧, 분명히 말해두지만 법정 조사에 협조하지 않으면 당신의 무고한 부하들을 해치는 결과를 낳을 수 있소. 양자호 공격에 반대표를 던진 부하들 말이오. 당신 말을 입증할 증거를 제출하지 못하면 청동시대호의 모든 하급 장교와 병사들에게 동일한 형량을 구형할 수밖에 없어요.

스콧 : 어떻게 그럴 수가 있습니까? 법대로 하십시오! 당신이 판사입니까? 무죄추정의 원칙이 있잖습니까!

판사 : 반인류죄에는 무죄추정의 원칙이 적용되지 않아요. 인류의 반역자를 법적으로 처단하기 위해 위기의 세기에 수립된 국제법의 준칙입

니다.

　스콧 : 우리는 인류의 반역자가 아닙니다. 우리가 지구를 위해 싸울 때 당신들은 어디에 있었습니까?

　검사 : 당신들은 인류의 반역자가 맞소! 2세기 전 ETO가 인류의 이익을 배신했고 지금은 당신들이 인류의 가장 기본적인 도덕을 배신했소!

　스콧 : (침묵)

　판사 : 증거를 위조하면 어떤 대가를 치르게 되는지 알기 바랍니다. 피고인은 이 법정에서 본 사건의 모든 피고인을 대표해 양자호의 사망자 1847명과 그 가족에게 참회하는 성명을 발표했죠? 그렇다면 성의 있는 자세로 재판에 임하세요.

　스콧 : (한참 침묵한 뒤) 알겠습니다. 실제 결과를 제출하겠습니다. 청동시대호의 일지 데이터베이스 중 암호가 걸려 있는 파일 안에 전체 투표 기록이 보관되어 있습니다.

　검사 : 우선 대략적인 상황을 설명해줄 수 있습니까? 양자호 공격에 찬성한 사람이 몇 명이었습니까?

　스콧 : 1670명이었습니다. 전체 인원의 94퍼센트.

　판사 : 정숙하십시오!

　스콧 : 하지만 결과가 달랐더라도, 찬성률이 50퍼센트 이하였더라도 저는 공격했을 겁니다.

　검사 : 청동시대호는 자연선택호 같은 신형 전함과 달리 인공지능 시스템의 수준이 낮아서 부하들의 협조가 없으면 단독으로 공격할 수 없다는 걸 피고인도 알고 있겠죠.

　—서배스천 슈나이더, 남, 31세, 소령, 청동시대호의 무기 시스템 목표물 식별 및 공격 패턴 통제관

검사: 피고인은 청동시대호에서 함장을 제외하고 유일하게 공격 시스템을 저지하거나 중단시킬 수 있는 권한을 가진 장교입니다. 맞습니까?

슈나이더: 네.

판사: 하지만 피고인은 그렇게 하지 않았습니다.

슈나이더: 네.

판사: 당시에 무슨 생각을 했나요?

슈나이더: 그 순간, 아, 공격 순간이 아니라 청동시대호가 지구로 귀환할 수 없고, 다시는 전함 밖으로 나갈 수 없다는 걸 안 순간 말입니다. 그때 제가 변했습니다. 과정은 없습니다. 순식간에 돌변했습니다. 완전히 다른 사람이 됐습니다. 전설 속에서 어떤 낙인에 찍히자마자 완전히 다른 사람이 되는 것처럼.

판사: 그게 가능하다고 생각하나요? 전함에 그런 낙인이 있었다는 말인가요?

슈나이더: 아닙니다. 그저 비유입니다. 우주 자체가 낙인이죠……. 어쨌든 그때 저는 자아를 버리고 한 집단의 일부가 되었습니다. 집단에 속한 세포나 부품처럼. 집단이 생존해야 제가 생존하는 의미를 가질 수 있다고 생각했습니다. 이게 전부입니다. 정확하게 설명할 수도 없고 판사님이 제 말을 이해할 수 있을 거라 기대하지도 않습니다. 판사님이 청동시대호를 타고 태양계 밖으로 나가 우리의 항해 노선을 따라 수만 천문단위를 항해한다 해도, 아니 그보다 더 멀리 나아간다 해도 이해할 수 없을 겁니다. 다시 돌아갈 수 있다는 걸 알고 있을 테니까요. 판사님의 영혼은 지구에 있다는 것도요. 우주선 뒤에 있는 모든 것이 순식간에 사라지고 태양도 지구도 모두 사라져 허공이 되지 않는 한, 그때 저의 변화를 이해할 수 없을 겁니다.

저는 캘리포니아 출신입니다. 서기 1967년 제 고향에 이런 일이 있었습니다. 론 존스라는 고등학교 교사가(잠시 주제에서 벗어난 얘기를 해도 가로막지 말아주세요. 감사합니다) 학생들에게 나치즘과 전체주의를 이해시키기 위해 반 전체를 전체주의 사회로 만드는 실험을 했습니다. 존스는 불과 닷새 만에 성공했습니다. 그의 반이 작은 나치 독일로 변했죠. 모든 학생이 스스로 자아와 자유를 포기하고 전체를 최우선에 두었습니다. 광신도처럼 전체의 목표를 위해 달렸습니다. 게임처럼 시작된 실험은 결국 통제를 잃었죠. 나중에 독일인이 그 일을 소재로 영화를 만들었고 사건의 당사자 중 한 명은 책으로 썼습니다. 그 책이 바로 『파도(The Wave)』*입니다. 청동시대호도 영원히 우주를 유랑해야 한다는 사실을 알게 된 후 전체주의 사회로 변했습니다. 그러기까지 얼마나 걸렸는지 아십니까? 5분입니다. 정말로 단 5분밖에 걸리지 않았습니다. 전체 회의가 5분 만에 끝났죠. 전체주의 사회의 기본적인 가치관이 절대다수의 동의를 얻었습니다. 인간이 진정으로 우주에서 외톨이가 된다면 전체주의로 변하는 데 단 5분밖에 걸리지 않습니다.

—보리스 로빈스키, 남, 36세, 중령, 청동시대호 부함장

판사: 양자호를 공격한 뒤 피고인이 처음으로 분대를 이끌고 양자호로 들어갔죠?

로빈스키: 네.

판사: 생존자가 있었습니까?

로빈스키: 없었습니다.

판사: 시신들은 어떤 상태였습니까?

로빈스키: 수소폭탄의 전자기펄스가 함체에 생성시킨 초저주파로 인

<hr>

* 옮긴이 주: 토드 스트라써(Todd Strasser)가 자전적 경험을 바탕으로 1981년에 쓴 장편소설.

해 사망했으므로 시신은 모두 온전했습니다.

판사 : 시신을 어떻게 처리했나요?

로빈스키 : 블루스페이스호처럼 기념비를 만들어주었습니다.

판사 : 기념비 안에 시신을 넣었나요?

로빈스키 : 아닙니다. 블루스페이스호의 기념비에도 아마 시신을 넣지 않았을 겁니다.

판사 : 그럼 시신을 어떻게 했죠?

로빈스키 : 전함의 식재료 창고를 채웠습니다.

판사 : 전부 다 말인가요?

로빈스키 : 네, 전부요.

판사 : 어떤 과정을 거쳐서 그런 결정을 내렸나요? 시신을 식용으로 하자고 제일 먼저 결정한 사람이 누군가요?

로빈스키 : 그건…… 정말 생각나지 않습니다. 당시에는 그게 자연스러운 일이라고 생각했으니까요. 제가 전함 전체의 보급을 책임지고 있었고 시신의 저장과 분배를 지휘했습니다.

판사 : 시신을 어떻게 식용으로 사용했죠?

로빈스키 : 특별한 건 없습니다. 대부분은 생태순환 시스템으로 재배한 채소나 육류와 섞어서 요리했습니다.

판사 : 그걸 누가 먹었죠?

로빈스키 : 모두요. 청동시대호에 탄 모든 사람이요. 전함에 있는 식당 네 곳 모두 같은 재료를 썼습니다.

판사 : 자신들이 먹고 있는 게 뭔지 알고 있었나요?

로빈스키 : 물론입니다.

판사 : 사람들이 어떻게 반응했죠?

로빈스키 : 일부는 적응하지 못했겠죠. 하지만 별다른 반응은 없었습

니다. 아, 어떤 장교가 식당에서 밥을 먹으면서 "고마워, 조이너"라고 말하는 걸 들었습니다.

판사 : 그게 무슨 뜻이죠?

로빈스키 : 양자호의 통신장교가 캐럴 조이너 중위였습니다. 그가 먹은 게 아마 그녀의 일부였겠죠.

판사 : 그게 누군지 어떻게 알죠?

로빈스키 : 신분 표시 캡슐이 뭔지 아시죠? 왼팔에 이식하는 쌀알 크기만 한 캡슐이요. 그게 고온에 잘 견디는 소재로 되어 있어서 가끔씩 요리할 때 골라내지 못한 것들이 음식에 섞여 들어가곤 했습니다. 음식을 먹다가 캡슐을 발견하면 휴대용 통신기로 정보를 읽을 수 있죠.

판사 : 조용! 조용! 기절한 두 여자분 밖으로 내보내세요. 그게 인류의 윤리적 마지노선을 넘는 행위라는 건 알고 있겠죠?

로빈스키 : 그때는 윤리적 마지노선이 바뀌었습니다. 청동시대호가 최후의 전쟁에서 최고 출력으로 가속할 때 동력 시스템에 과부하가 걸리는 바람에 생태순환 시스템이 두 시간가량 정전되었습니다. 그 때문에 생태순환 시스템이 파괴되었고 회복되기까지 오랜 시간이 걸렸습니다. 동면 시스템도 고장 나서 500여 명밖에는 수용할 수 없었습니다. 1000명 넘는 사람이 밥을 먹어야 하는데 식량을 구하지 못하면 절반이 굶어 죽게 되는 상황이었습니다. 급박한 상황이 아니더라도 앞으로의 기나긴 항해를 생각하면 소중한 단백질 공급원을 우주에 버려두고 이용하지 않는 게 오히려 윤리적 마지노선을 넘는 행동이겠죠. 물론 저는 자기변호를 하는 것도 아니고 청동시대호의 그 누구를 변호하는 것도 아닙니다. 지금은 지구인의 사고방식으로 돌아왔으므로 이런 얘기를 하는 것이 쉽지는 않습니다. 믿어주십시오. 정말입니다.

—닐 스콧 함장의 최후 변론

할 말이 별로 없습니다. 경고 한마디만 하겠습니다. 생명이 바다에서 육지로 올라온 것은 지구 생물의 진화사에서 이정표 같은 사건이었습니다. 하지만 육지로 올라온 물고기는 더 이상 물고기가 아니었습니다. 마찬가지로 우주로 나간 인간은 더 이상 인간이 아닙니다. 여러분, 외우주로 나가서 다시는 돌아오지 않을 생각을 하고 있다면 신중하십시오. 상상보다 훨씬 큰 대가를 치르게 될 겁니다.

—최종 판결

닐 스콧 함장과 고위 장교 여섯 명은 반인류죄와 살인죄로 무기징역을 선고받았으며, 나머지 1768명 가운데 138명만이 무죄 판결을 받고 나머지는 각각 징역 20~300년 형까지 선고받았다.

함대 세계의 교도소가 화성과 목성 궤도 사이의 황량한 소행성대에 있었으므로 죄인들은 다시 지구를 떠나야 했다. 청동시대호가 지구 정지궤도에 도착했지만 3500억 킬로미터의 지구 귀환 여정 가운데 마지막 3만 킬로미터는 끝까지 완수하지 못했다. 호송 우주선이 가속을 시작하자 그들은 지구로 돌아오는 전함에서 그랬던 것처럼 영원히 땅에 닿지 못하는 낙엽이 된 듯 선미의 창문으로 날아갔다. 그들은 숱한 밤 꿈에서 그리던 푸른 지구가 점점 멀어져 하늘색 별이 되는 것을 물끄러미 지켜볼 수밖에 없었다.

기지를 떠나기 전 부함장 로빈스키, 목표물 식별 장교 슈나이더 등 10여 명은 헌병과 함께 마지막으로 청동시대호에 들어가 이 전함에 배치된 부대와 세부적인 인수인계를 실시했다. 지난 10여 년 동안 이곳은 그들의 세계 전체였다. 곳곳에 풀밭, 숲, 해안의 파노라마 영상을 만들어놓고 화초를 길렀으며 분수와 연못까지 만들어 실제 집처럼 꾸몄다. 하지만 모든 게 사라졌다. 그들의 흔적은 깨끗이 지워지고 차가운 행성급 전함으로 변해 있었다. 전함에서 만난 군인은 모두 그들에게 싸늘한 시선을 던지거나 아예 그들이 없는 듯 무시했다. 특히 경례할 때 그들의 눈동자가 형형하게 빛났는데 그 경례는 그들을 압송한 헌병들을 향한 것이지 수의를 입은 이들을 향한 것은 아니었다.

헌병이 슈나이더를 둥근 형태의 선실로 데리고 들어가 장교 세 명에게 목표물 식별 시스템의 기술적 부분에 대해 설명해주도록 시켰다. 장교는 남자 둘, 여자 하나였지만 세 사람 모두 컴퓨터 검색창을 바라보듯 슈나이더를 대했다. 그들의 목소리는 질문을 입력하고 검색 결과를 기다리듯 싸늘했고 조금도 예의를 차리지 않았으며 불필요한 말은 한 마디도 하지 않았다.

설명할 것이 많지 않아 한 시간 뒤 모든 인수인계가 끝났다. 슈나이더가 허공에 떠 있는 조작 창을 몇 번 건드렸다. 그런데 떠나기 전 조작 창을 끄는 것처럼 가볍게 두드리는 척하다가 선실 벽을 발로 세게 차 둥근 선실의 다른 쪽 끝으로 솟구쳐 날아갔다. 그와 거의 동시에 선실이 두 개로 분리되며 장교 세 명과 헌병 한 명은 한쪽에 남고 슈나이더 혼자 다른 쪽으로 옮겨갔다.

슈나이더가 허공에 조작 창을 띄워 빠른 속도로 두드리기 시작했다. 통신 조작 창이었다. 그가 청동시대호의 행성 간 통신 시스템을 최대 출력으로 작동시켰다.

잠시 후 윙, 하는 소리와 함께 레이저빔이 선실 벽에 작은 구멍을 뚫었다. 선실 안이 금세 흰색 연기로 가득 찼다. 선실의 다른 쪽에 있던 헌병이 총을 꺼내 슈나이더를 겨누며 당장 조작을 멈추고 선실 문을 열라고 경고했지만 슈나이더는 그의 경고를 무시했다.

"청동시대가 블루스페이스를 호출한다! 청동시대가 블루스페이스를 호출한다!"

슈나이더의 음성은 높지 않았다. 신호 전송 거리는 소리의 크기와 무관하다는 것을 알고 있었다.

한 줄기 레이저빔이 슈나이더의 가슴을 관통하는 순간 뿜어져 나온 피가 붉은 수증기가 되어 흩어졌다. 핏빛 수증기에 에워싸인 그의 마지막 숨이 거친 쉿소리와 함께 터져 나왔다.

"귀환하지 말라. 이곳은 집이 아니다!"

지구로 귀환하라는 명령이 도착했을 때 블루스페이스호는 미끼를 덥석 물지 않고 의심하며 망설였다. 저출력으로 감속하며 고민하고 있던 그들은 청동시대호가 보낸 경고 신호를 받은 뒤 감속을 중단하고 최대 출력으로 가속해 태양계에서 도망쳤다.

삼체의 지자 정보를 통해 이 소식이 지구에 전해지자 지구와 삼체 두 문명에 처음으로 공동의 적이 생겼다.

그들이 위안으로 삼는 것은 블루스페이스호가 아직 두 세계를 상대로 암흑의 숲 위협을 보낼 능력이 없다는 사실이었다. 망망한 우주를 향해 최대 출력으로 두 항성계의 좌표를 발사한다 해도 제삼자가 그 좌표를 받을 가능성은 거의 없었다. 가장 가까운 항성 바너드에 도착해 항성급 출력으로 우주를 향해 좌표를 전송하려고 해도 블루스페이스호의 항해 능력으로는 바너드 항성에 도착하는 데만 300년이 걸렸다. 게다가 블루스페이스호는 바너드 쪽으로 방향을 틀지 않고 기존 목표인 NH558J2를 향하고 있으므로 목표에 도달하려면 2000년도 더 걸렸다.

블루스페이스호를 추격하기 위해 그래비티호가 출발했다. 그래비티호는 태양계에서 유일하게 항성 간 항해가 가능한 우주 전함이었다. 삼체 세계가 그보다 더 빠른 물방울(정식 명칭은 '강한 상호작용 우주 탐사정'이다)을 보내 목표를 궤멸시키자고 제안했지만 지구 세계는 인류 내부의 일이라며 단호하게 거절했다. 최후의 전쟁은 인류에게 가장 큰 상처를 남겼다. 10여 년 동안 상처가 아물기는커녕 점점 더 심해졌다. 물방울이 다시 인류를 공격하게 하는 건 정치적으로 절대로 용납할 수 없었다. 블루스페이스호는 이미 인류가 아니라고 주장하는 사람도 많았지만 법적인 처벌은 당연히 인간이 해야 한다는 확고한 신념이 있었다. 시간이 충분하기 때문인지 삼체 세계도 더 이상 강요하지 않았다. 그 대신 그래비티호가 중력파 발사 능력을 갖추고 있으므로 만약의 경우에 대비하고, 블루스페이스호를 상대로 압도적인 우위를 확보하기 위해 물방울이 동행하겠다고 했다.

그래비티호와 물방울 두 개가 편대 항해를 시작했다. 서로 수 킬로미터의 거리를 유지하며 항해했다. 크기가 워낙 차이가 나기 때문에 그래비티호의 전체 모습과 물방울을 함께 볼 수는 없었지만 물방울의 표면에 그래비티호의 모습이 선명하게 비쳤다.

그래비티호는 블루스페이스호보다 10년 늦게 건조되었지만 중력파 발사 능력 외에는 더 발전된 기술을 갖추지 못했다. 추진 능력도 블루스페이스호보다 조금 나은 정도였기 때문에 블루스페이스호를 따라잡기 위해서는 더 좋은 연료를 써야 했다. 가능한 모든 노력을 기울인다 해도 현재 두 전함의 속도와 가속도를 고려할 때 그래비티호가 블루스페이스호를 따라잡으려면 최소한 50년은 걸렸다.

위협의 세기 61년, 검잡이

커다란 목조건물의 옥상에서 청신이 자기 별을 올려다보고 있었다. 그 별이 바로 그녀가 깨어난 이유였다.

스타 프로젝트를 통틀어 총 15명이 17개 항성을 구매했다. 청신 외에 다른 14명은 이미 오래전 역사 속으로 사라져 법적인 상속자를 찾을 수가 없었다. 대협곡이라는 촘촘한 체가 너무 많은 것을 걸러냈고 이제 합법적인 항성 소유자는 청신뿐이었다.

인류는 아직도 태양계 바깥의 그 어떤 항성에도 닿은 적이 없었다. 기술이 빠르게 발전해 300광년 내에 있는 항성은 이제 상징적인 의미를 벗어났지만 태양계 밖은 아직 현실이 되지 못했다. 청신이 소유한 DX3906에서 얼마 전 두 개의 행성이 발견되었다. 그중 하나가 질량, 궤도, 대기 스펙트럼으로 추측할 때 지구와 비슷한 지구형행성일 수 있다는 사실 때문에 가치가 급격히 상승했다. 사람들은 그 머나먼 세계에 주인이 있다는 사실에 놀랐다. UN과 태양계 함대가 그 항성의 소유권을 되찾으려 했지만 주인이 동의하지 않으면 법적으로 불가능했다. 이것이 바로 264년 동안 동면하고 있던 청신을 소생시킨 이유였다.

청신이 동면에서 깨어나 제일 먼저 알게 된 사실은 예상대로 계단 프로젝트를 통해 발사한 탐사정으로부터 아무런 소식도 없다는 것이었다. 삼체 함대도 탐사정을 포획하지 못했고 그 존재조차 관측하지 못했다. 계단 프로젝트는 완전히 역사 속으로 사라진 뒤였다. 윈톈밍의 뇌가 끝없는 우주 공간으로 영원히 사라진 것이다. 그는 사라졌지만 그가 사랑하는 사람에게 선물한 현실 세계는 건재했다. 항성 하나와 행성 두 개로 이루어진 세계 말이다.

DX3906의 행성은 아이(艾)AA라는 이름의 박사과정 대학원생이 발견했다. 그녀는 박사논문을 쓰던 중 새로운 관측 방법을 고안해냈다. 항성을 중력렌즈로 사용해 다른 항성을 관측하는 것인데 바로 이 방법으로 DX3906의 행성을 발견했다.

청신의 눈에는 AA가 그녀 주위를 폴짝폴짝 뛰어다니는 어린 새 같았다. AA는 자신의 지도교수가 서기 시대의 물리학자이기 때문에 서기 시대 사람에게 익숙하다고 했다. 이것은 그녀가 박사과정을 졸업한 후 청신과 UN 우주개발사업단 사이의 연락 담당자로 채용된 이유이기도 했다.

UN과 함대의 요구가 청신을 난처하게 했다. 물론 그녀가 하나의 세계를 독차지할 수는 없지만 자신을 사랑하는 사람이 준 선물을 팔아버릴 수는 없었다. 그녀는 DX3906에 대한 소유권을 무상으로 포기하는 대신 소유 증서는 기념으로 가지고 있겠다고 했지만 그럴 수 없다는 답변이 돌아왔다. 현행 법률상 정부든 UN이든 함대든 이렇게 큰 개인 재산을 무상으로 받는 것은 불가능했다. 그들은 DX3906을 사겠다고 고집했지만 그건 청신이 절대로 받아들일 수 없었다. 고민 끝에 그녀는 두 행성의 소유권만 팔기로 했다. 단, 인류가 이 항성에서 생성되는 에너지를 무상으로 사용할 수 있다는 합의서를 UN 및 함대와 체결하겠다고 했다. 검토 끝에 그녀의 요구 조건이 법적으로 가능하다는 결론에 도달했다.

AA는 청신에게 행성만 매각한다면 UN에게 받는 금액이 훨씬 줄어들겠지만 그 역시 거액의 재산이므로 자금을 관리할 회사를 설립하는 게 좋겠다고 제안했다. 또 회사를 설립한다면 자신을 채용해줄 수 있느냐고 물었다. 청신이 그러겠다고 하자 AA는 그 자리에서 UN 우주개발사업단에 전화를 걸어 사직을 통보했다.

AA는 전화를 끊자마자 이제부터 청신의 이익을 위해 일하겠다고 선언한 뒤 큰 소리로 외쳤다.

"왜 이렇게 바보 같으세요? 수많은 선택 중에 최악의 선택을 하셨잖아요! 항성까지 함께 매각했다면 선생님은 세계 최고의 부자가 되었을 거예요! 차라리 아무것도 팔지 않았더라도 마찬가지예요. 지금은 법률이 개인의 재산을 절대적으로 보호해주는 시대예요. 누구도 선생님의 세계를 빼앗을 수 없다고요! 소유권을 팔지 말고 다시 동면하셨다가 인류의 기술로 DX3906으로 갈 수 있게 되었을 때 깨어나면 선생님의 세계로 갈 수 있어요. 바다도 있고 대륙도 있는 거대한 세계예요. 하고 싶은 대로 뭐든 할 수 있다고요. 물론 저를 데리고 가신다면 제일 좋지만……."

청신이 그녀의 말을 잘랐다.

"결정은 끝났어. 우리 사이에 300년의 세월이 있으니 서로 이해할 수 없는 게 당연해."

AA가 한숨을 내쉬었다.

"네. 맞아요. 그래도 양심과 책임에 대해 다시 생각해보셔야 해요. 책임을 따르면 행성을 팔아야 하고, 양심을 따르면 항성을 팔지 않겠죠. 항성의 에너지를 포기한 것도 책임을 따른 결정이고요. 선생님은 과거의 개념에서 벗어나지 못했어요. 제 지도교수님도 그래요. 하지만 시대가 바뀌었어요. 양심과 책임은 가치가 없어요. 이제 그건 치료가 필요한 정신병이에요. 사회 인격 강박증이라고 부르죠."

도시의 불빛이 환하게 비춰도 DX3906을 쉽게 찾아낼 수 있었다. 청신이 살던 시대와 비교할 수 없을 만큼 대기권이 맑아졌다. 그녀는 밤하늘에서 시선을 거두고 놀라움의 연속인 현실로 돌아왔다. 청신과 AA는 크리스마스트리 위에 앉아 있는 두 마리 개미 같았다. 주위가 온통 크리스마스트리 숲이었다. 휘황찬란한 빌딩들이 잎사귀처럼 가지마다 매달려 있었다. 하지만 거대한 도시는 지상에 세워져 있었다. 위협을 통해 얻어낸 평화 덕분에 인류의 두 번째 동굴 시대도 끝이 났다.

두 사람이 나뭇가지를 따라 걸었다. 나뭇가지가 길이 되고 길 위를 떠다니는 수많은 디스플레이가 오색찬란한 강물처럼 보였다. 길 가운데 떠 있던 디스플레이 몇 개가 따라오다가 그녀들이 관심을 보이지 않자 있던 자리로 돌아갔다. 그 길에 속한 건물들은 모두 발밑에 걸려 있었다. 그녀들이 있는 곳은 가장 높은 나뭇가지였고 바로 위가 하늘이었다. 건물이 주렁주렁 매달린 아래쪽 나뭇가지를 따라 걸으면 자신이 작은 곤충으로 변해 나뭇잎과 열매가 영롱하게 반짝이는 꿈의 숲을 날아다니고 있는 듯한 착각이 들었다.

지나가는 사람들을 살펴보았다. 젊은 여자 하나, 젊은 여자 둘, 젊은 여자 한 무리, 또 젊은 여자들……. 모두 여자였고 하나같이 아름다웠으며 꿈의 숲에 사는 요정들처럼 빛이 반짝이는 옷을 입고 있었다. 나이가 조금 많아 보이는 여자를 겨우 발견했지만 미모가 나이를 가려버린 듯했다. 나뭇가지 끝에 서서 발밑에 펼쳐진 야경을 바라보던 청신은 동면에서 깨어난 후 줄곧 궁금했던 것을 물었다.

"남자들은 다 어디 있지?"

깨어난 지 나흘이 되도록 남자를 한 명도 보지 못했다.

AA가 주위를 가리켰다.

"곳곳에 있잖아요. 저기 난간에 기대서 있고, 저쪽에도 세 명 있고, 두 명은 이쪽으로 걸어오고 있고요. 전부 남자예요."

AA가 가리키는 쪽을 쳐다보았다. 그녀(그)들은 하얀 얼굴에 머리카락이 어깨까지 길게 내려와 있고 날씬했으며 바나나로 골격을 만든 것처럼 나긋나긋했다. 몸짓은 우아하고 바람에 실려온 목소리는 가늘고 달콤했다. 청신이 살던 시대였다면 여자 중에서도 가장 여성스러운 축에 속할 것 같았다.

사실 그녀가 살던 시대부터 이런 변화가 시작되고 있었다. 아마도 1980년대가 남성미를 숭상하던 마지막 시대였을 것이다. 그 후 남자가 멸종된 것은 아니지만 사회적으로든 트렌드로 보든 남성의 여성화가 시작되었다. 21세기 초 일본과 한국의 남자 스타들도 얼핏 보면 여자로 오해할 만큼 예뻤다. 대협곡이 인류의 여성화를 중단시켰지만 위협의 시대로 들어선 뒤 반세기 동안 이어진 평화롭고 안락한 분위기가 여성화를 가속시켰던 것이다.

AA가 말했다.

"서기 시대 사람들은 대부분 남자를 알아보지 못해요. 그래도 선생님은 비교적 쉽게 알아볼 수 있을 거예요. 선생님을 쳐다보는 눈빛을 보면 알수 있죠. 남자들은 고전적인 미인에게 끌리니까요."

청신이 경계의 눈초리로 AA를 흘긋 쳐다보았다.

"무슨 생각을 하시는 거예요? 저는 여자예요! 흥, 그 시대 남자들이 뭐가 좋아요? 억세고 무식하고 지저분하기나 했지. 진화가 덜된 종족처럼. 선생님도 이 아름다운 시대에 곧 익숙해지실 거예요."

3세기 전 동면에 들어갈 때 청신은 미래에 닥칠 곤란한 상황에 대해 여러 가지 가설을 세웠지만 이런 상황이 닥칠 줄은 전혀 예상치 못했다. 그녀는 이렇게 여성화된 세계에서 오랫동안 산다는 것이 어떤 모습일지 생각하다가 몸서리치고는 무의식중에 고개를 들어 밤하늘에서 자신의 별을 찾았다.

AA가 청신의 어깨에 두 손을 올리며 물었다.

"또 그분 생각하세요? 그 남자가 그때 우주로 떠나지 않고 선생님과 결혼했더라도 지금은 두 분의 손주의 손주조차도 무덤에 있을 거예요. 완전히 다른 시대고 생활도 달라졌어요. 과거와는 아무 관계도 없어요!"

청신도 그렇게 생각하려고 노력했다. 눈앞의 현실에 맞춰 생각하려고 했다. 그녀는 이 시대에 온 지 며칠밖에 되지 않았고 지난 3세기의 대략적인 역사밖에는 알지 못했다. 그녀가 가장 놀란 것은 인류가 암흑의 숲 위협으로 삼체 세계와 전략적인 균형을 유지하고 있다는 사실이었다. 한 가지 궁금증이 뇌리를 스쳤다.

'이렇게 부드럽고 여성적인 세계가 삼체 세계를 위협하고 있다고?'

두 사람은 왔던 길을 되돌아갔다. 길 위에 둥둥 떠서 따라오는 디스플레이 중 하나가 청신의 눈길을 끌었다. 디스플레이 속에 남자가 있었기 때문이다. 예전 시대의 남자였다. 초췌한 얼굴에 텁수룩한 머리를 하고 검은 묘비 옆에 서 있었다. 음습한 그림자 속에서 저 멀리 지평선에서 떠오르는 태양이 비친 듯 두 눈동자가 이글거리며 타오르고 있었다. 그 아래 이런 글귀가 쓰여 있었다.

……그의 시대에 살인자는 사형에 처했다.

청신은 그 남자가 왠지 낯익었다. 자세히 보려고 했지만 화면이 바뀌며 연설을 하고 있는 중년 여성이 나타났다(청신은 그가 여자라고 생각할 수밖에 없었다). 그녀의 옷은 빛이 나지 않고 점잖았다. 정치가처럼 보였다. 잠시 후 그녀가 하는 말이 자막에 떠올랐다. 디스플레이를 확대시키자 화면 속 여자가 연설하는 소리가 들렸다. 그녀의 음성은 달콤했지만 그 내용은 소름 끼치게 무서웠다.

"어째서 사형에 처할까요? 사람을 죽였기 때문입니다. 하지만 이건 정답 중 하나일 뿐이죠. 다른 정답도 있습니다. 죽인 사람이 너무 적어서, 딱 한 사람밖에 죽이지 않았기 때문에 사형에 처한다. 수십 명을 죽였다면 마땅히 사형에 처해야 합니다. 수천, 수만 명을 죽였다면 만 번 죽여도 부족할 겁니다. 그런데 그것보다 더 많이, 수십만 명을 죽였다면 어떨까요? 물론 사형에 처해야겠죠. 하지만 역사를 아는 사람이라면 이 말이 완전히 옳지는 않다는 걸 알 겁니다. 그럼 수백만 명을 죽였다면 어떨까요? 그 사람은 틀림없이 사형당하지 않을 겁니다. 아니, 법적인 처벌조차 받지 않겠죠. 못 믿겠으면 역사를 돌이켜보세요. 100만 명 넘게 죽인 사람은 위인이나 영웅으로 추앙받았습니다. 여기서 더 나아가 한 세계 전체를 멸망시키고 모든 생명을 죽인다면 그는 틀림없이 구세주가 될 겁니다!"

AA가 말했다.

"뤄지 얘기를 하는 거예요. 그를 심판하고 싶어 하죠."

"왜?"

"아주 복잡해요. 직접적인 이유는 그 항성계, 그러니까 뤄지가 우주에 좌표를 알려서 멸망시킨 항성계 속에 생명이 있었는지 없었는지 아무도 모르지만 존재했을 가능성은 있어요. 그래서 그가 세계 멸망죄를 지었다는 주장이에요. 그건 현대 법률에서 가장 무거운 죄예요."

"당신 청신이군요?"

불쑥 뛰어든 목소리에 청신이 깜짝 놀랐다. 길 위에 떠 있는 디스플레이에서 나온 소리였다. 화면 속 연설자가 옛 친구를 만난 듯 놀람과 반가

움이 뒤섞인 표정으로 청신을 가리켰다.

"머나먼 세계를 가지고 있는 사람이죠? 우아! 정말 훌륭해요. 그 시대의 아름다움을 우리에게 보여주다니. 당신은 유일하게 한 세계를 가진 사람이고, 이 세계를 구할 수 있는 사람이에요. 모두가 당신에게 큰 기대를 걸고 있어요! 나는……."

AA가 디스플레이를 발로 툭 차 꺼버렸다. 청신은 이 시대의 IT 기술이 정말 놀라웠다. 연설자가 어떻게 자신을 영상으로 볼 수 있는지 궁금했고, 수많은 시청자 가운데 어떻게 자신을 찾아냈는지 더더욱 궁금했다.

AA가 청신 앞으로 다가와 몸을 돌려 뒷걸음으로 가며 물었다.

"적을 위협하기 위해 세계 하나를 통째로 파괴할 수 있어요? 만약 적이 선생님의 위협을 두려워하지 않는다면 버튼 하나로 두 세계를 멸망시킬 수 있어요?"

"무의미한 질문이야. 내가 어떻게 그런 힘을 가질 수 있겠어?"

AA가 걸음을 멈추고 청신의 어깨를 두 손으로 잡으며 그녀의 눈을 똑바로 응시했다.

"정말 안 그럴 거예요?"

"당연하지. 실제로 그런 상황이 닥치면 죽는 것보다 더 두렵겠지. 그 외에는 아무 생각도 나지 않아."

AA의 진지한 질문에 청신은 내심 놀랐다.

AA가 고개를 끄덕였다.

"그렇다면 안심이에요……. 오늘은 일찍 쉬고 내일 다시 얘기해요. 아직은 체력이 다 회복되지 않으셨어요. 완전히 회복하려면 일주일은 걸린대요."

다음 날 아침 AA가 청신에게 전화를 걸어왔다. AA가 화면 속에서 생글

생글 웃으며 깜짝 놀랄 곳에 데려가겠다고 했다. 옥상에 차가 기다리고 있다는 말에 올라가보니 정말로 플라잉카 한 대가 문을 열고 그녀를 기다리고 있었다. 차에 탔지만 AA는 보이지 않았다. 차 문이 소리 없이 닫히고 의자가 그녀를 감싸 쥐듯 고정시켰다. 자동차가 가볍게 떠올라 날기 시작하더니 도시의 숲 사이를 가로지르는 자동차 행렬 속으로 들어갔다. 아직 이른 아침이라 도시로 파고들어온 햇살이 지면과 거의 평행을 이루고, 자동차가 그 빛줄기를 타고 미끄러지듯 도시를 가로질렀다. 나무 건축물이 점점 줄어들다가 완전히 사라졌다. 푸른 하늘 아래 드넓게 펼쳐진 대지가 숲과 초원으로 뒤덮여 있었다. 초록색이 그녀를 덮칠 듯이 다가왔다.

위협의 세기가 시작된 후 지구의 중공업이 우주 궤도로 옮겨가자 생태계 환경이 빠르게 회복되어 산업혁명 이전 수준으로 되돌아왔다. 인구가 감소하고 식량 생산이 공업화되면서 농지가 사라져 지구 전체가 거대한 공원이 되었다.

갑작스럽게 맞이한 아름다운 세계가 청신에게는 여전히 비현실적이었다. 동면에서 깨어난 뒤 줄곧 꿈을 꾸고 있는 것 같았다.

30분쯤 지나서 자동차가 땅으로 내려왔다. 자동차는 청신을 내려놓고 곧바로 날아올라 어디론가 사라졌다. 자동차가 일으킨 회오리바람이 잦아든 뒤 사방이 고요해지고 멀리서 새소리만 들려왔다. 주위를 둘러보니 버려진 건물들이 그녀를 에워싸고 있었다. 서기 시대의 주택인 듯한 건물마다 아랫부분이 넝쿨식물에 점령당해 있었다. 새로운 세기의 초록빛에 뒤덮인 과거를 보며 청신은 약간의 현실감을 찾았다.

AA를 불렀지만 들려온 건 한 남자의 목소리였다.

"오랜만이군!"

뒤에 있는 2층 건물의 발코니에서 나는 소리였다. 몸을 돌려 발코니에 서 있는 남자를 쳐다보았다. 이 시대의 여성화된 남자가 아니라 과거의 남자였다. 이건 꿈이 아니라 서기 시대 악몽의 연속이었다. 그는 토머스 웨이드였고 예전과 똑같은 검은 가죽재킷을 입고 있었다. 약간 나이가 든 것으로 보아 그녀보다 늦게 동면에 들어갔거나 그녀보다 조금 일찍 깨어난 것 같았다. 청신의 시선이 그의 오른손으로 옮겨갔다. 검은 가죽장갑을 낀 손에 권총이 들려 있었다. 서기 시대의 권총이었고 총구가 곧장 청신을 향하고 있었다.

"물속에서도 발사되는 특제 총알이야. 오래 보관할 수는 있지만 270년이나 지나서 아직 쓸 수 있는지 모르겠군."

예의 그 얼음물 같은 미소가 웨이드의 얼굴에 떠올랐다. 그가 타인의 절망을 감상할 때 짓는 특유의 미소였다.

총알은 건재했다. 귀를 찢는 총성과 함께 총구에서 불꽃이 튀었다. 왼쪽 어깨를 세게 얻어맞은 듯한 맹렬한 충격에 청신의 몸이 뒤의 부서진 벽까지 밀려났다. 총성은 넝쿨식물에 흡수된 듯 얼마 퍼져나가지 못했고 밖에서 새들의 지저귐이 계속되었다.

"요즘 총은 쓸 수가 없어. 쏠 때마다 자동으로 공공안전 데이터베이스에 등록되거든."

웨이드의 말투가 3세기 전 청신과 일상적인 대화를 나눌 때처럼 담담했다.

"이유가 뭐죠?"

청신이 3세기 후 그에게 처음 건넨 말이었다. 통증은 느껴지지 않았고 왼쪽 어깨가 마비된 것처럼 뭉근하게 아렸다.

"검잡이가 되기 위해서. 난 검잡이가 되고 싶어. 자네는 내 경쟁자가 될 거야. 그리고 날 이기겠지. 자네에게 악의는 없어. 자네가 믿을지 모르지만 나도 가슴이 아파."

"바디모프를 죽였죠?"

청신의 입에서 피가 흘러나왔다.

"그래. 계단 프로젝트에 그가 필요했으니까. 지금 내 새로운 계획엔 자네가 필요하지 않아. 유능한 인재들이지만 내 길을 막는다면 없애버릴 수밖에. 내겐 전진밖에 없어. 수단과 방법을 가리지 않고 전진!"

웨이드가 다시 총 한 발을 쏘았다. 총알이 청신의 왼쪽 배를 관통했다. 역시 통증은 느껴지지 않았지만 온몸에 감각이 없어지고 힘이 풀려 벽에 기댄 채 미끄러졌다. 그녀의 등 뒤 넝쿨 잎사귀에 검붉은 핏자국이 남았다. 웨이드가 다시 방아쇠를 당겼다. 하지만 3세기 가까운 세월의 효력이 드디어 나타났다. 총성이 울리지 않자 웨이드가 재빨리 노리쇠를 잡아당겨 총알을 빼낸 뒤 다시 청신을 겨누었다. 바로 그때 총을 쥐고 있는 그의 오른손이 폭발하듯 뒤로 튕겨 나가며 흰 연기가 피어오르더니 팔꿈치 아래가 사라졌다. 까맣게 타버린 뼛조각이 나뭇잎으로 튀었지만 권총은 부서지지 않고 바닥으로 떨어졌다. 웨이드는 꼼짝도 하지 않았다. 이런 일을 예상했다는 듯 사라진 오른쪽 팔꿈치 아래를 내려다보다가 고개를 들었다. 그의 시선 끝에서 경찰차 한 대가 착륙하고 있었다. 경찰차가 땅에 내려앉기도 전에 총을 든 경찰 몇 명이 기류에 펄럭이는 잡초 사이로 뛰어내렸다. 날씬한 여자들 같았지만 동작이 꽤 민첩했다.

마지막으로 내린 건 AA였다. 눈물범벅이 된 그녀의 눈이 흐릿해진 청신의 시선 속에서 흔들렸다. AA가 울부짖는 소리도 들렸다. 누군가 자신의 목소리를 위조해 전화를 걸었다고 했다.

그제야 극심한 통증이 청신을 덮쳐 쇼크 상태에 빠뜨렸다. 눈을 떠보니 차 안에 눕혀져 있고 알 수 없는 소재로 된 얇은 천이 온몸에 감겨 있었다. 통증은 느껴지지 않았다. 심지어 온몸에 아무런 감각도 없었다. 의식이 다시 가무러졌다. 또다시 정신을 잃기 전 그녀는 자신만 들을 수 있는 목소리로 물었다.

"검잡이가 뭐지?"

《시간 밖의 과거》 발췌

면벽자의 망령—검잡이

뤄지가 암흑의 숲을 이용해 삼체 세계를 위협한 것은 위대한 공로였지만 이 공로를 만들어낸 면벽 프로젝트는 지극히 유치하고 황당한 계획으로 혹평받았다. 당시 인류는 처음 바깥세상에 나간 아이처럼 위험한 세계에 대한 막연한 공포로 가득 차 있었다. 면벽 프로젝트는 그런 정신적인 충격의 산물이었다. 뤄지가 UN과 태양계 함대에 위협 통제권을 넘긴 뒤 사람들은 면벽 프로젝트라는 전설적인 역사가 영원히 끝났다고 생각했다.

사람들은 위협이라는 개념 자체를 깊이 연구한 뒤 '위협 게임학'을 탄생시켰다.

위협이 억지력을 가지려면 몇 가지 요소가 필요하다. 첫째, 위협자와 피위협자(암흑의 숲에서는 인간이 전자이고 삼체 세계가 후자다), 둘째, 위협의 작동(삼체 세계의 좌표를 발사해 두 세계를 멸망시키는 것), 셋째, 위협 통제자(발사 스위치를 쥐고 있는 인간 또는 단체), 넷째, 위협 목표(삼체 세계가 침략을 포기하고 인간 세계에 기술을 전수해주는 것)이다.

위협자와 피위협자가 공멸하는 결과로 이어지는 위협을 '궁극의 위협'이라고 부른다.

다른 유형의 위협과 달리, 궁극의 위협은 위협이 한번 실패하면 위협자가 위협 작용을 다시 진행하는 것이 무의미하다는 특징이 있다.

궁극의 위협이 성공하기 위해서는 피위협자가 위협 목표를 받아들이지 않으면 위협 작용이 진행될 가능성이 크다고 믿게 만들어야 한다. 이 요소가 위협 게임학의 중요한 지표인데 이를 위협력이라고 불렀다. 위협력이 80퍼센트를 넘어야 궁극의 위협이 성공할 수 있다.

그런데 사람들은 얼마 안 가 절망적인 사실을 발견했다. 암흑의 숲 위협 통제권을 인류 집단이 가지고 있다면 위협력은 거의 0에 가까웠다.

우선 인류 집단은 두 세계를 멸망시킬 결정을 내릴 가능성이 희박하다. 이 결정은 인류 사회의 윤리와 가치관의 마지노선을 훨씬 뛰어넘는 것이기 때문이다. 암흑의 숲 위협의 가설도 이런 결정의 가능성을 더욱 낮추었다. 단지 삼체 세계에 대한 위협이 실패하는 데 그치면 인류가 적어도 한 세대의 시간 동안 생존할 수 있다. 어떤 의미에서 볼 때 이것은 현재 생존해 있는 사람들에게 전부와 같다. 그런데 위협이 실패한 뒤 실제로 위협을 작동시켜 우주를 향해 두 세계의 좌표를 알린다면 당장이라도 멸망할 수 있다. 전자보다 더 나쁜 결과다. 그러므로 삼체 세계에 대한 위협이 실패했을 때 인류 집단이 어떤 반응을 보일지 완벽히 예측할 수 있었다.

하지만 개체의 반응은 예측할 수 없다.

암흑의 숲 위협이 성공한 바탕에는 뤄지라는 개체의 예측 불가성이 있었다. 위협이 실패했을 때 그의 행위를 결정하는 건 그의 성격과 심리적 요인이다. 그가 아무리 이성적인 사람이라도 개인의 이익과 인류 전체의 이익이 반드시 일치한다는 보장은 없다. 위협의 세기 초에 두 세계가 뤄지의 성격을 상세하게 연구하고 이를 바탕으로 수학모델을 만들었다. 인류와 삼체의 위협 게임학자들이 도출해낸 결과가 거의 비슷했다. 위협에 실패했을 경우 예상되는 뤄지의 위협력이 91.9~98.4퍼센트에 달했다. 삼체 세계는 절대로 이런 위험한 모험을 할 수 없었다.

위협이 시작된 직후, 사람들은 자세한 연구를 해보지 않고도 이 사실을 직감했다. UN과 태양계 함대는 이 사실을 깨닫자마자 뜨거운 감자를 넘기듯 뤄지에게 위협 통제권을 돌려주었다. 그들이 위협 통제권을 가져갔다가 되돌려주기까지 약 열

여덟 시간밖에 걸리지 않았지만, 물방울이 태양을 둘러싸고 있는 원자폭탄 사슬을 파괴해 인류가 좌표를 발사하지 못하도록 저지하기에는 충분한 시간이었다. 하지만 삼체인은 그렇게 하지 않았다. 이것이 이 전쟁에서 삼체 세계가 저지른 가장 큰 실수였다. 인류는 이 사실을 알고 난 뒤 등줄기가 선득해지며 안도의 한숨을 내쉬었다.

그때부터 암흑의 숲 위협 통제권은 계속 뤄지가 가지고 있었다. 처음에는 태양을 둘러싼 원자폭탄을 폭파시키는 스위치를 가지고 있었고, 나중에는 중력파 발사 스위치로 바뀌었다. 두 세계의 전략적 균형이 뤄지라는 바늘 끝에 거꾸로 올라앉은 피라미드처럼 위태롭게 지탱되고 있었다.

암흑의 숲 위협은 두 세계의 머리 위에 매달린 다모클레스의 검이고, 뤄지는 검을 묶고 있는 머리카락이었다. 사람들은 뤄지를 검잡이라고 불렀다.

면벽 프로젝트는 역사 속으로 사라지지 않았고 인류는 면벽자의 망령에서 벗어날 수 없었다.

면벽 프로젝트는 인류 역사상 처음 출현한 괴물이지만 암흑의 숲 위협과 검잡이는 역사적으로 전례가 있었다. 20세기에 바르샤바조약기구와 북대서양조약기구라는 두 개의 군사 집단이 벌인 냉전이 바로 궁극의 위협과 유사하다. 냉전이 진행되던 1974년 소련이 페리미터 시스템(Perimeter System)을 개발했다. 훗날 데드 핸드(Dead Hand)라고 불린 이 경보 시스템의 목적은 북대서양조약기구가 갑작스러운 핵 공격을 단행할 경우 정부 고위층과 군대 사령부가 모두 죽고 국가의 지휘 체계가 무너지더라도 핵 보복 공격을 할 수 있게 대비하는 것이었다. 소련 영토에서 핵폭발이 일어날 경우 핵폭발 감측 시스템을 통해 이를 감지한 다음, 모든 데이터를 중앙 컴퓨터에 집중시켜 컴퓨터 알고리즘을 통해 자동으로 핵 반격에 나설지 여부를 결정하는 것이다. 이 시스템의 핵심은 지하의 비밀 통제실이었다. 시스템이 반격 판단을 내리면 핵무기 발사 버튼을 누르는 건 통제실 당직자의 몫이었다. 2009년에 페리미터 통제실에 근무했던 한 장교가 기자에게 당시 자신이 프룬제군사학교를 막 졸업한 스물다섯 살의 소위였다고 고백했다. 시스템이 반격을 결정하면 그가 이 파멸의 마지막 단계가 되는 것이다. 소련과 동유럽이 불바다로 변하고 지상에 있는 그의 가족과 친구가 사망한 상황에서 그가 반격 버튼을 누르면 북미 대륙이 30분 만에 똑같은 지옥으로 변하고 그 후 지구 전체를 뒤덮는 방사능 분진과 핵겨울로 인해 인류는 종말을 맞이하게 된다. 인류 문명의 운명이 그의 손에 있었던 것이다. 훗날 사람들이 그에게 가장 많이 한 질문은 정말로 그 순간이 왔다면 버튼을 눌렀겠느냐는 것이다.

역사상 최초의 검잡이는 이 질문에 이렇게 대답했다.

"저도 모르겠습니다."

지금 사람들은 암흑의 숲 위협이 20세기의 핵억지처럼 아름다운 결과로 이어지길 염원하고 있다.

기이한 균형 속에서 세월이 흘러 60년 동안 위협 효과가 지속되었다. 위협 통제권은 여전히 100세를 넘긴 뤄지에게 있으며 그에 대한 사람들의 인식도 천천히 바뀌었다.

삼체 세계에 대한 강경책을 주장하는 급진파는 그를 좋아하지 않았다. 암흑의 숲 위협이 막 효과를 발휘했을 때 급진파는 삼체 세계를 완전히 무장해제시키고 더 많은 것을 요구해야 한다고 주장했다. 삼체인들을 모두 탈수시킨 뒤 화물 우주선에 실어 오르트 구름까지 운반해 온 다음 인류의 우주선에 옮겨 실어 태양계의 달이나 화성에 지은 창고에 보관해놓고 상황에 따라 조금씩 해동시키자는 황당한 주장도 있었다.

뤄지를 싫어하기는 온건파도 마찬가지였다. 그들의 최대 관심사는 뤄지에 의해 좌표가 공개된 187J3X1 항성계에 생명과 문명이 있었느냐는 것이다. 이 점에 대해 두 세계의 천문학자들 모두 뚜렷한 답을 내놓지 못했다. 생명과 문명이 있었는지 없었는지 아무런 증거도 없지만, 어쨌든 뤄지에게는 세계를 멸망시킨 혐의가 있었다. 온건파는 인류와 삼체 두 문명이 평화롭게 공존하는 세계를 건설하려면 범우주적인 인권 체계를 수립해야 한다고 생각했다. 다시 말해, 우주에서 문명을 가진 모든 생물이 완전히 평등한 인권을 가져야 한다는 것이다. 이런 범우주적 인권 체계를 현실화시키려면 우선 뤄지를 심판해야 했다.

뤄지는 양쪽의 주장에 어떤 대응도 하지 않고 중력파 발사 스위치를 손에 쥔 채 반세기 동안 검잡이 자리를 묵묵히 지켰다.

사람들은 인류가 삼체 세계에 대해 어떤 정책을 내놓든 검잡이를 피해 갈 수 없다는 것을 알았다. 검잡이의 허가를 받지 못하면 그 어떤 정책도 삼체 세계에 효력을 발휘할 수 없었다. 그러므로 검잡이도 면벽자처럼 막강한 권력을 가진 독재자가 되었다.

처음에는 뤄지를 구세주로 추앙하던 사람들이 세월이 흐를수록 그를 무엇과도 비교할 수 없는 괴물이자 세계를 파멸시키는 폭군으로 여기기 시작했다.

사람들은 위협의 세기가 기괴한 시대라는 사실을 알았다. 인류 사회의 문명이 과거 그 어느 때보다 발전하고 민주주의와 인권도 존중받았지만, 또 한편으로는 사회 전체가 독재자의 어두운 그늘에서 벗어나지 못했다. 어떤 학자는 한때는 과학기술이 전체주의를 소멸시키는 힘으로 작용했지만, 문명을 위협하는 위기가 출현한 뒤 과학기술이 도리어 새로운 전체주의를 탄생시키는 토양이 되었다고 분석했다. 과거의 전체주의에서는 독재자가 타인을 통해 통치를 실현했으므로 저효율과 수많은 불확실성이라는 단점을 극복하지 못해 인류 역사에서 완전한 독재 체제가 출현한 적이 없었다. 하지만 기술이 이런 슈퍼 독재의 실현을 가능하게 했다. 면벽자와 검잡이가 우려할 만한 사례였다. 강력한 기술과 심각한 위기가 결합하면서 인류 사회가 암흑 시대로 회귀할 가능성이 높아졌다.

하지만 대다수 사람들은 아직 위협을 중단할 때가 아니라고 생각했다. 지자가 쌓아놓은 장벽이 사라지고 삼체 세계의 지식이 유입되면서 인류의 과학이 비약적으로 발전했지만 삼체 세계에 비하면 아직도 두세 시대는 뒤져 있었다. 두 세계의 과학 수준이 비슷해진 뒤에라야 위협 중단을 고려해볼 수 있었다.

또 한 가지 선택 가능한 방법이 있었다. 위협 통제권을 AI에게 맡기는 것이다. 한때 이 방법을 진지하게 검토하고 연구와 실험을 진행한 적이 있었다. 이 방법은 위협력이 매우 높다는 장점이 있지만 최종적으로 부결되었다. 두 세계의 운명을 기계에게 맡기는 것이 두려웠기 때문이다. 실험 결과, 위협과 관련된 복잡한 상황이 닥쳤을 때 AI가 정확한 판단을 내릴 확률이 인간보다 훨씬 낮았다. 논리적 추리 능력만으로 판단할 수 있는 차원이 아니기 때문이다. 정치적으로 봐도 썩 유쾌한 상황은 아니었다. 인간의 독재에서 로봇의 독재로 바뀔 뿐 독재 자체는 달라지지 않았을 것이다. 하지만 무엇보다도 중요한 원인은 지자가 AI를 교란시킬 수 있다는 점이었다. 그런 상황이 발생한 적은 없지만 가능성이 존재한다는 사실만으로도 선택에서 배제되었다.

그렇게 해서 나온 절충안이 검잡이를 교체하는 것이었다. 위의 여러 가지 요인을 고려하지 않더라도 뤄지가 이미 100세를 넘긴 노인이었기 때문에 이성적으로든 심리적으로든 비정상적인 기복이 생길 수 있었다. 두 세계의 운명을 그의 손에 맡긴다는 것은 여러모로 마음이 놓이지 않았다.

청신은 빠르게 회복되었다. 의사들은 권총에 들어 있던 7밀리 총알 10개가 전부 그녀를 관통했더라도, 심지어 그녀의 심장이 갈기갈기 찢겼더라도 현대 의학으로 그녀를 정상인과 다름없는 상태로 회복시킬 수 있었을 것이라고 말했다. 유일하게 살릴 수 없는 것은 총알이 뇌를 뚫은 경우였다.

웨이드는 거의 성공할 뻔했다. 세계에서 마지막으로 살인사건이 발생한 것이 28년 전이었으므로 지금 경찰들은 살인사건을 예방하고 조사하는 일이 익숙지 않았다. 웨이드의 경쟁 상대인 또 다른 검잡이 후보가 그의 범죄 가능성을 경찰에 경고했지만 아무런 증거도 제시하지 못했다. 그저 이 시대에 없는 예민한 직감으로 웨이드의 의도를 간파한 것뿐이었다. 경찰이 반신반의하며 시간을 허비하다가 웨이드가 AA의 전화를 위조했다는 걸 알고 나서야 움직였던 것이다.

많은 사람이 청신을 병문안하러 왔다. 정부, UN, 함대의 관계자들과 각계각층의 인사들, 물론 AA와 그녀의 친구들도 있었다. 청신은 이제 현대인의 성별을 쉽게 구분할 수 있었고, 외모가 완전히 여성화된 남자들에게도 점점 익숙해졌다. 그들이 그녀가 살던 시대의 남자들에게 없던 우아함을 가지고 있다는 걸 알았지만 역시 이성으로서의 매력은 느낄 수 없었다.

낯설고 어색한 감정이 사라지자 이 시대에 대해 더 많이 알고 싶어졌다. 하지만 아직은 병실 신세를 져야 했다.

어느 날 AA가 병실에서 파노라마 영화를 틀어주었다. 올해 오스카상에서 작품상을 수상한 〈양쯔강 동화〉라는 작품인데 송나라 때 문인 이지의(李之儀)의 시 「복산자(卜算子)」에 나오는 "나는 장강 상류에 살고 그대는 장강 하류에 산다네……"라는 구절을 모티브로 한 것이다. 정확한 연대를 알 수 없는 오래전 전원 시대를 배경으로 양쯔강 하류와 상류에 떨어져 사는 연인의 사랑을 그린 영화였다. 영화를 보는 내내 남녀 주인공은 한 번도 만나지 못했다. 심지어 상상 속 만남의 장면조차 나오지 않았지만 서로를 그리는 애틋함과 처연함이 무척 감동적이었다. 양쯔강 하류의 우아함과 차분함, 양쯔강 상류 티벳 고원의 웅장함과 광활함이 대비를 이루는 영상미가 청신을 매료시켰다. 그녀가 살던 시대처럼 상업화된 과장은 찾아볼 수 없고 양쯔강처럼 잔잔한 이야기가 그녀를 몰입시켰다.

청신은 지금 자신이 시대라는 강의 하류에 있고 이 강의 상류는 텅 비어 있다고 생각했다.

영화를 보고 난 뒤 청신은 새로운 시대의 문화에 호기심이 생겼다. 움직일 수 있을 만큼 회복되자 AA가 그녀를 데리고 미술전람회와 음악회에

갔다. 청신은 서기 시대에 베이징 798예술구*와 상하이 현대예술 비엔날레에서 보았던 변태적이고 괴상한 작품들을 똑똑히 기억하고 있었다. 그때의 예술이 지금은 어떤 모습으로 변해 있을지 상상하기 어려웠다. 하지만 전시된 예술 작품들은 그녀의 예상과는 달리 온화하고 사실적이었으며 아름다운 색채 사이로 생기와 감성이 샘솟는 듯했다. 그림 한 점 한 점이 누군가의 마음인 것처럼 자연스럽고 인간적이었다. 음악도 클래식 교향곡처럼 감성적이었다. 영화에서 보았던 양쯔강이 떠올랐다. 굽이굽이 이어지는 순수한 선율이 웅장하면서도 차분하고 부드러워 마치 양쯔강 물결을 바라보는 것 같았다.

이 시대의 문화예술은 청신의 상상과 완전히 달랐지만 단순히 고전으로 돌아간 것은 아니었다. 그보다는 포스트모더니즘 이후 더 수준 높게 승화되며 새로운 미학의 기초 위에 세워진 것 같았다. 〈양쯔강 동화〉만 해도 우주의 시공에 대한 심오한 은유가 담겨 있었다. 청신을 가장 흥분하게 한 건 21세기 포스트모더니즘 예술을 지배했던 어둠, 절망, 기괴함, 소란스러움이 사라지고 지금껏 본 적 없는 아늑하고 편안하고 낙관적인 분위기가 그 자리를 대신 채우고 있다는 사실이었다.

청신이 말했다.

"이 시대를 사랑하게 됐어. 생각할수록 놀라워."

"그 영화, 그림, 음악을 만든 예술가들이 누군지 알면 더 놀라실 거예요. 모두 4광년 밖에 있는 삼체인이에요."

놀라서 할 말을 잃은 청신을 보며 AA가 웃음을 터뜨렸다.

---

* 옮긴이 주:버려진 공장단지에 젊은 예술가들이 모여들어 작업실로 사용하면서 유명해진 예술 거리.

《시간 밖의 과거》발췌

문화 반사

인류가 억지력을 갖게 된 후 삼체 세계가 지구에 전송하는 과학기술 정보를 수신하고 소화하기 위해 UN과 동급의 국제기구인 세계 과학원이 설립되었다. 사람들은 삼체 세계가 얼마 안 되는 정보를 치약 짜듯 보내줄 것이고 그마저도 인간을 오도하기 위해 의도적으로 오류를 뒤섞어놓은 것이어서 지구의 과학자들이 수수께끼 풀듯 그 속에서 새로운 지식을 골라내야 할 것이라고 예상했다. 하지만 모두의 예상은 완전히 빗나갔다. 삼체인들은 짧은 기간 동안 엄청난 분량의 지식 정보를 체계적으로 전송했다. 수학, 물리학, 우주학, 분자생물학(삼체 세계의 생명을 기초로 한) 등 정보 분야도 광범위했다. 각 분야마다 온전한 학문 체계를 이룰 수 있을 만큼 방대한 정보에 지구의 과학계도 어디서부터 손대야 할지 모를 정도였다. 게다가 일방적으로 정보를 주기만 하는 것이 아니라 지구인들을 열심히 가르쳤다. 지구 세계 전체가 대학이 되었다고 해도 과언이 아니었다. 가속기 기술에 대한 지자의 통제가 사라지고 삼체 물리학의 핵심 내용이 속속 실험으로 증명되자, 인간은 비로소 삼체의 진실성을 믿기 시작했다. 심지어 삼체 세계는 세계 과학원의 지식 흡수 속도가 너무 느리다고 나무라기도 했다. 그들은 인류의 과학기술이 자신들과 동등해지길 간절히 바라는 것 같았다. 적어도 기초과학 분야에서는 확실히 그랬다.

이런 당혹스러운 현상에 대해 사람은 여러 가지 해석을 내놓았다. 그중 비교적 신빙성 있는 주장은 삼체 세계가 인류의 빠른 과학 발전 속도를 보고 인류를 통해 새로운 지식을 얻어내려 한다는 것이었다. 말하자면 지구라는 지식의 배터리를 완전히 충전시켜 더 강한 에너지를 얻으려 한다는 것이다.

하지만 삼체 세계의 설명은 달랐다. 그들은 이처럼 통 크게 지식을 전수하는 것은 지구 문명에 대한 경의의 표현이라고 했다. 삼체 세계도 지구 문명에서 많은 것을 배웠다는 것이다. 삼체 세계는 인류 문화 덕분에 새로운 눈을 뜨고 생명과 문명의 더 심오한 의미를 깨달았으며, 과거에는 몰랐던 자연과 인간 본성의 아름다움을 직접 체험했다. 인류의 문화가 삼체 세계에 널리 전파되고 흡수되면서 삼체 세계의 모습은 빠르게 변화했고, 반세기 동안 수차례 혁명을 거쳐 삼체 세계의 사회 구조와 정치 체계가 점점 지구와 비슷해졌다. 인간의 가치관이 머나먼 사회에서 인정받고 삼체인이 인류의 문화에 매료되었다.

처음에는 인류가 삼체인들의 설명을 반신반의했지만 그 후 더욱 믿기 어려운 문화 반사의 물결이 나타나 이 모든 것이 사실임을 증명했다.

위협의 세기로 들어선 뒤 10년쯤 지나자 삼체 세계에서 전송되는 정보 속에 인류의 문화와 예술 작품을 모방한 것이 점점 많아졌다. 영화, 소설, 시, 음악, 그림 등 분야가 다양했을 뿐 아니라, 모방 수준이 걸음마 단계를 뛰어넘어 처음부터 수준급의 작품을 창작해냈다. 학자들은 이런 현상을 문화 반사라고 불렀다. 우주에 인류 문명의 거울이 생긴 것처럼 문화를 반사해낸다는 뜻이다. 그 덕분에 인류는 지금까지 볼 수 없었던 각도에서 자신을 새롭게 인식할 수 있었다. 그 후 10년간 삼체 세계에서 반사된 문화가 인류 세계에서 차츰 유행하기 시작하더니 활력을 잃어가던 지구 본토의 문화를 대신해 문화의 주류로 떠올랐다. 삼체인의 작품이 대중에게 인기를 끌고 학자들 사이에서 새로운 문화 사상과 미학 이론을 찾는 원천이 되었다.

미리 말해주지 않으면 영화나 소설의 작가가 인간인지 삼체인인지 분간할 수 없는 정도였다. 삼체 세계의 작품에도 지구의 인류만 등장하고 자연환경도 지구와 비슷했으며 다른 세계의 흔적을 찾을 수 없었다. 이것은 삼체 세계가 인류 문화를 받아들였음을 보여주는 가장 확실한 증거였다. 하지만 삼체 세계 자체는 여전히 신비한 베일 속에 가려져 있었다. 그 세계에 관한 세부적인 정보는 지구에 전송되지 않았다. 삼체인은 자신들의 비루한 문화는 인류에게 보여줄 가치가 없다고 생각했다. 특히 삼체의 생물적 특징과 자연환경이 인류와 워낙 달라서 인간에게 보여주면 어렵게 쌓아놓은 교류 관계에 예상치 못한 걸림돌이 될 수 있다고 생각했다.

사람들은 위기가 잘 해결되어 한 줄기 햇빛이 암흑의 숲 깊숙한 구석을 비추고 있다며 안도했다.

청신이 퇴원하는 날, 지자가 그녀를 보고 싶어 한다고 AA가 말했다.

지금은 지자라는 단어가 삼체 세계에서 온, 강력하고 기이한 지능을 가진 초소형 입자가 아니라 여자의 이름이라는 것을 청신도 알고 있었다.*
이 여자는 인간의 최첨단 AI와 바이오닉스 기술로 제작되었지만 예전에 지자라고 불리던 초소형 입자에 의해 통제되고 있었다. 말하자면, 지자라는 여자는 삼체 세계가 보낸 지구 주재 대사였다. 그녀의 등장으로 과거 저차원 펼침을 한 지자를 통해 소통할 때보다 두 세계의 교류가 훨씬 자연스럽고 원활해졌다.

지자의 집은 도시 경계에 있는 커다란 나무에 있었다. 플라잉카를 타고 멀리서 바라보니 늦가을의 낙엽이 진 나무처럼 나뭇잎이 듬성듬성 매달려 있었다. 지자의 집은 맨 꼭대기 나뭇가지에 있었다. 나뭇가지에 잎사귀가 하나만 달려 있었는데 작지만 대나무로 된 우아한 집이 흰 구름 사이로 나타났다 사라졌다 했다. 구름 한 점 없이 맑게 갠 날이므로 그 집에서 나온 구름일 것이다.

청신과 AA가 긴 나뭇가지 끝까지 걸어갔다. 길 위에 매끄러운 돌이 깔려 있고 양옆은 푸른 풀밭이었다. 회전계단을 따라 내려가면 나뭇가지에

* 옮긴이 주 : 지자(智子)는 일본어로 '도모코'라는 여자 이름이다.

매달린 집으로 들어갈 수 있었다. 지자가 집 앞에서 두 사람을 맞이했다. 아담한 키에 날씬한 몸을 화려한 기모노로 둘러 사람이 꽃밭 가운데 들어가 있는 것처럼 보였다. 하지만 그녀의 얼굴이 가까워질수록 꽃들은 빛을 잃었다. 이렇게 완벽한 얼굴이 있다는 걸 믿을 수가 없었다. 하지만 그녀의 미모에 진정한 생기를 불어넣은 것은 그녀를 통제하고 있는 영혼이었다. 지자가 엷게 미소 짓자 연못에 미풍이 불어와 잔잔한 물결이 이는 듯했다. 연못 속으로 부서져 들어간 햇빛이 가볍게 일렁이며 반짝였다. 지자가 두 사람에게 천천히 허리를 굽혀 인사했다. '유(柔)'라는 글자가 그녀 전체를 이루고 있는 것 같았다. 외모도 내면도 모두 그랬다.

"와주셔서 영광이에요. 제가 찾아갔어야 하는데 차를 정식으로 대접해드리고 싶어서 오시라고 했어요. 이해해주세요. 만나서 반가워요."

지자가 또 한 번 허리 굽혀 인사했다. 그녀의 목소리도 몸매처럼 가늘고 부드러웠으며 겨우 귀에 들릴 정도로 작았지만 마치 마법처럼 그녀가 입을 열면 주위의 모든 소리가 그녀를 위해 멈추는 듯한 착각이 들었다.

지자가 두 사람을 정원으로 안내했다. 동그랗게 말아 올린 머리에 꽂은 하얀 꽃이 두 사람 앞에서 가늘게 흔들렸다. 그녀도 가끔 뒤를 돌아보며 미소를 지었다. 그 순간 청신은 자기 앞에 있는 것이 외계 침략자라는 사실과 4광년 밖에서 그녀를 조종하고 있는 것이 거대하고 막강한 세계의 존재라는 것을 잊고 있었다. 눈앞에 보이는 건 아름답고 유순한 여인이었다. 지자는 더할 나위 없이 여성스러웠다. 그녀의 여성미가 진한 물감 같아서 그녀를 호수에 던지면 호수 전체가 여성스러운 색으로 물들 것 같았다.

정원의 오솔길 양쪽에는 푸른 대나무가 자라고 대나무 숲 사이에 만들어진 엷은 구름이 사람 키의 절반쯤 되는 수풀 속에서 천천히 떠다녔다. 맑은 시내가 흐르는 작은 나무다리를 건넌 뒤 지자가 한쪽으로 물러나 허리를 굽히며 두 사람을 거실 안으로 안내했다. 넓고 채광이 좋은 거실이

오리엔탈풍으로 꾸며져 있었다. 사방의 벽을 투조 기법으로 조각해놓아 커다란 정자에 들어와 있는 것 같았다. 밖에는 하늘과 구름만 보였다. 구름은 모두 가까운 곳에서 생겨나 빠르게 떠다녔다. 벽에 그리 크지 않은 크기의 우키요에(浮世絵)*와 중국 풍경화가 그려진 부채가 걸려 있었고, 전체적으로 단조롭지만 우아했으며 허전하지도 과하지도 않게 잘 꾸며져 있었다.

지자가 두 사람을 폭신한 다다미 위에 앉게 한 뒤 자신도 우아한 자세로 앞에 앉아 단아한 기품이 흐르는 다기들을 천천히 꺼냈다.

AA가 청신의 귓가에 대고 나직이 말했다.

"느긋하게 기다리세요. 두 시간은 기다려야 마실 수 있을 거예요."

지자가 기모노 안에서 흰 손수건을 꺼내 이미 깨끗한 다기를 가볍게 문질렀다. 우선 길고 가는 자루가 달린 대나무 국자와 백자, 구리 종지를 차례로 닦은 다음 대나무 국자로 그릇에 담긴 물을 떠서 자기 주전자에 붓고 역시 정교하게 만들어진 구리 화로 위에 올렸다. 물이 끓자 작은 통에서 고운 말차를 꺼내 종지에 담고는 대나무로 된 차선으로 천천히 차를 휘저었다. 이 모든 절차가 아주 느릿느릿 진행되었으며 어떤 과정은 반복하기도 했다. 다기를 닦는 데만 20분 가까이 걸렸다. 지자에게는 이런 동작들이 기능적인 의미가 아니라 어떤 의식 같은 것이었다.

하지만 청신은 조금도 지루하지 않았다. 지자의 편안하면서도 나긋나긋한 동작에 최면이 걸린 듯 빠져들었다. 간간이 밖에서 선선한 바람이 불어오면 지자의 가는 팔이 스스로 움직이는 것이 아니라 미풍에 흔들리는 듯한 착각이 들었다. 그녀의 섬섬옥수에 들린 것도 다기가 아니라 그보다 훨씬 가볍고 부드러운 물건인 것 같았다. 실크나 구름 또는 시간처럼……

* 옮긴이 주: 일본의 풍속화.

그렇다. 그녀는 시간을 쓰다듬고 있었다. 시간이 그녀의 손안에서 누긋하게 매만져진 뒤 대나무 숲속에 걸린 엷은 안개처럼 천천히 흐르는 듯했다. 이것은 또 다른 시간이었다. 이 시간 속에서 피와 불의 역사가 사라지고, 복잡한 속세도 아득하게 먼 곳으로 물러났다. 남은 건 구름, 대나무 숲, 차 향뿐이었다. 이것이 바로 일본 다도에서 말하는 와케세자쿠(和敬淸寂)*의 세계였다.

얼마나 흘렀을까. 차가 알맞게 우려지자 다시 복잡한 의식을 거쳐 청신과 AA 앞에 찻잔이 놓였다. 청신이 연녹색 차를 한 모금 마시자 쌉싸름한 향기가 온몸으로 퍼지고 머릿속이 맑아지는 기분이 들었다.

"여자끼리 있으니 세상이 아름답긴 하지만 너무 약하기도 해요. 우리가 이 세상을 아끼고 보호해야겠어요."

지자가 나긋한 목소리로 천천히 말한 뒤 허리를 깊이 숙이더니 상기된 말투로 말했다.

"잘 부탁드립니다. 잘 부탁드립니다!"

청신은 그 말 속에 숨은 뜻과 차에 담긴 심오한 뜻을 이해할 수 있었다.

하지만 다음 날의 만남이 청신을 무거운 현실 앞으로 되돌려놓았다.

지자와 만난 다음 날 서기인 여섯 명이 청신을 찾아왔다. 2대 검잡이 후보들이었다. 마흔다섯부터 예순여덟까지 나이는 다르지만 모두 남자였다. 위협의 세기 초기에 비하면 동면에서 깨어난 서기인이 많지 않지만 여전히 특정한 사회계층을 이루고 있었다. 그들은 위기의 세기 후반에 동면에서 깨어난 사람들보다 현대 사회에 더 적응하기 힘들었다. 서기인 남자들은 여성화된 사회에 적응하기 위해 의식적으로든 무의식적으로든 자신

* 옮긴이 주: 남에게는 온화하게 대하고 다실과 다구는 조심스럽고 깨끗하게 다룬다는 뜻.

의 외모와 성격을 점점 여성화시켰다. 하지만 청신을 찾아온 남자들은 예외였다. 그들은 남성적인 외모와 성격을 고집스럽게 지키고 있었다. 청신이 예전에 그들을 봤다면 자연스럽게 대했겠지만 지금은 어쩐지 어색하게 느껴졌다.

이 남자들의 눈동자에는 빛이 없었다. 그들은 진정한 자아를 두꺼운 가면 속에 숨기고 있었다. 청신은 차가운 바위 여섯 개로 쌓은 성벽에 가로막힌 기분이었다. 성벽은 세월에 담금질된 거친 강인함과 함께 묵직한 한기를 내뿜으며, 뒤로는 살기를 감추고 있었다.

청신은 우선 그녀의 위험을 경찰에게 제보해준 후보에게 고맙다고 인사했다. 진심이었다. 어쨌든 그가 그녀의 목숨을 구했다. 얼굴에 냉엄한 기운이 흐르는 그는 비윈펑(畢雲峰)이라는 이름의 마흔여덟 살 남자였다. 그는 동면하기 전, 당시 세계 최대 입자가속기 설계자였다. 청신과 마찬가지로 그도 대형 프로젝트의 미래 연락원 임무를 맡고 미래로 보내졌다. 언젠가 지자의 통제에서 벗어난다면 가속기를 다시 가동할 수 있으리라는 기대를 한 몸에 안고 있었지만, 그 시대에 만들어진 모든 가속기는 위협의 세기 이전에 폐기되었다.

비윈펑이 말했다.

"내가 실수한 게 아니길 바랍니다."

농담으로 던진 말인 것 같았지만 청신도 나머지 다섯 명도 모두 농담으로 느끼지 않았다.

다른 남자가 단도직입적으로 말했다.

"당신이 검잡이 경선에 참가하지 않길 바랍니다."

차오빈(曹彬)이라는 서른네 살의 이 남자는 가장 젊은 후보였으며 위기가 시작될 때 딩이(丁儀)의 동료 물리학자였다. 지자가 가속 기술을 통제하고 있다는 사실이 공개된 후, 그는 이론물리학이 헛된 수학 게임으로 전락했음을 가슴 아파하며 지자의 통제에서 벗어난 미래로 가기 위해 동면을 선택했다.

청신이 물었다.

"제가 경선에 참가한다면 선발될 가능성이 있다고 생각하세요?"

지자를 만나고 돌아온 뒤 줄곧 그녀의 머릿속을 맴돌던 의문이었다. 그녀는 어젯밤 이 의문 때문에 한숨도 자지 못했다.

"참가한다면 틀림없이 선발될 겁니다."

이번엔 이반 안토노프가 답했다. 준수한 외모의 마흔네 살 남자로 후보 중 차오빈 다음으로 젊었지만 남다른 경력을 가지고 있었다. 과거 러시아의 최연소 해군 중장이었으며 발틱 함대 부사령관까지 올라갔지만 불치병에 걸려 동면을 선택했다.

청신이 웃으며 물었다.

"제가 위협적인가요?"

"전혀 위협적이지 않은 건 아니에요. 당신은 PIA에서 근무한 경력이 있으니까요. 지난 2세기 동안 PIA가 삼체 세계를 상대로 다양한 정탐 활동을 했어요. 최후의 전쟁이 발발하기 전 태양계 함대에 물방울이 공격할 수 있다는 경고를 보내기도 했죠. 아쉽게도 받아들여지지 않았지만. PIA는 전설적인 기구가 되었어요. 이 점이 바로 당신에게 가산점을 줄 겁니다. 또 당신은 유일하게 다른 세계를 가지고 있는 사람이기도 하죠. 그건 당신이 이 세계를 구할 수도 있다는 뜻이에요. 이 판단이 논리적인지와 무관하게 현재 사람들은 그렇게 생각하고 있어요."

"핵심은 내가 설명하지."

나이가 지긋한 대머리 남자가 안토노프의 말을 자르고 끼어들었다. A. J. 홉킨스였다. 아니, 이건 그가 밝힌 자신의 이름이었다. 그가 깨어났을 때 그의 신분 자료가 모두 분실되어 찾을 수 없었고, 그 자신 역시 어떤 정보도 밝히기를 거부했다. 심지어 원하는 대로 지어서 말해달라고 해도 거부하는 바람에 새로운 도시의 시민 자격을 얻기까지 우여곡절을 겪어야 했다. 하지만 그 신비한 신분이 후보자 경선에서 그에게 적잖은 장점이 되었다. 그는 안토노프와 함께 위협력이 가장 높은 후보였다.

"사람들이 생각하는 이상적인 검잡이는 이런 모습이지. 삼체 세계를 두렵게 하면서도 인류에게는, 그러니까 여자들과 가짜 여자들에게는 두려운 존재가 아니어야 해. 그런 사람이 있을 턱이 있나? 그러니까 일차적으로 자기들한테 무섭지 않은 사람한테 끌릴 거야. 자넨 여자고 또 그들 눈에 예쁜 여자잖아. 그 게이 같은 놈들은 우리 때 어린애들보다도 더 순진해. 겉모습밖엔 못 보지…… 지금 저들은 일이 잘 해결된 줄 알지. 우주 평화가 곧 실현될 거라고 믿고 있어. 그러니 위협은 뒷전으로 밀려나고 검잡이는 안전한 사람을 최고로 쳐."

청신이 물었다.

"우주 평화가 실현되지 않을 거란 말씀인가요?"

홉킨스의 경박한 말투가 그녀에게 반감을 일으켰다.

여섯 남자 모두 대꾸하지 않고 그녀 모르게 시선을 교환했다. 그들의 눈빛이 더 음침해졌다. 남자들에게 에워싸인 청신은 컴컴하고 축축한 우물 바닥에 떨어진 듯한 기분이 들어 속으로 몸서리를 쳤다.

나이가 제일 많아 보이는 남자가 말했다.

"아가씬 검잡이에 어울리지 않아. 정치 경험도 없고 너무 어려. 상황 판단력도 부족하고 검잡이에게 필요한 심리적 요건도 갖추지 못했지. 내세울 건 착하고 책임감이 강하다는 것뿐이잖아."

예순여덟 살의 그는 한국 외교부 차관 출신으로 여섯 후보 중 동면에 들어갈 때 직위가 제일 높았던 사람이다.

아까부터 조용히 있던 남자도 거들었다. 그는 전직 베테랑 변호사였다.

"검잡이 생활에 대해 진지하게 생각해본 적 없죠? 그게 얼마나 큰 희생인지 당신은 모를 겁니다."

마지막 한마디가 청신의 입을 막았다. 그녀는 검잡이 뤄지가 위협의 세기에 어떤 일을 겪었는지 조금 전에 알았다.

후보들이 돌아간 뒤 AA가 청신에게 물었다.

"검잡이 생활은 삶이라고 할 수 없어요. 지옥도 그렇게 끔찍하진 않을 거예요. 저 서기인 남자들은 왜 검잡이가 되려는 걸까요?"

"자신의 손가락 하나로 전 인류와 또 다른 세계의 운명을 결정할 수 있잖아. 우리 시대 남자들에게는 매력 있는 일이지. 일생 최대 목표가 될 수도 있고, 그러다가 집착이 도를 넘어 미쳐버릴 수도 있어."

"설마 선생님도 검잡이가 되고 싶은 건 아니겠죠?"

청신은 대답하지 않았다. 그렇게 단순한 문제가 아니었다.

AA가 말했다.

"그 남자요. 그렇게 음침하고 광적인 변태가 있을 줄 몰랐어요."

웨이드를 두고 하는 말이었다.

"그보다 위험한 사람도 많아."

웨이드는 자신의 잔인함을 굳이 숨기지 않았다. 서기인들의 깊은 속내와 복잡한 인격은 AA나 다른 현대인들이 상상하기 어려운 것이었다. 그녀를 찾아왔던 여섯 남자의 차가운 가면 뒤에 도대체 무엇이 숨겨져 있을까? 그들 중에 예원제나 장베이하이(章北海)가 없다고 누가 장담할 수 있을까? 더 무서운 건 예원제나 장베이하이가 한 명이 아닐 수도 있다는 사실이었다.

이 세계는 청신의 약한 면을 고스란히 드러내 보였다. 그녀는 가시덤불 속에 날아 들어간 영롱한 비누 거품처럼 어딘가에 조금만 닿아도 한순간에 파멸될 것이다.

일주일 뒤 청신은 UN 본부에서 열리는 DX3906 항성계 행성 인도식에 참여했다.

인도식이 끝난 뒤 PDC 의장이 UN과 태양계 함대를 대표해 그녀가 검잡이 경선에 나가주기를 바란다고 정식으로 제안했다. 기존의 후보 여섯 명은 불확실성이 다분하기 때문에 그중 누가 선발되든 사람들의 불안을 불식시키지 못해 혼란이 벌어질 것이고 그 후 어떤 일이 일어날지 예상하기 어렵다는 것이 의장의 설명이었다. 또 한 가지 위험 요인은 여섯 후보 모두 삼체 세계에 대한 강한 불신과 공격 성향을 가지고 있다는 점이었다. 그들 중 2대 검잡이가 나온다면 지구 세계와 함대 세계의 급진파와 손잡고 강경책을 내놓은 다음 암흑의 숲 위협을 이용해 삼체 세계에 더 많은 것을 요구할 가능성이 컸다. 그렇게 된다면 두 세계가 쌓아온 평화와 과학 및 문화 교류 관계가 갑자기 깨질 것이고 엄청난 후폭풍이 닥칠지 모른다. 하지만 청신이 검잡이가 된다면 이런 일을 막을 수 있을 것이다.

동굴 시대가 끝난 뒤 UN 본부가 예전 건물로 돌아왔다. 청신은 그곳이 전혀 낯설지 않았다. 건물의 외관이 3세기 전과 거의 차이가 없고, 본부 앞 광장의 조각도 그대로였으며 풀밭도 예전처럼 관리되고 있었다. 그곳에 서자 270년 전의 혼란스러웠던 저녁이 생각났다. 면벽 프로젝트가 발표되고 뤄지가 총격을 당한 후 흔들리는 서치라이트 불빛 속에서 겁에 질린 사람들이 뛰어다녔다. 헬리콥터가 일으킨 기류에 그녀의 긴 머리카락이 나부끼고 구급차가 붉은빛을 번쩍이며 요란한 소리와 함께 멀어졌다. 모든 게 바로 어제 일처럼 느껴졌다. 웨이드가 뉴욕의 야경을 등지고 눈동자에 싸늘한 빛을 띄우며 그녀의 일생을 바꾼 말을 했었다.

"뇌만 보냅시다."

그 한마디가 없었다면 지금 이 모든 상황은 그녀와 무관할 것이다. 그녀는 그저 2세기 전에 이미 죽은 평범한 사람일 것이고, 그녀의 모든 것은 시간의 강에 휩쓸려 흔적 없이 사라져버렸을 것이다. 운이 아주 좋다면 그녀의 10대 자손이 2대 검잡이의 탄생을 손꼽아 기다리고 있을 수도 있다.

하지만 지금 그녀는 살아 숨 쉬며 광장을 메운 인파 앞에 서 있었다. 그녀의 모습이 담긴 홀로그램 영상이 사람들 사이에서 채색 구름처럼 떠다녔다. 아기를 안은 젊은 여자가 다가와 생후 몇 달 된 아기를 그녀에게 건넸다. 아기가 그녀를 향해 달콤한 미소를 지었다. 청신은 작고 따뜻한 아기를 품에 안고 보드라운 얼굴에 자기 얼굴을 가만히 가져다 댔다. 마음이 녹아내리듯 편안해졌다. 세상 전체를 안고 있는 것 같았다. 그 순간 이 새로운 세계가 품 안의 아기처럼 사랑스럽고 연약하게 느껴졌다.

"봐요! 성모마리아예요! 진짜 성모마리아예요!"

아기 엄마가 사람들을 향해 외치고는 눈물이 가득 차오른 눈으로 그녀를 우러러보며 두 손을 가슴 앞에 모았다.

"아름답고 선하신 성모님, 이 세상을 지켜주세요. 야만적이고 피를 좋아하는 남자가 이 아름다운 세상을 파괴하도록 내버려두지 마세요."

사람들의 환호성에 품에 있던 아기가 울음을 터뜨리자 청신이 서둘러 아기를 꼭 안았다. 그녀가 줄곧 품고 있던 의문이 다시 귓가에 맴돌았다.

'내게 다른 선택이 있을까?'

이 질문에 마침내 해답을 얻었다. 다른 선택은 없었다. 이유는 세 가지였다.

첫째, 구세주로 추앙받는 것과 단두대로 끌려가는 것은 한 가지 공통점이 있다. 그(그녀)에게 선택의 여지가 없다는 것이다. 예전에 뤄지가 그랬고 지금은 청신이 그렇다.

둘째, 아기 엄마의 말과 품에 있는 따뜻하고 보드라운 아기가 청신에게 한 가지 사실을 일깨워주었다. 그녀가 이 새로운 세계에 대해 품고 있는 감정이 모성이라는 것을 분명히 알았다. 그녀가 서기 시대에 경험해보지 못한 그 감정이 잠재의식 속에서 깨어나며 새로운 세계 사람들이 마치 품안의 아기처럼 느껴졌다. 그들이 상처받는 걸 볼 수 없었다. 예전에는 이것을 책임감으로 오해했지만 모성과 책임감은 다르다. 모성은 본능이므로 벗어날 수 없다.

셋째, 또 하나의 사실이 결코 넘을 수 없는 벽처럼 그녀 앞에 우뚝 서 있었다. 앞의 두 가지 이유가 성립되지 않더라도 이 벽은 흔들림 없이 그녀 앞에 있었다. 바로 윈톈밍이다.

지옥이든 심연이든 윈톈밍이 먼저 들어갔다. 그녀를 위해 기꺼이 들어간 그가 있기에 그녀는 물러서지 못하고 이 복수를 받아들여야 했다.

청신은 엄마의 사랑을 듬뿍 받으며 유년기를 보냈다. 하지만 모정뿐이었다. 아빠는 어디에 있느냐고 엄마에게 물어본 적도 있었다. 그녀의 엄마는 다른 엄마들과 달리 그 질문에 차분하게 반응했다. 처음에는 평온한 말투로 모른다고 대답했다가 조금 뒤 가볍게 한숨 지으며 "알 수 있다면 얼마나 좋겠니?"라고 중얼거렸다. 내가 어디에서 왔느냐고 물었을 때 엄마는 주워왔다고 했다. 다른 엄마들의 거짓말과 달리 엄마의 말은 사실이었다. 청신은 정말로 주워 온 아이였다. 엄마는 결혼한 적이 없었다. 어느 날 저녁, 남자 친구와 데이트하다가 생후 석 달 된 청신이 강보에 싸여 공원 벤치 위에 버려져 있는 것을 보았다. 강보 안에 젖병 하나와 1000위안 그리고 아이의 생일이 적힌 종이쪽지가 들어 있었다. 처음에는 아기를 파출소에 데려다주려고 했다. 그러면 아기는 보육원으로 보내져 고아로 살게 될 것이다. 엄마는 엄마 예행연습을 하고 싶었던 것인지 아니면 다른 이유 때문인지, 아기를 좀 더 데리고 있다가 다음 날 아침에 파출소에 데려다주기로 했다. 그런데 해가 떠오르자 아기를 보낼 수가 없었다. 이 작은 생명이 세상을 떠돌아다닐 것을 생각하면 가슴이 욱신거렸다. 결국 그녀는 청신의 엄마가 되기로 결심했다. 반대하는 남자 친구와도 헤어졌다. 그 후

10년 동안 엄마는 네댓 번의 연애를 했지만 모두 아이 문제 때문에 헤어졌다. 청신은 엄마가 만났던 모든 남자 친구들이 엄마가 자신을 기르는 걸 강하게 반대하진 않았다는 걸 나중에야 알았다. 결혼도 하지 않은 엄마가 버려진 아이를 키우는 걸 남자 친구가 조금이라도 이해하지 못하거나 짜증을 내면 엄마는 망설임 없이 이별을 선택했다. 청신에게 작은 상처도 주고 싶지 않았기 때문이다.

청신은 어릴 적에는 자기 집이 남들과 다르다는 걸 몰랐다. 가족은 모두 그런 건 줄 알았다. 엄마와 딸의 작은 세계는 사랑과 행복으로 가득 차 있었다. 심지어 그녀는 엄마와 자신 사이에 아빠가 생긴다면 거추장스럽지 않을까 생각하기도 했다. 하지만 자라면서 조금씩 부정의 결핍을 느끼기 시작했다. 처음에는 아빠가 없다는 게 그다지 아쉽지 않았지만 시간이 지날수록 점점 더 강렬해졌다. 바로 그때 엄마가 그녀에게 아빠를 만들어주었다. 사랑도 많고 책임감도 강한, 좋은 남자였다. 그가 엄마를 사랑하게 된 건 청신에 대한 엄마의 모정 때문이었다. 그때부터 청신의 하늘에 태양이 하나 더 생겼다. 청신은 이 작은 세계가 완전하다고 생각했고 여기서 한 명 더 늘어나는 건 불필요하다고 생각했다. 그래서 엄마와 아빠는 아이를 낳지 않았다.

청신은 대학에 입학하면서 처음으로 부모님 곁을 떠난 뒤 고삐 풀린 망아지처럼 점점 더 멀리 떠나갔다. 그리고 결국 그녀는 공간적으로 떠난 것도 모자라 시간적으로도 부모님을 떠나기로 했다. 먼 미래로.

영원히 작별을 고하던 그날 밤을 아직도 잊을 수가 없었다. 부모님에게 내일 오겠다고 말했지만 다시 돌아올 수 없다는 걸 그녀는 알고 있었다. 헤어짐의 순간을 감당할 수 없어서 아무 말도 하지 않고 떠났지만 부모님은 이상한 예감이 들었던 것 같다.

엄마가 그녀의 손을 덥석 잡고 말했다.

"우리 셋은 사랑으로 지금까지 왔단다……."

그날 밤 청신은 부모님 집 밖에서 날이 밝을 때까지 서 있었다. 밤바람
이 불고 별이 반짝일 때마다 엄마의 마지막 말이 귓가에 맴돌았다.

3세기 뒤 그녀는 마침내 사랑을 위해 뭔가를 할 수 있는 기회가 생겼다.

청신이 아기 엄마에게 말했다.

"검잡이 경선에 참가하겠어요."

위협의 세기 62년, 오르트 구름 밖, 그래비티호

　그래비티호가 블루스페이스호를 반세기 동안 추격한 끝에 차이를 좁히고 목표물에 거의 도달했다. 블루스페이스호와의 거리가 3천문단위밖에 되지 않았다. 두 전함이 비행한 1.5광년의 머나먼 여정에 비하면 지척이라 할 만한 거리였다.

　그래비티호는 10년 전 오르트 구름을 지났다. 태양에서 1광년 떨어지고 혜성이 출몰하는 이 춥고 적막한 공간이 인류가 생각하는 태양계의 마지막 경계였다. 그래비티호와 블루스페이스호는 이 경계를 넘은 최초의 인류 우주선이었다. 당시에는 구름을 관통하고 있다는 걸 전혀 느낄 수 없었다. 가끔씩 꼬리 없는 차가운 혜성이 가까운 거리에서 스쳐 갔지만 수만, 수십만 킬로미터 떨어져 있었기 때문에 육안으로는 보이지 않았다.

　오르트 구름을 벗어난 뒤 그래비티호가 진정한 의미의 외우주로 들어갔다. 이때 태양은 선미 쪽의 평범한 별이 되어 있었다. 다른 별과 다를 바 없는 작은 별이 되어 존재감이 사라지고 아득한 허공 속의 환각처럼 보였다. 어느 방향으로 가도 끝없는 심연이 펼쳐졌다. 유일하게 감각기관으로 실체를 확인할 수 있는 것은 그래비티호와 편대비행을 하고 있는 물방울이었다. 전함 양쪽으로 각각 5킬로미터 떨어진 곳에서 항해하는 물방울 두 개를 육안으로 볼 수 있었다. 그래비티호에 탄 사람들은 망원경으로 선창을 통해 물방울을 보곤 했다. 이 끝이 보이지 않는 허공에서 유일하게 위안이 되는 존재였다. 사실 물방울을 보는 것은 자신을 보는 것과 같았다. 물방울의 거울 같은 표면에 그래비티호가 선명하게 비쳐 보였다. 약간 변형된 모습이었지만 물방울 표면이 완벽하게 매끄러워 또렷하게 반사되었다. 고배율로 확대시키면 전함 선창 안에서 물방울을 관찰하는 사람들까지 똑똑히 볼 수 있을 것 같았다.

하지만 그래비티호에 탑승한 100여 명의 군인 대부분은 외로움을 느끼지 않았다. 그들은 지난 50년 중 거의 대부분을 동면 상태로 보냈다. 전함의 일상적인 항해에 필요한 당직 인력은 5~10명밖에 되지 않았다. 교대로 당직을 섰기 때문에 깨어 있던 시간을 다 합치면 3~5년밖에 되지 않았다.

전체 추격 과정은 그래비티호와 블루스페이스호 사이의 복잡한 가속 게임이었다. 우선 블루스페이스호는 무한정 가속할 수 없었다. 가속할 때 연료 소모량이 많았다. 설령 추격을 벗어난다 해도 연료를 다 써버린다는 건 끝없는 우주에서는 자살과도 같았다. 그래비티호도 전 출력으로 가속할 수 없었다. 블루스페이스호보다는 많은 연료를 비축했지만 귀환해야 하므로 특별한 상황이 아니면 연료 사용 계획을 지켜야 했다. 그들은 태양계에서 나가기 위한 가속기, 귀환 전의 감속기, 태양계로 귀환하기 위한 가속기, 지구에 도착하기 전의 감속기 이렇게 4단계로 나누어 동일한 양의 연료를 사용했다. 따라서 추격을 위해 가속할 때도 전체 연료의 4분의 1밖에 사용할 수 없었다. 다행히 그래비티호는 예전 항해 기록과 지자가 제공한 정보를 통해 블루스페이스호의 연료 비축량을 정확히 계산할 수 있었지만 블루스페이스호는 그래비티호의 연료 상황에 대해 전혀 알지 못했다. 말하자면 이 게임에서 그래비티호는 블루스페이스호가 쥔 패를 볼 수 있었지만 블루스페이스호는 그래비티호가 쥔 패를 볼 수 없었다. 그래비티호는 최고 가능 속도보다는 훨씬 느리지만 블루스페이스호보다는 빠른 속도로 항해했다. 추격이 시작된 지 25년이 되었을 때 블루스페이스호의 연료 비축량이 마지노선에 다다라 가속을 중단했다.

그래비티호는 추격하는 동안 계속 블루스페이스호에게 신호를 보냈다. 설령 그들이 지구의 추격 함대를 따돌리더라도 물방울이 그들을 따라잡아 궤멸시켜버릴 것이므로 도주는 무의미하다고 경고하는 한편, 즉각 지구로 귀환해 공정한 심판을 받을 것을 명령했다. 경고와 명령이 효과를 발휘했다면 추격 시간을 크게 단축할 수 있었겠지만 블루스페이스호는 아무런 대응도 하지 않았다.

1년 전, 그래비티호와 블루스페이스호의 거리가 30천문단위까지 축소되었을 때 어느 정도 예상했던 일이 발생했다. 그래비티호와 물방울 두 개가 지자의 사각지대로 진입하자 지구와의 실시간 통신이 중단되고 전자파와 중성미자를 이용한 통신만 가능해졌다. 그래비티호에서 발사한 정보가 지구에 닿으려면 1년 3개월이 걸리고 그에 대한 답변을 받을 때도 똑같은 시간을 기다려야 한다는 뜻이었다.

《시간 밖의 과거》 발췌

암흑의 숲의 또 다른 간접적 증거—지자의 사각지대

위기의 세기 초기에 삼체 세계는 지자 시스템을 이용해 지구를 정탐하는 한편,

은하계의 다른 방향으로 광속에 가까운 지자를 발사했다. 처음에 여섯 개를 발사했지만 얼마 못 가서 지자들이 모두 사각지대로 들어가버렸다. 제일 멀리까지 항해한 지자도 7광년밖에 비행하지 못했다. 그 후에 발사된 지자들도 마찬가지였다. 가장 가까운 사각지대는 그래비티호를 따라 비행한 지자가 만난 것으로 지구와의 거리가 1.3광년밖에 되지 않았다.

지자 사이의 양자 얽힘*은 일회성이기 때문에 한번 끊기면 회복되지 않는다. 그러므로 사각지대로 들어간 지자들은 영원히 우주 속으로 사라진다.

지자가 어떤 방해를 만났는지 삼체 세계는 전혀 알 수 없었다. 이런 방해가 자연적인 것일 수도 있고 '인'위적인 것일 수도 있지만 삼체와 지구의 과학자들은 후자에 더 무게를 두었다.

은하계로 날아간 지자가 사각지대로 들어가기 전까지 찾아낸 것은 서로 인접해 있으며 행성을 가진 두 개의 항성계뿐이었다. 두 곳 모두 생명과 문명이 없었지만 삼체와 지구의 과학자들은 그렇기 때문에 지자가 가까이 다가갈 수 있었던 것이라고 분석했다.

위협의 세기 후기에도 지구와 삼체 두 세계는 우주에 드리운 신비의 베일을 벗겨내지 못했다. 하지만 지자의 사각지대가 존재한다는 사실은 우주가 암흑의 숲 상태임을 증명하는 간접적인 증거였다. 암흑의 숲 상태가 유지되려면 우주가 투명해져서는 안 된다.

지자가 사각지대로 들어갔다고 해서 그래비티호의 임무에 치명적인 타격이 있는 것은 아니지만 임무가 꽤 복잡해진 것은 사실이었다. 지금까지는 블루스페이스호에 잠입한 지자를 통해 목표물의 내부 상황을 훤히 알 수 있었지만, 지자의 정보를 받을 수 없으므로 블루스페이스호는 검게 가려진 상자와도 같았다. 또 물방울이

---

* 옮긴이 주: 두 입자가 서로 멀리 떨어져 있어도 마치 끈으로 연결된 듯한 입자의 상태가 확정되는 즉시 다른 입자의 상태도 변하는 현상.

삼체 세계로부터 실시간 통제를 받지 못하고 물방울 내부에 설치된 AI의 통제를 받았기 때문에 예상하지 못했던 뜻밖의 상황이 발생할 위험성이 있었다.

이런 상황을 알고 있는 그래비티호 함장은 임무 수행 기간을 단축하는 게 낫다고 판단하고 그래비티호를 가속시켜 목표물을 추격하기로 했다.

그래비티호가 빠르게 추격하자 블루스페이스호가 처음으로 그들에게 연락해 자신들의 제안을 내놓았다. 주요 용의자를 포함해 전함 탑승 인원 중 3분의 2를 우주왕복선에 태워 그래비티호로 보내고 나머지 3분의 1은 계속 블루스페이스호에 탑승한 채 먼 우주에 있는 목표를 향해 항해하겠다는 것이다. 그렇게 하면 인류는 선발 부대와 인류의 씨앗을 먼 우주로 보낸 셈이고 새로운 세계를 탐색할 기회도 남겨둘 수 있었다.

그래비티호는 이 제안을 단호하게 거절했다. 블루스페이스호의 모든 탑승자가 살인 용의자이므로 반드시 전원이 재판을 받아야 하고, 인류 사회가 이미 그들을 인류로 인정하지 않으므로 그들이 인류를 대표해 우주를 탐색하게 될 가능성은 전혀 없다는 것이었다.

블루스페이스호는 도주와 저항 모두 무의미하다는 것을 그제야 깨달았다. 추격자가 태양계의 전함뿐이라면 배수진을 쳐볼 수도 있겠지만, 그들과 함께 온 물방울의 존재 때문에 양쪽의 실력 차이가 현격하게 벌어졌다. 블루스페이스호는 물방울에게 얇은 종이 과녁에 불과했으므로 도망칠 수 있는 가능성은 없었다. 양쪽이 15천문단위 떨어졌을 때 마침내 블루스페이스호가 그래비티호에 투항하고 도주를 포기했다. 블루스페이스호가 전 출력으로 감속하자 두 전함 사이의 거리가 빠르게 줄어들고 기나긴 추격이 머지않아 막을 내릴 예정이었다.

그래비티호 전체가 동면에서 깨어나 전투 상태로 돌입했다. 반세기 동안 조용했던 전함에 다시 생기가 돌기 시작했다.

동면에서 깨어난 사람들은 추격 목표가 눈앞에 와 있다는 사실 외에 지구와의 실시간 통신이 끊어진 현실도 함께 마주해야 했다. 후자는 정신적으로 그들과 블루스페이스호 사이의 거리를 가깝게 좁혀주지 못했다. 반대로 잠시 부모 손을 놓친 아이가 부모 없이 야생 들판에 사는 아이를 만난 공포와 불안이 그들을 엄습했다. 모두들 하루빨리 블루스페이스호를 법에 따라 처리한 뒤 지구로 돌아가기만을 바랐다. 두 전함이 똑같이 광막한 외우주에서 같은 방향을 향해 비슷한 속도로 항해하고 있었지만 정신적으로는 완전히 다른 항해를 하고 있었다. 그래비티호에는 정신적으로 의지할 수 있는 것이 있지만 블루스페이스호는 의지할 것 없이 표류하고 있었다.

승선원 전체가 동면에서 깨어난 지 98시간 되었을 때 그래비티호에 탑승한 정신과 의사 웨스트에게 첫 번째 상담자가 찾아왔다. 웨스트는 자신을 찾아온 상담자가 데번 중령이라는 사실에 놀랐다. 그가 가지고 있는 의료 기록에서 데번 중령은 전체 탑승자 중 심리적 안정도가 가장 높은 사람이었다. 데번은 그래비티호가 목표물을 체포한 후 블루스페이스호의 무장을 해제시키고 용의자들을 체포하는 임무를 맡은 헌병 지휘관이었다. 그래비티호가 출발할 때 지구상의 남자들은 인류 역사상 마지막으로 남은 남성적인 남자들이었고, 데번은 그중에서도 가장 남성적이었다. 강인해 보이는 외모 때문에 종종 서기인으로 오해받기도 했다. 그는 또 사형제도를 부활시켜 어둠의 전쟁을 일으킨 전범들을 엄격하게 처리해야 한다고 주장하는 강경론자였다.

"선생님은 모든 상담 내용에 대해 비밀을 지켜준다고 들었습니다. 나도 내 생각이 우습다는 걸 알고 있어요."

조심스럽게 말을 꺼내는 데번에게서 평소의 패기를 찾아볼 수 없었다.

"중령님, 정신의학에서는 그 어떤 생각도 정상적이에요. 우스운 생각이라는 건 없어요."

"어제 행성 간 시간 436950에 4호 회의실에서 나와 17호 복도를 따라 선실로 돌아가다가 정보센터 앞에서 어떤 사람을 만났습니다. 중위였어요. 아니, 더 정확하게는 우주군 중위의 군복을 입고 있었습니다. 당직 근무자 외에는 모두 자고 있을 시간이었지만 거기서 누군가를 마주친 게 이상하진 않았어요. 다만……."

중령이 고개를 저으며 꿈을 회상하듯 눈동자가 흔들리기 시작했다.

"뭐가 이상했나요?"

"그와 마주쳤는데 경례를 하길래 무심코 쳐다보았죠……."

중령이 다시 말을 멈추자 웨스트가 계속 말하라는 뜻으로 고개를 끄덕였다.

"그 사람은 블루스페이스호의 해병대 지휘관인 박의군 소령이었습니다."

웨스트가 놀란 기색 없이 평온한 말투로 물었다.

"블루스페이스호라고요?"

데번이 물음에 대답하지 않고 하던 말을 이어갔다.

"아시다시피 지자가 보내온 실시간 이미지를 통해 블루스페이스호 내부를 감시하는 게 내 임무입니다. 그래서 나는 블루스페이스호의 모든 탑승자를 잘 알고 있어요. 물론 박의군도 알고 있습니다. 북한 사람이에요."

"닮은 사람일 거예요."

"이 전함 탑승자들도 잘 알지만 그런 사람은 없습니다. 그리고…… 그가 경례를 하고 무표정하게 내 옆을 지나갔는데 몇 초쯤 멍했다가 고개를 돌려보니 복도에 아무도 없었어요."

"중령님, 동면에서 언제 깨어나셨죠?"

"3년 전입니다. 목표물의 내부 상황을 감시하기 위해서죠. 그 전에도 전체 탑승자 중에서 깨어 있던 기간이 제일 긴 사람이 나입니다."

"지자의 사각지대로 들어갔었던 것도 아시겠군요."

"물론 알고 있습니다."

"지자의 사각지대에 들어가기 전까지 오랫동안 목표물 내부의 실시간 이미지를 보셨잖아요. 그래비티호가 아니라 블루스페이스호에 타고 있는 듯한 착각이 들지 않으셨나요?"

"그래요. 자주 그런 기분이 들었어요."

"그러다가 갑자기 이미지 전송이 중단됐죠. 게다가 피로가 쌓였고요……. 그뿐이에요. 절 믿으세요. 아주 정상적인 현상이니까 걱정 마시고 충분히 휴식을 취하세요. 이제 일할 사람도 많으니 긴장 푸세요."

"난 최후의 전쟁에서 살아남은 생존자입니다. 폭발이 일어났을 때 이 책상만 한 구명선에 몸을 구겨 넣고 해왕성 궤도에서 한 달 동안 떠다니다가 죽기 직전에 구조됐어요. 하지만 그때도 정신적인 문제는 없었습니다. 환각 같은 것도 없었고……. 틀림없이 봤어요."

데번이 몸을 일으켜 밖으로 나가다가 문 앞에서 몸을 돌렸다.

"어디서든 그 개자식을 또 만나면 내 손으로 죽여버릴 겁니다."

3호 생활 구역에서 작은 사고가 발생했다. 배양액 파이프가 터진 것이다. 탄소섬유로 만든 튼튼한 파이프이기 때문에 압력을 견디지 못하고 파열될 가능성은 매우 낮았다. 수리 기술자 이반이 흙도 없이 열대우림처럼 빽빽이 자라고 있는 식물 사이로 비집고 들어갔다. 몇 사람이 이미 파이프의 구멍을 막고 흘러나온 노란 배양액을 닦고 있었다. 파이프의 터진 구멍을 보자마자 이반이 귀신을 본 듯 그 자리에서 얼어붙었다.

"이…… 이건 미소 유성체*에 맞아 뚫린 자국이야!"

그의 말에 옆에 있던 사람이 웃음을 터뜨렸다. 신중하고 노련한 기술자

---

* 옮긴이 주 : 소행성과 혜성에서 떨어져 나와 우주를 떠다니는 작은 암석 입자.

인 이반의 입에서 이런 말이 나왔다는 사실이 더 우스웠다. 생활 구역은 전함의 중간 부분에 위치한 데다 3호 생활 구역과 가장 가까운 선체 외벽은 수십 미터나 떨어져 있었다.

"10년 넘게 전함 수리 작업을 했어. 이런 일은 눈 감고도 알 수 있다고! 이거 봐! 외부 충격에 생긴 파열이야. 가장자리가 고온에 녹았잖아. 전형적인 미소 유성체 충돌 흔적이야!"

이반이 파이프 파열 부위에 얼굴을 바짝 대고 맞은편 파이프 내벽을 자세히 살펴본 뒤 엔지니어에게 파이프 내벽을 동그랗게 잘라내 현미경으로 확대해달라고 했다. 1000배 확대한 이미지가 전송되었을 때 모두들 충격에 할 말을 잃었다. 몇 미크론 크기의 검은색 입자들이 파이프 내벽에 박힌 채 반짝이고 있었다. 호의적이지 않은 눈동자 몇 개가 그들을 주시하고 있는 것처럼. 물론 그들은 그게 무엇인지 알고 있었다. 직경 100미크론의 미소 유성체가 파이프 벽에 부딪쳐 산산조각 나며 그 파편이 맞은편 파이프 내벽에 박힌 것이다.

모두들 약속이나 한 듯 고개를 들어 파이프가 파열된 곳의 위쪽을 올려다보았다.

천장은 아무 흔적도 없이 깨끗했다. 사실 이 선실 천장에서 바깥 우주로 나가려면 수십 겹의 선실 벽을 지나가야 했다. 정확하게는 각기 다른 두께의 선실 벽을 100개 넘게 거쳐야 했다. 그중 어느 하나라도 그런 충격을 받았다면 최고 수준의 경보가 울렸을 것이다.

하지만 이 미소 유성체는 우주에서 날아온 것 같았다. 파열된 흔적으로 볼 때 미소 유성체와 파이프의 상대속도가 초속 30킬로미터는 될 것 같았다. 전함 내에서 이렇게 빠른 속도로 가속하는 것은 불가능하고 이 생활 구역 안에서는 더더욱 불가능했다.

"귀신이 곡할 노릇이군."

아이크라는 이름의 중위가 작게 뇌까리며 자리를 떴다. 그의 말에는 다른 뜻이 들어 있었다. 10여 시간 전 그는 이보다 더 말도 안 되는 공포를 경험했다.

아이크가 자기 선실의 침대에 누워 막 잠에 빠져들려고 할 때, 갑자기 맞은편 선실 벽에 지름 1미터 크기의 둥근 구멍이 뚫렸다. 벽에 걸린 하와이 풍경의 그림 일부가 사라졌다. 원래 전함 내부의 선실 벽은 변형이 가능해서 어떤 위치에서든 자동으로 선실 문이 나타날 수 있지만 이렇게 둥근 구멍이 뚫리는 경우는 없었다. 게다가 중간급 장교 숙소의 선실 벽은 모두 변형되지 않는 금속 벽이었다. 자세히 보니 구멍의 가장자리가 거울처럼 매끄러웠다. 괴상한 사건이지만 아이크가 간절히 바라던 일이기도 했다. 바로 옆이 베라 중위의 선실이었기 때문이다.

베라는 AI 시스템의 유지 보수를 책임지는 엔지니어였다. 아이크는 이 러시아 미녀를 흠모했지만 베라는 그에게 관심이 없었다. 이틀 전 근무를 마치고 베라와 함께 선실로 돌아오는 길에 아이크는 베라의 선실에서 좀 더 얘기를 나누고 싶었다. 하지만 베라는 언제나 그랬듯 문을 막고 선 채 그의 얘기를 들어주었다.

아이크가 말했다.

"잠깐 앉았다가 갈게. 이웃인데 네 방에 한 발짝도 들어가보지 못했어. 남자의 자존심을 생각해줄 순 없겠어?"

베라가 아이크에게 눈을 흘겼다.

"이 전함에서 자존심 있는 남자들은 모두 우울하던걸? 여자 방에 들어가려는 남자는 못 봤어."

"우울할 게 뭐가 있어? 우리가 그 살인자들을 추격하기 시작한 뒤로 세상에 모든 위협이 사라졌어. 곧 행복한 세상이 올 거야."

"그들은 살인자가 아니야! 그들이 위기에 처하지 않았더라면 블루스페이스호는 지금 인류의 종족 보존을 위한 유일한 희망일 거야. 그런데 우린 지금 인류의 적과 손잡고 그들을 추격하고 있어. 이 상황이 치욕적이지도 않아?"

아이크가 말했다.

"오, 그런 생각을 갖고 있으면서 어떻게……."

"어떻게 이 항해에 참여했느냐고? 정신과 군의관과 함장한테 날 고발해. 그러면 즉시 강제 동면됐다가 지구로 귀환한 뒤에 군대에서 쫓겨나겠지. 내가 바라는 바야!"

베라가 아이크의 코앞에서 문을 쾅 닫고 들어갔다.

지금 아이크는 벽에 뚫린 구멍을 통해 베라의 선실로 들어갈 수 있었다. 그는 무중력벨트를 풀고 침대에서 일어나 앉았지만 갑자기 멈추었다. 둥근 구멍의 아랫부분에 있는 캐비닛의 3분의 1이 사라져 있었다. 잘린 단면도 구멍의 가장자리와 마찬가지로 거울처럼 매끄러웠다. 보이지 않는 날카로운 칼로 도려낸 것 같았다. 캐비닛뿐 아니라 안에 들어 있는 물건들도 똑같이 잘려 있었다. 차곡차곡 넣어놓은 옷들이 가지런히 잘려 있고 역시 단면이 반짝였다. 캐비닛의 잘린 모양이 구멍의 가장자리와 정확하게 맞물려 구형을 이루고 있었다. 아이크는 침대 매트리스를 손으로 짚어 몸을 살짝 띄운 뒤 구멍 너머 선실로 시선을 옮겼다. 그 순간 그는 정신이 나갈 만큼 놀랐다. 자신이 악몽을 꾸고 있다고 확신했다. 구멍 너머로 선실 벽에 붙어 있는 베라의 싱글 침대가 일부 사라지고 침대에 누워 있는 베라의 종아리도 침대와 함께 사라져 있었다! 침대와 다리의 단면도 역시 거울처럼 매끄러웠다. 다리의 단면은 수은을 발라놓은 듯 깨끗했지만 잘린 근육과 뼈를 또렷하게 볼 수 있었다. 하지만 베라의 다른 부위는 아무 일도 없는 것처럼 멀쩡했고 심지어 그녀는 침대에 누워 깊이 잠들어 있었다. 풍만한 가슴이 그녀의 고른 숨소리를 따라 얕게 들썩였다. 평소였다면 그녀의 잠든 모습에 매료되었겠지만 지금은 초자연적인 공포만이 아이크를 뒤덮었다. 정신을 가다듬고 자세히 살펴보니 침대와 다리의 잘린 모양도 둥근 구멍의 가장자리와 완전히 일치했다.

마치 벽에 지름 1미터의 거품이 박혀 모든 것이 사라져버린 것 같았다.

아이크는 침대 머리맡에 있는 바이올린 활을 집어 들고 가늘게 떨리는 활을 그 무형의 공간을 향해 뻗었다. 역시 거품 속으로 들어간 활 끝이 사라졌지만 활 털은 팽팽하게 당겨진 그대로였다. 활을 빼자 사라졌던 부분이 아무렇지 않게 돌아왔다. 그래도 그는 자신이 그 구멍 속으로 뛰어들지 않았다는 사실에 가슴을 쓸어내렸다. 거품 속으로 뛰어들었다가 멀쩡하게 거품의 반대쪽으로 빠져나올 거라고 누가 장담할 수 있을까?

아이크는 애써 가슴을 진정시켰다. 이런 초자연적인 현상을 일으킬 만한 가능성들에 대해 생각하다가 가장 현명한 결정을 내렸다. 수면 모자를 쓰고 침대에 눕는 것이다. 무중력벨트를 허리에 단단히 묶은 뒤 수면모자를 쓰고 수면 시간을 30분으로 맞추었다.

정확하게 30분 뒤 잠에서 깼지만 둥근 구멍은 그대로였다.

다시 수면 시간을 한 시간으로 맞춘 뒤 자고 일어나 보니 구멍이 사라지고 선실 벽이 아무 일도 없었다는 듯 되돌아와 있었다. 풍경화가 온전하게 벽에 걸려 있고 모든 것이 원래대로였다.

그래도 베라가 걱정되어 밖으로 뛰쳐나갔다. 베라의 선실 문 앞에서 벨을 누를 겨를도 없이 미친 듯이 문을 두드렸다. 다리가 잘린 그녀가 침대에 누워 있던 끔찍한 장면이 머릿속을 가득 채웠다. 한참 만에 문이 열리고 베라가 잠이 덜 깬 얼굴로 문 앞에 서서 무슨 일이냐고 물었다.

"걱정돼서 왔어. 너…… 괜찮아?"

아이크가 시선을 내려 그녀의 다리를 살폈다. 베라의 잠옷 아래로 가늘고 긴 다리가 상처 하나 없이 바닥을 딛고 있었다.

"미쳤어!"

베라의 날카로운 외침과 함께 문이 쾅 닫혔다.

아이크는 선실로 돌아와 다시 수면 모자를 썼다. 이번에는 수면 시간을 여덟 시간으로 설정했다. 그날 겪은 일에 대처하는 가장 현명한 선택은 수많은 의문과 충격을 가슴속에 욱여넣고 혼자 삭이는 것이었다. 그래비티호의 특수성 때문에 승선원들, 특히 군인들의 심리 상태에 대한 감시가 엄격했다. 심리 감시 임무를 맡은 부대가 따로 있었으며, 군인 100명마다 10명씩 정신과 군의관이 배치되었다. 전함이 출발할 때 여기가 행성급 우주선인지 정신과 병동인지 모르겠다고 비아냥거린 사람도 있었다. 게다가 정신과 의사 웨스트는 가장 짜증 나는 인물이었다. 아주 사소한 일까지 사사건건 심리적 장애나 정신질환으로 귀결시켰다. 변기가 막혀도 심리학 이론으로 분석하려 들 기세였다. 승선원들에게 엄격한 기준을 적용시켜 아주 경미한 정신질환에도 가차 없이 동면시켰다. 동면은 아이크에게 두려운 일이었다. 자칫하면 두 전함이 도킹하는 역사적인 순간을 놓칠 수 있었다. 그렇게 된다면 반세기 후 지구로 돌아갔을 때 미래의 여자 친구들 앞에서 영웅이 될 수 없을 것이다.

하지만 지금은 웨스트와 정신과 군의관들에 대한 혐오감이 조금 줄어들었다. 그들이 아무것도 아닌 일에 호들갑을 떤다고 생각했지만, 사람이 정말로 이토록 사실적인 환각을 볼 수 있다는 걸 이제야 깨달았기 때문이다.

아이크의 환각에 비하면 류샤오밍(劉曉明) 중사가 본 초자연적인 현상은 가히 장관이라고 부를 만했다.

류샤오밍 중사가 소형 비행정을 타고 전함 밖에서 순찰 근무를 하고 있을 때였다. 전함에서 일정한 거리를 두고 비행하며 전함의 외부 표면에 운석 충돌 자국이 있는지 등을 살펴보는 일상적인 점검을 하고 있었다. 사실 이런 점검은 예전 방식이었다. 그래비티호는 선체 표면에 작은 이상이라도 생길 경우 실시간으로 감지할 수 있는 고성능의 센서 감측 시스템이 설치되어 있기 때문에 외부 순찰은 필수적인 것이 아니었고 아주 가끔씩만 시행했다. 또 이런 점검은 전함이 균일한 속도로 항해할 때만 시행할 수 있고 가속 구간에서는 시행하기가 어려웠다. 최근 블루스페이스호와 가까워지면서 전함이 가속과 감속을 빈번하게 반복하다가 오랜만에 가속을 멈추고 균일한 속도로 항해하고 있었다. 이 기회에 외부 점검을 실시하라는 명령을 받고 류샤오밍이 전함 밖으로 나온 것이었다.

류샤오밍을 태운 비행정이 그래비티호의 중간 부분에서 미끄러지듯 빠져나와 선체 전체를 한눈에 볼 수 있는 거리까지 날아갔다. 거대한 선체가 은하수 별빛을 듬뿍 받으며 빛나고 있었다. 동면 항해 때와 달리 모든 선창과 바깥쪽 복도에서 불빛이 새어 나와 선체 표면이 눈부시게 반짝이고 전함 전체가 더욱 웅장하게 보였다.

하지만 류샤오밍은 보고도 믿기지 않는 광경을 발견했다. 반듯한 원기둥 형태인 그래비티호의 꼬리 부분이 비스듬하게 변하고 선체의 길이가 5분의 1쯤 줄어들었던 것이다. 선체의 꼬리 부분을 보이지 않는 칼로 잘라낸 것 같았다!

몇 초 동안 눈을 감았다가 떴지만 눈앞에 있는 건 역시 꼬리가 잘린 그래비티호였다! 선득한 냉기가 등 뒤를 훅 덮쳤다. 두려움은 눈앞의 기이한 광경 때문이기도 했지만, 이 거대한 행성급 우주선이 유기적인 시스템이라는 이유가 더 컸다. 선체의 꼬리 부분이 사라지면 에너지순환 시스템이 완전히 파괴되어 전함의 대폭발이 일어나게 된다. 그런데 지금 전함은 아무 일 없이 항해하고 있었다. 절대 정지 상태로 우주에 매달린 것처럼 평온해 보였다. 이어폰에도 눈앞의 스크린에도 아주 작은 이상 경보조차 없었다.

류샤오밍이 통화 스위치를 켜고 상부에 보고하려다가 손을 우뚝 멈추더니 스위치를 껐다. 최후의 전쟁에 참전했던 늙은 우주인의 말이 별안간 뇌리를 스쳤다.

"우주에서의 직감은 믿을 수 없어. 직감에 의지해 행동할 수밖에 없다면 우선 1부터 100까지 세게. 그럴 시간이 없으면 최소한 10까지라도 센 뒤에 행동해."

그가 눈을 감고 숫자를 세기 시작했다. 10까지 센 뒤 눈을 번쩍 떴다. 그래비티호의 꼬리는 여전히 잘린 그대로였다. 다시 눈을 감고 숫자를 셌다. 호흡이 빨라졌지만 훈련받았던 것을 떠올리며 냉정을 되찾으려고 노력했다. 30까지 센 뒤 눈을 뜨자 온전한 원기둥의 전함이 눈앞에 떠 있었다. 류샤오밍은 눈을 감고 크게 한숨 쉬며 미친 듯이 요동치는 가슴을 애써 진정시키고 전함의 꼬리 쪽으로 다가갔다. 비행정의 방향을 틀어 원기둥 끝에 도착하자 핵융합 엔진의 거대한 노즐 세 개가 보였다. 엔진은 멈춰 있었고 최저 출력으로 가동되고 있는 핵융합로의 붉은빛이 노즐에서 희미하게 새어 나오고 있었다. 그는 지구의 노을을 떠올렸다.

중사는 조금 전 상황을 상부에 보고하지 않은 것을 다행스럽게 생각했다. 보고했더라면 심리치료를 받아야 했을 것이고, 하급 사관인 그는 정신 질환을 이유로 강제로 동면될 가능성이 컸다. 아이크와 마찬가지로 류샤오밍도 폐물인 상태로 지구로 돌아가고 싶지는 않았다.

웨스트가 관이판(關一帆)을 찾아갔다. 관이판은 항해에 따라온 우주학자로 선미에 있는 우주학 관측 스테이션에서 근무하고 있었다. 중부 생활 구역에 그의 선실이 있지만 그곳에는 거의 가지 않고 주로 관측 스테이션에서 생활했다. 밥을 먹을 때도 서빙 로봇에게 식사를 가져오라고 시키는 바람에 사람들은 그를 '선미의 은둔자'라고 불렀다.

관측 스테이션은 작고 좁은 구형 선실이었다. 그 좁은 공간에서 일과 생활을 모두 해결하는 관이판은 머리와 수염은 덥수룩하게 자라 있었지만 젊어 보였다. 웨스트가 찾아갔을 때 관이판은 구형 선실의 한가운데에서 불안정하게 떠다니고 있었다. 이마가 땀으로 푹 젖고 눈빛은 긴장되어 보였으며 숨이 가쁜 듯 활짝 젖혀진 옷깃을 손으로 연방 잡아당겼다.

"일이 바빠서 시간을 낼 수 없다고 전화로 말씀드렸잖아요."

그의 말투에 의사의 방문이 성가신 듯한 기색이 역력했다.

"전화 통화만으로도 정신질환이 있다는 걸 알 수 있었어요. 그래서 왔어요."

"난 군인이 아니에요. 전함이나 승선원의 안전을 위협하는 일이 아니라면 아무도 날 간섭할 수 없어요."

"맞아요. 규정상 누구의 간섭도 받지 않는다는 걸 알아요. 친해지고 싶어서 왔어요. 폐소공포증이 있는 사람이 이런 곳에서 정상적으로 일할 순 없죠."

웨스트가 돌아가려는데 관이판이 그를 불렀다. 웨스트가 못 들은 척 고개도 돌리지 않자 예상대로 관이판이 따라와 그를 붙잡았다.

"어떻게 알았어요? 당신 말대로 나한테…… 폐소공포증이 있어요. 밀폐됐다고 느끼는 순간 좁은 파이프 속에 처박힌 것처럼 답답해요. 가끔은 아주 커다란 두 철판 사이에 납작하게 짓눌려 있는 것 같기도 하고……."

"안 그렇다면 이상하죠. 당신이 지내는 곳을 봐요."

웨스트가 관측 스테이션 내부를 가리켰다. 그곳은 마치 종횡으로 복잡하게 교차된 파이프와 케이블 사이에 낀 작은 달걀 같았다.

"당신의 연구 대상은 아주 크지만 당신이 지내는 곳은 아주 작아요. 여기서 얼마 동안 있었는지 생각해봐요. 마지막으로 동면에서 깨어난 뒤에 벌써 4년 동안 동면하지 않았죠?"

"그래비티호의 임무가 우주 탐색이 아니라 법 집행이라는 건 불만이 없어요. 급하게 출발하면서 이 정도 관측 스테이션을 만든 것만 해도 훌륭해요. 핵심은 내 폐소공포증이 이곳과 무관하다는 거예요."

"1호 광장에 가서 산책이나 합시다. 도움이 될 거예요."

웨스트는 길게 말하지 않고 앞장서서 선수 쪽으로 향했다. 가속 상태였다면 선미에서 선수까지 1000미터 넘는 깊이의 우물을 기어오르는 것 같았겠지만 균일한 속도로 항해하고 있는 무중력상태였기 때문에 공중에 둥둥 떠서 쉽게 옮겨갈 수 있었다. 원주형 선체의 맨 앞에 위치한 1호 광장은 반구형 투명 덮개로 덮여 있었다. 광장에 서면 덮개의 존재를 잊고 우주 한가운데 선 듯한 기분이 들었다. 구형 선실에서 보는 우주의 홀로그램 영상과 비교하면 외우주 항해의 '탈물질 효과'를 더 분명히 체험할 수 있었다.

'탈물질 효과'란 우주 심리학의 한 개념이다. 사람이 지구 세계에 있을 때는 물질의 실체로 둘러싸여 있기 때문에 잠재의식 속 세계의 이미지가 물질과 실체로 이루어져 있다. 하지만 태양계에서 멀리 떨어진 외우주에서는 별은 멀리서 흐릿하게 반짝이는 점이고 은하계도 그저 희미한 빛을 내는 엷은 안개에 지나지 않는다. 그 때문에 감각기관으로든 심리적으로든 세계가 질량과 실체감을 상실하고 시간이 모든 것을 지배하게 된다. 우주인의 잠재의식 속 세계가 물질적인 세계에서 공허한 세계로 바뀌게 되는데 이런 멘털모델이 바로 우주 심리학의 기본 좌표다. 인간의 심리 속에서 전함이 우주의 유일한 물질적 실체가 되고 아광속*에서는 전함의 운동을 느끼지 못한다. 따라서 우주는 끝없이 넓은 전시장으로 변하고 별들은

* 옮긴이 주: 빛의 속도에 근접한 속도.

환각으로 변하며 전함이 우주의 유일한 전시품이 된다. 이런 멘털모델은 거대한 고독감을 수반하게 되며, 잠재의식 속에서 '전시품'의 슈퍼 관찰자에 대한 환상이 생기고 더 나아가 자신을 완전히 들켜버렸다는 불안감과 수동성이 나타나기 쉽다.

외우주를 항해할 때 나타나는 부정적인 심리 현상은 대부분 외부 환경의 초개방성을 바탕으로 한다. 이런 환경에서 관이판에게 폐소공포증이 나타났다는 것은 베테랑 정신과 의사인 웨스트에게도 매우 드문 일이었다. 그런데 방금 더 이상한 일을 발견했다. 관이판이 광장에 들어가 탁 트인 우주 한가운데 서 있는데도 심리적 안정을 찾지 못했다는 사실이다. 막힌 공간으로 인해 생긴 그의 불안과 초조가 조금도 줄어들지 않은 듯했다. 자신의 폐소공포증이 좁은 관측 스테이션과 무관하다는 그의 말이 증명된 셈이었다. 그럴수록 웨스트는 관이판에 대한 관심이 더 커졌다.

웨스트가 물었다.

"기분이 좋아졌나요?"

"아뇨, 전혀. 아직도 밀폐되어 있어요. 여기, 이 모든 게 다 밀폐되어 있어요."

관이판이 하늘을 눈으로 휙 훑은 뒤 그래비티호의 전방으로 시선을 옮겼다. 그가 블루스페이스호를 보고 싶어 한다는 걸 웨스트는 알고 있었다. 현재 두 전함 간의 거리가 10만 킬로미터밖에 되지 않고 속도는 거의 비슷했으며 양쪽 모두 가속을 중단하고 평균 속도로 항해 중이었다. 외우주의 기준에서 보자면 두 전함이 편대비행을 하고 있었고 도킹의 세부 사항에 대한 마지막 협상이 진행 중이었다. 하지만 아직 육안으로는 상대를 볼 수 없는 거리였다. 물방울도 보이지 않았다. 반세기 전 그래비티호가 출발했을 때 삼체 세계와 체결한 협의에 따라 물방울 두 개 모두 전함에서 30만 킬로미터 떨어진 위치에 있었고, 이 세 개의 점이 길고 좁은 이등변삼각형을 이루었다.

관이판이 우주에서 시선을 거두어 웨스트에게로 옮겼다.

"어제 꿈을 꿨어요. 아주 넓은 곳이었죠. 당신은 상상도 못 할 만큼. 꿈에서 깨고 나니 현실은 여전히 좁았어요. 폐쇄돼 있다는 사실이 미치도록 두려웠어요. 태어나면서부터 작은 상자에 갇혀 살았다면 괜찮겠지만 자유롭게 놓아줬다가 다시 집어넣으면 얘기가 달라지죠."

"꿈에서 본 곳에 대해 말해봐요."

관이판이 의미를 알 수 없는 미소를 지었다.

"전함에 탄 과학자들, 심지어 블루스페이스호에 탄 과학자들에게도 말할 수 있지만 당신에겐 말할 수 없어요. 당신에겐 선입견이 없지만 의사들의 공통적인 특징은 싫어해요. 의사들은 누구든 일단 정신병이 있다고 판단하고 나면 그가 하는 모든 말을 병적인 환각으로 단정해버리죠."

"방금 꿈을 꾸었다고 했잖아요."

관이판이 고개를 저으며 뭔가 회상하려는 듯했다.

"그게 꿈인지 생시인지 몰라요. 그때 내가 깨어 있었는지 자고 있었는지도 모르겠고. 이따금 꿈에서 깼다고 생각했는데 아직 꿈일 때도 있고, 처음부터 깨어 있었는데 꿈을 꾼 것 같을 때가 있잖아요."

"흔한 증상은 아니에요. 정신질환이 있다고 판단할 수 있어요. 참, 이런 말을 좋아하지 않겠군요."

"아뇨. 생각해보면 우린 비슷한 점이 있어요. 우린 둘 다 관찰 대상이 있어요. 당신은 정신병자를 관찰하고 나는 우주를 관찰하고. 내게도 당신처럼 관찰 대상이 정상적인지 판단하는 기준이 있어요. 수학적인 의미에서의 조화와 아름다움이죠."

"당신의 관찰 대상은 정상적인 것 같군요."

"틀렸어요, 의사 양반."

관이판이 시선을 웨스트에게 고정시킨 채 손가락으로 눈부신 은하를 가리켰다. 그가 갑자기 나타난 거대한 괴물을 보여주듯 말했다.

"내 관찰 대상은 전신마비 환자예요!"

"왜죠?"

관이판이 무릎을 당겨 안으며 몸을 둥글게 말았다. 그가 무중력상태에서 천천히 돌기 시작했다. 우주의 중심이 되어 자신을 둘러싼 은하계가 운행하는 것을 보는 것 같았다.

"광속 때문이에요. 우리가 알고 있는 우주의 지름은 160억 광년이고 지금도 계속 팽창하고 있어요. 광속은 초속 30만 킬로미터밖에 안 되죠. 느려터졌어요. 우주의 한쪽 끝에 있는 빛이 영원히 다른 쪽 끝에 도달할 수 없다는 뜻이에요. 광속보다 더 빠른 건 없으니까 이쪽의 정보와 작용력도 우주의 다른 쪽 끝까지 전달될 수 없죠. 영원히. 우주를 사람에 비유한다면 뇌에서 나온 신경신호가 온몸으로 전달되지 못해요. 그의 뇌는 팔다리의 존재를 모르고 팔다리는 뇌의 존재를 모르죠. 또 몸의 각 부위도 다른 부위의 존재를 몰라요. 이게 전신마비 환자가 아니고 뭐겠어요? 이것보다 더 끔찍한 비유도 할 수 있어요. 우주는 계속 팽창하고 있는 시체예요."*

"재미있군요, 관 박사. 아주 흥미로워요."

"초속 30만 킬로미터의 광속 외에 또 다른 '3'의 증상이 있어요."

"뭐죠?"

---

* 광속의 한계 때문에 우주의 높은 균일성을 해석하는 것은 불가능하다. 즉, 우주의 모든 방향에서 은하의 밀도가 동일하고 마이크로파 배경의 온도가 동일하다. 빅뱅 이후 우주가 서서히 팽창했다면 우주의 각 부분이 상호작용을 통해 균형을 유지하는 것이 불가능하기 때문에 급팽창 이론이 출현했다. 급팽창 이론이란 우주가 아주 짧은 시간 내에 작은 직경에서 현재의 크기로 팽창했다는 것이다.

"3차원이죠. 끈 이론*에서 시간을 계산에 넣지 않으면 우주는 10차원이에요. 하지만 그중 세 개 차원만이 거시 세계에서 우리 세계를 형성하고 나머지는 모두 미시 세계에 말려 있어요."

"끈 이론이 그에 대한 해석이 되겠군요."

"두 개의 끈이 만나 어떤 것을 서로 상쇄시켜야만 거시 세계로 차원을 펼칠 수 있고, 3차원 이상의 차원은 그렇게 만날 기회가 없다고 말하는 사람도 있어요……. 이건 너무 억지예요. 수학적으로 아름답지 않아요. 앞에서 말한 광속과 이걸 합쳐서 우주의 3과 30만 증후군이라고 부를 수 있겠군요."

"그 병의 원인이 뭐죠?"

관이판이 웨스트의 어깨를 잡고 큰 소리로 웃었다.

"위대한 질문이에요! 솔직히 말해서 아직 그렇게 멀리까지 생각한 사람은 없어요. 나도 병의 원인이 있다고 믿어요. 그건 과학이 밝혀내야 할 가장 무서운 진실이겠죠. 하지만…… 내가 뭐라도 된다고 생각해요? 난 그저 전함 꼬리에 웅크리고 있는 관찰자 나부랭이일 뿐이에요. 전함이 출발할 때는 애송이 보조 연구원이었고요."

그가 웨스트의 어깨에서 손을 내리고 시선을 은하로 옮기며 긴 한숨을 내뱉었다.

"난 이 전함에서 동면 시간이 제일 긴 사람이에요. 출발할 때 스물여섯이었는데 아직 서른한 살밖에 안 됐죠. 하지만 내 앞의 우주는 더 이상 아름다움의 원천이나 신앙의 대상이 아니에요. 팽창하는 시체로 변했어요……. 나도 늙었나 봐요. 더 이상 별에 매력을 느낄 수 없어요. 집에 가

---

* 옮긴이 주: 우주가 시간 1차원, 공간 10차원의 11차원 세계이며, 만물의 최소 단위가 극소의 진동하는 끈이라는 이론.

고 싶은 생각뿐."

관이판과 달리 웨스트는 깨어 있는 시간이 길었다. 그는 타인의 심리적 안정을 유지시키기 위해서는 자신이 먼저 감정 통제력을 가져야 한다고 생각했다. 그런데 지금 그는 뭔가에 세게 얻어맞은 기분이었다. 처음으로 감정을 억누르지 않고 지난 반세기의 긴 항해를 돌이켜보니 저절로 눈가가 축축해졌다.

"친구, 나도 늙었어요."

그의 말에 대답하기라도 하듯 전투 경보가 요란하게 울리기 시작했다. 하늘 전체가 비명을 지르듯 왱왱거렸다. 채색 먹구름이 차례로 은하를 덮듯 대형 경보 화면이 광장 위 공중에 층층이 나타났다.

놀라서 어리둥절해하는 관이판을 향해 웨스트가 외쳤다.

"물방울 공격이에요! 물방울이 급가속을 하고 있어요. 하나는 블루스페이스호, 또 하나는 우리를 향하고 있어요!"

관이판이 사방을 둘러보았다. 전함의 갑작스러운 가속에 대비해 본능적으로 뭔가 잡으려고 했지만 아무것도 없자 웨스트를 붙잡았다.

웨스트가 그의 손을 잡았다.

"전함이 급하게 가속하지는 않을 거예요. 그럴 시간이 없어요. 시간이 10여 초밖에 없어요."

짧은 혼란이 지나간 뒤 두 사람 모두 기이한 안도감을 느꼈다. 공포에 떨 시간도 없을 만큼 급작스럽게 찾아온 죽음이 다행스러웠다. 조금 전 우주에 관한 대화는 죽음에 대한 가장 좋은 준비였을 것이다. 두 사람 모두 똑같은 한마디를 떠올렸다.

관이판이 먼저 말했다.

"우리 둘 다 관찰 대상들을 걱정할 필요가 없을 것 같군요."

위협의 세기 62년 11월 28일 16시~16시 17분, 위협통제센터

고속엘리베이터가 아래로 내려갔다. 점점 두꺼워지는 머리 위 지층이 청신의 가슴을 무겁게 짓눌렀다.

반년 전 UN과 태양계 함대 연합회의에서 청신이 제2대 중력파 위협 시스템 통제인, 즉 검잡이로 당선되었다. 그녀는 2위 후보보다 두 배 가까이 많은 표를 얻었다. 그녀가 향하는 곳은 위협통제센터였다. 그곳에서 위협 통제권 인수식이 열릴 예정이었다.

지하 45킬로미터에 있는 위협통제센터는 인류가 가장 깊은 곳에 지은 건축물로 지각을 뚫고 내려가 모호로비치치불연속면* 아래 맨틀 속에 위치해 있었다. 압력과 온도가 지각보다 훨씬 높고 지층의 주요 성분은 단단한 감람암이었다.

엘리베이터가 20분 가까이 내려간 뒤 멈추었다. 엘리베이터에서 내리

* 옮긴이 주: 지각과 맨틀의 경계가 되는 불연속면.

자 검은 철문이 그녀를 맞이했다. 암흑의 숲 위협통제센터의 정식 명칭인 '중력파 우주 전송 시스템 0호 통제 스테이션'이라는 흰 글씨와 함께 UN 과 태양계 함대의 휘장이 새겨져 있었다.

이 지하 건축물은 매우 복잡했다. 직접 대기와 통하지 않고 독립적이고 폐쇄적인 공기순환 시스템이 설치되어 있었다. 45킬로미터 깊이로 인한 고기압이 인체에 부담을 줄 수 있기 때문이다. 섭씨 500도 가까운 맨틀의 고온을 식히기 위한 강력 냉각 시스템도 설치되어 있었다. 하지만 청신의 눈에는 텅 빈 공간만 보였다. 로비의 하얀 벽은 디스플레이 기능이 있는 것 같지만 흰색 외에는 아무것도 보이지 않았다. 지은 지 얼마 안 되어 아직 정식으로 사용하지 않은 것처럼 휑뎅그렁했다. 반세기 전 통제센터를 설계하며 뤄지에게 의견을 구했을 때 그의 요구는 딱 하나였다.

무덤처럼 단순해야 한다는 것이다.

45킬로미터 위 지상에서 열린 위협 통제권 인수식은 성대하고 웅장했다. 지구 세계와 함대의 고위급 수뇌들이 모두 참석했다. 청신은 그들이 인류 전체를 대표해 지켜보고 있는 가운데 엘리베이터에 탔다. 마지막 인수 과정은 PDC 의장과 함대 참모총장만 참석한 가운데 진행될 예정이었다. 그들은 위협 시스템을 직접 관리하고 운영하는 두 기구의 대표였다.

PDC 의장이 텅 빈 로비를 가리키며 청신에게 말했다.

"청신 씨가 원하는 대로 새로 꾸밀 겁니다. 풀밭과 분수를 만들 수도 있고 나무도 심을 수 있어요. 원한다면 홀로그램 영상으로 지상의 광경을 똑같이 보여줄 수도 있고요."

참모총장이 말했다.

"청신 씨는 그 사람처럼 생활하지 않길 바랍니다. 진심으로."

군복을 입어서인지 그에게서 과거 시대의 남자 같은 분위기가 느껴졌다. 말투는 따뜻했지만 그녀의 가슴을 짓누르고 있는 무거운 기분을 몰아낼 수는 없었다. 말로 표현할 수 없는 무거움이 머리 위 지층처럼 45킬로미터 두께로 켜켜이 그녀를 덮었다.

《시간 밖의 과거》 발췌

검잡이의 선택—생존과 멸망의 10분

암흑의 숲 위협을 가능하게 한 첫 번째 시스템은 태양을 둘러싸고 있는 3000여 개의 원자폭탄이다. 이 원자폭탄들은 기름막 물질에 싸여 있으며 원자폭탄 폭발로 생성되는 먼지가 태양을 가려 깜빡이게 함으로써 우주에 삼체 세계의 좌표 정보를 전송하게 된다. 이 시스템은 거대하지만 몹시 불안정하다. 따라서 물방울이 태양의 전자기복사에 대한 봉쇄를 해제한 직후 태양을 향해 고출력 전파를 발사하는 시스템을 작동시켜 원자폭탄 사슬 위협 시스템과 상호보완 역할을 하도록 했다.

이 두 시스템은 가시광선을 포함한 전자파를 매개로 정보를 전송했다. 이것이 행성 간 통신의 가장 원시적인 수단인 '우주 봉화'다. 하지만 우주에서 빠르게 사라지고 왜곡되기 때문에 전송 범위가 제한적이다.

위협을 통한 억지력을 갖게 되었을 당시, 인류는 중력파와 중성미자를 수신하는 기술은 초보 단계였지만 발사하고 조절하는 기술은 갖추지 못한 상태였다. 인류가 삼체 세계에 전수해줄 것을 요구한 첫 번째가 바로 이 분야의 기술이었다. 이를 통해 지구 세계는 중성미자와 중력파 통신 기술을 갖게 되었다. 이 두 가지 기술이 양자 통신보다 뒤처진 기술이고 중력파와 중성미자 전송 속도가 광속 이하로 제한되어 있기는 하지만 전자파 통신에 비하면 한 단계 발전한 것이었다.

이 두 가지 전송 수단 모두 감쇠성(減衰性)이 매우 낮기 때문에 멀리까지 전송할 수 있다. 특히 중성미자는 다른 물질과의 사이에 거의 아무런 작용도 발생하지 않기 때문에 이론적으로는 중성미자를 이용한다면 이미 알려진 우주 끝까지 정보를 전달할 수 있다. 약간의 감쇠와 변형이 일어나기는 하지만 정보를 수신하는 데는 아무런 영향이 없다. 다만 중성미자는 일정한 방향으로만 발사할 수 있는 반면, 중력파는 우주의 모든 방향으로 방송하듯 광범위하게 전송할 수 있기 때문에 중력파가 암흑의 숲 위협의 주요 수단이 되었다.

중력파를 발사하는 기본 원리는 질량 밀도가 높은 긴 줄의 진동을 이용하는 것이다. 가장 이상적인 발사 안테나는 블랙홀이다. 작은 블랙홀을 길게 연결시켜 진동을 통해 중력파를 발사할 수 있다. 하지만 삼체 문명조차 이런 기술은 불가능했기 때문에 차선을 선택할 수밖에 없었다. 바로 축퇴* 물질을 사용해 진동 줄을 만드는 것이다. 이런 초고밀도 줄은 직경이 몇 나노미터밖에 되지 않아 안테나 전체 면적에서 아주 작은 비중을 차지한다. 안테나의 넓은 면적은 대부분 이런 초고밀도 재료를 지탱하고 감싸는 용도이기 때문에 안테나가 그리 무겁지는 않다.

진동 줄을 구성하는 축퇴 물질은 원래 백색왜성과 중성자별 안에 존재하는 것으로 일반적인 환경에서는 감쇠되어 보통 원소로 변한다. 현재 인류가 만들 수 있는 진동 줄의 반감기는 약 50년으로 반감기가 되면 안테나가 기능을 완전히 상실한다. 따라서 중력파 안테나의 수명은 50년이며 수명이 끝나면 교체해야 한다.

중력파 위협 제1단계의 주요 전략은 확실한 위협을 위해 각 대륙에 중력파 발사대 100대를 설치하는 것이다. 하지만 중력파 통신에도 단점이 있다. 발사 장치를 소형화할 수 없다는 점이다. 중력파 안테나의 거대한 크기, 복잡한 구조, 높은 건설 비용 때문에 결국 발사대를 23대밖에 설치하지 못했다. 하지만 '완벽한 위협'이 불가능하다는 사실을 사람들에게 인식시킨 건 다른 사건이었다.

* 고밀도의 물질 상태. 파울리의 배타 원리로 인해 두 개의 다른 전자가 동시에 원자 안의 같은 장소에 있을 수 없기 때문에 면적이 줄어들면 전자가 높은 에너지 준위에 있게 되고, 이로써 커다란 축퇴압이 생성된다. 축퇴 물질에는 전자 축퇴, 중성자 축퇴 등이 포함된다.

위협 체계가 구축된 후 ETO는 서서히 자취를 감추었지만 그와 상반된 극단적인 조직들이 등장했다. 인류 중심론을 신봉하며 삼체 세계를 완전히 멸망시켜야 한다고 주장하는 세력이었다. 그중 규모가 가장 큰 것이 '지구의 아들'이었다. 위협의 세기 6년, 지구의 아들이 남극대륙에 설치된 중력파 발사대를 습격한 사건이 발생했다. 발사기를 탈취해 위협 통제권을 손에 넣으려는 의도였다. 소형 초저주파 핵폭탄이 장착된 첨단 무기로 무장한 지구의 아들 조직원 300명이 내부에 잠입한 조직원의 협조로 쉽게 발사대를 점거했다. 수비대가 즉각적으로 발사대 안테나를 폭파시키지 않았더라면 어떤 일이 벌어졌을지 상상하기조차 힘들다.

지구의 아들 사건이 두 세계를 충격에 빠뜨렸다. 사람들은 중력파 발사기가 얼마나 위험한 물건인지 알았고, 삼체 세계도 중력파 기술의 전파를 엄격하게 통제하는 한편 이미 설치된 발사대 23대를 네 대로 축소해 그중 세 대를 아시아, 북미, 유럽에, 나머지 한 대를 우주에 있는 그래비티호에 설치하라고 강력하게 요구했다.

모든 발사기는 스위치를 눌러야 작동하게 되어 있었다. 태양을 둘러싼 원자폭탄 사슬처럼 움직임이 멈출 때 작동되는 방식은 이미 무의미했다. 뤄지 혼자 삼체 세계를 위협할 때와 달리, 검잡이가 사라져도 다른 사람이나 기관이 위협 통제권을 이어받을 수 있기 때문이다.

처음에는 거대한 중력파 안테나를 지면에만 설치할 수 있었지만 기술이 발전함에 따라 위협 체계가 구축된 지 12년 뒤 발사 안테나 세 대와 관련 장비를 모두 지하로 옮겼다. 그러나 수십 킬로미터 두께의 지층이 인류 내부에서 발생한 위협에 대해서는 보호 기능을 발휘할 수 있지만, 삼체 세계의 공격에는 그리 효과적이지 않다는 사실을 사람들도 알고 있었다.

강력한 상호작용력으로 이뤄진 물방울에게 수십 킬로미터의 지층은 거의 액체나 마찬가지였다.

위협 체계가 구축된 후, 태양계로 향하고 있던 삼체 함대가 모두 방향을 돌렸다는 것은 인류의 관측 기술로 확인할 수 있었다. 사람들의 최대 관심사는 이미 태양계에 도착해 있었던 물방울, 즉 강한 상호작용 우주 탐사정 10개의 행방이었다. 삼체 세계는 태양계에 물방울 네 개를 남기겠다고 고집했다. 중력파 발사기가 인류의 극단 세력에게 탈취당할 수 있으므로, 돌발 상황이 발생할 경우 삼체 세계가 두 세계의 안전을 방어할 능력을 갖춰야 한다는 주장이었다. 지구 당국도 마지못해 동의했지만 물방울 네 개가 태양계 바깥 카이퍼 벨트 안으로 들어올 수 없으며, 각각의 물방울에 인류의 탐사정이 따라붙어 위치와 궤도를 실시간으로 감시해야 한다는 조건을 내걸었다. 이렇게 하면 돌발 상황이 발생해도 지구는 약 50시간의 여유를 가질 수 있었다. 나중에 이 물방울 네 개 가운데 두 개가 그래비티호를 따라 블루스페이스호를 추격하러 가고 카이퍼 벨트에는 물방울 두 개만 남았다.

그러나 나머지 물방울 여섯 개의 행방을 아는 사람은 없었다.

삼체 세계는 이 여섯 개의 물방울이 태양계를 벗어나 삼체 함대를 따라갔다고 했지만 아무도 그 말을 믿지 않았다.

삼체인은 예전처럼 생각이 투명한 생물이 아니었다. 과거 2세기 동안 그들은 인류로부터 기만과 계략을 빠르게 습득했다. 이것은 그들이 인류 문화를 통해 얻은 가장 큰 수확이었다.

사람들은 여섯 개의 물방울이 태양계 어딘가에 잠복해 있을 것이라고 예상했지만, 워낙 작고 빠른 데다가 기동성이 뛰어나고 전자파 레이더에도 잡히지 않기 때문에 그들을 찾아내고 추적하는 것은 불가능에 가까웠다. 지구가 기름막 물질을 살포하고 다른 첨단 우주 관측 수단을 이용하더라도 관측 범위가 반경 10분의 1천문단위, 즉 1500만 킬로미터를 넘지 않았다. 물방울이 이 범위 안으로 들어온다면 발견할 수 있겠지만 이 범위 밖에 있다면 어디로든 자유롭게 돌아다닐 수 있었다.

물방울이 최고 속도로 1500만 킬로미터를 뚫고 지나가는 데 걸리는 시간은 단 10분밖에 되지 않았다. 이것이 바로 최악의 상황이 닥쳤을 때 검잡이에게 허용된 결단의 시간이었다.

묵직한 소리와 함께 1미터 두께의 철문이 천천히 열렸다. 청신까지 네 명이 암흑의 숲 위협 시스템의 심장부로 들어갔다.

더 넓고 텅 빈 공간이 청신을 맞이했다. 반원형의 넓은 홀이었고 맞은편에 부채꼴의 하얀 벽이 감싸고 있었다. 표면은 얼음처럼 반투명했고 바닥과 천장은 모두 깨끗한 흰색이었다. 청신이 받은 첫인상은 눈동자 없는 안구 같은 서늘함과 아득함이었다.

곧 뤄지가 눈앞에 보였다.

뤄지는 온통 백색인 홀의 한가운데서 맞은편 벽을 향해 가부좌를 틀고 앉아 있었다. 머리와 수염은 새하얗고 길었지만 가지런히 빗질되어 있었다. 흰 벽과 하나가 된 듯한 머리카락과 수염이 단정하게 차려입은 검은 인민복과 선명한 대조를 이루었다. T자를 뒤집어놓은 듯 안정적인 그의 모습이 해변에 외롭게 서 있는 닻을 연상시켰다. 세월의 바람이 머리를 흩날리고 시간의 파도가 눈앞에서 포효하는데도 그는 미동도 없이 앉아 있었다. 불가사의할 정도로 차분하게 앉아 영원히 돌아오지 않는 배를 기다리고 있는 것 같았다. 그가 오른손에 쥔 붉은 막대가 바로 검잡이의 검자루, 즉 중력파 작동 스위치였다. 그의 존재가 이 텅 빈 안구 속 눈동자가 되었다. 넓은 홀에 비하면 비록 작은 점에 불과했지만 그 점으로 인해 서늘함과 아득함이 사라지고 생기가 돌았다. 하지만 청신은 뤄지의 눈을 볼 수가 없었다. 그는 사람의 기척에도 아무 반응 없이 벽에 시선을 고정시키고 있었다. 10년간의 면벽으로 벽을 무너뜨릴 수 있다면 그 벽은 이미 다섯 번 무너졌을 것이다.

PDC 의장이 청신과 참모총장을 가로막으며 작은 소리로 말했다.

"인수 시간까지 아직 10분 남았어요."

54년의 마지막 10분에도 뤄지는 스위치를 굳게 지키고 있었다.

위협 체계가 구축된 초기에는 뤄지도 행복한 시간을 보냈다. 좡옌(莊顔)

과 딸을 만나 2세기 전의 행복을 되찾은 것 같았다. 하지만 행복한 시간은 2년이 채 되지 않았다. 좡옌이 딸을 데리고 뤄지를 떠난 것이다. 이유에 대한 추측이 무성했지만 가장 널리 알려진 설은 사람들은 여전히 뤄지를 구세주로 여기고 있었지만 가족이 그를 바라보는 시선은 이미 조금씩 변했다는 것이었다. 자신과 함께 사는 남자가 한 세계를 멸망시키고 다른 두 세계의 운명을 손에 쥔 사람이라는 사실을 깨달은 뒤, 좡옌은 뤄지를 낯선 괴물처럼 두려워하게 되었고 결국 그를 떠났을 것이라고 사람들은 추측했다. 또 다른 설은 아내와 딸이 평범한 삶을 살 수 있도록 뤄지가 그들을 떠나보냈다는 것이다. 사람들은 좡옌과 딸의 행방을 알 수 없지만 어딘가에서 평범하게 살고 있을 것이라고 생각했다.

좡옌과 딸이 떠난 시기가 지구 중력파 발사기가 원자폭탄 사슬을 대신해 위협 무기가 된 시기와 일치했다. 그때부터 뤄지의 기나긴 검잡이 생활이 시작되었다.

뤄지는 우주의 결투장에 있는 것과 같았다. 그가 마주하고 있는 것은, 볼거리로 전락한 쿵푸도 현란한 기술의 펜싱도 아닌, 단 한 번으로 생명을 빼앗는 검도였다. 진정한 일본 검도에서는 격투로 맞붙는 시간이 1초도 안 될 만큼 짧다. 아무리 길어도 2초를 넘지 않는다. 날카로운 검이 서로 스치는 순간 이미 한쪽이 피를 뿜으며 쓰러진다. 하지만 전광석화 같은 결전이 이뤄지기 전 검객의 검은 그의 손이 아니라 마음에 있다. 마음의 검이 눈빛이 되어 적의 영혼 깊은 곳을 곧장 찌르고 들어간다. 진정한 결투는 바로 이 과정에서 완성된다. 두 검객 사이에 정적이 감도는 공간에서 영혼의 검이 소리 없는 번개처럼 상대의 폐부를 깊숙이 찌르고 들어가면 손에 쥔 검이 뻗어나가기도 전에 승부와 생사가 결정된다.

뤄지는 이런 눈빛으로 하얀 벽을 노려보며 4광년 밖 세계를 주시해왔다. 그는 지자가 적들에게 자신의 눈빛을 보여줄 수 있다는 것을 알고 있었다. 그 눈빛에 서린 지옥의 한기와 거대한 암석의 무게, 모든 것을 희생한 결연함이 적을 섬뜩하게 하고 적의 경솔한 생각을 밀어냈다.

검객의 응시에는 끝이 있다. 최후의 대결은 반드시 찾아온다. 그러나 뤄지와 그가 있는 이 우주의 결투장에는 검을 뽑는 순간이 영원히 오지 않을 수도 있다.

하지만 바로 다음 순간에 찾아올 수도 있다.

뤄지는 삼체 세계와 54년 동안 마주 보고 있었다. 염세주의자였던 그가 54년 동안 면벽한 진정한 면벽자이자 54년 동안 검을 들고 서 있는 지구 문명의 수호자로 변해 있었다.

이 54년을 채운 건 뤄지의 침묵이었다. 그는 단 한 마디도 하지 않았다. 누구든 10~15년 동안 침묵한다면 언어능력을 상실해 말을 알아들을 수는 있지만 말할 수는 없을 것이다. 뤄지도 말할 수 있는 능력을 잃어버렸을 것이다. 그가 하고 싶은 모든 말은 벽에 고정된 그의 형형한 눈빛 속에 담겨 있었다. 그는 자기 자신을 위협 기계로 만들었다. 반세기라는 긴 세월 동안 그의 전체가 일촉즉발의 지뢰가 되어 두 세계의 공포의 균형을 유지하고 있었다.

"중력파 우주 전송 시스템의 최고 통제권을 인수할 시간이 되었습니다."

PDC 의장의 선언이 정적을 깼지만 뤄지는 여전히 미동조차 없었다. 참모총장이 다가가 부축하려고 하자 그가 왼손을 들어 거절했다. 손을 드는 그의 동작이 빠르고 힘이 넘쳤다. 100세 노인의 둔함을 전혀 느낄 수 없었다. 뤄지가 누구의 도움도 없이 일어나 우뚝 섰다. 놀랍게도 가부좌를 풀고 일어나 똑바로 설 때까지 두 손이 바닥에 한 번도 닿지 않았다. 젊은 사람도 쉽지 않은 일이었다.

"뤄지 선생님, 이쪽은 중력파 우주 전송 시스템의 제2대 최고 통제권자 청신입니다. 전송 스위치를 인수해주십시오."

서 있는 뤄지의 자세가 무척 꼿꼿했다. 그는 반세기 동안 응시했던 흰 벽을 마지막으로 몇 초 응시하다가 벽을 향해 천천히 허리를 굽혔다.

적을 향한 인사였다. 4광년의 심연을 사이에 두고 반세기 동안 마주하고 있었으므로 이 역시 인연일 것이다.

그가 몸을 돌려 청신을 보았다. 두 검잡이가 묵묵히 마주 보았다. 그 순간 청신은 날카로운 빛줄기가 자기 영혼의 어두운 밤을 훑고 지나가는 것을 느꼈다. 그 눈빛 앞에서 그녀는 종이가 된 듯 얇고 가벼워졌으며 완전히 투명해진 것 같았다. 54년간의 면벽으로 이 노인이 무엇을 깨달았는지 청신은 상상조차 할 수 없었다. 어쩌면 그의 생각이 머리 위 지층만큼이나 켜켜이 쌓였을 수도 있고, 어쩌면 지층 위의 하늘처럼 텅 비었을 수도 있다. 그녀에게도 그런 날이 오지 않는 한 그를 진정으로 알 수 없을 것이다. 그녀는 그의 눈빛 속에서 끝이 보이지 않는 심오함 외에 아무것도 읽어낼 수 없었다.

뤄지가 두 손으로 스위치를 내밀자 청신도 지구 역사상 가장 무거운 물건을 두 손으로 받았다. 두 세계의 지지점이 101세 노인에서 29세 여자에게로 옮겨졌다.

스위치에 뤄지의 체온이 남아 있었다. 실제로 검자루처럼 생긴 막대 위에 버튼 네 개가 달려 있었다. 제일 위에 있는 버튼은 실수로 눌리는 것을 방지하기 위해 세게 눌러야 할 뿐 아니라 정해진 순서에 따라 눌러야만 작동하도록 되어 있었다.

뤄지가 뒤로 두 걸음 물러나 세 사람에게 고개를 살짝 숙여 인사한 뒤 안정적인 걸음걸이로 밖으로 나갔다.

청신은 누구도 지난 54년간 뤄지의 노고에 대해 감사의 말조차 하지 않았다는 것을 알았다. PDC 의장과 함대 참모총장은 "뤄지가 없는 상태로 여러 번 예행연습을 했기 때문에 그 연습에 감사를 전하는 절차가 없었다"라는 변명조차 청신에게 하지 않았다.

어쨌든 인류는 뤄지에게 고마워하지 않았다.

문 앞에서 검은 양복을 입은 몇 사람이 뤄지 앞을 가로막았다. 그중 한 사람이 말했다.

"뤄지 선생님, 국제재판소 검사 자격으로 통보합니다. 선생님은 세계 멸망 혐의로 고발되었습니다. 국제재판소에 수감되어 조사받게 될 겁니다."

뤄지가 그들에게 눈길도 주지 않고 엘리베이터 쪽으로 계속 걸음을 옮기자 검사들이 얼떨결에 물러섰다. 사실 뤄지는 그들의 존재를 전혀 알아차리지 못했을 수도 있다. 그의 눈동자에서 뿜어져 나오던 날카로운 빛이 사라지고 저녁노을 같은 편안함이 떠올랐다. 기나긴 임무를 완수하고 이 세계에서 가장 무거운 책임이 마침내 그를 떠났다. 앞으로 그가 여성화된 인류의 눈에 어떤 악마나 괴물로 비춰지든 사람들은 문명사를 통틀어 그보다 더 위대한 승리자는 존재하지 않는다는 걸 인정할 수밖에 없을 것이다.

철문이 다 닫히기 전에 문 앞에 있는 사람들의 말소리가 들렸다. 청신은 달려 나가 뤄지에게 고맙다고 말하고 싶은 충동을 억누르며 엘리베이터 안으로 사라지는 그의 뒷모습을 말없이 바라보았다.

PDC 의장과 함대 참모총장도 조용히 돌아갔다.

철문이 둔중한 소리를 내며 닫힐 때 청신은 깔때기 안에 든 물처럼 지금까지의 삶이 점점 좁아지는 문틈으로 새어나가는 것 같았다. 철문이 완전히 닫히자 새로운 청신이 탄생했다.

그녀는 손에 든 붉은 스위치를 다시 내려다보았다. 스위치는 이제 그녀의 일부가 되었고 앞으로 절대 떨어질 수 없었다. 잘 때도 머리맡에 두고 자야 했다.

백색의 반원형 홀 안이 쥐 죽은 듯 고요했다. 시간도 꽁꽁 묶여 더 이상 흐르지 않는 것 같았다. 정말 무덤 같았다. 이제부터 이곳이 그녀의 세계 전체가 될 것이다. 그녀가 제일 먼저 해야 하는 일은 이곳에 생기를 부여하는 것이었다. 뤄지처럼 살고 싶지는 않았다. 그녀는 전사도 결투사도 아닌 여자였다. 이곳에서 얼마나 오래 지내야 할지 알 수 없었다. 10년이 될 수도 있고 50년이 될 수도 있다. 돌이켜보면 그녀는 일생을 바쳐 이 임무를 준비해온 셈이다. 기나긴 길의 출발선 위에 선 그녀는 차분했다.

그러나 운명은 그 기이하고 변덕스러운 실체를 가차 없이 드러냈다. 청신은 검잡이로 살기 위해 일생 동안 준비했지만 그녀의 검잡이 일생은 붉은 스위치를 넘겨받은 지 단 15분 만에 끝이 났다.

위협의 세기 마지막 10분, 62년 11월 28일 16시 17분 34초~16시 27분 58초, 위협통제센터

부채꼴의 하얀 벽이 갑자기 빨간색으로 변했다. 지옥의 마그마가 스며 들어 벽을 삼킨 것 같았다. 이건 최고 수준의 경보를 의미하는 색이었다. 크고 하얀 글씨가 빨간 배경 위에 나타났다. 글자 하나하나가 겁에 질려 비명을 지르는 것 같았다.

강한 상호작용 우주 탐사정 발견! 총 6대. 1대는 지구와 태양의 라그랑주 점*을 향해 날아가고, 나머지 5대는 1대, 2대, 2대로 나누어 총 3개 편대가 초속 2500킬로미터 속도로 지구를 향해 날아오고 있음. 10분 후 지면 도착 예상!

* 옮긴이 주: 케플러운동을 하고 있는 두 천체가 있을 때 그 주위에서 중력이 0이 되는 지점.

청신 옆에 1부터 5까지 다섯 개의 숫자가 나타나더니 은은한 초록 불빛이 켜졌다. 홀로그램으로 된 버튼 다섯 개였다. 버튼을 누르면 더 자세한 내용을 알려주는 정보 창이 공중에 나타났다. 모든 정보는 지구를 중심으로 반경 1500만 킬로미터 이내를 감시하는 예보 시스템에서 전송받은 것이었다. 태양계 함대 참모총장이 정보를 분석한 뒤 검잡이에게 전달했다.

나중에 안 사실이지만 태양계로 진입한 물방울 여섯 개가 반경 1500만 킬로미터의 감시 구역에서 그리 멀지 않은 곳에 잠복하고 있었다. 지구에서 1800만~2000만 킬로미터 떨어진 우주 공간에서 그중 세 개는 태양을 배경으로 한 채 태양방해*를 이용해 자신을 감췄고, 다른 세 개는 이곳에 떠다니는 우주쓰레기 틈에 섞여 숨어 있었다. 이 쓰레기는 대부분 지구 궤도를 떠다니는 핵폐기물로 초기 원자력발전소의 원자로에서 나온 것들이었다. 사실 물방울이 이렇게 숨어 있지 않았더라도 인류의 감시 범위 밖에 있었다면 그들을 발견하기 어려웠을 것이다. 사람들은 그보다 더 멀리 있는 소행성대에 물방울이 잠복하고 있을 것이라고 예상했다.

뤼지가 반세기 동안 기다렸던 청천벽력이 그가 떠난 지 5분 만에 청신의 머리 위로 떨어졌다.

청신은 홀로그램 스위치 중 어떤 것도 건드리지 않았다. 그녀에게는 더 이상의 정보가 필요하지 않았다. 그녀에게 제일 먼저 든 생각은 자신이 완전히 틀렸다는 것이었다. 그렇다. 그녀는 틀렸다. 그녀가 무의식의 깊은 곳에 그려놓은 검잡이 임무는 완전히 틀린 그림이었다. 물론 그녀도 최악의 상황을 준비했다. 적어도 그렇게 하려고 노력하고 있었다. 함대와 PDC 전문가들의 도움을 받아 위협 시스템의 전체 사양을 자세히 익히고,

* 관측자, 관측 목표, 태양이 일직선상에 위치해 관측 목표가 태양을 배경으로 하게 되면 태양이 내뿜는 전자파로 인해 관측자가 강한 간섭을 받게 되는 현상.

함대의 고위급 지휘관 및 PDC의 전략가들과 밤새워 토론하며 발생 가능한 극단적인 시나리오를 가정하고 대응책을 연구했다. 지금보다 더 끔찍한 시나리오도 예상했다. 하지만 그녀는 자신이 알아차리지 못했고, 알아차릴 수도 없었던 치명적인 실수를 저질렀다. 사실 그녀가 제2대 검잡이로 당선된 것도 이 실수 때문이었다.

그녀는 무의식적으로 지금의 상황이 발생할 수 있다는 걸 믿지 않았다.

강한 상호작용 우주 탐사정 3개 편대와 지구의 평균 거리 1400만 킬로미터. 최단 거리 1350만 킬로미터. 9분 후 지면 도착!

청신의 무의식 속에서 그녀는 파괴자가 아니라 수호자였다. 또 그녀는 전사가 아니라 여자였다. 그녀는 자기 일생으로 두 세계의 균형을 지키고 삼체의 과학기술을 통해 지구를 더 강하게 하며, 지구의 문화를 통해 삼체를 더 문명 사회로 만들려 했다. 그런데 어느 날 어떤 목소리가 그녀에게 말했다.

"붉은 스위치를 내려놓고 지상으로 올라가세요. 이제 이 세상에 암흑의 숲 위협은 없습니다. 더 이상 검잡이가 필요하지 않습니다."

검잡이 신분으로 저 머나먼 세계와 마주했을 때, 그녀는 뤄지와 달랐다. 그녀는 이것이 생사의 결투라고 생각하지 않았다. 그저 체스판과 같아서 자신은 가만히 앉아 여러 가지 상황을 예상하고 상대가 말을 옮길 수 있는 경우의 수를 생각해 그에 대한 대응 방법을 준비하기만 하면 된다고 생각했다. 그녀는 이 체스에 일생을 바칠 준비가 되어 있었다.

하지만 상대는 말을 옮기지 않았다. 상대는 체스판을 들어 올려 그녀의 머리를 향해 내리치고 있었다.

바로 5분 전 청신이 뤄지의 손에서 스위치를 넘겨받던 그 순간, 물방울

여섯 개가 잠복 장소에서 지구를 향해 전력으로 가속을 시작했다. 적은 단 1초도 주저하지 않았다.

강한 상호작용 우주 탐사정 3개 편대와 지구의 평균 거리 1300만 킬로미터. 최단 거리 1200만 킬로미터. 8분 후 지면 도착!

공백.

강한 상호작용 우주 탐사정 3개 편대와 지구의 평균 거리 1150만 킬로미터. 최단 거리 1050만 킬로미터. 7분 후 지면 도착!

공백. 전부 공백이었다. 백색 홀, 백색 글씨, 바깥도 전부 공백이었다. 청신은 우유로 이루어진 우주에 떠 있는 듯한 착각이 들었다. 지름 160억 광년짜리 우유 덩어리였다. 이 광막한 공백 속에서 그녀가 기댈 것은 하나도 없었다.

강한 상호작용 우주 탐사정 3개 편대와 지구의 평균 거리 1000만 킬로미터. 최단 거리 900만 킬로미터. 6분 후 지면 도착!

어떻게 하지?

강한 상호작용 우주 탐사정 3개 편대와 지구의 평균 거리 900만 킬로미터. 최단 거리 750만 킬로미터. 5분 후 지면 도착!

공백이 흩어지고 머리 위 45킬로미터 지층이 다시 무거운 존재를 드러냈다. 층층이 퇴적된 시간이었다. 위협통제센터 위를 누르고 있는 제일 아래 지층은 40억 년 전에 퇴적되었을 것이다. 지구가 탄생한 지 갓 5억 년 되었을 때였다. 희뿌연 바다는 바다의 영아기였고 해수면에 간헐적으로 번개가 내리쳤다. 그때의 태양은 망망한 우주 속 솜털이 보송보송한 빛 덩어리였으며 바다 위로 작고 붉은 점 하나가 비쳤을 뿐이다. 잠시 후 하늘에서 또 다른 빛 덩어리가 나타나 불타는 긴 꼬리를 달고 바다 위로 첨벙 떨어졌다. 운석이 일으킨 해일이 맨틀이 흐르는 대륙을 향해 거대한 풍랑을 밀어내고, 물과 불이 만나 생성된 수증기가 하늘을 가려 태양을 어둡게 했다. 이 참혹한 지옥과 달리 혼탁한 바닷속에서 작은 이야기들이 조용히 잉태되었다. 번개와 우주방사선 속에서 유기 분자가 탄생해 충돌하고 융합하고 열분해되었다. 그것은 5억 년 동안 계속된 블록쌓기 놀이였다. 마침내 분자 사슬 하나가 진동 분열해 완전히 똑같은 분자 사슬로 복제되고, 그것들이 각각 주위의 작은 유기 분자를 흡수해 다시 자기복제를 했다. 블록쌓기 놀이에서 자기복제의 분자 사슬이 생겨날 확률은 아주 희박하다. 회오리바람에 휩쓸려 올라갔던 금속 쓰레기가 땅에 떨어지며 저절로 조립되어 벤츠 한 대가 탄생할 확률만큼이나 낮다.

하지만 그런 일이 발생했다. 35억 년 동안 이어질 장엄한 여정은 거기서부터 시작되었다.

강한 상호작용 우주 탐사정 3개 편대와 지구의 평균 거리 750만 킬로미터. 최단 거리 600만 킬로미터. 4분 후 지면 도착!

시생대 21억 년, 원생대의 에디아카라기 18억 3000만 년, 그 후 고생대의 캄브리아기 7000만 년, 오르도비스기 6000만 년, 실루리아기 4000만 년, 데본기 5000만 년, 석탄기 650만 년, 페름기 5500만 년, 그 후 중생

대가 시작되었다. 트라이아스기 3500만 년, 쥐라기 5800만 년, 백악기 7000만 년, 그 후 신생대 제3기 6450만 년, 제4기 250만 년. 그 후에 인류가 출현했다. 과거의 기나긴 세월에 비하면 눈 깜짝할 순간에 왕조와 시대가 불길처럼 일어났다 사라지기를 반복하고, 유인원이 하늘로 던진 뼈가 다시 땅에 닿기도 전에 우주선으로 변했다. 마침내 이 35억 년의 파란만장한 여정이 작디작은 개체인 인류 앞에서 멈추었다. 그녀는 그저 지구에서 살고 있는 1000억 명 중 하나일 뿐이다. 그녀의 손에 붉은 스위치가 들려 있었다.

강한 상호작용 우주 탐사정 3개 편대와 지구의 평균 거리 600만 킬로미터. 최단 거리 450만 킬로미터. 3분 후 지면 도착!

청신의 머리 위에 쌓여 있는 40억 년의 세월이 그녀를 질식하게 했다. 그녀의 잠재의식이 사력을 다해 위로 헤엄쳤다. 지면으로 올라가 숨을 쉬고 싶었다. 그녀의 잠재의식 속 지상에는 생물이 가득 차 있었다. 가장 눈에 띄는 것은 공룡을 포함한 대형 파충류였다. 시선이 닿는 지평선 끝까지 그들로 가득 차 있었다. 공룡들의 다리 사이와 배 밑에 인류를 비롯한 포유류가 있고, 그들의 무수히 많은 다리 아래에 있는 지면에서는 검은 물이 넘쳐흐르듯 삼엽충과 개미가 기어다녔다. 하늘에는 수천억 마리 새가 창공을 뒤덮은 먹구름처럼 떼 지어 날아다니고 익룡의 거대한 그림자가 그들 사이에 어렴풋이 섞여 있었다.

사방은 고요했고, 가장 무서운 것은 그들의 눈이었다. 공룡의 눈, 삼엽충과 개미의 눈, 새와 올챙이의 눈, 세균의 눈……. 인류의 눈만 해도 1000억 쌍으로 은하계 항성의 수와 맞먹었다. 그중에는 평범한 사람의 눈도 있고, 다빈치, 셰익스피어, 아인슈타인의 눈도 있었다.

강한 상호작용 우주 탐사정 3개 편대와 지구의 평균 거리 450만 킬로미터. 최단 거리 300만 킬로미터. 2분 후 지면 도착! 탐사정 2대로 이루어진 2개 편대는 각각 아시아와 북미 대륙으로 향하고, 1대로 이루어진 편대는 유럽 대륙을 향하고 있음.

스위치를 누르면 35억 년의 여정이 멈추고 모든 것이 우주의 기나긴 밤 속으로 사라질 것이다. 마치 한 번도 존재한 적 없었던 것처럼…….

그 아기가 다시 그녀 품에 안긴 것 같았다. 보드랍고 따뜻한 아기가 촉촉한 두 볼을 볼록하게 내밀고 웃으며 그녀에게 엄마라고 불렀다.

강한 상호작용 우주 탐사정 3개 편대와 지구의 평균 거리 300만 킬로미터. 최단 거리 150만 킬로미터. 급감속 중. 1분 30초 후 지면 도착!

"안 돼!"

청신이 새된 비명을 지르며 스위치를 집어 던졌다. 그리고 악마를 본 사람처럼 멀리 떨어져 나뒹구는 스위치를 응시했다.

강한 상호작용 우주 탐사정 3개 편대 달의 궤도에 접근해 감속 중. 항로의 연장선으로 추측한 공격 목표는 북미, 유럽, 아시아의 중력파 발사대 및 중력파 우주 전송 시스템 0호 통제 스테이션. 30초 후 지면 도착 예상.

마지막 순간이 거미줄처럼 끝없이 늘어났지만 청신은 이제 망설이지 않았고 결정을 번복하지도 않았다. 그녀의 결정은 머리에서 나온 것이 아니라, 유전자 깊숙한 곳에서 나온 것이었다. 그 유전자의 시초는 40억 년 전으로 거슬러 올라갔다. 결정은 그때 이미 내려졌고 수십억 년의 세월 속에서 다져지고 굳어졌다. 이 결정이 맞든 틀리든 자신에겐 다른 선택이 없다는 걸 알고 있었다.

곧 고민이 끝날 것이라는 사실이 다행스러웠다.

강진이 발생했다. 물방울이 지층을 뚫으며 일으킨 것이었다. 청신은 똑바로 서 있지 못하고 바닥으로 넘어졌다. 주위의 단단한 암석층이 순식간에 사라지고 통제센터가 거대한 북 위에 올라간 것 같았다. 눈을 감고 물방울이 머리 위 지층을 뚫는 광경을 상상했다. 그 매끄럽고 반짝이는 악마가 우주의 속도로 이곳을 휘젓고 주위의 모든 것을 녹여 마그마로 만들어버리는 상상이었다. 몇 번의 격렬한 떨림 후 진동이 우뚝 멎었다. 마지막 순간 혼신을 다한 고수의 연주처럼.

대형 화면을 물들인 붉은색이 사라지고 원래의 흰색이 돌아오자 사방이 다시 텅 비었다. 그리고 백색 배경 위에 검은색 글자가 나타났다.

북미 중력파 발사대 파괴.
유럽 중력파 발사대 파괴.
아시아 중력파 발사대 파괴.
모든 주파수에서 태양전파 증폭 기능 억제.

다시 정적이 모든 것을 압도하고 졸졸 흐르는 물소리만 어렴풋이 들렸다. 지진으로 수도관이 터진 것이다.

조금 전 진동은 물방울이 아시아의 중력파 발사 안테나를 공격하면서 발생한 것이었다. 발사대는 그곳에서 불과 20킬로미터 떨어져 있었고 같은 깊이의 지하에 있었다.

물방울은 검잡이를 공격하지 않았다.

검은 글씨가 아득한 공백 속으로 사라졌다가 다시 나타났다.

중력파 우주 전송 시스템 회복 불능. 암흑의 숲 위협 무효화.

포스트위협의 세기 한 시간, 잃어버린 세계

청신이 엘리베이터를 타고 지상으로 올라왔다. 정문을 나서자 한 시간 전 위협 통제권 인수식이 열린 노천 광장이 눈앞에 펼쳐졌다. 인수식에 참여했던 사람들은 다 돌아가고 광장은 텅 비어 있었다. 나란히 늘어선 깃대들만 석양 속으로 그림자를 길게 늘이고 있었다. 제일 큰 깃대 두 개에 UN과 태양계 함대의 깃발이 걸려 있고 그 뒤로 각국의 국기가 깃대에 매달려 잔잔한 바람에 너울댔다. 시선을 더 앞으로 옮기면 끝없는 고비사막이 펼쳐져 있었다. 가까운 곳에 있는 위성류 숲에서 새 몇 마리가 울어대고 멀리 구불구불 이어진 치렌(祁連)산의 산등성이 위로 산 정상을 조금 덮은 만년설이 은빛을 발하고 있었다.

모든 것이 그대로였지만 이 세상은 더 이상 인류의 것이 아니었다.

청신은 무엇을 해야 할지 몰랐다. 위협이 끝난 뒤 그 어디서도 그녀에게 연락하지 않았다. 위협이 사라졌듯 검잡이도 이미 사라졌다.

발길 닿는 대로 걸었다. 기지 정문을 나가려는데 초병 두 명이 그녀에게 경례를 했다. 그녀는 사람들을 마주하기가 두려웠지만 두 초병의 눈동자 속에는 한 가닥 호기심 외에는 아무것도 들어 있지 않았다. 방금 무슨 일이 일어났는지 모르고 있는 것 같았다. 규정에 따르면 검잡이는 잠깐 지상으로 올라올 수 있었다. 그들은 그녀가 조금 전 발생한 지진 때문에 올라온 것으로 추측하고 있을 것이다. 정문 앞에 군용 플라잉카 한 대가 세워져 있고 그 옆에 군인 몇 명이 있었다. 심지어 그들은 그녀 쪽을 쳐다보지도 않았다. 그들의 시선은 그녀의 등 뒤를 향해 있었고 그중 한 명은 그쪽 방향을 손으로 가리키고 있었다.

청신이 몸을 돌려 그들의 시선이 향하는 곳을 쳐다보았다. 지평선 위로 뭉게뭉게 피어오른 버섯구름이 보였다. 땅 속에서 솟구쳐 나온 먼지가 마치 고체인 것처럼 자욱하게 하늘을 메웠다. 갑자기 툭 불거지듯 나온 버섯구름이 평온한 천지 사이에 버티고 있었다. 이미지 프로그램이 풍경화 속에 제멋대로 덧그려놓은 낙서 같았다. 더 자세히 보니 흉측한 두상이 석양 속에서 기괴한 표정을 짓고 있는 것 같았다. 물방울이 지층을 뚫고 들어간 위치에서 솟아나온 것이었다.

누군가 청신의 이름을 부르는 소리가 들렸다. 고개를 돌려보니 AA였다. 그녀가 흰색 트렌치코트를 입고 긴 머리칼을 휘날리며 숨 가쁘게 청신을 향해 달려오고 있었다. 하지만 군인들이 문 앞에서 막아섰다. AA가 멀리 세워놓은 자신의 차를 가리키며 청신의 새 숙소에 둘 화분을 가지고 왔다고 했다. 그러고는 멀리 피어오른 버섯구름을 가리키며 놀라서 물었다.

"화산이 폭발했어요? 조금 전 지진 때문인가요?"

청신은 AA를 끌어안고 마음껏 울고 싶었지만 꾹 참았다. 이 천진한 아가씨가 방금 있었던 일을 너무 일찍 알게 하고 싶지 않았다. 또 방금 종결된 아름다운 시대의 여운을 더 길게 붙잡고 싶었다.

《시간 밖의 과거》 발췌

암흑의 숲 위협의 실패에 대한 반성

가장 큰 실패 원인은 검잡이를 잘못 선택한 것이다. 이에 대한 내용은 다른 장에 자세히 쓰도록 하고 여기서는 기술적인 면에서 위협 체계 설계상의 잘못에 대해서만 논하도록 하겠다. 위협이 실패했을 때 사람들이 제일 먼저 생각한 것은 중력파 발사대가 너무 적었다는 것이다. 이미 설치한 발사대 23대 중 20대를 철거한 것이 큰 실책이라는 것이 중론이었다. 하지만 이런 생각은 문제의 핵심을 파악하지 못한 것이다. 관측 데이터에 의하면, 물방울이 지층을 뚫고 들어가 발사대 하나를 파괴하는 데 걸린 시간은 평균 10여 초밖에 되지 않았다. 계획했던 발사대 100대를 모두 설치했더라도 물방울은 순식간에 전체 시스템을 파괴했을 것이다. 문제의 핵심은 이 시스템의 파괴가 가능했다는 데 있다. 인류는 파괴가 불가능한 중력파 우주 전송 시스템을 건설할 기회가 있었다.

중요한 것은 중력파 발사대의 수가 아니라 설치한 위치였다.

만약 발사대 23대를 지면이 아닌 우주에 설치했다고 가정해보자. 다시 말해 그래비티호 23대를 건조해 일정한 간격으로 태양계 곳곳 띄워놓았다면 말이다. 그랬다면 물방울의 동시다발적인 습격이 있었어도 그것들을 모두 파괴할 수는 없었을 것이다. 최소한 한 대 이상의 우주선이 물방울의 추격을 벗어나 우주 깊숙한 곳으로 사라졌을 것이다.

그렇게 된다면 암흑의 숲 위협의 위협력이 훨씬 강해질 뿐 아니라 강해진 위협력은 검잡이와 무관하게 된다. 삼체 세계가 태양계의 힘으로는 위협 시스템을 완전히 파괴할 수 없다는 것을 알았다면 모험에 더욱 신중했을 것이다.

하지만 유감스럽게도 그래비티호는 한 대뿐이었다.

중력파 우주선을 여러 대 건조하지 않은 이유는 두 가지다. 첫째, 지구의 아들이 남극의 중력파 발사대를 습격한 사건이다. 만약 인류 내부에서 위협이 발생한다면 중력파 발사 우주선은 지구의 발사대에 비해 더 위험하고 불확실성이 더 크다. 둘째, 경제적인 원인이다. 중력파 발사 안테나의 크기가 커서 중력파 발사 우주선의 선체 자체가 안테나가 되어야 하는데 그러자면 안테나의 소재가 우주 항해에 적합해야 하기 때문에 건조 비용이 두 배로 증가한다. 그래비티호 한 대를 건조하는 데 드는 비용이 지면 발사대 23개를 만드는 비용을 모두 합친 것과 거의 맞먹었다. 또 우주 비행 중에는 우주선 선체를 교체할 수 없기 때문에 축퇴 물질로 된 선체 관통 진동 줄이 50년의 반감기가 지나 수명이 다하면 우주선의 발사 기능이 사라져 새로운 중력파 우주선을 건조해야 한다.

하지만 더 근본적인 원인은 사람들의 의식 깊숙한 곳에 숨어 있었다. 그것은 사람들이 한 번도 입 밖으로 꺼내어 말한 적 없고 어쩌면 스스로도 의식하지 못한 이유였다. 바로 중력파 우주선이 너무 막강해서 그걸 만든 사람조차 그 우주선이 두렵다는 사실이었다. 물방울의 습격이나 기타 원인으로 돌발 상황이 발생해 중력파 우주선이 우주 깊숙한 곳으로 날아가고, 태양계 내부의 위협 때문에 영원히 돌아올 수 없게 된다면 그 우주선이 제2의 블루스페이스호나 청동시대호 또는 그보다 더 불확실하고 무서운 존재로 변할 수 있었다. 그뿐 아니라 그들이 중력파 우주 전송 능력을 갖는다면(진동 줄의 반감기를 넘을 수는 없다 해도) 그들이 인류 세계의 운명을 쥐락펴락하게 되고 이 끔찍한 불확실성을 우주로 수없이 뿌리게 되는 셈이다.

이런 공포감의 바탕에는 암흑의 숲 위협 자체에 대한 두려움이 있었다. 위협자와 피위협자가 위협에 대해 동일한 공포를 갖는 것이 바로 궁극의 위협의 특징이다.

청신은 군인들에게 다가가 버섯구름이 솟아오른 분출 지점에 가보고 싶다고 했다. 그중 기지 경비를 책임지고 있는 중령이 즉시 그녀에게 플라잉카 두 대를 내주었다. 한 대는 그녀를 분출 지점까지 태워다 주기 위한 것이고 다른 한 대는 경호를 위해 사병 몇 명이 탔다. 청신은 AA에게 기다리라고 했지만 AA가 따라가겠다고 고집부리는 바람에 어쩔 수 없이 차에 태웠다.

플라잉카가 낮은 고도를 유지하며 먼지구름이 피어오르고 있는 방향으로 천천히 다가갔다.

"저 구름은 뭐예요?"

AA의 물음에 운전병이 대답했다.

"자세한 건 모르지만 저 화산이 몇 분 간격으로 두 번 분출했습니다. 중국에서 화산이 폭발한 건 아마 처음일 겁니다."

그는 그 화산 아래에 한때 이 세상을 지탱했던 전략적 지지점, 즉 중력파 발사 안테나가 있었다는 사실을 꿈에도 모르고 있었다. 첫 화산 폭발은 물방울이 지층을 뚫을 때 일어난 것이고 물방울이 안테나를 파괴한 뒤 다시 지층을 뚫고 나오면서 두 번째 폭발이 발생했다. 맨틀 속 물질이 분출한 것이 아니라 물방울이 지층에 가한 거대한 에너지로 인한 분출이었으므로 아주 짧게 끝났다. 지층을 뚫고 들어갈 때와 뚫고 나올 때 물방울의 속도는 눈에 보이지도 않을 만큼 빨랐다.

플라잉카에서 내려다보이는 고비사막에도 드문드문 나 있는 작은 구덩이에서 연기가 피어오르고 있었다. 분출구에서 튕겨 나온 마그마와 시뻘겋게 달궈진 돌덩이가 날아와 떨어진 자리였다. 분출 지점에 가까워질수록 구덩이가 점점 많아지고 시커먼 연기가 고비사막을 덮었다. 불에 탄 위성류 숲도 보였다. 인적이 드문 곳이지만 지진에 무너진 건물들도 보였다. 막 치열한 전투가 끝난 전쟁터 같았다.

바람에 흩어져 버섯 모양이 사라진 먼지구름이 마치 누군가의 헝클어진 머리 같았다. 구름 가장자리가 서쪽으로 지는 석양빛을 받아 핏빛으로 물들었다. 분출 지점에 거의 도착했지만 하늘의 안전선이 플라잉카의 접근을 막아 착륙할 수밖에 없었다. 거기서부터는 걸어서 가야 했다. 청신이 꼭 들어가야 한다고 버티자 지상의 안전선을 지키고 있던 군인들도 그녀를 통과시켜주었다. 그 군인들은 방금 세계가 함락되었다는 사실을 모르고 있었으므로 청신은 그들 앞에서 여전히 검잡이의 권위를 가지고 있었다. 하지만 AA는 아무리 발버둥 쳐도 들여보내주지 않았다.

청신이 다가가는 곳은 순풍이 부는 방향이라 먼지가 많이 떨어지지는 않았지만 먼지가 흩어지며 석양을 가려 어두워졌다 밝아지기를 반복했다. 그늘 속에서 100여 미터를 걸어가자 거대한 구덩이의 가장자리가 나타났다. 구덩이는 깔때기 모양이었고 중심의 깊이가 수십 미터나 되었다. 흰 연기가 피어오르고 있는 밑바닥은 검붉은색을 띠었다. 마그마일 것이다.

이 구덩이에서 45킬로미터 아래 지점에 중력파 안테나가 있었다. 지하 갱도에 자기부상 방식으로 떠 있던, 길이 500미터, 지름 50미터의 원기둥이 산산이 부서져 이글거리는 마그마에 집어삼켜졌다.

이 역시 그녀의 운명일 것이다. 위협 시스템 가동을 포기한 검잡이에게 이것은 가장 좋은 결말일 것이다.

구덩이 밑바닥에서 붉게 타오르는 빛이 청신을 강렬하게 유혹했다. 한 걸음만 내디디면 그녀는 자신의 갈망으로부터 해탈할 수 있다. 얼굴로 울컥울컥 끼치는 열기의 파도 속에서 그녀는 넋이 나간 눈빛으로 검붉은 마그마를 응시했다. 그때 등 뒤에서 다가온 은구슬처럼 또랑한 웃음소리가 그녀를 잡아채 현실로 데려왔다.

웃음소리를 따라 고개를 돌리자 석양에 투사된 연기의 너울거리는 윤무(輪舞) 사이로 날씬한 그림자 하나가 다가오고 있었다. 그림자가 바로 눈앞에 선 후에야 청신은 그녀가 지자임을 알아보았다.

여전히 희고 고운 얼굴을 제외하면 이 로봇은 지난번 청신을 만났던 날과 완전히 딴판이었다. 그녀는 사막 위장복을 입고 있었고 날렵하게 단발로 자른 머리에 생화가 달린 동그란 머리핀도 꽂혀 있지 않았다. 목에는 닌자의 검은 스카프를 두르고 긴 무사도를 등에 메고 있었다. 한눈에도 늠름해 보였다. 사실 극치에 다다른 여성스러움은 사라지지 않았고 몸짓도 여전히 물처럼 나긋나긋했지만 이것들이 모여서 만들어낸 것은 요염한 살기였다. 그녀 전체가 유연하지만 치명적인 밧줄이 된 것 같았다. 거대한 구덩이에서 솟구친 열기도 그녀가 안고 온 한기를 밀어내지는 못했다.

지자가 싸늘하게 웃었다.

"우리가 예상한 대로야. 자책할 거 없어. 사실 인간이 널 선택한 것 자체가 이런 결과를 자초한 거니까. 죄 없는 네가 책임을 뒤집어썼을 뿐."

지자의 말에 청신의 가슴이 철렁 내려앉았다. 그 말은 그녀에게 작은 위로조차 되지 못했지만, 이 아름다운 악마가 사람의 마음을 정확히 꿰뚫어 보고 있다는 걸 인정할 수밖에 없었다.

AA가 청신의 시야로 들어왔다. 무슨 일이 일어났는지 이제야 알게 된 듯 사나운 시선을 지자에게 고정시킨 채 걸어오던 그녀가 바닥에서 돌멩이를 주워 지자의 뒤통수를 향해 힘껏 던졌다. 그 순간 지자가 몸을 돌리며 팔을 휘둘러 모기 쫓아내듯 돌멩이를 쳐냈다. AA가 지자를 향해 자신이 생각해낼 수 있는 모든 욕을 다 퍼붓고는 또 돌멩이를 집어 들었다. 지자가 등에서 무사도를 뽑아 들고 자신을 저지하려는 청신을 다른 손으로 가뿐히 밀쳐낸 뒤 몸을 돌려 검을 휘둘렀다. 검날이 보이지 않는 선풍기처럼 허공에서 윙윙 소리를 냈다. 지자의 손이 멈추자 AA의 머리카락 몇 가닥이 팔락이며 바닥으로 떨어졌다. AA가 새파랗게 질린 얼굴로 목을 잔뜩 움츠린 채 얼어붙었다.

청신은 지자가 휘두른 무사도가 그녀의 집에서 본 검이라는 것을 알았다. 그때 무사도와 일본도라고 불리는 단도 두 자루가 탁자 위 받침대에 얹혀 있었다. 모두 칼집에 들어 있었기 때문에 별로 위험하게 보이지 않았다.

"이게 다 뭘 위한 거지?"

청신의 중얼거리는 듯한 물음은 자기 자신을 향한 것 같았다.

지자가 말했다.

"우주는 동화가 아니야."

물론 위협을 통한 균형이 이대로 계속된다면 인류에게는 아름다운 결말이겠지만 삼체 세계에는 그렇지 않다는 것을 청신도 이성적으로는 알고 있었다. 하지만 그녀의 무의식 속에서 우주는 사랑이 충만한 동화였다. 그녀의 가장 큰 잘못은 진정으로 적의 입장에 서서 문제를 바라보지 않았다는 것이었다.

청신은 지자의 눈빛에서 물방울이 자신을 공격하지 않은 이유를 알 수 있었다.

중력파 전송 시스템이 파괴되고 태양전파 증폭 기능이 억제된 상황에서는 청신이 살아 있어도 아무것도 할 수 없기 때문이다. 더 나아가 인류에게 삼체 세계가 모르는 다른 발사 수단이 있다면(그럴 가능성은 적지만) 검잡이가 없는 상황에서는 다른 사람이 그 스위치를 작동시키겠지만 검잡이가 존재한다면 그럴 가능성이 조금은 줄어들었다. 사람들이 의지하고 책임을 미룰 수 있는 대상이 있기 때문이다.

사람들은 무엇에 의지했을까? 청신은 위협자가 아니라 안전 장벽이었고 적들은 그녀를 꿰뚫어 보고 있었다.

그녀는 동화였다.

용기를 되찾은 AA가 외쳤다.

"네 멋대로는 안 될걸? 우리에겐 아직 그래비티호가 있어!"

지자가 검을 어깨에 얹으며 코웃음을 쳤다.

"이런 바보를 봤나. 그래비티호는 궤멸됐어. 한 시간 전 인수식이 끝났을 때 말이지. 사각지대가 없다면 1광년 밖에 떠 있는 잔해를 보여줄 수 있을 텐데 아쉽군."

오랫동안 준비해온 치밀한 계획이 실행에 옮겨졌다. 위협 통제권 인수식이 열리는 날짜와 시간이 결정된 5개월 전, 그래비티호와 함께 항해하고 있던 지자는 아직 사각지대로 들어가기 전이었고 두 개의 물방울 모두 검잡이의 인수인계가 끝난 직후 그래비티호를 파괴하라는 명령을 받은 후였다.

지자가 긴 검을 등 뒤로 휙 넘기자 등에 메고 있던 칼집에 정확히 꽂혔다.

"난 가볼게. 뤄지 박사에게 삼체 세계의 경의를 전해줘. 그는 강력한 위협자이자 위대한 전사였어. 기회가 있다면 토머스 웨이드 선생에게도 유감의 뜻을 전해주고."

마지막 말에 놀라 고개를 드는 청신을 보며 지자가 말을 이었다.

"그거 알아? 우리의 인격 분석 시스템에서 너의 위협력은 10퍼센트 선을 벗어나지 못하지. 기어다니는 지렁이처럼. 뤄지의 위협력 곡선은 사나운 코브라처럼 90퍼센트 선에서 요동치고. 하지만 웨이드는……."

지자가 연기 너머로 작은 조각만 남은 석양을 향해 시선을 던졌다. 선연한 공포가 눈동자를 스친 뒤 그녀가 머릿속에서 뭔가 쫓아내려는 듯 힘껏 고개를 저었다.

"그는 곡선이 없어. 외부 환경을 어떻게 바꾸든 그의 위협력은 100퍼센트에서 움직이지 않았어. 그는 악마야! 그가 검잡이가 됐다면 아무 일도 일어나지 않고 평화가 지속됐겠지. 우린 62년이나 기다렸지만 계속 기다려야 했을 거야. 반세기 또는 그보다 더 오랫동안. 그때는 삼체 세계가 실력이 비슷해진 지구 문명과 싸우거나 타협할 수밖에 없겠지……. 하지만 우린 알고 있었어. 인간이 널 선택하리라는 걸."

지자가 성큼성큼 걸어가다가 걸음을 멈추고는 말없이 마주 보고 있는 청신과 AA를 돌아보며 탄식하듯 외쳤다.

"한심한 벌레들, 호주로 갈 준비나 해!"

포스트위협의 세기 60일, 몰락한 세계

위협이 효력을 잃은 지 38일째 되는 날, 소행성대 밖에 있는 린저-피츠로이 관측소의 연구자들이 삼체 성계 부근 태양계 방향에 있는 우주 진운에서 우주선의 항적을 발견했다. 모두 415대였다. 삼체 세계가 태양계를 향해 두 번째 함대를 보낸 것이다.

이 함대는 5년 전 삼체 세계를 출발해 4년 전 성간 먼지를 통과했을 것이다. 삼체 세계로서는 상당한 모험이었다. 출발 후 5년 내에 인류의 암흑의 숲 위협 시스템을 파괴하지 못한 채 성간 먼지를 뚫고 나간 함대가 인류에게 발견된다면 인류가 위협 시스템을 작동시킬 수 있었다. 다시 말해 삼체 세계는 인류 세계에서 암흑의 숲 위협을 바라보는 인식에 변화가 생길 것이고 인류가 어떤 사람을 제2의 검잡이로 선택할지 이미 5년 전에 정확하게 예측하고 있었다는 뜻이다.

역사는 다시 출발점으로 돌아가고 새로운 윤회가 시작되었다.

위협이 효력을 잃은 뒤 인류 세계의 미래는 다시 암흑 속으로 빨려들어갔다. 하지만 2세기 전 처음 위기가 시작되었을 때와 마찬가지로 사람들은 이 암흑을 자신의 운명과 연결시키지 않았다. 우주 진운에 나타난 함대의 항적으로 볼 때 두 번째 삼체 함대의 속도도 첫 번째 삼체 함대와 큰 차이가 없었다. 나중에 가속한다 해도 이 함대가 태양계에 도달하려면 2~3세기는 걸릴 것으로 예상되므로 지금 지구에 살고 있는 사람들은 평온하게 일생을 마칠 수 있을 것이다. 대협곡에서 뼈저린 교훈을 얻은 인류 사회는 미래를 위해 현재를 희생하는 실수를 반복하지 않았다.

하지만 이번에도 인류는 운이 그리 좋지 못했다.

두 번째 삼체 함대가 우주 진운을 빠져나온 지 불과 사흘 만에 두 번째 우주 진운에서 또 다른 항적이 발견된 것이다. 마찬가지로 415대였다! 두 번째 삼체 함대보다 더 일찍 출발한 또 다른 함대일 가능성은 없었다. 그렇다면 며칠 전 관측된 함대와 동일한 함대일 것이다. 첫 번째 삼체 함대가 첫 번째 우주 진운을 거쳐 두 번째 우주 진운에 도착하기까지 5년이 걸렸지만 두 번째 함대는 단 엿새밖에 걸리지 않았다!

삼체 함대가 광속에 도달했다!

두 번째 우주 진운에 나타난 항적 데이터로도 이 사실이 증명되었다. 415개의 항적이 초속 30만 킬로미터의 광속으로 이어져 있고 광속 우주선의 충격으로 항적이 선명하게 도드라졌다.

시간상으로 보면 함대가 첫 번째 우주 진운을 통과하자마자 광속으로 진입한 것으로 추측되었다. 가속 과정을 거치지 않았다는 뜻이다.

그렇다면 삼체 제2함대는 이미 태양계에 거의 도착했을 것이다. 중형 천체망원경으로 태양에서 6000천문단위 떨어진 우주에서 그들을 찾을 수 있었다. 함께 모여 움직이고 있는 415개의 빛은 삼체 함대가 감속할 때 추진기에서 나오는 불꽃이었다. 재래식 추진기였고 함대의 속도가 광속의 15퍼센트로 급격히 떨어져 있었다. 그것이 태양계에 도달하기 전 재래식 추진기로 감속하면서 낼 수 있는 최고 속도일 것이다. 이 속도와 함대의 감속률로 계산할 때 삼체 제2함대가 태양계에 도착하는 데 1년 남짓한 시간이 걸릴 것으로 예상되었다.

이해할 수 없는 건 아주 짧은 시간에 광속에 도달할 수도 있고 감속할 수도 있는 삼체 함대가 삼체 성계나 태양계와 가까운 곳에서는 그렇게 하지 못하고 있다는 점이었다. 함대가 출발한 후 꼬박 1년 동안 보통 속도로 항해하다가 삼체 성계에서 6000천문단위 떨어진 곳에 이르러서야 광속에 진입했고, 태양계와 똑같은 거리만큼 떨어졌을 때 감속해 보통 속도로 항해했다. 이 거리를 광속으로 통과한다면 한 달밖에 걸리지 않는데도 굳이 1년의 시간을 들여 재래식 추진 방식을 사용해 항해하고 있었다. 이런 방식으로 항해하면 제2함대의 항해 시간이 광속으로 항해할 때보다 꼬박 2년이 더 걸리게 된다는 계산이다.

인류가 추측할 수 있는 이유는 하나뿐이었다. 전함 415대가 광속에 진입할 때 두 세계에 미칠 영향 때문이라는 것이다. 이 안전거리는 지구와 해왕성 간 거리의 200배였다. 만약 이 거리만큼 떨어져야 행성이 전함의 영향을 받지 않을 수 있다면 엔진에서 발생하는 에너지가 항성보다 두 자릿수나 높다는 뜻이다! 인류에게는 감히 상상조차 할 수 없는 일이었다.

《시간 밖의 과거》 발췌

삼체 세계의 폭발적인 기술혁신

삼체 세계의 기술 발전이 언제부터 완만한 상승에서 폭발적인 혁신으로 바뀌었는지는 오랫동안 풀지 못한 수수께끼였다. 위기의 세기 전에 이미 기술혁신이 나타났다고 주장하는 학자도 있고, 삼체 세계의 기술이 위협의 세기에 들어선 뒤 비로소 비약적으로 발전했다고 주장하는 사람도 있었다. 반면 삼체의 기술혁신을 일으킨 원동력에 대해서는 거의 두 가지 견해로 정리되었다.

첫째, 지구 문명이 삼체 세계에 지대한 영향을 끼쳤다는 삼체인들의 말이 사실일 것이다. 첫 번째 지자가 지구에 도착한 후 대거 유입되기 시작한 인류 문화가 삼체 세계를 크게 변화시키고 인류의 가치관 중 일부가 삼체 세계에서 공감을 받았다. 시대를 바꿔놓을 만큼 엄청난 재난으로 인해 탄생한 독재 체제가 과학 발전을 통제하자 이에 대한 반작용으로 사상의 자유를 추구하고 개체의 가치가 존중받아야 한다는 인식이 점점 높아졌다. 이런 것들이 그 머나먼 세계에서 르네상스와 비슷한 사상계몽운동을 일으키고 과학기술을 발전시켰을 것이다. 긴 역사의 한 단계로 보자면 찬란하지만 자세히 들어가보면 구체적인 과정이 어떠했을지 짐작할 수 있다.

둘째, 그저 추측일 수 있지만 우주의 다른 방향으로 날아간 지자들이 삼체인의 말처럼 아무 소득도 없이 사라진 것이 아니라 사각지대에 들어가기 전 적어도 하나 이상의 문명 세계를 정탐했을 수 있다. 만약 그랬다면 삼체 세계가 제삼의 문명으로부터 그저 기술과 지식만 얻은 것이 아니라 우주가 암흑의 숲 상태에 있다는 중요한 정보도 얻었을 것이고, 그렇다면 지금 삼체 세계는 모든 면에서 지구보다 훨씬 더 많이 알고 있을 것이다.

위협이 중단된 후 지자가 처음 공개석상에 나섰을 때 그녀는 위장복을 입고 무사도를 멘 차림으로 삼체 제2함대가 4년 뒤 태양계에 도착해 이 항성계를 완전히 점령할 것이라고 전 세계에 선포했다.

첫 번째 위기 때와 달리 삼체 세계의 정책에 중대한 변화가 생겼다. 지자는 삼체가 인류 문명을 파괴하지 않을 것이며 태양계에서 인류가 살 곳을 지정해주겠다고 했다. 바로 지구에 있는 호주 대륙이었다. 호주 대륙의 면적은 화성의 3분의 1이나 되므로 인류 문명이 생존할 수 있는 기본적인 공간은 보장해준 셈이라는 것이 삼체인의 생각이었다.

지자는 몇 가지 요구 사항을 제시했다. 첫째, 4년 뒤의 지구 점령에 대비해 전 인류가 지금 즉시 보호 지역으로 이주할 것. 둘째, 암흑의 숲 위협과 비슷한 위협이 재연되는 것을 원천 차단하기 위해 인류가 무장을 해제하고 '나체 이민'을 실시할 것. 나체 이민이란 그 어떤 대형 장비나 시설을 옮겨갈 수 없는 이민을 뜻한다. 셋째, 이민은 1년 내에 완료할 것.

현재 화성과 우주 사이에서 인류가 거주할 수 있는 공간은 최대 300만 명밖에 수용할 수 없으므로 이민의 주요 목적지는 호주였다.

그때까지도 사람들은 적어도 한 세대는 평온하게 살 수 있을 것이라는 환상에서 벗어나지 못하고 있었기 때문에 지자가 이 요구 사항을 발표했을 때 어느 한 나라도 이렇다 할 반응을 내놓지 않았고 이주를 시작하는 사람은 더더욱 없었다.

역사에 '보호 지역 성명'이라고 기록된 이 발언이 발표되고 닷새 뒤, 지구 대기층에 있던 물방울 다섯 개 중 하나가 북미, 유럽, 아시아의 대도시 세 곳을 공격했다. 공격의 목적은 도시 파괴가 아니라 위협이었다. 물방울이 거대한 나무가 빽빽하게 서 있는 도시의 숲을 곧장 관통하며 나뭇가지에 매달려 있는 건물을 차례로 들이받고 지나갔다. 공격을 받은 건물들은 삽시간에 불길에 휩싸인 채 썩은 열매처럼 수백 미터 아래로 추락했다. 이 공격으로 30만 명 넘게 사망했다. 최후의 전쟁 이후 가장 많은 사망자를 낳은 사건이었다.

사람들은 물방울 앞에서 인류 세계가 바위 밑에 깔린 달걀처럼 약하다는 사실을 그제야 깨달았다. 아무리 거대한 시설도 물방울의 공격을 막을 수 없었다. 삼체인은 마음만 먹으면 지구상의 모든 도시를 붕괴시키고 지구 전체를 폐허로 만들어버릴 수 있었다.

사실 인류는 이런 열세를 차츰 극복해가고 있었다. 사람들은 물방울의 공격을 막아내기 위해서는 강한 상호작용 소재(SIM)* 자체에 의존하는 수밖에 없다는 사실을 이미 오래전부터 알고 있었다. 위협이 중단되기 전 지구와 함대의 연구자들이 실험실에서 이런 슈퍼 소재를 소량 만들어내는 데 성공했다. 다만 대량 생산과 실용화 단계까지는 아직 많은 시간이 필요했다. SIM을 대량 생산할 수 있으려면 앞으로 10년은 걸릴 것이다. 물방울의 추진 시스템이 인류의 기술력보다 훨씬 우위에 있기는 하지만 SIM을 이용해 재래식 미사일을 대량 제작한다면 물방울을 파괴할 가능성이 있었다. 아니면 SIM을 이용해 방어벽을 만든다면 설령 물방울이 이 방어벽을 공격하더라도 일회성 폭탄처럼 한 번 공격을 끝으로 기능을 상실하게 될 것이다.

하지만 이제는 이 모든 것이 현실이 될 가능성이 사라졌다.

지자가 또다시 공개적으로 발언했다. 지자의 말에 따르면, 삼체 세계가 정책을 바꾸어 인류 문명을 멸망시키지 않기로 한 것은 전적으로 지구 문화에 대한 애정과 경의에서 나온 것이었다. 호주로의 이주가 완료되면 힘든 나날이 이어지겠지만 3~4년의 짧은 시간일 것이고, 삼체 함대가 지구에 도착하면 호주의 40억 인구를 안락하게 살게 해줄 것이다. 또한 인류가 화성과 우주에 삶의 터전을 건설할 수 있도록 적극적으로 도울 것이므로 함대가 도착하고 5년 뒤에는 화성과 우주로 대규모 이주가 가능해지고, 그 후 두 문명이 태양계에서 평화롭게 공존하며 살 수 있을 것이다. 하지만 이 모든 것은 첫 번째 이민이 순조롭게 완료된다는 전제를 바탕으로 하고 있었다. 지자는 인류가 호주로 즉시 이주하지 않는다면 물방울이 계

* 『삼체』 2부에 등장하는 초강도 소재. 원자가 기본 입자 속의 강한 상호작용으로 연결되어 있다.

속 도시들을 공격할 것이라고 엄포를 놓았다. 1년의 기한이 끝나면 보호 지역 밖에 있는 인류는 삼체 영토의 침입자로 간주하고 소탕할 것이라고 했다. 물론 물방울 다섯 개만으로 각 대륙에 흩어져 살고 있는 사람들을 모두 제거할 수는 없겠지만 4년 뒤 태양계에 도착한 삼체 함대는 그렇게 할 수 있을 것이라고 했다.

지자가 마지막으로 덧붙였다.

"이것은 찬란한 지구 문화가 인류에게 선사한 생존 기회다. 이 기회를 소중히 여기길 바란다."

인류의 대이동이 시작되었다.

포스트위협의 세기 1년, 호주

청신이 프레스 노인의 집 앞에 서서 이글거리는 그레이트빅토리아사막을 응시하고 있었다. 시선이 닿는 곳마다 새로 지은 간이주택이 서 있었다. 합판과 얇은 금속 판으로 지은 집들이 정오의 햇빛을 받아 산뜻하게 반짝였지만 방금 사막에 떨어져 부서진 장난감처럼 약해 보였다.

5세기 전 호주 대륙을 발견한 제임스 쿡은 훗날 인류 전체가 이 텅 빈 대륙으로 모여들게 될 줄 꿈에도 몰랐을 것이다.

청신과 AA는 첫 번째 이민자들과 함께 호주로 갔다. 청신은 캔버라나 시드니 같은 대도시에서 안락한 생활을 할 수 있었지만 평범한 이민자로 살기를 고집하며 워버턴(Warburton) 근처 사막에 있는 이민자촌에 정착했다. 내륙에서 환경이 가장 열악한 곳이었다. 역시 대도시에 정착할 수 있었던 AA가 한사코 청신을 따라 이곳으로 와 그녀를 감동시켰다.

이민자촌의 생활은 녹록지 않았지만 초기에는 이민자가 많지 않아 그럭저럭 견딜 만했다. 물질적인 결핍보다 더 힘든 것이 사람으로 인한 스트레스였다. 처음에는 청신과 AA 단둘만 한집에 살았지만 이민자가 증가해 동거인이 여덟 명으로 늘어났다. 다른 여섯 명의 여자들은 천국처럼 안락했던 위협의 세기에 태어났기 때문에 이곳에서 접하는 모든 것이 낯설기만 했다. 음식과 물을 정해진 양만큼만 배급받고 정보를 검색할 수 있는 디스플레이 벽도 없었으며, 에어컨조차 없는 방에서 공동 화장실과 공동 욕실을 쓰고 2층 침대를 나누어 썼다. 절대적으로 평등한 사회였다. 화폐를 사용하지 않고 모든 사람이 완벽하게 동일한 양을 배급받았다. 예전에 역사 영화에서나 보았을 법한 일이 현실이 되었다. 이민자촌의 생활은 그들에게 지옥만큼 고통스러웠고 그럴수록 청신은 화풀이 대상이 되었다. 그들은 툭하면 청신을 쓸모없는 폐물이라고 욕하며 악다구니를 썼다. 삼체 세계를 위협하지 못한 건 그렇다 쳐도 공격 경보가 울리는데도 발사 스위치를 누르지 않은 건 도저히 용서할 수 없는 잘못이라고 비난했다. 스위치를 눌러 중력파 전송이 시작되었다면 삼체인이 겁을 먹고 도망쳤을 것이고, 그랬다면 인류는 적어도 몇십 년 동안 편하게 살 수 있었을 것이다. 중력파 전송이 시작된 직후 지구가 멸망했을 수도 있지만 그랬다면 적어도 자신들이 이런 빌어먹을 곳에서 고통받고 있지는 않을 것이라고 한탄했다. 처음에는 악담과 욕을 퍼붓는 데 그쳤지만 점점 신체적인 폭력으로 발전하더니 나중에는 청신의 배급품을 빼앗기까지 했다.

AA가 안간힘을 다해 청신을 보호했다. 하루에도 몇 번씩 여섯 동거인과 거친 육탄전을 벌였다. 한번은 그중 제일 드센 여자의 머리채를 잡고 2층 침대의 기둥에 처박아 머리에서 피가 철철 흐르게 만들었다. 그 일이 있은 후로 여섯 여자는 청신과 AA를 함부로 건드리지 못했다.

하지만 청신을 원망하는 사람은 그들만이 아니었다. 주위에 살고 있는 이민자들도 툭하면 찾아와 행패를 부렸다. 집에 돌을 던지고 여럿이 집을 에워싸고 고래고래 욕을 퍼붓기도 했다.

하지만 청신은 담담하게 받아들였다. 차라리 이런 수모를 겪는 것이 마음이 편했다. 실패한 검잡이는 이보다 더 큰 대가를 치러야 한다고 생각했다.

그때 프레스 노인이 찾아와 청신과 AA에게 자기 집에 와서 살 것을 제안했다. 호주 원주민인 그는 여든 살이 넘었지만 여전히 체구가 건장하고 검은 얼굴에 흰 수염을 기르고 있었다. 그는 현지인의 특권으로 자기 집을 지킬 수 있었다. 그는 동면했다가 깨어난 서기인으로 위기의 세기 이전에 원주민 문화 보호단체의 책임자였지만 미래로 가서 원주민 문화를 지키겠다며 위기의 세기 초기에 동면을 선택했다. 동면에서 깨어나 보니 그의 예상대로 호주 원주민과 그들의 문화가 거의 사라진 뒤였다.

프레스의 집은 숲의 가장자리에 있고 21세기에 지어졌지만 아직 튼튼했다. 이곳으로 이사한 후 청신과 AA의 생활은 안정을 찾았다. 물질적인 것보다도 정신적인 안정감이 훨씬 컸다. 대부분의 사람들이 삼체 세계를 향한 통렬한 분노와 뼈에 사무치는 원한을 품고 있는 것과 달리 프레스는 눈앞의 모든 것을 담담하게 받아들였다. 그는 위험한 시국에 관한 이야기를 거의 입에 올리지 않았고 이따금씩 짧게 한마디 했을 뿐이다.

"애야, 신은 사람이 한 짓을 다 기억하고 계신단다."

그렇다. 사람이 무슨 짓을 했는지 신은 말할 것도 없고 사람 자신도 기억하고 있었다. 5세기 전, 문명인이 이 대륙에 상륙했다(대부분은 유럽에서 온 죄수들이었다). 그들은 숲에서 원주민을 짐승으로 오인해 총으로 쏘아 죽였다. 자신들이 죽인 것이 짐승이 아닌 사람이라는 걸 알았지만 사냥을 멈추지 않았다. 호주 원주민은 이 광활한 땅에서 수만 년 동안 살고 있었다. 백인들이 상륙했을 때 호주에 원주민 50만 명이 살고 있었지만 얼마 못 가서 거의 백인의 손에 죽고 3만 명밖에 남지 않았다. 그들은 호주 서부의 황량한 사막으로 도망쳐 겨우 목숨을 부지할 수 있었다. 지자가 보호 지역을 발표할 때 사람들은 그녀가 'Reservation'*이라는 단어를 사용하고 있음에 주목했다. 이 단어는 오랜 옛날 인디언 보호 구역의 명칭이다. 또 다른 머나먼 대륙에 문명인이 상륙했을 때 그곳 인디언에게 닥친 운명은 호주 원주민보다 더 비참했다.

프레스의 집으로 막 이사했을 때 AA는 이 오래된 집의 모든 것이 신기했다. 그곳은 마치 호주 원주민 문화를 전시해놓은 박물관처럼 곳곳에 오래된 나무껍질 그림과 돌멩이 그림, 나무토막과 속이 빈 나무줄기로 만든 악기, 풀 치마, 부메랑, 긴 창 등이 놓여 있었다. 제일 눈길을 끄는 것은 흰 점토와 붉은색, 노란색 대자석으로 만든 물감이었다. AA는 그걸 보자마자 무엇에 쓰는 물감인지 알 것 같았다. 그녀가 물감을 손가락에 묻혀 자기 얼굴에 칠하더니 어디선가 보았던 원주민 춤을 추며 시원스러운 웃음을 터뜨렸다.

"이런 게 있는 줄 알았으면 그 못된 여자들을 겁줄 수 있었을 거예요!"

프레스가 웃으며 고개를 저었다.

"그건 호주 원주민이 아니라 마오리족의 춤이야. 사람들이 혼동하지만 둘은 전혀 달라. 호주 원주민은 온순하고 마오리족은 사나운 전사들이지. 마오리족이라고 해도 춤이 틀렸어. 정신을 집중해야지!"

프레스가 물감을 손가락에 묻혀 자기 얼굴에 칠한 뒤 상의를 벗자 검붉은 상체 위로 나이를 무색하게 하는 다부진 근육이 드러났다. 그가 구석에서 긴 창을 집어 들고 마오리 전사의 춤을 추기 시작했다. 그의 춤이 청신과 AA를 단숨에 매료시켰다. 평소의 자상하고 너그러운 모습이 순식간에 사라지고 흉맹한 악의 신으로 돌변했다. 저돌적이고 거친 공격력이 온몸에서 발산되었다. 그가 포효하듯 외치며 발을 구를 때마다 창유리가 부르

---

* 옮긴이 주: 미국의 인디언 보호 구역.

르 떨리는 소리에 소름이 돋았다. 가장 놀라운 것은 그의 눈이었다. 매섭게 부라리는 눈매에서 뜨거운 분노와 싸늘한 살기가 한꺼번에 뿜어져 나왔다. 대양주의 번개와 허리케인의 에너지로 똘똘 뭉친 눈동자가 하늘과 땅이 쩌렁쩌렁 울릴 만큼 외치는 것 같았다. 꼼짝 마! 널 죽일 테다! 널 잡아먹을 테다!

춤이 끝나자 프레스는 언제 그랬느냐는 듯 평소의 인자한 모습으로 돌아왔다.

"마오리 용사에게 제일 중요한 건 적의 눈동자를 노려보는 거야. 눈으로 상대를 제압한 뒤에 창으로 찔러 죽이지."

그가 청신 앞으로 한 걸음 다가서며 의미심장한 눈빛으로 그녀를 응시했다.

"애야, 넌 적의 눈을 주시하지 않았어."

그가 청신의 어깨를 가볍게 두드렸다.

"하지만 네 탓이 아니야. 정말로 네 탓이 아니야."

이튿날 청신은 자신도 이해할 수 없는 일을 했다. 웨이드를 찾아간 것이다. 웨이드는 그녀를 죽이려다가 미수에 그친 뒤 징역 3년 형을 선고받아 복역 중이었다. 그가 수감되어 있는 교도소는 얼마 전 호주 샤를빌(Charleville)로 이전했다.

청신이 찾아갔을 때 웨이드는 창고로 쓰는 간이건물의 창문을 합판으로 막고 있었다. 그의 한쪽 소매통이 빈 채로 너풀거렸다. 정상적인 팔과 거의 똑같이 작동하는 의수를 쉽게 구할 수 있었지만 어떤 이유에선지 그는 그렇게 하지 않았다.

역시 서기인인 듯 보이는 남자 죄수가 청신을 향해 경박스러운 휘파람을 불다가 그녀가 누굴 찾아왔는지 알고는 얌전히 일에 열중했다.

웨이드에게 다가가던 청신은 속으로 깜짝 놀랐다. 교도소에 수감된 죄수인 데다가 환경이 이토록 열악한데도 그는 지난번에 보았을 때보다 훨씬 깨끗해 보였다. 말끔하게 면도된 얼굴에 머리도 잘 다듬어져 있었다. 이 시대에는 죄수도 수의를 입지 않았다. 그의 흰 셔츠가 이곳에서 제일 깨끗했다. 심지어 세 교도관보다도 깨끗했다. 그는 왼손으로 입에 물고 있던 못을 합판에 꽂은 뒤 노련한 망치질로 못을 박았다. 그도 청신을 흘긋 쳐다보았지만 아무런 변화도 없는 무덤덤한 표정으로 말없이 일을 계속했다.

청신은 그를 보자마자 알았다. 그가 포기하지 않았다는 것을. 그의 야심, 이상, 위험성 그리고 그녀가 알지 못하는 수많은 것을 그는 하나도 포기하지 않고 있었다.

청신이 웨이드에게 손을 내밀자 그가 빠른 시선으로 그녀를 훑은 뒤 망치를 내려놓고 입에 있는 못을 뱉어 그녀의 손바닥에 올려놓았다. 그녀가 못을 하나 건네면 그가 합판에 박고 또 하나 건네면 합판에 박았다. 못을 다 박고 난 뒤 그가 드디어 침묵을 깼다.

"가지."

웨이드가 공구함에서 못 한 줌을 집어 들었다. 이번에는 청신에게 주지 않고 입에 물지도 않고 바닥에 놓았다.

청신은 무슨 말을 해야 할지 몰라 말문이 막혔다.

"난, 난 그냥⋯⋯."

웨이드가 낮게 뇌까렸다.

"호주를 떠나려거든 이민이 끝나기 전에 떠나."

입술은 거의 움직이지 않고 시선만 합판에 고정시키고 있어 남들에게는 열심히 일만 하는 것처럼 보였다.

3세기 전에 수없이 그랬듯 웨이드는 이번에도 짧은 말로 청신의 머릿속을 하얗게 비워냈다. 그는 매번 촘촘하게 엉킨 실타래를 그녀 앞으로 툭 던졌다. 그 실타래를 풀지 못하면 그 속에 담긴 복잡한 의미를 알 수 없을 거라는 듯이. 하지만 조금 전 웨이드의 말은 그녀를 소름 끼치게 했다. 그녀는 그 실타래를 풀 용기조차 없었다.

"가지."

웨이드는 청신에게 질문할 시간도 주지 않고 휙 몸을 돌려 그녀를 똑바로 응시했다. 특유의 얼음물 같은 미소가 입가에 짧게 스쳤다.

"자네한테 하는 말이야. 여길 떠나."

워버턴으로 돌아오는 길에 청신은 시야에 다 담지도 못할 만큼 많은 간이주택이 대지 위를 뒤덮고 있는 것을 보았다. 집 사이 좁은 공터는 분주하게 움직이는 사람들로 빽빽하게 채워져 있었다. 그녀는 문득 자신의 시각에 변화가 생겼음을 깨달았다. 세상 밖으로 나가 높은 곳에서 내려다보는 것처럼 이곳이 개미가 바글바글 뒤엉켜 있는 개미굴 같았다. 이 기이한 이미지에 알 수 없는 두려움이 엄습했다. 그 순간 호주의 대지 위로 쏟아지는 쾌청한 햇빛도 찬비처럼 음산하게 느껴졌다.

이민이 시작되고 석 달이 지나자 호주의 이민자가 10억을 넘어섰다. 각국 정부도 호주의 대도시로 속속 이전하고 UN 본부도 시드니로 옮겨졌다. 각국 정부가 지휘하고 UN 이민위원회가 협조하며 이민이 순조롭게 진행되었다. 호주에서는 이민자들이 국가별로 모여 살았다. 호주가 지구 세계의 축소판이 되었다. 대도시를 제외하면 원래의 지명도 사라지고 각국의 나라 이름과 대도시 이름으로 바뀌었다. 지금의 뉴욕, 도쿄, 상하이는 간이주택만 잔뜩 있는 난민수용소였다.

UN도 각국 정부도 이렇게 엄청난 규모의 인구 이동과 집단 거주를 경험한 적이 없었으므로 갖가지 문제와 위기가 수면 위로 떠올랐다.

우선 주택문제였다. 전 세계에 있는 모든 건축재를 호주로 옮겨와 집을 지어도 전체 이민자 수의 5분의 1밖에 수용할 수 없었다. 거주의 개념이 1인당 침대 하나씩 가지고 있는 상태로 바뀌었다. 이민자 수가 5억에 도달하자 간이주택을 지을 자재조차 없어서 체육관만 한 대형 천막을 세워놓고 1만 명 넘는 사람들이 한꺼번에 생활했다. 열악한 주거 환경과 위생 조건 때문에 수시로 전염병이 유행했다.

식량도 부족해졌다. 호주에 있는 기존의 농장과 식품 공장으로는 이민자들의 수요를 충족시킬 수 없어서 세계 각지에서 식량을 운반해왔다. 인구가 늘어날수록 식량 운송부터 이민자들에게 배급할 때까지의 과정이 점점 복잡해지고 시간도 길어졌다.

하지만 가장 위험한 것은 이민자 사회가 통제 불능의 상태에 빠졌다는 사실이었다. 초정보화 사회는 완전히 끝이 났다. 처음 이주한 사람들이 벽, 테이블, 침대, 자기 옷을 여기저기 눌러댔지만 모두 IT와는 거리가 먼 '죽은 물건'이었다. 기본적인 통신조차 보장되지 않아 극도로 제한된 경로를 통해서만 세상에서 무슨 일이 벌어지고 있는지 알 수 있었다. 초정보화 사회에 살던 사람들에게 이건 곧 실명과도 같았다. 상황이 이렇게 되자 각국 정부가 과거에 사용하던 통제 수단은 효력을 잃었다. 이 초밀집 사회를 어떻게 이끌어나가야 할지 아무도 알지 못했다.

인류의 대이동은 우주인에게도 예외가 아니었다.

위협이 중단되었을 당시 우주에 약 150만 명이 살고 있었다. 우주에서 장기간 생활하고 있는 사람들은 주로 두 부류였다. 지구 세계 소속 50만 명은 지구 궤도에 있는 우주 도시와 우주 스테이션, 달 기지에서 생활하고 있었고, 태양계 함대 소속 100만 명은 화성 기지, 목성 기지와 태양계를 순찰하고 있는 우주 전함에 흩어져 있었다.

지구 세계에 속한 우주인 중 절대다수는 달 궤도 안에 있었기 때문에 지구로 복귀해 지구인들과 함께 호주로 이주해야 했다.

태양계 함대 소속 100만 명은 모두 화성 기지로 이주했다. 그곳은 삼체 세계가 지정한 두 번째 보호 지역이었다.

최후의 전쟁이 끝난 후부터 태양계 함대는 예전의 방대한 규모를 회복하지 못했다. 위협이 중단되었을 때 함대가 보유한 전함은 항성급 전함 100여 대뿐이었다. 기술은 발전했지만 전함의 속도는 향상되지 않았다. 핵융합 추진으로는 이미 한계 속도에 다다른 것 같았다. 지금 삼체 함대의 압도적인 우세는 그들이 광속에 도달할 수 있기 때문이지만 그보다 더 무서운 것은 그들이 가속 과정을 거치지 않고 순간적으로 광속으로 도약할 수 있다는 점이었다. 반면 인류의 전함은 돌아올 때의 연료 소모를 고려할 경우 광속의 15퍼센트까지 가속하는 데 1년이 걸렸다. 삼체 함대와 비교하면 달팽이만큼이나 느렸다.

위협이 중단되었을 때 태양계 함대의 항성급 전함 100여 대가 외우주로 도주할 기회가 있었다. 모든 전함이 각기 다른 방향을 향해 전속력으로 도주했다면 태양계에 있는 물방울 여덟 개가 그들을 추격할 수 없었을 것이다. 하지만 단 한 대도 도망치지 않고 지자의 명령에 따라 화성 궤도로 복귀했다. 이유는 단순했다. 지구의 상황과 달리 100만 명이 화성에 모여 살아도 화성 기지라는 폐쇄적인 도시에서 안락한 생활을 계속할 수 있었기 때문이다. 처음 화성 기지를 설계할 때부터 그 정도의 인구가 장기간 생활할 수 있도록 만들어졌다. 그러므로 기약 없이 외우주를 떠도는 것보다 훨씬 좋은 선택이었다.

삼체 세계는 화성에 있는 인류를 몹시 경계했다. 카이퍼 벨트에서 돌아온 물방울 두 개가 오랫동안 화성의 도시 상공에서 선회하며 감시했다. 태양계 함대는 기본적인 무장해제를 완료했지만 화성 기지의 인류는 계속 현대 기술을 가지고 있었다. 기술이 없으면 도시 자체가 생존할 수 없기 때문이다. 하지만 화성 인류가 중력파 발사기를 직접 만드는 모험을 감행할 가능성은 전혀 없었다. 지자의 감시를 피해 그렇게 커다란 장비를 만들 수가 없기 때문이다. 사람들은 반세기 전 전쟁의 비극을 아직도 생생하게 기억하고 있었다. 화성 도시는 달걀 껍데기처럼 약하기 때문에 물방울의 작은 공격만으로도 심각한 감압 때문에 화성 인류 전체가 몰살할 수 있었다.

우주의 이민은 석 달 만에 완료되었다. 달 궤도 안에 있는 50만 명은 지구로 돌아가 호주에 정착하고, 태양계 함대의 100만 명은 화성으로 이주했다. 태양계 우주에 사람이 자취를 감추고 텅 빈 우주 도시와 전함만 지구, 화성, 목성의 궤도 위에 떠 있거나 황량한 소행성대 속을 떠돌아다녔다. 마치 인류의 영광과 이상을 묻어버린 적막한 금속 무덤처럼.

프레스 노인의 집에서 청신이 바깥세상의 상황을 알 수 있는 유일한 통로는 텔레비전이었다. 그날도 그녀는 텔레비전으로 식량 배급 현장의 생중계 영상을 보고 있었다. 홀로그램을 이용한 중계방송으로 직접 현장에 있는 듯 사실적이었다. 지금은 이렇게 초고속통신망이 필요한 텔레비전 방송이 점점 줄어들어 중요한 소식이 있을 때가 아니면 2D 화면밖에 시청할 수 없었다.

생중계되고 있는 곳은 사막 근처의 카네기였다. 홀로그램 화면에 대형 천막이 나타났다. 천막은 사막에 놓여 있는 반쪽짜리 거대한 달걀 같고, 그곳에서 쏟아져 나온 인파는 깨진 달걀에서 흘러나온 노른자 같았다. 사람들이 우르르 몰려나온 것은 식품 운반기가 도착했기 때문이다. 작지만 물건을 아주 높이 들어 올릴 수 있는 운반기에 식품 상자를 매달아 옮기는 방식으로 사람들에게 나눠 주었다. 이번에 온 운반기는 두 대였다. 첫 번째 운반기가 매달고 온 식품 상자를 땅에 내려놓으면 사람들이 터진 둑 사이로 범람한 물처럼 몰려들어 식품 상자를 덮쳤다. 군인 수십 명이 질서 유지를 위해 짜놓은 저지선이 힘없이 뚫리고 식품 배급원이 겁에 질려 운반기 위로 기어 올라갔다. 그러면 식품이 탁한 물에 던져진 눈덩이처럼 순식간에 사라졌다. 확대한 화면 속에서 식품을 손에 넣은 사람이 그걸 빼앗으려는 사람들에게 둘러싸인 채 뒤엉켜 싸웠다. 식품 자루가 모기떼를 만난 쌀알처럼 찢어지고 짓뭉개지면 너도 나도 땅에 떨어진 식품을 주우려고 다투었다. 그때 다른 운반기가 두 번째 식품 상자를 조금 멀리 떨어진 공터에 내려놓았다. 그곳에는 질서를 유지시키는 군인도 없고 겁에 질린 배급원들이 운반기에서 내려오지도 못했다. 사람들이 자석에 들러붙는 쇳가루처럼 달려들어 식품 상자를 겹겹이 에워쌌다.

이때 녹색 그림자 하나가 운반기 안에서 날아왔다. 날씬하지만 탄탄해 보이는 체구의 누군가가 십수 미터 높이에서 식품 상자 위로 사뿐히 내려앉았다. 미친 듯이 달려들던 사람들이 우뚝 멈춰 섰다. 지자였다. 그녀는 역시 위장복을 입고 있었다. 뜨거운 바람에 너울거리는 검은 스카프 탓에 하얀 피부가 유난히 도드라져 보였다.

지자가 사람들을 향해 외쳤다.

"줄을 서!"

화면이 확대되자 사람들을 노려보는 지자의 눈을 볼 수 있었다. 선득한 노기가 차올라 있음에도 여전히 아름다웠다. 그녀의 목소리는 운반기의 굉음 사이로도 똑똑히 들릴 만큼 컸다. 그녀의 출현만으로도 얼어붙었던 사람들이 다시 소란스러워졌다. 식품 상자 옆에 있던 사람이 자루를 찢고 식품을 꺼내자 사람들이 또다시 흥분하기 시작했다. 몇몇 대담한 사람들은 지자가 지켜보고 있는데도 식품 더미를 향해 달려들었다.

"쓰레기들! 질서를 지켜!"

지자가 고개를 들어 위쪽 운반기를 향해 외쳤다.

"군대는 어디 있느냐? 경찰은? 너희에게 허용한 무기는? 네놈들의 책임은?"

UN 이민위원회 위원들이 하얗게 질린 얼굴로 운반기의 열린 문 앞에서 떨고 있었다. 그중에는 이민위원회 위원장도 끼어 있었다. 그는 한 손으로 문을 꼭 잡고 지자를 향해 다른 손을 펼치며 고개를 세게 저었다. 어쩔 도리가 없다는 뜻이었다.

지자가 등에서 무사도를 휙 뽑아 보이지도 않을 만큼 빠르게 세 번 휘두르자 식품 상자 위로 기어오르던 세 사람이 순식간에 두 동강 났다. 세 사람 모두 완벽하게 똑같은 방식으로 베어졌다. 모두 검이 왼쪽 어깨로 들어가 비스듬히 내려오며 오른쪽 갈비뼈로 나왔다. 반신 여섯 토막이 식품 상자 밑으로 떨어지며 허공으로 흩어진 내장이 붉은 피와 함께 사람들 위로 후드득 떨어졌다. 지자가 겁에 질려 비명을 지르며 울고 있는 사람들 사이로 내려오더니 또다시 군중 사이로 번개처럼 검을 휘둘렀다. 눈 깜짝할 사이에 십수 명이 바닥으로 고꾸라지고 사람들이 뒤로 물러섰다. 기름이 흥건한 접시 위로 세제 한 방울이 떨어진 것처럼 그녀 주위에 빈 공간이 생겼다. 10여 구의 시체도 조금 전 세 사람처럼 왼쪽 어깨부터 오른쪽 갈비뼈까지 정확하게 베어졌다. 피와 내장이 가장 빨리 흘러나오게 하는 방법이었다. 바닥에 번지는 검붉은 피웅덩이를 보고 몇몇 사람이 기절해 쓰러졌다. 지자가 앞으로 한 발 움직이자 사람들이 기겁하며 물러났다. 그녀의 몸이 보이지 않는 자기장을 뿜어내는 것처럼 사람들을 밀어냈다. 그녀가 몇 걸음 가다가 멈추자 사람들이 서로 끌어안고 몸을 잔뜩 움츠렸다.

"줄을 서."

지자의 목소리는 평소 그대로였다.

지자의 말과 거의 동시에 숫자 배열 프로그램을 작동시킨 것처럼 사람들이 길게 줄을 섰다. 줄이 멀리 천막이 있는 곳까지 이어진 다음 천막을 한 바퀴 돌았다.

지자가 훌쩍 솟구쳐 식품 상자 위로 올라가더니 핏방울이 떨어지는 날 끝으로 사람들을 가리키며 외쳤다.

"인류가 제멋대로 타락하는 시대는 끝났다. 여기서 살아남고 싶다면 전체주의를 다시 배우고 인간의 존엄을 되찾아!"

그날 밤 청신은 잠이 오지 않아 뒤척이다 밖으로 나왔다. 문 앞 계단에서 화성 하나가 가물가물 반짝이고 있었다. 프레스가 피우고 있는 담뱃불이었다. 그의 무릎 위에 디저리두(didjeridu)가 놓여 있었다. 호주 원주민 악기인 디저리두는 나뭇가지의 속을 파내 만든 것으로 길이가 1미터쯤 되었다. 그는 매일 저녁 이곳에 앉아 디저리두를 불었다. 디저리두는 음악이 아니라 대지가 코를 고는 소리처럼 우웅우웅 길게 울렸다. 청신과 AA는 매일 밤 그 소리를 들으며 잠들었다.

청신이 프레스 옆에 앉았다. 그녀는 프레스와 함께 있는 것이 좋았다. 이 고통스러운 현실에 초연한 그가 진통제처럼 그녀의 조각난 마음을 쓰다듬어주는 것 같았다. 프레스는 텔레비전을 보지 않았고 지구에서 일어나고 있는 그 어떤 일에도 관심이 없었다. 거의 매일 밤 방에 들어가지 않고 문 앞 나무 기둥에 기대앉은 채 잠이 들어 아침 해가 비스듬히 몸을 비출 때 일어났다. 폭우가 내리는 밤에도 마찬가지였다. 그는 침대보다 그곳이 편하다고 했다. 한번은 그가 이렇게 말했다.

"정부의 후레자식들이 이 집을 몰수해도 이민자촌으론 안 갈 거야. 난비를 가릴 풀 지붕 하나만 엮어놓으면 숲에서도 살 수 있어."

"그 연세에 그러시다가 큰일 나요."

AA의 말에 그가 고개를 저었다.

"조상들은 다 그렇게 살았어. 나도 괜찮아."

그의 조상들은 제4기 빙하기 때 아시아에서 카누를 타고 태평양을 건너 이곳에 도착했다. 4만 년 전 그때 그리스와 이집트는 그림자도 없었을 것이다. 21세기에 그는 멜버른에서 병원을 운영하는 부유한 의사였다. 위협의 세기에 동면에서 깨어난 뒤에도 도시에서 안락한 생활을 했다. 하지만 이민이 시작되자 그의 몸속에 잠들어 있던 무언가가 깨어났는지 문득 자신이 대지와 숲속의 동물이라는 생각이 들었다. 생존하는 데 그리 많은 것이 필요치 않다는 것도 깨달았다. 그때부터 지붕 없는 들판에서 자는 것이 편해졌다고 했다.

그가 말했다.

"무슨 일이 있으려고 이러는지 모르겠어."

청신이 멀리 있는 이민자촌을 가만히 응시했다. 밤이 깊어 그곳에도 불빛이 거의 보이지 않았다. 대낮의 왁자함은 가라앉고 끝없이 이어진 간이주택들이 별빛 아래에서 고요하게 잠들어 있었다. 청신은 별안간 이상한 느낌이 들었다. 자신이 다른 이민 시대에 와 있는 것 같았다. 5세기 전에도 호주에 대이민의 시대가 있었다. 카우보이와 목동들이 간이주택에서 잠들어 있는 상상을 했다. 말똥과 건초 냄새까지 나는 것 같았다. 청신이 이런 느낌을 이야기하자 프레스가 말했다.

"그땐 이렇게 복잡하지 않았어. 어떤 백인이 다른 백인에게 위스키 한 상자 값을 주고 땅을 샀는데, 해가 뜰 때 말을 타고 출발했다가 해가 질 때 돌아오면 말을 달린 만큼 울타리를 쳐놓고 그 땅을 가졌다더군."

청신이 호주에 대해 갖고 있는 인상은 대부분 이 나라 이름과 같은 제목의 영화에서 본 것이었다. 영화 속 남녀 주인공이 말 떼를 몰고 북호주의 장엄한 대륙을 누볐다. 다만 대이민의 시대가 아니라 제2차 세계대전 때였다. 그녀가 청춘을 보낸 시대에서 그리 멀지 않은 과거지만 지금은 아주 먼 역사가 되었다. 주인공이었던 휴 잭맨과 니콜 키드먼은 벌써 2세기도 전에 죽었다. 청신은 간이건물 앞에서 일하고 있던 웨이드가 생각났다. 그가 꼭 그 영화의 남자 주인공 같았다.

청신은 한 달 전 웨이드가 자신에게 했던 말을 프레스에게 들려주었다. 진즉부터 이야기하고 싶었지만 초연한 그를 괜히 심란하게 할까 봐 말을 꺼내지 못하고 있었다.

프레스가 말했다.

"나도 그를 알지. 나도 그의 말에 동의해. 하지만 어떻게 호주를 떠날 수 있겠어? 불가능한 일은 생각하지 마. 안 되는 걸 생각해봐야 뭐 해?"

프레스의 말은 사실이었다. 지금 호주를 빠져나가는 건 불가능에 가까웠다. 물방울뿐 아니라 지자가 거느리고 있는 지구 치안군도 호주 근해를 감시하고 있었다. 호주에서 각 대륙으로 돌아가는 비행기나 선박에 이민자가 숨어 있다가 발각되면 그 자리에서 사살했다. 또 이민 완료 시한이 다가올수록 돌아가길 원하는 사람들도 줄어들었다. 호주 생활이 힘들기는 하지만 돌아가려다가 죽임을 당하는 것보다는 훨씬 나았다. 어쩌다 한두 명씩 밀항에 성공할 수도 있지만 청신처럼 얼굴이 알려진 사람이 호주를 벗어나는 것은 불가능했다.

하지만 청신이 그 때문에 호주를 떠나지 않는 것은 아니었다. 설사 떠날 수 있다고 해도 그녀는 떠나지 않을 것이다.

프레스는 이 화제에 대해 이야기하고 싶지 않았지만 청신이 그가 말해주길 기다리며 어둠 속에서 조용히 기다리고 있는 것 같았다.

프레스가 말했다.

"난 정형외과 의사야. 너도 알겠지만 부러진 뼈가 붙고 나면 부러졌던 부위가 원래보다 더 두꺼워지지. 사람의 몸은 부족한 걸 채울 기회가 생기면 보통의 경우보다 더 많이 채워. (프레스가 하늘을 가리켰다.) 인류와 비교하면 저들은……. 저들에게 부족한 게 뭐였는지 너도 알겠지. 저들이 그 부족함을 얼마나 채웠을까? 그건 아무도 몰라."

그의 말에 청신의 가슴이 철렁 내려앉았다. 프레스는 이 화제를 계속 이어가고 싶지 않은 듯 밤하늘을 올려다보며 천천히 시를 읊조렸다.

마을이 사라지고
창은 부러졌네.
우리가 이슬을 마시고 꽃을 먹던 이곳,
그대들은 이곳에 자갈을 뿌리는구나.

프레스가 부는 디저리두 소리처럼 이 시가 청신의 마음을 흔들었다.

"잭 데이비스라고 20세기 호주 원주민 시인의 시란다."

프레스는 기둥에 머리를 기댔다. 잠시 후 가늘게 코 고는 소리가 들렸다. 청신은 깜깜한 어둠 속에 몸을 파묻고 앉아 있었다. 세계의 격변에도 아랑곳없는 뭇별 아래에서 동쪽 하늘이 밝아올 때까지 그렇게 앉아 있었다.

이민이 시작되고 반년 만에 세계 인구의 절반인 20억 명이 호주로 이주했다.

그러자 숨어 있던 위기들이 본격적으로 터져 나오기 시작했다. 이민이 시작되고 7개월째 되었을 때 캔버라에서 일어난 끔찍한 사건이 악몽의 시작을 알리는 신호탄이었다.

사실 지자가 인류에게 요구한 나체 이민은 위협의 세기에 지구 세계의 강경론자들이 삼체 세계를 태양계로 이주시키자고 주장하면서 내놓은 방법이었다. 지자는 건축재, 농업 공장 건설에 필요한 대형 부품, 필수적인 생활 설비 및 의료 장비 외에 그 어떤 대형 장비도 호주로 가지고 오지 못하게 했다. 이민자촌을 지키는 각국 군대도 질서 유지에 필요한 제한적인 무기만 보유할 수 있었다. 인류가 철저히 무장해제되었다.

하지만 호주 정부는 예외였다. 그들은 육해공군의 군사 장비 전체를 비롯해 모든 것을 그대로 보유하고 있었다. 이 때문에 건국 이래 줄곧 국제 사무에서 변두리로 밀려나 있던 나라가 하루아침에 인류 세계의 패권국가로 부상했다.

이민 초기에는 호주 정부도 협조적이었다. 정부와 전 국민이 힘을 모아 이민자의 정착을 위해 많은 노력을 기울였다. 하지만 각 대륙의 이민자들이 홍수처럼 호주로 쏟아져 들어오자 지구상에서 유일하게 한 대륙을 가지고 있던 나라의 심리 상태가 통제를 잃었다. 호주 국민의 분노가 하늘을 찌르자 새로 구성된 정부가 이민자에 대한 강경책을 쓰기 시작했다. 그들은 지금의 호주연방이 그 어떤 나라도 넘볼 수 없는 막강한 힘을 가지고 있다는 사실을 깨달았다. 그들의 격차가 삼체 세계와 지구 세계의 실력 차이만큼이나 컸다. 이민자들은 대부분 황량한 내륙으로 보내지고 뉴사우스웨일주처럼 부유한 해안 지역은 호주의 '보호 영토'로 지정해 이민자의 유입을 금지했다. 캔버라와 시드니도 이민자가 정착할 수 없는 '보호 도시'였다. 이민자가 장기간 거주할 수 있는 대도시는 멜버른뿐이었다. 호주 정부의 태도도 점점 고압적으로 변했다. 그들은 인류의 보호자를 자처하며 UN과 각국 정부 위에 군림하려고 했다.

뉴사우스웨일주에서 이민자의 정착을 금지하기는 했지만 다른 지역에 정착한 이민자들의 여행까지 금지하기는 힘들었다. 도시 생활에 향수를 느끼는 이민자들이 시드니로 몰려들었다. 정착할 수는 없지만 거리를 떠돌아도 이민자촌에서 사는 것보다는 나았다. 적어도 문명 세계에 속해 있다는 기분을 느낄 수 있었다. 노숙자가 도시의 심각한 문제가 되자 호주 정부는 이민자들을 시드니 밖으로 추방하고 그들이 도시에 들어오는 것조차 금지하기로 결정했다. 이 결정이 발표되자 도시에 체류하고 있던 이민자와 군경이 충돌하고 그 와중에 사망자가 발생했다.

시드니 사건을 계기로 호주 정부를 향한 이민자들의 오랜 분노가 폭발했다. 1억 명이 넘는 이민자들이 뉴사우스웨일주와 시드니로 몰려들었다. 성난 이민자들이 천지를 뒤덮을 듯 밀어닥치자 호주 군대는 제대로 막아보지도 못하고 도망쳤다. 수천만 이민자가 시드니를 습격해 닥치는 대로 약탈했다. 신선한 동물 사체를 발견한 거대한 모기떼처럼 도시 전체를 공격해 앙상한 뼈대만 남겨놓았다. 시드니 시내에 불길이 치솟고 범죄가 횡행했다. 도시 전체가 거대한 건축물로 이루어진 공포의 숲으로 변했다. 이민자촌보다도 더 끔찍한 생존 환경이었다.

이번에는 200여 킬로미터 떨어진 캔버라가 이민자들의 새로운 목표가 되었다. 호주의 수도인 캔버라는 이민이 시작된 후 전 세계 정부의 절반이 이곳으로 이전했다. UN도 얼마 전 시드니에서 이곳으로 옮겨왔다. 이번에는 군대가 도망칠 수 없었다. 이 충돌은 50만 명 넘는 사망자를 낳았는데 대부분 군대의 공격에 죽은 것이 아니라 수많은 군중이 혼란 속에서 뒤엉키다가 밟혀 죽거나 굶어 죽었다. 이 소요 사태가 열흘 넘게 이어지는 동안 수천만 명에게 식량과 식수 공급이 완전히 끊겼다.

이민자 사회에도 큰 변화가 생겼다. 사람들은 붐비고 먹을 것도 없는 대륙에서 민주주의가 독재보다 더 무섭게 변했음을 발견했다. 사람들은 질서 있고 강력한 정부를 갈망했고 기존의 사회 체제는 빠르게 와해되었다. 사람들은 또 정부가 살 곳을 제공해주길 바랐다. 먹을 것과 물, 몸을 뉠 수 있는 침대 하나면 족했다. 다른 건 아무래도 괜찮았다. 인류 사회가 한파가 몰아닥친 호수 표면처럼 한겹 한겹 얼어붙어 독재의 단단한 얼음 밑으로 들어갔다. 지자가 무사도로 사람을 베고 난 뒤 외쳤던 말이 구호가 되어 유행하고, 파시즘을 포함한 형형색색의 쓰레기가 깊게 파묻혀 있던 무덤 속에서 다시 떠올라 주류가 되었다. 종교의 힘이 빠르게 되살아나 민중이 각종 종교와 교회 아래로 모여들었다. 점차 독재 정치보다 더 오래된 좀비, 즉 정교일치의 국가정권이 출현하기 시작했다.

독재 정치의 필연적인 산물인 전쟁도 피할 수 없었다. 국가 간 충돌이 빈번해졌다. 처음에는 물과 식량을 빼앗기 위한 싸움이었지만 점차 생존 공간을 차지하기 위한 계획적인 전쟁으로 확대되었다. 캔버라 사건 이후 호주 군대가 강력한 억지력을 갖추게 되었다. UN의 요구에 따라 그들은 강력한 수단으로 국제질서를 유지하기 시작했다. 그렇게 하지 않았다면 호주판 세계대전이 벌어지고도 남았을 것이다. 더욱이 20세기 초 누군가의 예언처럼 돌멩이가 그 전쟁의 무기가 되었을 것이다. 호주를 제외한 다른 나라의 군대는 냉병기(冷兵器) 한 자루조차 갖고 있지 않았다. 제일 흔한 무기는 건축용 철근으로 만든 몽둥이였다. 박물관 고대 전시실에 전시되어 있던 검까지 가져다가 사용할 정도였다.

암흑의 시간이 이어졌다. 사람들은 아침에 눈을 뜰 때마다 다시 현실로 돌아왔다는 사실을 믿을 수가 없었다. 불과 반년 만에 인류 사회가 너무도 멀리 퇴보하고 말았다. 한 걸음에 중세까지 물러나버렸다.

전체 사회와 사람들이 무너지지 않도록 지탱하고 있는 것도 역시 군대였다. 바로 삼체 제2함대였다. 지금 이 함대는 카이퍼 벨트를 통과했다. 운이 좋으면 맑은 날 밤에는 육안으로도 함대가 감속하는 불꽃을 볼 수 있었다. 415개의 가물거리는 불빛이 인류의 희망을 담은 별이었다. 사람들은 지자의 약속을 가슴에 새기며 제2함대가 지구에 도착하면 이 대륙 위의 모든 사람이 안락한 생활을 할 수 있을 것이라고 기대했다. 과거의 악마가 구원의 천사이자 유일한 정신적 지주가 되었고 사람들은 그들이 어서 빨리 강림하기를 기도했다.

이민이 진행될수록 호주를 제외한 다른 대륙의 밤은 어둠이 모든 것을 압도했다. 텅 비고 적막한 도시만 남았다. 최후의 만찬이 끝난 뒤 호화로운 레스토랑을 밝히던 불빛이 차례로 꺼지는 것 같았다.

이민이 시작된 지 9개월 만에 호주 인구가 34억이 되었다. 생존 환경이 극도로 악화되어 어쩔 수 없이 이민을 중단하자 물방울이 호주 외에도 다른 대륙의 도시를 습격하기 시작했다. 지자도 1년의 이민 시한이 끝나면 보호 지역 밖에 있는 모든 인간에 대한 청소 작업이 시작될 것이라고 위협했다. 지금 호주는 돌아오지 못할 길을 떠날 죄수 호송차 같았다. 차가 터질 듯이 죄수로 꽉 들어찼지만 아직도 더 타야 할 7억 명이 남아 있었다.

지자가 해결 방법을 제시했다. 뉴질랜드와 오세아니아의 다른 섬나라를 이민 완충지대로 삼겠다는 것이었다. 이 조치가 효과를 발휘해 남은 두 달 반 사이에 6억 3000만 명이 완충지대를 거쳐 호주로 이주했다.

마침내 최종 시한을 사흘 남겨놓고 마지막 이민자 300만 명을 실은 선박과 비행기가 속속 뉴질랜드를 떠나 호주로 향함으로써 인구 대이동이 완료되었다.

전체 인구의 절대다수인 41억 6000만 명이 호주에 모여 있었다. 호주로 이주하지 않은 800만 명 중 100만 명은 화성 기지에 있었고, 나머지는 지구 치안군 500만 명, 지구 저항운동원 약 200만 명이었다. 여러 가지 이유로 이주하지 않고 각지에 흩어져 사는 사람들이 얼마나 되는지는 통계에 잡히지 않았다.

지구 치안군은 지자가 지구의 이민자들을 감시하기 위해 모집한 인류 군대였다. 치안군 소속 군인은 호주로 이주하지 않아도 되며 앞으로 삼체인이 점령한 지구 세계에서 자유롭게 살게 해주겠다고 약속했다. 모집령이 발표되자 엄청난 인원이 몰렸다. 온라인으로 총 10억 명 넘게 입대 신청서를 냈고 이 중 2000만 명이 면접을 보았으며 최종적으로 500만 명이 선발되었다. 이 마지막 행운아들은 사람들의 비난과 멸시의 눈초리에 크게 신경 쓰지 않았다. 그들을 비난하고 멸시하는 사람들 중 상당수가 입대 신청서를 제출한 사람들이라는 걸 알고 있었기 때문이다.

지구 치안군이 3세기 전의 ETO와 비슷하다고 말하는 사람도 있었지만 두 조직은 성격이 완전히 달랐다. ETO의 구성원은 굳은 신념에 가득 찬 전사들이었지만 치안군에 지원한 사람들은 그저 이민을 피하고 편안하게 살고 싶은 사람들이었다.

지구 치안군은 아시아, 북미, 유럽 3개 군단으로 조직되었으며 강대국들이 이주하면서 가져가지 못한 군사 장비를 수거해 사용했다. 치안군들이 이민 초기부터 함부로 행동한 것은 아니었다. 초기에는 지자의 명령에 따라 각국의 이주를 독촉하고 사회기반시설을 보호하는 역할만 했다. 하지만 호주의 생존 환경이 점점 나빠지고 이주 속도가 지자의 요구에 미치지 못하자 지자의 명령과 위협 속에서 치안군은 점점 거칠어졌다. 그들은 이주를 독촉하기 위해 대규모 무력 사용도 서슴지 않았고 세계 각지에서 수백만 명이 그들에게 목숨을 잃었다. 마침내 이민 시한이 당도하고 지자가 이민자촌 밖에 남아 있는 모든 인류를 제거하라는 명령을 내리자 치안군은 철저히 악마로 변했다. 그들은 플라잉카를 타고 적막한 도시와 들판의 상공을 매처럼 선회하다가 사람이 보이면 즉시 레이저 저격소총으로 사살했다.

치안군과 반대로 지구 저항운동은 인류가 이 거센 불길 속에서 제련해낸 순금이었다. 점조직으로 흩어져 있어서 전체 조직원이 얼마나 되는지 통계를 낼 수는 없지만 150만~200만 정도 될 것으로 추산되었다. 그들은 깊은 산속과 도시의 지하에 숨어 치안군과 게릴라전을 벌이며 지구에 상륙할 삼체 침입자들과의 최후의 일전을 기다리고 있었다. 인류 역사에서 진압된 모든 저항 조직 가운데 지구 저항운동 조직이 가장 큰 희생을 치렀다. 치안군이 물방울과 지자의 협조를 받았기 때문이다. 저항 조직의 행동은 거의 자살에 가까웠고 조직 전체가 대대적으로 집결하는 것도 불가능했다. 이것이 바로 치안군이 그들을 각개격파할 수 있었던 이유다.

지구 저항운동은 조직 구성이 복잡해서 각 계층의 사람들이 포함되어 있었는데 그중 가장 많은 비중을 차지하는 것이 서기인이었다. 검잡이 후보였던 여섯 명이 모두 저항운동의 지휘관이었다. 인류의 대이민이 완료되었을 때 그중 세 명이 전사하고 가속기 엔지니어 비윈펑과 물리학자 차오빈, 전 해군 중장 안토노프만 남아 있었다.

지구 저항운동이 실낱같은 희망조차 없는 전쟁이고 삼체 함대가 지구에 도착하는 날 저항운동 조직이 전멸하리라는 사실을 조직원 전체가 알고 있었다. 남루한 옷을 입고 굶주림을 참아가며 산골짜기와 도시의 하수관 속에 숨어 있는 전사들은 인류의 마지막 존엄을 위해 싸우고 있었다. 그들의 존재가 이 끔찍한 인류 역사에 남은 유일한 희망이었다.

이른 새벽 쿠릉쿠릉하는 굉음에 청신은 잠에서 깼다. 밖에서 나는 이민자들의 소리에 밤새 잠을 설친 뒤였다. 지금이 천둥번개가 치는 계절이 아니라는 사실이 뇌리를 스쳤다. 굉음이 잦아든 뒤 바깥의 모든 소음이 뚝 멈추었다. 청신은 자기도 모르게 뒷덜미가 선득했다. 침대에서 벌떡 일어나 옷을 걸치고 밖으로 뛰어나가다 현관 앞에 잠들어 있는 프레스에게 걸려 넘어질 뻔했다. 프레스가 부스스한 눈으로 고개를 들어 그녀를 보고는 다시 기둥에 기대어 잠이 들었다.

사람들이 희붐하게 밝아오는 동쪽 하늘을 긴장된 시선으로 쳐다보며 낮게 수군거리고 있었다. 그들의 시선을 따라가보니 지평선에서 검은 연기 기둥이 피어오르고 있었다. 시커멓고 자욱한 연기였다. 희푸른 새벽하늘을 검은 칼로 가늘게 찢은 것 같았다.

사람들이 하는 이야기를 들으니 한 시간 전 치안군이 호주에 대규모 공습을 개시했다고 했다. 주요 타격 목표는 전력 설비, 항구, 대형 운송 시설이었다. 그 연기 기둥은 5킬로미터 밖의 방금 폭격당한 원자력발전소에서 피어오르는 것이었다. 사람들이 일제히 고개를 들어 겁에 질린 눈빛으로 하늘을 올려다보았다. 검푸른 하늘에 하얀 항적 다섯 개가 그려져 있었다. 공습에 투입된 치안군의 폭격기였다.

집으로 들어가자 AA가 무슨 일이 일어났는지 걱정하며 텔레비전을 켜고 있었다. 청신은 텔레비전을 보지 않았다. 더 많은 정보가 필요하지 않았다. 최근 1년간 그녀는 이 순간이 찾아오지 않기를 기도하고 있었다. 신경이 예민해져 작은 조짐도 놓치지 않고 정확한 판단을 내릴 수 있었다. 잠결에 쿠릉거리는 소리를 들었을 때 그녀는 이미 무슨 일이 일어났는지 직감했다.

이번에도 웨이드가 옳았다.

청신은 자신이 오래전부터 이 순간을 준비하고 있었음을 알았다. 길게 생각할 것도 없이 자신이 지금 무엇을 해야 하는지 알았다. 시 정부에 가기 위해 AA와 함께 집을 나섰다. 앞뜰에 세워놓은 자전거를 끌고 출발했다. 지금 이민자촌에서 가장 빠르고 편리한 교통 수단이었다. 먹을 것과 물도 챙겼다. 이 일이 거의 성공할 가망이 없어서 더 먼 길을 가야 한다는 것을 알고 있었기 때문이다.

청신은 꽉 막힌 길을 헤치며 시 정부를 향해 페달을 밟았다. 각국이 자국의 행정 체계를 그대로 이민자촌으로 옮겨다 놓고 관리하고 있었다. 청신이 사는 곳의 이민자들은 대부분 중국 서북부의 중소도시에서 온 사람들이었다. 그래서 지금 이곳은 중국 도시의 이름으로 불리고 있고 원래 그 이름을 쓰던 시 정부에서 관리하고 있었다. 시 정부는 2킬로미터 떨어진 곳에 있는 대형 천막이었다. 여기서 하얀 천막의 뾰족한 꼭대기가 보였다.

이민 시한을 2주 남겨두고 이민자들이 쏟아져 들어왔다. 그들은 기존의 이민자들처럼 자국에서 살던 행정 구역에 배치되지 못하고 어디든 빈자리만 있으면 욱여넣듯 배치되었다. 다른 도시에서 온 사람들도 많고 심지어 나라가 다른 사람들까지 뒤섞였다. 최근 두 달간 7억 명이 호주로 유입되었으므로 이민자촌은 발 디딜 틈도 없었다.

사람들이 길 양쪽을 가득 채우고 각종 물건들이 바닥에 나뒹굴고 있었다. 새로 온 이민자들은 천막조차 없어서 노숙해야 했다. 조금 전 폭발음에 놀라 일어난 사람들이 연기 기둥이 피어오르는 쪽을 불안하게 응시하고 있었다. 검푸른 새벽빛이 이 모든 것을 음울하게 뒤덮고 어스름 속에서 사람들의 얼굴이 더 창백해 보였다. 청신은 또다시 높은 곳에서 개미굴을 내려다보는 것 같은 기이한 감정에 휩싸였다. 핏기 없는 얼굴들이 길을 가로질렀다. 그녀는 무의식중에 태양이 더 이상 뜨지 않을 것 같다고 생각했다. 갑자기 속이 울렁거리고 몸에 힘이 풀려 길가에 자전거를 세우고 구토했다. 눈물이 나올 만큼 게워내고 나서야 속이 편해졌다. 아기 우는 소리에 고개를 들어보니 아기를 담요로 싸서 안은 젊은 여자가 길가에 앉아 있었다. 헝클어진 머리에 핏기 한 점 없이 파리한 얼굴로 아기가 엄마를 주무르는 걸 아는지 모르는지 넋을 놓고 있었다. 그녀의 시선도 동쪽에 고정되어 있었다. 아침 해가 그녀의 눈동자 위로 비쳤지만 망연하고 무감각한 눈빛이었다.

청신은 또 다른 어머니를 떠올렸다. 그녀는 아름답고 건강했으며 생기가 넘쳤다. UN 본부 앞에서 사랑스러운 아기를 청신의 품에 안겨주며 성모라고 불렀던 그녀……. 그녀와 아기는 지금 어디에 있을까?

시 정부 천막에 거의 도착했지만 자전거에서 내려 인파 속을 비집고 들어가야 했다. 평소에도 살 곳과 먹을 것을 얻으러 오는 사람으로 붐비는 곳이지만 지금 모인 사람들은 아마도 무슨 일이 일어났는지 알아보러 왔을 것이다. 정문 폴리스라인 앞에서 그녀의 신분을 밝힌 뒤 통과를 허락받았다. 경비를 서고 있는 군인이 그녀의 신분증을 스캐닝해 어디론가 전송했다. 신분이 확인된 후 그녀는 자신을 쳐다보던 그의 눈빛을 잊을 수 없었다. 그의 눈빛이 말하고 있었다.

'그때 우리가 왜 당신을 선택했을까?'

시 정부 청사에 들어가자 초정보화 시대로 다시 돌아간 것 같았다. 대형 천막 내부의 넓은 공간에 수많은 홀로그램 창이 떠 있고 그 앞에서 공무원들이 일하고 있었다. 모두 밤샘한 듯 피곤해 보였지만 여전히 분주했다. 많은 부서가 모여 있어 정신없이 복잡했다. 서기 시대 월스트리트의 주식거래소를 연상시켰다. 사람들이 앞에 있는 창을 클릭하고 뭐라고 쓰면 창이 자동으로 다음에 처리해야 할 사람에게로 옮겨갔다. 환한 빛을 내며 떠다니는 창들이 사라진 시대에서 온 유령들이고 이곳이 그들의 마지막 집결지인 것 같았다.

합판으로 칸막이 벽을 세워 만든 작은 사무실에서 시장을 만났다. 젊고 여성화된 깔끔한 얼굴이지만 다른 사람들과 마찬가지로 무거운 피로가 깔려 있고 그 위로 갈피를 잡지 못해 당황한 감정이 스쳤다. 지금 눈앞에 놓인 막중한 책임은 그들처럼 나약한 세대가 감당할 수 있는 것이 아니었다. 벽에 있는 대형 화면에 도시 사진이 떠 있었다. 대부분 전통적인 지면형 건물이고 나무에 매달린 형태의 건물이 많지 않은 것을 보면 대도시는 아닌 것 같았다. 정지화면이 아니었다. 플라잉카가 간간이 허공을 가르고 시간상으로는 새벽에 사무실 창문으로 보이는 풍경 같았다. 아마도 그가 이주하기 전에 살던 도시일 것이다. 그에게서도 '우리가 왜 당신을 선택했을까?'라는 눈빛이 느껴졌지만 예의를 갖추어 그녀를 대했다.

"뭘 도와드릴까요?"

청신은 곧장 본론으로 들어갔다.

"지자와 연락하고 싶어요."

시장은 고개를 저었지만 예상치 못한 요구가 피로감을 얼마간 쫓아낸 듯 태도가 훨씬 진지해졌다.

"그건 불가능해요. 시 정부는 지자와 직접 연락할 자격이 없어요. 성(省) 정부도 마찬가지예요. 그녀가 어느 대륙에 있는지 아무도 몰라요. 지금은 외부와 연락하는 것 자체가 힘들기도 하고요. 조금 전에 성 내 연락이 중단됐어요. 얼마 못 가서 전기도 끊기겠죠."

"날 캔버라로 보내줄 수 있나요?"

"비행기를 제공할 순 없어요. 지면 차량으로 모셔다 드릴 순 있지만 걸어가는 게 더 빠를 수 있다는 건 아시겠죠. 하지만 이곳을 떠나지 않는 게 좋을 거예요. 어딜 가든 혼란하고 위험하니까. 모든 도시가 폭격당하고 있어요. 여긴 그나마 조용한 편이죠."

무선전기 공급 시스템이 없기 때문에 이민자촌에서는 플라잉카를 쓸 수가 없고 지면 차량과 비행기만 쓸 수 있었지만 인파가 도로를 가득 채워 지나다니기 힘들었다.

청신이 시 정부 정문을 나서자마자 폭발음이 들렸다. 또 다른 연기 기둥이 다른 방향에서 솟구쳤다. 사람들의 불안감이 공황으로 바뀌고 일대 소란이 벌어졌다. 그녀는 인파 속을 헤쳐 자신의 자전거를 찾았다. 자전거를 타고 50여 킬로미터 떨어져 있는 성 정부에 가서 지자에게 연락하기로 마음먹었다. 그래도 연락할 수 없다면 무슨 방법을 써서라도 캔버라로 갈 생각이었다.

어쨌든 이것이 그녀가 마지막으로 할 수 있는 일이었다. 결과가 어떻든 꼭 가야만 했다.

사람들이 갑자기 조용해졌다. 시 정부 위에 대형 디스플레이가 나타났다. 시 정부 천막과 맞먹는 너비의 대형 화면이었다. 예전에도 이런 화면을 본 적이 있었다. 시 정부가 중요한 소식을 알릴 때 사용하는 것이었다. 전압이 불안정해 화면이 조금 흔들렸지만 어스름한 새벽하늘을 배경으로 비교적 또렷하게 보였다.

화면 속에 캔버라의 국회의사당 건물이 나타났다. 1988년에 완공되었지만 사람들은 아직도 '신 국회의사당'이라고 부르고 있었다. 멀리서 보면 마치 산에 기대어 지어진 거대한 벙커 같았다. 건물 위에 서 있는 깃대는 아마도 지구상에서 제일 높을 것이다. 80미터가 넘는 깃대가 안정을 상징하는 네 개의 거대한 철근에 지탱되고 있었다. 지금 보니 대형 천막의 뼈대와 비슷했다. 깃대 위에서 펄럭이고 있는 것은 UN기였다. 시드니에서 소요 사태가 발생한 후 캔버라로 이전한 UN이 바로 그 건물을 본부로 사용하고 있었다.

청신은 커다란 손바닥이 심장을 바짝 쥐는 것 같았다. 최후의 심판일이 왔다는 걸 그녀는 알고 있었다.

화면이 바뀌어 카메라가 건물 내부의 회의장을 비추었다. 사람들이 회의장을 가득 채우고 있었다. 지구 세계와 함대 세계의 모든 지도자가 그곳에 모여 있었다. 지자가 긴급 소집한 UN 총회였다.

지자가 의장석에 서 있었다. 여전히 위장복에 검은 스카프를 두른 차림이었지만 무사도는 메고 있지 않았다. 1년 사이에 요염한 냉기는 사라지고 얼굴이 화사하게 빛나고 있었다. 그녀가 회의장을 향해 허리 굽혀 인사할 때 청신은 2년 전 차를 우리던 그 온화한 여인의 흔적을 볼 수 있었다.

"이민이 완료되었습니다. 여러분, 고맙습니다! 위대한 일을 해냈습니다. 원시인류가 수만 년 전 아프리카를 떠났을 때와 견줄 만한 사건입니다. 두 문명의 신기원이 열렸습니다!"

지자가 다시 허리를 숙였다.

회의장에 있는 모든 사람들이 긴장된 표정으로 고개를 들었다. 밖에서 폭발음이 들리고 회의장 천장에 매달린 샹들리에 세 개가 흔들리기 시작하더니 모든 그림자가 함께 흔들렸다. 건물 전체가 무너질 듯 진동하는 것 같았다.

지자의 말이 계속 이어졌다.

"위대한 삼체 함대가 여러분을 아름다운 생활로 인도할 것입니다. 하지만 그 전에 모두가 고통스러운 석 달을 보내야 합니다. 인류가 이번에도 훌륭하게 해내길 바랍니다! 선포합니다. 지금 이 시간부터 호주 보호 지역을 외부와 완전히 격리시키고 강한 상호작용 우주 탐사정 일곱 대와 지구 치안군이 이 대륙을 빈틈없이 봉쇄할 것입니다. 누구든 호주를 빠져나가려 한다면 삼체 세계의 영토 침입자로 간주하고 즉시 사살할 것입니다! 지구에 대한 위협 제거 작업을 계속 진행할 것입니다. 이 석 달 동안 보호 지역은 저기술 농업사회 상태에 머물러야 하며 전기를 포함한 모든 현대 기술의 사용을 금지합니다. 치안군이 호주의 모든 발전 설비를 체계적으로 파괴하고 있는 것은 모두 보셨겠지요."

청신 주위에서 화면을 보고 있는 사람들은 서로의 얼굴을 쳐다보기만 했다. 모두들 지자의 마지막 말에 담긴 뜻을 누군가 대신 해석해주길 바라고 있었다. 너무나 믿기 힘든 말이었기 때문이다.

"이건 학살이오!"

누군가의 성난 외침이 회의장을 울렸다. 그림자들이 교수대 위 시체처럼 계속 흔들리고 있었다.

이것은 학살이다.

42억 인구가 호주에 모여 사는 것은 상상하기 어려운 일은 아니었다. 이주가 완료된 후 호주의 인구밀도가 1제곱킬로미터당 500명 남짓으로 이주 전 일본의 인구밀도보다 조금 높은 정도였다.

인류는 호주에서 고효율의 농업 공장을 기반으로 생존하게 될 것으로 예상했다. 이민 기간 동안 농업 공장이 호주로 대거 이전하고 일부는 이미 다시 지어져 있었다. 농업 공장에서 유전자조작 농작물이 원래 농작물보다 수십 배나 빠른 속도로 자라지만 자연적인 햇볕으로는 이렇게 빠른 생장에 필요한 에너지를 충분히 공급할 수 없기 때문에 인공으로 만든 초강력 조명을 사용했다. 물론 이런 조명에는 대량의 전력이 필요했다.

농업 공장에서 재배하는 농작물은 자외선, 심지어 엑스선까지 흡수해 광합성작용을 할 수 있지만 전력 공급이 중단되면 하루 이틀 안에 완전히 썩어버릴 것이다.

현재 비축하고 있는 식량으로는 42억 명이 한 달밖에 버틸 수 없었다.

지자가 이해할 수 없다는 듯한 표정으로 소리친 사람을 쳐다보았다.

"그렇게 해석하는 걸 이해할 수가 없군요."

또 다른 사람이 외쳤다.

"그럼 뭘 먹고 삽니까? 먹을 걸 어디서 구하란 말이오?"

지자에 대한 두려움은 사라지고 그들에게 남은 건 극도의 절망뿐이었다.

지자가 회의장을 둘러보며 말했다.

"식량? 이게 다 식량이잖아요? 여러분 주위를 보세요. 전부 다 식량이에요. 살아 있는 식량."

지자의 말투는 평온했다. 정말로 사람들이 잊고 있는 식량 창고를 알려주듯이.

오래전부터 계획해온 멸종 계획이 마지막 단계에 도달했다는 걸 아무도 말하지 않았다. 지금 무슨 말을 한들 이미 늦은 뒤였다.

지자가 계속 말했다.

"곧 닥칠 생존경쟁에서 대다수 인간이 도태되겠지요. 석 달 뒤 함대가 도착할 때쯤엔 이 대륙의 인구가 3000만~5000만밖에 되지 않을 겁니다.

그 최후의 승리자들은 보호 지역에서 문명적이고 자유로운 생활을 하게 됩니다. 지구 문명의 불씨가 꺼지지는 않겠지만 작은 불씨 하나밖에는 남지 않을 겁니다. 무덤을 지키는 장명등*처럼."

호주연방 의회의 회의장은 영국 의회를 본떠서 지었는데 내부 배치가 조금 이상했다. 가장자리에 높은 방청석이 있고 가운데 있는 의원석은 커다란 구덩이 같았다. 그 순간 그곳에 앉아 있는 각국 정상들은 자신이 곧 파묻힐 무덤 안에 있는 기분이었을 것이다.

"생존 자체가 행운입니다. 과거에 지구에서 그랬듯이 지금 이 냉혹한 우주에서도 마찬가지입니다. 하지만 언제부턴지 모르게 인류가 환상을 품기 시작했습니다. 생존을 아주 당연한 일로 여겼지요. 이것이 바로 당신들이 실패한 근본적인 이유입니다. 이 세계에 다시 진화의 깃발이 올라가고 여러분은 생존을 위해 싸울 것입니다. 이 자리에 있는 여러분은 모두 마지막에 남은 5000만 명에 속하길 바랍니다. 식량에 잡아먹히지 말고 여러분이 식량을 잡아먹으십시오."

"아……."

청신에게서 그리 멀지 않은 곳에서 여자의 비명이 터져 나왔다. 하지만 예리한 칼날로 하늘을 가르듯 날카로운 비명 소리가 금세 적막에 매몰되었다.

청신의 눈앞에서 하늘이 빙글빙글 돌았다. 그녀는 자신이 바닥에 쓰러졌다는 것도 몰랐다. 하늘이 천막과 화면을 짓뭉개 그녀의 시야를 가득 채우고 땅이 벌떡 일어나려는 것처럼 그녀의 등을 밀어 올렸다. 새벽하늘은 검푸른 바다였고 태양에 붉게 물든 얇은 구름은 바다 위를 떠도는 핏물이었다. 그녀의 시야 한가운데 흑점이 나타나더니 빠르게 커졌다. 촛불 위에

---

* 옮긴이 주: 분묘 앞에 불을 밝힐 수 있도록 돌로 만들어 세운 등.

펼쳐진 종이가 까맣게 타버리는 것 같았다. 마침내 검은색이 모든 것을 뒤덮었다. 그녀는 아주 잠깐 정신을 잃었지만 두 손이 금세 지면을 찾아냈다. 무른 백사장이었다. 손으로 지면을 딛고 일어나 앉아 정신을 차렸다. 세상이 사라졌다. 남은 건 오직 어둠뿐이었다. 눈을 번쩍 떴지만 어둠 외에 아무것도 보이지 않았다.

청신은 실명했다.

갖가지 소음이 그녀를 에워쌌다. 어떤 것이 현실의 소리이고 어떤 것이 환청인지 분간할 수가 없었다. 파도처럼 밀려왔다가 쓸려가는 발자국 소리, 놀란 비명 소리, 울음소리, 광풍이 마른 숲을 휘젓듯 무슨 소리인지 알 수 없는 괴상한 울음소리 등등.

어디선가 달려온 사람에게 부딪혀 다시 바닥에 쓰러졌지만 그녀는 허우적거리며 또 일어나 앉았다. 암흑. 눈앞이 온통 암흑이었다. 어둠이 아스팔트처럼 끈끈했다. 동쪽이라고 생각하는 방향으로 몸을 돌렸지만 상상 속에서도 동쪽에서 떠오르는 태양을 볼 수가 없었다. 그곳에서 떠오르고 있는 것은 검고 거대한 바퀴였다. 그 검은 바퀴가 세상을 향해 검은 광채를 발산했다.

아득한 암흑 속에서 두 눈을 본 것 같았다. 검은 눈동자가 어둠과 하나가 되었지만 그녀는 그 존재를 느낄 수 있었고 그 눈이 자신을 주시하고 있음을 느낄 수 있었다. 윈톈밍의 눈일까? 자신이 심연에 떨어졌으므로 그를 볼 수 있을 것 같았다. 그녀의 이름을 부르는 윈톈밍의 목소리가 들렸다. 환각을 떨쳐내려고 발버둥 쳤지만 그 소리가 고집스럽게 귓가에 맴돌았다. 그녀는 그 소리가 현실에서 들려오는 것임을 깨달았다. 젊은 남자의 목소리, 이 시대의 여성화된 남자 목소리였다.

"청신 박사님이신가요?"

청신이 고개를 끄덕였다. 아니, 어쩌면 고개를 끄덕였다고 생각했을 수도 있다.

"눈이 왜 그러시죠? 안 보이세요?"

"누구시죠?"

"치안군 특수분대의 지휘관입니다. 지자께서 박사님을 모셔 오라고 우릴 보내셨어요."

"어디로 가나요?"

"원하신다면 어디든 갈 수 있습니다. 어떤 생활이든 누리실 수 있어요. 물론 박사님 스스로 원해야 한다고 하셨습니다."

이때 또 다른 소리가 청신의 귓속으로 파고들었다. 처음에는 환청이라고 생각했다. 헬리콥터 프로펠러 소리였다. 인류가 반중력 기술을 가지고 있기는 하지만 에너지 소모량이 많아 실제로 사용하지 못하고 있었다. 현재 대기층을 오가는 비행기 중 대다수는 여전히 과거의 프로펠러식이었다. 그녀는 얼굴을 훅 덮치는 기류를 느끼며 헬리콥터가 정말로 가까운 상공에 멈추어 있음을 알았다.

"지자와 통화할 수 있나요?"

누군가 그녀의 손에 무언가를 쥐여주었다. 휴대전화였다. 전화기를 귓가에 대자 지자의 목소리가 들렸다.

"여보세요, 검잡이?"

"청신이에요. 당신을 찾고 있었어요."

"날 왜? 아직도 자신이 구세주인 줄 아나?"

청신이 천천히 고개를 저었다.

"아뇨. 그렇게 생각한 적 없어요……. 두 사람을 구하고 싶어요. 그럴 수 있죠?"

"그게 누구지?"

"AA와 프레스예요."

"그 시끄러운 꼬마와 원주민 노인? 날 찾은 것도 그것 때문인가?"

"그래요. 두 사람이 호주를 떠나 자유롭게 살게 해주세요."

"좋아. 그럼 넌?"

"내 걱정은 할 필요 없어요."

"주변 상황이 어떤지 봤을 텐데?"

"아뇨. 아무것도 보이지 않아요."

"실명했다고? 영양부족은 아니겠지?"

이상한 일이었다. 지자가 어떻게 프레스를 알고 있을까? 그들 세 사람은 지난 1년 동안 충분한 배급을 받았고 프레스의 집도 다른 현지인의 집처럼 몰수당하지 않았다. 또 청신과 AA가 프레스의 집으로 이사한 후에는 아무도 그녀를 찾아와 귀찮게 하지 않았다. 청신은 그것이 현지 정부가 자신을 배려해주었기 때문이라고 생각했다. 그런데 이제 보니 지자가 지속적으로 그녀에게 관심을 쏟았기 때문이다. 물론 청신은 4광년 밖에서 지자를 통제하고 있는 것이 개인이 아닌 집단이라는 사실을 알고 있었지만 다른 사람들과 마찬가지로 지자를 그저 한 개체이자 한 여자로 여기고 있었다.

42억 명을 죽이고 있는 여자가 청신을 보살펴주고 있었던 것이다.

지자가 말했다.

"이곳에 있다간 사람들에게 잡아먹혀."

"알아요."

청신의 담담한 대답에 지자가 탄식하듯 말했다.

"좋아. 지자 하나를 붙여줄게. 생각이 바뀌거나 도움이 필요하면 소리 내서 말해. 내가 들을 수 있으니까."

청신은 침묵했다. 그녀는 끝까지 고맙다는 말은 하지 않았다.

누군가 청신의 팔을 붙잡았다. 치안군 지휘관이었다.

"부탁하신 두 분을 수행하라는 명령을 받았습니다. 걱정하지 마세요. 개인적으로 드리는 말씀이지만 청신 박사님도 여길 떠나시는 게 좋겠어요. 이곳은 곧 인간 지옥으로 바뀔 겁니다."

청신은 고개를 저었다.

"어서 가세요. 두 사람이 어디에 있는지는 알고 있죠? 고마워요."

청신은 헬리콥터 소리를 들었다. 실명 후 청각이 극도로 예민해져 제삼의 눈을 얻은 것 같았다. 날아오른 헬리콥터가 2킬로미터를 날아가 프레스의 집 앞에서 내려앉았다가 몇 분 뒤 다시 날아올라 점점 멀어졌다.

청신은 가만히 눈을 감았다. 눈을 뜨고 있어도 암흑뿐이었다. 그녀의 찢어진 마음이 흥건한 피웅덩이 속에서 약간의 평화를 찾았다. 어둠이 일종의 보호가 되었다. 어둠 밖은 더 무서웠다. 지금 어둠 밖에 떠 있는 무언가가 어둠보다 더 서늘하고 암울했다.

주위가 더 요란해졌다. 발소리, 부딪치는 소리, 총소리, 욕설, 비명, 흐느낌, 울음…… 벌써 사람을 잡아먹기 시작한 걸까? 이렇게 빨리 시작될 리는 없었다. 석 달 뒤 식량 배급이 완전히 끊긴 뒤에도 대부분은 인육을 먹지 못할 것이라고 청신은 믿고 있었다.

그 때문에 대부분의 사람들이 죽게 될 것이다.

살아남은 5000만 명이 그때도 역시 사람이든 아니면 다른 무언가로 변하든 그건 중요하지 않았다. 인류라는 개념이 사라지게 될 테니까.

인류의 역사를 한마디로 요약할 수 있었다.

'아프리카에서 나와 7만 년 동안 떠돌다가 마지막에 호주로 들어가다.'

인류는 호주에서 다시 출발점으로 돌아갔다. 하지만 다시 시작하는 것은 불가능하다. 여행은 끝이 났다.

아기 울음소리가 들렸다. 청신은 그 작은 생명을 품에 안고 싶었다. 2년 전 UN 본부 앞에서 안았던 아기가 생각났다. 보드랍고 따뜻했으며 웃음은 달콤했다. 모성애가 청신의 가슴을 갈가리 찢었다. 아이들이 굶주리는 것이 두려웠다.

위협의 세기 최후의 10분, 62년 11월 28일 16시 17분 34초~16시 27분 58초, 오르트 구름 밖 그래비티호와 블루스페이스호

물방울이 공격했다는 경보가 울린 뒤 그래비티호에서 유일하게 큰 짐을 내려놓은 듯 안도한 사람이 있었다. 제임스 헌터였다. 일흔여덟 살의 그는 이 전함의 최고 연장자였기 때문에 사람들은 그를 올드 헌터라고 불렀다.

반세기 전 목성 궤도의 함대 본부에서 스물일곱 살의 헌터가 참모총장으로부터 명령을 전달받았다.

참모총장이 말했다.

"자네를 그래비티호의 조리관리원으로 파견하겠네."

조리관리원이란 예전의 취사병이었다. 지금은 전함의 모든 요리를 인공지능이 대신하기 때문에 조리관리원은 매끼 식단을 조리 시스템에 입력하는 일만 했다. 원래 이 보직의 최고 계급은 중사지만 헌터는 방금 대령 계급장을 받았다. 그는 함대 내에서 제일 젊은 나이에 대령이 된 사람이었다. 하지만 헌터는 의아하게 여기지 않았다. 자신이 해야 하는 일이 무엇인지 알고 있었기 때문이다.

"자네의 실제 임무는 중력파 발사대를 감시하는 것이네. 전함의 지휘 시스템에 통제 불가능한 위험이 발생하면 발사 통제기를 파괴해. 비상 상황이 닥쳤을 때 필요하다고 판단된다면 그 어떤 수단을 동원해도 좋아."

그래비티호의 중력파 발사 시스템은 안테나와 발사 통제기로 이루어져 있었다. 선체 자체가 안테나이기 때문에 안테나를 파괴하는 것은 불가능하지만 발사 통제기를 무력화시키면 시스템 전체가 기능을 잃게 된다. 그래비티호와 블루스페이스호의 조건으로 볼 때 발사 통제기를 새로 만드는 것은 불가능하다.

헌터는 옛날 핵잠수함에도 자신과 같은 잠복자가 있었다는 것을 알고 있었다. 당시 소련이든 북대서양조약기구든 전략 핵잠수함에 탑승한 병사나 하급 장교 중에 이런 비밀 임무를 맡고 있는 사람들이 있었다. 대부분 그리 눈에 띄지 않는 보직에 있었지만, 누군가 잠수정과 대륙 간 탄도미사일 발사권을 장악하려고 하면 그들이 예상치 못한 방향에서 과감한 행동으로 이 시도를 저지했다.

"전함 내부의 모든 동향을 감시하게. 모든 근무조의 상황을 파악해야 하니까 자네는 동면할 수 없어."

"제가 100살 넘도록 살 수 있을지 모르겠습니다."

"일흔만 넘기면 돼. 그땐 선체 진동 줄의 반감기가 되니까 그래비티호의 중력파 발사 시스템이 작동할 수 없지. 그러면 자네 임무도 끝나. 전반기 항해에는 깨어 있는 상태로 지내겠지만 그 후에는 계속 동면할 수 있어. 하지만 투철한 희생정신이 필요해. 일생을 다 바쳐야 하는 일이지. 원치 않는다면 거절해도 좋아."

"하겠습니다."

참모총장이 예전 시대의 장군이라면 묻지 않을 질문을 했다.

"이유가 뭔가?"

"최후의 전쟁에서 저는 뉴턴호에 파견된 전략정보국 소속 정보 분석장교였습니다. 전함이 물방울에 격침되기 전 구명정을 타고 피신했습니다. 전함에서 제일 작은 구명정이지만 최대 다섯 명까지 탈 수 있었습니다. 수많은 사람이 구명정을 향해 달려갔지만 저는 그걸 혼자 타고 도망쳤습니다……"

"그 일은 나도 알아. 군사재판에서 자네의 과실이 아니라고 판결했지. 자네가 탄 구명정이 전함을 빠져나가고 10초도 안 돼서 전함이 폭발했어. 자넨 기다릴 시간이 없었어."

"하지만…… 그때 제가 뉴턴호와 함께했어야 한다고 생각합니다."

"뼈아픈 실패는 잊을 수 없는 법이지. 우린 모두 그때 살아남지 말았어야 한다는 생각을 품고 있어. 하지만 이번엔 자네가 수십억 인구를 구할 수 있어."

두 사람은 오랫동안 침묵했다. 창밖에서 목성의 대적점*이 거대한 눈처럼 그들을 주시하고 있었다.

"구체적인 임무를 전달하기 전에 미리 말해둘 게 있네. 극도로 예민한 판단이 필요해. 위험의 정도를 판단할 수 없을 때는 우선적으로 파괴 절차를 진행시키게. 오조작이 발생해도 자네 책임이 아니야. 추가적으로 따르는 손실까지 고려할 필요는 없어. 필요하다면 전함 전체를 폭파시켜도 무방해."

전함이 출발한 후 헌터는 첫 근무조에 배치되었다. 근무 기간은 5년이었다. 이 5년 동안 그는 남몰래 파란 약을 복용했다. 첫 근무조의 근무가

---

* 옮긴이 주: 목성 표면에 있는 타원형의 커다란 붉은 반점.

끝나고 동면하기 전 신체검사에서 그는 뇌혈관의 혈액응고장해가 있다는 판정을 받았다. 동면장애증이라고도 불리는 이 희귀병은 정상 생활에는 아무 영향이 없지만 동면은 불가능했다. 동면했다가 깨어날 때 심각한 대뇌 손상이 일어날 수 있기 때문이다. 지금까지 발견된 질병 중 유일하게 동면에 영향을 주는 병이었다. 헌터에게 확진 판정이 내려지자 주위 사람들이 장례식에 참석한 듯한 눈빛으로 그를 쳐다보았다.

그렇게 해서 헌터는 항해 내내 깨어 있었다. 전함 승무원들은 동면했다가 깨어날 때마다 조금씩 늙어 있는 그를 볼 수 있었다. 그는 깨어난 사람들에게 그들이 동면하고 있던 십수 년간 있었던 재미있는 일들을 얘기해주었기 때문에 전함에서 제일 인기가 많은 사람이었다. 장교든 병사든 모두 이 취사병을 좋아했다. 어느새 그는 기나긴 항해의 상징이 되었다. 이 순박하고 사교성 좋은 취사병이 함장과 같은 계급의 장교이고, 위기가 닥쳤을 때 함장 외에 유일하게 전함을 파괴할 권한과 능력을 가진 사람이라는 사실을 아무도 상상하지 못했다.

처음 30년 동안은 연애도 몇 번 했다. 그는 이 방면에서 남들이 질투할 만한 장점을 가지고 있었다. 근무조가 교체될 때마다 새로운 애인을 사귈 수 있다는 점이었다. 하지만 시간이 흐를수록 그는 계속 늙었지만 여자들은 여전히 젊고 예뻤다. 여자들은 늙은 그를 그저 친구나 재미있는 사람으로밖에는 생각하지 않았다.

반세기 동안 헌터가 유일하게 사랑한 여자는 아키하라 레이코였다. 하지만 대부분의 시간 동안 그와 그녀는 1000만 천문단위 이상 떨어져 있었다. 아키하라 레이코는 블루스페이스호에 승선한 항해사 상위*였다.

블루스페이스호 추격은 삼체와 지구 두 세계의 공동 목표였다. 깊은 우

* 옮긴이 주 : 중위와 대위 사이의 계급.

주에서 항해하고 있는 이 외로운 우주선은 두 세계 모두에게 위협적이었다. 어둠의 전쟁에서 살아남은 두 전함을 지구로 귀환하도록 유인하는 과정에서 블루스페이스호는 우주가 암흑의 숲이라는 것을 알게 되었다. 만약 그들이 우주 전송 능력을 갖게 된다면 어떤 일이 벌어질지 상상조차 할 수 없었다. 지자의 사각지대에 들어가기 전까지는 지자가 블루스페이스호 내부의 실시간 영상을 그래비티호로 전송해주었다.

지난 수십 년간 헌터는 중사에서 상사로 승진한 후 다시 파격적으로 간부 장교로 발탁되어 준위에서 상위로 승진했다. 상위 계급도 지자에게 받은 블루스페이스호 내부 영상을 볼 수 있는 권한은 없었다. 하지만 그는 전함 내 거의 모든 시스템의 백도어 코드를 가지고 있었으므로 자신의 선실에서 블루스페이스호의 실시간 영상을 손바닥만 한 크기로 축소해서 보곤 했다. 그곳은 그래비티호와는 완전히 다른 사회였다. 막강한 군사 독재가 이루어졌으며 엄격하고 냉혹한 규율을 통해 사람들에게 전체주의를 주입했다. 레이코를 처음 본 것은 그래비티호가 출발하고 2년째 되는 해였다. 헌터는 이 아름다운 동양 아가씨에게 한눈에 반해 몇 시간씩 영상 속 그녀를 지켜보곤 했다. 그녀의 일거수일투족을 그녀와 함께 지내는 동료보다 더 잘 알았다. 하지만 1년 뒤 레이코가 동면에 들어갔다. 그녀가 깨어나 다시 근무를 시작했을 때는 30년이나 흐른 뒤였다. 그녀는 여전히 젊었지만 헌터는 청년에서 예순을 바라보는 나이가 되어 있었다. 그해 크리스마스이브 파티가 끝난 뒤 선실로 돌아온 헌터는 블루스페이스호의 실시간 영상을 재생시켰다. 화면에 제일 먼저 나타난 것은 전함의 복잡한 전체 구조도였다. 항해통제센터가 있는 위치를 두드리자 근무 중인 레이코의 모습이 나타났다. 그녀는 대형 홀로그램 성도(星圖)를 응시하고 있었다. 앞쪽에는 붉은 선으로 블루스페이스호의 항적이 그려져 있고 뒤쪽에 붉은 선과 거의 겹치게 그려진 흰 선은 그래비티호의 항적이었다. 그 흰

선은 그래비티호의 실제 항로와 약간의 오차가 있었다. 현재 두 전함이 수천 천문단위나 떨어져 있기 때문에 전함처럼 작은 목표물의 위치를 정확히 파악하는 것은 쉽지 않은 일이었다. 두 전함 사이의 거리는 거의 정확하게 계산되어 있었다. 헌터가 화면을 조금 확대시키자 영상 속 레이코가 갑자기 몸을 돌려 헌터를 바라보며 매력적인 미소로 인사를 건넸다.

"메리크리스마스!"

물론 자신에게 건넨 인사가 아니라는 걸 헌터는 알고 있었다. 그건 모든 추격자에게 보내는 축복의 인사였다. 그녀는 지금 지자가 자신을 감시하고 있다는 건 알고 있지만 화면 너머 헌터를 볼 수는 없었다. 어쨌든 그때가 헌터에게 가장 행복한 순간이었다. 블루스페이스호에는 승선원이 많아 레이코의 근무 시간은 길지 않았다. 그녀는 1년 뒤 다시 동면에 들어갈 예정이었다. 헌터는 레이코를 만나게 될 날을 기다렸다. 그래비티호가 블루스페이스호를 따라잡는 날이 바로 그녀를 만나는 날일 것이다. 하지만 모든 게 순조롭게 진행된다 해도 그때 자신은 여든 살을 눈앞에 두고 있을 것이라는 슬픈 예상을 했다. 그녀에게 "사랑해요"라고 고백한 뒤 법정으로 들어가는 그녀를 눈으로 배웅하는 것이 그가 바라는 꿈이었다.

지난 반세기 동안 헌터는 자기 임무를 충실히 수행했다. 전함에서 발생할 수 있는 이상 상황을 시시각각 관찰하고 각종 위기가 일어났을 때 대응 방법을 머릿속으로 수없이 연습했다. 하지만 임무 자체가 주는 스트레스는 없었다. 스스로 확고하게 선택한 일이고, 든든한 조력자가 시시각각 전함을 수행하고 있었기 때문이다. 다른 승선원들과 마찬가지로 그도 선창을 통해 멀리서 편대 항해하고 있는 물방울을 바라보곤 했다. 우주에서 보는 물방울은 그에게 남들은 알지 못하는 한 가지 의미를 더 품고 있었다. 그래비티호에 비상 상황이 발생하면, 특히 반란이나 중력파 발사 시스템 통제권을 탈취하려는 시도가 나타나면 물방울이 즉시 이 전함을 폭파하기로 되어 있었다. 지금은 수 킬로미터 밖에 있지만 그들이 목표물을 공격하는 데 걸리는 시간은 5초를 넘지 않았다.

지금 헌터는 임무 완수를 앞두고 있었다. 중력파 발사 안테나의 핵심 부품인 진동 줄이 곧 반감기에 도달하게 된다. 굵기가 10나노도 되지 않지만 1500미터의 선체를 관통하고 있는 강력한 줄이었다. 앞으로 두 달이 채 흐르지 않아서 진동 줄의 밀도가 중력파 발사가 가능한 마지노선 밑으로 떨어질 것이고 그러면 안테나가 완전히 기능을 상실하게 된다. 그때가 되면 그래비티호는 두 세계에 치명적인 위협이 되는 중력파 발사 스테이션으로서의 수명을 다하고 일반적인 행성급 우주선으로 돌아갈 것이며, 자동적으로 헌터의 임무도 완료된다. 헌터는 그때 자신의 신분을 밝힐 계획이었다. 신분을 밝혔을 때 쏟아질 반응이 경의와 감탄일지 질책과 비난일지 무척 궁금했다. 어쨌든 그가 파란 약 복용을 중단하면 뇌혈관 혈액응고장해가 사라져 동면이 가능해질 것이고, 푹 자고 일어난 뒤에 새 시대를 맞이한 지구에서 여생을 보내게 될 것이다. 물론 동면은 레이코를 만난 뒤의 일이지만 어쨌든 그날이 머지않아 찾아올 것이다.

그런데 편대가 지자의 사각지대로 들어가고 말았다. 지난 반세기 동안 100가지 넘는 위기 상황을 예상했지만 이건 그중에서도 심각한 위기 상황이었다. 지자가 기능을 상실해 물방울과 삼체 세계가 그래비티호 내부의 상황을 실시간으로 감시할 수 없었다. 돌발 상황이 발생할 경우 물방울이 즉각적으로 반응할 수 없다는 뜻이다. 헌터는 10배나 무거워진 부담이 온몸을 짓누르는 것을 느끼며 막 임무를 시작했을 때처럼 극도로 긴장했다.

헌터는 전함 내부의 동향을 더 예민하게 살폈다. 그래비티호의 전체 승선원이 깨어나 있기 때문에 감시하기가 훨씬 어려웠지만 다행히 헌터는 전함에서 유일하게 전체 승선원을 잘 알고 좋은 관계를 유지하고 있었다.

또 그가 보여준 유순한 성격과 변두리 보직 때문에 그를 경계하는 사람은 거의 없었다. 특히 사병과 하급 장교들은 상급 지휘관이나 정신과 군의관에게 하기 힘든 얘기를 그에게 솔직하게 털어놓곤 했다. 그 덕분에 헌터는 전함 내부의 상황을 비교적 정확하게 파악할 수 있었다.

지자의 사각지대로 들어간 후 상황이 점점 미묘해졌다. 반세기 동안 항해하면서 거의 없었던 이상 현상이 동시다발적으로 일어났다. 선체 중앙에 있는 생활 구역이 미소 유성체의 공격을 받고, 선실 벽에 갑자기 구멍이 뚫리는 걸 보았다는 사람들이 속속 나타났다. 어떤 물체의 일부 또는 전부가 사라졌다가 얼마 후에 원 상태로 돌아오기도 했다. 이런 모든 이상 현상 가운데 헌터가 가장 심각하게 받아들인 것은 데번 중령이 겪었다는 신비한 만남이었다. 전함의 고위 장교인 데번은 헌터와는 친분이 별로 없었다. 어느 날 헌터는 데번이 모두들 가급적 피하고 싶어 하는 심리학자를 자진해서 찾아가는 것을 보고 그를 주의 깊게 살피기 시작했다. 헌터는 오래된 위스키를 미끼로 데번에게 접근해 슬쩍 말을 걸었고 대화 중 이상한 일을 듣게 되었다. 물론 미소 유성체 사건을 제외하면 이 모든 것의 가장 합리적인 해석은 사람의 환각이라는 것이었다. 웨스트 박사와 정신과 군의관들은 지자가 사라졌다는 사실이 알 수 없는 방식으로 사람들의 정신질환을 유발하고 있다고 분석했다. 하지만 비밀 임무를 수행하고 있는 헌터는 이런 분석을 받아들일 수 없었다. 정신질환과 환각이라는 두 가지 가능성을 배제한다면 이 모든 이상한 일은 '불가능'으로 귀결되지만, 헌터의 비밀 임무가 바로 혹시 출현할지도 모르는 불가능에 대응하는 것이었다.

거대한 안테나에 비하면 중력파 발사 시스템 컨트롤러는 아주 작았다. 선미의 작은 구형 선실 안에 있었으며 전함 내부의 어떤 부분과도 연결되어 있지 않은, 완벽한 독립 시스템이었다. 그 구형 선실은 단단히 잠가놓은 금고 같아서 함장을 포함해 그 누구도 이곳에 들어가는 비밀번호를 알지 못했다. 이 시스템을 작동시켜 중력파를 발사할 수 있는 사람은 지구에 있는 검잡이뿐이었다. 검잡이가 지구에서 전송 스위치를 누르면 중성미자 정보가 그래비티호로 전송되어 전함에서 중력파가 발사되었다. 물론 현재 이 신호가 지구에서 이곳까지 도착하는 데 1년이 걸렸다.

단, 그래비티호가 납치당한다면 이런 방어 체계가 큰 역할을 할 수 없을 것이다.

헌터의 손목시계에 있는 작은 버튼을 누르면 발사 컨트롤러가 있는 구형 선실 안에서 폭탄이 터지며 내부의 모든 장비가 고온에 녹아버리게 될 것이었다. 헌트가 하는 일은 단 하나였다. 어떤 종류의 위기가 출현하든 위험이 한계치를 넘어서면 이 버튼을 눌러 발사 컨트롤러를 파괴하는 것. 즉, 중력파 발사 시스템을 회복 불능 상태로 만들어버리는 것이었다. 위험이 한계치를 초월했는지의 여부는 그의 판단에 달려 있었다.

그런 점에서 볼 때 헌터는 사실 '반검잡이'였다.

그러나 헌터는 손목시계의 버튼과 컨트롤러 선실 속에 있는, 그가 한 번도 본 적 없는 폭탄을 신뢰하지 않았다. 자신이 밤낮으로 컨트롤러 선실 밖을 지키는 것이 최선이라고 여겼다. 의심을 살 수 있다는 문제가 있지만 그는 지금까지 자신의 신분을 훌륭하게 위장하고 있었다. 컨트롤러 선실에 최대한 가까이 다가가기 위해 역시 선미에 있는 우주학 관측 스테이션을 자주 찾아갔다. 남들의 의심을 피하면서 컨트롤러 선실을 감시할 수 있는 방법이었다. 전체 승선원이 깨어 있기 때문에 다른 조리 관리원이 주방을 맡고 있었다. 헌터는 한가했고 관이판 박사는 이 전함에서 유일하게 군대 규율에 구속받지 않는 민간학자였기 때문에 헌터가 그를 찾아가 술을 마시며 이야기를 나누는 것은 전혀 이상할 게 없었다. 관이판은 헌터가 특권을 이용해 가지고 오는 술을 기꺼이 즐기며 우주의 '3과 30만 증후군'에 대한 이야기를 들려주었다. 얼마 안 가서 헌터는 대부분의 시간을 관측 스테이션에서 보내기 시작했다. 관측 스테이션과 컨트롤러 선실은 복도를 통해 20미터 남짓 떨어져 있었다.

조금 전 헌터는 관측 스테이션으로 가던 중 관이판과 심리학자가 선수 쪽으로 가는 것을 보고 관측 스테이션을 지나쳐 컨트롤러 선실로 향했다. 컨트롤러 선실을 10미터도 남겨두지 않았을 때 물방울 공격 경보가 울렸다. 그는 계급이 낮아 공중에 뜬 조작 창으로 대략적인 내용밖에 알 수 없지만 지금 물방울이 편대 항해를 할 때보다 더 멀리 떨어져 있다는 것을 알았다. 아마 10여 초가 걸릴 것이다. 최후의 순간에 헌터가 느낀 것은 해탈과 안도였다. 앞으로 세계가 어떻게 되든 상관없이 그의 임무는 완수되는 것이다. 그를 기다리는 것은 죽음이 아니라 승리였다.

그 때문에 30초 후 경보가 해제되었을 때 헌터는 이 전함에서 유일하게 극도의 공포에 휩싸였다. 그의 임무로 본다면 물방울의 공격은 해탈이지만 경보 해제는 엄청난 위기였다. 이미 출현한 예측 불허의 상황에서도 중력파 발사 시스템이 건재하다는 뜻이기 때문이다. 그는 일말의 망설임도 없이 손목시계의 폭파 버튼을 눌렀다.

조용했다. 컨트롤러 선실이 아무리 밀폐되어 있어도 내부 폭발의 진동은 느껴져야 정상이었다. 손목시계의 작은 화면에 메시지 한 줄이 나타났다.

—폭파 조작을 완료할 수 없음. 폭파 모듈이 해체됨.

헌터는 놀라지 않았다. 이미 최악의 상황이 발생했음을 직감적으로 알고 있었다. 행운이 10여 초 차이로 그를 스쳐 지나갔다.

물방울 두 개 모두 목표를 명중시키지 못했다. 그들은 각각 그래비티호와 블루스페이스호를 간발의 차이로 스쳐 지나갔다. 두 전함과의 최단 거리가 수십 미터밖에 되지 않았다.

경보가 해제되고 3분이 지난 뒤 그래비티호의 함장 조세프 모로비치와 고위 지휘관들이 작전센터에 모였다. 공중에 커다란 상황도가 나타났다. 깜깜한 우주 배경 속 모든 별을 지우고 두 전함의 상대 위치와 물방울의 공격 노선만 표시되어 있었다. 30만 킬로미터 길이의 백색 선 두 가닥은 직선처럼 보였지만 세부 데이터를 분석해보면 포물선이었다. 곡률이 너무 작아서 느낄 수 없을 뿐이었다. 두 물방울이 가속을 시작하고 얼마 되지 않아 비행 방향이 계속 바뀌었다. 변화는 미세했지만 작은 변화가 쌓여 각각의 공격 목표와 수십 미터의 오차가 생기고 말았다. 지휘관들은 그것이 원래 물방울의 항로가 아니라는 것을 알았다. 그들 중 대부분이 최후의 전쟁에 참전했던 사람들이었다. 물방울이 초고속 운동을 하면서도 날카로운 예각을 그리며 방향을 틀던 광경은 지금 생각해도 가슴이 서늘했다. 지금의 이 항로는 항로와 수직을 이루는 외력이 연속적으로 작용해 물방울을 공격 항로에서 밀어내고 있는 것처럼 보였다.

함장이 말했다.

"가시광선 녹화 영상."

별과 은하가 나타났다. 실제 우주의 모습을 찍은 영상이었다. 한쪽 구석에서 깜빡거리며 시간을 나타내는 숫자가 몇 분 전의 공포를 상기시켰다. 그때 할 수 있는 건 죽음을 기다리는 것뿐이었다. 회피 기동도 방어 사격도 모두 무의미했다. 시간이 멈추었다. 물방울이 전함 옆을 스치고 있었지만 속도가 너무 빨라 육안으로 보이지 않았다.

다음은 고속촬영 영상이었다. 10여 초 동안 일어난 일을 모두 보려면 긴 시간이 걸렸기 때문에 마지막 부분만 재생했다. 화면을 스쳐 지나가는 물방울을 똑똑히 볼 수 있었다. 별이 총총히 떠 있는 배경 앞으로 어스름한 유성이 시야를 가르고 지나갔다. 다시 앞으로 돌려 재생했다. 물방울이 화면의 정중앙을 지날 때 영상을 정지시킨 뒤 화면을 확대했다. 물방울이 화면의 절반을 가득 채웠다. 반세기 동안의 편대 항해로 물방울의 모습을 잘 알고 있던 그들은 얼음물을 뒤집어쓴 듯 소름이 끼쳤다. 물방울의 형태는 그대로지만 표면은 완벽하게 매끄러운 거울이 아니라 어두침침한 구리색을 띠고 녹슨 흔적도 있었다. 젊음을 유지하는 마법이 갑자기 효력을 잃어버린 마녀의 얼굴처럼 3세기 동안 우주의 세월이 남긴 흔적이 한꺼번에 나타난 것 같았다. 더 이상 영롱한 요정이 아니라 우주를 떠도는 낡은 탄알이었다. 최근 지구와의 통신으로 그들도 SIM의 기본 원리를 알았다. 물방울 표면이 내부 장치에서 생성된 역장 안에 위치해 있어서 이 역장이 입자 간 전자력을 상쇄시킴으로써 강한 상호작용을 발생시키는 원리였다. 역장이 사라지면 SIM도 평범한 금속으로 변했다.

물방울이 죽은 것이다.

그다음은 모니터링 기록이었다. 시뮬레이션 분석 결과, 물방울이 그래비티호를 스쳐 지나간 뒤 비행 속도가 느려지며 직선의 균속 활주로 바뀌었다. 신비한 추력이 사라진 것이다. 이 상태가 몇 초간 지속되다가 물방울이 감속하기 시작했다. 전쟁 분석 시스템의 계산에 따르면 물방울을 감속시킨 추력과 물방울의 비행 방향을 변화시킨 추력이 거의 비슷했다. 어떤 동일한 힘이 비행 방향과 수직으로 있다가 물방울 정면으로 옮겨간 것 같았다.

고배율 망원경으로 촬영한 가시광선 영상에서 멀리 날아가고 있는 물방울의 뒷모습을 볼 수 있었다. 물방울 스스로 방향을 90도로 비튼 뒤에 비행 방향과 수직으로 감속을 시작했다. 바로 그때 신비한 일이 일어났다. 작전센터에 웨스트도 와 있었다. 자신의 눈으로 직접 보지 않았더라면 그는 길게 말할 것도 없이 심리적 환각이라고 단정했을 것이다. 어디선가 나타난 삼각형 물체가 물방울 앞을 막아섰다. 길이가 대략 물방울의 두 배였다. 블루스페이스호에 있는 우주왕복선이었다! 왕복선 외부에 추력을 높이기 위한 소형 핵융합 엔진이 여러 개 달려 있었다. 엔진 노즐이 화면 반대편을 향하고 있지만 전출력으로 내뿜고 있는 불꽃 기둥을 볼 수 있었다. 왕복선이 물방울과 맞서서 물방울을 감속시키고 비행 방향을 바꾼 것으로 추측할 수 있었다. 이 추력이 그래비티호를 구한 것이다. 물방울 너머 왕복선에서 우주복을 입은 두 사람이 나타났다. 두 사람의 몸이 감속 중인 물방울에 달라붙었다. 그중 손에 어떤 장비를 들고 있는 사람이 포획물을 연구하듯 물방울 위에서 무언가를 하기 시작했다. 지금까지 사람들은 물방울을 신비한 존재로 여기고 있었다. 마치 이 세계에 속하지 않는 듯 사람이 감히 다가갈 수 없는 존재였다. 최후의 전쟁 이전에 유일하게 물방울을 가까이에서 만져본 사람들은 모두 잿더미가 되었다. 그런데 화면 속 물방울은 이미 신비한 물체가 아니었다. 거울 같은 광택이 사라진 평범한 금속 덩어리였다. 심지어 우주인이 수집하는 골동품이나 폐품 같았다. 몇 초 뒤 우주인과 왕복선이 사라졌다. 죽은 물방울이 외롭게 둥둥 떠다녔지만 감속은 멈추지 않았다. 왕복선이 아직도 앞에서 물방울을 밀고 있다는 뜻이었다. 다만 보이지 않을 뿐.

누군가 소리쳤다.

"저들이 물방울을 파괴했다고?"

모로비치 함장은 한 가지 생각밖에 나지 않았다. 경보가 해제되었을 때 헌터와 마찬가지로 그 역시 조금의 망설임도 없이 손목시계의 버튼을 눌렀다. 헌터의 것과 동일한 손목시계였다. 이번에도 공중의 붉은 디스플레이에 오류 메시지가 나타났다.

─폭파 조작을 완료할 수 없음. 폭파 모듈이 해체됨.

함장이 작전센터를 뛰쳐나가 곧장 선미로 달려가자 다른 장교들도 그의 뒤를 따랐다.

그래비티호에서 중력과 발사 컨트롤러가 있는 선실에 제일 먼저 도착한 사람은 헌터였다. 선실에 들어갈 권한은 없지만 컨트롤러와 안테나 선체 사이의 연결을 차단할 생각이었다. 일시적으로 중력파 발사 시스템을 무력화시켜 시간을 벌어놓은 후에 선실 안에 있는 컨트롤러를 파괴할 방법을 찾으려고 했다.

그런데 이미 누군가 와 있었다.

헌터가 권총을 뽑아 들고 그를 겨누었다. 그는 그래비티호의 중위 군복을 입고 있었다. 그가 원래 입고 있어야 할 최후의 전쟁 당시 우주군 복장이 아닌 것으로 보아 전함에서 훔친 옷일 것이다. 상대가 컨트롤러 선실을 이리저리 보고 있었다. 헌터는 그의 뒷모습만 보고도 누구인지 알았다.

헌터가 말했다.

"데번 중령이 잘못 본 게 아니라는 걸 알고 있었지."

블루스페이스호의 해병대 지휘관 박의군 소령이 몸을 돌렸다. 서른 살도 채 되지 않은 듯 앳된 얼굴이었지만 그래비티호 사람들에게는 느낄 수 없는 신선함이 얼굴에 배어 있었다. 그도 다소 놀란 기색이었다. 이렇게 빨리 누군가 달려오리라고 예상하지 못했고, 또 그게 헌터라는 사실도 뜻밖인 것 같았다. 하지만 그가 차분함을 유지하며 양손을 반쯤 들었다.

"제 말을 들어주십시오."

헌터는 해명을 듣고 싶지 않았다. 그가 어떻게 그래비티호에 들어왔는지 알고 싶지 않았고, 그가 사람인지 귀신인지도 알고 싶지 않았다. 진실이 무엇이든 가장 위급한 상황이 닥쳤다는 사실에는 변함이 없었다. 그는 당장 중력파 발사 컨트롤러를 파괴해야 한다는 생각밖에 없었다. 이것은 그가 사는 목적의 전부였다. 자기 앞을 막는 자는 누구라도 없애야 했다. 그가 방아쇠를 당겼다.

총알이 박의군의 가슴에 박히며 그의 몸이 뒤로 밀려 선실 문에 부딪쳤다. 헌터의 권총에서 발사된 것은 선실 벽과 내부 장비에 손상을 입히지 않도록 만들어진 전함 내부용 총알로 레이저 건보다 살상력이 약했다. 총알이 박힌 자리에서 피가 울컥 쏟아졌지만 박의군은 무중력상태에서도 몸을 꼿꼿이 세운 채 피범벅이 된 군복 안으로 손을 집어넣어 오른쪽 갈비뼈 사이에 박힌 총알을 빼냈다. 헌터가 또 방아쇠를 당겼다. 총알이 상대의 가슴을 뚫고 들어갔다. 무중력상태라 출혈이 더 심했다. 헌터가 다시 상대의 머리를 조준했지만 세 번째 총알은 발사되지 못했다.

다급하게 달려온 함장과 장교들의 눈앞에 처참한 광경이 펼쳐졌다. 헌터의 권총은 멀리 날아가 있고 두 눈은 뒤집혀 흰자만 드러낸 채 뻣뻣해진 사지를 가늘게 떨고 있었다. 그의 입에서 분수처럼 뿜어져 나온 피가 무중력상태의 허공에서 크고 작은 구슬이 되어 사방으로 흩어졌다. 피구슬 사이에 검붉은 물체 하나가 섞여 있었다. 주먹만 한 크기에 꼬리 같은 튜브 두 개가 달려 있고 표면이 불투명해 피구슬과 쉽게 구분할 수 있었다. 규칙적으로 박동할 때마다 뒤에 달린 가는 튜브가 피를 뿜고 이것이 추진력이 되어 물체가 무중력상태에서 날아갔다. 물속에서 헤엄치고 있는 검붉은 해파리처럼.

헌터의 심장이었다.

조금 전 헌터는 몸부림 치며 오른손으로 가슴팍을 그러쥐고 사력을 다해 옷섶을 찢었다. 찢어진 옷섶 사이로 드러난 그의 가슴은 상처 하나 없이 깨끗했다.

"당장 수술하면 살릴 수 있을 겁니다."

박의군 소령이 쉰 목소리로 가늘게 말했다. 그의 가슴에 난 두 개의 총구멍도 계속 피를 게워내고 있었다.

"요즘 의사들은 가슴을 열지 않고 심장을 집어넣을 수 있다던데……. 움직이지 마십시오. 움직였다가는 저들이 당신들 심장이나 뇌를 뽑아버릴 테니까. 나뭇가지에서 사과 따듯이……. 그래비티호는 점령됐습니다."

무장한 사람들이 다른 쪽 복도에서 쏟아져 나왔다. 최후의 전쟁 이전의 해병대복인 감색 간이 우주복을 입고 있었다. 블루스페이스호 사람들이었다. 그들은 막강한 살상력의 레이저 돌격소총을 들고 있었다.

　함장이 주위 장교들에게 눈짓을 하자 모두 조용히 무기를 내려놓았다. 블루스페이스호의 승선원 수는 그래비티호의 10배였다. 해병대원만 해도 100명이 넘었으므로 그래비티호를 가뿐히 점령할 수 있었다.

　이제 아무것도 믿을 수 없었다. 블루스페이스호는 초자연적인 마법 전함으로 변해 있었다. 최후의 전쟁 때의 끔찍했던 기억이 되살아났다.

　블루스페이스호의 둥근 홀 중앙에 1400여 명이 떠 있었다. 그중 1200여 명은 블루스페이스호의 승선원이었다. 이곳은 60여 년 전 블루스페이스호의 군인들이 도열한 채 장베이하이의 지휘에 따르겠다고 선서했던 곳이었다. 지금 이곳에 있는 사람 대부분이 그때 그곳에도 있었다. 전함이 정상적인 항해를 할 때는 소수의 승선원만 남기고 동면했기 때문에 60년 넘게 흘렀지만 그들의 평균 연령은 3~5세 높아졌을 뿐이다. 대부분은 세월의 흔적을 느낄 수 없었고 어둠의 전쟁 당시 타오르던 화염과 우주에서의 적막한 장례식이 지금도 눈에 선했다. 나머지 100여 명은 그래비티호에서 온 사람들이었다. 다른 색 군복을 입은 두 전함의 승선원들이 서로 경계하며 멀리 거리를 두고 모여 있었다.

　그들 앞에 있는 두 전함의 고위 지휘관들은 뒤섞여 있었다. 그중 가장 눈에 띄는 사람은 블루스페이스호의 함장인 추옌(褚岩) 대령이었다. 마흔세 살이지만 나이보다 더 젊어 보였고 수줍음을 타는 것처럼 보일 만큼 언행이 차분한 학자형 군인이었다. 지구 세계에서 그는 전기적인 인물이었다. 그가 어둠의 전쟁 직전에 블루스페이스호 내부를 진공상태로 만들어놓은 덕분에 초저주파 수소폭탄의 최초 공격에 전멸되지 않을 수 있었다. 어둠의 전쟁에서 블루스페이스호가 취한 행동이 정당방위였는지 살인이었는지에 대해서는 지구에서 여전히 논란이 있었다. 암흑의 숲 위협이 시작된 후에도 그는 주위의 반대와 향수병에 시달리는 승선원들의 염원을 무릅쓰고 지구로의 귀환을 거부했다. 그 덕분에 청동시대호가 보낸 경고 메시지를 받았을 때 도주를 위한 충분한 시간을 벌 수 있었다. 이 밖에도 추옌에 얽힌 소문이 많았다. 자연선택호가 배신하고 도주할 때도 그는 유일하게 추격을 주장한 함장이었다. 사실 그의 진짜 목적은 블루스페이스호를 탈취해 자연선택호와 함께 도주하는 것이었다는 말도 있지만 역시 소문일 뿐이다.

추옌이 말했다.

"두 전함의 승선원이 거의 다 모였습니다. 양측 사이에 이견이 존재하기는 하지만 우리는 서로를 같은 세계 사람으로 생각하고 있습니다. 블루스페이스호와 그래비티호가 함께 이룬 세계입니다. 하지만 이 세계의 미래를 계획하기 전에 우선적으로 해결해야 할 시급한 과제가 있습니다."

허공에 커다란 홀로그램 화면이 나타났다. 별이 드문드문 떠 있는 우주가 펼쳐져 있고 한가운데 옅은 안개가 모여 있었다. 안개 속에 브러시처럼 생긴 하얀 직선이 촘촘히 그려져 있었다. 평행선 수백 개가 모여 있는 형태였다. 눈에 잘 띄도록 그래픽 처리를 해놓은 것 같았다. 지난 2세기 동안 '안개 속 브러시'는 사람들에게 익숙한 도안이었다. 심지어 이 도안이 상표로 사용되기도 했다.

"삼체 성계 부근 성간 먼지에 나타난 항적입니다. 여드레 전에 관측됐습니다. 영상을 자세히 보시죠."

흰 선들이 육안으로 관찰할 수 있을 만큼 길어지고 있었다.

그래비티호의 한 장교가 물었다.

"몇 배속으로 빨리 돌린 겁니까?"

"빨리 돌린 게 아니라 원래 속도입니다."

사람들이 웅성이고 홀 전체가 소란스러워졌다. 갑자기 폭우가 쏟아진 밀림처럼 소음이 귓전을 때렸다.

"간단히 계산해도, 이건…… 광속에 가깝군."

그래비티호의 모로비치 함장이 말했다. 이틀간 믿을 수 없는 일을 너무 많이 겪은 탓인지 그의 목소리는 차분했다.

추옌이 말했다.

"그렇습니다. 삼체 제2함대가 광속으로 지구로 향하고 있습니다. 4년 후 도착할 겁니다."

추옌이 안쓰러운 눈빛으로 그래비티호 사람들을 응시했다. 그들에게 이런 소식을 알리는 것이 못내 안타까운 듯했다.

"여러분이 출발한 후 지구 세계가 태평성세의 헛된 꿈에 도취되어 상황을 완전히 오판한 결과죠. 기회를 엿보고 있던 삼체 세계에게 기회가 온 겁니다."

그래비티호 사람들 속에서 누군가 외쳤다.

"이걸 어떻게 믿습니까? 영상을 위조했을 수도 있잖아요!"

"내가 증명할 수 있어요!"

관이판이었다. 그는 앞에 있는 장교들 틈에서 유일하게 군복을 입지 않은 사람이었다.

"관측 스테이션에서도 똑같은 항적을 관측했어요. 나는 우주를 거시적으로 관측하기 때문에 유심히 살피지 않고 지나쳤죠. 이 사람들한테 얘기를 듣고 관측 데이터를 확인했어요. 우리와 삼체 성계, 태양계가 부등변삼각형을 이루고 있어요. 삼체 성계와 태양계를 잇는 선이 제일 긴 변이고 우리와 태양계를 잇는 선이 제일 짧은 변이죠. 우리와 삼체 성계를 잇는 선의 길이는 중간이에요. 한마디로 지금 우리가 태양계보다 삼체 성계와 더 가까운 위치에 있어요. 지구에서는 약 40일 후에 항적을 관측하게 될 거예요."

추옌이 말했다.

"우리는 지구에서 큰 사건이 발생했다고 판단하고 있습니다. 다섯 시간 전 물방울이 우리 두 전함을 습격한 바로 그 시간이죠. 그래비티호에서 얻은 정보에 따르면 지구에서 검잡이 인수식이 열리는 시간이었습니다. 그 인수식이 바로 삼체 세계가 반세기 동안 기다려온 기회입니다. 물방울 두 개는 사각지대로 들어가기 전에 명령을 받았을 겁니다. 아주 오랫동안 계획해온 일이죠. 암흑의 숲 위협이 무력화되었다고 확신합니다. 가능한 결과는 두 가지죠. 중력파가 발사되었거나 발사되지 않았거나. 우린……."

추옌이 허공에 청신의 사진을 띄웠다. 방금 그래비티호에서 찾은 사진이었다. 청신이 UN 본부 앞에서 아기를 안고 있었다. 이 사진을 항적 화면만큼 크게 확대시키자 두 화면이 선명하게 대비되었다. 화면의 바탕을 이루는 검은색과 은색은 각각 우주의 심연과 차가운 별빛의 색이었고, 그 옆에서 아름다운 동방의 성모 청신과 그녀의 품에 안긴 아기가 온화한 황금빛 햇빛을 듬뿍 받고 있었다. 사람들은 반세기 동안 기다리던 태양에 가까이 간 듯한 착각이 들었다.

추옌이 말했다.

"……우린 후자라고 믿고 있습니다."

블루스페이스호 승선원이 외쳤다.

"사람들이 어떻게 저런 검잡이를 선택할 수가 있죠?"

모로비치 함장이 대답했다.

"그래비티호가 지구를 떠난 지 60년이 넘었소. 우리가 항해한 지도 반세기가 됐고. 지구 사회의 모든 것이 변하고 있소. 위협은 안락한 요람이 되었고 인류는 그 요람 안에서 다시 아기가 되었소."

그래비티호 승선원 중 누군가 퉁명스럽게 외쳤다.

"지구에 남자가 사라졌다는 것도 몰라요?"

추옌이 말했다.

"지구의 인류는 암흑의 숲 위협을 유지할 능력을 상실했습니다. 우리가 그래비티호를 점령해 다시 위협을 작동시킬 계획이었습니다. 중력파 안테나에 반감기가 있다는 걸 방금 알았지만, 두 달 후면 우리도 중력파를 발사할 수 없게 됩니다. 그건 우리 모두에게 큰 타격이 될 겁니다. 한 가지 선택만 남았습니다. 지금 즉시 중력파를 발사하는 겁니다."

사람들이 다시 술렁였다. 삼체 함대의 광속 항적이 그려진 냉혹한 우주 옆에서 아기를 안은 청신이 사랑스러운 눈으로 그들을 응시하고 있었다. 강렬하게 대비되는 이 두 화면이 그들 앞에 놓인 두 가지 선택을 보여주는 듯했다.

모로비치 함장이 언성을 높였다.

"세계 멸망죄를 저지르겠다는 거요?"

소란한 가운데에서도 추옌은 평온함을 유지하고 있었다. 그는 모로비치 함장의 말을 받지 않고 승선원들을 향해 말했다.

"중력파 발사 시스템을 작동시키는 것이 우리에게는 아무 의미도 없습니다. 지금 우리는 지구와 삼체의 추격과 공격에서 벗어났습니다. 두 세계는 더 이상 우리에게 위협이 되지 못합니다."

모두가 알고 있는 사실이었다. 두 전함에 잠복해 있는 지자들은 사각지대로 들어간 뒤 기능을 완전히 상실했다. 그들과 삼체 세계의 연결이 끊기고 물방울도 파괴되었다. 지구 세계와 삼체 세계가 두 전함을 놓쳐버린 것이다. 삼체가 아무리 광속을 낼 수 있다고 해도 오르트 구름 밖 아득한 우주에서 티끌만큼 작은 전함을 다시 찾아내는 건 불가능했다.

그래비티호의 한 장교가 말했다.

"이건 복수입니다!"

"우리는 삼체 세계에 복수할 권리가 있습니다. 그들은 죗값을 치러야 합니다. 이건 전쟁입니다. 전쟁에서 적을 섬멸시키는 건 지극히 당연한 일이죠. 인류 세계에 있는 중력파 발사 시설이 파괴되고 지구는 완전히 통제당하고 있을 겁니다. 대대적인 인류 멸종 작업이 시작될 가능성이 큽니다. 중력파 발사는 지구에 남은 마지막 기회입니다. 태양계의 좌표가 알려지면 그곳은 언제든 멸망당할 수 있게 되므로 점령할 가치가 없어집니다. 그걸 이용해 태양계에 있는 삼체인들을 쫓아낼 수 있습니다. 그들의 광속 함대도 더 이상 태양계를 목표로 삼지 못할 겁니다. 이렇게 하면 적어도 당장 인류 앞에 놓인 멸종 위기는 피할 수 있습니다. 중력파를 이용해 삼체 성계의 좌표만 공개할 겁니다."

"그건 태양계의 좌표를 공개하는 것과 다름없습니다."

"맞는 말입니다. 하지만 지구에 시간을 벌어주고 싶습니다. 최대한 많은 인류가 태양계에서 도망칠 수 있도록. 도주할지 안 할지는 그들의 선택에 달려 있겠죠."

모로비치가 말했다.

"이건 두 세계를 멸종시키는 행위요. 게다가 그중 하나는 우리의 어머니 별이지. 최후의 심판일의 판결만큼이나 중요한 일이오. 이렇게 쉽게 결정할 일이 아니란 말이오!"

"동의합니다."

추옌의 말과 동시에 허공에 떠 있는 두 화면 사이에 다른 홀로그램 화면이 나타났다. 직사각형의 빨간 스위치였다. 길이는 1미터쯤 되고 아래쪽에 숫자가 있는데 지금 보이는 숫자는 '0'이었다.

"아까 말했듯이 우리는 완전한 세계입니다. 이 세계에 있는 모두는 평범한 사람들이지만 운명에 떠밀려 두 세계에 최후의 심판을 내릴 수 있는 위치에 오게 되었습니다. 최종 결정을 내려야 합니다. 하지만 누구 한 사람 또는 몇몇 사람이 결정할 수는 없습니다. 세계의 운명이 달린 결정이므로 전체 투표로 정할 겁니다. 삼체 성계의 좌표를 우주로 전송하는 데 동의하는 사람은 이 빨간 스위치를 누르십시오. 반대하거나 기권하는 사람은 아무것도 누를 필요가 없습니다. 여러분, 현재 블루스페이스호와 그래비티호의 총 승선 인원이 1415명입니다. 찬성표가 전체 인원의 3분의 2, 즉 944표를 넘는다면 즉시 발사 시스템을 가동시킬 것이고, 그렇지 않으면 안테나가 기능을 상실하도록 그대로 둘 것입니다. 지금부터 전체 투표를 실시하겠습니다."

추옌이 말을 끝낸 뒤 몸을 돌려 허공에 떠 있는 대형 스위치를 누르자 빨간빛이 깜빡이고 아래쪽에 있는 숫자가 '0'에서 '1'로 바뀌었다. 그다음 블루스페이스호 부함장 두 명이 차례로 스위치를 눌러 숫자가 '3'이 되었다. 블루스페이스호의 다른 고위 장교들이 투표한 뒤 중하급 장교와 병사들의 차례가 되었다. 스위치를 누르기 위한 줄이 길게 이어졌다.

스위치를 누를 때마다 빨간빛이 깜빡이고 그 아래 숫자가 올라갔다. 그 것은 역사의 마지막 심장박동이자 종점으로 향하는 마지막 걸음이기에 모두 가슴을 졸이며 지켜보았다.

숫자가 '795'까지 올라갔을 때 관이판이 스위치를 눌렀다. 그는 그래비티호에서 첫 번째로 찬성표를 던진 사람이었다. 그 후 그래비티호의 장교와 병사 몇 명이 스위치를 눌렀다.

드디어 숫자가 '944'가 되자 스위치 위에 커다란 글씨가 나타났다.

—찬성 1표 추가 시 중력파 우주 발사 시스템 가동.

줄을 서서 기다리던 한 병사의 차례가 되었다. 그의 뒤에도 긴 줄이 있었다. 그는 스위치 위에 손을 올렸지만 누르지 않았다. 뒤에 서 있던 소위가 그의 손 위에 자기 손을 올리자 다른 사람들도 다가와 그 위에 두 손을 올렸다. 손이 차곡차곡 높이 쌓였다.

"잠깐!"

그때 모로비치 함장이 외치며 빠른 걸음으로 다가와 모두가 보고 있는 가운데 손 더미 맨 위에 자기 손을 올렸다.

잠시 후 수십 개의 손이 함께 스위치를 누르는 순간 마지막 빨간불이 깜빡였다.

예원제가 서기 20세기의 어느 새벽 붉은 스위치를 눌렀을 때로부터 315년이 흐른 뒤였다.

중력파 발사 시스템이 작동되었다. 그 자리에 있는 모든 사람이 강렬한 진동을 느꼈다. 외부에서 오는 진동이 아니라 자기 몸 안에서 나오는 떨림 같았다. 모든 사람이 악기의 현이 된 듯 울림이 퍼져나갔다. 이 죽음의 악기는 12초간 연주되다가 멈추었고 그 후 모든 것이 정적 속으로 빠져들었다.

전함 밖에서 중력파가 시공의 박막에 부딪치며 잔잔한 물결을 일으켰다. 깜깜한 밤 한 줄기 바람에 파문이 번지는 호수의 표면 같았다. 두 세계의 운명을 가를 죽음의 판결이 광속으로 우주 전체에 전송되었다.

포스트위협의 세기 1년, 대이민이 완료된 후 여섯 번째 아침, 호주

주위가 갑자기 조용해지고 멀리 시 정부 위에 떠 있는 화면에서 나오는 소리만 남았다. 지자와 다른 두 사람의 목소리가 들렸지만 너무 멀어서 뭐라고 하는지 자세히 알 수 없었다. 그들의 목소리가 저주의 주문이 된 것처럼 주위의 다른 소리가 점점 잦아들다가 완전히 사라졌다. 그들의 목소리가 잠시 끊기는 짧은 순간마다 세상이 얼어붙은 듯 적막했다.

갑작스러운 굉음이 청신을 덮쳤다. 그녀의 몸이 떨렸다. 시력을 잃은 후 그녀의 머릿속에 있던 현실 세상의 모습이 상상에 밀려 조금씩 사라지고 있었다. 그녀를 둘러싸고 있는 태평양이 일시에 솟구쳐 오르는 듯했다. 사방에서 일어난 거대한 파도가 요란한 소리와 함께 호주를 집어삼켰다. 그녀는 몇 초 뒤에야 그것이 환호성이라는 것을 알았다.

'환호성? 무슨 일이지? 집단 광기의 시작일까?'

환호의 물결이 오랫동안 잦아들지 않다가 차츰 외침으로 바뀌었다. 점점 더 많은 사람이 외치기 시작했다. 파도가 대륙을 삼킨 뒤 요동치는 바다 위로 폭우가 퍼붓는 듯했다. 폭우 같은 아우성에 휩싸인 청신은 사람들이 뭐라고 외치는지도 알아들을 수 없었다.

하지만 귓속으로 또렷하게 파고드는 단어 두 개가 있었다. '블루스페이스'와 '그래비티'였다.

청신은 서서히 예민한 청각을 되찾았다. 또 다른 작은 소리가 들렸다. 앞쪽에서 나는 발걸음 소리였다. 누군가 앞에서 그녀를 바라보고 있는 것 같았다. 예상대로 누군가의 목소리가 들렸다.

"청신 박사님, 왜 그러세요? 안 보이세요?"

공기의 미세한 흐름이 청신의 얼굴로 전해졌다. 누군가 앞에서 손을 흔들고 있는 것 같았다.

그가 말했다.

"시장님이 박사님을 모셔 오라고 하셨어요. 댁에 모셔다 드릴게요."

"난 집이 없어요."

청신이 힘없이 중얼거렸다. 집이라는 단어가 칼날이 되어 그녀의 가슴을 난도질했다. 이미 극도의 고통에 먹먹해진 그녀의 마음이 또다시 욱신거렸다. 그녀는 3세기 전 집을 떠난 그 겨울밤을 생각했다. 집 밖에서 맞이했던 그 여명을 떠올렸다……. 대협곡 이전에 세상을 떠난 부모님은 훗날 딸이 세월과 운명에 의해 어떤 곳으로 내던져질지 상상도 하지 못했을 것이다.

"모두 집에 돌아갈 준비를 하고 있어요. 호주를 떠나 예전에 살던 집으로 돌아갈 거예요."

청신이 고개를 번쩍 들었다. 두 눈을 크게 떠도 눈앞이 깜깜한 상황에 적응할 수가 없었다.

"뭐라고요?"

"그래비티호가 중력파를 발사했어요!"

'어떻게 그럴 수가 있지?'

"삼체 성계의 위치가 알려졌어요. 물론 태양계의 위치도 알려졌고요. 삼체인들이 도망치기 시작했어요! 삼체 제2함대가 방향을 돌려 태양계를 떠났고 모든 물방울이 지구에서 철수했대요. 지자가 더 이상 태양계가 침입받을까 봐 걱정하지 않아도 된다고 했어요. 지구도 삼체 성계처럼 우주 전체가 피하는 죽음의 땅이 됐으니까요."

'어떻게 그런 일이!'

"이제 집으로 돌아갈 수 있어요. 지자가 치안군에게 이민자들이 원래 살던 곳으로 돌아갈 수 있도록 협조하라고 명령했어요. 모든 이민자가 호주를 떠나려면 석 달에서 반년은 걸리겠지만 우린 먼저 떠날 수 있어요. 그래서 시장님이 박사님을 성으로 모셔 오라고 하셨어요."

"그래비티호라고요?"

"어떻게 된 건지는 아무도 몰라요. 지자도 모르죠. 하지만 삼체 세계가 그 중력파를 수신한 건 분명해요. 1년 전 위협이 실패했을 때 발사된 거예요."

"잠시 혼자 있고 싶어요."

"그러세요. 그 사람들이 청신 박사님의 일을 대신 해준 걸 다행으로 생각하세요."

그의 목소리는 더 이상 들리지 않았지만 청신은 그가 여전히 가까이에 있다는 것을 느낄 수 있었다. 주변의 소리가 썰물처럼 밀려간 뒤 소나기처럼 요란한 발소리가 가까워졌다가 이내 사라졌다. 시 정부 앞에 모여 있던 사람들이 급하게 흩어지는 것 같았다. 청신은 주위의 바닷물이 썰물이 되어 밀려간 뒤 너른 대지가 나타나고 자신은 대홍수의 유일한 생존자처럼 그 광활한 땅 위에 앉아 있는 것 같았다. 한 가닥 온기가 그녀의 얼굴 위를 가로질렀다. 태양이 떠올랐다.

포스트위협의 세기 1~5일, 오르트 구름 밖, 그래비티호와 블루스페이스호

추옌이 말했다.

"비틀린 점을 육안으로 볼 수 있지만 제일 좋은 방법은 전자기복사를 검사하는 겁니다. 방출되는 전자파는 아주 약하지만 주파수 스펙트럼에 분명한 특징이 있죠. 우주선의 일반 모니터링 시스템으로 측정할 수 있어요. 일반적으로 우주선처럼 커다란 물체에는 비틀린 점이 한두 개쯤 나타나지만 한 번에 12개나 나타난 적도 있어요. 보세요. 지금은 세 개가 있군요."

추옌, 모로비치, 관이판 세 사람이 블루스페이스호의 긴 복도를 지나고 있었다. 그들 앞에 떠 있는 우주선 내부 지도 화면 위에서 빨간불 세 개가 깜빡이고 있었다. 그들은 그중 한 지점을 향해 가고 있었다.

"저기예요!"

관이판이 전방을 가리켰다.

그들 앞에 있는 매끄러운 선실 벽에 둥근 구멍이 뚫려 있었다. 구멍의 지름은 1미터 남짓 되고 가장자리는 역시 반짝이는 거울면이었다. 구멍은 잘려 나간 선실 벽의 단면으로, 여러 가지 굵기의 파이프가 빽빽하게 모인 곳이었다. 중간이 끊긴 파이프 예닐곱 개 중 조금 굵은 파이프 두 개의 단면 속에서 뭔가 흔들리고 있었다. 파이프 안을 흐르는 액체였다. 중간이 잘린 파이프의 양쪽 단면에서 모두 액체가 흔들리고 있었다. 파이프는 끊어졌지만 액체는 그대로 흐르고 있었다. 모든 단면이 원의 형태를 띠는 것으로 보아 이 보이지 않는 공간의 절반이 복도 쪽으로 불룩하게 나와 있는 것 같았다. 모로비치와 관이판이 조심스럽게 그 공간을 피했다.

하지만 추옌은 아무렇지 않게 그 무형의 공 안으로 손을 쑥 뻗었다. 그의 팔 절반이 사라졌다. 그와 마주 보고 있던 관이판은 매끈하게 잘려 나간 추옌의 팔 단면을 보았다. 그래비티호에서 아이크 중위가 보았던 베라의 다리 같았다. 추옌이 공에서 팔을 빼내 경악한 표정의 모로비치와 관이판에게 멀쩡한 팔을 보여주고는 그들에게도 팔을 넣어보라고 했다. 두 사람이 조심스럽게 무형의 공 안으로 팔을 넣었다. 눈앞에서 팔의 절반이 사라졌지만 아무 느낌도 없었다.

"들어가볼까요?"

추옌이 짧게 말한 뒤 다이빙하듯 공 안으로 뛰어들었다. 모로비치와 관이판의 눈앞에서 추옌의 몸이 머리부터 발끝까지 사라졌다. 무형의 공 위로 추옌의 몸이 여러 가지 형태의 단면으로 빠르게 바뀌며 나타났다. 거울면에 반사된 빛이 주위의 선실 벽에 부딪혀 물결처럼 일렁였다. 모로비치와 관이판이 서로 얼굴만 쳐다보고 있을 때 공 안에서 팔 두 개가 불쑥 튀어나왔다. 팔꿈치까지만 있는 팔 두 개가 허공에 뜬 채 두 사람을 향해 다가왔다. 모로비치와 관이판이 각각 그 손을 잡자 두 사람이 4차원 공간 속으로 끌려 들어갔다.

4차원 공간을 직접 경험한 사람들은 모두 그 기분을 형언할 수가 없다고 했다. 그들은 심지어 4차원이 유일하게 인류가 한 번도 경험해보지 못한, 언어로는 절대로 묘사할 수 없는 것이라고 단언했다.

사람들은 이런 비유를 좋아했다. 2차원 평면 그림 속 납작한 사람은 그 그림이 아무리 풍부하고 다채로워도 주변 세상의 옆모습밖에는 볼 수 없다. 그들의 눈에 비친 주변 사람과 사물은 모두 길이가 각기 다른 선일 뿐이다. 2차원의 납작한 사람이 그림 속에서 빠져나와 3차원 공간으로 이동해야만 그림 전체를 볼 수 있다.

하지만 이런 비유는 4차원의 느낌을 묘사할 수 없다는 사실을 다시 한 번 확인해줄 뿐이다.

난생처음 4차원 공간에 들어가 3차원 세계를 본 사람이 제일 먼저 깨닫는 것은 그동안 자신이 보았던 세계가 실제 세계의 모습이 아니라는 사실이다. 3차원 세계를 그림에 비유한다면 그는 그림을 그의 얼굴과 수직으로 놓았을 때의 모습밖에는 보지 못한 것이다. 그가 본 세상은 그림의 앞면이 아닌 측면, 즉 가느다란 선일 뿐이다. 4차원에서 보아야만 비로소 그림의 앞면이 그를 향해 평평하게 놓이게 된다. 그러면 그는 세상 그 무엇도 보이지 않도록 가릴 수 없고 아무리 폐쇄된 내부도 밖에서 훤히 들여다보인다고 말할 것이다. 아주 단순한 법칙이지만 정말로 이 법칙이 실현된다면 사람들은 엄청난 시각적 충격에 사로잡힐 것이다. 가릴 수도 없고 덮을 수도 없으므로 모든 것이 밖으로 드러나게 되고 그걸 보는 사람들은 3차원 세계보다 억만 배나 많은 정보를 마주해야 한다. 시각적 정보가 한 꺼번에 쏟아져 들어오면 대뇌의 처리 능력으로도 감당할 수 없게 된다.

바로 지금 모로비치와 관이판의 눈앞에서 블루스페이스호가 거대한 그 림처럼 펼쳐지기 시작했다. 선수부터 선미까지 모든 것을 훤히 볼 수 있었다. 선실의 내부와 그 안에 있는 모든 용기 속 내부까지, 복잡하게 이어진 파이프 속을 흐르는 액체와 선미의 원자로 속에서 일어나는 핵융합 불덩이까지…… 물론 원근법이 작용해 멀리 있는 것은 희미하게 보였지만 어쨌든 모든 것을 볼 수 있었다. 이런 경험을 해보지 않은 사람들은 그들이 선체를 '투시해' 모든 것을 보았다고 생각하겠지만 사실은 그들이 투시한 것이 아니라 모든 것이 바깥에 병렬로 줄지어 있는 것이었다. 종이 위에 그린 원을 보면 그 원의 내부를 볼 수 있지만 그것이 투시한 것은 아닌 것과 같다. 이런 병렬 전개가 모든 차원에 적용되었다. 가장 묘사하기 어려운 것은 고체였다. 선실 벽, 금속, 돌멩이까지 모든 고체의 단면이 눈앞에 펼쳐졌다! 그들은 시각적 정보의 바다에 빠졌다. 우주의 모든 세포가 그들 주위에 모여 알록달록하게 반짝이는 것 같았다.

이때 그들 앞에 완전히 새로운 시각적 현상이 나타났다. 끝을 알 수 없을 만큼의 세밀함이었다. 3차원 세계에서는 인간이 볼 수 있는 세밀도에 한계가 있다. 복잡한 환경이나 사물은 시각적으로 보여지는 데 한계가 있기 때문에 가장 세밀한 부분까지 식별해낼 수 없다. 하지만 4차원에서 3차원을 볼 때는 3차원 사물이 끝없이 세밀하게 나타났다. 감추어지거나 덮여 있던 모든 것이 겉으로 드러나 병렬로 이어졌다. 예를 들어 밀폐 용기가 있으면 그 안에 든 물체뿐만 아니라 그 물체의 내부까지도 볼 수 있었다. 밀폐 용기의 내부가 병렬로 무한히 확장되며 세밀한 곳까지 끝없이 보였다. 우주선 내부 전체가 펼쳐져 있는 동시에 아주 좁은 범위 안에 있는 작은 물건도, 예를 들면 컵이나 펜까지도 병렬로 무한히 전개되었다. 사람의 눈으로는 평생을 보아도 그 물건의 모습을 다 볼 수 없을 것이다. 아무리 열어도 끝없이 나오는 마트료시카 인형 같은 광경에 현기증이 났다.

모로비치와 관이판이 서로를 쳐다보다가 옆에 있는 추옌에게로 시선을 옮겼다. 그들 앞에 있는 상대도 역시 무한히 세밀한 인체였다. 온몸의 뼈와 내장이 보이고 뼈 안에 있는 골수도 보였으며, 검붉은 피가 심장의 심방과 심실 사이를 흐르며 판막이 열리고 닫히는 것까지 볼 수 있었다. 서로를 쳐다보면 상대방의 안구 속 수정체의 구조까지도 똑똑히 보였다. 하지만 '병렬'이라는 표현도 정확한 것은 아니었다. 인체 각 부위의 물리적인 위치는 바뀌지 않았다. 피부가 내장과 뼈를 밖에서 감싸고 있는 것은 변함이 없었고 사람 자체는 3차원 세계에서 보던 익숙한 모습 그대로였다.

추옌이 말했다.

"손을 조심하세요. 옆 사람이나 자기 내장을 건드릴 수 있으니까. 세게 치지 않으면 크게 위험하진 않아요. 조금 아프거나 구역질이 나거나 가끔 경미한 감염을 일으키는 정도죠. 모르는 물건은 만지지 마세요. 우주선 전체가 겉으로 드러나 있어서 고압 전력 케이블이나 고온 수증기를 만질 수도 있고 직접회로를 건드려서 시스템 고장을 일으킬 수도 있어요. 3차원 세계에서는 우리가 신과 같은 힘을 가지고 있지만 4차원에서 그런 힘을 사용하려면 적응하는 시간이 필요하죠."

모로비치와 관이판은 내장을 건드리지 않는 방법을 금세 터득했다. 특정한 방향에서는 3차원 세계에서와 똑같이 상대의 뼈를 건드리지 않고 손을 잡을 수 있었다. 뼈나 내장을 건드리려면 다른 방향에서 만져야 하는데 3차원 공간에는 존재하지 않는 방향이었다.

모로비치와 관이판은 또 한 가지 흥분되는 사실을 발견했다. 그들이 우주를 볼 수 있다는 것이었다. 어느 방향에서든 우주의 영원한 밤 속에 길게 드리운 은하수를 똑똑히 볼 수 있었다. 그들의 몸이 우주선 안에 있고 우주복을 입지 않은 채 우주선 내부의 공기로 호흡하고 있지만 4차원에서는 우주에 그대로 노출되어 있었다. 우주를 수없이 유영했던 그들이지만 이 정도로 우주에 완전히 노출되어 있는 느낌은 처음이었다. 예전에는 적어도 우주복은 입고 있었다. 하지만 지금은 그들을 에워싸고 있는 정교한 우주선이 아무것도 가리지 않은 채 우주를 향해 완전히 열려 있었다. 4차원에서는 우주와 우주선도 역시 병렬로 이어졌다.

무한한 세밀함에서 오는 무한한 정보 앞에서 지금껏 감각과 사고만으로 3차원 공간을 느끼고 인식했던 대뇌가 일시적으로 제 기능을 하지 못했다. 하지만 대뇌가 정보 과부하의 병목 상태에서 벗어나 4차원 환경에 빠르게 적응하면서 무의식중에 세밀한 부분은 생략하고 사물의 큰 틀만 파악하기 시작했다.

현기증은 사라졌지만 모로비치와 관이판에게 더 큰 충격이 닥쳤다. 주위 환경의 무한한 세밀함에 압도되어 인식하지 못했던 공간 자체에 대한 느낌이었다. 3차원 밖 4차원에 대한 느낌이라고 표현할 수도 있는 이 기분을 훗날 사람들은 고차원 공간감이라고 부르게 될 것이다. 4차원 공간을 직접 경험해본 사람들에게 고차원 공간감은 가장 형언하기 어려운 느낌이었다. 그들은 이 느낌을 이렇게 설명하곤 했다.

"우리가 3차원 공간에서 '광활하다'라는 말로 형용하는 사물들이 무한히 복제되어 3차원 세계에 존재하지 않는 방향으로 끝없이 이어진다."

그들은 이것을 서로 마주 보고 있는 거울에 비유했다. 거울이 서로 마주 보고 있으면 거울에 비친 거울이 또 거울에 비치며 무수히 많이 복제된다. 끝이 보이지 않게 깊숙이 뻗어 있는 거울 복도가 생기는 것 같다. 비유하자면 이 복도에 있는 모든 거울은 3차원 공간인 셈이다. 어쩌면 3차원 세계에서 보이는 광활함은 사실 진정한 광활함의 횡단면에 지나지 않을 수도 있다. 4차원 공간 안에 있는 사람에게 보이는 공간도 균일하고 텅 비어 있는 것은 마찬가지지만 말로 표현하기 어려운 깊이감이 있었다. 단순히 거리로 묘사할 수 있는 깊이가 아니었다. 나중에 관이판은 이 느낌을 이렇게 표현했다.

"한 치마다 끝없는 심연이 펼쳐져 있었다."

마치 영혼의 세례를 받는 듯한 경험이었다. 그 순간 자유, 개방, 원대함, 무한함 같은 개념에 지금껏 상상하지 못했던 새로운 의미가 생겼다.

추옌이 말했다.

"나가야 해요. 비틀린 점은 오래 멈춰 있지 않아요. 금세 움직이거나 사라지죠. 다른 비틀린 점을 찾으려면 4차원 속에서 이동해야 하는데 우리처럼 처음 들어온 사람들에게는 위험합니다."

모로비치가 물었다.

"4차원에서 비틀린 점을 어떻게 발견하지?"

"간단해요. 비틀린 점은 보통 구형이고 빛이 구체 내부로 들어가면서 굴절되기 때문에 안에 있는 물체들은 변형이 일어나죠. 그 때문에 물체의 형태가 이어지지 않아요. 물론 이건 4차원 공간 속의 광학 효과 때문에 나타나는 현상이지 실제로 변형되는 건 아닙니다. 저길 보세요."

추옌이 그들이 온 방향을 가리켰다. 여러 굵기의 파이프들이 투명하게 이어져 내부에 흐르는 액체를 볼 수 있었다. 그들이 4차원 공간으로 들어온 지점이 투명한 원의 형태를 이루고 그 원을 통과하는 파이프들이 휘어져 있었다. 마치 거미줄에 이슬이 매달린 것처럼. 하지만 3차원 공간에서는 비틀린 점에 빛의 굴절이 일어나지 않기 때문에 원의 내부가 보이지 않았다. 그저 원 안으로 들어간 물체의 일부가 사라진 것을 보고 그 존재를 알 수 있을 뿐이었다.

"다음에 들어올 땐 꼭 우주복을 입어야 합니다. 다른 비틀린 점을 찾아 3차원으로 돌아갈 때 운이 나쁘면 우주선 밖으로 떨어질 수도 있으니까."

추옌이 두 사람에게 따라오라는 눈짓을 한 뒤 그 이슬 같은 거품 속에서 나왔다. 몇 걸음 내딛었을 뿐인데 우주선 복도로 돌아와 있었다. 10분 전, 4차원 공간으로 들어갔던 바로 그 위치였다. 사실 그들은 계속 그 자리에 있었다. 다만 한 차원 높은 곳에 있었을 뿐. 선실 벽에 난 둥근 구멍은 그대로였고 그 구멍에 잘린 파이프들도 그대로였다.

하지만 모로비치와 관이판에게 이곳은 조금 전의 그 익숙한 세상이 아니었다. 그들은 이제 3차원 세계가 좁고 갑갑했다. 잠이 덜 깬 상태로 한

번 경험해보았던 관이판은 조금 나았지만 모로비치는 밀폐된 공간에 갇혀 있는 공포감이 밀려오며 질식할 것 같았다.

추옌이 웃으며 말했다.

"그런 기분이 드는 건 정상입니다. 몇 번 겪으면 괜찮아지죠. 이제 광활하다는 말의 진정한 의미를 아시겠군요. 앞으로는 우주복을 입고 우주를 산책해도 우주가 좁게 느껴질 겁니다."

"대체 무슨 일이 있었던 거지?"

모로비치가 옷깃을 잡아당기며 밭은 숨을 내쉬었다.

"우리가 우주 구역으로 들어갔다 온 겁니다. 그 구역의 공간이 4차원인 것이고요. 그뿐입니다. 이 구역을 우주 속의 4차원 조각이라고 부르죠."

"하지만 우린 3차원에 있잖소!"

"4차원 공간에 3차원 공간이 포함되어 있습니다. 3차원 안에 2차원이 포함되어 있는 것처럼. 비유하자면 우리가 사는 이곳은 4차원 공간 속의 3차원 종이 위죠."

관이판이 상기된 표정으로 물었다.

"혹시 이런 건가요? 3차원 우주가 아주 얇은 종이고 종이 면적이 60억 광년인데 이 종이 위의 어떤 곳에 아주 작은 4차원의 비눗방울이 붙어 있는?"

"절묘한 비유로군요, 관 박사!"

추옌이 관이판의 어깨를 탁 치자 관이판의 몸이 무중력 속에서 공중제비를 돌았다.

"적절한 비유를 찾고 있었는데 관 박사가 단번에 생각해냈어요. 이래서 우주학자가 필요하다니까! 바로 그거예요. 우리는 지금 3차원의 얇은 종이 위를 기어다니다가 그 비눗방울과 종이가 맞닿아 있는 곳으로 들어갔던 거예요. 비틀린 점을 통해서 말이죠."

모로비치가 말했다.

"4차원 공간 속에 있었지만 우리 자신은 3차원이었잖소."

"그렇죠. 우린 4차원 공간을 떠다니는 3차원의 납작한 사람들이었습니다."

"비틀린 점이 대체 뭐요?"

"3차원 우주라는 이 종이는 평평하지 않아요. 울퉁불퉁한 굴곡이 있고 4차원으로 추어올려진 곳이 있는데 거기가 바로 비틀린 점입니다. 저차원에서 고차원으로 들어가는 통로죠. 그 점을 통해서 4차원으로 진입할 수 있어요."

"비틀린 점이 많아요?"

"아주 많습니다. 곳곳에 있죠. 블루스페이스호는 진즉에 4차원의 비밀을 발견했습니다. 우주선에 승선원이 많아서 비틀린 점과 접촉할 기회도 많았죠. 그래비티호는 승선원이 적고 심리 상태를 엄격하게 통제했기 때문에 비틀린 점을 보았더라도 말하기가 쉽지 않았을 겁니다."

"비틀린 점의 크기가 일정한가요?"

"아뇨. 아주 큰 것도 있어요. 그런데 이해할 수 없는 게 있어요. 그래비티호의 선미가 4차원에 들어간 걸 봤어요. 몇 분 동안 계속되더군요. 그걸 아무도 몰랐나요?"

"선미 쪽에는 보통 아무도 없소. 아, 평상시에는 딱 한 명뿐이지. 관이판, 자네가 한 번 겪었지? 웨스트에게 들었어."

"잠결이었습니다. 그 바보의 말을 듣고 정말 환각인 줄 알았다니까요."

"3차원 공간에서는 4차원 공간을 볼 수 없지만 4차원 공간에서는 3차원 세계를 속속들이 볼 수 있고 작용을 일으킬 수도 있습니다. 우리가 물방울을 공격할 때도 4차원 공간에서 매복하고 있었어요. 강한 상호작용 우주 탐사정이 아무리 강력해도 3차원의 물체죠. 지금 보면 3차원 자체가 약한 공간이에요. 4차원에서 보면 그저 펼쳐놓은 종이에 불과하죠. 방어 능력이 없어요. 4차원에서 마음대로 접근할 수 있고 굳이 자세히 알 필요도 없습니다. 언제든 파괴할 수 있으니까."

"삼체 세계도 4차원 조각에 대해 모르오?"

"모르는 것 같아요."

"비눗방울, 그러니까 그 4차원 조각이 얼마나 크오?"

"3차원 공간에서 4차원의 크기를 논하는 것 자체가 무의미합니다. 우리가 알 수 있는 건 조각이 3차원에 투영된 크기뿐이죠. 대략적인 탐측밖에는 할 수 없습니다. 3차원에 투영된 조각의 모습이 구형이라고 추측하고 있을 뿐이죠. 현재 탐측한 데이터로 계산할 때 반지름이 40~50천문단위 사이일 겁니다."

"태양계 크기와 비슷하군."

그때 세 사람 옆 선실 벽에 있던 구멍이 서서히 줄어들기 시작하더니 그들에게서 10여 미터 떨어진 곳에서 완전히 사라졌다. 하지만 그들 주위에 떠 있는 화면을 통해 블루스페이스호 안에 비틀린 점 두 개가 새로 나타난 것을 볼 수 있었다.

관이판이 중얼거리듯 물었다.

"어떻게 3차원 우주에 4차원 조각이 나타날 수 있죠?"

"그건 아무도 몰라요. 그게 바로 관 박사가 할 일이에요."

4차원 조각의 존재가 발견된 후 블루스페이스호는 이 공간에 대해 수많은 탐측과 연구를 진행해왔다. 이제는 그래비티호가 보유하고 있는 첨단 장비와 기술이 투입되어 더 심도 있는 탐측이 가능해졌다.

4차원 조각의 우주 구역은 아주 광활하고 이상한 점이 하나도 없는 것처럼 보였다. 탐측 연구는 주로 4차원 공간에서 진행되었다. 탐측기를 4차원으로 들여보내기가 어려워 대부분 천문 망원경을 이용했다. 비틀린 점을 통해 망원경을 4차원으로 들여보낸 뒤 주위의 우주를 관찰하는 것이다. 4차원 공간에서 3차원 장비를 사용하는 데 어느 정도 적응이 필요했지만 정상적인 관측이 가능해지자 놀라운 것이 발견되었다.

고리 형태의 물체였다. 전함과의 거리를 알 수 없어 물체의 부피도 측정할 수 없었다. 3차원 직경이 80~100킬로미터, 테의 지름이 약 20킬로미터로 추정되었다. 우주의 '마법 반지' 같았다. 고리의 테는 회로 같은 복잡한 구조로 되어 있으며 외형으로 볼 때 지능을 가진 어떤 존재가 만들었다고 확신할 수 있었다.

인류 최초로 지구 세계와 삼체 세계 외에 제삼의 우주 문명을 발견한 사건이었다.

가장 놀라운 사실은 그 마법 반지의 내부가 보이지 않는다는 것이었다! 마법 반지가 4차원 공간에 있지만 3차원으로 펼쳐지지 않아 내부가 전혀 보이지 않았다. 그렇다면 4차원 물체라는 뜻이다! 4차원 실체를 발견한 것은 4차원 공간에 들어간 후 처음이었다.

처음에는 마법 반지가 공격하지 않을지 두려웠지만 표면에 아무런 움직임도 없고 전자파나 중성미자, 중력파 신호도 감지되지 않았다. 천천히 제자리에서 돌고 있을 뿐 가속의 징후도 포착되지 않았다. 일단 그것이 오래전에 버려진 우주 도시나 우주선이라고 추측할 수 있었다.

얼마 후 4차원 조각의 깊숙한 곳에서 정체를 알 수 없는 물체들이 속속 발견되었다. 크기와 형태는 제각각이지만 지능을 가진 존재가 만들었음을 보여주는 확실한 특징들이 있었다. 피라미드형, 십자형, 다변체 구조물은 물론이고 불규칙한 형태의 조합체도 있는 것으로 보아 자연적으로 형성되었을 가능성은 없었다. 망원경으로 형태를 관찰할 수 있는 물체가 10여 개 있고, 더 멀리 점으로만 보이는 물체들이 100개는 족히 넘을 만큼 있었다. 마법 반지와 마찬가지로 그것들도 아무런 움직임이 없었고 그 어떤 신호도 감지되지 않았다. 또 하나의 공통점은 그것들 모두 내부가 보이지 않는 4차원 실체라는 점이었다.

관이판이 우주 탐사정을 타고 마법 반지에 가까이 다가가 관찰해보자고 추엔 함장에게 건의했다. 어쩌면 내부로 들어갈 수 있을지도 모른다고 말했다. 하지만 그의 건의는 단박에 거절당했다. 4차원 공간에서의 항해가 위험하기 때문이었다. 위치를 확정하려면 네 개 좌표가 필요하지만 3차원 세계의 장비나 육안으로 알아낼 수 있는 좌표는 세 개뿐이었다. 따라서 3차원 항해자는 4차원 공간에 있는 어떤 물체의 위치도 정확히 알수 없다. 장비를 사용하든 육안으로 관찰하든 항해자가 마법 반지의 방위와 거리를 알 수 없기 때문에 충돌 위험이 있었다. 또 3차원으로 돌아올때 비틀린 점을 통과해야 하지만 비틀린 점을 찾기가 힘들었다. 좌표 하나를 알지 못하기 때문에 설령 비틀린 점을 발견하더라도 방향만 알 수 있을 뿐 거리를 알 수가 없었다. 혹시라도 3차원의 전함에서 멀리 떨어져 있는 비틀린 점을 통해 돌아온다면 전함과 너무 먼 우주 한가운데 덩그러니 떨어질 수도 있었다. 게다가 탐사정과 전함 간의 통신 전파 중 대부분이 4차원으로 흩어져 신호가 약해지기 때문에 연락하기가 어려웠다.

얼마 후 두 전함에서 하루 사이에 여섯 차례나 미소 유성체와 충돌하는 사건이 발생했다. 그중 블루스페이스호의 핵융합 원자로에 있는 자기부상 컨트롤러가 직경 140나노의 미소 유성체에 맞아 완전히 부서졌다. 자기부상 컨트롤러는 전함의 핵심 시스템이다. 핵융합 원자로 속 작은 불덩이의 온도는 100만 도로 그 어떤 소재도 순식간에 기화시킬 수 있다. 넓은 반응실 한가운데 자기부상으로 떠 있는 컨트롤러가 파괴되면 핵융합 불덩이가 자기장 밖으로 튕겨 나가 순간적으로 선체를 뚫고 나갈 수 있다. 다행히 여분의 컨트롤러로 즉시 대체하고 최저 출력으로 운행 중이던 원자로를 폐쇄해 더 큰 사고를 막을 수 있었다.

4차원 조각 안으로 들어갈수록 미소 유성체의 밀도가 확연히 높아지고 육안으로 볼 수 있을 만큼 큰 운석이 전함 가까이 스쳐 지나가기도 했다. 운석과 전함의 상대속도가 제3우주속도*의 몇 배나 되었다. 3차원 우주에서는 전함의 핵심 시스템이 여러 겹의 방어 장치로 보호되고 있어 운석과 충돌해도 치명적인 피해를 입지 않을 수 있지만, 4차원에 완전히 노출된 지금은 아무것도 방어할 수 없었다.

추옌은 두 전함이 즉시 4차원 조각에서 빠져나가기로 결정했다. 4차원 조각이 태양계에서 멀어지는 속도와 방향이 두 전함과 비슷하기 때문에 상대속도로 보면 두 전함이 조각을 천천히 따라가고 있는 형태였다. 아직은 조각 안으로 얕게 들어가 있기 때문에 감속한다면 쉽게 빠져나올 수 있었다.

하지만 관이판이 펄쩍 뛰며 반대했다.

"우주의 가장 큰 비밀이 눈앞에 있습니다. 우주학에 관한 모든 비밀의 해답이 여기에 있을 겁니다. 이걸 두고 떠나자는 말입니까?"

"3과 30만 증후군 얘길 했었지? 4차원 조각을 보니 그 생각이 나는군."

"현실적으로 생각해도 그 고리 속에서 예상치 못한 것들을 발견할 가능성이 큽니다!"

"하지만 그 모든 것에는 우리가 생존해야 한다는 전제가 깔려 있어. 지금 상태로는 두 전함이 언제든 폭파될 수 있어."

관이판이 한숨을 내쉬며 고개를 저었다.

"좋습니다. 떠나기 전에 제가 탐사정을 타고 마법 반지를 탐사하고 오게

---

* 옮긴이 주 : 태양의 인력을 뿌리치고 태양계 밖으로 탈출하는 데 필요한 최소의 속도. 초속 16.7킬로미터.

해주세요. 생존해야 한다고 하셨잖습니까? 제게 기회를 한 번만 주세요. 어쩌면 우리의 생존이 달린 위대한 발견을 할 수도 있습니다!"

"무인 탐사정 발사를 고려해볼 순 있어."

"4차원 세계에서는 눈으로 직접 봐야만 어떻게 된 건지 알 수 있어요. 그건 저보다 더 잘 아시겠죠."

두 전함의 지휘장교들이 모여 짧은 회의를 한 뒤 관이판의 건의가 받아들여졌다. 그들은 관이판, 줘원(卓文) 상위, 웨스트 세 명으로 구성된 탐사대를 보내기로 했다. 줘원은 블루스페이스호의 과학장교로 4차원 공간의 항해 경험이 풍부했다. 웨스트는 탐사대에 들어가게 해달라고 강력하게 원하고 있는 데다가 출항 전에 삼체 언어학을 연구했던 경력을 인정받아 탐사대 참여가 허락되었다.

지금까지 인류가 4차원 공간에서 했던 가장 긴 항해는 블루스페이스호가 물방울과 그래비티호를 습격할 때의 항해였다. 당시 우주 탐사정을 이용해 4차원에서 그래비티호에 접근한 뒤 박의군 소령을 포함한 세 명이 먼저 비틀린 점을 통해 전함 내부로 들어가 정찰하고, 뒤이어 해병대원 60여 명이 세 조로 나누어 4차원을 통해 전함으로 들어갔다. 물방울을 공격할 때는 작은 우주왕복선을 이용했다. 하지만 마법 반지 탐험을 위해 떠나는 이번에는 그보다 훨씬 멀리 항해해야 했다.

탐사정은 두 전함 사이의 비틀린 점을 통해 4차원으로 들어갔다. 세 사람을 태운 탐사정 소형 엔진의 핵융합 불덩이가 타오르기 시작했다. 출력이 높아지자 불빛이 검붉은색에서 푸른색으로 변하고 두 전함의 핵융합로 속 불덩이와 함께 병렬로 펼쳐진 무한한 세계를 비추었다. 탐사정이 서서히 우주 깊숙한 곳으로 들어가자 고차원 공간감이 강해졌다. 4차원 공간에 두 번 들어가본 웨스트의 입에서 감탄사가 터져 나왔다.

"얼마나 위대한 영혼이 있어야 이 세계를 다 알 수 있을까!"

쥐원 상위는 평소에 탐사정을 조종할 때 손을 움직이지 않고 시선으로 마우스 커서를 움직이거나 음성 컨트롤을 이용했다. 손을 움직이다가 장치의 예민한 부분을 건드리지 않기 위한 그의 예방책이었다. 마법 반지가 아직은 희미하게 보이는 작은 점이지만 그는 긴장을 풀지 않고 탐사정을 최저 속도로 몰았다. 언제든 예측하지 못한 사물이 나타날 수 있기 때문에 시각적인 거리감을 신뢰할 수 없었다. 마법 반지는 아직 1천문단위 떨어져 있을 수도 있지만 바로 눈앞에 있을 수도 있었다.

항해한 지 세 시간쯤 지나 4차원 공간에서의 최장 항해 기록을 넘어섰지만 마법 반지는 여전히 작은 점이었다. 하지만 쥐원은 긴장을 풀지 않고 돌발 상황이 나타나면 즉각 방향을 돌릴 태세로 최대한 낮은 속도를 유지했다. 답답해진 관이판이 쥐원에게 속도를 올리자고 말했다. 그 순간 웨스트가 놀라 소리를 질렀다. 눈 깜짝할 사이에 마법 반지의 원 모양이 나타났던 것이다. 작은 점이 서서히 커지는 과정도 없이 순간적으로 동전만 하게 커졌다.

쥐원이 속도를 더 줄이며 말했다.

"4차원에서 우리는 장님이라는 걸 잊지 말아요."

두 시간이 더 흘렀다. 3차원이었다면 탐사정이 20만 킬로미터를 항해한 셈이었다.

그때 동전만 하던 마법 반지가 갑자기 바로 눈앞에 나타났다. 쥐원이 재빨리 시선을 돌려 탐사정의 방향을 바꾸었다. 동공을 고리 안쪽으로 움직여 탐사정이 마법 반지를 통과하도록 했다. 탐사정이 우주의 거대한 아치문을 통과하는 것 같았다. 쥐원은 전력으로 감속한 후 마법 반지의 중심에서 그리 멀지 않은 곳에서 탐사정을 멈추었다.

그들은 4차원 물체를 근거리에서 관찰하는 최초의 인류였다. 고차원 공간감과 비슷하게 그들은 이른바 고차원 질감의 위용을 느낄 수 있었다.

마법 반지의 내부는 보이지 않았지만 웅장한 깊이감과 포용성을 느낄 수 있었다. 3차원 세계에서 온 그들의 눈에 보이는 마법 반지는 하나가 아니라 무수히 많은 마법 반지가 겹쳐진 모습이었다. 공간을 빼곡히 채운 4차원 질감에 정신이 아득해졌다. 겨자씨 안에 수미산을 담는다는 불교의 경지가 바로 이런 것이리라.

이 거리에서 본 마법 반지의 표면은 우주선에서 망원경으로 관찰한 것과 전혀 달랐다. 금색으로 보였던 색깔은 사실 짙은 구리색이었고 회로처럼 정밀하게 보였던 선들도 사실은 부딪히며 긁힌 자국들이었다. 여전히 아무런 움직임도 없고 빛이나 다른 복사도 없었다. 마법 반지의 낡은 표면을 보며 탐사대 세 사람은 동시에 같은 것을 떠올렸다. 파괴된 물방울이었다. 이 거대한 4차원 고리도 한때는 표면이 거울처럼 매끄러웠을 것이다. 이 얼마나 섬뜩한 광경인가.

쥐원이 중파를 이용해 인사말을 발사했다. 여러 개의 점을 찍어 만든 소수 수열의 비트맵이었다.

1, 3, 5, 7, 11, 13

중파를 발사하자마자 기대하지 않았던 대답이 돌아왔다. 세 사람이 자신의 눈을 의심할 만큼 빠른 속도였다. 탐사정의 화면 위에 단순한 형태의 비트맵이 나타났다. 그들이 보낸 것과 마찬가지로 소수 여섯 개로 이루어진 수열이었다. 다른 점이 있다면 그들이 보낸 것보다 숫자가 더 크다는 것이었다.

17, 19, 23, 29, 31, 37

그들이 보낸 수열의 뒤를 잇는 수열이었다.

상대의 의도가 명확했다. 그들의 인사에 응답한다는 뜻이었다.

탐사 계획을 세우면서 인사말을 보내기로 한 것은 별 기대 없이 형식적으로 준비한 것이기 때문에 응답을 받으면 대화를 어떻게 이어갈지에 대해 아무런 대비가 없었다.

세 사람이 난감해하고 있을 때 마법 반지에서 보낸 두 번째 비트맵이 탐사정의 통신 시스템에 포착되었다.

1, 3, 5, 7, 11, 13, 1, 4, 2, 1, 5, 9

곧바로 세 번째 비트맵이 도착했다.

1, 3, 5, 7, 11, 13, 16, 6, 10, 10, 4, 7

네 번째 비트맵이 도착했다.

1, 3, 5, 7, 11, 13, 19, 5, 1, 15, 4, 8

다섯 번째 비트맵이 도착했다.

13, 5, 7, 11, 13, 7, 2, 16, 4, 1, 14

비트맵이 계속 전송되었다. 이 점들이 이루고 있는 수열에 공통점이 있었다. 처음 보낸 수열은 그들이 보내는 인사말이었다. 쥐원과 웨스트가 그다음 수열의 해석을 기대하는 눈빛으로 우주학자 관이판을 응시했다. 화면을 가로질러 지나가는 수열에 시선을 고정시킨 채 긴 생각에 잠겨 있던 그는 곤혹스러운 표정으로 고개를 저었다.

"수열의 규칙을 모르겠어요."

웨스트가 화면을 가리켰다.

"그럼, 규칙이 없다고 가정해보죠. 앞에 있는 여섯 개 숫자는 우리가 보낸 거예요. 우리에게 자신들의 존재를 알리는 메시지일 가능성이 커요. 그 뒤의 여섯 개 숫자는 규칙도 없고 새로운 조합이 계속 이어지고 있죠. 그렇다면 '모든 것'을 의미할 것 같군요. 우리의 모든 것."

"우리에 관한 자료를 알고 싶은 걸까요?"

"언어 샘플을 원하는 것 같아요. 그걸 해석하고 배우면 우리와 깊게 교류할 수 있으니까."

"로제타 시스템을 보내요."

"그건 허가가 필요해요."

로제타 시스템은 삼체 세계에서 지구 언어를 가르치기 위해 구축한 데이터베이스다. 지구의 자연사와 인류 역사에 관한 약 200만 자 분량의 자료와 다량의 영상과 사진이 포함되어 있어 이것으로 지구 언어를 해석하고 학습할 수 있었다.

전함에서 허가가 떨어졌지만 탐사대는 로제타 시스템을 갖고 있지 않았다. 탐사정과 모함 간의 통신 신호가 약해 대용량 정보를 전달받을 수 없기 때문에 전함에서 마법 반지로 직접 전송해야 했다. 전자파를 이용할 수도 없었다. 다행히 그래비티호에 중성미자 통신 장비가 있지만 마법 반지가 중성미자 신호를 수신할 수 있는지는 알 수 없었다.

그래비티호가 중성미자 신호를 이용해 로제타 시스템을 전송한 지 3분 만에 마법 반지에서 보낸 비트맵이 탐사대에 도착했다. 첫 번째 비트맵에는 가로 여덟 개, 세로 여덟 개, 총 64개의 점이 가지런히 그려져 있었다. 두 번째에는 한쪽 모서리에 점이 빠져 총 63개의 점이 그려져 있고, 세 번째에는 또 한쪽 모서리에 점이 빠져 62개였다.

웨스트가 말했다.

"카운트다운이에요. 진행 표시줄이랄까. 로제타를 받고 해석하고 있으니 기다리라는 의미겠군요."

"점이 64개인 건 무슨 의미일까요?"

"이진법을 사용할 때 크지도 작지도 않은 숫자예요. 십진법에서의 100처럼."

쥐원과 관이판은 웨스트가 탐사대에 참여하길 다행이라고 생각했다. 지능을 가진 미지의 존재와 교류하는 건 심리학자만이 가능한 일이었다.

카운트다운이 57까지 내려갔을 때 모두가 흥분할 만한 사건이 일어났다. 다음 숫자는 점이 아닌 아라비아숫자로 56이 표시되었던 것이다!

관이판이 감탄했다.

"엄청난 습득 속도로군요!"

숫자가 계속 작아졌다. 10여 초에 1씩 줄어들다가 몇 분 후 드디어 숫자가 0이 되었다. 가장 마지막에 받은 이미지에는 한자로 이렇게 쓰여 있었다.

'나는 무덤이다.'

로제타 시스템 속 자료가 영어와 중국어를 혼합한 언어로 쓰여 있기 때문에 마법 반지도 그 문자를 사용하고 있었다. 다만 그 문장이 우연히 모두 한자였을 뿐이다. 관이판이 통신 창에 질문을 입력했다. 마침내 인류와 마법 반지의 대화가 시작되었다.

누구의 무덤인가?

'건설자의 무덤이다.'

우주선인가?

'우주선이었지만 죽은 뒤 무덤이 되었다.'

우리와 대화를 나누고 있는 당신은 누구인가?

'나는 무덤이다. 무덤이 당신들과 대화하고 있다. 나는 죽었다.'

승선원이 모두 죽은 우주선 함체라는 뜻인가, 아니면 우주선의 통제 시스템이라는 뜻인가?

(무응답)

주위에 많은 물체가 있다. 그것들도 무덤인가?

'대부분은 무덤이다. 얼마 후면 모두 무덤이 될 것이다. 나는 그들을 모른다.'

당신은 먼 곳에서 왔나, 아니면 계속 여기에 있었나?

'먼 곳에서 왔다. 그들도 먼 곳에서 왔지만 각각 다른 곳에서 왔다.'

어디에서 왔는가?

'바다에서 왔다.'

이 4차원 공간은 당신들이 만들었나?

(무응답)

당신들이 바다에서 왔다고 했는데 바다는 당신들이 만들었나? 당신에게 혹은 당신의 창조자에게 이 4차원 공간이 바다와 비슷하다는 뜻인가?

'물웅덩이다. 바다는 말랐다.'

이렇게 좁은 공간에 많은 우주선, 아니 무덤이 모여 있는 이유가 무엇인가?

'바다가 마르면 물고기가 물웅덩이로 모이고, 물웅덩이마저 마르면 물고기는 사라지지.'

모든 물고기가 여기에 있나?

'바다를 마르게 한 물고기는 여기에 없다.'

미안하지만 그게 무슨 뜻인가?

'바다를 마르게 한 물고기는 바다가 마르기 전에 뭍으로 올라갔다. 암흑의 숲에서 다른 암흑의 숲으로 옮겨갔다는 뜻이다.'

마지막 문장에 두 번 등장한 단어에 탐사대 세 사람은 물론 멀리서 약한 신호를 통해 감청하고 있는 두 전함의 사람들까지 번개 맞은 듯 전율했다.

암흑의 숲…… 그게 무슨 뜻인가?

'당신들이 말하는 그 뜻이다.'

당신이 우릴 공격할 수 있다는 뜻인가?

'나는 무덤이다. 죽은 내가 어떻게 공격을 하겠나? 서로 다른 차원 사이에는 암흑의 숲이 존재하지 않는다. 저차원은 고차원을 위협할 수 없고, 저차원의 자원은 고차원에서 쓸모가 없다. 하지만 같은 차원에서는 모두 암흑의 숲이다.'

우리에게 해줄 말이 있는가?

'서둘러 물웅덩이에서 나가라. 당신들은 얇은 종이 같다. 너무 연약하지. 물웅덩이가 곧 무덤으로 바뀔 것이다……. 아, 당신들의 소형 우주선에 물고기가 있는 것 같군.'

관이판이 몇 초쯤 멍해졌다가 탐사정에 정말로 물고기가 있다는 것이 생각났다. 그가 가지고 온 유리 공이었다. 주먹보다 조금 큰 공 안에 작은 물고기와 해초 몇 뿌리가 있었다. 정교하게 만들어진 폐쇄형 생태 시스템이었다. 관이판이 제일 아끼는 것이기 때문에 출발하기 전에 일부러 챙겼다. 돌아가지 못한다면 그의 부장품이 될 것이었다.

'나는 물고기를 좋아한다. 내게 그걸 줄 수 있나?'

어떻게 보내지?

'던져라.'

세 사람이 우주복 헬멧을 쓰고 탐사정 문을 열었다. 관이판이 생태 공을 눈앞까지 들어 올린 뒤 조심스럽게 3차원 방향을 응시했다. 4차원에서 보니 생태 공의 세밀한 부분까지 아주 또렷해지며 작디작은 생명 세계가 풍부하고 다채롭게 보였다. 관이판이 마법 반지를 향해 생태 공을 던진 뒤 4차원 우주로 사라지는 작은 공을 눈으로 배웅했다. 탐사정 문을 닫은 뒤 마법 반지를 향해 말했다.

우주에 물웅덩이가 이것뿐인가?

대답이 없었다. 그 후 마법 반지는 한 마디도 하지 않았다. 어떤 신호를 보내도 아무런 응답이 없었다.

그때 모함에서 연락이 왔다. 블루스페이스호가 또다시 미소 유성체의 공격을 받았다는 것이다. 두 전함 주위에 부유물이 급격하게 증가하고 우주선과 건축물의 파편 같은 작은 4차원 물체도 나타났다고 했다. 추옌이 마법 반지 상륙 계획을 취소하고 신속한 복귀를 명령했다.

탐사정은 속도를 두 배로 높여 두 시간 만에 모함 근처로 돌아올 수 있었다. 그들은 비틀린 점을 통해 블루스페이스호로 복귀했다.

탐사대가 영웅처럼 열렬한 환영을 받았다. 비록 그들이 알아낸 것이 두 전함의 미래에 아무런 실질적인 도움도 되지 않았지만.

추옌이 상기된 말투로 말했다.

"관 박사, 마법 반지에게 보낸 마지막 질문의 답이 뭘까요?"

"비유하자면 직경 60억 광년의 커다란 종이 위에 직경이 수십 천문단위밖에 안 되는 비눗방울이 붙어 있는데 우리가 그 거품 안으로 들어갔던 거예요. 하지만 이건 무시해도 좋을 만큼 작은 사건이에요. 이 종이 위에 수많은 비눗방울이 붙어 있을 것이라고 확신할 수 있어요."

"앞으로 그것들을 또 만날 수 있겠죠?"

"'예전에도 그것들을 만났겠죠?'라고 물으셨다면 더 매력적인 질문이었겠죠. 지구는 수십억 년 전부터 우주에 있었어요. 그동안 4차원 조각 속으로 한 번도 안 들어갔을까요?"

"그 사실이 더 놀랍군요. 아마 공룡 시대나 그 이전이겠죠. 인류는 그걸 견딜 수 없을 테니까. 그런데 공룡이 비틀린 점을 찾았을까요?"

"지금 중요한 건 이거예요. 왜 비눗방울이 생겼을까? 왜 이렇게 많은 4차원 조각이 3차원 우주에 나타났을까?"

"그렇군요. 엄청난 비밀이 숨겨져 있겠군요."

"대령님, 제 짐작으론 암흑의 비밀일 겁니다."

블루스페이스호와 그래비티호가 4차원 조각에서 빠져나가기 시작했다. 감속이 시작되자 선미에서 선수로 향하는 중력이 나타났다. 관이판과 두 전함의 과학장교들은 몇 시간 남지 않은 기회를 놓칠 수 없어 급하게 4차원 공간을 관측하고 연구했다. 그들은 거의 모든 시간을 4차원 속에 들어가 있었다. 연구를 위한 것이기도 하지만 좁고 사방이 막혀 있는 3차원 공간이 점점 답답했기 때문이다.

감속이 시작되고 닷새째 되는 날 4차원 속에 있던 모든 사람이 순간적으로 3차원으로 돌아왔다. 비틀린 점을 통해 돌아온 것은 아니었다. 전자기복사 모니터링 시스템을 확인해보니 두 전함의 어디에서도 비틀린 점은 감지되지 않았다.

블루스페이스호와 그래비티호가 4차원 조각에서 완전히 빠져나간 것이다.

예상치 못한 일이었다. 계산한 대로라면 4차원 조각에서 빠져나갈 때까지 아직 20여 시간이 남아 있었다. 예상보다 일찍 빠져나온 원인으로 두 가지 가능성이 있었다. 하나는 4차원 조각이 두 전함의 진행 방향과 반대로 가속했다는 것이고, 다른 하나는 조각의 크기가 줄어들었다는 것이다. 사람들은 후자라고 판단했다. 마법 반지가 했던 말을 기억하고 있었기 때문이다.

'바다가 마르면 물고기가 물웅덩이로 모이고, 물웅덩이마저 마르면 물

고기는 사라지지.'

두 전함이 4차원과 3차원 공간의 경계 근처에 정박했다. 비교적 안전한 곳이었다.

4차원 조각의 가장자리는 형태가 없고 눈앞에 펼쳐진 우주는 깊은 호수의 수면처럼 고요하고 아득했다. 은하계의 별바다는 언제나처럼 찬연한 은빛으로 빛나고 있었다. 이 광경만 보면 그리 멀지 않은 곳의 다른 차원에 커다란 비밀이 숨겨져 있다는 걸 상상할 수가 없었다.

얼마 지나지 않아 기이한 장관이 펼쳐졌다. 눈앞의 우주에 빛나는 긴 선이 나타났다. 처음 나타났을 때는 육안으로 너비를 확인할 수 없을 만큼 가늘고 5000~3만 킬로미터쯤 길게 이어진 직선이었다. 그것들은 별안간 나타나 파란빛을 내다가 점점 빨간빛으로 바뀐 뒤 천천히 구부러져 짧게 끊어진 다음 사라졌다. 관측해보니 4차원 조각의 가장자리에서 생성된 것이었다. 마치 눈에 보이지 않는 거대한 펜이 우주에 4차원과 3차원의 경계선을 그리고 있는 것 같았다.

그 선들이 출몰하는 곳으로 무인 탐사정을 보냈다. 운 좋게 선이 나타나는 광경을 가까이에서 관찰할 수 있었다. 탐사정과 선의 거리가 100킬로미터 남짓밖에 되지 않아서 일반적인 초점거리로도 선의 너비를 볼 수 있었다. 긴 선이 나타나자 탐사정이 전속력으로 선을 향해 다가갔다. 구부러져 끊긴 선이 사라지는 순간 탐사정이 도착했다. 선이 사라진 공간에서 수소와 헬륨 원소가 다량으로 검측되었다. 중원소 먼지도 많았는데 대부분 철과 실리콘이었다.

관이판과 과학장교들은 관측 데이터를 보자마자 결론을 내렸다. 그 선들이 3차원 공간으로 들어온 4차원 물질이라는 것이었다. 4차원 조각의 크기가 줄어들면서 그것들이 3차원 우주로 들어온 뒤 순식간에 3차원 물질로 변하는 것이었다. 3차원 공간에 들어온 4차원 물질은 크기가 줄어들지만 3차원 공간에는 없는 네 번째 차원의 부분이 3차원으로 바뀌면서 급팽창해 직선 상태로 펼쳐진 것이었다. 계산해보니 직선 하나가 실제로는 질량이 수십 그램에 불과한 4차원 물질이었다. 그 작은 물체가 3차원에서 펼쳐지면서 1만 킬로미터 넘게 늘어난 것이었다.

지금 4차원 조각의 가장자리가 움츠러드는 속도라면 약 20일 후에 마법 반지가 3차원 우주로 빠져나오게 된다는 계산이었다! 두 전함은 우주의 장관을 기다리기로 했다. 어차피 그들에게는 시간이 아주 많았다. 두 전함은 4차원 조각의 축소 속도와 동일한 속도로 우주를 가로지르며 날아가는 긴 선들을 향해 다가갔다.

열흘 남짓한 시간 동안 관이판은 깊은 생각에 잠긴 채 머릿속으로 수없이 계산했다. 과학장교들도 열띤 토론을 벌였다. 최종적으로 그들은 현재의 이론물리학으로는 4차원 조각을 분석할 수 없지만 어쨌든 3세기 동안 발전해온 이론으로 최소한 현실적인 예측을 내놓을 수는 있다는 데 동의했다. 그들은 폭포가 절벽으로 떨어지듯 거시 상태에 있는 고차원이 저차원으로 떨어진다는 결론을 내렸다. 4차원이 3차원으로 떨어지기 때문에 4차원 조각의 크기가 줄어들고 있다는 것이다.

그렇게 해서 잃어버린 차원은 사라지는 것이 아니라 작게 말려들어가 미시의 일곱 개 차원 중 하나가 되는 것이다.

마법 반지가 다시 눈앞에 나타났다. 스스로 무덤이라고 지칭하는 그 존재가 곧 3차원 우주로 떨어져 사라질 것이다.

블루스페이스호와 그래비티호가 동시에 전진을 멈추고 30만 킬로미터 뒤로 물러났다. 마법 반지가 3차원 우주로 진입하며 엄청난 에너지를 발산할 수 있기 때문이다. 긴 직선들이 밝게 빛났던 것도 바로 그 때문이었다.

22일 후 4차원 조각의 가장자리로 마법 반지가 빠져나왔다. 마법 반지가 3차원 우주로 진입하는 순간 우주가 번쩍이며 두 동강 나고 그 단면에서 섬광이 비쳤다. 항성 하나가 통째로 잡아 늘려진 것 같았다. 빛이 조금 사그라진 뒤 우주 전체를 가르는 긴 선이 출현했다. 전함에서는 시작과 끝이 보이지 않았다. 조물주가 우주라는 그림 위에 자를 대고 왼쪽부터 오른쪽까지 직선을 그은 것 같았다. 측량해보니 시야에 담을 수 있는 전체 우주를 둘로 가른 그 선의 길이가 1천문단위에 가까운 1억 3000만 킬로미터였다. 지구와 태양 사이를 연결할 수도 있는 길이였다. 지금까지 나타났던 선들과 다르게 수십만 킬로미터 밖에서도 볼 수 있을 만큼 폭이 넓었지만, 다른 선들과 마찬가지로 파란빛에서 빨간빛으로 바뀐 뒤 점점 어두워졌고 선 자체도 구부러져 기다란 먼지 벨트로 바뀌었다. 시작도 끝도 보이지 않게 굼실굼실 이어진 먼지가 별바다의 빛을 받아 고요한 은회색을 띠었다. 두 전함에서 지켜보고 있던 사람들은 그 모습이 기이하다고 느꼈다. 먼지 벨트는 우주를 배경으로 한 은하계이고, 조금 전 거대한 카메라가 은하계를 촬영한 것 같았다. 눈부신 플래시가 터진 뒤 방금 찍힌 사진 같은 모습이 우주 위로 서서히 나타나고 있었다.

이 웅장한 광경 앞에서 관이판은 조금 쓸쓸했다. 마법 반지에게 준 생태 공이 선물로서의 짧은 시간을 마감하고 사라지고 말았다. 3차원에서 펼쳐지는 순간 마법 반지 내부의 4차원 구조가 완전히 무너졌다. 가장 완벽한 붕괴였다. 4차원 조각 속에 있는, 이미 죽었거나 아직 살아 있는 다른 전함들도 결국에는 이런 운명을 피할 수 없을 것이다. 이 광활한 우주에서 그들이 존재할 수 있는 곳은 4차원 조각이라는 작고 외진 구석뿐이다.

이것은 거대한 암흑의 비밀이다.

블루스페이스호와 그래비티호가 먼지 벨트로 탐사정을 보내 유용한 자원을 얻을 수 있는지 살펴보기로 했다. 3차원 물질로 바뀐 마법 반지는 평범한 원소일 뿐이었다. 대부분 수소와 헬륨으로 그중에서 핵분열의 연료를 얻을 수도 있지만 먼지 속에서 기체 상태로 흩어져 존재하기 때문에 많이 모으지 못했다. 다른 중원소 중에서도 유용한 금속을 채집할 수 있었다.

이제 두 전함도 미래를 고민해야 할 때였다. 블루스페이스호와 그래비티호의 공동임시위원회가 두 전함의 승선원 전원에게 두 전함과 함께 계속 항해할 것인지 태양계로 돌아갈 것인지 선택하게 했다. 두 전함에는 독립된 형태의 동면 탱크가 있고 두 전함이 보유한 핵융합 엔진 일곱 개 중 한 개로 동면 탱크를 추진할 수 있었다. 지구로 돌아가기로 결정한 사람은 임시로 제작한 우주선을 타고 동면 상태로 태양계로 돌아갈 수 있었다. 지구에 도착할 때까지 대략 35년이 걸릴 것으로 예상되었다. 두 전함이 중성미자 통신을 이용해 동면 우주선의 궤도함수를 지구에 통보하면 동면 우주선이 태양계로 진입할 때 지구에서 그들을 마중 나올 것이다. 삼체 세계가 이 궤도함수를 이용해 두 전함의 위치를 알아내지 못하도록 동면 우주선이 출발하고 어느 정도 시간이 지난 뒤에 지구와 연락하기로 했다. 동면 우주선이 태양계에 도착했을 때 지구에서 우주선을 맞이해준다면 감속 구간에서 연료를 공급받을 수 있을 것이므로 귀환 시간을 10여 년으로 단축할 수 있었다.

만약 그때도 태양계와 지구가 존재한다면 말이다.

지구로 돌아가겠다는 사람은 약 200명뿐이었다. 나머지는 무너지고 있는 세계로 돌아가는 대신 블루스페이스호와 그래비티호에 남아 미지의 우주를 향해 계속 항해하기로 결정했다.

한 달 뒤 전함 두 대와 동면 우주선 두 대가 각각 반대 방향으로 동시에 출발했다. 동면 우주선은 왔던 길을 따라 태양계로 돌아가고 블루스페이스호와 그래비티호는 4차원 조각을 에돌아 지나친 뒤에 새로운 목표 성계를 결정하기로 했다.

옅어진 우주 먼지 벨트가 핵융합 엔진이 뿜어낸 빛을 받아 은은한 금빛으로 물들었다. 지구의 아늑한 석양 같은 그 빛에 지구로 돌아가는 사람과 계속 항해하는 사람 모두의 눈가에 뜨거운 눈물이 차올랐다. 찬란한 우주 석양이 금세 사라지고 끝없는 밤이 다시 모든 것을 뒤덮었다.

인류 문명의 씨앗 두 개가 별바다를 향해 날아갔다. 그들의 운명이 어떻게 되든, 모든 것은 이미 시작되었다.

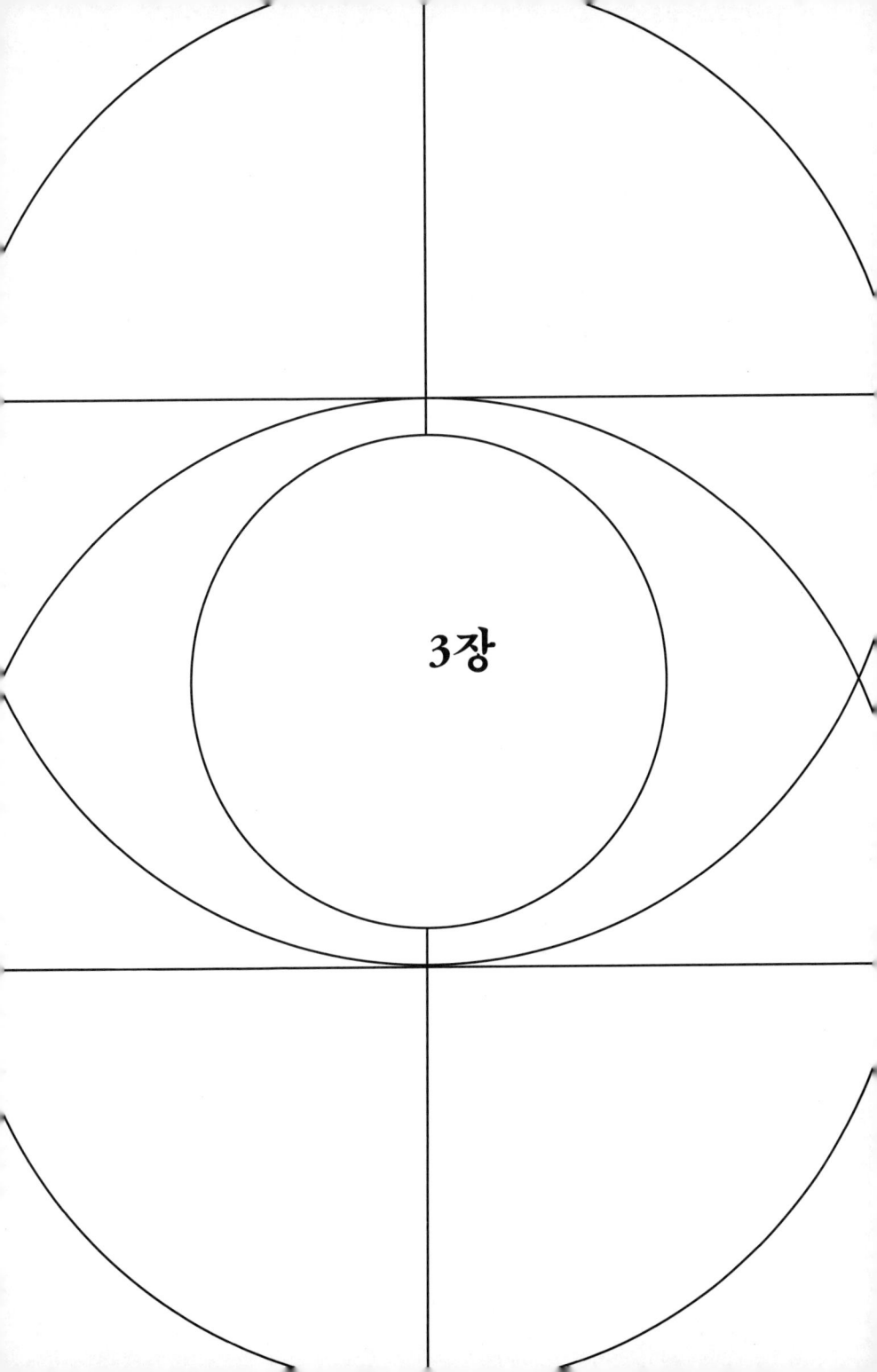

3장

전송의 세기 7년, 청신

AA는 청신의 눈이 예전보다 밝게 빛나고 더 아름다워졌다고 했다. 거짓말은 아닌 것 같았다. 청신도 근시였던 예전보다 시야가 훨씬 또렷해진 것을 느꼈다. 완전히 다른 세상에 와 있는 것 같았다.

호주에서 돌아온 지 6년이 되었지만 이민의 고통과 지난 6년의 세월은 청신에게 아무런 흔적도 남기지 않은 듯했다. 그녀는 싱싱하게 물오른 화초 같았고, 세월과 고통의 물방울이 매끄러운 잎사귀를 타고 굴러떨어져 그녀를 하나도 적시지 않은 것 같았다. 6년 동안 그녀는 회사를 창업해 지구 저궤도 우주 건설 업계의 최대 기업으로 성장시켰지만 겉으로는 여전히 대기업 경영자가 아니라 쾌활한 소녀 같았다. 그러나 이 시대에는 결코 이상한 일이 아니었다.

청신에게 지난 6년은 없는 세월이나 마찬가지였다. 단기 동면을 했기 때문이다. 호주에서 돌아온 후 그녀의 실명이 심인성이라는 진단이 내려졌다. 극도의 정신적 충격이 생리적인 병변으로 발전해 망막 괴사를 일으켰던 것이다. 그녀의 유전자를 불완전 복제한 뒤 복제체의 줄기세포에서 망막을 배양해 이식하는 방법으로 치료할 수 있지만 완치까지 약 5년이 걸린다고 했다. 청신은 심한 우울증에 빠졌다. 암흑 속에서 5년을 지내야 한다면 그녀는 완전히 무너지고 말 것이다. 의사는 그녀에게 단기 동면을 권유했다.

세상도 완전히 새로워졌다. 중력파 우주 전송이 시작되었다는 소식에 전 세계가 환호했다. 블루스페이스호와 그래비티호는 전설적인 구세주가 되고, 두 전함의 승선원들은 전 인류가 숭배하는 슈퍼 영웅이 되었다. 블루스페이스호가 어둠의 전쟁 당시에 저지른 살인 혐의가 벗겨지고 그들이 공격을 받아 불가피한 상황에서 행한 정당방위로 규정되었다. 이민 시대에 각 대륙에 남아 끈질긴 전투를 벌인 지구 저항운동원들도 영웅이 되었다. 남루한 옷차림의 전사들이 모습을 드러내자 사람들은 뜨거운 눈물을 흘렸다. 두 전함과 저항운동 전사들은 인류의 위대한 정신을 보여주는 상징이 되었고, 사람들은 무의식중에 자신에게도 그런 정신이 있을 것이라고 생각했다.

뒤이어 지구 치안군에 대한 광적인 보복이 시작되었다. 사실 객관적으로 보면 재난 중에 치안군이 저항운동원들보다 훨씬 더 긍정적인 역할을 했다. 그들은 이민 기간 동안 도시와 사회기반시설을 보호했다. 비록 곧 지구에 도착할 삼체 문명을 위한 일이었지만 어쨌든 이민자들이 집으로 돌아온 후 세계 경제가 빠르게 회복되는 데 큰 역할을 했다. 이민자들이 자국으로 돌아가는 과정에서 식량 부족과 전력 공급 중단으로 인해 호주에서 몇 차례 소요가 발생했다. 그때도 치안군이 기본적인 배급을 보장하고 질서를 유지시켰다. 대규모 이주가 큰 인명 피해 없이 단 넉 달 만에 완료되는 데 그들의 기여가 컸다. 이런 대혼란 속에서 무장병력이 없었다면 상상도 못 할 일이 벌어졌을 것이다. 하지만 이 모든 것은 재판에서 고려

대상이 되지 못했다. 치안군 전원이 재판에 회부되었고 그중 절반이 반인류죄를 선고받았다. 대이민 시대에 대다수 국가가 사형 제도를 부활시켰고 호주에서 귀환한 후에도 폐지하지 않았다. 5년 동안 수많은 치안군이 처형당했다. 그들의 처형에 환호하는 사람 중 상당수는 치안군 모집 때 탈락했던 이들이다.

하지만 모든 것이 빠르게 안정되고 사람들의 생활도 다시 안정되기 시작했다. 도시와 산업 시설이 보존되어 있었기 때문에 2년도 안 되어 상처를 말끔히 벗어내고 이민 이전의 번영을 되찾았다. 사람들은 기뻐하며 안락한 생활을 누리기 시작했다.

이런 평화로운 분위기는 한 가지 사실을 전제로 한 것이었다. 바로 뤄지가 암흑의 숲 실험을 위해 187J3X1의 항성 좌표를 우주로 전송해 이 항성을 파괴한 후 지금까지 157년이 흘렀고, 공교롭게도 이것은 현대인의 평균 수명과 비슷했다. 또다시 출생률이 유사 이래 최저 수준으로 떨어졌다. 사람들은 멸망이 확정된 이 세계에서 자식을 낳지는 않으려 했지만 자신은 평온한 일생을 보낼 수 있을 것이라고 생각했다. 중력파의 전송 능력이 157년 전 태양을 이용해 증폭한 전파보다 훨씬 강하다는 것을 사람들도 알고 있었다. 하지만 인류는 금세 더 강한 자위 방법을 찾아냈다. 암흑의 숲 이론 자체를 의심하기 시작한 것이다.

《시간 밖의 과거》 발췌

우주 박해 망상—암흑의 숲 이론에 대한 마지막 의구심

비록 위협의 세기 이후 60여 년 동안 암흑의 숲 이론이 인류 역사의 커다란 배경이 되기는 했지만, 학술계에서 이 이론의 진실성에 대한 의구심은 계속 존재했다. 전송의 세기가 시작될 때까지도 그 이론을 과학적으로 입증할 수 있는 확실한 증거를 찾지 못했다. 몇 가지 증거가 제시되었지만 모두 과학적인 근거가 탄탄하지 못했다.

의문 1 : 뤄지의 암흑의 숲 실험이 187J3X1 항성계를 파괴했다. 그런데 이 성계가 정말로 지능을 가진 외부 존재에 의해 파괴되었는가에 대한 논쟁이 끊이지 않았다. 가장 강력하게 의문을 제시하는 곳은 천문학계였다. 그들은 두 가지 관점을 제시했다. 첫째, 항성을 공격한 광속 물체가 관찰되었지만 항성을 파괴시킬 만한 것은 아니었고 187J3X1 성계의 멸망은 자연적인 초신성 폭발이었을 것이다. 이 항성에 관한 과거 관측 데이터가 충분하지 않기 때문에 신성이나 초신성 폭발의 조건을 가지고 있었는지 확실하지 않다. 하지만 좌표를 발사했을 때부터 항성이 파괴되기까지의 시간 차이를 고려하면 그럴 가능성이 상당히 크다. 둘째, 이 항성이 광속 물체에 파괴되었음을 인정하더라도 '광립(光粒)'이 은하계의 자연현상일 수 있다. 비록 지금까지 또 다른 광립 현상이 관찰되지는 않았지만 대질량 물체가 자연적인 힘에 의해 초고속으로 가속된 사례는 있었다. 항성이 성단의 인력에 의해 초고속으로 은하계에서 밀려나는 것이 관찰되기도 했다. 어떤 학자는 은하계 중심에 있는 거대 질량 블랙홀이 소 질량 물체를 광속에 가깝게 가속시킬 수 있으며 이런 광속 물체는 은하계 중심에서 대량으로 생성되는데 다만 크기가 작아서 발견하기 어려울 뿐이라고 주장했다.

의문 2 : 지금까지는 암흑의 숲 위협에 대한 삼체 세계의 공포가 암흑의 숲 이론을 증명하는 가장 유력한 증거였다. 하지만 삼체 세계가 가지고 있는 증거와 그 논증의 과정을 알 수 없기 때문에 과학적으로 직접적인 증거라고 할 수 없다. 삼체 세계가 다른 알 수 없는 이유 때문에 인류와 위협의 균형을 구축하고 태양계를 점령하겠다는 계획을 포기했을 수도 있다. 이 미지의 이유에 대해서는 여러 가지 가설이 있었다. '우주 박해 망상' 학설을 제시한 학자도 있었다. 삼체 세계도 암흑의 숲 이론을 증명할 수 있는 확실한 증거는 가지고 있지 않으며, 다만 오랫동안 극단적으로 위험한 환경에 있었기 때문에 우주 사회에서 박해받고 있다는 집단 망상이 생겨났고, 대다수 삼체인이 지구 중세 시대의 종교처럼 그 집단 망상을 믿고 있다는 것이다.

의문 3 : 마법 반지가 암흑의 숲 이론을 확인해주었다. 마법 반지는 로제타 시스템 속 인류 역사 자료 가운데 마지막 부분에서 암흑의 숲이라는 단어를 습득했을 것이다. 이 단어는 인류 역사 자료 중 위협의 세기 부분에 빈번하게 등장하므로 마법 반지가 이 단어를 사용한 것은 이상한 일이 아니다. 하지만 마법 반지와 탐사대의 대화에 등장하는 짧고 모호한 몇 마디만으로는 마법 반지가 이 단어의 의미를 확실히 알고 있었다고 단정하기 힘들다.

위협의 세기가 시작된 후 암흑의 숲 이론에 대한 연구가 독립된 학문이 되었다. 이론 연구 외에도 우주 관측과 컴퓨터 시뮬레이션을 통한 수많은 연구가 진행되었으며 다양한 관점에서 수학모델을 세웠다. 하지만 여전히 많은 학자는 이 이론을 그저 증명도 반증도 불가능한 가설이라고 생각했다. 암흑의 숲 이론을 진심으로 믿는 것은 정치인과 대중뿐이었다. 대중은 자신이 처한 상황에 따라 믿기도 하고 부정하기도 했다. 하지만 전송의 세기가 시작된 후 대중은 점차 암흑의 숲 이론이 정말로 우주 박해 망상이라고 믿었다.

모든 혼란이 일단락된 후 중력파 전송으로 쏠렸던 사람들의 관심이 위협의 세기 전반에 대한 회고와 반성으로 옮겨갔다. 검잡이에 대한 힐난과 성토가 전 세계를 뒤엎을 듯 끓어오르기 시작했다. 사람들은 사건 초기에 검잡이가 발사 버튼을 눌렀더라면 적어도 이민의 재앙이 닥치지는 않았을 것이라고 생각했다. 하지만 비난 여론이 가장 집중된 것은 검잡이를 잘못 선택했다는 점이다. 그건 아주 복잡한 과정이었다. 전 세계의 민의(民意)를 앞세운 정치적 압력이 당시 UN과 함대 세계에 최종 결정을 종용했다. 사람들은 이 사태를 누가 책임져야 하는지에 대해 격렬하게 논쟁했다. 하지만 이것이 모든 사람의 집단 의지가 일으킨 결과라는 사실을 지적하는 사람은 하나도 없었다. 정작 청신에 대한 여론은 비교적 너그러웠다. 그녀의 온화한 대중적 이미지가 어느 정도 보호막이 되어주었을 뿐 아니라 평범한 이민자로서 그녀가 겪은 고통도 대중의 동정을 받았다. 사람들은 그녀를 피해자로 여겼다. 사람들의 생각을 한마디로 정리하자면, 검잡이가 마지막 순간에 포기함으로써 역사가 길을 크게 돌아오기는 했지만 어쨌든 중력파 전송이 시작되었으므로 역사의 전체적인 방향은 바뀌지 않았다는 것이었다. 그러므로 이 시기의 역사에 대한 논쟁은 그리 오래지 않아서 수그러들었고 청신도 사람들의 관심에서 점차 멀어졌다. 사람들에게 지금 가장 중요한 것은 어렵게 되찾은 생활을 누리는 것이었다.

하지만 청신의 생활은 끊임없는 고통의 연속이었다. 다시 앞을 볼 수 있게 되었지만 생활은 여전히 암흑이었고 우울한 심연 속에 침잠되어 벗어나지 못했다. 가슴을 찢을 듯 혹독했던 정신적 고통은 누그러졌지만 가슴을 아릿하게 짓누르는 고통이 기약 없이 계속되었다. 마치 태어날 때부터 그녀의 모든 세포 속에 이미 고통과 우울함이 스며들어 있던 것처럼. 그녀는 자기 삶에도 한때 화사한 햇빛이 비춘 적이 있다는 것을 잊어버렸다. 말수가 더 줄어들었고 더 이상 외부의 정보를 받아들이지 않았다. 빠르게 성장한 자신의 회사에도 관심이 없었다. AA는 그런 청신을 걱정했지만 회사 일로 바빠서 청신 곁에 있어줄 시간이 많지 않았다. 청신의 생활을 지탱해주는 것은 프레스였다.

대이민이 완료된 암흑의 시기에 프레스는 AA와 함께 호주를 빠져나왔다. 그는 한동안 상하이에 머물다가 이민자들이 고향으로 돌아가기 시작하자 워버턴에 있는 집으로 돌아갔다. 호주가 평온함을 되찾자 그는 자신의 집을 원주민문화박물관으로 만들어달라며 정부에 기증한 뒤 집 근처 숲에 작은 천막을 쳐놓고 정말로 조상들이 했던 것처럼 원시 생활을 하기 시작했다. 집도 없이 야영을 하는데도 그의 몸은 예전보다 더 건강해진 것 같았다. 그에게 있는 물건 중 유일한 현대 물건은 휴대전화였다. 그는 날마다 몇 통씩 청신에게 전화를 걸었다. 그의 말은 언제나 한두 마디뿐이었다.

"얘야, 여긴 해가 떴어."

"얘야, 여긴 노을이 아름답구나."

"얘야, 오늘은 온종일 폐허가 된 간이주택들을 철거했어. 사막을 원래 모습으로 만들고 싶구나."

"얘야, 여긴 비가 온단다. 공기에서 축축한 사막 냄새가 나. 이 냄새를 너도 기억하겠지."

호주와 중국 사이에 약 두 시간의 시차가 있지만 청신은 차츰 노인이 휴식하는 시간대에 익숙해졌다. 노인의 목소리를 들을 때마다 그녀는 자신도 머나먼 사막 속 숲에 살고 있다는 상상을 했다. 세상과 단절되어 고요함에 휩싸인 채.

어느 날 밤 요란한 전화벨이 깊이 잠든 청신을 깨웠다. 프레스였다. 새벽 1시 14분. 호주는 새벽 3시경일 것이다. 프레스는 청신이 심각한 불면증 때문에 두세 시간밖에 자지 못한다는 것을 알고 있었으므로 평소에는 이 시간에 절대 전화를 걸지 않았다. 전화기에서 흘러나온 프레스의 음성에서도 평소의 차분함과 온화함을 찾을 수 없었다. 프레스의 긴장된 목소리가 다급하게 터져 나왔다.

"어서 하늘을 봐!"

사실 청신도 문밖에서 이상한 인기척을 들었다. 조금 전 어렵게 잠이 들었다가 그녀는 악몽을 꾸었다. 예전에도 꾸었던 꿈이었다. 짙은 어둠이 내려앉은 평원 한가운데 우뚝 서 있는 거대한 무덤에서 푸른빛이 비어져 나오고 그 빛이 대지를 은은하게 비추었다. 그런데 지금 그런 푸른빛이 밖에서 새어 들어오고 있었다. 청신은 발코니로 나가 고개를 들어 올렸다. 하늘에 뜬 별 하나가 푸른빛을 내고 있었다. 다른 별빛을 압도하는 빛이었다. 별이 그 자리에서 움직이지 않았으므로 지구 저궤도에 떠 있는 우주 시설 구역과 쉽게 구분할 수 있었다. 태양계 밖에 있는 항성이었다. 빛이 점점 더 밝아져 땅 위의 모든 사람을 비추자 도시의 야경도 빛을 잃었다. 약 2분 뒤 이 항성의 밝기가 최대치에 다다르자 보름달보다 더 밝아져 사람들이 똑바로 쳐다볼 수 없을 만큼 눈이 부셨다. 빛의 색깔도 푸른색에서 흰색으로 바뀌어 도시를 대낮처럼 환히 밝혔다. 청신은 그곳이 어디인지 알고 있었다. 3세기 가까이 사람들이 밤하늘을 올려다볼 때 가장 많이 보던 곳이었다.

근처의 커다란 나무 빌딩에서 비명 소리와 함께 뭔가 부서지는 소리가 들렸다.

최대치에 다다랐던 빛이 서서히 약해지며 흰색에서 붉은색으로 변한 뒤에 완전히 사라졌다.

휴대전화를 가지고 나오지 않았지만 통화 창이 그녀를 따라 이동해 프레스의 목소리를 계속 들을 수 있었다. 프레스는 이미 차분함과 초연함을 되찾은 뒤였다.

"애야, 두려워할 것 없단다. 일어나야 할 일은 언제든 일어나는 법이니까."

　아늑한 꿈이 산산이 깨지고 암흑의 숲 이론이 드디어 현실로 확인되었다. 삼체 세계가 파괴되었다.

전송의 세기 7년, 지자

《시간 밖의 과거》발췌

암흑의 숲의 새로운 모델

삼체 세계는 전송의 세기로 접어든 뒤 3년 10개월 만에 멸망했다. 중력파 우주 전송이 시작되었지만 공격이 이렇게 빨리 닥칠 줄은 누구도 예상하지 못했다.

삼체 성계를 시시각각 감시하고 있었기 때문에 이 사건에 대해 비교적 상세한 자료를 얻을 수 있었다. 삼체 성계가 받은 공격은 뤄지의 실험 대상인 항성 187J3X1이 받았던 공격과 완전히 동일한 형태였다. 아주 작은 물체가 광속에 가깝게 날아오며 상대론적 효과로 발생한 질량 팽창을 통해 항성을 파괴했다. 삼체 성계의 태양 세 개 중 하나만 파괴되었고 시간 선택도 아주 정확했다. 공교롭게도 삼체 행성이 이 항성의 위성이 된 직후에 공격이 이루어졌기 때문에 항성이 폭발하며 행성도 완전히 파괴되었다.

중력파 전송이 시작되었을 때 그래비티호와 삼체 성계 간의 거리는 약 3광년이었다. 중력파가 광속으로 전송되는 시간을 고려하면 광립 발사 지점은 두 전함보다 삼체 성계에 더 가까울 것이다. 중력파 정보를 받은 즉시 광립을 발사한 것으로 추정되었다. 관측 데이터를 통해 이 가설이 증명되었다. 광립이 삼체 성계 부근에 있던 우주 진운을 뚫고 나간 흔적이 선명하게 기록되었다. 하지만 이 범위의 우주에는 다른 항성계가 없다. 그렇다면 어떤 우주 비행체가 광립을 발사했다는 뜻이다.

암흑의 숲 이론의 과거 모델은 주로 항성계를 기반으로 한 것이었다. 사람들은 좌표가 알려진 항성계를 공격할 수 있는 것은 다른 항성계뿐이라고 단정했다. 하지만 우주 비행체도 공격원이 될 수 있다는 것이 밝혀지자 갑자기 상황이 복잡해졌다. 인류는 삼체 함대를 제외하고 지능을 가진 미지의 존재가 만든 비행체에 대해 아무것도 모르고 있었다. 그들의 수량, 밀도, 속도, 항해 방향 등을 전혀 알 수 없었다. 암흑의 숲 공격이 가능한 공격원이 기하급수적으로 늘어나고 공격이 출현할 수 있는 시간도 훨씬 빨라졌다. 삼체 성계를 제외하면 태양계에서 가장 가까운 항성은 6광년 떨어져 있지만, 유령 같은 미지의 우주 비행체들이 태양 근처를 지나칠 가능성을 배제할 수 없었다. 아주 멀리 있다고 생각했던 죽음의 신이 바로 눈앞에 당도했다.

삼체 세계의 멸망은 인류 세계가 최초로 목격한 문명의 파괴였다. 언제든 인류가 그 운명의 주인공이 될 수 있었다. 3세기 가까이 계속되던 삼체의 위협이 안개처럼 흩어지고 이제 인류는 그보다 훨씬 냉혹한 우주 전체와 대면하게 되었다.

예상했던 세계적인 공황은 출현하지 않았다. 4광년 밖 세계의 공격 앞에서 인류 사회는 기이한 침묵 속으로 빠져들었다. 모두 막연히 기다리기만 했다. 그들이 무엇을 기다리고 있는지는 아무도 알지 못했다.

위기의 세기 대협곡 이후 역사가 몇 번의 중대한 전환기를 거치기는 했지만 인류 세계는 전체적으로 볼 때 고도로 민주적이며 복지가 발달한 사회였다. 지난 2세기 동안 최악의 상황이 닥쳐도 누군가 자신들을 돌봐준다는 공통된 인식이 사람들의 잠재의식 속에 깔려 있었다. 대이민의 재난 속에서 이 신념이 거의 무너졌지만 6년 전의 그 가장 어두웠던 아침에도 역시 기적이 나타났었다.

이번에도 사람들은 기적을 기다리고 있었다.

삼체 성계가 파괴되고 사흘째 되던 날, 지자가 갑자기 차를 대접하겠다며 청신과 뤄지를 초대했다. 다른 뜻은 없고 그저 오랜만에 친구끼리 만나 회포를 풀고 싶다고 했다.

UN과 함대 세계 모두 이 만남에 주목했다. 사회 전체가 망연자실한 채 무언가가 나타나길 기다리기만 하는 것은 몹시 위험한 상태였다. 백사장에 쌓은 모래성처럼 인류는 언제든 바람에 무너져버릴 수 있었다. 고위층은 두 전직 검잡이가 지자에게서 사람들을 안심시킬 수 있는 정보를 얻어오길 기대했다. 이 만남을 앞두고 긴급 소집된 PDC 회의에서 심지어 어떤 사람은 그런 정보를 얻지 못하더라도 모호한 이야기를 꾸며내 발표해야 한다고 주장하기도 했다.

6년 전 중력파 우주 전송이 시작된 후 지자는 대중의 시야에서 사라졌다. 가끔 모습을 드러내기도 했지만 항상 무표정이었고 삼체 세계의 말을 전하는 역할밖에는 하지 않았다. 그녀는 지금도 공중에 매달린 그 나무집에서 살고 있었고 대부분의 시간을 절전 상태로 지냈다.

지자는 자신의 나무집이 매달린 가지 위에서 청신과 뤄지를 만났다. 대이민 기간에 뤄지는 사람들과 저항운동을 함께했다. 실질적인 행동에 참여하거나 작전을 지휘하지는 않았지만 저항운동원들의 정신적인 지도자였다. 치안군과 물방울이 그를 제거하기 위해 미친 듯이 수색했지만 그가 어디에 어떻게 숨어 있는지 알아내지 못했다. 심지어 지자도 그의 행방을 찾아내지 못했다. 지금 청신 앞에 있는 뤄지는 여전히 꼿꼿하고 냉혹한 인상이었다. 바람에 흩날리는 그의 수염이 더 하얗게 센 것을 제외하면 7년의 세월은 그에게 거의 흔적을 남기지 않은 것 같았다. 그는 아무 말도 하지 않았지만 인사하며 엷게 지은 미소에서 청신은 따뜻함을 느꼈다. 청신은 프레스를 떠올렸다. 그 둘은 전혀 달랐지만 모두 서기 시대에 존재했던 어떤 산처럼 크고 강한 무언가를 가지고 있었다. 그들은 이 낯선 시대에 청신이 기댈 수 있는 곳이었다. 웨이드도 있었다. 그녀를 죽일 뻔했던, 그 이리처럼 사악한 서기인 남자는 그녀에게 증오와 두려움의 대상이지만, 그에게서도 역시 의지할 수 있는 든든함을 느꼈다. 그건 아주 오묘한 감정이었다.

지자가 집 앞에 나와 그들을 맞이했다. 그녀는 이번에도 화려한 기모노를 입고 동그랗게 말아 올린 머리에 꽃을 꽂고 있었다. 위장복을 입은 냉혹한 닌자의 모습은 찾을 수 없었다. 그녀는 꽃밭 속 연못처럼 청초한 여인으로 되돌아와 있었다.

"환영합니다. 제가 찾아뵈어야 하는데 그러면 다도로 차를 대접할 수가 없어서요. 너그럽게 이해해주세요. 만나서 반갑습니다."

지자가 허리 굽혀 인사하며 이곳에서 청신을 처음 만났을 때와 똑같이 말했다. 목소리도 그때처럼 부드러웠다. 그녀가 대나무 숲으로 둘러싸인 정원을 가로질러 연못 위 작은 나무다리를 건넌 뒤 커다란 정자처럼 생긴 거실로 두 사람을 안내했다. 세 사람이 다다미에 앉자 지자가 차를 우리기 시작했다. 시간이 조용히 흐르고 창 너머 푸른 하늘에 구름이 모였다 흩어지고 흩어졌다 모였다.

물 흐르듯 나긋나긋 움직이는 지자의 손놀림을 보며 청신은 만감이 교차했다.

그렇다. 그녀(그들? 그것들?)는 성공할 수 있었다. 매번 거의 성공 직전까지 갔었다. 하지만 그럴 때마다 인간은 고집스럽게 저항하거나 교활하게 속이거나, 기적을 만나 승부를 뒤집었다. 3세기에 걸친 기나긴 여정의 끝에 그녀의 고향은 결국 불바다에 묻혀 사라졌다.

지자는 이미 4년 전 삼체 세계가 멸망했다는 사실을 알았다. 4년 전 폭발로 발생한 빛이 사흘 전 지구에 도착한 후 그녀는 국제사회에 짧은 성명을 발표했다. 재앙이 일어난 과정을 간단히 설명했을 뿐 재앙의 원인―인류의 우주선이 발사한 중력파―에 대해서는 아무런 논평도 하지 않았고 질책이나 원망은 더더욱 없었다. 사람들은 4년 전 4광년 떨어진 삼체 행성에서 이 로봇을 조종하고 있던 삼체인들은 불바다에 가라앉고 지금 그녀를 조종하는 삼체인들은 삼체 함대의 우주선에 있을 것이라고 짐작했다. 성명을 발표하는 지자의 표정과 목소리가 모두 평온했다. 이 평온함은 삼체 세계의 말을 전하기만 하던 때의 무감각함이 아니라 조종자의 영혼과 정신이 오롯이 담긴 진실함이자 인류가 멸망에 직면했다면 감히 가질 수 없는 고귀함과 존엄이었다. 이 파괴된 문명을 향해 지금껏 한 번도 느끼지 못했던 경외심이 사람들의 가슴속에서 차올랐다.

지자가 알려준 몇 가지 정보와 인류의 관측 데이터를 통해 삼체 세계 멸망 당시의 상황을 대략적으로 추측할 수 있었다.

재난이 닥쳤을 때 삼체 행성은 안정된 항세기였으며 세 개의 태양, 즉 세 항성 중 하나의 주위를 공전하고 있었다. 궤도의 반경은 약 0.6천문단위였다. 광립이 항성에 충돌한 뒤 광구층과 대류층에 직경 5만 킬로미터의 거대한 구멍이 뚫렸다. 지구 네 개를 나란히 놓을 수 있는 크기였다. 우연인지 공격자가 의도한 것인지는 모르지만 광립이 항성을 충돌한 위치가 정확히 이 행성이 운행하는 황도면이었다. 삼체 행성에서 보면 그 항성의 표면에서 용광로의 문이 열린 것처럼 엄청나게 밝은 빛이 나타났다. 항성 깊숙한 곳에서 뿜어져 나온 강한 복사가 그 구멍을 통과한 뒤 광구층, 대류층, 채층을 거쳐 직접 행성을 비추었다. 강한 빛에 노출된 반구 위에서 실외에 있던 생명은 몇 초 만에 완전히 타버렸다. 뒤이어 항성 내부 물질이 구멍을 통해 분출되어 5만 킬로미터 굵기의 화염 분수가 나타났다. 내부 물질의 온도는 1000만 도에 이르렀다. 이 중 일부는 인력 작용에 의해 항성 표면으로 다시 떨어졌지만, 일부는 탈출속도에 도달해 우주로 치솟았다. 행성에서 보면 불나무가 태양 표면에서 솟아난 것 같았다. 네 시간 후 분출 물질이 0.6천문단위를 지나 불나무의 줄기 끝과 행성 궤도가 만났다. 다시 두 시간이 지나자 공전 중인 행성이 불나무와 만났다. 그 후 분출 물질의 세례를 받으며 30분을 더 공전했다. 행성이 태양 내부에서 운행하고 있는 셈이었다. 분출 물질은 우주의 냉각을 거치고도 섭씨 수만 도의 고온이 유지되었다. 불나무에서 벗어난 행성은 이미 암적색 빛을 내뿜는 천체가 되어 있었다. 표면이 완전히 녹아내리고 마그마 바다가 모든 것을 뒤덮었다. 행성 뒤로 흰색 꼬리가 길게 늘어졌다. 바다가 증발해 만들어진 수증기였다. 꼬리가 태양풍에 흩어져 행성이 흰머리를 흩뜨린 혜성이 되었다.

행성 표면에는 이미 생명이 없었다. 삼체 세계는 멸망했지만 재앙을 알리는 신호는 이제 막 불씨가 지펴졌다.

분출 물질이 행성에 커다란 저항력을 가해 행성의 공전속도가 느려지고 궤도가 낮아졌다. 행성이 공전해 돌아올 때마다 불나무가 항성이 뻗은 악마의 발톱처럼 조금씩 행성을 잡아당겼다. 열 번쯤 공전한 후 행성이 항성 표면으로 떨어졌다. 삼체 성계의 기나긴 우주 럭비 경기가 대단원의 막을 내리는 순간이었다. 하지만 이 항성은 승리를 거두는 순간을 경험할 수 없었다.

내부 물질을 분출하며 압력이 낮아져 항성 내부의 핵융합 반응이 약해지자 항성이 빠르게 어두워지며 흐릿한 윤곽만 남았다. 항성 표면의 거대한 불나무가 더 도드라졌다. 우주라는 검은 필름 위를 송곳으로 그은 것 같았다. 핵융합이 중단되고 내부 복사압력이 낮아지자 항성의 외층이 버티지 못하고 줄어들기 시작했다. 결국 빛을 잃은 외층이 내핵을 짓눌러 마지막 대폭발을 일으켰다.

이것이 사흘 전 지구 사람들이 본 빛이었다.

항성 폭발로 삼체 성계 전체가 사라졌다. 성계에서 탈출하고 있던 우주선과 우주 도시도 모두 파괴되고 극소수의 우주선만 요행히 살아남아 도망쳤다. 당시 이 우주선들은 다른 두 개의 항성 뒤에 있었기 때문에 대폭발의 와중에 항성의 엄호를 받을 수 있었던 것이다.

그 후 남은 두 항성이 안정적인 2별 체계를 이루었지만 규칙적인 태양의 순환을 누릴 수 있는 생명체가 하나도 없었다. 폭발한 항성 물질과 부서진 행성이 두 항성 주위에 잿빛 무덤 같은 광활한 응축원반*을 만들었다.

"몇 명이나 도망쳤나요?"

청신이 조용히 물었다.

"멀리서 항해하고 있는 함대를 포함해 전체의 1000분의 1도 안 돼요."

지자의 목소리는 더 조용했으며 그녀는 고개도 들지 않고 다도에 집중했다.

청신은 여자 대 여자로 하고 싶은 말이 많았지만 인류인 그녀와 지자 사이에 넘을 수 없는 거대한 골짜기가 있었다. 이걸 아는 청신은 아무 말도 할 수가 없었고 그저 부탁받은 질문만 할 뿐이었다. 그들은 훗날 '다도 대화'라고 불리며 역사에 중대한 영향을 미치게 될 대화를 시작했다.

* 옮긴이 주: 별 주변에 가스나 먼지로 이뤄진 원반.

청신이 물었다.

"우리에게 남은 시간이 얼마나 되나요?"

"알 수 없어요. 언제든 공격받을 수 있죠. 하지만 확률로 따지면 아직은 조금 시간이 있어요. 한두 세기쯤. 당신들이 지난번에 했던 실험처럼."

지자가 뤄지에게 시선을 옮겼지만 엄숙하게 앉아 있는 뤄지의 얼굴 위로 아무 표정도 나타나지 않았다.

"하지만…… 태양계는 삼체 세계와 상황이 달라요. 중력파를 통해 전송된 건 삼체 성계의 좌표예요. 이 좌표를 가지고 지구 문명의 존재를 알아내려면 거의 3세기 전 태양계와 삼체가 첫 교신 했던 자료를 찾아야 해요. 물론 찾아내겠지만 그걸 찾아내 공격하기로 결정할 확률은 비교적 낮아요. 언젠가는 공격하겠지만 시간이 필요해요. 그보다 중요한 건 멀리서 보기에 삼체 세계가 태양계보다 더 위험해 보인다는 사실이에요."

청신이 놀라 뤄지를 쳐다보았지만 그는 여전히 무표정했다.

청신이 지자에게 물었다.

"왜죠?"

지자가 단호하게 고개를 저었다.

"그건 말할 수 없어요."

청신이 화제를 돌려 준비된 질문을 했다.

"두 차례 공격 모두 광립이 행성을 파괴했어요. 이게 흔한 공격 방식인가요? 태양계에 대한 공격도 같은 방식일까요?"

"암흑의 숲 공격에는 두 가지 특징이 있어요. 첫째는 임의성, 둘째는 경제성."

"자세히 설명해주세요."

"이건 평범한 행성 간 전쟁이 아니에요. 훗날 위협이 될 가능성을 제거해버리는 거죠. 임의성이란 좌표가 공개되었다는 것이 유일한 공격 목표라는 뜻이에요. 목표를 근거리에서 직접 관찰하지도 않고 임의로 공격해요. 고도로 발달한 문명에게는 근거리 관찰이 공격보다 더 많은 비용이 드니까요. 경제성이란 최저 비용으로 공격한다는 거예요. 아주 작고 값싼 물체를 발사해 목표 성계의 파괴 에너지를 자극하죠."

"항성의 에너지를 자극한다고요?"

지자가 고개를 끄덕였다.

"지금까지 우리가 알아낸 건 여기까지예요."

"방어할 수 있나요?"

지자가 유치한 어린아이를 대하듯 가볍게 웃으며 고개를 저었다.

"우주 전체는 어둡고 우리는 밝은 곳에 있죠. 우린 암흑의 숲에서 나무 꼭대기에 묶여 있는 아기 새예요. 스포트라이트가 우리를 비추고 있어요. 공격은 어느 방향에서든 닥칠 수 있어요."

"두 번의 공격으로 미루어보면 소극적인 방어만 가능하겠군요. 삼체 세계에서도 살아남은 우주선이 있으니까."

"내 말을 믿어요. 인류는 절대로 공격에서 살아남을 수 없어요. 도망치세요."

"행성 간 도주요? 우리 중에서 도망칠 수 있는 사람은 1000분의 1도 안 돼요."

"전멸하는 것보다는 낫죠."

'우리의 가치관으로 보면 꼭 그렇지 않을 수도 있어요.'

청신은 속으로 생각했을 뿐 말하지 않았다.

"다른 얘기 해요. 이 얘긴 더 묻지 마세요. 제가 두 분께 말할 수 있는 건 이것뿐이에요. 차를 대접하려고 초대한 거랍니다."

지자가 허리 숙여 인사한 뒤 푸른빛이 우러난 차를 두 사람에게 각각 건넸다.

준비된 질문이 더 남아 있었지만 청신은 묻지 않았다. 찻잔을 받아 드는 손이 가늘게 떨렸다. 더 질문해도 소용없다는 걸 그녀는 알고 있었다.

　아직 한 마디도 하지 않은 뤄지는 여전히 태연했다. 그는 지자보다도 다도를 잘 알고 있는 것 같았다. 왼손으로 찻잔을 받친 채 오른손으로 세 번 돌린 뒤 찻잔을 입에 댔다. 아주 천천히 차를 마시며 시간이 고요히 흐르도록 내버려두었다. 창밖 구름이 석양에 물들 때쯤 그의 찻잔이 비었다. 그가 찻잔을 내려놓으며 첫마디를 꺼냈다.

　"나도 더 물어볼 수 없소?"

　삼체 세계에서 뤄지가 갖고 있는 위엄과 명망이 지자에게도 영향을 미쳤던 것 같다. 청신은 처음부터 지자가 자신에게 온화하고 호의적으로 대하는 것과 달리 뤄지에게는 경외심을 갖고 있다는 것을 느낄 수 있었다. 뤄지를 쳐다보는 그녀의 눈빛에서 감출 수 없는 경외심이 묻어났다. 지자는 줄곧 청신보다 뤄지와 더 먼 거리를 유지했고 그에게 인사를 할 때 허리를 더 깊이 더 오래 숙였다.

　뤄지의 말에 지자가 또 깊게 허리를 숙였다.

　"잠깐 기다려주세요."

　지자가 눈을 감고 깊은 생각에 잠긴 듯 말없이 앉아 있었다. 몇 광년 밖 우주의 삼체 우주선에서 지자의 조종자들이 긴급 회의를 열고 있다는 것을 청신은 알 수 있었다. 2분 뒤 지자가 고개를 들었다.

　"한 가지 질문을 하실 수 있어요. 대신 저는 예, 아니요, 모릅니다, 이 세 가지 대답만 할 수 있어요."

　뤄지가 찻잔을 천천히 내려놓고 말을 하려는데 지자가 손을 들어 가로막았다.

　"이건 당신에 대한 우리 세계의 존경이에요. 저는 사실대로 대답할 거예요. 설령 그 대답이 삼체 세계에 해가 되는 것이라 해도. 하지만 한 가지 질문만 하실 수 있고 저도 세 가지 간단한 대답만 할 수 있어요. 신중하게 질문해주세요."

청신이 걱정스러운 눈길로 뤄지를 바라보았지만 그는 잠깐의 망설임도 없이 단호한 어투로 물었다.

"알겠소. 이제 묻겠소. 멀리서 볼 때 삼체 세계에 위험한 특징이 있었다고 했소. 그렇다면 이 문명이 다른 세계에 그 어떤 위협도 가하지 않을 안전한 문명임을 우주에 알린다면 암흑의 숲 공격을 피할 수 있겠소? 말하자면 안전보장 성명 같은 것 말이오. 지구 문명이 우주를 향해 이런 안전보장 성명을 발표할 수 있겠소?"

지자가 눈을 감고 생각에 잠긴 채 한참 동안 대답하지 않았다. 청신은 그 시간이 숨 막힐 만큼 길게 느껴졌다. 1초씩 흐를 때마다 희망이 점점 줄어들어 마지막에는 지자의 대답이 '아니요' 또는 '모르겠어요' 중 하나일 것이라고 거의 확신했다. 잠시 후 지자가 눈동자를 반짝이며 뤄지를 똑바로 쳐다보았다. (지자는 지금까지 뤄지를 이렇게 똑바로 쳐다보지 않았다.) 지자가 짧은 한마디를 힘주어 내뱉었다.

"네."

청신이 자신도 모르게 물었다.

"어떻게 하면 돼요?"

지자가 뤄지에게서 시선을 거두며 고개를 가로젓고는 천천히 두 사람의 찻잔에 차를 따라주었다.

"더는 말씀드릴 게 없어요. 정말이에요."

'다도 대화'가 희망을 갈구하는 수많은 사람의 두 손 위에 작은 희망 하나를 올려놓았다. 우주를 향해 안전보장 성명을 발표하면 암흑의 숲 공격을 피할 수 있을지도 모른다는 가능성을.

《시간 밖의 과거》 발췌

우주 안전보장 성명—고독한 행위예술

다도 대화에서 오간 이야기가 공개되자 사람들은 안전보장 성명을 어떻게 발표할 것인지 고민하기 시작했다. 위로는 세계 과학원에서부터 아래로는 초등학생까지 절박한 심정으로 고민하며 수많은 방안을 내놓았다. 구체적인 문제를 해결하기 위해 인류 전체가 일제히 머리를 맞댄 것은 인류 역사상 처음이었다.

하지만 안전보장 성명은 생각하면 할수록 깊은 미궁으로 빠져드는 문제였다.

수많은 발표 방식이 제기되었지만 크게 두 가지로 나눌 수 있었다. 성명파와 자해파였다.

성명파의 구상은 단순했다. 우주를 향해 지구 문명이 안전하다고 알리는 성명을 발표하자는 것이었다. 그들은 주로 성명 발표 방식을 연구하는 데 치중했다. 하지만 대다수 사람들이 보기에는 멍청한 주장이었다. 표현 방식이 아무리 정교해도 이 냉혹한 우주에서 그걸 실제로 믿을 '사람'이 있겠는가? 더군다나 우주 곳곳에 분포해 있는 수많은 문명 전체가 안전보장 성명을 믿게 만들어야 했다.

상대적으로 여론의 더 높은 지지를 받는 것은 자해파였다. 그들은 안전보장 성명의 내용은 반드시 진실해야 한다고 주장했다. 여기에는 '말'과 '행동'이 모두 포함되지만 핵심은 '행동'이었다. 인류가 암흑의 숲에서 생존하려면 반드시 대가를 치러야 하는데 자해파가 주장하는 방법은 지구 문명을 확실하게 안전한 문명으로 만드는 것이었다. 간단히 말하면 문명의 자해였다.

자해 계획은 주로 기술 분야에 집중되었다. 간단히 말하면 인류가 자발적으로 우주 시대와 IT 시대를 포기하고 저기술 사회로 후퇴하자는 것이었다. 19세기 말의 전기 및 내연기관 사회로 돌아갈 수도 있고 심지어 농경사회로 돌아갈 수도 있었다. 세계 인구가 급격히 감소한 것을 감안하면 현실성 있는 방법이었다. 그러자 안전보장 성명이 저기술 성명으로 바뀌었다.

극단적인 자해 주장도 등장했다. 인간의 지능을 후퇴시키자는 것이었다. 약물적 수단이나 뇌과학 기술을 통해 인간의 지능을 낮추고 유전자에 낮은 지능을 고착시킨다면 저절로 저기술 사회가 유지될 것이라는 주장이었다. 많은 이들이 이런 극단적인 자해에 반감을 느꼈지만, 이 주장이 광범위하게 퍼져나가며 갑론을박이 벌어졌다. 이 논리대로라면 안전보장 성명은 곧 저지능 성명이었다.

그 외에도 여러 가지 사조가 등장했다. 자기 위협파도 그중 하나였다. 그들은 인류가 통제를 벗어나 안정을 해치는 행동을 할 경우 자동적으로 인류를 파멸시키는 자기 위협 시스템을 구축해야 한다고 주장했다.

가히 상상력의 향연이라고 할 만했다. 치밀하고 정교하고 기발한 제안들이 속속 등장하고 심지어 사이비종교처럼 간담을 서늘케 할 만큼 잔인한 것들도 있었다.

하지만 그 어떤 제안도 안전보장 성명의 본질을 담아내지는 못했다.

지자는 암흑의 숲 공격은 임의성이라는 중요한 특징이 있다고 했다. 목표를 근거리에서 관측한 뒤에 정확히 겨냥해서 공격하는 것이 아니다. 따라서 인류가 생각해낸 수없이 많은 방법은 그저 관중 없는 행위예술에 불과했다. 아무리 성의를 다해 열심히 공연해도 자기 자신 외에는 아무도 볼 수 없다. 만 보 양보해서 설령 자상한 아버지 같은 어떤 문명이 지구를 근거리에서 관측한다 해도, 심지어 지구와 태양계에 지자와 유사한 상시 감시 시스템을 설치한다 해도 그들은 셀 수 없이 많은 문명 가운데 극히 작은 일부분일 뿐이다. 대대수 우주 문명에게 태양은 그저 헤아릴 수도 없이 먼 광년 밖에서 흐릿하게 가물거리는 작은 점에 지나지 않는다. 세부적인 특징이 있을 리도 없다. 이것이 바로 암흑의 숲 상태의 우주가 가지고 있는 기본적인 수학 구조다.

물론 순진한 시대도 있었다. 당시 과학자들은 장거리 관측을 통해 머나먼 항성계에 존재하는 문명의 흔적을 발견할 수 있다고 믿었다. 행성의 대기 중에 존재하는 산소, 이산화탄소, 물의 흡수 스펙트럼, 문명에서 방출된 전자기복사 같은 것들 말이다. 심지어 다이슨구*처럼 상상력과 창의력이 충만한 구상까지 등장했다. 하지만 우주라는 광활한 공간에서 모든 문명이 자기 존재를 감추고 있고, 항성계를 중심으로 아주 먼 거리까지도 지능을 가진 존재의 흔적을 관찰할 수 없다면, 그것은 우주가 정말로 미개하고 황량한 상태이기 때문일 수도 있지만 반대로 그 문명들이 이미 성숙하다는 증거일 수도 있다는 것을 사람들은 이제 알고 있었다.

안전보장 성명은 본질적으로 우주를 향해 널리 알리는 것이고, 누구든 믿을 수 있는 내용이어야 했다.

아주 먼 곳에 별 하나가 있다. 그것은 밤하늘에서 보일 듯 말 듯 가물거리는 작은 점일 뿐이지만 그 별을 한 번이라도 본 사람들은 모두 그 별이 안전하다고 말한다. 이걸 실현하려는 것이 바로 우주 안전보장 성명이다.

거의 불가능에 가까운 일이었다.

그런데 아무리 생각해도 이해할 수 없는 한 가지 의문이 있었다. 어째서 지자는 안전보장 성명을 발표하는 방법을 알려주지 않은 걸까?

요행히 살아남은 삼체 문명의 입장에서 인류의 기술 발전을 저지하려는 것은 충분히 이해할 수 있었다. 중력파 전송이 시작된 뒤 두 세계 모두 은하계 전체, 심지어 우주 전체의 적이 될 위기에 놓이자 서로를 향한 위협은 중단되었다. 더 큰 위기 앞에서 두 세계의 관계를 고려할 겨를이 없었던 것이다. 삼체 함대가 아득한 우주에서 점점 멀어지자 두 문명 간의 연결고리도 약해졌다. 하지만 삼체와 지구인들이 영원히 잊을 수 없는 한 가지 사실이 있었다. 이 모든 상황의 원인 제공자가 삼체 세계라는 점이었다. 그들이 먼저 태양계로 쳐들어왔고, 인류를 멸종시키려는 그들의 계획은 거의 성공 직전까지 갔었다. 만약 지구인의 기술이 비약적으로 발전한다

---

* 옮긴이 주:Dyson sphere. 어떤 항성을 완전히 둘러싸서 그 항성에서 복사되는 에너지를 모두 받아 쓸 수 있게 만든 거대 구조. 미국 물리학자 프리먼 다이슨이 구상을 제시했으며 훗날 소설 속에 등장함.

면 삼체 세계에 대한 보복을 감행할 것이고, 복수 대상은 요행히 살아남은 삼체가 찾아낸 새로운 터전이 될 공산이 크다. 또한 이 보복은 지구 문명이 암흑의 숲 공격에 궤멸당하기 전에 완성될 것이다.

하지만 안전보장 성명은 달랐다. 만약 이 성명으로 지구가 안전하다는 사실을 우주 전체가 믿게 만들 수 있다면 지구는 삼체 문명에 대해서도 안전할 것이고, 그렇다면 삼체 세계에도 희망이 생기는 셈이 아닌가?

안전보장 성명을 발표하는 방법에 관해 아무런 실마리도 찾을 수가 없고, 모든 연구는 그것이 불가능하다는 사실을 반복적으로 증명할 뿐이었다. 하지만 빠른 시일 내에 성명이 발표되길 바라는 대중의 열망은 더 간절해졌다. 비록 이미 제시된 방법들로는 그 어떤 문제도 해결할 수 없음을 대다수가 알고 있었지만 어쨌든 끊임없는 시도가 이루어졌다.

유럽의 한 민간단체가 초강도 출력을 내는 전자파 발사 안테나를 설치한 뒤 태양의 증폭 기능을 이용해 자신들이 작성한 안전보장 성명을 우주로 전송하려다가 경찰에게 저지당했다. 태양계에 있던 물방울이 6년 전 모두 자취를 감추면서 태양의 증폭 기능이 통제를 벗어났지만 이런 방법으로 선불리 지구 문명의 좌표를 노출시키는 건 위험천만한 일이었다.

전 세계에 수백만 회원을 거느리고 있는 '녹색 구원자'라는 단체는 인류가 농경사회로 후퇴할 것이라는 내용의 우주 안전보장 성명을 발표할 것을 주장했다. 이 단체의 회원 2만여 명이 호주로 되돌아가 대이민 이후 다시 텅 비어버린 대륙에서 시범적으로 농경사회를 이루어 생활하고 있었고 그들의 생활이 가끔씩 전 세계로 보도되곤 했다. 전통적인 농기구를 구할 수 없었으므로 후원자들이 그들을 위해 직접 농기구를 제작해주었다. 호주에는 농사를 지을 수 있는 땅이 많지 않았고 그마저도 재배 원가가 높은 고부가가치 농작물을 경작하고 있었으므로 그들은 정부가 지정해준 지역을 스스로 개간해서 농사를 지었다. 하지만 집단 노동이 시작된 지 일주일도 되지 않아서 더 이상 아무도 일하려고 하지 않았다. 녹색 구원자 회원들이 게을러서가 아니었다. 오로지 열정만으로도 어느 정도 노동은 버텨낼 수 있었다. 하지만 현대인의 신체적 조건이 많이 변화되어 유연성은 과거 인류에 비해 우월하지만 체력을 요하는 반복 노동에는 적합하지 않았다. 게다가 인력만으로 농지를 개간하는 건 과거 농업 시대에도 결코 쉽지 않은 일이었다. 녹색 구원자 단체의 지도자가 농부였던 자신의 조상에게 경의를 표한 뒤 해산을 선언하자 회원들은 모두 자기 나라로 돌아갔고 시범형 농경사회도 그렇게 막을 내렸다.

안전보장 성명에 대한 변태적인 이해가 악성 테러 사건까지 일으켰다. 인류의 지능을 낮추어야 한다고 주장하는 '반지혜' 단체들이 등장하더니 그중 한 단체가 대규모 행동을 계획했다. 뉴욕 도심에 설치된 상수도관에 '신경 억제제'라는 이름의 약물을 대량 주입한 것이다. 사람의 뇌에 영구적인 손상을 일으킬 수 있는 약물이었다. 다행히 즉시 발견되어 큰 피해를 막을 수 있었지만 그 때문에 뉴욕의 급수 시스템이 몇 시간 동안 완전히 마비되었다. 이해할 수 없는 건 이런 반지혜 단체들 모두 정작 자신들은 현재의 지능을 유지하려고 했다는 점이었다. 그들은 회원들이 지능을 낮추는 약물이나 기술적 수단을 시범적으로 사용하지 못하도록 엄격히 금지하며, 자신들이 마지막 '지혜인'으로서 반지혜 사회를 구축하고 운영할 책임을 가지고 있다고 주장했다.

죽음의 위협과 생존의 유혹 앞에서 종교가 또다시 사회 생활의 중심으로 떠올랐다.

역사를 돌이켜보면 우주가 암흑의 숲 상태라는 사실이 밝혀진 것은 각 종교, 특히 기독교에게 엄청난 충격이었다. 사실 이런 충격은 위기의 세기에 이미 출현했다. 삼체 문명의 존재를 알게 되었을 때 기독교도들은 혼란에 빠졌다. 에덴동산에 삼체인의 자리가 없었고 창세기 때 하느님도 삼체인에 대해 언급한 적이 없었기 때문이다. 교회와 신학자들은 한 세기가 넘는 긴 세월에 걸쳐 교리와 성경을 새롭게 해석하는 험난한 과정을 거쳐야했다. 그들이 가까스로 납득 가능한 논리로 성경을 해석해냈을 때, 또다시암흑의 숲이라는 괴물이 등장했다. 사람들은 우주에 지혜를 가진 거대한문명 집단이 헤아릴 수 없을 만큼 많이 존재한다는 사실을 알게 되었다.만약 그 모든 문명에 아담과 이브가 있다면, 에덴동산의 인구가 현재 지구의 인류와 맞먹었을 것이다.

하지만 대이민의 재앙 속에서 종교가 다시 부흥을 맞이했다. 특히 한 가지 사조가 널리 유행하기 시작했다. 인류가 과거 70여 년간 두 차례 멸망의 위기를 겪었지만 그때마다 기적적으로 위험을 모면할 수 있었다. 한 번은 극적으로 암흑의 숲 위협이 실현되었고, 또 한 번은 중력과 우주 전송이 시작되었다. 이 두 사건에는 몇 가지 공통점이 있었다. 극소수 사람의주도로 갑자기 출현했고, 불가능할 것 같은 우연이 동시에 작용했다. 예를들면 두 우주선과 물방울이 동시에 4차원 조각 속으로 들어간 것 같은 일들 말이다. 사람들은 이 모든 것이 신이 일으킨 기적이라고 믿었다. 두 차례 위기가 찾아왔을 때 신도들이 간절하게 기도했고 그 간절한 기도가 신을 움직여 인류가 구원받았다는 것이다. 비록 어떤 신이 인류를 구원했느냐에 대해서는 조율할 수 없는 논쟁이 존재하기는 했지만.

지구 전체가 거대한 교회이자 기도하는 별이 되었다. 사람들은 과거 그어느 때보다도 간절하게 구원을 바라며 기도했다. 바티칸 교황이 여러 차례 세계적인 규모의 미사를 집도했고, 사람이 모일 수 있는 곳이라면 어디서든 여럿이 모여서 또는 혼자 기도했다. 사람들은 밥을 먹기 전이나 잠자리에 들기 전에 기도문을 읊었다.

"주여, 계시를 내려주시옵소서. 별로써 우리의 선의를 표현해주시고 우리가 안전한 존재임을 온 우주에 전파해주시옵소서."

지구 저궤도에 전 세계인을 위한 우주 교회가 있었다. 교회라고 했지만 사실 실체가 있는 건축물이 아니라 커다란 십자가 하나가 전부였다. 20킬로미터와 40킬로미터의 기둥 두 개가 십자로 교차되어 빛을 내뿜었고 밤에는 지면에서도 십자가를 또렷하게 볼 수 있었다. 예배가 열리면 우주복을 입은 신도들이 십자가 아래를 떠다니며 예배를 드렸다. 때로는 수만 명이 모이기도 했다. 진공상태에서도 연소가 가능한 초 수만 자루가 그들과 함께 떠서 뭇별처럼 빛났다. 지면에서 보면 촛불과 사람들이 희부옇게 빛나는 우주 먼지처럼 보였다. 매일 밤 지면에서도 수많은 사람이 별바다 위에 떠 있는 십자가를 우러러보며 기도했다.

심지어 삼체 문명도 기도의 대상이 되었다. 역사를 돌이켜보면 삼체 문명에 대한 인류의 인식은 여러 차례 변화를 겪었다. 위기의 세기 초기에 삼체 문명은 막강한 힘을 가진 사악한 외계인 침입자였고 삼체 지지 단체인 ETO에 의해 신격화되었다. 그 후 삼체 세계의 이미지가 악마와 신에서 점점 인간으로 내려오더니 암흑의 숲 위협이 시작되기 전에는 지위가 가장 낮아졌다. 인류는 그들을 인류에 비해 문화적으로 훨씬 뒤떨어진 야만인으로 여겼다. 위협이 중단되자 삼체인들은 또다시 침입자와 인류 파괴자의 진정한 모습을 드러냈지만 얼마 안 가서 중력파 전송이 시작되고, 특히 삼체 성계가 파괴된 후 그들은 또다시 인류와 동병상련을 나누는 가련한 피해자가 되었다. 안전보장 성명에 대해 알려진 뒤 전 세계인은 일치된 반응을 보였다. 성명을 발표할 방법을 알려달라고 지자에게 강력하게 요구한 것이다. 인류는 그녀에게 세계 멸망의 중죄를 저지르지 말라고 경고했다. 하지만 아주 멀리 떨어져 있으며 여전히 인류가 다다를 수 없는 높은 수준의 기술을 가지고 있는 세계에 대해 분노하고 원망을 쏟아내는 것이 무의미하다는 걸 금세 깨달았다. 머지않아 사람들의 요청은 간청으로 바뀌었다. 애절한 간청이 계속되고 종교적인 분위기가 점점 짙어지자 삼체 세계의 이미지에 또다시 변화가 생겼다. 안전보장 성명을 발표할 방법을 알고 있다면 그들이 바로 하느님이 인류를 구원하기 위해 보낸 천사라는 것이었다. 인류가 아직 그들에게 구원받지 못한 것은 신앙심을 충분히 표현하지 못했기 때문이라고 생각했다. 그러자 지자에 대한 간청이 다시 기도로 바뀌고 삼체인은 또다시 신격화되었다. 지자의 집은 성지가 되어 날마다 사람들이 그 나무 건물 밑에 모여들었다. 제일 많이 모였을 때는 과거 메카 성지에 모였던 사람들보다 몇 배나 많은 사람이 끝도 보이지 않을 만큼 인산인해를 이루었다. 공중 400미터 상공에 매달린 지자의 집은 지면에서 올려다보면 아주 작았고 집에서 피어난 구름에 가려 보일락 말락 했다. 가끔은 집 앞에 나온 지자의 모습이 보이기도 했지만 희미한 실루엣뿐이어서 그녀의 기모노가 구름 속에 핀 작은 꽃 같았다. 게다가 자주 모습을 드러내지 않았으므로 더욱 신성하게 느껴졌다. 각종 종교를 믿는 사람들이 인파 속에서 각자의 방식으로 신앙심을 표현했다. 기도하는 사람, 환호하는 사람, 울며 호소하는 사람, 엎드려 절하는 사람, 오체투지 하는 사람 등등. 그럴 때마다 지자는 밑에 있는 사람들에게 허리를 약간 굽혀 인사하고는 조용히 집으로 들어갔다.

과거 검잡이 후보였고, 대이민 시기에 지구 저항운동 단체 아시아 지부의 지휘관이었던 비윈펑은 이렇게 말했다.

"정말로 구원이 출현한다 한들 무슨 의미가 있지? 인류의 존엄성은 이미 땅에 떨어졌는데."

물론 그처럼 이성을 지키고 있는 사람도 많았다. 모든 분야에서 안전보장 성명에 대해 수많은 연구가 진행되었다. 탄탄한 과학적 기초를 가진 성명 발표 방법을 찾아내기 위해 수많은 시행착오를 겪었지만 연구자들은 점차 동일한 결론에 도달했다.

만약 정말로 안전보장 성명을 발표할 수 있다면 어떤 신기술이 필요할 것인데, 그 기술은 지구 세계의 현재 과학 수준을 훨씬 초월할 뿐 아니라 인류가 지금껏 한 번도 들어보지 못한 기술일 것이라는 점이었다.

우주에서 사라진 블루스페이스호를 향한 인류 사회의 인식도 또다시 바뀌었다. 그 전함의 이미지가 구원의 천사에서 다시 암흑의 전함, 악마의 전함으로 바뀌었다. 사람들은 그들이 그래비티호를 납치해 두 세계에 멸망의 저주를 보냈으므로 결코 용서받지 못할 죄를 저지른 사탄이라고 생각했다. 지자를 경배하러 모여든 사람들은 삼체 함대가 하루빨리 두 전함을 수색해 궤멸시키고 정의와 신의 존엄성을 지켜달라고 간청했다. 지자는 이런 호소에도 아무런 응답을 하지 않았다.

청신의 대중적인 이미지에도 서서히 변화가 생겼다. 이제 그녀는 자격 미달의 검잡이가 아니라 위대한 여성의 표상이었다. 사람들은 아주 오래된 에세이 중에서 이반 투르게네프의 『문지방』을 찾아내 그녀를 형용했다. 그녀가 그 어떤 여성도 접근하지 못했던 문지방을 용감하게 넘었으며, 보통 사람은 상상조차 할 수 없는 엄청난 부담감을 견디고 무참한 굴욕을 겪었음에도 마지막 순간 우주를 향해 파멸의 신호를 보내지 않았다고 찬양했다. 마지막 순간 그녀가 위협을 포기함으로써 닥친 사건들에 대해 사람들은 더 이상 문제 삼지 않았고 인류에 대한 그녀의 사랑과 이 사랑으로 인해 겪어야 했던 실명의 고통에만 집중했다.

깊이 들어가보면 청신에 대한 대중의 감정은 사실 그녀의 무의식 속에 잠재되어 있는 모성애에 대한 반응이었다. 가정의 의미가 사라진 이 시대에는 모성애도 희박해졌다. 천국 같은 고복지 사회가 모성애에 대한 아이들의 욕구를 억제했다. 하지만 인류 세계가 냉혹한 우주와 직면하고 사신의 칼날이 언제라도 머리 위로 떨어질 수 있는 상황이 닥치자, 인류는 섬뜩하고 음산한 암흑의 숲에 홀로 버려진 아기가 되었다. 아기가 엉엉 소리 내 울며 엄마 손을 잡고 싶어 하는 바로 그때 청신이 기댈 수 있는 대상이 되었던 것이다. 이 서기 시대에서 온 젊고 아름다운 여자는 선조들이 보낸 사랑의 사자(使者)이자 모성의 화신이었다. 종교적 분위기가 나날이 짙어지며 청신을 향한 대중의 감정 속에 투사되어 새로운 세기의 성모 이미지가 점점 구체화되기 시작했다.

하지만 청신에게 이것은 계속 살아갈 마지막 희망의 단절을 의미했다.

청신에게 생활은 이미 무거운 짐이자 고통이었다. 그녀가 살기를 선택한 것은 자신이 감당해야 할 것을 회피하고 싶지 않았기 때문이다. 죽지 않고 살아가는 것은 커다란 잘못을 저지른 자기 자신에 대한 가장 타당한 형벌이었고, 그녀는 받아들여야만 했다. 하지만 지금 그녀는 위험한 문화의 아이콘이 되어 있었다. 그녀에 대한 숭배는 길을 잃고 헤매고 있는 사람들의 눈을 가리는 또 다른 안개가 될 것이었다. 영원히 사라지는 것이 그녀가 마지막으로 짊어져야 하는 책임이었다.

이 결정을 내릴 때 청신은 마치 이미 오래전에 예정해놓은 사람처럼 한 치의 망설임도 없었다. 마침내 세속의 모든 임무를 내려놓고 홀가분하게 떠날 수 있었다.

그녀는 작은 약병을 꺼냈다. 캡슐 한 알이 남아 있었다. 단기 동면을 유도하는 약이었다. 그녀는 이 약으로 6년간 동면했지만 체외순환 시스템이 연결되지 않은 상태로 이 약을 먹으면 고통 없이 빠르게 죽을 수 있었다.

이때 청신의 의식은 우주만큼이나 투명하고 텅 비어 있었다. 회상할 것도 없고 뚜렷한 감정도 없었다. 생명의 태양이 내려앉으며 거울처럼 매끄러운 정신의 수면 위에 거꾸로 비쳤다. 매일의 황혼처럼 그렇게……. 이것이 맞다. 만약 세상이 손가락 하나 튕기는 사이에 재가 되어 날아갈 수 있다면 한 사람의 종말이라는 것도 풀잎을 따라 굴러떨어지는 이슬방울처럼 평온하고 담담해야 한다.

청신이 캡슐을 꺼내 손에 쥐었을 때 전화벨이 울렸다. 프레스였다. 이곳은 석양 무렵이지만 호주는 이미 밤이었다.

"얘야, 여긴 달이 밝구나. 방금 캥거루 한 마리를 봤어. 이민자들에게 다 잡아먹힌 줄 알았더니."

프레스는 영상통화를 해본 적이 없었다. 자신의 언어가 이미지보다 더 생생하다고 자신하는 사람 같았다. 그가 자신을 볼 수 없다는 걸 알면서도 청신은 미소를 지었다.

"좋은 소식이에요. 프레스, 고마워요."

"얘야, 다 잘될 거야."

노인이 말을 마치고 전화를 끊었다. 이상한 낌새를 눈치채지 못했을 것이다. 그들의 통화는 매번 이렇게 간단했다.

그날 오전에 AA가 다녀갔다. 그녀는 상기된 얼굴로 커다란 프로젝트의 입찰을 따냈다고 했다. 지구 정지궤도에 더 큰 십자가를 건설하는 사업이었다.

청신은 문득 자신에게 친구 둘이 있다는 사실이 생각났다. 악몽 같았던 짧은 역사에서 그녀에게 남은 건 진정한 두 친구였다. 그녀가 스스로 생명을 버린다면 그들은 어떤 충격을 받을까? 조금 전까지만 해도 투명하고 아무것도 없었던 그녀의 마음이 갑자기 저릿저릿해졌다. 수많은 손이 그녀의 마음을 그러쥐는 것 같았다. 평온했던 정신의 수면이 깨지고 그 위에 거꾸로 비쳤던 태양이 불꽃처럼 타오르기 시작했다. 7년 전 인류 전체를 앞에 두고 빨간 버튼을 누르지 않았던 그녀는 지금 또 두 친구 생각에 모든 것에서 해탈할 수 있는 약을 삼킬 수가 없었다. 그녀는 자신의 속절없는 나약함과 또 한 번 마주해야 했다. 그녀는 그저 한 사람일 뿐 아무것도 아니었다.

조금 전 그녀 앞에 있던 그 강은 얼어붙어 있었으므로 가뿐히 그 위를 걸어 피안으로 건너갈 수 있었다. 하지만 이제는 수면이 녹아버렸다. 검은 강물 속을 헤엄쳐서 건너야 했다. 그건 아주 길고 고통스러운 여정이 될 것이다. 하지만 그녀는 자신이 강을 건널 수 있다고 믿었다. 내일 새벽까지 고민하고 망설이겠지만 결국에는 캡슐을 삼키게 될 것이다. 그녀에겐 다른 선택이 없으므로.

전화벨이 울렸다. 지자였다. 내일 청신과 뤄지를 자기 집으로 초대해 마지막 작별 인사를 하고 싶다고 했다.

청신은 캡슐을 천천히 약병에 넣었다. 이 초대에 반드시 응해야 했다. 이건 고통의 강을 건널 시간이 충분하다는 걸 의미했다.

다음 날 오전 청신과 뤄지가 지자의 공중 주택에 도착했다. 수백 미터 아래 인파가 운집해 있었다. 어젯밤 지자가 자신이 떠날 것임을 전 세계에 알리자 평소보다 몇 배나 많은 사람들이 몰려들었다. 하지만 평소와 같은 기도와 외침은 없었다. 그들은 무언가를 기다리는 듯 조용히 숨죽이고 있었다.

이번에도 지자가 문밖으로 나와 두 사람을 맞이했다.

다도는 침묵 속에서 진행되었다. 두 세계 사이에 나누어야 하는 대화는 모두 나누었다는 걸 세 사람 다 알고 있었다.

청신과 뤄지는 나무 아래 운집해 있는 사람들의 존재를 뚜렷하게 인식하고 있었다. 지면에서 숨죽이고 있는 사람들이 마치 방음 카펫처럼 모든 소음을 흡수해 다실의 적막이 더욱 깊어졌다. 창밖을 휘감은 구름이 점점 자욱해지고 분위기가 묵직하게 가라앉았다. 하지만 지자의 동작은 부드럽고 가벼웠다. 잔과 다구가 부딪쳐도 전혀 소리가 나지 않았다. 지자는 부드러움과 나긋함으로 이 묵직한 시공에 저항하고 있는 듯했다. 한 시간 남짓 흘렀지만 청신과 뤄지는 오랜 시간이 흘렀다는 걸 느낄 수 없었다.

지자가 잘 우려낸 차를 두 손에 받쳐 들고 뤄지에게 건넸다.

"저는 떠납니다. 두 분 건강하세요."

그녀가 청신에게도 차를 건넸다.

"우주도 넓지만 인생은 더 넓답니다. 인연이 있다면 언젠가 다시 만나겠죠."

정적 속에서 청신이 녹차를 한 모금 입에 머금고는 두 눈을 감고 음미했다. 서늘한 별빛을 마신 듯 쌉싸름하지만 개운한 향이 가슴 깊숙이 스며들었다. 아주 느릿느릿 마셨지만 남기지 않고 다 마셨다. 청신과 뤄지가 일어나 마지막 작별 인사를 했다. 이번에는 지자가 회전계단을 따라 내려가 나무줄기와 이어진 곳까지 배웅했다. 그때 지자의 집을 휘감고 있던 흰 구름이 처음으로 사라졌다. 지면에 있는 사람들은 여전히 숨죽이고 있었다.

"작별하기 전 마지막 임무가 있습니다. 전달할 메시지가 있어요."

지자가 두 사람에게 허리 굽혀 인사한 뒤 고개를 들고 의미심장한 눈빛으로 청신을 응시했다.

"청신, 윈톈밍이 당신을 만나고 싶어 해요."

전송의 세기 7년, 윈톈밍

《시간 밖의 과거》 발췌

길고 긴 계단

인류 사회의 열정이 대협곡에 매몰되기 전인 위기의 세기 초기, 태양계 방어 시스템 구축을 위해 지구 세계의 모든 자원을 집중시켰던 대규모 프로젝트가 있었다. 이 거대한 프로젝트는 당시 기술의 한계에 도전하거나 한계를 뛰어넘는 것이었다. 우주 엘리베이터, 수성에서의 항성급 원자폭탄 실험, 제어핵융합 기술의 진전 등이 모두 역사에 기록되었다. 이 프로젝트들은 대협곡 이후에 나타난 비약적인 기술 발전에 토대가 되었지만, 계단 프로젝트는 그렇지 못했고 심지어 대협곡 이전에 이미 사람들에게서 잊혔다. 역사학자들의 관점에서 볼 때 계단 프로젝트는 위기 초기에 나타나는 전형적인 격정과 충동의 산물이자, 치밀한 계획 없이 졸속으로 추진된 모험이었다. 완전한 실패 외에 결국 기술적으로 가치 있는 것을 하나도 남기지 못했다. 훗날 항공 우주 기술은 완전히 다른 방향으로 발전했다.

그런데 3세기 가까이 지난 뒤 계단 프로젝트가 절망에 빠진 지구 문명에 한 줄기 서광을 비춰주리라고는 아무도 예상하지 못했다.

윈톈밍의 뇌를 실은 계단 프로젝트 비행체가 어떻게 삼체 세계에 포획되었는지는 아마 영원히 수수께끼로 남을 것이다.

목성 궤도 부근에서 계단 프로젝트 비행체의 케이블 하나가 끊어져 비행체가 예정된 항로를 벗어났다. 지구에서도 비행체의 궤도 매개변수를 얻지 못해 비행체가 망망한 우주를 떠돌게 되었다. 나중에 삼체 세계가 이 비행체를 포획했다는 건 그들이 케이블이 끊긴 뒤의 궤도 매개변수를 알고 있었다는 뜻이다. 그렇지 않으면 삼체 기술로도 태양계 밖 드넓은 우주에서 그렇게 작은 물체를 찾아내는 건 불가능하다. 가장 유력한 추측은 계단 프로젝트 비행체가 출항한 후 최소한 가속 항해 단계부터 지자가 줄곧 비행체를 따라가고 있었다는 것이다. 그렇지 않았다면 최종적인 궤도 매개변수를 파악할 수 없었을 것이다. 하지만 지자가 그 후의 기나긴 항해 내내 비행체를 따라갔을 가능성은 희박하다. 비행체는 카이퍼 벨트와 오르트 구름을 관통해 지나갔다. 성간 먼지로 인해 항해 속도가 줄어들거나 항로가 바뀔 수 있는 구역이지만 이 비행체는 항로가 바뀌지 않았던 것 같다. 항로가 바뀌었다면 삼체 세계도 새로운 궤도 매개변수를 알 수 없었을 것이다. 계단 프로젝트 비행체가 포획된 데는 운도 어느 정도 작용한 셈이다.

계단 프로젝트 비행체를 포획한 건 삼체 제1함대의 우주선일 것이다. 제일 유력한 건 줄곧 감속하지 않고 태양계를 향해 다가왔던 그 우주선이다. 당시 함대보다 훨씬 앞에서 항해하며 예상보다 한 세기 반이나 일찍 태양계에 도착했지만 속도가 너무 빨라 그대로 가로질러 지나갈 수밖에 없었다. 이 우주선의 목적지가 어디인지는 줄곧 풀리지 않는 수수께끼였다. 암흑의 숲 위협이 시작된 후 이 우주선도 제1함대와 함께 항로를 돌렸다. 지구에서는 우주선의 항해 매개변수를 파악할 수 없었지만 우주선이 방향을 돌린 후의 항로가 제1함대의 방향과 일치했다면 항로가 바뀐 계단 프로젝트 비행체와 만났을 가능성이 있다. 물론 서로 만나더라도 두 비행체가 아주 먼 거리를 두고 교차하는 것일 뿐이다. 만약 그 우주선이 비행체의 정확한 궤도 매개변수를 모르고 있었다면 수색 방향을 결정할 수 없었을 것이다.

비행체의 정확한 포획 시점은 알 수 없지만 대략 위협의 세기가 시작되기 전인 30~35년 전일 것으로 추측되었다.

삼체 함대가 계단 프로젝트 비행체를 포획한 이유를 짐작할 수 있었다. 삼체 세계가 인류 세계와 실체를 통해 접촉한 건 물방울뿐이었으므로 인류의 생물 표본을 손에 넣는다는 건 그들에게 포기할 수 없는 유혹이었다.

윈톈밍은 지금 삼체 제1함대에 있었다. 이 함대에 속한 우주선은 대부분 시리우스를 향해 항해하고 있었다. 지금 그의 뇌가 단독으로 배양되고 있는지, 복제된 몸에 이식되었는지는 알 수 없지만, 인류가 가장 궁금해하는 건 다른 문제였다.

바로 윈톈밍이 지금도 인류의 이익을 위해 일할 것인가였다.

이런 의문을 갖는 것도 무리는 아니었다. 청신을 만나고 싶다는 윈톈밍의 요청이 받아들여졌다는 건 그가 삼체 세계와 융화되었다는, 아니 어쩌면 그 세계에서 이미 어느 정도 지위를 갖고 있다는 의미일 것이기 때문이다.

그다음으로 사람들은 한 가지 끔찍한 의문에 생각이 미쳤다. 위협의 세기가 시작된 후 지금까지 인류의 역사에 윈톈밍이 참여했을까? 지난 반세기 동안 두 세계 간에 일어난 모든 일에 그가 관여했을까?

하지만 그가 지구 문명이 절망에 빠진 중요한 순간에 나타났다는 건 분명한 사실이었다. 그의 출현으로 인류에 실낱같은 희망이 나타났다. 이 소식이 전해졌을 때 사람들이 처음 보인 반응은 자신들의 기도가 마침내 응답을 얻어 인류를 구원해줄 천사가 나타났다며 환호하는 것이었다.

청신이 탑승선의 창을 통해 바라본 세상은 폭 80센티미터의 가이드레일이었다. 가이드레일이 위아래로 끝이 보이지 않을 만큼 무한히 뻗어 있었다. 한 시간 전 출발한 탑승선이 해발 1000킬로미터 이상 올라가 대기층을 뚫고 우주로 진입했다. 아래로 보이는 지구는 깜깜한 밤이었다. 대륙의 윤곽만 어렴풋하게 보일 뿐 현실감이 없었다. 머리 위에 펼쳐진 우주는 칠흑처럼 어두웠다. 3만 킬로미터 위 터미널이 육안으로 보일 리 없었으므로 돌아올 수 없는 길을 올라가고 있는 기분이었다.

서기 시대의 항공 우주 엔지니어인 청신은 3세기 가까이 흐른 오늘에서야 처음으로 우주로 나올 수 있었다. 지금 그녀가 타고 있는 우주 엘리베이터는 탑승 적응 훈련이 필요하지 않았지만 혹시라도 불편함을 느낄 수 있기에 엔지니어가 그녀와 동승했다. 엘리베이터 탑승선은 일정한 속도로 직선 운행했다. 고중력(Hypergravity)도 나타나지 않고 탑승선 내부에 뚜렷한 중력 변화도 없었다. 중력이 서서히 약해지다가 지구 정지궤도에 있는 터미널에 도착하면 완전한 무중력상태가 되도록 설계되었다. 가끔 작은 점이 멀리서 빠른 속도로 날아와 스쳐 지나가는 것을 볼 수 있었다. 제1우주속도로 운행하는 위성일 것이다. 이 높이에서는 그런 속도로 가이드레일과 같은 방향으로 운행해야만 무중력상태가 될 수 있다.

가이드레일의 표면이 매끄러워 움직임이 보이지 않았다. 탑승선이 거의 정지된 상태로 가이드레일에 매달려 있는 것 같지만 사실은 초음속 제트기와 맞먹는 시속 1500킬로미터로 이동하고 있었다. 지구 정지궤도에 도착하려면 아직 두 시간쯤 더 가야 했다. 우주에서는 아주 느린 속도였다. 대학 시절 토론할 때 윈톈밍이 했던 말이 생각났다. 그는 원리로만 보면 저속 우주 항해가 충분히 가능하다고 했다. 상승 동력을 일정하게 유지할 수만 있다면 자동차가 달리는 속도로 달 궤도까지도 갈 수 있지만, 달에 착륙하는 건 불가능하고 했다. 달과 달에 간 사람 사이의 상대속도가 시속 1000킬로미터가 넘기 때문이다. 이 속도를 제거하고 달과 정지 상태를 유지하려고 하면 또 고속 항해가 되어버린다. 청신은 그의 마지막 말을 또렷하게 기억하고 있었다. 달 궤도 근처에서 거대한 달이 머리 위를 빠르게 지나쳐 가는 것을 본다면 아주 놀라울 것이라고 그는 말했다. 지금 그녀가 바로 그가 말한 저속 항해를 하고 있었다.

탑승선은 캡슐 형태였으며 총 4층으로 이루어져 있었다. 청신이 제일 위층에 타고 여자 엔지니어는 아래층에 탑승했으므로 누구의 방해도 받지 않았다. 그녀가 탄 곳은 비즈니스석으로 5성급 호텔 객실처럼 호화롭게 꾸며져 있었다. 푹신한 침대가 놓여 있고 욕실도 딸려 있었지만 면적은 대학 기숙사 정도로 작았다.

그녀는 요즘 대학 시절을 자주 회상했다. 물론 윈톈밍도 함께 떠올렸다.

이 높이에서 내려다보니 지구의 그늘 구역이 아주 작게 보였다. 태양이 나타나자 모든 것이 강렬한 빛에 파묻혔다. 주위를 둘러싸고 있는 창문의 투명도가 자동으로 낮아졌다. 청신이 소파에 기대앉아 천창을 통해 보이는 가이드레일에 시선을 고정시켰다. 끝이 보이지 않는 긴 직선이 마치 은하계에서 내려온 밧줄 같았다. 가이드레일의 움직임을 관찰해보려고 했다. 아니, 움직인다는 상상이라도 해보려고 했다. 이 고정된 응시가 최면 효과를 발휘해 점점 잠에 빠져들었다.

몽롱한 의식 사이로 누군가 그녀의 이름을 가볍게 부르는 소리가 들렸다. 남자 목소리였다. 그녀가 대학 기숙사의 침대 아래 칸에 누워 있었다. 방 안에는 아무도 없었다. 가로등 옆을 달리는 차에 탄 것처럼 벽 위로 빛과 그림자가 어른거리며 지나갔다. 창밖을 보니 익숙한 오동나무 뒤로 태양이 빠르게 하늘을 가로지르고 있었다. 몇 초에 한 번씩 오르락내리락했다. 태양이 나타나도 그 뒤로 보이는 하늘은 계속 깜깜했다. 별도 태양과 함께 나타났다. 그 목소리가 계속 그녀를 부르고 있었다. 몸을 일으켜 주위를 둘러보니 그녀의 몸이 침대 위에 둥둥 떠 있었다. 책, 물잔, 노트북도 옆에 떠 있었다.

꿈에서 깨보니 정말로 몸이 소파 위로 떠올라 있었다. 소파를 붙잡고 내려가려고 했지만 팔을 뻗자마자 몸이 붕 떠오르며 천장까지 올라갔다. 무중력상태에서 몸을 돌려 벽을 가볍게 밀자 몸이 소파로 되돌아갔다. 중력이 사라지면서 바닥에 내려앉아 있던 먼지가 공중으로 떠올랐다는 걸 제외하면 탑승선 내부는 달라진 게 없었다. 공중에 부유하는 먼지가 태양빛을 받아 반짝였다. 그녀는 아래층에 탑승했던 PDC 직원이 올라와 있는 걸 그제야 깨달았다. 방금 그녀를 부른 것도 그일 것이다. 하지만 지금 그는 눈앞에 펼쳐진 광경을 신기한 눈으로 바라보고 있었다.

"청 박사님, 우주 항해가 처음이라고 하셨나요?"

청신이 그렇다고 대답하자 그가 웃으며 고개를 저었다.

"전혀 그렇게 보이지 않아요. 정말로."

청신 자신도 전혀 낯설지 않았다. 무중력상태를 처음 경험하는데도 놀라거나 불편함 없이 침착하게 움직일 수 있었다. 속이 메슥거리거나 어지러운 느낌도 없었다. 자연스럽게 우주에 스며든 기분이었다.

직원이 천창을 가리켰다.

"곧 도착할 겁니다."

청신이 고개를 들어 올려다보았다. 제일 먼저 눈에 들어온 건 역시 우주 엘리베이터의 가이드레일이었지만 표면에서 움직임을 관찰할 수 있었다. 탑승선의 속도가 줄어들었다는 뜻이다. 가이드레일의 끝부분이 지구 정지궤도에 있는 터미널과 연결되어 있었다. 여러 개의 동심원이 바큇살 다섯 개로 연결된 환상형 구조를 이루었다. 가장 중심에 있는 작은 링이 처음 만들어진 뒤 각 시대마다 확장되어 링이 점점 늘어났다. 바깥으로 갈수록 새로 지어진 것이었다. 터미널 전체가 아주 천천히 돌아가고 있었다.

터미널 주위에는 우주 건축물이 점점 많아지고 있었다. 모두 엘리베이터 터미널에 부속된 편의시설로 생김새가 제각각이었으며 멀리서 보면 하나하나 정교하게 만들어진 장난감 같았다. 건축물이 갑자기 눈앞을 스쳐 지나가야만 비로소 그것들이 얼마나 큰지 실감할 수 있었다. 청신은 그중에 자신이 대표로 되어 있는 우주 건설 기업 헤일로(halo) 그룹의 본사가 있다는 것을 알고 있었다. 지금 AA가 그곳에서 일하고 있었다. 하지만 그중 어떤 건축물인지는 알 수가 없었다. 탑승선이 거대한 구조물 사이를 가로질렀다. 촘촘하게 모여 있는 프레임 구조물이 햇빛을 잘게 쪼갰다. 구조물을 벗어나 올라가자 터미널이 머리 위 우주 공간을 가득 채우고 있었다. 은하수는 링 사이의 좁은 틈에서만 반짝였다. 이 거대한 구조물이 위에서부터 하늘을 뒤덮어 탑승선이 터미널로 진입할 때는 기차가 터널로 들어가는 것처럼 사방이 어두워졌다. 몇 분 뒤 바깥이 환해지고 넓은 홀이 나타났다. 홀 전체가 빙빙 돌고 있어 조금 현기증이 났지만 탑승선이 가이드레일에서 떨어져 나와 홀 중앙에 고정되자 짧고 경미한 진동 후 탑승선도 터미널과 함께 회전하기 시작했다. 그러자 주위의 모든 것이 정지되었다.

청신이 수행원 네 명과 함께 탑승선에서 내려 원형 홀로 나왔다. 이 시간대에 도착한 유일한 탑승선이었으므로 홀이 텅 비어 있는 느낌이었다. 청신이 받은 첫인상은 역시 익숙함이었다. 디스플레이 화면이 곳곳에 떠다니고 있었지만, 홀 자체는 오래전에 사용이 중단된 금속 재료로 지어져 있었다. 주로 스테인리스와 알루미늄합금이었고 곳곳에서 세월의 흔적을 느낄 수 있었다. 우주가 아니라 오래된 기차역 대합실에 와 있는 듯한 기분이었다. 그들이 타고 온 것은 인류가 처음 건설한 우주 엘리베이터였고, 이 터미널은 위기의 세기 15년에 건설되어 2세기 넘게 사용되고 있었다. 대협곡 시기에도 폐쇄되지 않았다. 홀 내부에 종횡으로 교차된 난간들이 청신의 눈에 들어왔다. 무중력상태에서 붙잡고 이동할 수 있도록 만들어놓은 것이었다. 한눈에도 초기에 만든 시설이라는 걸 알 수 있었다. 지금은 개인용 무중력 추진기를 사용하기 때문이다. 작은 추진기를 허리나 어깨에 달면 무중력상태에서도 자유롭게 이동 방향을 통제할 수가 있다. 난간 대부분이 스테인리스 재질이었고, 일부는 구리 재질이었다. 2세기 전 수많은 사람이 직접 손으로 표면을 연마해서 만든 것들이라는 생각이 들자 청신은 자기도 모르게 고성의 문 앞에 깊이 찍혀 있는 수레바퀴 자국을 떠올렸다.

수행원들이 우주 진입 후 처음 배워야 하는 무중력 추진기 작동법을 알려주었지만 청신은 난간을 잡고 떠다니는 게 더 익숙했다. 홀의 출구로 나가려는데 벽에 있는 포스터 몇 개가 그녀의 시선을 빼앗았다. 태양계 방어 시스템 구축을 선전하는 아주 오래된 포스터들이었다. 그중 하나에 한 군인이 커다랗게 그려져 있는데 낯선 군복을 입고 이글이글 타오르는 눈빛으로 앞을 응시하고 있었다. 그 아래 크고 선명한 글씨로 '지구가 당신을 원합니다!'라고 쓰여 있었다. 그 옆 더 큰 포스터에는 UN의 파란 깃발을 배경으로 다양한 피부색의 사람들이 서로 팔짱을 끼고 촘촘한 벽을 만들고 있었다. 역시 그 아래 큰 글씨로 '우리의 피로 태양계에 만리장성을 쌓자!'라고 쓰여 있었다. 이 포스터들은 청신에게도 낯설었다. 그녀가 태어나기도 전 아주 오래된 시대를 연상시켰기 때문이다.

PDC 직원이 말했다.

"대협곡 초기 작품이에요."

그리 길지 않은 독재 시대였다. 전 세계가 군사 체제에 돌입했지만 머지않아 붕괴되었다. 종교부터 생활까지 모조리 붕괴되었다……. 그런데 이 포스터들은 왜 아직까지 남아 있는 걸까? 기억을 위한 걸까, 망각을 위한 걸까?

청신 일행은 홀을 빠져나가 긴 복도로 들어섰다. 복도의 단면은 원형이었고 끝이 보이지 않을 만큼 곧고 길게 쭉 뻗어 있었다. 청신은 그것이 링을 차례로 이어주는 바큇살 다섯 개 중 하나라는 걸 알았다. 처음에는 무중력상태로 떠다녔지만 어느새 중력(원심력)이 생겨났다. 처음에는 약하게 나타났지만 금세 위아래 방향 감각이 느껴졌다. 복도가 갑자기 밑이 보이지 않는 깊은 '갱도'로 바뀌고 둥둥 떠다니던 몸이 추락하기 시작했다. 심한 현기증과 함께 눈앞이 어릿해졌지만 곧 갱도의 벽에 촘촘히 달려 있는 난간이 나타났다. 자유낙하 하다가 속도가 너무 빠르면 난간을 붙잡고 속도를 늦출 수 있었다.

첫 번째 교차로를 빠르게 통과했다. 수직으로 교차된 다른 복도는 양옆으로 멀어질수록 지면이 솟아올라 있었다. 그곳이 터미널의 첫 번째 링이라는 걸 알 수 있었다. 양쪽 복도 입구에 달린 빨간색 표지등에 '제1링, 중력 0.15G'라고 쓰여 있었다. 위로 커브를 그리며 이어진 복도 양측으로 줄지어 나 있는 밀폐식 문이 수시로 여닫히며 많은 사람이 오갔다. 약한 중력이 있어 바닥에 발을 딛고 똑바로 설 수는 있었지만 이동하려면 추진기를 이용해야 했다.

제1링을 지나 중력이 증가하면서 자유낙하가 위험해지자 갱도 벽에 엘리베이터가 나타났다. 상하행 두 줄이 나란히 움직였다. 상행 엘리베이터를 탄 사람들이 일행 옆을 스쳐 지나갔다. 지구 위 도시에 살고 있는 사람들과 다를 바 없이 모두 편한 옷차림이었다. 갱도 벽의 크고 작은 화면에서 뉴스가 흘러나오고 그중 일부에서는 20여 시간 전 청신이 우주 엘리베이터에 탑승하는 장면이 나오고 있었다. 하지만 지금 청신은 선글라스를 낀 채 수행원 네 명에게 둘러싸여 있었으므로 아무도 그녀를 알아보지 못했다.

엘리베이터가 쉬지 않고 내려가며 일곱 개의 링을 통과했다. 갈수록 링의 지름이 길어지고 교차하는 복도의 지면 경사도 완만해졌다. 청신은 갱도 속에서 시대의 지층을 관통하고 있는 기분이었다. 2세기를 거치며 터미널이 점점 확장되었으므로 깊이 내려갈수록 새로 만들어진 지층인 셈이었다. 링을 통과할 때마다 건축재가 새로운 소재로 바뀌었다. 건축 구조와 내장재가 한 시대의 단면이었다. 대협곡 시대의 억압되고 획일적인 분위기에서 위기의 세계 후반의 낙천적이고 낭만적인 분위기, 다시 위협의 세기의 자유분방하고 나태한 향락주의까지. 제4링 이전에는 내부의 선실이 링과 일체형으로 함께 지어졌지만, 제5링부터는 링은 넓은 건축 공간이고 내부 시설은 추후에 만들어져 다양한 형태를 띠고 있었다. 새로운 링이 나올 때마다 우주 터미널의 특징은 조금씩 사라지고 세속적인 색채가 점점 짙어졌다. 터미널의 제일 바깥 링인 제8링에 도착하자 링 내부의 건축물과 환경이 지구 위 도시와 구분할 수 없을 만큼 흡사했다. 어느 도시의 번화한 거리에 와 있는 것 같았다. 게다가 중력도 표준중력인 1G까지 증가했다. 청신은 이곳이 3만 4000킬로미터 상공의 우주라는 걸 잊을 뻔했다.

작은 자동차가 그들을 우주가 보이는 곳으로 데려다주었다. 입구에 'A225항구'라는 표지판이 붙은 타원형 홀이었다. 여느 광장처럼 탁 트인 공간에 각기 다른 형태의 소형 우주선 수십 대가 서 있고 홀의 한쪽은 우주로 활짝 열려 있어 회전하는 터미널을 따라 사방의 별을 감상할 수 있었다. 그리 멀지 않은 곳에서 항구 전체를 비추고 있는 강한 조명이 오렌지색에서 점점 파란색으로 바뀌었다. 막 엔진에 시동을 건 우주정이 서서히 출발해 빠르게 속력을 높이더니 탁 트인 우주를 향해 곧장 날아갔다. 사람들에겐 이미 익숙한 광경이었지만 가히 기술의 기적이라고 부를 만했다. 개방된 형태의 우주 건축물이 어떻게 공기와 기압을 유지할 수 있는지 청신은 아직도 이해할 수가 없었다.

그들은 줄지어 서 있는 우주선 사이를 지나 항구 끝에 있는 작은 광장에 도착했다. 광장 중앙에 우주정 한 대가 있고 몇 사람이 그 옆에 서서 청신을 기다리고 있었다. 그때 밖으로 트인 항구 너머 우주에서 은하수가 서서히 지나가며 우주선과 사람들의 그림자를 길게 늘여주었다. 작은 광장이 거대한 시계가 되고 그림자가 움직이는 시곗바늘이 된 것 같았다.

그들은 이 조우를 위해 조직된 PDC와 함대의 연합팀이었다. 그들 중 대부분은 청신도 아는 사람들이었다. 모두 7년 전 검잡이 교체 작업에 참여했던 사람들이기 때문이다. 팀장은 역시 PDC 의장과 함대 참모총장이었다. 의장은 다른 사람으로 바뀌었지만 참모총장은 7년 전과 같은 사람이었다. 인류 역사상 가장 길었던 그 7년이 그들의 얼굴에 많은 흔적을 남겼다. 두 일행이 만난 뒤 모두 말없이 악수를 나누며 북받쳐 오르는 감정을 속으로 삭였다.

청신은 소형 우주선을 둘러보았다. 다양한 형태의 단거리 우주선이 있었지만 유독 과거 사람들이 상상하던 유선형만 없었다. 이 우주선은 가장 일반적인 형태인 구형(球形)이었다. 들어가거나 나온 곳 없이 표면이 고르고 규칙적이었다. 심지어 추진기가 어느 쪽에 있는지도 알 수 없었다. 우주선의 크기는 예전 시대의 중형 버스 정도 되었고 이름 없이 겉면에 일련번호만 적힌, 아주 평범한 형태였다. 그 우주선이 곧 윈톈밍이 있는 곳으로 청신을 데려다줄 것이다.

만나기로 약속된 지점은 지구와 태양의 인력이 균형을 이루는 라그랑주 점이었다.

사흘 전 지자가 청신과 뤄지를 만난 뒤 지구 측에 이 만남에 관한 세부 사항을 통보했다. 그녀는 우선 이것이 윈톈밍과 청신 두 사람의 사적인 만남이며 제삼자는 무관하다는 기본 원칙을 밝혔다. 또 회견 중에 두 사람이 나누는 대화의 내용도 두 사람에 관한 것이므로 엄격하게 제한하고 삼체 세계의 기술, 정치, 군사에 관한 그 어떤 내용도 언급할 수 없도록 금지했다. 윈텐밍이 그런 내용을 말할 수도 없고 청신도 일절 질문할 수 없었다. 당사자 두 명 외에 그 누구도 그 자리에 동석할 수 없으며 어떤 형태의 기록도 할 수 없다고 못 박았다.

만나는 지점인 라그랑주 점은 지구에서 150만 킬로미터 떨어진 우주에 있었으며, 이곳에서 지자가 구축한 삼체 제1함대와의 실시간 통신 시스템을 통해 대화 내용과 영상을 실시간으로 전송하며 만남이 진행될 예정이었다.

어차피 실시간 영상을 통해 통신할 거라면서 어째서 지구에서 100만 킬로미터도 더 떨어진 우주까지 그녀를 부른 걸까? 중성미자 통신이 가능해진 후 이 정도 거리로는 지구와 통신적 격리가 불가능한데도 말이다. 지자는 이것이 일종의 상징이라고 설명했다. 두 사람의 격리된 만남을 통해 이 만남이 두 세계와 무관함을 강조하려 한다는 것이었다. 라그랑주 점을 선택한 것은 단순히 안정된 장소에서 만남을 진행하기 위한 것이며, 천체간 인력의 균형점을 만남의 장소로 정하는 것은 삼체 세계의 관례이기도 했다.

이상은 사전에 청신에게 통보된 것이었다. 이제 그녀에게 더 중요한 사실을 알려줄 차례였다.

참모총장이 청신을 우주선으로 데리고 들어갔다. 우주선 내부는 네 사람이 앉을 수 있을 정도로 좁은 편이었다. 그들이 앉자마자 앞에 있는 둥근 벽이 투명해지며 우주복의 헬멧처럼 반구형 창이 나타났다. 시야가 탁 트여 있다는 것이 구형 우주선을 선택한 이유였다.

지금의 우주선은 손으로 조작하는 제어 시스템 없이 공중에 뜬 디스플레이를 통해 조종하기 때문에 우주선 내부가 텅 비어 있었다. 처음 우주선을 탄 서기인은 아무것도 없는 텅 빈 껍데기라고 생각할 수도 있겠지만, 청신은 범상치 않게 보이는 세 가지 물건을 발견했다. 그녀는 그것이 원래 우주선에 속한 것이 아니라는 걸 한눈에 알아보았다. 초록, 노랑, 빨강의 원반 세 개가 반구형 창에 부착되어 있었던 것이다. 그 형태와 색깔이 과거의 신호등과 비슷했다. 참모총장이 그 용도를 설명했다.

"저 세 개의 램프는 지자가 통제하고 있습니다. 두 분 사이에 오가는 통신 내용을 저들이 모두 감청하고 감시할 겁니다. 두 분의 대화 내용이 정상이라면 초록불이 켜지고 부적절한 내용이 오가면 경고의 의미로 노란불이 켜질 겁니다."

참모총장이 잠시 말을 멈추었다가 결심한 듯 얕은 숨을 들이마신 뒤 마지막 빨간불의 기능을 알려주었다.

"청신 박사가 알아서는 안 되는 정보를 들었다고 판단될 경우, 저 빨간불이 켜질 겁니다."

그가 몸을 돌려 뒤에 있는 불투명한 선실 벽을 가리켰다. 그가 가리키는 곳에 눈에 잘 띄지 않는 작은 금속체가 붙어 있었다. 고대에 사용하던 저울추와 비슷한 생김새였다.

"저게 바로 폭발물입니다. 지자가 통제하고 있죠. 빨간불이 점등된 지 3초 후에 폭발하게 됩니다. 모든 걸 날려버리죠."

"어느 쪽의 모든 것이죠?"

청신은 그게 자신은 아닐 것이라고 생각했다.

"지구 쪽의 모든 것입니다. 윈톈밍의 안전은 걱정할 필요가 없습니다. 지자가 통보한 바에 따르면, 빨간불이 켜지면 우주선만 폭파될 뿐 윈톈밍에게는 아무런 해가 없을 것입니다. 만약 빨간불이 켜진다면 대화 중에 켜질 가능성이 높지만 만남이 끝난 뒤 감청한 내용을 재검토해 조금이라도 부적절한 내용이 발견되면 그때도 빨간불이 켜질 수 있습니다. 이제 가장 중요한 얘기를 해야겠군요……."

참모총장이 또 침묵했다. 청신은 호수처럼 잔잔한 눈빛으로 그를 향해 가볍게 고개를 끄덕이며 어서 말하라고 재촉했다.

"초록, 노랑, 빨강 램프가 순서대로 점등되는 건 아니라는 걸 명심하십시오. 빨간불이 켜지기 전에 반드시 경고등이 켜지는 건 아닙니다. 초록불 뒤에 곧바로 빨간불이 켜질 수도 있습니다."

청신이 미풍처럼 나직한 목소리로 대답했다.

"알겠어요."

"대화 내용이 아닌 다른 이유 때문에 빨간불이 켜질 수도 있습니다. 우주선 안에 어떤 기록 장치나 정보 전달 장치가 있다는 걸 지자가 알게 되면 말이죠. 하지만 걱정하지 마십시오. 그런 일은 결코 없을 겁니다. 수차례 점검을 통해 우주선에 아무런 기록 장치도 없다는 걸 확인했으니까요. 통신 장비도 모두 제거했습니다. 항해 일지 기능까지도 전부. 모든 항해는 우주선 자체의 AI 기능을 통해 제어될 것이고, 돌아오기 전 외부와 그 어떤 형태의 통신도 하지 않을 겁니다. 청 박사님, 제 말뜻을 이해하시겠습니까?"

"제가 돌아오지 않는다면 여러분은 아무 소득도 없게 된다는 뜻이겠죠."

"그걸 아신다니 기쁩니다. 우리가 강조하고 싶은 게 바로 그겁니다. 그들의 요구대로 두 분에 대한 대화만 할 수 있으며 은유와 암시를 이용해서도 안 됩니다. 청 박사님이 돌아오지 못한다면 지구는 아무것도 얻을 수 없다는 사실을 기억해주십시오."

"그렇다면 제가 돌아가도 지구는 아무것도 얻지 못할 거예요. 그렇게 되는 건 원치 않아요."

참모총장이 청신을 응시했다. 하지만 그녀를 똑바로 쳐다보지 않고 우주선 앞창에 비친 그녀의 모습을 바라보았다. 창에 비친 그녀의 모습이 별이 총총한 우주 위로 겹쳐지고 그녀의 아름다운 눈동자가 별처럼 조용히 반짝였다. 그는 문득 그녀가 우주의 중심이 되고 뭇별이 그녀를 에워싼 채 돌아가고 있는 듯한 기분이 들었다. 그는 그녀에게 더 이상 모험을 권해서는 안 된다고 자신을 다독이며 다시 말을 꺼냈다.

그가 뒤를 가리켰다.

"저건, 초소형 수소폭탄입니다. 서기 시대의 TNT 당량으로 계산하면 5000톤급은 될 겁니다. 작은 도시 하나를 날려버릴 수 있는 위력이죠. 정말로 저게 폭발한다면 모든 게 한순간일 겁니다. 아무 고통도 없이."

청신이 그를 보며 미소 지었다.

"고맙습니다. 알겠습니다."

다섯 시간 뒤 청신을 태운 우주선이 항구를 출발했다. 3G의 중력이 의자에 앉은 청신의 몸을 묵직하게 눌렀다. 보통 사람이 견딜 수 있는 중력의 상한선이었다. 후방을 비추는 화면을 통해 터미널의 거대한 형체에 반사된 우주선 엔진 불빛을 볼 수 있었다. 소형 우주선은 마치 거대한 용광로에서 떠오른 작은 불씨 같았다. 하지만 터미널의 크기는 빠르게 줄어들었다. 조금 전 청신이 있던 거대한 구조물은 작은 점으로 줄어들었지만 지구는 여전히 시야의 절반을 채우고 있었다.

특별팀 관계자들은 그녀에게 항해 자체는 지극히 평범해서 그녀가 예전에 탔던 민간 여객기보다 더 특별할 것이 없다고 누누이 말했다. 터미널에서 지구와 태양 사이의 라그랑주 점까지 약 150만 킬로미터를 항해하는 여정이었다. 100분의 1천문단위의 단거리 항해였다. 그녀가 탄 구형 우주선도 단거리용 우주선이었다. 하지만 그녀는 3세기 전 자신이 항공우주학을 선택한 중요한 이유가 바로 서기 시대 중엽에 이룬 한 위대한 쾌거였다는 걸 기억하고 있었다. 남자 15명이 달에 착륙한 엄청난 사건이었지만 당시 그들의 항해 거리는 지금 이 항해의 5분의 1에 지나지 않았다.

10여 분 뒤 청신은 우주의 일출을 보았다. 둥글게 호를 그린 지구의 표면 위로 태양이 서서히 떠올랐다. 태평양이 매끈한 거울처럼 태양빛을 반사시키고 그 위에 떠 있는 구름층은 거울에 붙은 순백의 비누 거품 같았다. 그 위치에서는 태양이 지구보다 훨씬 작게 보였기 때문에 검푸른 세상에서 막 탄생한 눈부신 황금 알 같았다. 태양이 완전히 지평선을 떠나자 태양을 향하고 있는 지구면이 거대한 하현달 형태로 밝아졌다. 이 거대한 반달이 지구의 나머지 부분을 그늘에 파묻어버릴 만큼 휘황찬란했다. 둥근 태양과 그 아래 구붓하게 이지러진 달이 우주에 뜬 거대한 기호 같았다. 청신은 그것이 새로운 탄생을 상징한다고 생각했다.

이것이 자신이 보는 마지막 일출일 수도 있다는 걸 그녀는 알고 있었다. 곧 다가올 만남에서 설령 양쪽 모두 대화의 규칙을 충실히 지킨다 해도 그 머나먼 세계는 그녀를 살려서 돌려보내지 않을 수도 있다. 하지만 그녀는 규칙을 지킬 생각이 없었다. 모든 것이 완벽했다. 일말의 여한조차 남지 않았다.

우주선이 앞으로 나갈수록 환하게 밝혀진 지구면이 시야에서 점점 커졌다. 대륙의 윤곽도 또렷해져 호주 대륙을 쉽게 찾을 수 있었다. 태평양 한가운데 낙엽처럼 떠 있는 그 대륙이 그늘에서 서서히 빠져나왔다. 명암의 교차점이 대륙의 중부를 지나고 있었다. 워버턴은 지금 새벽을 맞이하고 있을 것이다. 그녀는 프레스가 숲 가장자리에서 사막의 일출을 바라보고 있는 광경을 상상했다.

우주선이 지구를 스쳐 지나갔다. 선창의 가장자리에 걸려 있던 둥근 지평선이 마지막으로 사라질 때쯤 가속이 중단되었다. 중력이 약해지며 청신은 자기 몸을 감싸고 있던 두 손에 갑자기 힘이 풀린 듯한 기분을 느꼈다. 우주선이 태양을 향해 무동력 항해를 했다. 항성이 내뿜은 빛에 모든 별빛이 매몰되었다. 투명창의 조명이 어두워지자 태양이 약하게 빛나는 원반이 되었다. 투명창의 조도를 더 낮추자 태양이 보름달처럼 엷은 빛을 냈다. 그 후 여섯 시간의 항해 동안 청신은 무중력상태로 달빛 같은 태양빛 속을 유유히 떠다녔다.

다섯 시간 뒤 우주선이 180도로 회전해 엔진을 전방으로 향하게 하자 서서히 속도가 줄어들었다. 우주선이 방향을 돌려 태양이 시야에서 사라진 뒤 뭇별과 은하수가 두루마리처럼 펼쳐지며 시야를 가로질렀다. 우주선이 회전을 멈추자 지구가 시야의 정중앙에 나타났다. 이제 지구가 지면에서 보이는 달만큼 작게 보였다. 몇 시간 전 청신의 눈앞에 펼쳐져 있던 웅대함은 사라지고 파란 양수를 가득 머금은 배아처럼 연약해 보였다. 따뜻한 어머니의 배 속에서 빠져나온 배아가 깜깜한 암흑 속에 속절없이 떠 있는 것 같았다.

엔진이 작동하기 시작하자 다시 중력이 그녀의 몸을 감쌌다. 약 30분간 감속한 뒤 엔진이 간헐적으로 작동하며 위치를 조정했다. 마지막으로 중력이 완전히 사라지고 사방이 적막해졌다.

그곳은 지구와 태양 사이의 라그랑주 점이었다. 우주선이 태양의 위성이 되어 지구와 함께 운행하고 있었다.

시계를 보았다. 항해 시간은 정확했다. 약속된 시간까지 남은 시간은 10분이었다. 주위의 우주는 텅 비어 있었고 그녀는 자신의 의식도 비우려고 애썼다. 최대한 많은 걸 기억하려면 공간을 비워두어야 했다. 만남의 내용을 기록할 수 있는 건 그녀의 뇌뿐이었다. 자신을 아무 감정도 없는 녹음기이자 캠코더로 만들어야 했다. 그 후 두 시간 동안 그녀는 자신이 보고 들은 모든 것을 최대한 기억해야 했다. 쉽지 않은 일이었다. 그녀는 자신이 있는 이곳, 태양과 지구의 인력이 서로 상쇄되며 0이 되는 이곳을 상상했다. 이곳은 우주의 다른 곳에 비해 조금 더 비어 있다. 자신은 이 0의 공간에 고립된 존재로서 우주의 그 어떤 곳과도 아무런 관계가 없다고 상상했다……. 이런 상상으로 어수선한 감정을 의식에서 밀어내고 그녀가 원하는 공백의 초연한 상태에 서서히 도달했다.

그리 멀지 않은 우주에서 지자가 저차원으로 펼쳐졌다. 청신의 눈앞에 구체가 나타났다. 직경 3~4미터의 구체가 우주선에서 불과 몇 미터 거리에 나타나 지구를 가리고 시야의 대부분을 채웠다. 구체의 표면은 거울 같았다. 청신은 구체에 비친 우주선과 우주선에 탄 자신을 볼 수 있었다. 지자가 우주선에 몰래 숨어 있었는지 아니면 혼자 여기까지 왔는지 알 수가 없었다. 구체 위에 비친 우주선의 모습이 사라지고 구체의 표면이 반투명으로 변했다. 커다란 얼음 공처럼 깊이를 가늠할 수가 없었다. 어느 순간 청신은 그것이 우주에 뚫린 구멍인 것 같다는 생각이 들었다. 잠시 후 구체 안에서 떠오른 눈송이 같은 하얀 점이 구체 표면을 미끄러져 다니며 반짝였다. 그녀는 그것이 화이트노이즈라는 걸 알았다. 신호를 수신하지 못한 텔레비전 화면에 나타나는 눈꽃 같은 것이었다. 화이트노이즈가 3분 정도 지속되다가 수 광년 밖에서 전송된 이미지가 구체에 나타났다. 작은 간섭이나 변형도 없이 매우 선명했다. 청신은 줄곧 자기가 어떤 장면을 보게 될지 수없이 상상했다. 소리나 문자뿐일 수도 있고, 배양액에 담긴 뇌일 수도 있지만 윈톈밍의 온전한 몸일 수도 있다……. 마지막 추측은 실현 가능성이 거의 없지만 어쨌든 현재 윈톈밍이 처해 있을지 모를 수많은 가능성을 떠올렸다. 하지만 정작 그녀 앞에 펼쳐진 광경은 그 모든 상상을 완전히 뛰어넘는 것이었다.

햇빛이 가득 쏟아지는 황금색 보리밭이었다.

밭은 300제곱미터쯤 되어 보였으며 보리가 잘 자라 수확할 때가 거의 된 것 같았다. 밭의 흙이 조금 신기했다. 순흑색의 과립 결정이 햇빛을 반사해 땅 위에 수많은 별을 뿌려놓은 것 같았다. 보리밭 옆 검은 흙에 삽 한 자루가 꽂혀 있었다. 나무 자루가 달린 지극히 평범한 삽 위에 밀짚모자가 걸려 있었다. 보리 짚을 엮어 만든 듯한 모자의 약간 해어진 챙 끝에서 지푸라기 몇 가닥이 삐져나와 있었다. 보리밭 뒤에도 들판이 펼쳐져 있고 채소 같은 초록색 작물이 심어져 있었다. 미풍이 불자 보리밭 위로 잔잔한 파도가 일렁였다.

청신은 이 검은 밭 위를 덮고 있는 다른 세상의 하늘을 올려다보았다. 어쩌면 돔이라고 하는 게 더 정확할 것 같은 상공에 수많은 파이프가 어지럽게 얽혀 있었다. 다양한 굵기의 암회색 파이프였다. 얼기설기 짜놓은 삼베처럼 교차된 수많은 파이프 가운데 두세 개가 빛을 내고 있었다. 구불구불 말아놓은 필라멘트처럼 강렬하게 내뿜은 빛이 보리 위로 쏟아져 내리며 농작물을 기르는 햇빛 역할을 하고 있었다. 이쪽 파이프의 빛이 사그라지면 또 다른 파이프에서 불이 켜지며 언제나 두세 개 파이프에서 빛이 발산되었다. 마치 태양이 구름 사이로 출몰하듯 보리밭 위로 내리쬐는 빛의 형태도 쉬지 않고 바뀌었다.

더욱 놀라운 것은 파이프들이 얽혀 있는 정도였다. 결코 아무렇게나 되는대로 교차시켜놓은 것이 아니었다. 그 반대로 매우 공들여 만들어놓은 극도의 혼란이었다. 아주 작은 질서라도 보인다면 흉물스럽다는 듯이. 그 빛을 발하는 파이프들이 구름을 뚫고 내려오는 햇빛처럼 기묘한 생기를 발산했다. 청신은 이것이 구름과 태양을 극한으로 변형시킨 예술적 표현이 아닐까 생각했다. 한데 얽혀 있는 파이프들이 거대한 뇌의 모형처럼 보이기도 했다. 교대로 불을 밝히는 파이프들은 거대한 뇌의 신경회로였다. 하지만 기이한 상상을 떨쳐내고 최대한 이성적으로 추측한다면 그건 아마도 방열 시스템 같은 장치일 것이다. 그 아래 펼쳐진 밭을 위해 만든 것은 아니며 밭은 그저 그 빛을 이용하고 있는 것 같았다. 외관상으로만 본다면 이 시스템이 보여주는 공학적 관념은 인간이 도저히 이해할 수 없는 것이었다. 청신은 의아했지만 동시에 그것에 매료되었다.

보리밭 깊숙한 곳에 누군가 있었다. 그가 윈텐밍이라는 걸 그녀는 알 수 있었다. 그가 입고 있는 은색 재킷은 반사필름 같은 재질로 만들어져 있었다. 평범하지만 역시 밀짚모자처럼 조금 낡아 보였다. 바지는 보리밭에 가려져 보이지 않았지만 똑같은 재질로 만든 것인 듯했다. 그가 보리를 헤치고 천천히 걸어왔다. 그의 얼굴을 또렷하게 볼 수 있었다. 3세기 전 그녀와 헤어질 때 나이인 듯 젊어 보였지만, 그때보다 훨씬 건강해 보이고 얼굴도 햇볕에 그을려 있었다. 그는 청신 쪽을 보지 않고 보리 이삭을 따서 손으로 비빈 뒤 껍질을 불어내고 입에 넣었다. 아무렇지 않게 보리를 씹으며 밭에서 걸어 나왔다. 청신은 윈텐밍이 자신의 존재를 모르고 있는지도 모르겠다는 생각이 들었다. 그런데 그때 그가 고개를 들어 웃으며 그녀를 향해 손을 흔들었다.

"청신, 안녕!"

그녀를 바라보는 그의 눈동자 속에 희열이 일렁이고 있었다. 하지만 그건 아주 자연스러운 희열이었다. 밭에서 일하던 청년이 시내에 갔다가 돌아오는 같은 마을 아가씨를 발견하고 손을 흔드는 것처럼 너무도 자연스러웠다. 지난 3세기 세월도, 몇 광년의 거리도 존재하지 않는 것 같았다. 청신이 한 번도 예상하지 못한 상황이었다. 넓고 두툼한 손처럼 그녀를 어루만지는 그의 눈빛에 청신은 극도의 긴장감이 조금 이완되었다.

선창에 붙어 있는 세 개의 램프 중 초록불이 켜졌다.

"안녕!"

청신이 말했다. 3세기를 건너온 감정이 잠에서 깨어난 화산처럼 그녀의 의식 속 깊은 곳에서 솟구쳐 올랐다. 하지만 그녀는 감정의 모든 출구를 단호하게 봉쇄하고 자신을 향해 되뇌었다. 기억하라고. 오직 기억만 하라고. 모든 걸 기억하라고.

"내가 보여?"

"보여."

윈톈밍이 미소 짓는 얼굴로 고개를 끄덕이며 보리 낱알들을 또 입에 넣었다.

"뭘 하는 거야?"

그 질문에 윈톈밍은 조금 의외라는 듯한 표정으로 보리밭을 향해 손을 흔들었다.

"농사짓고 있지!"

"먹으려고 농사짓는 거야?"

"당연하지. 아니면 내가 뭘 먹겠어?"

청신의 기억 속 윈톈밍과는 다른 모습이었다. 계단 프로젝트 당시 그는 초췌하고 허약한 불치병 환자였고, 그 전에는 남들과 잘 어울리지 않는 외톨이 대학생이었다. 그때 윈톈밍은 세상을 향해 자기 속마음을 보여주지 않았지만 그 대신 자기 인생을 밖으로 드러내고 있었다. 그를 보면 그의 인생 이야기를 대략 짐작할 수 있었다. 하지만 지금의 윈톈밍은 겉보기에는 성숙해 보이지만 그의 이야기를 짐작할 수가 없었다. 틀림없이 이야기를 품고 있을 것이고, 「오디세이」 10편보다 더 파란만장하고 기이한 이야기일 테지만 그걸 들여다볼 수가 없었다. 3세기 동안 깊은 우주에서 외롭게 표류하며 다른 세계에서는 상상조차 할 수 없는 풍파를 견디고 몸과 영혼 모두 숱한 고초와 시련을 겪었을 텐데도 그에게서 아무런 흔적도 찾을 수가 없었다. 그에게 남아 있는 건 성숙함뿐이었다. 그의 뒤에 펼쳐진 보리 이삭처럼 햇빛을 한껏 머금은 성숙함이었다.

윈톈밍은 생활의 승리자였다.

"종자를 보내줘서 고마워. 그것들을 심었더니 이렇게 잘 자랐어. 오이만 실패했지. 오이는 기르기가 쉽지 않네."

윈톈밍의 말투에서 진심이 묻어났다.

청신은 그 말의 뜻을 가만히 곱씹었다. 종자를 보낸 게(마지막에 더 좋은 종자로 바뀌기는 했지만) 나라는 걸 어떻게 알았을까? 그들이 알려준 걸까, 아니면…….

청신이 말했다.

"여기에 농사지을 흙이 있을 줄은 몰랐어. 우주선에도 흙이 있다니."

윈톈밍이 허리를 굽혀 검은 흙을 한 줌 집어 올렸다. 손가락 사이를 타고 흘러내리는 흙이 크리스털처럼 반짝였다.

"운석으로 만든 거야. 이 흙은……."

초록불이 꺼지고 노란불이 켜졌다.

윈톈밍도 경고를 볼 수 있는 것 같았다. 그가 갑자기 말을 멈추고 한 손을 올리며 웃었다. 어디선가 보고 있을 감시자에게 보여주기 위한 동작과 표정이었다. 노란불이 꺼지고 다시 초록불이 켜졌다.

"얼마나 됐어?"

청신이 일부러 모호하게 질문했다. 종자를 기른 지 얼마나 되었느냐는 뜻일 수도 있고, 그의 뇌가 복제된 몸에 이식된 지 얼마나 되었느냐는 뜻일 수도 있고, 아니면 계단 프로젝트 비행체가 포획된 지 얼마나 되었느냐는 뜻일 수도 있었다. 어떤 뜻이 담겨 있는지는 중요하지 않았다. 그가 원하는 정보를 전달할 수 있는 충분한 여지를 주기 위한 물음이었다.

"아주 오래됐어."

윈톈밍은 더 모호하게 대답했다. 그는 여전히 침착했지만 조금 전 노란불이 그에게 겁을 준 것은 분명했다. 그는 청신이 해를 입을까 봐 두려워하고 있었다.

윈톈밍이 말했다.

"처음에는 농사지을 줄 몰라서 남들이 어떻게 농사를 짓는지 보고 싶었어. 하지만 너도 알다시피 이제는 진정한 농부가 없잖아. 어쩔 수 없이 혼자서 터득해야 했어. 시행착오를 겪으며 천천히 배웠지. 내게 필요한 게 많지 않아서 다행이야."

조금 전 청신의 추측이 맞았던 것이다. 윈톈밍의 말 속에 분명한 뜻이 담겨 있었다. 지구상에 진정한 농민이 있다면 그는 그들이 어떻게 농사를 짓는지 볼 수 있었을 것이라는 뜻이었다. 지자가 지구에서 보내는 정보를 그도 볼 수 있다는 말이다! 그렇다면 적어도 윈톈밍이 삼체 세계와 밀접한 관계를 맺고 있다는 건 확인된 셈이었다.

"보리가 잘 자랐네. 수확할 때가 됐지?"

"응. 올해는 작황이 좋아."

"작황이라고?"

"응. 엔진 출력이 좋으면 작황이 좋아. 안 그러면……."

노란불이 켜졌다. 이번에도 그녀의 추측이 맞았다. 머리 위에 얽혀 있는 파이프들이 정말로 방열 시스템 같은 것이고, 파이프를 밝히는 에너지는 우주선의 반물질 추진 시스템에서 나오는 것이었다.

청신은 미소를 지었다.

"좋아. 이 얘기는 그만두자. 나에 대해 알고 싶어? 네가 떠난 뒤에……."

"다 알아. 계속 네 곁에 있었어."

윈톈밍의 말투는 여전히 평온하고 침착했지만 청신은 가슴이 철렁 내려앉았다.

그렇다. 그는 계속 그녀 곁에 있었던 것이다. 지자를 통해 실시간으로 그녀의 생활을 보고 있었던 것이다. 그녀가 어떻게 검잡이가 되었는지도 보았을 것이고, 위협의 세기 마지막 순간에 붉은 스위치를 던져버리는 것도 보았을 것이며, 그녀가 호주에서 겪은 온갖 고초, 극도의 고통 속에서 닥친 실명, 그 후 그녀가 캡슐을 꺼냈던 일까지 모두 보았을 것이다……. 그는 그녀와 함께 그 모든 고통을 겪었다. 수 광년 떨어진 곳에서 지옥의 불길 속에서 몸부림치는 그녀를 지켜보며 그는 그녀보다 더 고통스러웠을 것이다. 자신을 사랑하는 한 남자가 수 광년의 거리를 초월해 자기 곁을 지키고 있다는 걸 조금 일찍 알았다면 그녀에게 큰 위안이 되었을 것이다. 하지만 그때의 청신에게 윈톈밍은 아득히 깊은 우주로 사라진 사람이었고, 그가 이미 세상에 존재하지 않는다고 생각했다.

청신이 혼잣말처럼 중얼거렸다.

"그걸 그때 알았다면 얼마나 좋았을까⋯⋯."

"어떻게 그럴 수 있었겠어⋯⋯."

윈톈밍이 고개를 가볍게 저었다.

깊숙한 곳에 억눌려 있던 감정이 다시 차올랐다. 청신은 안간힘을 다해 감정을 억누르며 흘러나오려는 눈물을 삼켰다.

청신이 물었다.

"그럼, 넌? 네가 겪은 일 중에 내게 말할 수 있는 게 있어?"

노골적인 모험이었지만 그녀가 꼭 해야 하는 일이었다.

"음⋯⋯ 생각해볼게⋯⋯."

윈톈밍이 생각에 잠겼다.

노란불이 켜졌다. 이번에는 윈톈밍이 어떤 말을 꺼내기도 전에 불이 켜졌다. 엄중한 경고였다.

윈톈밍이 단호하게 고개를 저었다.

"없어. 네게 말할 수 있는 게 없어. 하나도."

청신은 더 말하지 않았다. 이 임무에 있어서 자신이 할 수 있는 건 이미 다 했다는 걸 알았다. 윈톈밍이 무엇을 어떻게 할지 기다리는 수밖에 없었다.

"이런 얘기를 해선 안 돼."

윈톈밍이 가늘게 한숨 쉬며 뒤에 남은 말은 눈빛으로 대신했다.

'널 위해서.'

그렇다. 너무 위험하다. 노란불이 벌써 세 번이나 켜졌다.

청신도 속으로 한숨을 쉬었다. 윈톈밍이 포기했으므로 그녀도 더 이상 임무를 수행할 도리가 없었다. 그녀도 그를 이해했다.

임무를 포기하고 나자 그들을 품고 있는 지름 몇 광년의 우주가 그들의 은밀한 세계가 되었다. 사실 그와 그녀에 관한 얘기라면 말이 필요치 않았다. 눈빛만으로 모든 걸 다 털어놓을 수 있었다. 임무에 집중했던 신경을 조금 느슨하게 내려놓자 윈톈밍의 눈빛에서 더 많은 걸 읽을 수 있었다. 그녀는 대학 시절로 돌아간 것 같았다. 그때 윈톈밍은 그녀를 그런 눈빛으로 응시하곤 했다. 그는 아무도 모르게 그녀를 보았지만 여자의 직감으로 느낄 수 있었다. 지금 그는 그때 그 눈빛에 성숙함을 더해 몇 광년을 건너온 햇빛처럼 그녀를 행복한 온기로 감싸주었다.

청신은 이 고요한 정적이 영원히 계속되길 바랐지만 윈톈밍이 침묵을 깨고 그녀에게 물었다.

"어릴 적 같이 놀았던 거 기억해?"

청신은 말없이 고개를 저었다. 생각지 못한 질문이었고 알아들을 수도 없었다. 어릴 적이라니? 하지만 놀란 마음을 속으로 삼켰다.

"매일 밤 자기 전에 전화로 얘기했잖아. 동화를 지어서 들려주었지. 넌 항상 나보다 동화를 더 잘 만들었어. 우리가 얼마나 많은 동화를 지었는지. 100개도 넘을 거야. 그렇지?"

"아마 그럴 거야."

거짓말을 할 줄 모르는 그녀의 입에서 이렇게 태연한 거짓말이 흘러나온다는 사실에 그녀 자신조차 놀랐다.

"기억나는 거 있어?"

"거의 다 잊었어. 내겐 너무 오래전 일이라."

"내겐 그리 오래전 일이 아니야. 요즘 난 그 동화들, 네가 지은 것과 내가 지은 것들을 한편 한편 다시 얘기하고 있어."

"혼자서 얘기한다는 뜻이야?"

"아니. 여기에 왔으니 이 세계에도 뭔가를 해줘야지……. 내가 그들에게 뭘 해줄 수 있을지 궁리하다가 이 세계에 유년기를 선물해주기로 했어. 그래서 우리가 지은 동화를 들려주고 있어. 아이들이 아주 좋아해. 그 동화들을 모아서 『지구의 동화』라는 책도 출간했는데 인기가 제법 많아. 그건 우리 둘의 책이야. 네 작품을 도용한 건 아니야. 네가 지은 동화에는 네 이름을 붙였지. 그래서 너도 여기서 유명한 작가가 됐어."

지금까지 인류가 삼체인에 대해 알아낸 몇 안 되는 지식에 따르면, 삼체인의 섹스는 상대와 몸을 하나로 합치는 방식으로 이루어지며 이렇게 결합된 몸이 분열을 일으켜 셋 내지 다섯 개의 새로운 어린 생명을 만들어낸다. 이 생명들이 그들의 후대이고 윈톈밍이 말한 아이들이다. 하지만 그들이 분열 과정에서 부모의 기억 중 일부를 물려받기 때문에 태어날 때부터 이미 어느 정도 성숙해 있다. 인류가 말하는 진정한 의미의 아이라고 할 수 없다. 그 때문에 삼체 세계에는 진정한 유년기가 없다. 삼체인과 인류의 학자들은 이것이 바로 두 세계의 사회와 문화에 큰 차이가 생긴 근본적인 원인이라고 여기고 있다.

청신이 긴장하기 시작했다. 윈톈밍이 포기하지 않았다는 걸 알았다. 중요한 순간이 온 것이다. 그녀도 뭔가 해야 했지만 조금이라도 경계를 늦출 수는 없었다!

그녀가 가볍게 웃으며 말했다.

"다른 얘기는 할 수 없지만 동화 얘기는 할 수 있겠지? 우리 둘만의 이야기니까."

"어떤 동화를 얘기해볼까? 내가 만든 동화, 아니면 네가 만든 동화?"

청신은 조금의 망설임도 없이 말했다.

"내가 만든 동화로 하자. 내 유년기 추억이 떠오르도록."

이렇게 빠른 상황 판단에 그녀 자신조차 놀랐다. 그가 말을 꺼낸 순간 그의 의도를 알아차릴 수 있었다.

"좋아. 그럼 다른 얘기는 관두고 동화를 들려줄게. 우리가 만든 동화 말이야."

원텐밍이 양손을 펼치며 위를 보았다. 이번에도 감시자를 향해 말하고 있는 것이었다. 모두 안전한 내용이니 아무 문제도 없지 않겠느냐고 말이다.

그가 다시 청신에게 말했다.

"한 시간 남짓 더 얘기할 수 있어. 어떤 동화를 들려줄까? 음……「국왕의 새 화가」로 하자."

원텐밍이 「국왕의 새 화가」라는 동화를 들려주기 시작했다. 아주 오래된 민요를 읊조리듯 그의 목소리는 느리고 나지막했다. 청신도 처음에는 한 글자도 빠짐없이 기억하려고 했지만 점점 이야기에 빠져들었다. 그가 들려주는 동화 속에서 천천히 시간이 흘렀다. 그는 내용이 서로 이어지는 동화 세 편을 들려주었다. 「국왕의 새 화가」, 「도철해」,* 「심수 왕자」였다. 세 번째 동화가 끝나자 지자의 화면에 카운트다운 숫자가 나타났다. 1분이 남아 있었다.

헤어질 시간이 다가오고 있었다.

청신은 그제야 동화 같은 꿈에서 깨어났다. 뭔가가 가슴으로 맹렬하게 날아와 부딪혔다. 가슴이 먹먹해 참을 수가 없었다.

그녀가 말했다.

---

* 옮긴이 주: 도철(饕餮). 중국 신화에 등장하는 탐욕스럽고 흉악한 괴물.

"우주도 넓지만 인생은 더 넓어. 언젠가는 꼭 다시 만날 거야."

자기도 모르게 불쑥 튀어나온 이 말이 지자가 했던 말이라는 걸, 말하고 난 뒤에야 알았다.

"그럼 어디서 만날지 약속하자. 지구 말고 다른 곳으로. 은하계의 어떤 곳."

청신이 망설임 없이 말했다.

"네가 내게 준 그 별로 하자. 그건 우리 둘의 별이니까."

"좋아. 우리 둘의 별!"

그들이 몇 광년을 초월한 애틋함으로 서로를 응시하고 있을 때 카운트다운 숫자가 0으로 바뀐 뒤 화면이 점점 희미해지다가 화이트노이즈로 바뀌더니 다시 처음의 거울로 돌아왔다.

선실 안의 초록 램프가 꺼지고 아무것도 켜지지 않았다. 청신은 자신이 마지막 생사의 관문 위에 서 있다는 걸 알았다. 몇 광년 밖 삼체 제1함대의 어느 전함에서 그녀와 윈톈밍이 나눈 대화를 다시 검토하고 있을 것이다. 죽음을 알리는 빨간불이 언제든 켜질 수 있었다. 이제는 노란불의 경고도 거치지 않을 것이다.

지자의 구체 표면에 또다시 우주선과 그 안에 있는 청신의 모습이 비쳤다. 지자를 향하고 있는 구형 우주선의 반쪽은 완전히 투명했다. 우주선은 정교하게 조각된 원형 펜던트이고 청신은 그 안에 그려진 초상화인 것 같았다. 순백색의 초경량 우주복을 입고 있는 그녀는 순결하고 젊고 아름다워 보였다. 그녀를 가장 놀라게 한 건 맑고 고요한 자신의 눈빛이었다. 가슴속에서 거세게 요동치는 파도가 전혀 보이지 않았다. 이 아름다운 목걸이를 윈톈밍의 마음속에 걸어주었다는 사실이 그녀에게 한 가닥 위안이 되었다.

길이를 가늠할 수 없는 시간이 흐른 뒤 지자가 사라지고 빨간불도 켜지지 않았다. 우주는 변함이 없었고 파란색 지구가 멀리서 다시 모습을 드러냈다. 그 뒤에는 태양이 있었다. 그것들이 이 모든 일의 증인이었다.

강한 중력이 느껴졌다. 우주선의 엔진이 다시 불을 내뿜고 귀환이 시작되었다.

귀환하는 몇 시간 동안 청신은 우주선의 조도를 불투명하게 낮추고 모습을 감춘 뒤 자신의 몸을 기억 기계로 되돌렸다. 윈텐밍이 했던 말과 그가 들려준 동화를 수없이 되새겼다. 가속이 멈추고 중력이 사라졌다. 엔진이 방향을 바꾸어 감속하기 시작했지만 그녀는 아무것도 느끼지 못했다. 우주선이 미세하게 흔들리고 선실 문이 열리며 항구의 불빛이 빨려들어온 뒤에야 정신이 들었다.

그녀를 맞이한 건 수행원 네 명 중 두 명이었다. 그들은 냉랭한 표정으로 짧은 인사를 건넨 뒤 청신을 데리고 항구를 가로질러 어느 문 앞에 도착했다.

"청신 박사님, 휴식이 필요하실 겁니다. 지나간 일은 더 이상 생각하지 마세요. 우리도 뭔가 얻을 수 있을 거라고 크게 기대하지 않습니다."

PDC 직원이 말한 뒤 청신을 문안으로 들여보냈다.

항구의 출구일 거라고 생각했던 그곳은 알고 보니 좁은 방이었다. 벽 전체가 어두운 색의 금속으로 되어 있었고 작은 틈조차 없었다. 등 뒤에서 문이 닫히자 아무런 흔적도 남지 않았다. 결코 휴식을 위한 공간이 아니었다. 내부 시설도 아주 간소했다. 작은 테이블과 의자 하나가 전부였고 테이블 위에 마이크가 놓여 있었다. 지금은 마이크가 거의 사라지고 고음질로 녹음할 때만 사용했다. 방 안에서 유황처럼 코를 찌르는 냄새가 났다. 살갗도 간질거렸다. 공기 중에 정전기가 가득 차 있다는 뜻이었다. 좁은 방이 사람들로 가득 차 있었다. 특별팀 팀원들이 모두 거기에 있었다. 그녀를 맞이한 두 직원도 방으로 들어왔다. 들어오자마자 좀 전의 냉랭한 표정이 사라지고 다른 사람들처럼 엄숙하지만 친절한 눈빛으로 그녀를 응시했다.

누군가 말했다.

"여긴 지자의 사각지대입니다."

인류가 지자를 따돌릴 수 있게 되었다는 걸 그녀는 그제야 알았다. 비록 이렇게 좁고 밀폐된 공간에서만 가능했지만 말이다.

참모총장이 말했다.

"두 분이 나눈 대화 내용을 모두 말씀해주십시오. 생각나는 건 하나도 빼놓지 말고 다 말해주세요. 한 글자 한 글자가 모두 중요합니다."

특별팀 관계자들이 모두 밖으로 나갔다. 엔지니어가 마지막으로 나가며 이 방의 모든 벽에 전기가 흐르고 있으니 절대로 만지지 말라고 신신당부했다.

방에는 청신만 남겨졌다. 그녀는 테이블 앞에 앉아 자신이 기억하는 모든 걸 얘기했다. 한 시간 10분 뒤 모든 걸 다 말하고는 물과 우유를 조금 마시고 쉬었다가 한 번 더 반복해서 말했다. 그리고 세 번째 반복했다. 네 번째 반복할 때는 뒤에서부터 앞으로 거슬러가며 얘기할 것을 주문받았다. 다섯 번째는 심리학자가 팀원과 함께 들어와 그녀에게 약을 먹이고 반최면 상태에서 얘기하게 했다. 자신이 무슨 얘기를 했는지 그녀도 알지 못했다. 어느새 여섯 시간이 흘렀다.

모든 과정이 끝난 뒤 특별팀 관계자들이 다시 방으로 들어왔다. 그들은 그제야 청신과 악수와 포옹을 하며 감격의 눈물을 흘렸다. 위대한 임무를 훌륭하게 수행한 그녀의 노고를 치하했다. 하지만 기억 기계의 상태에서 깨어나지 못한 그녀는 여전히 멍하게 앉아 있었다.

우주 엘리베이터의 아늑한 선실로 돌아온 뒤에야 뇌 속 기억 기계가 꺼지고 다시 한 여자로 돌아왔다. 극도의 피로감과 감정의 격랑이 그녀를 파묻었다. 점점 가까워지는 파란색 지구를 바라보며 그녀는 와락 울음을 터뜨렸다. 그 순간 오직 한마디만 메아리치며 그녀의 머릿속을 채웠다.

우리 둘의 별, 우리 둘의 별…….

그 시간 3만여 킬로미터 아래 지구에서는 지자의 집이 시뻘건 불길 속에서 잿더미로 변했다. 지자의 화신(化身)이었던 로봇도 함께 타버렸다. 재로 변하기 전 그녀는 전 세계를 향해 태양계에서 지자가 완전히 철수한다고 발표했다.

사람들은 반신반의했다. 로봇만 떠날 뿐 지자 몇 개가 계속 태양계와 지구에 남아 있을 가능성을 배제할 수는 없지만, 그녀의 말이 사실일 수도 있었다. 지자는 그들에게 소중한 자원이기 때문이다. 현재 남아 있는 삼체 문명은 우주선 상태로 떠돌고 있으므로 상당히 오랜 세월 동안 새로운 지자를 만들 수 없을 것이다. 만약 함대가 지자의 사각지대로 들어간다면 태양계에 있는 지자를 잃어버리게 될 것이다. 게다가 태양계와 지구를 감시하는 건 이제 그들에게 큰 의미가 없었다.

만약 그녀의 말대로 지자가 완전히 철수한다면 삼체와 지구 두 세계의 완전한 단절을 의미했다. 장장 3세기에 걸친 전쟁과 은원(恩怨)의 관계가 우주에서 가뭇없이 사라지는 것이다. 설령 지자의 말대로 언젠가 인연이 닿아 다시 만난다고 해도 그건 아주 먼 미래의 일일 것이다. 하지만 지금 두 세계는 자신들에게 미래가 있을지조차 장담할 수 없었다.

전송의 세기 7년, 윈톈밍의 동화

정보해독위원회(IDC) 제1차 회의도 지자 차단실에서 열렸다. 많은 사람이 지자가 철수해 태양계와 지구가 '깨끗해졌다'고 믿고 있었지만 만일의 경우에 대비해 비밀 유지를 위한 조치가 필요했다. 만에 하나라도 지자가 아직 존재한다면 윈톈밍이 위험해질 수 있었기 때문이다.

대외적으로는 윈톈밍과 청신이 나눈 대화만 공개하고 윈톈밍이 전달한 정보―대부분 세 편의 동화에 들어 있었다―는 철저히 비밀에 부쳤다. 유리처럼 투명한 현대 사회에서 함대 세계와 UN이 전 세계를 상대로 그토록 중요한 정보를 숨기는 건 쉽지 않은 일이었지만 모든 나라가 그들의 요구에 지체 없이 동의했다. 정보가 공개된다면 전 세계가 정보 해독에 열을 올릴 것이고 그것이 윈톈밍을 위험에 빠뜨릴 수 있었기 때문이다. 윈톈밍의 안전을 그토록 중요하게 여기는 건 개인적인 신변 안전을 위한 것만은 아니었다. 지금 그는 외계 사회의 일원으로서 우주 깊숙한 곳에 들어가 있는 유일한 인간이었다. 앞으로 그는 누구도 대체할 수 없는 중요한 역할을 하게 될 것이다.

그뿐 아니라 윈톈밍의 정보를 해독하는 비밀 임무를 통해 UN의 권력과 행동력이 한층 강화되고 UN이 진정한 세계 정부로서 한발 더 내딛는 계기로 삼을 수 있었다.

이 지자 차단실은 우주 엘리베이터의 항구에 있는 차단실보다 조금 넓지만 회의실로 쓰기에는 여전히 좁았다. 현재 만들어낼 수 있는 역장으로는 이 정도 공간 내에서만 차단 기능을 고르게 발휘할 수 있고 조금만 더 넓어져도 역장이 변형되어 차단 기능을 상실했다.

회의 참석자는 30명 남짓 되었다. 청신 외에도 두 명의 서기인이 더 있었는데 과거 검잡이 후보였던 가속기 엔지니어 비윈펑과 물리학자 차오빈이었다.

참석자 전원이 위아래가 연결된 고압 보호복을 입고 있었다. 차단실의 금속 벽에 전류가 흐르고 있어 벽에 피부가 닿는 걸 방지하기 위한 조치였다. 특히 벽면 디스플레이를 활성화시키는 습관 때문에 자기도 모르게 벽을 만질 수 있었으므로 양손에도 보호 장갑을 꼈다. 역장 안에서는 그어떤 전자기기도 작동하지 않았으므로 실내에 아무런 디스플레이도 설치되지 않았다. 역장이 고르게 유지될 수 있도록 시설물을 최대한 줄였기 때문에 테이블과 의자조차 없었다. 그들이 입은 보호복은 원래 전기 기술자들이 고압 상태에서 작업할 때 입는 것이었다. 아무것도 없는 금속 방 안에 있는 그들은 마치 오랜 옛날 공장에서 작업 시작 전 조회를 하던 노동자들처럼 보였다.

아무것도 없고 비좁은 데다가 역한 냄새가 코를 찌르고 몸이 간지러웠지만 아무도 불평하지 않았다. 3세기 가까이 지자의 감시 속에서 생활하던 사람들은 외계 세계의 감시에서 벗어났다는 사실만으로도 한 번도 느껴보지 못한 해탈감을 만끽할 수 있었다. 지자 차단 기술은 대이민이 끝난 지 얼마 되지 않아서 개발되었다. 처음 차단실에 들어온 이들에게서 '차단 증후군'이 나타났다. 술 취한 사람처럼 말이 많아지고 아무나 붙잡고 자신의 비밀을 털어놓았다. 한 기자는 당시 상황을 이렇게 시적으로 묘사했다.

"좁디좁은 천당에서 사람들이 마음을 열었다. 서로를 응시하는 눈빛에서 더 이상 은밀함을 찾을 수 없었다."

IDC는 함대 세계와 UN PDC가 공동 설립한 기구로 윈텐밍의 정보를 해독하는 임무를 맡고 있었다. 그들은 학과와 전공에 따라 25개 팀으로 나뉘어 있었지만 이번 회의에는 과학자가 아닌 각 팀의 책임자가 참석했다. 그들은 모두 IDC 위원이었다.

IDC 의장은 우선 함대 세계와 UN을 대표해 윈텐밍과 청신에게 경의를 표했다. 그는 윈텐밍을 인류 역사상 가장 용감한 전사라고 칭했으며, 그가 외계 세계에서 생존한 첫 인류로서 적의 심장부라는 상상을 초월한 환경에서 고군분투하며 위기에 처한 지구 문명에 희망을 안겨주었다고 극찬했다. 아울러 생명의 위험을 무릅쓰고 윈텐밍에게 정보를 받아온 청신의 용기와 지혜에도 찬사를 보냈다.

그때 청신이 작은 소리로 의장에게 발언권을 달라고 요청했다. 그녀가 일어나 회의장을 둘러본 뒤 입을 열었다.

"여러분, 우리 앞에 있는 모든 것은 계단 프로젝트의 최종적인 성과입니다. 이 계획에서 빼놓을 수 없는 한 사람이 있습니다. 3세기 전 그가 군센 의지와 과감한 리더십, 탁월한 창의력으로 숱한 어려움을 극복하고 계단 프로젝트를 성사시켰습니다. 바로 토머스 웨이드 전 PIA 국장입니다. 우리 모두 그에게 경의를 표해야 한다고 생각합니다."

회의장에 적막이 감돌았다. 청신의 발언에 아무도 동의하지 않았다. 대다수 사람들에게 웨이드는 서기인의 어두운 일면을 상징하는 인물이자 그에게 살해당할 뻔했던 이 아름다운 여자의 대척점에 있는 인물이었다.

모두 그를 떠올리기만 해도 몸서리가 쳐졌다.

의장(현 PIA 국장이며 웨이드의 3세기 뒤 후임자)도 청신의 말에 답변하지 않고 회의를 계속 진행했다.

"우리에겐 정보 해독에 관한 기본 원칙과 기대하는 바가 있습니다. 이 정보 속에 자세한 기술적 정보가 들어 있을 가능성은 희박하지만 정확한 연구 방향을 찾을 수는 있을 겁니다. 광속 우주 항해, 우주 안전보장 성명 등 미지의 기술에 관한 이론과 개념이 감추어져 있을 것으로 기대합니다. 그럴 수만 있다면 인류 세계에 큰 희망이 될 겁니다.

우리가 얻은 정보는 크게 두 가지입니다. 하나는 윈톈밍과 청신 박사의 대화이고, 다른 하나는 윈톈밍이 들려준 동화 세 편입니다. 초보적인 분석 결과, 대화 내용에서는 해독할 수 있는 것이 많지 않습니다. 세 편의 동화에 중요한 정보가 숨겨져 있을 것으로 예상됩니다. 향후 작업은 동화 해독을 위주로 진행될 것이므로 이 자리에서는 대화에서 얻을 수 있는 정보를 정리해보겠습니다.

우선 이번 만남을 위해 윈톈밍이 오랫동안 준비했다는 것을 알 수 있습니다. 그는 동화를 100편 넘게 지어내고 그중 세 편에 정보를 감추어놓았습니다. 100편 넘는 동화를 들려주고 책으로 출간해 삼체 세계에 널리 알렸습니다. 아주 오랫동안 진행된 일이며 쉽지 않은 과정이었을 겁니다. 적들이 동화 속에 감추어놓은 정보를 발견하지 못해야만 그 동화들이 안전하다고 여길 것이기 때문입니다. 하지만 윈톈밍은 여기에 추가로 또 다른 방식의 안전장치를 해놓았습니다."

의장이 청신에게 물었다.

"청신 박사, 윈톈밍의 말대로 두 사람이 어릴 적부터 알던 사이였나요?"

청신이 고개를 저었다.

"아뇨. 우린 대학 동창이에요. 같은 도시 출신이기는 하지만 초등학교와 중고등학교는 다른 학교였어요. 대학에 들어가기 전에는 모르는 사이였어요."

"이 개자식! 거짓말로 선생님을 위험에 빠뜨릴 뻔했잖아!"

청신 옆에 앉아 있던 AA가 버럭 소리치자 사람들의 따가운 눈총이 쏟아졌다. 그녀는 IDC 위원이 아니었지만 청신의 고문이자 비서 자격으로 회의에 참석했다. 이것도 역시 청신이 고집한 것이었다. AA도 천문학 분야에서 나름대로 성과를 거두었지만 이 위원회에서는 내세울 만한 경력이 아니었으므로 그녀를 대하는 사람들의 태도 속에는 은근한 무시와 냉소가 깔려 있었다. 사람들은 청신이 더 유능한 사람을 기술고문으로 두어야 한다고 생각했고 심지어 청신 본인도 AA가 예전에 과학자였다는 사실을 잊곤 했다.

한 PIA 관계자가 말했다.

"그건 별로 위험한 일이 아니에요. 두 분의 유년기는 위기의 세기 전이었고 그때는 지자가 지구에 도착하기 전이었으니 그때의 일은 지자의 감시 대상이 아니죠."

"하지만 서기 때 자료를 찾아볼 수도 있잖아요!"

"위기의 세기 이전에 살았던 두 아이의 자료를 찾기가 쉽겠습니까? 설령 당시의 호적이나 학적 기록을 찾아낸다 해도 같은 학교 학생도 아니었는데 그때 두 사람이 서로 아는 사이가 아니었다는 걸 어떻게 증명하죠? 그리고 AA 씨가 생각하지 못한 게 한 가지 더 있어요. 윈톈밍은 지자에게 지시를 내릴 수 있는 위치에 있죠. 그러니까 이미 자료를 찾아봤을 겁니다."

그는 AA에 대한 경멸 어린 시선을 굳이 감추지 않았다.

의장이 말을 받았다.

"그 정도 위험은 감수해야 합니다. 윈톈밍이 동화 세 편의 작가를 청신으로 바꾼 것도 적들이 그 동화가 안전하다고 믿게 만들려는 것이었습니다. 한 시간 넘게 동화를 들려주는 동안 노란불이 한 번도 켜지지 않았습니다. 나중에 안 사실이지만 동화를 끝마쳤을 때 지자가 정한 시간에서 이미 4분이 지나 있었습니다. 윈텐밍이 마지막 동화까지 끝마칠 수 있도록 시간을 6분이나 연장해준 겁니다. 이건 그들이 동화에 아무런 경계심이 없다는 뜻입니다. 윈텐밍이 그렇게 했던 중요한 목적이 있습니다. 동화 세 편 속에 정보를 감춰놓았다는 분명한 메시지를 그런 방법으로 전달한 겁니다. 대화에서 해독할 수 있는 정보는 많지 않지만, 윈텐밍의 마지막 한 마디는 중요한 의미를 담고 있다는 게 대다수의 의견입니다.”

의장이 오른손을 뻗어 허공에 손짓을 했다. 홀로그램 창을 켜려는 습관적인 동작이었다. 그가 자신의 실수를 깨닫고 다시 말을 이었다.

“‘그럼 어디서 만날지 약속하자. 지구 말고 다른 곳으로. 은하계의 어떤 곳.’ 이 말 속에 두 가지 의미가 담겨 있습니다. 첫째, 자신이 태양계로 돌아갈 수 없음을 암시한 것이고, 둘째는…….”

의장이 잠시 멈추었다가 손을 휘둘렀다. 이번에는 뭔가 쫓아내려는 듯한 동작이었다.

“이건 중요한 얘기가 아니니까 다음으로 넘어갑시다.”

회의실 공기가 무겁게 가라앉았다. 그가 말하려던 두 번째 의미가 뭔지 모두들 분명히 알고 있었다. 윈텐밍은 지구가 공격을 피하고 살아남을 가능성에 대해 회의적인 입장이라는 뜻이었다.

파란색 표지를 씌운 자료가 모든 참석자에게 전달되었다. 제목 없이 일련번호만 있는 서류였다. 이미 종이 서류는 사라진 시대였다.

“자료는 이 자리에서만 읽을 수 있고 회의실 밖으로 가지고 나갈 수 없으며 어떠한 기록도 할 수 없습니다. 자료의 내용은 여기 계신 여러분 대다수가 처음 보는 것입니다. 우선 모두 읽어보시죠.”

회의실 안이 고요해졌다. 사람들은 인류 문명을 구할지도 모를 동화 세

편을 집중해서 읽기 시작했다.

윈텐밍의 첫 번째 동화

　<국왕의 새 화가>

　아주 오랜 옛날 '이야기 없는 왕국'이라는 나라가 있었어. 그곳에는 아무런 이야기도 없었어. 사실 국왕에게는 나라에 이야기가 없는 게 제일 좋아. 이야기가 없다는 건 아무런 사건도 재난도 없다는 뜻이니까 백성들도 아주 행복하지.

　그 나라에는 현명한 국왕과 착한 왕비, 정직하고 유능한 신하들이 있었어. 백성들도 부지런하고 검소했어. 왕의 생활은 거울처럼 평온해서 어제가 오늘 같고 오늘이 내일 같고, 작년이 올해 같고 또 올해가 내년 같았어. 아무런 이야깃거리가 없었어.

　그렇게 세월이 흘러 왕자와 공주가 어른이 되었어.

　국왕에게는 아들 둘과 딸 하나가 있었어. 두 왕자의 이름은 심수(深水)와 빙사(氷沙)이고, 공주의 이름은 노주(露珠)였어.

　심수는 어릴 적 도철해에 있는 묘도(墓島)에 갔다가 되돌아오지 못했어. 그 이유는 나중에 얘기해줄게.

　빙사는 부모님 곁에서 자랐지만 국왕과 왕비는 걱정이 많았어. 아들이 총명하기는 하지만 어릴 적부터 잔인하고 거칠었기 때문이야. 하인들에게 왕궁 밖에서 작은 동물들을 잡아오게 한 다음 자기가 황제가 되고 동물들을 신하와 백성으로 삼았어. 하지만 모두 노예였지. 조금만 말을 듣지 않으면 목을 베어버렸으니까. 황제놀이가 끝나면 동물들을 모조리 죽이고 시뻘건 핏물 가운데 서서 미친 듯이 웃었어……. 나이가 들면서 폭력성은 줄어들고 말없고 어두운 성격으로 바뀌었지만 국왕은 알고 있었어. 늑대가 송곳니를 감춘 것에 불과하다는 걸. 빙사의 마음속에서 동면하고 있는 독사가 호시탐탐 깨어날 기회를 노리고 있다는 걸 말이야. 국왕은 빙사에게서 왕위 계승권을 박탈하고 노주 공주에게 왕위를 물려주기로 했어. 이야기 없는 왕국에 장차 여왕이 탄생하게 된 거야.

노주 공주는 빙사가 갖지 못한 걸 지니고 있었어. 총명하고 선량했으며 누구보다도 아름다웠지. 그녀가 낮에 밖으로 나오면 태양도 부끄러워 빛을 거두고, 밤에 나와 거닐 때면 달도 놀라 그녀를 내려다보았어. 그녀가 말하기 시작하면 새들도 지저귐을 멈추고, 황무지를 걸으면 걸음마다 예쁜 꽃이 피어났어. 노주가 여왕이 된다면 만백성의 존경을 받고 모든 신하가 충성을 다해 보좌할 것 같았어. 빙사도 아버지의 결정을 묵묵히 받아들였지만 그 후로 눈빛이 더 어두워졌어.

이 일이 씨앗이 되어 이야기 없는 왕국에 이야기가 생겨나게 되었지.

국왕의 예순 살 생일잔치가 있던 날, 국왕이 노주 공주를 왕위 후계자로 삼겠다고 정식으로 발표했어. 화려한 불꽃이 밤하늘을 장식하고 왕궁을 투명한 크리스털 궁전처럼 비추었어. 기쁨에 겨운 웃음소리가 울려 퍼지고 향기로운 술이 강물처럼 흘렀어…….

모두들 환희와 행복에 도취되었지. 빙사도 차디찬 마음이 녹아내린 듯 우울한 표정을 걷어내고 공손하게 아버지의 생신을 축하하며 태양처럼 영원히 나라를 비추어달라고 축복했어. 아버지의 결정에 찬성하며 노주가 자기보다 더 훌륭한 국왕이 될 것이라고도 했어. 노주에게는 아버지에게 지혜를 배워 훗날 나라를 잘 다스리라고 덕담을 건넸어. 그의 진심과 선의에 모든 사람이 감동했지.

국왕이 왕자의 머리를 쓰다듬으며 말했어.

"너의 이런 모습을 보게 되다니 몹시 기쁘구나. 이 아름다운 시간이 영원히 계속된다면 얼마나 좋을꼬."

그때 한 신하가 화가를 시켜 이 기쁜 장면을 그림으로 그려 왕궁에 걸어놓자고 건의했어.

국왕이 고개를 저었어.

"궁중 화가가 나이가 들어 손이 떨리고 눈도 잘 보이지 않는다네. 이렇게 행복한 미소는 그리지 못할 게야."

빙사가 허리를 숙이고 공손하게 말했어.

"제가 마침 그 말씀을 드리려고 했습니다. 아버님을 위해 새로운 궁중 화가를 불러왔습니다."

왕자가 손짓을 하자 화가가 들어왔어. 열네댓 살쯤 되어 보이는 소년이었어. 잿빛 망토를 두른 소년이 금빛 찬란한 왕궁과 보석으로 치장한 하객들 사이에서 생쥐처럼 겁에 질려 몸을 떨었어. 걸을 때마다 보이지 않는 가시덤불을 피하는 것처럼 깡마른 몸을 바싹 움츠렸고.

그의 초라한 행색에 실망한 국왕이 빙사에게 물었어.

"이렇게 어린 소년이 그림을 잘 그릴 수 있겠느냐?"

왕자가 머리를 조아리며 말했어.

"허얼신건모쓰컨(赫爾辛根默斯肯)에서 온 바늘귀라는 화가입니다. 위대한 화가 공령(空靈)의 수제자이지요. 다섯 살 때부터 10년 동안 공령에게 그림을 배우며 거의 모든 기술을 사사했습니다. 특히 세상의 색채와 형태를 아주 섬세하게 포착해냅니다. 새빨갛게 달군 인두를 대하듯 세상을 예민하게 관찰하고 자기가 느낀 모든 것을 신기에 가까운 붓놀림으로 화폭에 담아냅니다. 공령 외에는 그를 따라갈 사람이 없습니다."

왕자가 몸을 돌려 바늘귀를 향해 말했어.

"화가가 국왕을 똑바로 쳐다보는 건 무례한 일이 아니다."

바늘귀가 조심스럽게 고개를 들었다가 국왕을 보자마자 고개를 숙였어.

국왕도 그의 눈빛에 놀란 기색이었어.

"네 눈빛이 맹렬한 불꽃을 가르는 검처럼 예리하구나. 네 나이에는 보기 힘든 눈빛이야."

바늘귀가 처음 입을 열었어.

"지고 무상하신 폐하, 미천한 화가의 무례를 용서해주십시오. 이건 화가의 눈입니다. 화가는 먼저 마음속으로 그림을 그립니다. 폐하의 위엄과 현명함을 제 마음속에 그렸사옵니다. 그림으로 그리겠습니다."

왕자가 말했어.

"왕비마마도 보거라."

바늘귀가 왕비를 보고 재빨리 고개를 숙였어.

"가장 존경하는 왕비마마, 미천한 화가의 무례를 용서해주십시오. 마마의 고귀함과 우아함을 제 마음속에 그렸사옵니다. 그림으로 그리겠습니다."

"이제 공주를 보아라. 장차 여왕이 될 것이니 역시 그림을 그려야지."

바늘귀는 노주를 더 짧게 스치듯 보고 고개를 숙였어.

"만백성의 추앙을 받는 공주님, 미천한 화가의 무례를 용서해주십시오. 정오의 햇빛처럼 눈부신 공주님 앞에서 제 붓도 힘을 잃었습니다. 하지만 공주님의 아름다움을 제 마음속에 그렸습니다. 그림으로 그리겠습니다."

이번엔 왕자가 신하들을 보게 했어. 바늘귀가 가까이 다가가 신하들을 빠르게 눈으로 훑고는 고개를 숙이고 말했지.

"존경하는 나리님들, 미천한 화가의 무례를 용서해주십시오. 나리님들의 재능과 지혜를 모두 제 마음속에 그렸습니다. 그림으로 그리겠습니다."

잔치가 계속되는 사이에 빙사가 바늘귀를 왕궁 구석으로 데리고 가 낮은 목소리로 물었어.

"모두 기억했느냐?"

낮게 숙인 바늘귀의 얼굴이 망토 모자의 그늘 속에 감추어져 멀리서 보면 망토가 비어 있는 것 같았어. 그 안에 사람이 아닌 검은 그림자만 있는 듯했지.

"기억했습니다, 폐하."

"전부 기억했느냐?"

"전부 기억했습니다. 모두의 머리칼 한 올, 솜털 한 가닥까지 생생하게 그려낼 수 있습니다."

자정이 지나서야 잔치가 끝나고 왕궁의 불이 하나둘씩 꺼졌어. 동트기 전 제일 어두운 때였지. 달이 서쪽으로 점점 기울고 서쪽에서 밀려온 먹구름이 동쪽으로 이동하자 먹물이 대지에 스며들듯 하늘과 땅이 온통 암흑에 휩싸였어. 땅 위를 쓸고 지나가는 찬 바람에 새들은 둥지에서 몸을 떨고 꽃들도 몸서리치며 봉오리를 오므렸지.

그때 말 두 마리가 유령처럼 왕궁을 빠져나와 서쪽으로 달렸어. 빙사와 바늘귀가 타고 있었지. 그들은 왕궁에서 10여 리 떨어진 지하 요새로 향했어. 그곳은 어두운 밤 속 가장 깊은 심연이었어. 깊이 잠든 냉혈괴물의 배 속처럼 축축하고 음산했지. 햇불의 빛무리 속에서 두 사람의 그림자가 불안하게 흔들렸어. 바늘귀가 사람 키만큼 긴 그림을 왕자에게 보여주었어. 어느 노인의 초상화였지. 노인의 백발과 흰 수염이 은색 불꽃처럼 얼굴을 감싸고, 눈빛은 바늘귀와 비슷했지만 그보다 더 예리하고 깊었어. 화가의 뛰어난 솜씨를 보여주듯 붓질 하나하나가 살아 있는 듯 생생했어.

"폐하, 제 스승인 공령 대화가이십니다."

왕자가 그림을 보며 고개를 끄덕였어.

"그를 먼저 그리길 잘했다."

"네. 안 그랬다면 그가 저를 그렸을 겁니다."

바늘귀가 축축한 벽에 그림을 조심스럽게 걸었어.

"이제 폐하를 위해 새 그림을 그리겠습니다."

바늘귀가 지하 요새의 어두운 구석에서 하얀 물건을 가지고 왔어.

"폐하, 이것이 허얼신건모쓰컨에서 나는 설랑수(雪浪樹)의 줄기입니다. 설랑수가 100년 동안 자라면 그 줄기를 두루마리처럼 말 수 있는데 그림 그리기에 아주 좋은 종이가 되지요. 이 종이를 설랑지라고 합니다. 제 그림은 설랑지에 그려야만 마력을 발휘할 수 있습니다."

그가 둘둘 말린 나무줄기를 돌 탁자 위에 올려놓고 끝까지 펼친 뒤 흑요석으로 된 석판으로 눌렀어. 단검으로 석판의 가장자리를 따라 자른 뒤 석판을 치우자 눈부시게 흰 설랑지가 돌 탁자 위에 평평하게 깔렸지. 바늘귀가 등에 멘 보따리에서 그림 도구를 꺼냈어.

"이 붓을 보십시오. 허얼신건모쓰컨 늑대의 귀털로 만든 붓입니다. 이 물감도 모두 허얼신건모쓰컨에서 가져온 겁니다. 붉은 물감은 거대한 박쥐의 피고, 검은 물감은 심해 오징어의 먹물, 파란 물감과 노란 물감은 오래된 운석에서 추출한 것이지요……. 이것들을 월담(月毯)이라는 커다란 새의 눈물에 섞어서 그림을 그립니다."

"어서 그림이나 그려라."

왕자가 조바심을 내며 재촉했어.

"알겠습니다. 제일 먼저 누구를 그릴까요?"

"국왕부터."

바늘귀가 붓을 들어 그림을 그리기 시작했어. 붓을 획획 휘둘러 점을 찍고 선을 그리자 종이 위에 점점 색이 입혀졌지. 그런데 형체를 알아볼 수가 없었어. 가지각색의 빗방울이 떨어진 것처럼 종이 위에 색이 어지럽게 채워졌지. 말 떼가 밟고 지나간 꽃밭처럼. 그의 붓이 이 색채의 미로 위를 계속 누비고 다녔어. 화가가 붓을 놀리는 게 아니라 붓이 그의 손을 끌고 다니는 듯한 착각이 들었어. 왕자는 옆에서 의아한 눈빛으로 보고만 있었어. 뭐라고 묻고 싶었지만 종이 위에 펼쳐진 색채의 향연이 그를 매료시켰어. 그런데 어느 순간이 되자 물결치는 수면이 찰나에 얼어붙은 것처럼 모든 색이 서로 연결되며 의미가 나타나고 형체가 만들어졌어. 그리고 점점 또렷해졌지.

정말로 국왕의 초상화였어. 그림 속 국왕은 생일잔치 때처럼 금색 왕관을 쓰고 화려한 예복을 입고 있었지만 표정은 달랐어. 그의 눈빛에 위엄과 현명함 대신 놀람, 충격, 슬픔 같은 것들이 뒤섞여 있었지……. 그리고 그 모든 것의 밑바닥에는 채 드러내지 못한 거대한 공포가 깔려 있었어. 가장 가까운 사람이 자신을 향해 검을 뽑아 드는 걸 본 순간처럼.

바늘귀가 말했어.

"폐하, 완성되었습니다. 국왕을 그림 속에 그려 넣었습니다."

"잘했다."

왕자가 국왕의 초상화를 보며 만족스럽게 고개를 끄덕였어. 그의 눈동자에 비친 횃불이 맹렬하게 타올랐어. 깊은 우물 속에서 타오르는 영혼처럼.

같은 시간, 십수 리 떨어진 왕궁의 국왕 침소에서 왕이 사라졌어. 네 다리에 천신이 조각된 커다란 침대 위 이불에 아직도 그의 온기가 남아 있고, 요 위에 여전히 그가 누웠던 자리가 우묵하게 들어가 있었지만 그는 어디로 갔는지 찾을 수가 없었어.

왕자가 완성된 그림을 들어 올렸다가 바닥에 툭 팽개쳤어.

"족자로 만들어 여기 걸어놓고 한가할 때마다 와서 봐야겠구나. 다음은 왕비 차례다."

바늘귀가 흑요석 석판으로 설랑수 줄기를 눌러 평평하게 만든 다음 왕비의 초상화를 그리기 시작했어. 이번에는 왕자가 서서 지켜보지 않고 주위를 서성였지. 그의 걸음 소리가 음습한 지하 요새의 벽에 부딪혀 메아리쳤어. 이번에는 바늘귀의 붓이 더 빠르게 움직였어. 국왕의 그림을 그린 시간의 절반 만에 그림이 완성되었지.

"다 그렸습니다. 왕비를 그림 속에 넣었습니다."

"잘했다."

왕궁의 왕비 침소에서도 왕비가 사라졌어. 네 다리에 천사가 조각된 커다란 침대 위 이불에 그녀의 온기가 남아 있고, 요 위에 그녀가 누웠던 자리가 우묵하게 들어가 있었지만 그녀는 감쪽같이 사라졌지.

왕궁 밖 정원에 있던 사냥개가 무슨 낌새를 느꼈는지 컹컹 짖었지만 그 소리도 이내 짙은 어둠에 파묻혔어. 사냥개도 겁에 질려 구석에 웅크린 채 바들바들 떨었지.

바늘귀가 물었어.

"이제 공주를 그릴 차례죠?"

"아니다. 신하들을 먼저 그려라. 신하들이 공주보다 더 위험하니까. 물론 왕에게 충성하는 신하들만 그리면 된다. 다 기억하고 있겠지?"

"네. 모두 기억합니다. 머리칼 한 올, 솜털 한 가닥까지 전부 그릴 수 있습니다……"

"좋다. 어서 그려라. 동트기 전에 완성해."

"문제없습니다, 폐하. 동트기 전에 국왕에게 충성한 신하들과 공주의 그림을 모두 완성하겠습니다."

바늘귀가 단숨에 종이를 몇 장 눌러 잘라낸 뒤 신들린 듯 붓을 놀리기 시작했어. 그림 한 장을 완성할 때마다 그림 속 인물이 침대에서 사라졌지. 빙사가 제거하려는 사람들이 그렇게 하나씩 초상화로 그려져 지하 요새의 벽에 걸렸어.

급하게 문을 두드리는 소리에 노주 공주가 잠에서 깼어. 누구도 그렇게 요란하게 침소의 문을 두드린 적은 없었어. 그녀가 일어나 문 쪽으로 다가가는데 유모 관(寬) 씨가 먼저 달려가 문을 열었어.

관 씨는 노주를 어릴 적부터 길러준 유모였어. 생모인 왕비보다도 공주와 더 애틋한 정이 있었지. 문밖에 왕궁의 호위대장이 서 있었어. 그의 투구 위로 채 가시지 않은 밤의 한기가 서려 있었어.

관 씨가 호통을 쳤어.

"어찌 이리 무엄한가! 공주님을 깨우다니. 며칠 동안 깊은 잠을 이루지 못하셨단 말이다!"

호위대장이 관 씨의 호통에도 아랑곳하지 않고 공주에게 다급한 목소리로 아뢰었어.

"누가 공주님을 뵙겠다고 찾아왔습니다!"

그가 옆으로 몸을 비키자 뒤에 한 노인이 서 있었어. 백발과 흰 수염이 은빛 불꽃처럼 그의 얼굴을 감싸고 있었고 눈빛은 심연처럼 깊고 예리했어. 바로 바늘귀가 왕자에게 보여준 첫 번째 그림 속 노인이었어. 흙투성이인 그의 얼굴과 망토, 진흙으로 뒤범벅된 장화를 보니 먼 길을 달려온 깃 같았지. 등에 커다란 보따리까지 멘 채로 말이야. 그런데 이상하게도 우산을 쓰고 있었고, 게다가 그 우산을 쉬지 않고 돌리고 있었어. 우산 지붕과 손잡이는 검은색이고 우산살마다 끝에 작은 돌멩이가 매달려 있었어. 무게감이 느껴지는 반투명한 돌멩이였지. 가만히 보니 그가 우산을 돌리는 이유를 알 수가 있었어. 우산살 몇 개가 지탱하지 못하고 부러지는 바람에 우산을 돌려서 돌의 원심력으로 우산을 펼칠 수밖에 없었던 거야.

관 씨가 노인을 가리키며 호위대장에게 외쳤어.

"바깥사람을 함부로 데리고 들어오다니! 더구나 이런 괴상한 늙은이를!"

"초병이 들어오지 못하게 막았습니다. 그런데 이자가 하는 말이⋯⋯."

호위대장이 걱정스럽게 공주를 흘긋 쳐다보고는 말을 이었어.

"이자가 하는 말이, 폐하께서 이미 승하하셨다고⋯⋯."

"뭐라고? 이 늙은이가 노망이 들었군!"

화를 내는 관 씨 옆에서 공주가 아무 말도 못 하고 떨리는 두 손으로 가운의 앞섶을 꼭 쥐었어.

"그런데 정말로 폐하를 찾을 수가 없습니다. 왕비마마도 안 계십니다. 두 분의 침소가 모두 비어 있습니다."

공주가 외마디 비명을 지르며 휘청거리다가 한 손으로 관 씨를 붙들고 가까스로 몸을 지탱했어.

노인이 말했어.

"존경하는 공주님, 제가 말씀드리겠습니다."

공주가 호위대장에게 말했어.

"노인을 들여보내고 문 앞을 지키라."

노인이 우산을 돌리며 허리를 굽혀 공주에게 절했어. 이렇게 빨리 침착함을 되찾은 공주에게 경의를 표하는 것 같았지.

관 씨가 물었어.

"우산은 왜 돌립니까? 곡마단 광대예요?"

"우산을 펴고 있어야만 합니다. 그러지 않으면 저도 국왕 폐하와 왕비마마처럼 사라질 겁니다."

"우산을 펴고 들어오시지요."

공주의 말에 관 씨가 노인이 우산을 편 채 들어올 수 있도록 문을 활짝 열어주었어.

노인이 들어와 어깨에 멘 보따리를 바닥에 내려놓더니 지친 한숨을 내쉬었어. 하지만 검은 우산을 돌리는 건 멈추지 않았지. 우산 가장자리에 매달린 돌멩이에 부딪쳐 반사된 불빛이 벽 위에 돌아가는 빛무리를 만들었어.

노인이 말했어.

"저는 허얼신건모쓰컨의 화가 공령이옵니다. 새로 온 궁중화가 바늘귀가 제 제자입지요."

공주가 고개를 끄덕였어.

"그를 만났습니다."

공령이 놀란 표정으로 물었어.

"그도 공주님을 보았습니까?"

"물론 그도 나를 보았습니다."

공령이 길게 탄식했어.

"큰일이군요. 공주님, 큰일 났습니다! 그놈은 악마입니다. 사람을 그림 속에 그려 넣는 악마의 그림 기술을 가지고 있습니다."

관 씨가 끼어들었어.

"그게 무슨 헛소립니까! 사람을 그림 속에 그려 넣는 게 화가가 하는 일이잖아요?"

공령이 고개를 저었어.

"그런 뜻이 아닙니다. 그가 사람을 그리면 정말로 그 사람이 사라집니다. 사람이 죽어 그림이 되는 겁니다."

"그럼 빨리 그자를 잡아다 죽이지 않고 뭘 하고 있는 겁니까?"

문 앞에 있던 호위대장이 문틈에 대고 외쳤어.

"부하들을 풀어 그자를 잡아오라고 했지만 찾지 못했습니다. 군기 대신 나리를 찾아가 왕궁 밖 금위군을 동원해 찾아달라고 청하려고 했지만 이 노인이 지금쯤 군기 대신 나리도 사라졌을 거라고 했습니다."

공령이 고개를 저었어.

"금위군도 소용없습니다. 빙사 왕자와 바늘귀는 왕궁을 빠져나갔을 겁니다. 바늘귀는 세상 어디서든 그림을 그려서 멀리 있는 사람을 죽일 수 있지요."

관 씨가 물었어.

"빙사 왕자라고요?"

"그렇습니다. 빙사 왕자님이 바늘귀를 이용해 국왕 폐하의 충신들을 제거하고 왕위를 빼앗으려 하고 있습니다."

공주와 관 씨, 문 앞의 호위대장 모두 그의 말을 듣고 크게 놀라진 않았어.

"우선 닥친 일부터 해결합시다! 바늘귀가 언제든 공주님을 그릴 수 있잖아요. 어쩌면 이미 그리고 있을지도 몰라요."

관 씨가 그렇게 하면 공주를 보호할 수 있을 것처럼 공주를 와락 끌어안았어.

공령이 말했어.

"바늘귀를 없앨 수 있는 사람은 저밖에 없습니다. 이미 제 그림을 그렸을 겁니다. 하지만 이 우산이 저를 보호해주고 있지요. 제가 그놈을 그리기만 하면 당장 그놈을 없앨 수 있지만……"

"어서 그려요. 우산은 내가 들고 있을 테니!"

관 씨의 말에 공령이 고개를 저었어.

"그럴 수가 없습니다. 설랑수로 만든 설랑지에 그림을 그려야만 마력을 발휘할 수 있지요. 제가 가지고 온 종이를 눌러서 평평하게 만들어야만 그림을 그릴 수가 있습니다."

관 씨가 공령의 보따리에서 설랑수 줄기를 꺼냈어. 껍질 벗긴 줄기가 하얀 속살을 드러내고 있었어. 관 씨와 공주가 둘둘 말린 나무를 펼치자 새하얀 종이가 나타나며 방 안이 갑자기 환해졌지. 그런데 종이를 바닥에 펼쳐놓고 눌러보았지만 아무리 애를 써도 손을 놓으면 종이가 다시 말려 올라왔어.

공령이 말했어.

"소용없습니다. 허얼신건모쓰컨의 흑요석 석판만이 설랑지를 평평하게 펼칠 수 있습니다. 그런 흑요석 석판은 아주 희귀해서 제게도 하나뿐인데 바늘귀가 그걸 훔쳐 도망쳤습니다!"

"다른 걸로는 정말 평평하게 만들 수 없나요?"

"안 됩니다. 허얼신건모쓰컨의 흑요석 석판으로만 가능합니다. 바늘귀가 훔쳐간 걸 다시 빼앗아 오려고 했지만……."

관 씨가 이마를 탁 치며 말했어.

"허얼신건모쓰컨의 흑요석이라고요? 그렇다면 나한테 인두가 하나 있어요. 공주님의 최고급 예복을 다릴 때만 쓰는 건데 그게 허얼신건모쓰컨의 흑요석이라고 했던 거 같아요!"

공령이 고개를 끄덕였어.

"그걸로 펼 수 있을 겁니다."

관 씨가 밖으로 달려 나가 검고 윤기 나는 인두를 가지고 왔어. 관 씨와 공주가 다시 두루마리를 바닥에 펼쳐놓고 인두로 한쪽 모서리를 눌렀어. 몇 초 동안 눌렀다 떼어보니 정말로 종이 모서리가 평평해져 있었어.

"우산을 들어주십시오. 제가 펴겠습니다!"

공령이 관 씨에게 우산을 건네며 당부했어.

"우산을 계속 돌려야 합니다. 우산이 접히면 제가 사라집니다!"

관 씨가 우산을 받아 공령의 머리 위에서 계속 돌리자 공령이 무릎을 꿇고 앉아 인두로 종이를 펴기 시작했어. 인두가 작아서 조금씩 조금씩 펼 수밖에 없었어.

공주가 돌아가는 우산을 보며 물었어.

"우산 받침살을 만들 수는 없나요?"

공령이 인두로 종이를 누르며 말했어.

"원래는 우산살이 있었습니다. 이건 보통 우산이 아닙니다. 예전에는 허얼신건모쓰컨의 다른 화가들도 이런 기술이 있었습니다. 사람 말고 동물이나 식물도 그림 속에 그려 넣을 수 있었죠. 그런데 어느 날 검은 용 한 마리가 날아왔습니다. 깊은 바닷속에서 헤엄칠 수 있고 높은 하늘을 날 수도 있는 용이었지요. 유명한 화가 세 명이 그 용을 그렸지만 용은 여전히 유유히 잠수를 하고 하늘을 날아다녔습니다. 그러자 화가들이 돈을 모아 마법을 부리는 무사를 고용했습니다. 무사가 격투 끝에 불의 검으로 용을 죽였지요. 그 싸움으로 허얼신건모쓰컨의 바다가 펄펄 끓어오르고 용의 시체가 거의 다 타버렸습니다. 제가 잿더미 속에서 얼마 안 되는 잔해를 모아 이 우산을 만들었습니다. 우산 지붕은 용의 날개 껍질로 만들고, 기둥과 손잡이와 살은 용의 뼈로 만들었습니다. 가장자리에 매단 돌멩이는 타버린 용의 신장에서 나온 결석입니다. 이 우산을 쓰고 있으면 그림 속으로 빨려들어가지 않을 수 있습니다. 그러다가 받침살이 부러졌습니다. 대나무로 받침살을 만들어 붙였더니 우산이 마법을 발휘하지 못하더군요. 대나무 받침살을 떼어내자 마법이 되살아났지요. 손으로 우산 지붕을 버텨보려고 했지만 소용이 없었습니다. 우산 안에 다른 것이 들어가면 마법이 사라졌습니다. 하지만 이젠 용의 뼈를 구할 수가 없으니 이렇게 할 수밖에요……."

그때 시계가 울렸어. 공령이 고개를 들어 밖을 보니 동이 트려 하고 있었어. 평평하게 누른 설랑지의 끝부분을 두루마리에서 빼내자 다시 말리지 않고 바닥에 반듯하게 펼쳐졌어. 하지만 폭이 겨우 한 뼘밖에 되지 않아 그림을 그릴 수가 없었지. 그가 인두를 툭 내려놓으며 긴 한숨을 내쉬었어.

"늦었습니다. 지금 그림을 그린다 해도 동트기 전에 완성할 수가 없습니다. 바늘귀가 언제든 공주님의 그림을 완성할 수 있습니다. 바늘귀가 두 분도 보았소?"

공령이 관 씨와 호위대장을 가리키자 관 씨가 말했어.

"나는 못 봤을 거예요."

호위대장이 말했어.

"저는 왕궁에 들어오는 그를 멀리서 봤지만 그는 저를 보지 못했을 겁니다."

공령이 몸을 일으켰어.

"잘됐군요. 두 분이 공주님을 도철해로 모시고 가십시오. 묘도에 가서 심수 왕자님을 찾으세요!"

"하지만…… 도철해에 간다고 해도 묘도까지 어떻게 가란 말이에요? 그 바다에 뭐가 있는지 알잖아요."

"그건 그때 가서 생각하세요. 살길은 이것뿐입니다. 동이 트면 모든 충신이 그림 속으로 들어갈 겁니다. 빙사 왕자가 금위군을 장악하고 왕위를 빼앗겠지요. 그를 막을 수 있는 건 심수 왕자님밖에 없습니다."

공주가 물었어.

"왕궁으로 돌아왔다가 심수 오라버니마저 바늘귀의 그림 속으로 들어가버리면 어떻게 하죠?"

"그럴 리 없으니 염려 마십시오. 바늘귀는 심수 왕자님을 그릴 수 없습니다. 바늘귀가 그릴 수 없는 유일한 사람이 심수 왕자님입니다. 다행히도 저는 바늘귀에게 서양화 기법만 가르쳐주고 동양화 기법은 가르쳐주지 않았습니다."

아무도 그의 말을 이해하지 못했지만 공령은 자세히 설명해주지 않았어.

"심수 왕자님을 왕궁으로 모셔 와서 바늘귀를 죽여버리십시오. 공주님의 초상화도 찾아내 불태우시고요. 그래야 공주님이 안전할 수 있습니다."

공주가 다급하게 공령의 소매 깃을 붙잡았어.

"만약 아버님과 어머님의 초상화도 찾을 수 있다면……."

공령이 천천히 고개를 저었어.

"이미 늦었습니다. 두 분은 이미 승하하셨습니다. 초상화밖에는 존재하지 않지요. 두 분의 초상화를 찾는다면 불태우지 말고 제사 때 쓰십시오."

공주가 하늘이 무너지는 슬픔에 몸을 가누지 못하고 바닥에 엎드려 울음을 터뜨렸어.

"공주님, 슬퍼하고 계실 때가 아닙니다. 국왕 폐하와 왕비마마의 원수를 갚으시려면 지금 당장 떠나셔야 합니다!"

공령이 관 씨와 호위대장에게 말했어.

"명심하시오. 공주님의 초상화를 찾아내 불태우기 전까지는 공주님께 꼭 이 우산을 씌워드려야 하오. 공주님이 한순간도 우산 밑을 벗어나서도 안 되고 우산이 접혀서도 안 되오."

그가 관 씨의 손에 있던 우산을 받아 들고 돌리며 말했어.

"너무 느리게 돌려도 너무 빠르게 돌려도 안 되오. 너무 느리게 돌리면 우산이 접히고 너무 빠르게 돌리면 오래된 우산이라 살이 부서질 수 있소. 또 이 우산은 영험한 힘을 가지고 있어서 느리게 돌리면 새 울음소리가 난다오. 들어보시오."

노인이 우산을 천천히 돌리자 가장자리에 매달린 돌의 무게 때문에 우산 지붕이 밑으로 축 늘어졌어. 그러자 우산에서 나이팅게일의 울음소리 같은 소리가 났지. 우산을 느리게 돌릴수록 소리가 점점 커졌어. 노인이 다시 우산 돌리는 속도를 높이자 새 울음소리가 점점 작아지다가 사라졌어.

"너무 빨리 돌리면 방울 소리가 난다오. 들어보시오."

우산을 더 빨리 돌리자 이번엔 방울 소리가 나기 시작하더니 점점 커졌어. 풍경 소리와 비슷했지만 더 급한 소리였어.

"이제 됐소. 공주님께 우산을 씌워드리시오."

그가 관 씨에게 우산을 건넸어.

노주 공주가 눈물이 가득 고인 눈으로 말했어.

"우산을 함께 쓰고 가시지요."

"그럴 수 없습니다. 우산은 한 사람밖에 지킬 수 없습니다. 바늘귀에게 그림 그려진 두 사람이 함께 우산을 쓰면 둘 다 죽습니다. 절반은 그림에 들어가고 절반은 밖에 남은 처참한 모습으로요……. 어서 공주님께 우산을 씌워드리시오. 한시가 급하오. 바늘귀가 언제 그림을 완성할지 모르오!"

관 씨가 공주와 공령을 번갈아 쳐다보며 망설이자 공령이 말했어.

"내가 그 나쁜 놈에게 그림 기술을 가르쳤으니 벌을 받아 마땅하오.

뭘 망설이시오? 공주님이 눈앞에서 사라지는 걸 보고 싶소?"

마지막 말에 관 씨가 깜짝 놀라 허겁지겁 공주에게 우산을 씌웠어.

노인이 흰 수염을 쓰다듬으며 의연한 미소를 지었지.

"잘했소. 화가가 일생 동안 그림을 그리다가 그림이 된다면 그보다 더 좋은 결말이 어디 있겠소? 난 그놈의 재주를 믿어요. 틀림없이 아주 훌륭한 그림일 거요……."

그 순간 공령의 몸이 점점 투명해지더니 안개처럼 사라졌어.

노주가 공령이 사라진 자리를 쳐다보며 중얼거렸어.

"그래, 가자. 도철해로 가자."

관 씨가 호위대장에게 말했어.

"공주님께 우산을 씌워드리게. 난 짐을 꾸릴 테니."

호위대장이 우산을 받으며 말했어.

"서두르십시오. 밖에 빙사 왕자의 부하들이 있습니다. 날이 밝으면 왕궁을 빠져나갈 수 없을지도 모릅니다."

"그래도 공주님 짐은 챙겨야지. 공주님은 먼 여행이 처음이시라 망토와 장화도 가져가야 하고 옷도 여러 벌 챙겨야 하고. 마실 물, 또…… 허얼신건모쓰컨에서 들여온 좋은 비누도 가져가야지. 공주님은 그 비누로 목욕을 해야 편히 주무시는데……."

관 씨가 주절주절 말하며 방을 나갔어.

30분 뒤 동쪽 하늘에서 서광이 비출 때쯤 마차 한 대가 옆문을 통해 왕궁을 빠져나갔어. 노주 공주와 우산을 든 관 씨가 마차에 타고 호위대장이 마차를 몰았지. 세 사람 모두 평민 복장을 하고 있었어. 마차는 짙은 안개 속으로 빠르게 사라졌어.

같은 시간 어두운 지하 요새에서 바늘귀가 공주의 초상화를 완성하고는 빙사에게 말했어.

"지금까지 제가 그린 그림 중 가장 아름답습니다."

윈텐밍의 두 번째 동화

<도철해>

왕궁을 출발한 마차가 빠르게 달렸어. 세 사람 모두 몹시 긴장했지. 새벽 어스름 속에서 스쳐 지나가는 숲과 들판 곳곳에 위험이 도사리고 있는 것 같았어. 동이 거의 텄을 무렵 마차가 작은 언덕에 다다랐어. 호위대장이 마차를 세운 뒤 세 사람이 지나온 길을 돌아보았어. 왕국의 대지가 발아래 펼쳐져 있고 그들이 온 길이 세상을 둘로 나누는 긴 선처럼 보였어. 그 선의 끝에 아련하게 보이는 왕궁은 버려진 벽돌쌓기 장난감 같았지. 추격하는 군사들이 없는 걸 보니 빙사는 노주가 그림 속으로 들어갔다고 생각하는 것 같았어.

세 사람은 한숨을 돌린 뒤 침착하게 길을 재촉했어. 날이 밝아오는 세상은 마치 화가가 그리고 있는 그림 같았지. 희미한 윤곽과 흐릿한 색채뿐이었는데 어느새 형체와 선이 또렷하고 세밀해지고 풍부한 색채가 나타나더니 해가 떠오르는 순간 그림이 완성되었어. 깊은 왕궁 속에서만 살던 공주는 이렇게 너르게 펼쳐진 화려한 색채를 본 적이 없었어. 푸르른 숲과 풀밭, 논밭에 선홍색과 노란색 꽃이 뒤섞여 피어 있고, 새벽하늘이 거꾸로 비친 은빛 호수 옆에서 일찍 일어난 순백의 양들이 풀을 뜯고 있었지. 태양이 떠오르는 순간 이 그림을 그린 화가가 그림 전체에 금가루를 흩뿌린 것 같았어.

노주가 감탄했어.

"바깥세상은 참 아름답네. 그림 속에 들어와 있는 것 같아."

우산을 든 관 씨가 말했어.

"그러게요. 이 그림 속에서는 공주님이 이렇게 살아 있는데 그 그림에 들어가면 죽는다니."

이 말에 노주는 세상을 떠난 부모님이 떠올랐지만 애써 눈물을 참았어. 더 이상 어린애가 아니라 국왕의 무거운 책임을 짊어져야 한다는 걸 알고 있었으니까.

노주가 물었어.

"큰오빠는 왜 묘도로 유배되었어?"

호위대장이 말했어.

"심수 왕자님이 괴물이라는 소문이 파다합니다."

관 씨가 발끈했어.

"무슨 소리! 심수 왕자님은 괴물이 아니야!"

"모두들 그분이 거인이라고 했습니다."

"거인 아니야! 왕자님이 어릴 적에 내가 자주 안아줬다니까. 절대로 아니야!"

"바닷가에 가면 볼 수 있을 겁니다. 그는 거인이에요. 본 사람이 많습니다."

노주가 물었어.

"설사 거인이라고 해도 왕자인데 어떻게 섬으로 유배를 보낼 수가 있지?"

"유배된 게 아니에요. 어릴 적에 배를 타고 묘도로 낚시하러 갔는데 그사이에 도철어가 나타나는 바람에 돌아오지 못하고 섬에서 자라게 된 거예요."

420

태양이 떠오르자 길을 지나가는 사람과 마차가 점점 많아졌어. 노주는 왕궁 밖으로 나온 적이 없었기 때문에 아무도 그녀가 공주라는 걸 알아보지 못했지. 하지만 베일로 얼굴을 가리고 눈만 내놓고 있는데도 보는 사람들마다 그녀의 아름다움에 감탄했어. 사람들은 마차를 모는 사내가 늠름하고 잘생겼다고 칭찬하고, 마차에 탄 노파가 이상한 우산을 돌리고 있다며 웃었지만 다행히 우산의 용도를 의심하는 사람은 없었어. 강한 햇볕을 가리려는 줄만 알았지.

어느덧 점심 무렵이 되자 호위대장이 점심으로 먹을 토끼 두 마리를 활로 쏘아 잡았어. 세 사람은 길가의 나무 그늘 아래 공터에서 점심을 먹었어. 노주는 옆에 있는 보드라운 풀을 만지며 싱그러운 풀 내음과 꽃향기를 맡고 나뭇잎 사이로 내려와 풀밭 위에 군데군데 내려앉은 햇빛에 시선을 빼앗겼어. 숲에서 새들이 지저귀고 멀리서 목동의 피리 소리도 들려왔지. 노주에게는 세상 모든 게 신기하고 놀라웠어.

관 씨가 길게 탄식했어.

"휴, 공주님, 왕궁을 떠나서 고생이 많으시네요."

노주가 말했어.

"왕궁보다 바깥세상이 훨씬 더 좋은 거 같아."

"바깥세상이 뭐가 좋아요? 바깥에서 사는 게 얼마나 힘든 줄 몰라서 하시는 말씀이에요. 지금은 봄이지만 겨울에는 온몸이 꽁꽁 얼도록 춥고 여름에는 또 얼마나 더운지 몰라요. 바깥세상에는 바람도 불고 비도 오고 별의별 사람도 다 있답니다……."

"이렇게 자라도록 바깥세상에 대해 아무것도 몰랐잖아. 왕궁에서 음악과 그림, 시와 산수를 배우고, 아무도 말하지 않는 두 가지 언어까지 배웠지만 누구도 내게 바깥세상이 어떤 곳인지는 가르쳐주지 않았어. 이런 내가 어떻게 나라를 다스릴 수 있겠어?"

"신하들이 보좌할 거예요."

"나를 보좌해줄 신하들도 모두 그림 속으로 들어갔잖아……. 역시 왕궁보다는 바깥세상이 좋아."

왕궁에서 도철해까지 한나절이면 도착할 수 있었지만 공주 일행은 큰길로 가지 못하고 여러 마을을 거쳐 돌아가야 했으므로 한밤중에야 바닷가에 도착했어.

노주는 이렇게 광활하고 별이 가득한 밤하늘을 본 적이 없었고, 밤이 이토록 어둡고 적막하다는 것도 처음 알았어. 관솔불은 주변의 작은 땅만 비출 뿐, 조금만 시선을 멀리 옮겨도 세상은 어슴푸레한 검은 백조의 깃털 같았지. 말발굽 소리가 별을 흔들 것처럼 사방을 울리는데 노주가 갑자기 호위대장에게 마차를 세워달라고 했어.

"들어봐. 무슨 소리지? 거인의 숨소리 같아."

"공주님, 바닷소리입니다."

마차가 다시 출발했어. 그런데 땅거미가 드리운 길 양쪽으로 뭔가 흐릿한 물체가 보였어. 커다란 바나나처럼 길쭉한 물체였지.

노주가 물었어.

"저게 뭐지?"

호위대장이 마차를 세우고 관솔불을 내려 물체가 있는 쪽으로 다가갔어.

"공주님도 아시는 것입니다."

"배인가?"

"네, 배입니다."

"배가 왜 육지에 있어?"

"바닷속에 도철어가 있기 때문입니다."

어른거리는 관솔불 빛무리 아래로 낡은 배 한 척이 보였어. 절반쯤 모래에 파묻히고 위로 드러난 부분이 거대한 괴수의 백골 같았어.

노주가 앞을 가리키며 새된 소리를 질렀어.

"저것 좀 봐! 커다란 백사 같아!"

"놀라지 마십시오. 뱀이 아니라 파도입니다. 여긴 해변입니다."

노주와 관 씨가 마차에서 내려 바다를 보았어. 그림으로만 보았던 바다가 눈앞에 펼쳐져 있었지. 밤하늘 아래 검은 바다 위로 별빛이 가득 쏟아져 광대함과 신비함을 자아내고 있었어. 마치 액체 상태의 또 다른 밤하늘인 것처럼. 공주는 홀린 듯 바다를 향해 다가갔지만 호위대장과 관 씨가 그녀를 말렸어.

"공주님, 가까이 가시면 위험합니다."

"앞쪽은 수심이 얕아요. 설마 저렇게 얕은 물에서 익사하겠어요?"

노주가 해변의 흰 파도를 가리키자 관 씨가 말했어.

"바다에 도철어가 있어요. 사람을 잘게 뜯어 먹는다고요!"

호위대장이 부서진 널판을 주워다가 바다를 향해 던졌어. 널판이 수면 위에서 몇 번 흔들리자 검은 그림자 하나가 수면 위로 떠오르며 널판을 덮쳤지. 몸의 대부분이 물속에 있어서 크기를 가늠할 수는 없었지만 몸을 덮은 비늘이 불빛을 받아 반짝였어. 뒤이어 널판을 향해 빠르게 헤엄쳐 온 서너 개의 그림자가 물속에서 하나로 뒤엉켰어. 출렁이는 물소리와 함께 나무가 날카로운 이빨에 갈리는 소리가 들리더니 그림자와 널판이 모두 사라졌어. 순식간에 벌어진 일이었어.

호위대장이 말했어.

"보셨습니까? 큰 배도 금세 산산조각 내는 놈들입니다."

"묘도는 어디 있지?"

관 씨가 묻자 호위대장이 검은 물과 하늘이 이어진 곳을 가리켰어.

"저쪽입니다. 밤이라 보이지 않지만 날이 밝으면 보일 겁니다."

그들은 해변에서 야영하기로 했어. 관 씨가 우산을 호위대장에게 맡기고 마차에서 작은 나무 대야를 꺼냈어.

"공주님, 목욕은 할 수 없어도 세수는 하셔야지요."

호위대장이 우산을 관 씨에게 건네고 물을 구해 오겠다며 대야를 들고 사라지자 관 씨가 하품하며 말했어.

"참 괜찮은 청년이에요."

호위대장이 금방 돌아왔어. 어디서 구했는지 대야에 맑은 물을 가득 담아가지고서. 관 씨가 노주의 얼굴을 씻기기 시작했어. 비누를 물에 담가 비비자 보글대는 소리가 나며 대야 안이 금세 새하얀 거품으로 가득 차더니 몽글몽글한 거품이 쉬지 않고 넘쳐흘렀어.

호위대장이 신기한 표정으로 거품을 보고 있다가 관 씨에게 말했어.

"그 비누 좀 보여주세요."

관 씨가 꾸러미에서 새하얀 비누를 조심스럽게 꺼내 그에게 건넸지.

"잘 잡게. 깃털보다 가벼워서 놓치면 금세 날아가버리니까."

호위대장이 비누를 받아보니 정말로 무게감이 하나도 느껴지지 않았어. 마치 하얀 그림자 같았지.

"정말 허얼신건모쓰컨의 비누군요. 얼마나 더 있어요?"

"두 개밖에 안 남았어. 왕궁에서, 아니 이 나라를 통틀어서 마지막 남은 두 개일 거야. 오래전에 내가 공주님을 위해 남겨뒀지. 허얼신건모쓰컨에는 좋은 물건이 많은데 구하기가 점점 힘들어."

관 씨가 혀를 차며 비누를 받아 조심스럽게 다시 꾸러미에 넣었어.

노주는 흰 거품을 물끄러미 쳐다보며 왕궁을 떠난 뒤 처음으로 왕궁 생활을 회상했어. 그때는 매일 저녁 화려한 궁중 목욕탕의 욕조에 이런 거품이 가득 차 있었어. 불빛에 비쳐 알알이 반짝이는 거품이 하늘에서 따온 흰 구름 같다가도 또 금세 보석 더미처럼 무지개색으로 바뀌었지.

그 거품에 몸을 담그면 몸이 국숫발처럼 나른해졌어. 온몸이 사르르 녹아내려 거품이 될 것 같았어. 손 하나 까딱하기 싫을 만큼 편안해서 하녀가 그녀를 안고 나와 물기를 닦아준 뒤 침대에 눕혀 편히 자게 했어. 그러면 그 포근한 기분으로 다음 날 아침까지 단잠을 잘 수 있었지.

지금도 몸은 지치고 긴장돼 뻣뻣했지만 허얼신건모쓰컨 비누로 세수한 얼굴은 개운하고 보드라웠지. 간단한 음식으로 대충 허기를 달랜 뒤 모래 위에 누웠어. 처음에는 담요를 깔고 누웠지만 모래에 직접 눕는 게 더 편하다는 걸 알았어. 보드라운 모래 사이로 낮에 내리쬔 햇볕의 기운이 남아 있어서 크고 따뜻한 손바닥 위에 누워 있는 것 같았거든. 파도 소리가 자장가가 되어 금세 잠이 들었어.

시간이 얼마나 흘렀을까. 방울 소리가 노주의 잠을 깨웠어. 그녀 위에서 돌아가고 있는 검은 우산에서 나는 소리였어. 관 씨는 옆에서 잠들어 있고 우산은 호위대장이 들고 있었어. 관솔불도 꺼지고 밤의 어둠이 검은 백조의 깃털처럼 모든 걸 덮고 있었어. 밤하늘을 배경으로 서 있는 호위대장의 검은 실루엣만 보였지. 그가 쓴 투구가 별빛에 반짝이고 그의 머리칼이 바닷바람에 너울대고 있었어. 우산은 여전히 그의 손에서 안정적으로 돌아가고 있었고. 밤하늘의 절반을 가린 작은 지붕처럼 말이야. 그의 눈은 볼 수 없지만 그의 눈빛은 느낄 수가 있었어. 그는 깜빡이는 수많은 별과 함께 그녀를 내려다보고 있었어.

호위대장이 나지막이 말했어.

"죄송합니다. 제가 우산을 너무 빨리 돌렸나 봅니다."

"시간이 얼마나 됐어?"

"자정이 지났습니다."

"바다가 멀리 있는 것 같아."

"썰물이 빠져나가서 그렇습니다. 내일 아침에는 다시 차오를 겁니다."

"교대로 내게 우산을 씌워주고 있었던 거야?"

"네. 낮에는 관 씨 아주머니께서 들고 밤에는 제가 듭니다."

"온종일 마차를 모느라 힘들었을 텐데. 우산은 내가 들 테니 눈 좀 붙여."

노주는 자신이 한 말에 놀랐어. 공주인 그녀는 지금까지 한 번도 누군가를 배려해준 적이 없었거든.

"아닙니다. 공주님은 손이 보드라워서 금세 물집이 생길 겁니다. 제가 들겠습니다."

"이름이 뭐야?"

하루 종일 함께 다녔지만 그녀는 그제야 그의 이름을 물었어. 예전 같았으면 그게 정상이라고 생각했겠지. 심지어 영영 묻지 않아도 이상할 게 없었어. 하지만 이제 그녀는 그런 자신이 부끄러웠어.

"장범(長帆)입니다."

"범?"

노주가 고개를 돌려 그를 보았어. 지금 그들이 있는 곳은 해변 백사장의 커다란 배 옆이었어. 배가 바람을 막아주고 있었지. 해변에 있는 다른 배들과 달리 이 배는 돛대가 부서지지 않고 남아 있었어. 마치 밤하늘을 가리키고 있는 긴 검처럼 말이야.

"범이라면 저 장대에 거는 큰 천이라는 뜻이지?"

"네, 맞습니다. 저건 돛대고 돛을 저기에 걸지요. 바람이 불어 돛을 밀면 배가 움직입니다."

"바다에 떠 있는 새하얀 돛은 참 예뻐."

"그림 속에서나 그렇죠. 실제로 돛은 그렇게 하얗지 않습니다."

"호위대장은 허얼신건모쓰컨 사람인 것 같아."

"네. 제 아버지가 허얼신건모쓰컨의 건축가였어요. 제가 어릴 적에 온 가족이 이곳으로 이주했죠.”

“고향에 가고 싶지 않니? 허얼신건모쓰컨 말이야.”

“아뇨. 워낙 어릴 적에 떠나서 잘 기억나지 않습니다. 그리워해봐야 소용도 없고요. 이야기 없는 왕국을 영원히 떠날 수 없으니까요.”

멀리서 철썩이는 파도 소리가 장범의 말을 되풀이해서 따라하는 것 같았어. 영원히 떠날 수 없으니까요. 영원히 떠날 수 없으니까요…….

공주가 말했어.

“바깥세상 얘기를 들려줘. 난 아는 게 하나도 없어.”

“공주님은 아실 필요 없습니다. 이야기 없는 왕국의 공주님이시니까요. 공주님께 이 나라는 당연히 아무 일도 없는 곳이죠. 사실 바깥세상 사람들도 아이에게 이야기를 들려주지 않아요. 저희 부모님은 달랐죠. 허얼신건모쓰컨 사람이라서 제게 이야기를 많이 들려주셨어요.”

“예전에는 이 나라에도 이야기가 있었다고 아버지가 말씀하신 적이 있어.”

“맞습니다……. 이 나라가 바다에 둘러싸여 있다는 건 공주님도 아시겠죠. 왕궁은 나라의 중심에 있어서 어느 방향으로 가든 해변에 도착하게 되지요. 이야기 없는 왕국은 커다란 섬이에요.”

“그건 나도 알아.”

“예전에는 이 나라를 둘러싸고 있는 바다를 도철해라고 부르지 않았어요. 그때는 도철어가 없어서 배들이 자유롭게 다닐 수 있었죠. 이야기 없는 왕국와 허얼신건모쓰컨 사이에 날마다 수많은 배가 오갔고요. 그때까지만 해도 이 나라는 이야기 왕국이었어요. 사람들의 생활도 지금과는 달랐죠.”

“그게 정말이야?”

“그때는 이야기가 많았어요. 변화도 무궁무진하고 신기한 일도 많고요. 번화한 도시도 몇 개나 있었죠. 왕궁 주변도 지금처럼 숲과 들판이 아니라 번화한 수도였어요. 어딜 가든 허얼신건모쓰컨에서 들여온 진귀한 보물과 그릇을 볼 수 있었어요. 이야기 없는 왕국, 아니 이야기 왕국의 물건들도 배에 실려 허얼신건모쓰컨으로 운반되었고요. 그때는 생활이 얼마나 다채로웠는지 몰라요. 말을 타고 산속을 달리는 것 같았죠. 산봉우리로 올라가기도 하고 골짜기로 내려가기도 하고. 기회와 위험이 충만했어요. 거지가 하루아침에 벼락부자가 되기도 하고, 부자가 하루아침에 빈털터리가 되기도 했어요. 아침에 일어나면 그날 무슨 일이 일어날지, 어떤 사람을 만나게 될지 알 수 없었고 하루하루가 짜릿하고 즐거웠어요.

그런데 어느 날 허얼신건모쓰컨의 한 상인이 희귀한 물고기를 가지고 왔어요. 손가락만 한 길이에 온몸이 까만 물고기였어요. 별로 특별할 것 없어 보이는 물고기를 단단한 쇠 양동이에 담아가지고 왔죠. 그가 시장 한복판에 양동이를 놓고 신기한 걸 보여주었어요. 물이 담긴 양동이에 검을 집어넣자 써걱써걱 소리가 요란하게 났어요. 검을 빼보니 톱니 자국이 선명하게 나 있었죠. 그 물고기가 바로 도철어였어요. 허얼신건모쓰컨의 바위 동굴 속 깊고 어두운 연못에서 자란 민물고기였죠. 도철어는 날개 돋친 듯 팔려나갔어요. 이빨이 작기는 하지만 다이아몬드처럼 단단해서 구멍 뚫는 데 쓸 수 있고, 날카로운 지느러미도 화살촉이나 단도로 쓸 수 있었어요. 허얼신건모쓰컨의 도철어가 점점 더 많이 수입되었죠. 그러던 어느 날 허얼신건모쓰컨의 물고기를 싣고 오던 배가 태풍을 만나 뒤집어지는 바람에 도철어 20통이 바다에 빠지고 말았어요.

사람들은 그제야 도철어가 바다에서 아주 빠르게 자란다는 걸 알았어요. 육지의 연못에서보다 훨씬 더 크게 자랐죠. 사람 키만큼이나 몸집이 크고 번식력도 왕성해서 개체수가 빠르게 증가했어요. 도철어 떼가 바다에 떠다니는 것들을 닥치는 대로 먹어치우기 시작했어요. 큰 배든 작은 배든 항구에 닿기도 전에 모조리 갈아 가루로 만들었죠. 아무리 큰 배도 도철어 떼에 포위당하면 배 밑바닥에 구멍이 뚫리고 물속에 가라앉기도 전에 도철어 떼에 흔적도 없이 갈아 먹혀요. 도철어 떼가 이야기 왕국 주위를 돌아다니자 주변 나라들은 재빨리 바다에 둥근 장벽을 만들었어요.

이야기 왕국은 그렇게 도철어에게 포위당했고 해변은 죽음의 땅이 되었죠. 그 어떤 배도 다닐 수 없었고 이 나라는 봉쇄됐어요. 허얼신건모쓰컨을 포함한 모든 외부 세계와 왕래가 끊기자 자급자족의 전원생활로 돌아갈 수밖에 없었어요. 번화한 도시가 농장과 목장으로 바뀌고 사람들의 생활도 단조롭고 조용해졌어요. 더 이상 아무런 변화도 없었고 즐거운 일도 없었어요. 어제가 오늘 같고, 오늘이 내일 같았죠. 이런 생활에 길들여진 사람들은 더 이상 다른 생활을 꿈꾸지 않게 되었어요. 과거에 대한 기억도 허얼신건모쓰컨에서 들어온 진기한 물건들처럼 점점 사라졌어요. 심지어 사람들은 가끔 과거를 잊고 현재조차 잊어버렸죠. 결국 아무 일도 없고 아무 이야기도 없는 생활을 하게 되었고 이야기 왕국은 이야기 없는 왕국으로 바뀌었어요."

넋을 놓고 듣고 있던 노주가 한참 만에 물었어.

"지금도 바다 곳곳에 도철어가 살고 있어?"

"아뇨. 이야기 없는 왕국의 해변에만 있어요. 시력이 좋은 사람들은 먼바다의 수면에서 바닷새가 먹이 잡는 걸 볼 수가 있어요. 거긴 도철어가 없으니까요. 바다는 끝없이 넓거든요."

"그럼 이 세상에 이야기 없는 왕국과 허얼신건모쓰컨 말고 또 다른 나라가 있어?"

"세상에 두 나라밖에 없을 거라고 생각하세요?"

"어릴 적 궁중 교사가 그렇게 말했어."

"그건 그 자신조차 믿지 않았을 거예요. 세상은 아주 넓고 바다가 끝없이 펼쳐져 있어요. 셀 수 없이 많은 섬들이 떠 있죠. 이 나라보다 더 큰 나라도 있고 더 작은 나라도 있어요. 대륙도 있고요."

"대륙? 그게 뭐야?"

"바다처럼 넓은 육지예요. 말을 타고 몇 달을 달려도 땅끝에 닿을 수가 없어요."

"세상이 그렇게 넓다고? 지금 내가 보여?"

노주가 감탄하다가 대뜸 물었어.

"공주님의 눈만 보여요. 눈 속에 별이 있네요."

"그럼 내가 동경하는 것도 볼 수 있겠네. 저 범선을 타고 바다로 나가고 싶어. 아주아주 먼 곳에 가보고 싶어."

"그럴 수 없어요. 우린 이야기 없는 왕국을 떠날 수가 없어요. 영원히…… 어둠이 두려우시면 불을 켜드릴게요."

"고마워."

관솔에 불을 붙이자 장범이 보였어. 그런데 그의 시선은 다른 곳을 향해 있었어.

노주가 작은 소리로 물었어.

"뭘 보고 있어?"

"저기요. 저길 보세요."

장범이 공주 옆에 있는 풀을 가리켰어. 모래밭에서 자라난 작은 풀잎에 방울방울 맺힌 이슬이 영롱하게 반짝였어.

장범이 말했어.

"저게 바로 이슬이에요."

"그래? 저게 나라고? 날 닮았어?"

"닮았어요. 크리스털처럼 아름다워요. 이슬도 공주님도."

"해가 뜨면 햇빛을 받아 더 아름다울 거야."

장범이 한숨을 내쉬었어. 아주 깊은 한숨이었지. 아무 소리도 나지 않았지만 노주는 그걸 느낄 수 있었어.

"왜 그래?"

"해가 뜨면 이슬은 곧 증발해 사라져요."

노주가 가만히 고개를 끄덕였어. 불빛 속에서 그녀의 눈빛이 어두워졌어.

"정말 나랑 닮았네. 이 우산이 접히면 나도 사라지잖아. 난 햇볕 아래 매달린 이슬이야."

"공주님이 사라지지 않게 제가 지킬게요."

"호위대장도 나도 알고 있어. 우리가 묘도에 갈 수 없다는 걸. 심수 오라버니를 데려올 수 없다는 걸."

"그럼, 제가 영원히 공주님께 우산을 받쳐드릴게요."

윈텐밍의 세 번째 동화

　〈심수 왕자〉

노주가 다시 눈을 떠보니 날이 환히 밝은 뒤였어. 검은 바다도 파란색으로 바뀌어 있었지. 하지만 노주는 여전히 그림에서 본 바다와 전혀 다르다고 생각했어. 어둠에 가려져 있던 광대함이 눈앞에 펼쳐지고 이른 아침의 햇살 아래 바다 위가 텅 비어 있었어. 하지만 공주의 상상 속에서 이 텅 빈 바다는 도철어 때문이 아니었어. 바다가 그녀를 위해 비어 있는 것 같았으니까. 왕궁 안 공주의 궁전이 그녀를 기다리며 텅 비어 있는 것처럼 말이야. 지난밤 장범에게 말했던 그 간절한 동경이 더 강렬해졌어. 그녀는 이 광활한 바다 위에 자신의 흰 돛이 떠 있는 상상을 했어. 돛이 바람에 밀려 멀리 사라지는 상상을.

관 씨가 그녀에게 우산을 씌워주고 있고 바다 쪽 모래사장에 있던 호위대장이 그녀에게 손짓을 했어. 공주가 다가가자 그가 바다를 가리키며 말했어.

"보십시오. 저기가 묘도입니다."

제일 먼저 공주의 눈에 들어온 건 묘도가 아니라 작은 섬에 서 있는 거인이었어. 그가 심수 왕자라는 걸 알 수 있었지. 그가 바다에 외롭게 떠 있는 봉우리처럼 섬 위에 우뚝 서 있었어. 햇볕에 그을린 갈색 피부에 옹골지게 잡혀 있는 근육은 봉우리의 바위 같고, 바닷바람에 흩날리는 머리칼은 봉우리 꼭대기의 수풀 같았어. 빙사와 닮았지만 그보다 더 건장하고, 음울한 기색 없이 눈빛과 표정이 바다처럼 시원했어. 아직 태양이 완전히 떠오르기 전이었지만 그의 머리는 이미 햇빛을 흠뻑 머금고 불이 붙은 듯 금빛으로 타올랐어. 그가 커다란 손으로 손 지붕을 만들고 먼 곳을 쳐다보고 있었지. 그 순간 노주는 거인과 눈이 마주친 걸 느꼈어. 노주가 펄쩍 뛰어오르며 큰 소리로 외쳤어.

"심수 오라버니! 나 노주예요! 여동생 노주라고요! 나 여기 있어요!"

그런데 거인은 아무 반응도 보이지 않았어. 그의 시선이 노주 쪽을 훑고 지나쳐 다른 곳을 향하더니 이내 손을 내리고는 무슨 생각에 잠긴 듯 고개를 저으며 다른 쪽으로 가버렸어.

노주가 다급하게 물었어.

"어떻게 우릴 못 볼 수가 있지?"

"멀리 있는 개미 세 마리에게 누가 관심을 주겠어요?"

장범이 관 씨에게로 시선을 옮겼다.

"심수 왕자님이 거인이라고 했잖아요. 직접 보셨죠?"

"내가 안아줄 때는 분명히 작디작은 아기였는데 어떻게 저렇게 크셨지? 더 잘됐네. 아무도 막지 못할 테니 나쁜 놈들을 싹 다 혼내주고 공주님의 초상화를 찾아올 수 있겠어!"

"그러려면 왕자님께 지금 나라에 무슨 일이 일어났는지 알려야 하는데……"

장범이 고개를 저으며 말끝을 흐렸다. 노주가 장범을 붙들고 떼를 쓰듯 외쳤다.

"날 보내줘! 저리로 보내달라고! 꼭 가야 해!"

"갈 수가 없어요, 공주님. 아무도 묘도로 건너가지 못했어요. 묘도에서 이쪽으로 건너올 수도 없고요."

노주의 눈에 눈물이 차올랐어.

"정말 아무 방법이 없어? 우리가 여기까지 온 것도 오빠를 데려오기 위한 거잖아. 그럼 무슨 방법이라도 있을 거 아냐!"

눈물이 그렁그렁한 공주의 눈을 보고 장범이 불안한 기색으로 말했어.

"정말 방법이 없습니다. 여기로 온 건 잘한 일이에요. 왕궁에서 멀리 도망쳐야 했으니까요. 그러지 않았으면 목숨을 구하지 못했을 겁니다. 하지만 전 처음부터 묘도에 갈 수 없다는 걸 알고 있었습니다. 비둘기에게 편지를 매달아 보내는 방법을 써볼 수는 있겠지만……"

"좋은 생각이야! 비둘기를 잡으러 가자!"

"하지만 편지를 보낸다 해도 무슨 소용이 있겠어요? 왕자님이 편지를 받는다 해도 바다를 건너올 수가 없는걸요. 아무리 거인이라도 바다에서 도철어에게 뜯어 먹힐 겁니다. 우선 아침부터 드시면서 생각해보죠. 먹을 걸 구해 올게요."

"에구머니! 내 대야!"

관 씨가 펄쩍 뛰며 외쳤어. 밀물이 밀려오면서 바닷물이 백사장까지 올라와 어젯밤 공주가 세수할 때 쓴 나무 대야가 바다로 쓸려가버린 거야. 대야가 이미 바다로 한참이나 떠밀려 가 있었어. 대야가 엎어지면서 어젯밤 세수한 물이 쏟아져 바다 위에 흰 거품이 떠다니고 도철어 몇 마리가 대야를 향해 헤엄쳐 오고 있었어. 검은 지느러미가 예리한 검처럼 수면을 가르며 다가왔어. 눈앞에서 대야가 산산조각 나려는 찰나였지.

그런데 뜻밖의 일이 벌어졌어. 도철어가 대야를 내버려두고 거품 속으로 헤엄쳐 들어가더니 거품에 닿자마자 헤엄치기를 멈추고 물 위로 떠올랐어. 기세등등했던 흉악함은 사라지고 몸이 나른하게 늘어졌어. 어떤 건 꼬리를 천천히 흔들었지만 헤엄치려는 게 아니라 기분 좋은 듯 꼬리를 살랑대는 것이었고, 어떤 건 허연 배를 위로 향하고 수면 위에 드러누웠어.

세 사람이 놀라서 아무 말도 못 하고 쳐다보기만 하고 있는데 노주가 말했어.

"어떤 느낌인지 알아. 거품 때문에 편안해진 거야. 저 비누 거품에 몸을 담그면 뼈가 녹아내린 것처럼 온몸이 노긋해져. 손 하나 까딱하기 싫을 만큼."

관 씨가 말했어.

"허얼신건모쓰컨의 비누가 역시 좋네요. 아쉽게도 두 개밖에 안 남았어요."

장범이 말했어.

"허얼신건모쓰컨에서도 이런 비누는 아주 귀해요. 이 비누를 어떻게 만드는 줄 아세요? 허얼신건모쓰컨에 마법거품나무라는 신비한 나무가 있어요. 1000년 넘게 아주 높이까지 자라는데 평소에는 여느 나무와 다를 게 없지만 강한 바람이 불면 나무에서 비누 거품이 나오죠. 바람이 강하면 강할수록 거품이 많이 나와요. 그 거품을 모아서 비누를 만드는데 거품을 모으는 게 쉬운 일이 아니에요. 바람에 날려 빠르게 날아가는데다가 투명해서 바로 앞에서도 잘 보이지가 않아요. 거품과 같은 속도로 달려야만 볼 수 있죠. 제일 빠른 말을 타고 달려야만 바람에 날아가는 거품을 따라잡을 수가 있어요. 그렇게 빠른 말은 허얼신건모쓰컨에서도 열 필이 채 안 되죠. 마법거품나무에서 거품이 나올 때 비누 장인이 빠른 말을 타고 바람 부는 방향을 따라 질주하면서 말에 탄 채로 그물을 이용해 거품을 잡아야 해요. 거품의 크기가 다양하지만 제일 큰 거품도 그물에 걸려 터지면 눈에 보이지 않을 만큼 작아지죠. 수십만 개, 아니 100만 개 넘게 모아야 비누 한 개를 만들 수가 있어요. 하지만 비누로 만들어진 마법 거품을 물에 다시 녹이면 수백만 개의 거품을 만들어낼 수 있어요. 비누 거품이 이렇게 풍성한 이유예요. 마법 거품이 무게를 측정할 수 없을 만큼 가벼워서 비누도 무게감이 전혀 느껴지지 않아요. 세상에서 제일 가볍지만 아주 귀한 비누지요. 왕궁에 있던 비누는 아마도 국왕 대관식 때 허얼신건모쓰컨 사절단이 가져온 선물인 것 같아요. 그 후에……."

장범이 갑자기 말을 멈추더니 생각에 잠긴 듯 바다로 시선을 옮겼어. 그의 시선이 닿은 곳에 허얼신건모쓰컨의 비누 거품이 떠다니고 있었어. 도철어 몇 마리가 여전히 거품 위에 누워 유유히 떠다니고 그 앞에 나무 대야가 작은 상처 하나 없이 떠 있었어.

"묘도로 갈 방법을 찾은 것 같습니다! 생각해보세요. 저게 작은 배라면 어떨까요?"

장범이 바다에 떠 있는 대야를 가리켰어.

관 씨가 버럭 외쳤어.

"큰일 날 소리! 공주님께 그런 모험을 시키겠다고?"

"물론 공주님은 가실 수 없죠. 제가 가겠습니다."

노주는 그의 결연한 눈빛에서 굳은 결심을 읽을 수가 있었어. 노주가 상기된 얼굴로 말했어.

"호위대장 혼자 가면 오라버니가 어떻게 믿겠어? 나도 갈래. 꼭 가겠어!"

장범이 평민 차림의 공주를 보며 말했어.

"공주님께서 가신다 해도 신분을 증명할 방법이 없습니다."

관 씨는 아무 말도 하지 않았어. 그녀는 방법이 있다는 걸 알고 있었지.

노주가 말했어.

"적혈(滴血)로 확인하면 되잖아."

관 씨가 말렸어.

"어쨌든 공주님은 갈 수 없어요! 너무 위험해요!"

하지만 그녀의 말투는 조금 전만큼 단호하지 않았어.

관 씨의 손에서 돌아가고 있는 검은 우산을 가리키며 공주가 말했어.

"내가 여기 있으면 안전할까? 우린 너무 눈에 띄어. 빙사가 금방 우리 찾아낼 거야. 그림으로 들어가는 건 피할 수 있지만 금위군의 추격은 벗어날 수가 없어. 묘도로 가는 게 더 안전해."

결국 그들은 모험을 하기로 결정했어.

장범이 백사장에서 제일 작은 배를 찾아 말에다 묶어 물가로 끌어다 놓았어. 파도가 뱃머리를 향해 혓바닥을 날름거렸어. 돛은 구하지 못했지만 다른 배에서 낡은 노 두 자루를 찾았어. 장범이 노주와 우산을 들고 있는 관 씨를 먼저 배에 타게 한 뒤 허얼신건모쓰컨 비누를 검 끝에 꽂아 노주에게 건네며 배가 바다에 들어가면 비누를 물에 담그라고 했어. 그런 다음 바다 쪽으로 배를 밀었지. 물이 허리에 닿는 곳까지 밀고 들어가서는 배에 훌쩍 올라타 전력을 다해 노를 저었어. 세 사람을 실은 작은 배가 묘도 쪽으로 조금씩 움직였어.

금세 도철어의 검은 지느러미가 다가와 작은 배를 에워쌌어. 선미에 앉은 노주가 검에 꽂은 허얼신건모쓰컨 비누를 물에 담그자 선미 쪽에서 거품이 일기 시작했어. 아침 햇빛에 하얗게 반사된 거품 덩어리가 금세 사람 키만큼이나 부풀어 오르더니 물결을 따라 부채꼴로 퍼져나가며 수면을 하얗게 덮었어. 그러자 거품 속으로 헤엄쳐 들어간 도철어들이 마치 순백색 털담요 위에 드러눕듯 배를 위로 하고 나른하게 기지개를 켰어. 노주는 처음으로 도철어를 가까이에서 볼 수 있었어. 쇠로 만든 기계처럼 뱃가죽을 제외하고는 온통 검은색이었지만 거품에 파묻히자마자 한없이 온순해졌어. 작은 배가 평온한 바다 위를 천천히 미끄러져 나가고 그 뒤로 긴 거품이 꼬리처럼 따라갔어. 바다에 내려앉은 구름처럼 말이야. 양쪽에서 몰려든 도철어 떼가 구름 속을 성지순례 하는 신도들처럼 거품을 향해 몸을 던졌어. 가끔 앞쪽에서 온 도철어들이 배 밑바닥을 몇 번 갉아내고 장범의 노를 작게 깨물었지만 그것들도 곧 뒤에서 따라오는 거품에 매료되어 배에 큰 손상을 입히지는 않았어. 바다 위에 떠 있는 거품 구름과 거품에 도취된 도철어 떼를 보며 공주는 자신도 모르게 목사가 말했던 천국을 떠올렸어.

배가 해안에서 멀어질수록 묘도와 가까워졌어.

그때 관 씨가 외쳤어.

"저기 좀 봐요! 심수 왕자님이 작아졌어요!"

노주가 묘도 쪽을 바라보니 정말 그랬어. 섬에 있는 심수 왕자가 해변에서 볼 때보다 조금 작아져 있었지. 그는 아직 바다를 등진 채 다른 쪽을 보고 있었어. 노주가 노를 젓고 있는 장범에게로 시선을 옮겼어. 그는 평소보다 더 건장해 보였어. 탄탄한 근육이 불룩 솟아오르고 양손에 쥔 노는 비상하는 날개 같았지. 타고난 뱃사람인 것 같았어. 육지보다 바다에서 훨씬 힘이 넘쳐 보였으니까.

관 씨가 또 외쳤어.

"왕자님이 우릴 보셨어요!"

심수 왕자가 바다 쪽으로 몸을 돌리더니 한 손으로 배가 있는 쪽을 가리켰어. 놀란 눈빛으로 뭐라고 외치는 듯 입을 벙긋거렸어. 놀란 게 당연해. 이 죽음의 바다에 작은 배가 나타난 것만 해도 믿기 어려운데 그 배가 엄청난 거품을 끌고 오고 있었으니까 말이야. 뒤로 갈수록 거품이 점점 넓어졌어. 그의 큰 키로 내려다보면 바다 위로 흰 꼬리가 달린 혜성이 나타난 것처럼 보였을 거야.

세 사람은 왕자가 그들을 향해 외치는 게 아니라는 걸 알았어. 그의 발밑으로 보통 키의 사람들이 보였어. 멀리 있어서 아주 작고 얼굴도 보이지 않았지만 배를 보고 있는 건 분명했어. 어떤 사람은 손을 흔들기까지 했어.

묘도는 원래 사람이 살지 않는 무인도였어. 20년 전 심수가 낚시를 하러 갈 때 그의 보호관, 궁중 교사, 호위병과 하인 몇 명을 데리고 갔어. 그런데 그들이 섬에 오르자마자 도철어 떼가 왕국의 근해로 몰려오는 바람에 돌아가는 길이 막히고 말았지.

왕자의 키가 아까보다 더 줄어들어 있었어. 배가 섬에 가까워질수록 왕자의 키가 줄어들고 있었던 거야.

섬의 해안에 가까워지자 보통 키의 사람들이 또렷하게 보였어. 모두 여덟 명이었고 대부분 심수처럼 돛으로 대충 만든 허름한 옷을 입고 있었지. 그중 노인 두 명은 궁중복을 입고 있었지만 몹시 낡았고 대부분 허리에 검을 차고 있었어. 그들이 해변으로 달려왔어. 심수가 멀리서 그들 뒤를 따랐어. 이제 그는 다른 사람들보다 키가 두 배 정도 클 뿐 엄청난 거인은 아니었어.

장범이 더 빠르게 노를 저어 배를 해변으로 올렸어. 해변을 덮치는 파도가 거대한 손처럼 배를 앞으로 밀어주었어. 배가 기우뚱 흔들리는 바람에 노주가 하마터면 배에서 떨어질 뻔했어. 배 밑바닥이 백사장 위로 올라왔어. 해변으로 달려온 사람들이 도철어가 무서웠는지 멀찌감치 멈춰 서서 다가오지 못했어. 그중 네 사람이 용감하게 달려와 배를 안전하게 세운 뒤 노주가 배에서 내리도록 부축해주었어.

"조심해요! 공주님은 우산에서 벗어나면 안 돼요!"

배에서 내리는데 관 씨가 큰 소리로 외치며 우산을 재빨리 노주의 머리 위로 옮겼어. 이제 익숙해져서 한 손으로도 우산을 멈추지 않고 돌릴 수 있었어.

사람들이 놀란 표정으로 쉬지 않고 돌아가는 우산과 배가 건너온 바다 위를 번갈아 쳐다보았어. 하얀 비누 거품과 물 위에 떠 있는 도철어 떼가 흑백의 선명한 대비를 이루며 묘도와 왕국의 해안을 잇는 바닷길을 만들고 있었어. 심수도 해변에 도착했어. 이제 그의 키는 보통 사람들과 별 차이가 없었어. 심지어 그들 중 키가 큰 다른 두 사람보다도 작았지. 세 사람을 보며 미소 짓는 심수는 너그러운 어부 같지만 노주는 그에게서 아버지를 닮은 모습을 발견했어. 그녀가 검을 바닥에 툭 떨어뜨리고 왈칵 눈물을 쏟으며 외쳤어.

"오라버니! 제가 노주예요!"

"그래. 내 누이를 닮았구나."

심수가 고개를 끄덕이고 웃으며 두 손을 내밀었지만 사람들이 노주에게 가까이 가지 못하게 말렸어. 노주 일행도 왕자가 공주에게 다가오지 못하게 막았지. 한 사람이 검으로 장범을 겨누며 경계했지만 그는 아무렇지 않게 공주가 떨어뜨린 검을 주워 살펴보았어. 상대가 오해할까 봐 조심스럽게 칼날을 살펴보니 바다를 건너오는 동안 비누가 3분의 1밖에 줄어들지 않았어.

섬에 있던 노인이 말했어.

"정말로 노주 공주님이라는 걸 증명해보시오."

그가 입은 궁중복은 낡았지만 단정했고, 얼굴에도 숱한 풍상의 흔적이 남아 있었지만 길게 다듬은 수염에서 기품이 느껴졌어. 외로운 섬에서 오랜 세월을 보냈지만 왕궁 대신의 품위는 잃지 않고 있었지.

"저를 모르시겠어요? 이분은 보호관이신 암림(暗林) 나리시고, 또 저분은……."

관 씨가 또 다른 노인을 가리켰어.

"왕자님의 스승이신 광전(廣田) 나리시잖아요."

두 노인이 고개를 끄덕였어.

광전이 말했어.

"관 씨, 많이 늙었군."

"두 분도 많이 늙으셨네요."

관 씨가 우산을 들지 않은 손으로 눈물을 닦았어.

하지만 암림이 단호하게 말했지.

"우리는 20년 넘는 세월 동안 왕국에서 무슨 일이 있었는지 전혀 모르오. 그러니 공주의 신분을 증명하시오."

그가 노주를 향해 말했어.

"적혈을 하시겠습니까?"

노주가 고개를 끄덕였지만 왕자가 말했어.

"그럴 필요 없습니다. 제 누이가 맞습니다."

보호관이 말했어.

"왕자님, 꼭 하셔야 합니다."

한 사람이 단도 두 자루를 가져와 보호관과 궁중 교사에게 하나씩 주었어. 그들이 허리에 찬 녹슨 검과 달리 새것처럼 날카로운 날이 서 있었지. 공주가 팔을 뻗자 보호관이 단도로 그녀의 희고 보드라운 검지를 가볍게 그었어. 베인 자리에서 흘러나온 붉은 피가 단도 날 위로 미끄러졌어. 궁중 교사도 왕자의 손가락에서 피를 냈어. 보호관이 궁중 교사에게 단도를 받아 조심스럽게 칼날에 묻은 피 두 방울을 섞자 피가 금세 파란색으로 변했어.

"노주 공주님이 맞습니다."

보호관이 엄숙한 말투로 왕자에게 말한 뒤 궁중 교사와 함께 노주에게 예를 갖추어 절했어. 다른 사람들도 검으로 땅을 짚고 한쪽 무릎을 꿇고 앉았다가 재빨리 일어나 옆으로 피해주었어. 심수와 노주가 상봉의 감격을 누릴 수 있도록 말이야.

심수가 손으로 아이 안는 흉내를 내며 말했어.

"어린 널 안아줄 땐 몸이 이렇게 작았는데."

노주가 울먹이며 그동안 있었던 일을 얘기하는 동안 심수는 누이의 손을 잡고 가만히 듣기만 했지. 숱한 시련에도 젊음을 잃지 않은 그의 얼굴에서 의연함이 배어 나왔어.

다른 사람들도 옆에서 조용히 노주의 얘기를 들었어. 그런데 장범이 이상한 행동을 하기 시작했어. 멀리 달려가서 왕자를 쳐다보고 또 빠르게 달려와 가까이에서 왕자를 보았어. 그렇게 몇 번을 반복하고 있는데 관 씨가 그를 붙잡고 속삭였어.

"내가 뭐랬어? 왕자님은 거인이 아니라고 했지?"

장범이 낮은 소리로 말했어.

"거인이기도 하고 거인이 아니기도 합니다. 보통은 멀리서 볼수록 작아 보이잖습니까? 그런데 왕자님은 다릅니다. 멀리서 보든 가까이에서 보든 차이가 없어요. 가까이에서 볼 때 보통 키인데 멀리서 봐도 역시 똑같은 키로 보이지요. 그래서 멀리서 보면 거인처럼 보이는 겁니다."

관 씨가 고개를 끄덕였어.

"그런 거 같구먼."

노주의 얘기를 다 듣고 난 심수가 짧게 말했어.

"내가 돌아가야겠다."

그들이 돌아가는 배도 두 척밖에 되지 않았어. 왕자와 노주 일행 세 명이 작은 배를 타고 나머지 여덟 명은 조금 큰 배를 탔어. 20년 전 왕자 일행이 묘도로 갈 때 탔던 배였지. 물이 조금 새기는 하지만 짧은 거리는 갈 수 있었어. 노주가 묘도로 건너갈 때 풀어놓은 거품이 조금 줄어들었지만 아직도 수많은 도철어가 수면에서 나른하게 떠다니고 있었어. 떠다니다가 뱃머리나 노에 부딪히기도 했지만 성가신 듯 몇 번 꿈틀거릴 뿐 달려들지 않았어. 큰 배의 돛이 낡기는 했지만 아직 쓸 수 있어서 앞장서서 도철어 사이로 길을 터주며 나아갔지.

"비누를 바다에 담그는 게 좋겠어요. 도철어가 깨어나면 큰일이잖아요?"

관 씨가 배를 에워싼 도철어를 보고 걱정스러운 듯 어깨를 움츠리자 공주가 말했어.

"물고기들은 잠든 게 아니야. 너무 편해서 움직이기 싫은 거지. 비누가 한 개 반밖에 남지 않아서 아껴 써야 해. 나도 이제 세수할 때 비누를 쓰지 않을 거야."

그때 앞에 있는 배에서 누군가 외쳤어.

"금위군이다!"

저 멀리 왕국의 해안에 기병대가 나타났어. 해변을 덮치는 검푸른 파도처럼 빠르게 달려오고 있었어. 햇빛을 받은 기병들의 투구와 검이 살벌하게 번쩍였지.

심수가 침착하게 말했어.

"계속 가자."

노주의 낯빛이 창백해졌어.

"우릴 죽이러 온 거예요."

심수가 노주의 손을 토닥이며 안심시켰어.

"무서워할 거 없다. 아무 일 없을 거야."

노주가 오빠를 올려다보았어. 그녀는 그가 자신보다 더 왕위에 적합하다는 걸 알았어.

물 위에 도철어가 가득 떠 있었지만 순풍이 불어 예상보다 훨씬 빨리 해안에 도착했어. 배 두 척이 거의 동시에 해변으로 올라오자 금위군 기병대가 물 샐 틈 없는 장벽처럼 그들을 겹겹이 에워쌌어. 노주와 관 씨는 겁에 질렸지만 경험이 풍부한 장범은 조금 마음이 놓였어. 기병들의 검이 모두 칼집에 들어 있고 창도 하늘을 향한 채 똑바로 서 있었으니까. 더 중요한 건 금위군 병사들의 눈빛이었어. 모두 중무장을 하고 두 눈만 밖으로 내놓고 있었지만 그들의 시선이 심수와 노주 일행 너머 바다에 떠 있는 도철어 떼와 거품을 향하고 있었어. 그들의 눈빛에서 깊은 경외심을 느낄 수 있었어. 한 장군이 말에서 내려 배를 향해 달려왔어. 큰 배에 탄 사람들이 배에서 내렸지. 보호관, 궁중 교사, 검을 든 호위병들이 심수와 노주 앞으로 나서며 그들을 엄호했어.

보호관 암림이 금위군을 향해 한 팔을 들어 올리며 큰 소리로 호통쳤어.

"무엄하도다! 심수 왕자님과 노주 공주님이시다."

달려온 장군이 검을 모래에 꽂은 뒤 한쪽 무릎을 꿇고 왕자와 공주를 향해 절했어.

"저희도 알고 있습니다. 하지만 공주님을 살해하라는 명령을 받았습니다."

"노주 공주님은 합법적인 왕위 후계자이고 빙사는 국왕을 시해한 반역자다! 어떻게 반역자의 명령을 따른단 말인가!"

"저희도 알고 있습니다. 그 명령에 복종하지는 않을 것입니다. 하지만, 빙사 왕자님이 어제 오후 대관식을 열고 국왕이 되었으니 금위군이 누구의 지휘를 따라야 할지 모르겠습니다."

보호관이 뭐라고 말하려고 했지만 뒤에 있던 심수가 저지하며 앞으로 나와 장군에게 말했어.

"내가 너희와 함께 왕궁으로 돌아가 해결하겠다."

왕궁의 가장 호화로운 궁전에서 왕관을 쓴 빙사가 자신에게 아첨하는 신하들과 술을 진탕 마시며 즐기고 있었어. 그때 한 사람이 달려 들어와 심수와 노주가 금위군을 이끌고 왕궁으로 오고 있다는 소식을 급히 전했지. 두 시간 후면 그들이 왕궁에 당도할 것이라고 했어. 궁전이 쥐 죽은 듯 고요해졌어.

"심수라고? 그가 어떻게 바다를 건너? 날개라도 돋쳤나?"

빙사가 놀라서 중얼거렸지만 다른 사람들처럼 두려움에 질린 표정은 아니었어.

"왕궁으로 온들 별수 있겠나? 금위군이 그 둘의 명령을 따를 리가 없지. 내가 죽는다면 몰라도……. 바늘귀! 바늘귀 어디 있느냐!"

빙사가 외치자 어두운 곳에서 바늘귀가 소리 없이 걸어 나왔어. 여전히 잿빛 망토를 두른 그의 몸이 전보다 더 왜소해 보였어.

"설랑지와 그림 도구를 말에 싣고 심수가 오고 있는 쪽으로 가거라. 그를 보고 그림을 그려! 멀리서도 그를 쉽게 볼 수 있을 거다. 가까이 갈 필요도 없지."

"예, 폐하."

바늘귀가 나직이 대답하곤 생쥐처럼 소리 없이 밖으로 나갔어.

"노주 같은 계집애야 무서울 게 없지. 그 우산부터 빼앗아버릴 테다."

빙사가 다시 술잔을 들었어.

가라앉은 분위기에서 연회가 끝나고 신하들이 걱정스러운 표정으로 물러간 뒤 빙사만 텅 빈 궁전에 홀로 남아 우울하게 앉아 있었어.

얼마 후 바늘귀가 들어오는 걸 보고 그의 가슴이 철렁 내려앉았어. 바늘귀가 빈손으로 돌아왔기 때문도 아니고 그가 이상한 행동을 했기 때문도 아니었어. 겉으로 보면 그는 달라진 게 하나도 없었어. 여전히 조심스럽고 예민한 인상 그대로였지. 빙사를 놀라게 한 건 바늘귀의 발소리였어. 원래 그는 걸을 때 아무 소리도 나지 않았어. 회색 쥐가 미끄러져 다니는 것 같았지. 그런데 갑자기 발을 내디딜 때마다 타박타박 소리가 들렸던 거야. 빙사는 떨리는 가슴을 진정시킬 수가 없었어.

"폐하, 심수를 보았지만 그릴 수가 없습니다."

바늘귀가 낮은 목소리로 말하자 빙사가 싸늘하게 물었어.

"정녕 그에게 날개라도 돋쳤단 말이냐?"

"날개가 돋친 거라면 그릴 수 있습니다. 날개의 깃털까지 한 가닥 한 가닥 생생하게 그려낼 수 있지요. 하지만 그는 그릴 수가 없습니다. 그가 원근법과 무관한 사람이기 때문입니다."

"원근법이라고?"

"모든 사물은 가까울수록 크게 보이고 멀수록 작게 보입니다. 이것이 원근법입니다. 저는 원근법을 따르는 서양화파이기 때문에 그를 그릴 수가 없습니다."

"원근법을 따르지 않는 화파가 있느냐?"

"예, 동양화파입니다. 폐하, 보십시오. 바로 저겁니다."

바늘귀가 한쪽 벽에 걸려 있는 수묵화를 가리켰어. 담담하고 고상한 산수가 그려져 있었지. 넓게 남겨진 하얀 여백이 안개인 듯 물인 듯 산수와 하나가 되어 있었어. 그 옆에 걸린 진한 색채의 유화와는 완전히 다른 분위기였어.

"저 그림을 보면 원근법을 무시했다는 걸 아실 겁니다. 하지만 저는 동양화를 배우지 않았습니다. 공령이 제게 가르쳐주지 않았습니다. 아마도 이런 날이 오리라는 걸 알았던 것 같습니다."

빙사가 무표정하게 말했어.

"물러가거라."

"심수가 왕궁에 도착하면 저를 죽이고 폐하도 시해하려고 할 겁니다. 저는 그에게 죽임을 당하느니 자결하는 편을 택하겠습니다. 제 일생 최고의 걸작을 그리겠습니다. 바로 제 생명으로요."

바늘귀가 이 말을 남긴 뒤 밖으로 나갔어. 이번엔 그의 걸음에서 아무 소리도 나지 않았어.

빙사가 호위병을 불렀어.

"내 검을 가져오너라!"

그때 밖에서 말발굽 소리가 들렸어. 처음에는 희미했지만 어느새 가까워져 소낙비 쏟아지듯 요란해지더니 궁전 밖에서 우뚝 멎었어.

빙사가 일어나 검을 들고 궁전을 나갔어. 심수가 궁전 앞에 길게 이어진 돌계단을 오르고 노주가 그 뒤에서 올라오고 있었어. 그녀의 머리 위로 우산을 든 관 씨가 그 뒤를 바짝 따랐지. 돌계단 아래 광장에는 금위군이 빽빽이 도열해 있었어. 그들은 어느 쪽을 따르는지 밝히지 않은 채 조용히 기다리고 있었어. 심수를 처음 보았을 때는 그의 키가 보통 사람의 두 배였지만 돌계단을 올라갈수록 키가 점점 줄어들었어.

그 순간 빙사는 20여 년 전 어린 시절로 되돌아간 것 같았어. 그때 그는 도철어 떼가 묘도로 향하고 있다는 걸 알고 있었지만 묘도로 낚시하러 가라고 심수를 부추겼어. 묘도에 사는 물고기의 간유가 병석에 누운 아버지의 병을 낫게 할 거라고 거짓말을 했지. 신중한 성격의 심수가 아버지의 병을 고칠 수 있다는 말에 서둘러 묘도로 갔고 빙사의 계획대로 다시 왕국으로 돌아오지 못했어. 왕국에서 이 사실을 아는 사람이 아무도 없었고 빙사는 속으로 의기양양했어.

심수가 계단을 다 올라와 궁전 앞뜰에 도착했어. 이제 그의 키가 보통 사람들과 거의 비슷했어.

빙사가 말했어.

"형님, 누이와 함께 돌아오신 걸 환영합니다. 그런데 소식을 들으셨겠지만 이제 이 왕국은 제 것입니다. 형님도 누이도 제게 충성을 맹세하세요."

심수가 한 손을 허리춤에 찬 녹슨 검자루에 얹고 다른 손으로 빙사를 가리켰어.

"넌 용서받지 못할 죄인이다!"

빙사가 차갑게 조소했어.

"흥! 바늘귀는 네 초상화를 그리지 못하지만 내 칼은 네 심장을 관통할 수 있다!"

그가 칼집에서 검을 빼들었어.

빙사와 심수의 검술 실력은 우열을 가릴 수 없었지만, 심수가 원근법에 부합하지 않아 빙사는 자신과 그의 거리를 정확하게 판단할 수가 없었으므로 훨씬 불리했지. 격투 끝에 빙사가 심수의 검에 가슴을 관통당한 뒤 높은 계단에서 굴러떨어졌어. 계단을 따라 핏자국이 길게 늘어졌어.

금위군이 일제히 환호하며 심수와 노주에게 충성을 맹세했어.

한편 장범은 왕궁을 샅샅이 뒤지며 바늘귀를 찾아다니고 있었어. 누군가 바늘귀가 화실로 가는 걸 보았다고 했어. 그의 화실은 왕궁의 가장 외진 구석에 있었어. 평소에는 경비가 삼엄했지만 왕궁에 변고가 일어나자 호위병들이 뿔뿔이 도망치고 초병 한 명만 남아 있었어. 장범의 부하였던 초병이 바늘귀가 한 시간 전쯤 화실로 들어간 뒤 아무 기척도 없다고 말했어. 장범이 화실 문을 부수고 들어갔어.

창문도 없는 화실 안이 지하 요새처럼 어둡고 서늘했어. 은촛대에 꽂힌 초 두 개마저 거의 다 타고 작은 불꽃만 남아 있었어. 화실 안에 사람은 보이지 않고 이젤 위에 그림 한 폭만 놓여 있었지. 그린 지 얼마 되지 않은 듯 물감도 채 마르지 않은 그림이었어. 그건 바로 바늘귀의 자화상이었어. 어디에서도 보기 어려운 걸작이었지. 마치 다른 세상으로 통하는 듯한 창이 그려져 있고 그 창 너머에서 바늘귀가 이쪽 세상을 보고 있었어. 생명이 없는 그림이라는 걸 알려주듯 설랑지의 한쪽 모서리가 말려 올라가 있었지만, 장범은 그림 속 그의 섬뜩한 눈빛을 똑바로 쳐다보기가 두려웠어.

사방을 둘러보니 벽에 초상화 몇 폭이 나란히 걸려 있었어. 국왕, 왕비, 그들에게 충성하는 신하들의 초상화였지. 그중에서 노주의 초상화를 찾아낼 수 있었어. 그림 속 공주는 이 음침한 화실도 천국처럼 환하게 느껴질 만큼 아름다웠지. 장범은 그녀의 눈동자에 매료되어 넋을 잃고 바라보았어. 한참 만에 정신이 든 그가 벽에서 그림을 내려 액자를 부순 뒤 그림을 둘둘 말아 조금의 망설임도 없이 촛불에 대고 불을 붙였어.

그림을 다 태우자마자 문이 열리며 노주가 들어왔어. 그녀는 여전히 수수한 평민 차림이었고 직접 우산을 들고 있었어.

장범이 물었어.

"관 씨 아주머니는요?"

"나 혼자 오겠다고 했어. 호위대장에게 할 얘기가 있어서."

장범이 아직 불씨가 사그라지지 않은 바닥의 재를 가리키며 말했어.

"공주님의 초상화를 태웠습니다. 이제 우산을 접으셔도 됩니다."

노주가 우산 돌리는 속도를 늦추자 나이팅게일 우는 소리가 나기 시작했어. 우산을 내리자 새소리가 더 크고 다급해지더니 이내 갈까마귀의 울부짖음으로 변했지. 그건 사신이 찾아오기 전 마지막 경고였어. 우산을 접자 우산 가장자리에 매달린 돌멩이가 딸그락딸그락 소리를 내며 부딪치다가 모든 소리가 멈추었어.

하지만 노주에게는 아무 일도 일어나지 않았어.

장범이 긴 안도의 한숨을 내쉬고는 바닥의 잿더미를 내려다보았어.

"아쉽군요. 훌륭한 그림이었어요. 공주님께 보여드렸어야 하는데 더이상 지체할 수가 없었어요…… 정말 아름다운 그림이었답니다."

"나보다 더 아름다웠어?"

장범이 애틋함이 담긴 말투로 말했어.

"그건 공주님이었어요."

노주가 남아 있던 허얼신건모쓰컨 비누를 꺼내 손바닥을 펼치자 비누가 깃털처럼 허공으로 떠올랐어.

노주가 말했어.

"이 나라를 떠날 거야. 바다로 나가고 싶어. 나와 같이 가겠어?"

"그게 무슨 말씀이세요? 심수 왕자님께서 내일 여왕 대관식을 거행하겠다고 선포하셨는데요. 저도 온 힘을 다해 공주님을 보좌하겠다고 맹세했습니다."

노주가 고개를 저었어.

"나보다는 오라버니가 왕위에 더 어울려. 묘도에 갇히지 않았더라면 당연히 오라버니가 후계자가 되었을 거고. 오라버니가 국왕이 되어 왕궁의 높은 곳에 서면 온 백성이 국왕을 볼 수 있을 거야. 난 여왕이 되고 싶지 않아. 왕궁보다는 바깥세상이 좋아. 평생 이야기 없는 왕국 안에서 살고 싶진 않아. 이야기가 있는 곳으로 가고 싶어."

"바깥세상은 힘들고 위험한 곳입니다."

"하나도 두렵지 않아."

장범은 촛불이 비친 공주의 두 눈동자에서 발산되는 생명의 빛에 주위가 환해지는 걸 느꼈어.

"물론 저는 공주님보다 더 두렵지 않습니다. 바다 끝까지, 아니 세상 끝까지라도 공주님과 함께 가겠습니다."

"우리가 이 왕국을 빠져나가는 마지막 두 명이 될 거야."

노주가 허공에 떠 있는 비누를 붙잡았어.

"이번엔 돛단배를 타고 떠나겠습니다."

"좋아. 새하얀 돛을 달아줘."

이튿날 아침, 왕국의 다른 쪽 해안에 있던 누군가가 바다 위에 흰 돛이 떠 있는 걸 보았어. 돛단배가 구름 같은 거품을 길게 늘어뜨린 채 태양을 향해 나아갔어. 그 후 그 나라 사람들 중 누구도 노주와 장범의 소식을 듣지 못했어. 노주가 왕국에 남은 마지막 허얼신컨모쓰컨 비누 한 개 반을 가지고 떠났기 때문에 그 후로는 아무도 도철어의 포위를 뚫고 빠져나오지 못했지. 하지만 불평하는 사람은 없었어. 그런 생활에 이미 길들여졌으니까. 이 이야기를 끝으로 이야기 없는 왕국에는 더 이상 아무런 이야기도 생기지 않았어.

하지만 가끔 조용한 밤이면 누군가 이야기가 아닌 이야기를 들려주곤 했지. 왕국을 떠난 노주와 장범이 어떻게 되었을까 상상하는 이야기였어. 저마다 다른 이야기였지만 두 사람이 신기한 나라를 두루 돌아다니고 바다처럼 드넓은 육지에도 가보았을 것이라는 상상은 모두 같았어. 영원히 항해하며 어딜 가든 행복하게 살았을 거라고 말이야.

동화를 다 읽은 사람들이 수군거리기 시작했다. 대부분은 왕국과 바다, 공주와 왕자의 세상에 푹 빠져 있었지만, 마지막 페이지를 덮은 뒤 미처 발견하지 못한 무언가를 읽어내려는 듯 표지를 멍하니 응시하고 있는 사람도 있었다.

AA가 작은 소리로 청신에게 말했다.

"공주가 선생님과 비슷하네요."

청신이 말했다.

"실없는 소리 하지 마……. 난 그렇게 어리광을 부리지 않아. 적어도 우산은 직접 들겠지."

그녀는 이 회의실에서 유일하게 자료를 읽지 않은 사람이었다. 그녀는 이 동화 세 편을 다 외우고 있었다. 사실 그녀 자신도 노주의 원형이 자신이 아닐까 여러 번 생각했다. 실제로 공주에게서 그녀와 닮은 모습을 발견할 수 있었다. 하지만 호위대장은 윈톈밍과 달랐다.

'그는 내가 돛을 펼치고 먼 항해를 떠날 거라고 생각한 걸까? 그것도 다른 남자와 함께?'

모든 참석자가 자료를 다 읽고 나자 의장이 각자 의견을 말하게 했다. 주로 IDC 내 각 팀의 업무 방향에 관한 의견이었다.

문학팀 위원이 발언 기회를 요청했다. 문학팀은 마지막으로 추가된 전문팀으로 작가와 서기 시대의 문학사를 연구하는 학자들로 구성되어 있었다. 어쩌면 그들이 역할을 발휘할 수 있을지 모른다는 생각에 팀을 따로 둔 것이었다.

발언 기회를 요청한 문학팀 위원은 아동문학가였다.

그가 말했다.

"IDC 내에서 저희 팀의 발언권이 가장 약하다는 걸 알고 있습니다. 그래서 이 기회를 빌려 몇 가지 말씀드리겠습니다."

그가 파란색 표지를 씌운 자료를 들어 올렸다.

"유감스럽게도 저는 이 동화 세 편 속에 해독할 만한 정보가 하나도 없다고 생각합니다."

의장이 의아한 표정으로 물었다.

"그렇게 생각하는 이유가 뭡니까?"

"우선 우리가 이 동화에서 얻고자 하는 게 무엇인지 분명히 해야 합니다. 우리가 원하는 건 인류의 전략적 방향입니다. 여기에 정말로 그 정보가 들어 있다면 내용이 어떻든 그 속에 내포된 의미는 확실해야 합니다. 모호하고 다의적인 정보를 인류가 나아갈 방향으로 삼을 수는 없습니다. 하지만 공교롭게도 모호성과 다의성은 문학작품의 특징입니다. 적에게 들키지 않기 위해 진정한 정보는 동화 세 편 속 깊숙한 곳에 숨겨놓았을 겁니다. 정보의 다의성과 불확실성이 훨씬 더 증가하죠. 따라서 우리 앞에 놓인 난제는 이 속에서 해독해낼 정보가 없다는 것이 아니라 너무 많은 걸 해독할 수 있지만 그 어느 것도 확실치 않다는 사실입니다. 마지막으로 주제와 상관없는 얘기를 덧붙이자면, 동화작가로서 윈톈밍에게 경의를 표합니다. 문학적 가치만을 보자면 매우 훌륭한 동화입니다."

다음 날부터 동화 해독 작업이 본격적으로 시작되었다. 그리고 시간이 얼마 흐르지 않아서 사람들은 어제 그 아동문학가에게 선견지명이 있었다는 걸 알게 되었다.

윈톈밍의 동화 세 편은 매우 풍부한 은유와 암시, 상징을 담고 있었다. 모든 대목마다 수많은 의미를 해독해낼 수 있고 그것들 모두 그럴듯한 의미와 근거를 가지고 있었지만, 그중 어느 것이 작가가 전달하고자 하는 진정한 메시지인지 판단할 수가 없었다. 바꾸어 말하면 그 어떤 것도 전략적 정보가 될 수 없었다.

예를 들면 도입부에 등장하는, 초상화를 그리는 대목에 분명한 은유와 암시가 내포되어 있다는 점에는 대부분 동의하지만, 전문 분야마다 또 전문가 개개인에 따라 해석이 모두 달랐다. 우선 그림을 그리는 행위가 현실 세계에 대한 디지털화 또는 정보화를 상징하므로 이 대목은 인간의 디지털화를 암시하며, 인류가 자신을 디지털화시켜 암흑의 숲 공격을 피할 수 있다는 의미로 해석할 수 있었다. 이 관점을 지지하는 학자들은 사람을 그림 속에 그려 넣으면 현실 세계에서는 안전하기 때문에 인류의 디지털화 자체가 우주 안전보장 성명이 될 수 있다고 주장했다. 하지만 초상화가 공간의 차원에 대한 은유라는 관점도 있었다. 종이와 현실은 차원이 다른 두 공간이다. 초상화를 그리면 3차원의 현실에서 그 사람이 사라진다는 설정은 블루스페이스호와 그래비티호가 4차원 조각 안에서 조우했던 것을 연상시켰다. 따라서 인류가 4차원 공간을 피난처로 삼거나 4차원 공간을 통해 우주로 안전보장 성명을 발표할 수 있음을 암시한다는 것이다. 원근법에 적용받지 않는 심수의 키가 4차원 공간을 의미한다고 주장하는 이들도 있었다.

도철어는 또 무엇을 상징할까? 도철어의 수와 바닷속에 숨어 있는 상태, 강력한 공격성을 볼 때, 암흑의 숲 상태로 우주에 존재하는 문명 군체를 상징한다고 보는 이들이 있었다. 그들은 도철어가 몸이 나른해지면 공격을 포기하는 것은 우주 안전보장 성명에 관한 모종의 원칙일 것이라고 했다. 하지만 도철어가 지능을 가진 인공지능 로봇을 의미한다는 반론도 있었다. 로봇의 크기는 아주 작지만 자기복제가 가능해서 이 로봇을 우주에 풀어놓으면 카이퍼 벨트나 오르트 구름에 있는 우주 먼지와 혜성을 연료로 흡수한 뒤 자기복제를 통해 기하급수적으로 개체수가 늘어나게 되고, 최종적으로 태양계 주위에 카이퍼 벨트나 오르트 구름과 흡사한 장벽을 만든다는 것이다. 이 장벽 자체가 인공지능을 갖추고 있기 때문에 태양을 공격하는 광립을 방어하거나, 멀리서도 관찰이 가능한 특수한 형태를 형성해 안전보장 성명을 발표한다든가 하는 다양한 기능을 수행할 수 있을 것이라고 했다. '물고기 떼 가설'이라고 불린 이 해석은 다른 해석에 비해 기술적 체계가 비교적 명확했으므로 많은 지지를 받았고, 세계 과학원의 첫 번째 심화 연구 주제가 되기도 했다. 하지만 IDC는 처음부터 이 물고기 떼 가설에 큰 기대를 걸지 않았다. 기술적으로 실현 가능성이 높을지는 몰라도 물고기 떼가 자기복제를 통해 태양계 둘레에 장벽을 만들려면 만 년 넘는 시간이 필요하다는 계산이 나왔기 때문이다. 더욱이 인공지능을 갖춘 로봇이 수행할 수 있는 기능을 고려할 때, 방어 효과든 안전보장 성명 발표든 모두 뜬구름 잡는 얘기일 뿐이었다. 결국 물고기 떼 가설도 아쉬운 탄식 속에서 폐기되었다.

공주를 보호한 회전 우산이나 신비한 설랑지, 흑요석, 신기한 비누 같은 것들도 수많은 의미로 해석해낼 수 있었다.

하지만 아동문학가가 말했던 것처럼, 모든 가설이 나름대로 그럴듯해 보였지만 또 어느 것도 확실하지 않았다.

하지만 세 편의 동화에 남긴 모든 내용이 이렇게 난삽하고 모호한 것은 아니었다. 적어도 한 가지에 대해서는 그 안에 확실한 정보가 들어 있을 것이라는 데 아무도 이의를 제기하지 않았다. 어쩌면 그것이 윈톈밍의 정보가 담긴 문을 여는 신비한 열쇠일지도 몰랐다.

그건 바로 '허얼신건모쓰컨'이라는 범상치 않은 지명이었다.

윈톈밍은 세 편의 동화를 중국어로 얘기했다. 이야기 없는 왕국, 도철해, 묘도, 노주, 빙사, 심수, 바늘귀, 공령, 장범, 관 씨 등등 동화 속 거의 모든 지명과 인명이 분명한 의미를 가진 중국어로 되어 있었다. 그런데 유독이 지명만 외국어를 음역한 것이었고 아주 길었으며 발음도 어색하고 이상했다. 게다가 이 기이한 이름이 비정상적일 정도로 자주 반복하여 등장했다. 바늘귀와 공령이 허얼신건모쓰컨 사람이고, 그들이 그림 그릴 때 쓴 설랑지도 허얼신건모쓰컨에서 가져온 것이었으며, 종이를 누를 때 사용한 흑요석 석판과 인두도 허얼신건모쓰컨의 물건이었다. 또 장범의 고향이 허얼신건모쓰컨이고, 비누와 도철어도 허얼신건모쓰컨에서 들여온 것이었다. 작가는 이 지명의 중요성을 알리려는 듯 반복적으로 강조했지만 동화 속 어디에도 이곳에 대한 구체적인 묘사는 등장하지 않았다. 그곳이 이야기 없는 왕국처럼 커다란 섬인지, 대륙인지 아니면 군도인지 알 수 없고, 그 이름이 어느 나라 언어를 음역한 것인지도 알 수 없었다. 윈텐밍이 지구를 떠날 때 영어를 잘하는 편이 아니었고 할 줄 아는 제2외국어도 없었다. 하지만 나중에 배웠을 가능성을 배제할 수 없다. 게다가 영어의 음역인 것 같지도 않고, 심지어 라틴어계 언어인지도 확실하지 않았다. 물론 삼체 언어일 가능성은 없었다. 삼체인의 언어는 소리로 표현되지 않기 때문이다.

학자들이 지구상에 이미 알려진 각종 언어의 알파벳으로 허얼신건모쓰컨을 써보고, 각 분야의 전문가들에게 자문을 구하고 인터넷의 각종 데이터베이스에서 검색해보았지만 아무것도 알아낼 수 없었다. 각 분야 최고의 브레인이라 불리는 이들도 이 기괴한 단어 앞에서는 속수무책이었다.

그들은 청신에게 묻고 또 물었다. 그녀가 기억하는 그 발음이 확실한지. 그때마다 청신은 그렇다고 대답했다. 그녀도 그 지명이 이상하다고 생각했기 때문에 특별히 집중해서 암기했다. 더욱이 수없이 반복해서 등장하는 단어이기 때문에 틀릴 가능성은 거의 없었다.

IDC의 정보 해독이 난관에 봉착했다. 사실 처음부터 예상했던 것이었다. 만약 인류가 동화 속 정보를 수월하게 해독해낼 수 있다면 삼체인들도 그럴 수 있을 것이다. 그러므로 진정한 정보는 동화 속 깊숙이 감춰져 있을 것이다. 전문가들은 의기소침해졌다. 지자 차단실의 정전기와 지독한 냄새도 그들의 짜증을 돋웠다. 동화에 대한 다양한 해석이 등장하고 각각의 해석을 지지하는 사람들이 몇 갈래로 나뉘어 쉬지 않고 논쟁했다.

정보 해독이 어려워지면서 IDC 내부에서 회의적인 분위기가 감지되기 시작했다. 사람들은 세 편의 동화가 정말로 의미 있는 정보를 담고 있는지 의심했다. 회의론자들이 가장 의심하는 건 윈톈밍이었다. 그는 대졸 학력을 가진 서기인이었다. 지금으로 치면 중학생 정도의 지식 수준에도 미치지 못했다. 임무를 수행하러 떠나기 전 그는 주로 말단 사무직으로 근무했으며 기초과학에 대한 이론적인 능력도 갖고 있지 않았다. 삼체인에게 포획되어 복제된 뒤 학습했을 수도 있지만 과연 그에게 삼체 세계의 우수한 기술을 이해할 능력이 있는지, 특히 그런 기술의 기초 이론을 이해할 수 있는지에 대해 사람들은 여전히 회의적이었다.

설상가상으로 시간이 흐를수록 복잡한 일들이 IDC를 흔들어놓았다. 처음에는 모든 팀이 한마음으로 협력해 인류의 미래를 위한 수수께끼 풀이에 집중했다. 하지만 곧 정치계와 이익집단의 손길이 뻗치기 시작했다. 함대 세계, UN, 다국적기업, 각 종교가 각자의 정치적 바람과 이익을 개입시키고 윈톈밍의 정보를 자신들의 정치적 주장을 선전하는 도구로 삼으려 했다. 얼마 못 가서 윈톈밍의 동화가 무엇이든 담을 수 있는 바구니가 되고 정보 해독은 변질되었으며, 각 파벌 간의 논쟁도 더욱 정치화되어 사람들을 실망시켰다.

하지만 정보 해독이 난관에 봉착하면서 나타난 긍정적인 효과도 있었다. 사람들이 기적이 일어날 거라는 환상에서 벗어나게 된 것이다. 사실 대중은 그런 환상에서 벗어난 지 오래였다. 그들은 윈톈밍의 동화가 존재한다는 사실조차 모르고 있었기 때문이다. 대중의 바람에 영합해야 하는 정치의 생리에 따라 함대 세계와 UN의 관심은 윈톈밍의 정보에서 인류의 현재 기술을 이용해 지구 문명의 생존 기회를 찾는 쪽으로 이동했다.

우주의 관점에서 보면 삼체 세계의 파멸은 그리 멀지 않은 일이었고, 인류에게 이것은 항성 멸망의 온전한 과정을 자세히 관측하고 대량의 데이터를 얻을 수 있는 절호의 기회였다. 멸망당한 항성의 질량과 주계열이 태양과 매우 흡사하기 때문에 이를 관측하면 태양이 암흑의 숲 공격을 받을 경우 닥칠 재난의 정확한 수학모델을 얻을 수 있었다. 이 분야의 연구는 삼체 세계가 폭발하면서 발생된 광신호가 태양계에 전달된 그 순간부터 대대적으로 시작되었다. 그 연구 결과로 인해 탄생한 것이 벙커 프로젝트이며, 이것이 윈톈밍의 정보를 대신해 국제사회에서 초미의 관심사로 떠올랐다.

《시간 밖의 과거》 발췌

벙커 프로젝트—지구 문명의 방주

1. 태양계에 암흑의 숲 공격이 닥칠 때까지 남은 시간
   낙관적인 예측 100~150년, 일반적인 예측 50~80년, 비관적인 예측 10~30년. 70년이 남았다는 예측하에 인류 생존 계획을 수립하고 있음.

2. 구조가 필요한 인구 수
   현재 세계 인구 증감률로 계산할 때 70년 후 약 6억~8억 명으로 추산됨.

3. 암흑의 숲 공격에 관한 전반적인 예측
   삼체 항성의 멸망을 관측한 자료를 토대로 태양이 동일한 공격을 받았을 때 일어날 재난의 수학모델을 수립했다. 이 모델에 따르면, 태양이 광립의 습격을 받

을 경우 화성 궤도 내에 있는 모든 지구형행성이 파괴될 것으로 예측된다. 공격 초기, 수성과 금성은 형체도 없이 사라지고, 지구는 일부가 남아 구체 형태가 유지되겠지만 표면에 약 500킬로미터의 박리가 발생해 지각 전체와 맨틀의 일부분이 사라질 것이다. 화성 표면은 약 100킬로미터의 박리가 발생할 것으로 예측된다. 공격 후기에는 태양 폭발 물질로 인한 저항 때문에 모든 지구형행성의 궤도가 낮아지다가 결국에는 잔존한 태양의 중심으로 추락해 완전히 파괴될 것이다.

수학모델에 따르면, 항성 물질의 복사와 확산을 포함한 태양 폭발의 파괴력은 거리의 제곱에 반비례한다. 즉, 태양과의 거리가 늘어나면 파괴력이 급격히 약해진다. 그러므로 태양과 비교적 멀리 떨어진 목성형행성은 살아남을 수 있을 것이다.

공격 초기에는 목성 표면이 격렬하게 진동하겠지만 전체적인 구조는 온전히 유지될 것이고 목성의 위성 체계도 변하지 않을 것이다. 토성, 천왕성, 해왕성도 표면이 어느 정도 진동할 뿐 구조는 온전히 유지될 것이다. 확산되는 태양 물질이 목성형행성 세 개의 운행 궤도에 다소 영향을 미치기는 하겠지만 시간이 갈수록 태양이 폭발하면서 확산된 태양 물질이 나선 성운을 형성하면 그 회전 각속도와 방향이 목성형행성과 일치하게 되므로 더 이상 행성의 궤도를 낮출 정도의 저항은 발생하지 않는다.

따라서 태양계의 4대 행성, 즉 목성, 토성, 천왕성, 해왕성은 암흑의 숲 공격 후에도 온전히 유지될 것이 확실시된다.

이 중요한 예측이 벙커 프로젝트의 기본적인 근거가 되었다.

4. 폐기된 인류 생존 계획

(1) 행성 간 도주 프로젝트

기술적으로 실현 가능성이 전혀 없다. 계획한 시간 내에 인류가 대규모 행성

간 항해 능력을 갖추는 것은 불가능하므로 행성 간 도주가 가능한 사람은 세계 인구의 1000분의 1에도 못 미칠 것이며, 우주선의 연료가 고갈되거나 생태 시스템의 수명이 다하기 전에 인간이 거주할 수 있는 지구 밖 행성을 찾을 가능성은 매우 희박하다.

극소수 사람만 이 프로젝트의 혜택을 받을 수 있으므로 인류 사회의 가장 기본적인 가치관과 윤리 원칙에 위배되며 정치적으로 불가능하다. 이 프로젝트가 진행된다면 인류 사회에 극심한 혼란과 대대적인 붕괴가 초래될 것이다.

(2) 장거리 이주 프로젝트

실현 가능성이 낮다. 태양에서 충분히 먼 거리의 우주에 인류가 거주할 수 있는 터전을 건설해 태양의 폭발을 피하겠다는 프로젝트다. 수학모델을 이용한 시뮬레이션과 예측 가능한 미래에 인류가 확보할 수 있는 우주 도시 방어 수준을 고려할 때 태양 폭발에도 살아남을 수 있는 안전거리는 태양으로부터 60천문단위다. 이는 카이퍼 벨트 밖으로 벗어난 거리다. 하지만 그 구역은 자원이 부족해 우주 도시를 건설할 재료를 구하기가 어렵고 인류의 생존에 필요한 자원도 구할 수 없다.

5. 벙커 프로젝트

4대 행성인 목성, 토성, 천왕성, 해왕성을 벙커로 삼아 암흑의 숲 공격으로 인한 태양 폭발을 피하겠다는 프로젝트다. 구체적으로는 4대 행성에서 태양을 등진 방향에 인류 전체가 이주할 수 있는 우주 도시를 건설하는 것이다. 이 우주 도시들은 각각의 행성에 근접해 있지만 행성의 위성이 아니라 행성과 함께 태양 주위를 공전하게 된다. 그래야만 계속 태양을 등진 방향에 위치해 태양이 폭발할 때 행성의 보호를 받을 수 있기 때문이다. 약 1500만 명을 수용할 수 있는 우주 도시 50개를 건설할 계획이며, 목성, 토성, 해왕성, 천왕성에 각각 20개,

20개, 6개, 4개가 건설될 것이다.

우주 도시를 건설할 재료는 4대 행성의 위성과 토성 및 해왕성의 고리에서 채취한다.

6. 벙커 프로젝트의 기술적 문제

이 프로젝트에 사용될 대부분의 기술은 인류가 이미 보유하고 있는 것들이다. 함대 세계는 우주 도시 건설 경험이 풍부하고 목성에 상당한 규모의 우주 기지를 보유하고 있다. 아직 남아 있는 기술적 문제가 있기는 하지만 계획된 기간 내에 극복할 수 있을 것으로 보인다. 그중 하나가 우주 도시의 위치를 유지시키는 것이다. 우주 도시는 4대 행성의 위성이 아니라 태양을 등진 방향에서 상대적 정지 상태를 유지해야 하기 때문에 행성의 중력에 끌려갈 수 있다. 그러므로 우주 도시에 위치 유지용 엔진을 설치해 행성의 중력을 상쇄시킴으로써 우주 도시와 행성 간 거리를 유지해야 한다. 처음 계획된 우주 도시의 위치는 거대 행성의 두 번째 라그랑주 점*이었다. 이곳은 거대 행성의 바깥쪽 중력 균형점에 위치하기 때문에 일정한 위치를 유지할 수는 있지만, 벙커 행성과의 거리가 너무 멀어 방어 효과를 발휘할 수 없다는 문제가 있다.

7. 암흑의 숲의 공격 후 인류가 태양계에서 생존하는 문제

태양이 파괴된 후 우주 도시는 핵융합에너지에 의지해 생존해야 한다. 이때 태양계는 나선 성운 상태를 띠게 된다. 태양이 폭발한 후 형성된 잔해 성운 중에 거의 무한한 양의 핵융합 연료가 포함되어 있기 때문에 대량 채취하기도 쉽다.

---

* 행성과 태양으로 이루어진 태양계에 중력이 균형을 이루는 라그랑주 점이 총 다섯 개 있으며 그중 안정적인 것이 두 개 있다. 이 중 두 번째 라그랑주 점은 행성과 태양을 잇는 선에서 행성의 바깥쪽에 위치한다.

태양의 잔존 내핵에도 핵융합 연료가 풍부하므로 인류의 장기간 생존에 필요한 에너지를 공급받을 수 있다. 모든 우주 도시에 인조 태양을 만들어 공격 전 지구에서 얻던 일조량에 맞먹는 빛에너지를 얻을 수 있다. 에너지 자원이라는 측면에서 본다면 인류는 공격받기 전에 비해 엄청난 자원을 확보하게 될 것이다. 태양계의 핵융합 자원에 비하면 우주 도시의 소모량은 태양의 몇경 분의 1밖에 되지 않을 것이다. 아이러니하게도 태양의 파괴가 태양계 핵융합 자원의 고갈 문제를 해결하게 되는 셈이다.

목성의 위성인 유로파의 표면은 수심 160킬로미터의 바다로 뒤덮여 있어 수자원이 풍부하다. 지구의 바다보다도 많은 물이 저장되어 있기 때문에 우주 도시에 필요한 물을 공급할 수 있다. 이 밖에 성운 내부에도 다량의 수자원이 포함되어 있다.

암흑의 숲 공격 이후 성운 상태의 태양계가 안정을 되찾으면 모든 우주 도시는 벙커로 삼은 행성에서 벗어나 태양계 안에서 인류가 거주하기에 적합한 생존 공간을 찾아 나서게 된다. 성운이 밀집되어 있는 황도면을 어느 정도 벗어나 성운의 영향을 피하는 동시에 성운에서 각종 자원을 채취할 수 있다. 태양의 폭발로 지구형행성이 파괴되면서 각종 광물자원이 성운 속을 떠다니게 되므로 채취와 개발이 훨씬 용이해진다. 따라서 더 많은 우주 도시를 건설하는 것도 가능해진다. 이때 우주 도시의 수에 제약이 될 유일한 자원은 바로 물이다. 하지만 유로파의 수자원만으로도 1000만~2000만 인구의 우주 도시 1000개에 충분한 물을 공급할 수 있다.

결론적으로 암흑의 숲 공격 이후 태양계의 잔해 성운이 100억 인구에게 쾌적한 생활을 제공할 수 있으며 인류 문명도 충분히 발전할 수 있다.

8. 벙커 프로젝트가 지구 세계에 미치는 영향

인류 전체가 거주할 새로운 세계를 건설하는 거대한 프로젝트로 역사상 한 번도

시도된 적 없는 계획이다. 이 프로젝트의 가장 큰 장애물은 기술이 아니라 국제 정치였다. 사람들은 벙커 프로젝트가 지구의 자원을 고갈시키고 지구 사회의 정치, 경제를 크게 후퇴시키지 않을까 우려했다. 심지어 제2의 대협곡이 출현할 것이라는 불안감도 나타났다. 하지만 함대 세계와 UN은 그런 위험성을 충분히 피할 수 있다고 생각했다. 벙커 프로젝트가 지구 밖에서 진행되는 프로젝트이기 때문에 그에 필요한 자원은 전적으로 지구 외부의 태양계에서 조달하게 된다. 주로 4대 목성형행성의 위성과 토성, 천왕성, 해왕성의 고리에서 자원을 채취할 것이므로 지구 자원이나 경제에는 아무런 영향을 미치지 않는다. 반대로 우주의 자원이 어느 정도 규모로 개발되면 오히려 지구 경제의 발전을 촉진할 수도 있다.

9. 벙커 프로젝트의 전체적인 단계

20년 동안 거대 행성의 자원을 개발한 뒤 60년에 걸쳐 우주 도시를 건설하게 된다. 1기 공정에서 2기 공정으로 넘어가는 과정에서 두 공정이 10년 정도 겹치게 된다.

10. 2차 암흑의 숲 공격의 가능성

1차 공격이 거시적인 효과를 얻게 되면 먼 곳의 관찰자들은 대부분 태양계 문명이 완전히 파괴되었다고 생각할 것이고, 태양이 존재하지 않으므로 태양계 내부에 이용할 만한 에너지 자원도 없다고 생각할 것이다. 그러므로 2차 암흑의 숲 공격이 발생할 가능성은 희박하다. 187J3X1 항성이 파괴된 후 현재까지의 상황도 이 예측에 힘을 실어주고 있다.

벙커 프로젝트의 본격적인 착수가 임박하자 윈톈밍을 향한 국제사회의 관심도 점점 줄어들었다. IDC의 정보 해독 작업은 계속 진행되고 있었지만 PDC의 일상적인 업무 중 하나일 뿐 이 작업을 통해 전략적으로 유용한 정보를 얻을 수 있을 것이라는 희망은 희박해졌다. IDC의 전문가 중 누군가가 벙커 프로젝트와 윈톈밍의 동화를 연결시켜 벙커 프로젝트와 관련된 정보를 여러 개 해독해냈다. 예전에는 그 우산이 방어 시스템을 암시한다는 해석이 지배적이었지만 우산 가장자리에 매달린 돌멩이가 태양계의 목성형행성을 상징하는 게 아니냐는 해석이 조심스럽게 제기되었다. 태양계에서 벙커 역할을 할 수 있는 거대 행성은 총 네 개지만, 윈톈밍의 동화에서는 우산살이 몇 개인지 알려주지 않았고 일반적으로 우산살이 네 개라면 적은 감이 없지 않다. 사실 이성적으로 이 주장을 믿는 사람은 별로 없었지만, 이제 그들에게 윈톈밍의 동화는 성경 같은 것이었다. 사람들은 무의식중에 그 속에서 실용적인 정보를 찾는 대신 암담한 현실에 대한 위안을 얻으려 했다.

그런데 바로 이때 뜻밖의 돌파구가 나타났다.

어느 날 AA가 청신을 찾아갔다. 그녀는 더 이상 청신과 함께 IDC 회의에 참석하지 않고 벙커 프로젝트에 청신의 회사를 참여시키기 위해 모든 노력을 쏟아붓고 있었다. 인류가 목성 궤도 밖에 새로운 세계를 건설한다는 건 우주 건설 기업으로서 놓칠 수 없는 엄청난 기회였다. 공교롭게도 목성형행성의 고리는 우주 도시 건설의 중요한 재료원이고, 청신의 회사 이름은 그 고리의 이름을 딴 헤일로 그룹이었다.

AA가 말했다.

"비누가 필요해요."

청신은 AA의 말뜻을 이해하지 못했다. 그녀는 앞에 있는 전자책에서 시선을 떼지 않은 채 AA에게 핵융합 물리학에 관한 질문을 했다. 동면에서 깨어난 후로 그녀는 현대 과학을 꾸준히 공부했다. 그녀의 전공인 서기 시대의 항공 우주 기술은 이미 사라진 지 오래고 소형 우주정까지도 핵융합 추진 시스템이 탑재되어 있었다. 그녀는 기초 물리학에서부터 다시 시작해야 했지만 빠르게 진도를 따라잡았다. 사실 시대의 간극은 학습에 아무런 장애가 되지 않았다. 기초 이론이 수정된 건 대부분 위협의 세기 이후의 일이었으므로 서기 시대의 과학자와 엔지니어들도 조금만 공부하면 전공 분야에 다시 적응할 수 있었다.

AA가 청신이 들고 있는 전자책의 전원을 꺼버렸다.

"비누가 필요하다니까요!"

"나한텐 비누가 없어. 설마 모든 비누가 신기한 능력을 가졌다고 생각하는 건 아니겠지?"

언제까지 이렇게 어린애처럼 행동할 것이냐는 행간의 뜻이 담겨 있었다.

"나도 알아요. 하지만 거품이 좋아요. 공주처럼 거품에 파묻혀서 목욕하고 싶어요. 비누가 필요하다고요!"

현대의 목욕 방식은 비누가 필요하지 않았다. 비누를 비롯한 모든 세척 용품은 100년도 더 전에 역사 속으로 사라졌다. 그 대신 지금은 초음파와 세척 물질을 사용했다. 세척 물질이란 눈에 보이지 않는 나노 로봇으로 물에 녹일 수도 있고 마른 채로 사용할 수도 있는데 물체의 표면이나 피부를 순간적으로 깨끗하게 해주었다. AA의 성화에 못 이긴 청신이 함께 비누를 찾아 나섰다. 예전에 그녀가 우울감에 빠져 있을 때도 AA가 늘 그녀를 억지로 끌고 나가 바람을 쐬곤 했다. 도시의 거대한 숲을 바라보며 한참을 생각했지만 비누가 있을 만한 곳은 박물관뿐이었다. 도시의 역사를 전시해놓은 박물관에서 간신히 비누를 찾을 수 있었다. 서기 시대의 생활 용품을 전시해놓은 전시실이었다. 어두운 조명 사이로 전시품에만 밝은 조명이 쏟아져 내리고 있었다. 각종 가전제품, 옷, 가구 등 서기 시대의 물건들이 먼지 하나 묻지 않은 깨끗한 상태로 보존되어 있어 새것 같은 신선함마저 불러 일으켰다. 청신은 이것들이 2세기 전 유물이라는 사실을 받아들일 수가 없었다. 바로 어제까지도 이런 물건들로 둘러싸여 있었던 것 같았다. 처음 동면에서 깨어난 후 지금까지 수많은 일을 겪었지만 새로운 시대는 여전히 그녀에게 꿈만 같았고 그녀의 정신은 고집스럽게 과거를 떠나지 못하고 있었다.

일용품 전시 구역에 미용 비누, 빨랫비누, 가루비누 등 여러 가지 세척용품이 전시되어 있었다. 비누 표면에는 청신에게 익숙한 상표도 찍혀 있었다. 동화 속 비누처럼 순백색이었다.

처음에는 유물이라며 팔 수 없다고 버티던 박물관장이 설득 끝에 아주 높은 가격을 불렀다.

청신이 AA에게 말했다.

"그 돈이면 작은 비누 공장도 지을 수 있겠어."

"뭐예요? 나는 이렇게 오랫동안 선생님 대신 회사를 경영해주고 있는데 이 정도 선물쯤 해줘도 되잖아요. 지금 사두면 앞으로 가치가 더 오를 거라고요!"

결국 청신이 비누를 사주었다. 거품 목욕을 하고 싶다면 입욕제를 사는 게 나을 거라고 조언해주었지만 AA가 원하는 건 오직 비누였다. 동화 속 공주가 비누를 썼기 때문이다. 청신은 진열장에서 조심스럽게 꺼낸 비누를 손에 올려놓고 가만히 들여다보았다. 2세기 전 물건이지만 여전히 은은한 향기를 머금고 있었다.

AA가 집에 돌아오자마자 겹겹이 싼 진공포장을 뜯고 비누를 꺼내 욕실로 들어갔다. 문 잠기는 소리와 함께 욕조에 물 쏟아지는 소리가 들렸다.

청신이 욕실 문을 두드리며 말했다.

"비누로 목욕하지 않는 게 좋을 거야. 그건 알칼리성이야. 넌 한 번도 써보지 않아서 피부가 상할 수도 있어."

AA는 아무 대답도 하지 않았다. 한참 만에 물소리가 멈추고 욕실 문이 열렸다. 옷을 그대로 입은 AA가 손에 든 흰 종이를 흔들며 말했다.

"종이배 접을 줄 알아요?"

"요즘은 이런 것도 할 줄 몰라?"

청신이 종이를 낚아챘다.

"당연하죠. 요샌 종이도 보기 어려울걸요."

청신이 앉아서 종이배를 접었다. 그녀는 대학 시절 보슬비 내리던 오후로 되돌아간 것 같았다. 그때 그녀는 윈톈밍과 물가에 앉아 있었다. 엷은 안개가 내려앉은 물 위에서 그녀가 접은 종이배가 천천히 멀어져가고 있었다. 그녀는 다시 윈톈밍의 동화 속 마지막 장면에 나오는 하얀 돛을 떠올렸다.

AA가 청신이 접은 돛단배를 들고 예쁘다고 감탄하더니 욕실로 들어가자고 했다. AA가 비누를 세면대에 놓고 칼로 작게 잘라내더니 종이배 꽁무니에 작은 구멍을 뚫어 비누 조각을 끼웠다. AA가 청신을 향해 의미심장한 미소를 짓고는 욕조를 가득 채운 잔잔한 물 위에 종이배를 살포시 내려놓았다.

종이배가 앞으로 움직이며 욕조의 다른 쪽 끝을 향해 나아갔다.

청신은 금세 원리를 이해할 수 있었다. 비누가 물에 용해되면 선미 쪽 표면장력은 줄어들지만 선수 쪽 표면장력은 그대로이기 때문에 배가 표면장력에 끌려 앞으로 움직이는 것이었다.* 그 순간 청신의 머릿속이 번개를 맞은 듯 번쩍이며 환해졌다! 그녀의 눈앞에서 욕조 속 잔잔한 수면이 검은 우주로 변하고 흰 종이배가 끝없는 허공 속으로 광속 항해를 하고

---

* 이 실험의 효과는 물의 경도 및 청결도와 관련이 있다. 배가 직선으로 나가게 하려면 종이배 뒷부분에 키를 다는 것이 좋다.

있었다…….

하지만 곧바로 또 다른 생각이 그녀의 머릿속으로 밀고 들어왔다. 윈톈밍의 안전이었다. 갑자기 나타난 어떤 손이 생각의 현을 와락 잡아채 진동을 막은 듯 그녀의 생각이 우뚝 멈추었다. 그녀는 종이배에 멈춰 있던 시선을 억지로 거두어들인 뒤 아무 관심도 없는 척 심드렁한 표정을 지었다. 어느새 종이배가 욕조의 다른 쪽 끝에 도착해 천천히 멈춰 섰다. 그녀는 종이배를 건져 올린 뒤 팽개치듯 세면대 위로 던졌다. 변기에 처넣고 물을 내리고 싶은 충동을 가까스로 억눌렀지만 그걸 다시 물에 띄우는 일은 절대로 없을 거라고 다짐했다.

'위험해.'

청신은 태양계에서 지자가 완전히 사라졌다는 걸 믿는 쪽이었지만 경계를 완전히 풀 수는 없었다.

청신과 AA의 눈빛이 허공에서 마주쳤다. 서로의 눈동자가 자기 눈을 비추는 거울이 된 듯, 깨달음에서 나온 흥분의 빛이 비어져 나오고 있었다. 청신이 재빨리 시선을 거두며 담담하게 말했다.

"너랑 놀아줄 시간 없어. 목욕하고 싶으면 어서 목욕이나 해."

그녀가 욕실을 빠져나갔다.

AA도 청신을 따라 나왔다. 두 사람은 와인 두 잔을 따라놓고 아무 이야기나 하기 시작했다. 벙커 프로젝트에서 헤일로 그룹이 할 수 있는 역할에 대해 의견을 나누고 각자 다른 세기에 보낸 대학 생활을 회상했으며, 그다음엔 현재 생활에 대해 이야기했다. AA가 동면에서 깨어난 지 한참 지나도 왜 마음에 드는 남자를 하나도 만나지 못했느냐고 묻자 청신은 아직도 평범한 생활을 할 수가 없다고 했다. 청신은 AA에게 남자 친구가 너무 많아서 탈이라며 애인을 집에 데려와도 좋지만 한 번에 한 명씩만 데려오라고 당부했다. 또 두 시대 여자들의 패션과 취향 중 비슷한 점은 무엇이고 다른 점은 무엇인지 이야기했다. 끊임없이 이어진 대화는 그녀들이 흥분을 표출하기 위한 수단이었다. 잠시라도 침묵하면 각자의 마음속에 감추고 있는 희열이 물거품이 될 것처럼 쉬지 않고 재잘거렸다. 마침내 상기된 대화 속 아무도 주의를 기울이지 않는 짧은 틈에 청신의 입에서 두 글자가 나직이 흘러나왔다.

"곡률……."

그 뒤의 두 글자는 눈빛으로 대신했다.

'추진?'

AA가 가볍게 고개를 끄덕이며 눈빛으로 말했다.

'맞아요. 곡률 추진!'

《시간 밖의 과거》 발췌

구부러진 공간의 동력

우주는 평평한 공간이 아니며 곡률이 존재한다. 우주 전체가 거대한 막이라고 상상한다면 이 막의 표면은 커브 형태를 띤다. 비누 거품처럼 빈틈없이 막혀 있는 구체일 수도 있다. 막의 일부만 보면 평면인 것 같지만 공간곡률은 역시 곳곳에 존재한다.

서기 시대에 야심차게 등장했던 우주 항해에 관한 상상 가운데 공간 접힘이라는 것이 있었다. 넓은 공간의 곡률이 무한대로 커지면 종이처럼 접을 수 있어서 '종이면' 위에서 1000만 광년 떨어져 있는 두 점을 맞붙일 수 있다는 것이다. 엄밀히 말하면 이 방법은 우주 항해가 아니라 '우주 드래깅'이라고 불러야 했다. 실제로 목적지까지 항해하는 것이 아니라 공간곡률을 변화시켜 목적지를 끌어당기는 것이기 때문이다.

이처럼 우주를 움직이는 건 오직 조물주만이 할 수 있는 일이다. 아니, 사실 기본 이론의 한계를 고려한다면 조물주에게도 불가능한 일이다.

그 후 공간곡률을 이용한 항해에 관해 좀 더 온건하고 스케일도 작은 상상이 등장했다. 우주선 뒤쪽의 일부 공간을 어떤 방식으로 평평하게 다려 곡률을 감소시킨다면 우주선은 곡률이 더 큰 앞쪽으로 끌려가게 될 것이라는 가설이었다. 이것이 바로 곡률 추진이다.

공간 접힘처럼 순간적으로 목적지에 도달하는 것은 아니지만 우주선이 광속에 가까운 속도로 무한히 항해하게 할 수 있었다.

하지만 윈텐밍의 동화 속 정보를 정확히 해독해내기 전에는 곡률 추진도 일종의 판타지에 불과했다. 광속 비행에 관한 수백 개의 다른 판타지와 마찬가지로, 이론상으로든 기술석으로든 과연 이깃이 가능힌지는 아무도 알 수 없었다.

AA가 눈동자를 반짝이며 말했다.

"위협의 세기 전에 디스플레이가 달린 옷이 유행한 적이 있었어요. 그때 사람들은 오색찬란하게 번쩍이는 옷을 입고 다녔죠. 지금은 어린애들을 제외하곤 아무도 그런 옷을 입지 않아요."

하지만 그녀의 눈은 다른 얘길 하고 있었다. 그녀의 눈빛이 조금 어두워졌다.

'그럴듯한 해석이지만 최종적으로 확정될 가능성은 낮아요. 동조하는 사람이 별로 없을 거예요.'

청신이 말했다.

"내가 제일 놀란 건 귀금속과 보석이 사라졌다는 거야. 금은 이제 평범한 금속이 됐고 이 와인잔도 다이아몬드로 만들었잖아……. 이거 알아?

내가 살던 시대에는 작은 다이아몬드 한 알을 갖는 게 거의 모든 여자의 소원이었어."

그녀의 눈이 말했다.

'아냐, AA. 이번엔 달라. 이번엔 확실해!'

"그 시대에도 알루미늄은 값이 쌌잖아요. 전기분해 기술이 발명되기 전까지는 알루미늄도 귀금속이었어요. 어떤 나라에서는 국왕의 왕관도 알루미늄으로 만들었다고 하던걸요."

'그걸 어떻게 장담해요?'

청신은 더 이상 눈빛으로 표현할 수 없다는 걸 알았다. 원래 IDC가 그녀의 집에 지자 차단실을 만들어주겠다고 했지만 그러자면 부피가 크고 소음도 심한 장비를 설치해야 했기 때문에 번거롭다는 생각에 그녀가 거절했다. 지금 그녀는 그때의 선택을 후회하고 있었다.

청신이 낮은 소리로 말했다.

"설랑지."

어두워졌던 AA의 눈동자가 순간적으로 다시 반짝이더니 조금 전보다 더 강렬한 흥분감이 차올랐다.

"다른 걸로는 정말 평평하게 만들 수 없나요?"

"안 됩니다. 허얼신건모쓰컨의 흑요석 석판으로만 가능합니다."

(……)

그때 시계가 울렸어. 공령이 고개를 들어 밖을 보니 동이 트려 하고 있었어. 평평하게 누른 설랑지의 끝부분을 두루마리에서 빼내자 다시 말리지 않고 바닥에 반듯하게 펼쳐졌어. 하지만 폭이 겨우 한 뼘밖에 되지 않아 그림을 그릴 수가 없었지. 그가 인두를 툭 내려놓으며 긴 한숨을 내쉬었어.

종이 두루마리. 곡률을 가진 종이 두루마리를 평평하게 다려 곡률을 감소시킨다.

이건 곡률 추진을 진행할 때 우주선의 전후방 공간에 대한 암시가 틀림없었다. 다른 것일 가능성은 없었다.

"가자."

청신이 일어나자 AA도 일어났다.

"가요."

두 사람은 가장 가까운 지자 차단실로 향했다.

이틀 뒤 열린 정보해독위원회 회의에서 모든 전문팀이 곡률 추진에 관한 해석에 동의했음이 발표되었다.

윈톈밍이 삼체의 광속 우주선이 공간곡률 추진 방식을 사용하고 있다는 걸 지구 세계에 알리려고 했던 것이다.

이건 매우 중요한 전략적 정보였다. 광속 항해에 관한 수많은 상상 가운데 공간곡률 추진이 실현 가능하다는 걸 확정해준 것이자, 인류의 항해 기술이 나가야 할 방향을 알려준 것이었다. 칠흑 같은 밤, 바다 한가운데서 불을 밝혀주는 등대처럼.

이 정보 해독은 또 한 가지 중요한 의의가 있었다. 바로 윈톈밍이 동화 속에 정보를 숨긴 방식을 발견했다는 점이었다. 윈톈밍의 정보 은닉 방식은 2중 은유와 2차원 은유 두 가지로 귀납되었다.

2중 은유 : 동화 속 은유는 정보를 직접적으로 가리키는 것이 아니라, 먼저 단순한 사물을 가리키고 그 사물을 통해 해독이 용이한 방식으로 정보를 암시하는 간접적인 방식을 택하고 있었다. 이번 예에서도 공주가 탄 배와 허얼신건모쓰컨 비누, 도철해가 모두 한 가지 사물, 즉 비누를 이용해 추진하는 배를 암시하고, 그 비누 배가 가리키는 최종 목표가 바로 공간곡률 추진이었다. 사람들은 지금까지 정보 해독 작업이 제자리걸음이었던 중요한 원인이 직접적인 은유에 익숙한 사고방식으로 정보를 해독한 데 있었음을 알았다.

2차원 은유: 윈톈밍은 이 방식으로 문자와 언어로 전달하는 정보의 불확실성 문제를 해결했다. 2중 은유가 완성된 후 여기에 직접적인 은유를 덧붙여 2중 은유의 의미를 한 번 더 확인시켜주기 때문이다. 이번 예에서도 설랑지 두루마리와 말린 종이를 눌러 평평하게 펴는 설정을 통해 곡률 추진의 공간 형태를 암시함으로써 비누 배의 은유를 재확인시켰다. 동화를 2차원의 평면이라고 한다면 2중 은유로 진정한 의미의 좌표를 제공한 뒤, 여기에 직접적인 은유를 추가해 의미를 고정시킨 것이다. 따라서 이 직접적인 은유를 '고정 좌표'라고 부를 수 있다. 고정 좌표는 단독으로 떼어내면 아무 의미도 없는 것 같지만 2중 은유와 결합하면 문학적 언어의 모호성 문제를 해결할 수 있다.

PIA 정보 전문가가 감탄했다.

"절묘한 방법이군요!"

정보 해독 전문가들이 청신과 AA에게 축하와 경의를 표했다. 특히 그동안 공공연하게 무시당해온 AA가 사람들에게 인정받으며 위원회 내에서 지위가 높아졌다.

하지만 청신은 윈톈밍을 떠올리며 코끝이 시큰해졌다. 외우주에서 길고 긴 밤을 보내고 낯설고 위험한 외계 사회에서 살기 위해 고군분투했을 그 남자가 인류에게 정보를 전달하기 위해 100편도 넘는 동화를 만들고 그중 세 편 속에 이토록 교묘하게 정보를 감추어놓기까지 얼마나 치열하게 고민하고 또 얼마만큼의 영혼을 쏟아부었을지 감히 상상도 할 수 없었다. 3세기 전 청신에게 별을 선물했던 그가 3세기가 지난 지금 전 인류에게 희망을 선물한 것이다.

정보 해독 작업이 활기를 되찾고 순조롭게 진행되기 시작했다. 새로 발견한 은유 방식 외에도 전문가들 사이에서 일종의 묵시적 추측이 생겨났다. 태양계 탈출에 관한 정보를 해독해냈으므로 남아 있는 정보는 안전보장 성명에 관한 것일 가능성이 크다는 점이었다.

하지만 얼마 후 전문가들은 아직 해독해내지 못한 정보들은 첫 번째 정보보다 훨씬 복잡하게 숨겨 있다는 걸 알았다.

어느 날 회의에서 의장이 특별 제작한 우산을 꺼냈다. 동화에서 공령이 공주에게 준 보호 우산처럼 검은색이었고 여덟 개의 우산살 끝에 각각 작은 돌멩이가 매달려 있었다. 지금은 우산이 사람들의 생활에서 자취를 감춘 지 오래였다. 현대인들은 비를 피할 때 레인실드라는 물건을 사용했다. 크기는 손전등처럼 작지만 위쪽으로 기류를 방출해 빗방울을 사방으로 날려 보내는 방식이었다. 물론 우산이라는 물건이 존재했었다는 건 사람들도 알고 있었고 영화에서 보기도 했지만 실물을 본 사람은 거의 없었다. 사람들은 신기해하며 우산을 이리저리 만져보았다. 동화에서처럼 우산을 돌리면 원심력에 의해 우산 지붕이 펼쳐지고 회전속도에 따라 경보가 울렸다. 사람들은 우산을 돌리는 것이 무척 힘든 일이라는 걸 알고 관 씨가 온종일 쉬지 않고 우산을 돌렸다는 사실에 감탄했다.

AA가 우산을 힘껏 돌렸지만 힘이 약한 탓에 금세 속도가 느려지자 우산 지붕이 축 처지며 새소리가 났다.

의장이 우산을 꺼냈을 때부터 시선을 떼지 않고 뚫어져라 응시하고 있던 청신이 갑자기 AA에게 외쳤다.

"멈추지 마!"

AA가 우산 돌리는 속도를 높이자 새소리가 사라졌다.

"더 빨리 돌려봐."

청신이 우산을 계속 주시했다.

AA가 힘을 다해 우산을 돌리자 방울 소리가 났다. 청신이 다시 우산을 천천히 돌리게 하자 방울 소리가 새소리로 바뀌었다. 이러기를 여러 번 반복하다가 청신이 돌아가는 우산을 가리키며 말했다.

"이건 우산이 아니에요! 이게 뭔지 알았어요!"

"나도 알았어요."

옆에 있던 비윈펑이 고개를 끄덕이며 말한 뒤 그 자리에 있는 또 다른 서기인인 차오빈에게 시선을 던졌다.

"이게 뭔지 아는 사람은 우리 셋뿐이겠군요."

차오빈도 우산에 시선을 고정시킨 채 상기된 목소리로 말했다.

"맞아요. 우리 시대에도 낯선 물건이었으니까."

나머지 사람들이 이 옛 사람들을 번갈아 쳐다보았다. 그들의 말뜻을 이해할 수는 없었지만 흥분과 기대를 삼키며 그들이 답을 말해주길 기다렸다.

청신이 말했다.

"증기기관의 원심조속기예요."

누군가가 물었다.

"그게 뭐죠? 제어회로 같은 건가요?"

비윈펑이 고개를 저었다.

"그게 발명된 시대에는 전기가 없었소."

차오빈이 설명했다.

"18세기에 발명된 기계입니다. 증기기관의 속도를 조절하는 장치죠. 금속 공이 달려 있는 회전 막대 두 개 또는 네 개와 슬리브가 달린 회전축으로 이루어져 있었어요. 우산처럼 생겼지만 우산살의 수가 적지요. 증기기관이 작동하면 이 장치의 회전축이 함께 돌아가는데 증기기관의 속도가 너무 빠르면 금속 공이 원심력을 일으키며 회전 막대가 올라갑니다. 그러면 회전축의 슬리브가 올라가고 슬리브와 연결된 증기 밸브의 개구부가 좁아져 증기기관의 속도가 느려지죠. 반대로 증기기관의 속도가 너무 느릴 때는 원심력이 감소하면서 우산이 접히듯 회전 막대가 접히고 슬리브가 내려옵니다. 그러면 증기 밸브의 개구부가 넓어져 증기기관의 속도가 빨라지고요. 이게 최초의 산업용 자동 제어 시스템입니다."

드디어 우산이 1차적으로 암시하는 것이 무엇인지 밝혀졌다. 하지만 비누 배와 달리 증기기관의 원심조속기가 가리키는 건 명확하지 않았다. 수많은 추측 가운데 가장 가능성 높은 두 가지 가설로 압축되었다.

바로 음성 피드백 자동 통제와 일정한 속력이다.

동화 속에서 이 2중 은유에 대응하는 고정 좌표는 쉽게 찾을 수 있었다. 바로 심수 왕자다. 심수 왕자는 멀리서 보든 가까이에서 보든 똑같은 키로 보였다. 이 역시 여러 가지로 해석할 수 있지만 가장 가능성 높은 두 가지는 거리에 따라 신호가 감쇠되지 않는 신호전달 시스템과 어떤 참조 체계에서도 일정하게 유지되는 물리량이었다.

여기에 우산의 해석 결과를 합치자 정확한 조합을 쉽게 찾아낼 수 있었다. 참조 체계가 변화해도 일정하게 유지되는 속력, 그건 바로 광속이었다. 게다가 우산에 대한 은유에서 뜻하지 않게 세 번째 고정 좌표를 찾아낼 수 있었다.

"(……) 그 거품을 모아서 비누를 만드는데 거품을 모으는 게 쉬운 일이 아니에요. 바람에 날려 빠르게 날아가는 데다가 (……) 제일 빠른 말을 타고 달려야만 바람에 날아가는 거품을 따라잡을 수가 있어요. (……) 말에 탄 채로 그물을 이용해 거품을 잡아야 해요. (……) 마법 거품이 무게를 측정할 수 없을 만큼 가벼워서 비누도 무게감이 전혀 느껴지지 않아요. 세상에서 제일 가볍지만 아주 귀한 비누지요. (……)"

속도가 가장 빠르고 질량(무게)이 없다는 건 아주 확실한 은유였다. 바로 빛이었다.

이 모든 걸 종합해보면 우산은 빛이나 광속을 의미하고, 마법거품나무의 거품을 붙잡는 것은 빛에너지를 채집하는 것과 광속을 늦추는 것, 이 둘 중 하나를 의미했다.

전문가들은 전자는 인류의 전략적 목표와 큰 관계가 없다고 판단하고 후자에 집중했다. 정보의 정확한 내용은 알 수 없었지만 광속을 낮추는 것이 우주 안전보장 성명과 어떤 관계가 있는지에 대해 토론했다.

"태양계, 즉 해왕성 궤도 또는 카이퍼 벨트 이내의 공간에서 광속을 늦출 수 있다면 아주 먼 우주에서도 관측이 가능합니다."

사람들의 얼굴에 흥분이 차올랐다.

"하지만 그게 먼 우주의 관찰자들에게 안전을 의미할 수 있을까요? 태양계 내의 광속을 10분의 1로 늦춘다면 더 안전해 보일까요?"

"그렇게 된다면 인류가 광속 우주선을 갖고 있다고 해도 태양계를 빠져나가는 데 걸리는 시간이 10분의 1만큼 늘어나겠죠. 물론 이 정도로는 큰 의미가 없지만요."

"우주에 우리가 안전하다는 메시지를 전달하려면 광속을 10분의 1 늦추는 걸로는 부족합니다. 더 많이 늦춰야 해요. 만약 광속을 원래의 100분의 1로 늦춘다면 관찰자들은 인류 스스로 태양계를 정체 지대로 만들었다고 생각할 겁니다. 우리가 태양계를 빠져나가는 데 긴 시간이 걸린다는 걸 확신할 수 있다면 그들은 태양계 문명이 안전하다고 여기겠죠."

"그렇게 하려면 광속을 1000분의 1로 늦춘다 해도 부족해요. 생각해보세요. 초속 300킬로미터의 광속으로 태양계를 빠져나간다 해도 그리 오래 걸리지 않아요. 또 인류가 반경 50천문단위의 우주에서 우주상수를 바꿀 수 있다면 그건 지구 문명이 고도로 발달했다는 걸 우주에 알리는 셈이 아닙니까? 그건 안전보장 성명이 아니라 오히려 위협 성명이에요."

우산의 2중 은유와 두 가지 고정 좌표인 심수, 마법거품나무를 함께 고려하면 그것이 의미하는 방향은 알 수 있었지만 전략적으로 의미 있는 정보를 찾아낼 수가 없었다. 이건 2차원이 아니라 3차원 은유인 것 같았다. 누군가 세 번째 고정 좌표가 있을지도 모른다고 했지만 동화를 수없이 반복해서 분석해도 다른 고정 좌표를 찾아낼 수가 없었다.

바로 그때, 신비에 싸여 있던 지명인 '허얼신건모쓰컨'의 의미가 갑자기 밝혀졌다.

IDC는 이 단어를 연구하기 위해 특별히 언어학팀을 추가로 설치했다. 이 팀에 언어의 역사적 변천을 연구해온 팔레르모라는 언어학자가 있었다. 그를 영입한 건 그가 단일 어족 연구에 집중한 다른 언어학자들과 달리 동서양 여러 어족의 고대언어에 대해 잘 알고 있었기 때문이다. 하지만 팔레르모는 이 단어에 대해 전혀 알지 못했고 의미 있는 단서도 발견해내지 못했다. 그가 이 단어를 해독해낸 것도 순전히 우연이었을 뿐 그의 언어학 지식과는 아무 관계도 없었다.

어느 날 아침 막 잠에서 깬 팔레르모에게 금발의 북유럽 여자인 그의 여자 친구가 자기 나라에 가본 적이 있느냐고 물었다.

"노르웨이? 아니. 한 번도 안 가봤어."

"근데 왜 자꾸만 잠꼬대로 그 나라의 옛 지명 두 개를 중얼거리는 거야?"

"어떤 지명?"

"헬세가와 모스켄."

IDC와 아무 관련도 없는 여자 친구가 그 단어를 입에 올리는 것이 이상해서 팔레르모가 웃으며 고개를 저었다.

"그건 한 단어야. 허얼신건모쓰컨. 단어를 어디서 끊느냐에 따라 다른 지명도 찾아낼 수 있겠지."

"모두 노르웨이의 지명이야."

"그게 뭐가 어때서? 우연이겠지."

"그럴 리 없어. 그건 노르웨이 사람들도 잘 모르는 지명이야. 옛날 지명이니까. 지금은 이름이 바뀌었어. 난 노르웨이 역사를 전공했으니까 아는거지. 두 곳 모두 노르웨이의 노를란주에 있어."

"그것도 우연일 거야. 단어를 어디서든 끊을 수 있으니까."

"장난 그만 쳐. 누굴 속이려고! 당신이 알고 있는 게 분명해. 헬세가(Hellsegga)는 산 이름이고 모스켄(Mosken)은 작은 섬이라는 걸. 로포텐제도에 속한 작은 섬이라는 걸 말이야."

"정말 모른다니까. 내가 잠꼬대로 그 단어를 말한 건 그냥 우연이야. 언어학에 이런 현상이 있어. 정확한 알파벳 없이 독음만 있는 긴 단어를 접할 때 그 뜻을 모르면 무의식중에 그걸 자의적으로 끊어서 받아들이지. 당신이 바로 그런 사람인 거야."

IDC에서 이 단어를 연구할 때도 자의적으로 단어를 끊어서 분석하려는 사람들을 많이 보았기 때문에 그는 여자 친구의 말을 대수롭지 않게 받아들였다. 하지만 그 뒤에 이어진 그녀의 말이 모든 걸 바꿔놓았다.

"좋아. 한 가지 사실을 더 알려줄게. 헬세가산은 바다에 접해 있어서 정상에서 모스켄섬을 볼 수 있어. 모스켄은 헬세가에서 가장 가까운 바다 섬이야!"

이틀 뒤 청신은 모스켄섬에 서서 바다 너머 헬세가의 절벽을 바라보고있었다. 절벽은 검은색이었다. 아마도 하늘을 자욱하게 채운 잿빛 구름 때문일 것이다. 바다도 검고 절벽 아래 해변에 부딪치는 파도만이 흰색이었다. 그곳에 가기 전에 들은 바로는 이곳이 북극권에 위치해 있지만 태평양

난류의 영향으로 비교적 온화한 기후라고 했다. 하지만 실제로 와서 맞는 바닷바람은 몹시 차고 습했다. 노르웨이 북부 로포텐제도의 끝자락에 위치한 이곳은 빙하에 깎여 만들어진 섬들이 우뚝우뚝 솟아 있었다. 피오르해안과 북해 사이 160킬로미터에 걸쳐 병풍처럼 늘어선 섬들이 북극해와 스칸디나비아반도 북단을 나누는 장벽이 되었다. 섬 사이 해협마다 물살이 빨라 예전에도 이곳은 사는 사람이 많지 않았고 대부분 낚시 철에 찾아오는 사람들뿐이었다. 해양 어획이 사라지고 주로 양식을 통해 해산물을 얻게 되면서 이 섬은 더욱 황량해졌다. 더 오랜 옛날 바이킹이 출몰하던 시대와 별 차이가 없었다.

모스켄은 제도에 속한 섬 중 아주 작은 섬이고 헬세가 역시 거의 알려지지 않은 산봉우리였다. 이 지명은 서기 시대의 명칭으로 위기의 세기 말기에 두 곳 모두 이름이 바뀌었다.

세상의 끝자락, 이 황량하고 스산한 섬에서도 청신은 담담하기만 했다. 얼마 전까지만 해도 그녀는 인생을 마감할 때가 되었다고 생각했다. 하지만 지금 그녀에게는 더 살아야 할 많은 이유가 생겼다. 잔뜩 가라앉은 잿빛 하늘가에 가늘게 벌어진 파란 틈이 그녀의 시야에 들어왔다. 방금 태양이 그 틈으로 모습을 드러낸 몇 분 동안 잿빛 세상이 완전히 다른 모습으로 바뀌었다. "태양이 떠오르는 순간 이 그림을 그린 화가가 그림 전체에 금가루를 흩뿌린 것 같았다"는 윈텐밍의 동화 속 묘사처럼 말이다. 지금 그녀의 생활이 그랬다. 안개 속에 희망이 감춰져 있고, 어둠 뒤에서 온기가 스며 나오고 있었다.

AA, 비윈펑, 차오빈, 언어학자 팔레르모를 포함한 전문가들이 그녀와 동행했다.

모스켄은 작은 무인도였다. 지금은 잭슨이라는 여든 살 넘은 노인만 홀로 살고 있었다. 그도 역시 서기인이었다. 파란만장한 세월의 흔적이 남아 있는 반듯한 북유럽인의 얼굴이 프레스를 떠올리게 했다. 모스켄과 헬세가 일대에 어떤 특별한 것이 있느냐는 질문에 잭슨이 섬의 서쪽 끝을 가리켰다.

"물론이오. 저길 보시오."

하얀 등대였다. 아직 황혼이 내리는 해 질 녘인데도 등대는 벌써부터 빛을 내뿜고 있었다.

AA가 호기심 어린 눈빛으로 물었다.

"저게 뭐죠?"

잭슨이 고개를 저으며 탄식했다.

"이것 봐요. 아이들은 저게 뭔지도 모르잖소……. 옛날에 지나가는 배들에게 방향을 알려주던 등대요. 나는 서기 시대에 등대와 등표를 설계하던 기술자였소. 사실 위기의 세기까지도 바다 곳곳에 등대가 있었지만 지금은 다 사라졌지. 난 저 등대를 세우려고 이곳에 왔소. 아이들에게 예전에 이런 것이 있었다는 걸 알려주기 위해서 말이오."

IDC의 전문가들 모두 등대에 큰 흥미를 보였다. 등대는 증기기관의 원심조속기를 연상시켰다. 원심조속기 역시 이미 오래전에 사라진 기술적 장치였다. 하지만 몇 가지 물어본 뒤 그것이 그들이 찾는 물건은 아니라는 걸 확신할 수 있었다. 등대는 최근에 지은 것이었다. 가볍고 견고한 현대 건축재를 이용해 반년 만에 지었다고 했다. 잭슨은 또 예전에는 이 섬에 한 번도 등대가 있었던 적이 없다고 자신 있게 말했다. 시간을 따져보아도 그 등대는 윈텐밍의 정보와 관련이 없었다.

누군가 물었다.

"또 다른 특별한 건 없습니까?"

잭슨이 어두컴컴한 하늘과 바다를 보며 어깨를 으쓱였다.

"뭐가 있을 수 있겠소? 이 빌어먹을 황량한 곳에 말이오. 난 사실 이곳이 마음에 들지 않아요. 하지만 다른 섬은 등대 건설을 허가해주지 않았지."

해협 너머 헬세가산으로 가보기로 했다. 헬리콥터에 타려는데 AA가 계획에 없던 제안을 했다. 잭슨의 작은 배를 타고 바다를 건너는 게 어떻겠느냐는 것이었다.

"안 될 거야 없지. 하지만 오늘은 풍랑이 센 편이라 아마 넌 뱃멀미를 할 거란다."

잭슨의 말에 AA가 바다 건너 헬세가산을 가리켰다.

"이렇게 가까운데도 뱃멀미를 한다고요?"

잭슨이 고개를 저었다.

"이 바다는 곧장 건널 수 없어. 저쪽으로 돌아서 건너야지."

"왜요?"

"거기 모스크스트라우멘*이 있어서 어떤 배든지 다 집어삼키지."

IDC 전문가들이 서로의 얼굴을 쳐다보다가 일제히 잭슨에게로 시선을 옮겼다.

한 사람이 물었다.

"특별한 게 더 없다고 하셨잖아요?"

"난 이곳 토박이오. 나한테 모스크스트라우멘은 특별한 게 아니지. 그건 이 바다의 일부요. 항상 그곳에 있으니까."

"어디에 있죠?"

"저쪽이오. 여기서 보이진 않지만 소리를 들을 순 있소."

모두 조용히 숨을 죽이자 바다가 낮게 우르릉거리는 소리가 들렸다. 멀리서 말 1만 마리가 질주하고 있는 것 같았다. 헬리콥터를 타고 모스크스

---

* 옮긴이 주:Mosktraumen, 노르웨이어로 '큰 소용돌이'라는 뜻으로 주로 노르웨이 서북 해안에 나타나는 거대한 소용돌이. 마엘스트롬(maelstrom)으로도 불림.

트라우멘을 보러 가기로 했지만 청신은 배를 타고 가보고 싶다고 했다. 섬에 있는 배는 잭슨의 작은 보트가 유일했고 안전을 위해 대여섯 명밖에 탈 수 없었다. 잭슨과 청신, AA, 비원펑, 차오빈, 팔레르모만 배를 타고 나머지는 헬리콥터를 타기로 했다.

보트가 출렁이며 모스켄에서 출발했다. 해풍이 점점 거세지며 짜고 떫은 물방울이 얼굴을 휘갈기고 지나갔다. 점점 어두워지는 하늘 아래에서 잿빛 바다가 사납게 몸을 뒤틀었다. 우르릉우르릉하는 소리가 점점 커졌지만 모스크스트라우멘은 보이지 않았다.

그때 차오빈이 소리쳤다.

"오! 생각났어요!"

청신도 생각이 났다. 조금 전까지는 윈텐밍이 지자를 통해 이곳에 등대가 세워진 걸 알았을 거라고 추측했지만 이제 보니 그보다 훨씬 단순했다.

청신이 말했다.

"에드거 앨런 포."

AA가 물었다.

"뭐라고요? 그게 뭐예요?"

"19세기 소설가야."

잭슨이 말했다.

"맞소. 에드거 앨런 포. 그가 모스크스트라우멘에 관한 소설을 썼지. 젊었을 때 읽었는데 조금 과장이 있더군. 소용돌이 표면의 경사가 45도라고 했지, 아마. 그런데 어떻게 그렇게 가파를 수가 있겠소?"

문자로 표현하는 서사문학은 1세기 전에 이미 사라졌지만 문학과 작가는 아직 존재했다. 서사 방식이 디지털이미지로 바뀌었을 뿐이다. 고전적인 형태의 문자 소설은 이제 유물이 되었다. 대협곡을 거치며 고대 작가와 작품들이 대거 소실되어 현재 남아 있지 않았고 에드거 앨런 포도 그중 하나였다.

우르릉거리는 소리가 더 커졌다.

누군가가 물었다.

"소용돌이가 어디에 있습니까?"

잭슨이 바다 위를 가리켰다.

"모스크스트라우멘은 수면보다 낮소. 저기 있는 선을 넘어가야 볼 수 있소."

그가 가리키는 곳에서 흰 띠처럼 포말을 일으키며 일렁이는 파도가 커다란 호를 그리며 멀어져가고 있었다.

비원펑이 말했다.

"저걸 넘어갑시다!"

잭슨이 그를 똑바로 응시하며 말했다.

"저건 죽음의 선이오. 저걸 넘으면 돌아올 수 없소."

"배가 소용돌이에 휩쓸리면 완전히 물속으로 빨려들어갈 때까지 얼마나 걸립니까?"

"40분에서 한 시간쯤 걸릴 거요."

"그럼 괜찮습니다. 헬리콥터가 우릴 구해줄 겁니다."

"그럼 내 보트는……."

"새로 사드리겠습니다."

"비누보단 싸겠죠."

AA가 잭슨이 알아듣지 못할 말을 했다.

잭슨이 보트를 몰아 조심스럽게 그 파도 선을 넘었다. 보트가 흔들리다가 어떤 힘에 붙들린 듯 갑자기 평온해졌다. 마치 배가 수면 아래 어떤 궤도에 진입한 듯 파도 선과 같은 방향으로 미끄러지듯 나아갔다.

잭슨이 외쳤다.

"소용돌이에 붙잡혔소. 오, 맙소사! 이렇게 가까이에서 본 건 나도 처음이오!"

산꼭대기에서 내려다본 것처럼 모스크스트라우멘이 눈앞에 모습을 드러냈다. 깔때기처럼 움푹 파인, 직경 1킬로미터의 거대한 소용돌이는 에드거 앨런 포의 묘사처럼 표면 경사가 45도까지는 되지 않았지만 30도는 충분히 될 것 같았다. 거대한 장벽 같은 수면이 고체의 표면처럼 매끈했다. 배가 막 소용돌이의 세력 범위로 들어가 아직은 속도가 빠르지 않았지만 아래로 내려갈수록 회전속도가 점점 빨라졌다. 맨 밑바닥의 작은 구멍은 회전속도가 최고조에 달했다. 심장을 두드리는 굉음이 바로 그곳에서 나고 있었다. 모든 걸 갈아버리고, 모든 걸 빨아들일 것 같은 광포한 힘이었다.

"빠져나갈 수 있어요. 최대 출력으로 물결을 가로지르세요!"

AA가 외치자 잭슨이 보트의 출력을 최대로 높였다. 전동 보트의 엔진 소리가 포효하는 소용돌이 속에서 모기 소리처럼 파묻혔다. 보트가 속력을 높여 흰 파도 선을 향해 다가갔다. 하지만 파도 선을 막 넘으려던 찰나 힘없이 아래로 방향을 틀며 파도 선에서 멀어졌다. 하늘로 던져졌다가 포물선의 정점을 찍고 떨어지는 돌멩이처럼 아무 힘도 쓰지 못했다. 몇 번이나 다시 시도했지만 점점 더 깊이 미끄러질 뿐이었다.

잭슨이 말했다.

"이제 봤소? 저 선이 지옥문이라오. 평범한 출력을 가진 배로는 일단 저 선을 넘으면 절대로 빠져나갈 수 없소."

보트가 더 깊은 곳으로 떨어졌다. 이제 파도 선도 수면도 보이지 않았다. 그들 뒤로 바닷물이 겹겹이 쌓인 산등성이가 버티고 있었다. 저 멀리 소용돌이의 맞은편 언저리 끝에서 꼭대기만 걸쳐진 산봉우리가 천천히 움직였다. 모두들 이 저항할 수 없는 힘에 이대로 붙들려버릴 것 같은 공포에 휩싸였다. 상공에서 선회하고 있는 헬리콥터가 유일한 위안이었다.

잭슨이 말했다.

"저녁 먹을 시간이군."

구름 뒤에서 아직 해가 완전히 떨어지기 전이었지만 북극권의 여름인 이곳은 이미 밤 9시가 넘은 시각이었다. 잭슨이 선창에서 대구 한 마리를 꺼냈다. 잡은 지 얼마 안 된 것이라고 했다. 술도 세 병 꺼낸 뒤 대구를 커다란 쇠 쟁반에 놓고 그 위에 술 한 병을 붓더니 라이터로 불을 붙였다. 펑 하는 소리와 함께 물고기에 불이 붙었다. 채 5분도 안 되어 잭슨이 아직 불도 사그라지지 않은 대구의 살점을 뜯어 입에 넣었다. 현지의 요리법이라고 했다. 다 함께 술과 대구를 먹으며 모스크스트라우멘의 장관을 감상했다.

잭슨이 청신에게 말했다.

"얘야, 네가 누군지 알아. 검잡이지? 중요한 임무가 있으니 여기까지 왔겠지. 하지만 침착해야 해. 서둘러선 안 돼. 종말을 피할 수 없다면 현재를 즐겨야지."

AA가 말했다.

"머리 위에 헬리콥터가 없어도 이렇게 차분하실 수 있어요?"

"물론이지. 서기 시대에 불치병 판정을 받았을 때 난 겨우 마흔 살이었지만 그때도 침착했어. 내가 원해서 동면했던 게 아니야. 쇼크에 빠져서 나도 모르는 사이에 동면에 들어갔지. 깨어나 보니 이미 위협의 세기였어. 처음엔 내가 환생한 줄 알았지. 나중에 알고 보니 죽음을 아주 멀리 미뤄놓은 것뿐이더군. 아직도 죽음은 저 앞에서 날 기다리고 있어……. 등대가 완성된 날, 바다 위를 환히 비추는 등대를 멀리서 바라보다가 문득 깨달았지. 죽음이 바로 유일하게 영원히 불을 밝히고 있는 등대라는 걸. 어디로 항해하든 결국에는 그 등대가 가리키는 방향으로 가야 해. 모든 건 언젠가는 사라지고, 사신만이 영생할 수 있어."

소용돌이에 휩쓸린 지 20분쯤 지나 보트가 수면에서 3분의 1 내려와 있었다. 보트의 기울기가 점점 가팔라졌지만 원심력 때문에 보트에 탄 사람들이 좌현으로 미끄러지지 않았다. 물의 장벽이 그들의 시야를 가득 채웠다. 소용돌이의 맞은편에 걸쳐 있던 산봉우리도 보이지 않았다. 하늘을 올려다볼 용기가 없었다. 소용돌이 속에서는 보트가 수면과 함께 회전해 상대적으로 거의 정지 상태나 다름없으므로 보트가 돌고 있다는 걸 느낄 수가 없었다. 보트가 정지된 바다 분지의 가장자리 경사면에 붙어 있는 것 같았다. 하지만 시선을 하늘로 옮기면 모스크스트라우멘의 회전을 그대로 느낄 수 있었다. 하늘을 메운 먹구름이 빠르게 돌아가며 현기증을 일으켰다. 원심력이 증가하면서 배 밑바닥에 닿는 수면이 점점 더 평평해지고 고체처럼 조밀해졌다. 마치 단단하게 얼어붙은 얼음 위를 지치고 있는 것 같았다. 소용돌이의 한가운데 구멍에서 토해내는 굉음이 모든 것을 압도해 더 이상 아무 대화도 할 수가 없었다. 그때 다시 서쪽 구름 사이를 비집고 나온 태양이 모스크스트라우멘을 향해 한 줄기 빛을 뻗었지만 밑바닥까지 비추지 못하고 소용돌이의 일부만 조금 환하게 비출 뿐이었다. 그 빛에 대비되어 소용돌이 밑바닥이 더욱 어둡게 보였다. 포효하는 구멍에서 뿜어져 나온 물보라가 햇빛에 부딪치며 만들어낸 무지개가 소용돌이의 심연을 가로지르며 장관을 연출했다.

"내 기억이 맞다면 에드거 앨런 포도 소용돌이 속 무지개를 묘사했을 거요. 달빛에 비친 무지개였지. 그는 그게 현세와 내세를 이어주는 다리라고 했어!"

잭슨이 외쳤지만 아무도 그의 말을 똑똑히 듣지 못했다.

헬리콥터가 그들을 구하러 왔다. 보트 위 2~3미터 상공에 멈춘 뒤 사다리를 내렸다. 사람들이 헬리콥터로 모두 올라오자 빈 보트만 커다란 원을 그리며 소용돌이 안으로 계속 빨려들어갔다. 보트 위 먹다 남은 대구에서 아직도 푸른 불꽃이 타오르고 있었다.

헬리콥터가 모스크스트라우멘의 상공 중앙에 뜬 채로 멈추었다. 발밑에서 돌아가는 거대한 물웅덩이를 내려다보자 금세 현기증이 나고 속이 울렁거렸다. 누군가 헬리콥터 조종 시스템에 명령을 내려 소용돌이와 동일한 방향과 속도로 선회하게 하자 소용돌이가 정지한 것처럼 보였다. 하지만 이번에는 소용돌이 바깥세상이 돌기 시작했다. 하늘, 바다, 산봉우리가 그들을 에워싸고 돌기 시작했다. 모스크스트라우멘이 세상의 중심이 된 듯했고 현기증은 조금도 나아지지 않았다. AA는 조금 전에 먹었던 대구를 왈칵 게워냈다.

모스크스트라우멘을 내려다보며 청신의 뇌리에 또 다른 소용돌이가 떠올랐다. 1000억 개 항성으로 이루어져 있고 우주의 바다에서 은빛을 내뿜으며 2억 5000만 년에 한 바퀴씩 돌아가고 있는 소용돌이. 바로 은하계였다. 지구는 그 속의 먼지 한 톨만큼도 되지 않았고, 모스크스트라우멘 역시 지구상의 먼지 한 톨에 지나지 않았다.

30분 뒤 소용돌이가 보트를 단숨에 집어삼켰다. 보트 부서지는 소리가 굉음 사이로 어렴풋이 들렸다.

헬리콥터가 잭슨을 모스켄으로 다시 데려다주었다. 청신은 최대한 빨리 그에게 새 보트를 보내주겠다고 약속하고 그와 작별했다. 헬리콥터가 오슬로로 향했다. 그곳에 가장 가까운 지자 차단실이 있었다.

오슬로에 도착할 때까지 모두 침묵 속에서 생각에 잠겼다. 눈빛조차 주고받지 않았다.

모스크스트라우멘이 무엇을 암시하는지는 너무 분명하기에 굳이 말할 것도 없었다.

이제 문제는 광속을 늦추는 것과 블랙홀이 무슨 관계가 있는지, 블랙홀과 우주 안전보장 성명은 또 무슨 관계가 있는지 알아내는 것이었다.

블랙홀이 빛의 파장을 변화시킬 수는 있지만 광속 자체를 변화시킬 수는 없다.

광속을 진공 중 광속의 10분의 1, 100분의 1, 심지어 1000분의 1로 낮춘다고 가정한다면, 각각 초속 3만 킬로미터, 초속 3000킬로미터, 초속 300킬로미터가 된다. 하지만 이것이 블랙홀과 무슨 관련이 있는지 알 수가 없었다.

여기에 평범한 사고로는 넘기 어려운 문턱이 있었지만 그것을 넘는 데 그리 오랜 시간이 걸리지 않았다. 어쨌든 그들은 현재 인류 가운데 가장 똑똑한 이들이었다. 특히 차오빈은 3세기를 초월한 물리학자였다. 그는 파격적인 사고에 능했을 뿐 아니라 한 가지 특별한 사실을 알고 있었다. 서기 시대에 한 연구팀이 실험실에서 매질 속 광속을 자전거가 달리는 속도보다 느린 초속 17미터로 늦춘 적이 있었다. 진공 중의 광속을 늦추는 것과는 본질적인 차이가 있지만, 적어도 갑자기 떠오른 이런 상상이 그리 터무니없는 게 아니라는 건 알 수 있었다.

'진공 중의 광속을 현재의 1만 분의 1인 초속 30킬로미터로 늦춘다면 블랙홀과 연관시킬 수 있을까? 조금 전 상상과 별로 다르지 않은 것 같군. 역시 아무것도 떠오르지 않아……. 오, 잠깐!'

"16.7!"

차오빈의 입에서 숫자가 튀어나왔다. 그의 두 눈에서 발산된 빛에 주위 사람들의 눈동자도 금세 밝아졌다. 초속 16.7킬로미터. 태양계의 제3우주 속도. 이 속도에 도달하지 못하면 태양계를 빠져나갈 수 없다.

빛도 물론 마찬가지다.

태양계에서 진공 중의 광속을 초속 16.7킬로미터 이하로 늦춘다면 빛도 태양의 인력을 벗어날 수 없다. 다시 말해, 태양계가 블랙홀이 되는 것이다.*

그 무엇도 광속을 초월할 수는 없기 때문에 빛이 빠져나갈 수 없다면 다른 어떤 것도 태양계 블랙홀을 빠져나갈 수 없다.** 따라서 이 태양계는 우주의 다른 부분과 완전히 단절된, 절대적으로 폐쇄된 세계가 된다.

그렇다면, 우주의 관찰자들에게 이 세계는 절대적으로 안전한 곳일 수밖에 없다.

저광속의 태양계 블랙홀을 멀리서 관찰하면 어떤 모습일지 정확히 알 수는 없지만 두 가지 가능성으로 압축해볼 수 있다. 기술 수준이 낮은 관찰자에게는 태양계가 사라진 것처럼 보일 것이고, 저광속 블랙홀을 원거리에서 관찰할 수 있는 기술을 갖춘 관찰자라면 태양계가 안전하다는 사실을 알 것이다.

아주 먼 곳에 별 하나가 있다. 그것은 밤하늘에서 보일 듯 말 듯 가물거리는 작은 점일 뿐이며 그 별을 한 번이라도 본 사람들은 모두 그 별이 안전하다고 말한다. 이걸 실현하려는 것이 바로 우주 안전보장 성명이다.

불가능할 것 같았던 바람이 실현될 가능성이 보이기 시작했다.

도철해. 그들은 도철해를 떠올리고, 도철해에 봉쇄된 이야기 없는 왕국을 떠올렸다. 소용돌이의 의미를 해독한 것만으로도 충분히 명확했으므

---

* 진공에서의 광속이 태양계 탈출속도보다 늦으면 태양계의 반지름이 슈바르츠실트 반지름보다 작아진다. 슈바르츠실트 반지름은 중력을 가진 모든 질량의 임계 반지름이다. 천체의 반지름이 슈바르츠실트 반지름보다 작아지면 빛이 반지름 내의 중력장을 벗어날 수 없어 블랙홀이 형성된다. 슈바르츠실트 반지름의 공식은 물체의 탈출속도 공식에서 파생된 것이다. 물체의 탈출속도를 광속으로 설정하고 만유인력상수와 천체의 질량을 적용하면 슈바르츠실트 반지름을 계산해낼 수 있다.

** 블랙홀의 경계를 '사건의 지평선'이라고 한다. 블랙홀 외부의 물질이나 방사선은 사건의 지평선을 뚫고 블랙홀 내부로 들어갈 수 있지만 블랙홀 내부의 물질이나 방사선은 절대로 사건의 지평선을 뚫고 나올 수 없기 때문에 이를 단향성(單向性) 막이라고도 부른다. 사건의 지평선은 물질면이 아니며, 물리적인 관점에서 볼 때 외부 관찰자가 그 범위(사건의 지평선) 내의 총 질량, 총 전하량 등 기본적인 매개변수 외에는 아무것도 알 수 없는 것을 의미한다. 구형 블랙홀의 사건의 지평선 반지름이 바로 슈바르츠실트 반지름이다.

로 사실 이 고정 좌표는 필요치 않았다.

얼마 후 사람들은 저광속 블랙홀을 '블랙존'이라고 명명했다. 내부가 시공간의 특이점*이 아니라 탁 트인 넓은 공간으로 이루어진 저광속 블랙홀은 정상적인 광속의 블랙홀에 비해 슈바르츠실트 반지름이 더 크기 때문이다.

헬리콥터가 구름층 위를 비행했다. 밤 11시가 넘어 태양이 서쪽으로 천천히 내려앉고 있었다. 한밤중의 석양이 헬리콥터 안으로 비껴 들어왔다. 따뜻한 금빛 햇살을 받으며 사람들은 모두 상상했다. 광속이 초속 16.7킬로미터인 세상에서의 생활과 초속 16.7킬로미터로 내려오는 그 세상의 석양빛을.

윈텐밍이 보낸 정보의 퍼즐이 거의 완성되고 퍼즐 조각 하나만이 남아 있었다. 바로 바늘귀의 그림이었다. 그 속에 담긴 2중 은유도, 고정 좌표도 해독해낼 수가 없었다. 누군가 그림이 바로 모스크스트라우멘을 가리키는 고정 좌표이며 블랙홀 사건의 지평선을 암시하는 것이라는 주장을 내놓았다. 외부 관찰자들의 입장에서 보면 어떤 물체든 블랙홀에 들어가면 영원히 사건의 지평선 위에 고정된다는 점이 그림 속으로 빨려들어가는 설정과 비슷하다는 게 그 이유였다. 하지만 대다수 전문가들은 이 의견에 동의하지 않았다. 모스크스트라우멘의 의미가 확실하고 도철해를 통해 그 의미를 한 번 더 고정했으므로 또 다른 고정 좌표를 둘 필요가 없기 때문이다.

결국 바늘귀의 그림에 숨겨진 비밀은 비너스의 잘린 팔처럼 수수께끼를 풀지 못한 채 비밀로 남았다. 바늘귀의 그림이 동화 세 편 전체를 관통

* 옮긴이 주: 블랙홀 중심.

하는 설정이면서 우아한 냉혹함, 고혹적인 잔인함, 죽음에 대한 탐미가 깃들어 있다는 점을 고려할 때 그 속에 생사를 가를 거대한 비밀이 감춰져 있는 듯했다.

전송의 세기 8년, 운명적인 선택

《시간 밖의 과거》 발췌

지구 문명의 세 가지 생존의 길

1. 벙커 프로젝트

벙커 프로젝트는 인류가 현재 보유하고 있는 기술과 이미 밝혀진 이론을 이용한 것이므로 성공 가능성이 가장 큰 방법이었다. 사실 벙커 프로젝트는 인류의 자연스러운 발전 방향이기도 했다. 암흑의 숲 공격이 아니더라도 인류는 이미 태양계에서 대규모 이주가 필요한 단계에 다다라 있었다. 다만 벙커 프로젝트는 더 집중적이고 명확한 목적성을 가진 이주일 뿐이었다.

이것은 지구 세계 스스로 생각해낸 프로젝트였으며 윈텐밍의 정보에는 이 내용이 언급되어 있지 않았다.

2. 블랙존 프로젝트

태양계가 안전한 곳임을 우주에 알리기 위해 태양계를 저광속 블랙홀로 만드는 계획으로, 세 가지 선택지 가운데 기술적 난이도가 가장 높은 방법이었다. 반지름이 50천문단위(약 75억 킬로미터)에 달하는 광활한 공간에서 기본적인 우주상수를 변화시켜야 하는, 쉽지 않은 프로젝트였으므로 '신의 공정'이라고 불렸으며 아직 이론적으로 증명되지 않은 부분이 많았다.

하지만 성공할 경우 세 가지 선택지 가운데 지구 문명을 가장 안전하게 보호할 수 있는 방법이기도 했다. 우주 안전보장 성명의 의미로 태양계를 보호할 수 있다는 점 외에 블랙존 자체의 방어 효과도 매우 높다는 사실이 연구를 통해 밝혀졌다. 가령 광립 같은 외계의 고속 공격체가 저광속 구역에 진입할 경우 이 구역 내에서 그 속도가 광속을 훨씬 초월하게 된다. 그러면 상대성 이론에 따라 공격체의 속도가 급격히 떨어지며 과잉된 운동에너지는 막대한 질량으로 전환된다. 따라서 공격체 가운데 먼저 저광속 구역에 진입한 전면부는 질량이 급격히 증가하는 동시에 속도가 순간적으로 둔화되고, 아직 정상적인 광속 구역에 있는 후면부가 정상적인 광속으로 전면부를 고속으로 들이받게 되는데 이 충격으로 공격체 전체가 완전히 파괴되어버린다. 계산에 따르면, 물방울처럼 강한 상호작용 소재로 제작된 초고강도 물체라도 블랙존의 경계를 통과하는 순간 산산이 부서질 수밖에 없다. 이 때문에 블랙존을 '우주 금고'라고 부르기도 했다.

블랙존 프로젝트에는 또 한 가지 장점이 있었다. 세 가지 선택지 가운데 유일하게 이 방법만 인류가 우주의 떠돌이가 되지 않고 익숙한 지구에서 오랫동안 살 수 있다는 점이었다.

하지만 그러기 위해 지구 문명이 치러야 하는 대가가 결코 적지 않았다. 태양계가 외계의 그 어떤 세계와도 완전히 단절되어야 한다는 사실이었다. 인류 스스로 자신들의 생활 반경을 160억 광년에서 50천문단위로 축소하는 셈이었다. 광속이 초속 16.7킬로미터인 세계에서 사는 것이 어떤 모습일지 아직은 알 수 없지만, 그 세계의 컴퓨터와 양자 컴퓨터의 속도가 아주 느려질 것이라는 건 기정사실이었다. 심하면 인류가 저기술 사회로 퇴보할 수도 있으며 지자의 기술 통제보다 더 강력한 장벽이 될 것이다. 그러므로 블랙존을 이용한 안전보장 성명은 자기 봉쇄이자 기술적 자해였고, 이는 인류가 스스로 만든 저광속의 함정에서 자력으로 빠져나가는 것이 영영 불가능해진다는 뜻이기도 했다.

3. 광속 우주선 프로젝트

곡률 추진 기술에 대해 이론적으로 밝혀지지 않은 부분이 있기는 하지만 블랙존 기술에 비하면 난이도가 훨씬 낮았다.

광속 우주선은 지구 문명의 안전을 보장해줄 수 없으며 이 기술은 행성 간 도주에만 사용할 수 있다. 이 방법은 세 가지 선택지 가운데 미지의 요소가 가장 많아서 설사 실현된다고 해도 아득한 외우주로 나간 인류에게 어떤 일이 닥칠지 예측할 수 없었다. 또한 도피주의의 위험성도 있기 때문에 이 프로젝트를 추진하는 과정에 험난한 정치적 장벽과 함정이 도사리고 있었다.

하지만 광속 우주선에 대한 미련을 버리지 못하는 사람들이 분명히 있었고 그 이유는 생존 이외의 것에 있었다.

전송의 세기의 인류에게 가장 현명한 방법은 세 가지 프로젝트를 동시에 진행하는 것이었다.

청신은 헤일로 그룹 본사를 방문했다. 그녀가 이곳에 온 건 이번이 처음이었다. 지금까지 회사 일에 전혀 관여하지 않았다. 그녀는 무의식중에

이 엄청난 부가 자신의 것도 윈톈밍의 것도 아니라고 생각하고 있었다. 그들은 그 항성의 소유권을 가지고 있을 뿐 항성에서 얻는 모든 부는 사회 전체의 것이라고 생각했다.

하지만 이 헤일로 그룹이 그녀의 이상을 실현시켜줄 수도 있었다.

그룹 본사는 나무 전체를 통째로 사용했다. 가장 큰 특징은 건물 전체가 투명하고 건축재의 굴절률이 공기와 가까워 밖에서 내부를 훤히 들여다볼 수 있다는 점이었다. 건물 내부의 사람들과 수많은 디스플레이가 완전히 외부로 드러나 오색찬란하고 투명한 개미집이 공중에 매달려 있는 것 같았다.

청신은 나무의 맨 위층 회의실에서 헤일로 그룹의 거의 모든 임원을 만났다. 모두 젊고 똑똑하고 활력이 넘쳤으며 처음 만나는 청신에 대한 존경과 흠모를 감추지 않았다.

임원들이 돌아가고 넓은 회의실에 청신과 AA 두 사람만 남은 뒤 회사의 장래에 대한 이야기를 나누었다. 윈톈밍의 동화와 해독 결과는 아직 비밀에 부쳐져 있었다. 함대 세계와 UN은 윈톈밍의 안전을 고려해 정보 해독 결과를 다른 방식으로 하나씩 발표하기로 했다. 정보의 실제 출처를 숨기고 인류 세계의 자체적인 연구 성과인 것처럼 보이기 위해 의도적으로 다른 연구를 개입시켰다.

청신은 고소공포증을 극복하고 투명한 바닥에 금세 적응할 수 있었다. 허공에 떠 있는 대형 디스플레이 창에서 헤일로 그룹이 지구 궤도에서 진행하고 있는 건설 공사의 실시간 화면이 나오고 있었다. 그중 하나가 지구정지궤도에 거대한 십자가를 세우는 공사였다. 윈톈밍의 등장 이후 기적의 출현을 기대하던 사람들의 환상이 차츰 사그라지고, 벙커 프로젝트가 추진됨에 따라 세계를 휩쓸던 종교적인 열기도 빠르게 식었다. 교회의 투자가 중단되는 바람에 십자가 건설 프로젝트가 백지화되어 현재는 해체 작업이 진행되고 있었다. 가로로 '일(一)' 자만 남아 있는 모습이 더 의미심장하게 보였다.

AA가 말했다.

"난 블랙존이 싫어요. 블랙존이 아니라 블랙툼(black tomb)이라고 부르는 편이 나아요. 스스로 무덤을 파는 거라고요."

청신은 발밑으로 펼쳐진 도시를 내려다보며 말했다.

"내 생각은 달라. 서기 시대에는 지구와 우주가 단절되어 있었어. 사람들은 땅에서 살면서 평생 하늘을 몇 번 올려다보지도 않았지. 경제가 고속 성장하던 시대에 제일 심했지만 그 전에도 인류는 5000년 동안 그렇게 살았어. 그건 인간의 삶이 아니라고 부정할 수 없어. 사실 지금도 태양계는 우주와 거의 단절되어 있잖아. 진정으로 외우주에 있다고 할 수 있는 건 그 우주선 두 대에 타고 있는 1000명 남짓한 사람들뿐이야."

"하지만 별이 뜬 하늘과 단절되는 건 제게 꿈이 사라진다는 뜻이에요."

"그럴 리 없어. 고대에도 사람들은 행복과 즐거움을 누리며 살았어. 지금 사람들만큼 많은 꿈도 꾸었고. 블랙존에서도 밤하늘의 별을 올려다볼 순 있어. 어떤 모습일지는 아무도 모르지만……. 실은 나도 블랙존이 마음에 들진 않아."

"그건 저도 알아요."

"난 광속 우주선이 마음에 들어."

"우리 둘 다 광속 우주선 프로젝트를 선호하죠. 무슨 일이 있어도 헤일로 그룹이 광속 우주선을 만들어야 해요!"

"네가 동의하지 않을 줄 알았어. 수많은 기초 연구가 필요하니까."

"제가 장사꾼인 줄만 아셨어요? 하긴, 맞아요. 인정해요. 이사회도 마찬가지고요. 어찌 됐든 우리가 추구하는 건 최대 이익이죠. 하지만 광속 우주선 프로젝트가 그 원칙에 위배되는 건 아니에요. 정부가 정치적인 이유로 벙커와 블랙존 두 프로젝트에 집중하고 광속 우주선 프로젝트는 기업들에게 나눠줄 것 같아요……. 제가 벙커 프로젝트에 참여하려는 것도 그 수익의 일부를 광속 우주선 개발에 투자하기 위한 거예요."

"곡률 추진과 블랙존 프로젝트의 기초 연구 중 겹치는 부분이 있어. 아마 정부는 세계 과학원과 이 부분의 연구를 끝낸 다음에 자체적으로 곡률 추진 분야를 연구하려 할 거야."

"맞아요. 지금부터 우리가 헤일로 과학원을 설립해서 과학자들을 영입해요. 광속 우주선에 미련을 갖고 있지만 국가나 국제적 프로젝트에 참여할 기회를 얻지 못한 과학자가 많아요."

그때 갑자기 동시다발적으로 활성화된 디스플레이 창이 AA의 말을 끊었다. 크고 작은 화면들이 사방에서 켜지며 원래 켜져 있던 실시간 공사 화면이 총천연색 눈사태에 매몰되듯 묻혀버렸다. 사람들은 이런 현상을 '창 사태'라고 불렀다. 창 사태가 일어난다는 건 긴급 상황이 발생했다는 뜻이었다. 하지만 이런 돌발적인 정보의 홍수가 일어나면 사람들은 다량으로 쏟아져 들어온 정보를 파악하지 못하고 공황에 빠진다. 지금 청신과 AA가 바로 그랬다. 두 사람은 복잡한 글자와 동영상으로 가득 찬 수많은 화면 속에서 내용을 최대한 빠르게 파악할 수 있는 동영상 화면을 찾아냈다. 위를 올려다보고 있는 사람들의 얼굴이 줌인되며 공포에 질린 커다란 눈동자가 화면을 가득 채웠다. 어지러운 비명 소리가 귓속으로 파고들어 왔다. 두 사람의 바로 앞에 거의 정지 상태에 가까운 화면이 새로 나타났다. AA의 비서가 화면에 등장했다. 청신과 AA를 응시하고 있는 그녀의 얼굴 위로 모든 걸 압도하는 공포가 가로걸려 있었다.

"큰일 났어요! 공격 경보예요!"

AA가 외쳤다.

"어떻게 된 일이야?"

"태양계 경보 시스템의 첫 관측 유닛이 가동을 시작하자마자 광립을 발견했대요!"

"어느 방향이야? 거리는?"

"모르겠어요. 아직 아무것도 모르겠어요. 그냥……."

"정식 경보야?"

청신은 냉정을 유지하고 있었다.

"정식 경보는 아니지만 모든 언론이 속보로 내보내고 있어요. 사실인 것 같아요! 어서 발사장으로 가세요! 탈출하세요!"

비서가 이 말을 마지막으로 화면에서 사라졌다.

청신과 AA가 빽빽한 화면 사이를 가로질러 회의실의 투명 벽으로 다가갔다. 발밑으로 보이는 도시에서 혼란이 시작되고 있었다. 공중에 플라잉카가 갑자기 많아지고 어지럽게 뒤엉킨 상태로 경주하듯 고속으로 날아다녔다. 플라잉카 한 대가 나무 건축물을 들이받아 불길이 치솟은 뒤 또 다른 두 곳에서 불꽃과 불기둥이 솟구쳤다…….

AA가 화면 몇 개를 골라 자세히 들여다보고 있는 사이 청신은 IDC 위원들에게 연락했지만 대부분 통화 중이었다. 간신히 두 명과 연락이 닿았다. 한 명은 청신처럼 아무것도 모르고 있었고, 다른 한 명인 PDC 간부는 태양계 경보 시스템의 1호 관측 유닛이 긴급 상황을 관측한 것은 맞지만 자세한 건 알 수 없다고 했다. 그는 또 함대 세계와 UN이 정식으로 암흑의 숲 공격 경보를 발령한 건 아니지만 상황을 낙관하기 어렵다고 했다.

그가 말했다.

"공식 경보를 발령하지 않은 건 두 가지 가능성이 있죠. 광립이 발견되지 않았거나 이미 너무 가까워서 경보를 발령할 필요도 없거나."

AA가 수많은 화면 속에서 알아낸 건 광립이 황도면을 따라 광속으로 다가오고 있다는 사실뿐이었다. 공격 방향과 현재 태양과의 거리에 대해서는 언론사마다 보도가 달랐고, 태양과 충돌하는 시간에 대한 예측은 더욱 분분했다. 한 달 뒤라는 보도도 있고 단 몇 시간밖에 남지 않았다는 보도도 있었다.

AA가 말했다.

"헤일로호로 가요."

"그럴 시간이 있겠어?"

헤일로호는 헤일로 그룹의 업무용 우주선으로 현재 지구 정지궤도에 있는 우주 기지에 정박해 있었다. 경보가 사실이라면 공격을 피해 살아남을 수 있는 유일한 방법은 우주선을 타고 목성으로 가는 것이었다. 광립이 태양과 충돌할 때 목성 뒤에 숨어 대폭발을 피한다면 살아남을 가능성이 있었다. 마침 400일에 한 번씩 오는 목성의 충일(衝日)*이므로 행성급 우주선의 속도라면 지구에서 목성까지 가는 데 25~30일이 걸릴 것이다. AA가 조금 전에 본 보도 중 태양 폭발까지 남은 시간을 가장 길게 예측한 기간과 일치했다. 하지만 그 보도는 신뢰도가 낮았다. 이제 막 가동을 시작한 태양계 경보 시스템이 그렇게 긴 기간을 예측할 리 없기 때문이다.

"어쨌든 뭐라도 해야죠. 이대로 죽기만 기다릴 순 없잖아요!"

AA가 청신을 이끌고 회의실에서 나왔다. 회의실에서 나오면 나무의 맨 위층 주차장이었다. 두 사람은 플라잉카에 탑승했다. AA가 뭔가 생각난 듯 플라잉카에서 내려 안으로 뛰어 들어가더니 몇 분 뒤 바이올린 케이스처럼 생긴 긴 상자를 들고 돌아왔다. 그녀가 상자 속에서 물건을 꺼낸 뒤 상자를 차 밖으로 버렸다. 청신도 그게 뭔지 알고 있었다. 소총이었다. 지금은 총알이 아니라 레이저가 발사된다는 점이 다르기는 했지만.

---

* 옮긴이 주 : 태양-지구-행성이 일직선에 놓이는 충(opposition)이 되는 날. 행성과 지구의 거리가 가장 가까움.

청신이 물었다.

"그건 왜?"

"사람들이 발사장으로 몰려들 거예요. 무슨 일이 생길지 누가 알아요?"

AA가 소총을 뒷자리에 던지고 플라잉카를 출발시켰다.

각 도시마다 우주 발사장이 설치되어 있었다. 고대의 공항처럼 우주선이 이륙할 때 사용하는 곳이었다.

플라잉카가 공중을 가득 메운 차들의 행렬 속으로 들어가 서둘러 발사장으로 향했다. 굶주린 메뚜기 떼처럼 발사장으로 몰려가는 차들의 그림자가 도시 안을 흐르는 붉은 피처럼 지면 위를 빠르게 옮겨 다녔다.

전방의 목적지 방향에 파란 하늘로 이어진 흰 선 10여 개가 나타났다. 이륙하는 우주왕복선이 남기고 간 흔적이었다. 상공으로 솟구쳐 올라간 우주왕복선이 동쪽으로 방향을 튼 뒤 하늘 속으로 사라지면 지면에서 새로 생긴 흰 선들이 뒤따라 공중으로 뻗어 올라갔다. 흰 선의 제일 윗부분에 있는 불덩이가 태양보다 더 밝아 보였다. 우주왕복선의 핵융합 엔진에서 뿜어내는 불꽃이었다.

플라잉카 내부 디스플레이를 통해 우주의 지구 저궤도에서 촬영한 실시간 화면을 볼 수 있었다. 상공으로 뻗어 올라간 수많은 흰 선들이 지구에서 백발이 자라나듯 갈색 대륙 위를 하얗게 칠하고 있었다. 흰 선 끝에 매달린 불덩이는 우주로 떠오르는 반딧불 같았다. 이것은 인류의 집단 대탈출이었다.

발사장 상공에 도착하자 발밑으로 길게 줄지어 서 있는 우주왕복선들이 보였다. 어림잡아 100대도 넘어 보였고 새로운 우주선들이 대형 격납고에서 속속 빠져나오고 있었다. 우주 비행기는 이미 사라진 지 오래고 지금의 우주왕복선은 모두 수직 이륙 방식이었다. 청신이 우주 엘리베이터 터미널에서 본 다양한 형태의 우주선들과 달리 우주왕복선은 모두 뒷부분에 서너 개의 날개가 달린 유선형이었다. 왕복선들이 강철 식물로 빽빽한 밀림처럼 발사장의 계류 구역에 어지럽게 서 있었다.

AA가 미리 연락해둔 덕분에 헤일로 그룹의 왕복선이 격납고에서 나와 계류 구역에 도착해 있었다. AA가 공중에서 빠르게 왕복선을 찾아 플라잉카를 그 옆에 착륙시켰다.

주위에 크기가 제각각인 왕복선들이 빈틈없이 들어차 있었다. 작은 것은 높이가 불과 몇 미터밖에 되지 않아 대형 포탄처럼 보였다. 이렇게 작은 비행체가 지구의 중력 우물을 빠져나가 우주로 진입할 수 있다는 사실을 믿기 어려웠다. 고대의 대형 여객기만큼 큰 왕복선도 있었다. 헤일로 그룹의 왕복선은 높이가 약 10미터로 중소형에 속했으며 거울처럼 매끄러운 금속으로 덮인 모습이 물방울을 연상시켰다. 또 바퀴가 달린 탑재대에 실려 있어서 언제든 발사 구역으로 이동시킬 수 있었다. 멀리 떨어진 발사 구역에서 굉음이 들려왔다. 이상하게도 청신은 그 소리가 모스크스트라우멘의 소리처럼 들렸다. 지면의 진동이 발바닥을 타고 올라오며 종아리에 소름이 돋았다. 발사 구역에서 강한 빛이 번쩍이는 동시에 왕복선한 대가 불꽃을 달고 하늘로 솟구쳐 금세 시야에서 사라졌다. 고공으로 뻗어 올라간 우주선의 흔적이 하나 더 늘어났다. 흰 안개가 자욱하게 퍼지며 이상한 탄내가 났다. 왕복선의 엔진에서 나는 연기가 아니라 발사대 아래 냉각풀에서 증발된 냉각수였다. 후끈하고 축축한 수증기가 땅으로 눅진하게 내려앉으며 더 짙은 불안감이 사람들을 휘감았다.

청신과 AA가 긴 사다리를 올라가 왕복선에 탑승하려는데 점점 흩어지는 연무 사이로 아이들의 모습이 나타났다. 왕복선에서 그리 멀지 않은 곳에 열 살도 안 되어 보이는 교복 차림의 아이들이 모여 있고 젊은 여교사가 아이들을 인솔하고 있었다. 어쩔 줄 모르는 듯한 시선으로 사방을 두리번거리는 그녀의 긴 머리칼이 바람에 휘날렸다.

청신이 말했다.

"잠깐 기다려줄 수 있어?"

AA도 아이들을 보고 청신이 뭘 하려는지 알았다.

"다녀오세요. 어차피 발사 순서가 되려면 한참 기다려야 하니까."

원래 우주왕복선은 평평한 곳이라면 어디서든 이륙할 수 있지만 핵융합 엔진에서 분출되는 고온의 플라스마가 위험하기 때문에 발사대에서만 이륙이 허가되었다. 플라스마가 안전한 방향으로 분출되도록 발사대 아래 냉각풀과 배수로가 설치되어 있었다.

청신이 다가오는 걸 보고 여교사가 먼저 달려와 외쳤다.

"이 왕복선 주인이세요? 아이들 좀 살려주세요!"

젖은 앞머리가 그녀의 이마에 들러붙어 있고 눈물과 수증기가 한데 섞여 그녀의 얼굴을 타고 흘러내렸다. 그녀의 눈빛이 절대로 놓아줄 수 없다는 듯 청신에게 매달렸다. 아이들도 다가와 그녀를 둘러싸고 기대 어린 눈으로 올려다보았다.

"우주 캠프를 떠나려고 왔어요. 원래 지구 정지궤도로 갈 예정이었는데 경보가 울리는 바람에 우리 대신 다른 사람들이 타고 떠나버렸어요."

청신을 따라온 AA가 물었다.

"왕복선은 어디 있나요?"

"이미 이륙했어요. 제발 도와주세요……."

청신이 AA에게 말했다.

"데리고 가자."

AA가 몇 초간 청신을 응시했다. 그녀의 눈빛에 담긴 뜻은 분명했다. 지구를 탈출하려는 사람들이 이렇게 많은데 다 구할 수 있겠느냐는 것이었다. 청신의 단호한 눈빛을 보며 AA가 고개를 저었다.

"최대 세 명만 데려갈 수 있어요."

"이 왕복선의 최대 수용 인원이 10명도 넘잖아!"

"하지만 헤일로호는 최대 가속 상태에서 다섯 명밖에 탈 수 없어요. 심해가속액* 장치가 있는 좌석이 다섯 개뿐이에요. 나머지는 가속 압력에 눌려 햄버거 패티가 될걸요."

청신이 예상치 못한 대답이었다. 심해가속액은 가속 출력이 높은 항성급 우주선에만 사용되었고 그녀가 알고 있는 헤일로호는 행성급 우주선이었다.

"알겠어요. 그럼 세 명이라도 데려가주세요!"

교사가 어렵게 온 기회를 놓칠세라 청신을 놓고 AA를 붙잡았다.

AA가 아이들을 가리켰다.

"세 명을 골라요."

교사가 황망한 시선을 아이들에게로 옮겼다. 좀 전보다 더 심한 공포가 그녀를 휘감았다.

"내가 고르라고요? 맙소사! 내가 어떻게⋯⋯."

겁에 질린 그녀의 눈동자가 아이들을 향하지 못하고 방황했다. 아이들의 눈빛이 불길이 되어 그녀를 태우고 있는 듯 몹시 괴로워 보였다.

"좋아요. 내가 고르죠."

AA가 말한 뒤 아이들을 쭉 둘러보며 미소를 지었다.

"잘 들어. 세 문제를 낼게. 먼저 맞히는 사람을 데려갈 거야."

AA가 청신과 여교사의 경악한 표정에 눈길조차 주지 않고 손가락 하나를 올렸다.

"첫 번째 문제. 깜빡이는 전등이 있어. 처음에는 1분 후에 깜빡이더니

---

*『삼체 2부─암흑의 숲』에 등장하는 액체로 인체의 장기와 조직에 흡수되어 우주선이 최대 출력으로 가속할 때 인체를 보호하는 역할을 함.

그다음엔 30초 후에, 또 그다음엔 15초 후에 깜빡였어. 계속 이렇게 간격이 절반씩 줄어들면서 깜빡였어. 그렇다면 2분 동안 이 전등이 몇 번 깜빡였을까?"

문제가 끝나기가 무섭게 한 아이가 외쳤다.

"100번이요!"

AA가 고개를 저었다.

"틀렸어."

"1000번이요!"

"틀렸어. 잘 생각해봐."

아이들이 침묵하고 있을 때 작은 목소리가 들렸다. 얌전한 여학생 하나가 요란한 잡음 사이로 들릴락 말락 떨리는 소리로 말했다.

"무한 번이요."

"너, 앞으로 나와."

AA가 앞으로 나온 소녀를 자기 뒤에 세워놓고 아이들에게 말했다.

"두 번째 문제. 굵기가 일정하지 않은 밧줄이 하나 있어. 한쪽 끝에 불을 붙여서 다른 쪽 끝까지 다 타려면 한 시간이 걸려. 이걸 이용해서 정확히 15분을 재려면 어떻게 해야 할까? 밧줄의 굵기가 고르지 않다는 걸 잊지 마."

이번에는 성급하게 대답하는 아이가 없었다. 아이들이 생각에 잠겨 있을 때 한 남학생의 손이 번쩍 올라왔다.

"밧줄을 반으로 접어서 양쪽 끝에 동시에 불을 붙이면 돼요!"

AA가 고개를 끄덕였다.

"너도 앞으로 나와."

AA가 그 아이도 자기 뒤에 세워놓았다.

"자, 세 번째 문제야. 82, 50, 26, 다음엔 어떤 숫자가 올까?"

한참 동안 아무도 대답하지 않자 AA가 한 번 더 말했다.

"82, 50, 26, 다음엔 어떤 숫자가 올까?"

한 여학생이 소리쳤다.

"10이요!"

AA가 엄지손가락을 세웠다.

"훌륭해. 앞으로 나와."

AA가 청신에게 눈짓을 한 뒤 아이들 셋을 데리고 왕복선으로 향했다.

청신도 그들을 따라가다가 사다리 앞에서 고개를 돌려 남아 있는 아이들을 보았다. 교사 곁에 선 아이들이 그녀에게서 시선을 떼지 못하고 있었다. 영원히 다시 떠오르지 않을 태양을 바라보는 듯한 눈동자였다. 청신의 눈앞이 눈물로 흐려졌다. 사다리를 오르는 동안에도 아이들의 절망적인 눈빛이 등 뒤로 날아와 꽂히는 것 같았다. 예전에도 그런 감정을 느낀 적이 있었다. 검잡이의 마지막 순간에 그랬고, 호주에서 지자의 인류 멸종 계획을 듣는 순간에도 그랬다. 그건 죽음보다 더한 고통이었다.

우주왕복선의 내부는 넓었다. 좌석 18개가 2열로 수직 배열되어 있어서 계단을 올라가야 좌석에 앉을 수 있었다. 내부는 우주선과 다를 게 없었다. 청신은 속이 빈 껍데기에 타고 있는 것 같았다. 엔진과 통제 시스템이 어디에 설치되어 있는지 육안으로는 전혀 알 수가 없었다. 서기 시대의 화학 로켓을 떠올렸다. 거대한 빌딩처럼 높다랗게 서 있지만 유효 탑재량은 맨 꼭대기의 아주 작은 부분이 전부였다. 왕복선 내부에는 조종장치가 보이지 않고 디스플레이 몇 개만 떠다녔다. 왕복선의 AI가 AA를 인식한 듯 그녀가 타자마자 화면 몇 개가 그녀 주위로 모여들었다. AA가 세 아이와 청신에게 안전벨트를 채워줄 때도 화면들이 계속 그녀를 따라다녔다.

AA가 청신에게 말했다.

"그런 눈으로 보지 마세요. 난 기회를 줬어요. 생존하려면 경쟁에서 이

겨야죠."

남학생이 물었다.

"남은 아이들은 죽나요?"

"어차피 사람은 언젠가는 죽어. 일찍 죽느냐 늦게 죽느냐의 차이일 뿐이지."

AA가 대답하며 청신 옆자리에 앉았다. 그녀가 안전벨트도 매지 않고 화면을 들여다보며 중얼거렸다.

"믿을 수가 없어. 우리 앞에 아직도 29대나 있다니!"

발사장에 발사대가 총 여덟 대 있는데 한 번 발사할 때마다 10분간 발사대의 열이 식기를 기다려야 했고 냉각풀에 냉각수를 보충하는 작업도 필요했다.

살기 위해 탈출하는 이들에게 이 정도 기다린다고 해서 크게 달라지는 건 없었다. 목성까지 날아가는 데 한 달이 걸리는데 그 전에 광립이 공격한다면 우주왕복선을 타고 있든 지구에 있든 결과는 같았다. 하지만 지금 문제는 시간이 더 지체되면 영영 이륙하지 못할 수도 있다는 사실이었다.

지구는 이미 극심한 혼란에 휩싸여 있었다. 1000만 명 넘는 도시 인구가 생존 본능에 이끌려 미친 듯이 발사장으로 몰려들었다. 지금의 우주왕복선은 서기 시대의 비행기와 비슷해서 수송 가능한 인원이 많지 않았고, 왕복선을 소유한다는 건 고대에 우주 비행선을 소유하는 것만큼이나 어려운 일이었다. 우주 엘리베이터까지 동원한다 해도 일주일 동안 지구 저궤도로 실어 나를 수 있는 사람의 수가 지구 전체 인구의 100분의 1도 되지 않았고, 최종적으로 목성까지 갈 수 있는 사람은 1000분의 1도 되지 않았다.

왕복선에는 창이 없지만 외부 상황을 여러 각도에서 비춰주는 화면을 통해 계류 구역에 새카맣게 몰려든 인파를 볼 수 있었다. 우주왕복선마다 사람들이 달라붙어 주먹질을 하고 고함을 지르며 어떻게 해서든 올라타려고 발버둥쳤다. 발사장 바깥에서도 방금 도착한 플라잉카들이 잇따라 상공으로 날아오르고 있었다. 왕복선 발사를 막으려는 플라잉카 주인들이 원격조종으로 이륙시킨 것들이었다. 발사대 상공에 멈추어 선 플라잉카들이 검은 장막을 드리우고 있었다. 이대로 있다가는 지구를 떠날 수 없을 것 같았다.

청신은 화면을 축소시킨 뒤 뒷자리에 앉아 있는 세 아이를 안심시켰다.

바로 그때 AA가 새된 비명을 질렀다.

"미쳤어!"

청신이 고개를 돌리자 선실 내부를 가득 채울 만큼 확대된 화면 속에서 시뻘건 불덩이가 솟구치며 빼곡하게 서 있는 왕복선들을 집어삼킬 듯이 덮치고 있었다.

누군가 인파가 운집해 있는 계류 구역에서 왕복선을 이륙시킨 것이다!

핵융합 엔진에서 분출되는 플라스마의 온도가 고대 화학 로켓 분출물 온도의 수십 배에 달했다. 평평한 지면에서 발사할 경우 고온의 플라스마가 순간적으로 지표를 용해시키며 사방으로 확산되어 반경 30미터 안에 있는 사람은 생존할 수 없었다. 화염이 분출된 곳에서 검은 점들이 사방으로 날아가는 것이 보였다. 그중 하나는 근처에 있던 왕복선 꼭대기에 부딪친 뒤 사람 형태의 검은 흔적을 남겼다. 불덩이 주위에 있던 탑재대 몇 개가 녹아내리며 그 위에 실려 있던 왕복선들이 힘없이 쓰러졌다.

사람들의 아우성이 순식간에 멈추었다. 사람들은 일제히 고개를 들어 수십 명을 태워 죽였을 왕복선이 굉음과 함께 날아올라 흰색 꼬리를 늘어뜨리며 상공으로 향한 뒤 동쪽으로 방향을 트는 것을 올려다보았다. 눈앞에서 일어난 일을 믿을 수가 없었다. 그리고 불과 10여 초 뒤, 계류 구역에 있던 또 다른 왕복선이 이륙했다. 이번에는 사람들과 더 가까이 있던 왕복선이었다. 굉음, 불꽃, 열기가 얼이 빠져 있던 사람들을 극도의 광분 속으로 몰아넣었다. 뒤이어 세 번째, 네 번째……. 계류 구역에 있는 왕복선들이 발사를 강행했고, 맹렬한 불길 속에서 새까맣게 타버린 사람들이 공중으로 날아올랐다. 계류 구역 전체가 화장장이 되었다!

아랫입술을 깨물며 참혹한 장면을 보고 있던 AA가 화면을 끈 뒤 다른 창을 켜서 조작하기 시작했다.

청신이 물었다.

"뭘 하려고?"

"이륙이요."

"멈춰."

"이걸 보세요."

AA가 다른 화면을 청신 앞으로 휙 넘겨주었다. 화면은 주위에 있는 왕복선 몇 대를 비추고 있었다. 왕복선의 엔진 분출구마다 핵융합로의 열기를 발산하기 위한 냉각 루프가 달려 있었다. 지금 모든 왕복선의 냉각 루프가 검붉은 빛을 내고 있는 것을 청신도 보았다. 핵융합로에 이미 시동이 걸려 있어 언제라도 이륙할 수 있다는 뜻이었다.

AA가 말했다.

"어차피 모두 이륙할 거라면 우리가 먼저 이륙하는 게 나아요!"

주위에 있는 왕복선 중 어느 한 대라도 이륙한다면 근처에 있는 탑재대가 녹아내려 왕복선들이 뜨겁게 용해된 지면 위로 쓰러질 것이다.

청신이 말했다.

"안 돼. 멈춰."

차분하지만 어느 때보다도 단호한 목소리였다. 이것보다 더 큰 재난도 겪어본 그녀이기에 이번에도 침착함을 잃지 않을 수 있었다.

"왜요?"

AA의 목소리도 차분해졌다.

"밑에 사람들이 있잖아."

AA가 조작을 멈추고 청신을 바라보았다.

"조금 뒤면 우리도 저들도 모두 지구와 함께 가루가 될 거예요. 그 가루 속에서 어떤 게 고상하고 어떤 게 비열한지 분간할 수 있어요?"

"적어도 아직은 윤리적 마지노선이 존재해. 난 헤일로 그룹의 대표이고 이 왕복선은 헤일로 그룹의 소유야. 너도 헤일로 그룹의 직원이지. 결정권 은 나한테 있어."

AA가 청신과 한참 동안 마주 보고 있다가 고개를 끄덕이며 조작 창과 모든 화면을 껐다. 왕복선 내부가 바깥 세계의 광란과 소음으로부터 완전 히 차단되었다.

청신이 말했다.

"고마워."

AA가 대꾸도 하지 않고 갑자기 무슨 생각이 난 듯 벌떡 일어나더니 소 총을 집어 들고 계단을 내려가며 말했다.

"안전벨트 꼭 매고 있어요. 왕복선이 언제 쓰러질지 모르니까."

"어딜 가려고?"

"우리가 못 가면 저 빌어먹을 자식들도 못 가게 해야죠!"

AA가 소총을 휘두르며 밖으로 나가자마자 빠르게 문을 꽉 닫았다. 그 녀가 바닥으로 내려가 제일 가까이에서 시동을 걸고 있는 왕복선의 꼬리 날개를 향해 총을 쏘았다. 꼬리날개에서 푸른 연기가 피어오르며 구멍이 뚫렸다. 손가락 굵기만 한 작은 구멍이었지만 그걸로 충분했다. 왕복선의 감시 시스템이 꼬리날개의 결함을 탐지하면 AI 시스템이 절대로 발사를 진행하지 않기 때문이다. 그건 시스템의 최고 권한을 초월한 것이어서 왕 복선에 탄 사람들은 무슨 수를 써도 그 제한을 해제할 수가 없다. 예상대로 시뻘겋게 달아올랐던 쿨링 루프의 색이 어두워졌다. 핵융합로의 가동이 중단된 것이다. AA가 주위를 돌며 연달아 총을 쏘아 주위에 있던 왕복선 여덟 대의 꼬리날개에 모두 구멍을 냈다. 넘실대는 열기와 자욱한 먼지에 뒤엉켜 있는 사람들 중 그 누구도 그녀가 뭘 하는지 신경 쓰지 않았다. 왕복선 중 한 대의 문이 열리며 화려한 옷을 입은 여자가 내려왔다. 왕복선의 아랫부분을 살피던 여자가 꼬리날개에 뚫린 구멍을 발견하고는 히스테릭한 비명을 지르며 바닥을 뒹굴고 탑재대를 머리로 들이받았다. 하지만 사람들은 그녀가 뭘 하는지 관심이 없었다. 그들은 오로지 그녀가 나오며 열어놓은 선실 문을 향해 미친 듯이 달려들어 왕복선에 비집고 들어가려고 아우성이었다. 왕복선으로 돌아온 AA가 방금 문틈으로 머리를 내민 청신을 밀고 들어가며 문을 굳게 닫았다. 문을 닫자마자 AA가 왈칵 구토를 했다.

"밖에…… 고기 타는 냄새가 진동해요."

한 여학생이 위쪽 좌석에서 머리를 내밀고 물었다.

"우리, 죽어요?"

AA가 의미심장한 표정으로 대답했다.

"아주아주 멋진 우주를 감상하게 될 거야."

"어떻게 멋진데요?"

"우주 최대 장관일 거야. 태양이 거대한 불덩이가 될 테니까!"

"그다음엔요?"

"그다음엔…… 뭐 별거 없지. 아무것도 없는데 별게 있을 리가 있나, 안 그래?"

AA가 아이들의 머리를 차례로 토닥여주었다. 아이들을 겁주고 싶진 않았지만 그녀가 낸 문제를 맞힌 아이들이므로 이미 눈앞의 현실을 파악할 정도의 판단력은 있을 터였다.

AA와 청신이 다시 자리에 앉자 청신이 한 손을 AA의 손에 올리며 작은 소리로 말했다.

"미안해."

AA가 청신을 보며 피식 웃었다. 청신에겐 익숙한 웃음이었다. 그녀에게 AA는 여전히 어리지만 강인한 소녀였고, 그녀는 AA 앞에서 성숙하지만 약한 어른이었다.

"마음에 담아두지 마세요. 급해서 한 얘기니까. 어차피 결과는 같아요. 일찍 결판나는 편이 낫죠."

헤일로호가 정말로 항성급 우주선이라면 훨씬 빨리 목성까지 날아갈 수 있었다. 지구에서 목성까지의 거리로는 충분한 가속을 낼 수 없지만 그래도 약 2주면 도착할 수 있었다.

AA도 청신의 생각을 읽은 듯했다.

"태양계 경보 시스템이 완성되었다 해도 어차피 경보 시간은 기껏해야 하루쯤 빨랐을 거예요……. 하지만 냉정하게 생각해보면 이 경보가 가짜일 가능성도 있어요."

AA가 이런 생각 때문에 조금 전 그녀의 말을 순순히 따랐다는 걸 청신은 모르고 있었다.

AA의 추측이 정확했다는 게 금세 증명되었다. IDC 위원 중 PDC 간부가 청신에게 전화를 걸어 함대 세계와 UN이 이 경보가 오보이며 암흑의 숲 공격과 관련된 아무런 조짐도 발견되지 않았음을 공식적으로 발표했다고 알려주었다. 화면을 켜보니 정말로 UN과 함대의 대변인이 성명을 발표하고 있었다. 왕복선 바깥 발사장과 계류 구역에서도 더 이상 이륙하는 왕복선이 없었다. 혼란은 여전했지만 더 악화되지는 않았다.

두 사람은 바깥이 조금 안정되기를 기다렸다가 왕복선에서 나왔다. 전쟁터만큼이나 참혹한 광경이었다. 새카맣게 불에 탄 시체가 곳곳에서 나뒹굴고 어떤 시체에선 아직도 불이 피어오르고 있었다. 왕복선도 바닥에 쓰러져 있거나 두 대가 서로 기댄 채 기울어져 있었다. 하늘에는 계류 구역에서 이륙한 왕복선 아홉 대가 남기고 간 꼬리가 할퀸 상처처럼 아직도 선명했다. 광분했던 사람들은 뜨거운 바닥에 주저앉아 있거나 멍하니 서 있었고, 정처 없이 휘젓고 다니는 사람도 있었다. 눈앞의 모든 것이 악몽인지 현실인지 아직 분간하지 못하는 것 같았다. 경찰부대와 구조대가 속속 도착해 질서를 유지하고 부상자를 구조했다.

AA가 말했다.

"다음번 경보는 진짜일 거예요. 같이 목성 뒤로 가요. 헤일로 그룹이 그곳에 벙커 프로젝트 중 하나인 우주 도시를 건립할 거예요."

청신이 대답 대신 아까부터 궁금하던 질문을 했다.

"헤일로호는 어떻게 된 거야?"

"예전의 헤일로호가 아니에요. 새로 건조한 소형 항성급 우주선이죠. 행성 간 항해를 할 때는 20명까지 탈 수 있지만 항성 간 항해를 할 때는 다섯 명밖에 타지 못해요. 이사회에서 선생님을 위해 특별히 제작한 우주선이에요. 목성에서 선생님의 사무실로 사용될 거예요."

행성급 우주선과 항성급 우주선의 차이는 강에서 운행하는 페리보트와 대양을 누비는 1만 톤급 컨테이너 선박의 차이와 같았다. 물론 우주선의 크기 차이만은 아니었다. 항성급 우주선도 소형으로 만들 수 있지만 기술적으로 우월한 추진 시스템이 탑재되고 행성급 우주선에 없는 생태순환 시스템도 있었다. 또 모든 서브 시스템에 서너 개의 예비 시스템이 준비되어 있었다. 청신이 정말로 새 헤일로호를 타고 목성 반대편으로 간다면 어떤 일이 발생하든 그녀가 일생 동안 생존하는 데는 문제가 없었다.

청신은 고개를 저었다.

"네가 타고 가. 난 회사 일에 관여하지 않으니까 지구에 있어도 괜찮아."

"살아남는 소수가 되기 싫은 거겠죠."

"난 수십억 명과 함께 있을 거야. 무슨 일이 일어나든 수십억 명에게 동시에 닥친 일이라면 두려워할 것도 없지."

AA가 청신의 어깨를 감싸 안았다.

"선생님이 걱정돼요. 수십억 명과 함께 죽을까 봐 걱정하는 게 아니에요. 죽음보다 더 끔찍한 일이 닥칠까 봐 두려운 거지."

"이미 그런 일을 겪어봤잖아."

"광속 우주선에 대한 꿈을 버리지 않는다면 그런 일을 또 겪을 거예요. 감당할 수 있겠어요?"

오경보 발령 사건은 대이민 이후 발생한 가장 심각한 사회적 혼란이었다. 짧은 시간이었고 막대한 피해가 발생한 건 아니었지만 사람들에게 잊을 수 없는 기억을 남겼다.

세계 각지에 있는 수많은 우주 발사장에서 비슷한 일이 벌어졌다. 왕복선이 인파 속에서 이륙을 강행했고 핵융합 엔진의 화염에 1만 명 넘게 목숨을 잃었다. 우주 엘리베이터의 기지국에서는 무력 충돌이 일어났다. 우주 발사장과 달리 이 충돌은 국가 간의 충돌이었다. 일부 국가들이 군대를 보내 적도 부근 바다 위에 건설된 국제 기지국을 점령하려 했기 때문이다. 오경보임을 알리는 공동성명이 신속하게 발표되지 않았다면 전쟁으로 발전했을 것이다. 지구의 우주 궤도에 있는 화성에서도 우주선을 탈취하려는 사람들 간에 충돌이 발생했다.

살기 위해 남을 죽이는 잔인한 사람들 외에도 사람들을 극도의 분노로 몰아넣은 사건이 있었다. 지구 정지궤도와 달의 반대편에서 소형 항성급 우주선과 준항성급 우주선 수십 대가 비밀리에 건조되고 있다는 사실이 밝혀진 것이다. 준항성급 우주선이란 항성급 우주선에 사용되는 생태순환 시스템이 탑재되지만 행성급 추진 시스템을 이용하는 우주선이었다. 거액을 들여 건조하고 있는 우주선들 중 일부는 대기업 소유이고 또 일부는 백만장자의 것이었다. 이런 우주선은 대부분 소형인 데다가 생태순환 시스템에만 의존해 장기간 생존해야 하기 때문에 수용 인원이 몇 명밖에 되지 않았다. 이 우주선을 건조하는 목적은 태양이 폭발할 때 거대 행성의 반대편에서 장기간 몸을 피해 있는 것이었다.

현재 건설 중인 태양계 경보 시스템의 예보 시간은 최대 24시간밖에 되지 않았다. 정말로 암흑의 숲 공격이 닥친다면 현재 보유하고 있는 우주선 중 단 한 대도 그 시간 내에 지구에서 가장 가까운 벙커인 목성까지 갈 수 없다. 지구는 사실 죽음의 바다에 외롭게 떠 있는 셈이었고, 이 점은 사람들도 이미 오래전부터 알고 있는 사실이었다. 오경보 발령 직후에 나타난 광적인 탈출 러시는 모든 걸 압도하는 인간의 생존 욕망이 불러온 집단 광란이었을 뿐, 사실 현실적으로 아무런 의미도 없었다. 현재 5만 명 남짓한 사람들이 목성에서 장기간 생활하고 있었다. 대부분은 함대 세계의 목성 기지 소속 우주군이었고, 일부는 벙커 프로젝트의 초기 준비 작업을 위해 파견되어 있는 엔지니어들이었다. 그들에게는 그곳에 있을 수 있는 충분한 이유가 있으므로 여론도 이의를 제기하지 않았다. 하지만 비밀리에 건조되고 있는 항성급 우주선들이 완성되면 그 우주선의 소유주인 백만장자들도 목성의 반대편으로 피신할 수 있었다.

법적으로 보면 적어도 현재까지는 특정 단체나 개인이 항성급 우주선을 건조할 수 없도록 금지하는 법도 없고, 거대 행성의 반대편에 숨는 것도 도피주의로 간주하지 않았다. 하지만 여기에서 인류 역사상 가장 큰 불평등, 즉 죽음의 불평등이 생겨났다.

역사적으로 나타난 사회적 불평등은 주로 경제적 부나 사회적 지위에 관한 것이었다. 다른 것은 몰라도 죽음 앞에서는 모든 인간이 평등했다.

물론 의료 환경의 차이, 빈부격차로 인한 자연재해의 생존률 차이, 전쟁에서 군대와 일반인의 생존률 차이 등등 죽음의 불평등이 존재하기는 했지만, 전체 인구의 1만 분의 1도 안 되는 소수는 안전지대로 피신해 살아남고 나머지 수십억 명은 지구에서 죽음을 기다린 적은 한 번도 없었다.

아주 오래전 고대에도 용인될 수 없는 끔찍한 불평등이므로 현대 사회에는 더 말할 것도 없었다.

이것이 국제사회에서 광속 우주선 프로젝트가 반대 여론에 부딪힌 가장 큰 이유였다.

목성이나 토성의 반대편에 떠 있는 우주선에서 사는 것이 암흑의 숲 공격에서 살아남을 수 있는 방법이기는 하지만 사람들이 동경하는 생활은 아니었다. 생태순환 시스템이 아무리 쾌적한 환경을 만들어준다 해도 춥고 황량하고 외부와 단절된 태양계의 변두리에서 사는 것이었다. 하지만 삼체 제2함대를 관측해보면 곡률 추진 우주선은 순간적으로 광속에 도달할 수 있다. 따라서 광속 우주선을 이용하면 지구에서 출발해 불과 수십 분 만에 목성에 도착할 수 있다. 다시 말해, 광속 우주선을 소유한 특권층과 백만장자들은 태양계 경보 시스템의 경보가 울린 후에도 지구에서 여유롭게 머물다가 공격이 임박했을 때 수십억 명을 버려두고 지구를 탈출할 수 있다는 뜻이다. 이건 인류 사회가 절대로 용납할 수 없는 것이었다. 오경보가 발령되었을 당시의 끔찍한 광경을 또렷하게 기억하고 있는 사람들은 광속 우주선의 출현이 세계적인 혼란을 일으킬 것이라고 확신했다. 그 때문에 광속 우주선 프로젝트가 커다란 반대 여론에 부딪혀 표류하고 있었다.

오경보가 그토록 큰 혼란을 일으킨 건 초정보화 사회의 신속한 정보전달 속도 때문이었지만, 근본적인 원인은 태양계 경보 시스템의 1호 관측 유닛에서 관측된 이상 현상이었다. 이상 현상이 관측된 것은 사실이었다.

다만 그 현상이 광립과 무관하다는 것뿐…….

《시간 밖의 과거》 발췌

우주 전초기지—태양계 경보 시스템

지구 세계가 광립을 관찰한 건 항성 187J3X1과 삼체 성계가 파괴될 당시의 두 번뿐이었으므로 인류가 광립에 대해 알고 있는 건 운행 속도가 광속에 가깝다는 사실뿐이었고, 크기, 정지질량, 광속에 접근했을 때의 상대론적 질량에 대해서는 전혀 알지 못했다. 하지만 광립은 가장 원시적인 항성 공격 무기라고 부르기에 충분했다. 그 엄청난 상대론적 질량으로 생성된 운동에너지만으로도 목표물을 궤멸시킬 수 있었다. 물체를 광속에 가깝게 가속시키는 기술을 보유한다면, 극소 질량의 '총알'을 발사하는 것만으로도 거대한 파괴력을 생성시킬 수 있으므로 확실히 '경제적'이었다. 삼체 성계가 파괴되기 전, 인간은 광립에 관한 가장 소중한 관측 데이터를 얻었다. 당시 과학자들은 매우 중요한 현상을 발견했다. 광립이 행성 간 공간을 빠른 속도로 가로지르며 원자나 먼지와 극렬하게 충돌해 가시광선부터 감마선까지 강력한 복사가 나타났던 것이다. 광립은 크기가 너무 작아 직접 관찰하는 것이 불가능하지만 복사 현상은 관측이 가능할 만큼 뚜렷했다.

언뜻 생각하면 광속에 가까운 속도로 이동하는 광립의 공격을 미리 예측하는 건 불가능할 것 같다. 광립이 자신에게서 복사된 빛과 거의 나란히 전진하다가 동시에 목표물에 도달하기 때문이다. 다시 말하면, 관측자가 광원뿔* 밖에 위치하게 된다. 하지만 정지질량을 가진 물체는 아무리 빨라도 광속에 완벽하게 도달할 수 없다.

* 옮긴이 주: 특수 상대성 이론의 민코프스키 공간 중 원점에서 나오는 빛의 사선이 만드는 곡면.

광립의 속도가 광속에 거의 가깝기는 하지만 엄밀히 말하면 광속과 아주 작은 차이가 있다. 이 차이로 인해 광립에서 복사된 빛이 광립 자체보다 미세하게 더 빠르다. 광립의 비행 거리가 멀수록 그 차이가 점점 커진다. 또한 목표를 향해 날아오는 광립의 탄도는 절대적인 직선이 아니다. 거대한 질량으로 인해 주위 천체의 중력에 영향을 받게 되고 이 때문에 아주 경미하게 구부러지게 된다. 이렇게 구부러진 곡률은 동일한 중력장에서 빛이 구부러지는 곡률에 비해 훨씬 크기 때문에 목표물에 거의 접근했을 때 수정할 필요가 있다. 이 때문에 광립의 탄도는 광립에서 나온 복사에 비해 조금 더 길어질 수밖에 없다.

이 두 가지 요인으로 인해 광립에서 복사된 빛이 광립보다 먼저 태양계에 도달하게 되고, 이 시차를 이용해 광립의 공격을 미리 알아낼 수 있다. 광립 도달 전 24시간이라는 경보 시간은 현재 광립의 빛을 관측할 수 있는 가장 먼 거리를 기준으로 계산한 것이었다. 24시간의 시차를 거리로 환산한다면, 빛이 광립보다 약 180천문단위 앞질러서 태양계에 도착하게 된다고 말할 수 있다.

하지만 이건 이상적인 상황이었다. 만약 광립이 근거리에 있는 우주선에서 발사된다면 경보를 발령할 겨를도 없이 지구도 삼체 세계와 같은 운명을 맞이하게 될 것이다.

태양계 경보 시스템으로 총 35개 관측 유닛을 설치한 뒤 태양계의 모든 방향에서 우주의 광립 복사를 시시각각 감시하기로 했다.

오경보 사건이 발생하기 이틀 전, 태양계 경보 시스템 1호 관측 유닛

1호 관측 유닛은 위기의 세기 말에 설치된 린저-피츠로이 관측소였다. 70여 년 전 태양계를 향해 날아오는 강한 상호작용 우주 탐사정, 즉 물방울을 발견한 것도 바로 이 관측소였다. 소행성대 바깥 우주에 떠 있는 건 그대로지만 장비는 새것으로 교체되었다. 특히 가시광선 관측 장비 중 망원경의 렌즈 면적이 훨씬 넓어졌다. 첫 번째 렌즈의 직경만 해도 1200미터에서 2000미터로 늘어나 맨 위로 가면 작은 도시 하나를 올려놓을 수 있을 만한 크기였다. 이 거대한 렌즈의 원료는 소행성대에서 직접 채취했다. 우선 중간에 놓을 직경 500미터짜리 렌즈를 제작한 뒤 이걸 이용해 모은 태양광으로 소행성대에 떠다니는 암석을 녹여 고순도 유리를 얻은 다음, 이 유리로 다른 렌즈들을 만들었다. 여러 개의 렌즈가 총 25킬로미터 길이로 줄지어 우주에 떠 있었다. 렌즈 사이 간격이 넓어서 각각의 렌즈가 서로 독립적으로 떠 있는 것처럼 보였다. 렌즈의 가장 아랫부분에 위치한 관측소는 단 두 명만 들어갈 수 있을 만큼 작았다.

관측소의 상주인력이 군인 한 명과 과학자 한 명으로 이루어져 있는 것도 예전 그대로였다. 군인은 경보를 위한 관찰을 담당하고, 과학자는 천문학과 우주학 연구를 진행했다. 그 때문에 3세기 전 린저 박사와 피츠로이 장군 사이에 시작된 기싸움도 여전히 계속되고 있었다.

유사 이래 최대 크기인 이 망원경의 테스트가 끝나고 처음으로 47광년 밖 항성의 이미지를 얻는 데 성공한 순간, 관측소의 천문학자 위드널은 첫 아이가 태어난 것처럼 흥분했다. 일반인의 상상과 달리, 기존의 천체망원경은 태양계 밖 항성을 관찰할 때도 밝기를 높이는 것 외에는 아무것도 할 수 없었기 때문에 항성의 형체를 알아볼 수가 없었다. 성능이 아무리 뛰어난 망원경도 항성이 그저 조금 밝은 빛점으로 보일 뿐이었다. 하지만 새 망원경을 통해 관찰한 항성의 첫 모습은 원반 형태였다. 수십 미터 밖에 있는 탁구공을 보는 것처럼 크기도 작고 세부적인 형태는 보이지 않았지만 광학 천문학과 비교하면 시대에 한 획을 긋는 사건임에 틀림없었다.

"천문학이 백내장에서 벗어났어!"

위드널이 뜨거운 눈물을 흘리며 감탄하자 관측장교 바실리가 시큰둥하게 말했다.

"우리 신분을 잊지 말라고 충고했잖아요. 우린 전초기지의 일개 보초병이란 말입니다. 옛날 같으면 나무로 만든 국경 초소에서 보초를 섰을 거예요. 사방에 황량한 고비사막이나 설원이 펼쳐져 있고, 우린 차디찬 바람에 맞서 적국을 주시하고 있다가 지평선에서 탱크나 기병이 나타나면 전화를 걸거나 봉화를 피워 적의 침입을 알렸을 거예요. 보초병이면 보초병답게 여길 천문대로 생각하진 맙시다."

위드널이 망원경에서 시선을 떼고 관측소 창밖을 바라보았다. 들쭉날쭉한 형태의 돌멩이 몇 개가 떠다니고 있었다. 렌즈를 만들고 남은 소행성 부스러기였다. 돌멩이들이 서늘한 햇빛 속에서 천천히 돌며 우주에 황량한 기운을 더해주고 있었다. 조금 전 바실리 중위가 묘사한 국경 초소 밖 풍경과 흡사했다.

위드널이 말했다.

"정말로 광립을 발견한다면 경보를 발령하지 않는 게 더 나은 선택일 수도 있어요. 그래봤자 소용이 없으니까. 사실 말입니다. 아무것도 모른 채 단번에 끝장날 수 있다면 행운이에요. 중위가 누른 경보 버튼이 수십억 인구를 24시간 동안 고통에 빠뜨릴 거예요. 그건 반인류죄라고요."

"그렇다면 우리 둘이 제일 불행한 사람이겠군."

그때 함대 총사령부로부터 명령이 도착했다. 망원경의 방향을 돌려 삼체 성계를 관측하라는 지시였다. 이번엔 위드널과 바실리 사이의 의견 충돌이 잠시 중단되었다. 천문학자도 멸망한 그 세계에 큰 흥미를 느끼고 있었기 때문이다.

우주에 떠 있는 렌즈들의 위치를 조정하기 시작했다. 렌즈 가장자리에 부착된 이온추진체가 푸른 불꽃을 뿜어내고 있었다. 멀리 떠 있는 렌즈가 자기 위치를 드러내는 건 이때뿐이었다. 우주 위에 푸른 고리들이 나타나며 슈퍼 망원경의 전체 형체가 드러났다. 25킬로미터 길이로 띄엄띄엄 떨어져 있는 렌즈들이 서서히 돌아가다가 삼체 성계 방향에 다다르자 천천히 멈춘 뒤 렌즈 사이의 거리를 조절하며 초점을 맞추었다. 초점이 거의 맞추어지자 푸른 불꽃이 사라지고 반딧불처럼 몇 개만 남아 마지막으로 초점을 미세하게 조정했다.

망원경에 나타난 삼체 성계의 모습은 별로 특별할 게 없어 보였지만, 우주 공간에 깃털처럼 떠 있는 하얀 조각 하나가 눈에 들어왔다. 이미지를 확대해 전체 화면에 띄워보니 아름다운 성운이었다. 항성 폭발 후 7년이 흘렀고 지금 볼 수 있는 건 폭발하고 3년 뒤의 모습이었다. 중력과 항성이 남긴 각운동량의 작용으로 성운이 날카로운 방사형에서 점점 부드럽고 희미한 구름 형태로 바뀐 다음, 자전의 원심력이 작용해 납작하게 눌리며 또렷하고 정교한 나선형을 띠게 된 것이었다. 성운 위쪽으로 또 다른 항성 두 개가 보였다. 그중 하나는 원반 형태를 띠고, 다른 하나는 더 멀리 있는 빛점이어서 뭇별 사이에서 움직여야만 식별할 수 있었다.

재앙에서 살아남은 두 개의 항성이 안정적인 쌍성계를 형성하며 세대 존속에 대한 삼체 세계의 꿈을 실현시켜주고 있었다. 하지만 아직은 그 혜택을 누릴 수 있는 생명체가 없었다. 그 성계는 아직 생명이 생존할 수 없는 환경이었다. 현재 관측한 바로는 암흑의 숲 공격이 삼체 성계의 세 별 중 하나만을 파괴한 것 같았다. 그건 단순히 경제적 타산에 의한 것이 아니라 더 악랄한 목적이 숨겨져 있었다. 성계에 하나 또는 두 개의 항성이 남게 되면 항성이 성운 물질을 끊임없이 흡수하며 강력한 복사가 나타나게 된다. 따라서 현재 삼체 성계는 복사하는 용광로 상태에 있으며, 이는 생명과 문명 모두에게 죽음의 구역이라는 뜻이었다. 항성에서 복사된 강한 빛을 받아 성운이 밝게 빛나고 있기 때문에 이렇게 밝고 또렷하게 보이는 것이었다.

바실리가 말했다.

"언젠가 어메이(峨眉)산에서 본 구름바다가 생각나는군. 중국에 있는 산이죠. 그 산 정상에 서면 가장 아름다운 달을 볼 수 있어요. 깊은 밤 발밑으로 구름바다가 끝없이 깔려 있었어요. 보름달의 달빛이 비추어 구름 전체가 은빛으로 빛났죠. 지금 보이는 저 광경과 비슷했어요."

40억 킬로미터 밖 은빛 묘지를 보며 위드널도 만감이 교차했다.

"사실 말입니다. 과학적인 관점에서 보면 멸망이란 잘못된 말이에요. 그 무엇도 정말로 파괴할 수 없고 소멸시키는 건 더더욱 불가능해요. 물질의 총량은 조금도 줄어들지 않으니까. 각운동량도 여전히 존재하죠. 그저 물질의 조합 방식이 변하는 것뿐. 카드를 다시 섞는 것과 같아요……. 하지만 생명은 스트레이트 플러시* 같아서 카드를 한번 섞으면 그걸로 끝이에요."

성운을 자세히 들여다보던 위드널이 무언가를 발견했다.

"맙소사! 저게 뭐지?"

그가 성운에서 조금 떨어진 우주 공간을 가리켰다. 비율로 계산해보면 성운의 중심에서 약 30천문단위 떨어진 곳이었다.

바실리가 그의 손이 가리키는 곳을 보았다. 천문학 경험이 많지 않은 그에게는 아무것도 보이지 않았지만, 자세히 들여다보니 깜깜한 배경 위에 가늘게 그려진 윤곽선이 눈에 들어왔다. 우주에 떠 있는 비눗방울처럼 원형에 가까운 형태였다.

"꽤 커 보이는군. 지름이…… 10천문단위쯤 되겠죠? 먼지일까요?"

"그럴 리 없어요. 저렇게 생긴 먼지는 없어요."

"저런 걸 본 적 없어요?"

"누구도 본 적이 없을 거예요. 투명하고 가장자리가 희미해서 예전엔 가장 큰 망원경으로도 관측할 수 없었을 테니까."

위드널이 화면을 줌아웃 했다. 성운과 두 별의 위치를 전체적으로 파악하고 성운이 자전한 흔적을 관찰해보려고 했다. 화면 속에서 성운이 다시 검은 하늘 속 희고 작은 조각으로 변했다. 그는 삼체 성계에서 약 6000천문단위 떨어진 먼 우주에서 또 다른 '비눗방울'을 찾아냈다. 조금 전 것보다 몇 배나 커서 지름이 50천문단위쯤 되어 보였다. 그 안에 삼체 성계와 태양계를 모두 담을 수 있는, 행성계 하나와 맞먹는 크기였다. 위드널이 이 사실을 바실리에게 알리자 그의 입에서 외마디가 터져 나왔다.

"제기랄! 저기가 어딘지 알아요?"

* 옮긴이 주: 포커에서 한 가지 슈트로 연속 다섯 장이 이어지는 것.

위드널이 잠시 그 자리를 들여다보고 있다가 떠보는 듯 물었다.

"삼체 제2함대가 광속에 진입한 곳인가요?"

"맞아요."

"확실해요?"

"예전 내 보직이 저 위치를 감시하는 거였어요. 저곳이라면 내 손바닥보다 더 잘 알아요."

그렇다면 비눗방울의 정체가 분명해졌다. 곡률 추진 우주선이 광속에 진입할 때 그 가속 구간에 남긴 항적이었다. 처음 발견한 작은 항적은 삼체 성계 내부에 있었다. 그곳에 항적이 남은 이유는 몇 가지로 추측할 수 있다. 곡률 추진이 항적을 남긴다는 걸 알지 못한 삼체 세계가 곡률 추진 엔진이나 광속 우주선을 시험 운행하며 성계 안에 항적을 남겼을 수 있다. 아니면 항적이 남는다는 사실은 알았지만 모종의 예기치 않은 사건으로 인해 항적을 남겼을 수도 있다. 하지만 한 가지 분명한 건 결코 그들이 원해서 남긴 것이 아니라는 점이다. 그들은 이 항적을 지우려고 했지만 지우지 못했을 것이다. 11년 전 삼체 제2함대가 1년 동안 정상 항해를 하다가 모성계에서 6000천문단위 떨어진 곳에 도착해서야 광속에 진입한 것은 모성계에서 최대한 먼 곳에 항적을 남기기 위한 것이었다. 비록 이미 늦은 뒤였지만 말이다.

삼체 함대의 이런 행동은 인류에게 오랫동안 풀리지 않는 의문이었다. 가장 설득력 있는 가설은 우주선 415대가 광속에 진입할 때 생성되는 에너지가 삼체 세계에 미치는 영향을 최소화하기 위한 조치라는 것이었다. 그런데 이제 보니 그건 곡률 추진의 항적으로 인해 모성계의 문명이 노출되는 것을 피하기 위함이었다. 마찬가지로 제2함대가 태양계에서 6000천문단위 떨어진 곳에서 서둘러 광속을 이탈한 것도 바로 그 때문이었다.

위드널과 바실리는 한참 동안 서로를 마주 보았다. 두 사람의 눈동자에 점점 짙은 공포가 차올랐다. 그들은 같은 추측을 하고 있었다.

위드널이 먼저 침묵을 깼다.

"즉시 보고합시다."

"아직 보고 시간이 되지 않았어요. 지금 보고하는 건 경보를 발령하는 것과 같아요."

"이건 경보예요! 인류가 자기 위치를 스스로 드러내지 않도록 경고해야 한다고요!"

"과민 반응 하지 말아요. 인류의 광속 우주선 연구는 아직 초기 단계에 있어요. 빨라야 반세기 뒤에나 첫 번째 광속 우주선이 제작될 거라고요."

"만약 초기 실험으로도 저런 항적이 남는다면? 이런 실험이 태양계 곳곳에서 진행되고 있을 거예요!"

이렇게 해서 이 소식이 경보 레벨의 긴급 통신에 사용하는 중성미자 빔을 통해 함대 총사령부로 전송되고 또다시 UN PDC 본부로 전달된 것이었다. 이런 비일상적인 정보 전송이 광립 공격 경보로 오인되어 이틀 뒤세계적인 혼란을 초래하게 될 줄은 아무도 예상하지 못했다.

곡률 추진 항적은 우주선이 광속에 진입할 때 남긴 것이었다. 로켓이 지면에서 발사될 때 발사대 아래 땅 위에 그을린 흔적을 남기는 것과 같다. 우주선이 일단 광속에 진입하고 나면 관성비행에 들어가기 때문에 더이상 흔적이 남지 않는다. 그렇다면 우주선이 광속에서 아광속으로 진입할 때도 동일한 흔적이 남을 것임을 추측할 수 있다. 아직은 항적이 우주에 얼마나 오랫동안 남아 있는지 알 수 없었다. 추측이지만 이것이 곡률추진 과정에서 일어난 일종의 공간 왜곡일 수 있고, 그렇다면 아주 오랫동안, 심지어 영원히 남아 있을 가능성도 있다.

멀리서 보면 삼체 세계가 태양계보다 더 위험해 보인다는 지자의 말을 이제야 이해할 수 있었다. 그건 삼체 성계 내부에 있는 지름 10천문단위의 곡률 추진 항적 때문일 것이며, 삼체 성계가 그토록 빨리 암흑의 숲 공격을 받은 것도 바로 그 때문일 것이다. 항적과 좌표 공개가 서로 맞물리며 삼체 성계의 위험도가 급격히 치솟았던 것이다.

그 후 한 달간 여러 방향에서 곡률 추진 항적 여섯 개가 더 발견되었다. 직경 15천문단위부터 200천문단위까지 크기는 제각각이었지만 형태는 모두 구체에 가까웠다. 그중 태양계에서 불과 6000천문단위 떨어진 곳에 있는 것은 삼체 함대가 광속에서 이탈하며 남긴 흔적이었고, 나머지 몇 개는 방향과 위치로 볼 때 삼체 제2함대와 무관한 것 같았다. 그렇다면 이런 곡률 추진 항적이 우주 곳곳에 흔하게 존재한다는 뜻일 것이다.

이것은 블루스페이스호와 그래비티호의 4차원 조각 발견 이후, 우주에 고도의 지능을 가진 문명이 다수 존재한다는 사실을 또 한 번 직접적으로 증명하는 사건이었다. 그중 하나는 태양과의 거리가 불과 1.4광년밖에 되지 않았으며 오르트 구름에 근접해 있었다. 어떤 우주선이 그곳에서 머물다가 광속으로 떠났다는 뜻이지만 그게 언제 일인지는 알 수 없었다.

곡률 추진 항적의 발견으로 이미 회의론이 팽배했던 광속 우주선 프로젝트에 사망 선고가 내려졌다. 함대 세계와 UN이 곡률 추진 우주선에 대한 연구 및 개발을 금지하는 국제법을 서둘러 제정한 뒤 각국이 잇따라 국내법을 제정했다. 특정 기술을 법적으로 엄격히 금지한 것은 3세기 전 핵확산금지조약 이후 처음이었다.

이로써 인류에게 남은 선택지는 벙커 프로젝트와 블랙존 프로젝트 두 개뿐이었다.

《시간 밖의 과거》 발췌

끝없는 암흑에 대한 공포

광속 우주선 프로젝트가 종말을 고한 데는 누가 봐도 분명한 이유가 있었다. 광속 우주선이 만든 곡률 추진 항적이 지구 문명의 노출을 앞당기거나 먼 우주의 관찰자들이 태양계를 위험한 적으로 인식해 암흑의 숲 공격을 가할 수 있다는 점이었다. 하지만 이 일의 이면을 들여다보면 그보다 더 근본적인 원인이 있었다.

서기 시대부터 위기의 세기 말까지만 해도 인류는 하늘에 동경을 품고 있었다. 하지만 인류가 우주를 향해 처음 몇 걸음을 내디딘 대가로 얻은 건 처참한 실패와 고통이었다. 인류는 치열한 최후의 전쟁을 통해 자신들이 우주에서 얼마나 미약한 존재인지 깨달았을 뿐 아니라, 인류 내부에서 벌어진 어둠의 전쟁이 그들의 영혼에 지워지지 않는 상처를 남겼다. 게다가 청동시대호에 대한 재판, 블루스페이스호의 그래비티호 납치, 우주를 향한 좌표 전송 등 그 후에 벌어진 모든 일이 그 상처를 더 깊이 후벼 팠다.

사실 일반 대중은 광속 우주선 프로젝트에 무관심했다. 사람들은 설령 생전에 광속 우주선이 만들어진다 해도 자신들이 그걸 탈 수 있으리라고 생각하지 않았다. 사람들이 더 관심을 갖는 건 벙커 프로젝트였다. 그것이 그나마 제일 현실적인 생존 방법이었다. 물론 블랙존 프로젝트에도 관심이 없는 건 아니었다. 3세기 동안 끔찍한 일을 겪은 이들은 평온한 생활을 갈망하고 있었고 블랙존 프로젝트가 그들이 원하는 삶을 선사해줄 수 있을 거라고 생각했다. 우주와 단절된다는 사실이 아쉽기는 하지만 태양계 하나만으로도 이미 충분히 넓기 때문에 그 정도 아쉬움은 감수할 수 있었다. 다만 벙커 프로젝트에 비해 관심이 적은 건, 극복해야 할 기술적 난관이 훨씬 높다는 사실을 일반인들도 알고 있었기 때문이다. 인간의 능력으로는 신의 영역에 있는 프로젝트를 실현시킬 수 없다고 생각했다.

광속 우주선 프로젝트를 열렬히 지지하거나 강하게 반대하는 사람들은 대부분 엘리트층이었다. 찬성파들은 인류가 궁극적으로 안전해지려면 은하계로 진출하거나 식민지를 만들어야 한다고 주장했다. 이 냉혹한 우주에서는 과감하게 밖으로 나가는 문명만이 생존할 수 있으며 소극적으로 안주하는 문명은 결국 멸망하게 될 것이라고 했다. 그들은 벙커 프로젝트에는 반대하지 않았지만 블랙존 프로젝트에 대해서는 스스로 무덤을 파는 짓이라며 극도로 혐오했다. 블랙존 프로젝트가 인류의 장기적인 생존을 보장할 수 있다는 사실은 인정했지만 문명 전체로 본다면 그런 생존은 죽음과 다를 바가 없다고 했다.

광속 우주선 프로젝트를 반대하는 사람들은 대부분 정치적인 이유에서였다. 그들은 인류 사회가 숱한 역경을 거쳐 드디어 거의 이상적인 민주사회로 진입했는데 현 상태에서 우주로 이주한다면 사회의 심각한 퇴보를 막을 수 없다고 주장했다. 우주는 인간의 어두운 면을 순식간에 증폭시키는 확대경이라며 청동시대호 재판에서 피고인 서배스천 슈나이더가 했던 말을 구호처럼 반복해서 외쳤다.

"인간이 진정으로 우주에서 외톨이가 된다면 전체주의로 변하는 데 단 5분밖에 걸리지 않는다!"

그들은 민주 문명을 가진 인류가 은하계에 전체주의의 씨앗을 뿌릴 수 있다는 사실을 결코 받아들일 수가 없었다.

유년기의 인류 문명이 문을 열고 살며시 얼굴을 내밀었다가 끝없는 어둠에 몸서리치며 문을 굳게 닫아걸었다.

전송의 세기 8년, 지구와 태양 사이의 라그랑주 점

청신이 지구와 태양의 중력이 균형을 이루는 곳을 다시 찾았다. 윈텐밍과 만난 후 7년 만이었다. 이번 여정은 그때보다 훨씬 부담이 적었다. 그녀는 벙커 프로젝트 시뮬레이션 실험의 지원자로 여기에 온 것이었다.

벙커 프로젝트 시뮬레이션 실험은 함대 세계와 UN이 공동 진행하는 것으로 우주에서 태양이 폭발할 때 거대 행성이 벙커 역할을 할 수 있는지 알아보기 위한 실험이었다.

태양 폭발은 수소폭탄으로 대신했다. 현재는 원자폭탄의 위력을 나타내는 지표로 TNT 당량을 사용하지 않았지만, 이 수소폭탄의 위력을 당량으로 환산한다면 약 3억 톤급이었다. 태양 폭발과 더 흡사한 물리적 환경을 만들기 위해 수소폭탄의 외부를 두껍게 감쌌다. 태양 폭발과 동시에 튕겨져 나오는 항성 물질을 대체한 것이었다. 행성 여덟 개는 모두 소행성의 암석 파편으로 대체했다. 그중 지구형행성 역할을 하는 암석 네 개는 지름이 10미터쯤 되었지만, 거대 행성 역할을 하는 암석 네 개는 지름이 약 100미터로 훨씬 컸다. 이 여덟 개의 암석을 실제 행성 여덟 개의 궤도 간 거리 비율에 맞추어 수소폭탄 주위에 띄웠다. 말하자면 태양계의 축소판이었다. 가장 가까운 '수성'과 '태양'의 거리는 4킬로미터이고 가장 먼 '해왕성'은 '태양'에서 300킬로미터 떨어져 있었다. 실험 장소로 라그랑주점을 선택한 것은 행성과 태양의 인력을 최소화해 이 '태양계'가 오랫동안 안정된 상태를 유지하도록 하기 위함이었다.

과학적인 관점에서만 본다면 이건 불필요한 실험이었다. 이미 가지고 있는 대량의 데이터를 이용해 컴퓨터 시뮬레이션을 진행해도 신뢰도 높은 결과를 얻을 수 있었다. 비록 규모는 작지만 정교하게 설계한다면 정밀한 실험이 가능했다. 사실 우주에서 이렇게 큰 규모의 모의실험을 직접 실시하는 건 저능하다고 할 만큼 어리석은 일이었다.

하지만 실험의 주최 측이든 설계하고 진행하는 이들이든 이 실험의 진짜 목적이 과학 연구가 아니라는 걸 분명히 알고 있었다. 이건 사실 막대한 비용이 투입된 광고였다. 국제사회에 벙커 프로젝트에 대한 확고한 믿음을 심어줄 수 있는 이벤트가 필요했던 것이다. 따라서 실험은 전 세계에 강한 시각적 충격을 줄 수 있도록 매우 직관적이어야 했다.

광속 우주선 프로젝트가 완전히 폐기된 후 지구 세계에 위기의 세기 초기와 흡사한 분위기가 나타났다. 위기의 세기 초기, 세계는 삼체의 침입을 방어하기 위해 두 가지 노력을 기울였다. 태양계 방어 시스템 구축에 주력하는 동시에 부차적으로 면벽 프로젝트를 진행했다. 마찬가지로 현재 인류의 주축이 된 생존 계획은 벙커 프로젝트지만 블랙존 프로젝트도 동시에 추진되고 있었다. 블랙존 프로젝트에 미지의 요소가 많다는 점도 면벽 프로젝트와 유사했다. 두 프로젝트를 병행하고 있기는 하지만 블랙존 프로젝트는 아직 기초 이론 연구 단계였으므로 국제사회에서 영향력이 큰 벙커 프로젝트가 여론의 지지를 얻을 수 있도록 많은 노력을 기울여야 했다.

사실 '거대 행성'의 엄호 효과를 검증하기 위한 실험이라면 암석의 뒷부분에 검사 장비를 설치하는 것으로도 충분했다. 뭔가 더 필요하다면 실험용 동물을 추가로 데려다 놓을 수 있었다. 하지만 극적인 효과를 위해 실제로 사람들이 암석 뒤에 숨어 있기로 하고 전 세계에서 지원자를 모집했다.

청신이 지원자로 실험에 참여한 건 AA의 권유에 따른 것이었다. AA는 이것이 헤일로 그룹이 대중에게 강렬한 인상을 남겨 벙커 프로젝트 참여에 유리한 고지를 선점할 수 있는 절호의 무료 마케팅 기회라고 생각했다. 실험이 정교하게 설계되었으며 자극적인 듯하지만 실은 매우 안전하다는 것을 AA와 청신 모두 알고 있었다.

청신을 태운 우주선이 '목성' 뒤에서 멈추었다. 이 암석은 감자처럼 불규칙한 형태였으며 길이 110미터에 평균 폭이 70미터로 지구상의 대형 건축물과 비슷한 크기였다. 수소폭탄에서 50킬로미터 떨어져 있는 가장 가까운 벙커였다. 이 암석을 소행성대에서 여기까지 운반해오는 데 두 달 넘게 걸렸으며 운반해오는 동안 어느 예술적 재능이 다분한 엔지니어가 심심했는지 페인트로 암석 표면에 목성과 같은 줄무늬와 대적점을 그려놓았다. 하지만 전체적으로 보면 목성보다는 빨간 눈을 가진 우주괴물의 머리처럼 보였다.

지난번과 마찬가지로 눈부신 태양을 향해 날아온 우주선이 암석 뒤로 숨자 태양빛이 사라지며 순식간에 어둠에 파묻혔다. 암석 너머에 태양이 존재한다는 걸 믿기 힘들 만큼 깜깜했다. 청신은 칠흑같이 어두운 밤 어느 절벽 아래 서 있는 듯한 기분이었다.

거대한 암석이 가로막고 있지 않더라도 이곳에서는 50킬로미터 떨어져 있는 수소폭탄이 보이지 않았다. 하지만 반대쪽에서 토성 역할을 하는 암석은 볼 수 있었다. 행성 궤도의 거리 비율에 따라 그것은 '태양'과는 100킬로미터, '목성'과는 50킬로미터 떨어져 있었다. 크기는 '목성'과 비슷했으며 어두운 우주를 배경으로 태양빛을 받아 또렷하게 보였다. 이 거리가 형태를 알아볼 수 있는 최대한의 거리였다. 200킬로미터 떨어져 있는 '천왕성'도 볼 수 있었지만 작은 빛점이 별들과 뒤섞여 구분할 수 없었다. 나머지 '행성'들은 보이지 않았다.

청신의 우주선 외에도 우주선 19대가 '목성' 뒤편에 멈춰 있었다. 벙커 프로젝트에서 목성에 우주 도시 20개를 건설할 예정이었기 때문이다. 우주선들은 암석 뒤에 세 줄로 나란히 배치되었고 청신은 암석과 10미터 떨어진 제일 앞줄에 있었다. 우주선 20대에 총 100여 명의 지원자가 탑승하고 있었다. 원래 AA도 청신과 동행하려고 했지만 회사 일 때문에 오지 못했다. 청신이 탄 우주선은 '목성' 뒤에 숨은 우주선 중 유일하게 한 명만 탑승한 우주선이었다.

그녀가 있는 방향에서는 150만 킬로미터 떨어진 곳에서 파랗게 빛나고 있는 지구를 볼 수 있었다. 그곳에서 30억 명 넘는 사람들이 이 실험의 생중계 장면을 시청하고 있을 것이다.

카운트다운 숫자가 나타났다. 실험 개시 10분 전이었다. 통신 채널에서는 아직 아무런 소리도 나지 않았다. 그때 갑자기 어떤 남자의 목소리가 들렸다.

"오랜만이군. 나 바로 옆에 있어."

청신은 누구 목소리인지 단번에 알아듣고 자기도 모르게 몸서리를 쳤다. 그녀의 우주선은 맨 앞줄에 있는 우주선 다섯 대 중 제일 가장자리에 있었는데 바로 오른쪽에 구형 우주선 한 대가 가까이 붙어 있었다. 그녀가 지난번에 탔던 우주선과 비슷하게 우주선의 절반이 투명 창으로 되어 있어 그 안에 탄 다섯 명을 볼 수 있었다. 그녀에게서 가장 가까운 곳에 앉아 있는 토머스 웨이드가 그녀를 향해 손을 흔들었다. 그녀는 한눈에 그를 알아보았다. 그의 옆에 있는 다른 네 명은 간이 우주복을 입고 있었지만 그혼자만 우주에 대한 멸시를 표현하려는 듯 검은 가죽재킷을 입고 있었기때문이다. 의수를 끼우지 않은 소매통이 비어 있었다.

"도킹할까? 내가 그리로 가지."

웨이드는 청신의 대답도 듣지 않고 도킹 버튼을 눌렀다. 그가 탄 우주선의 소형 추진기가 작동하며 청신 쪽으로 서서히 다가왔다. 청신도 도킹버튼을 누를 수밖에 없었다. 약한 진동과 함께 두 우주선이 완전히 붙은뒤 선실 문이 소리 없이 미끄러지듯 열렸다. 양쪽의 기압이 균형을 이루자청신의 귀에서 웅 하는 소리가 들렸다.

웨이드가 무중력상태로 건너왔다. 우주를 항해한 경험이 많을 리 없었지만 청신이 그랬듯 그 역시도 타고난 우주인처럼 무중력 환경에 금세 적응했다. 팔이 하나밖에 없는데도 무중력상태에서 안정적으로 움직였다. 그에게만 중력이 작용하는 게 아닌가 하는 착각이 들 정도였다. 선실 안은어두웠다. 지구에서 반사된 태양빛이 맞은편 암석에 부딪혀 다시 반사된빛이 전부였다. 이 어스름한 빛 속에서 청신의 시선이 웨이드를 위아래로훑었다. 여전히 세월은 그에게 많은 흔적을 남기지 않았다. 8년 전 호주에서 보았을 때와 크게 달라진 게 없었다.

"여긴 어떻게 오셨어요?"

청신은 최대한 냉정한 목소리를 유지하고 싶었지만 이 사람 앞에서는늘 생각대로 되지 않았다. 수많은 일을 겪으며 세상 모든 일이 그녀의 마음속에서 저 앞에 떠 있는 거대한 암석처럼 둥글게 깎였지만, 웨이드는 그암석에서 유일하게 남아 있는 날카로운 모서리였다.

"출소했어. 한 달 전에."

웨이드가 상의 주머니에서 반쯤 남은 시가를 꺼내 입에 물었다. 물론 이곳에서는 불을 붙일 수가 없었다.

"감형받았어. 살인자가 11년 만에 풀려난다는 게 불공평하다는 건 알아. 자네에게 말이지."

"무슨 일이든 법을 지켜야죠. 불공평할 게 뭐가 있겠어요."

"무슨 일이든 법을 지킨다? 광속 우주선도 그런가?"

역시 그는 날카로운 검처럼 깊고 빠르게 핵심을 찔렀다. 한순간도 낭비하지 않겠다는 듯이.

청신은 대답하지 않았다.

"자넨 왜 광속 우주선을 선택했지?"

웨이드가 청신을 똑바로 응시했다.

청신이 용감하게 그의 시선을 받아내며 말했다.

"인간을 위대하게 만들 수 있는 유일한 선택이니까요."

웨이드가 고개를 끄덕이며 입에서 시가를 뺐다.

"훌륭해. 자넨 위대해."

청신이 그 말의 의미를 묻는 눈빛으로 쳐다보자 그가 말했다.

"자넨 뭐가 옳은지 잘 알고 그걸 행동으로 옮기는 용기와 책임도 있어. 훌륭해."

"하지만?"

청신이 뒤에 이어질 그의 말을 대신했다.

"하지만, 그 일을 할 능력도 정신력도 없지. 우린 같은 꿈을 갖고 있어. 나도 광속 우주선을 만들고 싶어."

"하고 싶은 말이 뭐죠?"

"내게 넘겨."

"뭘요?"

"자네가 가진 모든 것. 회사, 재산, 권력, 지위. 가능하다면 명예와 명성까지 모두. 내가 그걸로 광속 우주선을 만들어주지. 자네의 이상을 위해, 위대한 인간을 위해."

그때 우주선의 소형 추진기가 다시 작동하기 시작했다. 대형 암석의 인력이 약하기는 하지만 우주선을 서서히 끌어당기고 있었기 때문이다. 추진기가 우주선을 살짝 뒤로 밀어 원래 위치로 복귀시켰다. 플라스마 분출구의 파란 불꽃이 암석 위 대적점을 비추자 커다란 눈이 갑자기 번쩍 뜨이는 것처럼 보였다. 청신은 그 눈도 조금 전 웨이드의 말을 들은 것 같아 가슴이 철렁했다. 그 눈을 향하고 있는 웨이드의 차갑고 날카로운 눈빛 속에 한 가닥 조소가 걸렸다.

청신은 아무 말도 하지 않았다. 아무 말도 할 수가 없었다.

"같은 실수를 반복하지 마."

웨이드의 말이 한자 한자 쇠망치처럼 청신의 가슴을 무겁게 두들겼다.

실험이 시작되었다. 수소폭탄이 폭발했다. 대기층의 저항이 없으므로 그 에너지는 거의 온전히 복사 형태로 방출되었다. 폭발 중심에서 400킬로미터 떨어진 곳에서 촬영하고 있는 생중계 화면 위로 태양 옆에 불덩이가 나타나더니 밝기와 크기가 금세 태양을 능가했다. 카메라 필터가 계속 투명도를 낮추었다. 이 거리에서 직접 눈으로 보았다면 아마 영구적으로 실명되었을 것이다. 불덩이의 밝기가 최고조에 달하자 화면에 아무것도 보이지 않고 새하얗게 밝아지기만 했다. 우주 전체를 집어삼킬 듯한 불길이었다.

암석 뒤편에 있는 청신과 웨이드는 볼 수 없었다. 우주선에서는 생중계 화면을 볼 수 없지만 그들 뒤에 있는 '토성'이 초신성처럼 갑자기 밝아졌다. 뒤이어 '태양'을 향하고 있는 쪽 암석의 표면에서 녹아내린 용암이 사방으로 날아갔다. 용암이 암석의 가장자리를 스치고 지나갈 때는 암적색이었지만, 어느 정도 날아간 뒤에는 핵폭발과 함께 복사된 빛의 밝기가 용암의 붉은빛보다 더 밝아져 용암 덩어리가 사방으로 빛을 뿜어내는 불꽃으로 변했다. 우주선에서 보면 거대한 은빛 폭포의 물줄기가 지구 방향으로 콸콸 쏟아져 내리는 것 같았다. 이때 크기가 작은 모의 지구형행성 네 개는 이미 산산이 부서져 자취를 감춘 뒤였지만 모의 거대 행성은 가스버너 앞에 놓인 아이스크림 네 덩이처럼 수소폭탄을 향하고 있는 쪽이 순식간에 녹아 매끄러운 구형이 되고, 반대편으로 은빛 용암 꼬리를 길게 늘어뜨렸다. 복사된 빛과 열이 도달하고 10여 초 뒤에 수소폭탄을 감싸고 있던 '항성 물질'이 날아왔다. 그것과 충돌하는 순간 암석이 격렬하게 흔들리며 뒤로 조금 물러나자 우주선의 소형 추진기가 다시 가동되며 우주선과 암석 사이의 거리를 조정했다.

불덩이가 약 30초간 타오르다가 꺼지자 우주가 암전된 홀처럼 어두워졌다. 1천문단위 밖 태양빛이 미약하게 느껴졌다. 불덩이가 사라지자 달궈진 암석의 반쪽이 머금은 시뻘건 빛이 보이기 시작했다. 처음에는 불타오르는 것처럼 밝았지만 우주의 혹독한 한기에 빠르게 빛이 사그라지며 암적색으로 변한 뒤 가장자리로 흘러내린 용암이 고드름처럼 길게 매달렸다.

거대한 암석 네 개 뒤에 있던 우주선 50대는 모두 무사했다.

5초 뒤 이 영상이 지구로 전송되자마자 전 세계가 환호했다. 미래에 대한 희망이 수소폭탄처럼 곳곳에서 터져 나왔다. 벙커 프로젝트 시뮬레이션 실험이 목적을 달성하는 순간이었다.

웨이드가 다시 한번 말했다.

"같은 실수를 반복하지 마."

조금 전의 모든 일은 그의 말을 잠시 방해한 소음인 듯했다.

청신이 웨이드가 타고 온 우주선으로 시선을 옮겼다. 우주복을 입은 네 남자가 조금 전의 그 웅장한 광경에도 관심이 없는 듯 계속 이쪽을 지켜보고 있었다. 그녀는 이 실험에 지원한 수많은 신청자 중 유명하거나 중요한 사람들만 선발되었다는 사실을 알고 있었다. 하지만 웨이드는 막 출소한 전과자였고 저쪽 우주선에 있는 네 명도 웨이드의 사람들인 것 같았다. 그렇다면 저 우주선도 그의 것이리라 짐작했다. 11년 전 웨이드가 검잡이 후보로 참가했을 때 그에게는 충성스러운 추종자와 수많은 지지자가 있었다. 그가 어떤 조직을 만들었다는 소문도 있었다. 근거 없는 헛소문은 아니었을 것이다. 그는 납 컨테이너 안에 조용히 봉인되어 있어도 범접하기 어려운 힘과 위력을 풍기는 핵연료 같은 사람이었다.

청신이 말했다.

"생각할 시간이 필요해요."

"물론 시간이 필요하겠지."

웨이드가 고개를 끄덕이며 무중력상태로 소리 없이 자기 우주선으로 건너갔다. 선실 문이 닫히고 두 우주선의 도킹이 해제되었다.

식은 용암 조각들이 별이 총총한 우주를 배경으로 먼지처럼 천천히 떠다니고 있었다. 청신도 마음속에서 팽팽히 당겨져 있던 무언가가 툭 내려앉으며 자신이 먼지 덩어리가 되어 떠다니는 듯한 기분이 들었다.

돌아오는 길에 우주선과 지구의 거리가 30만 킬로미터 이내로 좁혀지며 통신 지연 현상이 사라지자 AA에게 전화를 걸어 웨이드와 만난 사실을 얘기했다.

AA가 망설임 없이 말했다.

"그가 하자는 대로 해요. 달라는 걸 다 줘요!"

"너……."

청신은 화면 속 AA를 놀란 눈으로 응시했다. 사실 그녀는 AA가 가장 큰 장애물일 거라고 생각하고 있었다.

"그 사람 말이 맞아요. 선생님은 그 일을 할 능력이 없어요. 그 일이 선생님을 짓밟아놓을 거예요! 하지만 그라면 가능해요. 악마에 살인자, 야심가, 정치 깡패, 미치광이 기술자니까. 그는 가능해요. 그에겐 그 일을 할 정신력도 있고 능력도 있어요. 그 사람에게 맡기세요. 지옥에 뛰어들라고 하세요."

"그럼 넌?"

AA가 피식 웃었다.

"물론 그놈 밑에서 일하진 않을 거예요. 내 몫만 챙겨가지고 빠져야죠. 광속 우주선 금지법이 생긴 뒤엔 나도 이 일이 두려워졌어요. 좀 더 쉽고, 내가 좋아하는 일을 할 거예요. 선생님도 그런 일을 찾을 수 있길 바라요."

이틀 뒤, 헤일로 그룹 본사의 투명한 홀에서 청신과 웨이드가 만났다.

청신이 말했다.

"원하는 걸 모두 줄게요."

웨이드가 그녀에게 틈을 주지 않고 말했다.

"그 뒤에 자넨 동면에 들어가게. 자네의 존재가 내 일에 방해가 될 테니까."

청신은 고개를 끄덕였다.

"그럴게요. 어차피 그럴 생각이었으니까."

"성공하는 날 자넬 깨울게. 그건 자네의 성공이기도 하니까. 그때도 광속 우주선이 불법이라면 모든 책임은 우리가 지고, 광속 우주선이 세상에서 인정받는다면 모든 영광을 자네에게 돌리지……. 반세기가 될 수도 있고 더 오래 걸릴 수도 있어. 우린 모두 늙겠지만 자넨 여전히 젊겠군."

"조건이 있어요."

"말해봐."

"이 일이 인류의 생명을 위협하게 된다면 날 깨우세요. 최종 결정권은 내게 있어요. 지금 넘긴 모든 권력을 회수할 수도 있고요."

"그건 받아들일 수 없어."

"그럼 없었던 일로 해요. 아무것도 주지 않겠어요."

"청신, 우리가 어떤 일을 하려는지 알잖아. 때로는 부득이하게……."

"됐어요. 각자 갈 길 가요."

웨이드가 청신을 응시했다. 그의 눈동자 위로 그에게서 좀체 볼 수 없었던 감정이 나타났다. 망설임, 심지어 무력감이라고 부를 수도 있었다. 마치 불과 물처럼 예전에는 결코 그와 섞일 수 없는 것들이었다.

"생각해보지."

그가 투명 벽 앞으로 다가가 바깥에 펼쳐진 도시 숲을 내려다보았다. 3세기 전 그날 밤 UN 광장에서도 그녀는 뉴욕 야경을 배경으로 서 있던 이 검은 실루엣을 보았다. 약 2분 뒤 웨이드가 돌아섰다. 그가 다가오지 않고 벽 앞에 선 채로 말했다.

"좋아. 받아들이지."

청신은 3세기 전 그가 돌아서서 했던, "Send cerebra only(뇌만 보냅시다)"라는 한마디가 훗날 역사를 바꾸었다는 걸 기억하고 있었다.

"내겐 이 약속을 강제할 방법이 없어요. 지금의 약속을 믿는 수밖에."

웨이드의 얼굴 위로 얼음물 같은 미소가 번졌다.

"사실 내가 이 약속을 어기는 게 자네에겐 더 행운이라는 걸 자네도 알고 있겠지. 하지만 유감스럽게도 난 약속을 지킬 거야."

웨이드가 다가와 한 손으로 재킷의 매무새를 다듬었다. 하지만 재킷이 더 구겨질 뿐이었다. 그가 청신 앞에 서서 엄숙한 말투로 말했다.

"광속 우주선 개발 과정에서 인류의 생명을 위협하는 일이 생긴다면 어떤 방식으로든 자네를 동면에서 깨우겠다고 맹세하네. 최종 결정권은 자네에게 있고 내게서 모든 권력을 회수해 가도 좋아."

웨이드와 만난 얘기를 들은 뒤 AA가 청신에게 말했다.

"나도 같이 동면할게요. 언제든 헤일로 그룹을 되찾을 수 있도록 준비해야 해요."

청신이 물었다.

"그가 약속을 지킬 거라고 생각해?"

AA의 두 눈동자가 어디 있는지 모를 웨이드를 응시하듯 전방을 똑바로 향했다.

"믿어요. 그 악마는 약속을 지킬 거예요. 하지만 그의 말대로 선생님에겐 그게 좋은 일이 아닐 수도 있어요. 선생님은 자신을 지킬 기회가 있었지만 그러지 못했어요."

열흘 뒤 토머스 웨이드가 헤일로 그룹의 회장으로 정식 취임해 회사의 모든 사업을 인수받았다.

그와 동시에 청신과 AA는 동면에 들어갔다. 시린 냉기 속에서 두 사람의 의식이 몽롱해졌다. 거대한 강의 물결을 따라 떠내려가다가 지친 몸으로 기슭에 올라 눈앞의 물결을 바라보는 것 같았다. 멀리 흘러가는 익숙한 수면을 담담히 응시했다.

그렇게 그들은 기나긴 시간의 강에서 잠시 물러났고, 인류의 이야기는 계속되었다.

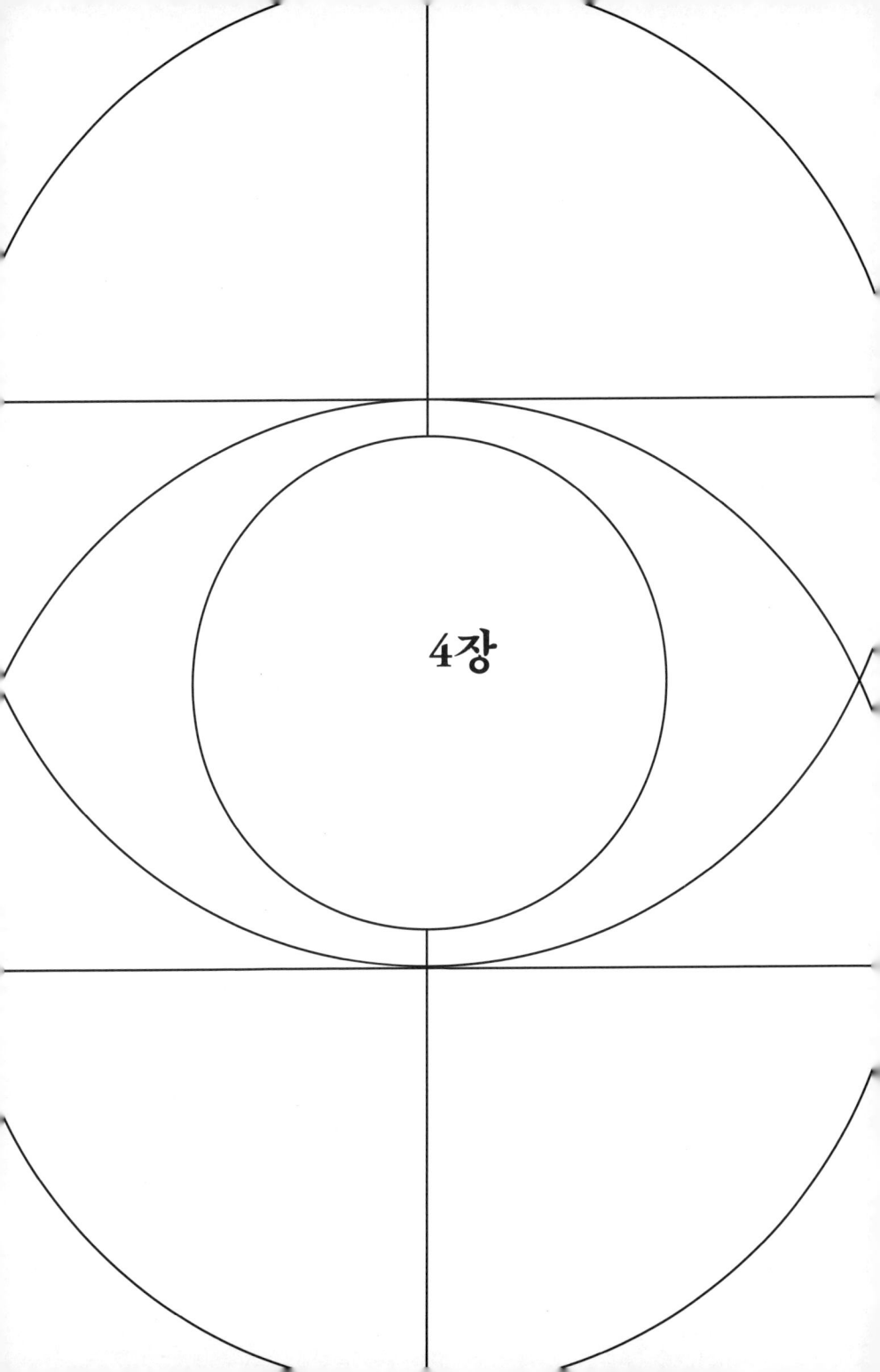

4장

벙커의 세기 11년, 벙커 세계

37813호, 동면이 종료되었습니다. 이번 동면 시간은 62년 8개월 21일 13시간이며 남은 동면 기한은 238년 3월 9일입니다.
—아시아 1호 동면센터, 벙커의 세기 11년 5월 9일 14시 17분

막 깨어난 청신 앞에 나타났던 작은 화면이 1분도 안 되어 사라졌다. 매끈한 금속 천장이 시선 끝에 닿았다. 그녀는 습관적으로 천장에 있는 점으로 시선으로 모았다. 그녀가 세 번째 동면에 들어갔던 그 시대에는 천장의 한 점을 응시하면 자동 센서가 작동하며 화면이 나타났다. 하지만 이 천장은 아무런 반응도 없었다. 아직 고개를 돌릴 기운도 없었지만 방의 다른 부분이 시야에 들어왔다. 눈길이 닿는 곳마다 모두 금속 벽면으로 둘러져 있고 화면은 보이지 않았다. 허공에 떠 있는 홀로그램도 없었다. 벽면의 금속이 그녀에게 익숙한 스테인리스나 알루미늄합금인 것 같았고 아무런 장식도 없었다.

간호사가 청신의 시야 속으로 들어왔다. 무척 젊어 보이는 그녀는 청신의 얼굴을 똑바로 보지 않고 침대 주위에서 바쁘게 움직였다. 몸에 연결되어 있던 의료 장비를 제거하는 것 같았다. 청신은 아직 몸에 감각이 완전히 돌아오지 않아 간호사가 무엇을 하는지 알 수 없었지만 그녀가 왠지 낯설지 않았다. 그녀가 입고 있는 간호복이 눈길을 끌었다. 세 번째 동면에 들어가기 전 그 시대 사람들의 옷은 때가 타지 않고 낡지도 않는 소재로 만들어져 아무리 입어도 새것 같았다. 그런데 이 하얀 간호복은 조금 낡아 보였다. 깨끗하기는 하지만 세월의 흔적이 느껴졌다.

천장이 움직이기 시작했다. 그녀를 실은 침대가 소생실 밖으로 나왔다. 청신은 간호사가 직접 침대를 밀고 있다는 걸 알고 깜짝 놀랐다. 바퀴까지 달린 침대를 수동으로 밀어야 하다니.

복도로 나왔지만 역시 보이는 건 아무것도 없는 금속 벽면뿐이었다. 천장의 전등 외에 다른 장식은 하나도 없고 전등도 평범해 보였다. 더 놀라운 건 절반이 떨어져 나간 등갓 사이로 전등과 천장 사이에 연결된 전선이 보인다는 사실이었다.

청신은 깨어난 직후에 나타났던 화면을 떠올리려고 애썼지만 자신이 정말로 그걸 보았는지 환각이었는지 확신할 수가 없었다.

복도를 오가는 많은 사람 중 누구도 청신에게 관심을 주지 않았다. 처음 그녀의 주의를 끈 건 역시 사람들의 옷차림이었다. 흰색 옷을 입은 의료진 외에 다른 사람들의 옷차림도 모두 수수하고 평범했으며 작업복처럼 위아래가 같은 색이었다. 처음에는 서기인들이 많은 것 같다고 짐작했지만 서기 시대에서 너무 오랜 세월이 흐른 터라 그럴 가능성이 거의 없었다. 인류의 기원이 네 번이나 바뀌도록 서기인들이 이렇게 많이 남아 있을 수는 없었다. 이들이 서기인일 거라고 짐작했던 가장 큰 이유는 남성다운 외모의 남자들 때문이었다. 위협의 세기 동안 사라졌던 남자들이 다시 돌아온 것 같았다.

사람들이 바쁜 일이 있는 듯 분주하게 움직이고 있었다. 이 역시도 서기 시대와 비슷했다. 지난 시대 사람들의 여유로움은 사라지고 다시 먹고 살기 위해 바삐 움직여야 하는 시대가 온 것이다.

청신의 침대가 작은 방으로 들어갔다.

"37813호가 정상적으로 깨어나 28호 회복실로 옮겨졌습니다!"

누구에게 말하는 건지 모르지만 간호사가 빠르게 외친 다음 밖으로 나가 문을 닫았다. 문도 수동 개폐 방식이었다.

방 안에 청신만 덩그러니 남겨졌다. 한참 동안 아무도 찾아오지 않았다. 깨어난 직후부터 수많은 관심과 보살핌이 쏟아졌던 지난 두 번의 동면과는 달랐다. 그녀는 두 가지를 확신할 수 있었다. 이 시대에는 동면했다가 깨어나는 것이 지극히 평범한 일이라는 것과 그녀가 깨어났다는 걸 아는 사람이 몇 명 되지 않는다는 것이었다. 위기의 세기 말에 뤄지가 동면에서 깨어났을 때처럼 말이다.

몸에 차츰 감각이 돌아와 고개를 돌릴 수가 있었다. 창문이 보였다. 그녀는 동면 전의 세계를 기억하고 있었다. 그때 동면센터는 도시 외곽의 커다란 나무 건물에 있었다. 그녀는 맨 꼭대기 부분의 나뭇잎에 있었고 통유리창을 통해 거대한 도시 숲을 한눈에 내려다볼 수 있었다. 하지만 지금 창밖으로 보이는 풍경은 평범한 건물 몇 동이 전부였다. 지면에 지어진 건물이었고 똑같은 생김새였다. 금속 구조물인 듯 햇빛이 표면에 반사되었다. 그 건물들 역시 서기 시대를 연상시켰다.

청신은 문득 자신이 아주 긴 꿈에서 깨어난 건 아닌지 혼란스러웠다. 위협의 세기와 전송의 세기가 모두 꿈이었을까? 꿈이라기엔 너무 또렷하지만 꿈이 아니라기엔 너무 비현실적이었다. 세 번의 시간 여행이 모두 꿈이고 그녀는 여전히 서기 시대에 살고 있는 건 아닐까?

그때 침대 옆에서 반짝이며 나타난 홀로그램 화면이 그녀를 혼란에서 끄집어냈다. 화면 속에 의사와 간호사를 호출하는 버튼 몇 개가 전부였다. 그들은 동면에서 회복되는 과정을 아주 잘 알고 있는 것 같았다. 손을 들어 올릴 수 있게 되자마자 화면이 나타났으니 말이다. 하지만 아주 작은 화면이었다. 가는 곳마다 수많은 화면이 떠다니던 초정보 사회는 지나간 것 같았다.

지난 두 번의 동면과 달리 이번에는 회복이 빨랐다. 땅거미가 점점 내려앉기 시작할 때쯤에는 침대에서 일어나 조금씩 걸을 수 있었다. 이곳에서는 가장 간단한 서비스만 제공되었다. 그사이에 의사가 들어와 그녀를 간단히 살펴본 게 전부였고 모든 걸 직접 해야 했다. 아직 기력이 다 회복되지 않은 상태로 첫 목욕을 온전히 혼자 힘으로 해야 했고, 작은 화면의 버튼을 눌러 요청하지 않으면 동면에서 깨어난 후 첫 식사조차 알아서 가져다주지 않았다. 하지만 청신은 불쾌하거나 불만스럽지 않았다. 그녀는 모든 사람에게 하나부터 열까지 세심한 서비스를 제공하는 인성화된 시대에 좀체 적응할 수가 없었다. 여전히 서기 시대의 생활에 익숙했던 그녀는 과거로 되돌아간 듯한 기분이었다.

이튿날 오전 누군가 청신을 찾아왔다. 그녀는 한눈에 그가 차오빈이라는 걸 알아보았다. 가장 젊은 검잡이 후보였던 그 물리학자도 이제 백발이 희끗희끗한 노년이었지만 62년 세월의 흔적이 모두 남아 있지는 않았다.

차오빈이 말했다.

"웨이드 선생이 모셔 오라고 하셨어요."

"무슨 일이 생겼나요?"

자신을 동면에서 깨우기로 했을 때의 조건을 떠올리자 청신은 가슴이 철렁 내려앉았다.

"일단 가서 얘기하시죠."

차오빈이 잠시 멈추었다가 말했다.

"먼저 새로운 세계를 둘러보는 게 낫겠어요. 상황을 정확히 판단하는데 도움이 될 거예요."

청신이 창밖으로 시선을 옮겼다. 건물의 평범한 생김새만 보면 이 세계가 전혀 새롭게 느껴지지 않았다.

청신이 시선을 거두며 물었다.

"60년 넘게 계속 깨어 있었던 건 아니죠?"

"나도 청신 씨와 비슷한 시기에 동면했어요. 17년 뒤 태양 공전 가속기가 개발되면서 동면에서 깨어나 기초 이론을 연구했죠. 14년간 이론 연구를 하다가 기술화 단계로 접어들고 나니 할 일이 없더군요. 그래서 다시 동면했다가 2년 전에 깨어났어요."

"곡률 추진 우주선 프로젝트는 어떻게 됐어요?"

"조금 진전이 있긴 해요……. 그 얘긴 나중에 하죠."

그는 말하고 싶지 않은 듯 화제를 돌렸다.

청신이 다시 창밖으로 시선을 옮겼다. 가벼운 바람이 불자 작은 나무가 흔들리며 사각사각 소리가 나고 구름이 태양을 가린 듯 건물에 반사된 빛이 조금 어두워졌다. 이 평범한 세계에 광속 우주선이 어울릴까?

차오빈도 청신을 따라 시선을 창밖으로 옮겼다가 웃으며 말했다.

"나처럼 깨어나자마자 이 시대에 실망하셨겠군요……. 기력이 거의 회복됐으면 둘러보러 나가시죠."

30분 뒤 청신은 이 시대에 어울리는 하얀 투피스를 입고 차오빈과 함께 동면센터의 발코니로 나왔다. 도시의 전경이 눈앞에 펼쳐졌다. 시대가 거꾸로 흐른 듯한 모습에 만감이 교차했다. 위협의 세기에 첫 동면에서 깨어나 도시의 거대한 숲을 마주했을 때 그녀는 말로 표현하기 어려운 충격을 받았다. 이렇게 평범한 도시를 영영 다시 볼 수 없을 줄 알았다. 계획도시인 듯 반듯하게 구획되어 있고 건물의 외관은 단조롭고 획일적이었다. 미학적인 요소를 완전히 배제하고 실용성만을 고려한 듯 모두 직사각 형태였으며 외장재도 똑같은 은색 금속이었다. 이상하게도 청신은 그걸 보며 어릴 적 보았던 알루미늄 도시락을 떠올렸다. 빽빽하게 줄지어 선 네모반듯한 건물들이 시야의 끄트머리에 솟아올라 있는 산의 중턱까지 길게 이어져 있었다.

청신이 물었다.

"저긴 어디죠?"

"이상하네. 왜 또 이렇게 흐리지? 맞은편이 안 보여."

차오빈이 청신의 질문에 대답하지 않고 하늘을 올려다보며 고개를 저었다. 마치 흐린 날씨가 청신이 이 세계를 이해하는 데 큰 방해가 된다는 투였다. 그런데 그의 시선을 따라 하늘을 올려다보던 청신이 이상한 걸 발견했다.

태양이 구름 밖으로 나와 있었다. 잠시 후 구름이 흩어지며 그 사이로 틈이 벌어졌다. 그런데 구름 사이로 파란 하늘이 보이지 않았다. 하늘도 여전히 땅이었다. 하늘에 있는 땅 위에도 그녀의 주위에 있는 것과 비슷한 도시가 있었다. 도시가 상공에 떠 있어서 올려다보아야 한다는 것만 다를 뿐 모든 게 똑같았다. 그곳이 바로 방금 차오빈이 말한 '맞은편'이었다. 멀리 솟아오른 지면도 산이 아니라 계속 따라 올라가면 '하늘'과 연결되어 있었다. 거대한 원기둥 속 세계였다.

"여긴 아시아 1호 우주 도시예요. 목성에서 태양을 등진 방향에 있죠."

차오빈이 그제야 청신의 물음에 대답했다.

새로운 세계가 청신의 눈앞에 펼쳐져 있었다. 평범했던 모든 것이 순식간에 충격으로 다가왔다. 그녀는 비로소 자신이 동면에서 깨어났음을 실감했다.

그날 오후 차오빈은 북쪽에 있는 도시의 출입구로 그녀를 데리고 갔다. 우주 도시의 축이 남북을 향하고 있다. 동면센터 밖에서 버스를 탔다. 지면을 달리는 진짜 버스였다. 전기 엔진이었지만 외관상으로는 고대의 버스와 아무런 차이도 느낄 수 없었다. 버스에 승객이 많았다. 두 사람이 마지막으로 남아 있던 맨 뒷자리에 앉자 그들 뒤에 탄 사람들은 서 있어야 했다. 청신은 마지막으로 버스를 탔던 게 언제인지 기억을 떠올려보았다. 서기 시대에도 이렇게 붐비는 버스는 거의 탄 적이 없었다.

달리는 속도가 빠르지 않아 창밖으로 지나가는 도시의 모습을 차분히 눈에 담을 수 있었다. 이제 시야에 들어오는 모든 것이 새로워 보였다. 수많은 건물이 차창 밖으로 스쳐 지나가고 그 사이사이에 녹지와 작은 호수가 보였다. 교정에는 파란색 운동장이 있었다. 도로 옆에 펼쳐진 갈색 토양은 지구와 별 차이가 없어 보였고 길가에 오동나무와 비슷한 활엽수가 심어져 있었다. 광고판도 많았다. 대부분은 무슨 상품인지 알 수 없었지만 광고 형태는 낯설지 않았다.

서기 시대의 도시와 유일하게 다른 점은 이 세계가 거의 금속으로 지어져 있다는 것이었다. 건물도 금속이고, 차 내부도 전부 금속으로 되어 있었다. 합성 패널이나 플라스틱 같은 소재는 거의 보이지 않았다.

하지만 그보다 더 청신의 주의를 끈 건 버스 승객들이었다. 옆자리에 남자 둘이 앉아 있었다. 한 사람은 검은 서류가방을 겨드랑이에 낀 채 졸고 있고, 다른 한 사람은 기름때가 검게 낀 노란 작업복 차림으로 다리 옆에는 공구 가방이 놓여 있었다. 가방 사이로 절반쯤 비어져 나온 공구는 청신이 본 적 없는 것이었다. 고대에 쓰던 드릴과 비슷한 생김새에 반투명한 형태였다. 남자의 얼굴 위로 육체노동자의 피로와 무감각이 뒤섞인 채 내려앉아 있었다. 그 앞줄에는 연인 한 쌍이 앉아 있었다. 남자는 여자의 귓가에다 계속 뭐라고 속삭이고 여자는 작은 스푼으로 종이컵에서 아이스크림 같은 핑크색의 무언가를 떠먹으며 히죽거렸다. 청신은 달콤한 아이스크림 향기가 코끝에 와 닿는 듯한 착각을 느꼈다. 몇 세기 전과 다를 게 없었다. 빈자리가 없어 옆에 서 있는 두 중년 부인의 표정과 옷차림도 그녀에게는 너무도 익숙했다. 삶의 무게에 젊음과 아름다움을 빼앗겨버린 뒤 먹고사는 일에 치여 몸치장에 무심해진 모습이었다. 위협의 세기와 전송의 세기 때 여자들과는 사뭇 달랐다. 그 시대 여자들은 하나같이 피부가 희고 고왔으며 어떤 연령대든 그에 맞는 우아함과 아름다움이 풍겼다. 두 여자가 나누는 대화가 청신의 귀에까지 들렸다.

"네 잘못이야. 아침이나 저녁이나 채소값은 똑같아. 귀찮아도 서쪽 도매시장에 갔어야지."

"거기서도 적은 양은 도맷값으로 안 팔아."

"저녁까지 기다려야지. 7시 넘어가면 도맷값으로 판다니까."

다른 승객들의 대화 소리도 간간이 들렸다.

"시청은 대기 시스템과 달라서 훨씬 복잡해. 바짝 긴장하라고. 처음엔 누구와도 너무 친해지지 말고 너무 소원해지지도 마."

"난방 요금 부과 체계가 비효율적이야. 전기 요금도 함께 받아야 해."

"진즉 그 바보를 잘라버렸으면 이렇게 골탕 먹진 않았을 텐데."

"이 정도로 만족할 수밖에. 이 도시가 건설될 때부터 살았는데도 내가 1년에 버는 돈이 고작 얼만 줄 알아?"

"싱싱하지도 않은 생선을 어떻게 양념 없이 요리해?"

"그저께 위치 조정 때 4호 공원의 물이 또 넘쳐서 물바다가 됐어."

"맘에 안 들면 관두라고 해. 죽자 살자 따라다닐 거 없어."

"정품도 아니고 정교하게 만든 위조품도 아닌데 그 가격이면."

청신은 가슴속에서 차오르는 온기를 느꼈다. 위협의 세기에 처음 동면에서 깨어난 후로 그녀가 줄곧 찾아왔던 느낌이었다. 다시는 이런 감정을 느낄 수 없을 거라고 생각했다. 차오빈이 옆에서 우주 도시에 대해 설명해 주었지만 그녀는 목마른 사람이 물을 찾듯 승객들의 대화에만 귀를 기울였다.

아시아 1호는 벙커 프로젝트에서 가장 먼저 건설된 우주 도시였다. 직경이 일정한 원기둥 구조로 회전하면서 생기는 원심력을 중력으로 이용하고 있었다. 길이 45킬로미터, 직경 8킬로미터, 내부 면적은 총 359제곱킬로미터로 과거 베이징시의 절반 크기였다. 한때 이곳에 최대 2000만 명 넘는 인구가 거주했지만 새로운 우주 도시가 차례로 건설됨에 따라 인구가 900만으로 감소해 인구밀도가 많이 낮아졌다.

그때 앞에 있는 하늘에 태양이 하나 더 나타났다. 그들 양쪽에 태양이 하나씩 떠 있었다. 차오빈의 설명에 따르면, 인공 태양 세 개가 약 10킬로미터 간격을 두고 우주 도시의 중심축 위에 떠 있으며 핵융합을 통해 에너지를 생성해 24시간을 주기로 밤과 낮의 조명을 조절하고 있었다.

갑자기 몸이 출렁였다. 버스가 정류장에 정차해 있었으므로 지면 깊은 곳에서 전해지는 진동인 것 같았다. 청신은 뒤에서 약하게 미는 힘을 느꼈지만 아직 버스가 출발하기 전이었다. 차창 밖에서 나무와 건물의 그림자가 갑자기 기울어지며 각도가 바뀌었다. 하늘에서 인공 태양의 위치가 갑자기 바뀌었다는 뜻이었다. 하지만 태양이 곧 제자리로 돌아왔다. 청신을 제외한 다른 승객들은 아무런 동요도 하지 않았다.

차오빈이 말했다.

"우주 도시의 위치 조정이에요."

약 30분 뒤 버스가 종점에 도착했다. 버스에서 내리자 청신을 회상에 잠기게 했던 평범한 풍경이 사라지고 우뚝 솟은 높은 담장이 앞을 가로막았다. 세상의 끝인 듯 높고 넓은 담장 앞에서 그녀는 가만히 찬 공기를 들이마셨다. 이곳은 정말로 이 세계의 끝인 우주 도시의 최'북'단이었다. 직경 8킬로미터의 대형 원반이었지만 지면에서 보이는 건 우뚝 솟아오른 벽일 뿐 둥근 형태를 볼 수 없었다. 에베레스트산의 고도와 거의 맞먹는 원반의 맨 꼭대기가 우주 도시의 맞은편 끝에 닿아 있었다. 원반 주위의 지면에서 나온 수많은 바큇살이 4킬로미터 높이의 원심에서 하나로 모아졌다. 원심이 우주 도시의 출입구이고 각각의 바큇살은 출입구로 향하는 엘리베이터였다.

엘리베이터에 타기 전 청신은 아쉬운 시선을 돌려 이미 익숙해진 듯한 도시를 눈에 담았다. 그곳에서는 원기둥의 다른 쪽 끝으로 이어진 태양 세 개를 모두 볼 수 있었다. 마침 낮과 밤이 교체되는 시간이라 태양이 서서히 어두워지고 있었다. 태양이 눈부신 금빛에서 부드러운 다홍빛으로 바뀌며 도시 위로 아늑한 색채를 뿌리고 있었다. 그리 멀지 않은 풀밭 위에서 흰색 교복을 입은 소녀들이 웃으며 재잘대고 있었다. 금빛 석양을 흠뻑 머금은 소녀들의 머리칼이 바람에 날려 너울댔다.

엘리베이터 내부는 꽤 넓었다. 도시로 향하고 있는 쪽이 투명해 널찍한 전망대가 되고 좌석마다 고정 벨트가 설치되어 있었다. 엘리베이터가 올라가며 중력이 빠르게 약해졌다. 바깥을 보니 지면이 천천히 내려가는 동시에 '하늘'에 있는 또 다른 지면이 점점 또렷하게 다가왔다. 엘리베이터가 원심에 도착하자 중력이 완전히 사라지고 바깥 풍경을 보아도 위아래를 구분할 수가 없었다. 원기둥의 중심축에서는 사방이 모두 지면이었기 때문이다. 하지만 이곳이 우주 도시의 가장 멋진 광경을 볼 수 있는 위치였다. 세 태양의 밝기가 달만큼 약해지며 은색으로 변했다. 이곳에서는 세 개의 태양(달)이 거의 겹쳐 보였다. 인공 태양 주위에 또 구름이 나타났다. 구름이 무중력 구간으로 모여들어 원기둥의 축을 감싸고 그 구름 축이 우주 도시의 다른 쪽 끝까지 이어져 있었다. 45킬로미터 떨어져 있는 '남쪽' 끝을 또렷하게 볼 수 있었다. 차오빈은 도시의 추진기가 그곳에 있다고 알려주었다. 도시의 불빛이 하나둘 켜지기 시작했다. 청신의 시야 안에서 도시의 불빛들이 360도로 그녀를 에워싼 채 점점 멀리 뻗어나갔다. 그녀는 휘황찬란한 카펫을 벽에 두른 거대한 우물을 내려다보고 있는 듯한 착각이 들었다.

그녀는 도시의 어느 건물 숲에 시선을 고정시켰다. 그곳의 아파트들은 서기 시대에 그녀가 살던 곳과 비슷했다. 그녀는 그곳의 어느 평범한 아파트 2층 창문에서 파란 커튼 사이로 불빛이 새어 나오고, 그 커튼 뒤에서 부모님이 자신을 기다리고 있는 상상을 했다. 왈칵 터져 나오려는 눈물을 삼켰다.

위협의 세기에 처음 깨어난 뒤 그녀는 줄곧 새로운 시대에 적응할 수가 없었다. 다른 시대에서 온 외계인이 된 기분이었다. 그런데 반세기 후 지구에서 8억 킬로미터 떨어진 목성 뒤편에서 집에 돌아온 것 같은 감정을 느꼈다. 보이지 않는 거대한 손이 3세기 전 세상을 그림처럼 돌돌 말아 원통 안에 넣어놓은 것 같았다.

두 사람은 무중력 통로로 들어갔다. 원형 단면의 거대한 파이프였다. 사람들이 케이블에 달린 손잡이를 붙잡고 이동했다. 여러 방향에서 엘리베이터를 타고 올라온 승객들이 이곳에 모여 도시를 빠져나갔다. 사람들이 쉬지 않고 통로 안을 오갔다. 통로의 구부러진 벽 위로 화면이 설치되어 있었다. 대부분 뉴스와 광고가 나오고 있었지만 개수가 그리 많지 않고 나란히 배열되어 있어서 복잡한 화면이 온 세상을 가득 채웠던 지난 시대와는 달랐다.

눈앞이 어지럽던 초정보화 시대가 끝난 것이다. 이 시대에는 무절제하게 많은 양의 정보가 무질서하게 쏟아지지 않았다. 그녀는 정치와 경제 시스템이 바뀌면서 나타난 변화일 것이라고 짐작했다.

통로에서 나오자마자 청신의 시선을 끈 것은 머리 위에서 돌아가고 있는 별들이었다. 빠르게 돌아가는 별들 때문에 처음에는 현기증이 났다. 시야가 탁 트이며 넓은 공간이 나타났다. 그들이 서 있는 곳은 우주 도시 꼭대기에 있는 직경 8킬로미터의 원형 광장이었으며 이 도시의 우주 항구였다. 수많은 우주선이 정박해 있었고 그중 대부분은 60여 년 전 청신이 보았던 우주선들과 외형상으로는 큰 차이가 없었다. 다만 크기가 조금 작아서 고대의 소형 자동차만 한 크기였다. 우주선이 이륙할 때 엔진에서 뿜어져 나오는 불꽃이 반세기 전 그녀가 보았던 것보다 훨씬 어두웠다. 눈부신 붉은색이 아니라 다크블루에 가까웠다. 소형 핵융합 엔진의 효율이 그만큼 높아졌다는 뜻이었다.

도시의 출구를 에워싸고 붉게 빛나고 있는 둥근 원이 청신의 시선을 사로잡았다. 반지름이 100미터쯤 되는 원이었다. 그녀는 그 붉은 원이 무엇인지 금세 알아챘다. 우주 도시가 회전하면서 그 원에서 원심력이 발생하고 원에서 멀어질수록 원심력이 급격히 증가했다. 원심력에 밀려 튕겨 나가지 않으려면 원 밖에 세워져 있는 우주선을 단단히 고정시키고 사람들도 마그네틱 부츠를 신어야 했다.

도시 바깥은 몹시 추웠다. 주위에 있는 우주선이 작동할 때 엔진에서 분출되는 열만이 작은 온기가 되어줄 뿐이었다. 청신은 몸서리를 쳤다. 단지 추워서만은 아니었다. 자신이 무방비 상태로 우주에 노출되어 있다는 걸 문득 깨달았기 때문이다. 하지만 주위에 공기와 대기압이 있고 얼굴을 스치는 찬 바람도 느낄 수 있었다. 개방된 우주 환경에서 대기압을 유지시키는 기술이 발전해 이제 완전히 개방된 우주에서도 대기층을 만들 수 있게 된 것이다.

그녀의 놀란 표정을 보며 차오빈이 말했다.

"지금은 '지면'에서 10미터까지만 정상 기압의 공기층을 형성할 수 있어요. 그 이상은 불가능해요."

그도 이 세계로 온 지 그리 오래되진 않았지만 청신의 눈에 마법처럼 보이는 기술들이 그리 신기하지 않았다. 지금 그는 청신에게 더 놀라운 걸 보여주고 싶다는 생각뿐이었다.

총총히 떠서 돌아가고 있는 별들을 배경으로 벙커 세계가 위용을 드러냈다.

이 위치에서 내려다보면 목성 뒤에 무리 지어 떠 있는 우주 도시들을 거의 모두 볼 수 있었다. 지금 보이는 22개 외에 아래쪽에 가려져서 보이지 않는 네 개가 더 있었다. 총 26개 우주 도시(계획보다 여섯 개 더 건설되었다)가 목성의 뒤편 그림자 속에 불규칙하게 네 줄로 나란히 떠 있었다. 청신은 60여 년 전 우주의 거대한 암석 뒤에 숨어 있던 우주선을 떠올렸다. 아시아 1호 옆에 북미 1호와 오세아니아 1호가 있고, 반대쪽 옆에는 아시아 3호가 있었다. 양쪽 우주 도시와의 거리가 50킬로미터밖에 되지 않아 행성을 보는 듯한 거대함을 실감할 수 있었지만, 다른 줄에 있는 네 개의 우주 도시는 150킬로미터나 떨어져 있어서 육안으로는 크기를 가늠할 수가 없었다. 1000킬로미터 떨어져 있는 제일 뒷줄의 우주 도시는 반짝이는 장난감 구슬처럼 보였다.

청신은 우주 도시들이 강물 속에서 급물살을 피해 바위 뒤에 숨어 있는 물고기들 같다는 생각을 했다.

아시아 1호와 제일 가까이 있는 북미 1호는 완전한 구형이었다. 북미 1호의 구형과 아시아 1호의 원기둥형이 우주 도시의 가장 극단적인 두 형태이고, 다른 우주 도시들은 양쪽을 절충한 타원형이 대부분이었다. 다른 점이 있다면 가로세로 축의 비율뿐이었다. 그 외에 방사형, 방추형 등도 있었지만 소수에 불과했다.

다른 세 개의 거대 행성 뒤편에도 총 38개의 우주 도시가 클러스터를 이루고 있었다. 토성 뒤에 26개, 해왕성 뒤에 여덟 개, 천왕성 뒤에 네 개가 있는데 목성 뒤편보다 안전하기는 하지만 위치상으로 더 외지고 추운 우주의 변두리였다.

이때 앞줄에 있는 우주 도시 중 하나가 갑자기 파란 불빛을 내뿜기 시작했다. 우주에 파란색의 작은 태양이 나타난 것 같았다. 사람과 우주선의 그림자가 지면 위에 선명하게 찍혔다. 차오빈은 위치 조정을 위해 우주 도시의 추진기가 작동하고 있는 것이라고 알려주었다. 우주 도시 클러스터는 목성의 위성이 아니라 목성 궤도 바깥쪽에서 목성과 평행으로 태양 주위를 공전하고 있었다. 그래야만 우주 도시가 계속 목성의 그림자 안에 숨어 있을 수 있었다. 하지만 우주 도시가 목성의 중력에 이끌려 목성과 계속 가까워지기 때문에 일정한 거리를 유지하기 위해 도시의 추진기를 수시로 가동해야 했다. 이것은 상당한 에너지가 소모되는 일이었다. 평소에는 목성의 위성이 되어 목성 주위를 공전하다가 공격 경보가 울리면 궤도를 수정해 목성의 그림자 안으로 대피한 뒤 목성과 나란히 태양 주위를 공전하자는 의견도 있었지만 태양계 경보 시스템의 신뢰도가 완전히 확보되기 전까지는 그렇게 큰 모험을 할 수가 없었다.

"운이 좋으시군요. 사흘에 한 번밖에 볼 수 없는 장관이죠. 보세요!"

차오빈이 우주를 가리켰다. 먼 곳에서 작고 하얀 점이 나타나더니 점점 커져 탁구공만 한 크기가 되었다.

"유로파인가요?"

"맞아요, 유로파. 유로파 궤도와 가까워졌어요. 걱정 말고 잘 붙들어요."

청신이 그의 마지막 말에 담긴 뜻을 곰곰이 생각했다. 일반적인 인식처럼 그녀도 직접 육안으로 보는 천체의 운행 속도는 매우 느리다고 생각했다. 특별한 경우가 아니면 짧은 시간에 천체의 운동을 관찰하는 것은 불가능하다. 그러다 한 가지 사실이 기억났다. 우주 도시는 목성의 위성이 아니라 목성과 상대적인 정지 상태에 있고, 유로파는 운행 속도가 빠른 위성이었다. 그녀가 기억하기로 유로파의 운행 속도는 초속 14킬로미터였다. 그렇다면 유로파와 우주 도시의 상대속도도 매우 빠를 것이다. 우주 도시와 유로파의 궤도가 가깝다면…….

자세히 생각할 겨를도 없이 하얀 구체가 빠르게 팽창하기 시작했다. 비현실적으로 느껴질 만큼 빠른 속도였다. 하얀 공이 순식간에 부풀어 올라 거대한 행성이 되더니 금세 하늘의 절반을 채우고 위아래 감각도 사라졌다. 아시아 1호가 그 하얀 세계를 향해 추락하는 듯싶더니 직경 3000여 킬로미터의 세계가 그들 머리 위를 빠르게 스쳐 지나갔다. 그 순간 백색 구체가 하늘 전체를 집어삼켰다. 실은 우주 도시가 유로파의 얼음 바다 상공을 비행하고 있는 것이었다. 얼음 표면을 종횡으로 가로지르는 줄무늬가 또렷하게 보였다. 마치 거대한 흰색 손바닥의 손금 같았다. 대기층이 유로파의 중력에 잡아당겨지며 거센 바람이 휘몰아쳤다. 보이지 않는 힘이 왼쪽으로 홱 잡아챈 듯 청신의 몸이 휘청거렸다. 마그네틱 부츠를 신고 있지 않았다면 몸이 지면에서 떨어져 나갔을 것이다. 고정되지 않은 작은 물체들이 날아가고 우주선 몇 대에 묶여 있는 케이블도 춤을 추듯 날아올랐다. 쿠르릉거리는 굉음이 발바닥을 타고 올라왔다. 거대한 우주 도시의 구조물이 유로파로 인한 급격한 중력 변화에 반응하는 소리였다. 유로파가 우주 도시 옆을 스쳐 지나가는 데 약 3분밖에 걸리지 않았다. 우주 도시 곁을 지나 반대편으로 날아간 유로파가 다시 빠르게 작아지자 앞줄에 있던 우주 도시 여덟 개의 추진기가 일제히 작동되었다. 유로파의 중력으로 인해 바뀐 위치를 조정하기 위한 것이었다. 우주 도시들이 여덟 개의 불덩어리로 변했다.

청신은 아직도 정신을 차릴 수가 없었다.

"맙소사! 얼마나 가까이 지나간 거예요?"

"제일 가까울 때는 150킬로미터까지 접근해요. 거의 스치고 지나가는 셈이죠. 어쩔 수 없어요. 목성의 위성이 13개나 되는데 그것들을 전부 피해서 우주 도시를 건설할 수는 없으니까. 유로파는 궤도와 적도의 경사각이 작아서 이 줄에 있는 도시들과 가까울 수밖에 없어요. 유로파는 목성 도시 클러스터의 중요한 수자원이에요. 그 수자원에 의지하고 있는 산업들이 많아요. 공격이 시작되면 목성의 위성은 대부분 희생될 거예요. 태양이 폭발하면 위성의 궤도가 크게 변하고 그러면 우주 도시도 그것들을 피하기 위해 복잡한 조정 과정을 거쳐야겠죠."

차오빈이 자신이 타고 온 우주선을 찾았다. 형태와 크기가 고대의 소형 자동차와 비슷한 소형 우주선으로 두 사람밖에 탑승할 수 없었다. 이렇게 작은 우주선을 타고 우주로 나간다는 사실에 청신은 본능적으로 불안해졌다. 비록 이것이 노파심이라는 걸 알고 있었지만. 우주선 내부에서는 우주복을 입을 필요가 없었다. 차오빈이 AI에게 북미 1호로 가자고 말하자 추진기가 작동하며 우주선이 이륙했다.

지면과 빠르게 멀어지며 직경 8킬로미터의 원형 광장을 비롯해 아시아 1호 전체가 시야에 들어왔다. 그 원기둥 너머에 암황색이 드넓게 펼쳐져 있었다. 암황색의 가장자리가 시야 끝에 들어오고 나서야 청신은 이것이 조금 전까지 볼 수 없었던 목성이라는 걸 알았다. 그곳은 태양을 등지고 있는 거대 행성의 그늘면이었다. 마치 태양이 존재하지 않는 듯 모든 것이 어둡고 시린 그늘 속에 갇혀 있었다. 수소와 헬륨의 액체 표면에서 나오는 인광만이 두터운 대기층 사이로 몽롱한 빛무리를 만들고 있었다. 깊은 꿈을 꾸며 눈꺼풀 밑에서 굴러가는 눈동자 같았다. 청신은 목성의 거대함에 압도당했다. 그녀가 있는 곳에서는 가장자리의 일부밖에 보이지 않았고 그 가장자리로는 아주 미세한 커브밖에 느낄 수 없었다. 모든 것을 뒤덮는 어둠의 장벽 같은 목성을 응시하며 청신은 세계의 끝에 우뚝 솟은 거대한 장벽 앞에 섰을 때와 같은 감정을 다시 한번 느꼈다.

그 후 사흘 동안 차오빈은 청신을 데리고 다니며 다른 네 개의 우주 도시를 모두 보여주었다.

제일 먼저 간 곳은 아시아 1호에서 제일 가까운 북미 1호였다. 그곳은 구체 형태의 우주 도시였다. 구체 형태의 가장 큰 장점은 구심에만 인공 태양을 설치하면 전체를 다 비출 수 있다는 점이었다. 하지만 구체라는 구조상의 단점도 분명하게 보였다. 제일 두드러진 단점은 위도에 따른 중력의 차이가 크다는 것이었다. 적도상의 중력이 가장 크고 위도가 높아질수록 중력이 감소해 양극 지역은 무중력상태였다. 어느 위도에서 사느냐에 따라 각기 다른 중력 환경에서 생활해야 했다.

아시아 1호와는 달리 소형 우주선이 북극에 있는 입구를 통해 직접 우주 도시로 들어갈 수 있었다. 우주 도시로 진입하자 온 세상이 그들을 에워싸고 돌아가기 시작했다. 우주선이 도시의 회전 방향과 속도에 맞추어 함께 회전해야만 착륙할 수 있기 때문이었다.

청신과 차오빈은 고속 궤도 열차를 타고 저위도 지방으로 향했다. 아시아 1호에서 탔던 버스보다 훨씬 빨랐다. 이 도시는 더 높은 빌딩들이 지면을 빽빽하게 채우며 대도시의 면모를 과시하고 있었다. 특히 중력이 낮은 고위도 지역에서는 건물 높이가 중력의 제한을 받지 않고 구체의 부피로 인한 제약만 받았기 때문에 양극에 가까운 지역에서는 고도 10킬로미터짜리 빌딩도 등장했다. 구체 반지름의 절반에 해당하는 높이로 빌딩의 맨 위층과 인공 태양의 거리가 10킬로미터밖에 되지 않았다. 마치 지면을 뚫고 나온 길고 뾰족한 가시가 태양을 향해 뻗어 있는 것 같았다.

반지름 20킬로미터 크기의 북미 1호는 비교적 일찍 건설되었으며 우주 도시 중 최대 인구인 2000만 명이 거주하고 있었다. 목성의 도시 클러스터 중 가장 번화한 비즈니스의 중심지였다.

청신은 아시아 1호에서 보지 못한 아름다운 경관을 볼 수 있었다. 바로 적도상에 이어진 환적도해였다. 사실 아시아 1호를 제외한 대부분의 우주 도시에 다양한 면적의 환적도해가 있었다. 구형이나 타원형 구조에서는 중력의 방향으로 볼 때 적도가 가장 지대가 낮은 곳이기 때문에 도시 위를 흐르는 물이 자연스럽게 중부로 집중되며 도시의 가운데를 허리띠처럼 감싸는 바다가 형성되었다. 바닷가에 서면 바다의 양쪽 끝이 솟아올라 태양 너머의 '하늘'을 가로지르는 광경을 볼 수 있었다. 청신과 차오빈이 쾌속정을 타고 바다를 한 바퀴 둘러보았다. 총 둘레 60여 킬로미터의 바다를 채우고 있는 물은 모두 유로파에서 가져온 것이었다. 차갑고 투명한 물 위로 양쪽 해변에 늘어선 빌딩 숲이 거꾸로 비쳤다. 도시의 위치를 조정할 때 가속으로 인해 바닷물이 넘치지 않도록 목성 쪽 제방을 반대쪽보다 더 높게 쌓았지만 긴급 상황에서 추진기가 갑자기 작동하면 소규모 홍수가 발생할 가능성이 있었다.

차오빈이 세 번째로 데려간 우주 도시는 유럽 4호였다. 이 도시는 전형적인 타원형 구조였으며 도시 전체를 비추는 인공 태양이 없는 대신 각 지역마다 자체적으로 소형 핵융합 태양을 보유하고 있다는 특징이 있었다. 소형 태양은 200~300미터 높이에서 좁은 구역만 비추었다. 이렇게 하면 무중력상태인 도시의 축 부분에 인공 태양을 설치할 필요가 없으므로 이 공간을 이용할 수 있다는 장점이 있었다. 유럽 4호의 축 위에 우주 도시를 통틀어 가장 높은(또는 긴) 건물이 지어져 있었다. 40킬로미터 높이의 건물이 타원형 구조의 남극과 북극을 연결하고 있었다. 한마디로 이 건물 자체가 우주 도시의 남북을 잇는 축이었다. 건물 내부가 무중력상태이기 때문에 주로 우주 항구와 오락 시설로 사용하고 있었다.

유럽 4호는 인구가 가장 적은 우주 도시로 450만 명밖에 살지 않지만 벙커 세계에서 가장 부유했다. 청신은 소형 태양 아래 드문드문 지어진 대저택들을 보며 깜짝 놀랐다. 저택마다 풀장이 있고 어떤 곳은 너른 풀밭도 펼쳐져 있었다. 환적도해의 잔잔한 물결 위로 흰 요트가 떠다니고 해변에서는 사람들이 한가롭게 낚시를 하고 있었다. 유유히 지나가는 유람선에서는 밴드의 라이브 무대와 함께 선상 파티가 열리고 있었다. 과거의 지구와 비교해도 전혀 뒤지지 않을 만큼 호화로웠다. 지구에서 8억 킬로미터 떨어진 목성의 그림자 속에서 이런 생활이 가능하다는 사실이 놀랍기만 했다.

태평양 1호는 유럽 4호와 대조적이었다. 이곳은 벙커 프로젝트에서 가장 먼저 지어진 우주 도시로 북미 1호처럼 전형적인 구형 구조였다. 가장 큰 특징은 목성 뒤편의 도시 클러스터에 속하지 않고 목성 주위를 공전하는 위성이라는 점이었다.

벙커 프로젝트 초기에 이곳은 100만 명이 넘는 건설노동자들의 거주지로 사용되었고, 프로젝트가 진행되는 동안에는 건축재를 보관하는 대형 창고였다. 그러다가 초기에 시범으로 건설된 탓에 설계상의 결함이 많다는 사실이 밝혀진 후 버려졌지만 인류의 대이민이 끝난 뒤 다시 사람들이 들어와 살기 시작하면서 차츰 도시가 형성되었다. 시 정부와 경찰기구는 있었지만 가장 기본적인 역할밖에 하지 않았으므로 거의 방치된 것이나 다름없었다. 태평양 1호는 유일하게 허가 없이 자유롭게 들어와 살 수 있는 도시였고, 이곳에 사는 사람들은 대부분 실업자와 노숙자 또는 여러 가지 이유로 사회적 보호 장치 밖으로 밀려난 빈민, 실의에 빠진 예술가 등이었다. 나중에는 극단적 정치 세력의 근거지도 생겨났다.

태평양 1호에는 추진기도 없고 인공 태양도 없지만 가장 중요한 특징은 자전하지 못한다는 점이었다. 자전할 수 없으므로 완전한 무중력상태였다.

　도시로 들어가자 동화 같은 세계가 펼쳐졌다. 낡았지만 번화한 도시가 갑자기 중력을 잃고 모든 게 허공으로 떠오른 것 같았다. 태평양 1호는 영원한 밤의 도시였다. 건물마다 자체적인 핵전지를 이용한 조명으로 생활하고 있었으므로 곳곳에 전등이 매달려 있었다. 도시의 건물 대부분은 버려진 건축재로 지은 간이건물이었으며 위아래 구분이 없이 모든 면이 창(문이기도 했다)으로 둘러싸인 육면체 또는 구형이었다. 구형 건물은 공중에서 다른 건물과 충돌할 때 비교적 높은 강도를 지닐 수 있다는 장점이 있었다. 태평양 1호에는 토지권의 개념이 없었다. 모든 건물이 한곳에 고정되지 않고 떠다녔으며 원칙적으로 누구나 도시 안의 어떤 공간이든 사용할 수 있었다. 도시 주민의 대부분을 차지하는 노숙자들은 변변한 천막조차 없이 모든 세간을 커다란 그물자루에 담아서 보관했다. 그래야 허공으로 흩어지는 걸 막을 수 있었기 때문이다. 그들은 그물자루와 함께 떠다니며 생활했다. 도시의 교통도 아주 단순했다. 차는 거의 없고 무중력상태에서 붙잡고 의지할 수 있는 케이블이나 개인용 추진기 같은 것도 보이지 않았다. 사람들이 무중력상태에서 건물을 발로 디뎌 밀면서 몸을 움직였다. 건물이 공중을 가득 채우고 있기 때문에 어느 방향으로든 자유자재로 이동할 수 있지만 노련한 기술이 필요했다. 청신은 둥둥 떠 있는 건물 사이를 요리조리 피해 다니는 사람들을 보며 나뭇가지에 매달려 돌아다니는 긴팔원숭이를 떠올렸다.

　두 사람도 건물 사이를 떠다니다가 모닥불 주위에 모여 있는 노숙자들을 보았다. 다른 도시에서는 불을 피우는 것이 엄격히 금지되어 있었다. 가연성 건축재 조각을 모아 불을 피운 것 같았다. 무중력상태이기 때문에 불꽃이 아래에서 위로 솟아오르는 것이 아니라 불덩어리가 허공에서 둥둥 떠다녔다. 그들은 술을 마시는 방식도 특별했다. 술병을 휘둘러 술을 허공으로 뿌리면 술이 여러 개의 액체 공이 되어 허공을 떠다녔다. 그러면 수염이 덥수룩하고 허름한 옷을 입은 남자들이 헤엄치듯 떠다니며 불빛이 영롱하게 투사된 액체 공들을 하나씩 입으로 받아 삼켰다. 술에 취한 한 남자가 속을 게워내자 토사물이 분출되는 힘에 상체가 뒤로 튕겨나가며 몸 전체가 허공에서 공중제비를 돌았다.

청신과 차오빈은 어느 시장에 도착했다. 그곳에서 파는 물건들도 모두 허공에 뒤엉켜 있었다. 전등 몇 개가 그 속을 떠다니며 어스름한 빛을 비추고 손님과 장사꾼들도 그 빛에 의지해 떠다녔다. 모든 물건이 한데 섞여 누가 파는 물건인지도 알 수 없었지만 손님이 어떤 물건을 유심히 살펴보면 주인이 재빨리 다가와 말을 걸며 흥정을 했다. 옷, 전자제품, 식품, 술, 각종 용량의 핵전지, 무기는 물론이고 이상하게 생긴 골동품까지 다양한 물건을 팔고 있었다. 여러 가지 크기의 금속 조각을 비싼 가격에 내놓은 상인도 있었다. 상인은 그것이 최후의 전쟁 중 부서진 전함의 파편이며 태양계 가장자리에서 수집한 것이라고 했지만 진짜인지 알 길이 없었다. 청신은 골동품으로 나와 있는 고서들을 뒤적이다가 그녀에게는 그리 오래되지 않은 책들을 발견하고 깜짝 놀랐다. 책들도 다른 물건과 뒤섞여 떠다니고 있었다. 펼쳐진 책장이 하얀 새의 퍼럭이는 날개 같았다. 청신이 시가라고 또렷하게 찍힌 나무 상자를 발견했다. 그녀가 그걸 집어 들자마자 한 흑인 소년이 헤엄쳐 다가와서는 맹세하는 듯한 말투로 200년 전에 만든 아바나 시가 정품이라고 했다. 소년이 수분이 조금 말라서 가격을 깎아줄 수 있다며 상자를 열어 보여주자 그녀가 그걸 샀다.

차오빈이 도시의 가장자리로 그녀를 데리고 갔다. 우주 도시 구체의 내벽이었다. 벽에는 아무런 건물도 없고 흙도 덮여 있지 않았다. 도시가 막 지어져 외장재도 붙이지 않았을 때의 모습 그대로였다. 크게 보면 구체의 내벽이지만 눈에 보이는 좁은 부분에서는 커브가 느껴지지 않고 넓고 평평한 광장 같았다. 수많은 건물에서 투사되어 나온 빛무리가 '광장' 위를 알록달록하게 비추었다. 그 내벽 위를 가득 채운 건 어지러운 낙서들이었다. 수많은 이들이 남기고 간 낙서가 농밀한 색채감과 자유분방한 개성을 발산하며 어른거리는 빛 속에서 살아 꿈틀대는 듯했다. 그것들은 마치 그 위에 떠 있는 도시에서 가라앉은 꿈들인 것 같았다.

두 사람은 도시의 중심부로 들어갔다. 도시의 중심부는 질서가 혼란하고 치안이 좋지 않은 데다 마피아 간의 충돌이 자주 발생했다. 몇 년 전 마피아 간의 싸움으로 도시 내벽에 구멍이 뚫리는 바람에 심각한 대기 누출 사고가 발생한 적이 있었다. 그 일 이후 도시의 중심부에서만 싸움을 벌인다는 일종의 불문율이 생겼다.

차오빈은 연방 정부가 태평양 1호에 거액을 투자해 사회복지 시스템을 구축해놓은 덕분에 이곳에 사는 600여만 명 중 대다수가 무직이지만 기본적인 생계는 보장받을 수 있다고 설명해주었다.

청신이 물었다.

"암흑의 숲 공격이 시작되면 여긴 어떻게 되나요?"

"파괴되겠죠. 이 도시엔 추진기가 없어서 목성과 나란히 공전할 수 없으니까요. 저걸 보세요."

차오빈이 허공에 떠 있는 건물들을 가리켰다.

"이 도시가 가속을 받으면 저 모든 게 한꺼번에 날아와 내벽을 뚫어버릴 거예요. 도시가 밑이 뚫린 자루가 되는 거죠. 공격 경보가 발령되면 이 사람들을 다른 우주 도시로 긴급 대피시킬 수밖에 없을 거예요."

우주선이 그곳을 떠날 때 청신은 창을 통해 허공에 떠 있는 영원한 밤의 도시를 내려다보았다. 가난과 방랑의 도시지만 수많은 색깔의 삶이 그곳에 깃들어 있었다. 마치 무중력상태의 〈청명상하도(淸明上河圖)〉*처럼.

지난 시대에 비하면 벙커 세계는 이상적인 사회와는 거리가 멀었다. 태양계 변두리로 이주한 인류에게서 오래전 사라진 사회 형태가 다시 형성되어 있었다. 하지만 이것은 후퇴가 아닌 나선형 상승이며, 새로운 지평을 개척하기 위해 거쳐야 하는 불가피한 과정이라는 걸 그녀는 알고 있었다.

태평양 1호에서 나온 뒤 차오빈은 특이한 구조의 우주 도시 몇 곳을 더 보여주었다. 그중 태평양 1호에서 비교적 가까운 곳에 방사형 도시가 있었다. 60여 년 전 청신이 보았던 우주 엘리베이터 터미널을 확대해놓은 것 같았다. 청신은 어째서 모든 우주 도시를 방사형으로 건설하지 않았는지 이해할 수가 없었다. 공학적 관점에서 볼 때, 방사형은 우주 도시의 가장 이상적인 구조였다. 거대한 외벽을 통째로 건설하는 것보다 기술적 난이도가 훨씬 낮을 뿐 아니라 더 튼튼하고 재난에 강하며 확장하기도 용이했다.

차오빈이 짧게 대답했다.

"세계감 때문이에요."

"세계감이라고요?"

"세계에 살고 있다는 느낌이요. 우주 도시에는 넓은 내부 공간이 있어야 해요. 시야가 탁 트여야만 그 안에 사는 사람들이 세계 안에서 살고 있다고 느낄 수 있어요. 방사형 구조가 되면 고리로 된 파이프 속에서 살게 되죠. 전체 면적은 다른 우주 도시와 비슷하더라도 그 안에 사는 사람들은 자신이 우주선에 살고 있다는 사실을 시시각각 인식하게 될 거예요."

더 특이한 형태의 우주 도시도 있었지만 대부분 상주 인구가 없는 공업 도시나 농업 도시였다. 자원 1호라고 불리는 도시는 길이가 120킬로미터나 되지만 직경은 30킬로미터밖에 되지 않는 가늘고 긴 막대형이었다. 이

---

* 옮긴이 주:중국 풍속화의 대표적인 작품으로 송나라 때 생활 모습과 사회상이 사실적으로 그려져 있음.

도시는 긴 축을 중심으로 회전하는 것이 아니라 중심점을 축심으로 해서 공중제비를 돌았다. 내부가 여러 층으로 나뉘어 있고 층마다 중력 차이가 컸다. 사람이 거주할 수 있는 곳은 몇 층 되지 않고 나머지 층에는 해당 중력에 적합한 산업단지가 건설되어 있었다. 토성과 천왕성의 도시 클러스터에는 두 개 이상의 막대형 우주 도시가 중심부에서 십자 또는 별의 형태로 서로 결합된 도시 연합체가 있었다.

목성과 토성의 클러스터가 먼저 건설된 후 천왕성과 해왕성에도 도시를 건설하기 시작하며 새로운 시도들이 출현했다. 그중 제일 중요한 것이 도시 간 도킹이었다. 태양계의 아주 먼 외곽에 위치한 두 클러스터는 우주 도시마다 한 개 이상의 표준 독(dock)이 설치되어 있어 독을 연결시킬 수가 있었다. 두 도시가 도킹하면 사람들의 활동 공간이 두 배로 넓어지므로 세계감이 더 높아지고 사회 경제의 발전에도 긍정적인 효과가 컸다. 여러 도시를 연결하면 대기와 생태 시스템도 결합되므로 도시가 더 안정적으로 운행된다는 장점도 있었다. 일반적인 방식은 축을 맞추어 도킹하는 것으로 이렇게 하면 도킹 후에도 동일한 중력이 유지되었다. 평행 도킹이나 수직 도킹 방식을 사용하면 여러 방향으로 도시를 확장시킬 수 있다는 의견도 있지만, 도킹 후 중력이 크게 변할 수 있기 때문에 실제로 시도한 적은 없었다. 현재 가장 큰 도시 결합체는 해왕성 클러스터에 있었다. 우주 도시 여덟 개 중 네 개가 동일한 축을 따라 하나로 연결되어 400킬로미터 길이의 거대한 연합 도시를 이루고 있었다. 암흑의 숲 공격 경보가 울리면 빠르게 도킹을 해체해 기동력을 높일 수 있었다. 많은 이들이 언젠가는 도시 클러스터마다 모든 우주 도시가 하나로 연결되어 네 개의 거대한 세계를 이루게 될 거라는 기대를 품고 있었다.

현재 목성, 토성, 천왕성, 해왕성 뒤에 총 64개의 대형 우주 도시가 있고 그 외에 100개 가까운 중소형 우주 도시와 수많은 우주 스테이션이 건설되어 있으며, 전체 벙커 세계에 총 9억 인구가 살고 있었다.

그들은 현존하는 인류 전체였다. 암흑의 숲 공격이 닥치기 전에 지구 문명이 벙커로 들어간 것이다.

모든 우주 도시가 하나의 국가에 해당하는 정치적 지위를 가지고 있고, 네 개의 도시 클러스터가 태양계 연방을 이루고 있으며 UN이 연방 정부가 되었다. 역사상 지구에 존재했던 모든 문명이 연방 단계를 거쳤듯이 태양계 외곽에서도 도시 연방이 출현한 것이다.

지구는 이미 인간이 거의 살지 않는 곳으로 변했다. 지구에 남아 있는 사람은 500만 명이 채 되지 않았다. 그들은 삶의 터전을 떠나고 싶지 않고 언제든 들이닥칠 사신도 두렵지 않은 사람들이었다. 벙커 세계의 용감한 사람들이 지구로 여행을 오거나 휴가를 보내러 오기도 했지만 그건 목숨을 건 여행이었다. 시간이 갈수록 암흑의 숲 공격이 가까워지고 사람들이 벙커 세계의 생활에 적응하면서 먹고살기에 바빠 지구에 대한 그리움도 점점 옅어졌다. 지구에 다녀오는 사람들이 점점 줄어들고 지구에 관한 소식도 사람들의 관심 밖으로 밀려났다. 사람들이 지구에 대해 알고 있는 건 대자연이 다시 그곳의 모든 것을 점령해 각 대륙이 점점 숲과 초원으로 뒤덮여가고 있으며, 지구에 남아 있는 사람들이 드넓은 땅과 숲, 호수를 소유하고 왕처럼 살고 있지만 외출할 때는 맹수의 공격에 대비해 반드시 총을 들고 나가야 한다는 것 정도였다. 지구 세계도 태양계 연방에 속한 평범한 도시가 되었다.

청신과 차오빈을 태운 우주선이 목성 도시 클러스터의 가장 바깥쪽을 항해하고 있었다. 거대한 목성의 그림자에 비하면 우주 도시들은 외롭게 떠 있는 작은 점들이었다. 거대한 절벽 아래에서 희미한 불빛을 내며 웅크리고 있는 오두막 같았다. 하지만 그건 이 끝없는 추위와 광막함에 지친 나그네들이 유일하게 의지할 수 있는 안식처였다. 청신은 중학교 시절 읽었던 시를 떠올렸다. 이미 오래전 잊힌 어떤 시인이 쓴 시였다.

해가 떨어졌다.
산, 나무, 돌, 강
모든 위대한 건축이 그림자에 파묻혔다.
인류는 작은 등불을 켜고 기뻐하며
눈앞의 모든 것에 만족하고
자신들이 원하는 것을 찾고 싶어 한다.*

* 옮긴이 주: 중국 중화민국 시대의 현대 시인 쉬위눠(徐玉諾, 1893~1958)의 시.

벙커의 세기 11년, 광속 2호

청신과 차오빈의 마지막 목적지는 중형급 우주 도시인 헤일로시티였다. 내부 면적이 50~200제곱킬로미터인 중형급 우주 도시는 우주 도시 클러스터 속에 섞여 있는 것이 일반적이지만 목성 클러스터의 중형급 우주 도시인 헤일로시티와 광속 2호는 도시 클러스터의 가장 바깥쪽에 외롭게 떠 있을 뿐 아니라 목성 그림자의 거의 끝자락에 있었다.

헤일로시티로 가는 길에 광속 2호에 들렀다. 광속 2호는 진공 중의 광속을 늦추는 블랙존 프로젝트를 연구했던 과학 도시지만 지금은 텅 빈 채 버려져 있었다. 청신이 호기심이 생겨 그곳을 보고 싶다고 하자 차오빈은 내키지 않는 표정으로 우주선의 방향을 틀었다.

차오빈이 말했다.

"들어가지 말고 밖에서만 구경하는 게 좋겠어요."

"위험한가요?"

"위험해요."

"태평양 1호도 위험하지만 안으로 들어갔잖아요."

"거기와는 달라요. 광속 2호에는 사람이 살지 않아요. 유령…… 도시죠. 어쨌든 다들 그렇게 불러요."

잠시 후 폐허가 된 우주 도시가 나타났다. 자전하지 않고 멈춰 있었으며 외벽이 군데군데 부서져 금이 가고 구멍이 뚫려 있었다. 어떤 곳은 외벽을 감싼 필름이 벗겨져 내부 골조가 드러나 있었다. 우주선 서치라이트 불빛을 받은 거대한 폐허를 보며 청신은 경외감과 함께 공포감도 느꼈다. 아주 오래전 뭍에 올라와 숨을 거둔 뒤 마른 살가죽과 뼈대밖에 남지 않은 거대한 고래의 사체 같았다. 그녀는 아크로폴리스보다 오래되고 더 많은 비밀을 품고 있는 유적을 보고 있는 듯했다. 우주선이 커다란 틈을 향해 천천히 다가갔다. 우주선 몇 대가 통과할 수 있을 만큼 넓은 틈이었다. 외벽 내부의 금속 골조가 비틀리고 벌어져 커다란 구멍이 생겼다. 우주선의 서치라이트로 내부를 비추자 멀리 있는 '지면'이 보였다. 그곳엔 아무것도 없었다. 우주선이 구멍 안으로 조금 들어가 공중에 멈춘 채로 사방에 서치라이트를 비추었다. 지면은 텅 비어 있었다. 건물도 없고 잡동사니가 쌓여 있지도 않았으며 지면 위에 골조의 격자무늬가 선명한 것으로 보아 한때 사람이 거주했던 것 같지도 않았다.

청신이 물었다.

"빈껍데기인가요?"

"아뇨."

차오빈이 청신의 담력을 가늠하려는 듯 그녀를 몇 초쯤 바라보다가 서치라이트를 껐다. 처음 청신의 눈에 들어온 건 어둠이었다. 별빛이 외벽의 틈을 비집고 들어왔다. 부서진 지붕 사이로 밤하늘을 보고 있는 것 같았다. 하지만 눈이 어둠에 적응되자 폐허 안에서 뭔가 보이기 시작했다. 흐릿하게 깜빡이는 푸른빛들이었다. 청신은 온몸이 오싹했지만 애써 놀란 가슴을 진정시키며 광원을 찾았다. 광원은 도시 한가운데 있었다. 작은 빛점이 눈을 껌뻑이듯 불규칙하게 깜빡이고 그 명멸하는 빛을 따라 조금 전텅 비어 있던 지면 위로 이상한 그림자가 생겨났다 사라지기를 반복했다. 한밤중 지평선의 번개가 황야를 비추는 것 같았다.

차오빈이 청신의 공포를 떨쳐주려는 듯 그 빛점을 가리키며 말했다.

"우주 먼지가 블랙홀에 빨려들어가며 생기는 빛이에요."

"저기 블랙홀이 있어요?"

"네. 여기서 5킬로미터쯤 떨어져 있겠네요. 초소형 블랙홀이죠. 슈바르츠실트 반지름이 20나노미터밖에 안 되지만 질량은 레다*와 맞먹어요."

부윰한 푸른빛 속에서 차오빈이 광속 2호와 가오(高)Way의 이야기를 들려주었다.

진공 중의 광속을 늦추는 연구는 벙커 프로젝트와 거의 동시에 시작되었다. 국제사회는 이 프로젝트를 인류가 생존하기 위한 두 번째 방법으로 인식하고 막대한 자원을 투입했다. 토성 클러스터에 대형 연구기지인 광속 1호도 건설되었다. 하지만 60년간 대대적인 연구를 진행했음에도 아무런 성과도 거두지 못한 채 여전히 기초 이론 연구 단계에 머물러 있었다.

매질 속에서 광속을 늦추는 건 어렵지 않았다. 일찍이 서기 2008년에 실험실에서 매질 속 광속을 초속 17미터라는 믿기 어려운 속도로 늦추는 데 성공한 바 있었다. 하지만 진공 중의 광속을 늦추는 건 달랐다. 전자는 매질의 원자를 통해 광자를 흡수했다가 재방출하는 것일 뿐 광자의 전파 속도는 진공 중의 광속 그대로이기 때문에 블랙존 프로젝트에는 아무런 도움이 되지 않았다.

---

* 옮긴이 주 : 1974년에 발견된 목성의 위성. 지름 16킬로미터, 질량 5.68×10^{15}킬로그램이다.

진공 중의 광속은 우주의 기본상수다. 이것을 바꾸는 것은 우주의 법칙을 바꾸는 것과 같다. 따라서 진공 중의 광속을 늦추려면 물리학의 가장 기초적인 영역에서 돌파구를 찾아야 하지만 그건 억지로 찾는다고 찾을 수 있는 것이 아니며 우연적인 요소가 필요하다. 60년간의 기초 연구로 거둔 진정한 성과는 태양 공전 가속기를 개발한 것뿐이었다. 태양 공전 가속기가 등장하면서 블랙존 프로젝트의 핵심인 블랙홀 연구가 시작되었다.

그동안 과학자들은 여러 가지 극단적인 물리적 수단을 동원해 광속을 변화시키려고 애썼다. 유사 이래 가장 강력한 인공 자기장을 생성시킨 적도 있었다. 진공 중의 빛에 영향을 미치기 위한 가장 효과적인 방법은 중력장을 이용하는 것이지만 실험실에서 그렇게 강한 중력장을 생성시키는 건 불가능했기 때문에 유일하게 가능성 있는 방법은 블랙홀을 이용하는 것이었다. 바로 태양 공전 가속기로 초소형 블랙홀을 만들 수 있었다.

블랙홀 연구팀의 수석과학자는 Way였다. 그와 몇 년 동안 함께 일했던 차오빈은 복잡한 심정으로 그를 회상했다.

"그는 심각한 자폐증을 앓고 있었어요. 천재가 스스로 선택한 고독이 아니라 실제 정신질환이었죠. 극도로 폐쇄적이고 누구와도 교류하지 않았고 연애를 한 적도 없어요. 그런 사람만이 연구에서 성공을 거둘 수 있겠지만, 사람들은 그를 고성능 배터리로 이용할 뿐이었죠. 그 자신도 정신적인 문제 때문에 몹시 괴로워했고 다른 천재들과 달리 자기 성격을 바꾸려고 한 적도 있었어요. 그가 광속을 늦추는 이론 연구를 시작한 건 전송의 세기 8년부터일 거예요. 그런데 연구에 너무 몰두한 나머지 이상한 감정이입이 나타났어요. 광속의 성질을 자기 성격과 동일시하기 시작한 거예요. 광속을 바꾸어야만 자기 성격도 바꿀 수 있다고 믿었어요.

하지만 이 우주에서 진공 중의 광속만큼 완강한 건 없죠. 광속을 늦추는 실험은 모든 수단을 동원해 빛에 잔혹한 고문을 가하는 것과 같아요.

극단적인 물리적 수단으로 빛에 영향을 미치고, 공격하고, 비틀고, 끊고, 해체하고, 잡아당기고, 짓누르고, 심지어 빛을 소멸시키려고도 해봤지만 그렇게 해서 얻은 결과는 진공에서 빛의 진동수를 바꾸는 게 전부였어요. 빛의 속도는 조금도 달라지지 않았죠. 무슨 수를 써도 넘을 수 없는 거대한 장벽처럼. 수십 년 동안 모든 이론 연구와 실험이 수포로 돌아갔어요. 정말로 조물주가 있다면 그가 우주를 창조할 때 광속만큼은 절대 바뀌지 않도록 땜질해놓았을 거라는 말이 나올 정도였죠. 누구보다도 절망한 건 Way였어요. 내가 동면하고 있는 사이에 그의 나이가 쉰 살에 가까워졌지만 친하게 지낸 여자조차도 없었어요. 그는 자기 운명도 진공 중의 광속처럼 고집스럽다고 생각하며 점점 더 자신을 안으로 가두었어요.

블랙홀 연구는 벙커의 세기 원년부터 11년간 진행되었어요. 사실 연구를 결정한 사람들도 큰 기대를 품지는 않았어요. 이론상으로 보든 천문 관측 결과로 보든 블랙홀도 광속을 바꿀 수는 없다는 사실이 증명되었으니까. 그 우주의 악마도 자신의 중력장으로 광선의 경로와 진동수를 바꿀 수는 있지만 진공 중의 광속에는 아무런 영향도 미칠 수 없어요. 하지만 블랙존 프로젝트를 계속 진행하려면 초강력 중력장을 갖춘 실험 환경이 필요했고 유일한 방법은 블랙홀을 이용하는 것이었어요. 또 블랙존 자체가 대형 저광속 블랙홀이니까 정상 광속을 가진 초소형 블랙홀을 근거리에서 연구한다면 뜻밖의 영감을 얻을지 모른다는 기대도 작용했죠.

태양 공전 가속기로 초소형 블랙홀을 만들 수는 있지만 그렇게 작은 블랙홀은 금세 증발되었어요. 안정적인 블랙홀을 만들기 위해 초소형 블랙홀이 생성되자마자 가속기에서 빼내 레다 안으로 집어넣기로 했어요.

레다는 목성의 가장 작은 위성이에요. 반지름이 8킬로미터밖에 안 되는 바위 덩어리라고도 할 수 있죠. 블랙홀을 만들기 전에 우선 이 위성을 높은 궤도에서 떨어뜨려 도시 클러스터와 같은 태양의 위성으로 만들었어요. 목성과 평행으로 태양 주위를 공전하게 했죠. 목성과 태양 사이의 제2라그랑주 점에 위치한다는 게 다른 우주 도시와 다른 점이었어요. 그게 바로 지금 우리가 있는 이곳이에요. 이곳에서 목성과 안정적인 거리를 유지하기만 하면 위치를 조정할 필요가 없어요. 레다는 인류가 지금까지 우주에서 이동시킨 물체 중 질량이 가장 큰 물체예요.

초소형 블랙홀을 레다 안에 집어넣자 블랙홀이 물질을 흡수하며 급격히 팽창했어요. 그와 동시에 물질이 블랙홀에 빨려 들어갈 때 생성된 다량의 방사선이 주위의 암석을 빠르게 융해시켰죠. 반지름 8킬로미터의 레다 전체가 녹아버렸어요. 감자처럼 생긴 거대한 바위가 붉게 달궈진 용암 덩어리로 변했어요. 용암 덩어리가 서서히 줄어들면서 밝기가 점점 강해지다가 빛이 최고조에 달했을 때 순식간에 사라졌죠. 관측 결과, 마지막 방사선에 의해 튕겨져 나간 소량의 물질을 제외하면 레다의 거의 대부분이 블랙홀에 빨려들어갔어요. 그렇게 해서 안정적인 블랙홀을 만들어냈어요. 슈바르츠실트 반지름 또는 사건의 지평선의 반지름이 기본 입자 크기에서 21나노미터까지 커졌어요.

그 후 블랙홀을 중심으로 우주 도시를 지었죠. 그게 바로 이 광속 2호예요. 한가운데 블랙홀이 떠 있는 것 외엔 완전히 비어 있는 도시예요. 자전도 하지 않아요. 이를테면 블랙홀을 담고 있는 거대한 그릇인 셈이죠. 사람과 장비가 우주 도시로 들어와 블랙홀을 연구할 수 있었어요.

그 후 몇 년간 블랙홀에 대한 연구가 진행되었어요. 블랙홀 표본을 가지고 직접 연구한 건 인류 역사상 최초였으니까 이론물리학과 우주학의 기초 이론 연구가 큰 진전을 거두었죠. 하지만 그 성과들도 진공 중의 광속을 낮추는 데는 아무런 도움이 되지 않았어요.

블랙홀 표본 연구가 시작된 지 6년째 되던 해에 Way가 사고를 당했어요. 세계 과학원은 그가 연구 도중에 발생한 불의의 사고로 '블랙홀에 빨려들어갔다'고 공식적으로 발표했어요.

하지만 조금이라도 상식이 있는 사람이라면 Way가 '빨려들어갔을' 가능성이 거의 없다는 걸 알 수 있죠. 블랙홀이 거대한 함정처럼 빛조차 흡수해버리는 건 압도적인 중력의 총량 때문이 아니라(물론 항성에 중력붕괴가 일어나면서 생긴 대형 블랙홀이 강한 중력을 갖고 있기는 하지만) 엄청난 밀도 때문이에요. 멀리서 보면 중력의 총량은 사실 동일한 질량의 보통 물질과 큰 차이가 없어요. 가령 태양에 중력붕괴가 일어나 블랙홀이 된다 해도 지구와 대형 행성들은 블랙홀에 빨려들어가지 않고 원래 궤도에서 운행할 거예요. 블랙홀의 중력은 아주 가까운 범위 안에서만 작용하죠.

광속 2호의 블랙홀은 반경 5킬로미터 둘레에 보호망이 설치되어 있어요. 연구원들도 보호망 안으로 들어가는 건 금지되어 있죠. 레다의 반지름이 8킬로미터밖에 안 되기 때문에 블랙홀로 변한 후에도 그 정도 거리에서는 레다 표면의 중력과 큰 차이가 없어요. 사람이 실제로 느끼는 중력은 거의 무중력에 가까워서 우주복에 달린 추진기로 쉽게 빠져나올 수 있죠. 그러니까 Way가 빨려들어갔을 가능성은 없어요.

안정적인 블랙홀 표본이 만들어진 뒤 Way는 블랙홀에 매료되었어요. 광속과 오랫동안 줄다리기를 했지만 광속은 아주 작은 동요조차 없었죠. 30만 개에 육박하는 상수의 소수점 아래 자릿수 중 단 하나도 바꾸지 못했다는 사실이 그에게 불안감과 좌절감을 안겨주었어요. 진공상태에서 광속이 불변하는 건 우주의 기본 법칙이에요. 그는 우주의 법칙을 두려워하면서 또 원망했어요. 하지만 눈앞에 있는 이 블랙홀, 레다가 수축되어 만들어진 지름 21나노미터의 블랙홀, 이 사건의 지평선 안에 있는 시공의 특이점에서는 우리가 알고 있는 우주의 법칙이 무력해지죠.

Way는 보호망에 바짝 붙어 몇 시간 동안 블랙홀을 뚫어져라 응시하곤 했어요. 지금처럼 은은하게 깜빡이는 저 빛을. 가끔 블랙홀이 말을 하고 있다거나 그 빛 속에 어떤 메시지가 담겨 있을 거라는 얘기도 했죠.

Way가 어떻게 빨려들어갔는지 본 사람도 없고 영상도 공개되지 않았어요. 그는 블랙홀 연구팀을 이끄는 물리학자였으니까 보호망의 입구를 여는 암호를 알고 있었어요. 그가 스스로 보호망 안으로 들어가서 블랙홀을 향해 다가갔을 거예요. 블랙홀의 중력 때문에 돌아올 수 없는 거리까지 다가갔겠죠……. 그저 자신을 매료시킨 블랙홀을 가까이에서 보려고 했을 수도 있고, 우주의 법칙이 무력화되는 특이점으로 들어가 이 모든 걸 도피하려고 했을 수도 있어요.

그 후 이상한 일이 생겼어요. 원격조종 현미경으로 블랙홀을 관찰하다가 사건의 지평선, 그러니까 반경 21나노미터의 극소형 구체 위에서 사람 형태의 실루엣이 발견된 거예요. 사건의 지평선을 통과하고 있는 Way였어요.

일반 상대성 이론에 따르면, 멀리 있는 관찰자에게는 사건의 지평선 부근의 시간이 급격히 느리게 보이죠. 사건의 지평선 안으로 떨어진 Way의 추락 과정이 무한하게 느껴질 만큼 느려진 거예요. Way의 기준에서는 이미 사건의 지평선을 관통했지만요.

더 이상한 건 그 실루엣의 각 부위 비율이 정상적이었다는 사실이에요. 블랙홀이 작아서 그의 몸에 기조력*이 작용하지 않은 것 같아요. 그가 아주 작게 줄어들었지만 그곳의 공간곡률도 아주 크기 때문에 사건의 지평선에 있는 Way의 신체 구조가 파괴되지 않았을 거라는 게 물리학자들의 추측이에요. 바꿔 말하면 그가 아직 살아 있을 가능성이 있다는 거죠.

이 사실이 알려지자 보험회사에서 그의 사망보험금 지급을 거부했어

* 중력원이 물체에 힘을 작용할 때 물체의 각 점과 중력장 사이의 거리 차이로 인해 중력의 크기가 달라진다. 이때 중력 차로 인해 물체가 비틀어지게 되는데 이 중력 차를 기조력이라고 한다.

요. Way 자신의 기준에서 보면 그는 이미 사건의 지평선을 통과해 죽은 것이지만, 보험계약은 현실 세계를 기준으로 체결했으므로 그가 죽었다는 걸 증명할 수 없다는 이유였죠. 심지어 보험금 청구 신청도 받아주지 않았어요. 사고가 종료되어야만 보험금을 청구할 수 있는데 Way가 아직도 블랙홀로 추락하고 있으니 사고가 종료되지 않았다면서 말이죠.

그때 한 여자가 세계 과학원을 상대로 블랙홀 표본 연구를 즉시 중단하라는 소송을 제기했어요. 원거리 관찰로는 더 이상 할 수 있는 게 없으니 연구를 계속한다면 어떤 물체를 실제로 블랙홀에 집어넣어 실험해야 하는데 그 경우 발생하는 대량의 방사선으로 사건의 지평선 내 시공간에 변동이 생길 것이고, 그러면 아직 살아 있을지 모를 Way가 위험해진다고 주장했죠. 그녀가 승소하지는 못했지만 여러 가지 이유로 인해 블랙홀 표본에 대한 연구가 중단됐어요. 광속 2호도 황폐해졌죠. 지금은 이 블랙홀이 증발해 사라지기만 기다리고 있어요. 수명이 50년쯤 남았어요.

어쨌든 Way를 사랑한 여자가 있었다는 게 밝혀졌죠. 안타깝게도 그는 이 사실을 모르겠지만. 그녀가 여기 자주 왔어요. 전파나 중성미자를 이용해 블랙홀에 신호를 보내기도 하고, 보호망에 대형 현수막을 덮어 사랑을 표현하기도 했죠. 블랙홀로 떨어지고 있는 Way가 그걸 볼 수 있을지는 모르지만. 그의 기준에서 그는 이미 사건의 지평선을 통과해 특이점으로 들어갔을 테니까요…… 복잡한 일이에요."

청신이 폐허의 깊숙한 암흑 속에서 깜빡이고 있는 푸른빛을 응시했다. 그 빛 속에 똬리를 틀고 있는 시간 속에서 영원히 추락하고 있는 사람이 있었다. 이 세계의 관점에서 보면 그는 아직 살아 있지만, 그 자신의 세계에서 그는 이미 죽었다……. 세상에는 이상한 운명도 있고 상상할 수 없는 인생도 있다……. 청신은 블랙홀이 내뿜고 있는 불빛이 정말로 어떤 메시지를 보내고 있는 것 같았다. 아니, 누군가 눈을 깜빡이고 있는 것 같았다.

청신이 시선을 거두었다. 그녀의 마음도 이 우주의 폐허처럼 스산했다. 그녀가 작은 소리로 말했다.

"헤일로시티로 가요."

벙커의 세기 11년, 헤일로시티

헤일로시티에 거의 도착했을 때 연방 함대의 봉쇄선이 우주선 앞을 가로막았다. 항성급 전함 20여 척이 헤일로시티 주위를 지키고 있었다. 연방 함대가 2주 전부터 이 도시를 포위하고 있었다. 대형 항성급 전함이지만 우주 도시에 비하면 거대한 선박 옆을 떠도는 조각배처럼 작아 보였다. 태양계 연방 함대의 거의 모든 전함이 헤일로시티 봉쇄에 동원되었다.

두 삼체 함대가 아득한 우주에서 자취를 감추고 삼체 세계와 인류의 관계가 끊긴 뒤 외계의 새로운 위협이 완전히 다른 방식으로 출현했다. 삼체의 침략에 저항하기 위해 탄생한 함대 세계는 존재의 기반을 잃고 차츰 쇠락하다가 결국 해체되고, 함대 세계에 속했던 태양계 함대는 태양계 연방으로 귀속되었다. 이 함대는 인류 최초로 통일적인 세계 정부의 통제를 받는 우주 함대였다. 방대한 규모의 우주 함대를 유지할 필요가 없어져 크게 축소되었다. 벙커 프로젝트가 시작된 뒤 기존에 있던 100여 대의 항성급 전함 가운데 대부분이 민간용으로 전환되어 무기와 생태순환 시스템을 철거하고 우주 도시 간 산업 운송에 사용되고 있었고, 함대에는 항성급 전함 30대만 남아 있었다. 60여 년 동안 연방에서 새로 건조된 전함은 단 한 대도 없었다. 대형 전함을 건조하는 데 막대한 비용이 들기 때문이었다. 항성급 전함 두세 대를 건조할 수 있는 비용이면 대형 우주 도시 한 곳의 인프라를 건설할 수 있었다. 물론 더 이상 새로운 전함이 필요하지 않다는 이유도 있었다. 연방 함대의 주요 전력은 태양계 경보 시스템을 구축하는 데 투입되었다.

연방 함대의 명령을 받고 우주선이 멈춰 섰다. 함대의 경비정 한 대가 우주선으로 다가왔다. 선체가 너무 작아 멀리서 보면 추진기가 감속하며 뿜어내는 불빛밖에 보이지 않았다. 아주 가까이 다가와서야 선체를 또렷하게 볼 수 있었다. 경비정이 우주선과 도킹할 때 경비정에 타고 있는 군인 몇 명을 볼 수 있었다. 그들이 입고 있는 군복은 지난 시대의 군복과 무척 달랐다. 우주복의 특징이 최소화되고 복고풍이 뚜렷해 과거 시대의 육군을 보는 것 같았다. 하지만 도킹이 완료된 후 그들의 우주선으로 건너온 사람은 양복 차림의 중년 남자였다. 무중력상태에서도 그의 움직임이 점잖고 차분했다. 두 사람밖에 탈 수 없을 만큼 공간이 협소했지만 전혀 불편해 보이지 않았다.

"안녕하세요, 연방 대통령의 특사 블레어입니다. 헤일로시티 시 정부와 최후 협상을 하러 왔습니다. 전함에서 통화를 할 수도 있지만 서기 시대의 예절에 따라 정중한 뜻을 표현하기 위해 직접 찾아왔습니다."

정치인들도 달라져 있었다. 지난 시대의 허세와 무례함은 사라지고 진중하고 예의 바른 태도였다.

블레어가 청신을 향해 고개를 끄덕였다.

"연방 정부가 헤일로시티에 대한 전면 봉쇄를 선포하고 누구도 출입할 수 없도록 금지했지만 청신 박사님이 오셨다는 소식을 들었습니다. 박사님이 헤일로시티로 들어가실 수 있도록 협조하겠습니다. 헤일로시티 시정부가 비정상적인 불법 행위를 중단하고 사태를 확산시키지 않도록 설득해주시기 바랍니다. 이것은 연방 대통령의 생각이기도 합니다."

블레어가 손짓을 하자 화면이 켜지며 태양계 연방 대통령이 나타났다. 그의 뒤로 보이는 집무실에 벙커 세계 각 도시의 깃발이 나란히 세워져 있지만 청신에게 낯익은 깃발은 하나도 없었다. 과거의 모든 국가와 국기가 사라진 것이다. 대통령은 평범한 외모의 아시아인이었다. 그가 피곤에 찌든 얼굴로 청신에게 고개를 끄덕여 인사한 뒤 말했다.

"블레어 특사의 말대로 이것이 연방 정부의 바람입니다. 웨이드 선생은 최종 결정권이 청신 박사에게 있다고 하더군요. 그의 말을 전적으로 믿을 수는 없지만 우린 박사에게 큰 희망을 걸 수밖에 없습니다. 아직 젊으신 걸 보니 기쁩니다만, 이 일을 하기엔 너무 젊으시군요."

대통령이 화면에서 사라진 후 특사가 말했다.

"이미 현 상황을 알고 계시겠지만 다시 한번 말씀드리겠습니다. 물론 공정하고 객관적인 관점에서 말씀드리겠습니다."

청신은 특사든 대통령이든 자신에게만 인사하고 대화를 할 뿐 차오빈에게는 단 한 마디도 건네지 않는다는 걸 알았다. 그에 대한 그들의 적대감을 느낄 수 있었다. 청신도 이미 차오빈에게 현재 상황에 대한 설명을 들은 뒤였다. 특사의 설명도 그의 얘기와 크게 다르지 않았다.

토머스 웨이드가 헤일로 그룹을 인수한 뒤 회사는 벙커 프로젝트에 적극적으로 참여했고 8년간 규모를 10배나 확장해 세계적인 대기업으로 성장했다. 하지만 웨이드는 훌륭한 기업가가 아니었다. 그의 경영 능력은 AA보다도 못했다. 회사의 발전은 전적으로 그가 새로 영입한 경영진이 일궈낸 성과였다. 그는 회사 경영에 크게 간섭하지 않았고 관심도 별로 없었지만 회사의 수익 중 많은 부분이 그의 광속 우주선 사업에 투자되었다.

벙커 프로젝트가 개시된 후 헤일로 그룹은 연구기지인 헤일로시티를 건설했다. 목성 그림자의 가장자리에 있는 제2라그랑주 점을 선택한 건 도시의 추진기와 위치 조정에 필요한 에너지를 절약하기 위한 것이었다. 헤일로시티는 유일하게 연방 정부 관할 밖에 있는 과학 도시였다. 헤일로시티 건설이 중반부로 접어들자 웨이드는 '태양계의 만리장성'이라고 불리는 태양 공전 가속기를 건설하기 시작했다.

반세기 동안 헤일로 그룹은 광속 우주선 사업의 기초 연구를 진행했다. 서기 시대와 달리 위협의 세기에는 대기업들이 기초과학 연구에 적극적으로 투자했다. 경제 시스템이 변화되면서 기초 연구 분야에서 큰 수익을 거둘 수 있었기 때문이다. 이 때문에 헤일로 그룹의 이런 행보에 아무도 의문을 품지 않았다. 하지만 헤일로 그룹이 광속 우주선을 개발하는 궁극적인 목표는 공공연한 비밀이었다. 다만 기초 연구 단계였기 때문에 연방 정부도 법적으로 제재할 명분을 찾지 못하고 있을 뿐이었다. 하지만 정부는 헤일로 그룹을 예의 주시하며 경계했고 여러 차례 조사를 벌이기도 했다. 반세기 동안 헤일로 그룹과 연방 정부는 매우 밀접한 관계에 있었다. 광속 우주선과 블랙존 프로젝트의 기초 연구 중 많은 부분이 중복되기 때문에 헤일로 그룹과 세계 과학원은 원만한 협력 관계를 유지하고 있었다. 세계 과학원의 블랙홀 표본도 헤일로 그룹의 태양 공전 가속기를 이용해 만든 것이었다.

하지만 6년 전 헤일로 그룹이 돌연 곡률 추진 우주선 개발 계획을 발표하며 그동안 공공연한 비밀이었던 목표를 공식화했다. 이 발표가 국제사회에서 큰 논란을 일으키고 헤일로 그룹과 연방 정부 사이의 갈등이 심화되었다. 여러 번의 협상 끝에 곡률 엔진 연구가 실질적인 시험 단계로 들어갈 때 헤일로 그룹의 실험기지를 태양에서 500천문단위 떨어진 외우주로 옮기기로 약속했다. 엔진이 남긴 항적이 지구 문명의 존재를 앞당겨 노출시킬 수 있기 때문이다. 하지만 연방 정부는 광속 우주선을 개발하는 것 자체가 연방 헌법과 법률에 대한 심각한 도발이라고 생각했다. 광속 우주선이 개발된다면 항적으로 인한 위험성뿐만 아니라 이제 막 안정을 찾은 벙커 세계에 사회적 혼란을 발생시킬 수 있으므로 연방 정부로서는 결코 용납할 수 없었다. 연방 정부는 결의를 통해 헤일로 과학 도시와 태양 공전 가속기를 압수하는 동시에 헤일로 그룹의 곡률 추진 이론 연구 및 기술 개발을 전면 중단시키고 향후 활동을 엄격하게 감독하기로 결정했다.

이런 상황에서 헤일로 그룹이 헤일로시티를 태양계 연방에서 독립시켜 더 이상 연방 법률의 간섭을 받지 않겠다고 선언하자 연방 정부와 헤일로 그룹 사이의 갈등이 격화되었다.

헤일로시티의 독립 선언에 대해 국제사회의 여론은 회의적이었다. 사람들은 그들에게 그럴 능력이 없을 것이라고 생각했다. 사실 벙커의 세기가 시작된 뒤 우주 도시와 연방 정부 사이에 여러 가지 갈등이 끊이지 않고 있었다. 해왕성과 천왕성 클러스터의 대형 우주 도시인 아프리카 2호와 인도양 1호가 잇따라 독립을 선포했다가 실패한 적도 있었다. 연방 함대의 규모가 크게 축소되기는 했지만 우주 도시에 비하면 절대적인 우위에 있었다. 연방 법률에 따라 우주 도시는 독자적인 군사력을 갖출 수 없고 전투 능력이 없는 민간 경비대만 보유할 수 있었으며, 벙커 세계의 경제가 고도로 통합되어 어떤 우주 도시도 두 달간의 봉쇄를 버텨낼 수 없었다.

차오빈이 말했다.

"이 점은 저도 웨이드를 이해할 수가 없어요. 그는 철두철미한 사람이에요. 그의 모든 결정은 심사숙고한 결과죠. 그런 그가 왜 갑자기 독립을 선포했는지. 이건 어리석은 행동이에요. 연방 정부가 무력으로 헤일로시티를 인수할 명분을 주는 셈이잖아요?"

우주선이 헤일로시티로를 향해 다시 출발했다. 특사가 돌아가고 우주선에 청신과 차오빈만 남았다. 전방에 링 형태의 구조물이 나타나자 차오빈은 감속하며 가까이 다가가라고 우주선에 명령했다. 링의 매끈한 금속 표면에 반사된 별빛이 길게 늘어지며 표면에 비친 우주선의 모습이 비틀어졌다. 청신은 블루스페이스호와 그래비티호가 4차원 공간에서 만났던 '마법 반지'를 떠올렸다. 우주선이 링 옆에 멈춰 섰다. 직경 약 200미터, 테의 두께는 약 50미터쯤 되어 보였다.

"이게 바로 태양 공전 가속기예요."

차오빈의 말투에서 경의감을 느낄 수 있었다.

"이렇게 작아요?"

"정확히 말하면 태양 공전 가속기의 가속 코일이에요. 이런 코일이 150만 킬로미터 간격으로 총 3200개 있어요. 목성 궤도를 따라 태양 둘레를 에워싸고 있죠. 가속된 입자가 이 링 안에서 회전하는 게 아니라 이 링 사이를 지나가죠. 코일에서 생성된 역장을 통해 가속된 뒤에 다음 코일로 날아가 또다시 가속되는 방식이에요. 그러면 태양 주위를 몇 바퀴라도 돌 수 있어요."

청신은 이제야 이해할 수 있었다. 지금까지 차오빈이 태양 공전 가속기에 대해 이야기할 때마다 그녀는 우주에 떠 있는 거대한 파이프를 상상했다. 하지만 파이프로 태양 주위를 에워싸는 만리장성을 쌓는다는 건 설령 태양에서 가장 가까운 수성 궤도를 따라 건설한다고 해도 이미 인간의 능력을 초월하는 것이었다. 지구의 입자가속기는 진공상태에서 입자를 이동시키기 위해 밀폐형 파이프가 필요하지만, 진공상태인 우주에서는 그럴 필요가 없다는 걸 청신은 비로소 깨달은 것이다. 이 코일 사이를 지나며 가속된 입자가 다음번 코일까지 날아가는 게 가능했다. 청신이 고개를 돌려 코일 너머 다른 쪽 방향을 바라보았다.

"다음번 코일은 150만 킬로미터 떨어져 있어요. 지구와 달 사이 거리의 네다섯 배죠. 여기선 안 보여요. 이건 진정한 슈퍼 가속기예요. 입자를 우주 빅뱅 당시의 에너지까지 가속시킬 수 있죠. 입자의 가속 궤도 부근에서는 비행이 엄격히 금지되어 있어요. 몇 년 전 항로를 이탈한 운반 우주선이 가속 궤도로 잘못 들어가는 바람에 가속된 입자 빔과 충돌한 적이 있어요. 초고에너지의 입자가 우주선과 충돌하며 2차 입자 샤워*가 발생해 우주선과 우주선에 실려 있던 100만 톤 넘는 광석이 순식간에 기화됐죠."

차오빈은 태양 공전 가속기의 수석 설계사가 비원펑이라는 것도 알려주었다. 비원펑은 지난 60여 년 중 35년 동안 연구한 뒤 동면에 들어갔다가 작년에 깨어났기 때문에 차오빈보다 훨씬 나이 들었다고 했다.

"하지만 그는 행운아예요. 서기 시대에는 지구에서 가속기를 만들고 3세기 후 우주에서는 태양 공전 가속기를 만들었으니까. 그 정도면 성공한 인생이죠. 하지만 그 늙은이는 너무 극단적이에요. 헤일로시티의 독립을 강력하게 지지하고 있어요."

일반인과 정치가들은 광속 우주선 개발을 반대했지만 과학계에서는 찬성하는 이들이 많았다. 헤일로시티는 광속 우주선 개발을 염원하는 과학자들에게 성지와 같은 곳이었고 우수한 과학자들이 속속 찾아와 연구에 참여했다. 연방 체제 안에 있는 과학자 중에도 비밀리에 헤일로 그룹에 협조하는 사람들이 많았으므로 헤일로 그룹은 기초 연구 분야에서 월등한 위치에 있었다.

헤일로시티가 우주선 앞에 나타났다. 이 우주 도시는 흔치 않은 방사형 구조로 우주에서 돌아가고 있는 거대한 바퀴 같았다. 방사형 구조가 튼튼

---

* 옮긴이 주:우주선(cosmic ray)이 공기 또는 물질 중에서 원자와 충돌해 입자를 방사상으로 발생시키는 현상.

하기는 하지만 내부 공간이 좁아 세계감이 부족했다. 하지만 헤일로시티에는 세계감이 필요하지 않다고 말하는 이들도 있었다. 그곳 사람들에게 세계는 곧 우주 전체이기 때문이다.

우주선이 거대한 바퀴의 축심으로 들어갔다. 8킬로미터 길이의 바큇살을 지나야 도시로 들어갈 수 있다는 것도 방사형 구조의 단점이었다. 청신은 60여 년 전 지구의 우주 엘리베이터 터미널과 오래된 기차역 같았던 그 대형 홀을 떠올렸다. 하지만 이곳은 그곳과 사뭇 달랐다. 헤일로시티는 우주 엘리베이터 터미널보다 10배는 더 크고 내부가 무척 넓었으며 오래된 느낌도 없었다.

바큇살 통로의 에스컬레이터에서 서서히 중력이 나타나더니 1G가 되자 도시에 도착했다. 이 우주 도시는 헤일로 과학원, 헤일로 공학원, 태양공전 가속기 통제센터, 이렇게 세 부분으로 나뉘어 있었다. 실제 도시는 둘레 30여 킬로미터의 고리 형태로 된 커다란 터널이었다. 가운데 공간이 비어 있는 우주 도시처럼 넓은 공간감은 없지만 그리 비좁게 느껴지지도 않았다.

도시 안에 자동차가 보이지 않고 사람들이 자전거를 타고 다녔다. 누구나 자유롭게 이용할 수 있도록 길목마다 자전거가 많이 세워져 있었지만 오픈형 자동차 한 대가 청신과 차오빈을 마중하러 나왔다.

대형 고리 안에서 중력이 한쪽 방향으로만 작용했기 때문에 모든 도시가 한쪽으로만 지어져 있고 다른 쪽은 하늘이 되었다. 파란 하늘에 흰 구름이 떠 있는 홀로그램 영상이 부족한 세계감을 채워주고 있었다. 새들이 지저귀며 날아갔다. 홀로그램이 아닌 진짜 새였다. 청신은 다른 우주 도시에서 느끼지 못한 아늑함을 느꼈다. 녹지가 풍부해 곳곳에서 나무와 풀밭을 볼 수 있고 건물도 그리 높지 않았다. 과학원 건물은 흰색, 공학원 건물은 파란색으로 통일되었지만 건물마다 각기 다른 개성이 느껴졌다. 공들여 설계한 듯한 낮은 건물들이 울창한 나무 사이에 반쯤 가려져 있는 것을 보며 청신은 대학 교정으로 되돌아간 것 같았다. 고대 아테네 신전처럼 생긴 폐허가 청신의 눈길을 사로잡았다. 바닥에 돌 기단이 쌓여 있고 그 위에 부러져 높이가 제각각인 고대 그리스풍의 돌기둥 몇 개가 서 있었다. 푸른 이끼가 기둥을 타고 올라가고 기둥 사이 분수에서 콸콸 쏟아져 나오는 물줄기가 햇빛을 받아 반짝였다. 편한 옷차림의 남녀 몇 명이 기둥에 기대거나 분수 옆 풀밭에 누워 편안하게 쉬고 있었다. 그들은 이 도시가 연방 함대에 포위되어 있다는 사실도 잊은 듯했다.

폐허 옆 풀밭에 세워져 있는 조각상 가운데 하나가 그녀의 시선을 끌었다. 갑옷을 입고 장갑을 낀 손에 들려 있는 기다란 검이었다. 검 끝에 별이 모여 만들어진 고리가 걸려 있고 방금 물에서 건져 올린 듯 고리에서 물이 계속 떨어졌다. 청신의 기억 속 깊은 곳에서 낯익은 장면이었지만 어디서 보았는지 기억나지 않았다. 그녀는 조각상이 멀어져 보이지 않을 때까지 차창 밖을 계속 응시했다.

차가 파란색 건물 옆에 멈춰 섰다. '공학원 기초 기술 021'이라는 명패가 걸려 있는 실험센터였다. 웨이드와 비윈펑이 건물 앞 풀밭에서 그들을 기다리고 있었다.

웨이드는 헤일로 그룹을 인수한 후 한 번도 동면하지 않아 110세의 고령이 되어 있었다. 변함없이 짧게 깎은 머리와 수염은 하얗게 세었고 지팡이를 짚지 않고도 걸음걸이에 흔들림이 없었지만 등이 살짝 굽어 있었다. 빈 채로 펄럭이는 한쪽 소매도 역시 그대로였다. 하지만 그와 눈이 마주친 순간 청신은 세월도 그를 무너뜨리지 못했음을 알았다. 그의 심신을 지탱하고 있는 핵심체는 시간에 침식되지 않고 오히려 눈이 녹은 뒤 드러난 바위처럼 더 도드라져 있었다.

비윈펑은 웨이드보다 나이는 적지만 더 늙어 보였다. 그는 청신을 보자마자 뭔가 보여줄 게 있는 사람처럼 얼굴 위로 엷은 흥분감을 내비쳤다.

"오랜만이군, 어린 아가씨. 자넨 여전히 젊을 거라고 내가 말했었지. 내 나이가 자네의 세 배가 됐군."

청신을 향한 웨이드의 미소는 여전히 그녀에게 온기를 느끼게 하지는 못했지만 예전처럼 서늘한 한기는 전해지지 않았다.

두 노인을 보며 청신은 만감이 교차했다. 같은 이상을 위해 60년 넘게 분투한 이들은 이미 삶의 막바지에 다다라 있었지만, 그녀는 위협의 세기에 처음 동면에서 깨어난 후 숱한 시련을 겪은 듯하지만 사실 동면하지 않고 깨어 있었던 시간이 4년밖에 되지 않았다. 그녀는 지금 서른세 살이었고, 평균 수명이 150세인 이 시대에는 아직 소녀의 나이였다.

짧은 인사를 나눈 뒤 모두 아무 말도 하지 않았다. 웨이드가 그녀를 실험실로 데리고 가고 비윈펑과 차오빈이 뒤를 따랐다. 실험실은 넓지만 창문도 없이 사방이 막혀 있는 방이었다. 공기 중에서 익숙한 정전기 냄새가 났다. 그곳은 지자 차단실이었다. 60여 년이 흘렀지만 사람들은 아직도 지자가 태양계를 완전히 떠났는지 확신하지 못하고 있었던 것이다. 아마도 영원히 확신할 수 없을 것이다. 얼마 전까지만 해도 각종 장비로 가득 차 있었던 것 같지만 지금은 모든 실험 장비가 벽 앞에 어지럽게 쌓여 있었다. 한가운데 공간을 비우기 위해 급하게 옮겨놓은 듯했다. 비워진 공간에 기계 하나만 덩그러니 놓여 있었다. 어수선한 주변과 비어 있는 가운데 공간에서 감추지 못한 흥분감이 느껴졌다. 보물을 찾아 헤매던 사람이 갑자기 보물을 발견한 뒤 삽을 아무렇게나 던져놓고 보물을 조심스럽게 들어다 한가운데로 옮겨놓은 것처럼.

복잡해 보이는 기계였다. 청신의 눈에는 서기 시대 토카막*의 축소판처

---

* 옮긴이 주 : 핵융합 때 플라스마 상태로 변하는 핵융합 발전용 연료기체를 담아두는 용기.

럼 보였다. 밀폐된 반구형 본체에 수많은 장치가 연결되어 있었다. 반구의 둥근면에 가늘고 굵은 튜브가 어지럽게 꽂혀 있어 마치 수많은 촉수가 뻗어 나온 수뢰처럼 보였다. 어떤 에너지가 튜브를 통해 구심으로 모여들고 있는 것 같았다. 본체의 윗부분인 반구의 단면은 검은 금속으로 되어 있는데 튜브가 복잡하게 연결된 아래쪽에 비하면 테이블처럼 깔끔하고 투명한 유리 돔이 씌워져 있었다. 돔의 지름이 반구 단면의 지름과 같아서 두 개의 반구가 금속면을 사이에 두고 맞붙어 온전한 구체를 이루고 있었다. 투명과 불투명, 단조로움과 복잡함이 선명한 대조를 이루었다. 투명 돔이 씌워진 반구의 중앙에 가로세로 몇 센티미터밖에 안 되는 담뱃갑 크기의 은빛 금속판이 있었다. 그 아래 아주 크고 복잡한 악단을 숨기고 있는 작고 정교한 무대 같아서 그 위에서 어떤 공연이 시작될지 저절로 상상하게 만들었다.

"자네 몸의 일부가 이 위대한 순간을 경험하도록 해주지."

웨이드가 다가와 청신의 머리를 향해 팔을 뻗었다. 그의 손에 작은 가위가 들려 있었다. 청신은 긴장했지만 피하지 않았다. 웨이드가 그녀의 머리칼 한 가닥을 살짝 들어 올려 끝부분을 조금 잘라내더니 손가락 사이에 끼우고 들여다보았다. 너무 길다고 생각했는지 다시 반을 잘라냈다. 남은 머리카락이 2~3밀리미터밖에 되지 않아 거의 보이지도 않을 정도였다. 웨이드가 머리카락을 들고 기계로 다가가자 비윈펑이 투명 돔을 벗겨냈다. 웨이드가 머리카락을 매끄러운 금속판 위에 올려놓았다. 100살도 넘은 웨이드는 한 손만으로 이 모든 동작을 정확하게 해냈다. 손이 조금도 떨리지 않았다.

웨이드가 금속판을 가리키며 청신에게 말했다.

"이리 와서 자세히 봐."

청신이 다가갔다. 금속판을 반으로 나누는 붉은 선이 그려져 있고 그녀의 짧은 머리카락이 그중 한쪽에 놓여 있었다.

웨이드가 비윈펑에게 눈짓을 하자 비윈펑이 허공에 제어 창을 띄워 기계를 작동시켰다. 청신은 고개를 숙여 기계를 들여다보았다. 기계에 매달린 튜브 몇 가닥이 붉게 빛나기 시작했다. 그녀는 오래전 보았던 삼체 우주선을 떠올렸지만 에너지가 발산되는 것은 느낄 수 없었고 기계가 낮게 웅웅거리는 소리만 들렸다. 그녀가 작은 금속판 위로 시선을 옮겼다. 금속판에서 보이지 않는 진동이 퍼져 나오는 것 같았다. 바람이 뺨을 스치고 지나가는 느낌이 들었지만 아마도 환각이었을 것이다.

어느새 그녀의 머리카락이 붉은 선을 넘어 반대쪽으로 옮겨져 있었다. 하지만 그것이 옮겨지는 과정은 보지 못했다.

웅웅거리던 기계가 멈추었다.

웨이드가 물었다.

"뭘 봤나?"

청신이 대답했다.

"반세기 동안의 연구로 3밀리미터짜리 머리카락을 2센티미터 옮긴 걸 봤어요."

"공간곡률 추진으로 옮긴 거야."

비윈펑이 말했다.

"같은 방법으로 계속 가속시킬 수 있다면 이 머리카락은 10미터 만에 광속에 도달할 수 있을 거예요. 물론 아직은 불가능하고 여기서 할 수도 없죠. 이 짧은 머리카락 한 올이 헤일로시티를 통째로 날려버릴 수도 있으니까."

청신이 공간의 장력에 이끌려 2센티미터 당겨진 머리카락을 보며 말했다.

"이를테면 화약을 발명해서 폭죽을 만들었단 얘기네요. 최종 목표인 로켓 개발까지는 1000년이 더 걸릴 테고."

비윈펑이 말했다.

"그렇지 않아요. 우린 질량-에너지 변환 공식을 알아냈고 방사능의 원리도 발견했어요. 최종 목표인 원자폭탄 제조까지 몇십 년이 남았죠. 50년 안에 곡률 추진을 이용하는 광속 우주선을 만들려면 기술적인 실험을 수없이 진행해야 해요. 그래서 우리 카드를 연방 정부에 보여준 거예요. 이 실험에 필요한 환경을 제공받기 위해서."

"하지만 이런 방법으로는 아무것도 얻어내지 못해요."

웨이드가 말했다.

"그건 자네 결정에 달려 있지. 우리가 밖에 있는 함대와 싸워 이길 힘이 없다고 생각하겠지만, 그렇지 않아."

그가 문을 향해 손짓을 했다.

"들어와."

완전무장을 한 사람들이 줄지어 들어와 실험실을 가득 채웠다. 40~50명쯤 되어 보이는 젊은 남자들이 위아래 모두 검은 우주 위장복을 입고 있었다. 그들이 들어오자 방 안이 어두워졌다. 자세히 보니 일반 군복과 크게 다르지 않았지만 헬멧과 생존배낭만 있으면 곧장 우주로 나갈 수 있었다. 청신이 놀란 건 그들이 가지고 있는 무기 때문이었다. 그건 서기 시대의 소총이었다. 새로 제작한 것이겠지만 노리쇠와 방아쇠가 달린 고대의 기계식 소총과 똑같았다. 그들이 메고 있는 탄창도 그녀의 추측을 뒷받침해주고 있었다. 모두 노란색 탄창이 가득 꽂힌 탄띠 두 개를 양쪽 어깨에 교차해서 메고 있었다. 활과 칼을 든 서기 시대 사람들처럼 보였지만 그렇다고 시각적으로 전혀 위협적이지 않다는 뜻은 아니었다. 과거로 되돌아간 듯한 느낌을 주는 건 그들이 가지고 있는 무기뿐만이 아니었다. 그들에게서 풍기는 기개도 과거 군인들의 그것과 비슷했다. 군복과 장비뿐만 아니라 그들의 얼굴 위로 흐르는 강인함에도 고도로 훈련된 통일성이 배어 있었다. 얇은 우주복으로 감싼 우람한 근육과 굳센 얼굴선이 사람을 압도하고 무표정한 시선에서 금속 같은 서늘함과 생명을 한낱 잡초처럼 대하는 무감각함이 느껴졌다.

웨이드가 무장 병력을 향해 손을 휘둘렀다.

"도시 자위대라네. 헤일로시티와 광속 우주선을 향한 꿈을 지키기 위한 전체 병력이지. 바깥에 조금 더 있고 앞으로 더 많은 병력이 추가되겠지만 전체 병력은 100명을 넘지 않을 거야. 무기는……."

웨이드가 한 대원이 들고 있던 소총을 가져다가 노리쇠를 당겼다.

"자네가 본 게 맞아. 고대 무기. 하지만 현대 소재로 만들었지. 탄약도 화약이 아니고, 옛날 소총보다 사정거리도 길고 정밀도도 뛰어나. 우주에서 이 총 하나만 있어도 2000킬로미터 떨어져 있는 대형 전함을 명중시킬 수 있어. 하지만 그뿐이야. 아주 원시적인 무기지. 우습다고 생각하겠지? 내 생각도 그래. 한 가지만 빼고……."

그가 총을 돌려준 뒤 그 자위대원이 메고 있는 탄띠에서 탄약 한 발을 꺼냈다.

"생김새는 고대의 탄약 같지만 탄두는 달라. 지금 기준에서도 미래의 기술이지. 이 탄두는 초전도체가 담겨 있는 통이야. 내부는 순수한 진공상태이고 자기장을 이용해 작은 구슬이 탄피에 닿지 않도록 한가운데 띄워 놓았어. 반물질로 만든 구슬이지."

비윈펑이 자부심이 역력한 표정으로 말했다.

"태양 공전 가속기를 기초 연구 실험뿐만 아니라 반물질을 만드는 데도 사용했어요. 특히 최근 4년 동안 최대 출력으로 작동시켜 반물질을 만들어냈지요. 현재 이런 탄약을 1만 5000발 가지고 있어요."

청신은 웨이드의 손에 들려 있는 원시적인 형태의 총알을 보며 서늘한 기운을 느꼈다. 그녀가 제일 걱정하는 건 그 작은 탄약이 자기장을 완벽하게 밀폐할 수 있는지였다. 조금이라도 불안정해 반물질 구슬이 탄피에 닿는다면 헤일로시티 전체가 번쩍이는 섬광과 함께 사라질 것이다. 그녀는 대원들이 어깨에 두르고 있는 금색 탄띠를 다시 한번 보았다. 그건 사신의 사슬이었다. 단 한 발로도 벙커 세계 전체를 폭파시킬 수 있었다.

웨이드가 말했다.

"우린 우주로 출격할 필요가 없어. 함대가 가까이 오길 기다렸다가 사격하면 돼. 전함이 20대 남짓이니까 한 대당 수십 발, 아니 100발도 넘게 쏠 수 있어. 그중 한 발만 명중해도 전함을 통째로 날려버리는 거야. 전쟁 방식은 원시적이지만 기동성이 뛰어나지. 총 한 자루만 가지면 전함 한 대를 위협할 수 있으니까. 다른 우주 도시에도 권총을 가진 대원들이 잠입해 있어."

그가 탄약을 대원의 탄띠에 다시 꽂았다.

"우린 전쟁을 원하지 않아. 마지막 협상 때 연방 특사에게 우리 무기를 보여주고 우리 전쟁 방식을 솔직히 설명해줄 거야. 전쟁으로 치러야 할 대가를 계산해본다면 연방 정부도 포위를 풀 수밖에 없겠지. 우린 요구 조건이 많지 않아. 태양계에서 수백 천문단위 떨어진 곳에 곡률 엔진 실험기지를 건설해준다면 그걸로 충분해."

줄곧 침묵하고 있던 차오빈이 물었다.

"하지만 정말로 전쟁이 발발한다면 우리에게 승산이 있습니까?"

차오빈은 비윈펑과 달리 전쟁에 찬성하지 않는 것 같았다.

웨이드가 담담하게 대답했다.

"없네. 하지만 승산이 없기로는 그들도 마찬가지야. 우리가 해볼 수 있는 건 이 방법뿐이야."

웨이드의 손에 들려 있는 반물질 탄약을 보며 청신은 자신이 무슨 일을 해야 하는지 알았다. 그녀가 걱정하는 건 연방 함대가 아니었다. 그들에게도 이런 공격을 방어할 방법이 있다고 믿었다. 지금 그녀의 뇌리에는 한 가지 생각뿐이었다. 웨이드의 말 한마디가 그녀의 머릿속에서 계속 메아리쳤다.

'다른 우주 도시에도 권총을 가진 대원들이 잠입해 있어.'

전쟁이 발발한 뒤 다른 우주 도시에 잠입해 있는 게릴라 대원들이 반물질 탄약이 들어 있는 권총으로 지면의 아무 곳을 향해 한 발 쏘기만 해도 물질-반물질 쌍소멸로 인해 폭발이 일어나며 얇은 외벽이 순식간에 찢어지고 그 안의 모든 것이 타버릴 것이다. 회전하던 도시가 우주에서 산산이 흩어지고 1000만 명 넘게 사망할 것이다.

우주 도시는 달걀만큼이나 약했다.

웨이드가 다른 우주 도시를 공격하겠다고 말한 건 아니지만 공격하지 않는다고 장담할 수도 없었다. 청신은 130여 년 전 그가 자신을 향해 총구를 겨누었던 장면을 떠올렸다. 그 장면이 그녀의 마음속에 선명한 낙인처럼 찍혀 있었다. 한 남자가 얼마나 냉혹해야 그런 선택을 할 수 있는지 그녀는 알지 못했다. 그의 정신을 가득 채운 건 극단적인 이성에서 비롯된 극도의 냉혹함과 광기였다. 그녀는 3세기 전 지금보다 훨씬 젊었던 웨이드가 야수처럼 미친 듯이 포효하던 그때로 되돌아간 것 같았다.

"전진! 전진! 수단과 방법을 가리지 말고 전진하라!"

설령 웨이드는 진심으로 우주를 공격할 생각이 없다고 해도, 다른 사람도 그럴까?

청신의 걱정을 증명하듯 도시 자위대의 한 대원이 말했다.

"청신 박사님, 믿어주십시오. 저희는 끝까지 싸울 겁니다."

다른 대원도 말했다. 손가락을 세워 위를 가리키는 그의 눈동자가 이글이글 불타올랐다.

"박사님을 위한 것도, 웨이드 선생님을 위한 것도, 이 도시를 위한 것도 아닙니다. 그들이 우리에게서 뭘 빼앗으려는지 아십니까? 이 도시도 광속 우주선도 아닌, 태양계 밖의 우주 전체입니다! 우주에 있는 억만 개의 아름다운 세계란 말입니다! 그들은 우리가 그 세계로 가지 못하게 막고 있습니다. 그들이 우리와 우리 후손을 반지름 50천문단위의 태양계라는 감옥에 가두려 하고 있습니다. 우리는 자유를 위해 싸울 겁니다! 우주의 자유인이 되기 위해 싸울 겁니다! 우리는 자유를 위해 싸운 고대인들과 다르지 않습니다. 끝까지 싸울 겁니다! 이건 자위대 전체의 생각이기도 합니다."

어둡고 서늘한 눈빛 속에서 대원들이 청신을 향해 고개를 끄덕였다.

그 후 오랜 세월 동안 청신은 이 대원의 말을 수없이 떠올렸다. 하지만 지금 이 순간 그의 말은 그녀의 마음을 움직이지 못했다. 그녀는 눈앞이 캄캄해지며 깊은 공포에 사로잡혔다. 130여 년 전 UN 본부 앞에서 아기를 품에 안았을 때의 감정이 또다시 그녀를 덮쳤다. 지금 그녀는 아기를 안은 채 늑대들 앞에 서 있는 것 같았다. 오로지 자기 힘으로 아기를 지켜야 한다는 생각뿐이었다.

그녀가 웨이드에게 물었다.

"그때의 약속은 유효한가요?"

웨이드가 고개를 끄덕였다.

"물론이지. 안 그랬으면 왜 자넬 데려왔겠나?"

"좋아요. 전쟁 준비와 모든 저항을 즉시 중단하고 반물질 탄약 전체를 연방 정부에 넘기세요. 다른 우주 도시에 잠입한 대원들도 그렇게 하도록 즉시 명령을 내리세요!"

청신에게로 모여든 자위대원들의 눈빛이 그녀를 불태울 것 같았다. 힘의 차이가 현격했다. 그녀는 잔인한 전쟁 기계들과 대치하고 있었다. 그들 하나하나가 100개도 넘는 수소폭탄을 메고 있었다. 그 모든 힘이 한 미치광이의 통제 아래 단단히 똬리를 틀고 그 어떤 것도 짓이겨버릴 수 있는 검고 거대한 바퀴가 되어 있었다. 그녀는 힘없는 여자였다. 웨이드의 말처럼 이 시대에 그녀는 어린 소녀나 다름없었다. 여린 풀 한 포기 같은 그녀가 거대한 바퀴를 멈춰 세울 수는 없었다. 하지만 그녀가 할 수 있는 건 이것뿐이었다.

그녀의 예상과 달리 거대한 바퀴가 풀 앞에서 멈춘 것 같았다. 그녀에게 집중되어 있던 자위대원들의 시선이 하나둘씩 웨이드에게로 옮겨갔다. 그녀는 숨통을 옥죄는 압박감에서 조금 벗어났지만 여전히 숨쉬기가 힘들었다. 웨이드는 청신의 머리카락이 놓여 있는 투명 돔 속 곡률 추진 금속판을 뚫어지게 내려다보고 있었다. 금속판이 신성한 제단처럼 보였다. 청신은 자위대원들을 이 제단 주위에 집합시켜놓고 전쟁 결정을 내렸을 웨이드의 모습을 상상했다.

웨이드가 드디어 입을 열었다.

"다시 잘 생각해봐."

청신의 목소리는 그 어느 때보다도 결연했다.

"더 생각할 것도 없어요. 다시 한번 말하겠어요. 이게 최종적인 결정이에요. 저항을 중지하고 헤일로시티에 있는 반물질을 전량 연방 정부에 넘기세요."

웨이드가 고개를 들어 청신을 응시했다. 그의 눈빛에서 지금껏 거의 본 적 없는 무력감과 애원하는 듯한 간절함이 배어 나왔다. 그가 한 글자씩 힘주어 말했다.

"인간의 본성을 잃으면 많은 걸 잃지만, 짐승의 본성을 잃으면 모든 걸 잃게 돼."

"난 인간의 본성을 택하겠어요."

청신이 모두를 향해 말했다.

"여러분도 그럴 거라 믿어요."

비윈펑이 청신에게 뭐라고 말하려는데 웨이드가 손짓으로 저지했다. 웨이드의 눈빛이 어두워졌다. 그의 눈 속에서 뭔가가 영영 사그라진 것 같았다. 무너져 내린 세월이 그를 덮쳤다. 그는 지치고 무력해 보였다. 그는 남아 있는 한 손으로 받침대를 짚고 방금 누가 가져다놓은 의자에 앉았다. 그가 천천히 손을 들어 앞에 있는 받침대를 가리키며 시선을 내리깔았다.

"모든 탄약을 여기에 내놓아라."

처음에는 아무도 움직이지 않았지만 청신은 무언가가 무르게 변하며 검은 힘이 분산되는 걸 느꼈다. 웨이드에게 쏠려 있던 자위대원들의 시선이 서서히 흩어져 더 이상 한곳에 모이지 않았다. 드디어 한 대원이 앞으로 나와 메고 있던 탄띠 두 줄을 내려놓았다. 살짝 내려놓았는데도 탄약이 바닥에 부딪치며 내는 금속 충돌음이 청신을 전율하게 했다. 탄띠가 황금빛 뱀 두 마리처럼 단상에 조용히 엎드려 있었다. 뒤이어 두 사람이 앞으로 나와 탄띠를 내려놓고 그다음엔 더 많은 사람이 나왔다. 단상 위에 높이 쌓인 탄띠 무더기가 금빛을 발산했다. 탄띠를 내려놓을 때 나는 빗소리 같은 마찰음이 사라지자 정적이 모든 것을 뒤덮었다.

웨이드가 말했다.

"벙커 세계에 흩어져 있는 모든 헤일로 무장 병력에게 명령한다. 무기를 내려놓고 연방 정부에 투항하라. 시 정부가 함대를 인수하는 동안 그 어떤 과격한 행동도 금지한다."

"네."

자위대원 중 누군가 대답했다. 탄띠를 벗고 위아래 모두 검은 우주복만 입은 그들은 더 어두워 보였다.

웨이드가 나가라는 손짓을 하자 모두 말없이 밖으로 나갔다. 먹구름이 걷히고 실험실 안이 다시 밝아졌다. 웨이드가 힘겹게 몸을 일으켜 단상 높이 쌓여 있는 반물질 탄창 옆을 돌아 유리 돔으로 다가갔다. 그가 돔을 열고 곡률 추진 금속판을 내려다보다가 가벼운 숨을 불어 청신의 머리카락을 날렸다. 그가 돔을 닫고 고개를 들어 청신을 향해 미소 지었다.

"얘야, 봤지? 난 약속을 지켰어."

헤일로시티 사건이 종료된 뒤 연방 정부는 반물질 무기에 관한 사실을 발표하지 않았다. 사람들은 사건이 예상대로 처리되었다고 생각했고 국제사회도 그 일을 크게 문제 삼지 않았다. 헤일로 그룹이 태양 공전 가속기를 개발하며 국제사회에서 좋은 평판을 가지고 있었으므로 여론은 헤일로 그룹의 이번 행동에 대해 비교적 너그러웠다. 누구에게 법적 책임을 물을 필요도 없고 최대한 빠른 시일 내에 헤일로시티의 자치권을 회복시켜주어야 한다는 의견이 대부분이었다. 앞으로 곡률 추진 우주선과 관련된 그 어떤 연구나 기술 개발도 하지 않고 연방 정부의 엄격한 감독하에 기업 활동을 한다면 헤일로 그룹이 사업을 계속하는 것도 문제가 없을 것 같았다.

하지만 일주일 후 연방 함대 사령부가 헤일로시티에서 압수한 반물질 탄약을 공개했다. 산더미처럼 쌓인 금빛 사신 앞에서 전 세계가 경악했다.

뒤이어 연방 정부는 헤일로 그룹이 불법 행위를 저질렀음을 선포하며 그들의 자산 전체를 압수하고 태양 공전 가속기 운영권을 몰수했다. 연방 우주군이 헤일로시티를 점령하고 과학원과 공학원을 해산시켰으며 웨이드를 비롯한 헤일로 그룹 경영진과 도시 자위대 300여 명을 체포했다. 그 후 진행된 태양계 연방 법정의 재판에서 토머스 웨이드에게 반인류죄, 전쟁죄, 곡률 추진 기술 금지법 위반죄가 적용되어 사형 판결이 내려졌다.

청신은 태양계 연방의 수도인 지구 1호 우주 도시, 연방 최고법원 인근에 있는 구치소에서 웨이드를 만났다. 투명 창을 사이에 두고 두 사람은 말없이 서로를 응시했다. 110세 노인은 거의 말라버린 호수 밑바닥에 남은 물처럼 잔잔한 파문조차 일지 않았다.

청신이 창 가운데 뚫린 구멍으로 시가 한 상자를 건넸다. 태평양 1호의 시장에서 산 골동품 시가였다. 웨이드가 시가 10개 중 세 개만 꺼낸 뒤 상자를 청신에게 돌려주었다.

"이걸로 충분해."

"국장님의 인생에 대해 얘기해주세요. 훗날 사람들에게 들려줄 수 있도록."

웨이드가 천천히 고개를 저었다.

"이미 죽은 수많은 사람 중 한 명일 뿐이지. 별로 얘기할 게 없네."

청신은 이 투명 창뿐만 아니라 세상에서 가장 깊고 영원히 건널 수 없는 골짜기가 둘 사이에 놓여 있다는 걸 알고 있었다.

"내게 할 말이 있나요?"

청신의 마지막 질문이었다. 그녀가 대답을 기대하고 있다는 사실이 그녀 자신조차 놀라웠다.

"시가 고맙네."

한참 뒤에야 청신은 그것이 웨이드가 자신에게 하고 싶었던, 마지막이자 유일한 말이라는 걸 알았다.

그들은 말없이 앉아 있었다. 서로를 응시하지도 않았다. 고인 물 같은 시간 속에 고요히 가라앉았다. 우주 도시가 위치 조정을 하는 미세한 떨림에 청신의 정신이 현실로 되돌아왔다. 그녀는 천천히 몸을 일으켜 낮은 목소리로 웨이드에게 작별을 고했다.

구치소 문을 나오며 청신은 나무 상자에서 시가 한 개비를 꺼냈다. 교도관에게 라이터를 빌려 난생처음 담배를 피웠다. 이상하게도 기침이 나오지 않았다. 수도의 태양을 향해 피어오르던 희푸른 담배 연기가 지난 3세기의 세월과 함께 눈물이 차오른 그녀의 시야 속에서 흩어졌다.

사흘 뒤 토머스 웨이드가 강력한 레이저 속에서 1만 분의 1초 만에 기화되었다.

청신은 아시아 1호 동면센터에서 동면하고 있던 AA를 깨워 지구로 돌아갔다.

두 사람은 '헤일로호'를 탔다. 헤일로 그룹이 몰수당한 뒤 연방 정부는 회사의 방대한 자산 중 일부를 청신에게 돌려주었다. 웨이드가 헤일로 그룹을 인수할 당시와 비슷한 자산 규모로 그것만 해도 엄청난 금액이었지만 이미 사라진 헤일로 그룹에 비하면 극히 일부에 불과했다. 헤일로호 우주선도 돌려받았다. 3세대 헤일로호라고 할 수 있는 이 우주선은 두세 명이 탈 수 있는 소형 항성급 우주선이지만 생태 시스템이 완비되어 작은 정원이라고 할 수 있을 만큼 쾌적했다.

청신과 AA는 사람이 거의 살지 않는 지구의 각 대륙을 돌아다녔다. 플라잉카를 타고 끝없이 펼쳐진 밀림 위를 날아다니고 말을 타고 초원을 천천히 둘러보았으며 아무도 없는 해변을 거닐었다. 대도시는 숲과 넝쿨에 점령당하고 도시마다 작은 마을만 드문드문 남아 있었다. 지구의 인구가 신석기 시대 말기 수준으로 돌아간 것 같았다.

인류 문명사가 한바탕 긴 꿈처럼 느껴졌다.

호주에도 가보았다. 대륙 전체를 통틀어 사람이 사는 곳은 캔버라뿐이었고 작은 마을 크기의 정부만 남아 있었지만 여전히 호주 연방으로 불리고 있었다. 오래전 지자가 멸종 계획을 선포했던 국회의사당 정문도 울창하게 뻗은 나무에 가로막히고 넝쿨이 80여 미터 높이의 깃대 끝까지 기어 올라가 있었다. 정부 자료에서 프레스의 기록을 찾을 수 있었다. 그는 150세 넘게 살았지만 결국 시간과 싸워 이기지 못하고 10여 년 전 세상을 떠난 뒤였다.

모스켄섬을 다시 찾아갔다. 잭슨이 지은 등대는 남아 있지만 등대의 불빛은 오래전에 꺼지고 그 일대는 사람의 발길이 완전히 끊겼다. 섬 위에서 모스크스트라우멘의 소리가 들렸지만 눈에 보이는 건 석양 아래 텅 빈 바다뿐이었다.

두 사람의 미래도 텅 빈 것 같았다.

AA가 말했다.

"우리 공격받은 후의 시대로 가요. 태양이 사라진 뒤의 시대요. 그때가 되어야 편히 살 수 있을 것 같아요."

청신도 공격받은 후의 시대로 가고 싶었다. 하지만 편안한 생활을 위한 것은 아니었다. 그녀가 파괴적 전쟁을 막았다는 사실이 알려지고 또다시 전 세계의 추앙을 받게 된다면 그녀는 또다시 이 시대에서 살 수 없었기 때문이다. 지구 문명이 암흑의 숲 공격을 받은 후에도 생존과 번영을 계속할 수 있는지 직접 보고 싶기도 했다. 그건 그녀에게 유일한 희망이자 마음의 위안이었다. 태양이 성운으로 변한 뒤의 생활을 상상했다. 그곳에서 진정한 고요함, 아니 행복을 찾을 수 있을 것 같았다. 그곳이 그녀 인생의 마지막 항구가 될 것 같았다.

그녀는 이제 겨우 서른세 살이었다.

청신과 AA는 헤일로호를 타고 목성 클러스터로 돌아가 아시아 1호 동면센터에서 다시 동면에 들어갔다. 예정된 동면 기간은 200년이지만 계약에 한 가지 조항이 추가되었다.

동면 기간 내에 암흑의 숲 공격을 받게 된다면 언제든 소생시킨다.

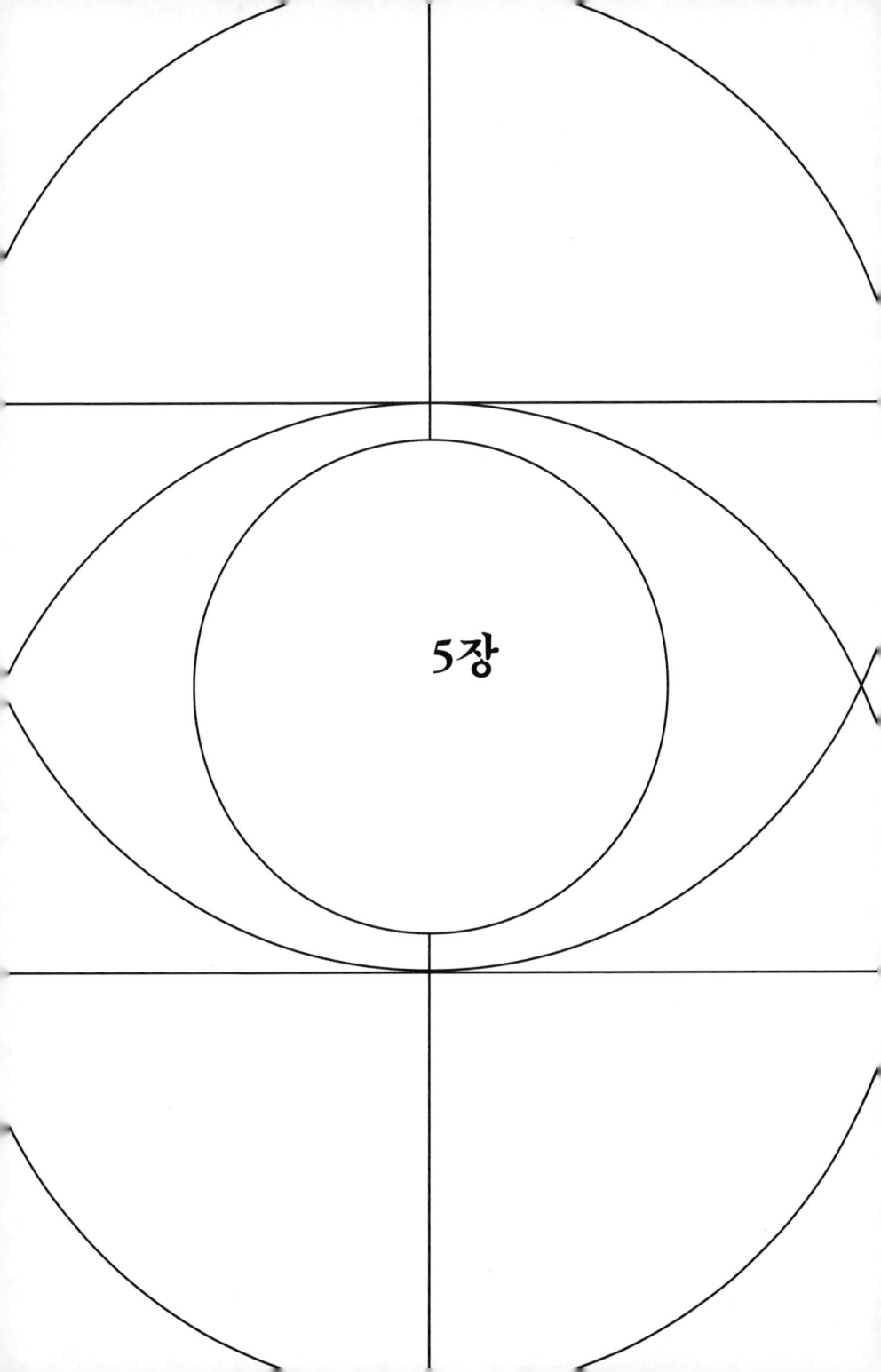

5장

벙커의 세기 67년, 은하계 오리온의 팔

좌표 데이터를 읽는 것은 가수의 일이고, 좌표의 진위를 판단하는 것은 가수의 즐거움이다.

자기 일이 별로 중요한 일이 아니라는 건 가수도 알고 있었다. 그건 그저 혹시 있을지 모를 착오를 방지하기 위한 부수적인 확인 작업이었다. 하지만 없어서는 안 되는 절차일 뿐 아니라 그에게는 일종의 즐거움이기도 했다.

사실 씨앗이 모(母)세계에서 출발할 때만 해도 그곳은 즐거움으로 가득 차 있었다. 하지만 모세계와 변두리 세계 사이에 전쟁이 시작된 후 즐거움이 점점 사라졌고, 1만 개 시간 알갱이가 흐른 지금은 모세계든 씨앗이든 즐거움을 논할 수조차 없다. 고전 시대의 즐거움은 옛날 노래 속에서만 존재하며 그런 노래를 부르는 것은 얼마 남지 않은 즐거움 중 하나다.

가수가 데이터를 읽으며 옛날 노래를 흥얼거렸다.

내 사랑을 보았어요.

그녀 곁으로 날아갔죠.

그녀에게 주는 선물을 두 손에 받쳐 들어요.

그건 굳어진 시간의 조각

시간 위 아름다운 무늬를 쓰다듬어요.

얕은 바다의 진흙처럼 보드라운 그 무늬를.

가수는 큰 불만이 없었다. 생존이란 원래 많은 생각과 정력이 필요한 일이다.

우주의 엔트로피*는 증가하고 질서도는 감소하고 있다. 마치 균형 붕새**의 끝없이 넓고 검은 날개가 우주에 존재하는 모든 것을 누르고 또 누르는 것 같다. 하지만 저엔트로피체는 다르다. 저엔트로피체의 엔트로피는 감소하고 있고 질서도는 검디검은 바다에서 솟구쳐 오르는 불빛처럼 계속 상승하고 있다. 이것이 바로 의의다. 이것은 가장 높은 차원의 의의이며, 또 즐거움보다 더 높은 차원의 의의다. 이 의의를 유지하려면 저엔트로피체가 반드시 존속되어야 한다.

의의의 탑보다 더 높은 곳은 생각할 것 없다. 생각한들 답을 찾을 수 있는 것도 아니거니와 큰 위험이 닥칠 수도 있다. 의의의 탑의 꼭대기는 더 말할 것도 없다. 어쩌면 탑의 꼭대기 자체가 없을 수도 있다.

좌표로 돌아와보자. 우주에는 수많은 좌표가 종횡으로 가로지르고 있다. 모세계의 하늘을 날아다녔던 매트릭스 곤충을 연상시키기도 한다. 좌

---

* 옮긴이 주: 물리계에서 일어나는 모든 비가역 변화는 스스로 무질서한 상태로 변화가 진행되는데 이때 계의 무질서한 정도를 엔트로피(entropy) 또는 무질서도라고 함.
** 옮긴이 주: 『장자』에 나오는 거대한 상상의 새. 태양빛을 완전히 가릴 만큼 거대한 날개를 가지고 있다고 함.

표를 주워 올리는 것은 주핵의 일이다. 주핵은 우주에 떠다니는 모든 정보를 삼킨다. 중막의 것, 장막의 것, 경막의 것 등등. 언젠가는 단막의 정보도 삼킬 수 있을 것이다. 주핵은 모든 별의 위치를 기억하고 있다. 수집한 정보를 매트릭스 방식을 이용해 다양하게 조합한 위치모델과 매칭시켜 좌표를 식별해낸다. 주핵은 5억 개 시간 알갱이 전의 위치모델까지 매칭시킬 수 있다고 한다. 하지만 가수에게는 무의미한 일이므로 그런 시도는 해보지도 않았다. 머나먼 옛날에는 우주에 저엔트로피 집단이 많지 않았고 은닉 유전자와 청소 유전자도 생겨나기 전이었다. 하지만 지금은…….

감쪽같이 은닉하고, 흔적도 없이 청소한다.

하지만 모든 좌표가 진실한 것은 아니다. 허위 좌표에 속으면 텅 빈 세계를 청소하게 된다. 그건 정력 낭비이자 일종의 손실이다. 그 세계를 청소하지 않고 빈 채로 내버려두면 나중에 유용하게 쓰일 수도 있는데 말이다. 허위 좌표를 보내는 이들을 정말 이해할 수 없다. 그들은 언젠가 그 대가를 치르게 될 것이다.

좌표의 진위를 판단하는 기준이 있다. 가령 한꺼번에 대량으로 발송된 좌표는 허위인 경우가 많다. 하지만 정밀한 기준이 아니기 때문에 좌표의 진위를 정확하게 판단하려면 직감을 이용해야 한다. 씨앗의 주핵은 그 일을 할 수 없고, 모세계의 초핵도 그 일은 할 수가 없다. 이것이 저엔트로피체의 대체 불가능한 역할이며, 가수가 바로 그 능력을 갖고 있다. 그것은 타고난 재능이나 본능이 아니라 1만 개도 넘는 시간 알갱이가 쌓여서 만들어진 직감이다. 각각의 좌표가 문외한에게는 그저 단순한 매트릭스일 뿐이지만 가수의 눈에는 살아 숨 쉬는 존재다. 좌표의 모든 요소가 자기만의 특징을 표현하고 있다. 점을 몇 개나 찍었는지, 목표 별을 표시하는 방법은 무엇인지 등등 미묘한 부분이 수없이 많다. 물론 주핵도 그 좌표와 관련된 역사적 기록이라든가, 좌표를 발사한 곳의 방향, 발사 시간 등등 몇 가지 정보를 제공할 수는 있다. 모든 정보가 유기적으로 합쳐져서 하나가 되면 가수는 의식을 통해 좌표를 발사한 사람에게 감응할 수 있다. 가수의 의식이 시공의 골짜기를 넘어 좌표 발사자의 정신과 공명을 일으키며 그의 공포와 초조함이 전달되고, 모세계에서는 느낄 수 없는 미움, 질투, 욕심 같은 낯선 감정을 느끼게 된다. 하지만 주된 감정은 역시 공포다. 공포가 생기면 좌표에 진심이 담긴다. 모든 저엔트로피체에게 공포는 생존을 위한 감정이다.

바로 그때 씨앗의 항로 근처에 있는 좌표 하나가 가수의 주의를 끌었다. 장막을 이용해 발사한 좌표였다. 가수도 자신이 왜 그것을 진짜 좌표라고 판단했는지는 알 수 없었다. 직감이란 명확히 설명할 수 없는 것이다. 가수는 그것을 청소하기로 했다. 어차피 지금 딱히 할 일도 없고 청소하는 일이 노래에 방해가 되는 것도 아니었다. 그의 판단이 틀렸어도 상관없다. 청소란 원래 그런 것이다. 절대적인 정확도를 요구하지도 않고 긴박한 일도 아니다. 언제든 청소하기만 하면 된다. 그의 지위가 낮은 것도 그 때문이었다.

가수가 씨앗 창고에서 질점*을 가지고 나오며 좌표가 가리키는 별의 방향으로 시선을 던졌다. 주핵이 밤하늘을 향해 휘두른 창처럼 그의 시선을 이끌었다. 그가 역장의 더듬이를 이용해 질점을 붙잡고 던질 준비를 했다. 하지만 팽팽하게 당겨졌던 더듬이가 이내 느슨해졌다.

어느새 별 세 개 중 하나가 사라지고 그 자리에 고래의 배설물 같은 하얀 우주 먼지가 떠다니고 있었다.

이미 청소된 것이다. 청소되었다면 그걸로 됐다. 가수는 질점을 다시 창고로 가져다놓았다.

---

* 옮긴이 주 : 물체의 질량이 총집결한 것으로 간주되는 이상적인 점.

'빠르기도 하군.'

그가 주핵의 프로세스를 작동시켜 그 별을 죽인 질점의 위치를 추적했다. 성공 확률이 거의 0에 가까운 일이지만 반드시 해야 하는 일이었다. 프로세스는 빠르게 종료되었고 매번 그렇듯 아무런 결과도 얻지 못했다.

별이 왜 그렇게 빨리 청소되었는지 알 것 같았다. 그 세계에서 약 2분의 1 구조만큼 떨어진 곳에 느린 안개가 떠다니고 있었다. 안개만 보고는 어디서 생겨난 것인지 알 수 없지만, 조금 전의 좌표와 연관 지어 생각해보면 안개가 그 세계에서 나온 것임을 짐작할 수 있었다. 느린 안개가 떠 있다는 건 그곳이 위험한 곳이라는 의미다. 그래서 빨리 청소한 것이다. 그보다 더 예민한 직감을 가진 저엔트로피체가 있는 것 같았다. 하지만 그건 이상한 일이 아니다. 가수는 씨앗의 장로가 했던 말을 기억하고 있었다.

'네가 아무리 빨라도 우주 어딘가에는 너보다 더 빠른 존재가 있고, 네가 아무리 느려도 어딘가에는 너보다 더 느린 존재가 있단다.'

단독으로 발사된 좌표는 시간의 차이만 있을 뿐 언젠가는 결국 청소된다. 허위 좌표일 수도 있지만 1억만 개의 저엔트로피 세계에 그 수보다 1만 배는 많은 청소부가 있으므로 그중 누군가는 그것이 진짜 좌표라고 판단할 것이다. 모든 저엔트로피체는 청소 유전자를 가지고 있다. 청소는 그들의 본능이며 아주 쉽고 간단한 일이다. 우주 곳곳에 힘이 잠재되어 있으므로 그 힘을 조금 자극하기만 하면 된다. 전혀 힘들지 않고 노래 부르는 데 방해가 되지도 않는다.

다른 미지의 저엔트로피체가 청소하길 기다릴 수도 있지만, 그건 모세계와 씨앗에게 모두 이롭지 못하다. 그가 좌표를 받고 좌표가 가리키는 세계를 흘긋 쳐다보기만 해도 그 세계와 모종의 관계가 만들어진다. 이것을 일방적인 관계라고 생각한다면 너무 유치한 발상이다. 발견 가역의 법칙이라는 위대한 법칙을 잊어서는 안 된다. 내가 저엔트로피 세계를 볼 수 있다면, 그 세계도 언젠가는 나를 볼 수 있다. 조금 늦게 보느냐 일찍 보느냐의 차이일 뿐. 그러므로 어떤 상황에서든 남이 청소할 때까지 기다리는 건 위험하다.

그다음에 할 일은 쓸모없게 된 좌표를 '무덤'이라는 이름의 데이터베이스에 넣어 보관하는 것이다. 이것도 역시 절차상 반드시 해야 하는 일이다. 물론 망자의 유품을 함께 매장하듯 그것과 관련된 기록도 함께 넣어야 한다. 좋든 싫든 모세계의 관습이 그렇다.

그런데 '유품' 중 하나가 가수의 호기심을 자극했다. 망자가 중막을 이용해 다른 좌표와 주고받은 세 차례 통신 기록이었다. 중막은 통신 효율이 가장 낮은 막으로 원시막이라고도 불린다. 가장 많이 이용하는 것은 장막이다. 단막으로도 정보를 전달할 수 있다고 들었지만, 그게 가능한 건 아마 신뿐일 것이다. 하지만 가수는 원시막을 좋아했다. 원시막에는 즐거움이 충만했던 시대의 향수를 불러일으키는 질박한 아름다움이 있었다. 그는 원시막에 담긴 정보를 노래로 만들곤 했고 그렇게 만든 노래는 늘 아름다웠다. 물론 대부분은 무슨 내용인지 알아들을 수 없지만 굳이 알아들을 필요도 없었다. 원시막에 유용한 정보가 담겨 있을 리 없으므로 그 리듬을 즐기면 그만이었다. 하지만 이번에는 달랐다. 그 정보 중 일부를 어렴풋이 이해할 수 있었던 것이다. 그중 일부에 자기 해석 시스템이 장착되어 있었기 때문이다! 비록 아주 조금 알아들을 수 있었지만 이 신비한 과정을 느끼기에는 충분했다.

우선 다른 좌표에서 원시막을 통해 한 가지 정보가 발사되었다. 그 세계(가수는 이 세계를 '별 연주가'라고 불렀다)의 저엔트로피체가 조악한 기타를 연주하는 모세계의 고대 음유시인처럼 자신들의 세계를 서툴게 퉁겼다. 이렇게 발사된 정보에 자기 해석 시스템이 포함되어 있었던 것이다.

엉성하고 원시적인 시스템이었지만 뒤이어 망자가 발사한 정보의 텍스트 형식과 대조해보기에는 충분했다. 그것은 발사된 정보에 대한 대답이었다. 이것만으로도 신비한데 먼저 정보를 발사했던 별 연주가가 또 대답을 했다.

'오, 흥미로워! 아주 흥미로워!'

가수는 은닉 유전자도 숨기는 본능도 없는 저엔트로피 세계에 대해 들은 적이 있었다. 물론 그들이 주고받은 세 차례 통신만으로 절대 좌표가 노출되지는 않았지만 두 세계 사이의 상대거리는 노출되었다. 거리가 아주 멀다면 모르겠지만 416구조밖에 안 되는 아주 가까운 거리였다. 거의 붙어 있는 것이나 마찬가지였다. 그러므로 그중 한 세계의 좌표가 노출되면 다른 세계의 좌표도 노출될 수밖에 없다. 그건 시간문제였다.

이렇게 해서 별 연주가의 좌표가 노출되었다.

그 세 차례 통신 후 아홉 개 시간 알갱이 만에 또 하나의 기록이 나타났다. 별 연주가가 자신들의 별을 통겨 정보를 발사한 것이다. 그건…… 좌표였다! 주핵은 그것이 좌표가 분명하다고 판단했다. 가수가 그 좌표가 가리키는 별을 보았을 때 그것도 이미 청소되어 있었다. 약 35개 시간 알갱이 전의 일이었다. 조금 전 가수의 예상은 빗나갔다. 별 연주가는 은닉 유전자를 가지고 있었다. 청소 유전자가 있다는 건 은닉 유전자도 있다는 뜻이다. 하지만 모든 좌표 발사자가 그렇듯 그들도 스스로 청소하는 능력은 없었다.

'흥미로워! 아주 흥미로워!'

어째서 망자를 청소한 저엔트로피체가 별 연주가를 청소하지 않은 걸까? 여러 가지 이유가 있을 수 있다. 아마도 그들은 이 세 번의 통신을 미처 발견하지 못했을 것이다. 원시막 정보는 늘 그렇게 간과되곤 한다. 하지만 1억만 개 세계에 있는 수많은 청소부 중 적어도 하나쯤은 그 정보에 호기심을 갖게 되고, 이번에는 그게 바로 가수였던 것이다. 사실 가수가 아니더라도 언젠가는 다른 저엔트로피체가 그 정보를 발견했을 것이다. 아니, 어쩌면 이미 누군가의 주의를 끌었을 수도 있다. 하지만 은닉 유전자가 없는 저엔트로피 집단은 별로 위협적이지 않다고 판단하고 청소하기 귀찮아 내버려두었을 것이다.

하지만 그건 큰 오산이다! 설령 별 연주가에게 은닉 유전자가 없더라도 자기 존재가 노출되는 것을 두려워하지 않는다면 그들은 거리낌 없이 확장하고 공격할 것이다.

적어도 죽기 전까지는 말이다.

게다가 이번에는 상황이 복잡했다. 처음 세 번의 통신과 그다음의 좌표 발사, 그리고 60개 시간 알갱이 후 다른 곳에서 장막으로 망자를 향해 좌표를 발사한 것까지, 이 일련의 사건들이 불길한 경고를 하고 있었다. 망자가 청소된 지 12개 시간 알갱이가 흘렀고, 별 연주가는 자신의 좌표가 노출되었다는 걸 알고 있을 것이다. 그렇다면 지금 그들이 할 수 있는 유일한 선택은 느린 안개 속에 숨어 안전하게 보이는 것이다. 그러면 아무도 그들에게 관심을 주지 않을 것이다. 그들에게 그런 능력이 없을 수도 있지만, 그들이 별을 퉁겨 원시막을 통해 정보를 발사한 후 지금까지 흐른 시간으로 볼 때 그들에게는 그런 능력을 갖추기에 충분한 시간적 여유가 있었다. 그러므로 능력이 없어서가 아니라 그러고 싶지 않은 것일 가능성이 크다.

만약 후자라면 별 연주가는 아주 위험하다. 망자보다 훨씬 더 위험하다.

가수가 멀리 있는 별 연주가를 바라보았다. 지극히 평범해 보이는 별이었다. 수명이 적어도 10억 개 시간 알갱이쯤 남아 있고 여덟 개의 행성 중 네 개는 액체 상태의 거대 행성이었다. 경험에 비추어보면 원시막을 이용해 신호를 발사하는 저엔트로피체는 대부분 고체 상태의 행성에 살고 있다. 가수가 빅아이 프로세스를 작동시켰다. 매우 이례적인 일이었으며 월

권 행위이기도 했다.

씨앗의 장로가 말했다.

"뭘 하는 거야? 빅아이는 지금 바쁘다네."

가수가 말했다.

"저엔트로피 세계가 있습니다. 가까이에서 보고 싶습니다."

"자네는 멀리서 보는 걸로도 충분해. 그게 자네의 일이야."

"단순한 호기심입니다."

"빅아이는 더 중요한 목표를 관찰하는 데 써야지. 자네의 호기심을 충족시켜줄 시간이 없어. 자네 일이나 하게."

가수는 더 부탁하지 않았다. 청소부는 씨앗에서 지위가 가장 낮았으므로 그의 의견은 번번이 무시당했고, 그가 하는 일은 허드렛일로 치부되었다. 하지만 그를 무시하는 사람들은 감춰진 좌표보다 전달된 좌표가 더 위험할 수 있다는 사실을 간과했다.

그에게 남은 일은 청소뿐이었다. 창고에서 다시 질점을 가지고 나왔다. 하지만 별 연주가를 청소할 때 질점을 사용하면 안 된다는 것이 생각났다. 망자가 된 성계와 달리 별 연주가의 성계에는 사각지대가 있어서 질점으로는 깨끗하게 청소할 수가 없다. 아무런 효과도 없이 헛수고만 하게 될 수도 있다. 별 연주가를 청소할 때는 2차원 벡터 포일을 사용해야 하지만 가수는 창고에서 그걸 가지고 나올 수 있는 권한이 없었다.

가수가 다시 장로를 찾아갔다.

"청소하는 데 2차원 벡터 포일이 필요합니다."

"가져가게."

장로가 투명하고 영롱하게 봉인된 2차원 벡터 포일 한 조각을 순순히 내주었다. 가수는 그런 평범한 물건이 좋았다. 그는 값비싼 도구를 좋아하지 않았다. 맹렬하고 폭력적인 느낌에 반감이 들었기 때문이다. 그는 2차원 벡터 포일이 풍기는 강직한 유연성과 죽음도 노래할 수 있는 그 유려함이 좋았다.

하지만 가수는 조금 불안했다.

"이번에는 왜 이렇게 흔쾌히 주시나요?"

"귀한 물건도 아니지 않느냐."

"하지만 이걸 너무 많이 쓰면……."

"우주 곳곳에서 쓰고 있어."

"그렇긴 하지만, 우리는 아껴 썼는데, 지금은……."

"무슨 얘길 들은 게냐?"

장로가 가수의 사상체를 뒤적이자 가수가 놀라 몸을 떨었다. 장로가 그의 사상체 속에서 그가 들은 소문을 찾아냈다. 그건 죄가 아니었다. 씨앗에서 누구나 알고 있는 공공연한 비밀이었다.

모세계와 변두리 세계의 전쟁에 관한 소문이었다. 예전에는 전쟁 상황이 시시각각 전해졌지만 지금은 아무 소식도 없었다. 전세가 불리하다는 뜻이었다. 어쩌면 이미 위기에 처해 있을 수도 있었다. 하지만 모세계와 변두리 세계가 공존할 수는 없다. 변두리 세계를 반드시 멸망시켜야 한다. 그러지 않으면 모세계가 궤멸당할 것이다. 전쟁에서 승리할 수 없다면, 어쩔 수 없이…….

가수가 물었다.

"모세계가 2차원화를 준비하고 있나요?"

장로는 그 질문의 답을 알고 있었지만 대답하지 않았다. 아마도 암묵적인 시인일 것이다.

정말로 그렇다면 그건 정말 슬픈 일이다. 가수는 그런 생활을 상상할 수가 없었다. 의의의 탑에서 생존은 모든 것에 우선했다. 생존 앞에서 우주의 모든 저엔트로피체는 피해를 최소화하는 선택을 할 수밖에 없다.

가수는 사상체 속에서 이런 생각을 지웠다. 불필요한 고민이었다. 지금 그가 생각해야 하는 건 조금 전 노래를 어디까지 불렀느냐 하는 것이었다. 한참 기억을 더듬어 기억해낸 뒤 노래를 이어 불렀다.

시간 위의 아름다운 무늬를 쓰다듬어요.
얕은 바다의 진흙처럼 보드라운 그 무늬를.
그녀는 시간을 온몸에 바르고
나를 데리고 존재의 가장자리로 날아갔죠.
이건 영혼의 비행.
우리 눈 속 별이 떠도는 영혼 같아요.
별의 눈 속 우리도 떠도는 영혼 같아요.

가수가 노래를 부르며 역장의 더듬이로 2차원 벡터 포일을 집어 올려 별 연주가를 향해 휙 던졌다.

벙커의 세기 67년, 헤일로호

동면에서 깨어났을 때 청신은 무중력상태로 허공에 떠 있었다.

동면은 수면과 달라서 시간의 흐름을 느끼지 못한다. 전체 동면 중 잠들기 시작할 때와 깨어날 때, 두 시간이 채 안 되는 이 시간 동안만 시간이 흐르는 것을 느낄 수 있다. 얼마나 오랜 세월 동면했든 두 시간 정도 자고 일어난 듯한 기분이 든다. 그 때문에 동면에서 깨어나면 시공의 문을 통과해 갑자기 다른 세계로 이동한 듯한 단절감이 느껴진다.

청신이 있는 곳은 백색의 구형 공간이었다. AA도 옆에 떠 있었다. 그녀도 막 동면에서 깨어난 듯 몸 전체를 감싸는 동면복을 입고 있었으며 머리카락이 축축하게 젖은 채 팔다리가 힘없이 벌어져 있었다. AA와 눈이 마주쳤을 때 청신은 뭐라고 말하고 싶었지만 저온으로 인한 마비가 풀리지 않아 목소리가 나오지 않았다. AA도 아무것도 모르겠다는 듯 청신을 향해 힘들게 고개를 저었다.

잠시 후 백색 공간을 채우고 있는 노을 같은 금빛이 청신의 눈에 들어왔다. 환기구 같은 둥근 창을 통해 비껴 들어오는 빛이었다. 창밖으로 유선형과 나선형 무늬가 가득했다. 노란색과 파란색이 번갈아 배열된 줄무늬 사이로 성난 폭풍과 광포한 급류가 넘실대며 세상을 휘젓고 있었다. 그건 목성의 표면이었다. 지금 청신의 눈에 보이는 목성 표면은 반세기 전에 보았던 그것과 확연히 달랐다. 그때보다 훨씬 밝을 뿐 아니라 휘몰아치는 구름 띠가 중간에 넓게 걸려 있었다. 청신은 그걸 보며 황허(黃河)를 떠올렸다. 물론 그 '황허' 속 소용돌이 하나만으로도 지구를 통째로 삼켜버릴 수 있다는 걸 그녀도 알고 있었다. 목성을 배경으로 떠 있는 물체가 그녀의 시야에 들어왔다. 굵기가 고르지 않은 원기둥의 각 부위에 짧은 원통이 세 개씩 달려 있었고 원기둥을 축으로 물체 전체가 서서히 회전하고 있었다. 청신은 그것이 우주 도시 결합체라고 확신했다. 우주 도시 여덟 개가 하나로 연결되어 있었다. 청신은 또 한 가지 놀라운 사실을 발견했다. 그녀와 AA가 있는 곳이 우주 도시 결합체와는 상대적 정지 상태지만 그 너머에 있는 목성 표면은 서서히 움직이고 있었다! 목성 표면의 밝기로 볼 때 지금 그들은 태양을 바라보는 쪽에 있었다. 우주 도시 결합체가 태양빛을 받아 목성의 가스 표면 위에 드리운 그림자도 볼 수 있었다. 잠시 후에는 목성의 명암 경계선도 나타나고 괴물의 눈 같은 대적점도 천천히 시야 안으로 들어왔다. 이건 이 백색의 구체와 우주 도시 결합체가 목성의 그림자 속에 숨어 있는 것도 아니고 목성과 나란히 돌며 태양 주위를 공전하고 있는 것도 아니라는 뜻이었다. 지금 그들은 목성의 위성이 되어 목성 주위를 돌고 있었다.

"여기가 어디지?"

가슬가슬한 목소리가 청신의 목구멍으로 간신히 비어져 나왔다. 하지만 아직 몸을 움직일 기운은 없었다.

AA가 고개를 저었다.

"모르겠어요. 우주선을 타고 있는 거 같아요."

그녀들의 축 늘어진 몸이 꿈결 같은 목성의 노란색 빛무리 속에 떠 있었다.

"헤일로호란다."

그녀들 옆에 방금 나타난 화면에서 목소리가 들렸다. 화면 속에 백발이 성성한 노인이 있었다. 청신은 그가 차오빈이라는 걸 한눈에 알아보았다. 그의 주름진 얼굴을 보며 그녀는 자신이 또 긴 세월을 넘어왔다는 걸 알았다. 차오빈은 지금이 벙커의 세기 67년 5월 19일이라고 알려주었다. 짧게 깨어났다가 다시 동면에 들어간 뒤 또다시 56년이 흐른 것이다. 그녀는 자신이 현실에서 도망쳐 시간의 강 밖으로 나가 있는 동안 부쩍 늙어버린 사람을 보며 부끄러운 마음이 들었다. 이제 무슨 일이 있어도 다시는 동면하지 않겠다고 결심했다.

차오빈은 그녀들이 동면하고 있는 사이에 있었던 일들을 이야기해주었다. 그녀들이 타고 있는 우주선은 3년 전 새로 제작된 헤일로호였다. 반세기 전 헤일로시티 사건 이후 차오빈과 비윈펑은 유죄 판결을 받았지만 복역 후 얼마 되지 않아 석방되었다. 비윈펑은 10여 년 전 세상을 떠났고 차오빈은 그가 임종 전 그녀들에게 남긴 유언을 전하러 왔다고 했다. 청신의 눈시울이 축축해졌다. 현재 목성 클러스터의 대형 우주 도시가 52개로 늘어났으며 대부분 결합체를 이루고 있었다. 지금 창밖으로 보이는 건 목성 2호 결합체였다. 20년 전 태양계 방어 시스템이 완성된 후 모든 도시가 목성의 위성이 되었다. 평소에는 목성 주위를 공전하다가 공격 경보가 발령되면 궤도를 수정해 벙커 지역으로 대피하도록 되어 있었다.

"우주 도시의 생활도 천국처럼 안락해졌어. 도시를 둘러볼 시간이 없는 게 아쉽지만."

차오빈이 갑자기 말을 멈추자 청신과 AA가 불안한 눈빛을 주고받았다.

그녀들은 지금까지 그가 들려준 모든 이야기가 이 순간을 늦추기 위함일 수 있다는 걸 알았다.

청신이 물었다.

"공격 경보가 발령됐나요?"

차오빈이 고개를 끄덕였다.

"반세기 전 경보가 잘못 발령된 적이 두 번 있었지. 그때 너희를 깨울 뻔했어. 하지만 이번엔 진짜야. 얘들아, 나도 이제 120세가 됐으니 이렇게 불러도 되겠지? 얘들아, 암흑의 숲 공격이 개시됐단다."

청신의 가슴이 철렁 내려앉았다. 공격이 시작됐기 때문이 아니었다. 인류 세계는 100년 넘게 외계의 공격에 대비해왔다. 하지만 그녀는 뭔가 잘못됐다는 걸 직감적으로 느낄 수 있었다. 동면에서 깨어나 그 정도로 회복되려면 네다섯 시간이 걸렸다. 그렇다면 경보가 발령된 후 꽤 오랜 시간이 흘렀다는 뜻이었다. 그런데도 창밖으로 보이는 도시 결합체는 아직 긴급 해체도 하지 않고 궤도도 바꾸지 않은 채 아무 일도 없다는 듯 목성 주위를 돌고 있었다. 다시 차오빈을 보니 100세 넘은 노인의 태연한 표정 뒤로 감추어진 절망감을 느낄 수 있었다.

AA가 물었다.

"지금 어디 계세요?"

"태양계 경보센터."

차오빈이 자기 뒤편을 가리켰다.

차오빈 뒤로 통제센터처럼 보이는 커다란 홀이 있고 수많은 화면이 그 공간을 빼곡히 채우고 있었다. 수많은 화면 사이로 새로운 화면이 속속 나타났지만 금세 또 새로 나타난 화면에 뒤로 밀려났다. 터진 강둑 사이로 쏟아지는 급류 같았다. 하지만 그곳에 있는 사람들은 아무것도 하지 않았다. 그중 절반은 군복을 입고 있었지만 책상에 기대서 있거나 가만히 앉아 있었다. 허공으로 멍한 시선을 던진 얼굴 위로 차오빈에게서 보았던 불길한 평온함이 걸려 있었다.

뭔가 잘못됐다. 그녀가 알고 있는 계획대로라면 지금쯤 인류는 벙커로 들어가 공격에 대비하고 있어야 한다. 하지만 지금 그들은 3세기 전, 아니 삼체 위기가 막 출현했던 4세기 전으로 되돌아간 것 같았다. 그 당시 청신이 PIA, PDC 등 여러 기구에서 보고 느꼈던 분위기와 표정들이 거의 흡사하게 재연되었다. 저항할 수 없는 우주의 힘 앞에서 느끼는 절망감, 모든 걸 체념한 뒤의 무덤덤함, 한 치 앞을 알 수 없는 아득함 같은 것들이었다.

대부분 입을 굳게 다물고 있었지만 몇몇은 암담한 얼굴로 속삭이듯 얘기를 나누고 있었다. 한 남자가 멍하게 앉아 있었다. 책상 위에서 컵이 쓰러지며 쏟아진 파란색 음료가 바지 위로 흘러내리고 있었지만 그는 아는지 모르는지 아랑곳하지 않았다. 또 한쪽에는 복잡한 그래프로 채워진 커다란 화면 앞에서 군인과 민간인 여자가 꼭 끌어안고 있었다. 여자의 눈가에 고인 눈물이 화면 빛을 받아 반짝였다.

AA가 창밖으로 보이는 우주 도시 결합체를 가리켰다.

"왜 벙커로 피하지 않는 거죠?"

차오빈이 시선을 아래로 내려놓으며 대답했다.

"그럴 필요 없어. 벙커도 무용지물이니까."

청신이 물었다.

"지금 광립이 태양에서 얼마나 떨어져 있어요?"

"광립은 없단다."

"그럼 뭘 발견한 거예요?"

차오빈이 처량하게 웃었다.

"종이쪽지."

벙커의 세기 66년, 태양계 외곽

청신이 깨어나기 1년 전 태양계 경보 시스템이 광속에 가까운 속도로 오르트 구름 밖을 스쳐 지나가는 미확인 물체를 발견했다. 태양에서 가장 가까울 때 거리가 1.3광년밖에 되지 않았다. 이 물체는 부피가 아주 컸으며 우주의 희박한 원자와 우주 먼지에 부딪혀 강한 빛이 발생했다. 이 물체가 전방에 있는 작은 성간 먼지를 피하려고 미세하게 방향을 트는 것도 관측되었다. 그것이 지능을 가진 우주선이라는 걸 확신할 수 있었다.

이것은 인류 최초로 태양계에서 직접 관측된 삼체 이외의 외계 문명이었다.

하지만 지난 세 차례 오경보 사건으로 혼란을 경험한 연방 정부는 이 사실을 공개하지 않았다. 벙커 세계에서 이 사실을 알고 있는 사람은 1000명도 되지 않았다. 외계 우주선이 태양계에 가장 가까이 접근해 있는 동안 그들은 극도의 긴장과 공포 상태에 있었다. 우주에 있는 수십 개 경보 시스템 관측 유닛 가운데 태양계 경보센터(지금은 해왕성 클러스터에 속한 단독 우주 도시였다), 연방 함대 총사령부 작전센터, 태양계 연방 대통령 집무실에서 사람들이 이 외계 방문객의 동향을 숨죽인 채 주시했다. 그들은 수면 아래 몸을 숨긴 채 물 위에 떠다니는 고기잡이배의 소리를 들으며 두려움에 떨고 있는 물고기들 같았다. 시간이 흐를수록 그들의 존재를 알고 있는 사람들의 공포가 점점 커져 나중에는 무선통신 사용을 거부하고 심지어 발소리가 나지 않게 살금살금 걸어다니며 일상적인 대화까지도 소리를 낮추어 속삭였다. 사실 그게 무의미하다는 건 누구나 알고 있었다. 지금 경보 시스템으로 관측되는 것은 1년 4개월 전의 일이므로 그 외계 우주선은 이미 아주 멀리 가버렸을 것이기 때문이다.

관측 데이터에서 외계 우주선이 점점 멀어지고 있었지만 여전히 마음을 놓을 수가 없었다. 경보 시스템이 그보다 더 걱정스러운 것을 발견했기 때문이다. 외계 우주선이 태양을 향해 광립 대신 다른 물체를 발사한 것이다. 그 물체도 광속으로 태양을 향해 발사되었지만 광립처럼 먼지와 충돌하며 빛을 내지 않았다. 그 어떤 주파수의 전자파로도 관측할 수 없었다. 그걸 발견한 건 경보 시스템의 중력파였다. 그 물체가 간헐적으로 아주 약한 중력파를 발사했기 때문이다. 중력파의 주파수와 강도는 변하지 않고 항상 일정했으며 아무런 정보도 담겨 있지 않았다. 발사체 고유의 어떤 물리적 성질 때문인 것 같았다. 경보 시스템이 이 중력파를 처음 발견하고 그것이 발사된 위치를 파악했을 때는 외계 우주선에서 발사한 것이라고 생각했다. 하지만 중력파 발사원이 우주선과 분리되며 광속에 가까운 속도로 태양계를 향해 날아오는 것이 관측되었다. 관측 데이터를 분석해보니 발사체가 정확히 태양을 향해 날아오는 것이 아니었다. 현재 궤도로 계속 날아온다면 화성 궤도 밖에서 태양을 스치고 지나갈 것으로 예상되었다. 그것의 목표가 태양이라면 상당한 오차가 발생하는 셈이다. 이것 역시 광립과 다른 점이었다. 두 차례 광립을 관찰한 데이터에 따르면, 항성의 항로를 미리 계산해서 발사했다는 전제하에 광립은 발사 후 한 번도 궤도를 수정하지 않고 목표 항성을 향해 정확하게 날아갔다. 마치 광속으로 관성비행을 하는 돌멩이 같았다. 현재 발견된 중력파 발사원의 정확한 위치를 추적해보면 발사체의 궤도가 한 번도 수정되지 않았다. 그렇다면 그것의 목표가 태양이 아닐 가능성이 컸다. 이 점이 인류에게 작은 위안이 되었다.

태양에서 150천문단위 지점에서 발사체의 중력파 주파수가 빠르게 낮아지기 시작했다. 경보 시스템은 발사체가 감속하고 있다는 것을 알았다. 며칠 사이에 발사체의 속도가 광속에서 광속의 1000분의 1로 급격히 감소한 후에도 계속 줄어들었다. 이렇게 낮은 속도로는 태양에 위협을 가할 수 없다는 사실이 인류에게 또 한 번 위안이 되었다. 또 이 속도라면 인류의 우주선이 나란히 비행할 수 있으므로 우주선을 충돌시켜 물체의 비행을 저지할 수도 있었다.

미확인 발사체를 탐사하기 위해 레벌레이션호와 알래스카호가 편대를 이루어 해왕성 클러스터에서 출발했다.

우주선 두 대 모두 중력파 수신 시스템이 탑재되어 있고 위치 확인 네트워크를 구성해 근거리에서 발사체의 위치를 정확히 파악할 수 있었다. 전송의 세기 이후 인류가 중력파를 발사하고 수신할 수 있는 우주선을 다시 건조해 여러 대 보유하고 있었다. 하지만 설계상으로 과거와 큰 차이가 있었다. 중력파 안테나와 우주선이 독립적으로 나뉘어 있어서 안테나를 여러 우주선과 결합할 수 있고 안테나의 수명이 다하면 교체할 수도 있었다. 레벌레이션호와 알래스카호는 중형 우주선이지만 크기는 대형 우주선만큼 컸으며 대형 중력파 안테나가 그중 대부분을 차지했다. 커다란 크기에 비해 유효 탑재량은 풍선 아래 달린 작은 곤돌라뿐이었던 서기 시대의 헬륨 비행선과 비슷했다.

탐사 편대가 출발하고 열흘째 되던 날, 바실리와 바이(白)Ice가 같이 우주복에 마그네틱 부츠를 신고 우주선 밖으로 나와 중력파 안테나 위를 걸어다녔다. 우주선 안에 있는 것보다 밖에 나와 있는 것이 더 좋았다. 시야가 탁 트이고 안테나의 너른 표면 위에서 안정적으로 땅을 딛고 있는 기분을 느낄 수 있기 때문이다. 그들은 첫 탐사대의 책임자였다. 바실리는 총지휘관이고 기술적인 문제는 Ice가 처리했다.

알렉세이 바실리는 전송의 세기에 태양계 경보 시스템 1호 관측 유닛에서 근무했던 관측장교였다. 위드널과 함께 삼체의 광속 우주선 항적을 발견하고 첫 번째 오경보 사건을 일으킨 인물이기도 했다. 그 사건 이후 바실리 중위는 희생양이 되어 군적이 박탈당했지만 이에 불복했다. 그는 역사가 자신의 무고함을 증명해줄 것이라 믿고 동면하기로 결정했다. 그의 예상대로 세월이 흐를수록 광속 우주선의 항적을 발견한 사건이 점점 중요한 의미를 갖게 되었고 첫 번째 오경보 사건으로 인해 발생했던 혼란은 차츰 잊혔다. 바실리는 벙커의 세기 9년에 동면에서 깨어나 군적이 회복되었고 현재는 연방 우주군의 중장이었다. 하지만 그는 이미 여든을 바라보는 나이였다. 그는 옆에 있는 Ice를 보며 인생이 불공평하다고 생각했다. Ice는 그보다 80년도 더 일찍 태어난 위기의 세기 사람이고 똑같이 동면했지만 이제 겨우 마흔 넘겼을 뿐이었다.

Ice의 원래 이름은 바이아이쓰(白艾思)였다. 동면에서 깨어난 뒤 구시대 사람으로 보이기 싫어 중국어와 영어를 섞어서 쓰는 요즘 방식의 이름으로 바꾸었다. 박사과정을 밟을 때 딩이가 그의 지도교수였고 위기의 세기 말에 동면에 들어갔다가 22년 전에야 깨어났다. 보통 그렇게 오랜 시간을 건너뛴 사람들은 시대의 흐름을 따라가기가 힘들지만 이론물리학 분야는 예외였다. 지자의 통제로 물리학의 발전이 지체되어 서기 시대의 물리학자들이 위협의 세기에도 금세 격차를 따라잡을 수 있었다면, 태양 공전 가속기의 건설은 물리학의 기초 이론이 다시 쓰이는 계기가 되었다. 서기 시대 사람들은 초끈 이론*을 매우 앞선 이론으로 여겼다. 그들은 그것이 22세기의 물리학이라고 생각했다. 태양 공전 가속기가 건설된 후 드디어 초끈 이론을 실험으로 직접 검증할 수 있게 되었다. 하지만 뜻밖에도 그 결과는 재앙이었다. 사실로 검증된 부분보다 뒤집힌 부분이 훨씬 많았다. 삼체 세계가 알려준 것들도 거짓으로 판명되었다. 하지만 삼체 문명이 도달한 기술적 수준을 고려하면 그들의 기초 이론이 그 정도로 틀릴 수는 없었다. 그들이 기초 이론 분야에서 인류를 속였다고밖에는 해석할 수 없었다. 하지만 Ice가 위기의 세기 말에 내놓은 이론모델은 태양 공전 가속기를 통해 증명된 몇 안 되는 이론 중 하나였다. 그가 동면에서 깨어났을 때 물리학계는 다시 동일한 출발선에 서 있었다. 덕분에 그는 처음부터 두각을 나타내며 높은 명성을 얻은 뒤 10여 년간의 연구를 거쳐 물리학계 최고의 자리에 올라설 수 있었다.

바실리가 사방을 휘 둘러보며 말했다.

"익숙한데?"

Ice가 말했다.

"그래요. 하지만 인류의 자신감과 오만함은 사라졌죠."

바실리도 그 말에 전적으로 동감했다. 항로의 뒤편을 보니 해왕성은 이미 파란 빛점이 되어 있고, 태양도 어슴푸레한 빛무리로 변해 안테나 표면에 그림자 하나 만들어내지 못했다. 항성급 전함 편대의 화려한 위용도 빛

---

* 옮긴이 주 : 초끈 이론은 끈 이론에서 발전한 이론으로 우주의 최소 단위가 마치 소립자나 쿼크처럼 보이면서도 이보다 훨씬 작고 가는 끈으로 이루어져 있어 1차원적인 끈의 지속적인 진동에 의해 우주 만물이 만들어진다고 가정한다.

바랜 지 오래고 지금은 승선원이 채 100명도 되지 않는 초라한 우주선 두 대일 뿐이었다. 알래스카호는 레벌레이션호에서 거의 10만 킬로미터나 떨어져 있으므로 전혀 보이지 않았다. 알래스카호는 위치 확인 네트워크의 한쪽 끝을 담당하고 있었으며 탐사대도 탑승하고 있었다. 체제는 레벌레이션호와 동일했고, 총사령부는 그들을 지원대라고 불렀다. 상부에서 이번 항해의 위험성을 충분히 인지하고 있다는 방증이었다. 태양계의 외진 변두리를 항해하고 있는 그들에게는 발밑에 있는 안테나가 우주에 유일하게 떠 있는 외딴섬처럼 느껴졌다. 바실리가 고개를 들어 긴 한숨을 내쉬려다가 뭔가 생각난 듯 우주복 주머니에서 작은 물체를 꺼내 앞으로 내밀었다. 작은 물체가 두 사람 사이 허공에 뜬 채로 천천히 돌아가기 시작했다.

바실리가 회전하고 있는 부품을 가리켰다.

"이게 뭔 줄 아나?"

얼핏 보면 동물의 뼈다귀처럼 생긴 그것은 금속 부품이었다. 매끄러운 표면 위로 서늘한 별빛이 미끄러졌다.

"100여 시간 전에 항로 부근에서 작은 금속 부유물을 발견했다네. 무인 탐사정을 보내 몇 조각 채취해 왔는데 그중 하나야. 살펴보니 위기의 세기 말 항성급 전함의 핵융합 엔진에서 떨어진 부품이더군. 냉각 제어기의 일부지."

Ice가 경계하는 표정으로 물었다.

"최후의 전쟁 때 유물인가요?"

"그런 셈이지. 의자의 금속 팔걸이와 선실 벽의 잔해도 있었어."

이 일대가 2세기 전 최후의 전쟁이 벌어졌던 곳의 궤도 범위에 있기 때문에 벙커 프로젝트가 시작된 후 당시 희생된 전함의 유물이 자주 발견되곤 했다. 그중 일부는 벙커 세계의 박물관에 보관되고 일부는 암시장에서 거래되었다. Ice가 금속 부품을 손으로 잡았다. 한기가 우주복 장갑을 뚫고 뼛속까지 전해졌다. 손에서 놓자 마치 그 안에 영혼이 들어 있는 것처럼 공중에서 다시 돌기 시작했다. Ice가 시선을 멀리 던졌다. 아무리 둘러보아도 끝없이 넓고 검은 우주뿐이었다. 전함 2000대와 100만 구 넘는 유해가 이 어둡고 적막한 우주에서 2세기 가까이 떠돌고 있는 것이다. 희생자들이 흘린 피는 얼음 조각이 되어 떠돌다가 기화되어 가뭇없이 사라진 지 오래였다.

Ice가 말했다.

"우리가 탐사할 물체는 물방울보다 더 위험할 거예요."

"그렇겠지. 그때는 삼체에 대해 알고 있었지만 이번엔 그 물체를 발사한 세계에 대해 아무것도 모르니까……. 그런데 바이 박사, 우리 앞에 어떤 물체가 나타날지 생각해봤나?"

"질량과 부피가 큰 물체겠죠. 중력파를 발사할 수 있는 건 질량이 큰 물체뿐이니까. 어쩌면 우주선일 수도 있고요……. 하지만 이런 일은 예상치 못한 상황이 나타나는 게 오히려 정상일 수도 있어요."

탐사대가 항해를 시작한 지 일주일이 되자 중력파 발사체와 100만 킬로미터 거리까지 접근했다. 이미 감속을 시작해 속도가 0에 가까운 편대가 태양계 쪽으로 가속을 시작했다. 이렇게 해서 발사체가 편대를 따라잡으면 양쪽이 평행으로 비행할 수 있었다. 탐사 임무는 레벌레이션호에서 수행하고 알래스카호는 10만 킬로미터 떨어진 거리에서 관찰하기로 되어 있었다. 중력파 발사체와 레벌레이션호의 거리가 약 1만 킬로미터까지 단축되자 정확한 위치를 확인할 수 있을 만큼 중력파 신호가 또렷해졌다. 하지만 레이더상으로 그 위치에서 아무런 신호도 잡히지 않고 가시광선 관측으로도 아무것도 발견할 수 없었다. 거리가 1000킬로미터까지 좁혀졌지만 중력파 발사체의 위치에서 아무것도 발견되지 않았다.

레벌레이션호 승선원들은 공황에 빠졌다. 출항 후 여기까지 오는 동안 수많은 가능성을 상상했지만 목표물에 이렇게 가까워지고도 아무것도 보이지 않는 상황은 상상하지 못했다. 바실리가 경보센터에 이 사실을 보고하자 40여 분이 지난 뒤에야 회신이 왔다. 목표물에서 150킬로미터 거리까지 단축하라는 것이었다! 이때 가시광선 관측 시스템이 뭔가를 발견했다. 중력파 발사 위치에 작고 흰 점이 나타났다. 우주선에서 일반 망원경으로 보아도 확인할 수 있을 만큼 또렷했다. 레벌레이션호에서 보낸 무인 탐사정이 빠른 속도로 목표물에 다가갔다. 50킬로미터, 500미터…… 탐사정이 목표물과 5미터 거리에서 멈추었다. 탐사정에서 촬영한 고화질 홀로그램 화면이 두 우주선으로 전송되었다. 화면 속에 외우주에서 태양계로 발사된 물체가 떠 있었다. 작은 종이쪽지였다.

그렇게밖에 형용할 수 없었다. 정확히 말하면 길이 8.5센티미터, 폭 5.2센티미터의 직사각 필름이었다. 신용카드보다 조금 크고 두께를 가늠할 수 없을 만큼 아주 얇았으며 표면이 흰색을 띠어 얼핏 보면 종이쪽지 같았다.

가장 우수한 전문가와 군대 지휘관으로 구성된 탐사 대원들은 누구보다 냉철하고 이성적인 사람들이었지만 그 순간 직감의 힘이 모든 것을 압도했다. 그들은 거대한 침입 물체와 맞닥뜨릴 마음의 준비를 하고 있었다. 유로파만큼 거대한 우주선을 상상한 사람도 있었다. 물체에서 발사되는 중력파의 강도로 볼 때 지극히 정상적인 생각이었다. 외우주에서 온 이 종이쪽지를 보며(그 후 그들은 정말로 그것을 그렇게 불렀다) 그들은 오랫동안 조마조마했던 불안감을 내려놓고 긴 안도의 한숨을 내쉬었다. 이성적으로는 경계심을 풀지 않았고 그것이 우주선 두 개를 날려버릴 힘을 가진 무기일 수 있다는 것도 알고 있었지만 그것이 성계 전체를 궤멸시켜버릴 수 있다는 건 믿기 어려웠다. 외관상으로 보기에는 팔락이며 허공을 떠도는 흰 깃털처럼 아무런 해도 끼칠 수 없을 것 같았다. 종이에 써서 보내는 편지는 이미 오래전에 사라졌지만 사람들은 고대에 편지라는 것이 있었다는 걸 영화에서 본 적이 있으므로 종이쪽지에 대해 낭만적인 생각을 품고 있었다.

탐사 결과, 종이쪽지는 그 어떤 주파수의 전자파도 반사하지 않았다. 표면이 흰색을 띠는 것은 외계의 빛이 반사된 것이 아니라 그 자체에서 발산되는 하얀빛 때문이었다. 뿐만 아니라 그 어떤 복사도 관측되지 않았다. 가시광선을 포함한 그 어떤 전자파도 종이쪽지를 투과할 수 있으므로 종이쪽지는 사실 투명했다. 가까운 거리에서 촬영한 화면에서도 종이쪽지 뒤에 있는 별을 볼 수 있었다. 하지만 그 자체에서 나오는 흰빛의 간섭과 우주의 어두운 배경 때문에 불투명한 흰색으로 보였을 뿐이다. 적어도 외관상으로는 전혀 위협을 느낄 수 없었다.

어쩌면 정말로 편지일 수도 있지 않을까?

무인 탐사정에는 적당한 채취 도구가 없었으므로 로봇 팔이 장착된 탐사정을 보내야 했다. 로봇 팔이 집게를 벌리고 종이쪽지를 향해 다가가자 두 우주선에 다시 숨 막히는 긴장감이 감돌았다.

역시 낯설지 않은 기시감이 들었다.

예상치 못한 일이 일어났다. 집게가 종이쪽지를 잡은 뒤 로봇 팔이 움츠러들려는데 종이쪽지가 집게에서 빠져나가 원래 위치로 돌아갔다. 몇 번을 시도했지만 마찬가지였다. 레벌레이션호의 탐사 대원이 아무리 미세하게 로봇 팔을 조종해 잡으려 해도 종이쪽지는 집게를 그대로 통과했다. 종이쪽지에도 집게에도 아무 흔적이 남지 않았고, 로봇 팔에 아무런 저항력도 느껴지지 않았으며 종이쪽지의 위치도 전혀 변함이 없었다. 탐사정을 앞으로 이동시켜 종이쪽지를 밀어보려고 했지만, 탐사정이 닿자마자 종이쪽지가 탐사정 앞을 뚫고 들어왔다. 탐사정을 더 앞으로 밀자 종이쪽지가 원래 상태 그대로 탐사정 뒤로 빠져나왔다. 종이쪽지가 탐사정을 관통해 지나가는 동안 탐사정의 내부 시스템에서 아무런 이상 현상도 탐지되지 않았다.

사람들은 그 물체가 평범한 종이쪽지가 아니라는 걸 알았다. 마치 환영인 듯 현실 세계의 그 어떤 물체에도 아무런 작용을 미치지 않았고, 작은 우주의 기준면처럼 정확하게 원래 자리에서 조금도 움직이지 않았다. 그 어떤 접촉으로도 위치나 운행 궤도를 바꿀 수 없었다. Ice가 직접 가까이 가서 관찰하겠다고 하자 바실리도 같이 가겠다고 나섰다. 첫 탐사대의 두 지휘관이 함께 목표물에 다가가는 것을 두고 논쟁이 벌어졌다. 경보센터에 보고하자 40여 분 뒤에야 회신이 왔다. 바실리가 강하게 고집하는 데다 지원대도 있었으므로 상부에서 어쩔 수 없이 그의 동행을 허락했다.

두 사람이 탑승한 탐사정이 종이쪽지를 향해 다가갔다. 점점 멀어지는 레벌레이션호와 거대한 중력파 안테나를 보며 Ice는 유일하게 의지할 수 있는 곳에서 떨어져 나가는 헛헛함을 느꼈다.

바실리가 말했다.

"옛날에 자네 지도교수인 딩이 박사도 우리 같았겠지?"

바실리는 평온해 보였다.

Ice가 침묵으로 긍정의 대답을 대신했다. 지금 그는 자신의 영혼이 2세기 전 딩이와 통하고 있는 것을 느꼈다. 그들은 거대한 미지이자 미지의 운명을 향해 나아가고 있었다.

"걱정 말게. 우리 직감을 믿자고."

바실리가 Ice의 어깨를 가볍게 두드렸지만 그에게 아무런 위로도 되지 못했다.

탐사정이 종이쪽지 옆에 도착했다. 두 사람이 우주복을 점검한 뒤 탐사정 덮개를 열고 종이쪽지가 그들 머리 위 50센티미터 지점에 오도록 탐사정의 위치를 조절했다. 그 작고 흰 평면을 자세히 관찰했다. 투명한 흰색 필름을 통해 뒤에 있는 별을 보며 종이쪽지가 발광 투명체임을 확인했다. 필름에서 발산되는 빛이 그 뒤에 있는 별빛을 덮어 별이 희미하게 보이는 것뿐이었다. 두 사람이 몸을 일으켜 탐사정 밖으로 몸을 내밀었다. 무인 탐사정에서 전송한 화면처럼 종이쪽지의 평면과 그들의 시선이 같은 높이에 위치하게 했다. 종이쪽지가 두께를 느낄 수 없을 만큼 얇아 이 방향에서는 종이쪽지가 전혀 보이지 않았다. 바실리가 종이쪽지를 향해 팔을 뻗으려는데 Ice가 그의 팔을 붙잡았다.

Ice가 꾸짖듯 소리쳤다.

"뭐 하는 거예요?"

헬멧 너머에 있는 그의 눈빛에 차마 내뱉지 못한 말이 걸려 있었다.

'딩이 박사님이 어떻게 됐는지 잊었어요?'

"이게 정말 편지라면 지적 생명체인 우리가 직접 만져야만 정보를 내놓을 거야."

바실리가 다른 손으로 Ice의 손을 떼어놓았다.

바실리가 우주복 장갑을 낀 손으로 종이쪽지를 만지자 손이 종이쪽지를 뚫고 지나갔다. 장갑 표면에 아무런 흔적도 남지 않았고 바실리도 그 어떤 영혼의 신호도 받지 못했다. 그가 다시 손을 뻗어 종이쪽지가 손바닥 가운데 왔을 때 손을 멈추었다. 작은 흰색 필름이 손바닥을 반으로 가르는 위치에 있었지만 아무런 감각도 느껴지지 않았다. 종이쪽지가 손바닥과 맞닿은 부위에 손바닥 단면의 윤곽선이 나타났다. 종이쪽지가 잘리거나 찢어지지 않은 상태로 온전히 손바닥을 관통한 것이다. 바실리가 손을 거두자 종이쪽지가 원래 위치에 그대로 떠 있었다. 아니, 정확히 말하면 종이쪽지가 초속 200킬로미터의 속도로 탐사정과 나란히 태양계를 향해 날아가고 있었다.

Ice도 손을 뻗어 종이쪽지를 살짝 건드렸다가 재빨리 움츠렸다.

"다른 우주가 투영된 영상 같군요. 우리 세계와 아무 관계도 없어 보여요."

바실리는 더 현실적인 문제를 생각했다.

"무엇으로도 이걸 움직일 수 없으면 우주선으로 가져가서 연구할 수가 없어."

Ice가 웃었다.

"그거야 간단하죠. 마호메트가 이렇게 말했죠. 산이 오지 않으면 내가 산으로 가야 한다."

레벌레이션호가 천천히 다가가 종이쪽지를 우주선 내부로 들여놓은 뒤 우주선의 위치를 미세하게 조정해 종이쪽지가 실험실 안에 위치하도록 했다. 연구 도중에 종이쪽지의 위치를 이동시켜야 할 때는 우주선을 움직였다. 다행히 레벌레이션호는 카이퍼 벨트의 작은 천체를 탐사하던 우주선이기 때문에 미세한 위치 제어 기능을 가지고 있었다. 중력파 안테나에도 미세 조정 엔진 12대가 달려 있어서 더 신속하고 정확한 위치 조정이 가능했다. 이 세계가 종이쪽지에 어떤 영향도 미칠 수 없다면 세계가 종이쪽지를 중심으로 움직이는 수밖에 없었다.

기이한 장면이었다. 종이쪽지가 레벌레이션호 내부에 위치했지만 동력학상 우주선과 아무 관계도 없었다. 이 둘이 서로 겹쳐진 상태로 태양계를 향해 동일한 속도로 다가가고 있을 뿐이었다.

조명이 밝은 우주선 안으로 들어오자 종이쪽지의 투명한 성질이 더 분명해졌다. 투명 필름처럼 종이쪽지를 통해 그 너머에 있는 것들을 볼 수 있었다. 종이쪽지에서 발산되는 약한 빛만으로 그 존재를 확인할 수 있었지만 사람들은 그걸 계속 종이쪽지라고 불렀다. 너무 밝으면 육안으로 보이지 않았기 때문에 잘 보이도록 실험실 내부 조도를 낮추었다.

연구원들은 우선 종이쪽지의 질량을 측정했다. 종이쪽지가 생성해내는 인력을 통해 질량을 측정할 수밖에 없었다. 하지만 중력계로 아무것도 측정해내지 못했다. 종이쪽지의 질량이 거의 0에 가까울 만큼 작기 때문인 것 같았다. 누군가 이 물체가 크게 확장된 광자나 중성미자일 수 있다는 추측을 내놓았지만 규칙적인 형태로 볼 때 인위적으로 만든 물체일 가능성이 컸다.

종이쪽지에 대해 아무것도 알아낼 수가 없었다. 그 어떤 대역의 전자파도 이 물체를 통과할 때 회절 현상이 나타나지 않았고, 어떤 강도의 자기장도 이 물체에 영향을 미칠 수 없었기 때문이다. 마치 내부 구조가 없는 물체인 것 같았다.

20여 시간이 흘렀지만 탐사대는 새로운 사실을 발견하지 못했다. 종이쪽지에서 발산되는 빛과 중력파가 점점 약해지고 있는 것만 관찰되었다. 그 빛과 중력파가 일종의 증발 현상임을 의미하는 것이었다. 현재로서는 종이쪽지의 존재를 증명하는 유일한 근거였으므로 이 두 가지가 사라지면 종이쪽지도 사라질 것이라고 추측할 수 있었다.

경보센터로부터 연락이 왔다. 대형 연구 우주선 토모로호가 해왕성 클러스터에서 출발했으며 7일 뒤 탐사 편대에 합류할 것이라고 했다. 토모로호에 탑재된 연구 장비로 더 심도 있는 연구가 가능할 것 같았다.

연구가 진행되면서 탐사대 승선원들도 종이쪽지에 대한 경계심이 차츰 사라졌다. 종이쪽지가 현실 세계에 아무런 영향을 미치지 못하고, 해로운 물질을 복사하지도 않았기 때문이다. 아무렇지 않게 다가가 종이쪽지가 몸을 통과하게 하고, 심지어 종이쪽지가 눈을 관통해 머릿속으로 들어가게 한 상태로 사진을 찍기도 했다. Ice가 그걸 보고 버럭 화를 냈다.

"그만둬! 이게 장난감인 줄 알아?"

그가 큰 소리로 외치고는 20시간 넘게 틀어박혀 있던 실험실을 나가 자신의 선실로 돌아갔다.

선실 문을 닫자마자 모든 조명을 껐다. 졸음이 쏟아졌다. 하지만 사방이 어두워지자 문득 불안해졌다. 종이쪽지가 언제 어느 방향에서든 흰빛을 내며 날아 들어올 것 같았다. 조명을 다시 켜고 은은한 빛 속을 떠다니며 추억에 잠겼다.

192년 전 딩이 박사와의 마지막 작별이 아직도 눈앞에 선했다. 석양이 내려앉는 오후, 두 사람이 지하 도시에서 지상으로 나와 차를 몰고 사막으로 향했다. 딩이는 사막을 걸으며 사색에 잠기는 것을 좋아했다. 가끔은 강의실 대신 사막에서 수업을 해서 학생들을 힘들게 만들기도 했다. 그는 자신의 이 별난 습관을 이렇게 해석했다.

"난 황량한 곳이 좋아. 생명체는 물리학에 방해가 되지."

쾌청하고 바람도 없는 날이었다. 초봄의 공기가 싱그러웠다. 딩이와 Ice가 모래 언덕에 누웠다. 석양이 화베이(華北)사막을 감싸고 있었다. Ice는 구불구불 이어진 모래 언덕이 누워 있는 여자의 실루엣 같다고 생각한 적이 있지만(이것도 딩이가 일깨워준 것이었다) 그날은 겉으로 드러난 뇌처럼 보였다. 어지럽게 접히고 고랑이 파인 뇌가 금빛에 휘감겨 있었다. 다시 하늘을 보니 우중충한 구름 사이로 오랜만에 보는 파란 하늘이 나와 있었다. 막막했던 머릿속에 불현듯 떠오른 생각 같았다.

딩이가 말했다.

"지금 내가 하는 얘기는 혼자만 알고 있게. 내가 돌아오지 못해도 아무에게도 얘기하지 마. 특별한 이유가 있는 건 아니고, 그저 남들의 웃음거리가 되고 싶지 않네."

"그럼 돌아와서 얘기해주세요."

딩이를 위로하려고 한 말이 아니라 그의 진심이었다. 그때 그는 승리의 환상과 환희에 도취되어 있었고 딩이의 이번 항해가 위험하지 않다고 생각했다.

"먼저 내 질문에 대답해보겠나?"

딩이가 Ice의 말에 대꾸하지 않고 석양이 내려앉은 사막을 가리켰다.

"양자의 불확정성을 고려하지 않고 모든 것이 확정적이라고 가정할 때, 초기 조건을 안다면 그 후 모든 시간 단면의 상태를 계산해낼 수 있지. 만약 외계의 과학자가 수십억 년 전 지구의 모든 데이터를 갖고 있다면 그는 오늘날 이 사막이 존재한다는 것을 예측해낼 수 있을까?"

Ice가 대답했다.

"당연히 그럴 수 없죠. 이 사막의 존재는 지구가 자연적으로 진화한 결과가 아니니까요. 사막화를 일으킨 건 인류 문명이고 문명의 행위는 물리학의 법칙으로는 예측할 수 없잖아요."

"좋아. 그런데 우리와 우리 동료들은 어째서 물리학의 법칙만으로 현재 우주의 상태를 해석하고 우주의 미래를 예측하려는 거지?"

Ice는 깜짝 놀랐다. 지금껏 한 번도 그런 생각을 해본 적이 없었다.

"그건 물리학의 범주를 넘어선 일이 아닐까요? 물리학의 목표는 우주의 기본 법칙을 발견하는 것이잖아요. 인류가 지구를 사막화시킨 건 물리학으로 계산해낼 수 없지만 역시 법칙에 따라 진행되었겠죠. 우주의 법칙은 영원히 불변하니까."

딩이가 갑자기 괴상한 소리로 웃기 시작했다.

"큭큭큭큭큭……."

나중에 돌이켜 생각해보니 그건 Ice가 들은 웃음소리 중 가장 사악한 웃음소리였다. 자학의 쾌감, 모든 게 송두리째 나락으로 떨어지는 것을 지켜보는 흥분감이 그 속에 담겨 있었다. 희열로 공포를 감추고 결국에는 공포 자체를 탐닉하게 된 자의 웃음이었다.

"자네의 마지막 말! 나도 늘 그렇게 자위하지. 난 항상 내게 설득당해. 이 위대한 파티에 가득 차려진 음식을 아무도 손대지 않은 빌어먹을 테이블 하나가 영원히 남겨져 있다고 말이야……. 난 그렇게 수없이 되뇌어. 죽기 전에 한 번 더 말하겠지."

Ice는 그가 무슨 생각을 하는지 알 수 없었다. 그의 말이 잠꼬대 같아서 뭐라고 말해야 할지 갈피를 잡을 수가 없었다.

딩이가 말했다.

"위기의 세기 초기에 지자가 가속기를 교란시킬 때 몇 사람이 자살했지. 그때는 그들을 이해할 수가 없었어. 이론을 연구하는 사람들은 그런 실험 데이터를 보면 흥분해야 당연하다고 생각했거든. 하지만 이젠 알았어. 그 사람들이 나보다 더 많이 알고 있었다는 걸. 양둥도 그중 하나야. 양둥은 나보다 더 많이 알고 있었고 더 멀리 내다보고 있었어. 지금 우리가 모르는 것까지도 알고 있었을 거야. 설마 가상을 만드는 게 지자뿐이겠어? 설마 가상이 가속기의 말단에만 존재하겠어? 우주의 다른 부분은 순결한 처녀처럼 우리가 가서 탐색해주길 기다리고 있을까? 아쉽게도 양둥은 자기가 알고 있는 걸 간직한 채 떠났어."

"그분이 그때 교수님과 더 많은 얘기를 나누었다면 그런 길을 가진 않았을 거예요."

"아마 나도 같이 죽었겠지."

딩이가 손으로 옆에 있는 모래에 구덩이를 팠다. 구덩이 가장자리에서 모래가 물처럼 흘러내렸다.

"내가 돌아오지 못하면 내 집에 있는 물건들은 자네가 갖게. 자네가 그 서기 시대의 물건을 갖고 싶어 한다는 걸 알아."

"그렇긴 하죠. 특히 그 담뱃대는……. 하지만 그럴 기회가 없을 것 같아요."

"그렇게 된다면 좋겠군. 그리고 내게 돈이 조금 있어……."

"교수님, 돈 얘기는……."

"자네가 그 돈으로 동면을 하면 좋겠네. 길수록 좋아. 물론 자네가 원한다면 말이야. 내 목적은 두 가지야. 첫째는 자네가 날 대신해 결말을 보는 것. 물리학의 최종 결말 말이야. 둘째는…… 뭐랄까. 자네가 인생을 낭비하길 바라지 않아. 자네는 사람들이 물리학이 존재한다는 걸 확실히 알고 난 뒤에 물리를 해도 늦지 않아."

"그건…… 양둥 박사님이 했던 말이잖아요."

"틀린 말은 아니야."

그때 딩이가 조금 전에 파놓은 구덩이가 빠르게 커지기 시작했다. 두 사람이 재빨리 일어나 뒤로 물러서서 구덩이가 넓어지는 것을 지켜보았다. 눈 깜짝할 사이에 밑바닥이 보이지 않을 만큼 깊숙이 파이더니 가장자리에서 모래가 쓸려 내려가며 지름이 100미터 가까이로 늘어났다. 옆에 있던 모래 언덕도 구덩이에 삼켜졌다. Ice가 차를 향해 달려가 운전석에 올라탔다. 딩이도 뒤따라왔다. 차 주위의 모래도 서서히 구덩이를 향해 이동하기 시작했다. Ice가 급하게 시동을 걸었지만 바퀴 방향과 상관없이 차체가 뒤로 끌려갔다.

딩이가 기이한 소리로 웃기 시작했다.

"킬킬킬킬킬……."

Ice가 액셀을 끝까지 밟자 바퀴가 맹렬하게 돌아가며 모래를 휘감아 올렸지만 차체는 주변 모래와 함께 걷잡을 수 없이 구덩이를 향해 움직였다. 한쪽으로 잡아당겨지고 있는 테이블보 위의 접시 같았다.

딩이가 외쳤다.

"나이아가라폭포! 나이아가라폭포! 킬킬킬킬……."

Ice가 뒤를 돌아본 순간 온몸의 피가 굳어버리는 것 같았다. 구덩이 끝이 바로 손만 뻗으면 닿을 거리까지 다가와 있었던 것이다. 모래 구덩이가 사막 전체를 삼킬 기세로 아가리를 벌리고 있었다. 온 세상이 구덩이가 되었다. 밑바닥은 시커먼 암흑뿐이고 가장자리에서 황금빛 폭포처럼 모래가 미친 듯이 쏟아져 내렸다. 딩이의 말이 틀렸다. 나이아가라폭포도 이 끔찍한 모래 폭포에 비하면 아무것도 아니었다. 모래 폭포의 가장자리가 지평선 끝까지 뻗어나가고 모래가 굉음을 울리며 쏟아져 내렸다. 세상이 해체되고 있는 것 같았다. 자동차가 미끄러지는 속도가 점점 빨라졌다. 죽기 살기로 액셀을 밟았지만 아무 소용이 없었다.

딩이가 괴상한 웃음 사이로 뇌까렸다.

"멍청하군. 우리가 도망칠 수 있을 것 같아? 탈출속도, 탈출속도를 계산해보라고. 자넨 헛공부를 했군. 낄낄낄낄⋯⋯."

결국 자동차가 구덩이 안으로 빨려들어가 모래 폭포와 함께 떨어지기 시작했다. 눈앞의 모든 것이 끝이 보이지 않는 어둠 속으로 끌려 들어갔다! Ice가 극도의 공포감에 새된 비명을 내질렀지만 자기 목소리는 들리지 않고 딩이의 미치광이 같은 웃음소리만 귓속을 가득 채웠다.

"하하하하하하하⋯⋯. 아무도 손대지 않은 테이블은 없어. 순결한 처녀도 없어. 아하하하하하⋯⋯. 아하하하하하⋯⋯."

악몽에서 깨어났을 때 Ice의 온몸이 땀에 젖어 있고 주위에 땀방울이 떠다니고 있었다. 한참을 꼼짝도 하지 않고 허공에 떠 있던 그가 튕겨져 나가듯 밖으로 뛰쳐나가 다른 고급 선실로 달려갔다. 온 힘을 다해 문을 밀어 열었다. 바실리도 잠에 빠져 있었다.

"장군님! 종이쪽지를 우주선 안에 두면 안 됩니다. 아니, 레벌레이션호가 저 물체와 겹치게 떠 있어서는 안 됩니다. 어서 여길 빠져나가야 해요. 최대한 멀리!"

"뭘 발견했나?"

"아뇨. 직감입니다."

"안색이 좋지 않군. 많이 피곤하지? 과로 탓이야. 저건, 그냥…… 아무 것도 아닌 것 같아. 안에 아무것도 없어. 별로 해롭지 않을 거야."

Ice가 바실리의 두 어깨를 붙잡고 그의 두 눈을 똑바로 쳐다보았다.

"오만을 버리세요!"

"뭐라고?"

"오만을 버리라고요. 생존을 가로막는 건 무능과 무지가 아니라 오만이에요. 물방울을 생각해보세요!"

Ice의 마지막 말이 바실리의 마음을 움직인 것 같았다. 바실리가 말없이 그를 쳐다보다가 천천히 고개를 끄덕였다.

"알았네. 자네 말대로 하지. 레벌레이션호를 종이쪽지에서 떼어놓겠네. 감시용 탐사정 한 대만 남겨놓고 1000킬로미터쯤 이동하면 되겠지? 아니면…… 2000킬로미터?"

Ice가 바실리의 어깨를 놓아주며 이마의 땀을 닦았다.

"그건 알아서 하세요. 어쨌든 멀리 떨어져야 해요. 저는 당장 보고서를 써서 제 추측을 본부에 알릴게요."

그가 말을 마친 뒤 비틀거리며 밖으로 나갔다.

레벌레이션호가 이동하자 종이쪽지가 다시 우주로 나왔다. 배경이 어두워지며 반투명한 흰색이 도드라져 정말 종이쪽지 같았다. 레벌레이션호는 2000킬로미터 이동한 뒤 토모로호가 도착하기를 기다렸고, 레벌레이션호가 두고 간 탐사정 한 대가 10여 미터 거리에서 종이쪽지를 감시했다. 탐사정에는 탐사 대원 두 명이 타고 있었다.

종이쪽지에서 발산되는 중력파의 강도가 약해지자 흰빛도 점점 어두워졌다.

Ice는 레벌레이션호의 실험실에 틀어박혀 있었다. 우주선의 양자 컴퓨터와 연결된 화면이 그의 주위를 겹겹이 에워쌌고, 10개도 넘는 그 화면들 위에는 각종 방정식, 행렬, 그래프가 빽빽하게 채워져 있었다. 그 가운데서 웅크리고 있는 Ice는 함정에 빠진 짐승처럼 불안하고 초조해 보였다.

레벌레이션호와 분리되고 50시간쯤 흘렀을 때 종이쪽지에서 나오던 중력파가 완전히 사라지고 하얀빛도 두 번 깜빡인 뒤 꺼졌다. 중력파와 빛이 사라졌다는 건 종이쪽지가 사라졌다는 뜻이었다.

바실리가 물었다.

"완전히 증발됐나?"

"아닐 겁니다. 눈에 보이지 않을 뿐이죠."

지친 표정의 Ice가 고개를 저으며 주위에 떠 있는 화면들을 하나씩 껐다.

또 한 시간이 흘렀지만 관측 장비에서 종이쪽지의 흔적이 발견되지 않았다. 바실리가 2000킬로미터 떨어져 있는 탐사정에 귀환 명령을 내렸다. 그런데 탐사정에 있는 두 탐사 대원이 응답하지 않았다. 그 대신 둘 사이에 나누는 다급한 대화 소리만 들렸다.

"아래 좀 봐. 어떻게 된 거지?"

"올라오고 있어!"

"부딪치지 마! 빨리 나가!"

"내 다리! 악!"

외마디 비명 후 레벌레이션호의 모니터에 두 탐사 대원 중 한 명이 탐사정에서 뛰쳐나오는 장면이 잡혔다. 우주복의 추진기를 작동시켜 탈출을 시도하고 있었다. 그와 동시에 탐사정의 아랫부분에서 섬광이 번쩍였다. 그곳이 녹아내리고 있었다! 달궈진 유리 위에 놓인 아이스크림처럼 탐사정의 아랫부분이 녹아 사방으로 퍼져나가고 있었다. '유리'는 보이지 않고 탐사정이 녹으며 퍼져나가는 형태만으로 무형의 평면이 존재한다는 걸 확인할 수 있었다. 녹아내린 탐사정이 평면 위에서 아주 얇은 막으로 퍼지며 유리 위를 뒤덮는 불꽃처럼 요염한 광채를 발산했다. 탈출하던 탐사 대원도 어떤 중력이 작용한 듯 평면 위로 끌어당겨졌다. 그의 발이 평면에 들러붙는 동시에 순식간에 녹아 찬란한 빛덩이로 변한 뒤 그의 다른 부위도 빠르게 뭉그러져 평면을 타고 흘러내렸다. 탐사 대원이 짧은 비명만 남긴 채 화면에서 사라졌다.

"전원 가속 좌석에 착석하라! 엔진 상태, 전진 4!"

모니터 화면에서 탐사 대원의 발이 보이지 않는 평면에 닿는 순간, 바실리가 레벌레이션호 함장을 거치지 않고 긴급 명령을 내렸다. 레벌레이션호는 항성급 우주선이 아니기 때문에 전진 4단계에서도 심해가속액의 완충 작용이 필요하지 않지만 가속으로 발생한 고중력에 온몸이 좌석에 단단히 짓눌려졌다. 급작스러운 명령에 미처 좌석에 착석하지 못한 승선원들은 가속의 충격에 선미까지 나둥그러져 부상을 입었다. 레벌레이션호의 추진기에서 뿜어져 나온 플라스마 불꽃이 몇 킬로미터나 길게 이어졌지만 녹아버린 탐사정의 불덩이는 여전히 들판에 떠 있는 도깨비불처럼 저 멀리서 부융한 빛을 내고 있었다.

조금 남아 있던 탐사정의 꼭대기 부분이 영롱한 평면 속으로 스며들듯 모니터 화면에서 금세 자취를 감추었다. 탐사 대원의 몸도 평면 위로 넓게 퍼져 거대한 인체의 형태를 띠며 빛을 발산하고 있었다. 그의 몸은 두께가 없었다. 넓기는 하지만 부피가 전혀 없었다.

레벌레이션호의 함장이 고중력 상태에서 힘겹게 말했다.

"우주선이 움직이지 않습니다. 속도가 올라가지 않습니다."

"무슨 헛소리를 하는 거요?"

바실리가 목이 터져라 외쳤지만 중력에 눌려 가느다란 소리밖에 나지 않았다.

상식적으로 생각하면 조종사의 말은 헛소리였다. 우주선 승선원들이 가속으로 인한 고중력에 숨 막힐 듯 짓눌려 있었다. 그건 레벌레이션호가 고출력으로 가속하고 있다는 명백한 증거였다. 우주에서 우주선의 운동 상태를 육안으로 판단하는 건 불가능하다. 참조점 역할을 하는 천체가 너무 멀리 떨어져 있어서 짧은 시간 안에 시차를 느낄 수 없기 때문이다. 하지만 우주선 조종 시스템으로는 우주선의 미세한 가속과 운동을 관측할 수 있다. 시스템은 오차가 없다.

하지만 레벌레이션호는 고중력 상태에 있는데도 속도가 올라가지 않았다. 어떤 힘에 붙들려 우주에 고정되어 있는 것 같았다.

Ice가 힘없이 말했다.

"가속하고 있지만 외부 공간에 반대 방향의 흐름이 나타나 가속을 상쇄시키고 있는 거예요."

"공간의 흐름? 어디로 흐르지?"

"물론 저곳이죠."

Ice는 중력에 눌려 손가락을 올릴 힘도 없었지만 그가 말하는 곳이 어디라는 걸 모두 알고 있었다. 레벌레이션호가 정적에 휩싸였다. 사실 고중력 상태는 사람에게 안정감을 준다. 어떤 힘이 자신을 품에 안고 위험에서 빠져나가는 듯한 기분이 들게 한다. 하지만 지금은 고중력이 무덤 같은 압박감으로 변해 사람의 숨통을 죄고 있었다.

Ice가 말했다.

"본부와 통신 채널을 열어주세요. 시간이 없어요. 구두로 보고할게요."

"열었네."

"장군님은 저 물체가 아무것도 아니고 안에 아무것도 없는 것 같다고 하셨죠. 장군님 말씀이 맞습니다. 저건 정말로 아무것도 아니에요. 안에 아무것도 없어요. 저건 그저 공간이에요. 우리 주위에 있는, 아무것도 아니고 아무것도 없는 공간과 똑같아요. 유일한 차이점은 2차원이라는 거죠. 덩어리가 아니라 평면이에요. 두께가 없는 평면."

"아까 증발했잖아?"

"증발한 건 저걸 감싸고 있는 역장이에요. 2차원 공간을 주위의 3차원 공간과 격리시켜주고 있던 역장이 사라지면서 양쪽이 맞붙게 된 거예요. 블루스페이스호와 그래비티호가 보았던 걸 기억하시죠?"

아무도 대답하지 않았지만 모두 기억하고 있었다. 4차원 공간이 3차원 공간을 향해 폭포처럼 떨어지던 그 광경을.

"4차원이 3차원으로 떨어질 때와 마찬가지로 3차원 공간도 2차원 공간으로 떨어지죠. 한 차원이 양자 영역으로 말려들어가는 겁니다. 저 작은 2차원 공간의 면적이 빠르게 확대되면서 더 넓은 범위에서 추락을 유발할 거예요…… 우린 지금 2차원으로 추락하는 공간 속에 있어요. 결국에는 태양계 전체가 2차원으로 떨어질 거예요. 한마디로 태양계가 두께가 없는 그림으로 변하는 겁니다."

"도망칠 수 있나?"

"지금 도망치는 건 폭포의 낭떠러지 끝에 매달린 배에서 노를 젓는 것과 같아요. 탈출속도를 넘어서지 못하는 한, 노를 열심히 저어도 폭포로 떨어지는 시간을 늦출 뿐이죠. 돌멩이를 아무리 높이 던져 올려도 결국에는 떨어지는 것과 같아요. 태양계 전체가 폭포로 떨어질 거예요. 탈출속도에 도달해야만 여기서 탈출할 수 있어요."

"탈출속도가 얼마야?"

"네 번이나 계산했으니까 틀릴 가능성은 없어요."

"그래서 탈출속도가 얼마냐고!"

레벌레이션호와 알래스카호 승선원들이 숨죽이고 그의 대답을 기다렸다. 전 인류를 대신해 종말의 판결을 듣고 있었다. Ice가 담담하게 판결을 내렸다.

"광속입니다."

조종 시스템이 레벌레이션호가 추진 방향의 반대 방향으로 가속하고 있음을 알렸다. 우주선이 2차원 평면이 있는 곳을 향해 움직이고 있었다. 아직은 속도가 느리지만 점점 빨라졌다. 엔진은 여전히 최고 출력으로 가동되고 있었다. 이대로 우주선을 끄는 힘에 저항한다면 마지막 순간을 조금 늦출 수는 있을 것이다.

2000킬로미터 떨어진 곳에서 2차원화된 탐사정과 탐사 대원의 몸은 이미 빛이 사그라져 있었다. 4차원에서 3차원으로 떨어질 때와 비교하면 3차원에서 2차원으로 떨어지는 에너지는 조금 적었다. 2차원 물체의 구조가 별빛을 받아 선명하게 드러났다. 2차원화된 탐사정 위로 2차원으로 펼쳐진 3차원 구조가 보였다. 우주선 좌석과 핵융합 엔진, 좌석 위에 둥글게 말린 인체의 형상이 보였다. 뼈와 혈관은 물론이고 신체의 각 부위가 분간할 수 있을 만큼 선명하게 드러났다. 2차원화되는 과정에서 3차원 물체의 모든 점이 정확한 기하학 법칙에 따라 2차원 평면 위로 투사되었다. 말하자면 그건 탐사정과 인체의 가장 완전하고 정확한 도면이었다. 모든 내부 구조가 평면 위에 조금도 숨김없이 배열되어 있었다. 하지만 투영된 과정이 공학적 제도(製圖)와 완전히 달라서 시각적으로는 원래의 3차원 형상을 상상할 수 없었다. 공학적 제도와 가장 크게 다른 점은 2차원 펼침이 모든 척도에서 진행되었다는 것이다. 3차원 구조에서 내부에 숨겨져 있던 모든 구조와 세부적인 부분들이 2차원 평면 위에 낱낱이 배열되었기 때문에 4차원 공간에서 3차원 세계를 볼 때처럼 끝없이 세밀하게 보였다. 기하학의 프랙털 이미지처럼 이미지 안에 있는 모든 부분이 똑같이 복잡한 구조로 확대된 형태였다. 프랙털 이미지는 이론적인 개념일 뿐 실제 도안은 해상도의 한계 때문에 일정한 정도로 확대되면 프랙털의 성질이 사라진다. 하지만 2차원화된 3차원 물체는 기본 입자 수준의 높은 해상도를 통해 그 무한한 복잡성이 현실에서 온전하게 구현되었다. 우주선의 모니터를 통해 그 세밀함을 다 볼 수는 없었지만 그것만으로도 이미 현기증이 날 만큼 복잡하고 정밀했다. 오래 보고 있으면 사람이 실성할 수도 있을 만큼 우주에서 가장 복잡한 도형이었다.

하지만 지금, 탐사정과 탐사 대원의 두께는 0이었다.

2차원 평면이 얼마나 불어났는지 알 수 없었다. 그것의 존재를 알 수 있는 근거는 탐사정과 탐사 대원의 평면 도안뿐이었다.

레벌레이션호가 2차원 평면을 향해 점점 빠르게 끌려갔다. 두께가 0인 그 심연을 향해 미끄러지고 있었다.

Ice는 담담해 보였다.

"여러분, 절망할 것 없습니다. 태양계에 있는 그 누구도 빠져나갈 수 없으니까요. 세균 하나, 바이러스 하나까지 그 어떤 것도 살아남지 못하고 이 거대한 그림의 일부가 될 겁니다."

바실리가 말했다.

"가속을 중단하지. 이깟 시간쯤 늦춰봤자 의미가 없어. 숨이라도 편하게 쉬는 게 낫겠어."

레벌레이션호의 엔진이 꺼졌다. 우주선 선미의 불꽃 기둥도 사라지고 우주선이 고요한 우주 속에 조용히 멈춰 섰다. 아니, 사실 우주선은 2차원 평면이 있는 쪽으로 가속이 붙고 있었지만 주위 공간도 함께 움직이고 있기 때문에 우주선에 탄 사람들은 중력을 느낄 수 없었다. 이제 무중력상태에서 편하게 호흡할 수 있었다.

Ice가 말했다.

"여러분, 제가 무슨 생각을 했는지 아십니까? 윈톈밍의 동화입니다. 바늘귀의 그림이요."

레벌레이션호에 탑승한 사람들 중 몇 명은 윈텐밍의 메시지에 대해 알고 있었고, 그들은 이 짧은 순간에 바늘귀의 그림에 담긴 의미를 깨달았다. 그건 고정 좌표가 없는 단독 은유였다. 윈텐밍도 그토록 단순하고 직접적인 상징을 동화에 넣는 것이 큰 모험이라고 생각했을 것이다. 하지만 그는 모험을 감행했다. 너무도 중요한 정보였기 때문이다.

그러나 그는 사람들의 이해력을 과대평가했다. 아마도 그는 블루스페이스호와 그래비티호가 4차원 공간이 3차원으로 떨어지는 것을 목격했으므로 사람들이 이 암시를 해독할 수 있을 거라 생각했을 것이다.

이 중요한 정보를 해독하지 못한 바람에 인류는 벙커 프로젝트에 희망을 걸고 말았다.

인류가 이미 관측한 두 번의 암흑의 숲 공격은 모두 광립에 의한 것이었다. 하지만 인류는 한 가지 사실을 간과했다. 암흑의 숲 공격으로 파괴된 두 성계가 태양계와 다른 구조를 가지고 있다는 점이다. 187J3X1에는 목성형행성이 네 개나 있었지만 그 행성들의 운행 궤도 반경이 태양과 목성 간 평균 거리의 3퍼센트밖에 되지 않았다. 태양과 수성 간 거리보다도 더 가까웠다. 목성형행성이 항성에 거의 붙어 있기 때문에 항성이 폭발하는 충격에 완전히 파괴되어 벙커로 이용할 수 없었다. 또 삼체 성계에는 행성이 하나뿐이었다.

항성의 행성 구조는 아주 멀리 떨어진 우주에서도 관측할 수 있는 뚜렷한 특징이다. 고도의 기술을 가진 문명이라면 그저 흘긋 쳐다보는 정도로도 쉽게 알 수 있을 것이다.

인류도 알고 있는 벙커를 그들이 몰랐을까?

생존을 가로막는 건 무능과 무지가 아니라 오만이다.

레벌레이션호에서 2차원 평면까지 1000킬로미터도 남아 있지 않았다. 떨어지는 속도가 점점 빨라졌다.

바실리가 말했다.

"최선을 다해 임무를 수행한 여러분, 고맙소. 우리가 함께한 시간이 길지는 않았지만 즐거웠소."

Ice가 말했다.

"태양계에서 함께 살았다는 사실에 감사합니다."

레벌레이션호가 2차원 공간으로 떨어지며 빠르게 2차원화되었다. 불과 몇 초 만에 불꽃 같은 섬광이 어두운 우주를 다시 비추었다. 10만 킬로미터 떨어져 있는 알래스카호에서도 또렷하게 관찰할 수 있을 만큼 광대한 2차원 그림이었다. 레벌레이션호의 승선원 전원이 그림의 일부가 되었다. 모두 손을 잡고 있었다. 그들의 몸을 이루는 모든 세포가 2차원 상태로 우주에 선연히 각인되며 파멸의 거대한 그림 속에 제일 먼저 그려 넣어진 사람들이 되었다.

벙커의 세기 67년, 명왕성

"우리, 지구로 돌아가요."

청신이 낮은 소리로 말했다. 혼란스럽고 암담한 감정에 휩싸인 뒤 제일 처음 든 생각이었다.

차오빈이 말했다.

"지구가 마지막을 기다리기에 좋은 곳이긴 하지. 잎이 떨어져 뿌리로 돌아가듯이. 하지만 헤일로호가 명왕성으로 가주면 좋겠군."

"명왕성이요?"

"명왕성이 지금 원일점*에 있어. 그쪽이 2차원 공간과 비교적 멀리 떨어져 있지. 연방 정부가 곧 전 세계에 공식 경보를 발령할 거야. 아마 대부분의 우주선이 그쪽 방향으로 이동하겠지. 어차피 결과는 같겠지만 시간을 좀 더 벌 수는 있을 테니까."

---

* 옮긴이 주 : 태양 주변을 도는 천체가 태양과 가장 멀어지는 지점.

"시간이 얼마나 남았나요?"

"카이퍼 벨트 안에 있는 태양계 공간은 8일에서 10일 내에 완전히 2차원으로 떨어질 거야."

AA가 말했다.

"그 정도 늦추는 게 무슨 의미가 있어요? 지구로 돌아가요."

"연방 정부가 두 사람에게 한 가지 일을 부탁했어."

"아직도 우리가 할 수 있는 일이 남아 있다고요?"

"중요한 일은 아니야. 이 상황에 중요한 일이 뭐가 있겠나. 누가 이런 의견을 내놨어. 이론적으로 보면 2차원화된 3차원 물체의 이미지를 분석해서 3차원 이미지로 복원시키는 프로그램이 존재할 수 있다고 말이야. 그렇다면 긴 세월이 흐른 뒤 지능을 가진 어떤 문명이 2차원의 태양계를 3차원 이미지로 복원시킬 수도 있겠지. 비록 죽은 이미지일 뿐이지만 그렇게 될 수만 있다면 인류의 문화가 완전히 사라지는 건 아니니까. 명왕성에 지구 문명 박물관이 있어. 지구에 있던 상당 부분의 유물이 그곳에 보관되어 있지. 그 박물관이 명왕성 땅 밑에 있어. 우리가 걱정하는 건 2차원화될 때 그 유물들이 지층 물질과 뒤섞여 구조가 파괴될 수 있다는 거야. 그러니까 두 사람이 헤일로호를 이용해 그중 일부라도 가지고 나와 우주에 드문드문 흩어놓아주면 좋겠군. 단독으로 2차원화될 수 있도록. 그러면 그 구조가 2차원 형식으로 온전히 보존될 테니까 말이야. 지금으로선 이게 유물을 구할 수 있는 최선의 방법이야…… 물론 환상에 가까운 희망이지만 아무것도 하지 않는 것보단 낫겠지. 명왕성에 있는 뤄지 박사님도 두 사람을 꼭 만나고 싶어 하시고."

AA가 놀라서 외쳤다.

"뤄지 박사님이라고요? 그분이 아직 살아 있어요?"

"그래. 200살 가까이 되셨지."

청신이 말했다.

"알겠어요. 명왕성으로 갈게요."

예전 같으면 쉽지 않은 결정이었지만 이젠 아무래도 상관없었다.

그때 갑자기 예의 바른 남자 목소리가 들렸다.

"명왕성으로 가시겠습니까?"

AA가 물었다.

"누구세요?"

"저는 혜일로호의 AI입니다. 명왕성으로 가시겠습니까?"

"그래요. 우리가 어떻게 해야 하죠?"

"명령을 확인해주시면 됩니다. 그 외에는 아무것도 하실 필요 없습니다. 제가 모셔다 드리겠습니다."

"좋아요. 명왕성으로 가겠어요."

"명령이 확인되었습니다. 3분 뒤 혜일로호가 1G로 가속할 겁니다. 중력 방향에 주의하십시오."

차오빈이 말했다.

"좋아. 어서 떠나게. 공격 경보가 발령되면 소요가 발생할 거야. 다시 연락하지. 부디 그럴 기회가 있길 바라네."

청신과 AA가 작별 인사를 하기도 전에 차오빈이 화면을 껐다. 두 사람과 혜일로호는 그에게 가장 중요한 일이 아니었던 것이다.

저 멀리 우주 도시 결합체의 표면에 푸른빛이 나타났다. 혜일로호의 추진기 불꽃이 반사된 빛이었다. 청신과 AA의 몸이 구형 우주선의 한쪽으로 쏠렸다. 몸이 점점 무거워지는 것을 느꼈다. 속도가 올라가며 중력이 금세 1G까지 상승했다. 동면에서 깨어난 후 아직 몸이 완전히 회복되지는 않았지만 일어설 만큼의 기력은 회복되었다. 창 앞으로 다가가 우주 공간을 응시했다. 목성 전체가 시야에 들어왔지만 여전히 거대한 크기였다.

목성이 작아지는 속도를 육안으로 느낄 수 없었다.

항해가 시작된 후 AI가 청신과 AA에게 헤일로호에 대해 소개해주었다. 헤일로호는 여전히 최대 탑승 인원이 네 명인 소형 항성급 우주선이었다. 우주선 공간의 대부분은 생태순환 시스템이 차지하고 있었다. 생태 시스템의 수용 능력을 크게 설계해 최대 40명까지 감당할 수 있는 용량으로 네 명이 생존하는 데 필요한 환경을 제공했다. 동일한 생태 시스템을 네 개 탑재해 연계 작동하도록 했으며 예비 역할도 있었다. 그중 하나가 예상치 못한 사고로 파괴되더라도 남아 있는 에너지로 다시 살려낼 수 있는 시스템이었다. 헤일로호의 또 다른 특징은 중형급 질량의 고체행성에 직접 착륙할 수 있다는 것이었다. 항성급 우주선에서는 매우 드문 기능이었다. 비슷한 유형의 우주선들은 우주선에 따로 장착된 우주왕복선을 이용해 행성에 착륙했다. 행성의 중력 우물에 직접 진입하려면 우주선을 고강도 재질로 제작해야 하기 때문에 높은 제작 비용이 들었다. 대기층을 드나들어야 하기 때문에 헤일로호의 외관도 행성급 우주선에서는 거의 볼 수 없는 완전한 유선형이었다. 이 때문에 헤일로호가 외우주에서 지구형행성을 찾아낸다면 장기간 행성 표면의 생존기지 역할을 할 수 있었다. 아마도 이 특징 때문에 명왕성에서 유물을 가지고 나오는 일이 헤일로호에 맡겨졌을 것이다.

헤일로호에는 그 외에도 여러 가지 특별한 설계가 있었다. 우주선 내부에 작은 정원 여섯 개가 조성되어 있다는 것도 그중 하나였다. 20~30제곱미터 넓이의 정원 여섯 개가 가속할 때는 자동으로 중력 방향에 적응하고 평상시에는 우주선 안에서 독립적으로 돌아가며 인공 중력을 발생시켰다. 각각의 정원에 다양한 자연 경관이 꾸며져 있었다. 작은 시내가 흐르는 풀밭 정원, 연못을 품고 있는 숲 정원, 하얀 모래가 깔린 백사장 정원, 맑은 물이 물보라를 일으키며 오르락내리락하는 분수 정원 등등 아기자기한 정원이 정교하게 꾸며져 있었다. 마치 지구에서 가장 아름다운 것들을 모아 하나로 엮어놓은 진주 목걸이 같았다. 소형 항성급 우주선에는 호사스럽다고 할 만큼 화려한 설계였다.

청신은 헤일로호가 아깝고 안타까웠다. 이렇게 작고 아름다운 세계가 곧 두께도 없는 필름으로 변해버린다니……. 하지만 곧 사라질 더 거대한 것들은 억지로 생각하지 않으려 애썼다. 파멸이 거대한 검은 날개처럼 그녀의 생각을 덮고 있었다. 그녀는 고개를 들어 그것을 똑바로 쳐다볼 용기가 없었다.

출발한 지 두 시간쯤 되었을 때 태양계 연방 정부가 발표한 암흑의 숲 공격 경보가 헤일로호에도 도착했다. 연방 대통령이 직접 경보를 낭독했다. 매우 젊어 보이는 아름다운 여성이었다. 경보를 낭독하는 동안 그녀의 얼굴에는 아무런 표정도 나타나지 않았다. 그녀는 파란색 태양계 연방기 앞에 서 있었다. 청신은 그 깃발이 고대의 UN기와 매우 비슷하다는 걸 알았다. 깃발 중간의 지구 문양이 태양으로 바뀌어 있다는 것만 다를 뿐이었다. 인류 역사에서 가장 중요한 마지막 문건은 300자 남짓의 짧고 간략한 발표문이었다.

다섯 시간 전 태양계 경보 시스템을 통해 우리 성계에 대한 암흑의 숲 공격이 개시되었음이 확인되었습니다.

이번 공격은 차원 공격입니다. 태양계가 존재하는 공간의 차원을 3차원에서 2차원으로 떨어뜨리는 공격입니다. 태양계 안에 존재하는 모든 생명이 완전히 멸종될 것입니다.

모든 과정이 앞으로 8일에서 10일 사이에 완료될 것입니다. 경보를 발령하는 이 순간에도 태양계의 3차원 공간이 2차원으로 떨어지고 있으며 그 규모와 속도가 빠르게 확대되고 있습니다.

광속으로 탈출해야만 이 공격을 피할 수 있습니다.

도피주의에 관한 모든 법률을 폐기하는 결의가 한 시간 전 연방 정부와 의회에서 통과되었습니다. 하지만 탈출속도가 현재 인류가 가진 우주선의 최고 속도를 훨씬 초월하므로 도주가 성공할 가능성은 전혀 없다는 사실을 알려드립니다.

태양계 연방 정부, 태양계 의회, 태양계 최고법원, 태양계 연방 함대는 마지막 순간까지 직무를 수행할 것입니다.

청신과 AA는 더 많은 정보를 찾아보지 않았다. 차오빈은 지금의 벙커 세계가 만들어진 천국 같다고 했다. 두 사람은 천국이 어떤 모습인지 보고 싶었지만 그러지 않았다. 이 모든 것이 곧 사라질 운명이라면 아름다울수록 더 고통스러웠다. 그곳은 공포 속에서 무너져가는 천국일 것이다.

헤일로호가 가속을 멈추었다. 그들 뒤에 있는 목성이 작고 노란 점이 되어 있었다. 그 후 며칠간 청신과 AA는 수면 장치를 통해 계속 잠든 채로 지냈다. 종말 전야의 고독한 항해와 주체할 수 없이 갈마드는 수많은 생각과 상상은 사람을 미치게 만들고도 남는 것이었다.

AI가 청신과 AA를 꿈도 꾸지 않는 긴 잠에서 깨웠을 때 헤일로호는 이미 명왕성에 도착해 있었다.

창과 모니터 화면을 통해 명왕성 전체가 내려다보였다. 두 사람을 맞이한 건 암흑이었다. 영원히 감은 채 뜨지 않는 눈 같았다. 태양 광선도 이곳에 다다르면 쇠미한 흔적만 남았다. 헤일로호가 저궤도로 진입한 후에야 행성 표면의 색을 어렴풋이 분간할 수 있었다. 명왕성의 대지는 푸른색과 검은색 줄무늬로 되어 있었다. 검은색은 암석이었다. 암석 자체가 검은색이 아니라 빛이 어두워서 검게 보이는 것일 수도 있었다. 푸른색은 고체 상태의 질소와 메탄이었다. 2세기 전 명왕성이 해왕성 궤도 안쪽의 근일점*에 있을 때는 지금과 완전히 다른 세계였다고 했다. 그때는 표면을 덮고 있는 얼음이 일부 녹으며 희박한 대기를 형성해 멀리서 보면 짙은 노란색을 띠었다.

헤일로호가 착륙을 시도했다. 지구였다면 대기권 재진입이라는 험난한 단계를 거쳐야 했겠지만 지금 헤일로호는 평온하게 진공 속을 비행하며 우주선에 탑재된 추진기만으로 감속하고 있었다. 이때 검푸른 대지 위로 또렷하게 적힌 흰 글씨 몇 줄이 나타났다.

지구 문명.

동서양의 문자가 혼합된 현대어로 쓰여 있었다. 마지막에 조금 작은 글씨로 적혀 있는 몇 줄도 역시 이 네 글자를 고대의 주요 언어 몇 가지로 적어놓은 것이었다. 청신은 그 뒤에 '박물관'이라는 세 글자가 없다는 것을 알아차렸다. 현재 우주선 고도가 100킬로미터이므로 글자가 얼마나 큰지 알 수 있었다. 정확한 크기는 알 수 없지만 지금껏 인류가 쓴 글자 중 제일 클 것이다. 한 글자 한 글자가 대도시 하나를 덮을 수 있을 만큼 컸다. 우주선의 고도가 약 10킬로미터까지 낮아지자 네 글자 중 하나밖에 보이지 않았다. 헤일로호가 착륙한 넓은 착륙장은 중국어로 쓴 '지구' 중 '구(球)' 자의 우측 상단에 있는 점이었다.

청신과 AA는 AI의 안내에 따라 간이 우주복을 입고 우주선 밖으로 나가 명왕성 표면에 발을 내디뎠다. 극한의 한기로 인해 우주복의 발열 시스템이 가장 높은 출력으로 가동되었다. 착륙장의 새하얀 바닥 위로 별빛이 내려앉아 형광색인 듯한 착각이 들었다. 착륙장 표면의 그을린 흔적으로 보면 우주선이 이곳에 수없이 착륙하고 이륙한 듯했지만 지금은 아무것

* 옮긴이 주: 태양 주변을 도는 천체가 태양과 가장 가까워지는 지점.

도 없이 텅 비어 있었다.

벙커 세기의 명왕성은 고대 지구의 남극처럼 아무도 살지 않고 사람의 발길도 거의 닿지 않는 황량한 땅이었다.

하늘에서 검은 구체가 뭇별 사이를 유령처럼 빠르게 가로지르며 지나갔다. 부피는 크지만 표면이 자세히 보이지 않았다. 명왕성의 위성인 카론이었다. 명왕성의 10분의 1 질량을 가진 카론과 명왕성이 중행성계처럼 같은 질량중심을 중심으로 돌고 있었다.

헤일로호의 서치라이트가 켜졌다. 대기가 없어 빛기둥은 보이지 않고 둥근 빛무리가 멀리 있는 검은 장방형에 가 닿았다. 그 검은 비석이 백색 대지 위에 있는 유일한 돌출물이었다. 기이하리만치 간결한 형태가 현실 세계에 대한 추상적 상징처럼 보였다.

청신이 말했다.

"낯익어."

"뭔지는 모르지만 느낌이 썩 좋진 않아요."

청신과 AA가 비석을 향해 다가갔다. 명왕성의 중력이 지구의 10분의 1밖에 되지 않아 걷고 있지만 뛰듯이 몸이 빠르게 움직였다. 두 사람은 자신들이 이동하는 방향을 따라 백색 지면 위에 화살표가 그려져 있는 것을 보았다. 검은 비석을 가리키는 화살표가 계속 이어졌다. 비석 앞에 도착해보니 예상보다 크기가 훨씬 컸다. 고개를 들어 올려다보면 하늘에 커다란 사각형 구멍이 뚫려 있는 것 같았다. 시선을 휘 둘러 주위를 살펴보니 길게 이어진 화살표가 여러 방향에서 비석을 향해 모여들고 있었다. 비석 아래에 눈에 띄는 돌출물이 있었다. 지름 1미터 정도 되는 금속 바퀴였다. 놀랍게도 수동으로 돌리는 바퀴였다. 바퀴 위쪽의 비석 표면에 흰색 선으로 지시도가 그려져 있었다. 구부러진 화살표 두 개가 바퀴를 돌리는 방향을 가리키고 있고, 그 옆에 하나는 반쯤 열려 있고 하나는 닫혀 있는 두 개의

문이 그려져 있었다. 청신이 몸을 돌려 비석을 향해 모여들고 있는 화살표들을 살펴보았다. 글자 하나 없는 단순하고 강렬한 지시도가 기이한 느낌을 주었다.

AA가 그 느낌을 말로 표현했다.

"이건…… 인간을 위한 게 아닌 것 같아요."

둘이 함께 바퀴를 잡고 시계 방향으로 돌렸다. 힘껏 돌리자 바퀴가 돌아가며 비석 위에 서서히 문이 나타나고 열린 문틈으로 어떤 기체가 새어 나왔다. 기체에 섞인 수분이 극저온에서 순간적으로 응결되며 만들어진 얼음 결정이 서치라이트 불빛을 받아 영롱하게 반짝였다. 문으로 들어가자 또 다른 문이 나왔다. 그 문에도 손으로 돌리는 바퀴가 있었다. 이번에는 첫 번째 문을 닫아야만 두 번째 문을 열 수 있다는 짧은 지시문이 쓰여 있었다. 그 공간이 에어로크*였던 것이다. 인류 세계에서는 위기의 세기 말부터 이미 내부에 기압이 존재하는 건물이 에어로크 없이 진공상태의 외부로 개방되었다. 첫 번째 문 안쪽에 있는 바퀴 손잡이를 돌려 문을 닫자 서치라이트 불빛이 가로막히며 섬뜩한 공포감이 어둠과 함께 그들을 덮쳤다. 우주복에 달린 조명을 켜려다가 그 좁은 공간의 천장에 달린 작은 램프에서 어슴푸레한 빛이 내려오고 있는 것을 보았다. 이 세계에 전기가 있음을 보여주는 첫 번째 증거였다. 청신은 두 번째 문의 바퀴 손잡이를 열며 첫 번째 문을 닫지 않았더라도 두 번째 문이 열렸을 것이라고 생각했다. 공기가 새어나가는 것을 막기 위한 조치는 짧은 지시문 한 줄이 전부인 것 같았다. 이런 저기술 환경에서 오작동을 자동으로 차단하는 시스템을 갖추는 건 불가능해 보였기 때문이다.

문틈으로 울컥 쏟아져 나온 기류가 두 사람을 덮쳐 몸이 휘청거리고 급

---

* 옮긴이 주: 항공기, 잠수함 등에 안팎의 공기가 통하지 못하도록 출입구에 설치한 기밀식 통로.

격한 온도 상승으로 바이저가 부옇게 가려졌다. 우주복에서 외부의 기압과 공기 성분이 모두 정상적이므로 헬멧을 벗어도 좋다는 안내가 나왔다.

아래로 내려가는 통로를 발견했다. 통로 끝은 매우 깊어 보였고, 드문드문 달려 있는 작은 램프의 희미한 불빛이 검은 벽에 삼켜져 램프와 램프 사이의 벽이 칠흑같이 어두웠다. 통로 바닥은 미끄러운 경사로였다. 경사도가 거의 45도에 가까울 만큼 가파르지만 계단은 없었다. 저중력에서는 계단이 필요 없기 때문일 수도 있고, 그 통로가 인간을 위한 것이 아니기 때문일 수도 있었다.

AA가 말했다.

"이렇게 깊은데 엘리베이터도 없네요."

가파른 통로를 내려가려니 겁이 나는 것 같았다.

"엘리베이터는 오래되면 낡아버리지. 이 건물은 지질학적 연대를 버틸 수 있도록 설계됐거든."

통로 저편에서 나는 목소리였다. 그곳에 한 노인이 서 있었다. 저중력 상태에서 공중으로 붕 떠오른 노인의 긴 백발과 흰 수염이 불빛을 받아 스스로 빛을 내는 듯했다.

AA가 큰 소리로 외쳤다.

"뤄지 박사님이세요?"

"나 말고 또 누가 있겠어? 다리가 예전 같지 않아서 마중하러 올라갈 수가 없군. 너희가 내려오려무나."

청신과 AA가 통로를 따라 뛰듯이 내려갔다. 중력이 낮아 위험하지 않았다. 통로 끝에 가까워지자 뤄지의 얼굴을 알아볼 수가 있었다. 그는 희고 긴 마괘자를 입고 손에 지팡이를 짚고 있었다. 등은 조금 굽었지만 우렁찬 목소리는 그대로였다.

청신이 허리를 깊이 숙여 인사했다.

"어르신, 안녕하세요."

뤄지가 웃으며 손을 내저었다.

"하하, 이러지 마. 우린…… 동료였잖아."

그가 청신을 위아래로 훑어보았다. 그의 노쇠한 눈동자 속에 나이에 어울리지 않는 기쁨의 빛이 일렁였다.

"하하, 넌 아직도 이렇게 젊구나. 옛날엔 그저 검잡이였는데 어느새 아리따운 숙녀가 됐어. 너무 늦게 변한 게 안타깝지만. 이젠 뭐든 다 늦었지만. 큭큭큭……."

청신과 AA의 눈에도 뤄지는 많이 변한 것 같았다. 카리스마 넘쳤던 검잡이의 모습은 찾아볼 수 없었다. 하지만 그녀들은 지금의 뤄지가 4세기 전 면벽자가 되기 전의 그라는 사실은 알지 못했다. 그 시절 뤄지의 냉소적인 성격까지 동면에서 깨어난 듯했다. 세월의 물결에 조금 희석된 자리를 채운 건 200세 노인의 초연함이었다.

AA가 물었다.

"무슨 일이 일어났는지 알고 계세요?"

뤄지가 지팡이로 등 뒤를 가리켰다.

"물론이지. 망할 놈들이 도망쳤어. 우주선을 타고 떠났지. 도망칠 수 없다는 걸 알면서도 결국 도망치더군. 얼간이들."

지구 문명 박물관에 있던 다른 직원들을 두고 하는 말이었다.

뤄지가 청신을 향해 한 손을 펼쳐 보였다.

"얘야, 이것 좀 보렴. 우리가 헛수고를 했구나."

청신은 한참 뒤에야 그의 말뜻을 이해했지만 머릿속에 차오르던 수만 가지 생각이 뤄지에게 가로막혔다.

뤄지가 손을 저었다.

"됐어, 됐어. 현재에 충실하라는 말은 언제나 옳지. 비록 지금은 충실할 수 있는 일도 없지만. 어쨌든 굳이 안 좋은 생각을 할 필요는 없어. 자, 이제 가볼까. 날 부축하지 않아도 돼. 너희는 여기서 걸어다니는 법도 아직 배우지 못했을 테니.”

200세의 뤄지에게는 저중력 환경에서 빠르게 걷는 것보다 느리게 걷기가 더 힘들었다. 그가 들고 있는 지팡이는 자기 몸을 지탱하는 것보다는 속도를 줄이는 용도였다.

조금 걷다 보니 눈앞이 환해졌다. 하지만 조금 넓어졌을 뿐 여전히 터널 같은 통로 안이었다. 높은 천장에 매달린 희미한 조명도 그대로였다. 어둠 속에서 끝이 보이지 않을 만큼 통로가 길었다.

뤄지가 지팡이를 들어 통로를 가리켰다.

“여기가 주실이야.”

“유물들은요?”

“저 끝에 있는 홀에 있지. 하지만 그것들은 중요하지 않아. 그것들을 얼마나 오래 보관할 수 있겠어? 1만 년? 10만 년? 기껏해야 100만 년이겠지. 어차피 다 먼지가 될 거야. 하지만 이건……”

뤄지가 지팡이를 휘 둘러 주위를 가리켰다.

“1억 년도 보존될 수 있어. 아직도 여기가 박물관이라고 생각하느냐? 그렇지 않아. 여긴 관람객이 온 적이 없어. 관람하기 위한 곳이 아니니까. 이 모든 것이 묘비야. 인류의 묘비.”

청신은 이 어두컴컴하고 고요한 통로를 보며 조금 전 보았던 모든 것을 떠올렸다. 그랬다. 정말로 죽음에 관한 이미지가 이 공간을 가득 채우고 있었다.

AA가 사방을 둘러보며 물었다.

“어떻게 이런 걸 지을 생각을 하셨어요?”

“애야, 넌 너무 어려서 몰라. 우리가 살던 시대에는(뤄지가 청신과 자신을 가리켰다) 사람들이 살아 있을 때 자기 묏자리를 마련해두곤 했지. 그런데 자기 묏자리를 찾기가 어려워서 묘비를 세워서 표시했어."

그가 청신에게 물었다.

"세이 사무총장을 기억하나?"

청신이 고개를 끄덕였다.

"물론이죠."

4세기 전 청신이 PIA에서 일할 때 당시 UN 사무총장이었던 그녀를 몇 번 본 적이 있었다. 제일 가까운 거리에서 본 건 PIA의 브리핑에서였다. 웨이드도 그 자리에 있었을 것이다. 청신이 대형 모니터에 PPT를 띄워놓고 세이에게 계단 프로젝트의 기술적 문제에 대해 설명해주었다. 세이는 처음부터 끝까지 아무런 질문도 하지 않고 조용히 듣기만 했다. 브리핑이 끝난 뒤 세이가 청신에게 다가와 귓가에 대고 "목소리가 참 좋군요"라고 속삭였다.

뤄지가 양손으로 지팡이를 짚으며 한숨을 내쉬었다.

"참 예뻤는데 말이야. 요즘도 가끔 그녀가 생각나. 벌써 400여 년 전 사람이 됐군. 이걸 처음 생각해낸 사람이 바로 세이야. 인류는 멸종되어도 인류 문명의 유산은 오랫동안 남아 있을 수 있게 보존해야 한다고 했어. 그녀는 일부 유물과 인류에 관한 정보를 무인우주선에 실어 발사하자고 했지. 하지만 도피주의라고 비난받다가 그녀가 죽은 뒤에 일이 중단됐어. 3세기 후 벙커 프로젝트가 시작되었을 때 다시 그런 생각을 하는 사람들이 나타났어. 사람들의 걱정과 불안이 최고조에 달하고 전 세계가 곧 멸망할지도 모른다는 불안감이 팽배했지. 그래서 연방 정부가 설립되자마자 벙커 프로젝트와 별개로 이 묘비를 짓기 시작했어. 대외적으로는 지구 문명 박물관이라고 발표하고 나를 위원장으로 임명했지만.

대형 프로젝트였어. 인류 문명의 정보를 지질학적 연대의 시간만큼 긴 세월을 보존시키는 방법을 연구해야 했으니까. 처음에는 10억 년을 목표로 삼았지. 하하하, 10억 년이라니. 그 얼간이들은 그게 아주 쉽다고 생각했다니까? 벙커 세계도 지을 수 있는데 그쯤이야 아주 쉽다고 말이야. 하지만 얼마 되지 않아서 현대의 양자 메모리가 쌀 한 톨만 한 크기에 대형 도서관 하나만큼의 정보를 저장할 수는 있지만 그 안의 정보가 최대 2000년밖에 보존되지 않는다는 걸 알았지. 2000년이 지나면 메모리가 낡아서 정보를 읽을 수가 없어. 사실 품질이 가장 우수한 메모리가 그 정도지, 일반적인 양자 메모리 중 3분의 2는 500년 내에 다 망가져. 그때부터 아주 재밌어졌어. 원래는 우리가 하는 이 일이 세속과 상관없는 한가한 사람들이나 하는 일이었는데 갑자기 현실적인 문제가 됐지. 500년 정도면 현실적으로 가능했어. 우리만 해도 벌써 400여 년 전 사람들이잖아? 연방정부가 박물관 연구를 즉시 중단시키고 중요한 데이터를 어떻게 저장할 것인지 연구하기 시작했어. 적어도 5세기는 보존할 수 있도록 하겠다면서 말이야. 킬킬킬……. 나중에는 아예 내 밑에서 일부를 빼내 연구소로 독립시켰지. 우리는 박물관 연구를 다시 시작했고.

과학자들은 우리 시대의 저장 장치가 정보를 더 오랫동안 보존할 수 있다는 걸 알고 서기 시대의 USB와 하드디스크를 찾아냈어. 어떤 것들은 정말로 몇백 년이 지난 데이터를 읽을 수 있더군. 실험 결과, 품질이 우수한 저장 장치는 정보를 5000년까지도 보관할 수 있다는 결론이 나왔어. 특히 서기 시대의 광디스크는 특수한 금속 소재로 만들 경우 10만 년도 보관할 수가 있다더군. 하지만 그것들도 직접 인쇄한 것만은 못해. 특수한 합성지와 잉크를 사용해 인쇄하면 20만 년이 지나도 읽을 수 있으니까. 하지만 그것들도 결국에는 끝이 있어. 우리가 가진 그 어떤 수단도 최장 20만 년밖에는 보관할 수가 없단 말이지. 하지만 그들의 목표는 10억 년이었어!

그래서 우리가 정부에 보고했지. 현재 기술로는 박물관 건립의 기본 요건인 이미지 정보 10기가와 문자 정보 1기가를 10억 년 동안 보관하는 건 불가능하다고. 처음엔 우리 말을 믿지 않았지만 정말로 불가능하다는 걸 증명해 보였더니 보관 기간을 1억 년으로 축소해주더군.

하지만 그게 어디 쉽겠어? 학자들은 역사 속에서 기나긴 세월 동안 정보가 보존된 사례를 찾기 시작했어. 선사 시대의 토기에 새겨진 무늬는 1만 년 동안 보존됐고, 유럽의 동굴벽화는 약 4만 년의 역사를 가지고 있어. 유인원들이 도구를 만들기 위해 돌멩이를 깨뜨려 만든 흔적도 정보라고 할 수 있다면 지금까지 발견된 것 중 가장 오래된 것이 지금으로부터 250만 년 전인 플리오세 중기 때 만들어진 것이야. 그런데 1억 년 전 정보가 남아 있는 걸 찾아냈어. 물론 인류가 남겨놓은 건 아니야. 바로 공룡 발자국이지.

연구를 계속했지만 진전이 없었어. 과학자들은 이미 결론을 내린 것 같았지만 내 앞에서는 말을 못 하고 머뭇거렸어. 그래서 내가 먼저 말했지. 괜찮다고. 당신들이 얻은 결론이 아무리 터무니없는 것이라도 받아들일 수 있다고. 내 인생보다 터무니없는 건 세상에 없으니 그들이 어떤 결론을 내렸든 비웃지 않겠다고 약속했어. 그러자 그들이 말하더군. 현대 과학의 최첨단 기술을 이용해 수많은 이론 연구와 실험 결과를 분석한 끝에 1억 년 동안 정보를 보존할 수 있는 방법을 찾았다고. 현재 알아낸 방법은 그것뿐이라고 강조했어. 그 방법은 바로……."

뤄지가 지팡이를 머리 위로 들어 올리자 그의 백발과 수염이 춤을 추듯 너울거렸다. 그가 홍해를 가르는 모세처럼 엄숙한 말투로 외쳤다.

"돌에 글씨를 새기는 거라고!"

AA는 피식 웃음을 터뜨렸지만 청신은 웃지 않았다. 그녀는 온몸이 전율하는 것을 느꼈다.

뤄지가 지팡이로 통로의 벽을 가리켰다.

"그래서 돌에 글씨를 새겼지."

청신이 벽으로 다가갔다. 어둑한 불빛 사이로 촘촘히 새겨진 글자와 그림이 눈에 들어왔다. 벽은 암석 그대로가 아니라 금속을 덧씌우는 등의 처리를 거친 것 같았다. 심지어 표면을 내구성 높은 티타늄 합금이나 금으로 대체했을 수도 있다. 하지만 본질적으로는 돌에 글씨를 새긴 것이었다. 글씨는 가로, 세로 약 1센티미터로 너무 작지 않은 크기였다. 이 역시 오랫동안 보존하기 위한 조치일 것이다. 글씨가 작을수록 보존이 어렵다.

뤄지가 말했다.

"이렇게 하면 보존할 수 있는 정보의 양이 원래의 1만 분의 1밖에는 안되지만 그들도 이 결과를 받아들일 수밖에 없었어."

AA가 말했다.

"이 램프, 참 이상하네요."

청신도 벽에 있는 램프를 자세히 들여다보았다. 처음 눈에 띈 건 생김새였다. 벽에서 뻗어 나온 손에 횃불이 쥐여 있는 형태였다. 어디서 본 것 같은 생김새였다. 하지만 AA가 이상하게 생각한 건 그 때문이 아니었다. 횃불 모양의 램프가 유난히 투박해 보였다. 부피와 구조는 고대의 서치라이트와 비슷하지만 빛의 밝기가 고대의 20와트 백열전구만큼이나 약했다. 두꺼운 램프 커버를 투과해 나온 빛이 촛불보다 조금 더 밝은 정도였다.

뤄지가 말했다.

"램프에 전기를 공급하는 대형 장치가 따로 있어. 발전소처럼 말이야. 이래 봬도 대단한 기술적 성과야. 램프 안에 필라멘트나 활성 가스가 들어 있지 않아. 무엇으로 빛을 내는지는 나도 모르지만 10만 년 동안 빛을 낼수 있다더군! 너희가 들어온 그 문도 정지 상태에서 50만 년 동안 정상적으로 열릴 수 있어. 그보다 더 긴 시간은 불가능해. 변형되거든. 그때는 문을 뜯어야만 들어올 수 있지. 물론 그땐 이 램프가 꺼진 지도 40만 년이 됐을 테니 여긴 온통 암흑뿐이겠지. 하지만 1억 년에 비하면 그것도 시작일 뿐이야……."

청신이 우주복 장갑을 벗고 얼음보다 더 차가운 벽 위에 새겨진 글자를 손으로 더듬은 뒤 벽을 등지고 벽에 달려 있는 램프를 멍하게 응시했다. 그걸 어디서 보았는지 기억났다. 파리의 판테온에 있는 루소의 무덤이었다. 그곳에 횃불을 쥔 손이 무덤에서 뻗어 나온 형태가 조각되어 있었다. 지금 이 램프의 빛은 전깃불이라기보다는 가물거리며 꺼져가는 불씨에 가까웠다.

뤄지가 청신에게 다가갔다.

"애야, 넌 말이 없구나."

그의 목소리에서 청신이 오랫동안 그리워하던 자상함이 배어 나왔다.

AA가 말했다.

"원래 그래요."

"난 예전에는 말이 많았어. 그러다가 점점 말수가 적어졌지. 하지만 다시 말이 많아졌단다. 쉬지 않고 지껄이지. 내가 성가시냐?"

청신이 힘없이 웃었다.

"그럴 리가요. 전 그냥…… 이 앞에서 무슨 말을 해야 할지 모르겠어요."

그렇다. 무슨 말을 할 수 있을까? 5000년 동안 미친 듯이 달려온 문명이었다. 끊임없는 진보가 더 빠른 진보를 부추기고, 수많은 기적이 더 큰 기적을 만들어냈다. 인류가 신처럼 위대한 힘을 가진 것 같았다. 하지만 결국 진정한 힘을 가진 건 시간이며 발자취를 남기는 것이 세상을 창조하는 것보다 더 어렵다는 결론에 도달했다. 이 문명의 끝에서 그들은 태곳적 갓난아기 때 했던 일을 해야 했다.

돌에 글씨를 새기는 일을.

청신이 벽에 새겨진 것을 자세히 들여다보았다. 시작은 남녀 한 쌍의 부조(浮彫)였다. 아마도 미래의 발견자에게 인류의 생물학적 생김새를 알려주려고 새겼을 것이다. 하지만 그들은 서기 시대의 무인 우주 탐사선 보이저호에 실어 보냈던 골든레코드* 속 모습과 달랐다. 전시물 같은 뻣뻣한 모습이 아니라 표정과 동작이 생생하게 살아 있는 그림이었다. 어떻게 보면 아담과 이브 같기도 했다. 그들 뒤에 상형문자와 설형문자가 새겨져 있었다. 원시 시대 유물에 있던 것을 그대로 따라서 새겨놓은 것 같았다. 지금 사람들은 그 글자의 뜻을 이해할 수 없었다. 미래의 외계 발견자는 그걸 이해할 수 있을까? 더 앞으로 걸어가자 시가 적혀 있었다. 시처럼 생겼지만 뜻을 이해할 수 없었다. 청신이 알 수 있는 건 그 글씨체가 대전(大篆)**이라는 것뿐이었다.

뤄지가 말했다.

"『시경(詩經)』이야. 더 앞으로 가면 라틴어도 있단다. 고대 그리스 철학자들의 말을 새겨놓았지. 우리가 알아볼 수 있는 글자는 몇십 미터 더 가야 볼 수 있어."

라틴어 글귀 아래 새겨져 있는 부조가 청신의 눈에 들어왔다. 수수한 가운을 걸친 고대 그리스 학자들이 돌기둥에 둘러싸인 광장에서 토론하고 있는 모습이었다.

청신이 뭔가 생각난 듯 처음으로 다시 돌아가 벽을 살폈다. 하지만 그녀가 찾는 것이 보이지 않았다.

뤄지가 물었다.

"로제타석*** 같은 걸 찾느냐?"

"네. 해석을 도와주는 시스템은 없나요?"

"얘야, 이건 컴퓨터가 아니라 돌에 새기는 거야. 그런 걸 어떻게 돌에 새길 수가 있겠어?"

벽을 구경하고 있던 AA가 눈을 크게 뜨고 뤄지에게 물었다.

"우리도 알아볼 수 없는 걸 외계인들이 해석하길 바라는 거예요?"

아주 먼 미래의 외계 발견자들에게는 동굴 벽에 새겨진 모든 인류의 경전이 판독할 수 없는 기호에 불과할 것이다. 지금 그들이 맨 앞에 새겨져 있는 고대 상형문자와 설형문자를 이해할 수 없는 것처럼 말이다. 어쩌면 애초에 누군가 그걸 해석해주길 기대하지 않았을 수도 있다. 이곳을 지은 사람들은 시간의 위력을 깨달은 그 순간에 이미 멸망한 문명이 지질학적 연대만큼 먼 미래까지 뭔가를 남길 수 있다는 기대를 접었을지도 모른다. 뤄지도 이곳이 박물관이 아니라고 했다.

박물관은 남에게 보여주기 위한 것이고, 묘비는 자신을 위해 만드는 것이다.

세 사람이 계속 앞으로 걸어갔다. 뤄지의 지팡이가 바닥을 두드리며 리드미컬한 소리를 냈다.

"난 여길 산책하며 자주 재미있는 상상해."

뤄지가 걸음을 멈추고 갑옷 차림에 긴 창을 들고 있는 고대 군인의 부조를 지팡이로 가리켰다.

"이건 알렉산더의 원정이야. 그때 그가 동쪽으로 조금만 더 갔더라면 전국 시대 말기의 진(秦)나라를 만났을 거야. 만일 그랬다면, 어떤 일이 일어났을까? 지금 인류는 어떤 모습일까?"

조금 더 앞으로 걸어간 뒤 그가 다시 지팡이로 벽을 가리켰다. 벽에 새겨진 글자가 소전(小篆)*에서 예서(隸書)**로 바뀌어 있었다.

"음, 한(漢)나라 때로 넘어왔군. 이 무렵 중국은 두 차례 통일을 이루었지. 영토의 통일과 사상의 통일. 그런데 인류 문명 전체로 볼 때 그게 좋은 일일까? 특히 한나라 때는 유가(儒家)가 모든 사상 위에 군림했어. 만약 춘추시대의 백가쟁명(百家爭鳴)처럼 여러 사상이 자유롭게 발전했더라면 어떤 일이 일어났을까? 지금 인류는 어떤 모습일까?"

그가 지팡이로 허공에 커다란 원을 그렸다.

"이걸 보면 모든 역사의 단면에서 놓쳐버린 수많은 기회를 찾을 수 있을 거야."

청신이 나지막이 말했다.

"인생처럼요."

뤄지가 고개를 저었다.

"음. 아냐, 아냐. 적어도 내 인생은 그렇지 않아. 난 아무것도 놓치지 않았어. 킬킬."

그가 자상한 눈빛으로 청신을 보았다.

"애야, 네가 많은 걸 놓쳤다고 생각하니? 그럼 앞으로 다시는 놓치지 마라."

"앞으로는 없어요."

AA가 냉랭한 말투로 내뱉듯이 말했다. 그녀는 이 노인에게 노망기가 있다고 생각했다.

통로 끝에 다다른 세 사람은 지하 묘비를 돌아보았다.

뤄지의 입에서 긴 한숨이 새어 나왔다.

"1억 년 동안 보존하려고 했는데 결국 100년도 못 가서 끝장이 났구나."

AA가 말했다.

---

* 옮긴이 주 : 진시황이 중국을 통일한 후 문자를 통일하면서 대전을 간소화해서 만든 서체.
** 옮긴이 주 : 소전을 간소화해서 만든 서체.

"혹시 알아요? 2차원 세계의 평면 문명이 이것들을 볼 수 있을지."

"하하하, 참 재미있는 생각이군. 부디 그렇게 되길……. 자, 여기가 유물 보관실이야. 이런 보관실이 세 개 있어."

청신과 AA가 몸을 돌리자 다시 시야가 탁 트였다. 그곳은 전시실이 아니라 창고였다. 모든 유물이 똑같은 크기의 금속 상자 안에 가지런히 담겨 있고, 상자마다 라벨이 붙어 있었다.

뤄지가 옆에 있는 상자를 지팡이로 툭툭 건드렸다.

"여긴 중요하지 않다고 말했잖아. 이것들 중 대부분은 길어야 5만 년이면 다 사라질 거야. 조각상은 100만 년은 버틸 거라고 하지만 조각상을 가지고 나가는 건 좋은 선택이 아니야. 가지고 나가는 건 쉽지만 부피가 너무 큰 게 흠이지……. 자, 아무거나 골라봐. 좋을 대로 가지고 가라고."

AA가 상기된 눈빛으로 주위의 상자들을 훑었다.

"책 같은 건 관두고 그림을 많이 가지고 가는 게 좋겠어요. 책은 아무도 읽을 수 없을 테니까."

AA가 상자 하나를 골라 스위치처럼 생긴 곳을 눌렀지만 상자가 자동으로 열리지 않았다. 청신이 다가가 상자 뚜껑을 힘껏 들어 올리자 AA가 상자 안에서 유화를 꺼냈다.

AA가 말했다.

"그림도 부피가 크네요."

뤄지가 상자 위에 던져놓았던 작업복에서 작은 칼과 드라이버를 꺼내 청신과 AA에게 건넸다.

"액자가 커서 그렇지. 액자를 뜯어내."

드라이버를 받아 들고 액자를 뜯으려다가 청신이 낮은 목소리로 외치듯 말했다.

"잠깐, 안 돼."

자세히 보니 그 그림은 반 고흐의 〈별이 빛나는 밤〉이었다.

청신이 놀란 건 귀한 그림이기 때문만은 아니었다. 그녀는 예전에 그 그림을 본 적이 있었다. 4세기 전 PIA에서 근무한 지 얼마 되지 않았을 때였다. 어느 주말 맨해튼에 있는 뉴욕 현대미술관에 갔다가 반 고흐의 작품을 몇 점 보았다. 그중에서 제일 인상 깊었던 건 공간에 대한 표현이었다. 반 고흐는 무의식 속에서 공간에도 구조가 있다고 믿었던 것 같았다. 그때 청신은 이론물리학에 대해 많이 알지 못했지만 끈 이론에 대해 들어본 적이 있었다. 끈 이론에 따르면 공간도 실체와 마찬가지로 진동하고 있는 수많은 끈으로 이루어져 있다. 그녀는 반 고흐가 그 끈들을 그려놓았다고 생각했다. 그의 그림을 보면 텅 빈 공간도 산이나 들판, 집, 나무처럼 미세하게 움직이고 있기 때문이다. 그런 특징이 가장 뚜렷하게 나타난 것이 〈별이 빛나는 밤〉이었다. 그녀는 4세기 후 명왕성에서 그 그림을 다시 보게 될 줄은 꿈에도 생각하지 못했다.

뤄지가 대수롭지 않다는 듯 지팡이를 흔들었다.

"뜯어. 뜯으면 많이 가지고 나갈 수 있잖아. 이것들이 아직도 한 도시만큼의 가치를 가졌다고 생각하는 거야? 지금은 아무리 큰 도시도 반 푼어치 가치도 없어."

500년은 족히 됐을 액자는 뜯었지만 그림을 옮기다가 훼손될지 몰라 캔버스는 남겨놓았다. 다른 유화들의 액자도 뜯었다. 금세 빈 액자가 수북이 쌓였다. 그때 뤄지가 다가와 그리 크지 않은 유화 한 점 위에 손을 올렸다.

"이 그림은 내가 가질게."

청신이 그 유화를 가져다가 벽 앞에 있는 상자에 올려놓았다. 몸을 돌리던 무심한 시선이 유화 위를 스치는 순간 그녀가 멈칫했다.

〈모나리자〉였다.

청신이 말없이 다시 액자를 뜯는데 AA가 속삭였다.

"약아빠진 노인네. 제일 비싼 그림은 자기가 갖네요."

"그 이유 때문은 아닐 거야."

"옛 애인 이름이 모나리자였을까요?"

뤄지가 〈모나리자〉 옆에 앉아 주름진 손으로 오래된 액자를 쓰다듬으며 중얼거렸다.

"당신이 어디 있는지 몰라. 안다면 자주 만나러 갈 텐데."

청신이 고개를 들어 뤄지를 보았다. 그런데 뤄지의 말은 〈모나리자〉를 보며 한 말이 아니었다. 그의 시선이 마치 세월의 깊은 곳을 바라보듯 똑바로 앞을 향하고 있었다. 착각인지 모르지만 청신은 움푹 파이고 주름진 그의 눈에서 눈물이 반짝이는 것을 보았다.

명왕성 지하의 거대한 묘실 속, 10만 년을 밝힐 수 있다는 불빛 아래에서 모나리자가 보일 듯 말 듯 희미하게 미소 짓고 있었다. 9세기 동안 사람들을 곤혹스럽게 했던 그 미소가 이 순간 더 신비롭고 기이하게 보였다. 모든 것을 다 포용하는 것인지, 아무 의미도 없는 것인지 알 수 없었다. 점점 다가오고 있는 그 사신처럼.

벙커의 세기 67년, 2차원 태양계

청신과 AA가 유물들을 지상으로 가지고 나왔다. 액자를 제거한 유화 10여 점, 중국 서주 시대의 청동솥 두 개, 고서 몇 권이었다. 1G의 정상 중력이었다면 두 사람의 힘으로 옮길 수 없겠지만 명왕성의 저중력 환경에서는 쉽게 옮길 수 있었다. 에어로크를 지날 때는 뤄지의 당부대로 안쪽 문을 먼저 닫은 뒤 외부로 향하는 문을 열었다. 그러지 않으면 문틈으로 쏟아져 나가는 공기에 휩쓸려 그들의 몸이 유물과 함께 허공으로 내던져질 것이다. 바깥쪽 문을 열자 에어로크에 있던 희박한 공기가 명왕성의 냉기를 만나 응결된 얼음 결정이 공중에서 빛을 받아 반짝였다. 헤일로호의 서치라이트 빛이라고 생각했지만 얼음 결정이 흩어진 뒤에 보니 헤일로호의 서치라이트가 꺼져 있었다. 얼음 결정을 비춘 건 명왕성 대지를 비추는 우주의 빛이었다. 헤일로호와 검은 비석이 흰 지면 위로 긴 그림자를 드리우고 있었다. 두 사람이 위를 올려다보다가 소스라치게 놀라며 뒤로 물러섰다.

우주에서 거대한 눈동자 두 개가 그들을 내려다보고 있었다.

사람의 눈처럼 흰자위와 검은자위로 나누어진 두 개의 타원이 밝게 빛났다.

AA가 하늘을 가리켰다.

"저건 해왕성, 저건 천…… 아니, 토성이에요!"

거대한 목성형행성 두 개가 이미 2차원으로 변해 있었다. 천왕성의 궤도가 토성보다 더 밖에 있지만 지금은 천왕성이 태양 너머 토성의 맞은편에 위치해 있어 토성이 먼저 2차원으로 변한 것이었다. 2차원으로 변한 거대 행성은 평면일 테지만 명왕성에서 보는 시선이 2차원 평면과 각도를 이루어 타원으로 보였다. 두 행성 모두 여러 층이 선명하게 나뉘어 있었다. 해왕성은 세 개 층으로 나뉘어 있었다. 푸른 아이섀도를 바른 눈꺼풀과 눈썹 같은 제일 바깥층은 수소와 헬륨으로 이루어진 대기층이고, 중간의 흰색 층은 두께가 2만 킬로미터에 달하는 해왕성의 맨틀이었다. 오래전 행성 천문학자들은 그것을 물-암모니아 바다라고 불렀다. 한가운데 중심에 있는 짙은 색 원은 암석과 얼음으로 이루어진 행성의 핵이었다. 이 핵의 질량만 해도 지구 전체와 맞먹었다. 2차원화된 토성도 제일 바깥의 파란색 층만 없을 뿐 비슷한 구조였다. 각 층마다 무수히 많은 미세층이 겹겹이 쌓여 있어서 자세히 보면 톱으로 잘라놓은 거대한 나무 단면의 나이테 같았다. 두 행성 주위에 떠 있는 10여 개의 작은 동그라미는 2차원화된 위성들이고, 토성 바깥쪽에 있는 연한 색의 커다란 원은 2차원화된 토성의 고리였다. 그것들보다 가까이에 있는 태양이 겨우 둥근 형체를 분간할 수 있는 누르스름한 빛무리로 보였으므로 태양 너머에서 2차원화된 두 행성의 면적이 얼마나 넓은지 가늠할 수 있었다.

하지만 두 행성은 두께가 0이므로 부피가 없었다.

청신과 AA는 2차원화된 두 행성이 은은하게 내뿜는 빛을 받으며 유물을 들고 흰색 착륙장을 가로질러 헤일로호로 향했다. 매끈한 유선형 선체가 요술 거울처럼 그 위에 비친 2차원 행성을 길쭉하게 잡아 늘렸다. 물방울을 연상시키는 선체의 리드미컬한 단단함이 기묘한 위안을 주었다. 명왕성으로 오는 동안 AA는 헤일로호의 선체에 강한 상호작용 소재가 일정 비율 섞여 있을 것 같다고 말했다. 우주선으로 다가가자 아래쪽에 있는 문이 소리 없이 미끄러지듯 열렸다. 두 사람이 유물을 들고 사다리로 올라가 우주선에 탑승한 후 헬멧을 벗었다. 작고 아늑한 세상에 도착하자 돌아왔다는 안도감에 저절로 긴 한숨이 새어 나왔다. 두 사람은 어느새 그곳을 집처럼 느끼고 있었다.

청신이 AI에게 해왕성과 토성에서 수신한 정보가 있는지 물었다. 그녀의 질문이 떨어지자마자 사방에서 눈사태가 난 것처럼 현란한 색채의 화면들이 그들을 덮쳤다. 두 사람은 첫 오경보가 발령되었던 118년 전을 떠올렸다. 그때 쏟아지듯 나타난 화면들은 대부분 매스컴 보도였지만 이번에는 매스컴 보도가 아니라 구체적인 내용이 거의 없는 화면들이었다. 형체를 알아볼 수 없이 흐릿한 화면, 격렬하게 흔들리는 화면 등등 무의미한 장면이 대부분이었다. 하지만 그중 일부 화면 속에서 무수히 많은 색깔이 물처럼 흐르다가 점점 복잡하고 정교한 구조를 갖춰가고 있었다. 2차원 평면을 촬영한 것 같았다.

AA가 AI에게 내용이 있는 화면만 남겨달라고 명령하자 AI가 어떤 정보를 원하는지 물었다. 청신이 우주 도시를 보고 싶다고 하자 사방을 가득 채우고 있던 화면이 순식간에 사라지고 10여 개 화면이 순서대로 나타났다. 그중 하나가 확대되며 제일 앞으로 나왔다. AI는 그것이 해왕성 클러스터에 속한 유럽 6호 우주 도시의 12시간 전 화면이라고 했다. 유럽 6호는 원래 도시 결합체에 속해 있었지만 경보가 발령된 뒤 결합체가 해체되었다.

화면은 흔들림 없이 시야가 탁 트여 있었다. 도시의 전경이 한눈에 들어오는 것으로 보아 우주 도시의 극점 부근에서 촬영한 것 같았다.

도시의 전기 공급이 끊어지고 맞은편 도시 구역을 향해 서치라이트 불빛 몇 개만 비추고 있었다. 도시 한가운데 중심축 위에 떠 있는 세 개의 핵융합 태양도 달로 변해 서늘한 은빛을 토해내고 있었다. 그건 조명을 위한 것일 뿐 도시에 열에너지를 공급하는 기능은 사라진 후였다. 전형적인 타원 구형의 대형 우주 도시로 건물의 형태가 반세기 전 청신이 보았던 것과 사뭇 달라져 있었다. 벙커 세계가 번영기에 있었음을 알려주듯 예전의 그 단조롭고 획일적인 건물들은 사라지고 다채로운 외관의 높은 건물들이 도시의 중심축과 맞닿을 듯 높이 뻗어 올라가 있었다. 나무 형태의 건물도 있었는데 지구에 있던 나무 건물과 규모는 거의 비슷하지만 잎사귀 건물이 더 촘촘하게 매달려 있었다. 모든 건물에 불이 켜진다면 얼마나 휘황한 야경을 이룰지 상상할 수 있었다. 하지만 지금 그 모든 것을 비추는 건 서늘한 달빛이었다. 나무 건물이 희붐한 달빛을 받아 거대한 그림자를 만들어내고 도시의 나머지 부분은 울창한 숲에 파묻혀 있는 화려한 폐허 같았다.

우주 도시가 자전을 멈추고 모든 것이 무중력상태가 되었다. 고정되지 않은 물체들이 떠올라 허공을 채웠다. 잡다한 물건과 쓰레기, 자동차도 있었고, 건물이 통째로 떠다니기도 했다.

검은 구름 띠가 도시의 중심축을 따라 양극으로 길게 이어졌다. 헤일로호의 AI가 화면 위에 작은 사각형을 그린 뒤 그 부분만 확대해서 새 창을 띄웠다. 확대 화면이 나타나는 순간 청신과 AA는 경악하고 전율했다. 그검은 띠가 구름이 아니라 중심축 주위로 모여든 인파였던 것이다! 무중력상태에서 서로 손을 잡아 긴 띠를 만든 사람들도 있지만 대부분은 혼자 공중에 떠 있었다. 모두 헬멧을 쓰고 우주복으로 보이는 밀폐형 옷을 입고 있었다. 청신이 지난번 동면에서 깨어났을 때 보았던 간이 우주복은 이제 외관상으로는 평범한 옷차림과 거의 구분할 수 없었다. 모두들 생명 유지 장치처럼 보이는 작은 배낭을 등에 메거나 손에 들고 있었지만 헬멧의 바이저가 대부분 열려 있고 약한 바람이 부는 것도 볼 수 있었다. 도시에 정상적인 대기가 유지되고 있다는 뜻이었다. 하지만 핵융합 태양은 환한 빛을 잃고 서늘한 은빛을 발산하고 있었다. 빛과 약한 온기를 찾아 모여든 사람들에게 겹겹이 둘러싸여 있기 때문이었다. 인산인해를 이룬 사람들 틈새로 조금씩 비어져 나온 은색 햇빛이 도시 구역에 빛과 그림자를 만들며 어룽졌다.

AI는 유럽 6호의 전체 인구 600여만 명 중 절반이 우주선이나 탐사정을 타고 도시를 떠났다고 했다. 나머지 300만 명 중 일부는 떠날 능력이 없어서 떠나지 못한 것이지만 그보다는 떠나기를 단념한 사람이 더 많았다. 어떤 방식으로 도망치든 빠져나갈 희망이 없다는 것을 알고 있기 때문이었다. 백 번, 아니 만 번 양보해서 2차원화 공간에서 도망쳐 외우주로 나갈 수 있다고 해도 대다수 우주선의 생태순환 시스템으로는 그리 오랫동안 생존할 수 없었다. 외우주에서 장기간 생존할 수 있는 항성급 우주선은 극소수의 전유물이었다. 그러므로 차라리 익숙한 곳에서 마지막 순간을 기다리기로 결정한 것이었다.

화면의 소리 기능을 켰지만 아무 소리도 들리지 않았다. 인파와 도시 전체가 정적에 휩싸여 있었다. 모두의 시선이 도시의 한 방향을 향하고 있었다. 시선이 모여든 곳도 아직은 도시의 다른 곳들과 마찬가지로 고층 빌딩 숲과 그 사이를 종횡으로 교차하는 도로가 전부였다. 별로 특별해 보이지 않았지만 사람들은 무언가를 기다리고 있었다. 햇빛인지 달빛인지 모를 사늘한 빛이 물처럼 흐르고 사람들의 낯빛이 유령처럼 창백했다. 청신은 126년 전 호주 대륙의 핏빛 여명이 떠올랐다. 그때처럼 높은 곳에서 개미굴을 내려다보고 있는 기분이었다. 새카만 인파가 허공을 가득 채우고 있는 개미 떼 같았다.

인파 사이에서 비명이 터져 나왔다. 우주 도시의 적도에 있는 한 점, 즉 사람들의 시선이 쏠려 있는 그곳에서 갑자기 빛점이 나타났다. 검은 집의 지붕에 작은 구멍이 뚫리며 햇빛이 새어 들어오는 것 같았다.

그건 유럽 6호에서 2차원 공간의 평면과 제일 먼저 닿은 부분이었다.

빛점이 빠르게 커지며 타원형 평면으로 변했다. 2차원 평면이었다. 그 평면에서 내뿜은 빛이 주위의 빌딩 숲에 부딪혀 수많은 빛기둥으로 쪼개진 뒤 중심축에 있는 사람들을 비추었다. 밑바닥에 구멍이 뚫린 거대한 바퀴처럼 우주 도시가 2차원 평면의 바다로 가라앉기 시작했다. 2차원 평면이 배 안으로 스며든 물의 수면처럼 빠르게 상승하며 평면에 닿는 모든 것을 순식간에 2차원으로 만들어버렸다. 빌딩 숲이 밑부터 나란히 잘리며 2차원 단면의 형태로 우주 도시 끝까지 뻗어나갔다. 밑에서부터 차오르며 빠르게 확장되는 2차원 평면 위에서 현란한 색채와 복잡한 구조가 번개처럼 사방으로 확 퍼져나갔다. 2차원 평면이 마치 빠르게 내달리는 형형색색의 짐승들을 들여다보는 거대한 렌즈가 된 것 같았다. 우주 도시 안에 아직 공기가 있어 3차원 세계가 2차원으로 떨어지면서 나는 소리를 들을 수 있었다. 빌딩 숲과 우주 도시 본체가 투명한 유리로 만들어진 것처럼 날카로우면서도 경쾌하게 바스러지는 소리가 들렸다. 거대한 롤러가 유리 도시를 짓누르고 지나가는 것 같았다.

2차원 평면이 올라올수록 중심축에 있는 사람들이 평면과 반대 방향으로 흩어지기 시작했다. 보이지 않는 손이 장막을 천천히 들어 올리듯 사람들이 위를 향해 도망쳤다. 청신은 예전에 보았던 수백만 마리의 새 떼 영상을 떠올렸다. 거대한 새 떼가 마치 하나의 생명체인 것처럼 석양이 드리운 하늘 위에서 몸을 뒤틀며 형체를 바꾸고 있었다.

2차원 평면이 순식간에 우주 도시의 3분의 1을 삼켜버렸다. 하지만 광기 어린 빛을 번뜩이며 중심축을 향해 기세등등하게 올라왔다. 이미 몇몇 사람은 평면으로 떨어지기 시작했다. 우주복의 추진기가 고장 나 아래쪽에 낙오되어 있었거나 도망치기를 포기한 사람들일 것이다. 그들은 물 위에 한 방울 떨어진 컬러 잉크처럼 평면 위로 퍼져나가며 갖가지 형태의 2차원 인체를 만들어냈다. 헤일로호의 AI가 확대한 화면에 연인 한 쌍이 꼭 끌어안은 채 평면으로 떨어지는 장면이 잡혔다. 2차원화된 두 사람의 인체가 평면 위에 나란히 배열되어 끌어안고 있는 모습을 알아볼 수는 있었지만 원근법을 모르는 아이가 서툴게 그린 그림처럼 기이한 자세였다. 한 아기 엄마는 갓난아기를 머리 위로 높이 들어 올린 채 떨어졌지만 그 아기도 3차원 세계에서 그녀보다 단 0.1초 더 살았을 뿐이었다. 그들의 형체가 거대한 그림 속에 생생하게 그려 넣어졌다. 평면이 차오를수록 그 위로 떨어지는 '인간 빗방울'이 점점 촘촘해지고, 정지된 형태의 2차원 인체가 평면 위를 미끄러지듯 우주 도시의 가장자리로 밀려났다.

2차원 평면이 중심축에 닿았을 때는 새카맣게 모여 있던 인파가 반대편 도시 구역으로 이동했다. 우주 도시의 절반이 이미 2차원 공간으로 사라진 뒤였다. 2차원 평면의 면적이 시야 범위를 넘어섰다. 고개를 들면 맞은편 도시 구역은 보이지 않고 어지러운 2차원 하늘이 3차원 세계에 남아 있는 도시 구역을 향해 다가오고 있었다. 북극의 주 출입구로 빠져나가는 것이 불가능해지자 사람들이 적도 부근으로 모여들었다. 그곳에 비상구 세 개가 있었다. 무중력상태의 사람들이 비상구 근처에 운집해 높다란 '인간 산'을 쌓고 있었다.

2차원 평면이 중심축을 통과해 공중에 떠 있는 핵융합 태양 세 개를 집어삼키자 2차원화되면서 번쩍이는 섬광에 나머지 세계는 더 밝아졌다.

낮게 휭휭거리는 휘파람 소리가 들렸다. 공기가 우주로 빠져나가는 소리었다. 적도상에 있는 세 개의 비상구가 모두 열려 있었다. 각각의 비상구가 축구장 하나만 한 크기로 아직 2차원으로 떨어지지 않은 우주를 향해 직접 뚫려 있었다.

헤일로호의 AI가 또 다른 화면을 제일 앞으로 이동시켰다. 외부에서 촬영한 유럽 6호의 모습이었다. 이미 2차원으로 떨어진 도시 구역은 보이지 않는 평면을 따라 넓게 퍼져 있고, 아직 3차원 세계에 남아 있는 구역은 평면을 향해 빠르게 가라앉고 있었다. 바다 위로 조금 올라와 있는 고래 등 같았다. 3차원 공간에 남아 있는 도시 구역 세 군데에서 검은 연기 같은 것이 새어 나오고 있었다. 자세히 보니 우주 도시 안에 있던 공기가 비상구를 통해 쏟아져 나오며 광풍으로 변해 사람들을 이리저리 날리고 있는 것이었다. 2차원 바다 위에 외롭게 떠 있는 3차원 섬이 계속 가라앉으며 녹아내렸다. 유럽 6호 우주 도시가 완전히 2차원화되는 데 걸린 시간은 10분이 채 되지 않았다.

2차원 우주 도시의 전경이 화면에 나타났다. 구체적인 면적을 가늠할 수는 없지만 웅장하고 광대하리라는 것을 짐작할 수 있었다. 하지만 그곳은 이미 죽은 도시였고, 도시의 1 : 1 도면이었다. 이 거대한 도면 위에 도시의 모든 부분이 세세하게 그려져 있었다. 나사 한 조각, 실오라기 한 가닥, 진드기 한 마리, 심지어 바이러스 한 마리까지 완벽하고 정확하게 그려져 있었다. 3차원 도시가 원자 수준의 정밀도로 2차원 평면 위에 투사되었다. 이 도면에는 절대로 겹쳐지지 않는다는 법칙이 존재했다. 어느 한 부분도 겹쳐지거나 가려지지 않고 도시의 모든 부분이 평면 위에 빠짐없이 배열되었다. 그러나 도면을 읽어내기가 쉽지는 않았다. 도시 전체의 거시적인 구조를 읽을 수는 있지만, 건물이 2차원화되는 과정에서 구조가 심하게 변형되어 2차원 도형을 보고 상상력만으로 원래의 3차원 형태를 짐작해내는 건 거의 불가능했다. 하지만 정확한 수학모델을 기반으로 한 이미지 처리 프로그램이 있다면 3차원 구조를 계산해내는 것이 충분히 가능했다.

다른 우주 도시 두 곳도 2차원으로 변해 있었다. 그것들은 두께가 없는 대륙으로 변해 빛을 완전히 잃은 채 암흑의 우주를 떠돌며 무형의 2차원 평면 위에서 서로 마주 보고 있었다. 하지만 카메라(아마 무인 탐사정에서 촬영했을 것이다)도 2차원 평면을 향해 떨어지고 있었으므로 잠시 후 2차원화된 유럽 6호가 화면 전체를 가득 채웠다.

유럽 6호의 비상구로 빠져나온 수많은 사람들도 보이지 않는 폭포에 휩쓸린 개미 떼처럼 3차원 우주를 따라 2차원 평면 위로 떨어졌다. 수많은 인간 빗방울이 평면 위로 흩어지자 2차원화된 사람의 형태가 빠르게 밀집되었다. 2차원화된 인체가 큰 면적을 차지하기는 했지만 광활하게 넓은 건물에 비하면 미세할 만큼 작았다. 그들은 이 거대한 그림 속에서 인간의 형태를 겨우 알아볼 수 있는 작은 기호들 같았다.

화면 속 3차원 우주 속에 그것들보다 더 큰 물체가 곳곳에 나타났다. 더 일찍 유럽 6호를 빠져나온 소형 우주선과 탐사정들이었다. 핵융합 엔진이 최대 출력으로 가속하고 있지만 역시 3차원 우주와 함께 2차원 공간으로 빠르게 추락했다. 그 순간 청신은 우주선과 탐사정에서 내뿜는 길고 파란 불꽃이 두께 없는 평면을 뚫지 않을까 하는 기대감을 가졌다. 하지만 불꽃이 제일 먼저 2차원화되면서 2차원 건물들이 불꽃에 녹아 변형되고 왜곡될 뿐이었다. 뒤이어 우주선과 탐사정들이 속속 거대한 그림의 일부가 되었다. 중첩되지 않는다는 절대 규칙에 따라 2차원 도시 전체가 그들을 위해 자리를 내어주고 물결처럼 밀려났다.

카메라가 계속 평면을 향해 떨어졌다. 청신은 점점 가까워지는 2차원 도시를 집요한 시선으로 응시했다. 그 속에서 움직임의 흔적을 찾아보려고 했지만 결국 실패하고 말았다. 방금 불꽃에 변형된 것 외에 2차원 도시의 모든 것이 정지 상태였다. 2차원화된 인체에서 한 가닥 생명의 기운조차 발견할 수 없었다.

그것은 죽음의 세계, 죽음의 그림이었다.

평면으로 다가가던 카메라가 어느 2차원 인체를 향해 떨어졌다. 사지를 벌리고 있는 인체가 빠르게 화면을 채운 뒤 복잡한 혈관과 신경, 근육의 섬유조직이 나타났다. 아마도 환각이었을 것이다. 청신은 2차원화된 혈관 속을 흐르는 붉디붉은 2차원 혈액을 본 것 같았지만 그 순간 화면이 암전되었다.

청신과 AA가 두 번째 유물들을 밖으로 가지고 나왔다. 그들은 이 일이 무의미하다는 것을 알았다. 공간이 2차원화될 때 3차원 세계의 모든 정보가 2차원 평면 속에 보존된다는 것을 알았기 때문이다. 설령 정보가 사라지더라도 그건 원자 수준에서 사라지는 것이었다. 서로 겹치지 않는다는 절대 규칙에 따라 명왕성의 지하 박물관에 보관되어 있는 유물들도 지층과 섞이지 않고 그대로 보존될 것이다. 하지만 마지막 임무를 끝까지 수행할 수밖에 없었다. 차오빈의 말대로 아무것도 하지 않고 기다리는 것보다는 뭐든 할 일이 있는 편이 훨씬 나았다.

우주선에서 나오자 하늘에 떠 있는 2차원 거대 행성의 빛이 훨씬 어두워져 있었다. 주위가 어두워지자 그 아래 새로 나타난 희미한 띠가 또렷하게 보였다. 수많은 작은 빛점이 모여 만들어진 띠가 태양계의 새 목걸이처럼 우주 전체를 관통하고 있었다.

청신이 물었다.

"소행성대겠지?"

AA가 말했다.

"아마도요. 다음은 화성 차례겠죠."

"화성은 지금 태양 너머 우리 쪽에 있어."

두 사람 모두 침묵했다. 그들은 2차원화된 소행성대에서 시선을 거두고 말없이 검은 비석 쪽으로 향했다.

다음 차례는 지구였다.

다시 박물관 유물실로 들어가자 뤄지가 밖으로 옮길 유물들을 정리해놓고 있었다. 둘둘 말려 있는 중국화가 여러 점 있었다. AA가 그중 한 장을 펼쳐 보고 담담하게 중얼거렸다.

"〈청명상하도〉네요."

이제 그들은 이 절세의 명작을 처음 보았을 때의 경외감과 기쁨을 느낄 수 없었다. 밖에 있는 거대한 파멸 앞에선 그저 보잘것없는 낡은 그림일 뿐이었다. 머나먼 미래의 관찰자들이 이곳에 왔을 때 2차원 태양계의 거대한 그림 속에 있는 폭 24센티미터, 길이 5미터의 그림이 그들에게 특별한 가치가 있으리라고는 상상할 수 없었다.

청신과 AA가 뤄지에게 헤일로호로 같이 가자고 하자 뤄지도 그럴 생각이었다며 우주복을 가지러 갔다. 박물관 내부에 근무 인력들을 위한 생활 구역이 잘 꾸며져 있었다. 박물관과 달리 장기간 보존을 염두에 두고 설계된 것이 아니므로 내부 시설은 현대적이었다.

유물을 가지고 밖으로 나온 그들 앞에 2차원화되고 있는 지구가 보였다.

고체행성 중에서는 처음으로 2차원으로 떨어지고 있었다. 해왕성과 토성에 비해 2차원 지구의 '나이테'가 더 또렷하고 정교했다. 노란색 맨틀이 안으로 들어갈수록 서서히 붉어지며 철과 니켈로 이루어진 새빨간 지핵으로 이어졌다. 하지만 면적은 해왕성과 토성에 비해 훨씬 작았다.

그들의 상상과 달리 파란색은 보이지 않았다.

뤄지가 물었다.

"바다는 어디에 있지?"

AA가 말했다.

"제일 바깥쪽에 있을 거예요. 2차원의 물은 완전히 투명해서 눈에 보이지 않겠죠."

세 사람이 말없이 유물 상자를 들고 헤일로호가 있는 곳으로 향했다. 슬픔이 채 닥치기도 전에 예리한 비수가 상처를 도려낸 듯 고통조차 느낄 수 없었다.

2차원 지구는 과연 기이한 절경을 만들어냈다. 지구의 가장 바깥쪽 가장자리에서 서서히 흰색 부분이 나타났다. 처음에는 보일락 말락 했지만 곧 선명해졌다. 아무것도 없는 희고 둥근 띠였지만 미세한 흰색 알갱이가 모여 있는 것처럼 표면이 고르지 않았다.

청신이 2차원 지구를 가리켰다.

"보세요! 바다예요!"

AA가 말했다.

"2차원 공간에서 바닷물이 얼어붙었나 봐요. 저기도 춥군요."

"아……."

뤄지가 수염을 쓰다듬으려 했지만 손이 헬멧에 가로막혔다.

세 사람은 헤일로호에 유물을 실었다. 뤄지는 헤일로호를 잘 알고 있는 것 같았다. 방향을 가르쳐주지 않았는데도 앞장서서 성큼성큼 걸어가 우주선의 화물칸을 찾아냈다. AI도 그를 알아보고 그의 명령을 수행했다. 유물을 화물칸에 넣은 뒤 우주선의 생활 구역으로 돌아왔다. 뤄지가 AI에게 따뜻한 차를 달라고 하자 청신과 AA는 본 적도 없는 작은 로봇이 그에게 차를 가져다주었다.

청신이 지구에서 수신한 정보를 보여달라고 하자 AI는 몇 안 되는 동영상과 오디오 파일이 전부이며 그중 식별할 수 있는 내용이 없다고 했다. AI가 보여준 몇 개의 화면 속에도 통제를 잃은 카메라가 찍은 흐릿한 이미지 몇 장이 전부였다. AI가 헤일로호의 관측 시스템으로 찍은 지구의 모습을 보여줄 수 있다면서 커다란 화면을 띄웠다. 2차원화된 지구가 화면에 나타났다.

그걸 보고 세 사람이 처음 느낀 건 비현실감이었다. 심지어 AI가 그들을 달래기 위해 제멋대로 합성해낸 영상이 아닌지 의심스러울 정도였다.

AA가 소리쳤다.

"세상에! 이게 뭐야?"

"일곱 시간 전 지구의 모습입니다. 50천문단위 거리에서 각배율 450배로 촬영했습니다."

망원렌즈로 촬영한 홀로그램 영상을 다시 자세히 들여다보았다. 2차원 지구가 선명하게 찍혀 있고 그 위의 '나이테'가 육안으로 볼 때보다 훨씬 세밀하게 보였다. 2차원화가 끝나고 점점 빛이 사그라지고 있는 중이었다. 그들을 전율하게 한 건 얼어붙은 2차원 바다였다. 2차원 지구를 제일 바깥쪽에서 감싸고 있는 그 백색의 얼음띠와 얼음띠를 이루고 있는 알갱이들이 또렷하게 보였다. 그건 눈송이였다! 상상할 수 없을 만큼 커다란 눈송이였다. 다른 것일 가능성은 없었다. 전체적으로는 규칙적인 육각형을 띠고 있지만 그 안의 가지들이 각기 다른 형태로 뻗어 나와 있었다. 지금껏 보았던 어떤 크리스털보다 더 영롱하고 아름다웠다. 50천문단위 밖에 있는 눈송이라는 것만으로도 비현실적이지만 그 거대한 눈송이가 전혀 겹침 없이 평면 위에 평행으로 배열되어 비현실감을 더했다. 그건 눈송이를 완벽하게 묘사한 작품이었고, 얼어붙은 2차원 바다 전체가 예술품으로 보일 만큼 화려했다.

AA가 물었다.

"저것들의 크기가 얼마나 되지?"

"지름이 4000~5000킬로미터쯤 됩니다."

AI의 목소리는 변함없이 단조롭고 사무적이었다. AI에는 놀라는 기능이 없었다.

청신이 경탄했다.

"달보다 더 크다고?"

AI가 여러 개의 눈송이를 비춘 화면을 몇 개 띄웠다. 눈송이의 크기를 더욱 실감할 수 없었다. 눈 내리는 날 나풀나풀 날아와 손바닥에 내려앉자마자 작은 물방울로 변하는 작은 요정을 돋보기로 들여다보는 기분이었다.

뤄지가 수염을 쓰다듬었다. 이번에는 헬멧에 가로막히지 않았다.

"음⋯⋯."

"어떻게 만들어진 거야?"

AA가 큰 소리로 묻자 AI가 대답했다.

"모르겠습니다. 천문학적 규모의 얼음 결정 결합체에 관한 지식은 검색되지 않습니다."

3차원 세계에서 눈송이는 얼음의 결정성장 법칙에 따라 자라난다. 3차원 세계의 결정성장 법칙에 따르면 이론상으로는 눈송이가 무한대로 자라날 수 있다. 지름 38센티미터의 눈송이가 발견되었다는 기록도 있었다.

2차원 세계의 결정성장 법칙이 어떤지는 아무도 알 수 없지만, 그 법칙에 따라 지름 5000킬로미터의 2차원 결정 결합체가 만들어졌을 것이다.

청신이 물었다.

"해왕성과 토성에도 물이 있고, 암모니아도 결정이 있어. 그런데 왜 거기서는 커다란 눈송이가 보이지 않지?"

AI가 대답했다.

"모르겠습니다."

뤄지가 두 눈을 가늘게 뜨고 2차원 지구를 감상했다.

"바다가 저렇게 변하는 것도 괜찮잖아. 저런 화환은 지구에만 어울려."

청신이 천천히 말했다.

"정말 궁금해요. 저곳의 숲은 어떻게 변했는지, 초원은 어떻게 변했는지, 또 옛 도시들은 어떤 모습이 됐는지."

마침내 슬픔이 찾아왔다. AA는 어린아이처럼 소리 내어 울음을 터뜨렸고 청신은 2차원 지구의 눈송이 바다에서 시선을 거두고 눈에 눈물이 가득 고인 채 말없이 서 있었다. 뤄지는 고개를 저으며 긴 한숨을 한번 내쉰 뒤 차를 마셨다. 하지만 한없이 슬프기만 한 것은 아니었다. 하나의 차원이 줄어든 그 세계가 그들의 마지막 종착지이기도 했기 때문이다.

그곳에서 그들은 어머니별과 함께 영원히 같은 평면 위에 존재하게 될 것이다.

다시 유물을 가지고 오기로 했다. 헤일로호에서 나와 하늘을 올려다보니 2차원 행성 세 개가 조금 전보다 더 커지고 2차원 소행성대도 두꺼워져 있었다. 이번에는 환각이 아니라 현실이었다. 그들의 질문에 AI는 이렇게 대답했다.

"자동항법 시스템에서 태양계의 항법 참조물에 분열이 생긴 것을 확인했습니다. 참조물 1은 원형을 유지하고 있습니다. 태양, 수성, 화성, 목성, 천왕성, 명왕성과 일부 소행성대 및 카이퍼 벨트 등 참조물 1에 속한 항법 표지는 기준에 부합합니다. 하지만 참조물 2에는 대규모 변이가 일어났습니다. 해왕성, 토성, 지구 및 일부 소행성대가 항법 표지의 특징을 상실했습니다. 참조물 1이 참조물 2를 향해 이동하고 있기 때문에 이런 현상이 관찰되는 것입니다."

다른 방향의 하늘에서 뭇별을 배경으로 수많은 별이 이동하는 것이 목격되었다. 이동하는 별은 대부분 푸른빛을 내고 있으며 어떤 것은 긴 꼬리가 매달려 있었다. 태양계 밖으로 도망치고 있는 우주선이었다. 몇몇 우주선은 세찬 불꽃을 내뿜으며 명왕성 지면에 그림자를 만들고 지나가기도 했지만 그중 어느 한 대도 명왕성에 착륙하지 않았다.

하지만 추락 지역에서 도망치는 건 불가능했다. 조금 전 AI가 한 말은 태양계의 3차원 공간이라는 거대한 카펫이 보이지 않는 손에 의해 2차원 심연을 향해 떠밀리고 있다는 뜻이었다. 도망치고 있는 우주선들은 카펫 위에서 느릿느릿 기어가는 벌레일 뿐이며, 그들은 별로 남지 않은 생존 시간조차 얼마 연장할 수 없을 것이다.

"둘이 다녀와. 얼마 남지 않았으니까. 난 여기서 기다릴게. 그걸 놓치고 싶지 않아."

청신과 AA는 뤄지가 말하는 '그것'이 무엇인지 알고 있었다. 두 사람은 그 순간을 목도하기가 두려웠다.

청신과 AA가 지하 유물실로 들어가 유물들을 고르지 않고 대충 상자에 담았다. 청신이 네안데르탈인의 두개골을 담으려고 하자 AA가 빼앗아 한쪽으로 툭 던졌다.

"이 그림 위에 2차원 두개골은 차고 넘칠 거예요."

맞는 말이었다. 최초의 네안데르탈인도 지금으로부터 십수만 년 전에 살았던 이들이다. 낙관적으로 예측해도 2차원 태양계는 수백만 년 후에야 첫 번째 관찰자를 맞이하게 될 것이다. 그러므로 '그들' 눈에 네안데르탈인과 현대인은 동일 시대의 부류일 것이다. 다른 유물들을 둘러보았지만 청신은 의욕이 생기지 않았다. 지금의 자신에게든 먼 미래의 '그들'에게든 지금 눈앞에 있는 이것들이 멸망하고 있는 현실 세계보다 의미 있을 것 같지 않았다.

그녀들은 어두컴컴한 유물실을 마지막으로 둘러본 뒤 유물들을 가지고 나왔다. 그림 속 모나리자가 불길하고 기묘한 미소를 지으며 멀어지는 그들의 뒷모습을 조용히 응시했다.

밖으로 나오자 하늘에 2차원 행성이 또 하나 늘어나 있었다. 수성이었다(금성도 태양 너머 수성의 맞은편에 있었다). 2차원 지구보다 작아 보였지만 2차원화되면서 내뿜는 빛 때문에 더 화려했다.

청신과 AA가 유물을 우주선에 실어놓고 나오자 지팡이를 짚고 밖에서 기다리고 있던 뤄지가 말했다.

"이제 됐다. 그것들만 가지고 가. 더 옮겨봤자 의미도 없어."

청신과 AA도 의욕이 나지 않아 뤄지처럼 가장 웅장하고 아름다운 광경을 기다리기로 했다. 바로 태양의 2차원화였다.

명왕성은 태양에서 45천문단위 떨어져 있었다. 지금까지는 명왕성과 태양이 동일한 방향에서 2차원 평면을 바라보고 있었으므로 둘 사이의 거리에 변화가 없었지만 태양이 2차원 평면에 접촉하면 태양은 운동이 정지되고, 명왕성은 계속해서 주위의 3차원 공간을 따라 2차원 평면을 향해 떨어지게 되므로 명왕성과 태양이 급격히 가까워지게 될 것이다.

태양의 2차원화가 시작될 때는 육안으로 세부적인 것까지 보이지 않았다. 그저 멀리 있는 태양이 갑자기 번쩍이며 밝아지고 부피가 늘어난 것 같았다. 2차원으로 떨어진 태양 일부가 평면 위로 빠르게 퍼져나간 것이지만 멀리서 보면 항성 자체가 팽창하는 것처럼 보였다. 그때 헤일로호의 AI가 확대한 화면을 우주선 밖으로 비춰주었다. 망원렌즈로 촬영한 태양의 선명한 홀로그램 화면이었다. 하지만 명왕성과 태양이 빠르게 가까워지면서 육안으로도 항성이 2차원화되는 장관을 또렷하게 볼 수 있었다.

태양이 2차원 평면에 닿는 순간, 2차원으로 추락한 부분이 평면 위에서 둥근 형태로 빠르게 확장되었다. 평면에 닿은 뒤 불과 30초 만에 평면 위로 퍼져나간 2차원 태양이 3차원 태양보다 더 넓어졌다. 태양의 반경을 70만 킬로미터로 계산할 때 2차원 태양의 가장자리가 확장되는 속도가 초속 2만 킬로미터가 넘었다. 2차원 태양이 계속 커지며 평면 위에 드넓은 불바다가 펼쳐지고 3차원 태양은 그 핏빛 바다의 한가운데로 서서히 가라앉았다.

4세기 전 홍안 기지의 산꼭대기에서 예원제도 자기 생명의 마지막 순간에 이런 일몰을 보았다. 그녀의 심장은 곧 끊어질 현처럼 가까스로 뛰고 있었고 그녀의 눈앞에서 검은 안개가 가물거렸다. 서쪽 하늘 끝에서 태양이 구름바다 밑으로 녹아내리는 듯 흘린 피가 서서히 번지며 구름바다와 하늘 전체를 화려하고 웅장한 핏빛으로 물들였다. 그녀는 그것이 인류의 일몰이라고 했다.

지금은 태양이 정말로 녹아내리고 있었다. 태양이 녹으며 흘린 피가 2차원 평면 위로 퍼지고 있었다. 최후의 일몰이었다.

멀리 착륙장 바깥의 지면에서 흰 증기가 피어올랐다. 명왕성의 고체 질소와 암모니아가 증발하기 시작하며 새로 나타난 희박한 대기층에서 빛이 분산되었다. 하늘에서 칠흑 같은 어둠이 걷히고 은은한 보랏빛이 감돌았다.

3차원 세계의 태양은 떨어졌지만 2차원 평면 속의 태양은 점점 떠올랐다. 2차원 항성의 빛이 2차원 평면 안을 비추며 2차원 태양계에 처음으로 햇빛이 들었다. 2차원화된 해왕성, 토성, 지구, 수성에서 태양을 향하고 있는 쪽이 햇빛을 받아 황금빛 호를 그렸다. 햇빛을 받는 부분은 1차원 테두리뿐이었다. 지구를 에워싸고 있는 거대한 눈송이도 햇빛에 녹아 흰색 수증기로 기화된 뒤 2차원 태양풍에 실려 2차원 하늘로 밀려갔다. 그중 일부가 황금빛 햇빛을 흠뻑 머금고 2차원 지구의 긴 머리처럼 너울댔다.

한 시간 뒤 태양 전체가 2차원 평면으로 떨어졌다.

명왕성에서 보이는 2차원 태양은 거대한 타원형이었다. 그에 비하면 2차원 행성들은 작은 파편에 불과했다. 행성과 달리 2차원 태양에는 또렷한 '나이테'가 나타나지 않았고 대략 세 개 층으로 나뉘어 있었다. 강한 빛을 내뿜고 있는 중심 부분은 자세히 보이지 않지만 3차원 태양의 핵일 것이고, 핵을 둘러싸고 있는 넓은 부분은 3차원 태양의 복사층일 것이다. 펄펄 끓는 그 바다의 작열하는 붉은빛 속에서 세포 형태의 수많은 미세 구조가 빠르게 생성되고 소실되고 분열되고 결합되었다. 일부만 보면 혼란스럽고 불안하지만 전체적으로 보면 웅장한 질서와 방식을 갖고 있었다. 그다음 층은 3차원 태양의 대류층에 해당하는 구역이었다. 3차원 태양과 마찬가지로 이 구역은 항성 물질의 대류를 통해 2차원 우주로 열을 전달했다. 혼란스러운 복사층과 달리 대류층은 크기와 형태가 비슷한 고리 형태의 대류 회로가 질서 있게 겹겹이 배열되어 있었다. 제일 바깥쪽은 태양의 대기층이었다. 황금빛 기류가 태양의 테두리 밖으로 뻗어나가는 수많은 2차원 홍염을 만들어냈다. 그것들이 2차원 태양을 둘러싼 무용수들처럼 2차원 우주에서 자유분방한 춤사위로 춤을 추고 있었다. 어떤 '무용수'들은 태양을 벗어나 2차원 우주로 멀리 날아갔다.

"태양이 저기서도 살아 있을까요?"

AA의 물음은 세 사람의 공통된 소망이기도 했다. 그들은 태양이 2차원 태양계를 계속 비춰주길 바랐다. 비록 그곳에 생명이 없을지라도 말이다.

하지만 그건 소망일 뿐이었다.

2차원 태양이 어두워졌다. 핵 부분의 밝기가 급속히 어두워지자 더 많은 고리 구조가 눈에 들어왔다. 복사층도 어두워지고 있었다. 부글부글 끓던 복사층이 끈끈한 점액으로 엉겨 붙어 꿀렁대고, 대류층을 이루고 있는 겹겹의 고리들은 비틀리고 무너져 자취를 감추었다. 2차원 태양 밖으로 뛰쳐 나간 금빛 기체의 무용수들도 메마른 낙엽처럼 빛이 퇴색되며 활력을 잃었다. 적어도 2차원 세계에 아직 중력이 존재한다는 것을 알 수 있었다. 복사 에너지가 사라지자 하늘에서 날아다니던 홍염이 지탱할 힘을 잃고 2차원 태양의 중력에 이끌려 천천히 태양으로 되돌아가고 있었다. '무용수'들이 중력에 굴복해 하나둘씩 쓰러졌다. 태양의 대기가 마지막으로 가장 바깥쪽에 평평한 고리를 만들었다. 태양빛이 사그라지자 2차원 행성의 테두리에 나타났던 호선도 어두워지고, 2차원 지구의 증발하는 바다에서 자라난 긴 머리칼도 윤기를 잃었다.

3차원 세계의 모든 것이 2차원으로 떨어진 뒤 죽음을 맞이했다. 두께가 0인 그림 속에서 살 수 있는 건 아무것도 없었다.

2차원 우주 속에도 태양과 행성, 생명체가 있을지 모른다. 하지만 분명한 건 그것들이 3차원과는 완전히 다른 메커니즘에 따라 구성되고 운행될 것이라는 사실이다.

세 사람이 2차원으로 추락하는 태양에 시선을 빼앗기고 있는 동안 금성과 화성도 2차원 평면으로 떨어졌다. 하지만 태양에 비하면 두 지구형 행성의 2차원화 과정은 단조로웠다. 2차원화된 화성과 금성의 '나이테' 구조는 지구와 큰 차이가 없었다. 2차원 화성의 제일 바깥층은 투조 문양을 새겨놓은 듯 군데군데 비어 있었다. 화성의 지층 속에 물이 있던 부분이었다. 화성의 지층에 예상보다 많은 물이 있었던 것이다. 잠시 후 그 물이 얼어붙어 불투명한 흰색으로 변했지만 대형 눈송이는 나타나지 않았다. 2차원 금성의 바깥층에도 대형 눈송이가 나타났지만 2차원 지구만큼 많지 않았고 노란색을 띠는 것을 보면 물의 결정은 아니었다. 잠시 후 태양과 명왕성 사이에 있던 소행성대도 2차원화되어 태양계 목걸이의 나머지 절반이 채워졌다.

명왕성에도 눈송이가 나타나기 시작했다. 작은 눈송이가 연보라색 하늘에서 나풀거리며 떨어졌다. 태양이 2차원화될 때 증발했던 질소와 암모니아가 2차원 태양이 식으며 온도가 급격히 하강하자 공중에서 얼어붙어 눈송이가 된 것이다. 눈송이가 점점 굵어지며 비석과 헤일로호의 윗부분에 두껍게 쌓였다. 구름은 없었지만 펄펄 날리는 눈송이가 명왕성의 하늘을 가렸다. 눈의 장막이 2차원 태양과 행성을 몽롱하게 가려 세상이 갑자기 좁아진 것 같았다.

AA가 쏟아지는 눈을 맞으며 두 팔을 벌리고 몸을 한 바퀴 빙 돌렸다.

"집에 온 것 같지 않아요?"

청신이 고개를 크게 끄덕였다.

"나도 그 말을 하려고 했어."

AA와 마찬가지로 청신도 눈은 지구에만 내리는 것이라는 막연한 생각을 갖고 있었고 조금 전 2차원 지구에서 본 눈송이가 그런 생각을 더 분명하게 확인시켜주었다. 그 때문에 태양계 끝자락의 춥고 어두운 세상에서 내리는 눈을 보며 어머니별에 온 듯한 엷은 온기를 느꼈다.

그들이 날리는 눈송이를 만지려는 듯 손을 뻗자 뤄지가 걱정스럽게 말했다.

"설마 장갑을 벗으려는 건 아니겠지?"

청신은 정말로 장갑을 벗은 맨손으로 눈송이를 만지고 싶은 충동이 들었다. 눈송이의 시원한 청량감을 느끼고 포슬포슬한 눈송이가 자신의 체온에 녹는 것을 보고 싶었다. 물론 이성이 그녀의 충동을 억누르고 있었다. 정말로 그렇게 한다면 지구에 온 듯한 온기가 사라지며 그녀의 손도 함께 사라질 것이다. 질소-암모니아 눈송이의 온도가 질소의 어는점인 영하 210도이기 때문이다. 그 극한의 한기가 그녀의 가녀린 손을 순식간에 유리처럼 얼려버릴 것이다.

지팡이로 몸을 지탱하고 서 있던 뤄지가 고개를 저었다.

"애들아, 이제 집은 없어. 집이 그림이 됐잖느냐."

질소와 암모니아 눈은 그리 오래지 않아 그쳤다. 나풀거리며 날아다니는 눈송이가 점점 줄어들고 질소와 암모니아의 보랏빛 가스가 사라지며 하늘도 다시 맑고 검게 변했다. 눈이 내리기 전에 비해 2차원 태양과 행성이 조금 커져 있었다. 하지만 그것들이 팽창한 것은 아니었다. 그것들은 이미 완전히 2차원으로 변해 면적이 고정되어 있었다. 그건 명왕성이 2차원 평면에 더 가까워졌음을 의미하는 것이었다.

눈이 완전히 그친 뒤 지평선과 가까운 하늘에 빛 덩어리가 나타났다. 빛이 나타나자마자 급속도로 강해지며 순식간에 2차원 태양보다 더 밝아졌다. 자세한 형태는 보이지 않았지만 그들은 그것이 목성의 위치라는 걸 알고 있었다. 태양계에서 가장 큰 행성이 2차원 평면으로 떨어진 것이다. 명왕성의 자전주기는 6지구일로 천천히 자전한다. 2차원 태양계의 일부가 이미 지평선 아래로 내려앉고 있었기 때문에 그들은 목성이 파괴되는 광경을 볼 수 없을 거라 예상했다. 2차원으로 떨어지는 목성을 볼 수 있다는 것은 태양계가 2차원으로 떨어지는 속도가 점점 빨라지고 있다는 뜻이었다.

AI가 목성의 정보를 수신했다. 이제는 전송되는 정보의 양도 적었지만 그나마도 내용을 식별할 수 있는 것이 거의 없고 대부분은 영상이 아닌 오디오 파일이었다. 모든 통신과 방송 채널이 소리의 바다로 변했다. 대부분은 사람 소리였다. 시끌벅적한 사람들이 태양계 전체를 와글와글 채우고 있는 것 같았다. 외침, 비명, 울음, 실성한 웃음소리…… 심지어 노래를 부르는 사람도 있었다. 소란스러운 소리가 뒤죽박죽 뒤엉켜 뭐라고 하는지 하나도 알아들을 수가 없었다. 유일하게 분간할 수 있는 것은 사람들의 합창 소리였다. 찬송가처럼 느리고 장엄한 노래를 부르고 있었다. 청신이 연방 정부의 공식적인 정보 방송을 수신할 수 있는지 묻자 AI는 지구가 2차원화될 때 정부의 공식적인 소식이 중단된 뒤 재개되지 않았다고 대답했다. 태양계 연방 정부는 마지막 순간까지 직무를 수행하겠다던 약속을 지키지 않았다.

태양계에서 도망치려는 우주선들이 명왕성 옆을 수없이 스쳐 지나가고 있었다.

뤄지가 말했다.

"얘들아, 떠날 시간이다."

청신이 말했다.

"같이 가요!"

뤄지가 고개를 저으며 웃고는 지팡이로 비석을 가리키며 말했다.

"그럴 필요가 있을까? 난 여기가 편해."

AA가 말했다.

"그럼 좀 더 함께 있다가 천왕성이 2차원화되면 떠날게요."

뤄지를 더 설득할 필요도 없었다. 설령 그가 헤일로호를 타고 떠난다해도 마지막 순간을 한 시간쯤 미룰 수 있을 뿐이고 그 정도 시간에 연연할 사람이 아니었다. 맡은 임무가 없다면 청신과 AA도 그깟 시간에 개의치 않았을 것이다.

"아니야. 지금 당장 떠나!"

뤄지가 단호하게 말하며 지팡이로 세게 바닥을 두드리자 그의 몸이 붕 떠올랐다.

"앞으로 추락 속도가 얼마나 빨라질지 알 수 없어. 임무를 그르치지 마. 통신 채널을 열어두면 함께 있는 것 같을 게다."

청신은 망설이다가 고개를 끄덕였다.

"알겠어요. 떠날게요. 연락은 끊지 마세요."

"물론이지."

뤄지가 작별 인사 대신 두 사람을 향해 지팡이를 들어 보인 뒤 비석 쪽으로 향했다. 약한 중력에 그의 몸이 눈밭 위를 둥둥 떠서 날아가는 것 같았다. 지팡이로 땅을 짚어 속도를 늦추지 않으면 걸을 수가 없었다. 청신과 AA가 그의 뒷모습을 눈으로 배웅했다. 면벽자였고 검잡이였으며 인류 최후의 묘지기인 그의 노쇠한 그림자가 비석 안으로 사라졌다.

청신과 AA가 헤일로호에 탑승하자 우주선이 눈보라를 일으키며 이륙한 뒤 순식간에 초속 1킬로미터의 명왕성 탈출속도로 날아 우주 궤도에 진입했다. 선체의 창과 모니터 화면을 통해 명왕성의 검푸른 표면을 덮은 하얀 눈이 보였다. 여러 가지 언어로 새겨놓은 '지구 문명'이라는 글자도 눈에 파묻혀 거의 보이지 않았다. 헤일로호가 명왕성과 명왕성의 위성 카론 사이를 가로질러 빠져나갔다. 두 천체 사이가 가까워 협곡을 통과하는 것 같았다.

움직이는 별들도 이 '협곡'을 총총히 지나갔다. 태양계에서 빠져나가려는 우주선들이었다. 그들은 헤일로호보다 훨씬 빨랐다. 어떤 우주선이 100킬로미터도 안 되는 근거리에서 헤일로호를 빠르게 스쳐 지나갔다. 삼각형 선체와 추진기에서 뿜어져 나오는 10킬로미터 길이의 푸른 불꽃이 카론의 매끈한 표면 위에 선명하게 비쳤다.

AI가 말했다.

"저건 미케네호입니다. 생태순환 시스템이 탑재되지 않은 중형 행성급 우주선이라 태양계 밖으로 나가면 단 한 명만 타고 있어도 생존 가능 기간이 채 5년도 안 됩니다."

AI는 미케네호가 태양계를 빠져나갈 수 없다는 것을 알지 못했다. 도주하고 있는 다른 우주선들과 마찬가지로 미케네호도 3차원 세계에서 생존할 수 있는 시간이 세 시간도 채 남아 있지 않았다.

헤일로호가 명왕성과 카론 사이의 협곡을 빠져나가 좁고 어두운 세계를 뒤로하고 광막한 우주로 향했다. 2차원 태양의 전체 모습이 시야에 들어왔다. 목성의 2차원화도 완료되었다. 이제 천왕성을 제외한 태양계의 거의 모든 곳이 2차원으로 변해 있었다.

AA의 입에서 저절로 탄성이 튀어나왔다.

"세상에! 별이 빛나는 밤!"

청신은 AA가 말한 것이 반 고흐의 〈별이 빛나는 밤〉이라는 걸 알고 있었다. 비슷했다. 너무나도 비슷했다! 그녀가 기억하는 그 그림과 눈앞에 있는 2차원 태양계가 거의 완벽하게 겹쳤다. 거대한 성체들이 우주를 빼곡히 채우고 있었다. 성체들이 차지한 면적이 그들 사이의 우주 면적보다 더 넓었다. 하지만 그 넓은 면적도 그것들에 실재감을 부여하지는 못했다. 그것들은 마치 시공의 소용돌이 같았다. 우주 공간이 공포와 경악, 광기로 속속들이 채워져 타오르는 불꽃처럼 전율하듯 흔들리고 있었지만, 그곳에서 뿜어져 나오는 건 혹독한 한기뿐이었다. 태양과 행성을 비롯한 모든 실체와 존재가 그저 시공이 어지럽게 흐르며 만들어낸 환상 같았다.

청신은 〈별이 빛나는 밤〉을 두 번 보며 느꼈던 그 기이한 느낌을 떠올렸다. 타오르는 듯한 나무, 깜깜한 밤의 마을과 산맥 등등 밤하늘을 제외한 다른 것들은 모두 분명한 원근감과 깊이감이 나타났지만, 그 위쪽의 별이 빛나는 하늘은 마치 우주에 걸려 있는 거대한 그림처럼 전혀 입체감을 느낄 수 없었다.

별이 빛나는 하늘은 2차원이기 때문이다.

고흐는 어떻게 그걸 그렸을까? 1889년 두 번째 신경 발작을 겪고 있던 그가 착란과 섬망이 교차하는 의식 속에서 5세기의 시공을 넘어 바로 지금 이 순간을 보았던 걸까? 아니면 반대로 그가 진즉에 미래를 보았고 최후의 심판이 닥친 이날의 광경이 그의 정신적 붕괴와 자살의 진정한 원인이 되었던 걸까?

"얘들아, 잘 있느냐? 뭘 하고 있느냐?"

방금 나타난 화면 속에서 뤄지가 물었다. 우주복을 벗은 그는 물속에 있는 듯 백발과 흰 수염이 허공으로 붕 떠올라 있었다. 그의 등 뒤로 1억 년간 보존될 동굴이 보였다.

AA가 대답했다.

"우린 잘 있어요! 유물들을 우주로 던지려고요. 그런데 〈별이 빛나는 밤〉은 간직하고 싶어요."

"아무것도 버리지 마. 그걸 가지고 떠나."

청신과 AA가 어리둥절한 시선을 주고받았다.

AA가 물었다.

"떠나라고요? 어디로요?"

"어디든. 은하계 어디든 갈 수 있어. 살아 있는 동안 안드로메다은하도 직접 볼 수 있을 게다. 헤일로호는 광속 우주선이니까. 그 우주선에 세계에서 하나뿐인 공간곡률 추진 엔진이 탑재되어 있어."

경악에 가까운 전율이 청신과 AA의 말문을 막았다.

"웨이드가 죽은 뒤에도 헤일로시티에 남아 있던 사람들은 포기하지 않았어. 감옥에 들어갔던 사람들이 하나둘 석방된 뒤에 비밀리에 연구기지를 세웠지. 그게 어디냐고? 수성이야. 태양계에서 인적이 가장 드문 그곳에 4세기 전 면벽자 레이디아즈가 대형 수소폭탄을 터뜨려 거대한 구덩이를 파놓았지. 그 구덩이에 기지를 세웠어. 기지를 건설하는 데만 30년도 넘게 걸렸지. 마지막으로 구덩이 전체에 돔 지붕을 덮고 대외적으로는 태양 활동을 연구하는 곳이라고 했어. 헤일로 그룹이 재기한 뒤 자금을 지원했지."

밝은 빛이 창으로 비껴 들어왔다. 청신과 AA는 밖에서 무슨 일이 일어나고 있는지 내다보지 않았다. AI가 천왕성에 '형태 변화'가 나타났음을 알려주었다. 천왕성도 2차원 공간으로 떨어지기 시작했다는 뜻이었다. 태양 너머에 있는 해왕성은 이미 2차원화가 끝난 뒤였다. 이제 명왕성과 2차원 평면 사이에 천체가 하나도 없었다.

"웨이드가 죽은 지 35년째 되던 해에 드디어 수성 기지에서 공간곡률 추진 연구가 재개되었지. 3밀리미터짜리 네 머리카락을 2센티미터 이동시켰던 바로 그 단계에서부터 다시 시작한 거야. 그 후 반세기 동안 여러 가지 이유로 몇 차례나 중단과 재개를 반복하며 이론 연구 단계에서 기술 개발 단계로 발전했어. 그러는 동안 얼마나 많은 우여곡절을 겪었는지는 말할 필요도 없다. 기술 개발의 마지막 단계에서 대규모 곡률 추진 실험을 해야 했지만 수성 기지에서는 불가능했어. 첫째는 그런 대형 실험을 버텨낼 만큼 튼튼하지 못했고, 둘째는 실험으로 남긴 항적 때문에 수성 기지의 비밀이 탄로 날 수 있었으니까. 사실 그 50여 년 동안 기지의 인력이 수없이 바뀌면서도 연방 정부에 비밀을 들키지 않은 건 소규모 연구와 실험만 진행했기 때문이었어. 대외적으로 다른 명목을 붙여서 연구를 진행했기 때문에 연방 정부가 용인해주었던 거야. 하지만 대규모 실험을 진행하자면 정부의 협조가 필수적이었어. 그래서 우리가 연방 정부를 찾아가서 이 사실을 털어놓고 협력을 제안했지. 연방 정부는 우리 제안을 받아들였어."

청신이 물었다.

"광속 우주선 연구를 금지한 법률은 폐지되었나요?"

"아니. 정부가 우리와 협력한 건……."

뤄지의 지팡이가 규칙적인 간격으로 바닥을 똑똑 두들겼다. 그가 망설이고 있었다.

"그 얘긴, 일단 넘어가자. 1년 전 곡률 추진 엔진 세 대가 완성됐어. 무인 시험 항해를 세 차례 실시했어. 1차 실험 때는 1호 엔진이 태양에서 150천문단위 떨어진 구간에서 광속에 진입해 항해하다가 돌아왔어. 사실 엔진이 광속으로 항해한 시간은 10분밖에 안 되지만 우리에겐 우주선이 출항했다가 돌아올 때까지 3년이 걸렸지. 2차 실험에는 2호와 3호 엔진을 탑재한 우주선 두 대가 동시에 출발했어. 지금 그 우주선들이 오르트 구름

밖에 있지. 6년 뒤에 태양계로 돌아올 거야. 1차 시험 항해를 마친 1호 엔진이 바로 헤일로호에 탑재되어 있어."

AA가 소리쳤다.

"그런데 왜 우리 둘만 태웠어요? 최소한 남자 둘도 함께 탔어야죠!"

뤄지가 고개를 저었다.

"그럴 시간이 없었단다. 연방 정부와 헤일로 그룹의 협력은 비밀리에 진행되었어. 곡률 추진 엔진의 존재를 아는 사람도 많지 않지만, 태양계에 하나밖에 없는 그 엔진이 어디에 탑재되었는지 아는 사람은 극소수뿐이야. 하지만 그래도 안심할 수 없었지. 인류의 종말 앞에서 사람 마음이 어떻게 바뀔지 누가 알겠어? 헤일로호를 차지하기 위해 인간들끼리 싸우다가 결국 다 파괴될 수도 있었어. 그래서 공격 경보를 발령하기 전에 헤일로호를 서둘러 벙커 세계에서 피신시킨 거야. 상황이 급박했어. 차오빈이 나를 함께 태워 떠나게 하려고 너희를 명왕성으로 보낸 거야. 사실 헤일로호를 목성에서부터 광속으로 가속시켰어야 했어."

AA가 외쳤다.

"도대체 왜 같이 떠나지 않으신 거예요?"

"난 살 만큼 살았어. 도망쳐봤자 어차피 오래 살지 못해. 나는 여기서 묘지기로 있는 게 제일 어울려."

청신이 말했다.

"지금 모시러 갈게요!"

"경솔한 행동은 하지 마라. 시간이 많지 않아."

3차원 공간이 2차원 평면을 향해 빠르게 떨어지고 있었다. 우주선 창밖에서 2차원 태양이 이미 시야의 절반을 차지하고 있었다. 태양이 빛을 완전히 잃고 검붉은 죽음의 바다만 끝없이 넓게 펼쳐져 있었다. 이제 보니 2차원 평면의 표면이 절대적인 정지 상태가 아니라 물결치듯 움직이고 있었다! 끝이 보이지 않을 만큼 긴 파도가 2차원 평면 위에서 굼실거리며 흘렀다. 3차원 공간의 파동이나 비틀림과 비슷했다. 블루스페이스호와 그래비티호가 바로 그런 비틀린 점을 통과해 4차원 공간으로 들어갔던 것이다. 2차원 물질이 없는 곳에서도 2차원 평면의 파동이 나타났다. 이런 파동은 평면 면적이 충분히 넓을 때만 생겨났다. 추락 속도가 빨라지며 헤일로호에서도 공간 변형이 점점 뚜렷해졌다. 원형이었던 창이 타원형으로 변하고 날씬한 AA가 작고 뚱뚱하게 변했다. 공간이 떨어지는 방향을 잡아당겨지며 나타난 변화였다. 하지만 청신과 AA는 아무런 불편함도 느끼지 못했고 우주선 시스템도 모두 정상적으로 작동되었다.

"명왕성으로 돌아가!"

청신이 AI에게 명령한 뒤 화면 속 뤄지를 향해 말했다.

"돌아가겠어요. 아직 시간이 있어요. 아직 천왕성도 다 추락하지 않았잖아요!"

그때 AI가 사무적인 말투로 대답했다.

"현재 명령을 내릴 수 있는 최고 권한은 뤄지 박사님에게 있습니다. 헤일로호를 명왕성으로 되돌릴 수 있는 건 뤄지 박사님뿐입니다."

뤄지가 통로 앞에 선 채 웃으며 말했다.

"떠날 생각이었다면 아까 너희와 함께 떠났겠지. 난 장거리 항해를 하기엔 너무 늙었어. 내 걱정은 마라. 난 아무것도 놓치지 않았다고 말했잖아. 공간곡률 추진 엔진 시동 준비."

뤄지의 마지막 말은 헤일로호의 AI를 향한 명령이었다.

AI가 물었다.

"목적지를 말씀해주세요."

"일단 현재 항로대로 가지. 너희가 어디로 가고 싶은지 나도 모르니까. 지금은 너희도 아마 모를 거야. 어디로 갈지 결정되면 성도에서 목적지를 가리키기만 하면 돼. 반경 5만 광년 이내에 있는 대부분의 항성은 자동항법 시스템으로 찾아갈 수 있으니까."

AI가 말했다.

"명령을 수행하겠습니다. 30초 후 공간곡률 추진 엔진이 가동됩니다."

AA가 물었다.

"심해가속액에 들어가야 해?"

물론 정상적인 항해라면 이 정도 가속도에서는 어떤 액체에 들어가도 팬케이크처럼 납작하게 짓눌릴 것임을 그녀도 알고 있었다.

"아무것도 필요 없습니다. 곡률 추진 방식에서는 고중력이 발생하지 않습니다."

"곡률 추진 엔진 가동. 시스템 정상 운행. 공간 토크* 23.8. 추진곡률비 3.41:1, 64분 18초 후 광속 진입 예정."

엔진에 시동이 걸렸지만 청신과 AA는 우주선이 멈춘 것처럼 느꼈다. 주위가 갑자기 조용해지고 아무런 소음도 들리지 않았다. 핵융합 엔진이 멈추며 핵융합로와 추진기에서 나던 소음이 사라진 것이었다. 하지만 다른 소리가 공간을 다시 채우지 않았다. 지금 무언가가 작동되고 있다는 사실을 믿을 수가 없었다.

하지만 실제로 곡률 추진이 이루어지고 있음을 증명하는 현상이 나타났다. 가속으로 인해 변형되었던 공간이 점점 원래대로 돌아온 것이다. 선체의 창이 원형이 되고 청신도 다시 날씬해졌다. 창밖에서 우주선들이 여전히 헤일로호보다 더 빠르게 스쳐 지나갔지만 추월 속도가 눈에 띄게 느려졌다.

AI가 다른 우주선들이 주고받고 있는 음성 통신을 들려주었다. 헤일로

* 옮긴이 주:토크(torque). 물체에 작용해 물체를 회전시키는 원인이 되는 물리량.

호에 관한 대화라고 판단하고 들려준 것 같았다.

한 여자가 날카로운 목소리로 외쳤다.

"저것 좀 봐! 갑자기 빨라졌어! 어떻게 가속했지?"

"오, 맙소사! 저 안에 있는 사람들은 종잇장이 됐을 거야."

한 남자의 목소리에 이어 다른 남자의 목소리가 들렸다.

"멍청하긴. 저 정도 가속이면 이미 다 눌려 죽었어야 된다고! 그렇지 않다는 건 저 우주선의 추진 방식이 다르다는 뜻이야. 핵융합 엔진이 아니라 공간곡률 엔진이 탑재된 게 틀림없어!"

"공간곡률 엔진이라고? 광속 우주선이란 말이야? 뭐, 광속 우주선?"

"그 소문이 사실이었어. 그들이 자기들만 도망치려고 비밀리에 광속 우주선을 만들고 있다는 소문을 들었어……."

"아아아악! 악! 악!"

처음 들렸던 그 비명의 주인공이었다.

"저걸 따라가! 앞을 가로막아! 들이받아!"

또 그 여자의 목소리였다.

"아아아! 저건 탈출속도에 도달할 수 있다는 거잖아. 쟤들은 여기서 도망칠 수 있어. 살 수 있다고! 아아아! 나도 광속 우주선을 가질 거야. 빨리 막아! 죽여버려!"

그때 또 다른 비명 소리가 들렸다. 이번에는 헤일로호 안에서 AA가 지르는 소리였다.

"세상에! 명왕성이 두 개가 됐어요!"

청신이 AA가 가리키는 화면 쪽으로 몸을 돌렸다. 헤일로호의 감시 시스템으로 촬영한 명왕성이었다. 조금 전보다 훨씬 멀어지기는 했지만 아직 또렷하게 볼 수 있었다. AA의 말처럼 명왕성과 명왕성의 위성인 카론이 각각 두 개가 되어 그리 멀지 않은 거리를 두고 나란히 떠 있었다. 복제된 것은 명왕성뿐만이 아니었다. 사각 프레임으로 일부 구역을 선택해 복제한 것처럼 2차원 평면이 포함된 그 배경까지도 복제되어 있었다.

뤄지가 말했다.

"헤일로호의 항적이 남은 곳에서 빛의 속도가 느려지기 때문이란다."

뤄지를 비추는 화면이 비틀어지기 시작했지만 목소리는 여전히 또렷했다.

"명왕성이 항적 구간을 지날 때는 영상 전송 속도가 느려지지만 그사이에 명왕성이 항적 구간을 벗어나면 다시 정상 광속으로 전송하게 되지. 그러니까 두 개의 영상이 함께 도착해서 너희에게는 명왕성이 두 개인 것처럼 보이는 거야."

"광속이 느려진다고요?"

청신이 뤄지의 말 속에 담긴 커다란 비밀을 예리하게 알아챘다.

뤄지가 말했다.

"너희가 비누 배로 곡률 추진의 비밀을 알아냈다지? 그런데 비누 배가 욕조를 한 번 건넌 뒤에 그걸 건져내지 않고 욕조 안에 둔 채 또 한 번 실험했느냐?"

물론 그러지 않았다. 지자에게 들킬까 봐 재빨리 배를 건져내 무심한 척 한쪽으로 툭 던져놓았다. 하지만 다시 실험을 했다면 어떤 결과가 나왔을지 짐작하는 건 어렵지 않았다.

청신이 말했다.

"다시 실험했다면 배가 움직이지 않았겠죠. 처음 물을 건너면서 물의 장력이 감소했으니까요."

"맞아. 광속 우주선도 마찬가지야. 곡률 추진의 항적 부분에서 공간의 구조가 바뀌지. 똑같은 곡률 추진 우주선이라도 첫 번째 우주선이 남기고 간 항적 구간에 들어가면 움직이지 못해. 더 강한 출력의 곡률 엔진을 사용하면 속도를 끌어올릴 수는 있지만 그래도 첫 번째 항해의 최고 속도에는 도달할 수 없지. 한마디로 항적 구간에서는 진공 중의 광속도 느려져."

"얼마나 느려지죠?"

"이론상으로는 0까지 내려갈 수 있지만 실제로는 거의 불가능해. 하지만 곡률 엔진의 공간 토크를 충분히 높인다면 항적 구간의 광속을 꿈의 속도인 초속 16.7킬로미터까지 늦출 수 있지."

AA가 화면 속 뤄지를 똑바로 응시하며 말끝을 흐렸다.

"그게 바로……."

청신이 말을 잇지 못하고 망설이자 뤄지가 그녀가 하려던 말을 대신 입 밖에 냈다.

"그게 바로 블랙존이지."

뤄지가 계속 말했다.

"물론 우주선 한 대로는 항성계 하나가 다 들어갈 만큼 거대한 블랙존을 만들 수 없어. 태양계를 감쌀 만큼의 블랙존을 만들려면 1000대 넘는 곡률 추진 우주선이 필요하지. 그 우주선들이 태양을 에워싸고 각 방향을 향해 출발해 광속으로 날아가는 거야. 그러면 방사형으로 흩어진 항적들이 하나로 합쳐지면서 태양계 전체를 감싸는 구체를 형성하게 될 거야. 이 구체가 바로 광속이 초속 16.7킬로미터인 저광속 블랙홀, 즉 블랙존이지."

AA가 말했다.

"광속 우주선으로 블랙존을 만드는군요!"

곡률 추진 항적은 위험한 표시가 될 수도 있고, 안전보장 성명이 될 수도 있다. 그것이 어느 세계의 옆에 있다면 전자가 되고, 그 세계를 감싸고 있다면 후자가 된다. 올가미를 손에 들고 있는 사람은 위험한 사람이지만, 그가 그 올가미를 자기 목에 쓰면 안전한 사람이 되는 것과 같다.

"그래. 하지만 너무 늦게 알았어. 곡률 추진을 연구할 때 이론보다 실험이 우선이었어. 너도 알다시피 그게 웨이드의 방식이야. 실험으로 새로 발견한 건 많았지만 그걸 이론적으로 해석할 수가 없었어. 이론이 바탕이 되지 않으면 중요한 현상도 쉽게 지나쳐버리거든. 연구 초기에, 네 머리카락을 움직이게 했던 그 단계에서 말이다. 그때는 관찰할 수 있는 곡률 추진 항적이 너무 적고 희미해서 그걸 간과했지만, 사실 그때도 여러 가지 힌트가 있었어. 항적이 확산되면서 광속을 늦추는 바람에 컴퓨터의 양자 직접 회로가 고장 나기도 했지. 하지만 컴퓨터 고장을 항적과 연결시켜서 생각한 사람이 없었어. 나중에 대규모 실험을 진행한 뒤에야 곡률 추진 항적의 비밀을 알게 됐단다. 그게 바로 연방 정부가 우리와 협력했던 이유지. 그 사실을 알게 된 정부가 광속 우주선 개발에 거액을 투자했지만, 이미 늦은 뒤였지……."

뤄지가 고개를 저으며 한숨을 내쉬고는 아무 말도 하지 않았다.

"헤일로시티 사건부터 수성 기지 건립까지 귀중한 시간을 35년이나 흘려보냈군요."

그가 하려던 말을 청신이 대신 하자 뤄지가 말없이 고개를 끄덕였다. 청신을 바라보는 그의 눈빛에서 자상함이 사라졌다. 그의 눈동자가 마지막 심판의 날에 타오르는 불길처럼 이글거리고 있었다. 적어도 그녀가 보기에는 그랬다. 그 준엄한 눈빛이 그녀에게 묻고 있었다. 네가 무슨 짓을 했는지 알겠느냐고.

청신은 이제야 알았다. 지구 문명이 살아남을 수 있는 세 가지 방법, 즉 벙커, 블랙존, 광속 우주선 가운데 광속 우주선만이 진정한 생존 방법이라는 것을.

원톈밍이 그 길을 알려주었지만 그녀가 그 길을 막아버리고 말았다.

그녀가 웨이드를 저지하지 않았더라면 헤일로시티는 독립할 수 있었을 것이다. 일시적이고 제한적인 독립이라 해도 그들이 곡률 추진의 항적 효과를 더 일찍 발견할 수 있었을 것이고, 그랬다면 연방 정부의 전폭적인 지원을 받아 광속 우주선 1000여 대를 만든 뒤에 태양계를 블랙존으로 만들어 2차원 공격을 피할 수 있었을 것이다.

그때 인류는 우주로 나가고 싶은 사람들과 블랙존 안에서 편안하게 살고 싶은 사람들로 나뉘어 있었다. 전자에 속한 사람들이 광속 우주선을 타고 태양계를 떠나며 후자에 속한 사람들에게 블랙존을 만들어줄 수 있었다. 그것이 각자 원하는 삶을 사는 방법이었다.

그녀는 결국 두 번째 실수를 저지르고 말았다.

두 번 모두 그녀에게 신에 버금가는 권력이 쥐어졌지만 그녀는 사랑의 이름으로 인류 세계를 나락으로 밀어 넣었다. 이번에는 아무도 그녀의 잘못을 돌이켜줄 수 없었다.

청신은 그가 원망스러웠다. 웨이드. 자신과의 약속을 지킨 그를 증오했다. 그는 왜 약속을 지켰을까? 남자의 의리 때문에? 아니면 그녀를 위해? 물론 웨이드도 곡률 추진의 항적 속에 이런 비밀이 있음을 알지 못했을 것이다. 그가 광속 우주선 개발에 집착한 것은 어느 무명의 헤일로시티 자위대원의 말처럼 자유를 위한 싸움이었다. 우주의 자유인이 되기 위한 투쟁, 태양계 밖에 헤아릴 수 없이 흩어져 있는 아름다운 세계를 위한 투쟁이었다. 광속 우주선이 인류의 유일한 살길임을 웨이드가 알았더라면 그는 결코 청신과의 약속에 얽매이지 않았을 것이다.

하지만 책임을 전가할 수는 없다. 그녀가 정말로 신에 버금가는 존재든 아니든, 그런 권력을 가졌다면 남에게 책임을 전가할 수 없다.

명왕성에서 청신은 일생에서 가장 홀가분한 순간을 경험했다. 세계의 종말 앞에서는 누구나 홀가분할 수밖에 없다. 모든 책임과 부담, 걱정과 불안이 사라지고 어머니 배 속에서 태어날 때의 가장 단순한 상태로 돌아가는 것이다. 청신에게 필요한 건 조용히 기다리는 것뿐이었다. 시 같기도

하고 그림 같기도 한 이 파멸 속에서 태양계라는 거대한 그림의 일부가 되길 기다리는 것 외에 그녀는 아무것도 할 필요가 없었다.

그런데 지금 모든 것이 뒤집혔다. 초기 우주학에 이런 역설이 있었다. 만일 우주가 무한하다면 천체도 무한히 많을 것이고 그러면 수많은 천체의 중력 구간이 서로 겹치며 모든 천체가 사방에서 작용하는 중력을 견디지 못하고 부서질 것이라는 역설이었다.* 지금 청신은 자신이 정말로 무한한 중력에 끌어당겨지는 기분이었다. 우주의 수많은 방향에서 다가온 중력이 그녀의 영혼을 갈가리 찢고 있었다. 127년 전 검잡이로서 마지막 순간에 느꼈던 그 끔찍한 환상이 재연되었다. 40억 년의 세월이 차곡차곡 쌓여 그녀를 짓이겼다. 우주의 수많은 눈이 그녀를 노려보고 있었다. 공룡의 눈, 삼엽충과 개미의 눈, 새와 나비의 눈, 바이러스의 눈……. 지구에 살았던 인간의 눈만 해도 1000억 쌍이었다.

AA의 눈을 보았다. 청신은 그녀의 눈빛 속에 담긴 말을 읽을 수 있었다. 그녀는 이렇게 말하고 있었다.

'죽음보다 더 끔찍한 일이 닥쳤어요.'

청신은 살아남아야 한다는 걸 알고 있었다. 그녀와 AA가 지구 문명에서 유일하게 살아남은 두 사람이 될 것이다. 그녀가 죽는다는 건 지구 인류의 절반을 죽이는 것과 같았다. 살아남아야만 했다. 이것이 그녀의 잘못에 대한 응분의 벌이었다.

하지만 앞으로의 항해는 아무것도 없는 공백이었다. 그녀의 마음속에서 우주는 더 이상 암흑이 아니라 허무한 표정을 짓고 있었다. 어디로 가야 의미 있는 항해가 될 수 있을까?

청신이 중얼거리듯 물었다.

---

* 옮긴이 주: 1692년 영국의 신학자 벤틀리가 제기한 역설.

"이제 어디로 가야 하죠?"

뤄지가 말했다.

"그들을 찾아가."

화면이 흑백으로 변하고 더욱 흐릿해졌다.

그 말이 번개처럼 청신의 깜깜한 뇌리를 환히 밝혔다. 그녀와 AA가 서로를 응시했다. 뤄지가 말하는 '그들'이 누구인지 당연히 알고 있었다.

뤄지가 말했다.

"아직 살아 있어. 5년 전 그들이 발사한 중력파 신호를 수신한 적이 있어. 아주 짧은 신호였지만. 그들이 어디에 있는지는 몰라. 우주를 항해하면서 주기적으로 중력파 신호를 보내서 그들을 호출해봐. 너희가 그들을 찾을 수도 있고, 아니면 그들이 너희를 찾을지도 모르지."

흑백 화면마저 사라졌지만 뤄지의 목소리는 들을 수 있었다. 그가 마지막으로 말했다.

"음, 이제 그림 속으로 들어갈 시간이야. 잘 가거라."

명왕성의 신호가 완전히 끊어졌다.

감시 시스템의 화면 위에서 명왕성이 밝게 빛나며 2차원 평면 위로 퍼져나가기 시작했다. 박물관이 있는 곳이 제일 먼저 평면에 닿았다.

헤일로호의 항해 속도가 일으키는 도플러 효과*가 관측되었다. 앞에 있는 별들은 푸르스름하고 뒤에 있는 별들을 불그스름한 빛을 띠었다. 이런 색의 변화는 뒤에 있는 2차원 태양계에서도 마찬가지로 나타났다.

더 이상 도주하는 우주선이 보이지 않았다. 헤일로호가 그들을 전부 따

---

* 옮긴이 주 : 파동을 발생시키는 파원과 그 파동을 관측하는 관측자 중 하나 이상이 운동하고 있을 때, 파원과 관측자 사이의 거리가 좁아질 때는 파동의 주파수가 더 높게 관측되고, 거리가 멀어질 때는 파동의 주파수가 더 낮게 관측되는 현상.

돌린 것이다. 도망치던 모든 우주선이 빗방울처럼 2차원 평면 위로 떨어졌다.

태양계의 오디오 신호도 거의 끊기고 간간이 짧은 목소리만 들렸다. 도플러 효과 때문에 변형된 목소리가 노랫소리처럼 기이하게 들렸다.

"우린 가까이 왔습니다! 당신들 우리 뒤에 있나요?"

"안 돼! 이러지 마……."

"내 말 잘 들어. 고통 없이 한순간에 끝나……."

"아직도 날 못 믿는다니. 좋아. 믿지 마……."

"그래, 아가. 아주 얇아질 거야……."

"이리 와! 우리랑 같이 있자……."

청신과 AA는 침묵하며 그 목소리들을 들었다. 신호가 점점 줄어들고 목소리가 아주 띄엄띄엄 들렸다. 30분이 흐른 뒤 두 사람은 태양계에서 전송된 마지막 사람의 목소리를 들었다.

"아……."

그 외침이 뚝 끊긴 뒤 고요해졌다. 태양계라는 이름의 2차원 그림이 완성되었다.

헤일로호는 아직 2차원 평면을 향해 떨어지고 있었다. 아직은 탈출속도에 도달하지 못했지만 최고 속도로 가속해 2차원 평면과의 간격을 점점 벌리고 있는 중이었다. 그때 헤일로호는 태양계에서 유일하게 2차원 공간 밖에 남아 있는 인공적인 물체였고, 청신과 AA는 그림 밖에 남아 있는 단 두 사람이었다. 헤일로호와 2차원 평면이 가까운 거리에 있었다. 이 각도에서 보면 2차원 태양이 해안에 서서 보는 바다처럼 납작하게 보였다. 모든 빛이 사그라진 암적색 평면이 끝없이 펼쳐져 있었다. 조금 전 2차원화된 명왕성도 눈에 보일 정도로 빠르게 넓어지고 있었다. 2차원 명왕성의 정교한 '나이테' 속에서 박물관의 흔적을 찾고 싶었지만 너무 작아서 찾을 수가 없었다. 3차원 공간이 2차원으로 떨어지는 거센 홍수를 막을 수가 없었다. 청신은 곡률 추진 엔진이 정말로 이 우주선을 광속에 진입시킬 수 있을지 의구심이 들었다. 모든 게 여기서 끝나기를 진심으로 바랐다. 하지만 그때 AI의 목소리가 들렸다.

"180초 후 헤일로호가 광속에 진입합니다. 목적지를 정해주세요."

AA가 멍한 표정으로 말했다.

"어디로 갈지, 우리도 모르겠어……."

"광속에 진입한 후에 목적지를 정할 수도 있지만 아주 짧은 시간에 목적지를 넘어가버릴 수도 있으므로 지금 결정하는 것이 좋습니다."

청신이 말했다.

"어디로 가야 그들을 찾을 수 있을까?"

'그들'의 존재가 미래를 조금 밝혀주었지만 당장의 막막함은 그대로였다.

AA가 불쑥 청신의 손을 잡아당겼다.

"잊으셨어요? 우주에 그들 말고 그도 있잖아요!"

그렇다. 그도 있다. 청신의 가슴속에 강렬한 그리움이 왈칵 차올랐다. 지금껏 누군가를 이토록 간절하게 그리워했던 적은 없었다.

AA가 말했다.

"그와 약속하셨잖아요!"

"그래. 약속했어."

청신이 기계적으로 대답했다. 갑작스럽게 밀려온 감정의 격랑이 의식을 휩감아 아무것도 할 수 없었다.

"그럼 그 별로 가요!"

"좋아. 우리 별로 가자."

청신이 상기된 목소리로 AA에게 말한 뒤 AI에게 물었다.

"DX3906 항성을 찾을 수 있어? 위기의 세기 초에 붙여진 일련번호야."

"가능합니다. 그 항성의 현재 일련번호는 S74390E2입니다. 명령을 확인해주십시오."

태양계에서 반경 500광년까지 보여주는 커다란 홀로그램 성도가 두 사람 앞에 나타났다. 하얀 화살표가 나타나 그중 빨갛게 빛나고 있는 항성을 가리켰다. 청신은 한눈에도 그 별을 알아볼 수 있었다.

청신이 고개를 끄덕였다.

"그래. 바로 저 별이야. 저기로 가자."

"항로 초기화 완료. 50초 후 헤일로호가 광속에 진입합니다."

성도가 사라진 뒤 외부의 전경이 홀로그램으로 나타났다. 선체가 보이지 않자 두 사람이 우주에 떠 있는 것 같았다. 이런 홀로그램 방식은 처음 보여주는 것이었다. 항해 방향의 앞에 펼쳐진 은하수의 뭇별은 바다처럼 새파랗게 반짝이고, 뒤에 있는 2차원 태양계와 행성은 피웅덩이에 가라앉은 듯 새빨간 빛에 휘감겨 있었다. 갑자기 우주가 빠르게 변하기 시작했다. 전방의 별들이 일제히 한 방향으로 모여들었다. 우주의 절반이 검은 그릇으로 변해 뭇별이 그 안으로 쏟아져 들어가는 것처럼 수많은 별이 한 덩어리로 뭉쳐졌다. 찬연한 빛을 발하는 거대한 사파이어 같았다. 밖으로 떨어져 나온 별 몇 개가 어두운 우주 공간을 가르며 빠르게 뒤로 날아갔다. 그것들은 파랑에서 초록으로, 또다시 노랑으로 색이 계속 바뀌다가 우주선을 스치고 지나간 뒤에는 빨갛게 변했다. 우주선 뒤에 있는 2차원 태양계와 뭇별이 우주 끝에서 타오르는 모닥불처럼 붉은 덩어리로 뭉쳐져 있었다.

헤일로호가 윈톈밍이 청신에게 선물한 별을 향해 광속으로 날아갔다.

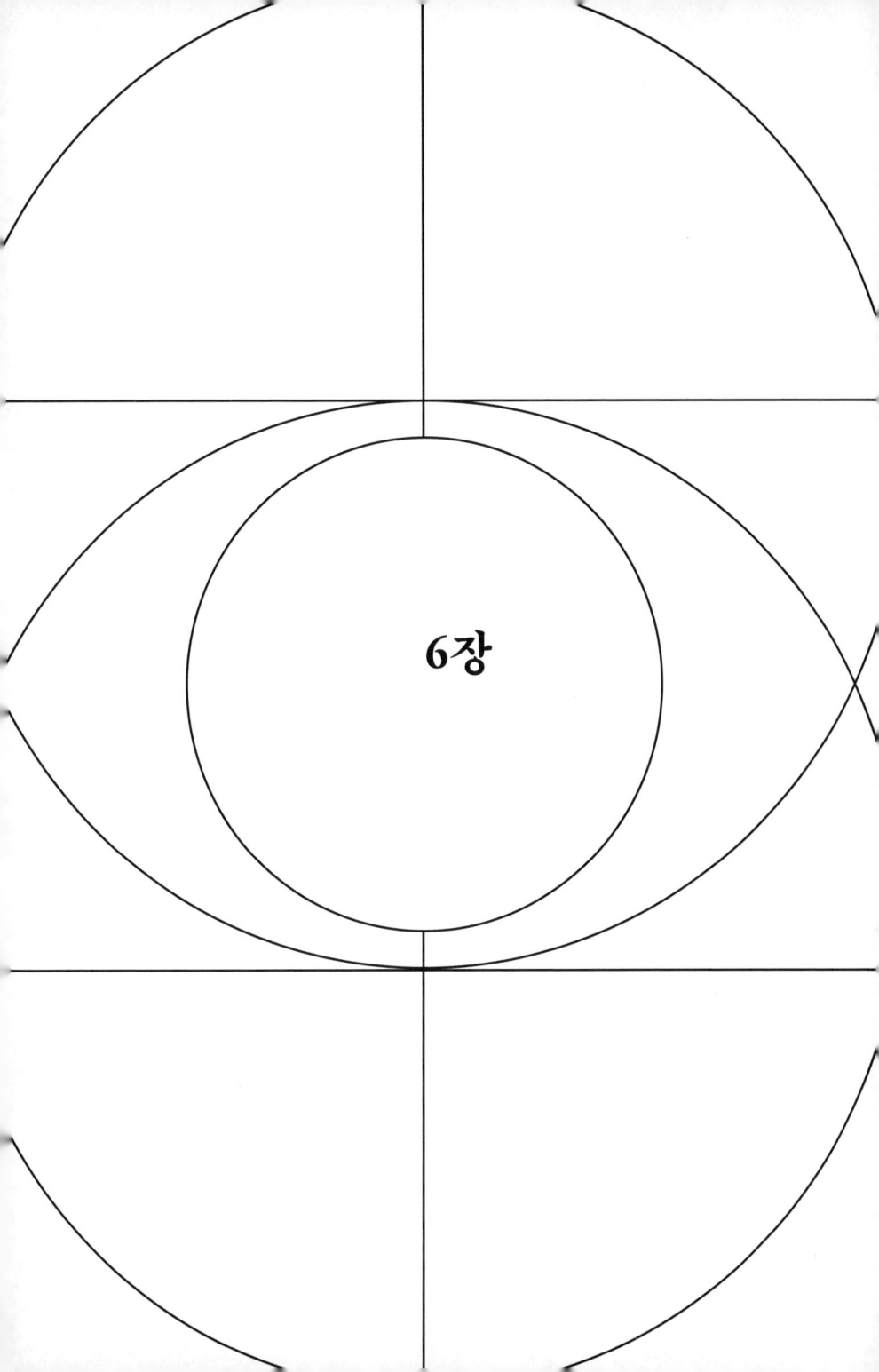

6장

은하의 세기 409년, 우리 별

헤일로호가 곡률 엔진을 끄고 광속으로 항해했다. 우주선이 항해하는 동안 AA는 계속 청신을 위로하려고 했다. 비록 자신의 말이 청신에게 위로가 될 수 없다는 것은 알고 있었지만.

AA가 말했다.

"선생님 잘못으로 태양계가 멸망했다고 생각하세요? 그건 정말 우스운 착각이에요. 물구나무서기를 하면서 자기가 지구를 들어 올렸다고 생각하는 것처럼 자신을 너무 과대평가한 거라고요. 설사 당시에 선생님이 웨이드를 저지하지 않았더라도 그 전쟁의 결과가 어땠을지는 아무도 몰라요. 헤일로시티가 정말 독립할 수 있었을까요? 그건 웨이드 자신조차 확신하지 못했을 거예요. 연방 정부와 함대가 반물질 탄약 몇 발에 겁을 먹었겠어요? 헤일로시티 자위대가 정부의 전함 몇 대를 폭파했을 수는 있겠죠. 어쩌면 우주 도시 하나를 날려버렸을 수도 있고요. 하지만 헤일로시티는 결국 연방 정부와 함대에 패배해 섬멸됐을 거예요. 그랬다면 훗날 수성

기지를 건립하는 것도 불가능했겠죠. 어디 그뿐이에요? 헤일로시티가 독립해서 곡률 추진 연구를 계속하다가 항적의 비밀을 발견한 뒤에 연방 정부와 손잡고 광속 우주선을 1000대도 넘게 만들었다 쳐요. 그렇다고 해서 인류가 정말로 태양계를 블랙존으로 만들었을까요? 그때 사람들은 벙커 세계에서 암흑의 숲 공격을 피할 수 있을 거라고 자신만만해했잖아요. 그들이 정말로 자신들을 블랙존에 가두고 우주와 완전히 단절된 세계에서 살려고 했을까요?”

하지만 AA가 무슨 말을 해도 연잎에 떨어진 물방울처럼 청신의 생각에 작은 흔적조차 남기지 못하고 미끄러졌다. 청신의 유일한 희망은 윈톈밍을 만나 그에게 이 모든 얘기를 털어놓는 것이었다. 그녀가 생각하는 287광년은 헤아릴 수 없이 긴 항해였지만, 헤일로호의 AI는 항해 시스템상으로 52시간 후 목적지에 도착할 예정이라고 했다. 청신은 이 모든 것이 비현실적으로 느껴졌다. 가끔은 자신이 죽어서 다른 세계에 와 있는 게 아닐까 의심스러울 정도였다.

청신은 창을 통해 광속으로 스쳐 가는 우주를 바라보았다. 앞에 펼쳐진 성단에서 푸른빛을 발산하고 있던 별이 헤일로호 옆을 스쳐 지나가 뒤로 보이는 붉은 성단을 향해 날아갔다. 헤일로호가 그 항성 옆을 지나갔다는 뜻이었다. 그렇게 스쳐 지나가는 별들을 하나씩 세어가며 푸르다가 붉게 변하는 별의 뒷모습을 눈으로 좇았다. 지나가는 별들이 최면 효과를 내며 청신은 자신도 모르게 깊은 잠에 빠졌다.

청신이 눈을 떴을 때 헤일로호는 목적지에 거의 도착해 있었다. 선체가 180도 회전해 곡률 엔진을 전방으로 향한 채 감속을 시작했다. 우주선이 항적을 밀고 가듯이 앞으로 나아갔다. 감속이 시작되자 앞에 있는 푸른 성단과 뒤에 있는 붉은 성단이 점점 흩어져 활활 타오르는 두 개의 불덩이로 변하더니 또 금세 흩어져 시야 전체를 가득 채우며 별바다를 이루었다. 속도가 줄어들자 도플러 효과로 나타난 푸른빛과 붉은빛도 점점 사그라졌다. 전방에 펼쳐진 은하수에서는 육안으로 느낄 수 있는 변화를 감지하지 못했지만 뒤를 보니 태양계는 보이지 않고 낯선 별들만 반짝이고 있었다.

AI가 말했다.

"태양계에서 286.5광년 떨어진 곳입니다."

AA가 꿈에서 막 깨어난 듯한 표정으로 말했다.

"그럼 우리가 286광년을 날아왔다는 거야?"

"그렇습니다."

청신이 가느다란 숨을 내뱉었다. 지금의 태양계에게 286년이든 286만 년이든 뭐가 다를까? 하지만 한 가지 일이 떠올랐다.

"태양계의 2차원 추락은 언제 끝나지?"

AA는 그 질문에 대답할 수가 없었다. 그래, 언제 끝나지? 처음 나타난 그 작은 종이쪽지에 2차원화가 어느 시점에 끝나도록 설정되어 있었을까? 청신과 AA는 2차원 공간과 3차원의 2차원화에 대해 이론적으로 아는 것이 하나도 없었지만, 2차원 공간 속에 주입된 중지 명령이나 어떤 프로그램이 불가능에 가까울 만큼 신비할 것이라고 직감했다.

설마 영원히 끝나지 않는 걸까?

지금 그들이 할 수 있는 가장 현명한 행동은 그 생각을 하지 않는 것이었다.

항성 DX3906은 태양과 비슷한 크기였다. 헤일로호가 감속을 시작했을 때 우주선에서 보이는 항성은 여느 별과 다를 것이 없었지만 곡률 엔진이 멈추자 태양보다 더 붉게 빛나는 원반 형태의 항성이 나타났다.

헤일로호가 곡률 엔진을 끄고 핵융합 엔진을 작동시키자 추진기의 웅웅거리는 소음과 미세한 진동이 우주선의 적막을 깨뜨렸다. AI가 감시 시스템을 통해 수집한 데이터를 분석해 이 성계의 기본적인 상황을 다시 확인했다. 항성 DX3906에는 두 개의 고체행성이 있는데 그중 하나는 화성과 비슷한 크기에 대기층이 없으며 잿빛 표면이 황량하게 펼쳐져 있었다. 두 사람은 그 행성을 회색별이라고 이름 지었다. 그보다 궤도 반경이 조금 작은 다른 행성은 크기와 표면의 특징이 지구와 흡사했다. 산소가 포함된 대기층이 있고 생명체가 살고 있는 것으로 보이는 뚜렷한 흔적도 있었다. 하지만 농업이나 산업 문명의 흔적은 찾을 수 없었다. 지구처럼 파란색을 띠었기 때문에 그 행성을 파란별이라고 이름 붙였다.

AA는 자신의 연구 성과가 증명되었다는 사실이 기뻤다. 400여 년 전 그녀가 바로 이 항성의 행성을 발견하고 그걸 주제로 박사학위 논문을 썼었다. 그때까지 사람들은 이 항성에 행성이 없다고 생각했다. AA가 청신을 알게 된 것도 바로 그 연구 때문이었다. 그 연구가 아니었다면 그녀의 인생은 지금과 완전히 달랐을 것이다. 운명은 정말 이상한 것이다. 4세기 전 그녀는 천체망원경을 통해 머나먼 세계를 수없이 관찰했지만 자신이 직접 그곳에 가게 될 줄은 꿈에도 상상하지 못했다.

청신이 물었다.

"그때 저 행성들을 관찰했어?"

"아뇨. 가시광선 주파수대에서는 보이지 않았어요. 태양계 경보 시스템의 망원경으로는 볼 수 있었겠지만, 저는 태양 중력 렌즈로 수집한 데이터를 분석해서 두 행성의 모습을 추측했어요. 그래도 지금 우리 앞에 있는 모습과 크게 다르지 않아요."

헤일로호가 태양계에서 286광년 떨어진 DX3906까지 가는 데는 52시간밖에 걸리지 않았지만 아광속으로 성계의 가장자리에서 60천문단위 떨어져 있는 지구형행성까지 가는 데는 꼬박 여덟 시간이 걸렸다. 우주선이 파란별에 가까워지자 청신과 AA는 그 별이 지구와 닮았다는 생각이 착각이었음을 알았다. 이 행성의 파란색은 바다의 파란색이 아니라 육지의 파란색이었다. 파란별의 바다는 아이보리색이었으며 면적은 전체 별 표면의 5분의 1밖에 되지 않았다. 파란별은 추운 세계였다. 파란별의 육지는 파란색 대지가 약 3분의 1을 차지하고 나머지는 대부분 하얀 눈으로 덮여 있었다. 바다도 얼음으로 덮여 있고 적도 부근의 좁은 면적만 녹아 있었다.

헤일로호는 파란별의 궤도로 들어간 뒤 점점 고도를 낮추기 시작했다. 그때 우주선 감시 시스템에 중요한 것이 포착되었다.

AI가 말했다.

"행성 표면에서 발사된 전파 신호가 잡혔습니다. 착륙 유도 신호입니다. 위협의 세기 초기 포맷입니다. 이 신호에 따라 착륙할까요?"

청신이 AA와 흥분된 시선을 주고받은 뒤 AI에게 명령했다.

"신호에 따라 착륙해!"

AI가 대답했다.

"4G의 고중력이 발생될 것입니다. 가속 좌석에 착석해주십시오. 준비가 완료되면 명령을 수행하겠습니다."

AA가 상기된 목소리로 물었다.

"그분일까요?"

청신이 가만히 고개를 저었다. 그녀의 인생에서 행운이었던 시간은 대재앙과 대멸종 사이의 짧은 시간뿐이었다. 그녀는 이제 행운이 두려웠다.

청신과 AA가 가속 좌석에 착석하자 의자가 오그라들며 커다란 손이 그들을 그러쥐듯 감쌌다. 헤일로호의 감속이 시작되며 궤도가 급격히 떨어졌다. 뒤이어 심한 진동과 함께 우주선이 파란별의 대기층으로 진입했다. 감시 시스템으로 촬영한 화면 속에서 파란색과 흰색이 뒤섞여 있는 대륙이 시야를 가득 채웠다.

20분 뒤 헤일로호가 적도 부근 육지에 착륙했다. AI는 지구와 동일한 파란별의 중력에 적응하기 위해 10분 정도 좌석에 그대로 앉아 있다가 일어나라고 안내했다. 착륙 지점은 푸른 초원이었고 그리 멀지 않은 곳에 흰 눈에 덮인 산등성이가 보였다. 초원이 산자락까지 이어져 있었다. 하늘은 우주에서 본 바다색과 같은 아이보리색이었다. 태양이 하늘에서 연한 붉은빛을 내며 떠 있었다. 정오 무렵이었지만 하늘과 태양빛은 지구의 해거름 녘과 비슷했다.

청신과 AA가 파란별의 환경을 자세히 살펴보기도 전에 착륙 지점에서 멀지 않은 곳에 있는 비행선 한 대가 그들의 눈길을 사로잡았다. 4~5미터 길이의 소형 비행선이었다. 암회색의 유선형 선체에 작은 꼬리날개가 달려 있었다. 대기층을 비행하는 비행선이 아니라 우주 궤도와 지면 사이를 오가는 왕복선과 비슷했다.

비행선 옆에 한 남자가 서 있었다. 흰색 재킷과 어두운 색 바지 차림이었으며 헤일로호가 착륙할 때 생긴 기류에 머리가 어지럽게 날렸다.

AA가 긴장된 표정으로 물었다.

"그분이에요?"

청신이 고개를 저었다. 멀리서 얼핏 보았지만 윈톈밍이 아니라는 건 확실했다. 남자가 바람에 흔들리는 풀밭을 가로질러 헤일로호를 향해 다가왔다. 조금 지쳐 보이는, 빠르지 않은 걸음걸이였으며 놀람이나 흥분은 조금도 느껴지지 않았다. 헤일로호의 출현이 일상적인 일인 것처럼 아무렇지 않아 보였다. 그가 우주선에서 10여 미터 떨어진 풀밭에서 멈추고는 무언가를 기다리는 듯 가만히 서 있었다.

AA가 말했다.

"잘생겼네요."

마흔쯤 되어 보이는 동양인이었다. AA의 말대로 윈톈밍보다 훨씬 잘생겼으며 이마가 넓고 지적이면서도 온화한 눈을 가지고 있었다. 영원히 생각에 잠겨 있을 것 같은 착각을 일으키는 눈빛이었다. 헤일로호를 포함해 그 어떤 것도 오직 그를 깊은 생각에 잠기게 할 뿐 절대로 놀라게 할 수 없을 것 같았다. 그가 두 손을 들어 올려 머리를 감싸는 자세를 취했다. 헬멧을 의미하는 것 같았다. 그가 다시 한 손을 흔들며 고개를 저었다. 밖으로 나올 때 우주복을 입을 필요가 없다는 뜻인 것 같았다.

AI가 말했다.

"대기 성분. 산소 35퍼센트, 질소 63퍼센트, 이산화탄소 2퍼센트, 미량의 불활성기체. 호흡은 가능합니다. 하지만 대기압이 지구 표준기압의 0.53밖에 되지 않으므로 격렬한 활동은 금물입니다."

AA가 물었다.

"우주선 옆에 서 있는 저 생물체는 뭐지?"

AI가 짧게 대답했다.

"인간입니다."

청신과 AA가 우주선 밖으로 나갔다. 몸이 중력에 적응하지 못해 걸음이 휘청거렸다. 밖으로 나가자 공기가 희박하다는 걸 느끼지 못할 만큼 숨쉬기가 편안했다. 얼굴을 스치는 바람이 차갑지만 살을 엘 정도는 아니었다. 바람에 섞인 풀 냄새가 싱그러웠다. 시야가 시원하게 탁 트였다. 파란색과 흰색이 섞인 대지와 산맥, 아이보리색 하늘과 붉은 태양, 이 모든 것이 색깔만 다를 뿐 지구와 똑같았다. 땅에서 자라고 있는 풀도 파란색이라는 것만 제외하면 지구의 풀과 생김새가 거의 비슷했다. 남자가 헤일로호의 사다리 앞으로 걸어왔다.

"잠깐. 사다리가 가파르군요. 부축해드릴게요."

남자가 재빨리 사다리로 올라와 먼저 청신을 부축해 내려갔다.

"더 쉬었다가 나오셨어야 해요. 급한 일도 없는데."

위협의 세기 때 말투였다.

그의 따뜻한 손에서 힘이 느껴지고 그의 건장한 체구가 찬 바람을 막아 주었다. 태양계에서 200광년 넘게 떨어진 이 먼 곳에서 처음 만난 사람이었다. 그녀는 그에게 기대고 싶은 충동을 느꼈다.

남자가 물었다.

"태양계에서 오셨나요?"

"네."

청신이 고개를 끄덕였다. 남자의 손을 잡고 조심스럽게 사다리를 내려오며 그에 대한 신뢰가 생겨 그의 팔에 체중을 좀 더 실어 기댔다.

사다리 맨 위에 앉아 있던 AA가 말했다.

"태양계는 사라졌어요."

"알아요. 탈출한 사람이 더 있나요?"

청신이 바닥으로 내려와 보드라운 풀밭에 발을 디뎠다. 그녀는 우주선 사다리의 맨 아래 발판에 피곤한 몸을 기대고 앉으며 고개를 저었다.

"아마 없을 거예요."

"네……."

남자가 고개를 끄덕이며 AA를 부축하기 위해 사다리를 다시 올라갔다.

"저는 관이판이라고 합니다. 두 분이 오시길 기다리고 있었어요."

"우리가 올 줄 알고 있었다고요?"

AA가 관이판이 내민 손을 잡았다.

"중력파 신호를 받았어요."

"블루스페이스호 승선원이세요?"

"하하하, 조금 전에 떠난 사람들에게 그런 질문을 했다면 아마 이상하다고 했을 거예요. 블루스페이스호와 그래비티호 승선원들은 4세기 전 사람들이니까. 하지만, 맞아요. 전 옛날 사람이에요. 그래비티호에 탑승한 연구원이었죠. 4세기 동안 동면했다가 5년 전에 깨어났어요."

청신이 사다리 난간을 붙잡고 힘들게 몸을 일으키며 AA를 부축해 내려오고 있는 관이판에게 물었다.

"블루스페이스호와 그래비티호는 지금 어디에 있어요?"

"박물관에요."

AA가 물었다.

"박물관이 어디 있어요?"

그녀는 관이판에게 거의 안기다시피 그의 어깨에 기댄 채 내려왔다.

"1호와 4호 세계에요."

"세계가 몇 개나 있는데요?"

"네 개요. 다른 두 개는 지금 개척하고 있는 중이에요."

"그 세계들이 어디에 있죠?"

땅으로 내려온 관이판이 AA의 팔을 놓아주며 웃었다.

"두 분이 앞으로 누굴 만나든, 인간을 만나든 아니면 지능을 가진 다른 어떤 존재를 만나든, 그들의 세계가 어디에 있느냐고 묻지 마세요. 그건 이 우주의 기본 에티켓이니까. 마치 여성에게 나이를 묻지 않는 것처럼⋯⋯. 하지만 묻고 싶군요. 두 분 나이가 어떻게 되시나요?"

"그냥 보이는 대로 생각하세요. 저 분은 700살이고 난 500살이니까."

AA가 대답하며 풀밭에 털썩 주저앉았다.

"청신 박사님은 4세기 전과 달라진 게 거의 없으시네요."

AA가 고개를 들어 관이판에게 물었다.

"박사님을 아세요?"

"지구에서 받은 영상에서 봤어요. 그것도 역시 4세기 전 일이죠."

청신이 물었다.

"여기 몇 사람이나 있나요? 이 행성에요."

"세 명이요. 우리 셋."

AA가 조금 놀라며 물었다.

"방금 말한 다른 세계들이 여기보다 더 좋은 곳인가 봐요?"

"자연환경을 말하시는 건가요? 물론 그렇지 않아요. 그곳들은 한 세기 동안 개조를 거쳐 대기층이 겨우 숨 쉴 만해졌어요. 여긴 좋은 곳이에요. 우리가 가본 그 어떤 곳보다도 좋아요. 다만 청신 박사님이 이곳에 오신 건 환영하지만 박사님이 이곳에 소유권을 갖고 있다는 건 인정할 수가 없어요."

청신이 말했다.

"난 오래전에 소유권을 포기했어요. 그럼 왜 여기로 이주하지 않죠?"

"여긴 위험해요. 외부인이 자주 오거든요."

AA가 물었다.

"외부인이라고요? 외계인이요?"

"네. 오리온자리 팔의 중심부에서 가까운 곳이라 분주한 항로 두 개가 이곳을 지나죠."

"그럼 여기서 뭘 하고 계셨어요? 우릴 마중하러 온 거예요?"

"탐사대와 함께 왔다가 탐사대는 떠나고 저만 남아서 두 분을 기다렸어요."

10여 시간 뒤 파란별에 밤이 내려앉았다. 밤하늘에 달은 뜨지 않았지만 별이 총총히 박혀 있어 지구의 밤보다 훨씬 밝았다. 은빛 불바다처럼 펼쳐진 은하수가 지면에 사람 그림자를 드리울 만큼 밝았다. 이곳이 태양계에 비해 은하계의 중심과 훨씬 가까운 것은 아니었다. 287광년의 공간에 떠다니는 성간 먼지 때문에 태양계에서 보는 은하가 훨씬 어두워 보이는 것 같았다.

밝은 별빛 아래에서 풀밭이 군데군데 움직이는 것처럼 보였다. 처음에는 바람이 만들어낸 착시라고 생각했지만 나중에 보니 정말로 발밑에서 땅이 슥슥 소리를 내며 움직이고 있었다.

관이판이 말했다.

"풀이 움직이고 있는 거예요. 풀에겐 뿌리가 발이에요. 계절이 바뀌면 풀이 위도를 따라 이동해요. 대부분 야간에 움직이죠."

AA가 손에 들고 만지작거리고 있던 풀잎 두 장을 팩 내던졌다.

관이판이 말했다.

"식물인 건 맞아요. 광합성으로 생존해요. 단순한 촉각을 가지고 있을 뿐. 이 세계의 다른 식물들도 움직일 수 있어요."

그가 멀리 보이는 산등성이를 가리켰다. 별빛 아래로 이동하는 나무들을 볼 수 있었다. 야간 행군을 하는 군대처럼 풀이 이동하는 속도보다 더 빨랐다.

관이판이 하늘에서 별이 듬성듬성 떠 있는 쪽을 가리켰다.

"저길 보세요. 며칠 전까지만 해도 저쪽에 태양이 있었어요. 지구에서 보는 것보다 여기서 볼 때 더 또렷하게 보였어요. 물론 287년 전의 태양이긴 했지만요. 탐사대가 떠나던 날 태양이 사라졌어요."

AA가 말했다.

"태양이 더 이상 빛을 발산하지 않을 뿐 면적은 더 넓어졌어요. 여기서 망원경으로 보면 보일 거예요."

관이판이 고개를 저으며 텅 빈 하늘을 가리켰다.

"아뇨. 아무것도 안 보여요. 지금 저곳으로 돌아가도 아무것도 볼 수 없을 거예요. 그곳은 이제 텅 빈 우주가 됐어요. 아무것도 없어요. 두 분이 본 2차원 태양과 행성은 2차원화된 후 3차원 물질의 에너지가 방출되면서 일으킨 효과예요. 2차원화된 물질에서 방출된 전자파가 2차원과 3차원 공간의 경계면에서 굴절된 거예요. 에너지 방출이 끝난 뒤 아무것도 보이지 않게 됐죠. 2차원 태양계는 3차원 세계와 영원히 단절됐어요.”

청신이 말했다.

“어떻게 그럴 수가 있죠? 4차원 공간에서도 3차원 세계를 볼 수 있잖아요.”

“그렇죠. 저도 4차원에서 3차원을 보았어요. 하지만 3차원에서는 2차원이 보이지 않아요. 3차원은 두께가 있어서 4차원에서 내뿜는 광선을 막거나 분산시킬 수 있지만 2차원에는 두께가 없어서 3차원 세계의 광선이 뚫고 지나가기 때문이에요. 2차원 세계는 완전히 투명해서 눈에 보이지 않아요.”

AA가 물었다.

“볼 수 있는 방법은 없나요?”

“없어요. 이론적으로도 불가능해요.”

청신과 AA가 말없이 침묵했다. 태양계가 완전히 사라졌다는 건 그들을 지탱하고 있던, 모세계에 대한 한 가닥 희망마저 사라졌음을 의미했다. 하지만 관이판이 그들에게 작은 위안이 될 이야기를 했다.

“3차원 세계에서 2차원 태양계의 존재를 확인할 수 있는 한 가지 근거는 있어요. 바로 인력이죠. 2차원 태양계의 인력은 여전히 3차원 세계에 작용하고 있어요. 그러니까 저 텅 빈 우주 공간에 보이지 않는 인력원이 존재할 거예요.”

청신과 AA가 생각에 잠긴 눈빛으로 서로를 바라보았다.

“뭔가 떠오르는 게 있으시죠?”*

724

* 암흑물질(우주를 구성하는 물질의 23퍼센트 이상을 차지하고 있고, 중력을 통해서만 존재를 인식할 수 있는 물질)의 성질과 비슷하다.

관이판이 웃으며 묻고는 곧바로 화제를 돌렸다.

"이제 두 분이 여기에 온 이유를 물어도 될까요?"

AA가 물었다.

"윈톈밍을 아세요?"

"몰라요."

청신이 물었다.

"삼체 함대는요?"

"알긴 하지만 아는 게 많진 않아요. 삼체 제1함대와 제2함대는 아마 서로 만나지 못했을 거예요. 60여 년 전 황소자리 근처에서 대규모 전쟁이 벌어졌어요. 시신의 잔해가 떠다니며 새로운 우주 진운을 만들 만큼 비참한 전쟁이었죠. 그 전쟁 중 한쪽이 삼체 제2함대였을 거예요. 상대가 누구였는지 전쟁의 결과가 어떻게 되었는지 아무것도 몰라요."

"제1함대는요?"

청신의 애틋한 눈동자가 별처럼 반짝였다.

"그건 모르겠어요. 아무런 소식도 듣지 못했어요……. 여기서 오래 있을 수 없어요. 안전한 곳이 아니에요. 저와 함께 우리 세계로 가세요. 개척시대가 끝나서 점점 살기 좋아지고 있어요."

AA가 청신의 팔에 팔짱을 꼈다.

"좋아요! 관 박사님을 따라가요. 여기서 평생 기다려봤자 헛수고예요. 언제까지 기다리고 있을 수만은 없잖아요."

청신이 말없이 고개를 끄덕였다. 자신이 꿈을 좇고 있다는 걸 그녀도 알고 있었다.

그들은 파란별에서 하루 더 있다가 출발하기로 했다.

관이판의 소형 우주선이 파란별의 정지궤도에 떠 있었다. 이름도 없이 일련번호만 있는 소형 우주선이지만 관이판은 그걸 '헌터호'라고 불렀다. 400여 년 전 그래비티호의 그 친구를 기리기 위한 것이었다. 헌터호에는 생태순환 시스템이 없기 때문에 장거리 항해를 해야 할 때는 탑승자가 동면해야 했다. 크기는 헤일로호의 수십 분의 1밖에 되지 않았지만 역시 곡률 추진으로 항해하는 광속 우주선이었다. 관이판도 헤일로호에 함께 탑승하고 헌터호는 무인 항해로 이동시키기로 했다. 청신과 AA는 항로도 항해 시간이 얼마나 걸리는지도 묻지 않았으며, 관이판도 말하지 않았다. 인류가 살고 있는 세계의 위치를 함부로 노출하지 않기 위해 조심하고 있는 것 같았다.

세 사람은 떠나기 전 하루 동안 헤일로호 근처를 둘러보기로 했다. 사라진 태양계의 인류인 그들에게는 모든 것이 처음이었다. 인류 최초로 태양계 밖 항성계까지 항해한 것이고, 인류 최초로 태양계 밖 행성에 발을 디딘 것이며, 인류 최초로 생명이 살고 있는 태양계 밖 세계에 온 것이었다.

지구에 비하면 파란별의 생태계는 무척 단순했다. 스스로 이동할 수 있는 파란색 식물 외에 바다에 어류 몇 종이 살고 있었으며 육지에도 고등 동물은 없고 작은 곤충만 있었다. 지구의 식물이 이 세계에서 생장할 수 있기 때문에 지구의 인류도 특별한 기술 없이도 이 세계에서 생존할 수 있었다.

관이판이 헤일로호에 탑승했다. 그는 이 정교한 항성급 우주선을 둘러보며 감탄을 금치 못했다. 그는 은하계의 인류가 태양계의 인류에게서 닮을 수도 없고 배울 수도 없는 한 가지가 바로 높은 삶을 즐길 줄 아는 고상함이라고 말했다. 그는 잘 꾸며진 정원들을 한참 동안 돌아다니다가 지구를 재연해놓은 대형 홀로그램 앞에서 생각에 잠긴 듯 멈춰 섰다. 그의 눈가가 금세 축축해졌다.

AA가 옆에서 그런 그를 은근한 눈빛으로 바라보았다. 그날 그들의 관계에 미묘한 진전이 생긴 것 같았다. 주위를 둘러보러 다니는 동안 AA는 계속 관이판 곁을 맴돌며 관이판이 말할 때마다 미소 짓고 고개를 끄덕이며 경청했다. 그녀는 지금껏 남자 앞에서 그런 적이 없었다. 청신과 알게 된 후 몇 세기가 흐르는 동안 AA는 수많은 남자를 사귀었고 대부분 두 명 이상을 동시에 만났다. 그 시대에는 지극히 정상적인 연애 방식이었다. 하지만 청신은 AA가 남자를 진심으로 사랑한 적이 없다는 걸 알고 있었다. 그런데 지금 AA가 위협의 세기에서 온 이 우주학자를 사랑하게 된 것 같았다. 새로운 세계에 도착하면 AA가 행복한 삶을 새롭게 시작할 수 있을 것 같다는 생각에 청신은 속으로 흐뭇했다.

청신 자신은 정신적으로 이미 죽은 상태였다. 그녀의 정신이 계속 살아 있도록 지탱할 수 있는 유일한 희망은 윈톈밍이었지만 이제 그 희망도 물거품이 되었다. 286광년 밖에서 만나기로 한 4세기 전 약속은 이미 물거품이 되었다. 물론 육체적으로는 계속 살아가겠지만 그건 그저 책임감 때문이었다. 남아 있는 지구 문명의 인구가 절반으로 줄어드는 것을 막아야 했다.

파란별에 밤이 찾아왔다. 그들은 이튿날 날이 밝으면 출발하기로 했다.

깊은 밤 헤일로호에서 깊이 잠들어 있던 관이판이 왼팔에 부착한 통신기의 요란한 경보음에 잠에서 깼다. 정지궤도에 있는 헌터호에서 온 호출 신호였다. 헌터호가 감시 위성의 정보를 그에게 전달해주었다. 탐사대가 소형 감시 위성 세 개를 남겨두고 갔는데 그중 1호와 2호 위성이 파란별 궤도에 있고, 3호 위성은 또 다른 행성인 회색별의 궤도에서 운행하고 있었다. 경보는 3호 위성에서 발신된 것이었다.

35분 전, 정체를 알 수 없는 우주 비행선이 회색별에 착륙했다. 총 다섯 대로 이루어진 비행 편대였다. 다시 12분 뒤 비행선들이 동시에 이륙해 순식간에 자취를 감추었다. 심지어 행성 궤도로 진입하는 것도 관찰되지 않왔다. 위성이 강한 간섭을 받았는지 전송된 영상이 흐릿하게 떨렸다.

관이판이 속한 탐사대의 임무가 바로 외계 문명이 이 성계에 남긴 흔적을 찾고 연구하는 것이었다. 관이판은 헌터호를 타고 회색별로 가보기로 했다. 청신이 함께 가겠다고 고집하자 처음에는 강하게 반대하던 관이판이 AA의 한마디에 동행하기로 결정했다.

AA가 말했다.

"같이 가게 해주세요. 윈톈밍과 관계된 일인지 알고 싶으실 거예요."

출발하기 전 관이판은 긴급 상황이 아니면 헌터호에 통신 신호를 보내지 말라고 AA에게 신신당부했다. 이 성계 어딘가에 숨어 있을지 모를 외계의 존재에게 위치를 들킬 수 있기 때문이었다.

세 사람밖에 없는 이 적막한 세계에서는 잠깐의 헤어짐도 특별한 감정을 불러일으켰다. AA가 청신과 관이판을 각각 안아주며 무사 귀환을 기원했다. 왕복선에 탑승하기 전 청신이 뒤를 돌아보니 AA가 물처럼 흐르는 별빛을 받으며 그들에게 손을 흔들고 있었다. 파랗게 펼쳐진 풀밭이 그녀 주위를 빠르게 스쳐 지나가고, 찬 바람이 그녀의 단발머리를 흩날리며 풀밭 위에 한겹 한겹 파문을 만들었다.

왕복선이 이륙했다. 추진기 불꽃이 넓은 풀밭 위를 비추자 불꽃에 놀란 풀들이 사방으로 흩어졌다. 왕복선의 고도가 높아질수록 환하게 밝혀졌던 지면이 점점 어두워지고 대지가 별빛 속으로 가라앉았다.

한 시간 뒤 왕복선이 정지궤도에 있는 헌터호와 도킹했다. 헌터호는 작은 피라미드 형태로 내부가 좁고 아무런 장식품도 없었으며 동면 탱크 네 개가 대부분의 공간을 차지하고 있었다.

헤일로호와 마찬가지로 헌터호도 곡률 엔진과 핵융합 엔진이 모두 탑재되어 있었으며 행성 간 항해에는 핵융합 엔진만 사용했다. 곡률 엔진은 감속할 겨를도 없이 작동과 동시에 목표 행성을 지나쳐버리기 때문이다.

핵융합 엔진이 작동되며 헌터호가 파란별 궤도를 떠나 회색별을 향해 날아갔다. 아직 회색별은 작은 빛점으로만 보였다. 관이판이 청신을 배려해 가속 중력을 1.5G 이내로 제한했지만 청신이 최대한 속도를 내도 괜찮다고 했다. 관이판이 속도를 높이자 추진기의 푸른 불꽃이 두 배로 길어지며 중력이 3G까지 올라갔다. 고중력 때문에 그들은 가속 좌석에서 꼼짝 못하고 앉아 있어야 했다. 관이판이 홀로그램 화면을 켜자 비행선 내부 모습이 사라지고 사방으로 우주가 펼쳐졌다. 청신은 점점 멀어지는 파란별을 말없이 응시했다. 3G의 중력이 마치 파란별이 끌어당기는 중력인 것 같았다. 우주에 위아래 방향 감각이 생기고 머리 위에 있는 은하를 향해 날아가는 것처럼 느껴졌다.

고중력 상태에서도 두 사람의 대화는 계속되었다. 청신이 관이판에게 그렇게 긴 시간 동면한 이유를 묻자 관이판은 블루스페이스호와 그래비티호가 정착할 수 있는 세계를 찾아다니는 동안 과학 연구가 불필요했기 때문이라고 대답했다. 인간이 거주할 수 있는 1호 세계를 발견한 뒤에는 개척과 건설에 주력했다. 정착지는 오랜 옛날 농경 시대의 작은 마을 같았다. 과학 연구를 할 수 있는 환경과 조건이 갖춰지지 않았기 때문에 새로운 정부는 기초 연구에 필요한 환경이 조성될 때까지 모든 기초과학자들을 동면시킨다는 결의를 통과시켰다. 그래비티호에는 기초과학자가 관이판 한 사람뿐이었지만 블루스페이스호에는 일곱 명이 타고 있었다. 그는 동면에 들어간 과학자 중에서 가장 늦게 동면에서 깨어났다. 두 우주선이 1호 세계를 발견한 지 2세기 가까이 되었을 때였다.

관이판이 인류 세계의 현재 상황을 들려주었다. 그런데 1호, 2호, 4호 세계에 대한 이야기만 할 뿐 3호 세계에 대해서는 아무 얘기도 하지 않았다.

청신이 3호 세계에 대해 묻자 관이판이 대답했다.

"아무도 3호 세계에 가지 않아요. 거기 가면 돌아올 수 없다는 얘기도 있고요. 그 세계는 빛무덤 속에 있어요."

"빛무덤이라고요?"

"광속 우주선의 항적이 만들어낸 저광속 블랙홀이죠. 3호 세계는 블랙홀이에요. 어떤 사건으로 그 세계의 좌표가 노출되는 바람에 그곳 사람들이 어쩔 수 없이 자기 세계를 블랙홀로 만들 수밖에 없었어요."

"우린 그걸 블랙존이라고 불러요."

"그 이름이 더 어울리네요. 3호 세계 사람들은 그곳을 빛의 장막이라고 불렀어요. 빛무덤이란 이름은 나중에 외부에서 붙인 거예요. 바깥에서는 그곳을 무덤으로 여겼지만 3호 세계 사람들은 안락한 천국이라고 생각했어요. 그들이 지금도 그렇게 생각하고 있는지는 모르겠지만. 빛무덤이 완성된 후 그 세계의 소식을 전혀 듣지 못했어요. 하지만 그곳 사람들이 잘지내고 있을 거라고 믿어요. 안전을 행복의 최고 조건으로 생각하는 사람도 있으니까요. 사람들마다 지향하는 바가 다르죠."

새로운 세계가 언제부터 광속 우주선을 만들게 되었느냐는 청신의 질문에 관이판은 1세기 전부터라고 대답했다. 윈톈밍의 정보 덕분에 태양계의 인류가 은하계의 인류보다 2세기 가까이 일찍 광속 우주선을 개발할 수 있었던 것이다. 새로운 세계가 개척 단계에 있음을 감안하더라도 최소한 1세기는 일찍 개발한 셈이었다.

"위대한 사람이군요."

윈톈밍에 대한 얘기를 들은 뒤 관이판이 말했다.

하지만 태양계 문명은 그 기회를 붙잡지 못했다. 35년, 태양계의 존망이 걸려 있던 그 35년을 헛되게 흘려보내고 말았다. 그리고 그렇게 만든 사람은 바로 그녀였다. 이제 그녀는 그 일을 떠올려도 죽은 사람처럼 아무 고통도 느낄 수 없었다.

관이판이 말했다.

"인류에게 광속 항해는 이정표 같은 사건이에요. 제3차 계몽운동 또는 제3차 르네상스라고 할 만해요. 광속 항해가 인간의 사고방식을 근본적으로 변화시키고 문명과 문화를 변화시켰으니까요."

"맞아요. 광속으로 진입한 순간 나도 변했어요. 내가 살아 있는 동안 시공을 초월하는 게 가능하다는 걸 알았죠. 공간적으로는 우주 끝까지도 갈 수 있고, 시간적으로는 우주 최후의 날까지도 갈 수 있어요. 지금까지는 철학적인 차원이었던 것들이 갑자기 구체적인 현실이 됐어요."

"그렇죠. 우주의 결말, 우주의 목적 등등 지금까지는 철학적이고 공허했던 문제들이 이제는 평범한 사람들도 생각하지 않으면 안 되는 문제가 됐어요."

청신이 물었다.

"그 세계에도 우주 최후의 날을 생각하는 사람이 있나요?"

"물론 있죠. 이미 최후의 우주선 다섯 대가 출발했어요."

"최후의 우주선이요?"

"둠스데이 우주선이라고도 부르죠. 그 광속 우주선들은 목적지가 없어요. 곡률 엔진을 최대로 가동시켜 미친 듯이 가속하고 있어요. 상대론적 효과를 이용해 시간을 뛰어넘어 우주 종말의 날로 가는 게 목적이에요. 그들의 계산으로는 10년 안에 500억 년을 뛰어넘을 수 있다고 해요. 사실 의도적으로 그렇게 하지 않아도 우주선이 광속으로 가속하고 있다가 곡률 엔진이 고장 나서 감속할 수 없게 되면, 박사님도 죽기 전에 우주 종말의 날로 갈 수 있어요."

"태양계의 인류는 참 불쌍하군요. 그 좁디좁은 시공 안에서 살다가 떠났잖아요. 서기 시대에 평생 산속에서만 살았던 노인처럼 우주는 끝까지 그들에게 수수께끼였어요."

관이판이 가속 좌석에서 고개를 들어 청신을 응시했다. 3G의 중력에서 그렇게 하는 것이 쉽지 않았지만 그는 한참 동안 청신을 바라보았다.

"안타까울 것 없어요. 정말이에요. 우주의 진실은 모르는 게 나아요."

"왜죠?"

관이판이 손가락을 들어 은하계의 별바다를 가리켰다. 그의 손이 잠시 버티다가 3G의 중력에 눌려 내려오며 그의 몸을 탁 쳤다.

"오직 암흑뿐이니까요."

"암흑의 숲 상태에 있다는 말인가요?"

관이판이 고중력에 저항해 몸부림치듯 고개를 저었다.

"암흑의 숲 상태가 우리에겐 생존의 전부이지만 우주 전체로 보면 아주 작은 일이에요. 우주는 거대한 전쟁터예요. 각 진지 사이에 있는 저격수들이 실수로 자기 위치를 노출한 적을 사살하죠. 통신병이라든가 취사병 같은. 그게 바로 암흑의 숲 상태예요. 전쟁 전체로 보면 작은 일이라고요. 태양계 인류는 진정한 행성 간 전쟁을 보지 못했어요."

"그걸, 봤나요?"

"아주 조금요. 그 외에는 다 추측이에요……. 정말 듣고 싶으세요? 그걸 알면 알수록 마음속에서 빛이 하나씩 꺼져가는데도?"

"내 마음속엔 이미 빛이 없어요. 듣고 싶어요."

마침내 뤄지가 추운 밤 얼어붙은 호수에 빠진 날로부터 6세기도 더 지난 뒤, 얼마 남지 않은 지구의 인류 앞에서 우주의 검은 베일이 또 한 겹 벗겨졌다.

관이판이 물었다.

"생각해보세요. 기술적으로 무한한 능력을 가진 문명에게 가장 위력적인 무기가 뭘까요? 기술적인 관점이 아니라 철학적인 관점에서요."

청신이 잠시 생각하다가 몸부림치듯 고개를 저었다.

"모르겠어요."

"직접 경험한 일을 생각해보세요."

직접 경험한 일? 그녀는 얼마 전 항성계 하나를 제거하기 위해 잔인한 공격자가 공간적 차원을 한 차원 낮추는 것을 목격했다. 공간적 차원. 공간적 차원이 뭘까?

청신이 말했다.

"우주의 법칙이요."

"예리하시네요. 바로 우주의 법칙이에요. 우주의 법칙이 가장 무서운 무기예요. 물론 가장 효과적인 방어 수단이기도 하죠. 은하계든 안드로메다은하든, 아니면 국부은하군이든 초은하단이든, 진정한 행성 간 전쟁에서는 신에 버금가는 막강한 위력을 가진 문명들이 서슴없이 우주의 법칙을 전쟁 무기로 삼죠. 무기로 삼을 수 있는 규칙은 아주 많아요. 제일 흔하게 사용하는 게 공간적 차원과 광속이에요. 보통 차원을 낮추는 건 공격 무기로 사용하고 광속을 낮추는 건 방어용으로 쓰죠. 그러니까 태양계는 가장 높은 수준의 방식으로 공격당한 거예요. 어떻게 말하면 지구 문명에겐 영광인 셈이죠. 차원 공격을 사용했다는 건 우릴 무시하지 않았다는 거니까. 이 우주에선 무시당하지 않는 것만도 쉬운 일이 아니에요."

"궁금한 게 있어요. 태양계의 2차원 추락은 언제 끝나나요?"

"영원히 계속될 거예요."

선득한 한기가 청신을 감쌌다. 그녀가 힘겹게 고개를 들어 관이판을 응시했다.

"놀라셨어요? 은하계와 우주 전체에서 2차원으로 떨어지고 있는 게 태양계뿐인 줄 아세요? 하하하……."

관이판의 차가운 웃음에 청신의 가슴이 또 한 번 철렁 내려앉았다.

그녀가 말했다.

"그렇다면 조금 전 얘기가 성립되지 않아요. 적어도 공간적 차원을 무기로 사용할 수 있다는 건 맞지 않아요. 길게 보면 그 방식은 곧 공멸을 뜻하니까요. 2차원 추락이 영원히 계속된다면 공간적 차원으로 공격한 쪽도 언젠가는 2차원으로 떨어지게 되잖아요!"

긴 침묵이 그들을 감쌌다. 한참 뒤 먼저 침묵을 깬 건 청신이었다.

"관 박사님?"

관이판이 낮은 목소리로 말했다.

"너무 착하시군요."

"무슨 말씀인지……."

"차원 공격자들에게는 공멸하는 걸 막을 수 있는 방법이 있어요. 그게 뭘까요?"

청신이 한참 생각에 잠겼다가 말했다.

"모르겠어요."

"그럴 줄 알았어요. 박사님은 너무 착해요. 아주 간단해요. 공격자가 먼저 자신을 바꾸는 거예요. 자기 자신을 저차원 존재로 바꾸는 거죠. 4차원에서 3차원으로 바꿀 수도 있고 3차원에서 2차원으로 바꿀 수도 있어요. 전체 문명이 저차원으로 들어간 뒤에 적에게 차원 공격을 가해요. 추호의 망설임도 없이. 가공할 규모의 광적인 공격을 개시하는 거예요."

청신이 다시 긴 침묵에 빠졌다.

관이판이 물었다.

"생각나시는 게 있나요?"

청신은 과거를 회상하고 있었다. 400여 년 전 블루스페이스호와 그래비티호가 우연히 4차원 조각에 들어갔을 때 탐사대와 마법 반지가 나눈 대화 중에 이런 말이 있었다. 당시 관이판이 탐사대의 일원이었다.

이 4차원 공간은 당신들이 만들었나?

당신들이 바다에서 왔다고 했는데 바다는 당신들이 만들었나? 당신에게 혹은 당신의 창조자에게 이 4차원 공간이 바다와 비슷하다는 뜻인가?

'물웅덩이다. 바다는 말랐다.'

이렇게 좁은 공간에 많은 우주선, 아니 무덤이 모여 있는 이유가 무엇인가?

'바다가 마르면 물고기가 물웅덩이로 모이고, 물웅덩이마저 마르면 물고기는 사라지지.'

모든 물고기가 여기에 있나?

'바다를 마르게 한 물고기는 여기에 없다.'

미안하지만 그게 무슨 뜻인가?

'바다를 마르게 한 물고기는 바다가 마르기 전에 뭍으로 올라갔다. 암흑의 숲에서 다른 암흑의 숲으로 옮겨갔다는 뜻이다.'

"전쟁에 승리하기 위해 그런 대가까지 치른단 말이에요?"

청신은 한 차원을 낮춘 공간에서 산다는 게 어떤 건지 상상도 할 수 없었다. 2차원 공간에서는 세상 모든 것이 제각각 다른 길이의 선으로 보일 것이다. 3차원 세계에 살던 사람들이 어떻게 스스로 얇은 종이 속에 들어가 살 수 있을까? 물론 4차원 세계에서 사는 사람들은 3차원 공간에서 사는 것을 상상할 수 없을 것이다.

청신에게 돌아온 대답은 아주 간단했다.

"죽는 것보단 나으니까요."

충격으로 굳어진 청신의 얼굴 표정에도 아랑곳하지 않고 관이판이 말을 계속 이었다.

"광속도 흔히 사용하는 무기예요. 하지만 자기 스스로 빛무덤이나 박사님이 말씀하시는 블랙존을 만드는 건 무기라고 할 수도 없어요. 그건 우리처럼 힘없는 벌레들이 목숨을 부지하기 위해 사용하는 고육지책이죠. 신들은 그렇게 하찮은 일은 하지 않아요. 전쟁에서 저광속 블랙홀을 만들어 적을 그 안에 가둬버리기도 하지만, 그보다는 방어용 성벽이나 함정으로 더 많이 사용해요. 저광속 지대 중 면적이 넓은 건 성계 하나를 통째로 에워쌀 수 있을 만큼 길어요. 항성이 밀집해 있는 곳에서는 수많은 저광속 블랙홀이 하나로 합쳐져 수천만 광년에 걸쳐 이어져 있죠. 그게 행성 간 만리장성이에요. 아무리 강력한 함대도 그 함정에 빠지면 영원히 빠져나올 수 없어요."

청신이 물었다.

"이대로 계속된다면 결국에는 어떻게 되나요?"

"차원 공격이 계속되면 우주에서 2차원 공간이 차지하는 비중이 점점 늘어나 결국에는 3차원 공간보다 많아지겠죠. 그러다 언젠가는 세 번째 차원이 완전히 사라지고 우주가 2차원이 될 거예요. 마찬가지로 광속을 이용한 공격과 방어로 저광속 지대가 계속 늘어나면 결국에는 저광속 지대끼리 하나로 연결되겠죠. 각기 다른 광속이 평균을 이루며 하나의 속도로 귀결되면 그 속도가 우주의 새로운 C값이 될 거예요. 그러면 우리처럼 유아기 수준의 과학을 가진 문명은 진공 중의 광속이 원래부터 초속 10여 킬로미터이고 이것이 불변의 우주상수라고 생각하겠죠. 지금 우리가 초속 30만 킬로미터를 불변의 광속이라고 생각하고 있는 것처럼. 물론 이건 두 가지 예일 뿐이에요. 무기로 사용되는 우주의 법칙들은 아주 많아요. 우리가 아는 건 이 두 가지뿐이지만 사실 모든 법칙이 무기가 될 수 있을 거예요. 그중에 이런 법칙도 있겠죠……. 물론 이건 그냥 추측이에요. 판타지 같아서 저도 믿기 힘들어요."

"어떤 법칙이죠?"

"수학의 법칙이요."

청신의 상상력으로는 그런 불가사의한 일을 도저히 상상할 수 없었다.

"그건…… 미친 짓이에요! 우주가 붕괴된다고요? 아니, 더 정확히 말하죠. 자연의 법칙이 붕괴된다는 거예요?"

"아마 이미 그렇게 되고 있을 거예요……. 지금 새로운 세계의 물리학과 우주학은 한 가지 연구에 몰두하고 있어요. 전쟁 이전의 자연 법칙을 회복시키는 거죠. 이미 이론모델을 거의 수립하고 전쟁으로 바뀌기 전의 우주에 대해 얘기하고 있어요. 그땐 아름다운 전원 시대였어요. 100억 년도 더 지난 일이지만. 그때를 우주의 전원 시대라고 불러요. 물론 그런 아름다움은 수학적으로만 묘사할 수 있을 뿐, 우리는 그 시대의 우주를 상상도 할 수 없어요. 우리 뇌가 생각할 수 있는 차원에 한계가 있으니까."

청신은 다시 그 대화를 떠올렸다.

이 4차원 공간은 당신들이 만들었나?

당신들이 바다에서 왔다고 했는데 바다는 당신들이 만들었나?

"전원 시대에는 우주가 4차원이었다는 얘긴가요? 그땐 진공 중의 광속이 지금보다 훨씬 빨랐고?"

"아니요. 전원 시대의 우주는 4차원이 아니라 10차원이었어요. 진공 중의 광속은 거의 무한대에 가까웠고요. 그때의 빛은 원격 작용이 가능했어요. 플랑크시간* 내에 우주의 한쪽 끝에서 다른 쪽 끝까지도 갈 수 있었죠……. 4차원 공간에 가보신다면 10차원 상태의 우주가 얼마나 아름다

---

* 옮긴이 주 : 광자가 빛의 속도로 플랑크 길이를 지나간 시간을 의미하며 물리적으로 유의미하게 측정할 수 있는 최소의 시간 단위.

울지 아실 거예요."

"맙소사. 그렇다면……."

관이판이 갑자기 꿈에서 깨어난 듯 말했다.

"전 아무 얘기도 안 했어요. 우린 아주 일부밖에 못 봤어요. 나머지는 모두 추측이고요. 추측이라고 생각하세요. 우리가 지어낸 암흑의 신화라고."

하지만 조금 전 그의 말이 청신의 머릿속을 맴돌았다.

"전원 시대가 지나고 전쟁 시대가 되면서 한 차원, 한 차원 거시에서 미시로 줄어들고, 광속도 계속 늦어진 거로군요……."

관이판의 목소리가 점점 낮아졌다.

"저는 아무 얘기도 안 했다고 말씀드렸어요. 이건 전부 추측이에요. 하지만 진실이 추측보다 더 어두운지도 모르죠……. 한 가지 분명한 건 우주가 점점 죽어가고 있다는 거예요."

우주선이 가속을 멈추고 중력이 사라졌다. 청신의 눈앞에 있던 우주와 별바다가 점점 희미해지며 악몽처럼 변했다. 지금 그녀에게 실재감을 주는 건 3G 고중력뿐이었다. 그녀를 두 팔로 꼭 끌어안은 듯 단단하게 감싸고 있는 힘이 암흑 신화의 전율과 공포에서 그녀를 지켜주고 있었다. 하지만 이제 중력이 사라지고 악몽만 남았다. 은하계는 핏자국으로 뒤덮인 거대한 빙퇴석 같았고, 가까이 보이는 항성 DX3906은 심연 위에서 타오르는 화장로 같았다.

청신이 물었다.

"홀로그램 화면이 꺼졌나요?"

관이판이 화면을 끄자 청신은 광활한 우주에서 달걀 껍데기처럼 좁은 우주선 안으로 돌아왔다. 하지만 그 좁은 공간이 그녀에게 안정감을 주었다.

"괜한 얘기를 한 것 같군요."

관이판의 자책하는 말투에서 진심이 느껴졌다.

"언젠가는 알게 될 일이에요."

청신의 목소리가 여전히 나지막했다.

"다시 한번 말씀드릴게요. 이건 순전히 추측이에요. 과학으로 증명되지 않았어요. 너무 깊이 생각하지 마시고 현재에 집중하세요."

관이판이 청신의 손 위에 자기 손을 얹었다.

"설령 제 얘기가 사실이라고 해도 수억 년 뒤의 일이에요. 우리 세계로 가세요. 거긴 박사님의 세계이기도 해요. 거기서 박사님의 인생을 사세요. 시간을 너무 많이 초월하지 마시고요. 10만 년의 시간과 1000광년의 공간으로 인생을 제한한다면 그런 일들은 박사님과 완전히 무관해요. 10만 년, 1000광년이면 충분하겠죠?"

"충분해요. 고맙습니다."

청신도 관이판의 손을 잡았다.

그 후 두 사람은 수면기의 강제 수면 상태로 나흘 동안 항해했다. 감속이 시작된 후 고중력의 압박에 깨어나 보니 회색별이 시야의 절반을 차지하고 있었다. 회색별은 작은 행성이었다. 돌로 된 구체같이 민둥민둥한 표면과 외관은 달과 비슷했지만 회색별의 표면에는 분화구 없이 황량한 평원이 펼쳐져 있었다. 헌터호가 회색별의 궤도로 진입했다. 대기층이 없어서 비행선의 운행 궤도를 아주 낮게 낮출 수 있었다. 감시 위성에서 받은 좌표 위치로 향했다. 미확인 우주선 다섯 대가 착륙했다가 이륙한 지점이었다. 원래 관이판은 왕복선을 타고 별 표면으로 내려가 우주선이 남기고 간 흔적을 조사하려고 했다. 하지만 신비한 방문자들이 남기고 간 것이 하늘에서도 보일 만큼 거대하리라고는 관이판도 청신도 예상하지 못했다.

청신이 회색별 표면을 가리키며 소리쳤다.

"저게 뭐죠?"

"죽음의 선이요."

관이판도 청신이 본 물체를 알아보고 급하게 소리쳤다.

"너무 가까이 가지 마!"

헌터호의 AI를 향해 외친 것이었다.

관이판이 말한 죽음의 선은 검은 선 다섯 개였다. 한쪽은 회색별의 표면에 연결되어 있고 다른 쪽 끝은 우주를 향해 뻗어 있었다. 육안으로 보기에 약 100미터쯤 되는 길이로 우주선 궤도보다 더 높이 올라갔다. 회색별에서 검은 머리카락 다섯 가닥이 자라난 것 같았다.

"저게 뭐예요?"

"곡률 추진의 항적이에요. 최대 출력으로 가속한 흔적이죠. 항적 안에서 광속이 0이에요."

두 사람이 왕복선으로 옮겨 타고 헌터호를 떠나 회색별의 표면에 착륙했다. 궤도가 낮고 대기층을 통과할 필요가 없기 때문에 빠르고 안정적으로 착륙할 수 있었다. 왕복선이 죽음의 선에서 약 3킬로미터 떨어진 곳에 착륙했다.

그들은 0.2G의 중력에서 죽음의 선을 향해 뛰듯이 걸어갔다. 회색별의 평원은 얇은 분진으로 뒤덮여 있고 군데군데 크고 작은 자갈이 흩어져 있었다. 대기의 분산 작용이 이루어지지 않아 햇빛 아래 그림자와 밝은 곳이 흑백으로 분명하게 나뉘었다. 곧 죽음의 선에서 100여 미터 떨어진 곳까지 다가갔다. 관이판이 멈추라는 신호로 청신에게 손을 흔들었다. 지름 20~30미터의 죽음의 선을 가까이에서 보니 죽음의 기둥이라고 하는 편이 더 정확할 것 같았다.

청신이 말했다.

"아마 우주에서 제일 검은 물체일 거예요."

죽음의 선은 짙디짙은 검은색이라는 것 외에 아무런 특징도 없었다. 광속이 0인 범위일 뿐이기 때문에 당연히 표면도 없었다. 칠흑같이 검은 우주를 배경으로 해도 우주보다 더 검은 죽음의 선이 또렷하게 잘 보였다.

관이판이 말했다.

"우주에서 제일 완벽하게 죽은 물체이기도 하고요. 광속이 0이라는 건 진정한 죽음이죠. 절대적인 죽음, 완전한 죽음. 저 안에 있는 기본 입자와 쿼크까지 다 죽었어요. 미세한 진동조차 없어요. 죽음의 선 안에 중력원이 없더라도 역시 블랙홀이에요. 중력이 0인 블랙홀이죠. 그 어떤 것도 저 안에 들어가면 빠져나올 수 없어요."

관이판이 돌멩이 하나를 주워 죽음의 선을 향해 던지자 돌멩이가 그 절대적인 검은색 안으로 사라졌다.

청신이 물었다.

"인류의 광속 우주선도 죽음의 선을 만들 수 있나요?"

"불가능해요."

"이런 걸 또 본 적이 있어요?"

"네. 많이 본 건 아니지만."

청신이 하늘로 뻗어 올라간 검은 기둥을 올려다보았다. 검은 기둥 다섯 개가 밤하늘을 떠받쳐 우주가 사신의 궁전이 된 것 같았다. 청신은 가슴이 서늘해지는 것을 느꼈다.

'저곳이 만물이 돌아갈 곳일까?'

청신이 하늘에 떠 있는 죽음의 선의 끝을 가리켰다.

"우주선이 저 지점에서 광속에 진입한 건가요?"

"네. 100킬로미터쯤 돼 보이네요. 예전에 보았던 건 이것보다 더 짧았어요. 거의 순간적으로 광속에 진입했죠."

"광속 우주선 중에서도 제일 발전한 형태인가요?"

"아마 그럴 거예요. 하지만 이런 방식이 흔하지는 않아요. 주로 복원자들이 죽음의 선을 만들죠."

"복원자?"

"리세터(Resetter)라고도 불러요. 지능을 가진 존재들일 수도 있고 하나 또는 여러 개의 문명일 수도 있어요. 정확히 어떤 것인지는 모르지만 그들이 존재한다는 건 확실해요. 복원자는 우주를 리셋해 전원 시대로 되돌리고 싶어 해요."

"어떻게요?"

"시곗바늘이 12시를 지나게 하는 거예요. 공간의 차원을 예로 들어볼게요. 이미 저차원으로 떨어진 우주를 다시 고차원으로 끌어올리는 건 불가능해요. 하지만 거꾸로 생각해서 우주를 0차원으로 낮추고도 계속 차원을 낮추면 시계가 재설정되면서 우주의 거시 차원이 다시 10차원으로 복원된다는 논리예요."

"0차원이라고요? 공간이 0차원으로 변하는 걸 봤어요?"

"아뇨. 2차원으로 떨어지는 것만 봤어요. 1차원화도 보지 못했어요. 하지만 어디선가 복원자가 그렇게 하고 있어요. 그들이 성공한 적이 있는지는 아무도 몰라요. 광속을 0으로 낮추는 게 상대적으로 더 쉬우니까 그렇게 해서 무한한 광속으로 되돌아가려고 계속 시도하고 있는 거죠."

"이론적으로 가능해요?"

"아직 알 수 없어요. 복원자의 이론으로는 가능하겠죠. 하지만 제가 보기에는 불가능해요. 한 예로 광속이 0이라는 건 그 어떤 운동도 있을 수 없다는 걸 의미해요. 넘을 수 없는 벽이자 모든 존재의 절대적인 죽음을 뜻하죠. 이런 상황에서는 주관이 객관에 아무런 작용을 미칠 수 없어요. 그런데 어떻게 '시곗바늘'을 앞으로 돌릴 수 있겠어요? 복원자가 하는 일은 종교의식이나 퍼포먼스에 더 가까워요."

청신이 죽음의 선을 바라보며 두려움을 넘어선 경외감을 느꼈다.

"이게 정말 항적이라면 어떻게 흩어지지 않을 수가 있죠?"

관이판이 긴장된 표정으로 청신의 팔을 잡았다.

"저도 그 얘길 하려고 했어요. 서둘러 여길 떠나야 할 것 같아요. 회색별이 아니라 이 성계를요. 여긴 위험해요. 죽음의 선은 곡률 추진 우주선의 항적과 달라서 건드리지 않으면 계속 이 상태를 유지하겠지만, 뭔가에 자극받는 순간 확산될 거예요. 아주 빠르게. 이 정도 규모의 죽음의 선이면 항성계 전체로 다 퍼져나갈 거예요. 학자들은 이런 걸 죽음의 선이 파열됐다고 말하죠."

"죽음의 선이 퍼져나간 곳은 모두 광속이 0이 되나요?"

"그렇진 않아요. 죽음의 선이 완전히 확산된 후에는 곡률 추진 항적처럼 그 내부의 광속은 0이 아니에요. 넓게 확산될수록 내부의 광속은 더 높죠. 하지만 그래도 초속 10여 킬로미터의 저광속이에요. 그러니까 죽음의 선이 확산되고 나면 이 성계가 저광속 블랙홀로 변할 가능성이 커요. 박사님이 말한 블랙존이죠……. 어서 가요."

청신과 관이판이 몸을 돌려 왕복선을 향해 뛰듯이 걸었다.

"어떤 것이 죽음의 선을 자극할 수 있어요?"

청신이 물으며 고개를 돌려 뒤를 보았다. 그들 뒤 평원 위에서 죽음의 선 다섯 개가 지평선을 향해 긴 그림자를 뻗고 있었다.

"아직은 몰라요. 이론적으로는 가까운 곳에 곡률 추진 항적이 생겨난다면 영향을 미치겠죠. 두 개 이상의 곡률 추진 항적이 일정 거리 안에 있을 경우 서로 영향을 미친다는 건 증명됐어요."

"그렇다면, 헤일로호가 가속할 때도……."

"그러니까 우선 핵융합 추진으로 멀리 간 뒤에 곡률 추진으로 전환해야 해요. 적어도 40천문단위는 떨어진 곳에서 곡률 추진을 해야 할 거예요."

왕복선이 이륙한 뒤에도 청신은 멀어져가는 죽음의 선에서 시선을 떼지 못했다.

그녀가 말했다.

"복원자에게 희망을 얻었어요."

관이판이 말했다.

"우주는 다채롭고 풍부한 곳이에요. 어떤 '사람'도 어떤 세계도 다 있죠. 복원자 같은 이상주의자도 있고 평화주의자나 자선가도 있고, 아름다움과 예술만을 추구하는 문명도 있어요. 하지만 그들은 주류가 아니라 우주 전체의 방향을 이끌 수는 없어요."

"인류 세계도 마찬가지예요."

"하지만 복원자의 목표는 결국 우주 자체로써 실현될 거예요."

"우주의 종말 말인가요?"

"네."

"우주학에서는 우주가 영원히 팽창하면서 점점 더 희박해지고 추워질 거라고 하던데요."

"그건 태양계 인류의 우주학이죠. 우린 그 결론을 부정해요. 암흑물질의 양을 과소평가한 추측이죠. 우주는 팽창을 멈춘 뒤 자신의 중력 때문에 붕괴하고 결국 특이점이 되어 다시 빅뱅이 일어날 거예요. 그러면 모든 게 0으로 돌아가겠죠. 최후의 승리자는 역시 대자연일 거예요."

"새로운 우주는 10차원이 될까요?"

"그건 알 수 없어요. 가능성이 무한히 열려 있어요. 완전히 새로운 우주에서 완전히 새로운 생활이 시작될 테니까."

파란별로 돌아갈 때도 올 때처럼 순조로웠다. 강제 수면 모드에서 대부분의 시간을 보낸 뒤 눈을 떠보니 비행선이 파란별 궤도에 진입해 있었다.

희고 파란 세계를 내려다보며 청신은 집에 돌아온 듯한 안도감을 느꼈다.

그때 AA가 그들을 호출했다.

관이판이 응답했다.

"여기는 헌터호. 무슨 일이에요?"

AA의 목소리가 다급했다.

"수없이 불렀지만 AI가 받아서 두 분을 깨울 수 없다고 했어요!"

"위급 상황이 아니면 연락하지 말라고 했잖아요. 무슨 일 있어요?"

"엄청난 소식이에요! 윈텐밍이 왔어요!"

마지막 말이 천둥처럼 청신의 의식 속에 남아 있던 잠을 쫓아냈다. 관이판도 눈이 휘둥그레지며 말문이 막혔다.

청신이 작은 소리로 물었다.

"지금 뭐라고 했어?"

"윈텐밍이 왔다니까요! 윈텐밍의 우주선이 착륙한 지 30시간도 더 됐어요!"

"아……."

청신이 기계적으로 대답했다.

"그분도 아직 젊어요. 선생님처럼요!"

"그래?"

청신은 자기 목소리가 아주 멀리서 들리는 것 같았다.

"선생님한테 줄 선물도 가져왔어요!"

"선물은 이미 받았어. 우리가 지금 있는 곳이 바로 그의 선물이잖아."

"이 정도는 아무것도 아니에요. 새로운 선물이 훨씬 크고 멋져요……. 마침 밖에 나가셨는데 모셔 올게요!"

관이판이 급하게 끼어들었다.

"그럴 필요 없어요. 우리가 곧 내려갈 거니까. 지금 통신하는 건 위험해요. 그럼 이만."

관이판이 그 말과 동시에 통신을 끊었다. 두 사람이 한참 동안 서로를 응시하고 있다가 동시에 웃음을 터뜨렸다.

청신이 말했다.

"설마 아직 꿈을 꾸고 있는 건 아니죠?"

설령 꿈이라고 해도 좀 더 머물러 있고 싶었다. 그녀가 홀로그램 화면을 켰다. 춥고 어둡기만 했던 밤하늘이 비온 뒤 구름이 걷히고 있는 하늘처럼 아름답게 보였다. 심지어 별빛에서 봄의 새싹 같은 싱그러운 향기가 나는 듯했다. 청신은 새로 태어난 기분을 느꼈다.

관이판이 말했다.

"왕복선에 타요. 어서 내려갑시다."

두 사람이 왕복선에 탄 뒤 왕복선 분리가 시작되었다. 관이판이 화면을 띄워놓고 대기층에 진입하기 전 마지막 점검을 했다.

청신이 잠꼬대를 하듯 얼떨떨한 목소리로 말했다.

"왜 이렇게 일찍 왔을까요?"

그녀와 달리 관이판은 완전히 냉정을 되찾은 뒤였다.

"우리 추측이 맞았어요. 여기서 100광년도 떨어지지 않은 곳에 삼체 제1함대의 식민지가 있어요. 그들이 헤일로호의 중력파 신호를 포착했을 거예요."

왕복선이 분리된 뒤 감시 화면 속에서 피라미드 형태의 헌터호 선체가 점점 멀어졌다.

"항성계보다도 더 큰 선물이 뭘까요?"

관이판이 웃으며 청신에게 물었지만 그녀는 한껏 달뜬 표정으로 고개를 가로젓기만 했다. 왕복선의 핵융합 엔진이 가동되며 외부의 라디에이터가 붉게 달아오르고 추진기가 예열되었다. 제어 창에 30초 후 감속이 시작될 것이라는 표시가 나타난 뒤 왕복선의 궤도가 급격히 낮아지며 파란별의 대기층으로 진입했다.

그때 갑자기 고막을 찢을 듯한 굉음이 귓속으로 밀고 들어왔다. 예리한 칼이 왕복선을 머리부터 꼬리까지 가르고 들어오는 것 같더니 뒤이어 격렬한 진동이 찾아왔다. 바로 다음 순간, 기이한 일이 벌어졌다. 청신은 그것이 찰나의 시간이라는 걸 믿을 수가 없었다. 한없이 짧고 또 한없이 긴 시간이었다. 순간적으로 뭔가를 뛰어넘는 느낌이 들며 청신은 자신의 몸이 시간의 바깥으로 빠져나온 것 같았다. 잠시 후 관이판이 방금 그녀가 '시간의 진공'을 경험한 것이라고 알려주었다. 그 찰나의 길이는 시간으로 측량할 수 없는 것이었다. 그 순간의 시간이 존재하지 않기 때문이다. 몸이 오그라들어 특이점으로 변하는 듯하더니 순간적으로 그녀와 관이판, 왕복선의 질량이 무한대가 되며 모든 것이 암흑 속으로 들어갔다. 청신은 처음에는 자기 눈에 문제가 생긴 줄 알았다. 왕복선 내부가 한 치 앞도 보이지 않을 만큼 깜깜해질 수 있다는 걸 믿을 수 없었다. 관이판을 불렀지만 우주복의 이어폰에서 아무 소리도 들리지 않았다.

관이판이 어둠을 더듬어 청신의 머리를 감쌌다. 그녀는 자신의 얼굴이 그의 얼굴에 바싹 달라붙는 것을 느꼈지만 저항하지 않았다. 그녀는 그에게서 한없는 위안을 느꼈다. 관이판은 그녀에게 말을 하려고 다가간 것이었다. 우주복의 통신 시스템이 꺼져버려 두 사람의 바이저를 서로 단단히 붙여야만 상대에게 소리를 전달시킬 수 있었다.

"겁내지 말아요! 당황하지 말고 내 말대로 해요! 움직이지 말아요!"

관이판의 목소리가 헬멧을 타고 청신에게 전해졌다. 맞닿아 있는 얼굴의 진동으로 그가 크게 외치고 있다는 걸 알 수 있었지만 그녀에게 들리는 소리는 귓속말처럼 작았다. 그의 다른 쪽 손이 뭔가 찾고 있는 듯하더니 선실 내부가 금세 환해졌다. 관이판의 손에 들려 있는 담배만 한 길이의 막대기에서 빛이 나오고 있었다. 화학 발광체인 것 같았다. 헤일로호에도 위급 상황을 대비해 그것과 비슷한 발광체가 비치되어 있었다. 막대기를 구부리면 희푸른 빛이 나는 방식이었다.

"움직이지 말아요! 우주복의 산소 공급이 중단됐어요. 숨을 천천히 쉬어요. 선체 내부의 압력을 높일 거예요! 겁낼 것 없어요. 금방 끝나니까!"

관이판이 발광체를 청신에게 건넨 뒤 좌석 옆에 있는 상자에서 금속병을 꺼냈다. 소형 소화기처럼 생긴 병의 마개를 돌리자 백색 기체가 쏟아져 나왔다.

청신은 숨쉬기가 힘들었다. 우주복의 제어 시스템이 꺼지고 산소 공급이 중단되었다. 그녀가 호흡할 수 있는 건 헬멧 안에 조금 남아 있는 산소뿐이었다. 점점 숨이 가빠졌다. 급하게 숨을 들이마실수록 더 숨이 막혔다. 본능적으로 마스크를 들어 올리려고 했지만 관이판이 그녀의 손을 붙들며 저지했다. 그가 그녀를 세게 끌어안았다. 이번에는 그녀를 안심시키기 위한 것이었다. 청신은 그가 자신을 안은 채 깊은 물속에서 위로 올라가는 듯한 기분을 느꼈다. 발광체의 푸르스름한 빛이 그의 눈동자를 비추었다. 그의 눈빛이 그녀에게 수면에 거의 다 왔다고 말하고 있는 것 같았다. 청신은 우주복을 입은 채로도 외부의 기압이 올라가는 것을 느낄 수 있었다. 완전히 질식해 숨이 넘어가기 직전에 관이판이 그녀의 바이저를 홱 열어젖힌 뒤 자신의 바이저도 열었다. 두 사람이 헐떡이며 크게 숨을 들이마셨다.

호흡이 조금 안정된 후 금속병이 청신의 시야에 들어왔다. 병의 주둥이에 작은 계기판이 달려 있었다. 기압계였다. 바늘이 달려 있는, 오래전 아날로그 방식의 기압계였다. 바늘이 초록색 눈금까지 내려가 있었다.

관이판이 말했다.

"이 산소로는 오래 못 버텨요. 온도가 빠르게 내려갈 거예요. 어서 우주복을 갈아입어요."

그가 좌석에서 빠져나가 선실 뒤쪽에 있던 금속 상자 두 개를 꺼냈다. 상자를 열자 다른 우주복이 들어 있었다. 태양계와 마찬가지로 이곳의 우주복도 간편한 형태였다. 헬멧을 쓰지 않고 내부 압력을 높이거나 생존배낭을 메지 않으면 평상복과 다를 게 없었다. 하지만 지금 청신 앞에 있는 우주복 두 벌은 서기 시대의 우주복처럼 둔중해 보였다.

입에서 하얀 김이 나오기 시작했다. 청신이 입고 있던 우주복을 벗자 극한의 냉기가 뼛속으로 스며들었다. 우주복을 입는 것도 쉽지 않았다. 관이판이 도와주자 청신은 어린아이가 된 것 같았다. 그녀는 자신도 모르게 이 남자에게 든든한 위안을 느끼고 있었다. 오랫동안 그녀가 갈구하던 것이었다. 헬멧을 쓰기 전 관이판이 우주복 사용법을 자세히 알려주었다. 산소 공급 스위치, 가압(加壓) 스위치, 온도 조절 다이얼, 통신 스위치, 조명 스위치 등이 어디에 있는지 일일이 알려주었다. 자동으로 작동되는 것이 하나도 없고 모든 기능을 직접 손으로 조작해야 했다.

관이판이 말했다.

"이 안에는 컴퓨터 칩이 없어요. 전자 컴퓨터든 양자 컴퓨터든 어떤 컴퓨터도 작동시킬 수가 없으니까요."

"왜죠?"

"현재 광속이 초속 10킬로미터가 조금 넘을 거예요."

관이판이 청신에게 헬멧을 씌워주었다. 그녀는 몸이 얼어붙을 만큼 추웠다. 관이판이 그녀의 우주복에 달린 산소 공급 스위치를 켜자 보온 시스템이 작동되었다. 우주복 안이 점점 따뜻해졌다. 관이판도 우주복을 갈아입고 헬멧을 썼다. 한참 만에 두 우주복의 통신 시스템을 연결시켰지만 입술이 얼어 말을 할 수가 없었다. 두 사람은 조용히 몸이 녹기를 기다렸다. 1G의 중력 환경이었다면 이렇게 비둔한 우주복을 입고 움직이기가 힘들었겠지만 지금 청신은 우주복이 유일하게 자신을 보호해줄 수 있는 작은 방인 것 같았다. 선실 안에서 떠다니던 발광체의 빛이 꺼지자 관이판이 자기 우주복의 조명등을 켰다. 청신은 오랜 옛날 갱도 밑에 매몰된 광부가 된 것 같았다.

청신이 물었다.

"무슨 일이 일어난 거예요?"

관이판이 좌석에서 붕 떠올라 선실 벽에서 뭔가를 힘겹게 잡아당기자 투명 창이 나타났다. 자동 개폐식 블라인드를 손으로 직접 열기가 무척 힘들었다. 그가 또 다른 창의 블라인드를 열었다.

창밖으로 보이는 우주가 완전히 다른 세계로 변해 있었다.

제일 먼저 청신의 시야에 들어온 건 우주 양쪽 끝에 있는 두 개의 성단이었다. 앞에 있는 성단은 푸른빛을, 뒤에 있는 성단은 붉은빛을 내뿜었다. 헤일로호가 광속으로 항해할 때 보았던 것과 비슷했다. 하지만 지금 보이는 두 개의 성단은 광풍에 흔들리는 불꽃처럼 쉬지 않고 형태가 변화하고 푸른 성단에서 빠져나온 별이 우주를 가르며 붉은 성단으로 날아가는 현상도 관찰되지 않았다. 그 대신 밝게 빛나는 두 개의 띠가 하늘 양쪽에서 우주의 양극을 연결하고 있었다. 양쪽 창으로 띠가 하나씩 보였다. 그중 더 넓은 띠가 창밖으로 보이는 우주의 절반을 차지하고 있었다. 띠의 양쪽 끝이 푸른 성단과 붉은 성단에 직접 붙어 있는 것이 아니라 어느 정도 떨어진 거리에서 끝이 가늘고 둥근 머리를 형성하고 있었다. 청신은 이 띠가 납작한 타원형이거나 극단적으로 잡아당겨진 원형이라는 것을 알았다. 크기와 형태가 다양한 조각들이 띠 안에서 빠르게 움직였다. 대부분 파란색, 흰색, 아이보리색이었다. 청신은 그 밝은 띠가 바로 파란별이라는 것을 직감적으로 알았다. 다른 쪽에 있는 띠는 그것보다 더 가늘고 밝았으며 표면이 눈부시게 빛난다는 것 외에 다른 특징은 없었다. 파란별과 달리

이 띠는 주기적으로 길이가 급격하게 변했다. 제일 길 때는 양 극단에 있는 푸른 성단과 붉은 성단을 잇는 밝은 선이 되지만, 제일 짧을 때는 작은 공처럼 오그라들었다. 작게 오그라들었을 때 정상적인 시공에서의 원래 모습이 나타났다. 바로 항성 DX3906이었다.

관이판이 말했다.

"지금 우리는 광속으로 파란별의 궤도에서 운행하고 있어요. 물론, 저광속으로요."

왕복선이 지금의 광속보다 빠르게 항해할 수 있지만 그 어떤 것도 광속을 초월할 수는 없기 때문에 왕복선의 속도가 저광속까지 떨어졌다.

"죽음의 선이 확산된 걸까요?"

"그럴 거예요. 항성계 전체로 확산돼서 우리도 갇혀버렸어요."

"윈톈밍의 우주선에 자극받은 걸까요?"

"확실한 건 알 수 없지만 그럴 수 있죠. 그는 이 성계에 죽음의 선이 있다는 걸 몰랐을 테니까."

청신은 더 묻지 않았다. 앞으로 어떻게 되는지 묻고 싶지 않았다. 할 수 있는 게 하나도 없을 거라는 걸 그녀도 알고 있었다. 초속 10여 킬로미터의 광속에서는 그 어떤 컴퓨터도 작동할 수 없다. 왕복선의 AI를 비롯해 모든 제어 시스템이 작동 불능 상태가 되었다. 우주선에 있는 작은 불조차 켤 수 없었다. 전기와 동력을 잃은 우주선은 금속 탱크와 다를 게 없었다. 헌터호도 죽었다. 그리 멀지 않은 곳에 있겠지만 헌터호에 가까이 간다 해도 탑승할 수가 없다. 제어 시스템이 작동하지 않으면 왕복선과 우주선의 문조차 열 수 없기 때문이다.

청신은 윈톈밍과 AA를 떠올렸다. 지면에 있는 그들은 안전하겠지만 연락할 수가 없었다. 그와 한 마디도 나눌 수가 없었다.

바로 그때 떠다니던 물체가 그녀의 헬멧에 가볍게 부딪혔다. 조금 전

관이판이 썼던 금속병이었다. 기압계의 바늘이 그녀의 시야에 들어왔다. 그녀는 자기 우주복을 가만히 더듬었다. 이미 꺼졌던 희망의 빛이 반딧불처럼 가물거리며 다시 반짝이기 시작했다.

청신이 작은 소리로 물었다.

"이런 상황을 대비한 조치는 없나요?"

"있어요."

관이판의 목소리가 청신의 우주복 이어폰을 통해 전달되었다. 아주 오래전에 쓰던 아날로그 통신 방식으로 소리가 약간 왜곡돼서 들렸다.

"물론 죽음의 선이 확산될 경우에 대비한 건 아니에요. 곡률 추진 항적에 잘못 들어갔을 때를 대비한 거죠. 어쨌든 비슷한 상황이잖아요. 저광속이고 모든 게 중단되었고…… 이제 뉴런을 작동시켜야 해요."

"뭐라고요?"

"뉴런 컴퓨터요. 저광속에서도 작동하는 컴퓨터예요. 왕복선과 우주선에 모두 두 가지 제어 시스템이 탑재되어 있어요. 그중 하나가 뉴런 방식이죠."

청신은 의아했다. 이렇게 느린 광속에서 작동하는 컴퓨터가 있다고?

관이판이 설명했다.

"중요한 건 광속이 아니에요. 시스템의 방식이죠. 인간의 뇌 속에서 화학 신호가 아주 느리게 전달되고 있어요. 초속 2~3미터밖에 되지 않죠. 사람이 걷는 속도와 비슷해요. 뉴런 컴퓨터는 고등동물의 대뇌에서 수행되는 병렬처리 방식을 본뜬 거예요. 저광속에서 작동할 수 있게 설계된 칩이 탑재돼 있어요."

관이판이 금속 패널을 열자 점들이 복잡하게 연결된 표시가 그려져 있었다. 각 점마다 문어처럼 여러 개의 촉수가 뻗어 나와 있고 그 앞에 있는 작은 제어판에는 모니터와 함께 버튼과 지시등 몇 개가 있었다. 위기의 세기 말에 거의 사라진 것들이었다. 관이판이 빨간 버튼을 누르자 모니터가 켜졌다. 이미지로 된 화면이 아니라 텍스트만으로 된 화면이 나타났다. 운영 시스템을 부팅시키는 절차인 것 같았다.

"아직 뉴런 병렬 모드가 시작되지 않아서 직렬 모드로 운영 시스템에 접속해야 해요. 저광속에서 직렬 데이터 통신이 얼마나 느린지 아마 상상도 못 할 거예요. 봐요. 초당 수백 바이트밖에 전송할 수 없어요. 1킬로바이트도 안 돼요."

"부팅하는 데 오래 걸리겠네요."

"네. 병렬 모드가 차츰 시작되면 속도가 점점 빨라질 거예요. 그래도 오래 걸리긴 하지만요."

관이판이 모니터에 나타난 글자를 가리켰다.

부트 모듈 남은 시간 68시간 43분(초를 가리키는 숫자 깜빡임), 전체 남은 시간 297시간 52분(초를 가리키는 숫자 깜빡임).

청신이 깜짝 놀랐다.

"12일이 걸린다고요? 그럼 헌터호는요?"

"헌터호에도 저광속 감시 장치가 탑재되어 있어서 자동으로 뉴런 컴퓨터를 부팅시킬 수 있어요. 지금쯤 부팅이 시작됐겠죠. 하지만 부팅이 완료되는 시간은 비슷할 거예요."

12일. 12일이 지나야 왕복선과 우주선에 탑재된 생존 시스템을 작동시킬 수 있다. 그때까지는 원시적인 형태의 우주복에 의지해 버텨야 했다. 우주복의 전원이 핵전지라면 오랜 시간을 버틸 수 있겠지만 산소는 턱없이 부족했다.

관이판이 말했다.

"동면해야 해요."

"왕복선에 동면 장치가 있어요?"

청신은 이것이 무의미한 질문이라는 걸 알았다. 동면 장치도 컴퓨터로 통제되는 것이므로 설령 동면 장치가 있어도 지금은 작동시킬 수 없다.

관이판이 조금 전 금속 산소병을 꺼냈던 상자에서 작은 상자를 꺼냈다. 그 안에 캡슐이 들어 있었다.

"단기 동면이 가능한 약이에요. 옛날 것과 달리 체외 유지 장치가 필요 없어요. 동면에 들어가면 아주 느리게 호흡하니까 적은 양의 산소로 버틸 수 있어요. 이거 한 알로 보름 정도 동면할 수 있어요."

청신이 바이저를 열고 동면 캡슐을 입에 넣었다. 관이판도 캡슐을 삼켰다. 그녀가 창밖으로 시선을 옮겼다.

파란별. 우주 양끝의 푸른 성단과 붉은 성단을 연결하고 있는 그 띠 위에서 빛이 더 빠르게 흐르고 있었다. 너무 빨라서 색 조각을 분별할 수가 없었다.

관이판이 창밖으로 시선도 주지 않고 눈을 반쯤 감은 채 가속 좌석에 몸을 파묻으며 물었다.

"저 조각들의 형태가 주기적으로 변하는 걸 봤어요?"

"너무 빨라서 모르겠어요."

"움직이는 조각들을 눈으로 따라가보세요."

그의 말대로 띠가 흐르는 속도에 맞추어 조각들을 눈으로 좇았다. 푸른 조각, 하얀 조각, 노란 조각이 순간적으로 또렷하게 보이기도 했지만 너무 빠르고 형태가 모호했다.

"역시 잘 안 보여요."

"너무 빠르죠. 초당 수백 번씩 바뀌고 있어요."

관이판의 입에서 작은 한숨이 새어 나왔다. 청신에게 자신의 슬픔을 감추려 했지만 들키고 말았다. 그녀도 그가 슬퍼하는 이유를 알고 있었다.

빛의 띠 위를 흐르는 조각들이 주기적으로 변하는 것은 왕복선이 광속으로 파란별 주위를 돌고 있다는 뜻이었다. 저광속에서도 특수 상대성 이론의 악마 같은 법칙은 여전히 유효해서 시간이 1000만 배의 속도로 번개처럼 흐르고 있었다. 마치 청신의 마음에서 흘러나오는 피처럼.

매 순간 억겁의 시간이 흐르고 있었다.

청신이 창밖에서 조용히 시선을 거두고 가속 좌석에 몸을 고정시켰다. 다른 쪽 창으로 비껴 들어오는 빛도 주기적으로 변했다. 이 세계의 태양이 길게 잡아당겨져 우주의 양끝을 잇는 눈부신 선이 되었다가 다시 오그라들어 빛점이 되더니 또 금세 잡아당겨졌다. 광기 어린 죽음의 무도를 보고 있는 것 같았다.

관이판이 그녀를 불렀다.

"박사님, 우리가 깨어났을 때 저 화면 위에 에러 메시지가 떠 있을 수도 있어요."

청신이 고개를 돌려 바이저 너머에 있는 그를 향해 미소 지었다.

"두렵지 않아요."

"그건 알아요. 다만, 해주고 싶은 얘기가 있어요. 박사님이 검잡이였다는 걸 알아요. 박사님에겐 잘못이 없어요. 인류가 박사님을 선택한 건 모든 생명을 사랑으로 대하길 바랐기 때문이에요. 비록 더 큰 대가를 치러야 했지만. 박사님은 그 세계의 바람을 실현시키고, 그 시대의 가치관을 구현해주었어요. 박사님에겐 아무 잘못도 없어요."

청신이 나지막이 말했다.

"고마워요."

"그 후에 어떤 일이 있었는지는 모르지만 박사님에겐 잘못이 없다고 믿어요. 사랑은 잘못이 아니에요. 누구도 한 세계를 멸망시킬 순 없어요. 이 세계가 멸망한다면 그건 살아 있는 사람과 이미 죽은 사람 모두가 함께 노력한 결과예요."

"고마워요."

청신의 눈에 눈물이 가득 차올랐다.

"앞으로 무슨 일이 생기든 나도 두렵지 않아요. 그래비티호에서 지낼 때는 하늘이 두려웠어요. 너무 지쳐서 우주에 대한 생각을 멈추고 싶었죠. 하지만 멈출 수가 없더군요. 마약에 중독된 것처럼. 드디어 멈출 수 있게 됐어요."

"난 당신이 두려워할까 봐 두려워요. 그게 내가 유일하게 두려워하는 거예요."

"나도 그래요."

두 사람은 손을 맞잡았다. 태양이 추는 광기의 무도 속에서 의식과 호흡이 서서히 잦아들었다.

시간이 시작된 후 약 170억 년, 우리 별

동면에서 깨어나는 과정은 아주 길었다. 청신의 의식이 서서히 조금씩 회복되었다. 그녀의 기억과 시력이 회복된 후 처음 알게 된 건 뉴런 컴퓨터의 부팅이 성공했다는 것이었다. 선실 내부가 부드러운 조명으로 채워지고 여러 장치가 윙윙 소리를 내며 돌아가고 있었다. 아늑한 분위기가 전체를 감쌌다. 왕복선이 되살아나 있었다.

하지만 선실 내 광원의 위치가 달라져 있었다. 저광속 환경을 위해 설계된 예비 조명인 것 같았다. 떠다니는 정보 창도 없었다. 저광속에서는 디스플레이를 작동시킬 수도 없었다. 뉴런 컴퓨터를 조작할 수 있는 건 작은 스크린 하나가 전부였다. 서기 시대 때처럼 스크린 위에 컬러 이미지가 나타났다.

관이판이 모니터 앞에서 장갑을 벗은 손으로 스크린을 터치하며 컴퓨터를 조작하고 있었다. 청신이 깨어난 걸 보고 그가 빙긋 웃으며 손가락으로 OK 사인을 해 보이고는 물 한 병을 건넸다.

"16일째예요."

청신이 물병을 받아 들다가 자기 손에도 장갑이 끼워져 있지 않다는 것을 알았다. 물병이 따뜻했다. 아직 무거운 우주복은 입고 있지만 헬멧은 벗겨져 있었다. 선실 내부의 기압과 온도가 모두 적당히 유지되고 있었다.

청신이 겨우 움직일 수 있게 된 손으로 안전벨트를 풀고 관이판 옆으로 가서 그와 함께 스크린을 보았다. 두 사람 모두 우주복은 입고 있지만 헬멧은 벗고 있었다. 스크린 위에 창이 여러 개 띄워져 있고 각 창마다 데이터 수치가 빠르게 지나가고 있었다. 왕복선의 각 시스템을 점검하고 있는 중이었다. 관이판이 헌터호와의 통신이 성공했으며 헌터호의 뉴런 컴퓨터도 부팅에 성공했다고 청신에게 말해주었다.

청신이 고개를 들어 창을 올려다보았다. 두 개의 창이 여전히 열려 있었다. 청신이 창으로 다가가자 관이판이 선실 조명을 어둡게 해주었다. 둘 사이에 일종의 묵계 같은 것이 생겨 마치 한 사람이 된 듯 말하지 않아도 생각을 알 수 있었다.

우주는 달라진 게 없었다. 파란별 궤도 위에서 저광속으로 돌고 있을 때 보았던 모습과 똑같았다. 푸른 성단과 붉은 성단이 형태를 바꾸어가며 우주의 양쪽 끝에 떠 있고, 태양도 직선과 구체 사이에서 미친 듯이 춤추고 있었다. 파란별의 표면에서 주기적인 색깔 조각들이 빠르게 흐르고 있는 것도 그대로였다. 그런데 눈으로 색깔 조각들을 따라가다가 변화를 발견했다. 색깔 조각들 중에 파란색과 흰색이 사라지고 보라색 조각이 보였다.

관이판이 스크린을 보며 말했다.

"엔진 시스템이 정상적으로 작동하고 있어요. 언제든 감속해서 광속에서 빠져나갈 수 있어요."

"아직도 핵융합 엔진을 쓸 수 있어요?"

동면하기 전에도 궁금했지만 물어보지 않았던 질문이었다. 절망적인 대답이 돌아올 거라고 생각했기 때문이다. 관이판을 난처하게 만들고 싶지 않았다.

"물론 쓸 수 없어요. 저광속에서는 핵융합 엔진의 출력이 너무 낮아요. 반물질 엔진을 작동시켜야 해요."

"반물질이라고요? 저광속에서……."

"문제없어요. 반물질 엔진은 저광속 환경에서 작동되도록 설계됐어요. 장거리 항해를 하는 우주선에는 모두 저광속 동력 시스템이 탑재되어 있죠……. 우리 세계는 저광속 기술에 대해 많은 연구를 했어요. 곡률 추진 항적에 들어갔다가 빠져나오기 위한 게 아니라 불가피하게 빛무덤 속으로 숨어야 하는 경우를 대비한 것이었지만. 블랙존 말이에요."

30분 뒤 왕복선과 헌터호의 반물질 엔진이 모두 가동되었다. 두 사람이 가속 좌석에 착석하고 블라인드가 모두 닫히자 감속이 시작되었다. 선체가 격렬하게 흔들리다가 점점 진동이 잦아들더니 평온해졌다. 10여 분만에 감속이 끝나고 엔진이 멈춘 뒤 다시 무중력상태가 되었다.

"저광속에서 빠져나왔어요."

관이판이 선실 벽에 있는 버튼을 누르자 블라인드가 열리고 바깥 우주가 보였다.

양쪽 끝에 있던 성단이 사라지고 태양이 나타나 있었다. 정상적인 태양이었다. 하지만 파란별 쪽으로 난 창문에 시선이 닿는 순간 청신이 깜짝 놀라 얼굴이 굳어졌다. 파란별이 보라색 별로 바뀌어 있었다. 아이보리색 바다를 제외하고 육지가 모두 보라색으로 뒤덮여 있고 하얀 눈도 보이지 않았다. 그녀를 가장 놀라게 한 건 하늘이었다.

청신이 소리쳤다.

"저 선들은 뭐예요?"

"별이겠죠."

관이판이 짧게 대답했다. 놀란 건 그도 마찬가지였다.

모든 별이 가늘게 빛나는 선으로 바뀌어 있었다. 청신은 그런 별을 본 적이 있었다. 장시간 노출로 별이 총총한 밤하늘을 찍으면 지구의 자전 때문에 사진 속 별이 선처럼 길게 늘어져 보였다. 그런데 지금 보이는 선들은 길이도 방향도 제각각이었다. 제일 긴 것은 거의 하늘의 3분의 1을 가로지를 정도였다. 선들이 여러 각도에서 서로 교차해 하늘이 예전보다 더 어지럽게 보였다.

관이판이 다시 말했다.

"별일 거예요. 별빛이 여기까지 도달하려면 두 개의 경계면을 통과해야 해요. 먼저 광속과 저광속의 경계면을 통과한 후에 블랙홀의 사건의 지평선을 통과해야 하죠. 그래서 저렇게 변한 거예요."

"우리가 블랙존 안에 있어요?"

"네. 빛무덤 안에 있어요."

DX3906 성계가 저광속 블랙홀로 변해 우주의 다른 부분과 완전히 단절되어 있었다. 은색 선이 복잡하게 얽혀 있는 하늘은 영원히 닿지 못할 곳이었다.

관이판의 말이 긴 정적을 깼다.

"내려가죠."

왕복선이 다시 감속해 빠르게 궤도를 낮추었다. 심한 진동과 함께 파란별의 대기층으로 진입하며 청신과 관이판이 일생을 보내게 될 세계로 착륙했다. 보라색 대지가 감시 시스템의 화면을 가득 채웠다. 보라색으로 보이는 건 식물의 색깔이 보라색이기 때문이었다. 파란별의 식물들이 파란색에서 보라색으로 바뀐 건 태양의 광복사가 바뀌었기 때문일 것이다. 새로운 햇빛에 적응하기 위해 식물들이 보라색으로 색을 바꾼 것이었다.

청신과 관이판은 이 세계에 태양이 존재한다는 사실이 혼란스러웠다.

질량-에너지 등가원리에 따르면, 저광속에서 핵융합은 아주 적은 에너지밖에 낼 수 없다. 아마도 태양 내부는 여전히 정상적인 광속이 유지되고 있을 것이다.

왕복선에 설정된 착륙 좌표가 파란별에서 이륙했던 그 위치였다. 헤일로호가 있는 곳이기도 했다. 지면에 가까워지자 착륙 지점에 울창한 보라색 숲밖에 보이지 않았다. 왕복선이 착륙할 공터를 찾으려는데 지면에 있는 나무들이 추진기에서 뿜어져 나오는 불꽃을 피해 뿔뿔이 흩어지며 숲 한가운데 공터가 생겼다. 왕복선이 공터 위로 순조롭게 내려앉았다.

외부 공기를 조사한 후 호흡이 가능하다는 표시가 스크린에 나타났다. 헤일로호를 타고 착륙할 때보다 대기 중의 산소 함량이 더 높고 대기층이 더 조밀했다. 외부 기압도 그때의 1.5배였다.

청신과 관이판이 왕복선에서 나와 파란별의 땅을 다시 밟았다. 따뜻하고 축축한 공기가 얼굴로 훅 끼쳤다. 낙엽토로 뒤덮인 땅이 푹신했다. 곳곳에 뚫려 있는 구멍은 방금 나무들이 뿌리를 뽑아 도망치면서 생긴 것들이었다. 보라색 나무들이 공터 주위를 빽빽이 둘러싸고 있었다. 활엽수 잎사귀가 바람에 나부끼며 귓속말을 속삭이는 거인들처럼 사각사각 소리를 냈다. 나무 그늘이 공터를 완전히 덮고 있었다. 처음 파란별을 보았을 때와는 완전히 다른 세계였다.

청신은 보라색을 좋아하지 않았다. 병적으로 억눌린 듯한 색깔이 심장병 환자의 입술을 연상시켰기 때문이다. 그런데 지금 그녀는 온 세상을 채운 보라색에 포위되어 있을 뿐 아니라 앞으로 남은 인생을 이 보라색 세계에서 살아야 했다.

헤일로호도 없고 윈톈밍의 우주선도 없고 인간의 그 어떤 흔적도 없었다.

두 사람이 숲을 빠져나가 주위의 지형을 살펴보다가 처음 착륙했던 곳과 지형이 완전히 다르다는 것을 알았다. 그들은 지난번 착륙 지점 근처에

굽이굽이 이어져 있던 산봉우리를 기억하고 있었다. 하지만 이곳은 평평한 땅에 너른 숲이 펼쳐져 있었다. 착륙 좌표가 잘못되었나 싶어서 왕복선으로 돌아가 확인했지만 지난번 헤일로호가 착륙했던 곳이 분명했다. 다시 밖으로 나와 주위를 샅샅이 찾아보았지만 아무런 흔적도 발견할 수 없었다. 인간의 발길이 한 번도 닿지 않은 땅인 것 같았다. 마치 그들이 보았던 파란별은 이곳과는 아무 관계도 없는, 다른 시공에 있는 다른 별인 것처럼.

관이판이 왕복선으로 돌아가 저궤도에서 돌고 있는 헌터호와 통신했다. 헌터호에 있는 뉴런 컴퓨터의 기능이 조금 더 우수하기 때문에 헌터호의 AI와 직접 대화할 수 있었다. 저광속 환경이라 몇 초 정도 통신 지연이 나타났다. 헌터호는 왕복선과 함께 광속을 벗어난 뒤 저궤도에서 파란별 표면에 대해 원격 탐사를 실시했고 행성의 육지 대부분에 대해 탐사를 마친 뒤였다. 하지만 역시 사람의 흔적을 발견할 수 없었고 지적 생명체의 흔적도 발견하지 못했다.

두렵지만, 할 수밖에 없는 한 가지 일이 두 사람에게 남았다. 현재 그곳의 연대를 확인하는 일이었다. 저광속 환경에서 연대를 측정할 수 있는 특별한 방법이 있었다. 정상 광속의 세계에서는 방사성붕괴가 발생하지 않는 원소들이 저광속에서 각기 다른 속도로 붕괴되기 때문에 저광속에서 지속되는 시간을 정확히 측정할 수 있다. 헌터호가 과학 탐사 우주선이므로 왕복선에 원소의 방사성붕괴를 측정하는 기계가 탑재되어 있었다. 하지만 뉴런 컴퓨터와 연결하는 작업이 필요했다. 관이판이 긴 실랑이 끝에 겨우 기계를 뉴런 컴퓨터에 연결해 정상적으로 작동시켰다. 두 사람은 측정 결과를 비교할 수 있도록 여러 곳에서 채집한 암석표본 10개를 차례로 측정했다. 검사가 완료되려면 30분이 소요되었다.

결과가 나오기를 기다리는 동안 두 사람이 왕복선에서 나와 숲의 공터를 서성였다. 나뭇잎 틈새로 햇빛이 가닥가닥 쏟아져 내렸다. 공터에 기이한 작은 생물들이 날아다니고 있었다. 헬리콥터 프로펠러처럼 돌면서 날아다니는 곤충이었다. 작고 투명한 풍선들도 무리 지어 공중에서 떠다니며 햇빛 아래에서 화려한 무지개색을 내고 있었지만 긴 날개가 달린 생물은 없었다.

청신이 중얼거렸다.

"수만 년은 흐른 것 같아요."

관이판이 숲속을 가리켰다.

"그보다 더 긴 시간이 흘렀을 수도 있어요. 하지만 이 상황에서 수만 년이든 수십만 년이든 뭐가 다르겠어요?"

두 사람이 말없이 왕복선 사다리에서 기대어 앉아 서로의 심장이 뛰는 걸 느꼈다.

30분 뒤 두 사람이 선실로 들어가 현실과 마주했다. 제어판의 스크린 위에 열 가지 샘플을 측정한 수치가 복잡한 표로 나와 있었다. 모든 샘플의 측정 결과가 거의 비슷했고 평균치가 간략하고 명료하게 도출되어 있었다.

샘플 1-10호 측정 원소의 평균 방사성붕괴 시간(오차 범위: 0.4퍼센트)
행성 간 시간: 6177906
지구 연대: 18903729

청신은 마지막 숫자의 자릿수를 세 번 반복해서 세어본 뒤 말없이 밖으로 나와 보라색 세계 위에 섰다. 거대한 보라색 나무들이 그녀 주위를 에워싸고 그 틈새로 내려온 한 가닥 햇빛이 그녀의 발 옆을 비추었다. 축축한 바람이 그녀의 머리카락을 날리고 작고 투명한 풍선들이 머리 위를 떠다녔다. 그녀 뒤에 1890만 년의 세월이 있었다.

관이판이 그녀 옆에 섰다. 서로를 향하고 있는 눈빛을 통해 둘의 영혼이 교감했다.

관이판이 말했다.

"청신, 우리가 지나쳐버렸어요."

DX3906 성계의 저광속 블랙홀이 형성된 지 1890만 년 후, 우주가 탄생한 지 170억 년 후, 한 여자와 한 남자가 서로를 꼭 끌어안았다.

청신이 관이판의 어깨에 기대어 목 놓아 울었다. 윈톈밍의 뇌와 몸이 분리되던 순간에도 그녀는 이렇게 울었다. 그건…… 18903729년 하고도 6세기 전의 일이었다. 그 6세기는 이 기나긴 지질학적 연대 속에서 무시해도 좋을 만큼 짧은 시간이었다. 하지만 지금 그녀가 우는 것이 윈톈밍 때문만은 아니었다. 이건 포기였다. 그녀는 마침내 알았다. 얼마나 큰 바람이 한 톨 먼지인 자신을 사방으로 흩날려버렸는지, 얼마나 거대한 강물이 한 조각 나뭇잎인 자신을 떠밀어 보냈는지. 완전히 포기했다. 바람이 몸을 다 흩어버리고 햇빛이 영혼을 다 꿰뚫고 지나가도록 내버려두었다.

그들은 푹신한 낙엽토 위에 앉아 말없이 서로 부둥켜안은 채 시간이 흘러가도록 내버려두었다. 나뭇잎 사이를 뚫고 내려온 햇빛이 그들의 옆을 천천히 지나갔다. 청신은 생각했다.

'또 1000만 년이 흐른 건 아닐까?'

그녀의 의식 속에서 이성을 가진 어떤 존재가 그녀에게 가만히 말해주었다.

'정말로 그럴 수도 있어. 아무렇지도 않게 1000만 년이 흘러버리는 세계가 있어. 죽음의 선을 생각해봐. 그게 조금만 퍼져나가도 내부의 광속이 0에서 극저치로 변해. 1만 년에 1센티미터씩 움직이는 대륙의 속도처럼. 그런 세계에서는 네가 연인의 품에서 빠져나와 몇 걸음 걷기만 해도 그와

'1000만 년만큼 멀어져버려.'

그들은 지나쳐버렸다.

얼마나 시간이 흘렀을까. 관이판이 낮은 목소리로 물었다.

"이제 뭘 하죠?"

"다시 찾아보고 싶어요. 정말 작은 흔적조차 없을까요?"

"없어요. 1800만 년이 흘렀어요. 모든 게 사라졌어요."

"돌에 글씨를 새겨놓았을 거예요."

관이판이 알아들을 수 없다는 표정으로 청신을 보았다.

청신이 혼잣말처럼 중얼거렸다.

"AA는 돌에 글씨를 새겨야 한다는 걸 알고 있었어요."

"무슨 말인지 모르겠군요……."

청신이 더 이상 설명하지 않고 관이판의 어깨를 감싸 안으며 물었다.

"헌터호가 이곳을 원격 탐사 할 수 있나요? 지층 아래 뭐가 있는지."

"뭘 찾는 거예요?"

"글씨요. 글씨가 있는지 없는지."

관이판이 웃으며 고개를 저었다.

"심정은 이해하지만……."

"오랫동안 남을 수 있도록 아주 크게 새겨놓았을 거예요."

관이판이 알겠다는 뜻으로 고개를 끄덕였다. 하지만 그녀가 원하는 대로 해주려는 것일 뿐 다른 기대는 없어 보였다. 두 사람은 일어나 왕복선으로 향했다. 그 잠깐 사이에도 두 사람은 서로를 놓는 순간 세월에 쓸려 헤어질까 봐 두려운 듯 꼭 끌어안은 팔을 풀지 않았다. 관이판이 저궤도에서 돌고 있는 헌터호를 향해 이 좌표 지점에서 반경 3킬로미터 구역 내의 지하 5~10미터 지층에 글씨나 기호가 새겨져 있는지 원격 탐사를 실시하라는 명령을 내렸다.

15분 뒤 헌터호가 상공을 날아가고 다시 10분 뒤 탐사 결과가 도착했다. 아무것도 발견되지 않았다.

이번에는 지하 10~20미터 지층을 탐사하라는 명령을 내렸다. 다시 한 시간 남짓 시간이 흐르고 헌터호가 상공을 가로지르고 지나갔다. 하지만 여전히 아무것도 발견하지 못했다. 이 깊이에는 단단한 암석뿐 흙은 하나도 없었다.

관이판이 더 깊이 들어가 20~30미터 아래 지층을 탐사하게 했다. 그가 청신에게 말했다.

"이게 마지막이에요. 지층에 대한 원격 탐사는 최대 30미터 깊이까지만 가능해요."

다시 우주선을 기다리며 파란별을 한 바퀴 돌았다. 해가 점점 내려앉으며 하늘로 번진 노을이 보랏빛 숲을 금색으로 감쌌다.

이번엔 무언가 발견되었다. 왕복선의 스크린 위로 헌터호에서 보낸 이미지가 나타났다. 이미지의 해상도를 높이자 검은 암석 위에 흰색 글씨가 희미하게 나타났다. '리' '살았' '행' '복' '당신들' '작은' '붕괴' '새로운'. 가로세로 1미터 크기의 흰 글씨가 음각으로 네 줄 새겨져 있었다. 글씨가 새겨진 위치는 그들의 발밑 23~28미터 지점의 40도 경사면이었다.

헌터호의 AI는 원격 탐사로는 이 정도밖에 알아낼 수 없으며 더 자세하게 조사하려면 왕복선이 지층 위 지면에서 탐사파를 발사해야 한다고 했다. 청신과 관이판이 흥분된 마음으로 결과를 기다렸다. 날이 어두워지고 숲의 실루엣만 보였다. 하늘에 선으로 된 별이 나타났다. 그중 긴 별 몇 개가 검은 백조의 깃털 위로 떨어진 은발 같았다.

한 시간 뒤 그들이 받은 이미지 위에 1890만 년 전 글씨가 나타났다.

우리는 행복하게 살았어요

당신들에게 작은 선물을
붕괴를 피해
새로운

AI가 지질 시스템을 이용해 탐사 결과를 판독한 뒤 몇 가지 사실을 알아냈다. 이 글자들은 원래 수성암으로 된 거대한 바위산의 130제곱미터 면적에 걸쳐 새겨졌지만 기나긴 세월의 지각변동을 거쳐 바위산이 가라앉으면서 현재의 위치로 내려갔다. 원래는 여러 줄이 더 있었지만 암석이 가라앉으면서 아랫부분이 깨져 아래 줄은 소실되었고 현재 남아 있는 줄도 한쪽 모서리가 깨져 두 번째 줄부터는 문장이 온전하지 않았다.

청신과 관이판이 서로를 끌어안았다. AA와 윈톈밍의 메시지에 기쁨의 눈물을 흘리고 그들이 18만 세기 전에 누린 행복을 함께 누렸다. 가슴속 절망감이 걷히고 서서히 평온해졌다.

청신이 눈시울을 반짝이며 물었다.

"여기서 어떻게 살았을까요?"

관이판이 고개를 들며 말했다.

"뭐든 가능하겠죠."

"아이도 낳았을까요?"

"어떤 일도 다 가능해요. 어쩌면 그들이 이 행성에서 문명을 탄생시켰을 수도 있어요."

청신도 그럴 가능성이 있다는 건 알고 있었다. 하지만 그 문명이 1000만 년을 유지하다가 멸망했더라도 그 후의 890만 년은 모든 흔적을 지워버리기에 충분한 시간이었다.

시간은 가장 잔인한 것이다.

그때 무언가가 그들을 상념에서 깨웠다. 희미하게 반짝이는 선으로 그린, 사람 키만 한 직사각형이 은은한 빛을 내며 공중에 떠다니고 있었다. 현실의 화면에서 마우스 커서로 선택해 확대시킨 창 같았다. 공중에 뜬 채 천천히 움직였지만 이동 범위가 좁고 조금 멀어졌다가도 금세 되돌아왔다. 계속 공중에 떠 있었지만 윤곽선이 가늘고 빛이 강하지 않아 낮에는 보이지 않았다가 해가 지면서 보이기 시작한 것 같았다. 그것이 자기장이든 실체든 지적 존재에 의해 만들어진 건 분명해 보였다. 직사각형의 윤곽선이 밤하늘의 가르는 선 모양의 별들과 신비롭게 연결되어 있는 것 같았다.

청신이 직사각형을 올려다보며 말했다.

"저게 바로 그들이 우리에게 남긴 선물이 아닐까요?"

"그럴 리 없어요. 어떻게 1800만 년이 넘도록 그대로 있을 수가 있어요?"

하지만 그의 생각이 틀렸다. 그건 정말로 1890만 년 동안 그곳에 있었다. 필요하다면 우주가 종말하는 날까지도 남아 있을 수 있었다. 그건 시간 밖에 있었기 때문이다. 처음에는 글자를 새긴 바위 옆에 놓여 있었고, 금속 틀도 있었다. 금속은 고작 50만 년 만에 먼지가 되어 사라졌지만 빛으로 된 테두리는 여전히 새것처럼 반짝였고 시간을 두려워하지도 않았다. 그 자체의 시간은 아직 시작되지도 않았기 때문이다. 원래 그건 30미터 아래 지층의 그 바위 옆에 있었지만 땅 위에 사람이 찾아온 것을 감지하고 지면으로 올라왔다. 그것은 마치 환영처럼 지층에 아무런 작용도 미치지 않고 지면으로 올라와 두 방문자가 자신이 기다리던 사람들이라는 걸 확인했다.

청신이 작은 소리로 말했다.

"문인 것 같아요."

관이판이 작은 나뭇가지를 주워 직사각형 안으로 던지자 나뭇가지가 그대로 통과해 날아가 다른 쪽 땅으로 떨어졌다. 형광 불빛을 내며 떠다니는 작은 풍선 중 몇 개가 직사각형을 뚫고 지나갔지만 아무렇지 않게 떠다넜다. 심지어 그중 하나는 반짝이는 윤곽선을 관통하고 지나가기도 했다.

관이판이 손을 뻗어 가느다란 테두리를 만졌다. 테두리가 손가락에 닿은 뒤 손가락을 가르고 지나갔지만 아무 느낌도 나지 않았다. 그가 무의식 중에 직사각형 테두리 안으로 손을 뻗었다. 테두리 안에 아무것도 없는 것 같아 무심코 한 동작이었지만 청신이 비명을 질렀다. 차분한 그녀가 그렇게 비명을 지르는 걸 그는 처음 보았다. 관이판이 놀라 손을 움츠렸다. 그의 손과 손목은 아무렇지도 않았다.

청신이 직사각형 너머를 가리켰다.

"당신 손이 반대편으로 나오지 않았어요!"

관이판이 다시 한번 팔을 집어넣자 정말로 손과 손목이 반대편으로 나오지 않고 사라졌다. 반대편에 서 있던 청신은 그의 손목이 잘린 단면을 볼 수 있었다. 거울처럼 매끄러운 표면에 뼈와 근육의 단면이 선명하게 보였다. 그가 자기 팔 대신 나뭇가지를 주워 테두리 안으로 집어넣자 나뭇가지는 반대편으로 나왔다. 잠시 후 프로펠러처럼 생긴 날벌레도 테두리를 통과해 날아갔다.

관이판이 말했다.

"정말 문이군요. 식별 기능이 있는 문이요."

"당신을 위한 문이에요."

"당신을 위한 것이기도 해요."

청신이 조심스럽게 '문' 안으로 팔을 뻗었다. 건너편에 있던 관이판이 그녀의 팔이 잘린 단면을 보며 예전에 보았던 것 같은 낯익은 기분이 들었다.

"여기 있어요. 내가 들어가볼게요."

"같이 가요."

"안 돼요. 여기서 기다리고 있어요."

청신이 관이판의 어깨를 붙잡고 그의 눈을 똑바로 응시하며 말했다.

"우리 둘도 1800만 년만큼 멀어지고 싶어요?"

관이판이 말없이 청신을 보고 있다가 고개를 끄덕였다.

"뭘 가지고 들어갈 수 있을까요?"

10분 뒤 두 사람이 손을 잡고 문으로 들어갔다.

시간 밖, 우리 우주

혼돈이 걷히지 않은 암흑.

청신과 관이판이 다시 시간의 진공으로 들어갔다. 그들이 왕복선을 타고 저광속 구간을 넘을 때와 비슷했다. 이번에는 시간이 흐르는 속도가 0이었다. 아니, 시간이 없다고 할 수도 있었다. 시간 감각이 사라지고 시간을 가로질러 가는 것 같았다. 모든 것의 바깥에서 모든 것을 가로지르는 기분이었다.

어둠이 사라지고 시간이 시작되었다.

인류의 언어에는 시간이 시작되는 순간을 표현하는 단어가 없다. 그들이 들어간 후에 시간이 시작되었다고 말하면 옳은 말이 아니다. '후'는 시간 개념이지만 이곳에는 시간이 없고 전후도 없다. 그들이 들어간 '후'의 시간은 수억만 분의 1초보다 짧을 수도 있고, 수억만 년보다 길 수도 있다.

태양이 밝아지기 시작했다. 아주 서서히 빛이 강해졌다. 처음에는 원반처럼 생긴 태양의 형태만 보이다가 나중에는 햇빛으로 이 세계의 베일을 들추었다. 거의 들리지 않는 음에서 시작해 서서히 커지는 음악 같았다. 태양 주위에 나타난 파랗고 둥근 고리가 점점 퍼져나가 파란 하늘이 되었다. 파란 하늘 아래 들판이 생겨났다. 그것도 들판의 한 귀퉁이에 불과할 수도 있다. 씨를 뿌리지 않은 검은 땅이었다. 그 땅 옆에 잘 지어진 하얀 집 몇 채와 나무 몇 그루가 있었다. 유일하게 이국적인 색채를 풍기는 건 넓고 기이한 나뭇잎이 매달린 그 나무들이었다. 부윰하게 밝아오는 태양 아래에서 고요한 들판이 그들을 향해 두 팔을 활짝 벌리고 있는 것 같았다.

관이판이 먼 곳을 가리켰다.

"사람이 있어요!"

지평선 위에 두 사람이 있었다. 남녀 한 쌍이었다. 남자가 막 들어 올렸던 팔을 내렸다.

청신이 말했다.

"저건 우리예요."

그들 너머에 하얀 집과 나무가 있었다. 이곳과 완전히 똑같았다. 거리가 멀어 땅은 보이지 않았지만 그들의 발밑에도 이곳처럼 검은 들판이 펼쳐져 있을 것임을 짐작할 수 있었다. 그곳은 세상의 끝에 있는 이 세계의 복제품이자 투영된 화면이었다.

그들을 둘러싸고 있는 세계도 역시 복제품이자 투영된 화면이었다. 그들의 뒷모습밖에 볼 수 없었다. 두 사람이 고개를 돌리면 복제된 세계의 사람도 동시에 고개를 돌렸다. 뒤를 돌아보았다가 깜짝 놀랐다. 뒤에도 복제한 듯 똑같은 들판이 펼쳐져 있었다. 다른 방향에서 그 세계를 보고 있다는 것이 다를 뿐이었다.

이 세계로 들어왔던 입구는 흔적도 없이 사라져 있었다.

돌이 깔린 오솔길을 따라 걸었다. 사방을 둘러싸고 있는 복제 세계 속 그들도 동시에 걸었다. 시내가 길을 가로막았다. 다리는 놓여 있지 않지만 한 걸음 성큼 내디디면 시내를 건널 수 있었다. 그들은 그제야 이곳이 1G 의 정상 중력을 가진 세계라는 사실을 깨달았다. 나무 옆을 지나 하얀 집 앞에 도착했다. 문이 닫혀 있고 창문에도 파란 커튼이 내려져 있었다. 모든 것이 티 하나 묻지 않은 새것이었다. 이곳의 시간은 이제 막 흐르기 시작하고 있었다. 집 앞에 삽, 갈퀴, 광주리, 물통 같은 단순한 농기구가 놓여 있었다. 생김새는 조금 달라졌지만 무엇에 쓰는 도구인지 한눈에 알 수 있었다. 제일 눈길을 끈 것은 농기구 옆에 세워져 있는 금속 원통들이었다. 사람 키만 한 길이에 매끄러운 표면이 햇빛을 받아 반짝였으며 금속으로 된 부품이 네 개씩 달려 있었다. 접을 수 있는 네 다리였다. 전원이 꺼진 상태의 로봇들이었다.

우선 주위 환경을 둘러본 뒤에 집에 들어가기로 하고 집 앞을 지나쳐 계속 걸었다. 얼마 안 가서 이 작은 세계의 끝에 도착했다. 지금 그들 앞에는 복제된 세계가 있었다. 처음에는 투영된 영상이라고 생각했지만 절반쯤 가다가 자신들의 생각이 틀렸다는 것을 알았다. 너무 현실적이었기 때문이다. 한 걸음 내딛자 아무 장애물도 없이 복제된 세계로 들어갈 수 있었다. 사방을 둘러보며 청신은 문득 무서워졌다.

모든 것이 그들이 막 들어왔을 때의 상태로 되돌아가 있었다. 그들은 조금 전과 똑같은 들판에 서 있고, 앞과 좌우 양쪽에 복제된 세계가 있었다. 복제 세계 속에 그들의 복제품도 그대로였다. 뒤를 돌아보니 방금 그들이 빠져나온 들판 너머에서 그들의 복제품이 뒤를 돌아보고 있었다.

관이판이 긴 한숨을 내쉬었다.

"됐어요. 그만 가요. 아무리 가도 끝이 없겠어요."

그가 하늘과 땅을 가리켰다.

"공간의 제약이 없었다면 위아래로도 똑같은 세계가 나타났을 거예요."

"이게 뭔지 알아요?"

"찰스 마이스너라는 사람을 알아요?"

"몰라요."

"서기 시대의 물리학자예요. 이런 걸 제일 먼저 상상한 사람이죠. 우리가 살고 있는 세계는 사실 아주 단순해요. 각 변의 길이가 1킬로미터쯤 되는 정육면체예요. 방을 상상해봐요. 사방이 벽으로 막혀 있고 바닥과 천장이 있어요. 그런데 그 방은 천장이 바로 바닥이고, 네 개의 벽 중에서 서로 마주 보고 있는 두 벽은 사실 하나예요. 그러니까 실제로는 벽이 두 개인 거죠. 한쪽 벽에서 출발해 맞은편 벽에 도착하면 또다시 출발했던 그 벽 앞으로 돌아오는 거예요. 천장과 바닥도 마찬가지예요. 한마디로 완전히 폐쇄된 세계죠. 끝까지 가면 다시 출발점으로 돌아와요. 지금 우리에게 보이는 저런 영상들도 단순해요. 세계의 끝에 도달한 빛이 출발점으로 되돌아오는 것뿐이에요. 우리도 다른 세계로 온 것 같지만 사실 그 세계에 그대로 있어요. 출발점으로 되돌아간 거죠. 하나의 세계밖에 없어요. 다른 건 모두 영상이에요."

"그렇다면, 이건……."

관이판이 손을 휘 둘러 주위를 가리키며 말했다.

"바로 그거예요! 당신에게 별을 선물했던 윈톈밍이 당신에게 또 우주를 선물했군요. 청신, 이건 우주예요. 비록 작지만 이건 하나의 우주예요."

청신이 상기된 표정으로 우주를 둘러보는 동안 관이판은 조용히 밭두렁에 앉아 검은 흙을 한 줌 움켜쥐고 손가락 사이로 새어나가는 흙을 지켜보았다. 그의 마음도 함께 가라앉았다.

"그는 가장 위대한 남자군요. 사랑하는 사람에게 별과 우주를 선물할 수 있다니. 난, 당신에게 줄 수 있는 게 하나도 없어요."

청신이 옆에 앉아 그의 어깨에 기대며 웃었다.

"당신은 우주에 하나뿐인 남자니까 아무것도 줄 필요가 없어요."

관이판은 아무것도 줄 수 없다는 사실이 부끄러웠지만 이 우주에 경쟁자가 하나도 없다는 사실이 위안이 되었다.

그들이 우주에 단둘뿐이라는 감정에 휩싸여 있을 때 갑자기 문 열리는 소리가 둘 사이를 파고들었다. 하얀 집의 문이 열리며 흰옷을 입은 사람이 나와 그들에게 다가왔다. 어떤 거리에서도 상대를 또렷하게 알아볼 수 있을 만큼 작은 세계였다. 기모노를 입은 여자가 그들 시야에 들어왔다. 잔잔한 꽃무늬가 화려하게 수놓인 기모노가 움직이는 꽃다발처럼 우주에 화사한 봄빛을 뿌렸다.

청신이 놀라서 외쳤다.

"지자!"

관이판이 말했다.

"누군지 알아요. 지자가 조종하는 로봇이죠."

두 사람도 일어나 지자를 향해 다가갔다. 그들이 커다란 나무 아래에서 만났다. 지자가 틀림없었다. 비현실적으로 느껴질 만큼 아름다운 외모도 그대로였다.

지자가 두 사람에게 허리를 깊이 숙여 인사한 뒤 청신에게 미소 지었다.

"제가 말했잖아요. 우주도 넓지만 인생은 더 넓으니까 인연이 있다면 언젠가 다시 만날 거라고."

청신이 감격에 겨워 말했다.

"다시 만날 줄 몰랐어요. 정말 반가워요!"

지자와의 만남으로 청신은 과거로 다시 돌아간 듯했다. 지금 과거에 대한 모든 추억은 1800만 년 전의 기억이지만 그것도 정확하지는 않았다. 그들이 이미 다른 시간 속으로 와버렸기 때문이다.

지자가 허리 숙여 인사했다.

"647호 우주에 오신 걸 환영합니다. 저는 이 우주의 관리자입니다."

관이판이 놀라며 되물었다.

"우주 관리자라고요? 꿈같은 명칭이네요. 특히 저처럼 우주학을 연구하는 사람들에겐 더욱……."

지자가 웃으며 손을 내저었다.

"별말씀을요. 두 분이 647호 우주의 진정한 주인이세요. 이곳에 있는 모든 것에 대해 절대적인 결정권을 갖고 계시고요. 저는 두 분을 시중드는 역할만 할 거예요."

지자가 안내하는 손짓을 하자 청신과 관이판이 그녀를 따라 밭두렁을 걸어가 하얀 집의 거실로 들어갔다. 중국풍으로 꾸며진 거실 벽에 고상한 족자 몇 폭이 걸려 있었다. 특히 청신은 그중에 헤일로호가 명왕성에서 가지고 나온 작품이 있는지 유심히 살폈지만 없는 것 같았다. 고풍스러운 목제 책상에 앉자 지자가 차를 따라주었다. 이번에는 복잡한 다도를 거치지 않았다. 용정차인 것 같은 찻잎이 풀처럼 찻잔 바닥에서 떠올랐다.

청신과 관이판의 눈에는 이 모든 것이 꿈처럼 보였다.

지자가 말했다.

"이 우주는 윈톈밍 선생님이 두 분에게 드리는 선물이에요."

관이판이 말했다.

"청신 박사님에게 주는 선물이겠죠."

"아니에요. 수신자에 관 박사님의 이름도 함께 있었어요. 그래서 식별 시스템에 관 박사님을 포함시켜놓았어요. 안 그랬다면 관 박사님은 이 세계에 들어오지 못했을 거예요. 윈톈밍 선생은 두 분이 이 소우주에 숨어 대우주의 종말의 날을 피하길 바랐어요. 빅크런치* 말이에요. 새로운 빅뱅

---

* 옮긴이 주 : 우주 탄생의 대폭발과 반대로 온 우주가 블랙홀의 특이점과 같이 한 점으로 축소되면서 종말한다는 가설이다.

이 나타난 후 새로운 대우주로 들어가길 바랐죠. 그는 두 분이 새로운 우주의 전원 시대를 볼 수 있기를 바랐어요. 지금 우리는 독립된 타임라인 위에 있어요. 대우주의 시간은 빠르게 흐르고 있죠. 두 분이 살아 있는 동안 빅크런치가 나타날 거예요. 더 구체적인 계산으로는 대우주가 10년 내에 특이점 상태까지 수축될 거예요."

관이판이 물었다.

"만약 새로운 빅뱅이 나타난다면 우리가 그걸 어떻게 알 수 있죠?"

"초막(supermembrane)*을 통해 대우주의 상태를 알 수 있어요."

지자의 말에 청신은 윈톈밍과 AA가 암석에 새겨놓은 글씨를 떠올렸지만 관이판은 더 많은 걸 생각했다. 그는 지자가 말한 '전원 시대'라는 단어를 놓치지 않았다. 그건 은하계에 정착한 인류가 우주의 평화 시대를 부르는 말이었다. 여기에는 두 가지 가능성이 있었다. 우연의 일치로 삼체 세계도 똑같은 단어를 사용하는 것일 수도 있지만, 삼체 세계가 은하계 인류의 존재를 알아냈을 수도 있다. 비록 섬뜩한 상상이기는 하지만, 윈톈밍이 파란별에 금방 찾아온 걸 보면 삼체 제1함대의 세계가 은하계 인류에게서 아주 가까운 곳에 있었던 것 같다. 현재 삼체 문명은 소우주를 만들 수 있을 만큼 발전했으며 이것이 은하계 인류에게 큰 위협이 되고 있었다.

관이판이 갑자기 웃음을 터뜨리자 청신이 물었다.

"왜 웃어요?"

"내가 웃겨서요."

우습지 않은가. 소우주로 들어오기 전에도 그는 은하계 인류의 2호 세계와도 1890만 년 떨어져 있었고 그가 있던 대우주는 지금 이미 수억 년이 흘렀을 것이다. 그는 수억 년 전 사람들을 걱정하고 있었던 것이다.

* 옮긴이 주: 초막 이론 중 우주를 이루는 11차원의 얇은 막.

청신이 지자에게 물었다.

"윈톈밍을 봤어요?"

지자가 고개를 저었다.

"본 적 없어요."

"그럼 AA는요?"

"지구에서 본 게 마지막이에요. 그 후에는 못 봤어요."

"그럼 당신은 어떻게 여길 왔어요?"

"647호 우주는 맞춤 제작 상품이에요. 제가 왔을 때는 이미 제작이 완료된 후였어요. 저는 어차피 디지털비트의 결합체일 뿐이니 얼마든지 복제할 수 있어요."

"윈톈밍이 이 우주를 파란별에 가져다놓은 게 아니에요?"

"저는 파란별이 뭔지 몰라요. 그게 행성을 의미한다면, 그가 647호 우주를 그곳에 가져다놓는 건 불가능해요. 647호는 대우주에 속하지 않은 독립된 우주이기 때문이에요. 그는 그 행성에 647호의 입구를 가져다놓을 수만 있어요."

관이판이 물었다.

"윈톈밍과 AA는 왜 여기에 오지 않았나요?"

청신도 궁금했지만 슬픈 대답을 듣게 될까 봐 묻지 못하고 있었다.

지자가 고개를 저었다.

"모르겠어요. 식별 시스템의 입장 허용 목록에 윈톈밍도 포함되어 있어요."

"그 목록에 또 누가 있나요?"

"없어요. 지금까지는 세 분밖에 없어요."

청신이 긴 침묵을 깨고 관이판에게 말했다.

"AA는 현재를 중요하게 생각했어요. 수백억 년 후의 새로운 우주에 관심이 없었을 거예요."

"난 관심이 많아요. 새로운 우주가 어떤 모습인지 보고 싶어요. 특히 생명과 문명에 바뀌고 비틀리지 않은 우주요. 가장 아름다운 모습일 거예요."

청신이 말했다.

"나도 새로운 우주에 가보고 싶어요. 특이점과 빅뱅이 이 우주의 모든 기억을 지우겠죠. 인류의 기억 중 일부를 새로운 우주로 가져가고 싶어요."

지자가 청신을 향해 고개를 끄덕였다.

"그건 위대한 일이에요. 이미 누군가 그 일을 하고 있지만, 태양계 인류 중에서는 청신 박사님이 처음이에요."

관이판이 청신의 귓가에 대고 속삭였다.

"나보다 훨씬 숭고한 목표를 가졌군요."

청신은 그가 놀리는 건지 진심인지 분간할 수가 없었다.

지자가 일어났다.

"647호 우주에서 두 분의 새로운 생활이 시작되었어요. 나가서 둘러보시겠어요?"

문을 열고 나가자 그들 앞에 봄갈이의 풍경이 펼쳐졌다. 집 앞에 있던 원통형 로봇들이 밭에서 일하고 있었다. 어떤 로봇은 삽으로 밭을 평평하게 고르고(흙이 부드러워 땅을 갈 필요는 없었다) 어떤 로봇은 평평한 땅 위에 씨를 뿌리고 있었다. 일하는 방식도 원시적이었다. 끌고 다닐 수 있는 넓은 가래가 없어서 작은 모종삽으로 조금씩 땅을 고르게 했다. 파종하는 기계도 없어서 로봇이 한 손에 종자 자루를 들고 다른 한 손으로 종자를 하나씩 집어 땅에 심었다. 아주 오래전 농촌 풍경이었다. 이곳에서는 로봇이 농부보다 더 자연에 가까워 보였다.

지자가 말했다.

"두 분의 2년치 식량만 비축되어 있어요. 그 후에는 직접 농사를 지어 생활하셔야 해요. 지금 뿌리는 씨앗은 모두 윈톈밍이 우주로 떠날 때 청 박사님이 함께 실려 보낸 종자의 후손들이에요. 물론 모두 개량을 거쳤고요."

검은 흙이 깔린 밭을 살펴보던 관이판이 말했다.

"여긴 무토양 재배가 더 적합할 것 같군요."

청신이 말했다.

"지구 사람들은 땅에 향수가 있어요. 『바람과 함께 사라지다』에서 스칼렛의 아버지가 딸에게 이런 말을 해요. '애야, 이 세상에서 네가 목숨 걸고 싸우고 피를 흘릴 가치가 있는 건 오직 땅뿐이란다.'"

"태양계의 인류는 땅을 지키기 위해 마지막 남은 피를 흘렸어요. 결국 남은 건 두 방울의 피뿐이에요. 당신과 AA. 하지만 그게 무슨 의미가 있죠? 어차피 다 사라져버렸는데. 지금 그 대우주는 수억 년이 지났을 거예요. 정말로 그들을 기억하는 누군가가 있을 거라고 생각해요? 땅과 고향에 집착하는 건 다 큰 어른이 집을 떠나지 못하는 것과 같아요. 그게 당신들이 멸망한 근본적인 원인이에요. 기분 상했다면 미안하지만 사실이에요."

흥분한 관이판을 보며 청신이 미소 지었다.

"기분 나쁘지 않아요. 당신 말이 맞아요. 우리도 알지만 어쩔 수 없었어요. 당신도 어쩔 수 없을 거예요. 그래비티호의 승선원들도 은하계의 인류가 되기 전엔 포로였다는 걸 잊지 말아요."

관이판이 조금 시무룩해졌다.

"그건…… 나도 내가 이 우주에서 자격을 갖춘 남자라고 생각하지 않아요."

이 우주에서 자격을 갖춘 남자는 많지 않고, 청신도 그런 남자를 좋아하지 않았다. 자격을 갖춘 남자를 떠올리자 한마디 외침이 청신의 귓가를 울렸다.

'전진! 전진! 수단과 방법을 가리지 말고 전진하라!'

"옛날 일은 생각하지 마세요. 모든 게 새로 시작됐어요."

지자의 감미로운 목소리가 두 사람을 위로했다.

647호 우주의 1년이 지나갔다.

밭에서 밀을 두 번 수확하고 파란 보리 싹이 천천히 황금빛 물결로 바뀌는 것을 두 번 보았다. 그 옆의 채소밭도 싱싱한 초록으로 물들었다.

작은 농장이지만 필요한 생활용품이 완비되어 있었다. 모든 물건에 상표가 없었다. 삼체 세계에서 만든 것이지만 겉으로 보기에는 인류의 것과 똑같았다.

청신과 관이판은 밭에서 로봇과 함께 농사일을 하고 가끔은 소우주를 거닐며 산책을 했다. 그저 앞으로 걷기만 하면 무한한 세상이 나타났다. 지난번 산책 때 남긴 발자국에 신경 쓰지만 않는다면 끝없는 세상을 가로지르는 기분을 느낄 수 있었다.

하지만 그들은 컴퓨터 앞에서 제일 많은 시간을 보냈다. 이 세계의 컴퓨터 서버가 어디에 있는지는 알 수 없지만 소우주의 어떤 위치에서든 스크린을 활성화시킬 수 있었다. 컴퓨터에는 지구 인류의 문자와 영상 자료가 대량 저장되어 있었다. 대부분 전송의 세기 이전 것들로 당시에 삼체 세계가 수집한 인류 세계의 정보들인 것 같았다. 과학과 인문 모든 분야를 망라하는 다양한 자료들이었다. 물론 그보다는 삼체 문자로 된 정보가 훨씬 많았고 두 사람이 알고 싶어 하는 것도 그것들이었다.

컴퓨터에서 삼체 언어를 인류 언어로 번역해주는 프로그램을 찾을 수가 없어서 직접 삼체 언어를 배우기 시작했다. 지자가 그들의 선생님이 되었다. 하지만 얼마 가지 않아서 그게 몹시 어려운 일이라는 걸 알았다. 인류의 표음문자와 달리 표의문자인 삼체 문자는 언어와 무관하게 직접적으로 의미를 표현했기 때문이다. 인류도 아주 오랜 옛날 표의문자를 사용한 적이 있었다. 상형문자 중 일부도 표의문자였지만 세월이 흐르면서 표의문자는 사라지고 모두 표음문자로 바뀌었다. 하지만 처음에만 배우기가 어렵지 갈수록 점점 쉬워졌다. 힘든 두 달을 견디고 나자 실력이 빠르게 향상되었다. 표의문자의 가장 큰 장점은 읽는 속도가 빠르다는 것이었다. 표음문자에 비해 적어도 10배는 빠르게 읽을 수 있었다.

청신과 관이판이 삼체 언어로 된 문헌 자료를 더듬더듬 읽기 시작했다. 처음에 그들에게는 두 가지 목표가 있었다. 첫째는 삼체 세계가 자신들이 지구 문명과 조우했던 시기의 역사를 어떻게 기록해놓았는지 아는 것이고, 둘째는 이 우주가 어떻게 만들어졌는지 이해하는 것이었다. 후자의 경우 전문적인 기술을 이해하는 건 불가능하겠지만 우주 제작에 관한 기본적인 원리라도 알고 싶었다. 지자는 이 두 가지 목표를 이루려면 적어도 1년 동안 삼체 언어를 공부해야 하고 그 후 자료를 읽는 데도 1년이 걸릴 것이라고 했다.

과연 소우주를 만든 비밀은 그들의 상상을 뛰어넘는 것이었다. 수많은 자료를 읽었지만 1세제곱킬로미터의 공간 속에서 어떻게 생태순환이 이루어지는지, 태양은 무엇인지, 태양의 에너지는 어디에서 나오는지 같은 아주 간단한 원리조차 이해할 수가 없었다. 제일 이해할 수 없는 건 완전 폐쇄형 시스템인 소우주가 어디에서 에너지를 공급받느냐 하는 점이었다.

물론 그들의 최대 관심사는 소우주와 대우주 간에 통신이 가능한지였다. 지자는 소우주가 대우주에 신호를 전송하는 것은 불가능하지만, 대우주에서 발신된 신호를 수신하는 건 가능하다고 했다. 모든 우주는 초막 위에 있는 비눗방울이며(이것은 삼체 물리학과 우주학의 가장 기본적인 이론이지만 지자도 정확히 설명할 수가 없었다) 대우주가 초막 위에서 신호를 발사할 수 있는 에너지를 가지고 있기는 하지만 그러기 위해서는 엄청난 에너지가 필요했다. 은하계 전체만큼의 에너지를 순에너지로 바꿔야 가능한 일이었다. 사실 초막 위에 있는 다른 대우주에서 발사한 신호가 647호 우주의 감시 시스템에 종종 잡히곤 했다. 그중에는 자연적으로 생성된 것도 있고, 지적 존재가 만든 이해하기 어려운 메시지도 있었지만 그들이 살았던 대우주의 메시지를 받은 적은 없었다.

시간이 물처럼 잔잔하면서도 빠르게 지나갔다.

청신은 자신이 알고 있는 역사를 기록하는 회고록을 쓰기 시작했다. 그녀는 이 회고록을 《시간 밖의 과거》라고 이름 붙였다.

가끔은 새로운 우주에서의 생활을 계획하기도 했다. 지자의 말에 따르면, 우주학 이론으로 볼 때 새로운 우주는 4차원 이상일 것이고, 심지어 10차원 이상일 수도 있다. 새로운 우주가 탄생하면 647호 우주에 자동으로 출구가 생기고 바깥 환경을 검사하게 된다. 새로운 우주가 4차원 이상이면 소우주의 출구가 공간을 넘어 이동하며 그들에게 적합한 생존 환경을 찾아다니게 된다. 또한 삼체 세계의 다른 소우주에 있는 이민자들과도 연락할 수 있다. 물론 은하계 인류의 이민자들과도 연락할 수 있다. 새로운 우주에서 옛 우주의 이민자들은 거의 동일한 종족으로서 함께 세계를 세울 것이다. 지자는 고차원 우주에서는 생존 확률이 크게 높아질 것이라고 강조했다. 여러 가지 차원 중 시간적인 차원이 적어도 둘 이상일 것이기 때문이다.

"다차원의 시간이라고요?"

청신은 시간의 차원이라는 개념을 이해할 수가 없었다.

관이판이 말했다.

"시간이 2차원만 되어도, 그러니까 직선 형태가 아니라 평면 형태만 되어도 여러 개의 방향이 생기게 되죠. 그러면 동시에 여러 가지 선택을 할 수 있어요."

지자가 말했다.

"그중 적어도 한 가지는 옳은 선택이겠죠."

밀이 두 번째로 익은 뒤 어느 깊은 밤, 청신이 잠결에 눈을 떠보니 관이판이 없었다. 그녀가 일어나 밖으로 나왔다. 태양이 밝은 달로 변하고 작은 세계가 물 같은 달빛 속에 가라앉아 있었다. 관이판이 물가에 앉아 있었다. 달빛에 감싸인 그의 뒷모습이 우울해 보였다.

진정한 둘만의 세계에서 두 사람은 상대의 기분 변화에 예민해져 있었다. 청신은 관이판에게 뭔가 근심거리가 있다는 걸 알고 있었다. 그는 줄곧 밝은 모습이었다. 며칠 전에는 두 사람이 새로운 우주에서 정착한다면 그들의 아이들이 새로운 인류의 시조가 될 것이라고 말하기도 했다. 그런데 그날 이후 그가 혼자 깊은 생각에 잠겨 있는 일이 많아졌다. 가끔 컴퓨터 스크린 앞에서 계산에 몰두하기도 했다.

청신이 옆으로 다가가 앉자 그가 그녀를 가만히 품에 안았다. 작은 세계가 달빛 속에서 고즈넉이 잠들어 있었다. 졸졸 흐르는 물소리밖에 들리지 않았다. 잘 익은 밀밭 사이로 달빛이 조용히 내려앉았다. 내일 밀을 수확할 예정이었다.

관이판이 말했다.

"질량의 유실."

청신은 그가 설명해주길 기다리며 말없이 물 위에서 흔들리는 달빛을 바라보았다.

관이판이 말했다.

"요즘 삼체의 우주학을 읽고 있어요. 얼마 전에 우주 수학의 아름다움에 대한 증거를 봤어요. 우주의 질량은 아주 정교하게 설계되어 있어요. 삼체인들은 우주의 총 질량이 정확히 우주의 빅크런치를 일으킬 수 있는 질량이라는 걸 증명했죠. 총 질량이 조금만 줄어들어도 폐쇄 상태의 우주가 열리면서 무한히 팽창할 거예요."

청신은 그의 마지막 한 마디에 담긴 의미를 이해했다.

"그런데 지금 질량이 줄어들고 있군요."

"네. 질량이 유실되고 있어요. 삼체 세계가 만든 소우주만 해도 수백 개나 돼요. 우주의 다른 문명 세계가 빅크런치를 피하기 위해 또는 다른 목적 때문에 이런 소우주를 얼마나 많이 만들었겠어요? 이런 소우주가 대우주의 질량을 빼앗아가고 있어요."

"지자에게 물어봐요."

"물어봤어요. 647호 우주가 완성됐을 때 삼체 세계는 대우주에서 질량의 유실로 인한 영향을 발견하지 못했대요. 그때 우주는 완전히 폐쇄된 상태였고 반드시 빅크런치가 일어날 것이라고 예상되었죠."

"647호가 완성된 후에는요?"

"그건 지자도 알 수 없죠. 대우주에서 복원자 같은 지적 존재의 문명이 회귀 운동을 하고 있어요. 그들은 소우주를 만들지 못하게 저지하고 이미 만들어진 소우주의 질량을 대우주로 돌려줘야 한다고 호소하고 있었어요……. 하지만 지자도 그다음 상황은 알지 못해요. 됐어요. 그만 생각합시다. 우리는 신이 아니니까."

"하지만 우린 신이 무슨 생각을 하고 있는지 생각해야 하는 임무를 지니고 있잖아요. 안 그래요?"

그들은 달이 태양으로 변할 때까지 물가에 앉아 있었다.

추수를 하고 사흘째 되던 날, 타작까지 마친 밀이 창고에 가득 쌓였다. 청신과 관이판이 밭두렁에 서서 다시 파종하기 위해 밭을 갈고 있는 로봇들을 바라보았다. 이미 창고에 곡식이 가득 차 밀을 또 수확하면 쌓아놓을 곳이 없었다. 예전 같으면 밭에 무엇을 심을지 상의하느라 여념이 없겠지만 이제는 그런 것에 관심이 없었다. 밀을 수확하고 타작하는 동안 그들은 줄곧 집 안에서 앞으로 닥칠 수 있는 미래에 대해 논의했다. 그들의 생활에 관한 모든 선택이 결국 우주의 운명과 결부된다는 사실을 알았다. 어떤 것들은 몇 가지 우주의 운명과 동시에 연결되어 있었다. 그들은 정말로 자신들이 신이 된 것 같았다. 숨 막히는 부담감에 잠시 바람을 쐬러 나오는데 밭두렁을 따라 빠른 걸음으로 걸어오고 있는 지자가 보였다. 지자는 지금까지 한 번도 그들의 생활에 간섭한 적이 없었고 그들이 그녀를 필요로 할 때만 나타났다. 그런데 지금 그녀의 걸음걸이가 평소와 달리 다급했고 얼굴에도 처음 보는 긴장감이 걸려 있었다.

"대우주의 초막 신호가 수신됐어요!"

지자가 재빨리 스크린을 활성화시켜 확대해서 보여주며 화면이 잘 보이도록 태양의 조도를 낮추었다.

수많은 기호가 스크린 위를 빠르게 지나갔다. 초막 발사를 통해 전송된 비트맵이었다. 기호의 형태가 기형적으로 비틀어져 알아볼 수가 없었다. 기호의 유형도 제각각이었다. 어지럽게 흐르는 급류처럼 수많은 기호가 정신없이 지나갔다.

지자가 스크린을 가리키며 말했다.

"5분 전부터 신호가 쏟아져 들어오고 있어요! 실제 메시지는 짧지만 수많은 언어로 전송되고 있어요. 지금까지 전송된 언어만 수만 종이에요. 이제 10만 종을 넘었어요!"

청신이 물었다.

"모든 소우주에 전송하고 있는 거예요?"

"그렇겠죠. 그렇지 않으면 또 누가 있겠어요? 이렇게 엄청난 에너지를 쓴다는 건 이게 중요한 메시지라는 뜻이에요."

"삼체와 지구 언어도 있었어요?"

"없었어요."

청신과 관이판은 이것이 우주에 존재했던 문명의 기록이라는 걸 알았다.

지금 대우주는 이미 수백억 년이 흘렀을 것이다. 전송된 메시지의 내용이 무엇이든 이 신호 속에 어떤 문명의 언어가 포함되어 있다는 건 두 가지 가능성이 있었다. 그 문명이 아직 존재하고 있거나, 과거에 상당히 오랜 시간 동안 존재하며 그 문화가 우주에 영구적인 흔적을 남겼다는 것이다.

　기호의 거센 물결이 스크린 위를 휩쓸고 지나가며 언어의 수가 계속 늘어났다. 20만 종, 30만 종, 40만 종, 100만 종…….

　삼체 언어와 지구 언어는 아직 보이지 않았다.

　"괜찮아요. 우리가 이 우주에 살았었다는 건 우리가 잘 알고 있으니까."

　청신과 관이판이 서로를 끌어안았다.

　지자가 갑자기 외치며 스크린을 가리켰다.

　"삼체예요!"

　전송된 언어의 수가 130만 종까지 늘어나 있었다. 스크린에 삼체 문자로 된 메시지가 빠르게 지나갔다. 청신과 관이판의 눈에는 어렴풋이 스쳐 지나갔지만 지자는 분명하게 보았다.

　몇 초 뒤 지자가 또 외쳤다.

　"지구도 있어요!"

　157만 종의 언어가 전송된 뒤에야 신호가 멈추었다.

　스크린 위를 지나가던 기호도 사라지고 삼체와 지구의 언어로 된 메시지 두 줄만 또렷하게 남았다. 눈물이 쏟아질 듯 차오른 청신과 관이판의 눈앞에서 글자가 흐릿하게 흔들렸다.

　우주의 마지막 심판일에 지구 문명의 두 사람과 삼체 문명의 로봇 하나가 감격의 포옹을 나누었다.

　언어와 문자는 빠르게 진화한다. 만약 두 문명이 오랜 시간 동안 존재했고 지금도 존재하고 있다면 그들의 문자는 지금 나타난 것과 완전히 다를 것이다. 하지만 소우주 사람들에게 전하는 메시지는 오래된 문자로 전송해야 했다. 대우주에 생존했던 문명의 전체 수에 비하면 157만도 아주 작은 숫자였다.

은하계 오리온 팔의 광막한 밤하늘을 가르고 지나간 문명의 별똥별 두 개. 우주는 그들의 빛을 기억하고 있었다. 흥분이 가라앉은 뒤 메시지를 읽었다. 두 언어로 쓴 메시지의 내용이 동일했다. 짧은 메시지였다.

회귀 운동 성명서: 우리 우주의 총 질량이 임계치 아래로 떨어졌다. 우주는 곧 열린 뒤 끝없이 팽창하며 죽어갈 것이고 모든 생명과 기억도 사라질 것이다. 당신들이 가져간 질량을 돌려주고 기억체만 새로운 우주로 보낼 것을 촉구한다.

청신과 관이판의 시선이 스크린에서 서로의 얼굴로 옮겨갔다. 그들은 서로의 눈에서 대우주의 암흑을 보았다. 끝없이 팽창하는 대우주 속에서 모든 성계가 각자의 시선 밖으로 흩어져 우주의 어느 지점에서 어느 쪽을 보든 암흑뿐일 것이다. 항성의 빛은 점점 사그라지고 실체가 있는 모든 물질은 해체되어 희미한 성운으로 변할 것이며 추위와 암흑이 모든 것을 지배할 것이다. 우주가 텅 빈 무덤이 되고 모든 문명과 기억이 이 끝없는 무덤 속에 영영 파묻혀 영원한 죽음으로 들어갈 것이다.

이 미래를 피하려면 여러 문명이 만든 소우주 속 물질을 대우주로 되돌려주는 수밖에 없다. 하지만 그렇게 하면 소우주에서 생존할 수 없으므로 소우주 사람들이 대우주로 돌아가야 한다. 이것이 바로 회귀 운동이다.

두 사람은 눈빛만으로 모든 것을 주고받고 최종 결정까지 내렸지만 청신에게는 하고 싶은 말이 남아 있었다.

"돌아가고 싶어요. 하지만 당신이 여기 남아 있겠다면 나도 남을 거예요."

관이판이 천천히 고개를 저었다.

"난 직경 160억 광년의 대우주를 연구하던 사람이에요. 가로세로 1킬로미터밖에 안 되는 우주에서 일생을 살고 싶진 않아요. 돌아갑시다."

지자가 말했다.

"그건 좋은 선택이 아니에요. 대우주에서 시간이 흐르는 속도를 정확히 측정할 수는 없지만 두 분이 파란별을 떠나 이곳으로 들어온 뒤 지금까지 대우주는 적어도 100억 년 넘게 흘렀을 거예요. 파란별은 이미 오래전에 사라졌을 거고 윈톈밍이 청 박사님에게 선물한 그 태양도 빛을 잃었을 거예요. 지금 대우주의 환경이 어떤지 우린 하나도 몰라요. 그 우주가 아직 3차원을 유지하고 있는지조차도 알 수 없다고요."

관이판이 물었다.

"소우주의 문이 광속으로 이동하면서 생존할 수 있는 환경을 찾아낼 수 있잖아요?"

"반드시 돌아가겠다면 찾아볼게요. 하지만 이곳에 남아 있는 게 최선의 선택이라는 제 생각에는 변함이 없어요. 소우주에 남아 있을 경우 두 가지 가능성이 있어요. 회귀 운동이 성공해서 대우주가 빅크런치를 거쳐 새로운 빅뱅이 일어난다면 두 분은 새로운 우주로 갈 수 있어요. 반대로 회귀 운동이 실패해 대우주가 죽더라도 두 분은 여기서 일생을 보낼 수가 있어요. 이 소우주도 괜찮은 곳이에요."

청신이 말했다.

"소우주에 사는 모든 사람이 그렇게 생각한다면 대우주는 죽고 말 거예요."

지자가 말없이 청신을 응시했다. 그녀의 생각의 속도로 보면 이 시간은 몇 세기만큼이나 긴 시간일 것이다. 소프트웨어 알고리즘으로 이렇게 복잡한 눈빛과 표정을 만들어낼 수 있다는 사실이 놀라웠다. 지자의 AI 프로그램이 처음 청신을 만난 순간부터 저장된 모든 데이터를 검색하고 있는 것 같았다. 거의 2000만 년을 뛰어넘는 방대한 양의 데이터가 그녀의 눈빛 속에 응집되어 나타났다. 슬픔, 존경, 놀라움, 원망, 안타까움…… 수많은 감정이 복잡하게 뒤엉키며 그녀의 눈동자를 휘감았다.

지자가 청신에게 말했다.

"박사님에겐 살아야 할 책임이 있어요."

《시간 밖의 과거》 발췌

책임의 계단

내 인생은 책임의 계단을 오르는 여정이었다.

어릴 적 내 책임은 부모님을 실망시키지 않기 위해 열심히 공부해서 모범생이 되는 것이었다. 중고등학교와 대학에 다닐 때도 내 책임은 사회를 실망시키지 않기 위해 열심히 공부해서 우수한 인재가 되는 것이었다.

박사과정으로 들어온 뒤 내 책임이 구체화되었다. 나는 소수의 인력과 물자를 지구 궤도로 올려 보낼 수 있는, 더 강하고 튼튼한 로켓을 만드는 데 힘을 보태야 했다.

나중에 PIA로 배치받은 뒤에는 삼체 함대를 맞이하러 1광년 밖 우주로 날아가 탐사정을 만드는 일이 내 책임이 되었다. 항해 거리가 내가 예전에 개발에 참여했던 로켓의 100억 배로 확장되었다.

그 후 나는 별을 선물받았다. 새로운 기원이 시작된 후 그 별이 내게 상상도 못했던 책임을 지워주었다. 나는 암흑의 숲 위협의 검잡이가 되었다. 지금 생각해보면 그때 내가 인류의 운명을 손에 쥐고 있었다고 말하면 과장된 말이지만, 두 문명의 역사가 나아가는 방향을 쥐고 있었던 것은 분명하다.

그 후에는 책임이 더 복잡해졌다. 나는 인류에게 광속으로 날 수 있는 날개를 만들어주고 싶었지만 전쟁을 막기 위해 내 목표와 상반된 일을 할 수밖에 없었다.

그런 재앙들과 태양계의 멸망이 나와 얼마나 관계가 있는지는 모르겠다. 이건 영원히 증명할 수도 없는 일이다. 하지만 나와 관계가 있고 내게 책임이 있다는 건 분명하다.

지금 나는 책임의 꼭대기에 오르려 하고 있다. 우주의 운명을 책임질 것이다. 물론 우리 두 사람이 우주의 운명을 전적으로 책임지는 건 아니지만 그 책임에 우리의 몫이 있다는 건 분명하다. 예전에는 결코 상상도 하지 못했던 일이다.

신이 존재한다고 믿는 사람들에게 말하고 싶다. 나는 신에게 선택받은 사람이 아니라고. 유물론자들에게도 말하고 싶다. 나는 역사를 창조한 사람이 아니라고. 나는 평범한 사람이지만, 불행하게도 평범한 일생을 살지 못했다. 내가 걸어온 길은 사실 문명이 걸어온 길이다.

모든 문명이 작은 요람에서 깨어나 아장아장 걸어 나온 뒤 날아오르게 되고, 점점 빠르고 멀리 날다가 결국 우주의 운명과 하나가 된다는 사실을 지금 우리는 알고 있다.

모든 지적 존재의 문명은 결국 그들이 가진 생각의 크기만큼 발전한다.

지자가 647호 우주의 제어 시스템을 통해 대우주에 있는 소우주의 문을 조종했다. 대우주에서 문이 빠르게 이동하며 생존에 적합한 세계를 찾아다녔다. 문과 소우주의 통신으로는 극히 제한적인 정보만 주고받을 수 있었다. 이미지나 영상은 전송할 수 없고 환경 검사 결과만 -10에서 +10까지의 숫자 중 하나로 전송되었다. 환경의 생존 적합성을 수치화한 것으로 수치가 0보다 커야만 인류가 그곳에서 생존할 수 있었다.

문이 대우주에서 수없이 이동하며 생존할 수 있는 환경을 물색했다. 장장 석 달에 걸쳐 탐사했지만 유일하게 한 곳에서 나온 3등급의 결과가 가장 높은 수치였다. 지자는 그보다 더 높은 수치는 나올 수 없다는 결론을 내릴 수밖에 없었다.

지자가 두 사람에게 말했다.

"3등급은 열악하고 위험한 환경이에요!"

"두렵지 않아요. 거기로 가겠어요."

청신이 흔들림 없는 말투로 말하자 관이판이 그녀를 보며 고개를 끄덕였다.

647호 우주에 문이 나타났다. 청신과 관이판이 파란별에서 보았던 것처럼 가느다란 빛 선으로 그린 직사각형의 문이었다. 원활한 물질 이동을 위해서인지 파란별에 있던 것보다 훨씬 컸다. 처음 문이 나타났을 때는 대우주와 연결되지 않아 어떤 물질이든 직사각형 테두리를 통과할 수 있었다. 지자가 문의 매개변수를 다시 설정하자 물질이 문을 통과하지 못하고 사라졌다. 대우주로 건너간 것이다.

잠시 후 647호 우주가 대우주로 물질을 돌려주기 시작했다.

지자의 설명에 따르면, 소우주 자체는 질량이 없으며 소우주의 모든 질량은 대우주에서 가져온 물질에서 나오는 것이었다. 삼체 세계에서 만들어진 수백 개의 소우주 가운데 647호는 가장 작은 편에 속했다. 647호가 대우주에서 가져온 물질은 총 50만 톤이었다. 서기 시대 대형 유조선 한 척의 선적량에 해당하는 것으로 우주의 관점에서 보면 무시해도 좋은 양이었다.

제일 먼저 이동한 것은 흙이었다. 두 번째 수확 후 밭에 아직 아무것도 심지 않은 상태였다. 로봇이 농사지을 때 쓰는 손수레로 축축한 흙을 실어

나르면 로봇 두 대가 수레를 들어 문 너머로 흙을 쏟았다. 직사각형 테두리를 넘어가면 흙이 사라졌다. 흙 운반 작업이 순조롭게 진행되어 사흘 뒤에는 소우주에 흙이 한 톨도 남아 있지 않았다. 집 앞에 있는 나무들도 문 너머로 옮겨졌다.

흙을 치우자 소우주의 금속 지면이 드러났다. 광택이 나는 금속 패널을 이어 붙여 만든 것으로 거울처럼 태양이 거꾸로 비쳤다. 로봇이 지면의 금속 패널을 하나씩 뜯어내 문으로 밀어 넣었다.

작은 세계의 한쪽 지면이 사라지자 소형 우주선이 드러났다. 길이가 10미터 남짓밖에 되지 않지만 삼체 세계의 최첨단 기술이 집약되어 있었다. 지구 인류 세 명이 탑승할 수 있도록 인체공학적으로 설계되어 있으며 핵융합과 곡률 추진 두 가지 방식의 동력 시스템이 탑재되어 있었다. 또 인간에게 적합한 극소형 생태순환 시스템과 동면 장비도 설치되어 있어서 헤일로호처럼 행성에 직접적으로 이착륙할 수 있었다. 소우주의 문을 통과하기 쉽도록 선체는 좁고 긴 유선형이었다. 이 우주선은 원래 647호 우주의 인류가 새로운 우주로 들어갈 때 사용하도록 만들어진 것이었다. 새로운 우주에서 생존에 적합한 환경을 찾아내기 전까지 상당히 오랜 기간 동안 우주선 안에서 생활할 수 있었다. 지금 그들은 이것을 타고 대우주로 돌아갈 예정이었다.

금속 패널이 철거되자 지면 아래 있는 기계 장치가 드러났다. 이 소우주에서 삼체의 특징을 가진 물건을 처음 보는 것이었다. 청신이 예전에 보았던 것처럼 인류와 완전히 다른 설계 이념을 가지고 제작된 것 같았다. 얼핏 보면 기계가 아니라 괴상한 형태의 조각이나 자연적으로 생성된 지질 구조 같았다. 로봇이 이 기계들을 차례로 해체해 부품을 문 너머로 던졌다.

청신과 지자가 방에서 분주하게 무언가를 하고 있었다. 여자들만의 일이라며 나중에 깜짝 놀라게 해주겠다고 관이판도 방에 들어오지 못하게 했다.

지면 아래 있던 어떤 기계가 작동을 멈추자 소우주의 중력이 사라지고 하얀 집이 공중으로 떠올랐다.

로봇이 무중력상태에서 떠다니며 하늘을 해체하기 시작했다. 그들이 하늘이라고 알고 있던 건 파란 하늘과 흰 구름의 영상을 보여주는 대형 필름이었다. 마지막 남은 지면도 철거가 완료되었다.

물이 중력을 잃고 증발되면서 안개가 자욱하게 끼고 구름 뒤 태양이 몽롱한 안개를 비추며 우주 위로 화려한 무지개를 걸쳤다. 무중력상태에서 떠오른 크고 작은 물방울이 햇빛을 받아 반짝이며 무지개 주위를 떠다녔다.

기계 장치가 해체되고 생태유지 시스템이 작동을 멈추자 청신과 관이판이 우주복을 입었다.

지자가 문의 매개변수를 다시 수정해 처음으로 기체 통과를 허용했다. 공기가 한꺼번에 문으로 빠져나가며 쿠르릉쿠르릉 소리가 낮게 깔렸다. 무지개 아래 흩어져 있던 하얀 안개가 문 근처로 모여들며 우주에서 보는 지구상의 태풍처럼 거대한 소용돌이를 만들었다. 얼마 안 가서 소용돌이가 회오리로 바뀌고 소리도 점점 날카로워졌다. 공중을 떠도는 물방울이 회오리 속으로 빨려들어간 뒤 산산이 부서지며 문 속으로 사라지고, 공중을 떠돌던 수많은 작은 물체들도 삼켜졌다. 태양, 하얀 집, 우주선 같은 커다란 물체도 문 쪽으로 서서히 끌려갔지만 추진기가 달린 로봇들은 고정된 위치에 떠 있을 수 있었다.

공기가 점점 희박해지며 무지개가 사라지고 시야가 트이자 소우주의 우주가 나타났다. 대우주의 우주와 마찬가지로 깜깜한 암흑뿐이었지만 별은 없었다. 태양, 집, 우주선만 우주에 떠 있고 로봇 10여 대가 무중력상태로 그 사이를 떠다녔다. 청신은 이 단순한 세계가 어릴 적 그렸던 유치한 그림 같다는 생각을 했다. 청신과 관이판이 무중력상태에서 우주복의 추진기를 이용해 우주 깊숙한 곳으로 날아갔다. 1킬로미터 날아가 우주 끝에 다다르자마자 순간적으로 우주의 다른 쪽 끝으로 돌아왔다. 우주에서도 모든 방향으로 복제된 영상이 끊임없이 나타났다. 마주 놓인 두 개의 거울 사이에 서 있는 것처럼 물체가 끝없이 이어졌다.

마지막으로 남아 있던 집도 빠르게 해체되었다. 오리엔탈풍으로 꾸며진 지자의 응접실이었다. 족자, 탁자, 방의 부서진 조각들이 모두 로봇에게 실려 문 너머로 던져졌다. 마침내 태양도 광채를 잃었다. 빛이 사그라진 태양은 금속 구체였으며 빛을 발산하는 쪽은 투명한 재질로 되어 있었다. 로봇 세 대가 태양을 통째로 들어다가 문 너머로 던졌다. 이제 소우주에 남아 있는 빛은 몇 안 되는 조명뿐이었다. 진공으로 변한 우주가 빠르게 냉각되며 남아 있는 물과 공기가 얼어붙어 불빛 아래에서 결정체가 반짝였다.

로봇들이 지자의 명령에 따라 일렬로 줄지어 문으로 들어갔다.

이제 소우주의 우주에 남은 건 유선형의 작은 우주선과 그 옆에 떠 있는 세 사람뿐이었다.

지자가 금속 상자를 들고 있었다. 유리병에 편지를 넣어 바다에 띄워 보내듯 그 상자를 소우주에 남겨두고 가기로 했다. 금속 상자는 마이크로 컴퓨터였다. 그 컴퓨터의 양자 메모리 속에 소우주의 컴퓨터 서버에 있는 모든 정보, 즉 삼체 문명과 지구 문명의 거의 모든 기억이 저장되어 있었다. 새로운 우주가 탄생한 뒤 문에서 신호가 발신되면 금속 상자의 추진기가 작동해 문 너머의 새로운 우주로 들어갈 것이다. 그런 다음 그 정보가 누군가에게 발견되고 해독될 날을 기다리며 새로운 우주의 고차원 공간을 떠다닐 것이다. 그리고 만약 새로운 우주에 중성미자가 있다면 중성미자 빔을 이용해 컴퓨터에 저장된 정보를 계속 사방으로 전송할 것이다.

청신과 관이판은 다른 소우주, 즉 회귀 운동 성명서에 응답하는 다른 소우주들도 같은 일을 하고 있을 것이라고 믿었다. 새로운 우주가 탄생한다면 옛 우주에서 띄워 보낸 수많은 표류병들이 우주 공간을 떠다닐 것이다. 각각의 메모리 속에 그 문명에 속한 모든 개체의 기억 전체와 생각, 모든 개체의 생물학적 정보가 들어 있을 것이며, 새로운 우주의 문명이 그 정보를 바탕으로 문명을 복원할 수 있을 것이다.

청신이 물었다.

"5킬로그램만 더 남겨도 될까요?"

우주복을 입고 우주선의 다른 쪽에 떠 있는 그녀의 손에 환하게 빛나는 투명한 공이 들려 있었다. 지름 50센티쯤 되는 공 안에 커다란 물방울 몇 개가 떠다니고 있는데 어떤 것은 안에서 작은 물고기들이 헤엄쳐 다니고 어떤 것은 그 안에서 수초가 자라고 있었다. 파릇파릇한 풀이 자라는 작은 육지도 떠다녔다. 투명 공의 천장에 있는 작은 발광체에서 빛이 발산되고 있었다. 작은 세계의 태양이었다. 이 투명 공은 완전히 밀폐된 형태의 생태 구체로 청신과 지자가 열흘 넘게 매달려서 완성한 것이었다. 작은 태양이 빛을 내뿜고 있는 한 생태 시스템이 유지될 수 있었다. 이것을 남겨두고 간다면 적어도 647호 우주가 생명이 없는 암흑의 세계는 아닌 셈이었다.

관이판이 말했다.

"물론이에요. 5킬로그램 때문에 대우주의 빅크런치가 실패할 리는 없으니까."

하지만 그는 대우주가 원자 하나만큼의 질량 차이로도 닫힌 상태를 유지하지 못하고 열릴 수 있다는 걸 알고 있었다. 대자연의 정밀함이란 상상을 초월할 정도였다. 하나의 생명이 탄생하려면 모든 우주의 매개변수가 몇조 분의 1의 정밀도로 정확히 맞물려야 하는 것처럼 말이다. 하지만 청신은 그 투명 공을 그곳에 남겼다. 수많은 문명이 만들어낸 수많은 소우주 가운데 상당수가 회귀 운동에 동참하지 않을 것이고 결국 대우주는 최소한 수억 톤, 심지어 수억조 톤의 질량을 돌려받지 못할 것이라고 확신했기 때문이다.

대우주가 이 오차에 영향받지 않길 바랄 뿐이었다.

청신과 관이판이 우주선에 타고 지자가 마지막으로 탔다. 화려한 기모노를 벗고 위장복으로 갈아입은 그녀는 다시 날렵하고 유능한 전사로 변신해 있었다. 그녀는 여러 가지 무기와 생존 장비를 지니고 있었는데 그중에서도 등에 메고 있는 무사도가 가장 눈길을 끌었다.

지자가 말했다.

"걱정 마세요. 제가 살아 있는 한 두 분을 안전하게 지킬 테니까."

핵융합 엔진이 작동하고 추진기가 푸른 불빛을 내뿜자 우주선이 천천히 이동해 우주의 문을 통과했다.

소우주에는 메시지가 담긴 표류병 하나와 투명 공만 남았다. 표류병은 어둠에 파묻히고 1세제곱킬로미터의 작은 우주에서 투명 공 속 작은 태양만이 가물거리는 빛을 토해냈다. 이 작은 생명의 세계 속에서 물방울이 무중력 유영을 하고 있었다. 물방울에서 뛰쳐나온 작은 물고기가 다른 물방울로 뛰어 들어가 한들거리는 수초 사이를 유유히 헤엄쳐 다녔다. 작은 육지의 풀잎에서 굴러 떨어진 이슬 한 방울이 핑그르르 돌아 날아오르며 우주를 향해 한 가닥 투명한 햇빛을 반사했다.

광활한 우주만큼 하고 싶은 일이 많다

오랜 세월이 흘러도 『삼체』의 마지막 책장을 덮던 그 가을밤을 잊을 수 없을 것이다. 문을 열고 나가 정원을 거닐었다. 상하이의 진회색 밤하늘엔 별이 몇 개 보이지 않았지만 내 마음속에는 수많은 별이 총총히 빛을 발하고 있었다. 기이한 느낌이었다. 나의 시각, 청각, 사고가 마치 무한히 확장되고 재구성되어 아득한 어딘가로 향하고 있는 것 같았다.

도시의 빌딩들이 뿜어내는 빛의 교란이 없더라도 북반구 중위도에 서 있는 내가 켄타우로스자리를 볼 수는 없었다. 하지만 『삼체』를 읽은 후 나와 그 보이지 않는 성계에 있는 가상의 세 별 사이에 어떤 연관성이 있는 듯한 기분이 들었다.

류츠신은 등단했을 때부터 중국 하드 SF계를 대표하는 작가로 평가받았다. 하지만 그 자리는 노력만큼의 대가를 얻기 힘들다. 마이크로화, 평키화, 판타지화가 난무하는 오늘날의 SF계에서 하드 SF는 한물간 것으로 치부되고 있다. 그렇지만 류츠신은 중국 SF계에 한 수 멋지게 가르쳐주듯 탄탄한 물리 법칙과 치밀한 스토리로 우리에게 완전히 새로운 세상을 보여주었다.

『삼체』는 다중 선율을 가진 작품이다. 차안(此岸)과 피안(彼岸), 홍안(紅岸), 과거와 현재, 미래가 교직되며 중국 문학계에서 보기 드문 입체감을 만들어냈다. 더욱 놀라운 것은 스토리의 핵심이 우리에게 익숙하면서도 낯선 문화대혁명이라는 사실이다. 주류 문학이 무거운 주제에서 점점 멀어지고 있는 요즘, 류츠신은 우주 서사시를 통해 역사의 현장으로 다시 돌아갔으며 광년의 척도로 그 영원한 상처를 다시금 가늠했다. 그는 초월적인 시야로 그 고통을 되새기고 구원하고 또 배반했다. 이 환상적이면서도 현실적이고 또 과학적인 중국판 『천로역정』은 열광적이면서 냉정하고, 무거우면서도 장엄하며, 절망적이면서도 초연하다.

문화대혁명은 『삼체』의 출발점일 뿐이다. 이 작품의 최고 백미는 삼체 세계의 역사를 시뮬레이션 게임 방식으로 전개했다는 점이다. 삼체 성계가 세 개의 태양을 가지고 있었고, 그 불규칙한 운동으로 인해 삼체 문명의 생존에 위기가 찾아왔다. 급변하는 환경에 적응하기 위해 그들은 언제든 체내 수분을 완전히 배출해 바싹 마른 섬유질 물체로 변하는 능력을 갖게 되었다. 생존이 불가능한 기후를 피하기 위한 방편이었다. 이렇게 신비한 상상의 세계를 만들어낸 류츠신은 자신의 과학 지식을 충분히 발휘해 이 세계에 탄탄한 물리적 특성과 진화의 규율을 부여했다. 컴퓨터엔지니어인 그는 삼체 프로그램을 설계함으로써 우주 문명 간의 상호 관계를 만들어냈다.

그것은 게임이었다. 게임의 배경에는 머나먼 성계 문명이 200번째 멸망했다가 부활한 전설이 깃들어 있지만 게임 속에는 공자, 묵자, 진시황, 갈릴레이, 그레고리 교황, 뉴턴, 아인슈타인 등 동서고금의 위인이 차례로 등장한다. 그것은 시공을 넘나드는 유희였다. 역사와 문화대혁명, 삼체가 복잡하게 뒤엉켜 또 다른 의미의 삼체 관계를 이루며 서로를 환하게 비추고 있다.

이 정도로 완성도 높은 작품을 썼다면 그것에 만족하며 안주하기 마련이지만 류츠신의 이야기는 이제 시작이었다. 『삼체 2부-암흑의 숲』에서는 지구, 삼체, 우주가 더 고급 문명으로 발전해 보다 큰 규모의 삼체 구조를 이루었다. 삼체인이 가진 믿기 힘든 과학기술과 지구를 멸망시키러 오고 있는 엄청난 규모의 함대에 저항하기 위해 지구상의 모든 인류가 머리를 맞대고 '면벽 프로젝트'를 수립한 뒤 '면벽자' 네 명을 선발해 각자 반격 방안을 구상하게 한다. 이 면벽자들이 고안해낸 독특하고 대담한 방법들에 감탄을 금할 수 없다. 네 가지 방법은 각각 한 편의 온전한 소설을 결말로 이끄는 해결 방안이 될 수 있을 만큼 훌륭하다. 하지만 류츠신에게 이것들은 그저 복선이나 지나가는 과정 중 작은 일부에 불과했다.

우주에 수많은 문명이 존재한다면 그것들은 어떤 관계를 맺고 있을까? 류츠신은 '우주사회학'이라는 분야를 탄생시켜 이 문제를 깊이 연구했다. 우주사회학에는 두 가지 공리(公理)가 있다. "첫째, 생존은 문명의 첫 번째 필요조건이다. 둘째, 문명은 끊임없이 성장하고 확장되지만 우주의 물질 총량은 불변한다." 얼핏 보면 평이하고 재미없게 보이는 '공리'이지만 그가 마지막 카드를 뒤집었을 때 나는 전율을 느꼈다. 『삼체 2부-암흑의 숲』의 결말 부분에서 나는 오랫동안 문학작품에서 느끼지 못했던 흥분과 충격, 충만한 만족감을 얻었다. '우주사회학의 공리'는 전혀 예상치 못한 방향으로 합리적인 전개를 보여주었을 뿐 아니라 소설의 첫머리와 절묘한 호응을 이루었다. 이것이 마르크스가 숭배하던 '논리와 역사의 통일'일 것이다. 중국 문단에서 이처럼 '논리와 역사의 통일'을 이룬 작품이 몇이나 있었던가?

『삼체 2부-암흑의 숲』이 출간되었을 때 삼체 마니아들에게는 모순된 감정이 생겼을 것이다. 거의 완벽한 작품이기 때문에 이 결말 이후 또 어떤 반전이 생길지 상상하기 어려웠지만, 또 한편으로는 류츠신이 또다시 사건과 갈등을 만들어내 스토리를 이어주기를 바랐다. 그 후 그에게 몇 가지 문제가 생겨『삼체 3부-사신의 영생』의 집필을 포기할까 고민하고 있다는 소식을 듣고 걱정하며 마음을 졸였지만 결국 류츠신은 우주로 시야를 넓힌 대작을 우리 앞에 내놓았다. 이 사실 자체가 SF적인 일이다. 그가 숱한 난관을 이겨낼 수 있게 해준 신에게 감사하다.

류츠신이 내게『삼체 3부-사신의 영생』의 서문을 써달라고 부탁했을 때 나는 벅찬 감격을 느꼈다. 이 훌륭한 작품에 서문을 쓰는 것이 엄청난 영광이기도 하지만 누구보다 먼저 이 작품을 읽을 수 있다는 사실이 더 기뻤다.『삼체 3부-사신의 영생』은 용서받지 못할 죄를 저지른 시대의 이야기이기 때문에 무척 조심스럽다. 간단히 말해서『삼체 3부-사신의 영생』은 여러 가지 점에서 앞의 두 편을 훌쩍 넘어섰다. 1부와 2부에서는 우주라는 암흑의 숲에 대해 겉에서만 간단히 언급했지만, 3부에서는 정면으로 강공(強攻)을 펼친다. 정말 쉽지 않은 일이다. 나는 먼저 류츠신의 용기에 감탄했고, 우주의 풍경을 묘사하는 그의 노련한 필력에 감동했다. 3부의 결말에서 아시모프의『최후의 질문』을 떠올렸다.『최후의 질문』에도 우주의 끝에 관해 묘사되어 있다. 두 작품 중 누구의 상상력이 더 풍부한지, 누가 더 디테일하게 파고들었는지, 누가 만든 우주가 더 광활한지 비교해볼 수 있을 것이다.

『삼체 3부-사신의 영생』은 정통 하드 SF다. 일반 독자들이 읽기에는 전편들보다 어려울 수 있다. 몇몇 부분(예를 들면 '신'에 관한 묘사)에서는 난삽하다고 느낄 수도 있다. 하지만 SF 마니아와 류츠신의 팬들은 디테일한 묘사와 치밀한 스토리가 전편들보다 훨씬 훌륭하다고 느낄 것이다. 류츠신의 작품은 하드 SF지만 허구와 사실이 타당한 논리로 긴밀하게 연결되어 있다. 비현실적인 상상과 초월적인 사고일수록 그 바탕에 탄탄히 짜인 디테일과 강력한 논리가 깔려 있는 법이다. 류츠신의 우주학은 기술을 기반으로 하지만 그 속에 따뜻한 마음이 깃들어 있다. 『삼체 1부-삼체문제』를 시작으로 류츠신은 점점 멀리 뻗어나갔지만 아무리 멀리 나아가도 인류에 대한 관심과 애정은 사라지지 않았다. 『삼체 3부-사신의 영생』은 로맨스 소설 같은 러브스토리로 시작된다. 한 사람이 짝사랑하는 상대를 위해 아득히 멀리 있는 별을 사들인다는 낭만적인 이야기다. 마지막에 이 별은 끝없는 암흑의 숲에 한 줄기 빛을 비추고, 절망적인 짝사랑은 우주를 가득 채우는 커다란 사랑이 된다.

『삼체』 3부작 중에서 1부가 역사감과 현실감이 가장 뛰어나고, 2부는 완성도가 가장 높고 완벽한 구성, 명확한 플롯, 화려함의 극치가 돋보인다면, 3부는 우주를 바라보는 시야와 본질적인 사고를 극한으로 끌어올렸다. 이 점에 있어서는 지금까지 이 소설을 따라갈 작품이 없다. 또 1부에서는 역사에 대해 반성하고, 2부에서는 도덕에 대한 초월을 보여주었다면, 3부에서는 우주사회학과 우주심리학, 우주생태학을 온전히 수립하는 단계로 발전했다. 이것이 과연 현실과 동떨어진 이야기일까? 스티븐 호킹의 마지막 경고를 생각한다면 우리는 '기우'라는 말을 완전히 새롭게 해석해야 할 수도 있다.

나는 가끔 이런 생각을 한다. 어느 날 갑자기 삼체인이 정말로 지구에 찾아온다면 인류는 류츠신을 지구 위기 위원회 일원으로 선발해야 할 것이라고. 삼체인과의 심리 게임이든, 방어와 반격이든, 우주와의 협상이든 그는 훌륭한 능력을 발휘할 것이다. 만약 삼체인들에게 살생부가 있다면 류츠신은 아마 가장 앞줄에 있을 것이다. 몸조심하라, 류츠신!

물론 이것은 그저 상상 속 이야기이고 신화다. 하지만 신화란 우리 시대의 사치품이 아닌가? 체계적인 서사시와 신화는 중국 문학에서 가장 취약한 부분이었다. 포스트모더니즘의 영향을 받은 후 중국 작가들이 서사시와 신화에 매료되어 약점을 보완하고자 했지만 그 때문에 거시적인 서

사와 종극(終極)에 대한 질문을 소홀히 하는 결과를 낳았다. 내가 류츠신을 높이 평가하는 것은 그가 이런 조류를 거스르고 이성주의와 인문 정신에 입각하여 중국 문단에 거시적인 사고와 초월적인 시야를 선사했기 때문이다. 그는 종극이라는 문제에 관심을 갖고 끊임없이 의문을 제기했으며 과학적인 논리와 사실적인 디테일을 작품에 불어넣었다. 이것이 바로 무한한 환상에 튼튼한 날개를 달아주는 역할을 했다.

니체가 세상을 향해 "신은 죽었다"고 선언했을 당시, 일부 가치는 해체되었지만 또 다른 가치는 여전히 존재하고 있었다. 과거의 신화는 사라졌지만 새로운 신화는 지금도 계속 탄생하고 있다. 인류는 신화를 좇는 발걸음을 한 번도 멈춘 적이 없다. 새로운 세기가 되었어도 저 무한한 우주는 여전히 신화로 가득 차 있다. 과거와 다른 점이 있다면 과학과 기술이 새로운 신화 속에서 점점 더 중요한 역할을 하고 있다는 사실이다. 류츠신의 세계는 특이점에서 우주의 경계선에 이르는 모든 거리를 포함하고, 백악기부터 억만 년 뒤 미래에 이르는 장구한 세월을 초월했으며, 사고의 속도와 폭은 과거의 모든 경계를 넘어섰다. 『삼체 3부-사신의 영생』에 펼쳐진 우주의 구조에 관한 상상은 이미 시간의 본질과 창세의 비밀에 도달하기 시작했다. 하지만 류츠신은 의식적으로 서양 신화와 거리를 유지하며 새로운 중국 신화의 길을 걷고 있다. 지금껏 그 누구도 하지 못했던 일이다. 우주의 시작과 끝, 진정한 모습에 대해 그는 과감하게 추측하고 생각하고 묘사했다. 그의 생각이 정확한지는 그리 중요하지 않다. 인간이 무슨 생각을 하든 조물주는 비웃을 테지만, 인간이 아무 생각도 하지 않는다면 조물주는 비웃음조차 짓지 않을 것이다.

옌펑(嚴鋒)

푸단(復旦)대학 중문과 부교수, 잡지 『신발견(新發見)』 편집장

옮긴이 ———————————————————— **허유영**

한국외국어대학교 중국어과 및 동 대학 통번역대학원 한중과를 졸업하고 현재 전문번역가로 활동하고 있다. 옮긴 책으로 『개처럼 싸우고 꽃처럼 아끼고』 『길 위의 시대』 『팡쓰치의 첫사랑 낙원』 『적의 벚꽃』 『햇빛 어른거리는 길 위의 코끼리』 『검은 강』 『나비탐미기』 『화씨 비가』 등 다수가 있다.

삼체
3부 사신의 영생

ⓒ 류츠신, 2020

초판 1쇄 발행일 2020년 7월 6일
초판 13쇄 발행일 2024년 5월 24일

지은이 류츠신 **옮긴이** 허유영 **펴낸이** 정은영

펴낸곳 (주)자음과모음
출판등록 2001년 11월 28일 제2001-000259호
주소 (우10881) 경기도 파주시 회동길 325-20
전화 편집부 (02)324-2347, 경영지원부 (02)325-6047
팩스 편집부 (02)324-2348, 경영지원부 (02)2648-1311
이메일 munhak@jamobook.com

ISBN 978-89-544-4271-8 (04820)
　　　978-89-544-4268-8 (set)

The Three Body   삼체

三體 II - 黑暗森林

The Dark
Forest

삼체

2부 암흑의 숲

류츠신 지음 | 허유영 옮김

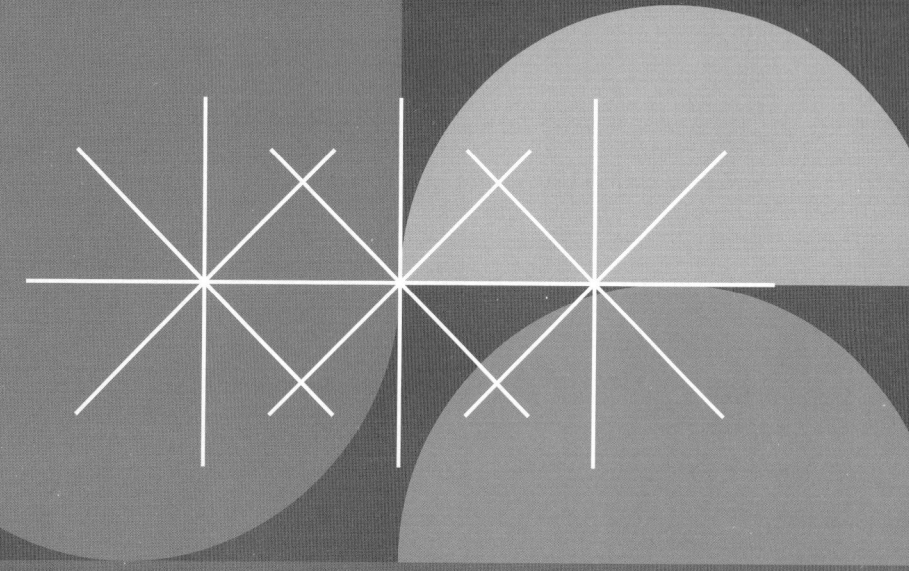

자음과모음

'초석' 앞에 쓰다

'초석.'

그리 특별할 것 없는 평범한 단어지만 중국 SF계를 개척하겠다는 우리의 신념과 열정을 이보다 더 정확하게 표현하는 말은 없을 것이기에 이 시리즈의 제목을 '초석'으로 정했다.

최근 10년간 중국 문학에서 SF계는 비약적인 발전을 이루었다. 왕진캉(王晉康), 류츠신(劉慈欣), 허훙웨이(何宏偉), 한쑹(韓松) 등 여러 작가들이 SF를 발표해 독자들에게 큰 사랑을 받았다. 그들이 발표한 작품 모두 SF계의 개척과 탐색이라는 중요한 의미를 지닌 수작들이다. SF계의 선봉에 선 잡지 『SF 세계』가 여러 독자층을 아우르는 시리즈 간행물로 확대되었고, 대형서점마다 SF 코너가 개설될 만큼 SF시장이 성장했다는 점도 고무적이다.

중국 SF가 미국 SF와는 여전히 큰 격차를 보인다고 지적하는 사람도 적지 않다. 하지만 분명히 말할 수 있는 것은 10년 전에 비하면 상황이 사뭇 달라졌다는 사실이다. 미국 SF와의 비교를 동서양 취향 차이로 논할 수 있을 만큼 커다란 진전을 이룬 작품이 많이 발표되었다(더 이상 문학적

기교와 색채, 상상력은 찾아볼 수 없는 유치한 소설뿐이라고 혹평할 수 없다). 물론 차이는 분명하게 존재하지만 우열을 가릴 수 있는 것이 아니라 취향의 차이라고 해야 더 정확할 것이다. 취향의 문제를 논한다는 것 자체가 중국 SF가 성숙해지고 있음을 의미한다.

미국 SF와의 격차란 궁극적으로 시장성의 차이다. 미국의 SF는 잡지에서 단행본, 영화, 게임, 완구에 이르기까지 완전한 산업을 형성하고 있다. 반면 중국에서는 단행본 출간조차 독자들은 독자들대로 만족하지 못하고 출판사는 출판사대로 수천 부밖에 안 되는 판매 부수에 한숨을 짓는 것이 현실이다. 결과적으로 낮은 인세도 감수한 채 그저 열정 하나로 창작에 매진하는 작가들만이 SF계에서 버티고 있다. 물론 출판사들도 이런 상황이 계속되는 것을 결코 바라지 않는다.

'SF세계'는 중국에서 가장 영향력 있는 SF 전문 출판사로서 중국 SF계의 발전을 위해 많은 노력을 기울여왔다. SF 출판도 그 사업의 중요한 일부분이다. 현재 중국 SF계에서 가장 시급한 일은 원대한 안목을 가지고 시장성을 높이기 위해 노력하는 것이다. 우리는 먼 미래를 내다보며 이 시작점에 '초석'들을 놓고자 한다.

특별히 밝혀두고 싶은 것은 초석의 종류든 형태든 그 무엇에도 제한을 두지 않았다는 점이다. 큰 건물을 짓기 위해서는 다양한 석재가 필요한 법이다. 우리는 언젠가 중국 문학계는 물론 전체 문화계에 우뚝 솟게 될 이 건물에 무한한 기대를 품고 있다.

야오하이쥔(姚海軍)
'SF세계' 편집장

차례

-
-
-

일러두기

1. 이 책은 重京出版社에서 출간된 劉慈欣의 소설 三體 Ⅱ—黑暗森林(2011)을 한국어로 옮긴 것입니다.
2. 옮긴이의 주는 따로 표시하였고, 그 외 모든 주는 지은이의 것입니다.

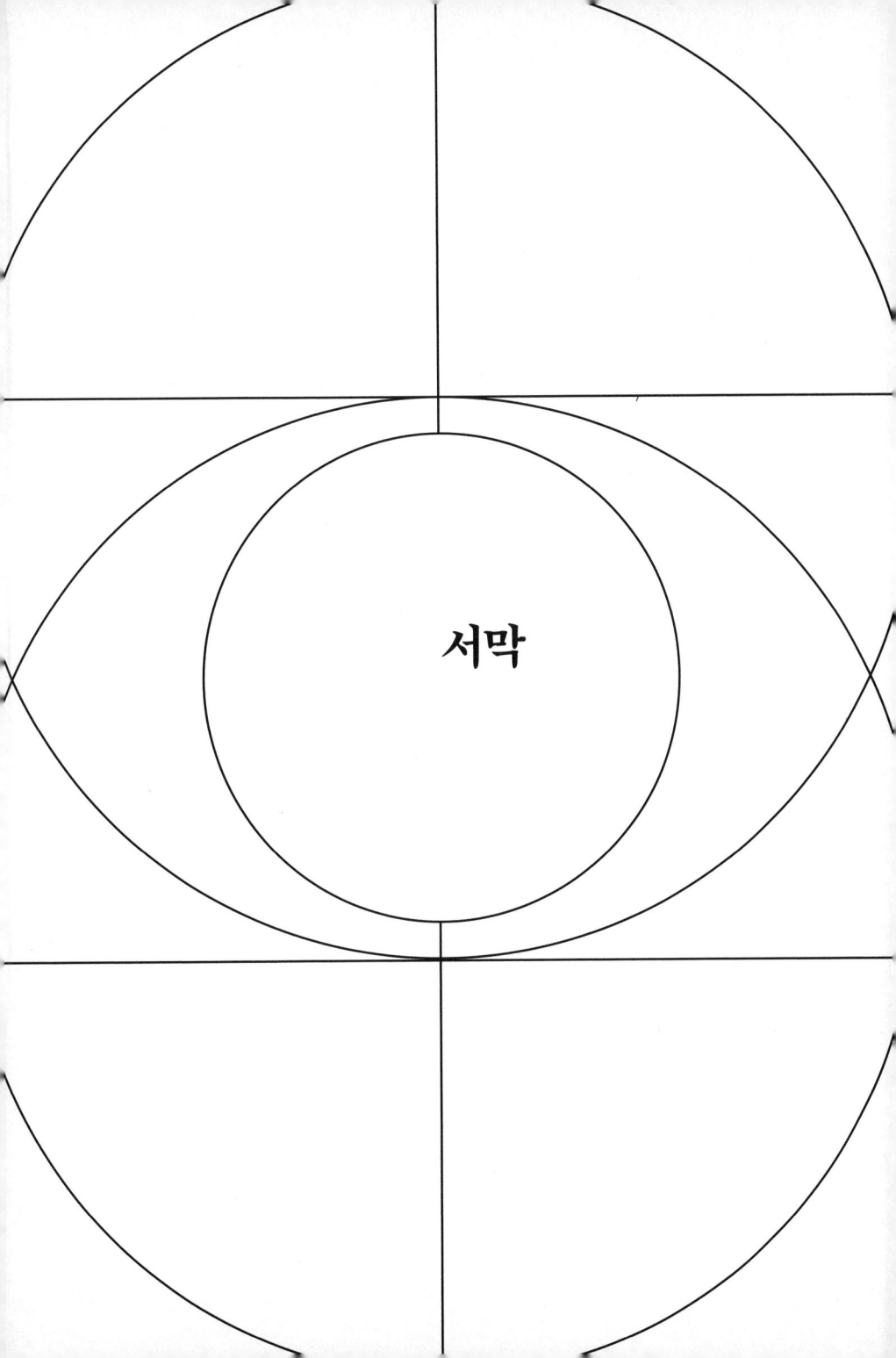

서막

갈색개미는 이곳이 자신의 고향이라는 사실을 잊어버렸다. 이 시대는 석양에 물든 대지와 이제 막 하늘에 나타나기 시작한 별에 비하면 무시해도 좋을 만큼 짧지만 개미에게는 장구한 세월이다.

이미 잊혀버린 세월 동안 그들의 세계는 뒤집혔다. 진흙이 걷히고 깊고 너른 협곡이 나타나더니 우르릉우르릉하는 굉음과 함께 또다시 진흙이 날아와 협곡을 덮었다. 협곡이 있던 자리에 검은 봉우리 하나만 우뚝 남았다. 이 광활한 땅 위에서는 흔하디흔한 일이다. 진흙이 걷혔다가 다시 날아오고 협곡이 드러났다가 다시 사라진 뒤 한차례 재앙이 있었음을 표시하듯 고독한 봉우리만 남는다. 갈색개미는 동족 수백 마리와 함께, 살아남은 여왕개미를 메고 태양이 기우는 방향으로 옮겨가 새로운 제국을 세웠다. 갈색개미가 옛 고향으로 돌아온 것은 먹이를 찾아다니다가 우연히 지나가게 된 것일 뿐 의도한 바가 아니었다. 갈색개미는 홀로 우뚝 솟은 봉우리 밑에서 더듬이로 그 거대한 존재를 탐색했다. 표면이 단단하고 매끄럽기는 했지만 올라갈 수 있었다. 갈색개미는 봉우리를 타고 올라갔다. 특별한 목적은 없었다. 그저 작고 단순한 신경망 속에서 우연히 일어난 작은 교란 때문이었다. 이런 교란은 수시로 나타난다. 땅 위에 자라는 모든 풀 잎과 그 위의 이슬방울 속에서, 하늘에 떠가는 구름과 그 구름 뒤에 숨겨 진 별들 위에서…… 이런 교란에는 목적이 없다. 하지만 우연한 교란들이 하나로 모이면 목적이 출현한다.

갈색개미는 대지의 울림을 느꼈다. 미세한 떨림으로 시작하여 점점 진 폭이 커지는 것을 느끼며 또 다른 거대한 존재가 가까이 다가오고 있음 을 알았지만 갈색개미는 묵묵히 봉우리를 따라 올라갔다. 고독한 봉우리 의 하부와 지면 사이에 만들어진 직각의 공간에 거미줄이 있었다. 갈색개 미는 그것이 무엇인지 알고 있었다. 수직의 절벽에 붙어 다리를 옴츠린 채 거미줄이 흔들리기를 기다리고 있는 거미 옆을 조심스럽게 에돌아 지났 다. 둘은 서로의 존재를 감지했지만 지난 1억 년 동안 그러했듯 서로 아무 런 소통도 하지 않았다.

진동은 최고조에 이르러 우뚝 멈추었다. 거대한 존재가 봉우리 앞에 섰 다. 봉우리보다도 더 큰 존재가 하늘을 절반이나 가렸다. 하지만 갈색개미 에게는 낯선 존재가 아니었다. 그들이 살아 있으며 이곳에 자주 나타난다 는 것을 갈색개미는 알고 있었다. 생겨났다가 금세 사라지는 협곡과 불쑥 솟아오르는 봉우리가 그 존재들과 밀접한 관계가 있다는 것도 어렴풋이 짐작하고 있었다.

거대한 존재의 등장에도 갈색개미는 걸음을 멈추지 않았다. 그 존재가 자 신에게 위협적이지 않다는 사실을 알았기 때문이다. 물론 예외는 있다. 방 금 지나쳐 온 거미에게 그 예외의 상황이 닥쳤다. 그 존재는 봉우리와 지면 사이에 있는 거미줄을 발견하고는 자신의 사지 중 하나로 들고 있던 꽃다 발의 꽃자루로 거미줄을 획 걷어버렸다. 거미는 끊어진 거미줄과 함께 수풀 속으로 떨어졌다. 그 존재는 봉우리 앞에 조심스럽게 꽃을 내려놓았다.

바로 그때, 또 다른 진동이 시작되었다. 미세한 진동이지만 역시 점점 강해지고 있었다. 갈색개미는 같은 부류의 또 다른 존재가 봉우리를 향해 다가오고 있음을 알았다. 갈색개미는 봉우리 표면에서 길게 갈라진 고랑을 발견했다. 움푹 파인 고랑 속은 봉우리 표면에 비해 다소 거칠었고 색깔도 검은 표면과 다른 회백색을 띠고 있었다. 갈색개미는 고랑을 따라 올라갔다. 질감이 거칠어 올라가기가 한결 수월했다. 기다란 고랑의 양쪽 끝에 짧고 가는 홈이 파여 있었다. 아래쪽 홈은 고랑과 수직이었고 위쪽 홈은 고랑과 비스듬한 각도를 이루었다. 갈색개미는 다시 매끄러운 표면 위로 올라오며 고랑의 전체 형태가 '1'과 같다는 생각을 했다.

바로 그때 봉우리 앞에 있는 살아 있는 존재의 높이가 절반쯤 줄어들어 봉우리와 비슷해졌다. 봉우리 앞에 무릎을 꿇은 것 같았다. 그에게 가려졌다 드러난 군청색 하늘 위에 성긴 별이 하나둘 나타나고 있었다. 그 존재의 눈이 봉우리의 꼭대기를 응시하고 있었다. 갈색개미는 잠시 망설였지만 역시 그의 시야 안에 들어가지 않기로 했다. 갈색개미는 방향을 틀어 지면과 평행으로 기어갔다. 잠시 후 또 다른 고랑이 나타났다. 갈색개미는 고랑이 마음에 들었다. 거친 질감 위를 기어가는 느낌이 좋았고 회백색은 여왕개미 주위에 있는 개미 알을 떠올리게 했다. 갈색개미는 아직 내려가고 싶지 않아 고랑을 따라 계속 기어갔다. 두 번째 고랑은 형태가 조금 더 복잡했다. 곡선이 구붓하게 이어져 온전하게 한 바퀴를 돌고 난 뒤 다시 밑으로 이어졌다. 갈색개미는 냄새 정보를 탐색한 뒤에야 방향감각을 되찾을 수 있었다. 갈색개미의 신경망 속에 '9'라는 형태가 그려졌다.

그때 봉우리 앞의 존재가 소리를 냈다. 그의 말은 갈색개미의 이해력을 훨씬 뛰어넘는 것이었다.

"산다는 것 자체가 참 오묘한 일이지. 그것조차 모르는데 어떻게 더 깊은 이치를 탐구할 수 있을까?"

그가 풀덤불 사이를 스치는 한 줄기 바람처럼 공기가 흐르는 소리를 냈다. 한숨이었다. 그가 몸을 일으켰다.

갈색개미는 계속 지면과 평행으로 기어갔다. 얼마 안 가서 세 번째 고랑이 나타났다. 이번에는 거의 직각에 가까운 커브였다. 전체 형태가 '7'과 흡사했다. 갈색개미는 이 형태가 마음에 들지 않았다. 이렇게 부자연스럽고 돌발적인 방향 전환은 대개 위험이나 전투를 의미했기 때문이다.

갈색개미는 살아 있는 또 다른 존재가 봉우리 앞에 와서 멈춰 선 뒤에야 그가 앞에 나타났음을 알아챘다. 첫 번째 존재의 말소리가 대지의 진동을 압도한 탓이었다. 첫 번째 존재가 몸을 일으킨 것도 그를 맞이하기 위함이었다. 두 번째 존재는 첫 번째 존재보다 키가 작았고 훨씬 야위었으며 백발이었다. 군청색 밤하늘 아래로 백발이 유난히 도드라져 보였다. 미풍에 나부끼는 은백색 머리칼과 하늘 위에서 점점 조밀해지고 있는 별들 사이에 어떤 연관성이 있는 것 같았다.

"예 선생님, 안녕하세요."

"그쪽은…… 혹시 뤄지(羅輯)?"

"네, 뤄지입니다. 양둥(楊冬)의 고등학교 동창입니다. 그런데 여긴 어떻게……."

"그날 여길 알았지. 좋은 곳이야. 교통도 편해서 걷고 싶을 때 종종 온다네."

"슬픔을 달래러 오시는군요."

"다 지난 일이지……."

갈색개미는 봉우리 위쪽으로 방향을 틀려다가 앞에서 또 다른 고랑을 발견했다. 첫 번째 '9'를 지날 때와 마찬가지로 갈색개미는 다시 가로로 기어가 두 번째 '9'를 따라 한 번 빙 돌았다. 개미는 '7'이나 '1'보다 '9'가 더 마음에 들었다. 뭐가 좋은지 꼬집어 말할 수는 없었지만 어쩐지 원시 단세포 생명에게서 풍기는 미감과 비슷한 아름다움이 느껴졌다. 첫 번째 '9'를 지날 때 느꼈던 그 야릇한 희열이 더 크게 다가왔다. 아주 행복하고 단순한 원시 단세포의 형태였다. 하지만 단세포는 진화의 기회를 얻지 못했다. 1억 년 전이 지금과 똑같고, 1억 년 후에도 지금과 다르지 않을 것이다.

"양둥이 자네 얘길 자주 했어. 자네 전공이…… 천문학이라지?"

"예전 일입니다. 지금은 대학에서 사회학을 가르치고 있습니다. 선생님께서 계셨던 그 학교에서요. 제가 왔을 땐 선생님께서 이미 은퇴하신 뒤였습니다."

"천문학에서 사회학이라……. 대단히 큰 전환을 했군."

"그렇습니다. 양둥이 늘 제 성격이 산만하다고 했었죠."

"똑똑한 친구라고 칭찬했지. 이제 보니 그럴 만해."

"양둥에 비하면 저는 그저 잔머리가 돌아가는 정도입니다. 제게 천문학은 아무리 찔러도 뚫리지 않는 철판과 같습니다. 반면에 사회학은 목판이죠. 한참 두드리다 보면 비교적 쉽게 뚫리는 무른 부분을 찾아낼 수가 있으니까요."

갈색개미는 또다시 '9'가 나오길 기대하며 계속 가로로 기어갔다. 하지만 앞에 나타난 것은 지면과 평행하게 뻗은 고랑이었다. 처음에 만났던 고랑을 가로로 눕혀놓은 것 같았다. 다만 '1'보다 조금 길고 양쪽 끝에 홈이 없어 '—' 같은 형태를 띠었다.

"그렇지 않아. 자네가 정상이야. 양둥 같은 성격은 못써."

"저는 포부가 작습니다. 진득한 성격도 아니고요."

"한 가지 조언을 해주지. 우주사회학을 연구해보는 게 어떻겠나?"

"우주사회학요?"

"내가 대충 가져다 붙인 이름이야. 우주 곳곳에 거대 문명이 분포하고 있다는 가설을 전제로 한 거지. 우리가 관측할 수 있는 별만큼이나 많은 거대 문명이 존재하고 그 문명들이 사회를 구성하고 있다는 전제하에 그 슈퍼 사회의 형태를 연구하는 학문이야. 그게 바로 우주사회학이지."

갈색개미는 봉우리를 계속 가로질렀다. '─' 형태의 고랑이 끝나면 '9'를 만날 수 있기를 바랐다. 하지만 개미 앞에 나타난 것은 '2'였다. 이 고랑은 초반에는 지나기가 쉬웠지만 후반부에서 '7'과 비슷한 공포의 급커브가 나타났다. 불안감이 엄습했지만 갈색개미는 방향을 바꾸지 않고 묵묵히 기어갔다. 다음에 나타난 고랑은 폐쇄 구조인 '0'이었다. 이 구간은 '9'의 일부인 듯하지만 한번 빠지면 헤어나기 힘든 함정이었다. 인생에는 평탄함도 중요하지만 방향성도 필요하다. 언제까지 왔던 곳으로 되돌아갈 수는 없다. 갈색개미는 이 이치를 알고 있었다. 앞에 두 개의 고랑이 더 있었지만 갈색개미는 흥미를 잃고 방향을 틀어 위로 올라갔다.

"하지만…… 우리 문명 외에 다른 문명은 발견되지도 않았잖습니까?"

"그러니까 그걸 연구하는 사람이 하나도 없지. 이 점이 자네에게 기회가 될 수 있어."

"무척 흥미롭군요! 더 자세한 말씀을 듣고 싶습니다."

"자네의 두 가지 전공을 융합시킬 수가 있어. 우주사회학은 인류사회학에 비해 수학적 구조가 훨씬 분명하지."

"그걸 어떻게 아세요?"

예원제(葉文潔)가 하늘을 가리켰다. 서쪽 하늘에는 아직 희푸른 저녁빛이 남아 있었고 상공의 별도 쉽게 셀 수 있을 만큼 적었다. 푸른 허공은 대리석 조각의 눈동자 없는 눈꺼풀처럼 아득하게 넓었다. 별이 뜨면서 텅 빈 눈 속에 눈동자가 생겼다. 공허함 속에 이야기가 생겼고 우주가 시각을 얻었다. 그러나 거대한 공간에 비하면 별은 너무도 작았다. 가물거리는 은색의 작은 점이 우주 조각가의 불안감을 암시하는 듯했다. 우주 조각가는 우주에 눈동자를 찍고 싶은 욕망을 끝내 이겨내지 못했지만 우주의 눈에 시각을 부여하기는 여전히 두려웠던 것이다. 거대한 공간이 무색하리만치 미세한 별은 우주 조각가의 욕망과 공포가 평행을 이룬 결과이자 모든 것을 초월하는 신중함을 암시하고 있었다.

"저길 좀 봐. 별은 그저 작디작은 점이야. 우주에 존재하는 각각의 문명사회는 복잡한 구조를 갖고 있어. 하지만 그 혼돈성과 우연성은 까마득히 먼 거리에 희석되었지. 우리에겐 그 문명들 하나하나가 매개변수를 품고 있는 점이야. 수학적으로 생각하면 비교적 쉽게 이해할 수 있지."

"하지만 선생님께서 말씀하신 우주사회학은 실제로 연구할 수 있는 자료가 하나도 없습니다. 조사나 실험을 하기도 힘들고요."

"순이론을 궁극적인 목표로 삼아야지. 유클리드기하학처럼 말이야. 우선 명백하고 단순한 공리 몇 가지를 설명하고 그 공리들을 바탕으로 전체적인 이론 체계를 도출해내는 거야."

"정말…… 흥미롭군요. 우주사회학의 공리란 뭔가요?"

"첫째, 생존은 문명의 첫 번째 필요조건이다. 둘째, 문명은 끊임없이 성장하고 확장되지만 우주의 물질 총량은 불변한다."

갈색개미는 위로 조금 올라가다가 또 다른 고랑을 발견했다. 지금까지 거쳐온 고랑들과는 달리 여러 갈래의 고랑이 교차하며 미로처럼 복잡한 구조를 띠고 있었다. 갈색개미는 형태에 민감했다. 이 복잡한 조합의 전체적인 형태를 파악할 자신이 있었다. 하지만 그러기 위해서는 방금 지나온 형태들을 모두 잊어야 했다. 그의 신경망이 저장할 수 있는 용량에 한계가 있었기 때문이다. 갈색개미는 조금의 미련도 없이 '9'를 잊었다. 반복된 망각은 그에게 그저 삶의 일부일 뿐이었다. 평생 기억해야 하는 것은 그리 많지 않았으며 그것들은 유전자에 의해 본능이라 불리는 저장소에 모두 새겨져 있었다.

갈색개미는 기억을 깨끗이 비워낸 뒤 미로 속으로 들어갔다. 여러 번 방향을 바꾸며 기어다니자 그의 저차원적 의식 속에 고랑의 전체적인 구조가 세워졌다. '묘(墓)'였다. 조금 더 위로 올라가자 다른 고랑이 나타났다. 조금 전보다 훨씬 단순한 조합이었지만 역시 이것을 탐색하려면 '묘'라는 형태를 지워 기억의 공간을 비워야 했다. 갈색개미는 먼저 우아하게 뻗은 틈 속으로 들어갔다. 얼마 전에 보았던 갓 죽은 여치의 배를 연상시키는 유려한 곡선이었다. 개미는 이 조합이 '지(之)'의 형태를 띠고 있음을 금세 파악했다. 계속 봉우리를 따라 올라가다가 또다시 두 개의 복잡한 고랑과 마주쳤다. 앞의 것은 물방울 모양의 구덩이 두 개와 여치의 배로 이루어진 '둥(冬)'이고, 위의 것은 두 부분으로 나뉘어 있는데 하나로 합치면 '양(楊)'의 형태가 되었다. 이것은 갈색개미가 마지막으로 기억한 형태이자 이 등반에서 유일하게 기억한 형태이기도 했다. 앞에서 탐색한 흥미로운 형태들은 말끔히 잊혔다.

"사회학의 관점에서 보면 그 두 가지 공리 모두 이론적으로 탄탄합니다. 이미 오래전부터 생각하고 계셨던 것 같군요."

뤄지의 말투에서 놀라움이 묻어났다.

"맞아. 반평생을 생각해왔지. 하지만 누군가에게 말한 건 처음이라네. 왜 이걸 자네에게 말했는지 나도 잘 모르겠어……. 음, 이 두 가지 공리에서 우주사회학의 기본 틀을 도출해내고 싶다네. 이 밖에도 두 가지 중요한 개념이 더 있어. '의심의 사슬'과 '기술 폭발'이지."

"흥미로운 명칭이군요. 설명을 듣고 싶습니다."

예원제가 시계를 보았다.

"난 이만 가야 해. 자네는 명석하니까 혼자서도 깨달을 수 있을 거야. 우선 두 가지 공리를 가지고 학문을 창시하게. 어쩌면 자네가 우주사회학의 유클리드가 될지도 몰라."

"과찬이십니다. 제가 유클리드가 될 순 없겠지만 선생님의 말씀대로 해보겠습니다. 추후에 가르침을 구하러 찾아뵐지도 모르겠습니다."

"그렇게 된다면 내겐 큰 영광이지만…… 어쩌면 자넨 내 말을 늙은이의 쓸데없는 이야기로 치부하게 될지도 몰라. 어떻게 되든 내 말에 책임은 지겠네. 그럼 난 이만."

"……살펴 가십시오."

예원제가 저녁 어스름을 밟으며 돌아갔다. 그녀는 마지막 집회에 가는 길이었다.

갈색개미는 등반을 계속했다. 봉우리의 윗부분에 둥글고 얕은 웅덩이가 있었다. 웅덩이 안쪽의 매끄러운 표면 위에 어지러운 도안이 그려져 있었다. 갈색개미는 자신의 미미한 신경망으로는 그렇게 복잡한 형태를 저장할 수 없다는 것을 알고 있었다. 하지만 도안의 대략적인 형태를 탐색한 뒤 '9'와 비슷하다는 생각을 했다. 희미하지만 원세포의 형상에서 느껴지는 미감을 느낄 수 있었다. 갈색개미는 그 도안 중 일부가 무엇인지 알 것 같았다. 그건 두 개의 눈이었다. 개미는 태생적으로 눈에 민감하다. 누군가의 눈이 자신을 주시한다는 것은 그에게 위험을 의미하기 때문이다. 그러나 이 웅덩이의 눈은 두렵지 않았다. 생명이 없는 눈이라는 것을 알고 있었기 때문이다. 갈색개미는 뤄지라는 거대한 존재가 처음 소리를 내기 전 무릎을 꿇고 봉우리 위의 복잡한 형상을 응시했고, 그때 그의 시선이 맴돌던 곳이 바로 이 두 개의 눈이라는 사실을 잊었다. 갈색개미는 웅덩이에서 빠져나와 다시 봉우리 정상으로 기어 올라갔다. 갈색개미는 뭇 산을 굽어보는 일망무제(一望無際)의 호방함을 느낄 수 없었다. 그보다 훨씬 높은 곳에서 바람에 밀려 떨어지고도 멀쩡하게 일어난 경험들 때문에 갈색개미는 높은 곳에서 추락하는 것이 두렵지 않았다. 고도에 대한 공포가 사라진 뒤 고도가 주는 아름다움 또한 느낄 수 없었다.

뤄지의 꽃자루에 쏠려 봉우리 밑에 떨어졌던 거미가 다시 거미집을 치기 시작했다. 거미는 절벽 위에서 윤기 흐르는 실을 길게 자아낸 뒤 시계추처럼 실 끝에 매달려 지면 위로 몸을 던졌다. 그렇게 세 차례 반복하자 거미집의 얼개가 완성되었다. 집이 아무리 뭉개져도 거미는 다시 집을 짓는다. 거미는 끊임없이 반복되는 집짓기에 그 어떤 애증도 품지 않는다. 분노도, 절망도, 기쁨도, 보람도 없이 거미집을 칠 뿐이다. 지난 1억 년 동안 그래왔듯이······.

말없이 서 있던 뤄지도 떠났다. 대지의 진동이 잦아든 뒤 갈색개미는 봉우리의 다른 쪽을 따라 밑으로 내려왔다. 서둘러 개미굴로 돌아가 죽은 딱정벌레가 있는 위치를 알려야 했다. 어느새 별빛이 하늘을 빽빽이 채우고 있었다. 봉우리 밑에서 갈색개미와 거미가 또 한 번 스쳐 지나갔다. 이번에도 서로의 존재를 감지했지만 역시 아무런 소통도 하지 않았다.

우주 문명의 공리가 탄생하는 순간, 그것을 숨죽여 듣고 있던 머나먼 세계를 제외하면 자신들이 지구 생명체 중 유일한 증인이라는 사실을 갈색개미와 거미는 알지 못했다.

얼마 전 어느 날, 마이크 에번스가 '심판일'호의 뱃머리에 서서 밤하늘과 망망대해를 바라보고 있었다. 밤하늘의 별빛 아래로 태평양이 검고 넓은 실크처럼 너울거렸다. 에번스는 이런 밤에 머나먼 세계와 대화하는 것을 좋아했다. 하늘과 바다가 만들어낸 검은 장막 위에서 지자(智子)가 시망막으로 전송하는 글자가 훨씬 또렷하게 보였기 때문이다.

자막 : 이것은 우리의 제22차 실시간 대화다. 우리는 몇 가지 교류상의 문제를 발견했다.

에번스 : "그렇습니다. 주여, 당신들이 우리가 보낸 인류의 문헌 중 상당 부분을 이해할 수 없다는 사실을 알았습니다."

자막 : 그렇다. 너희가 그 안에 있는 개별적인 원소들에 대해 명확하게 해석해

놓았지만, 우리는 그것을 전체적으로 이해할 수가 없다. 너희 세계와 우리 세계에 다른 점이 있는 것 같다.

에번스: "다른 점이 무엇인가요?"

자막: 너희의 문헌을 면밀히 연구한 뒤 우리가 그것을 이해할 수 없는 결정적인 요인이 동의어라는 결론에 도달했다.

에번스: "동의어라고요?"

자막: 너희 언어에는 동의어와 유사어가 많다. 우리가 최초로 받은 중국어 자료를 예로 들면, '춥다[寒]'와 '차다[冷]', '중하다[重]'와 '무겁다[沉]', '길다[長]'와 '멀다[遠]' 등 서로 같거나 비슷한 뜻을 가진 말이 많았다.

에번스: "인류의 문서를 이해할 수 없는 건 어떤 동의어 때문입니까?"

자막: '생각하다[想]'와 '말하다[說]'이다. 우리는 방금 이 두 가지 단어가 동의어가 아님을 알고 놀라움을 금치 못했다.

에번스: "그 말들은 원래 동의어가 아닙니다."

자막: 우리에게 그 두 가지는 동일하다. '생각하다'란 사고한 내용을 동족에게 전달하는 것이다. 너희 세계에서 '말하다'란 성대라고 불리는 기관이 공기의 진동파를 조절함으로써 자신이 사고한 내용을 동족에게 전달하는 것이다. 이것이 정확한 정의인가?

에번스: "그렇습니다. 하지만 '생각하다'와 '말하다'는 동의어가 아닙니다."

자막: 우리 생각은 다르다. 정의가 정확하다면 이 두 가지는 마땅히 동의어다.

에번스: "제게 생각할 시간을 주십시오."

자막: 좋다.

에번스가 별빛 아래 일렁이는 수면을 바라보며 생각에 잠겼다. 2분 뒤 그가 말했다.

에번스 : "주여, 당신들의 소통 기관은 무엇인가요?"

자막 : 우리에게는 소통 기관이 없다. 우리 대뇌는 사고하는 것을 외부에 보여줄 수 있다. 우리는 이런 방식으로 소통한다.

에번스 : "머릿속으로 사고하는 것을 어떻게 외부에 보여줄 수 있죠?"

자막 : 대뇌의 사고가 전자파를 방출한다. 육안으로 볼 수 있는 빛을 포함한 각종 파장이 그 전자파에 포함된다. 전자파를 상당히 먼 거리까지 전달할 수 있다.

에번스 : "그러므로 당신들에게는 생각하는 것이 곧 말하는 것이로군요."

자막 : 그렇다. 그러므로 우리에겐 그 두 단어가 동의어다.

에번스 : "음…… 그렇다 해도 인류의 문서를 이해하는 데 큰 장애가 될 것 같지는 않습니다."

자막 : 그렇다. 사고와 소통 방식은 큰 차이가 없다. 우리와 인류 모두 대뇌를 가지고 있고, 대뇌는 수많은 뉴런이 서로 연결되며 지능을 형성한다. 다만 우리의 뇌 전도가 더 강해서 소통 기관을 거치지 않고 동족에게 전달할 수 있다는 작은 차이점뿐이다.

에번스 : "아닙니다. 그보다 더 큰 차이가 숨어 있습니다. 주여, 제게 생각할 시간을 주십시오."

자막 : 좋다.

에번스는 천천히 갑판을 거닐었다. 밤하늘 아래 소리 없이 출렁이는 태평양을 바라보며 그 바다가 쉬지 않고 사고하는 대뇌라고 상상했다.

에번스 : "주여, 한 가지 이야기를 들려드리겠습니다. 우선 늑대, 아이, 외할머니, 숲속 오두막이 무엇을 뜻하는지 아십니까?"

자막 : 아주 쉬운 원소들이다. 단, 외할머니에 대해서는 자세히 설명해주길 바란다. 외할머니가 인류 간 혈연관계의 일종이며 일반적으로 나이가 많은 여자를 뜻한

다는 것은 알고 있지만 그가 혈연 구조에서 어떤 위치에 있는지는 모른다.

에번스 : "그건 중요치 않습니다. 외할머니가 아이들과 가까운 관계라는 것만 아시면 됩니다. 외할머니는 아이들이 가장 신뢰하는 사람 중 한 명입니다."

자막 : 알겠다.

에번스 : "대강의 줄거리만 말씀드리겠습니다. 외할머니가 아이들만 오두막에 남겨두고 외출하면서 자신 외에는 아무에게도 문을 열어주지 말라고 했습니다. 외할머니가 길에서 늑대를 만났습니다. 늑대가 외할머니를 잡아먹은 뒤 외할머니의 옷을 입고 오두막에 가서 문을 두드렸습니다. 늑대는 외할머니인 척 하며 아이들에게 문을 열어달라고 했습니다. 아이들이 문틈으로 외할머니의 옷을 보고 문을 열어주자 늑대가 들어와 아이들을 잡아먹었습니다. 주여, 이 이야기를 이해하시겠습니까?"

자막 : 도저히 이해할 수 없다.

에번스 : "제 추측이 맞는 것 같군요."

자막 : 우선 늑대는 오두막으로 들어가 아이들을 잡아먹고 싶다는 생각을 계속했을 것이다. 그런가?

에번스 : "그렇습니다."

자막 : 늑대는 아이들과 소통을 했다. 그런가?

에번스 : "그렇습니다."

자막 : 그 점을 이해할 수가 없다. 늑대가 자신의 목적을 이루려면 절대로 아이들과 소통해서는 안 된다.

에번스 : "왜 그렇습니까?"

자막 : 너무도 당연하지 않은가? 그들 사이에 소통이 이루어지면 아이들이 늑대가 오두막으로 들어와 자신들을 잡아먹으려 한다는 것을 알 수 있다. 그러니 문을 열어줄 리 없다.

에번스 : (한참 동안 침묵한 뒤) "이제 알았습니다."

자막 : 무엇을 이제 알았다는 것인가? 이 모든 것이 아주 명확하지 않은가?

에번스 : "당신들의 사고는 외부에 낱낱이 공개되어 숨길 수가 없다는 것을 알았습니다."

자막 : 사고를 어떻게 숨길 수가 있지? 그런 생각을 한다는 것 자체를 납득할 수 없다.

에번스 : "당신들의 사고와 기억은 외부에 투명하게 공개됩니다. 공공장소에 놓아둔 책이나 광장에서 상영하는 영화 또는 투명한 어항 속 물고기처럼 밖에서 훤히 볼 수가 있습니다."

자막 : 그렇다. 아주 당연하지 않은가?

에번스 : (한참 동안 침묵한 뒤) "그랬군요……. 주여, 당신들이 서로 마주 보며 소통한다면 소통하는 모든 것이 진실하겠군요. 조금의 기만이나 거짓도 끼어들 수 없겠죠. 그러므로 당신들은 복잡한 전략이나 계략을 품을 수도 없을 것이고요."

자막 : 마주 보며 소통할 때뿐만 아니라 상당히 먼 거리에서 소통할 때도 마찬가지다. 기만과 거짓이라는 말조차 우리는 이해하기가 힘들다.

에번스 : "사상이 완벽하게 투명한 사회란 어떤 사회입니까? 문화와 정치는 어떤 모습입니까? 당신들에게는 계략도 위장도 있을 수 없겠군요."

자막 : 계략과 위장이 무엇인가?

에번스 : "……."

자막 : 인류의 소통 기관은 진화 과정에서 생겨난 일종의 결함이다. 너희의 대뇌가 강한 전파를 방출할 수 없는 것에 대한 불가피한 보상이자, 너희의 생물학적 열등성을 증명하는 것이지. 사고를 직접적으로 보여주는 것이 훨씬 효율적이고 고차원적인 소통 방식이다.

에번스 : "결함이라고요? 열등성이라고요? 아닙니다. 주께서 틀리셨습니다. 결코 그렇지 않습니다."

자막 : 그런가? 그럼 나도 생각을 해보겠다. 네가 내 생각을 볼 수 없어서 아쉽다.

긴 정적이 흘렀다. 20분 동안 아무런 자막도 나타나지 않았다. 에번스는 뱃머리에서 뱃고물까지 거닐었다. 물고기 떼가 바다에서 뛰어올라 별빛 부서지는 수면 위에 은백색의 반짝이는 포물선을 만들었다. 에번스는 몇 년 전 과도한 수산물 포획 현황을 조사하기 위해 남중국해의 어선 위에서 지낸 적이 있었다. 어부들은 이런 현상을 '용의 병사가 지나간다'라고 표현했다. 에번스는 물고기 떼가 그려내는 포물선이 바다의 동공 위에 떠오르는 자막 같다고 생각했다. 바로 그때 그의 눈 속에도 자막이 떠올랐다.

자막: 네 말이 옳다. 너희의 문서들을 돌이켜 생각해보니 나도 그 사실을 조금은 알 것 같다.

에번스: "주께서 인류를 진정으로 이해하시려면 아직 가셔야 할 길이 멉니다. 솔직히 말하면 주께서 그것들을 과연 이해하실 수 있을지 의구심이 듭니다."

자막: 그렇다. 너무 복잡하다. 내가 인류에 대해 아무것도 모르고 있었다는 것을 알았다. 네 말이 옳다.

에번스: "주여, 당신에겐 우리가 필요합니다."

자막: 나는 너희가 두렵다.

대화가 중단됐다. 이것은 에번스가 삼체 세계로부터 마지막으로 받은 메시지였다.

에번스는 뱃고물 위에 선 채 '심판일'호의 은백색 항적이 망망한 밤하늘까지 길게 이어지는 것을 지켜보았다. 까마득한 시간의 흐름처럼…….

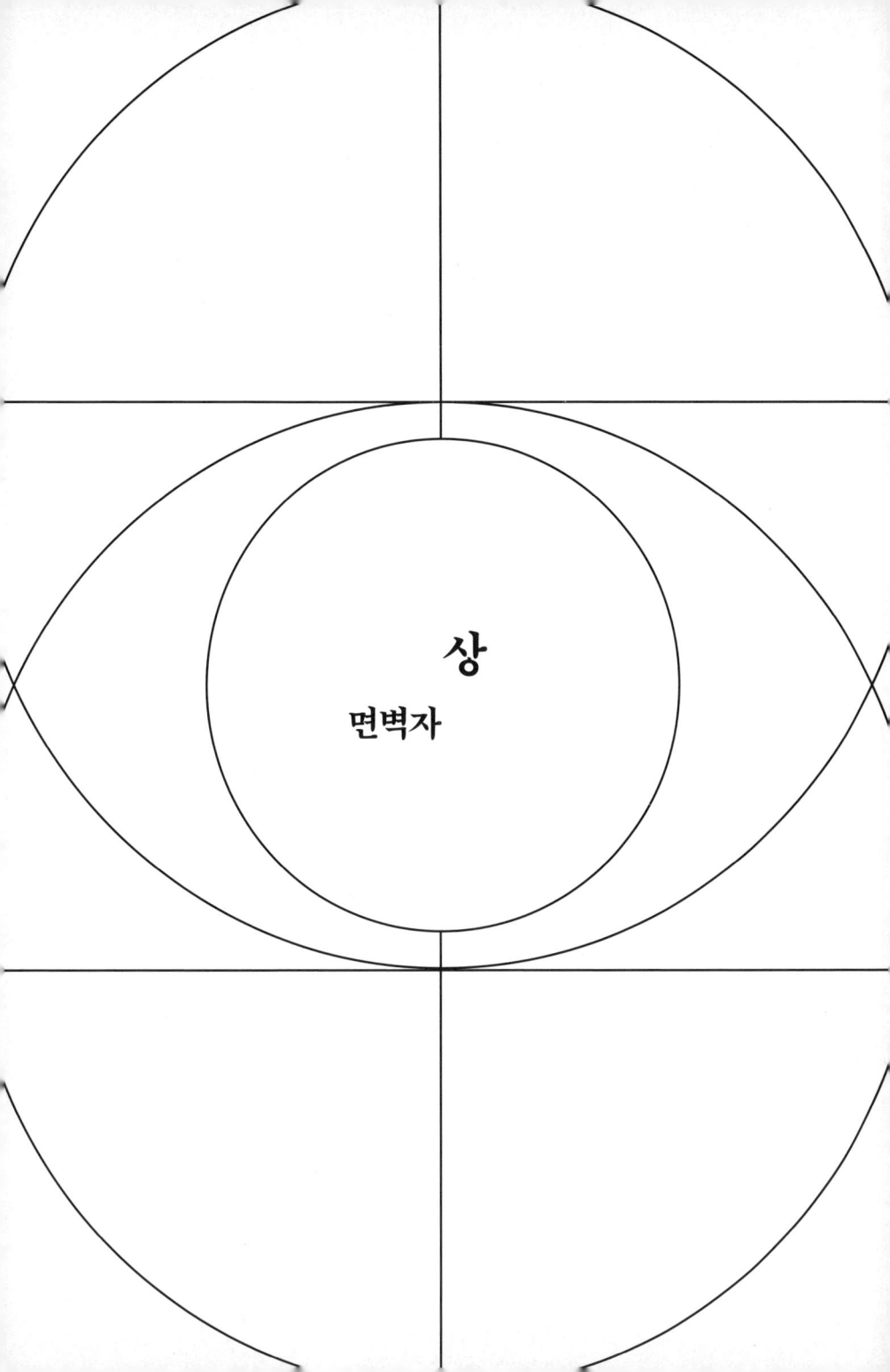

상

면벽자

위기의 세기 제3년, 삼체 함대와 태양계의 거리 4.21광년

아무리 봐도 너무 낡았어…….

건조 중인 당(唐)호의 거대한 함체를 바라보며 우웨(吳岳)의 마음이 무겁게 가라앉았다. 최첨단 기액 보호 용접 공정으로 인해 항공모함의 망간 강판에 잔얼룩이 많이 생길 수 있다는 것은 그도 알고 있었다. 쉬지 않고 번쩍이는 용접 아크방전광 때문에 곧 완공을 앞둔 함체가 더 낡아 보이는 것일 수도 있었다. 용접면 위에 회색 도료를 칠한 뒤 당당한 위용을 드러낸 당호의 모습을 머릿속에 그려보려고 했지만 도무지 상상할 수가 없었다.

당호의 완성에 대비해 실시한 제4차 근해 편대 훈련이 막 종료되었다. 2개월간의 이번 항해에서 우웨와 그 옆에 서 있는 장베이하이(章北海)는 쉽지 않은 역할을 수행했다. 구축함, 잠수정, 보급함으로 구성된 편대는 전투단 사령관의 휘하로 귀속되었고, 그들이 지휘할 당호는 독(dock)에서 건조 중이었다. 그러므로 원래 항공모함이 있어야 하는 위치에 훈련함인 정화(鄭和)호를 대신 투입하거나 가끔은 아예 비워두어야 했다. 항해 기간 동안 우웨는 지휘함 위에 우두커니 서서 망망한 공해를 바라보는 일이 잦았다. 그의 심정을 대변하듯 해수면도 전방의 함정들이 남기고 간 항적이 어지럽게 교차되며 불안하게 굼실댔다. 과연 이 공백이 메워질 수 있을까? 그는 수없이 자문했다.

건조 중인 당호를 다시 찾아갔을 때 그를 맞이한 것은 세월의 더께마저 느껴지는 낡은 함체였다. 당호는 마치 버려진 거대한 고대 요새 같았다. 얼룩이 낭자한 함체는 요새의 높다란 석벽 같았고, 빈틈없이 세워진 비계 위에서 쏟아지는 용접 불꽃은 요새의 석벽을 타고 무성하게 자란 풀 넝쿨 같았다. 항공모함 건조라기보다는 유물 발굴에 가까운 광경이었다. 우웨는 더 깊이 상상하는 것조차 두려워 옆에 있는 장베이하이에게로 관심을 돌렸다.

"아버님 병환은 어떠셔?"

장베이하이가 천천히 고개를 저었다.

"차도가 없으셔. 현상 유지만 해도 다행이지."

"휴가를 내지 그래?"

"처음 입원하셨을 때 냈었어. 지금 상황에서 어떻게 휴가를 내겠나? 두고 보는 수밖에."

다시 정적이 감돌았다. 사생활에 관한 대화는 매번 두세 마디로 끝이 났다. 일에 대한 대화라면 좀 더 길게 이어졌겠지만 어쨌든 알 수 없는 무언가가 둘 사이를 가로막고 있다는 느낌을 지울 수가 없었다.

"베이하이, 앞으로 우리에게 더 중요한 임무가 주어질 거야. 함께 임무를 수행하게 된 이상 서로 자주 소통하고 대화를 나누는 게 좋을 것 같군."

"지금까지 별문제 없었잖아. 상부에서 우리 둘을 당호에 함께 배치한 것도 우리가 장안(長安)호에서 임무를 성공적으로 수행했다고 평가했기 때문이겠지."

장베이하이는 웃으며 말했지만 우웨는 여전히 그의 미소에 담긴 뜻을 읽어낼 수가 없었다. 하지만 분명한 건 그 미소가 그의 진심에서 우러났다는 사실이었다. 누군가의 진심을 이해할 수 없다면 그건 그 사람 자체를 이해할 가능성이 조금도 없다는 뜻이다. 성공적인 임무 수행이 성공적인 소통과 이해를 의미하는 것은 아니다. 물론 장베이하이에게 우웨란 투명한 유리 같은 사람이었다. 장베이하이는 갑판 위 수병부터 함장인 우웨까지 모든 이의 속마음을 훤히 들여다볼 수 있었다. 그는 유능한 정치위원*이었다. 물론 공적인 임무에 있어서는 그도 솔직했다. 무슨 일을 하든 함장과 숨김없이 상세하게 공유했다. 하지만 자신의 속마음을 드러내 보인 적은 단 한 번도 없었다. 우웨는 그를 볼 때마다 끝을 알 수 없는 탁한 회색빛을 마주하고 있는 기분이었다. 장베이하이의 말은 언제나 '이렇게 하자' 또는 '이렇게 하는 게 최선이거나 가장 옳아'라는 뉘앙스일 뿐 그의 생각이 어떤지 직접적으로 알 수 없었다. 처음에는 그저 막연한 느낌이었지만 시간이 갈수록 점점 또렷해졌다. 물론 장베이하이가 내리는 결정은 대부분 최선이거나 가장 정확했지만 그가 어떤 생각을 품고 있는지 우웨는 도무지 알 수가 없었다. 전함 지휘관이라는 힘든 보직을 수행함에 있어서 함장과 정치위원은 반드시 서로의 생각과 사고방식을 잘 알아야 한다는 것이 우웨의 오랜 신념이었다. 그러므로 장베이하이의 속마음을 들여다볼 수 없는 이 상황이 우웨에게는 불편하고 불안하기만 했다. 처음에는 장베이하이가 자신에게 경계심을 품고 있다는 생각에 억울한 마음이 들었다. 우웨는 구축함장이라는 쉽지 않은 직위에 있으면서 자신만큼 솔직담

* 옮긴이 주 : 중국인민해방군의 연대 이상 부대에 배치되어 공산당 업무와 정치 업무를 담당하는 간부.

백한 사람도 없을 것이라고 자부했다. 그런데도 어째서 나를 경계하는 걸까? 우웨는 한때 자신들의 상사였던 장베이하이의 아버지를 찾아가 이 문제에 대해 조언을 구한 적도 있었다.

"일만 잘하면 그만이지 굳이 그 아이의 사고방식을 알 필요는 없잖나?"

장 소장은 담담하게 대답하고는 의도적인 듯 아닌 듯 한마디 덧붙였다.

"내 아들이지만 실은 나도 잘 모른다네."

장베이하이가 용접 불꽃이 산산이 부서져 내리는 당호를 가리켰다.

"가까이 가서 자세히 살펴보세."

그때 두 사람의 휴대전화가 동시에 울렸다. 차로 돌아오라는 문자메시지였다. 기밀 통신 장비는 차 안에서만 쓸 수 있다. 그러므로 차로 돌아오라는 것은 긴급한 용건이 있다는 뜻이었다. 우웨는 차 문을 열자마자 벨이 울리는 수화기를 들었다. 전투단 본부의 한 참모였다.

"함대 사령부에서 우 함장과 장 정치위원에게 긴급 명령이 내려왔소. 두 사람은 즉시 총참모부로 가시오."

"총참모부로 가라고요? 제5차 편대 훈련은 어떻게 합니까? 전투단의 절반이 해상에 나가 있고 나머지 함정도 내일 출항해 합류할 예정입니다."

"그건 나도 모르오. 명령은 이게 전부요. 구체적인 건 총참모부로 가서 들으시오."

아직 물에 띄우지도 않은 항공모함 당호의 함장과 정치위원은 서로의 눈을 마주 보았다.

'당분간은 항공모함의 공백을 채우기가 힘들 것 같군.'

그토록 오랫동안 함께 복무했지만 서로의 마음을 읽어낸 몇 안 되는 순간이었다.

＊

알래스카주 포트그릴리 기지에서 설원을 유유히 거닐던 다마사슴 몇 마리가 갑자기 몸을 움츠리며 주위를 경계했다. 두꺼운 눈층 아래 지면에서 전해지는 진동을 느꼈기 때문이다. 잠시 후 그들 앞에 있는 은백색 돔이 천천히 갈라졌다. 그 돔은 땅속에 반쯤 묻힌 거대한 알처럼 오래전부터 그 자리에 있었지만, 다마사슴들은 그것이 이 한랭한 세계에 속한 것이 아니라고 생각해왔다. 알껍데기의 벌어진 틈으로 짙은 연기와 불꽃이 비어져 나오더니 원기둥 하나가 굉음을 내며 땅 밑에서 치솟았다. 지면을 뚫고 나온 원기둥은 맹렬한 불길을 내뿜으며 상공으로 빠르게 솟구쳤다. 두껍게 쌓였던 눈이 이글거리는 기류에 날려 하늘로 올라갔다가 다시 비가 되어 떨어졌다. 원기둥이 고공에 다다르자 다마사슴들을 공포에 떨게 한 거센 불꽃이 사그라지고 평온을 되찾았다. 원기둥은 하늘에 기다란 흰색 꼬리 같은 흔적을 남기고 사라졌다. 마치 그 아래 설원이 거대한 흰색 실타래가 되고, 보이지 않는 거인의 손이 실타래 속에서 실 한 가닥을 뽑아 하늘로 잡아당긴 것 같았다.

"젠장! 몇 초만 빨랐어도 발사를 중단시킬 수 있었는데!"

머나먼 콜로라도스프링스의 샤이엔마운틴 지하 300미터에 위치한 북미항공우주방어사령부 NMD(국가미사일방어체계) 통제실에서 목표물 검색 장교인 레더가 짜증스럽게 마우스를 집어 던졌다.

궤도 관측 장교인 존스가 고개를 저었다.

"시스템 경보가 울렸을 때 뭔가 잘못됐다는 걸 알았습니다."

피츠로이 장군이 물었다.

"시스템 공격이 뭐지?"

NMD는 그가 새로 맡게 된 직책과 관련된 업무 중 일부였지만 아는 바

33

가 많지 않았다. 그는 한쪽 벽을 가득 채운 모니터들 중에서 NASA 통제센터에서 보았던 것 같은 그래픽 화면을 찾으려 했다. 붉은 선이 맥 풀린 뱀처럼 세계지도 위에서 꿈틀거리는 그래픽 화면이었다. 붉은 선이 평면화된 지도 위에서 문외한은 이해할 수 없는 사인파를 그리며 움직이기는 하지만 적어도 어떤 물체가 우주로 날아가고 있다는 것은 알 수 있었다. 하지만 그런 그래픽 화면은 없었다. 추상적이고 어지러운 곡선이 한데 뒤엉킨 화면들은 그에게 아무런 의미도 없었다. 수많은 숫자가 빠르게 지나가는 모니터들은 더 말할 것도 없었다. 그것들을 알아볼 수 있는 건 그를 향한 존경심이 그리 느껴지지 않는 몇몇 NMD 당직 장교들뿐이었다.

"장군님, 작년 국제우주정거장에서 다목적 모듈의 반사 필름을 교체했던 것을 기억하십니까? 그때 그들이 떼어낸 기존 필름을 우주에 떨어뜨렸는데 그게 지금도 우주를 떠다니며 태양풍에 의해 펼쳐졌다 접혀졌다 하고 있죠."

"그것도…… 목표물 검색 데이터베이스 안에 있지 않나?"

"있습니다."

레더가 마우스를 움직이자 모니터에 새 화면이 나타났다. 복잡한 글자와 데이터, 표가 화면을 가득 메운 뒤 그리 특별해 보이지 않는 사진 한 장이 나타났다. 지면에서 망원렌즈로 촬영한 듯한 사진인데 흑색 배경 위에 은백색의 불규칙한 물체가 떠 있었다. 표면에서 강한 빛이 반사되어 자세히 알아보기 힘들었다.

"레더 소령, 그 필름이 검색 데이터 안에 있는데 어째서 자동 발사 프로그램을 중단시키지 않았나?"

"목표물 데이터베이스는 원래 시스템에서 자동으로 검색하고 식별하도록 되어 있습니다. 시스템의 데이터베이스 검색과 자동 공격이 순식간에 진행되기 때문에 사람이 그 속도를 따라갈 수가 없습니다. 이 부분의 데이터베이스가 예전 양식이기 때문에 시스템 식별 모듈과 연결되지 않아 시스템 공격이 이루어진 것입니다."

레더의 말투에 억울한 기색이 역력했다. 자신이 NMD의 슈퍼컴퓨터를 대신해 이렇게 신속하게 데이터를 검색해낸 것은 고도로 숙련된 업무 능력 덕분인데 어떻게 그런 멍청한 질문을 할 수 있느냐는 무언의 항변이었다.

한 당직 장교가 말했다.

"NMD의 요격 방향을 우주로 돌린 뒤 소프트웨어 재조정이 다 완료되지 않아서 수동으로 전환 명령을 내려야만 실전 운행 상태로 전환됩니다."

피츠로이는 더 이상 아무 말도 하지 않았다. 통제실을 가득 메운 뚜뚜뚜 소리가 팽팽하게 당겨진 그의 신경줄을 자꾸만 건드렸다. 그의 앞에 있는 것은 인류가 만들어낸 최고의 지구 방위 시스템이다. 하지만 기존 NMD의 요격 방향을 지구의 각 대륙에서 우주로 돌린 게 전부였다.

존스가 상기된 목소리로 외쳤다.

"이 장면을 사진으로 남겨야 합니다! 공동의 적을 향한 인류의 첫 번째 공격이었습니다!"

레더가 싸늘하게 말했다.

"통제실엔 카메라를 가지고 들어올 수 없잖아."

피츠로이가 버럭 화를 냈다.

"대위, 그게 무슨 소린가! 적이 나타나지도 않았는데 첫 번째 공격이라니!"

잠시 난감한 침묵이 흐른 뒤 누군가의 목소리가 정적을 깼다.

"요격기에 핵탄두가 장착되어 있습니다."

"TNT 당량 150만 톤짜리지. 그게 뭐가 어떻단 말인가?"

"곧 날이 어두워질 시간입니다. 목표물의 위치로 보면 바깥에서도 폭발의 섬광을 관측할 수 있어야 합니다!"

"모니터로 볼 수 있겠지."

레더가 말했다.

"밖에서 보는 게 훨씬 멋질 겁니다!"

존스가 상기된 얼굴로 벌떡 일어났다.

"장군님, 전 근무 교대 시간이 지났습니다……."

레더도 말했다.

"저도 그렇습니다."

그저 예의상으로 하는 보고라는 걸 그들 모두 알고 있었다. 지구방위이
사회의 수석 조정관인 피츠로이는 사령부나 NMD에 대해 아무런 지휘권
이 없었다.

피츠로이가 손을 저었다.

"난 자네들의 지휘관이 아니네. 알아서들 하게. 하지만 우리가 앞으로
도 오랫동안 함께 일하게 될 거란 사실은 말해두지."

레더와 존스는 서둘러 지휘센터를 빠져나갔다. 수십 톤 무게의 방사능
차단문을 지나 샤이엔마운틴 정상으로 올라갔다. 황혼에 물든 하늘은 구
름 한 점 없이 쾌청했지만 우주에서 핵폭발이 일어나는 섬광은 보이지
않았다.

존스가 하늘을 가리켰다.

"저 위치가 분명합니다."

레더는 고개를 들지도 않고 입가에 엷은 냉소를 머금었다.

"우리가 한발 늦은 것 같군. 설마 그들은 지자가 다시 저차원 펼침을 할
거라고 믿는 걸까?"

"그럴 리 없을 겁니다. 지자는 지혜로우니까요. 우리에게 다시는 기회
를 주지 않겠죠."

"NMD의 시선이 위를 향하고 있어. 이 지구상엔 더 이상 방어할 게 없

단 말인가? 설사 테러 국가들이 당장 개과천선한다 해도 ETO*가 있잖아? 흠…… PDC**의 군부 사람들은 하루라도 빨리 실적을 내려고 안달이 나 있어. 피츠로이도 그중 하나. 지금 그들은 지구 방위 시스템의 1기 공정 이 완성되었다고 발표할 수 있어. 요격 방향을 하늘 위로 돌린 것 외에는 하드웨어상으로 아무것도 한 게 없지만 말이야. 이 시스템의 유일한 목표 는 그녀가 지구 저궤도에서 저차원 펼침을 하지 못하도록 막는 거야. 그 목표를 달성하는 건 인류 자신이 만들어낸 미사일을 요격하는 것보다도 훨씬 쉽지. 정말로 목표물이 출현한다면 그 면적이 엄청나게 클 테니까 말 이야……. 존스 대위, 내가 자넬 밖으로 데리고 나온 건 조금 전 자네 행동 때문이네. 첫 번째 공격이라고? 사진을 찍어야 한다고? 어떻게 그런 철부 지 같은 말을 할 수가 있나? 그 말이 장군의 심기를 건드렸다는 걸 몰라? 그가 옹졸한 사람이란 걸 아직도 모르나?"

"그건…… 장군의 비위를 맞추려고 한 말이었습니다."

"그는 군부에서 대외적인 이미지 관리에 가장 노련한 사람이야. 그가 기자회견에서 이 발사가 시스템 오류였다고 말할 리 없어. 아마 성공적인 훈련으로 포장하겠지. 두고 봐, 내 말이 맞을 테니까."

레더가 바닥에 털썩 주저앉아 손으로 땅을 짚었다. 하늘에는 벌써 별이 성글게 떠오르고 있었다.

"그녀가 정말로 다시 펼쳐져서 우리가 그걸 파괴시킬 기회가 있다면 얼 마나 좋겠나!"

"그게 무슨 소용입니까? 수없이 줄지어 태양계로 날아오고 있는걸요. 지자가 도대체 몇 개나 되는지 아무도 모르잖아요……. 그런데 왜 아까부

---

* 지구 삼체 조직의 약칭(Earth-Trisolaris Organization).
** 행성방위이사회의 약칭(Planetary Defense Council). 전신은 UN 안전보장이사회다.

터 지자를 '그녀'라고 지칭하시는 겁니까?"

하늘로 향해 있는 레더의 얼굴에 꿈을 꾸듯 아련한 표정이 떠올랐다.

"얼마 전 지휘센터에 부임한 중국인 대령이 어제 그러더군. 그것의 이름이 꼭 일본 여자의 이름 같다고 말이야."*

＊

장위안차오(張援朝)는 어제 퇴직 수속을 마치고 40년 넘게 근무한 화학 공장을 떠났다. 그의 이웃인 양진원(楊晉文)의 말을 빌리자면, 오늘부터 그의 두 번째 유년기가 시작된다. 양진원은 60세는 16세만큼이나 아름다운 나이라고 했다. 사오십대만큼 책임감이 무겁지도 않고, 칠팔십대처럼 몸이 둔하고 아픈 곳이 점점 늘어나지도 않으니 인생을 즐기기에 가장 좋은 시기라는 것이다. 양진원은 미국에 살고 있는 아들 부부가 모두 안정된 직업을 가지고 있었고, 장위안차오도 얼마 안 있으면 손주를 보게 될 것이다. 노부부는 이 집을 살 형편은 아니었지만 살던 집이 철거되면서 받은 보상금으로 집을 살 수 있었다. 새집으로 이사 온 지 1년 남짓 되었다. 객관적으로 보면 만족스러운 인생이라고 할 만했다. 하지만 장위안차오는 자신의 8층 집 창가에 서서 착잡한 심정으로 화창한 하늘 아래 펼쳐진 도시를 바라보고 있었다. 두 번째 유년기가 시작되는 설렘 같은 건 느낄 수 없었다. 그동안 양진원에게 귀에 딱지가 앉게 들었던 말이 옳다는 것을 이제야 깨달았다.

전직 교사인 양진원은 행복한 노후를 보내고 싶다면 새로운 것을 배워야 한다고 입버릇처럼 말했다. 특히 인터넷 같은 것들 말이다. 어린아이도

* 옮긴이 주: '智子'를 일본어로 하면 여자 이름 '도모코'가 된다.

할 수 있는 걸 왜 못 하느냐며 장위안차오에게 핀잔을 주곤 했다.

"세상 돌아가는 일에 전혀 관심이 없는 게 바로 자네의 가장 큰 약점이란 말이지. 자네 마누라는 하다못해 유치한 드라마를 보며 눈물을 짜내기도 하잖아. 자넨 도통 텔레비전도 안 보는군. 나라가 어떻게 돌아가는지, 나라 밖에서 무슨 일들이 일어나고 있는지 관심을 가져. 그래야 인생을 충실하게 살 수가 있어."

장위안차오는 베이징(北京) 토박이지만 여느 베이징 사람들과 달랐다. 베이징에서는 택시만 타도 국가의 대사와 세계의 형세에 관한 택시기사들의 열띤 웅변을 들을 수 있다. 하지만 장위안차오는 국가 주석의 이름 정도는 알았지만 총리가 누구냐고 물으면 대답하지 못했다. 그런데 장위안차오는 오히려 이 점을 자랑스럽게 여겼다. 평범한 국민으로서 제 생활에만 착실하면 그만이지, 자기랑 상관도 없는 일에 관심을 가진들 무슨 소용이 있을까? 그래봤자 고민만 더 늘어날 텐데 말이다. 양진원은 시사에 관심이 많아서 날마다 텔레비전 뉴스를 빠짐없이 시청하고, 가끔은 인터넷 게시판에서 국가의 경제 정책, 국제적인 핵 확산 추세 등을 놓고 사람들과 설전을 벌였다. 하지만 그런다고 나라에서 그의 은퇴연금을 한 푼이라도 올려준 적이 있는가?

양진원은 장위안차오의 이런 생각을 비웃었다.

"상관도 없는 일이라니? 정부의 중요한 정책이나 UN의 결의는 모두 직간접적으로 자네 생활에 영향을 미친다네. 미국의 베네수엘라 공격이 자네와는 아무 상관도 없을 것 같지? 천만의 말씀! 장기적으로 보면 그 일이 자네의 은퇴연금과 밀접한 관계가 있단 말이지."

양진원이 먹물 냄새를 풀풀 풍기며 잔소리를 늘어놓을 때마다 장위안차오는 웃으며 넘겨버리곤 했다. 하지만 이제는 양진원의 말이 옳다는 것을 알았다. 바로 그때 초인종이 울렸다. 양진원이었다. 양진원은 외출했다가 돌아오는 듯 느긋한 표정으로 걸어 들어왔다. 장위안차오는 사막에서 동행을 만난 여행자처럼 양진원을 반겼다.

"어딜 갔었어? 아까 집에 가보니 없던데."

"새벽 시장에 갔다 왔지. 자네 마누라도 장을 보고 있더군."

"아파트 전체가 텅 비었어. 꼭…… 무덤 같아."

"휴일도 아닌데 당연하지, 킬킬. 하긴, 퇴직하고 맞이하는 첫날이니까 그럴 만도 해. 그래도 자넨 나은 편이야. 높은 자리에 있다가 퇴직한 사람들은 더 괴롭고 허전하겠지. 곧 적응될 거야. 집에만 있지 말고 나가세. 주민 휴게실에 가서 재밌는 일 없나 둘러보자고."

"아냐. 퇴직해서 그런 게 아니야. 그 뭐더라…… 국가 정책? 아니, 국제 정세?"

양진원이 웃음을 터뜨렸다.

"국제 정세? 하하하! 자네 입에서 그런 말이 나오다니……."

"지금까지는 바깥세상 일엔 관심이 없었는데 이제 보니 아주 큰일이더군. 예전엔 미처 몰랐어."

"우습게 들리겠지만 난 오히려 자넬 본받기로 했어. 나랑 상관없는 일엔 이제 신경 쓰지 않을 거야. 내가 보름 동안 뉴스를 보지 않았다면 믿을 수 있겠나? 내가 지금까지 국가 대사에 관심을 가졌던 건 인간의 노력으로 해결할 수 있는 문제들이었기 때문이지. 하지만 이번엔 글렀어. 누구도 해결할 수 없어. 고민해봐야 소용없으니 차라리 관심을 끊는 게 낫지."

"아무리 그래도 어떻게 무관심할 수 있겠나. 400년 후에 인류가 사라진다는데 말이야!"

"흥, 400년은 고사하고 40년만 지나도 우리 둘 다 지구상에 없을 테니 걱정할 거 없어."

"우리 자손들은 어쩌고?"

"난 자손 걱정은 덜한 편이지. 미국에서 결혼한 아들놈은 아이를 낳을 생각이 없다고 하고 나도 손주를 그리 바라지 않아. 자네도 자손은 이어질 거 아냐? 그 정도로 만족하게."

장위안차오는 양진원을 몇 초 동안 말없이 바라보다가 벽시계를 보고 얼른 텔레비전을 켰다. 뉴스 채널에서 정각 뉴스가 시작되고 있었다.

(……) 이달 29일 미국 동부 시간 18시 30분, 미국 국가미사일방어체계의 지구 저궤도 저차원 펼침 지자 파괴 훈련이 성공적으로 실시되었다고 AP 통신이 보도했습니다. 이는 NMD 체계의 요격 방향이 우주로 변경된 뒤 세 번째로 실시된 훈련입니다. 목표물은 작년 10월 국제우주정거장에서 폐기된 반사 필름이었습니다. PDC 대변인은 "핵탄두가 탑재된 요격기가 목표물을 성공적으로 파괴했다"고 밝혔습니다. 목표물의 면적은 약 3000제곱미터였습니다. 따라서 3차원 펼침 상태의 지자가 충분한 면적에 다다라 반사경을 형성하고 인류에게 위협을 가하기 전에 NMD 체계로 요격해 파괴시킬 수 있을 것으로 보입니다. (……)

양진원이 장위안차오의 손에 들려 있는 리모컨을 낚아채려고 했다.

"다 부질없어. 지자는 펼쳐지지 않을 테니까……. 스포츠 채널이나 보자고. 유로 리그 준결승전을 재방송해줄 거야. 어젯밤에 경기도 못 보고 소파에서 잠이 들었지 뭐야."

"집에 가서 봐."

장위안차오는 리모컨을 손에 꼭 쥔 채 다음 뉴스에 귀를 기울였다.

(……) 자웨이빈(賈維彬) 원사(院士)*의 주치의였던 301 병원 주임 의사가 자 원사의 사인이 혈액암, 즉 백혈병이었으며 직접적인 사인은 백

혈병의 말기 병변으로 인한 대출혈 및 장기 부전이었고 다른 이상 요인은 없었다고 밝혔습니다. 자웨이빈 원사는 권위적인 초전도 전문가로 상온 초전도 물질 분야에서 큰 성과를 남겼으며 이달 10일 사망했습니다. 자 원사의 사망 이후 그가 지자 공격에 의해 사망했다는 주장이 제기되었지만 이로써 근거 없는 낭설로 판명되었습니다. 또 다른 보도에 따르면, 지자 공격에 의해 사망했다고 알려진 몇 건의 사망사건 모두 일반적인 질병이나 사고로 인한 사망이었다고 위생부 대변인이 밝혔습니다. 다음은 저명한 물리학자 딩이(丁儀) 박사의 인터뷰입니다.

기자 : 최근 나타나고 있는 지자 공포론에 대해 어떻게 생각하십니까?

딩이 : 물리학에 대한 상식 부족으로 인한 현상입니다. 지자가 고도의 지능을 가지기는 했지만 미시 입자이기 때문에 거시 세계에 큰 영향을 미치지는 못할 것이라고 정부와 과학자들이 여러 번 밝힌 바 있습니다. 아마도 지자는 고에너지 물리 실험에 오류와 혼란을 일으키고 양자 반응 네트워크를 통해 지구를 감시하는 방식으로 인류에 위협을 미칠 것입니다. 미시 상태의 지자는 인간을 죽이거나 공격할 수 없습니다. 지자가 거시 세계에 더 큰 위협을 가하는 것은 저차원 펼침 상태에서만 가능합니다. 하지만 저차원 펼침을 한다고 해도 그 영향력은 한계가 있을 것입니다. 저차원 펼침을 통해 거시 상태가 되면 지자 자체가 매우 약해지기 때문이죠. 인류가 방어 체계를 구축했으므로 지자는 스스로 거시 상태가 되지 않을 것입니다. 만약 그렇게 된다면 인간에게 자신을 파괴시킬 수 있는 절호의 기회를 주는 셈이니까요. 주요 언론에서 이 분야에 대한 상식을 대중에게 보급함으로써 과학적 근거가 없는 공포론을 불식

* 옮긴이 주 : 최고 과학자에게 수여하는 칭호.

시켜주기를 바랍니다. (……)

그때 누군가 노크도 없이 현관문을 열고 들어왔다.

"장 선생! 장 선생!"

장위안차오는 복도 계단을 망치로 두드리는 듯한 발소리를 듣고 누가 찾아왔다는 것을 이미 알고 있었다.

먀오푸취안(苗福全)으로 같은 층에 사는 또 다른 이웃이었다. 산시성(山西省)에서 석탄공장을 운영하고 있는 사업가로 베이징 부근에도 광산 몇 개를 가지고 있었다. 먀오푸취안은 장위안차오보다 몇 살 어렸지만 지금 살고 있는 집 말고도 베이징에 더 큰 집을 가지고 있었다. 이 아파트는 자기 딸뻘쯤 되는 쓰촨(四川) 출신 세컨드와 따로 살림을 차린 집이었다. 그가 처음 이사 왔을 때는 장위안차오와 양진원 둘 다 그에게 데면데면하게 대했다. 한번은 그가 복도에 잡동사니를 쌓아놓은 일 때문에 얼굴을 붉히며 싸우기도 했다. 하지만 몇 번 겪어보니 좀 거칠기는 해도 서글서글하고 인정 많은 사람이었다. 결정적으로 두 사람의 집에 성가신 문제가 생겼을 때 먀오푸취안이 두 번이나 나서서 관리사무소와 원만하게 합의해준 뒤로 세 사람은 사이가 부쩍 가까워졌다. 먀오푸취안은 모든 사업을 아들에게 물려주고 일선에서 물러났음에도 여전히 바빴기 때문에 집에 있는 시간이 많지 않았다. 그래서 방이 세 개나 되는 넓은 집에 평소에는 쓰촨 여자 혼자 살았다.

"먀오 사장, 근 한 달이나 안 보이던데. 요샌 또 어디서 돈을 긁어모으시나?"

먀오푸취안은 들어오자마자 눈에 보이는 컵을 집어 들고 정수기에서 물 반 컵을 따라 단숨에 들이켜는 중이었다. 그가 팔로 입가를 슥 닦으며 양진원에게 대꾸했다.

"돈은 무슨! 광산에 성가신 일이 생겨서 처리하느라고 바빴어요. 지금은 전시 사태나 마찬가지라 정부에서 뭐든 대충 처리하는 법이 없어요. 어찌나 빡빡하게 구는지, 원. 예전에 하던 방식은 씨알도 안 먹힌다니까요. 이제 광산도 몇 년 못 해먹겠어요."

양진원이 텔레비전 축구 경기에서 눈도 떼지 않고 말했다.

"살기가 점점 팍팍해질 거야."

＊

남자는 침대에 누워 몇 시간째 미동도 하지 않았다. 지하실의 작은 창으로 비껴 들어오는 한 줄기 빛이 햇빛에서 달빛으로 바뀐 지 오래였다. 축축하고 서늘한 달빛이 바닥에 부딪혀 만들어낸 희미한 얼룩이 이곳의 유일한 조명이었다. 방 안에 있는 모든 것이 음침한 어둠에 휩싸여 차디찬 암회색 석상이 되었고, 방 전체가 무덤처럼 보였다.

그의 본명을 아는 사람은 없었다. 언제부턴지 모르지만 그는 파벽자(破壁者) 2호라고 불리기 시작했다.

파벽자 2호는 누운 채 자신이 살아온 날들을 돌이켜보았다. 빠뜨린 것 하나 없이 낱낱이 반추했음을 확인한 뒤 감각이 무뎌진 몸을 일으켰다. 남자는 베개 밑으로 손을 넣어 권총을 꺼낸 뒤 천천히 자신의 관자놀이에 총구를 가져다 댔다. 바로 그때 그의 눈 속에 지자의 자막이 떠올랐다.

자막 : 멈춰라. 우리에겐 네가 필요하다.

파벽자 2호 : "주여, 1년 동안 매일 밤 꿈에서 당신의 부름을 받았습니다. 그런데 최근에는 나타나지 않으시더군요. 이제는 제가 꿈을 꿀 수 없게 됐다고 생각했습니다."

자막: 이것은 꿈이 아니다. 나는 너와 실시간으로 대화를 나누고 있다.

피벽자 2호: (처량한 미소를 지으며) "상관없습니다. 이젠 다 끝났습니다. 저세상엔 꿈도 없을 테니까요."

자막: 증명이 필요한가?

피벽자 2호: "저세상에 꿈이 없다는 증명 말인가요?"

자막: 이게 꿈이 아니라는 것 말이다.

피벽자 2호: "좋습니다. 제가 모르는 일 한 가지를 말씀해주시죠."

자막: 너의 금붕어가 모두 죽었다.

피벽자 2호: "훗, 괜찮습니다. 이제 곧 어둠이 없는 세상에서 금붕어들과 다시 만날 테니까요."

자막: 직접 보아라. 오전에 네가 심란해하며 절반쯤 피우다 남은 담배 한 개비를 툭 던졌지. 그 담배가 어항에 빠져 절반 남은 니코틴이 물에 녹았다. 금붕어에게 니코틴은 치명적이지.

피벽자 2호가 눈을 번쩍 뜨더니 급하게 총을 내려놓고 침대에서 뛰어내렸다. 조금 전의 무기력하고 흐리터분하던 모습은 일순간에 싹 사라졌다. 벽을 더듬어 전등을 켜고 어항 앞으로 바짝 다가갔다. 금붕어 다섯 마리가 모두 허연 배를 수면 위로 내민 채 둥둥 떠 있었다. 그 사이에 반쯤 타다 남은 담배꽁초도 있었다.

자막: 두 번째 증명을 해주지. 에번스가 네게 보낸 암호화 메일의 패스워드가 변경되었지만 그가 새로운 패스워드를 알려주지 못하고 죽는 바람에 너는 그 메일을 아직도 열지 못했지. 내가 지금 패스워드를 알려주겠다. CAMEL이다. 네 금붕어들을 죽인 바로 그 담배의 이름이지.

파벽자 2호가 곧바로 노트북을 꺼내 전원 버튼을 눌렀다. 컴퓨터가 부팅되길 기다리는 잠깐 사이 그의 얼굴은 이미 눈물범벅이 되었다. 남자는 쉬지 않고 흐느꼈다.

"주여! 오, 주여! 정말 당신이십니까? 정말입니까?"

컴퓨터 부팅이 끝난 뒤 그는 ETO 내부 전용 리더기를 이용해 그 이메일의 첨부 파일을 열었다. 패스워드 입력창이 뜨고 패스워드를 입력하자 정말로 이메일의 본문이 나타났다. 하지만 이메일에 어떤 내용이 담겼는지는 이미 중요하지 않았다. 그는 얼굴을 감싸고 엎드려 오열했다.

"주여! 정말로 오셨군요! 주여……"

짧은 정적이 흐른 뒤 그가 고개를 들고 눈물로 부옇게 흐려진 시야로 앞을 응시했다.

"총사령관이 참석한 집회가 습격당하고 파나마운하에서 매복 공격에 당한 일을 우리는 전혀 통보받지 못했습니다. 어째서 우릴 버리셨습니까?"

자막 : 우리는 너희가 두렵다.

파벽자 2호 : "우리의 생각을 들여다볼 수 없기 때문인가요? 그럴 필요 없습니다. 기만, 계략, 위장, 거짓말 등등 당신들에게는 없고 우리만 가지고 있는 능력을 오로지 당신들을 위해서만 쓰겠습니다."

자막 : 우리는 너의 그 말이 진실인지도 알 수가 없다. 하지만 진실이라고 가정하더라도 두려움은 사라지지 않는다. 너희의 성경에서 뱀이라는 동물에 대해 읽었다. 만약 지금 네 앞에 뱀이 나타나 너에게 복종하겠다고 말한다면 너는 그 뱀에게 두려움과 혐오를 느끼지 않을 수 있느냐?

파벽자 2호 : "뱀의 말이 진실이라면 두려움과 혐오를 억누르고 뱀을 받아들일 것입니다."

자막 : 그러기 힘들 것이다.

파벽자 2호 : "물론 당신들이 뱀에게 한 번 물렸다는 건 저도 잘 압니다. 실시간 통신이 가능해진 뒤 당신들은 우리의 질문에 자세히 대답해주었습니다. 하지만 그 중 대부분, 예를 들면 인류가 보낸 첫 번째 신호를 받게 된 과정, 지자 제작 과정 등은 우리에게 알려줄 필요가 없었습니다. 그런 것까지 상세하게 알려주는 당신들을 우리는 주님으로 받들며 신뢰했습니다. 하지만 이제 보니 우리만의 생각이었던 것 같습니다. 우리와 당신들의 소통은 사고를 투명하게 보여주는 방식으로 이루어지지 않습니다. 그런데 어째서 우리가 일부를 감추고 정보를 선별해서 보내면 안 되는 거죠? 우리는 그걸 이해할 수가 없습니다."

자막 : 선별할 수는 있다. 다만 우리가 상상하는 것만큼 많은 정보를 감춰서는 안 된다. 우리 세계에도 사고를 보여주지 않는 소통 방식은 있다. 기술의 시대에는 특히 그러했다. 하지만 투명한 사고가 오랫동안 우리의 문화적, 사회적 습성으로 굳어져 있다. 너희는 이런 방식을 이해하기 힘들 것이다. 우리가 너희를 이해하기 힘든 것과 마찬가지겠지.

파벽자 2호 : "당신들의 세계에도 기만과 계략이 어느 정도는 존재할 거라 생각합니다."

자막 : 그렇다. 다만 너희에 비하면 아주 초보적인 수준이지. 예를 들어 우리 세계에서도 전쟁을 할 때 양측이 진지를 위장한다. 하지만 적이 위장했다는 의심이 들면 그것을 적에게 직접적으로 물어볼 수 있고, 적이 질문할 경우 모든 진실을 이야기해준다.

파벽자 2호 : "도저히 이해할 수가 없군요."

자막 : 너희를 이해할 수 없는 건 우리도 마찬가지다. 너의 책꽂이에 세 왕국의 이야기*가 있었다…….

파벽자 2호 : "당신들은 그 책을 이해할 수 없겠죠."

자막 : 아주 조금은 이해할 수 있었다. 보통 사람들이 심오한 수학 서적을 읽어도 스스로 사고하고 상상력을 발휘해 조금은 이해할 수 있는 것처럼 말이다.

파벽자 2호 : "그 책은 인류의 전략과 지략이 도달할 수 있는 모든 경지를 보여줍니다."

자막 : 하지만 우리에겐 지자가 있으므로 인간 세상의 모든 것을 투명하게 만들 수 있다.

파벽자 2호 : "인간 자체의 사고는 예외겠죠."

자막 : 그렇다. 지자도 인간의 머릿속에 어떤 생각이 들어 있는지 들여다보는 것은 불가능하다.

파벽자 2호 : "면벽 프로젝트가 무엇인지 당신도 알고 있을 겁니다."

자막 : 너보다는 많이 알고 있다. 그 프로젝트가 곧 실행에 옮겨진다는 것도 알고 있다. 그것이 바로 내가 너를 찾아온 이유다.

파벽자 2호 : "면벽 프로젝트에 대해 어떻게 생각하십니까?"

자막 : 너희가 뱀을 볼 때 느끼는 것과 같다.

파벽자 2호 : "하지만 성경을 보면 뱀은 인간이 지혜를 얻을 수 있도록 도와줍니다. 인류의 면벽 프로젝트는 하나 혹은 여러 개의 미로를 만들 것입니다. 당신들에게는 기이하고 위험해 보이는 미로지요. 당신들이 그 미로를 빠져나올 수 있도록 우리가 돕겠습니다."

자막 : 그처럼 사고의 투명도가 천차만별이기 때문에 인류를 멸종시켜야 한다는 우리의 결심이 점점 더 확고해지고 있다. 우리가 인류를 멸종시키고 최종적으로 너희까지 멸종시킬 수 있도록 도와주길 바란다.

파벽자 2호 : "주여, 당신의 표현 방식에 문제가 있습니다. 그런 표현 방식은 사고를 투명하게 보여주는 당신들의 소통 방식에서 나온 것이겠죠. 하지만 우리 세계에서는 진심을 표현할 때에도 적당하고 완곡한 방식을 택합니다. 방금 하신 말씀도 마찬가지입니다. 비록 ETO의 이상에 부합하는 말이지만 너무 직접적으로 표현하면 우리의 일부 동지들에게 반감을 일으키고 결국에는 예상치 못한 결과를 부를 수 있습니다. 물론 당신이 그런 적당한 표현 방식을 배우는 건 불가능하겠지만요."

자막: 사고를 변형시키는 그 표현 방식 때문에 우리에게는 인류 사회의 정보 교류, 특히 인류의 문학작품이 어지러운 미로와 같다. ……ETO가 현재 붕괴되기 직전이라고 알고 있다.

파벽자 2호: "당신들이 우리를 버렸기 때문입니다. 그 두 차례 공격은 굉장히 치명적이었습니다. ETO의 구원파는 와해되었고 강림파 조직만 유지되고 있습니다. 이 점은 당신도 잘 아시리라 생각합니다. 하지만 가장 치명적인 타격을 입은 건 우리의 정신입니다. 버림받은 뒤 주님에 대한 동지들의 충성심이 시험받고 있습니다. ETO가 충성심을 지키기 위해 가장 시급하게 필요한 것은 바로 주님의 지지입니다."

자막: 우리 기술을 너희에게 전수해줄 수는 없다.

파벽자 2호: "그럴 필요는 없습니다. 예전에 그랬던 것처럼 우리에게 지자가 얻은 정보를 전달해주기만 하면 됩니다."

자막: 그건 물론 가능하다. 하지만 ETO가 제일 먼저 해야 할 일은 네가 방금 읽은 중요한 임무를 수행하는 것이다. 그것은 에번스가 죽기 전 우리가 그에게 부여했던 임무다. 그가 네게 집행 명령을 하달했지만 패스워드가 바뀌어 네가 그걸 읽을 수 없었던 것이다.

파벽자 2호는 그제야 이메일의 암호를 풀었다는 것이 생각났다. 그가 고개를 들어 이메일을 찬찬히 읽었다.

자막: 아주 쉬운 임무다. 그렇지 않은가?

파벽자 2호: "그리 어렵지는 않습니다. 하지만 이게 정말로 중요한 일입니까?"

자막: 물론이다. 지금 인류의 면벽 프로젝트가 아주 중요해졌기 때문이다.

파벽자 2호: "왜죠?"

자막 : (길게 침묵한 후) 에번스는 그 이유를 알고 있었지만 누구에게도 말하지 않은 것 같다. 그가 옳았다. 운이 좋았던 것이지. 지금은 너에게 그 이유를 알려줄 수 없다.

파벽자 2호 : (만면에 환한 미소를 띠며) "주여, 감추는 것을 배우셨군요! 축하합니다!"

자막 : 에번스에게 많은 것을 배웠다. 하지만 우리는 아직 초보적인 수준이다. 그는 우리가 너희 인류의 다섯 살 아이 수준이라고 했다. 그가 너희에게 보낸 명령 중 한 가지는 도저히 배울 수가 없었다.

파벽자 2호 : "바로 이것이로군요. '불필요한 주의를 끌 수 있으므로 ETO가 한 일임을 드러내지 말 것.' 이 명령이 중요한 목표를 위한 것이라면 이건 아주 당연한 것입니다."

자막 : 우리에겐 몹시 복잡한 계략이다.

파벽자 2호 : "알겠습니다. 에번스의 지시대로 임무를 수행하겠습니다. 주여, 우리의 충성심을 증명해 보이겠습니다."

인터넷이라는 광활한 정보의 바다에도 변방이 있고, 그 변방에도 또 변방이 있으며, 그 변방의 변방에도 변방의 변방의 변방이 있다. 그 가장 깊숙하고 외진 변방에서 가상 세계가 부활했다. 춥고 기이한 여명 속에 피라미드도 없고 UN 본부와 푸코의 진자도 없다. 오로지 광활하고 단단한 황야만이 꽁꽁 언 금속처럼 넓게 펼쳐져 있다.

주(周) 문왕(文王)이 지평선 끝에서 걸어왔다. 그는 누더기 같은 긴 옷을 입었고 그 위에 묵은 때로 얼룩진 동물 가죽을 걸쳤으며 청동으로 만든 검을 지니고 있었다. 그의 얼굴도 몸에 걸친 동물 가죽만큼이나 더럽고 주름져 있었지만 두 눈동자만큼은 형형한 빛을 내뿜고 있었다.

"누구 없느냐? 아무도 없느냐? 아무도 없느냐……."

주 문왕의 외침은 끝을 가늠할 수 없는 황야에 금세 파묻혔다. 대답 없는 외침에 지쳐버린 주 문왕이 바닥에 털썩 주저앉았다. 그는 시간의 흐름을 빠르게 돌렸다. 태양이 비성으로 변했고 비성이 다시 태양이 되었으며, 항세기의 태양이 시계추처럼 상공을 가로지르며 움직였다. 난세기의 낮과 밤은 세상을 조명이 고장 난 텅 빈 무대로 만들었다. 시간이 빠르게 흘렀지만 대지 위에는 상전벽해의 변화가 나타나지 않았고, 금속처럼 단단한 황야 그대로였다. 비성 세 개가 우주 깊숙한 곳에서 춤을 추는 동안 주 문왕은 혹독한 추위 속에서 꽁꽁 얼어 얼음 기둥이 되었다. 잠시 뒤 비성 하나가 태양으로 변했다. 그 불타는 거대한 원반이 상공을 스치고 날아가자 주 문왕의 몸을 감싸고 있던 얼음이 순식간에 녹아버렸다. 그의 몸은 활활 타오르는 불기둥이 되었다. 그는 완전히 잿더미로 변하기 직전 긴 탄식과 함께 사라졌다.

*

육해공 장교 30명이 핏빛 장막 위 휘장을 묵직한 시선으로 응시했다. 은색 별을 중심으로 예리한 검의 형태를 띤 네 줄기 빛이 사방으로 뻗어나갔고, 별의 양쪽에 '8'과 '1' 두 글자가 적혀 있었다. 이 휘장이 바로 중국 우주군의 상징이다. 창웨이쓰(常偉思) 소장이 모두에게 앉으라는 손짓을 했다. 그는 군모를 벗어 앞에 놓인 회의 탁자 위에 내려놓은 뒤 우렁우렁한 목소리로 말했다.

"내일 오전 우주군의 정식 창설식이 열릴 예정이다. 군복과 견장, 금장은 창설식에서 각자에게 지급될 것이다. 하지만 우리는 이미 동일한 군별에 배치되었다."

장교들이 서로의 얼굴을 쳐다보았다. 30명 가운데 15명이 해군복을 입고 있었고, 나머지는 공군 아홉 명과 육군 여섯 명이었다. 장교들의 어리 둥절한 시선이 다시 창웨이쓰에게로 옮겨갔다.

창웨이쓰가 엷은 미소를 지었다.

"예상치 못한 구성 비율일 것이다. 현재 항공 우주 프로젝트의 규모로 미래의 우주 함대를 상상한다면 오산이다. 우주 전함의 크기가 현재 해상 항공모함보다 훨씬 커질 것이고 투입 인력도 그만큼 늘어날 것이다. 미래 의 우주 전쟁은 규모와 항속 거리 모두 지금과는 비교도 할 수 없을 만큼 확대될 것이다. 이런 전쟁 방식은 공중전보다는 해전에 더 가깝다. 전쟁터 가 2차원인 바다에서 3차원인 우주로 옮겨진다는 것이 다를 뿐이다. 따라 서 해군이 우주군의 주력이 될 것이다. 아마도 공군 중심으로 우주군이 조 직되리라 예상했겠지. 해군 동지들의 심리적인 준비가 부족했다면 최대 한 빠른 시간 내에 적응하길 바란다."

장베이하이가 말했다.

"우리 모두 예상치 못한 일입니다."

그 옆에 있는 우웨는 시종일관 작은 흐트러짐조차 없이 허리를 곧게 펴고 앉아 있었다. 하지만 장베이하이의 예리한 관찰력은 전방을 똑바로 향한 함장 우웨의 두 눈동자 속에서 작은 불빛 하나가 사그라졌음을 놓 치지 않았다.

창웨이쓰가 고개를 끄덕였다.

"해군이 항공 우주 분야와 거리가 멀다고 생각하지 말게. 어째서 우주 비행기가 아니라 우주 비행선이라고 부르겠나? 어째서 우주 비행대가 아 니라 우주 함대라고 부르겠나? 사람들의 의식 속에 우주와 바다가 같은 것이라는 인식이 잠재되어 있기 때문이지."

긴장되었던 분위기가 다소 부드러워졌다. 창웨이쓰가 말을 계속 이었다.

"동지들, 현재 우주군의 구성원은 우리 31명뿐이다. 미래의 우주 함대에 대한 기초 연구가 진행되고 있고 여러 관련 분야의 연구도 착수되었다. 주력 프로젝트는 우주 엘리베이터와 대형 우주선의 핵융합 엔진 개발이다. 하지만 그것은 우주군의 임무가 아니다. 우리의 임무는 우주 전쟁의 이론 체계 수립이다. 현재 우주 전쟁에 대해 아는 바가 전혀 없으므로 무에서 유를 창조하는 힘든 일이 되겠지. 우리가 수립하는 이론 체계를 바탕으로 미래에 우주 함대가 구축될 것이다. 따라서 1단계 우주군은 군사과학원과 비슷한 형태일 수밖에 없다. 지금 이 자리에 있는 동지들에게 주어진 첫 임무가 바로 과학원을 조직하는 것이다. 과학원이 완성되면 학자와 연구 인력을 우주군에 영입할 것이다."

창웨이쓰가 일어나 휘장 앞으로 다가갔다. 그는 몸을 돌려 우주군 전체 구성원을 똑바로 응시하며 그들에게 평생 잊지 못할 이야기를 했다.

"동지들, 우주군은 앞으로 머나먼 길을 가게 될 것이다. 현재 예상으로는 각 분야에 대한 기초 연구에만 50년이 걸리고, 대규모 우주 비행의 중요한 기술들이 실용 단계에 이르려면 100년은 족히 걸릴 것으로 판단된다. 또한 우주 함대를 창설해 현재 계획한 규모로 확대하기까지 낙관적으로 전망하더라도 150년이 걸릴 것이다. 다시 말해, 우주군이 완전한 전투력을 갖추려면 적어도 300년은 걸린다. 이 말이 무엇을 의미하는지 동지들은 알고 있겠지. 지금 이 자리에 있는 우리는 우주에 가볼 기회도 없을 것이고, 죽기 전에 우주 함대의 완성을 보는 것은 더더욱 불가능하다. 어쩌면 우주 전함의 예상 모형조차 보지 못하고 죽을 수도 있다. 우주 함대의 제1기 작전 병력은 지금으로부터 200년 뒤에나 구성될 것이며, 그 후 다시 250년이 흐른 뒤에 지구의 우주 함대가 외계 침략자들과 대면하게 될 것이다. 물론 전함에 탑승할 작전 병력은 아마도 우리의 10여 대 후손일 것이다."

군인들이 긴 침묵에 휩싸였다. 납빛 같은 시간의 길이 그들 앞에 서서히 펼쳐졌다. 그 길은 보이지 않을 만큼 멀리 이어졌다가 아득한 안개 속에 파묻혔다. 그 길의 끝은 보이지 않았지만 그곳에서 번쩍이는 불꽃과 핏빛 섬광은 볼 수 있었다. 인생은 쓰고도 짧다는 현실이 그들을 이토록 곤혹스럽게 한 적은 없었다. 그들의 마음은 이미 시간의 화살을 넘어 그들의 10여 대 후손과 함께 냉혹한 우주의 핏빛 불길 속으로 뛰어들고 있었다. 모든 군대의 영혼이 그곳에 모여 하나로 응집될 것이다.

*

마오푸취안은 집에 돌아오자마자 늘 그랬듯 장위안차오와 양진원을 집으로 불러 함께 술을 마셨다. 그의 세컨드가 세 사람을 위해 술상을 소담하게 차려냈다. 장위안차오가 그날 오전 건설은행에 돈을 출금하러 갔던 이야기를 꺼내자 마오푸취안이 손사래를 쳤다.

"말도 말아요. 소문 못 들었어요? 요즘 은행마다 사람들이 몰려들어 깔려 죽을 지경이에요. 사람들이 창구 앞을 세 겹으로 둘러싸고 기다린다니까요."

"자네 돈은 어떻게 됐어?"

장위안차오의 물음에 마오푸취안이 한숨을 내쉬었다.

"일부만 출금했고 나머지는 계좌가 묶여버렸어요. 어쩌겠어요."

양진원이 말했다.

"뉴스에서 보니까 사람들의 불안 심리가 진정되고 나면 정부가 동결된 계좌들을 서서히 풀 거라고 하더군. 처음에는 일부만 풀고 상황을 봐가면서 정상화시킬 거래."

장위안차오의 미간에 주름이 잡혔다.

"제발 그렇게 돼야 할 텐데……. 정부가 너무 일찍부터 전시 상태라고 선포한 게 잘못이야. 사람들이 불안해하는 것도 당연해. 누구나 제 살 궁리부터 하는 법이지. 400년 뒤에 벌어질 지구 전쟁까지 생각하는 사람이 몇이나 되겠어?"

양진원이 혀를 끌끌 찼다.

"제일 큰 문제는 그게 아니야. 내가 예전부터 중국의 높은 저축률이 커다란 지뢰라고 했잖아. 지금 상황을 좀 봐. 내 말이 맞지? 저축률은 높고 복지는 미흡하니까 사람들이 은행에 맡겨둔 돈을 목숨처럼 여길 수밖에 없단 말이지. 그러니까 작은 일만 터져도 우르르 몰려가서 돈을 찾느라 아우성인 거야."

장위안차오가 물었다.

"전시 경제라는 게 도대체 뭐야?"

"너무 갑작스러운 일이라 누구도 온전한 개념을 내놓지 못하고 있는 것 같아. 새로운 경제 정책도 아직 확정되지 않았잖아. 하지만 한 가지 분명한 건 살기가 점점 팍팍해질 거란 사실이지."

먀오푸취안은 벌써 얼굴이 벌그죽죽하게 달아올랐다.

"그까짓 게 뭐 대수라고. 우리 세대 사람들은 힘든 시절을 다 겪어봤잖아요. 끅. 아무리 살기가 팍팍해봤자 1960년대만 하려고요?"

장위안차오가 앞에 놓인 술을 한입에 털어 넣었다.

"애들만 불쌍하지."

그때 들려온 뉴스 시그널 음악에 세 사람의 눈길이 일제히 텔레비전으로 쏠렸다. 이 익숙한 음악이 나오면 누구든 하던 일을 멈추고 반사적으로 뉴스에 집중한다. 중요한 속보가 있음을 알리는 음악이기 때문이다. 뉴스 속보는 정규 편성표와 관계없이 언제든 불쑥 끼어들 수 있다. 1980년대 이전만 해도 라디오와 텔레비전에서 이런 뉴스 속보가 흔하게 나왔지만 그 후 평온한 세월이 오랫동안 이어지면서 그런 일도 자연스럽게 사라졌다.

뉴스 속보가 시작되었다.

(……) 본사 UN 사무처 특파원 기자가 보내온 소식입니다. 방금 끝난 UN 사무처 기자회견에서 UN 대변인은 도피주의 문제를 논의하기 위한 특별 UN 총회를 근시일 내에 개최할 예정이라고 밝혔습니다. 이번 특별 UN 총회는 PDC 각 상임이사국의 공동 제안에 의해 개최되는 것입니다. 주요 안건은 도피주의 문제에 관한 국제사회의 공감대 형성과 관련 국제법 제정이 될 것입니다.

도피주의가 출현해서 확산되기까지의 과정을 간략하게 정리해보겠습니다.

도피주의는 삼체 위기가 출현함에 따라 등장한 사조입니다. 도피주의는 인류의 첨단 과학에 족쇄가 채워진다는 전제하에 450년 후 지구와 태양계를 지키기 위한 그 어떤 방어 계획도 무의미하다고 주장합니다. 400여 년 뒤 인류의 기술이 도달할 수 있는 수준을 예상할 때 그중 비교적 실현 가능한 목표는 행성 간 항해가 가능한 성간 우주선을 제작하는 것입니다. 성간 우주선을 이용해 인류의 일부를 우주로 도피시킴으로써 인류 문명의 멸망을 막아야 한다는 것이 도피주의의 핵심입니다.

도피의 목적지에 대해서는 세 가지 선택지가 있습니다. 첫째, 새로운 세계입니다. 즉, 성간 공간에서 인류가 생존할 수 있는 새로운 세계를 찾는 것입니다. 이것이 가장 이상적인 목표지만, 항해 속도가 빨라야 하고 항해 거리도 길다는 단점이 있습니다. 인류가 위기 상황에서 도달할 수 있는 기술 향상 수준을 감안할 때 실현 가능성이 크지 않습니다. 둘째는 우주선 문명입니다. 즉, 도피한 인류가 우주선을 영구 거주지로 삼아 인류 문명을 계속 유지하는 것입니다. 이렇게 된다면 인류 문명은 영원히 항해하며 유지될 것입니다. 하지만 이 방안 역시 첫 번째 방안과 동일한 문제점이 존재합니다. 소형 자가 순환 생태 시스템을 구축할 수 있느냐가 중요한 관건입니다. 인류가 가진 현재 기술로는 쉬지 않고 작동되는 폐쇄형 생태 시스템을 만들 수 없습니다. 셋째, 일시적인 도피입니다. 인류가 외우주로 일시적으로 도피했다가 삼체 문명이 태양계에서 완전히 정착한 뒤 삼체 사회와 적극적으로 소통함으로써 인류에 대한 그들의 정책이 완화되도록 유도하는 것입니다. 이를 통해 삼체 사회와 화해한 뒤 인류가 태양계로 돌아와 적은 규모로 삼체 문명과 공존한다는 계획입니다. 이 방법이 가장 현실적이기는 하지만 변수가 너무 많다는 단점이 있습니다.

도피주의가 등장하고 얼마 되지 않아 전 세계 언론들이 항공 우주 분야의 강대국인 미국과 러시아가 외우주 도피 계획을 비밀리에 추진하고 있다고 잇따라 보도했습니다. 양국 정부가 이 보도 내용을 즉각 부인했지만 국제사회의 의심은 수그러들지 않았고 '기술 공유화'를 요구하는 운동이 시작되었습니다. 제3차 특별 UN 총회에서 여러 개발도상국이 미국, 러시아, 일본, 중국, EU에 기술 공개를 요구했습니다. 개발도상국들은 기술 강대국들이 항공 우주 기술을 포함한 모든 첨단 기술을 무상으로 국제사회에 제공해야 한다고 주장했습니다. 지구상의 모든 국가가 삼체 위기 앞에서 동등한 기회를 누릴 수 있어야 한다는 입장입니다. 기술 공유화 운동의 창시자는 다음과 같은 선례를 제시했습니다. 금세기 초 유럽의 대형 제약회사들이 에이즈치료제 복제약을 생산하는 아프리카 국가에게 거액의 로열티를 지불하라는 소송을 제기한 일이 있었습니다. 복제약 생산이 중단된 뒤 아프리카에서 에이즈가 빠르게 확산되고, 제약회사들을 비난하는 국제 여론이 거세지자 제약회사들이 재판이 열리기 전에 특허권 포기를 선언했습니다. 인류 멸망의 위기 앞에서 기술 공개는 선진국들에게 결코 외면할 수 없는 책임임에 틀림없습니다. 기술 공유화 운동이 개발도상국들을 중심으로 큰 반향을 일으키고 일부 EU 회원국들까지도 지지 입장을 밝혔지만, 이와 관련된 제의가 UN PDC에서 모두 부결되었습니다. 그 후 중국과 러시아 두 나라가 제5차 특별 UN 총회에서 PDC 상임이사국들 간에 기술을 공유하는 제한적 기술 공유화를 제안했지만 미국과 영국의 반대에 부딪혔습니다. 미국 정부는 기술 공유화는 어떤 형식이든 모두 비현실적이고 유치한 발상이라고 비난하며, 미국의 국가 안보는 "지구 방어에 바로 다음가는" 중요한 사안이라고 버텼습니다. 제한적 기술 공유화 제안이 실패한 후 기술 강대국 간에도 분열이 생겨 지구 연합 함대 구축 계획마저 무산되었습니다.

기술 공유화 운동의 실패는 국제사회에 적잖은 충격을 안겼습니다. 사람들은 인류 멸망이라는 삼체 위기 앞에서도 인류의 단합은 요원한 꿈이라는 사실을 실감했습니다. 기술 공유화 운동이 도피주의에서 시작되었으므로 국제사회가 도피주의에 관한 공감대를 형성해야만 선진국과 개발도상국 간의 갈등, 더 나아가 선진국 간의 갈등이 일부나마 해소될 것입니다. 따라서 곧 개최될 특별 UN 총회에 국제사회의 귀추가 주목되고 있습니다. (……)

먀오푸취안이 무릎을 탁 쳤다.

"그러고 보니 생각나는 게 있어요. 내가 며칠 전에 전화로 얘기했던 그거 말이에요. 그것도 영 불가능한 건 아니겠네요."

"그거라니?"

"뭐긴 뭐예요. 도피 펀드지."

양진원이 생각해볼 것도 없다는 표정으로 고개를 저었다.

"에이, 사람 참! 어떻게 그걸 믿나? 어수룩해 보이지도 않는 사람이 왜 그래?"

먀오푸취안이 천기를 누설하듯 목소리를 낮췄다.

"아, 글쎄, 내 말 좀 들어보시라니까요. 그 이야기를 한 사람이 스샤오밍(史曉明)이라는 젊은이예요. 내가 여러 경로로 뒷조사를 해봤더니 그 젊은이의 아버지가 지구방위 안보부에서 근무하고 있더라니까요! 원래 시 정부 반테러 대대의 대장이었고 지금도 지구방위 안보부의 실세인데 ETO 수사를 책임지고 있대요! 그 사람이 일하는 부서 전화번호도 나한테 있으니까 못 믿겠으면 직접 전화해서 물어봐요."

양진원이 장위안차오와 미심쩍은 눈길을 주고받다가 술병을 들어 자기 술잔에 술을 따랐다.

"하하하! 사실이면 또 어쩔 건데? 도피 펀드가 실제로 있다 한들 뭘 어쩌겠어? 살 돈도 없는데."

장위안차오도 술기운이 거나하게 돌아 눈에 초점이 흐릿했다.

"누가 아니래? 그건 돈 많은 사람들한테나 해당되는 얘기라니까."

양진원이 별안간 흥분해 주먹을 불끈 쥐었다.

"어느 나라든 간에 정말로 그런 게 있다면 후레자식들이지! 도피를 하려면 후손 중에 똑똑한 엘리트들을 골라서 데려가야지! 돈 많은 사람이 장땡이면 도피해봤자 그게 무슨 의미가 있어?"

먀오푸취안이 양진원을 가리키며 이기죽거렸다.

"돌려 말한다고 모를 줄 알아요? 결국엔 양 선생 자손들을 데리고 가란 얘기잖아요. 양 선생 아들, 며느리가 둘 다 과학 박사니까 손주랑 증손주도 똑똑한 아이들이 태어나겠죠. 사실 말이 나와서 하는 얘기지만 사람은 다 평등한 거예요. 엘리트는 사람이 아니고 신선인가? 뭣 때문에 특혜를 받아요?"

"그걸 말이라고 해?"

"돈이 많은 사람이 갖고 싶은 걸 사는 거지. 그건 당연한 이치예요. 내 돈으로 먀오 집안의 미래를 살 수도 있다고요!"

"뭐라고? 그게 돈으로 살 수 있는 건가? 도피자는 인류 문명을 계승해야 할 책임이 있으니 문명을 이끌어갈 엘리트가 가는 게 당연하지. 돈 많은 놈들만 데려다가 인류 문명을 계승하겠다고? 흥! 참 잘도 하겠다!"

먀오푸취안의 얼굴에 억지로 걸려 있던 미소마저 자취를 감추었다. 먀오푸취안이 투박한 손가락으로 삿대질을 하며 양진원에게 달려들듯 따졌다.

"속으로 날 깔보고 있는 줄 진작 알아봤지! 내가 아무리 돈이 많아도 당신 눈엔 졸부로밖엔 안 보이지?"

양진원도 술기운을 빌려 지지 않고 맞받아쳤다.

"그럼 졸부가 아니고 뭔데?"

먀오푸취안이 식탁을 쾅 내리치며 벌떡 일어났다.

"양진원! 이 밴댕이 소갈딱지야! 난들 뭐 네놈이 대단해 보이는 줄 알아?"

지금까지 지켜만 보고 있던 장위안차오가 식탁을 쾅 내리쳤다. 먀오푸취안이 칠 때보다 곱절은 더 큰 소리가 나며 술잔 세 개 중 두 개가 엎어졌다. 술상을 차린 쓰촨 여자가 놀라 새된 비명을 질렀다. 장위안차오가 양진원과 먀오푸취안을 차례로 가리키며 성난 목소리로 잘근잘근 씹어 뱉듯 말했다.

"그래, 좋아. 자네는 인류의 엘리트고 또 자네는 돈 많은 부자야. 그럼 난 뭐지? 빌어먹을! 무식하고 쥐뿔도 없는 나는 대가 끊겨도 싸다는 거야?"

장위안차오는 식탁을 엎어버리고 싶은 충동을 꾹꾹 눌러 참으며 몸을 홱 돌려 자리를 박차고 나왔다. 양진원도 그의 뒤를 따라 나왔다.

파벽자 2호가 새로 사온 금붕어를 조심스레 어항에 넣었다. 에번스처럼 그도 혼자 있는 것을 좋아했지만 인간이 아닌 다른 생물을 곁에 두어야 했다. 그는 삼체인과 대화를 나누듯 금붕어와도 자주 대화를 나누었다. 삼체인과 금붕어 둘 다 그가 지구에서 오랫동안 생존하기를 바라는 생명체였다.

그의 시망막에 지자의 자막이 나타났다.

자막: 요즘은 그 세 왕국의 이야기를 연구하고 있다. 네 말대로 기만과 모략은 뱀의 몸에 있는 무늬처럼 아주 복잡한 것이다.

파벽자 2호: "주여, 또 뱀을 언급하시는군요."

자막: 뱀의 무늬가 아름다울수록 전체적으로 보면 무섭게 느껴지지. 우리는 지금까지 인류의 도피 계획에 큰 관심을 갖지 않았다. 그들이 태양계에 존재하지 않기만 하면 된다고 생각했기 때문이다. 하지만 당초 계획을 수정해 인류의 도피를 막기로 했다. 사고가 불투명한 적들이 우주로 도피하는 것은 매우 위험한 일이라고 판단했다.

파벽자 2호: "도피를 막기 위한 구체적인 방법이 있습니까?"

자막: 태양계에 도착한 이후의 함대 배치를 조정했다. 카이퍼 벨트*에서 네 갈래로 나뉘어 우회적으로 접근함으로써 태양계를 포위할 것이다.

파벽자 2호: "그렇게 되면 인류가 정말로 도피하려고 해도 빠져나갈 수가 없겠군요."

자막: 그렇다. 그래서 우리는 너희의 도움이 필요하다. ETO의 다음 명령은 인류

---

* 태양계 가장자리에 얼음으로 된 작은 천체들이 도넛 형태로 밀집해 있는 구역.

의 도피 계획을 저지하거나 지연시키는 것이다.

파벽자 2호 : (엷은 미소를 지으며) "주여, 그건 전혀 걱정하실 필요가 없습니다. 인류의 대규모 도피는 실현될 수 없을 테니까요."

자막 : 현재 인류가 보유한 기술을 발전시킨다면 여러 세대에 걸쳐 우주선을 만들어낼 수 있다.

파벽자 2호 : "도피의 가장 큰 장애물은 기술이 아닙니다."

자막 : 그렇다면 국가 간 분쟁인가? 이번 특별 UN 총회에서 그 문제가 해결될 것 같다. 해결하지 못한다 해도 선진국들은 개발도상국들의 반대를 무릅쓰고 계획을 강행할 능력을 가지고 있다.

파벽자 2호 : "국가 간 분쟁도 도피의 가장 큰 장애물이 아닙니다."

자막 : 그렇다면 무엇인가?

파벽자 2호 : "바로 인간과 인간의 싸움입니다. 쉽게 말해 누가 떠나고 누가 남을 것인가 하는 문제죠."

자막 : 우리가 보기에 그건 문제될 것이 없다.

파벽자 2호 : "저희도 처음에는 그렇게 생각했습니다. 하지만 이제 보니 그것은 극복할 수 없는 장애물입니다."

자막 : 자세히 설명해줄 수 있는가?

파벽자 2호 : "인류의 역사에 대해서는 잘 알고 계시겠지만 누가 떠나고 누가 남을 것인지가 인류의 기본적인 가치관의 문제라는 건 이해하기 힘드실 것입니다. 과거에는 이 가치관이 인류 사회를 발전시켰지만 인류 멸망의 위기에 봉착한 지금은 오히려 그것이 함정이 되었습니다. 현재로서는 우리 인간들조차도 그 함정이 얼마나 깊은지 알 수 없습니다. 주여, 제 말을 믿어주십시오. 결국에는 이 우물에서 단 한 명도 빠져나갈 수 없을 것입니다."

"장 선생님, 급하게 결정하실 필요 없어요. 궁금하신 걸 다 물어보신 뒤에 신중하게 결정하세요. 적은 액수도 아니잖아요."

스샤오밍의 진심 어린 표정에 장위안차오는 머뭇거렸다.

"물어보고 싶은 건 이 일의 진실성이오. 텔레비전을 보니……."

"텔레비전에서 하는 말은 신경 쓰지 마세요. 보름 전만 해도 국무원 대변인이 직접 나와서 은행 계좌를 동결하는 일은 없을 거라고 했죠. 그런데 어떻게 됐나요? 이성적으로 생각해보세요. 선생님처럼 평범한 사람들은 자기 가문이 자자손손 이어지기를 바라죠. 하지만 국가 주석과 총리가 어떻게 민족 전체의 미래를 생각하지 않을 수 있겠어요? UN이 어떻게 인류의 생존을 생각하지 않을 수 있겠어요? 이번 특별 UN 총회에서 국제적인 협력 방안을 확정하고 인류 도피 계획을 정식으로 추진할 거예요. 이건 더 이상 늦출 수 없는 일이에요."

장위안차오가 천천히 고개를 끄덕였다.

"생각해보니 그렇군. 하지만 아주 먼 일이잖소. 그렇게 먼 훗날의 일을 내가 걱정할 필요가 있겠소?"

"그건 오해예요. 아주 먼 일이라고요? 절대로 그렇지 않습니다. 도피 우주선이 삼사백 년 후에 출발할 거라 생각하세요? 천만에요. 그랬다가는 삼체 함대에 금세 따라잡히겠죠."

"그럼 우주선이 언제 출발할 것 같소?"

"곧 손주를 보신다고 하셨죠?"

"그래요."

"손주는 우주선이 출발하는 걸 볼 수 있을 겁니다."

"내 손주가 우주선에 탈 수 있겠소?"

"아뇨, 그건 불가능해요. 하지만 손주의 손주는 탈 수 있을 겁니다."

장위안차오가 속으로 헤아려보았다.

"칠팔십 년 뒤가 되겠군."

"그것보다는 더 길 겁니다. 전시 정부가 아마도 인구를 억제하겠죠. 출생자 수를 억제하고 출산도 최대한 늦출 테니까 한 세대를 40년으로 계산해야 할 거예요. 대략 120년 후면 우주선이 출발할 수 있을 겁니다."

"그것도 빠른 편이지. 그땐 과연 우주선을 만들 수 있을 것 같소?"

"120년 전을 생각해보세요. 청나라 때였어요. 그땐 항저우(杭州)에서 베이징까지 가는 데 한 달이 걸렸죠. 그런데 지금은 어떤가요? 지구에서 달까지 가는 데 사흘도 안 걸리죠. 인류 전체가 항공 우주 기술에만 매달린다면 120년 후엔 우주선을 만들 수 있을 거예요."

"우주 항해는 위험한 일이잖소?"

"그건 그렇죠. 하지만 그때가 되면 지구상에서 위험하지 않은 게 어디 있겠어요? 요즘 상황을 보세요. 각국이 우주 함대를 만드는 데 모든 경제력을 쏟아붓고 있어요. 우주 함대를 만드느라 사람들의 생활은 점점 힘들어질 거예요. 더욱이 인구가 이렇게 많은 중국은 밥 먹는 것조차 쉽지 않을 겁니다. 뿐만 아니죠. 개발도상국들은 도피 계획을 실천에 옮길 능력이 없고 선진국들도 기술을 공유해주지 않을 겁니다. 하지만 가난하고 작은 나라들도 쉽게 포기하지 않을 거예요. 지금도 핵 확산 금지 조약에서 탈퇴하겠다고 잇따라 위협하고 있잖아요? 앞으로 더 극단적인 행동을 하겠죠. 결국 120년 후면 외계 함대가 도착하기도 전에 지구에서 전쟁의 불길이 치솟을 거예요! 장 선생님의 증손주에게 어떤 생활이 닥칠지 누가 알겠어요? 도피 우주선도 선생님이 상상하는 모습은 아닐 겁니다. 지금의 선저우(神舟) 우주선*이나 국제우주정거장은 비교도 안 될 거예요. 우주선 하나가 웬만한 소도시만큼 크고 온전한 생태계를 이룰 겁니다. 작은 지구처럼 말이죠. 인류가 외부에서 아무것도 공급받지 않고도 스스로 생존하는 거예요. 또 하나 아주 중요한 게 있습니다. 바로 동면이죠. 이건 지금도 할 수 있어요. 우주선 승객들은 대부분의 시간을 동면하며 보내게 될 겁니다. 100년도 하루처럼 짧게 느껴지겠죠. 새로운 정착지를 찾거나 삼체인들과 화해해 태양계로 돌아오고 나면 동면에서 깨어나는 겁니다. 지구에서 고통받으며 사는 것보다 훨씬 낫지 않겠어요?"

깊은 생각에 잠긴 장위안차오를 보며 스샤오밍이 계속 말을 이었다.

"솔직히 말하면 선생님 말씀대로 우주 항해가 힘든 일이긴 하죠. 우주에서 어떤 일이 닥칠지 아무도 모르니까요. 그러나 이건 선생님의 핏줄을 지키기 위한 일입니다. 핏줄이 어떻게 되든 상관없으시다면……."

장위안차오가 송곳에 찔린 듯 소스라치게 놀라며 스샤오밍을 쏘아보았다.

"젊은 사람이 무슨 말을 그렇게 하나? 어떻게 상관없을 수가 있어?"

"제 말씀을 끝까지 들어보세요. 그런 뜻이 아닙니다. 선생님의 후손을 우주선에 태워 우주로 도피시킬 마음이 없으시더라도 이 펀드는 역시 투자할 가치가 있다는 얘깁니다. 왜 그럴까요? 이 펀드를 공개적으로 판매하는 순간 가격이 천정부지로 치솟을 겁니다. 지금 돈 있는 사람들이 투자할 곳이 없어서 애를 태우고 있어요. 돈이 많을수록 핏줄을 지키려는 욕망도 크기 마련이잖아요."

"그건 그렇지."

"진심으로 선생님을 위해서 드리는 말씀이에요. 이 도피 펀드가 아직은 시작 단계라서 아는 사람들에게만 비공개적으로 판매하는 거예요. 아무나 사고 싶다고 살 수 있는 게 아니라니까요. ……어쨌든 잘 생각해보시고

---

* 옮긴이 주: 중국이 발사한 유인우주선.

마음을 굳히시면 제게 전화를 주세요."

스샤오밍이 돌아간 후 장위안차오는 베란다로 나갔다. 도시의 야경이 번져 몽롱하게 뭉개진 하늘을 바라보며 그는 생각했다.

'손주들아, 할아버지가 너희를 영원히 밤뿐인 곳으로 보내는 게 과연 옳은 일일까?'

*

주 문왕이 또다시 삼체 세계의 황야에서 고된 여정을 시작했다. 작은 태양이 중천에 떠올랐다. 태양빛에서 한 줌 훈기조차 느낄 수 없었지만 황야를 환하게 밝히기엔 충분했다. 황야에는 여전히 아무것도 보이지 않았다.

"누구 없느냐? 아무도 없느냐? 아무도 없느냐……."

그때 주 문왕의 눈이 번쩍 뜨였다. 누군가 말을 타고 지평선에서 달려오고 있었다. 멀리서도 그가 뉴턴이라는 것을 알아볼 수 있었다. 주 문왕이 있는 힘을 다해 그에게 손을 흔들었다. 뉴턴은 순식간에 주 문왕에게 달려와 고삐를 당겨 말을 세운 뒤 말 등에서 훌쩍 뛰어내렸다. 뉴턴은 비뚤어진 가발을 얼른 고쳐 쓰며 하늘과 땅 사이 어딘가를 가리켰다.

"왜 그렇게 소리를 지르십니까? 누가 또 이 괴상한 곳을 만들어놓았군요."

주 문왕은 물음에는 대답하지 않고 그의 손을 잡아끌며 다급히 말했다.

"동지여, 나의 동지여, 주는 우릴 버리지 않으셨소. 아니, 주님이 우릴 버린 건 그럴 만한 이유가 있었기 때문이오. 주께서 앞으로 우리가 필요하다고 하셨소. 주께서……."

뉴턴이 주 문왕의 손을 홱 뿌리치며 짜증이 묻어나는 말투로 쏘아붙였다.

"그건 나도 압니다. 지자가 내게도 메시지를 보냈어요."

"주께서 여러 동지에게 메시지를 보내셨군. 그것 참 잘되었소. 이제 조직과 주 사이의 연락을 한 사람이 독점하는 일은 없겠군."

뉴턴이 흰 손수건을 꺼내 이마에 흐르는 땀을 닦았다.

"조직이 아직 있기나 합니까?"

"물론이오. 치명적인 공격을 받은 뒤 구원파가 완전히 와해되고 요행히 살아남은 자들이 떨어져 나와 독립된 세력을 이루었소. 지금 조직에는 강림파뿐이오."

"이번 공격으로 조직이 깨끗이 정화되었군요. 잘된 일입니다."

"여기로 온 걸 보니 당신은 강림파가 분명하군. 그런데 당신은 어째서 아무것도 모르고 있소? 당신 혼자요?"

"내가 연락하는 동지는 한 사람뿐이었어요. 그 동지가 이 웹사이트 주소 외엔 아무것도 알려주지 않았어요. 지난번 그 끔찍한 공격 때도 하마터면 피신하지 못할 뻔했다니까요."

"당신의 피신 능력은 진시황 시대 때 이미 알아보았지."

뉴턴이 사방을 두리번거렸다.

"여긴 안전합니까?"

"물론이오. 여긴 다층식 미로의 제일 밑바닥이오. 발각될 가능성이 거의 없지. 설사 그들이 이곳으로 들이닥친다 해도 유저의 위치를 추적할 수 없소. 지난번 공격 이후 안전을 위해 조직의 각 지부가 뿔뿔이 흩어져 서로 거의 연락하지 않고 있지. 조직이 집합할 수 있는 장소가 필요하오. 조직의 신입 회원들을 위한 완충 지역도 있어야 하지. 어쨌든 현실 세계보다는 이곳이 더 안전할 것이오."

"외부에서 조직에 대한 압박이 훨씬 약해졌다는 걸 아십니까?"

"영리한 사람들이오. 조직이 바로 주에 대한 정보를 얻을 수 있는 유일한 정보원이란 걸 아는 게지요. 또한 주님이 전수하는 기술을 빼낼 수 있는 유일한 통로이기도 하지요. 물론 그런 기회가 아주 드물기는 하지만 말이오. 그렇기 때문에 그들은 조직이 어느 정도 명맥을 유지할 수 있도록 묵인하고 있소. 결국에는 후회하게 될 테지만."

"주님은 그들처럼 영리하지 못합니다. 아니, 영리함이 무엇인지조차 이해하지 못할걸요?"

"그러니까 주에게 우리가 필요하오. 조직에 존재 가치가 생겼다는 사실을 모든 동지에게 알려야 하오."

뉴턴이 말 등에 훌쩍 올라탔다.

"알겠습니다. 그럼 난 갑니다. 이곳이 안전하다는 확신이 들지 않는 이상 오래 머물 수가 없어요."

"이곳은 절대적으로 안전하다고 내가 말하지 않았소?"

"그게 사실이라면 다음엔 더 많은 동지를 이곳에서 만날 수 있겠지요. 그럼 이만."

뉴턴은 말을 마치자마자 채찍을 휘두르며 빠른 속도로 떠났다. 말발굽 소리가 서서히 사라진 뒤 하늘에 떠 있던 작은 태양이 돌연 비성으로 바뀌고, 온 세상이 칠흑 같은 어둠에 휩싸였다.

＊

뤄지는 나른하게 침대에 누워 있었다. 잠이 덜 깬 그의 부스스한 시선이 방금 샤워를 마치고 나와 옷을 입고 있는 여자의 몸을 타고 미끄러졌다. 바깥은 이미 날이 환하게 밝아 있었다. 햇빛이 스민 커튼 위로 드리운 그녀의 실루엣이 마치 은막에 비친 우아한 그림자 인형을 연상시켰다. 그건 정말로 오래된 흑백 영화 속 한 장면이었다. 어떤 영화인지는 기억나지 않았다. 지금 그가 제일 먼저 기억해내야 하는 것은 그녀의 이름이었다. 그녀의 이름이 뭐였지? 조급해하지 말고 우선 성부터 떠올려보자. 그녀가 장(張)씨라면 그녀의 이름은 장산(張珊)일 것이고, 천(陳)씨라면…… 아마도 천징징(陳晶晶)일 것이다. 아니다. 이건 모두 예전 여자들의 이름이다. 주머니 안에 있는 휴대전화를 열어보고 싶었지만 옷은 카펫 위에 널브러져 있었다. 게다가 휴대전화에는 그녀의 이름이 없었다. 그녀를 만난 지 정말로 얼마 되지 않았기 때문에 연락처도 저장해놓지 않았다.

지금 제일 중요한 것은 예전에 저질렀던 실수를 되풀이하지 않는 것이었다. 실수로 여자에게 이름을 물어보았다가 재앙을 맛본 적이 있었다. 그는 최대한 자연스럽게 그녀가 켜둔 텔레비전으로 시선을 옮겼다. 소리는 나오지 않았고 화면에는 UN 안보리 회의장의 커다란 원탁이 비추어지고 있었다. 아…… 이젠 안보리라고 부르지 않지. 안보리의 새로운 명칭이 무엇인지도 갑자기 생각나지 않았다. 요즘 너무 의욕 없이 지낸 탓이겠지.

"텔레비전 볼륨을 좀 높여주겠어?"

애칭을 부르지 않으면 덜 다정하게 들리겠지만 지금은 아무래도 상관없다.

"정말로 관심 있는 것처럼 보이네."

여자는 그의 부탁을 들은 체도 않고 화장대 앞에 앉아서 머리를 빗기 시작했다. 뤄지는 침대 헤드 위에 있던 라이터와 담배 한 개비를 집어 들었다. 담뱃불을 붙여 한 모금 빨아들이며 담요 밖으로 발을 쭉 뻗어 내밀고 엄지발가락을 까딱거렸다. 여자가 거울 속에서 쉬지 않고 까딱거리는 그의 발가락을 쳐다보았다.

"하는 짓 좀 보라지. 명색이 학자라는 사람이."

뤄지가 여자의 말끝에 부연 설명을 했다.

"청년 학자야. 학문에서 아직도 이렇다 할 성과를 내지 못한 건 노력할 만한 가치를 찾지 못했기 때문이지. 사실 난 영감이 충만한 사람이야. 가끔씩 머리를 대충 굴리면 남들이 평생 연구한 것보다 더 대단한 결과를 뽑아내지…… 거창하게 이름을 날릴 뻔도 했다니까. 못 믿겠어?"

"서브컬처인가 뭔가 그걸로?"

"아니. 그건 내가 동시에 연구하는 또 다른 분야고. 내가 창시한 우주사회학 말이야."

"뭐라고?"

"한마디로 외계인의 사회학이지."

여자가 코웃음을 치며 빗을 화장대에 툭 내려놓고 화장품을 손바닥에 덜어냈다.

"요즘은 학자가 스타가 되는 시대인 거 몰라? 이 몸도 스타 학자가 될 뻔했다니까."

"요즘 흔해빠진 게 외계인 연구던데."

"그건 이 빌어먹을 일이 터진 다음부터지."

뤄지가 소리 없는 텔레비전을 가리켰다. 여전히 커다란 원탁에 둘러앉은 사람들이 화면을 채우고 있었다. 기사가 길기도 하군. 생중계인가?

"그 전까지만 해도 학자들은 외계인을 연구하지 않았어. 고리타분한 옛날 책이나 뒤져 줄줄이 스타가 됐지. 그런데 시간이 갈수록 대중은 문화의 시체에 열광하는 그들에게 염증을 느꼈어. 바로 그때 내가 등장한 거야!"

뤄지가 천장을 향해 맨살이 드러난 두 팔을 쭉 뻗으며 목소리를 한 톤 높였다.

"바로 우주사회학이지. 외계인에도 여러 부류가 있어. 지구인보다 더 종류가 다양해. 100억 종은 족히 넘을걸. 〈백가강단(百家講壇)〉* 제작진이 나를 섭외해서 구체적인 이야기까지 오갔었어. 그런데 바로 그때 이 일이 터진 거야. 그다음엔……"

뤄지가 한 손을 휙 내저으며 한숨을 내뱉었다.

여자는 그의 말을 건성으로 흘려들으며 텔레비전 화면에 지나가는 자막에서 눈을 떼지 못했다.

"'우리는 도피주의에 대해 모든 가능성을 열어둘 것이다…….' 이게 무슨 뜻이지?"

"누가 한 말이야?"

"카르노브**의 말처럼 들리네."

"도피하려는 시도에 대해 ETO에 했던 것과 마찬가지로 강경하게 대응할 것이며 노아의 방주를 만드는 사람이 있다면 미사일 공격도 불사하겠다는군."

"너무 심하잖아."

"그렇지 않아. 현명한 결정이야. 내 이럴 줄 알았지. 하긴, 강경책을 쓰지 않더라도 어차피 아무도 도망치지 못할 거야……. 「부성(浮城)」이라는 소설 읽어봤어?"

"아니. 오래된 소설이지?"

"맞아. 내가 어릴 적에 읽은 소설인데 그중 한 장면을 아직도 잊을 수가 없어. 도시 전체가 바닷속으로 가라앉자 어떤 사람들이 집집마다 돌아다니며 구명 튜브를 닥치는 대로 빼앗아다가 산처럼 쌓아놓고 불태워버려. 전부 살 수 없다면 다 같이 죽어야 한다는 거지. 그중에서도 제일 기억에 남는 건 한 소녀가 그 사람들을 자기 집 앞으로 데리고 가서 '이 집에도 있어요!'라고 외치는 대목이야."

"당신은 언제나 사회를 쓰레기로 보는 쓰레기야."

"모르는 소리! 인간은 오로지 자기 이익만 꾀한다는 건 경제학의 기본 공리이기도 해. 이 전제가 없으면 경제학은 송두리째 무너지지. 사회학의 기본 공리가 무엇인지에 대해서는 아직 정론이 수립되지 않았지만 경제학보다 훨씬 사악할 거야. 모든 진리에는 어두운 면이 있는 법이지……. 소수가 도피할 수는 있어. 하지만 결국 이렇게 될 거라면 뭣 하러 그런 일을 했을까?"

"그런 일이라니?"

"르네상스는 왜 일으켰으며 마그나카르타는 왜 반포했을까? 또 프랑스 대혁명은 왜 일으켰을까? 만약 지금까지 인간을 몇 등급으로 분류하고 이를 강력한 법률로 시행해왔다면, 그때 가서 떠날 사람과 남을 사람을 나누어도 아무도 반발하지 않을 거야. 지금이 명나라 시대라면 나는 떠나고 당신은 남겠지만 현실은 그렇지 않겠지."

"당신이 지금 떠난다면 난 아주 기뻐할 거야!"

웃자고 하는 농담이 아니었다. 두 사람은 정말로 서로 벗어나려는 단계에 있었다. 연애할 때마다 뤄지는 여자도 자신과 나란히 이 단계로 들어서게끔 유도했다. 빠르지도 느리지도 않게 적당히 말이다. 그는 이처럼 자유자재로 리듬을 제어하는 자신의 능력이 자랑스러웠다. 특히 이번에는 그녀와 만난 지 일주일 만에 순조롭게 이별 단계에 돌입했다. 로켓이 추진체를 떨어뜨리듯 깔끔하게 말이다.

뤄지는 조금 전 화제로 돌아가고 싶었다.

"참, 우주사회학 창시는 내 아이디어가 아니야. 누구의 제안인지 궁금하지 않아? 당신에게만 말해줄 수 있는데. 놀라지 마."

"됐어. 당신 말은 이제 안 믿으니까. 딱 한 마디만 빼고."

"음…… 관두자. 이 한마디?"

"빨리 일어나. 배고파."

여자가 카펫 위에 널브러진 그의 옷을 주워 침대 위로 던졌다. 그들은 호텔 레스토랑에서 아침식사를 했다. 주위 테이블에는 점잖은 표정의 사람들뿐이었다. 그들이 나누는 대화가 간간이 몇 마디씩 들렸다. 듣고 싶지 않았지만 여름밤 촛불 주위로 모여드는 날벌레들처럼 쉬지 않고 뤄지의 귓속으로 파고들었다. 도피주의, 기술 공유화, ETO, 전시 경제로의 대전환, 적도 기점,* 헌장 개정,** PDC, 지구 저궤도 초급 경계 방위권*** 독립-연합 방식† 등등…….

뤄지가 계란프라이를 자르다 말고 나이프와 포크를 던지듯 툭 내려놓으며 중얼거렸다.

"세상이 왜 이렇게 따분해졌지?"

여자가 고개를 끄덕였다.

"동의해. 어제 〈카이신츠뎬(開心辭典)〉††에서 어떤 문제가 나왔는데 어찌나 한심하던지. 자, 잘 들으세요! ○× 문제입니다!"

여자가 포크로 뤄지를 가리키며 여자 진행자의 말투를 계속 흉내 냈다.

"120년 뒤 인류가 멸망한다고 가정할 때 인류 멸망 시 당신의 몇 대 손이 살고 있을까요? 1대 손이다. 맞으면 ○, 틀리면 ×!"

뤄지가 나이프와 포크를 다시 집어 들며 고개를 저었다.

"나는 후손 따위 없어. 나의 이 위대한 가문이 나를 끝으로 대가 끊기게

---

* 우주 엘리베이터와 지면이 맞닿는 지점.
** 지구 방위를 위해 UN 헌장의 개정이 필요하다.
*** 기존의 대륙 간 탄도미사일 및 NMD 체계를 이용해 긴급 구성된 방어 체계. 지자의 지구 저궤도 저차원 펼침을 방어하는 것이 주요 목적이다.
† 지구 우주 함대 구축 방안. 각국이 우주군을 개별적으로 창설한 후 이를 연합해 지구 함대를 창설한다는 내용이다.
†† 옮긴이 주: 중국 CCTV의 퀴즈프로그램. 일반인들이 출연해 퀴즈 경연을 벌인다.

해주세요."

뤄지가 기도하듯 손을 모으는 것을 보고 여자가 콧방귀를 뀌었다.

"내가 당신의 말 중 유일하게 믿는 한마디가 뭐냐고 물었지? 바로 이 말이야. 당신은 전에도 한번 이 얘길 한 적이 있어. 당신은 후레자식이야."

뤄지는 '그래서 나랑 헤어지겠다는 거야?'라고 말하려고 했지만 괜한 불똥이 튀어 성가셔질 것 같아 목구멍으로 올라오는 말을 다시 눌러 삼켰다. 하지만 여자는 그가 무슨 말을 하려고 했는지 읽어낸 것 같았다.

"나 역시 후레자식이야. 누군가에게서 내 모습을 발견하는 건 참 짜증나는 일이지."

뤄지가 고개를 끄덕였다.

"상대가 이성이라면 더더욱 그렇고."

"하지만 굳이 명분을 찾아야 한다면, 이건 책임 있는 행동이기도 해."

"무슨 행동? 아이를 낳지 않겠다는 거? 당연하지!"

뤄지가 포크로 옆 테이블에서 경제의 대전환에 대해 이야기를 나누고 있는 사람들을 가리켰다.

"저 사람들이 지금 자기 후손들에게 어떤 삶을 살게 하려는지 알아? 우주선 만드는 공장에서 죽을 둥 살 둥 일하다가 구내식당에 가서 줄 서서 밥을 먹는 거야. 꼬르륵대는 배를 움켜쥐고 죽 한 그릇 받으려고 기다리는 거지. ……조금 더 자라면 엉클 샘이 이럴 거야. '오, 지구가 당신을 부르고 있어. 영광스럽게 입대하게.'"

"그렇게라도 해야 멸망을 맞이할 세대가 덜 불행할 수 있잖아."

"과연 그럴까? 이 독한 지구인들은 아마 끝까지 아득바득 버티고 저항할걸. 그들이 어떤 식으로 버티다 어떻게 죽게 될지 누가 알겠어?"

식사를 마친 뒤 아침 햇살이 쏟아지는 거리로 나왔다. 상쾌한 바람에 실려 온 달콤한 향기가 코끝을 간질였다.

뤄지가 분주하게 지나가는 차들을 바라보며 말했다.

"사는 법을 어서 빨리 배워야겠어. 지금 배우지 않으면 너무 불행하잖아."

"배울 게 더 남았어?"

여자가 눈으로 택시를 찾기 시작했다.

"그럼……"

뤄지가 의견을 구하려는 듯한 시선을 그녀에게 던졌다. 보아하니 그녀의 이름을 기억해내지 않아도 될 듯했다.

"잘 가."

여자가 그를 향해 고개를 까딱였다.

두 사람은 악수를 하고 가볍게 입을 맞추었다.

"어쩌면 또 마주칠 기회가 있을지도 모르지."

뤄지는 이 말을 내뱉자마자 후회했다. 더 이상 아무 일도 생기지 않고 이걸로 끝나는 게 제일 좋지 않은가. 하지만 그건 그의 불필요한 걱정이었다.

"그럴 리는 없을 거야."

여자가 짧은 대답과 함께 빠르게 몸을 돌리자 그녀의 어깨에 걸린 작은 핸드백이 날아올랐다. 나중에 뤄지는 그때의 일을 수없이 회상하며 고의가 아니었을 거라고 확신했다. 그녀는 자신의 루이비통 핸드백을 메는 방식이 매우 독특했다. 그 전에도 그녀가 몸을 돌릴 때 핸드백이 찰랑이는 것을 몇 번 보았지만 이번에는 핸드백이 휙 날아올라 곧장 그의 얼굴을 덮쳤다. 핸드백을 피하려고 뒤로 주춤 물러섰지만 발꿈치 뒤에 있던 소화전에 다리가 걸려 뒤로 벌러덩 넘어지고 말았다.

그 예기치 못한 넘어짐이 그의 목숨을 구했다.

넘어지는 짧은 순간 그의 눈동자에 투영된 광경은 이랬다. 마주 달리던 자동차 두 대가 정면으로 충돌했다. 커다란 충돌음이 채 가시기도 전에 그 뒤를 따라오던 폭스바겐 폴로 한 대가 앞차를 피하려고 핸들을 급하게 돌리더니 두 사람을 향해 맹렬히 돌진했다. 뤄지는 때마침 소화전에 걸려 뒤로 넘어졌고 그 바람에 순간적으로 자동차를 피할 수 있었다. 넘어지면서 위로 붕 떠오른 한쪽 다리가 폴로의 옆 범퍼에 스치며 바닥에 쓰러져 있던 그의 몸을 90도로 돌려놓았다. 그는 차의 트렁크를 바라보는 자세로 바닥에 널브러졌다. 뤄지는 폴로의 다른 쪽 부분에서 나는 둔탁한 소리를 듣지 못했다. 차 지붕 위로 붕 떠올랐던 여자가 차 뒤편 도로 위로 낙하하는 장면만 그의 시야에 들어왔다. 여자는 헝겊 인형처럼 바닥에 나뒹굴었고 그녀가 굴러간 자리에 남은 붉은 핏자국은 어떤 의미를 담은 기호인 듯했다. 선혈이 그려낸 기호를 보는 순간 뤄지는 그녀의 이름이 떠올랐다.

*

장위안차오의 며느리가 산통을 시작했다. 산모가 분만실로 옮겨진 뒤 가족들은 긴장된 표정으로 대기실을 지켰다. 텔레비전에서 산모와 신생아를 위한 건강 프로그램이 방영되고 있었다. 장위안차오에게는 이 모든 것이 따뜻하기만 했다. 예전에는 미처 느끼지 못했던 가족에 대한 애틋함이 새록새록 솟아났다. 막 지나간 황금시대가 남겨놓은 아늑함이 나날이 혹독해지는 위기의 시대에 침식당하고 있었다.

양진원이 들어왔다. 대기실로 들어오는 그를 처음 본 순간 장위안차오는 그가 이 기회에 자신과 화해하려는 줄 알았다. 하지만 양진원의 표정은 그의 예상이 빗나갔음을 보여주었다. 양진원은 인사도 생략한 채 장위안차오를 대기실 밖으로 데리고 나왔다.

양진원이 물었다.

"자네 정말로 그 도피 펀드를 샀나?"

장위안차오가 고개를 돌려 그를 외면했다. 그건 '자네랑은 상관없는 일이네'라는 무언의 대답이었다.

양진원이 신문 한 장을 건넸다.

"이걸 좀 봐. 오늘 거야."

장위안차오의 냉담한 눈빛이 신문 위 헤드라인에 닿는 순간, 세상이 깜깜해졌다.

특별 UN 총회 117호 결의 통과, 도피주의를 불법으로 규정해.

장위안차오가 급하게 신문을 낚아챘다.

(……) 이번 특별 UN 총회에서 도피주의를 국제법에 위배되는 행동으로 규정하고 강력히 제재하는 방안이 압도적인 표결로 의결되었다. UN은 도피주의가 사회의 분열과 혼란을 초래하고 있으며 이는 국제법 중 인도에 반하는 죄에 해당하는 것이라고 강하게 비난하고, 각 회원국이 입법을 통해 도피주의를 단호히 제재해줄 것을 호소했다.

중국 대표는 도피주의에 대한 중국 정부의 입장을 재천명하고 UN 117호 결의를 강력히 지지한다고 밝혔다. 그는 또 관련 법률을 신속히 제정해 도피주의의 확산을 저지하겠다는 중국 정부의 강한 의지를 전달했다. 그는 "중국 정부는 위기의 시대일수록 국제사회의 통일과 단결이 중요하다는 사실을 잘 알고 있으며 모든 인간이 평등한 생존권을 가져야 한다는 국제사회의 준칙을 준수할 것"이라고 약속하고 "인류의 생활 터전인 지구를 절대로 포기하지 않을 것"이라고 덧붙였다. (……)

"그래서…… 뭐가 어떻다는 거야?"

양진원이 안타까운 시선으로 장위안차오의 망연한 눈빛을 쳐다보았다.

"아직도 모르겠어? 자세히 생각해보기만 해도 알 수 있잖아. 우주 도피는 실현될 수 없어. 누가 떠나고 누가 남을 거야? 이건 단순한 불평등을 넘어 생존권의 문제야. 엘리트든 부자든 평범한 서민이든, 누가 떠나든 간에 도망치지 못하고 남겨지는 사람이 있다면 그건 인류의 가장 기본적인 가치관과 도덕의 마지노선이 붕괴되는 거라고! 인권과 평등권이 중요하다는 건 누구나 다 알고 있어. 생존권이 불공평하다면 그건 가장 큰 불공평이야. 남겨진 사람들과 국가들이 순순히 죽음을 기다릴 것 같아? 떠날 수 있는 사람과 떠날 수 없는 사람들 사이의 갈등이 점점 극단으로 치닫고 결국에는 전 세계가 대혼란에 빠질 거야. 누구도 빠져나갈 수 없다고! UN의 이번 결정은 아주 현명한 결정이야. ……자네, 도피 펀드를 얼마나 산 거야?"

장위안차오가 허겁지겁 휴대전화를 꺼내 스샤오밍에게 전화를 걸었지만 전원이 꺼져 있었다. 장위안차오는 다리에 힘이 풀려 벽에 등을 기댄 채 바닥으로 쭉 미끄러졌다. 그는 도피 펀드를 40만 위안어치나 샀다.

"빨리 경찰에 신고해! 다행히 스샤오밍 그 자식은 먀오푸취안이 제 아버지의 직장까지 알고 있다는 걸 모르잖아. 사기꾼 자식을 잡을 수 있을 거야."

장위안차오가 바닥에 주저앉은 채 한숨을 토하며 고개를 저었다.

"사람을 붙잡는다고 돈을 찾을 수 있다는 보장이 없잖아. 가족들에게 대체 뭐라고 해야 하지?"

그때 우렁찬 울음소리가 복도를 쩌렁쩌렁 울렸다. 간호사가 외쳤다.

"19호 산모, 아들입니다!"

장위안차오가 벌떡 일어나 대기실로 달려갔다. 이 순간만큼은 그 무엇도 중요치 않았다.

장위안차오가 손주의 탄생을 기다린 30분 동안 지구에는 1만 명쯤 되는 아기가 새로 태어났다. 그들의 울음소리가 하나로 모이면 웅장한 합창이 될 것이다. 황금시대는 그들 뒤로 막 사라졌고 이제 험난한 시대가 그들의 눈앞에서 서서히 막을 올리고 있었다.

*

뤄지가 유일하게 아는 것은 자신이 갇혀 있는 작은 방이 아주 깊숙한 지하실이라는 사실뿐이었다. 이곳으로 통하는 엘리베이터에서—사람이 손잡이를 돌려 작동시키는, 지금은 보기 힘든 구식 엘리베이터였다—그는 자신이 어디론가 내려가고 있음을 느꼈다. 오래된 기계식 층수 표시기가 그의 판단이 옳다고 증명해주고 있었다. 층수 표시기에 '-10'이라는 숫자가 나타나자 엘리베이터가 멈추었다. 지하 10층? 뤄지는 방 안을 다시 둘러보았다. 싱글침대 하나와 간단한 생활용품, 당직실에 있는 것 같은 낡은 목제 책상이 놓여 있었다. 범인을 가두는 곳 같지는 않았다. 오랫동안 쓰는 사람 없이 비어 있었던 모양이었다. 침대 시트는 새것이었지만 다른 물건들 위로 두꺼운 먼지가 한 겹 내려앉아 있었고 퀴퀴하고 눅진한 곰팡이 냄새가 방 전체에 배어 있었다.

그때 문이 열리고 우람한 체구의 중년 남자가 들어와 뤄지를 향해 고개를 까딱였다. 그의 얼굴에 피로한 기색이 완연했다.

"뤄 교수, 내가 말동무나 해드리리다. 하긴 이제 막 들어왔으니 심심할 틈도 없었겠지."

뤄지는 '들어왔다'라는 말이 몹시 거슬렸다. '내려왔다'가 아니라 어째서 '들어왔다'일까? 마음이 무겁게 가라앉았다. 그의 추측대로였다. 그를 이곳에 데려온 사람들은 예의가 발랐지만 역시 그는 붙잡혀 온 것이 틀림 없었다.

"경찰입니까?"

"예전엔 그랬지. 난 스창(史强)이오."

남자는 다시 고개를 가볍게 까딱이고는 침대 끝에 걸터앉아 담뱃갑을 꺼냈다. 밀폐된 공간이라 담배 연기가 빠져나가지 못할 거라는 생각이 들었지만 뤄지는 입 밖으로 말하지 않았다. 스창이 그의 생각을 읽었는지 사방을 둘러보았다.

"어딘가에 환풍기가 있을 텐데."

그가 문 옆에 매달린 줄을 잡아당기자 어디선가 윙윙 환풍기 돌아가는 소리가 들렸다. 줄을 잡아당기는 스위치도 요즘 흔히 볼 수 있는 것이 아니었다. 방의 한쪽 구석에 고장 난 지 오래된 듯한 붉은색 전화기가 놓여 있었다. 먼지를 켜켜이 뒤집어쓴 다이얼식 전화기였다. 스창이 담배 한 개비를 건네자 뤄지는 망설이다가 받았다.

두 사람이 차례로 담뱃불을 붙인 뒤 스창이 먼저 말을 꺼냈다.

"아직 시간이 이른데 얘기나 할까요?"

"물어보세요."

뤄지가 고개를 숙인 채 힘없이 담배 연기를 내뿜었다.

"뭘 물어보란 거지?"

스창이 이상하다는 표정으로 뤄지를 흘긋 쳐다보았다.

뤄지가 몸을 벌떡 일으키며 한 모금밖에 피우지 않은 담배를 바닥에 집어 던졌다.

"어떻게 날 의심할 수가 있지? 그건 뜻밖의 교통사고였어요! 차 두 대가 먼저 충돌하고 뒤에 오던 차가 피하려고 핸들을 꺾는 바람에 그녀를 친 거라고! 너무도 명백한 사실이잖아요!"

두 팔을 펼친 뤄지의 얼굴 위로 절망감과 억울한 분노가 교차했다.

스창이 고개를 들어 그를 올려다보았다. 옅은 졸음기가 싹 걷힌 눈동자에서 형형한 빛이 비어져 나왔다. 줄곧 웃음기가 어려 있던 그의 눈빛 속에 보이지 않는 예리한 살기가 감추어져 있다는 걸 뤄지는 그제야 깨달았다.

"내가 얘길 꺼내기도 전에 당신이 먼저 꺼냈군. 잘됐소. 상부에서 다른 얘긴 하지 말라고 하고, 나도 아는 게 별로 없어서 무슨 얘기를 꺼내야 하나 고민하고 있던 중인데. 자, 이리 앉아요."

뤄지는 앉지 않고 스창 앞에 선 채로 이야기를 계속했다.

"그녀를 알게 된 지 일주일밖에 안 됐어요. 학교 옆 술집에서 만났고 사고가 나기 전까지 그녀의 이름조차 기억나지 않았어요. 그녀와 나 사이에 당신들의 의심을 살 만한 그 어떤 일이 있을 수 있겠습니까?"

"이름도 기억나지 않았다? 어쩐지 그 여자의 죽음에 아무렇지도 않은 것 같더니만. 예전에 만났던 또 다른 천재도 당신과 비슷했지. 킬킬. 아주 근사한 인생이야. 수시로 여자를 갈아치우는군. 그것도 수준 있는 여자들로 말이야."

"그게 범죄입니까?"

"물론 아니지. 그냥 부러워서 그래. 이래 봬도 일할 때 한 가지 원칙이 있어. 절대로 도덕적인 판단을 내리지 않는다는 거지. 내가 상대하는 놈들은 대부분 뼛속까지 나쁜 놈들이야. 그놈들한테 '네놈들이 무슨 짓을 했는지 잘 봐! 무슨 낯짝으로 부모 얼굴을 볼 거야?' 이렇게 백날 욕하고 야단쳐봐야 소용없어. 차라리 싸대기를 한 번 날리는 게 더 효과적이지. 이것봐. 그저 편하게 얘기를 나누자는 거야. 뭣 하러 먼저 그 얘기를 꺼내? 어수룩하긴."

뤄지가 스창을 노려보았다. 환풍기 돌아가는 소리만 밀폐된 방 안을 가득 채웠다. 뤄지가 갑자기 얼굴을 괴상하게 씰그러뜨리며 웃더니 담배를 꺼냈다.

스창이 말했다.

"뤄 형, 아, 나보다 어리지? 사실 우린 특별한 인연이야. 내가 체포한 범인들 중에 16명이 사형 판결을 받는데 그중 아홉 명을 형장으로 데려다줬어."

뤄지가 담배 한 개비를 스창에게 건넸다.

"난 그런 일은 없을 겁니다. 미안하지만 내 변호사에게 연락 좀 해줘요."

스창이 뤄지의 어깨를 탁 두드렸다.

"오케이! 쿨해서 맘에 들어!"

스창이 뤄지의 어깨 쪽으로 상체를 바짝 숙이며 담배 연기를 내뿜었다.

"젊은이, 살다 보면 무슨 일이든 겪을 수 있어. 하지만 자네가 당한 이 일은 너무…… 난 사실 자넬 돕고 싶어. 이런 우스갯소리도 있잖아. 형장으로 끌려가는 사형수가 비가 와서 길이 질퍽거린다고 툴툴거리니까 망나니가 이랬대. '왜 그렇게 불만이 많아. 우린 돌아갈 때도 이 길을 또 지나야 된다고!' 자네도 나도 지금부터 이런 생각을 가져야 돼. 자, 오늘은 여기까지. 출발할 때까지 아직 시간이 있으니까 눈 좀 붙여두자고."

"출발한다고요?"

뤄지가 어안이 벙벙해서 스창을 바라보았다.

노크 소리가 짧은 정적을 깬 뒤 명민한 눈동자의 한 젊은이가 문을 열고 들어왔다. 젊은이가 손에 들고 있던 커다란 가방을 내려놓으며 말했다.

"스 대장님, 시간이 앞당겨졌어요. 지금 출발한답니다."

*

장베이하이가 병실 문을 조용히 열었다. 병상 위 아버지의 모습이 예상했던 것보다 좋아 보였다. 아버지는 베개에 몸을 기대고 앉아 있었다. 창으로 비껴든 불그스름한 석양빛이 아버지의 두 뺨 위에 살포시 손을 얹어주어 삶의 종점에 다다른 사람처럼 보이지 않았다. 장베이하이는 군모를 벗어 문 옆 옷걸이에 걸고 아버지의 발치에 앉았다. 그는 병세가 어떤지 묻지 않았다. 정직한 군인 정신이 담긴 대답이 돌아오리란 걸 알고 있었기 때문이다. 그는 진실한 대답을 듣고 싶지 않았다.

"저 우주군에 배치됐어요."

아버지는 말없이 고개를 끄덕였다. 부자 사이의 침묵은 말보다 더 많은 의미를 전달했다. 어릴 적부터 아버지는 말이 아닌 침묵으로 아들을 교육했다. 그들에게 말이란 그저 침묵에 붙이는 문장부호였다. 지금의 장베이하이를 만든 것은 바로 이런 아버지의 침묵이었다.

"아버지 예상대로 해군이 우주 함대의 주축이 될 거래요. 해군의 작전 모델과 이론이 우주 전쟁에 가장 가깝다고 판단했다는군요."

아버지가 또 고개를 끄덕였다.

"그렇지."

"이제 전 어떻게 하죠?"

아버지, 제가 결국 이 질문을 하고 말았어요. 밤새워 뒤척이며 고민했지만 아버지를 보자마자 또 이걸 물어야 할지 망설였어요. 이게 아버지를 제일 실망시키는 말이란 걸 아니까요. 대학원을 졸업하고 대위 후보생으로 함대에 들어갔을 때 아버지는 이렇게 말씀하셨죠. "아들아, 넌 아직 멀었다. 지금도 나는 네 마음이 훤히 들여다보여. 그건 네가 아직도 생각이 단순하고 깊이가 없기 때문이야. 내가 네 속을 들여다볼 수 없고 너는 내 마음을 쉽게 읽을 수 있어야만 네가 진정으로 성장한 거다." 나중에 제가 정말로 아버지의 말대로 성장한 뒤에 아버지는 당신 아들의 속마음을 쉽게 알 수 없었죠. 아버지가 그걸 쓸쓸하게 여기는 마음이 조금도 없었다고 생각하지 않아요. 하지만 저는 정말로 아버지가 기대를 걸 수 있을 만한 사람이 되었죠. 인간미라곤 전혀 없지만 해군이라는 복잡하고 살벌한 곳에서 성공할 수 있는 사람 말이에요. 지금 제가 아버지께 이렇게 묻는다는 건 30여 년간 저를 훈련시킨 아버지의 교육이 가장 결정적인 순간에 실패했음을 의미하죠. 하지만 아버지, 제게 말씀해주세요. 비록 아버지 생각만큼 강하지 못한 아들이지만, 이번만은 꼭 제 물음에 대답해주세요.

아버지가 침묵 끝에 입을 열었다.

"깊이 생각해봐."

대답해주셨군요, 아버지. 아주 많은 얘기를 해주셨어요. 이 짧은 한마디 속에 수만 마디로도 다할 수 없는 많은 뜻이 담겨 있다는 걸 알아요. 아들을 믿어주세요. 제 마음으로 아버지의 대답을 들을게요. 하지만 조금만 더 구체적으로 말씀해주세요. 이건 너무도 중요한 일이니까요.

장베이하이가 물었다.

"생각한 다음에는요?"

침대 시트를 꽉 움켜쥔 그의 손바닥과 이마가 축축해졌다.

아버지, 용서하세요. 제 첫 번째 질문이 아버지를 실망시켰고 이 질문으로 저는 다시 어린아이로 돌아갔어요.

아버지가 말했다.

"깊이 생각해보라는 말밖에 해줄 수가 없구나."

아버지, 고맙습니다. 구체적으로 말씀해주셨어요. 제 마음이 다 알아들었습니다.

장베이하이는 꼭 쥐고 있던 시트를 놓고 아버지의 비썩 마른 손을 잡았다.

"이제 바다에 나가지 않으니까 자주 찾아올게요."

아버지가 미소 지으며 고개를 저었다.

"난 괜찮다. 넌 네 할 일 해라."

두 사람은 또 이야기를 나누었다. 집안일에 대해 이야기하고 우주군 창설에 대해서도 이야기했다. 아버지도 자신의 생각을 말하며 아들에게 많은 조언을 해주었다. 두 사람은 미래 우주 전함의 생김새와 크기 등을 상상하고 우주 전쟁에 사용될 무기에 대해 흥미진진한 대화를 나누었다. 심지어 머핸*의 제해권 이론을 우주 전쟁에 적용할 수 있을지에 대해서도 토론했다. 하지만 그들 사이에 이런 이야기들은 이미 큰 의미가 없었다. 걸음 대신 말로 하는 산책일 뿐이었고, 진정으로 의미가 있는 말은 부자가 마음으로 소통한 이 세 마디뿐이었다.

"깊이 생각해봐."

"생각한 다음에는요?"

"깊이 생각해보라는 말밖에 해줄 수가 없구나."

장베이하이는 아버지에게 인사를 하고 병실을 나온 뒤 문에 난 작은 창으로 아버지를 지켜보았다. 석양이 빛을 거두어가고 아버지는 희미한 어스름 속에 우두커니 남겨졌다. 하지만 그는 어스름 너머로 태양이 채 거두어가지 못한 마지막 한 조각 석양을 보았다. 곧 사라질 빛이지만 그때의 석양이 가장 아름다웠다. 이 석양의 마지막 광휘도 한때 성난 바다의 거친 파도 위를 비추었을 것이다. 서쪽 하늘의 구름 사이를 뚫고 나온 몇 가닥 빛기둥이 먹구름 아래 바다 위에 천국에서 흩뿌린 꽃잎 같은 황금빛 얼룩을 만들어냈을 것이다. 꽃잎 밖은 먹구름 아래 암흑의 세상과 같고, 폭우가 뭇 신들의 장막처럼 하늘과 바다 사이에 늘어진다. 번개만이 거센 풍랑이 토해내는 물보라를 비춘다. 금색의 빛무리 속에 들어가 있는 구축함이 파도의 깊은 골짜기에서 뱃머리를 힘겹게 들어 올린다. 천지를 울리는 꽝

---

* 옮긴이 주 : 미국 군인으로, 미국 해군의 아버지로 불린다.

음 속에서 뱃머리가 파도의 벽에 부딪치고 하늘로 솟구쳐 날리는 물보라가 석양빛을 탐욕스럽게 집어삼킨다. 붕새가 거대한 금빛 날개를 펼치듯 그렇게…….

장베이하이가 군모를 썼다. 모자 위에 중국 우주군의 휘장이 달려 있었다. 그는 마음으로 말했다.

'아버지, 우리가 같은 생각을 한다는 건 제게 행운입니다. 제가 아버지께 영광을 안겨드릴 수는 없겠지만 안식을 드릴 수는 있을 겁니다.'

*

"뤄 선생님, 옷 갈아입으세요."

방금 들어온 젊은이가 몸을 숙여 바닥에 내려놓은 가방을 열었다. 젊은이는 깍듯했지만 뤄지는 역시 파리를 삼킨 듯 불편했다. 젊은이가 가방 속에서 꺼낸 옷은 뜻밖에도 용의자가 입는 옷이 아니었다. 얼핏 보면 평범한 갈색 재킷이었지만 자세히 살펴보니 옷감이 유난히 두꺼웠다. 이제 보니 스창과 젊은이도 색깔만 다를 뿐 똑같은 재킷을 입고 있었다.

스창이 말했다.

"입어. 편하고 바람도 잘 통해. 예전에 입던 그 망할 것들은 개나 주라 그래. 그런 걸 입고도 숨 막혀 죽지 않은 게 신기하다니까."

젊은이가 짧게 부연 설명을 했다.

"방탄복이에요."

누가 날 죽일 수도 있다는 건가? 뤄지는 옷을 갈아입으며 머릿속이 더 복잡해졌다.

방에서 나온 세 사람은 들어올 때 걸어왔던 복도를 따라 엘리베이터로 향했다. 복도에 네모난 통풍구가 나 있었다. 그들이 지나온 몇 개의 문은 모두 두꺼운 밀폐식 문이었다. 뤄지는 얼룩덜룩한 벽 위에 보일 듯 말 듯 희미하게 적혀 있는 구호를 발견했다. 일부만 알아볼 수 있었지만 뤄지는 보이지 않는 글씨들이 무엇인지 알 수 있었다.

굴을 깊게 파고, 식량을 비축하고, 세력을 업고 군림하지 말라.*

뤄지가 스창에게 물었다.

"여기가 방공호인가요?"

"평범한 방공호는 아니고 원자탄 방어용이야. 지금은 폐쇄됐지. 예전엔 일반인들은 들어올 수 없는 곳이었어."

"그럼 여기가…… 시산(西山)**입니까?"

뤄지는 시산에 비밀지휘센터가 있다는 풍문을 들은 적이 있었다. 하지만 스창과 젊은이는 아무 대답도 하지 않았다. 구식 엘리베이터에 오르자 엘리베이터가 고막을 긁는 마찰음과 함께 위로 올라갔다. 자동소총을 멘 무장경찰이 엘리베이터를 조작했다. 그도 이 기계에 익숙하지 않은지 서툰 동작으로 두세 번을 다시 조작한 뒤에야 엘리베이터를 지하 1층에 세웠다.

엘리베이터에서 나오자 넓은 홀이 나타났다. 지하주차장처럼 넓었지만 천장이 낮았다. 홀 안에 각종 차량이 가득 세워져 있었는데 그중 일부는 시동이 걸려 매캐한 매연을 내뿜고 있었다. 차들 사이로 많은 사람이 서 있거나 걸어다니고 있었다. 멀리 있는 한 귀퉁이에 전등 하나만 켜져 있어 전체적으로 어둡고 사람들의 모습도 시커먼 그림자로만 보일 뿐이었

---

* 옮긴이 주 : 1969년부터 중국과 소련의 국경 분쟁이 심각해지고 소련이 국경을 압박하자 1972년에 마오쩌둥(毛澤東)이 전쟁 준비 및 식량 비축을 지시하며 내건 구호.
** 옮긴이 주 : 베이징 교외에 있는 산.

다. 그중 몇 명이 멀리 있는 자동차 헤드라이트 불빛 사이를 지날 때 뤄지는 그들이 완전 무장한 병사들이라는 것을 알았다. 몇몇 장교들은 무전기에 대고 소리치고 있었다. 우릉대는 엔진 소리와 뒤섞여 들리는 그들의 목소리에서 살벌한 긴장감이 흘렀다.

스창은 뤄지를 데리고 자동차 사이로 걸어갔다. 젊은이가 뒤에서 따랐다. 자동차 브레이크 등의 붉은빛과 차들 틈새로 들어온 빛이 스창을 비추었다. 그의 뒷모습이 색깔을 바꾸어가며 보였다가 또 사라졌다. 그걸 보며 뤄지는 어두운 술집을 떠올렸다. 그는 그곳에서 그녀를 만났다.

스창은 어느 차 앞에 멈추어 서서 차 문을 열고 뤄지를 태웠다. 넓은 내부에 비해 차창은 비정상적이라고 느낄 만큼 작았다. 차창의 가장자리로 두꺼운 차체를 볼 수 있었다. 차체를 두껍게 보강한 자동차였다. 좁고 불투명한 창문도 방탄유리로 만들어진 것 같았다. 반쯤 열린 문틈으로 스창과 젊은이의 대화가 새어 들어왔다.

"대장님, 방금 전화가 왔습니다. 이동 경로를 사전 정찰하고 경계 배치까지 모두 끝마쳤다고 합니다."

"이동 경로 주변이 너무 복잡해. 몇 번 대충 지나가본 게 전부라 마음이 놓이지 않는군. 경계 배치는 내가 말한 대로 해. 입장을 바꿔서 자네가 그들이라면 어디를 감시할지 생각해봐. 무장경찰 쪽 전문가가 몇 가지 조언을 해줬는데…… . 아, 어떻게 교대할 건지 결정했어?"

"그건 얘기 안 했습니다."

스창이 버럭 소리를 질렀다.

"이런 돌대가리를 봤나! 이렇게 중요한 걸 빠뜨려?"

"상부에서는 우리가 계속 따라가는 것 같다고 합니다."

"평생을 따라가도 상관없어. 하지만 거기로 가면 어쨌든 교대를 해야 할 거 아냐? 책임을 확실하게 구분해야지! 선을 그어야 한다고, 선을! 그

선에 도착하기 전까지는 무슨 일이 생기면 우리가 책임지지만 그 후에는 그들 책임이라고!"

"그쪽에서 아무 말도 하지 않았습니다……."

젊은이의 목소리가 기어들었다.

"정(鄭), 자네의 그 얼어 죽을 자괴감은 이해한다. 창웨이쓰가 높은 자리에 앉은 뒤로 그의 예전 부하들이 더 기고만장해졌다는 것도 알아. 하지만 우리 스스로 자신감을 가져야 돼. 그들이 대체 뭘 했지? 누가 그들에게 총을 쐈어? 아니면 그들이 누구에게든 총을 쐈어? 지난번 공격 때 그들은 서커스처럼 온갖 수단을 다 동원했어. 경보기까지 꺼냈지. 하지만 놈들의 집회 장소를 알아낸 게 누구야? 바로 우리잖아. 우리 스스로 힘을 가져야 돼……. 상부를 수없이 설득해서 자네들을 여기로 데려왔지만 오히려 자네들을 망친 건 아닌지 모르겠군."

"대장님, 그런 소리 마세요."

"세상이 어지러워. 난세라고. 알아? 사람들도 각박해졌어. 불리한 일은 모조리 남에게 미뤄버려. 그러니까 사람을 조심해야 돼. ……마음이 놓이지 않아서 하는 얘기야. 내가 얼마나 더 버틸 수 있겠어? 앞으로 이 일을 자네가 맡게 될 수도 있어."

"병세도 생각하셔야죠. 상부에서 동면하라고 하지 않아요?"

"우선 일부터 정리해야지. 집이든, 여기 일이든. 자네들이 이러면 내가 마음을 놓을 수 있겠어?"

"저희 걱정은 하지 마시고 치료 미루지 마세요. 오늘 아침에도 잇몸 출혈이 멈추지 않으셨잖아요."

"괜찮아. 내 목숨이 억세게 질기다는 걸 자네도 잘 알잖아. 불발탄 덕분에 세 번이나 살아남은 몸이야!"

그때 한쪽에 있던 차들이 차례로 줄지어 출발했다. 스창이 차에 올라

문을 닫았다. 옆 차가 출발하자 그들을 태운 차도 출발했다. 스창이 양쪽 커튼을 닫았다. 뒷자리와 운전석 사이에도 불투명한 가림판이 있어서 뤄지는 바깥 상황을 전혀 볼 수가 없었다. 스창의 무전기에서 쉬지 않고 소리가 났지만 뤄지는 무슨 소린지 똑똑히 알아들을 수가 없었다. 스창은 무전기에 대고 짧게 대답만 했다.

차가 출발한 지 얼마 되지 않아서 뤄지가 스창에게 물었다.

"말씀하셨던 것보다 복잡한 일인 것 같군요."

"요새 복잡하지 않은 일이 어디 있나."

스창은 무전기에만 귀를 기울이며 건성으로 대답했다. 두 사람의 대화가 끊겼다.

차의 속도가 한 번도 줄어들지 않을 만큼 길이 순탄했다. 대략 한 시간쯤 달린 뒤 차가 멈추어 섰다.

스창은 차에서 내려 뤄지에게 여기서 기다리라는 눈짓을 한 뒤 문을 닫았다. 밖에서 콰르릉하는 소리가 들렸다. 차 위쪽에서 들리는 것 같았다. 몇 분 뒤 스창이 차 문을 열고 내리라고 했다. 비행장이었다. 방금 들렸던 콰르릉하는 소리가 굉음이 되어 고막을 거세게 두드렸다. 고개를 들어보니 상공에 멈추어 있는 헬기 두 대에서 나는 소리였다. 헬기 두 대가 이 넓은 곳을 감시하는 듯 서로 다른 방향으로 머리를 향하고 있었다. 뤄지 앞에 여객기처럼 생긴 커다란 비행기가 있었다. 하지만 그의 시야가 닿는 부분에는 항공사 마크가 보이지 않았다. 차에서 내리자마자 승강 계단이 놓여 있었다. 스창과 뤄지가 계단을 올라가 비행기 안으로 들어갔다. 비행기 문을 통과하기 전, 뤄지는 고개를 돌려 뒤를 보았다. 제일 먼저 눈에 들어온 것은 멀리 계류장에 줄 맞추어 선 전투기들이었다.

뤄지는 그곳이 민간 비행장이 아니라는 것을 깨달았다. 시선을 가까운 곳으로 옮기자 함께 온 10여 대의 차와 그 차에서 내린 군인들이 비행기 주위를 크게 에워싸고 있었다. 석양에 비껴 활주로 위로 길게 드러누운 비행기 그림자가 거대한 느낌표처럼 보였다. 뤄지와 스창이 비행기 안으로 들어갔다. 검은 양복을 입은 세 사람이 그들을 맞이했다. 전방 객실은 여객기 객실과 비슷했지만 네 열로 배치된 좌석이 모두 비어 있었다. 중간 객실로 들어가자 넓은 사무실이 나타났다. 따로 방이 하나 더 있었는데 반쯤 열린 문틈으로 침대가 보였다. 평범하고 깔끔하게 꾸며져 있어 소파와 의자 위의 녹색 안전벨트만 아니라면 비행기 내부라고 느끼지 못할 것 같았다. 뤄지는 그런 전용기가 중국에 몇 대 없다는 것을 알고 있었다.

그들을 안내한 세 사람 중 두 사람은 다른 문을 통해 후방 객실로 가고 제일 젊은 사람만 남았다. 그가 말했다.

"편하게 앉으세요. 하지만 안전벨트는 꼭 매셔야 합니다. 이착륙 때 외에도 비행하는 동안 안전벨트를 풀지 마세요. 주무실 때도 침대에 있는 안전벨트를 매시고, 작은 물건들을 꺼내놓으시면 안 됩니다. 가급적 좌석과 침대에서 벗어나지 마세요. 일어나서 몸을 움직이시려면 먼저 기장에게 알려주셔야 합니다. 이 버튼이 인터폰 스위치입니다. 좌석과 침대에 모두 있으며 이걸 누르면 통화하실 수 있습니다. 뭐든 필요한 게 있으시면 언제든 저희를 부르시면 됩니다."

뤄지가 어안이 벙벙한 표정으로 스창을 쳐다보자 스창이 말했다.

"이 비행기가 특수 비행을 할 수도 있으니까."

젊은 사람이 고개를 끄덕였다.

"맞습니다. 무슨 일이든 저를 불러주세요. 편하게 샤오장(小張)*이라고 부르시면 됩니다. 이륙 후에 저녁식사를 가져다드리겠습니다."

* 옮긴이 주: 중국에서는 자기보다 어린 사람을 친근하게 부르거나 젊은 사람들끼리 친구를 부를 때 성이나 이름 앞에 '샤오(小)'를 붙여서 부른다.

샤오장이 나간 뒤 뤄지와 스창은 소파에 앉아 안전벨트를 맸다. 뤄지는 사방을 둘러보았다. 창문이 둥글고 벽이 약간 움푹하게 들어가 있다는 것을 제외하면 모든 것이 익숙했다. 평범한 사무실 안에서 안전벨트를 매고 앉아 있는 것이 약간 어색할 뿐이었다. 하지만 잠시 후 엔진 소리와 진동이 그곳이 비행기 안이라는 것을 알려주었다. 몇 분 뒤 엔진 소리가 달라지며 묵직한 무게감이 두 사람을 소파 속으로 깊숙이 눌렀다. 지면에서 떠올라 진동이 사라진 뒤 사무실 바닥이 기울어졌다. 비행기가 하늘로 올라가며 지평선 밑으로 사라졌던 석양빛이 다시 비행기 안으로 파고들었다. 10분 전, 오늘의 마지막 빛을 장베이하이 아버지의 병실 안으로 밀어 넣었던 바로 그 태양이었다.

*

뤄지를 태운 비행기가 해안 위를 지날 때 1만 미터 아래에서는 우웨와 장베이하이가 건조 중인 당호를 바라보고 있었다. 그 전과 그 후 모든 시간을 통틀어 이것은 뤄지가 두 군인에게 가장 가까이 다가간 순간이었다.

지난번과 마찬가지로 당호의 거대한 함체가 이제 막 내려앉기 시작한 석양에 에워싸여 있었다. 함체에서 쏟아지는 용접 불꽃은 지난번보다 줄어들었고 함체 위를 비추는 불빛도 훨씬 어두웠다. 이제 우웨와 장베이하이는 해군이 아니었다.

장베이하이가 말했다.

"총장비부*에서 당호 건조를 중단하기로 결정했다는군."

"그게 우리와 무슨 상관이야?"

* 옮긴이 주: 중국인민해방군 휘하 지휘부 중 하나로 군비와 관련된 업무를 담당한다.

우웨가 냉랭한 대답과 함께 쇠잔한 석양빛이 아슴아슴하게 남은 서쪽 하늘로 시선을 옮겼다.

"우주군에 들어간 뒤로 기분이 저조해 보여."

"왜 그런지 알잖아. 자넨 언제나 내 생각을 훤히 들여다보니까. 아니, 가끔은 나보다도 내 마음을 더 잘 알지. 자네 얘기를 듣고 내가 무슨 생각을 하고 있는지 깨달을 때도 있어."

장베이하이가 몸을 돌려 우웨를 똑바로 쳐다보았다.

"패배가 정해진 전쟁에 몸을 던져야 한다는 사실이 슬프겠지. 자넨 최후의 우주군을 부러워하고 있어. 젊었을 때 끝까지 싸워 함대와 함께 우주에 묻힐 수 있다는 걸 부러워하지. 자넨 일생의 피땀을 이렇게 희망 없는 일에 쏟아붓는 걸 용납하기 힘들 거야."

"내게 해줄 조언이 있나?"

"없어. 기술제일주의와 기술승리주의가 자네 머릿속에 뿌리 깊게 박혀 있으니까. 자넬 바꿀 수 없다는 걸 알고 있었어. 그런 관념이 일을 그르치지 않도록 노력하는 수밖에. 다른 얘기지만 나는 인류가 이 전쟁에 승리하는 것이 불가능하다고 생각하지 않아."

우웨가 마침내 차가운 가면을 내려놓고 장베이하이의 눈빛 앞에 자신을 드러냈다.

"베이하이, 예전에 자넨 아주 현실적인 사람이었어. 당호 건조에 반대하고 여러 차례나 공식적인 자리에서 원양 해군 창설에 대해 의문을 제기했지. 현재 국력에 과분한 일이라고 말이야. 자넨 우리의 해상 역량이 언제든 해안기지의 화력 지원과 엄호를 받을 수 있는 근해에 머물러야 한다고 생각했어. 소장파가 자네의 주장을 '거북이 전략'이라고 조롱했지만 자네는 고집을 꺾지 않았어……. 그런데 우주 전쟁에 승리할 수 있다는 신념은 어디에서 나온 건가? 자넨 정말로 조각배가 항공모함을 침몰시킬 수 있다고 생각해?"

"중화인민공화국 수립 초기에 막 창설된 해군이 목선으로 국민당의 구축함을 침몰시켰고, 그보다 더 전에는 우리 군이 기병으로 장갑차 부대를 격파한 적도 있어."

"설마 그런 특수한 사례를 정상적이고 보편적인 군사 이론으로 생각하는 건 아니겠지?"

"이 전쟁에 정상적이고 보편적인 군사 이론은 필요 없어. 단 한 번의 예외만 있으면 돼."

장베이하이가 손가락 하나를 치켜세웠다.

우웨가 조롱 섞인 미소를 입가에 흘렸다.

"그 예외를 어떻게 실현시킬 수 있는지 궁금하군."

"물론 나는 우주 전쟁에 대해 잘 몰라. 하지만 조각배와 항공모함의 전투와 비슷하다면 말이야, 과감한 행동과 승리에 대한 믿음만 있다면 조각배가 항공모함을 침몰시키는 것도 가능하다고 생각해. 잠수 부대가 조각배를 타고 항공모함이 지나는 항로에 매복하고 있다가 적이 어느 정도 거리에 왔을 때 잠수 부대는 바닷속으로 잠수하고 조각배는 자리를 떠나지. 잠수 부대가 기다리고 있다가 항공모함이 다가오면 선체 밑에 폭탄을 설치하는 거야. 물론 실제로 수행하기가 쉽지는 않겠지만 완전히 불가능한 건 아니야."

우웨가 고개를 끄덕였다.

"맞아. 실제로 그런 작전을 쓴 적도 있었지. 제2차 세계대전 당시 영국군이 그런 작전으로 독일 전함 티르피츠호를 공격했어. 조각배가 아니라 소형 잠수정을 이용했지만 말이야. 1980년대에 포클랜드전쟁 때도 아르헨티나의 특공대가 선체 부착 기뢰를 가지고 이탈리아로 잠입해 항구에 정박 중인 영국 군함을 침몰시키려고 했지. 하지만 결과가 어땠는지 자네도 알고 있을 거야."

"우리에게 조각배만 있는 건 아니잖아. 1000에서 2000톤급 원자탄을 잠수부 혼자 바닷속으로 가지고 들어갈 수 있는 작은 크기로 만들 수 있어. 그걸 항공모함 밑바닥에 붙인다면 항공모함을 침몰시키는 걸로 끝나지 않을 거야. 세계 최대 항공모함도 산산조각 낼 수 있으니."

우웨가 피식 웃었다.

"자네가 이렇게 상상력이 풍부한 줄은 몰랐군."

"승리에 대한 믿음이지."

장베이하이가 당호로 시선을 옮겼다. 멀리서 번쩍이는 용접 불꽃이 그의 눈동자 속에 작은 불꽃 두 개를 피워 올렸다.

우웨도 당호를 보았다. 그는 육중한 선체를 보며 새로운 환상을 떠올렸다. 버려진 고대 요새가 아니라 그보다 더 아득한, 태초에 가까운 옛날의 절벽이었다. 절벽 위에 어두운 동굴들이 뚫려 있고 드문드문 쏟아지는 불꽃은 동굴 속에서 가물거리는 불빛이었다.

*

비행기가 이륙한 뒤 저녁밥을 먹을 때까지도 뤄지는 스창에게 어디로 가는지, 무슨 일이 생겼는지 묻지 않았다. 만약 그가 알고 있고 자신에게 말해줄 수 있는 것이라면 이미 얘기해주었을 터였다. 뤄지가 안전벨트를 풀고 바깥을 내다보려고 창가로 다가갔다. 날이 어두워 아무것도 보이지 않는다는 걸 알면서도 스창은 그를 따라와 창문 덮개를 닫았다.

"별로 볼 것도 없어. 얘기나 나누다가 잘까?"

스창이 담배를 꺼내다가 비행기 안이라는 것을 떠올리고 도로 집어넣었다.

"잔다고요? 비행시간이 긴가 보죠?"

"그걸 누가 알겠나? 침대 있는 비행기에 탔으니 누릴 수 있을 때 누리자는 거지."

"저를 목적지까지 데려다주는 임무만 맡은 건가요?"

"왜 그렇게 불만이 많아? 우린 돌아갈 때도 이 길을 또 지나야 된다고!"

스창은 자신의 말이 자랑스러운 듯 입을 가늘게 벌리고 웃었다. 잔인한 유머로 사람을 괴롭히며 쾌감을 느끼는 것 같았다. 잠시 뒤 그의 얼굴에서 웃음기가 가시고 진지한 표정이 떠올랐다.

"나도 자네보다 아는 게 많지 않아. 내가 자네에게 뭘 얘기해줄 위치에 있는 사람도 아니고 말이야. 걱정 마. 모든 걸 분명하게 얘기해줄 사람이 있을 테니까."

"아무리 생각해도 한 가지 가능성밖에 생각나질 않아요."

"그게 뭔지 말해보게. 내 추측과 같은지 궁금하니까."

"그녀는 평범한 사람일 겁니다. 다만 그녀의 주변 인간관계나 가족관계가 일반적이지 않은 것 같아요."

뤄지는 그녀의 가족관계에 대해 아는 바가 없었다. 예전 애인들처럼 그녀도 얘기한 적은 있지만 그는 관심도 없었고 기억하지도 못했다.

"누구? 아, 그 일주일 사귄 애인? 그 생각은 그만해. 어차피 관심도 없으면서. 하긴, 생각할 수도 있지. 그녀의 성씨와 생김새가 유명한 누군가를 닮은 것 같지 않나?"

뤄지가 속으로 떠올려보았지만 비슷한 사람이 생각나지 않았다.

스창이 다시 물었다.

"뤄 형, 혹시 사람 속이는 재주가 있나?"

뤄지는 한 가지 규칙을 발견했다. 스창은 우스갯소리를 할 때는 그를 아우로 대했지만, 진지한 얘기를 할 때는 형을 붙였다.

"제가 누굴 속여야 합니까?"

"물론이지…….. 남을 속이는 방법을 내가 한 수 알려주지. 물론 나도 노련하진 않아. 내가 하는 일은 속이는 걸 막거나 사기극을 파헤치는 거니까. 다만 용의자를 심문할 때 쓰는 몇 가지 기초적인 방법을 알려주지. 앞으로 쓸 일이 있을지도 몰라. 적을 알고 나를 알아야 대응하기 쉬울 거야. 물론 가장 기본적이고 흔히 사용하는 방법들이야. 복잡한 건 간단히 설명할 수가 없잖아. 우선 제일 점잖은 방법을 알려주지. 제일 간단한 방법이기도 해. 바로 리스트를 이용하는 거야. 사건과 관련된 문제들을 쭉 적어서 리스트를 만들지. 문제를 많이 적을수록 좋아. 온갖 질문을 다 적고 중요한 질문을 그 속에 섞어놓은 다음에 하나씩 질문하면서 상대의 대답을 기록하지. 다 질문하고 나면 다시 맨 처음으로 돌아와서 다시 질문하면서 대답을 기록해. 상황에 따라서는 여러 번 반복해도 돼. 맨 마지막에 기록을 모두 대조하는 거야. 대답이 거짓말이라면 매번 대답할 때마다 내용이 조금씩 달라. 단순한 방법이라고 얕보면 안 돼. 심문 대처 훈련을 받지 않은 사람들은 이 수법을 피해가지 못해. 이 방법에 대처하는 가장 효과적인 방법은 바로 침묵이지."

스창이 자기도 모르게 또 담배를 꺼냈지만 비행기에서 담배를 피울 수 없다는 것을 떠올리고 도로 집어넣었다.

뤄지가 말했다.

"전용기니까 피울 수 있을 거예요. 물어보세요."

스창은 한창 흥이 올라 이야기하고 있는데 뤄지가 끼어들자 약간 부아가 났다. 뤄지는 스창의 진지한 모습이 의아했다. 그게 아니면 그의 유머 감각이 너무 뛰어난 것일 수도 있었다. 스창이 소파 옆에 있는 빨간색 인터폰 버튼을 누르고 물어보았다. 뤄지의 예상대로 샤오징은 담배를 피워도 상관없다고 했다. 두 사람은 담배를 꺼내 불을 붙였다.

"그다음은 문무를 겸비한 방법이야. 재떨이가 거기 있을 거야. 고정식 재떨이가 있어. 꺼내면 돼. 그렇지. 이 방법은 한마디로 흑백 전략이야. 이 방법으로 심문할 때는 여러 명이 협조해야 돼. 약간 복잡하지. 우선 악역이 나서는데 보통은 두 명 이상이지. 여러 명이 분위기를 험악하게 만들면서 자네를 압박하는 거야. 점잖게 할 수도 있고 폭력을 쓸 수도 있지만 어쨌든 분위기를 살벌하게 만들어. 이것도 역시 전략이야. 겁을 주기 위한 거지만 그보다 더 중요한 건 자네를 외롭게 만드는 거야. 이 세상엔 나를 잡아먹으려는 늑대뿐이라는 생각이 들게 만들어. 바로 이때 착한 역할을 맡은 경찰이 나서지. 대부분 한 사람이야. 부드러운 인상을 가진 사람이 나서서 악역들을 저지하면서 아무리 죄인이라도 인간으로서의 권리가 있는데 어떻게 이렇게 대할 수 있느냐고 나무라지. 그러면 악역들이 일에 방해되니까 저리 가라고 해. 착한 경찰은 그래도 가지 않고 그들을 말리지. 나쁜 경찰들이 밀치려 해도 착한 경찰은 용의자의 권리를 보호하고, 법률의 정의를 수호하겠다며 자네를 보호해. 그러면 나쁜 경찰들이 내일 다시 오겠다며 화를 내고 돌아가는 거야. 착한 경찰은 자네의 땀과 피를 닦아주며 자기가 있으니 그들도 함부로 못 할 거라고 안심시키지. '내 목이 달아나더라도 당신의 권리를 지키겠소. 말하기 싫으면 하지 않아도 돼요. 당신에겐 묵비권이 있소'라고 말해. 그다음은 말하지 않아도 상상할 수 있겠지? 그때부터 그는 자네가 이 세상에서 유일하게 의지할 수 있는 사람이 되는 거지. 그런 뒤에 천천히 유도하면 자기 죄를 술술 불게 돼 있어. 이 방법은 가방끈이 긴 사람들에게 특히 효과적이야. 하지만 상대가 이 방법을 이미 알고 있다면 효과가 없어. 물론 이 방법만 단독으로 사용하진 않아. 심문이란 여러 가지 기술을 유기적으로 구사해야 하는 커다란 프로젝트란 말이지……."

스창은 당장이라도 안전벨트를 풀고 일어날 것처럼 득의양양한 표정으로 말했다. 하지만 뤄지는 얼음 구덩이에 떨어진 듯한 절망과 공포에 숨통이 조여왔다. 스창도 뤄지의 어두운 표정을 보고 말을 멈추었다.

"됐어. 심문 얘기는 그만하지. 이런 걸 알고 있으면 나중에 유용하게 쓸 수 있겠지만 갑자기 받아들일 수 있는 게 아니지. 어쨌든 이거 하난 명심해둬. 자네의 마음이 아주 깊다면 자네가 무슨 생각을 하는지 아무도 들여다볼 수 없어. 영화에서처럼 계략을 품은 사람이 늘 어두운 얼굴로 다니는 게 아니야. 그들은 자기 머릿속에 뭐가 들었는지 절대로 드러내지 않아. 겉으로 보기엔 온화하고 단순해 보이지. 촌스러운 아줌마처럼 보이는 사람도 있고 껄렁껄렁 건들거리며 다니는 사람도 있어. 중요한 건 남들에게 자기 속을 들키지 않는 거야. 남들이 자길 무시하고 얕보고 자기 일에 아무런 방해도 할 수 없다고 생각하게 만들지. 귀퉁이에 세워놓은 빗자루처럼 있는 듯 없는 듯 여기게 하는 거야. 최고의 고수는 남들이 자신을 거들떠보지 않게 만든다고. 아예 존재하지 않는 사람처럼 말이야. 제 손으로 그들의 숨통을 끊어놓는 그 순간에야 비로소 본색을 드러내지."

참다못한 뤄지가 그의 말을 가로막았다.

"내가 그래야 할 필요가 있습니까? 아니면 그런 사람이 될 기회라도 있어요?"

"아까도 말했지만, 나도 자네보다 아는 게 그리 많지 않아. 하지만 예감은 있지. 자네가 그런 사람이 되어야 할 거라는 예감 말이야. 뤄 형, 두고 봐. 내 말이 맞을 테니!"

스창이 한 손으로 뤄지의 어깨를 아프도록 꽉 붙들었다.

그들은 모락모락 피어오르는 희푸른 담배 연기 몇 가닥을 말없이 쳐다보았다. 허공으로 올라간 담배 연기가 천장의 환기구로 빨려들어갔다.

"이제 눈 좀 붙이세. 자네에게 이런 얘기를 하다니. 나중에 날 비웃지 말게."

스창이 담배를 재떨이에 비벼 끄다가 피식 웃으며 고개를 저었다.

침실로 들어간 뒤 뤄지는 방탄 재킷을 벗고 침대 위 안전 침낭에 몸을 집어넣었다. 스창은 침낭을 침대에 고정시키는 안전고리를 끼워주고 작은 병을 침대 머리맡에 놓았다.

"수면제야. 잠이 안 오면 먹어. 술을 달라고 했더니 없다더군."

스창은 뤄지에게 침대에서 오랫동안 나와 있으려면 반드시 기장에게 얘기한 뒤에 나오라고 당부했다.

"스 경관님."

침실을 나가려던 스창이 뤄지의 부름에 문 앞에서 고개를 돌렸다.

"난 이제 경찰이 아니야. 이 일에 경찰은 참여하지 않아. 다들 나를 다스(大史)라고 부르지."

"그럼 저도 다스라고 부를게요. 다스, 대화 도중에 제가 '그녀'라고 하면 그게 누굴 지칭하는지 바로 떠올리지 못하더군요. 그렇다면 그녀가 이 일에서 중요하지 않다는 얘기겠죠?"

"자넨 내가 만난 사람들 중 제일 냉정한 사람이야."

"냉정함은 제 염세적인 태도에서 나오는 거죠. 전 이 세상 그 무엇에도 별로 개의치 않아요."

"어쨌든 이런 상황에서 자네만큼 냉정할 수 있는 사람은 본 적이 없어. 내가 했던 말들도 개의치 말게. 난 원래 시시한 얘기를 하며 재미를 찾는 사람이니까 말이야."

"제 관심을 끌 수 있는 일을 찾으려는 거죠? 그래야 다스의 임무를 순조롭게 완수할 수 있으니까."

"나 때문에 쓸데없는 생각을 하는 거라면 미안하게 됐네."

"그럼 제가 어떻게 생각해야 하나요?"

"내 경험에 비추어보면 어떤 쪽으로 생각하든 빗나가더군. 그러니까 지금 자네가 할 일은 바로 자는 거야."

스창이 문을 닫고 나갔다. 침대 머리맡에 켜 있는 작고 붉은 전등 외엔 방 안에 빛이 하나도 없었다. 웅웅거리는 엔진 소리가 뒤늦게 귓속으로 비집고 들어왔다. 이 방과 벽 하나를 사이에 두고 있는 아득한 밤하늘이 낮게 신음하는 것처럼 힘없는 울림이 방 안을 가득 채웠다.

환각이 아닌 것 같았다. 정말로 바깥 아주 먼 곳에서 들리는 것 같았다. 침낭의 단추를 풀고 몸을 일으켜 침대 머리맡에 있는 창문 덮개를 열었다. 달빛을 머금은 구름바다가 은빛 장관을 이루고 있었다. 구름바다 위에서 은색으로 빛나는 물체를 발견했다. 곧게 뻗은 네 개의 선이 밤하늘을 배경으로 유난히 도드라져 보였다. 비행기와 같은 속도로 계속 뻗어나가고 있었는데 꼬리 쪽으로 갈수록 점점 희미해져 밤하늘과 하나가 되었다. 예리한 은색 검이 구름 위를 날고 있는 것 같았다. 그 은색 선의 앞머리를 자세히 보니 금속광택을 내는 네 개의 물체가 있었다. 은색 선은 바로 그 물체에서 나오고 있었다. 그건 바로 전투기 네 대였다. 반대편 창문 밖에도 같은 전투기 네 대가 있다는 걸 짐작할 수 있었다.

뤄지는 창문 덮개를 닫고 침낭 안으로 다시 몸을 밀어 넣었다. 눈을 감고 머릿속을 이완시키려고 노력했다. 자고 싶은 것이 아니라 꿈에서 깨고 싶었다.

*

밤이 깊도록 우주군의 회의가 계속되고 있었다. 장베이하이는 노트와 서류를 책상 끝으로 밀어놓고 일어났다. 그의 시선이 회의장을 가득 채운 장교들의 피곤한 얼굴 위를 지나 창웨이쓰에게서 멈추었다.

"사령관님, 보고를 드리기 전에 우선 제 의견을 말씀드리고 싶습니다.

저는 군 지도부가 정치사상 공작을 소홀히 하고 있다고 생각합니다. 이 회의에서도 여섯 개 분야 중 정치부의 보고를 맨 마지막에 합니다."

창웨이쓰가 고개를 끄덕였다.

"자네 의견을 수용하도록 하지. 아직 정치위원이 없으니 정치사상 공작은 내가 맡도록 하겠네. 우주군의 일이 이제 막 시작되어 정치사상 공작까지 신경 쓰지 못한 게 사실이네. 주요 임무는 일선 동지들이 알아서 해주게."

"저는 이 상황이 매우 위험하다고 생각합니다."

이 말이 몇몇 장교들의 주의를 끌었다. 장베이하이가 말했다.

"제 말이 당돌하게 들렸다면 용서해주십시오. 마라톤 회의에 전부 피곤한 상태라 강하게 말하지 않으면 주의를 끌 수 없을 것 같았습니다."

몇 사람은 가볍게 웃었지만 대부분은 묵직한 피로감을 떨치지 못하고 있었다. 장베이하이가 계속 말을 이었다.

"물론 제 마음이 급한 것도 사실입니다. 우리 앞에 닥친 이 전쟁은 인류 역사상 그 어떤 전쟁보다도 양쪽의 실력 차가 현격합니다. 현재 우주군에게 가장 위험한 것은 패배주의이며 패배주의가 오랫동안 사라지지 않을 것입니다. 이 위험성은 아무리 과대평가해도 지나치지 않습니다. 패배주의가 만연함으로써 생겨날 부작용은 군인들의 불안감뿐만이 아닙니다. 우주 무장 역량이 완전히 붕괴될 수도 있습니다."

창웨이쓰가 고개를 끄덕였다.

"동의하네. 현재로서는 패배주의가 가장 큰 적이야. 중앙군사위원회에서도 이 점을 인식하고 있어. 정치사상 공작의 역할이 크지. 우주군 기층 부대가 조직되면 더 복잡하고 힘들어질 거야."

장베이하이가 서류를 펼쳤다.

"다음은 업무 보고입니다. 우주군이 창설된 뒤 정치사상 공작의 주된 업무는 지휘관과 전투원들의 사상을 조사하는 것이었습니다. 현재 우주군에 배치된 인원이 적고 조직이 단순하기 때문에 조사는 주로 좌담회와 개인 면담을 통해 진행되었고 내부 인트라넷에 관련 게시판을 개설했습니다. 그런데 매우 우려스러운 조사 결과가 나왔습니다. 패배주의가 보편적으로 존재할 뿐 아니라 빠르게 확산되고 있습니다. 적을 두려워하고 전쟁의 미래에 대한 자신감 부족도 팽배해 있는 것으로 나타났습니다.

패배주의가 나타나는 것은 기술을 맹목적으로 숭배하고 인간의 정신과 주관적인 능동성이 전쟁에서 발휘하는 역할을 무시하기 때문입니다. 또한 최근 군대에서 나타난 기술제일주의가 우주군까지 확대된 것이기도 합니다. 이런 성향은 특히 고학력 장교들에게 두드러집니다. 부대의 패배주의는 주로 다음과 같은 현상으로 나타나고 있습니다.

첫째, 우주군이라는 신분을 평범한 직업으로 여기는 것입니다. 최선을 다해 책임감을 가지고 일하기는 하지만 열정과 사명감이 부족하고 자신이 하는 일의 의의에 대해 회의적입니다.

둘째, 소극적으로 기다리는 것입니다. 이 전쟁의 승부가 과학자와 기술자에 의해 결정되며 기초 연구와 핵심 기술 연구가 중대한 진전을 거두지 않는다면 우주군은 공중누각이라고 생각하기 때문에 우주군의 현재 임무에서 무엇이 중요한지 알지 못하고 적극성 없이 사무적으로 일하고 있습니다.

셋째, 비현실적인 환상을 품고 있습니다. 동면 기술을 통해 400년 동안 잠들어 있다가 깨어나 최후의 결전에 참전하고 싶다는 생각을 하는 것입니다. 젊은 동지들 중에 이런 바람을 밝힌 이들이 있고 정식으로 신청한 사람도 있습니다. 표면적으로는 전쟁에 직접 참가하고 싶다는 적극성을 표현한 것 같지만 이 역시도 패배주의의 또 다른 모습입니다. 승리에 대한 자신감이 부족하고 현재 하고 있는 일의 의의를 의심하기 때문에 군인의 존엄성이 일과 인생을 지탱하는 유일한 기둥으로만 사용됩니다.

넷째, 군인의 존엄성에 대한 회의감입니다. 오래전부터 이어져온 군대의 도덕 준칙이 이 전쟁에 부합하지 않기 때문에 마지막까지 싸우는 것이 무의미하다고 생각합니다. 군인의 존엄성이 존재하기 위해서는 누군가 그 존엄을 볼 수 있어야 합니다. 하지만 이 전쟁에서 패배하면 우주에 인간이 한 사람도 존재하지 않게 되므로 군인의 존엄 자체도 무의미해집니다. 이런 생각을 가진 사람이 소수이기는 하지만 우주군의 궁극적인 가치를 부정하는 이런 사상은 매우 위험합니다."

장베이하이가 회의실 안을 둘러보았다. 자신의 발언이 몇몇 사람들의 주의를 끌기는 했지만 회의실을 친친 휘감은 느른한 피로는 가시지 않았다. 하지만 그는 자신의 다음 발언이 이 피로를 몰아낼 것이라고 확신했다.

"구체적인 예를 들겠습니다. 패배주의의 전형적인 사례를 보여주는 동지가 이 자리에 있습니다. 바로 우웨 대령입니다."

그의 예상대로 회의실을 휘감고 있던 피로가 싹 가셨다. 모두들 바짝 긴장된 눈빛으로 장베이하이를 쳐다보다가 우웨에게 시선을 옮겼다. 우웨는 차분한 눈빛으로 장베이하이를 응시했다.

"저와 우웨 동지는 해군에서 오랫동안 함께 복무했기 때문에 서로에 대해 잘 알고 있습니다. 우 동지는 기술을 중요하게 여기는 엔지니어형 함장입니다. 물론 그게 나쁜 것은 아닙니다. 하지만 유감스럽게도 그는 사상적으로 기술에 과도하게 의존하고 있습니다. 드러내 말하지는 않지만 잠재의식 속에서 기술이 전투력을 결정한다고 여기고 있습니다. 전쟁에서 인간의 역할, 특히 아군이 험난한 역사적 조건에서 일궈놓은 성과에 대한 인식이 부족합니다. 그는 삼체 위기가 출현했다는 것을 알고 미래에 대한 자신감을 상실했습니다. 특히 우주군에 배치된 후에는 이런 절망감이 최고조에 달했습니다. 우웨 동지에게 다시 희망을 품을 수 없을 만큼, 그가 가진 패배주의가 무겁고도 뿌리가 깊습니다. 부대 내에 만연한 패배주의에 강하게 대처해야 합니다. 따라서 저는 우웨 동지가 우주군에서 계속 복무하는 것이 옳지 않다고 생각합니다."

모두의 시선이 우웨에게로 쏠렸다. 그는 책상 위에 놓인 군모의 우주군 휘장을 응시하고 있었다. 표정은 여전히 차분했다. 장베이하이는 발언하는 동안 우웨에게 한 번도 눈길을 돌리지 않았다. 그가 계속 말을 이었다.

"제 발언은 부대의 현재 상황에 대한 심각한 우려에서 나온 것입니다. 사령관님, 우웨 동지 그리고 이 자리에 있는 모든 동지들이 이 점을 알아주시길 바랍니다. 물론 저는 우웨 동지와의 면담을 통해 허심탄회한 대화를 나누기를 희망합니다."

우웨가 손을 들어 발언 기회를 요청하자 창웨이쓰가 고개를 끄덕였다.

우웨가 말했다.

"저에 대한 장베이하이 동지의 발언은 모두 사실입니다. 제가 우주군에서 계속 복무하기에 부적합하다는 장 동지의 결론에 동의합니다. 군의 조치에 따르겠습니다."

회의장 분위기가 얼어붙었다. 몇몇 장교들은 장베이하이가 들고 있는 서류를 쳐다보며 그 리스트 속에 또 누가 적혀 있을지 추측했다.

한 공군 대령이 일어났다.

"장베이하이 동지, 이 자리는 평범한 업무 회의요. 개인에 관한 문제는 정식 경로를 거쳐 조직에 보고해야 하오. 이런 자리에서 공개적으로 밝히는 것이 적합합니까?"

그의 말에 다른 장교들도 동의했다.

장베이하이가 말했다.

"제 발언이 조직의 원칙에 위배된다는 것은 저도 알고 있습니다. 그로인한 모든 책임은 제가 질 것입니다. 하지만 어떤 방식으로든 현재 상황의 심각성을 모두에게 알려야 한다고 생각했습니다."

창웨이쓰가 손을 들어 더 이상의 발언을 저지했다.

"우선 장베이하이 동지의 책임감과 위기의식은 높이 산다. 부대 내에 패배주의가 존재하는 것이 사실이므로 이 점을 인식하고 이성적으로 대응해야 한다. 아군과 적군 사이에 현격한 기술적 차이가 존재하는 한 패배주의는 사라지지 않을 것이다. 이것은 간단히 해결될 문제가 아니다. 장기적이고 세밀한 대처 방법이 필요하며 더 많은 소통과 대화로 풀어가야 할 것이다. 또한 개인적인 사상 문제를 이 자리에서 언급한 것에 대한 동지의 지적에 동의한다. 앞으로는 필요한 경우 정식 절차를 통해 조직에 보고하도록."

자리에 있던 장교들이 남몰래 안도의 한숨을 내쉬었다. 적어도 이 회의에서 장베이하이가 또 다른 사람을 언급하는 일은 없을 것이다.

*

뤄지는 구름층 위로 끝없이 펼쳐진 밤하늘을 상상했다. 실타래처럼 어수선한 생각이 정리되지 않았다. 무의식중에 그녀가 떠올랐다. 그녀의 웃는 얼굴이 어둠 위로 나타났다. 한 번도 느껴보지 못한 슬픔이 그의 가슴을 짓눌렀다. 슬픔 뒤에 찾아온 것은 자신에 대한 경멸이었다. 이런 경멸은 예전에도 몇 번 느꼈지만 이렇게 강렬했던 적은 없었다. 왜 갑자기 그녀가 떠올랐을까? 지금까지 그녀의 죽음에 대해 그가 느낀 건 충격과 공포 그리고 책임 회피였다. 이 모든 일이 그녀와 관련이 없다는 것을 알고 난 뒤에야 황금보다 더 귀중한 슬픔을 그녀에게 한 줌 내어주고 있지 않은가? 나는 도대체 어떤 인간인가?

하지만 달리 방법이 없다. 나는 원래 이런 사람이다.

비행기가 기류를 타고 위아래로 흔들렸다. 침대에 누워 있는 뤄지는 요람에 누워 있는 것 같았다.

그는 자신이 아기였던 시절, 요람에서 잤다는 것을 알고 있었다. 그날 부모님 집의 지하실에서 그는 먼지가 두껍게 쌓인 아기 침대를 보았다. 요람의 받침대가 침대를 지탱하고 있었다. 두 눈을 감고 자신을 가볍게 흔들어주고 있는 두 사람을 떠올리며 자신에게 물었다. 그 요람에서 나와 지금까지 그 두 사람 외에 다른 누군가를 소중하게 여겨본 적이 있는가? 마음속으로 누군가에게 작지만 영원한 자리를 내준 적이 있는가? 그렇다. 그런 적이 있었다. 딱 한 번 뤄지의 마음이 금빛 사랑에 완전히 점령당한 적이 있었다. 그건 불가사의한 경험이었다.

모든 것은 바이룽(白蓉)으로 인해 시작되었다. 그녀는 로맨스 소설 작가였다. 전업 작가는 아니었지만 이름이 조금 알려져 있었고 적어도 인세가 그녀의 월급보다 많았다. 뤄지가 아는 모든 이성 가운데 그녀와 사귄 기간이 가장 길었다. 심지어 결혼을 생각해볼 단계까지 갔었다. 두 사람의 사랑은 평범한 축에 속했다. 상대가 없으면 죽고 못 살 정도가 아니라 상대가 자신에게 잘 맞는다고 느끼고 함께 있으면 재미있는 정도였다. 비록 두 사람 모두 결혼에 일종의 두려움을 품고 있기는 했지만 책임감을 가지고 결혼을 시도해보아도 좋겠다고 생각했었다.

바이룽은 뤄지에게 자신의 모든 작품을 읽어달라고 했다. 대단히 훌륭하다고 말할 정도는 아니었지만 지금까지 보았던 다른 소설들처럼 읽기 힘들지는 않았다. 바이룽은 글솜씨가 좋았다. 수려하면서도 여성 작가들에게서는 볼 수 없는 간결함과 성숙함이 느껴졌다. 그렇지만 소설의 내용은 글과 어울리지 않았다. 그녀의 소설을 읽고 있노라면 풀숲에 매달린 이슬방울을 보는 것 같았다. 단순하고 투명해서 주위의 색을 반사하고 투영시켜야만 개성을 드러낼 수 있고, 풀잎 위를 굴러다니다가 우연히 서로 만나 합쳐지기도 하지만 실수로 바닥에 떨어져 흩어지기도 하고, 또 해가 뜨면 흔적도 없이 사라지는 그런 이슬 말이다. 바이룽의 책을 읽을 때마다 그녀의 유려한 글솜씨에 대한 감탄 외에 남는 것은 '이렇게 날마다 24시간 연애만 하는 사람은 도대체 뭘 먹고 살까?' 하는 의문뿐이었다.

어느 날 뤄지가 물었다.

"너의 작품 속 이런 사랑이 현실에도 존재할 거라 생각해?"

"물론이지."

"이런 사랑을 본 적이 있어? 아니면 직접 해봤거나."

바이룽이 뤄지의 목에 팔을 두르며 그의 귓불에 입술을 닿을락 말락 가져다 대고 신비롭게 속삭였다.

"어쨌든 있어."

뤄지는 가끔씩 바이룽이 쓰고 있는 소설에 대해 건의를 하거나 직접 고쳐주기도 했다.

"네가 나보다 더 문학적 재능이 뛰어난 것 같아. 네가 고쳐주는 건 줄거리가 아니라 인물이잖아. 인물을 수정하는 게 제일 힘들거든. 네가 고쳐주면 화룡점정처럼 인물에 생기가 돌아. 넌 문학적 이미지를 만들어내는 데 훌륭한 소질이 있어."

"농담 마. 난 천문학 전공이야."

"소설가 왕샤오보(王小波)도 원래 수학도였어."

작년 그녀의 생일이 다가올 무렵 그녀는 갖고 싶은 생일선물이 있다고 했다.

"내게 소설을 써줄 수 있어?"

"소설을 써달라고?"

"응……. 적어도 5만 자 이상은 돼야 해."

"널 주인공으로?"

"아니. 아주 재미있는 미술전시회를 관람한 적이 있어. 남자 화가의 작품이었는데 자신이 상상하는 가장 아름다운 여자를 그린 그림들이었어. 네가 생각하는 가장 아름다운 여자를 주인공으로 써봐. 전혀 현실적이지 않은 천사를 만들어봐. 네가 생각하는 완벽한 여자 말이야."

지금까지도 뤄지는 그녀가 어째서 그런 요구를 했는지 이해할 수가 없다. 어쩌면 그녀 자신도 그 이유를 몰랐을 수도 있다. 지금 돌이켜보면 그때 그녀의 표정은 야릇하면서도 뭔가 망설이는 것 같았다.

뤄지는 그런 인물을 상상하기 시작했다. 처음에는 외모를 상상하고 그 다음에는 옷차림과 주변 환경, 주위 사람들을 그려낸 뒤에 상상 속의 여자를 그 환경 속에 집어넣어 움직이고 말하도록 했다. 하지만 뤄지는 그 일이 금세 시시해졌다. 그는 바이룽에게 자신의 생각을 솔직히 털어놓았다.

"그녀가 꼭 마리오네트 같아. 모든 동작과 말이 내 상상에서 나오잖아. 생명감이 느껴지질 않아."

바이룽은 이렇게 말했다.

"네 방법이 틀렸어. 그건 작문이지 문학적 이미지를 창조하는 게 아니잖아. 소설 속 인물이 10분 동안 하는 행동 속에는 그가 10년간 겪은 모든 것이 녹아 있어야 해. 소설의 줄거리에만 국한하지 말고 그녀의 인생 전체를 상상해봐. 글로 쓰는 건 빙산의 일각일 뿐이야."

뤄지는 그녀의 말대로 했다. 자신이 쓰려던 내용을 모두 뒤엎고 그녀의 인생 전체를 상상하고 그녀가 겪은 모든 일을 떠올렸다. 그녀가 엄마 품에 안겨 힘껏 젖을 빨며 만족스럽게 입을 오물거리는 모습, 놓쳐버린 빨간 풍선을 쫓아가려다가 한 발짝 내딛고는 넘어져서 방금 자신이 태어나서 첫걸음마를 내딛었다는 사실도 잊은 채 멀리 날아가는 풍선을 보고 와아, 울음을 터뜨리는 모습, 빗속을 천천히 걷다가 갑자기 우산을 접고 빗방울이 몸에 닿는 감촉을 느끼는 모습, 초등학교 입학식 날 낯선 교실의 세 번째 줄에 오도카니 앉아 창문을 두리번거리다가 부모님이 보이지 않자 입을 비죽거리며 울먹이다 옆자리에 유치원 친구가 앉아 있는 걸 보고 반가워하는 모습, 대학 입학 첫날 기숙사 2층 침대 위 칸에 누워 천장에 어룽진 가로수 그림자를 올려다보는 모습……. 뤄지는 그녀가 좋아하는 모든 음식과 그녀의 옷장에 있는 옷의 색과 디자인, 그녀의 휴대전화에 매달린 장식품, 그녀가 보는 책과 MP3 속의 음악, 그녀가 보는 인터넷 페이지와 좋아하는 영화 등등 그녀에 관한 모든 것을 상상했다.

하지만 그녀가 어떤 화장품을 쓰는지는 상상하지 않았다. 그녀에게는 화장품이 필요하지 않았기 때문이다. 뤄지는 시간의 조물주처럼 그녀의 인생을 하나하나 창조했고 그 과정에 흥미를 느꼈다. 온종일 도서관에 앉아 그녀가 멀리 있는 서가 앞에 서서 책을 읽고 있다고 상상했다. 자신이 제일 좋아하는 옷차림을 그녀에게 입혔다. 그녀의 조그만 몸이 그의 머릿속에 조금 더 또렷하게 각인되었다. 그런데 그때 책을 읽고 있던 그녀가 고개를 들어 멀리 있는 그를 쳐다보더니 생긋 미소 지었다.

뭘까? 뤄지는 이상했다. 그녀에게 웃으라고 하지 않았다. 그런데 그 미소가 기억 속에 남았다. 얼음 위에 새겨진 물 자국처럼 아무리 지워도 지워지지 않았다.

진정한 기적은 다음 날 밤에 나타났다. 눈보라가 치는 밤, 뤄지는 따뜻한 기숙사 안에서 창밖을 휘지르는 거센 눈발을 쳐다보았다. 눈보라가 도시의 소음을 모두 삼키고 유리 위에 핀 눈꽃을 스치며 모래처럼 사각사각 소리를 냈다. 바깥은 눈보라 외에 아무것도 보이지 않았다. 도시도 존재하지 않고 기숙사만 끝없는 설원 위에 덩그러니 서 있는 것 같았다. 뤄지는 침대에 누웠다. 까무룩 잠이 들려는 순간 한 가지 생각이 뇌리를 스쳤다. 이런 날씨에 그녀가 밖에서 걸어다니고 있다면 얼마나 추울까? 하지만 곧 생각을 바꾸었다. 괜찮아. 그녀를 밖에 두지 않으면 될 거야. 그런데 이번에는 도무지 상상할 수가 없었다. 그녀는 계속 눈보라가 몰아치는 밖에서 걷고 있었다. 살을 에는 바람에 언제든 날아갈 듯한 여린 풀처럼 말이다. 그녀는 흰 코트에 빨간 목도리를 두르고 있었다. 날리는 눈발 사이로 빨간 목도리만 언뜻언뜻 보였다. 눈보라 속에서 가물거리는 불꽃처럼……

뤄지는 잠을 이룰 수가 없었다. 침대에서 벌떡 일어나 옷을 걸치고 소파에 앉았다. 담배를 피우려고 했지만 그녀가 담배 연기를 싫어한다는 것이 떠올라 커피를 우려내 천천히 마셨다. 그녀를 기다렸다. 살을 에는 눈보라가 그의 가슴으로 스며들었다. 누군가를 그토록 사랑하고 그리워하는 건 처음이었다.

그리움이 불길처럼 피어올랐을 때 그녀가 천천히 다가왔다. 한기가 그녀의 조그만 몸을 감싸고 있었지만 봄의 따뜻한 기운을 느낄 수 있었다. 그녀의 앞머리에 붙은 눈송이가 녹아 영롱한 물방울이 되었다. 그녀가 두 손을 입가에 대고 호호 불었다. 그가 그녀의 가녀린 두 손을 꼭 쥐고 따뜻하게 녹여주자 그녀는 감격스러운 표정으로 그를 보며 그가 그녀에게 묻고 싶은 말을 건넸다.

"잘 지내지?"

그는 멍하게 고개만 주억거리다가 그녀의 외투를 벗겨주었다.

"몸 좀 녹이자."

뤄지는 그녀의 보드라운 어깨를 감싸 안고 벽난로 앞으로 다가갔다.

"아, 따뜻해……"

그녀가 벽난로 앞 카펫 위에 앉아 불꽃을 보며 행복한 미소를 지었다.

젠장. 내가 뭘 하고 있는 거지? 뤄지가 텅 빈 기숙사 방 한가운데 서서 중얼거렸다. 아무렇게나 5만 자를 써서 고급 아트지에 출력하고 화려한 표지와 책날개를 씌운 다음 전용 스테이플러로 찍어 근사하게 포장한 뒤 바이룽에게 선물하면 그만이잖아? 왜 이렇게 깊이 몰두하는 거지? 그는 자신의 눈가가 축축이 젖어 있다는 것을 깨달았다. 그다음으로 그를 놀라게 한 건 벽난로였다. 내 방에 벽난로가 어디 있어? 왜 뜬금없이 벽난로가 떠올랐지? 그는 곧 깨달았다. 자신이 원한 건 벽난로가 아니라 그 벽난로 속 불꽃이라는 사실을 말이다. 그에게는 불 앞에 앉아 있는 여자가 가장 아름답기 때문이다. 방금 벽난로 앞에 앉아 있던 그녀를 떠올렸다.

안 돼! 그녀를 다시 생각해선 안 돼. 이건 재앙이야! 잠이나 자자!

예상과 달리 그날 밤 그녀는 그의 꿈속에 나타나지 않았다. 그는 아주 깊은 잠을 잤다. 싱글침대가 장밋빛 바다 위에 떠 있는 조각배 같았다. 다음 날 아침 일찍 잠에서 깨었을 때 그는 새로 태어난 것 같았다. 먼지를 뒤집어쓴 양초가 어젯밤 눈보라 속에서 작은 불꽃을 피운 것 같았다. 강의실로 가는 길에도 흥분이 가라앉지 않았다. 눈 내린 뒤 하늘은 아직 어스름이 채 걷히지 않았지만 그에게는 맑게 갠 하늘보다 더 쾌청한 것 같았다. 길가에 늘어선 백양나무는 눈 한 송이 걸리지 않은 채 민둥민둥한 가지를 하늘로 벌리고 있었지만 그는 파릇파릇 새싹이 돋아난 나무보다 더 화사한 생기를 느꼈다.

뤄지가 강단에 섰다. 그가 바라던 대로 그녀가 또 나타났다. 그녀는 계단식 강의실의 맨 뒷줄에 앉아 있었다. 주위 자리는 비어 있었고 그녀 혼자 거기 앉아 있었다. 앞줄에 앉은 다른 학생들과도 멀찌감치 떨어져 있었다. 그녀의 새하얀 외투와 빨간 목도리는 옆자리에 놓여 있었고 아이보리색 터틀넥 스웨터만 입고 있었다. 그녀는 다른 학생들처럼 고개를 숙여 교재를 들여다보지 않았고 그에게 눈 내린 다음 날의 햇살 같은 미소를 보냈다.

뤄지는 긴장한 나머지 심장박동이 빨라져, 강의실 옆문으로 나와 발코니의 에어컨 앞에서 가슴을 진정시켰다. 박사논문 심사를 두 번이나 받았지만 이런 적은 없었다. 그 후 뤄지는 자신의 모든 지식과 실력을 동원해 멋진 강의를 펼쳤고 강의가 끝날 때 이례적으로 박수까지 받았다. 그녀는 다른 학생들을 따라 박수를 치는 대신 그저 입가에 미소를 머금고 그를 쳐다보았다.

강의가 끝난 뒤 그는 그늘 한 점 없는 오솔길을 그녀와 나란히 걸었다. 그녀의 파란색 장화가 눈을 밟을 때마다 뽀득뽀득 소리가 났다. 양쪽에 늘어선 한겨울 백양나무가 마음으로 나누는 두 사람의 대화에 귀를 기울였다.

"훌륭한 강의였어요. 저는 들어도 잘 모르는 내용이지만요."

"천문학 전공이 아닌가요?"

"네."

"그런데 왜 다른 전공 수업에 자주 오죠?"

"그냥, 요즘 계단식 강의실에 가서 앉아 있곤 해요. 이제 졸업해서 학교를 떠나야 하는데 문득 여기가 참 좋은 곳이라는 생각이 들어서요. 밖에 나가기가 두렵기도 하고요……."

그 후 사나흘 동안 뤄지는 그녀와 대부분의 시간을 보냈다. 다른 사람들의 눈에 그는 줄곧 혼자였다. 바이룽은 그가 생일선물을 고민하고 있다고 생각했으므로 그녀를 속인 것은 아니었다.

12월 31일 밤, 뤄지는 한 번도 마신 적 없는 레드와인을 한 병 샀다. 기숙사의 불을 모두 끄고 소파 앞 테이블에 촛불을 켰다. 초 세 자루에 불을 붙이자 그녀가 소리 없이 그의 옆에 앉았다.

그녀가 와인병을 가리키며 아이처럼 좋아했다.

"와, 이것 좀 봐요!"

"왜 그래요?"

"이쪽으로 와서 봐요. 촛불이 반대편에서 비치니까 와인색이 아주 예쁘잖아요."

불빛이 스며든 와인은 정말로 꿈속처럼 진한 다홍빛이 돌았다.

뤄지가 말했다.

"죽은 태양 같군요."

"그런 상상 하지 말아요. 내가 보기엔…… 저녁놀의 눈동자 같아요."

그녀의 미소에 뤄지의 가슴이 또다시 뛰기 시작했다.

"아침놀의 눈동자 같진 않아요?"

"난 저녁놀이 더 좋아요."

"왜죠?"

"저녁놀이 사라지면 별을 볼 수 있지만 아침놀이 사라진 뒤엔……."

"환한 태양 아래 현실만 남죠."

"맞아요."

두 사람은 한참 동안 이야기를 나누었다. 사소한 화제 하나하나까지 서로 잘 통했다. 뤄지가 '저녁놀' 한 병을 다 마실 때까지 대화가 계속되었다.

뤄지는 야간의 현기증을 즐기며 침대에 누워 테이블 위의 거의 다 타버린 초를 쳐다보았다. 촛불 속 그녀는 이미 사라지고 없었다. 하지만 뤄지는 걱정하지 않았다. 그가 원하기만 하면 언제든 그녀가 나타날 테니까. 그때 노크 소리가 들렸다. 뤄지는 그것이 현실 속의 노크 소리라는 것을 알았다. 그녀와 관계없는 것이므로 신경 쓰지 않았다. 문이 벌컥 열렸고 바이룽이 들어왔다. 바이룽은 장밋빛 환상 위에 잿빛 현실을 끼얹듯 전등을 켰다. 그녀는 촛불이 켜져 있는 테이블을 보고 뤄지의 침대에 앉아 가벼운 한숨을 쉬었다.

"다행이야."

"뭐가 다행이라는 거지?"

뤄지는 눈을 찌르는 전등 불빛을 손등으로 가렸다.

"그녀를 위해 술잔을 하나 더 준비할 만큼 몰입한 건 아니라서 말이야."

뤄지는 눈을 가린 채 말없이 누워 있었다. 바이룽이 그의 눈앞에서 손을 치우며 그를 똑바로 쳐다보았다.

"그녀가 살아 있지?"

뤄지가 고개를 끄덕이며 몸을 일으켰다.

"작가 마음대로 소설 속 인물을 조종하는 줄 알았어. 작가가 쓰는 대로 인물이 움직이는 거라고 말이야. 우리가 조물주가 시키는 대로 움직이는 것처럼."

"틀렸어!"

바이룽이 벌떡 일어나 방 안을 서성거렸다.

"뤄지, 네 생각이 틀렸다는 걸 이제 알았겠지. 이게 바로 평범한 작가와 문학가의 차이야. 문학적 이미지를 만들어내는 건 최고의 경지야. 그 경지에 다다르면 소설 속 인물이 문학가의 사상 속에서 생명을 얻지. 문학가는 그 인물들을 통제할 수 없어. 그들이 다음에 무슨 행동을 할지도 예측할 수 없어. 그저 호기심을 가지고 그들을 따라다니지. 관음증 환자처럼 그들의 생활 구석구석을 관찰하고 기록하는 거야."

"문학 창작이란 변태적인 일이구나."

"적어도 셰익스피어, 발자크, 톨스토이는 그랬어. 그들이 만들어낸 이미지는 모두 이런 식으로 그들이 상상한 자궁에서 태어난 것들이야. 하지만 요즘 작가들은 이런 창조 능력이 없어. 그들의 생각 속에서 만들어진 것은 하나같이 지리멸렬한 조각과 괴물들뿐이지. 그 짧은 생명으로 비이성적이고 난해한 경련을 일으킬 뿐이야. 작가들은 그 조각들을 자루 속에 쓸어 담아서 포스트모더니즘, 해체주의, 상징주의 같은 라벨을 달아서 팔지."

"그러면 내가 셰익스피어 같은 문학가가 됐단 말이야?"

"그건 아냐. 네 생각 속에 이미지를 잉태했을 뿐이지. 그건 제일 쉬운 거야. 대문호들은 상상 속에서 수많은 이미지를 만들어내 시대에 한 획을 긋는 그림을 그려내. 그건 초인들이나 하는 일이야. 하지만 네가 해낸 것도 그리 쉬운 건 아니야. 사실 난 못 해낼 줄 알았거든."

"넌 해봤어?"

"응. 딱 한 번."

바이룽이 짧게 대답한 뒤 곧 화제를 돌리며 뤄지의 목에 팔을 감았다.

"됐어. 생일선물 필요 없어. 이제 정상적인 생활로 돌아와. 알았지?"

"이걸 계속하면 어떻게 돼?"

바이룽은 뤄지를 똑바로 쳐다보며 몇 초간 생각에 잠겼다가 다시 그를 놓아주었다. 그녀가 웃으며 고개를 저었다.

"이미 늦었구나."

그녀는 이 말만 던지고 침대에 있던 자신의 가방을 들고 밖으로 나갔다.

그때 밖에서 사람들의 목소리가 들렸다.

"넷, 셋, 둘, 하나."

카운트다운이 끝나자마자 음악 소리가 들리던 강의실 건물에서 환호성이 울렸고 운동장에서 폭죽 터지는 소리가 났다. 시계를 보니 한 해의 마지막 1초가 막 지나간 것이었다.

"내일 휴일인데 어디 놀러 갈까요?"

뤄지가 침대에 누운 채로 물었다. 그녀는 존재하지 않는 벽난로 옆에 다시 나타났다.

그녀가 반쯤 열려 있는 문을 가리키며 천진하게 물었다.

"그녀는 같이 안 가요?"

"우리 둘만 갈 거예요. 어디 가고 싶어요?"

그녀가 벽난로 속 흔들리는 불꽃으로 시선을 옮겼다.

"어디든 상관없어요. 사람은 길 위에 있을 때 제일 아름다우니까."

"어디든 발길 닿는 데로 갑시다. 어때요?"

"좋아요."

다음 날 아침, 뤄지는 어코드 세단을 몰고 학교를 나가 서쪽으로 차를 몰았다. 서쪽을 선택한 건 도시를 가로질러야 하는 번거로움을 피하기 위함이었다. 그는 처음으로 행선지도 정하지 않고 길을 떠난 자유를 느꼈다. 차창 밖 풍경 속에서 아파트 숲이 점점 줄어들고 들판이 시작되자 뤄지는 차창을 살짝 열었다. 겨울바람이 창틈으로 쑥 빨려들어왔다. 그는 그녀의 긴 머리카락이 바람에 남실대는 상상을 했다. 그녀의 머리칼이 한올 한올 자신의 오른쪽 뺨을 스치며 간질였다.

"저 산 좀 봐요!"

그녀가 먼 곳을 가리켰다.

"날씨가 맑아서 멀리까지 잘 보이는군요. 타이항(太行)산이에요. 저 산이 이 길과 계속 나란히 이어질 거예요. 저기 보이는 모퉁이를 돌면 산이 서쪽을 가로막고 있죠. 그 길로 계속 가면 산으로 들어가는 거예요. 우린 지금……."

"말하지 말아요! 여기가 어딘지 말하지 말아요. 그걸 알고 나면 세상이 지도처럼 작아져버리니까요. 여기가 어딘지 몰라야 세상이 넓다고 느낄 수 있어요."

"좋아요. 그럼 길을 잃어봅시다."

뤄지가 핸들을 돌려 더 좁은 길로 접어들었다가 또 얼마 가지 않아서 다른 길로 들어섰다. 길 양편으로 너른 들판이 이어져 있었다. 군데군데 눈이 쌓여 있었는데 눈이 쌓인 곳과 쌓이지 않은 곳의 면적이 비슷했다. 녹색은 하나도 보이지 않았지만 투명한 햇빛이 부서져 내려 봄보다 더 화사했다.

뤄지가 말했다.

"전형적인 북부 풍경이군요."

"이런 풍경은 처음 봐요. 녹색이 하나도 없는 대지도 이렇게 아름다울 수 있다는 걸 알았어요."

"녹색 풀이 들판 아래 묻혀서 초봄이 오길 기다리고 있죠. 아직 춥잖아요. 가을밀이 싹이 돋을 때가 되면 이 들판이 온통 녹색으로 뒤덮일 거예요. 상상해봐요. 이 너른 들판이……."

"녹색은 필요 없어요. 지금도 충분히 아름다워요. 꼭 햇볕 아래서 졸고 있는 젖소 같지 않아요?"

"젖소라고요?"

뤄지가 신기하다는 표정으로 그녀를 흘긋 쳐다보고는 잔설이 듬성듬성 쌓여 있는 들판을 쳐다보았다.

"그러고 보니 정말 젖소 같군요……. 당신은 어느 계절을 제일 좋아하죠?"

"가을요."

"봄일 거라 예상했는데 의외군요."

"봄은…… 왠지 비좁은 곳에 있는 느낌이라 피곤해요. 가을이 좋아요."

뤄지가 차를 세우고 그녀와 함께 들판으로 내려갔다. 까치 몇 마리가 들판 위에서 먹을 것을 찾고 있다가 그들이 다가가자 멀찌감치 떨어진 나무 위로 날아가 앉았다. 들판 사이에 거의 말라버린 강이 나타났다. 한가운데 가느다란 물줄기가 보였다. 말라버린 강바닥에서 차가운 자갈을 주워 물을 향해 던졌다. 살얼음이 깨진 사이로 누렇고 탁한 물이 튀어 올랐다. 그들은 작은 마을을 지나며 시장에서 한참 동안 구경했다. 그녀는 금붕어를 파는 노점 앞에 앉아 떠날 생각을 하지 않았다. 유리로 된 둥근 어항 속에서 금붕어가 햇빛을 받으며 너울대는 불꽃처럼 헤엄쳐 다녔다. 뤄지는 그녀에게 두 마리를 사주었다. 비닐봉지에 물과 함께 담은 금붕어를 차 뒷좌석에 실었다. 두 사람은 마을 안으로 들어갔지만 시골 같은 분위기를 느낄 수 없었다.

집들은 모두 새로 지은 듯 깨끗했고 대문 앞에 자가용이 있는 집들도 많았다. 시멘트로 포장된 길이 널찍하게 뚫려 있었고 사람들의 옷차림도 도시와 별반 다르지 않았다. 젊은 여자들 중에는 도시 여자보다 더 세련된 여자들도 있었다. 길에서 만나는 개들도 모두 도시의 개들처럼 털이 길었고 다리는 짧은 기생충 같았다. 그런데 마을에 커다란 무대가 있었다. 두 사람은 작은 마을에 이렇게 높고 넓은 무대가 있다는 사실에 놀랐다. 무대는 텅 비어 있었다. 뤄지가 어렵게 무대 위로 기어 올라가 유일한 관객인 그녀를 위해 러시아 민요 〈우랄산맥의 마가목〉을 불러주었다. 또 다른 마을에서 점심을 먹었는데 양이 거의 두 배라는 것을 제외하면 도시와 별반 다르지 않았다. 점심을 먹은 뒤 길가의 벤치에서 나른한 햇볕을 즐기다가 또 행선지를 정하지 않고 길을 떠났다. 길을 따라가다 보니 어느 산으로 접어들었다. 깊은 골짜기도 깎아지른 절벽도 없는 특별할 것 없는 산이었다. 나무도 거의 없어 민둥민둥하게 드러난 회색 바위 사이로 마른 풀과 가시덤불만 보였다. 수억 년 동안 서 있던 산이 지쳐 드러누우며 햇빛과 시간 속에서 평화롭게 가라앉은 것 같았다. 그곳을 지나는 사람들도 그 산처럼 나른해졌다.

그녀가 말했다.

"이 산은 해바라기를 하는 마을 노인들 같아요."

하지만 그들이 지나온 마을에 그런 노인들은 없었다. 이 산보다 더 한가로운 사람은 없었다. 도로를 가로지르는 양 떼에 막혀 차가 여러 번 멈추었다. 길가에 그들이 상상하는 마을의 모습이 나타났다. 토굴집과 감나무, 호두나무가 있었고 돌로 쌓은 야트막한 지붕 위에 옥수수수염이 수북이 쌓여 있었다. 그곳의 개들은 덩치가 크고 사나웠다.

산길을 천천히 돌다 보니 어느새 늦은 오후가 되어 해가 서쪽으로 기울고 있었다. 도로 위로 땅거미가 내려앉았다. 뤄지는 차를 몰고 흙길을 지나 아직 저녁놀이 남아 있는 산등성이로 올라갔다. 그들은 그곳을 여행의 종점으로 삼기로 했다. 해가 서쪽으로 완전히 모습을 감춘 뒤에야 길을 돌아 나왔다. 그녀의 긴 머리카락이 쇠잔한 석양의 마지막 빛줄기를 잡으려는 듯 저녁 바람에 가볍게 너울댔다.

차가 막 차도로 들어서자마자 멈춰 섰다. 뒷바퀴 축이 고장 난 것 같았다. 카센터에 전화를 걸어 긴급 출장을 요청해야 했다. 한참을 기다린 뒤 지나가는 작은 트럭 운전사에게 여기가 어딘지 물어보았다. 다행히도 휴대전화 신호가 터지는 곳이었다. 카센터 수리공에게 지명을 알려주자 도착하려면 최소한 네댓 시간은 걸릴 거라고 했다.

해가 지자 산속 기온이 빠르게 내려갔다. 주위의 모든 것이 어스름에 휘감겨 아슴아슴해졌다. 뤄지는 계단식 논에서 옥수수자루를 주워 와 불을 피웠다.

"와, 따뜻해요!"

그녀가 벽난로 앞에 앉아 있을 때처럼 기뻐하며 모닥불을 쳐다보았다. 뤄지는 불 앞에 앉아 있는 그녀에게 또 한 번 매료되었다. 이제껏 한 번도 느껴보지 못한 애틋한 사랑이 그의 몸을 휘감고 활활 태우는 것 같았다. 자신이 사는 유일한 목적이 그녀를 따뜻하게 해주는 것이라는 생각마저 들었다.

그녀가 점점 어두워지는 주위를 둘러보았다.

"여기 늑대가 있을까요?"

"북부 내륙이니까 없을 거예요. 황량하게 보일 뿐이지 사실 전국에서 인구밀도가 제일 높은 곳이니까요. 저기 도로를 봐요. 차가 2분마다 한 대씩 지나가잖아요."

"늑대가 있다고 대답하길 바랐어요."

그녀는 타닥거리며 피어오르는 불꽃이 밤하늘의 별을 향해 날아가는 것을 쳐다보며 달콤한 미소를 지었다. 뤄지가 말했다.

"좋아요. 늑대가 있어요. 바로 나예요."

두 사람은 말없이 모닥불만 쳐다보았다. 불이 사그라지지 않도록 마른 옥수수자루를 가끔씩 던져 넣었다.

얼마나 흘렀을까 뤄지의 휴대전화가 울렸다. 바이룽이었다.

"그녀와 같이 있어?"

전화 속 목소리가 가벼웠다.

"아니, 나 혼자야."

뤄지가 고개를 들어 주위를 둘러보았다. 거짓말이 아니었다. 그는 정말로 혼자였다. 타이항산의 어느 도로 옆 모닥불, 주위에는 어룽거리는 모닥불에 보일 듯 말 듯 한 산과 바위 그리고 하늘을 가득 채운 뭇별뿐이었다.

"혼자 있다는 건 나도 알아. 하지만 그녀와 함께 있겠지."

"……그래."

뤄지가 낮은 소리로 말하며 옆을 바라보았다. 그녀가 모닥불에 볏짚을 넣고 있었다. 그녀의 미소가 타오르는 불꽃과 함께 주위를 밝혔다.

"이제 너도 믿을 수 있겠지? 내가 쓴 소설 속에 사랑이 존재한다는 걸 말이야."

"그래, 믿어."

뤄지는 자신과 바이룽 사이의 거리가 얼마나 멀었는지도 깨달았다. 그들은 한참 동안 침묵했다. 실오라기 같은 전자파가 나풀거리며 밤하늘의 산을 건너 그들 사이를 마지막으로 이어주고 있었다.

뤄지가 물었다.

"네게도 이런 사람이 있는 거지?"

"맞아. 이미 오래전부터."

"그 사람은 지금 어디에 있어?"

전화기 저편에서 바이룽이 가볍게 웃었다.

"한 군데 말고 또 어디에 있을 수 있겠어?"

뤄지도 웃었다.

"그렇지. 한 군데뿐이지⋯⋯."

"일찍 자. 안녕."

바이룽이 전화를 끊었다. 먼 밤하늘을 이어주던 가느다란 끈도 끊어졌다. 그 끈의 양쪽에 있는 두 사람 모두 조금 슬펐지만 그게 전부였다.

"날이 춥네요. 차에 가서 눈 좀 붙일래요?"

뤄지의 말에 그녀가 가볍게 고개를 저었다.

"여기 같이 있을래요. 당신은 내가 불 옆에 있는 걸 좋아하잖아요. 그렇죠?"

스자좡(石家莊)의 카센터 수리공 두 사람이 도착한 건 한밤중이었다. 두 사람은 모닥불 옆에 앉아 있는 뤄지를 보고 깜짝 놀랐다.

"이렇게 추운데 밖에서 기다리셨어요? 엔진이 고장 난 것도 아니잖아요. 차 안에서 에어컨을 틀고 있어도 바깥보단 따뜻하겠어요."

차 수리가 끝난 뒤 뤄지는 전속력으로 차를 몰았다. 암흑을 가로질러 산속에서 빠져나와 다시 들판으로 향했다. 새벽에 스자좡을 거쳐 오전 10시가 되어서야 베이징으로 돌아올 수 있었다.

뤄지는 학교로 가지 않고 곧장 차를 몰고 정신과의사를 찾아갔다.

뤄지의 긴 이야기를 다 들은 뒤 의사가 가볍게 말했다.

"약간의 치료가 필요할 수도 있지만 큰일은 아니에요."

뤄지가 핏발이 잔뜩 선 두 눈을 번쩍 떴다.

"큰일이 아니라고요? 내가 구상하는 소설 속 허구의 인물과 사랑에 빠졌단 말입니다. 그녀와 함께 살고 함께 여행을 가고 심지어 그녀 때문에 현실의 애인과 헤어졌어요. 이게 큰일이 아니라고요?"

의사가 너그러운 미소를 지었다.

"나도 내 환상을 제일 사랑하고 있어요. 사람들이 모두 실제로 존재하는 대상을 사랑한다고 생각해요?"

"당연하죠!"

"아니에요. 대부분의 사람들이 가장 사랑하는 대상은 그저 자기 상상 속에서만 존재하죠. 그들이 사랑하는 건 현실 속 대상이 아니라 상상 속 대상이에요. 현실 속 대상은 그들이 만들어낸 꿈속 연인의 모형일 뿐이에요. 언젠가는 꿈속 연인과 현실의 모형이 다르다는 걸 깨닫게 되죠. 그 차이에 적응하면 계속 사귀고, 적응하지 못하면 헤어지는 겁니다. 아주 간단해요. 환자분이 다른 사람들과 다른 건 모형이 필요치 않다는 점뿐이죠."

"그게 병이 아니라는 겁니까?"

"애인분의 말처럼 환자분은 문학적 소질이 다분합니다. 그 소질을 병이라고 부를 수도 있죠."

"하지만 상상력이 이 정도면 너무 심한 거 아닙니까?"

"상상력은 아무리 넘쳐도 괜찮아요. 특히 사랑에 대한 상상이라면 말이죠."

"그럼 전 이제 어떻게 하죠? 어떻게 해야 그녀를 잊을 수 있을까요?"

"그녀를 잊는 건 불가능해요. 잊으려고 애쓰지 마세요. 오히려 부작용이 생길 테니까요. 정신병을 유발할 수도 있어요. 자연스럽게 내버려두세요. 다시 말씀드리지만 그녀를 잊으려고 애쓰지 마세요. 소용없을 테니까요. 시간이 갈수록 환자분의 생활에서 그녀의 비중이 점점 줄어들 겁니다. 사실 아주 행운인 거예요. 그녀가 정말로 존재하든 존재하지 않든 사랑할 수 있다면 행운인 겁니다."

이것이 바로 뤄지가 가장 사랑했던 경험이다. 이런 사랑은 남자의 일생에 단 한 번뿐이다. 그 후로 뤄지는 그 무엇에도 관심이 없는 시큰둥한 생활을 하게 되었다. 그녀와 함께 놀러 나갈 때 탔던 어코드처럼 어딜 가든 상관없었다. 정신과의사의 말처럼 그녀가 그의 생활에서 차지하는 비중도 점점 줄어들었고, 그가 현실 속 여자와 있을 때는 그녀도 나타나지 않았다. 그러다가 언젠가부터 혼자 있을 때도 거의 나타나지 않았다. 하지만 뤄지는 알고 있었다. 자신의 영혼 중 가장 깊고 조용한 곳은 그녀가 독차지하고 있다는 것을. 그리고 그녀가 그곳에서 일생 동안 자신과 함께 있을 거라는 것도 알았다. 심지어 그는 그녀가 있는 세계를 또렷하게 볼 수 있었다. 그곳은 아주 고요한 설원이며 하늘에는 언제나 은색 별과 초승달이 걸려 있으며 눈이 계속 내리고 백설탕처럼 새하얀 설원이 펼쳐져 있다.

눈송이가 설원 위로 내려앉는 소리를 들을 수 있을 만큼 고요한 그곳의 자그마한 오두막이 그녀의 집이다. 뤄지가 상상 속의 갈비뼈로 만든 이브는 오래된 벽난로 앞에 앉아 흔들리는 불꽃을 가만히 지켜보고 있다.

뤄지는 지금 이 불안하고 알 수 없는 비행을 하는 동안 그녀가 자기 곁에 있어주길 바랐다. 그녀와 함께 이 비행의 끝에 뭐가 있는지 생각해보고 싶었다. 하지만 그녀는 나타나지 않았다. 뤄지는 그녀가 영혼의 어느 먼 곳에서 벽난로 앞에 조용히 앉아 있는 것을 보았다. 그녀는 외롭지 않았다. 자신의 세계가 어디에 있는지 알고 있으므로.

뤄지는 머리맡에 있는 약병을 향해 손을 뻗었다. 수면제를 먹고 억지로 눈을 붙이고 싶었다. 그런데 손가락이 약병에 닿는 순간 약병이 날아올랐다. 그와 동시에 의자 위에 놓아두었던 뤄지의 옷도 함께 날아올랐다. 약병과 옷이 천장까지 올라갔다가 2초 뒤에 다시 떨어졌다. 뤄지는 자신의 몸도 침대에서 떠오른 것을 느꼈지만 침낭이 침대에 고정되어 있어 그 이상 움직이지는 않았다. 약병과 옷이 떨어진 뒤 뤄지의 몸도 침대에 다시 붙었다. 그 뒤 몇 초 동안은 무언가가 몸을 짓누른 듯 꼼짝도 할 수가 없었다. 갑작스러운 중력 변화에 머리가 어지러웠고 현기증이 났다. 하지만

10초도 되지 않아서 정상으로 돌아왔다.

　문밖에서 사박사박 카펫이 스치는 소리가 들렸다. 몇 사람이 움직이고 있는 것 같았다. 잠시 후 문이 열리고 스창이 고개를 들이밀었다.

　"뭐지, 괜찮아?"

　괜찮다고 대답하자 그는 들어오지 않고 다시 문을 닫았다. 밖에서 나지막한 말소리가 들렸다.

　"호송 교대 중에 착오가 생겼던 것 같습니다. 별일 아닙니다."

　스창의 목소리도 들렸다.

　"방금 상부에서 전화가 왔더군. 뭐라고 하던가?"

　"30분 뒤 호송 편대의 공중 급유가 있으니 놀라지 말라고 했습니다."

　"계획에 없던 일 아니야?"

　"휴, 말도 마세요. 방금 그 난리 통에 호송기 일곱 대가 보조연료탱크를 떨어뜨렸답니다."*

　"왜 이렇게 놀라게 해? 됐어. 가서 잠이나 자게. 너무 긴장할 거 없어."

　"이 와중에 잠이 오겠어요?"

　"지키는 사람이 있으니 괜찮아. 이깟 일에 뭣 하러 여러 사람이 붙어 있어? 상부에서 아무리 중요하다고 강조를 해도 보안에 대해선 나도 전문가야. 대비할 건 다 대비한다고. 정말로 무슨 일이 생기면 상황에 맞춰서 대처해야지. 그걸 누가 막을 수 있겠나? 너무 걱정할 거 없어."

　'호송 교대'라는 말에 뤄지가 몸을 일으켜 창문 덮개를 열고 밖을 쳐다보았지만 여전히 구름바다뿐이었다. 달도 밤하늘의 가장자리로 기울어 있었다. 전투기 편대가 지나간 흰 꼬리의 흔적이 여섯 개로 늘어나 있었다. 자세히 보니 흰 꼬리의 맨 앞에 작은 비행기 여섯 대가 있었다. 그런데

---

* 전투기는 공중전에 돌입할 때 무게를 줄이기 위해 보조연료탱크를 떨어뜨린다.

생김새가 아까 보았던 네 대와 조금 달랐다.

침실 문이 열리고 스창이 상반신을 들이밀었다.

"뤄 형, 작은 문제가 있었어. 걱정 마. 이제 별일 없을 테니까. 더 자둬."

"또 자라고요? 아직도 한참 더 가야 하나요? 몇 시간은 비행한 것 같은데."

"몇 시간 더 가야 해."

스창이 문을 닫고 나갔다.

뤄지가 침대에서 내려와 약병을 주웠다. 뚜껑을 열어보니 약이 딱 한 알만 들어 있었다.

뤄지는 약을 먹고 창문 아래에 있는 작고 빨간 불빛을 응시했다. 그것이 벽난로의 불빛이라고 상상하며 스르르 잠에 빠져들었다.

*

스창이 뤄지를 깨웠을 때는 벌써 여섯 시간이나 지난 후였다. 꿈도 꾸지 않고 달게 자고 나니 몸이 개운했다.

"거의 다 왔어. 준비해."

화장실에 가서 세수를 하고 사무실에서 간단한 아침을 먹자 고도가 낮아지는 느낌이 들었다. 10여 분 뒤 비행기는 열다섯 시간의 비행을 마치고 무사히 착륙했다.

스창은 뤄지에게 사무실에서 기다리라고 하고 혼자 밖으로 나갔다. 잠시 후 그가 누군가를 데리고 왔다. 유럽인으로 보이는, 키가 크고 옷차림이 깔끔한 남자였다. 전형적인 고위 공무원의 인상이었다.

유럽인이 스창에게 조심스럽게 물었지만 스창이 영어를 하지 못한다는 것을 알고 어색한 중국어로 다시 물었다.

"뤄지 박사입니까?"

"이 사람이 뤄지입니다."

스창이 그의 물음에 대답하며 뤄지에게도 그를 소개했다.

"이쪽은 켄트 선생이야. 자넬 마중 나왔지."

켄트가 상체를 약간 숙였다.

"만나서 영광입니다."

악수를 할 때 뤄지는 그가 아주 노련한 사람이라는 걸 느꼈다. 깍듯한 태도를 갑옷처럼 둘렀지만 그의 눈빛에서 뭔가를 숨기고 있다는 걸 알 수 있었다. 그 눈빛이 뤄지를 당혹스럽게 했다. 악마 같기도 하고 천사 같기도 하며, 핵폭탄 같기도 하고 보석 같기도 했다. 그 눈빛에 담긴 복잡한 메시지 속에서 뤄지가 읽을 수 있는 것은 단 하나뿐이었다. 바로 이 순간이 그 사람의 일생에서 아주 중요하다는 사실이었다.

켄트가 스창에게 말했다.

"일 처리가 아주 깔끔하군요. 다른 사람들이 올 때는 성가신 문제들이 있었죠."

스창이 말했다.

"상부 지시에 맞춰 불필요한 절차를 줄이고 최대한 간소하게 일을 처리한다는 게 우리 원칙이죠."

"훌륭한 원칙이오. 지금 같은 상황에서는 절차를 줄이는 게 가장 안전하지요. 우리도 그 원칙을 본받아 곧장 회의장으로 가야겠소."

"회의는 언제 시작되죠?"

"한 시간 후에 시작되오."

"그렇게 빨리요?"

"마지막 참석자가 도착하는 시간에 맞춰서 결정한 겁니다."

"그게 좋죠. 그럼 저희는 임무 교대를 해도 되겠습니까?"

"아니오. 이분의 안전은 계속 당신들이 책임져주시오. 당신들이 제일

일 처리가 깔끔했다고 말했잖소?"

스창이 2초쯤 침묵하다가 뤄지를 보며 고개를 끄덕였다.

"며칠 전에 상황을 알아보러 왔을 때는 우리 측 인원이 행동하는 데 불편함이 많았습니다."

"앞으로는 그런 일이 없을 거요. 현지 경찰과 군대가 당신들에게 최대한 협조할 테니까."

켄트가 두 사람을 번갈아 쳐다보았다.

"그럼, 이제 갈까요?"

바깥은 여전히 깊은 밤이었다. 뤄지는 이륙 시각과 비행시간으로 자신이 지금 지구의 어느 위치에 있는지 대략적으로 짐작할 수 있었다. 불빛에 비친 자욱한 안개가 누르칙칙했다. 눈앞에 있는 모든 것이 이륙하기 전의 상황과 거의 비슷했다. 상공에서 순찰하는 듯한 헬리콥터 소리, 안개 속에서 불빛에 어른거리는 그림자까지 모두 같았다. 군용차와 군인들이 비행기 주위를 에워싸고 있었다. 그들 모두 바깥쪽을 향하고 있었고, 무전기를 든 장교 몇 명이 모여 두런거리며 가끔씩 고개를 들어 비행기 계단 위를 쳐다보았다. 그때 상공에서 귀를 찢는 듯한 굉음이 들렸다. 줄곧 차분했던 켄트까지 귀를 막았다. 위를 올려다보니 희미한 불빛이 줄지어 저공비행을 하고 있었다. 호송해준 전투기 편대가 상공에서 선회하고 있었다. 전투기의 꼬리 연기가 안개 사이로 보일 듯 말 듯 커다란 원을 그렸다. 마치 우주 거인이 분필로 세계의 이 자리에 표시를 하듯이…….

뤄지 일행 네 사람은 비행기 계단 끝에 세워져 있는 차에 올라탔다. 역시 방탄차였다. 차는 곧 출발했다. 차창에 걸린 블라인드는 모두 내려져 있었지만 바깥에서 비쳐 들어오는 불빛을 통해 그들이 차 행렬에 섞여 달리고 있다는 것을 알 수 있었다. 누구도 말을 하지 않았다. 뤄지는 자신이 지금 마지막 미지를 향해 달려가고 있다는 것을 알았다. 40여 분쯤 달렸을 뿐이지만 길이 아주 길게 느껴졌다.

켄트가 도착을 알렸을 때 블라인드에 낯익은 그림자가 비쳤다. 뒤에 있는 건축물의 균일한 불빛을 배경으로 또렷한 실루엣을 볼 수 있었다. 뤼지의 착각일 리 없었다. 너무도 선명하고 특별했기 때문이다. 그것은 총구가 매듭지어진 커다란 리볼버의 형상이었다. 뤼지는 자신이 와 있는 이곳이 어딘지 알 수 있었다. 세상에 그런 조각상이 하나 더 있는 게 아니라면 말이다.

차에서 내리자마자 뤼지는 한 무리의 사람들에게 둘러싸였다. 경호원처럼 보였다. 키가 컸고 밤인데도 모두 선글라스를 끼고 있었다. 뤼지는 사방을 볼 수 없게 사람들에게 둘러싸여 앞으로 걸었다. 사람들 사이에 끼어 발이 거의 땅에서 떨어진 채로 떠밀려 움직였다. 사람들의 자박거리는 발소리 외에는 아무 소리도 들리지 않았다. 이 기이한 긴장감이 뤼지의 신경을 거의 붕괴시켰다. 그의 앞에서 가던 장정 몇 사람이 옆으로 비켜나자 눈앞이 환해졌다. 나머지 사람들도 발걸음을 멈추었다. 뤼지와 스창, 켄트 세 사람만이 앞으로 계속 걸었다. 그들이 도착한 곳은 조용한 로비였다. 로비는 텅 비어 있었고 무전기를 들고 검은 옷을 입은 경호요원들만 드문드문 서 있었다. 그들이 한 명씩 지나갈 때마다 경호요원들이 무전기에 대고 뭐라고 한마디씩 했다. 세 사람이 발코니를 지나자 알록달록한 스테인드글라스 패널이 나타났다. 어지럽게 그려진 선들 사이에 변형된 사람과 동물의 형상이 그려져 있었다. 오른쪽 모퉁이를 돌자 그리 크지 않은 방이 나타났다. 켄트가 문을 닫고 스창과 서로 쳐다보며 웃었다. 두 사람 모두 큰 짐을 내려놓은 듯 안도하는 표정이었다.

사방을 둘러보니 약간 이상한 방이었다. 맨 끝 벽에 청황흑백의 네 가지 기하도형으로 그려진 커다란 추상화가 걸려 있었다. 아무렇게나 교차한 기하도형들이 바다처럼 새파란 색 위에 붕 떠 있는 것 같았다. 하지만 제일 이상한 것은 방의 한가운데 놓여 있는 직사각형의 커다란 돌덩이였다. 어슴푸레한 스포트라이트 몇 가닥이 그 위를 비추었는데, 자세히 보니 돌 위에 쇠가 녹슨 듯한 무늬가 그려져 있었다. 추상화와 네모난 돌덩이 외에는 방 안에 아무것도 없었다.

"뤄지 박사, 옷을 갈아입겠습니까?"

켄트가 영어로 묻자 스창이 뤄지에게 물었다.

"뭐라는 거야?"

뤄지가 해석해주자 스창이 단호하게 고개를 저었다.

"안 돼. 갈아입지 마."

켄트가 중국어로 더듬거리며 말했다.

"어쨌든, 공식적인 자리예요."

스창이 또 고개를 저었다.

"안 됩니다."

"회의장은 언론에 공개되지 않을 거요. 각국 대표들만 참석하는 자리니까 안전해요."

"안 된다면 안 됩니다. 이 사람의 안전은 내 책임이라고 하지 않으셨습니까? 제가 잘못 알아들었나요?"

켄트가 하는 수 없이 타협했다.

"좋소. 사소한 문제니까."

스창이 뤄지 쪽으로 고개를 까딱인 다음 켄트에게 말했다.

"대충이라도 얘기해줘야 하는 거 아닙니까?"

"난 아무것도 얘기해줄 자격이 없소."

"대충 아무거라도 얘기해주시죠."

스창이 엷은 미소를 짓자 켄트가 뤄지를 쳐다보았다. 그는 긴장감이 역력한 표정으로 무의식중에 넥타이를 고쳐 맸다. 뤄지는 그가 줄곧 자신과 눈을 마주치지 않으려 피하고 있다는 걸 그제야 깨달았다. 스창도 완전히 다른 사람이 된 것 같았다. 이기죽거리던 미소는 온데간데없이 사라지고 진지함이 얼굴에 맴돌았다. 그렇게 똑바로 서서 뤄지를 쳐다보는 것도 처음인 것 같았다. 뤄지가 여기에 와야 하는 이유를 자기도 잘 모른다던 스창의 말을 이제야 확실히 믿을 수 있었다.

켄트가 말했다.

"뤄지 박사, 내가 해줄 수 있는 말은 이것뿐이오. 박사가 곧 중요한 회의에 참석할 것이고 그 회의에서 아주 중요한 일이 발표될 겁니다. 회의에서 박사는 아무것도 할 필요가 없소."

세 사람 모두 침묵했다. 방 안에 정적이 감돌았다. 뤄지는 자신의 심장박동 소리까지 들을 수 있었다. 그 방이 명상실이며 6톤짜리 돌덩이는 스웨덴에서 기증한 선물이자 영원함과 힘을 상징하는 고순도 생철이라는 것을 뤄지는 나중에야 알았다. 하지만 지금 뤄지는 명상을 하고 싶지 않았다. 아무것도 생각하지 않으려고 노력했다. 이제는 "어떤 쪽으로 생각하든 빗나간다"라는 스창의 말을 정말로 믿을 수 있었기 때문이다. 아무것도 생각하지 않기 위해 뤄지는 벽에 걸린 추상화 속 기하도형의 개수를 세기 시작했다.

문이 열리고 누군가 문틈으로 고개를 들이밀며 켄트에게 눈짓을 했다. 켄트가 뤄지와 스창에게 말했다.

"들어가시죠. 뤄지 박사는 아는 사람이 없으니 내가 같이 들어가겠소. 그러면 별일 없을 거요."

스창이 고개를 끄덕이더니 웃으며 뤄지에게 손짓을 했다.

"난 밖에서 기다리지."

뤄지는 갑자기 불안해졌다. 그 순간 스창이 그의 유일한 정신적인 지주였다.

뤄지는 켄트를 따라 명상실에서 나선 뒤 곧바로 UN 총회장으로 들어갔다.

총회장을 가득 채운 사람들이 웅성웅성 이야기를 나누고 있었다. 켄트가 뤄지를 데리고 통로를 따라 앞으로 나갔다. 처음에는 아무도 주의를 기울이지 않았지만 그들이 맨 앞으로 나가자 몇 사람이 고개를 돌려 그들을 쳐다보았다. 켄트는 뤄지를 다섯 번째 줄의 통로 옆자리에 앉혔다. 뤄지는 고개를 들어 텔레비전에서 수없이 보았던 그곳을 둘러보았다. 그는 이 건축물을 설계한 사람이 전하고자 한 메시지를 분명히 느낄 수 있었다. 정면의 연단 뒤로 UN 휘장이 높이 걸린 노란색 벽이 서 있었는데, 위로 갈수록 90도 이하로 경사를 이루며 앞으로 기울어져 당장이라도 무너질 것 같은 절벽처럼 보였다. 그 위에 얹힌 돔형 천장은 별이 떠 있는 하늘을 본뜬 모양이었는데 노란색 벽과 분리된 구조로 벽에 안정감을 주는 것이 아니라 오히려 거대한 압력을 더해 벽이 더 아슬아슬하게 보였다. 그 아래 앉아 있으려니 절벽이 언제라도 와르르 무너질 듯한 압박감이 엄습했다. 지금 보니 이 모든 것이 20세기 중엽의 건축가 11명이 오늘날 인류가 처한 상황을 절묘하게 예언한 것 같았다. 뤄지는 먼 곳에서 시선을 거두고 옆에 앉은 두 사람의 대화를 들었다. 두 사람 모두 국적을 짐작할 수 없을 만큼 유창한 영어를 구사했다.

"……정말로 개인이 역사에 어떤 역할을 할 수 있다고 믿습니까?"

"그건 옳고 그름을 증명할 수 없는 문제라고 생각합니다. 과거로 돌아가서 위인 몇 명을 죽인 뒤에 역사가 어떻게 돌아가는지 관찰하지 않는 이상 말이죠. 물론 그 위인들이 쌓은 둑과 파낸 물길이 정말로 역사의 방향을 결정했을 가능성을 배제할 수 없습니다."

"반대로 그 위인들이 역사의 거대한 물결을 타고 헤엄치는 수영선수에 불과했을 수도 있습니다. 그들이 세계신기록을 내어 갈채받고 역사에 이름을 길이 남기기는 했지만 물결이 흐르는 방향과는 전혀 무관한 거지요……. 하긴, 이렇게 된 마당에 이런 얘긴 해서 뭐 하겠어요?"

"문제는 모든 결정의 과정에서 이런 문제를 생각해본 사람이 없었다는 겁니다. 여러 나라들이 그저 자원을 평등하게 이용할 권리 같은 문제만을 놓고 다투었잖아요……."

총회장이 조용해졌다. UN 사무총장 세이가 연단으로 올라가고 있었다. 그녀는 코라손 아키노, 글로리아 아로요의 뒤를 이어 세 번째로 국제 사회에 기여한 필리핀 여성 정치인이었다. 그녀는 또 삼체 위기의 전과 후 두 시대에 걸쳐 UN 사무총장의 자리를 지키고 있었다. 투표 시기가 조금만 더 늦었더라도 그녀는 사무총장에 당선되지 못했을 것이다. 삼체 위기에 맞닥뜨린 인류에게 아시아 여성은 그들이 바라는 중량감과 거리가 멀기 때문이다. 그녀의 왜소한 체구가 곧 무너질 것 같은 절벽 앞에서 더욱 연약해 보였다. 세이가 연단으로 올라가려는데 켄트가 그녀에게 다가가 귓가에 대고 뭐라고 얘기했다. 그녀가 아래를 흘긋 바라보며 고개를 끄덕인 뒤 연단 위로 올라갔다.

뤄지는 그녀가 방금 자기 쪽을 바라보았다는 것을 확신할 수 있었다.

사무총장이 연단에 서서 총회장을 둘러보며 발언을 시작했다.

"PDC 19차 회의가 마지막 일정만을 남겨놓았습니다. 최종 선발된 면벽자 명단을 발표하고 면벽 프로젝트의 개시를 선포하겠습니다. 정식 의사 일정으로 들어가기 전에 우선 면벽 프로젝트를 수립하게 된 과정에 대해 간단히 브리핑하겠습니다.

삼체 위기가 닥친 직후 안보리 상임이사국들이 긴급회의를 열고 면벽 프로젝트에 대한 최초 구상을 제안했습니다. 처음 지자 두 개가 출현한 뒤로 수많은 지자들이 속속 태양계에 도착해 지구로 진입하고 있음을 보여주는 증거가 계속 발견되고 있습니다. 지금도 물론 마찬가지입니다. 이 사실은 각국이 이미 주지하는 바입니다. 적들은 지구를 훤히 들여다보고 있습니다. 이 세계의 모든 것이 활짝 펼쳐진 책처럼 그들에게 전부 읽히고 있습니다. 인류에게는 이제 아무런 비밀도 없습니다.

현재 국제사회가 수립한 방위 계획은 거시적인 전략 사상이든 미시적인 기술과 군사적인 세부 전술이든 모든 것이 완전히 적의 시야에 들어가 있습니다. 회의실, 서류함, 컴퓨터 하드와 메모리 등등 모든 곳에 지자의 눈이 침투해 있습니다. 우리가 어떤 계획을 수립하든 어떤 법률을 제정하든, 그것이 지자에 의해 4광년 밖에 있는 적의 총사령부로 전달됩니다. 우리가 어떤 방식으로 교류하든 인간의 모든 소통이 낱낱이 누설되는 것입니다.

그런데 우리가 주목해야 할 한 가지 사실이 있습니다. 전략과 전술의 수준이 기술 진보와 정비례하지 않는다는 점입니다. 삼체인이 투명한 사고로 소통한다는 것을 알려주는 정보들이 있습니다. 그들의 계략이나 위장, 기만의 수준이 매우 낮다는 뜻입니다. 인류는 이 점에서 적들보다 훨씬 유리합니다. 우리는 이 점을 절대로 놓칠 수 없습니다. 면벽 프로젝트는 주력 방위 계획과 병행할 보조 전략입니다. 이 계획은 적에게 비밀로 해야 합니다. 몇 가지 보조 전략이 제안되었지만 최종적으로 실행 가능하다고 판단된 것은 면벽 프로젝트뿐입니다.

앞에서 말한 것을 수정해야겠군요. 아직까지 인류에게 비밀이 있습니다. 바로 우리 개개인의 내면세계입니다. 지자는 인류의 언어를 들을 수 있고 문자와 각종 방식으로 컴퓨터에 저장된 정보를 빠르게 읽어낼 수 있지만 인간의 사고를 읽어내지는 못합니다. 그러므로 외부 세계와 소통하지 않는다면 우리 개개인은 지자에게 영원히 비밀이 보장됩니다. 이것이 바로 면벽 프로젝트의 바탕입니다.

면벽 프로젝트의 핵심은 전략적 계획을 수립하고 주도할 사람들을 선발하는 것입니다. 그들은 자신의 사고를 통해 전략을 세우지만 그 전략에 관해 외부와 그 어떤 방식으로도 소통하지 않습니다. 전략의 개념과 절차,

최종 목적을 머릿속으로 생각만 할 수 있습니다. 우리는 그들을 면벽자라고 부르기로 했습니다. 동양에서 명상을 뜻하는 면벽이라는 말이 이 전략의 특징에 잘 들어맞기 때문입니다. 면벽자들이 이 전략을 수행함에 있어서 밖으로 표출하는 사상과 행동은 상대를 기만하고 오도하기 위해 치밀하게 위장된 것입니다. 그들이 기만하고 오도하는 대상은 적을 포함한 모든 외부 세계입니다. 그들은 거대한 가상의 미로를 만들고 적을 그 미로 속에 빠뜨려 판단력을 상실하게 함으로써 적들이 인류의 전략적 의도를 파악하지 못하도록 교란하고 인류를 위해 시간을 벌어줄 것입니다.

면벽자에게는 커다란 권력이 부여될 것입니다. 그들은 현재 지구의 군비 예산 중 일부를 동원하고 사용할 수 있습니다. 전략을 수행하는 과정에서 그들은 자신의 행동과 명령의 이유를 설명할 필요가 없습니다. 그 행동과 명령이 아무리 이해할 수 없는 것이라 해도 말입니다. 면벽자의 행동은 UN PDC가 감독하고 통제할 것입니다. UN PDC는 유일하게 UN의 면벽법에 따라 면벽자의 명령을 최종 부결시킬 수 있는 기구이기도 합니다.

면벽 프로젝트가 지속될 수 있도록 모든 면벽자는 동면 기술을 통해 시간을 뛰어넘어 최후 결전의 시대에 도달하게 될 것입니다. 그 기간 동안 언제 어떤 방식으로 깨어나고, 깨어날 때마다 얼마나 오랫동안 깨어 있을지는 모두 면벽자 스스로 결정하게 됩니다. 앞으로 400년 동안 UN의 면벽법은 UN 헌장과 동등한 국제법의 지위를 갖게 되며 각국이 제정한 법률과 함께 면벽자의 전략 수행을 보장하게 될 것입니다.

면벽자는 인류 역사상 가장 어려운 사명을 짊어지게 됩니다. 그들은 완벽하게 혼자가 되어 이 세상은 물론 우주 전체에 대해 자신의 내면세계를 감추어야 합니다. 그들이 말하고 소통할 수 있는 상대이자 유일하게 의지할 수 있는 대상은 오직 그들 자신뿐입니다. 그들은 이 위대한 사명을 안고 기나긴 세월을 고독하게 지내야 합니다. 이 점에 대해 제가 인류를 대표해 면벽자들에게 심심한 경의를 표하는 바입니다.

이제 UN의 명의로 UN PDC가 최종적으로 선발한 면벽자 네 명을 발표하겠습니다……."

뤄지는 다른 회의 참석자들과 마찬가지로 명단이 발표되기를 숨죽이고 기다렸다. 그런 불가사의한 사명을 맡을 사람들이 과연 누구일까 궁금했다. 그 순간 그는 자신의 운명에 대해서는 완전히 잊고 있었다. 이 역사적인 순간에 비하면 자신에게 무슨 일이 일어났는지는 조금도 중요하지 않았다.

"첫 번째 면벽자는 프레드릭 타일러입니다."

사무총장의 말이 떨어지자마자 타일러가 첫 번째 줄에서 일어나 의연한 걸음으로 연단 위로 올라갔다. 박수 소리는 없었다. 그는 무표정한 얼굴로 회의장을 둘러보았다. 정적 속에서 모두의 시선이 그에게로 쏠렸다. 키가 크고 후리후리한 체형에, 렌즈가 큰 선글라스를 낀 그의 모습은 전 세계인에게 아주 익숙했다. 그는 얼마 전 퇴임한 미국 국방부 장관이자 미국의 국가 전략에 막대한 영향력을 가진 인물이었다. 그의 사상은 그가 쓴 『기술의 진상』이라는 책에 모두 담겨 있었다. 타일러는 모든 기술의 최종적인 수혜자는 약소국들이라고 주장했다. 강대국들이 기술 발전을 위해 적극적인 노력을 기울이고 있지만 사실상 그 기술들은 약소국들이 세계 패권을 얻기 위한 초석이 된다는 것이다. 기술이 발전함에 따라 강대국들이 가지고 있는 인구와 자원의 우세는 더 이상 큰 역할을 발휘하지 못하게 된다. 오히려 약소국들이 기술을 지렛대로 이용해 지구를 움직일 수 있게 된다. 대표적인 예가 바로 핵기술이다. 인구가 수백만밖에 되지 않는 약소국이 인구가 1억이 넘는 강대국을 위협할 수 있다. 핵기술이 없다면 어떻게 이런 일이 가능하겠는가. 타일러는 대국이 국제무대에서 유리한 위치를 차지하는 것은 기술 수준이 낮은 시대에만 가능했던 것이며 기술의 비약적인 발전이 결국에는 대국의 지위를 무너뜨리고 소국의 전략적 지위를 높여 일부 소국들을 갑작스럽게 발전시킬 수 있다고 주장했다. 과거 스페인과 포르투갈이 세계의 패권을 쥐었던 것처럼 말이다. 타일러의 생각은 미국의 반테러 전략에 이론적 기초를 제공했다. 타일러는 전략 이론가이자 행동하는 거인이었다. 여러 번의 중대한 위기 때 그가 보여준 과감함과 원대한 안목은 많은 이들에게 찬사를 받았다. 그러므로 사고의 깊이나 리더십으로 볼 때 타일러는 면벽자로서 더없이 적격이었다.

"두 번째 면벽자는 마누엘 레이디아즈입니다."

구릿빛 피부에 건장한 체구, 고집스러워 보이는 눈빛을 가진 이 남미인이 연단 위로 올라왔을 때 뤄지는 깜짝 놀랐다. 그가 지금 UN에 왔다는 것 자체만으로도 예사로운 일이 아니었기 때문이다. 하지만 조금 더 생각해보니 충분히 납득할 수 있었다. 아니, 자신이 왜 그를 떠올리지 못했는지 이상하기까지 했다. 레이디아즈는 현재 베네수엘라의 대통령이다. 그는 소국이 기술을 통해 패권을 쥘 수 있다는 타일러의 주장을 완벽하게 증명해 보인 인물이었다. 우고 차베스의 뒤를 이어 베네수엘라의 대통령이 된 레이디아즈는 차베스가 1999년에 시작한 볼리바르 혁명을 계승해 자본주의와 시장경제가 주도하고 있는 오늘날 차베스가 말한 '21세기 사회주의'를 시행하고 있었다. 그는 20세기에 나타난 세계적인 사회주의 운동에서 교훈을 얻어 모두의 예상을 깨고 큰 성공을 거두었으며 국력을 빠르게 신장시켰다. 그 결과 베네수엘라는 평등과 공정, 번영의 상징으로서 전 세계의 주목을 받고 있었고 남미의 여러 나라가 그를 본받아 남미에서 사회주의가 들불처럼 번지고 있었다. 레이디아즈는 차베스의 사회주의 사상을 계승했을 뿐 아니라 강한 반미 정서를 가지고 있었다. 미국은 그가 연임할 경우 남미가 제2의 소련이 될 것이라고 우려했고, 우연과 오해로 절호의 핑곗거리가 생기자 한 치의 망설임도 없이 베네수엘라를 침공했다. 물론 미국의 목표는 이라크 공격 때와 마찬가지로 레이디아즈 정부를 무너뜨리는 것이었다. 냉전 이후 서방 대국이 제3세계 소국을 상대로 벌인 전쟁에서 패배한 전례가 없지만 그 전쟁은 예외였다. 미군은 베네수엘라로 진격해 들어간 뒤에야 이 나라에 군복을 입은 군대가 사라지고 육군 전체가 분대 단위의 게릴라조로 나뉘어 민간인들 틈에 잠복해 있다는 것을 알았다. 첨단 기술 무기는 한곳에 모여 있는 목표물을 공격하기는 쉽지만 민간인들 속에 흩어져 있는 목표물을 공격하는 데는 전통적인 무기들보다 위력이 약하다. 이 점을 영리하게 알아차린 레이디아즈가 교묘한 게릴라 전략을 세웠던 것이다. 레이디아즈는 적은 비용으로 첨단 기술을 이용하는 데도 천재적인 재능을 발휘했다. 금세기 초 호주의 한 엔지니어가 테러에 대한 대중의 경계심을 높이기 위해 5000달러로 순항미사일을 만든 적이 있었다. 그런데 레이디아즈는 제작 단가를 3000달러로 더 낮추어 순항미사일 20만 개를 생산한 뒤 수천 개나 되는 게릴라 부대를 무장시켰다. 시장에서 흔히 구할 수 있는 값싼 재료로 만들었지만 레이더 고도계와 GPS까지 갖추고 5킬로미터 내에서 오차 범위 5미터 이하의 명중률을 자랑하는 고성능 무기였다. 레이디아즈는 적의 10분의 1도 안 되는 화력으로 목표를 명중시켰고 적에게 막대한 피해를 안겼다. 레이디아즈는 또 근접 신관을 부착한 저격소총 총알 같은 신형 무기를 만들어 전쟁에 사용했다. 미군은 전쟁이 시작된 지 얼마 되지 않아서 베트남전 때만큼이나 많은 사상자를 내고 참담하게 후퇴해야 했고, 레이디아즈는 21세기의 다윗으로 불리며 영웅으로 추앙받았다.

"세 번째 면벽자는 빌 하인스입니다."

점잖아 보이는 영국인이 연단으로 올라가 회의장 전체를 향해 예의 바른 몸짓으로 인사했다. 타일러의 냉랭함과 레이디아즈의 고집스러움과 선명한 대조를 이루어 그의 세련됨이 더욱 부각되었다. 그 역시 세계적인 유명 인사이기는 하지만 앞의 두 사람만큼 강한 오라를 풍기지는 않았다.

하인스의 인생은 뚜렷하게 두 단계로 구분되었다. 과학자였을 때 그는 역사상 유일하게 두 가지 다른 부문에서 노벨상 후보로 추천받은 인물이었다. 그는 뇌과학자 야마스기 게이코와의 공동 연구를 통해 대뇌의 사고와 기억 활동이 기존에 알려진 것처럼 분자 차원의 활동이 아니라 양자 차원에서 이루어진다는 사실을 발견했다. 이 발견으로 대뇌의 메커니즘이 한 단계 더 낮은 미시 차원으로 내려왔고, 그로 인해 기존의 뇌과학 분야에서 발표된 모든 논문은 휴지 조각이 되어버렸다. 또한 동물의 대뇌 정보 처리 능력이 기존에 상상하던 것보다 몇 배는 더 뛰어나다는 사실이 증명되었으며, 일각에서 추측하는 대뇌의 홀로그램 구조*가 가능할 수도 있음이 밝혀졌다. 하인스는 이 연구를 통해 물리학과 생리학 분야에서 동시에 노벨상 후보로 거론되었다. 하지만 그의 연구가 너무도 혁명적이라는 이유로 상을 타지 못했다. 오히려 그의 아내인 야마스기 게이코가 이 이론을 기억상실증 및 정신질환 치료에 응용해 그해 노벨생리학상과 노벨의학상을 수상했다. 하인스의 두 번째 인생은 정치가로서의 삶이었다. 그는 전임 EU 집행위원장으로서 2년 반 동안 그 자리에 있었다. 하인스는 누구나 인정하는 차분하고 노련한 정치가지만 EU 집행위원장 재임 당시 자신의 정치적 재능을 펼칠 만한 사건이 별로 없었다. 게다가 EU 자체가 사무적인 조율에 주력하는 조직이기 때문에 커다란 위기에 대응해본 경력은 앞의 두 사람에 훨씬 못 미쳤다. 그럼에도 하인스가 면벽자로 선발된 것은 그가 과학과 정치를 아우르는 융합적인 자질을 갖추었기 때문일 것이다. 과학과 정치 두 분야를 완벽하게 결합시킬 수 있는 사람은 그리 많지 않다. 총회장의 맨 뒷줄에서 세계 뇌과학계의 권위자 야마스기 게이코가 연단 위

* 대뇌 정보 저장 방식에 관한 추측으로, 대뇌의 어느 일부를 통해 대뇌에 저장된 모든 정보를 회복시킬 수 있다는 가설이다.

에 선 남편에게 자랑스러운 눈빛을 보내고 있었다.

마지막 면벽자를 발표할 차례였다. 총회장에 정적이 감돌았고 공기도 미동조차 하지 않았다. 타일러, 레이디아즈, 하인스는 각각 미국, 제3세계, 유럽의 정치적 힘이 균형과 타협을 이룬 결과였다. 그러므로 마지막 한 사람이 누구인가에 모두의 이목이 집중되었다. 세이의 시선이 다시 서류 파일에 있는 종이 위로 옮겨가는 것을 보며 뤄지는 세계적인 인물들의 이름을 하나씩 떠올렸다. 마지막 면벽자는 아마도 그들 몇 명 중 한 사람일 것이라고 짐작했다. 뤄지의 시선이 네 줄 너머 맨 앞자리에 앉아 있는 몇몇 사람들의 뒷모습을 훑었다. 세 명의 면벽자 모두 그 줄에 앉아 있다가 호명된 뒤 연단으로 올라갔다. 뒷모습으로는 자신이 떠올린 사람들이 그 자리에 있는지 알아볼 수가 없었다. 하지만 어쨌든 그들 중 한 사람이 네 번째 면벽자일 거라고 확신했다.

세이가 천천히 오른손을 들자 뤄지의 시선도 그 손을 따라 올라갔다. 그녀의 손이 향한 곳은 맨 앞줄이 아니었다.

세이의 손이 향한 곳은 바로 그였다.

"네 번째 면벽자는 뤄지입니다."

*

"오, 나의 허블!"

앨버트 린저가 두 손을 가슴 앞으로 모으고 외쳤다. 멀리서 폭발한 거대한 화염이 그의 눈가에 크렁크렁 맺힌 눈물을 붉게 비추었다. 우르릉거리는 폭발음은 몇 초 뒤에야 들렸다. 사실 그는 그의 뒤에서 함께 환호하고 있는 천문학계 및 물리학계의 동료들과 더 가까운 귀빈석에서 발사 장면을 지켜볼 수 있었다. 그런데 그 빌어먹을 NASA 직원들이 그들의 자격

미달을 운운하며 앞을 가로막았다. 곧 상공으로 발사될 그 물체가 더 이상 그들의 것이 아니라는 이유였다. 그러고는 군복을 입고 꼿꼿이 서 있는 장군들을 향해서는 알랑거리는 눈웃음을 날리며 귀빈석으로 안내했다. 현장에서 쫓겨난 린저와 그의 동료들은 먼 곳까지 와서 발사 장면을 구경할 수밖에 없었다. 발사 지점에서 호수 하나를 사이에 두고 있는 이곳은 20세기에 만든 거대한 지구 종말 시계가 우뚝 서서 대중에게 개방되어 있었지만 한밤중이라 과학자들 외에는 보러 오는 사람이 거의 없었다.

이 거리에서 보는 로켓 발사 광경은 흡사 일출을 고속촬영한 화면 같았다. 로켓이 상공으로 치솟아 올라가자 투광 조명등의 불빛이 로켓에 닿지 못해 거대한 로켓에서 뿜어져 나오는 화염밖에는 보이지 않았다. 어둠이 내려앉은 세상에 숨겨져 있던 로켓이 화려한 불꽃을 흩뿌리며 날아가자 먹물을 뿌린 듯 깜깜했던 호수 위에 찬란한 금빛 물결이 일렁였다. 엷은 구름을 뚫고 하늘 한가운데로 올라간 로켓은 꿈에서나 볼 수 있을 것 같은 몽환적인 붉은빛으로 변한 뒤 플로리다의 밤하늘 속으로 사라졌다. 잠깐의 여명이 다시 어둠에 삼켜졌다.

허블 2호 우주망원경은 2세대 허블 우주망원경으로, 직경이 4.27미터에서 21미터로 확대되고 관측 능력도 50배나 향상되었다. 렌즈 조합 기술을 이용해 지면에서 제작한 렌즈 부품을 우주 궤도로 가져가 그곳에서 망원경에 장착시키는 방식이었다. 렌즈 부품을 11회에 걸쳐 우주로 보내는 데 이번이 마지막 발사였다. 이로써 국제우주정거장 부근에서 진행 중인 허블 2호 조립도 완성을 눈앞에 두게 되었다. 두 달 후면 허블 2호가 그들의 시야를 우주 깊숙한 곳까지 넓혀줄 것이다.

"이 강도들, 또 멋진 걸 빼앗아갔어!"

린저가 옆에 있는 키 큰 남자에게 말했다. 이 남자는 이곳에서 유일하게 이 광경에 감동받지 않은 사람이었다. 그는 로켓이 발사되는 동안 지구 종말 시계에 기대어 담배를 피웠다. 로켓 발사 장면을 여러 번 본 터라 이젠 아무런 감흥도 느낄 수가 없었다. 그는 바로 조지 피츠로이였다. 그는 허블 2호 우주망원경이 군대로 징발된 뒤 군 측 대표로 배치되었다. 거의 매일 평상복을 입기 때문에 린저는 그의 계급을 알 수 없었지만 계급이 무엇이든 상관없었다. 어차피 린저는 그를 '선생'이라고도 호칭하지 않고 '강도'라고 불렀다.

피츠로이가 늘어지게 하품을 했다.

"전시에는 군대가 모든 민간 설비를 징용할 권리가 있소. 게다가 당신들이 허블 2호의 렌즈 부품을 만들고 나사를 설계한 것도 아니잖소? 가만히 앉아서 혜택을 누리기만 해놓고 무슨 자격으로 당신들 차지가 되지 못했다고 불평하는 겁니까?"

피츠로이는 이 책벌레들을 응대해주는 일이 성가시기 짝이 없었다.

"우리 차지가 되지 못해서 억울해하는 게 아니라 허블이 존재의 의의를 잃었기 때문에 애석해하는 거요. 민간 설비라고? 허블은 우주 끝을 볼 수 있소. 당신 같은 소인배는 저걸 가지고 제일 가까운 행성이나 보려는 거겠지!"

"내가 누누이 말하지 않았소? 지금은 전시라고. 전 인류를 구하기 위한 전쟁이오. 자신이 미국인이라는 건 잊어도 인간이란 건 잊지 마시오."

"흥!"

린저가 콧방귀를 뀌며 고개를 끄덕이더니 또다시 한숨을 쉬며 고개를 저었다.

"당신들은 허블 2호로 뭘 보려는 겁니까? 저걸로 삼체 행성을 볼 수 없다는 건 당신도 알고 있겠지요."

피츠로이의 입술 사이로 한숨이 비어져 나왔다.

"그것보다 더 끔찍한 건 사람들이 허블 2호로 삼체 함대를 볼 수 있을 거라 믿고 있다는 사실이오."

"오호, 그거 아주 잘됐군."

어둠에 가려 린저의 얼굴을 잘 볼 수는 없었지만 피츠로이는 그의 희희낙락하는 표정이 보이는 것 같았다. 그의 이런 반응은 공기 중을 떠다니며 코를 찌르는 냄새만큼이나 그를 괴롭게 했다. 그 매캐한 냄새는 발사대에서 날아온 것이었다.

"박사, 이 일이 어떤 부작용을 불러올지 당신도 알고 있을 거요."

"사람들이 허블 2호에 그런 기대를 품고 있다면 그들은 삼체 함대의 사진을 직접 눈으로 보고 적의 존재를 믿을 수 있는 날이 오길 기다리겠지!"

"그게 잘됐단 말이오?"

"사람들의 오해를 바로잡아주지 않았나요?"

"당연히 그러려고 했지! 기자회견을 네 번이나 열어서 허블 2호 우주망원경의 관측 능력이 기존 망원경의 수십 배나 되기는 하지만 이것으로 삼체 함대를 관측할 가능성은 없다고 설명했소! 삼체 함대는 너무 작다고 말이오! 태양계에서 우주에 떠 있는 어떤 항성의 위성을 관측하는 것은 미국 서해안에서 동해안에 켜놓은 작은 스탠드 옆의 모기를 관측하는 것과 같다고. 게다가 삼체 함대는 그 모기 다리에 붙은 세균만큼이나 작다고도 했소! 이 정도면 충분히 설명하지 않았소?"

"충분하군."

"그런데도 사람들이 황당한 믿음을 버리지 않으니 우리가 무슨 방법이 있겠소? 내가 이 자리에 있는 동안 중대한 우주 계획이라고 이름 붙인 것마다 사람들에게 착각과 헛된 기대를 심어주는 걸 수없이 봤소."

"내가 진작 말하지 않았습니까? 군대는 우주 계획이라는 걸 기본적으로 신뢰하지 않는다고."

"그들이 믿으려는 건 바로 당신이오. 그들이 당신을 제2의 칼 세이건*

이라고 부르지 않소? 당신은 우주에 관한 책 몇 권을 써서 돈도 두둑이 벌었지. 그러니 우릴 도와주시오. 이것이 군대의 뜻이오. 난 지금 박사에게 군대의 뜻을 정식으로 전달하는 것이오."

"은밀한 조건은 없습니까?"

"조건은 없소! 이것은 당신이 미국인으로서, 아니 지구인으로서 반드시 해야 할 책임이오."

"내게 관측할 수 있는 시간을 조금 더 줘요. 무리한 요구를 하진 않을 테니까. 내 관측 시간을 5분의 1로 늘리는 건 어때요?"

"지금의 8분의 1도 이미 많이 배려한 것이오. 그 비율도 언제까지 유지될 수 있을지 아무도 장담할 수 없소."

피츠로이가 발사대 쪽을 가리켰다. 로켓이 남기고 간 부연 연기가 흩어져 밤하늘이 얼룩덜룩하게 더럽혀져 있었다. 발사대에서 쏘아올린 불빛이 밤하늘을 비추자 청바지에 묻은 우유 자국처럼 보였다. 맵싸한 냄새가 바람에 실려 왔다. 로켓의 연료로 사용된 액화 수소와 액화 산소는 냄새가 나지 않지만 로켓에서 뿜어져 나온 화염에 발사대 근처에 있던 무언가가 타버린 것 같았다.

피츠로이가 말했다.

"분명히 말해두지만 모든 상황이 점점 악화될 것이오."

*

뤄지는 연단 위의 기울어진 절벽이 자신을 덮쳐 짓누르는 것 같았다.

---

* 옮긴이 주: 미국의 천문학자로, NASA에서 여러 우주선의 행성 탐사 계획에 참여했으며 전파 교신 장치로 우주 생명체와의 교신을 시도하기도 했다

그는 그 자리에서 얼어붙었고 총회장도 적막에 휩싸였다. 그의 뒤에서 낮은 목소리가 들렸다.

"뤄지 박사, 올라가시오."

뤄지는 그 소리에 반사적으로 일어나 뻣뻣한 걸음으로 연단 위로 올라갔다. 이 짧은 시간 동안 뤄지는 다시 어린 시절로 돌아간 것 같았다. 누군가 앞에서 자신을 이끌어주길 갈망했지만 아무도 손을 뻗어주지 않았다. 그는 하인스 옆에 서서 총회장을 향해 몸을 돌렸다. 수백 쌍의 눈동자가 지구상 200여 개국 60억 명을 대표하게 될 그들을 향해 쏠려 있었다.

그 후 회의에서 어떤 이야기가 오갔는지 뤄지의 귀에는 들리지 않았다. 그는 잠시 서 있다가 누군가의 안내를 받아 연단에서 내려왔고 다른 면벽자 세 사람과 함께 맨 앞줄의 한가운데에 앉았다. 그는 멍하니 앉아 있다가 면벽 프로젝트의 시작을 알리는 역사적인 순간도 놓치고 말았다.

시간이 얼마나 흘렀을까. 회의가 끝난 듯 사람들이 일어나 총회장을 빠져나갔다. 뤄지의 왼쪽에 앉아 있던 세 명의 면벽자도 자리를 떴다. 누군가─켄트인 것 같았다─그의 귓가에 대고 뭐라고 말한 뒤 빠져나갔다. 총회장은 금세 텅 비었다. 사무총장만이 연단에 서 있었다. 그녀의 자그마한 그림자가 기울어진 절벽 아래서 그를 향하고 있었다.

"뤄지 박사, 내게 물어볼 게 있을 것 같군요."

세이의 부드러운 음성이 천상의 목소리처럼 휑뎅그렁한 총회장에 메아리쳤다.

"뭔가 착오가 있는 거 아닙니까?"

뤄지의 목소리도 천상의 목소리처럼 들렸다. 그것이 자신의 목소리라는 게 믿기지 않았다.

세이가 연단 위에서 소리 내어 웃었다. '이런 일에 착오가 생길 수 있다고 생각하나요?'라고 반문하는 웃음이었다.

뤄지가 또 물었다.

"왜 접니까?"

"그건 박사께서 대답해야 할 질문인 것 같군요."

"저는 그저 평범한 사람입니다."

"이 위기 앞에서 우린 모두 평범한 사람들입니다. 하지만 누구나 책임을 짊어지고 있죠."

"아무도 제 의견을 물어보지 않았습니다. 전 이 일에 대해 아는 게 하나도 없습니다."

세이가 웃었다.

"박사의 이름이 중국어로 '로직(Logic)'이란 뜻이죠?"

"그렇습니다."

"그렇다면 이런 임무가 주어지기 전에 이 임무를 감당해야 할 사람에게 의견을 구하는 게 불가능하다는 것도 알 수 있을 텐데요."

뤄지는 세이의 말을 자세히 생각해보지도 않고 잘라 말했다.

"저는 거절하겠습니다."

"그러시죠."

뤄지의 말이 떨어지자마자 조금의 틈도 없이 대답이 따라왔다. 빠른 대답이 오히려 뤄지를 당황하게 했다. 그는 몇 초쯤 멍하니 있다가 입을 열었다.

"저는 면벽자의 자격을 포기하고 제게 부여된 모든 권력을 포기하겠습니다. 당신들이 내게 강요하는 그 어떤 책임도 감당하지 않겠습니다."

"그러시죠."

역시 간결한 대답이었다. 잠자리가 물수제비를 뜨고 지나가듯 가볍고도 빠른 대답이 뤄지의 머릿속을 하얗게 비웠다.

"그럼, 저는 가도 되겠죠?"

뤄지가 할 수 있는 말이라곤 이것뿐이었다.

"그러시죠, 뤄지 박사. 당신은 뭐든 할 수 있습니다."

뤄지가 몸을 돌려 빈 의자 사이를 지나 문으로 향했다. 면벽자의 신분과 책임을 신기하리만치 가볍게 거절했지만 해탈이나 위안 같은 건 조금도 느껴지지 않았다. 그의 의식 속을 가득 채운 것은 황망한 비현실감이었다. 이 모든 것이 아무런 논리도 찾을 수 없는 포스트모더니즘 연극 같았다.

총회장 문을 나선 뒤 고개를 돌려보니 세이는 아직도 연단에 서서 그를 지켜보고 있었다. 그녀의 몸이 거대한 절벽 아래에서 유난히 작고 연약하게 보였다. 그가 고개를 돌려 쳐다보자 그녀도 그를 향해 고개를 끄덕이며 미소 지었다.

뤄지는 몸을 돌려 계속 걸었다. 총회장 입구에 걸린, 지구의 자전을 보여주는 푸코의 진자 옆에 스창과 켄트가 서 있었다. 그들 옆으로 검은 양복을 입은 경호요원들도 보였다. 그들은 질문하는 듯한 시선으로 뤄지를 쳐다보고 있었지만, 총회장에 들어갈 때까지는 느낄 수 없었던 경외감과 존경심이 눈빛 속에 섞여 있었다. 뤄지를 자연스럽게 대하던 스창과 켄트도 마찬가지였다. 뤄지는 말없이 그들 사이를 지나쳤다. 텅 빈 로비가 나타났다. 들어올 때처럼 검은 옷을 입은 경호요원들이 그가 지나갈 때마다 무전기에 대고 낮은 소리로 뭐라고 말했다. UN 총회 빌딩 정문에 다다르자 스창과 켄트가 뤄지의 앞을 가로막았다.

스창이 물었다.

"밖은 위험해. 경호가 필요한가?"

뤄지가 전방에 시선을 고정시킨 채 대답했다.

"필요 없습니다. 비켜주세요."

"그러지. 우린 자네 말대로 해야 하니까."

스창과 켄트가 비켜주자 뤄지는 밖으로 나갔다.

선선한 밤공기가 그에게 훅 달려들었다. 하늘은 여전히 어두웠지만 환한 불빛이 모든 것을 또렷하게 비추고 있었다. 특별 UN 총회 대표들은 차를 타고 떠난 뒤였고, 광장에 있는 몇 안 되는 사람은 관광객이거나 일반 시민들이었다. 이 역사적인 회의는 언론에도 보도되지 않았으므로 그들은 뤄지가 누군지 알지 못했고 그의 등장에 신경 쓰는 사람도 없었다.

면벽자 뤄지는 그렇게 몽유병에 걸린 사람처럼 당혹스러운 현실 속을 걸었다. 이성적인 사고 능력을 상실했고 자신이 어디에서 왔으며 또 어디로 가야 하는지도 알 수 없었다. 걷다 보니 풀밭 위 어느 조각상 앞에 서 있었다. 한 남자가 망치로 검을 내리치고 있는 조각상이었다. 구소련 정부가 UN에 선물한 것으로 망치로 칼을 쳐서 쟁기로 만드는 모습이라는 것을 알고 있었다. 하지만 지금 뤄지에게는 망치와 건장한 남자, 그 밑에 구부러져 있는 검이 폭력을 암시하는 것처럼 보였다.

뤄지는 그 남자가 휘두른 망치에 가슴을 맞은 듯 엄청난 충격에 바닥으로 고꾸라졌다. 고꾸라진 몸이 바닥에 닿기도 전에 정신을 잃었다. 쇼크는 오래 지속되지 않았다. 극렬한 통증과 현기증에 그의 의식이 일부 돌아왔다. 하지만 사방에서 달려드는 손전등 불빛이 눈부셔 눈을 감아야 했다. 둥근 빛무리가 그에게서 조금 떨어졌다. 그는 자기 위로 몰려든 사람들의 얼굴을 희미하게 보았다. 현기증과 통증의 검은 안개 속에서 그 틈에 섞여 있는 스창의 얼굴을 알아볼 수 있었다. 스창의 목소리가 들렸다.

"경호가 필요한가? 우린 자네가 시키는 대로만 할 수 있어!"

뤄지는 힘없이 고개를 끄덕였고 그 뒤에는 모든 것이 번개처럼 빠르게 진행되었다. 뤄지는 누군가 자신의 몸을 들어 올리는 것을 느꼈다. 들것 위에 누워 있는 것 같았다. 사람들이 그를 겹겹이 호위했다. 사람 몸으로 쌓은 벽 사이 좁은 틈에 끼어 있는 것 같았다. 그 '틈'의 위로는 검은 밤하늘밖에 보이지 않았다. 뤄지는 자신을 에워싼 사람들의 다리 동작으로 그들이 자신을 들것에 실어 어디론가 데려가고 있다고 짐작했다. 잠시 후 '틈'이 사라지고 밤하늘 대신 불이 환하게 켜진 구급차 천장이 보였다. 입에서 비릿한 피 냄새가 나더니 갑자기 속이 메스꺼워지며 왈칵 구토가 나왔다. 옆에 있던 사람이 비닐봉지로 그의 토사물을 받았다. 피와 함께 비행기에서 먹었던 것들이 게워졌다. 구토하고 나자 누군가 산소마스크를 그의 얼굴에 씌웠다. 호흡하기가 훨씬 편해졌지만 가슴의 통증은 그대로였다. 옷의 가슴 부분이 찢기는 느낌이 들었다. 순간적으로 자기 가슴에서 선혈이 솟구치는 끔찍한 상상을 했지만 그렇지는 않은 듯했다. 사람들은 그의 가슴에 붕대를 감는 등의 응급 처치는 하지 않고 담요만 덮어주었다. 그리 오래가지 않아서 차가 멈추어 서고 뤄지가 밖으로 실려 나왔다. 밤하늘과 병원 복도의 천장이 차례로 눈앞을 지나간 뒤 응급실 천장이 보였다. CT촬영기의 붉고 가는 선이 그를 머리끝에서부터 천천히 훑었다. 그사이 의사와 간호사의 얼굴이 위에서 지나갔다. 의료진이 가슴을 검사할 때는 통증이 더욱 극렬해졌다. 눈앞이 병실 천장으로 변한 뒤에야 겨우 주위가 조용해졌다.

안경을 쓴 의사가 고개를 숙여 그를 내려다보았다.

"갈비뼈 한 대가 부러져서 경미한 내출혈이 있습니다. 심한 부상은 아니지만 내출혈이 있으니 휴식을 취해야 합니다."

뤄지는 수면제를 거부하지 않았다. 간호사의 도움으로 약을 먹은 뒤 곧바로 잠이 들었다. 꿈에서 UN 총회장의 연단 위 기울어진 절벽이 그를 향해 와르르 무너지고 '검을 쳐서 쟁기로 만드는' 남자가 그를 향해 망치를 휘둘렀다. 두 장면이 쉬지 않고 갈마들며 나타났다. 나중에는 영혼의 가장 깊은 곳에 있는 고요한 설원에 도착했다. 자그마한 오두막으로 들어가자 그가 만들어낸 이브가 벽난로 앞에서 몸을 일으켰다. 그녀는 영롱한 두 눈에 눈물이 그렁그렁 맺힌 채 그를 쳐다보았다……. 뤄지는 그때 한 번 깨었다. 자신이 흘린 눈물에 베개가 축축하게 젖어 있었다. 병실 안의 조명은 그를 위해 어둡게 맞추어져 있었다. 그녀가 옆에 없는 걸 알고 다시 잠이 들었다. 그 오두막으로 돌아가고 싶었지만 아무 꿈도 꾸지 않았다.

다시 깨어났을 때 뤄지는 자신이 아주 오랫동안 잠을 잤다는 것을 알았다. 기력이 조금 회복되었다. 가슴이 간간이 욱신거리기는 했지만 부상이 심하지 않다는 의사의 말을 믿을 수 있었다. 힘겹게 몸을 일으켰다. 옆에 있던 금발의 푸른 눈 간호사도 그를 말리지 않고 베개를 높게 돋워 그 위에 기댈 수 있도록 해주었다. 잠시 후 스창이 병실로 들어와 병상 앞에 앉았다.

"기분이 좀 어때? 나도 세 번쯤 방탄복을 입고 총에 맞아봤지. 그래도 이렇게 멀쩡하잖아."

뤄지가 힘없이 말했다.

"다스가 내 목숨을 살렸군요."

스창이 손사래를 쳤다.

"아냐. 이런 일이 일어난 것부터 우리 잘못이야. 제대로 경호하지 못했어. 우린 자네 지시에만 따를 수 있거든. 이젠 괜찮을 거야."

"그 세 사람은요?"

스창은 그가 누구를 지칭하는지 곧바로 알아들었다.

"아무 일 없어. 그 사람들은 자네처럼 혼자 밖으로 나갈 만큼 경솔하지 않으니까 말이야."

"ETO가 우릴 죽이려는 건가요?"

"그렇겠지. 범인은 체포됐어. 다행히 우리가 자네 뒤에 스네이크아이를 배치해두었거든."

"뭐라고요?"

"정밀한 레이더 시스템이야. 총알의 탄도를 분석해서 저격수의 위치를 빠르게 찾아내지. 범인의 신분도 밝혀졌어. ETO 군사 조직의 게릴라전 전문가라더군. 그들이 이런 번화가에서 대담한 범행을 저지를 줄은 예상하지 못했어. 이건 거의 자살행위나 마찬가지지."

"그를 보고 싶군요."

"누구? 범인 말이야?"

뤄지가 고개를 끄덕였다.

"알겠네. 하지만 그건 내 권한이 아니야. 난 자네의 안전을 책임지고 있을 뿐이거든. 가서 얘기해보지."

스창이 병실에서 나갔다. 그는 매우 신중했고 진지했다. 처음 만났을 때의 건들거리던 모습은 전혀 찾을 수 없었다. 뤄지는 진지한 스창에게 적응이 되지 않았다.

스창이 곧 돌아왔다.

"가능하다는군. 여기서 만나겠나, 아님 다른 데서 보겠나? 의사 말로는 일어나 걷는 데는 별문제가 없을 거래."

뤄지는 다른 데서 만나겠다며 몸을 일으켜 침대에서 내려왔다가 다시 마음을 바꾸었다. 병상에 누워 있는 모습으로 만나는 편이 자기 의도에 더 어울릴 것 같았기 때문이다. 뤄지가 다시 병상에 누웠다.

"여기서 만날게요."

"지금 이리로 오고 있으니까 잠시만 기다려. 우선 뭐 좀 먹는 게 좋겠어. 비행기에서 식사한 뒤로 아무것도 먹지 못했잖아. 먹을 걸 가져오라고 하지."

스창이 다시 밖으로 나갔다. 뤄지가 막 식사를 마쳤을 때 범인이 들어왔다. 잘생긴 유럽 청년이었다. 제일 인상적인 것은 엷게 띤 미소였다. 마치 원래 그렇게 생긴 것처럼 얼굴에서 미소가 떠나지 않았다. 수갑을 차지는 않았지만 용의자 연행을 담당한 듯한 두 사람이 의자에 앉은 그의 어깨를 누르고 있었다. 병실 문 앞에도 두 사람이 서 있었다. 뤄지는 그들의 가슴에 달린 카드에 적힌 알파벳 세 개가 그들이 속한 기관의 약칭일 거라 짐작했다. FBI나 CIA는 아니었다.

뤄지는 곧 숨이 끊어질 듯 힘겨운 표정을 지었지만 청년은 그게 연기라는 것을 대번에 간파했다.

"박사, 그렇게 위중한 상태는 아닌 것 같군요."

청년이 잇새로 말을 씹어 뱉으며 웃음을 흘렸다. 그의 얼굴에 걸렸던 미소 위로 또 다른 웃음이 얹혔지만 물 위에 떠도는 기름기처럼 순식간에 사라졌다. 그가 말했다.

"미안합니다."

뤄지가 베개 위에서 고개를 돌려 그를 쳐다보았다.

"날 죽이려 해서 미안하다는 건가요?"

"죽이지 못해서 미안하다는 겁니다. 총회에서는 방탄복을 입지 않을 줄 알았지. 목숨을 위해서라면 사소한 격식은 무시하는 사람인 줄 몰랐군요. 알았다면 철갑탄을 쓰거나 아예 당신의 머리통을 날려버렸을 텐데. 그렇다면 나는 임무를 완수하고, 당신은 이 변태적이고 비정상적인 임무에서 해방될 수 있었겠죠."

"난 이미 해방됐어요. UN 사무총장에게 면벽자의 임무를 거부하고 모든 권력과 책임을 포기하겠다고 했으니까. 물론 당신이 나를 저격할 땐 그 사실을 몰랐겠지. ETO는 훌륭한 저격수 하나를 아깝게 잃었군요."

모니터의 밝기를 높인 것처럼 청년의 입가에 매달린 미소가 더 선명해졌다.

"유머 감각이 뛰어나시군."

"뭐라고요? 내 말은 모두 사실이에요. 믿지 못하겠다면……."

"아뇨. 믿어요. 하지만 당신은 정말로 유머 감각이 뛰어나죠."

청년의 얼굴에서 또렷한 미소가 떠나지 않았다. 뤄지가 어렴풋하게 느꼈던 그 미소가 벌겋게 달궈진 인두처럼 그의 의식 속에 선명한 낙인을 찍었다. 평생토록 그에게 고통을 주려는 것처럼.

뤄지가 긴 한숨을 토하며 똑바로 누웠다. 그는 다시 입을 열지 않았다.

청년이 말했다.

"박사, 우리의 시간이 많지 않은 것 같군요. 이따위 유치한 농담이나 하려고 날 부른 건가요?"

"당신의 말을 이해할 수가 없군요."

"그렇다면 당신의 지능이 면벽자가 되기에 부족한 겁니다. 뤄지 박사, 당신은 너무 비논리적이야. 정말로 내 인생을 낭비한 것 같군."

청년은 말을 마친 뒤 자기 뒤에서 경계심을 풀지 않고 서 있는 두 사람에게 말했다.

"우린 그만 가도 될 것 같군요."

두 사람이 뤄지에게 질문하는 듯한 눈빛을 던졌다. 뤄지가 손을 흔들자 그들은 청년을 데리고 밖으로 나갔다.

뤄지가 몸을 일으켜 앉으며 청년의 말을 곱씹었다. 어쩐지 기분이 이상했다. 틀린 말인 것 같지만 어디가 틀렸는지 알 수가 없었다. 뤄지가 침대에서 내려와 두 걸음 내딛었다. 가슴의 뭉근한 통증 외에는 별문제가 없었다. 병실 문으로 다가가 문을 열고 밖을 내다보았다. 문 앞에 앉아 있던 두 사람이 벌떡 일어났다. 자동소총을 든 경호요원들이었다. 그중 한 사람이 어깨에 매단 무전기에 대고 뭐라고 속삭였다. 대낮처럼 밝은 복도는 텅 비어 있었지만 복도 끝에도 총과 실탄을 멘 경호요원 두 명이 서 있었다. 뤄지는 병실 문을 닫고 창가로 돌아와 커튼을 열었다. 밑을 내려다보니 병원 정문 앞에도 완전 무장을 한 경호요원들이 겹겹이 배치되어 있었고 카키색 군용차 두 대도 서 있었다. 흰옷을 입은 의료진 한두 명이 잰걸음으로 지나가는 것을 제외하면 다른 외부인의 모습은 보이지 않았다. 사방을 둘러보니 맞은편 건물 옥상에서 두 사람이 망원경을 들고 사방을 감시하고 있었고 그 옆에 저격소총이 설치되어 있었다. 자신이 입원해 있는 병동의 지붕에도 저격수들이 배치되어 있으리라는 걸 직감으로 알 수 있었다. 옷차림으로 볼 때 경찰이 아니라 군인들이었다. 뤄지가 스창을 불러 물었다.

"이 병원을 삼엄하게 경비하고 있죠?"

"그렇지."

"내가 경호요원들을 철수시키라고 하면 어떻게 되나요?"

"자네 지시에 따르겠지. 하지만 그러지 않는 게 좋을 거야. 지금 아주 위험해."

"다스는 어디 소속이죠? 무슨 일을 맡고 있습니까?"

"난 국가지구방위 안보부 소속이고 자네의 안전을 책임지고 있지."

"하지만 난 면벽자가 아니라 평범한 사람이에요. 생명의 위협을 받고 있다고 해도 그건 경찰의 일상적인 임무에 속해야죠. 지구방위 안보부의 특별 경호를 받을 수는 없잖아요? 게다가 내가 철수하라면 철수하고 내가 오라면 온다고요? 누가 내게 그런 권력을 부여했죠?"

스창은 고무로 된 가면을 쓴 듯 얼굴에 아무런 표정도 나타내지 않았다.

"우리도 이렇게 하도록 명령받았을 뿐이야."

"……켄트는 어디에 있어요?"

"밖에 있지."

"그를 불러줘요!"

스창이 나가자마자 켄트가 들어왔다. UN 공무원에 걸맞은 깍듯한 표정이 그의 얼굴에 다시 걸려 있었다.

"뤄지 박사, 몸이 다 회복될 때까지 기다릴 생각이었소."

"왜 여기에 계신 거죠?"

"나는 박사와 PDC 간의 일상적인 연락을 맡고 있어요."

뤄지가 버럭 외쳤다.

"하지만 난 이제 면벽자가 아닙니다! 면벽 프로젝트를 언론에 발표했습니까?"

"전 세계에 발표했소."

"내가 면벽자의 임무를 거절했다는 건요?"

"그것도 물론 기사에 포함되었지."

"뭐라고 보도됐죠?"

"아주 간단해요. '이번 특별 UN 총회가 끝난 뒤 뤄지는 면벽자의 신분과 임무를 거절하겠다고 밝혔다.'"

"그런데 왜 아직도 여기에 있습니까?"

"난 당신의 일상적인 연락을 책임지고 있소."

뤄지는 망연자실한 표정으로 켄트를 바라보았다. 스창처럼 켄트도 고무 가면을 쓴 듯 그의 얼굴에서 아무것도 읽을 수가 없었다.

"더 할 얘기가 없으면 난 나가보겠소. 편히 쉬시오. 언제든 필요하면 불러요."

켄트가 몸을 돌려 문으로 향했다. 병실 문을 열려는 그를 뤄지가 불러 세웠다.

"UN 사무총장님을 만나고 싶어요."

"면벽 프로젝트의 실무 지휘와 집행은 PDC 소관이오. 최고 책임자는 PDC의 순회의장이지. UN 사무총장과 PDC 사이에는 직접적인 상하 관계가 없소."

뤄지가 잠시 생각에 잠겼다가 다시 말했다.

"어쨌든 사무총장님을 만나겠어요. 내겐 그럴 권리가 있죠?"

"좋소. 기다리시오."

켄트가 밖으로 나갔다가 곧 다시 들어왔다.

"사무총장님께서 집무실에서 기다리고 계세요. 지금 출발할까요?"

UN 사무총장의 집무실은 UN 본부 건물의 34층에 있었다. 그곳으로 가는 동안 뤄지는 삼엄한 경호를 받았다. 뤄지는 마치 자신이 움직이는 금고에 들어가 있는 기분이었다. 집무실은 그의 예상보다 아담하고 소박했다. 똑바로 서 있는 UN 깃발이 책상 뒤 넓은 공간을 차지하고 있었다. 세이가 책상 뒤에서 돌아 나오며 뤄지를 맞이했다.

"어제 병문안을 가려고 했어요. 그런데 보시다시피……."

그녀는 서류가 잔뜩 쌓여 있는 책상을 가리켰다. 책상 주인의 개성을 보여주는 것이라고는 정교하게 만들어진 대나무 필통뿐이었다.

뤄지가 말했다.

"회의가 끝난 뒤에 사무총장님께 드렸던 말씀을 다시 한번 확인하기 위해 왔습니다."

세이는 말없이 고개를 끄덕였다.

"저는 귀국하겠습니다. 지금 제가 위험에 처했다면 뉴욕 경찰국에 신변 보호를 요청해주십시오. 저는 평범한 사람입니다. PDC는 제 안전을 지킬 의무가 없습니다."

세이가 또 고개를 끄덕였다.

"물론 가능해요. 하지만 현재의 경호를 유지할 것을 권유합니다. 뉴욕 경찰에 비해 훨씬 전문적이고 믿을 수 있어요."

"제게 솔직하게 대답해주십시오. 제가 아직도 면벽자입니까?"

세이가 책상 뒤로 돌아가 UN 깃발 아래 서서 뤄지를 향해 미소를 지었다.

"박사 생각은 어떤가요?"

그녀가 소파를 보며 뤄지에게 앉으라는 손짓을 했다.

뤄지는 세이의 얼굴에 걸린 미소가 아주 낯익었다. 자신을 저격한 그 청년의 얼굴에 걸려 있던 바로 그 미소였다. 그 후에도 뤄지를 대하는 모든 이의 얼굴과 눈동자 속에서 그 미소를 볼 수 있었다. 훗날 그 미소는 '면벽자를 향한 미소'라고 이름 붙여졌으며 모나리자의 미소나 체셔 고양이의 미소만큼이나 유명해졌다. 세이의 미소에 뤄지가 냉정을 되찾았다. 그건 UN 사무총장이 특별 UN 총회 연단 위에서 전 세계를 향해 그가 면벽자가 되었음을 선포한 이래 처음으로 찾아온 진정한 냉정함이었다. 뤄지는 천천히 소파에 앉았다. 엉덩이가 소파에 닿는 순간 모든 것이 명확해졌다.

맙소사!

바로 그 순간 뤄지는 면벽자라는 신분의 진정한 의미를 깨달았다. 세이의 말대로 이 임무를 부여하기 전에 임무를 맡게 될 사람의 의견을 묻는 건 있을 수 없는 일이다. 또 면벽자라는 사명과 신분을 일단 부여받으면 거절할 수도 포기할 수도 없다. 이런 불가능은 그 누가 강요한 것이 아니며, 면벽 프로젝트의 본질에 의해 결정된 냉혹한 논리다. 누구든 면벽자가 되면 꿰뚫어 볼 수 없는 무형의 장벽이 그와 보통 사람들의 사이를 가로막게 된다. 그 순간부터 그의 모든 행동은 면벽 프로젝트의 일부가 되는 것이다. 면벽자를 향한 미소에 담긴 이 의미처럼 말이다.

'이게 당신의 임무 수행 중 일부인지도 모르잖아요?'

뤄지는 비로소 깨달았다. 면벽자란 인류 역사상 가장 괴이한 임무이며, 그 논리가 냉혹하고 변태적이지만 프로메테우스를 묶은 쇠사슬처럼 그 무엇으로도 깰 수 없을 만큼 견고하다는 사실을 말이다. 이것은 결코 빠져나갈 수 없는 저주였다. 면벽자 자신의 힘으로는 결코 부술 수가 없다. 아무리 발버둥 쳐도 그가 하는 모든 말과 행동은 면벽자를 향한 미소 속에서 면벽 프로젝트로서의 의의를 부여받게 된다.

'이게 당신의 임무 수행 중 일부인지도 모르잖아요?'

지금껏 한 번도 느껴본 적 없는 미칠 듯한 분노가 뤄지의 마음속을 활활 태웠다. 울부짖고 싶었다. 세이와 UN의 어머니를 모욕하고, 특별 UN 총회에 참석했던 모든 대표와 PDC의 어머니를 모욕하고, 인류 전체의 어머니를 모욕하고, 삼체인의 존재하지도 않는 어머니에게 그악스러운 욕지거리를 내뱉고 싶었다. 그 자리에서 펄쩍 뛰어올라 닥치는 대로 때려 부수고 싶었다. 세이의 책상에 쌓여 있는 서류, 지구의 대나무 필통을 집어 던지고 저 파란 깃발을 갈가리 찢어버리고 싶었다……. 하지만 뤄지는 자신이 어디에 있으며 자기 앞에 있는 사람이 누구라는 것을 떠올리고는 치미는 분노를 꾹꾹 욱여 삼켰다. 벌떡 일어났던 몸을 다시 소파 속으로 깊게 파묻었다.

"왜 접니까? 다른 세 명에 비하면 저는 아무런 자격도 없습니다. 능력도 없고 경험도 없어요. 전쟁을 본 적도 없고 국가를 통치해본 적은 더더욱 없습니다. 저는 훌륭한 과학자도 아니고 여기저기서 베끼고 짜깁기한 논문으로 겨우 밥이나 빌어먹고 사는 대학교수일 뿐입니다. 될 대로 되라며 하루하루 즐기며 사는 사람입니다. 내 핏줄을 남기고 싶은 생각도 없는데 빌어먹을 인류 문명 따위에 관심이 있을 턱이 없죠……. 그런데 왜 저죠?"

두 손으로 머리를 감싼 채 이야기를 시작했던 뤄지가 마지막에는 다시 소파에서 솟구치듯 일어났다.

세이의 얼굴에서 미소가 싹 가셨다.

"솔직히 말하죠. 그 점에 대해서는 우리도 이해할 수가 없어요. 그렇기 때문에 면벽자 네 사람 가운데 당신에게 가장 적은 예산이 책정되었습니다. 당신을 선택한 건 인류 역사상 가장 큰 모험입니다."

"어쨌든 날 선택한 이유가 있을 거 아닙니까!"

"그래요. 간접적인 이유가 있죠. 진정한 이유는 아무도 모릅니다. 그건 당신이 직접 찾으세요."

"간접적인 이유는 뭔가요?"

"미안하지만 난 그걸 말해줄 권한이 없어요. 적당한 때가 되면 당신도 알게 될 거라고 믿어요."

둘 사이에서 할 수 있는 말은 다 한 것 같았다. 뤄지는 몸을 돌려 밖으로 나왔다.

문 앞까지 온 뒤에야 작별 인사를 하지 않았다는 걸 알고 걸음을 멈추고 몸을 돌렸다. 세이는 지난번 회의 때처럼 그를 보며 미소 짓고 있었다. 다른 점이 있다면 이번에는 그녀의 미소에 담긴 뜻을 읽을 수 있다는 사실이었다.

세이가 말했다.

"다시 만나게 되어 기쁘군요. 하지만 앞으로 박사의 임무는 PDC의 틀 안에서 진행될 것이며 PDC 순회의장이 책임지게 될 겁니다."

뤄지가 물었다.

"사무총장님은 제가 못 미더우시군요. 그렇죠?"

"박사를 선택한 건 큰 모험이었다고 이미 말했죠."

"사무총장님이 옳습니다."

"모험한 것이 옳다는 뜻인가요?"

"아뇨. 저를 못 미더워하시는 게 옳다는 말씀입니다."

뤄지는 작별 인사 없이 집무실을 나왔다. 그는 다시 면벽자가 되었음을 처음 알았던 그때처럼 방향 없이 걸었다. 복도 끝에서 엘리베이터를 타고 1층 로비로 내려와 UN 본부 정문을 나선 뒤 광장을 향해 걸었다. 경호요원 몇 명이 줄곧 그의 주위를 호위했다. 몇 번이나 짜증스럽게 그들을 밀어냈지만 마치 그의 몸이 자석이라도 된 양 어딜 가든 경호요원들이 그의 옆으로 들러붙었다. 이번에는 대낮이었다. 투명한 햇살이 광장 위로 쏟아져 내리고 있었다. 스창과 켄트가 다가와 빨리 실내로 돌아가거나 차에 타라고 재촉했다.

뤄지가 스창에게 말했다.

"내 평생 햇빛을 볼 수 없을 거예요. 그렇죠?"

"그렇지 않아. 경호요원들이 주변을 모두 확인했으니까 지금은 안전한 편이야. 하지만 관광객들이 많고 다들 자네가 누군지 아니까 사람들이 모여들면 좋을 게 없어. 그런 일이 없기만을 바라야지."

뤄지가 사방을 둘러보았다. 아직은 그를 알아본 사람이 없는 것 같았다.

그는 UN 본부 빌딩과 연결된 UN 총회 빌딩으로 들어갔다. 두 번째로 그 건물로 들어가는 것이다. 이번에는 목표가 분명했다. 자신이 어디로 향하고 있는지 그는 똑똑히 알고 있었다. 발코니를 지나자 영롱한 색채의 스테인드글라스 패널이 보였고 그 앞에서 오른쪽으로 꺾어지자 명상실이 나타났다. 뤄지는 명상실로 들어가 문을 닫았다. 그를 따라오던 스창, 켄트, 경호요원들을 밖에 남겨둔 채 혼자서 들어갔다.

직사각형의 철광석이 눈에 들어왔다. 그걸 보자마자 머리를 찧어 모든 걸 끝내버리고 싶은 충동을 느꼈다. 뤄지는 그 평평하고 매끄러운 돌 위에 드러누웠다. 차디찬 감촉이 그의 가슴속에서 활활 타오르고 있는 불길을 꺼트렸다. 그의 몸이 광석처럼 단단해진 것 같았다. 이유는 알 수 없었지만 순간 고등학교 물리 선생님이 냈던 사고력 문제가 떠올랐다. 어떻게 하면 대리석 침대 위에 누워서 시몬스 침대에 누운 것처럼 푹신함을 느낄 수 있을까? 이 질문의 답은 대리석 표면을 사람의 뒷모습과 똑같은 형태로 파낸 뒤 그 안에 눕는 것이다. 그러면 몸의 각 부위에 균일한 압력이 전해지기 때문에 푹신함을 느낄 수 있다. 뤄지는 두 눈을 감고 자신의 체온이 철광석을 녹여 자기 몸에 딱 맞는 요철을 만들어내는 상상을 했다. 이런 방식으로 그는 천천히 냉정함을 되찾았다. 잠시 후 그는 눈을 뜨고 특별할 것 없이 수수한 천장을 바라보았다.

명상실은 제2대 UN 사무총장인 스웨덴인 다그 함마르셸드의 제의로 만든 것이다. 그는 역사를 결정하는 UN 총회장 밖에 깊이 생각할 수 있는 장소가 있어야 한다고 생각했다. 국가 원수나 UN 대표들이 정말로 이곳에서 명상을 했는지는 알 수 없다. 하지만 1961년 비행기 사고로 사망한 함마르셸드는 훗날 이 명상실에 면벽자라는 기괴한 신분의 한 남자가 누워 있게 되리라고는 결코 예상하지 못했으리라.

뤄지는 자신이 빠져 있는 논리의 함정을 다시금 떠올리며 이 함정에서 빠져나갈 수 있는 확률이 단 1퍼센트도 없다는 사실을 확인했다.

그는 자신이 갖게 된 권력으로 관심을 돌리기로 했다. 세이의 말대로 그는 면벽자 네 사람 중 권력이 가장 약한 사람이지만, 그렇다 해도 그가 사용할 수 있는 예산은 지금 그가 상상할 수 없을 만큼 많을 것이다. 게다가 그는 돈을 사용할 때 그 누구에게도 이유를 설명할 필요가 없다. 남들이 이해할 수 없는 행동을 하는 것은 그가 맡은 가장 중요한 임무이기도 하다. 아니, 더 정확하게 말하면 최대한 남들이 오해하도록 만들어야 한다. 인류 역사상 이런 임무는 단 한 번도 없었다. 무소불위의 권력을 휘둘렀던 옛날 제왕들조차 자신의 행동을 뒷받침할 수 있는 명분이나 이유를 설명해야 했다.

이제 그에게 남은 건 이 기이한 권력뿐이다. 그러니 이 권력을 행사하지 않을 이유가 없지 않은가?

뤄지는 스스로에게 이렇게 자문하며 몸을 일으켜 철광석 위에 앉았다. 지금 자신이 해야 하는 일이 무엇인지 알 수 있었다.

그는 돌침대에서 내려와 문을 열고 PDC 의장을 만나고 싶다고 했다.

현재 PDC 순회의장인 가라닌은 우람한 몸집에 수염이 희끗희끗한 러시아인이었다. PDC 의장의 집무실은 사무총장의 집무실 바로 아래층에 있었다. 뤄지가 집무실로 들어섰을 때 그는 방금 자신을 찾아온 몇 사람을 돌려보내는 중이었다. 그들 중 절반은 군복을 입고 있었다.

"오, 뤄지 박사, 안녕하시오. 작은 사고가 있었다는 소식은 들었습니다."

"다른 면벽자 세 명은 지금 뭘 하고 있나요?"

"각자 참모진을 구성하느라 분주하지요. 박사도 서둘러 참모진을 꾸리는 게 좋을 겁니다. 처음에는 내가 고문들을 보내 협조하겠소."

"참모진은 필요 없습니다."

"그게 더 좋다면 그렇게 하세요……. 필요하다고 생각되면 언제든 꾸릴 수 있으니까요."

"종이와 펜을 빌릴 수 있을까요?"

"물론이오."

뤄지는 자기 앞에 있는 백지를 쳐다보며 물었다.

"의장님은 꿈을 꾼 적이 있습니까?"

"어떤 꿈 말인가요?"

"예를 들면 어떤 멋진 곳에 살고 있다는 환상 같은 것 말이죠."

가라닌이 쓴웃음을 지으며 고개를 저었다.

"난 어제 런던에서 돌아왔소. 비행기에서도 계속 일을 했죠. 돌아와서 두 시간도 못 자고 다시 출근을 했어요. 오늘 PDC 회의가 끝나면 또 곧장 도쿄로 가야 해요……. 쉬지 않고 돌아다니며 바쁘게 살았소. 1년에 집에 있는 시간이 석 달도 안 돼요. 이런 내가 꿈을 꾼들 무슨 의미가 있겠소?"

"제겐 꿈꾸는 곳이 있습니다. 여러 곳이죠. 그중에 제일 아름다운 곳을 골랐습니다."

뤄지가 연필로 종이에 그림을 그리기 시작했다.

"색칠할 수 없으니까 머릿속으로 상상해보세요. 여기에 눈 덮인 산이 있습니다. 조물주가 대지에 검을 꽂은 듯 아주 험한 산이죠. 지구의 송곳니 같기도 하고요. 파란 하늘을 배경으로 은백색 설산이 눈부시게 빛나고 있습니다…….”

가라닌이 그의 말을 진지하게 경청했다.

“음…… 아주 추운 곳이로군요.”

“아니요. 설산 아래는 춥지 않습니다. 아열대기후죠. 이게 제일 중요합니다! 설산 앞에 너른 호수가 펼쳐져 있습니다. 물은 하늘보다 더 푸르죠. 사모님의 눈동자처럼 말입니다…….”

“내 아내의 눈동자는 검은색이오.”

“그럼 검푸른 호수를 떠올려보세요. 호수 주위에 넓은 숲과 초원이 있습니다. 숲과 초원이 모두 있어야 합니다. 하나만 있으면 안 되죠. 설산, 호수, 숲, 초원, 이 모든 것을 다 갖추고 있어야 하고 또 이 모든 것이 자연의 순수한 상태를 유지하고 있어야 합니다. 지구상에 인류가 출현하기 전 태초의 자연을 떠올리게 할 만큼. 그 호숫가의 풀밭 위에 농장을 만드는 겁니다. 넓을 필요는 없지만 현대적인 시설이 모두 갖추어져 있어야 합니다. 건물은 클래식한 분위기든 모던한 분위기든 상관없지만 주변의 자연환경과 잘 어울려야 하고요. 부대시설도 필요합니다. 분수나 수영장 같은 것들 말이죠. 농장의 주인이 안락한 귀족 생활을 보낼 수 있어야 하니까요.”

“그곳의 주인이 누구인가요?”

“접니다.”

“거기서 뭘 하려는 건가요?”

“여생을 편히 보내려고요.”

뭐지는 가라닌이 불손한 언사를 쏟아낼 거라 예상했지만 뜻밖에도 가라닌은 진지한 표정으로 고개를 끄덕였다.

“위원회의 심의를 거쳐 즉시 처리하겠소.”

“이유가 뭔지는 묻지 않으십니까?”

가라닌이 어깨를 들썩였다.

"위원회가 면벽자에게 질의하는 건 다음의 두 가지 상황일 때뿐이오. 동원해야 할 예산의 규모가 정해진 범위를 초과했을 때, 그리고 인류의 생명을 해쳤을 때. 이 두 가지 경우를 제외한 모든 질의는 면벽 프로젝트의 기본 정신에 위배되는 것이오. 솔직히 말하면 타일러, 레이디아즈, 하인스, 세 사람은 날 실망시켰소. 지난 이틀간 그들이 하는 것을 보았소. 그들은 위대한 전략적 계획을 세웠다고 했지만 한눈에도 그들이 무엇을 하려는지 간파할 수 있었소. 그런데 당신은 그들과 다르군요. 당신이 무엇을 하려는지 이해할 수가 없소. 과연 면벽자다워요."

"이 세상에 제가 말한 그런 곳이 있다고 믿으십니까?"

가라닌은 조금 전처럼 한쪽 눈을 찡긋거리고 웃으며 OK라는 손짓을 했다.

"물론이오. 지구는 아주 넓으니까. 사실 난 이미 그런 곳을 본 적이 있지요."

"아주 잘됐군요. 제가 거기서 안락한 귀족 생활을 누리는 것도 면벽 프로젝트의 일부라는 걸 믿어주시죠."

가라닌이 엄숙한 표정으로 고개를 끄덕였다.

뤄지가 말했다.

"아, 그리고 적당한 곳을 찾더라도 제겐 그곳이 어느 대륙 어느 나라의 어디쯤인지 알려주시면 안 됩니다."

'말하지 말아요! 여기가 어딘지 말하지 말아요. 그걸 알고 나면 세상이 지도처럼 작아져버리니까요. 여기가 어딘지 몰라야 세상이 넓다고 느낄 수 있어요.'

가라닌이 또 고개를 끄덕였다. 이번에는 아주 기분이 좋아 보였다.

"뤄지 박사, 당신은 내 생각에 가장 부합하는 면벽자일 뿐 아니라 또 한 가지 마음에 드는 점이 있군요. 면벽자들이 했던 요구 중 당신의 요구가 비용이 제일 적게 든다는 거요. 적어도 지금까지는 말이오."

"아마 앞으로도 이 이상의 요구는 하지 않을 겁니다."

"그렇다면 당신은 나의 후임자들 모두에게도 은인이 될 겁니다. 돈에 관한 일은 언제나 골치가 아프니까 말이오. 조만간 실무 담당팀에서 구체적인 사항에 대해 직접 문의할 겁니다. 아마도 집에 관한 사항이 대부분일 것 같군요."

"아, 참, 아주 중요한 걸 빠뜨렸군요."

"그게 뭐죠?"

뤄지가 가라닌처럼 한쪽 눈을 찡긋거리며 웃었다.

"벽난로가 있어야 한다는 겁니다."

*

아버지의 장례식이 끝난 뒤 장베이하이는 우웨와 함께 새로운 항공모함이 건조되고 있는 독을 다시 찾았다. 당호 건조가 완전히 중단되어 용접 불꽃을 볼 수 없었다. 정오의 햇빛이 비추었지만 거대한 함체에서는 한 가닥의 생기도 느낄 수 없었다. 낡고 쇠미하다는 느낌 외에 아무것도 없었다.

장베이하이가 말했다.

"이것도 죽었군."

"자네 아버지는 해군에서 가장 영민한 장군이셨어. 살아 계셨다면 나도 이렇게 깊은 슬럼프에 빠지지는 않았을 텐데."

"자네의 패배주의는 그 바탕에 이성이 깔려 있지. 자네를 진정으로 일으켜줄 수 있는 사람은 없어. 우웨, 난 자네에게 사과를 하러 온 게 아니야. 이번 일로 자네가 날 원망하지 않는다는 걸 알아."

"오히려 고마워해야지. 베이하이, 자네 덕분에 마음이 편해졌어."

"자넨 이제 해군으로 돌아갈 수 있어. 해군에서 근무하는 편이 자네에게 더 나을 거야."

우웨가 천천히 고개를 저었다.

"전역을 신청했네. 해군으로 돌아가면 뭐 하겠나? 기존의 구축함과 호위함 건조 작업이 전부 중단됐으니 함정에서 내가 있을 자리도 없어. 함대 사령부에 가서 사무실에 앉아 있느니 관두는 편이 낫지. 나는 군인으로서도 자격 미달이야. 승산 있는 전쟁만을 원하는 군인을 어떻게 진정한 군인이라고 할 수 있겠나."

"이 전쟁에 패배하든 승리하든 어차피 우린 결과를 볼 수가 없어."

"하지만 자넨 승리에 대한 신념이 있잖아. 난 자네가 부럽네. 질투가 날 만큼. 이런 상황에서도 신념을 가질 수 있다는 건 군인에게 가장 큰 행복이야. 역시 장 장군님의 아들다워."

"그럼, 이제 뭘 할 생각이야?"

"모르겠어. 내 인생이 끝난 것 같아. 출항도 못 해보고 끝난 저 배처럼 말이야."

우웨가 멀리 있는 당호를 가리켰다.

독에서 묵직한 울림이 밀려왔다. 당호가 천천히 움직이고 있었다. 독을 비우기 위해 건조가 중단된 당호를 처음 물에 띄우는 것이다. 이제 당호는 다른 독으로 옮겨져 해체 작업이 시작될 것이다. 당호의 비죽한 뱃머리가 수면을 가르는 것을 지켜보며 장베이하이와 우웨는 비로소 그 거대한 함체에서 한 줌 생기를 느꼈다. 당호가 일으킨 물결에 항구에 정박해 있던 다른 배들이 경례를 하듯 위아래로 출렁였다. 당호는 천천히 바다의 품을 느끼며 앞으로 나아갔다. 이 거대한 배도 미완의 짧은 생애 중 적어도 한 번은 바다와 접촉해본 셈이다.

*

가상의 삼체 세계는 깜깜한 한밤중이었다. 성긴 별빛 외에 모든 것이 먹물 같은 어둠 속에 잠겨 있었다. 황야와 하늘이 한 덩어리가 되어 지평선조차 구분할 수 없었다.

누군가의 외침이 들렸다.

"관리자, 항세기로 돌려! 회의해야 하는 걸 모르나?"

관리자의 목소리는 하늘에서 내려오는 것 같았다.

"그건 제가 할 수 없습니다. 시대는 핵심 모델에 따라 무작위로 운행됩니다. 외부에서 설정할 수 없습니다."

어둠 속에서 또 다른 목소리가 들렸다.

"시간을 빨리 돌려서 안정된 낮 시간을 찾아봐! 아주 길지 않아도 돼!"

세계가 빠르게 번쩍이기 시작했다. 태양이 빠르게 상공을 가르고 지나가더니 시간의 흐름이 곧 정상을 되찾았다. 안정된 태양이 세계를 비추었다.

관리자의 목소리가 들렸다.

"이제 됐습니다. 얼마나 지속될지는 저도 모릅니다."

햇빛이 황야 위의 사람들을 비추었다. 주 문왕, 뉴턴, 폰 노이만, 아리스토텔레스, 묵자, 공자, 아인슈타인 등 낯익은 얼굴들이었다. 그들은 진시황을 향해 드문드문 서 있었고 진시황은 기다란 검을 어깨에 메고 바위 위에 서 있었다.

진시황이 말했다.

"나는 한 사람이 아니다. 핵심 지도부 일곱 명이 말을 하고 있는 것이다."

"여기서 새로운 지도부에 대해 말하지 마십시오. 아직 최종적으로 확정된 일도 아니잖습니까."

누군가의 말에 다른 이들도 동요했다.

진시황이 힘들게 검을 들어 올렸다.

"좋다. 지도권에 대한 논쟁은 일단 미뤄두고 더 급한 일부터 처리하겠다. 다들 알고 있듯이 면벽 프로젝트가 시작되었다. 인간들이 개인의 폐쇄적인 전략적 사고를 통해 지자의 감시에 저항하려 하고 있다. 사고가 투명한 주는 그 미로를 무너뜨릴 수가 없다. 인류는 이 계획을 통해 주도권을 되찾으려 하고 있다. 면벽자 네 명이 동시에 주를 위협하고 있다. 지난번 오프라인 회의의 결의에 따라 우리도 즉시 파벽 프로젝트를 개시해야 한다."

이 말에는 아무도 이의를 제기하지 않았다.

진시황이 말을 이었다.

"각각의 면벽자에게 파벽자를 한 명씩 지정할 것이다. 면벽자와 마찬가지로 파벽자도 조직 내의 모든 자원을 사용할 권리가 있다. 하지만 그대들의 가장 큰 자원은 바로 지자다. 지자들이 면벽자의 일거수일투족을 그대들에게 빠짐없이 보고할 것이다. 유일한 비밀은 그들의 생각뿐이다. 파벽자의 임무는 지자의 협조를 받아 면벽자의 공개적이거나 비밀스러운 행동을 분석해 그들의 진정한 의도를 알아내는 것이다. 다음은 지도부가 지목한 파벽자를 발표하겠다."

진시황이 기사의 작위를 수여하듯 장검을 앞으로 뻗어 폰 노이만의 어깨 위에 올렸다.

"그대는 파벽자 1호로서 프레드릭 타일러를 맡는다."

폰 노이만이 한쪽 무릎을 굽히고 앉아 왼손을 오른쪽 어깨에 올렸다.

"명령을 받들겠나이다."

진시황이 묵자의 어깨에 장검을 올렸다.

"그대는 파벽자 2호로서 마누엘 레이디아즈를 맡는다."

묵자는 무릎을 굽히지 않고 허리를 곧게 펴고 선 채로 오만한 투로 말했다.

"내가 제일 먼저 파벽에 성공할 겁니다."

다음으로 장검이 아리스토텔레스의 어깨 위에 얹어졌다.

"그대는 파벽자 3호다. 빌 하인스를 맡으라."

아리스토텔레스도 무릎을 꿇지 않고 긴 옷을 툭툭 털며 예상하고 있었다는 듯 말했다.

"나 말고 또 누가 그의 파벽자가 될 수 있겠습니까?"

진시황이 장검을 다시 어깨에 메고 모두를 둘러보며 말했다.

"파벽자가 모두 정해졌다. 면벽자와 마찬가지로 그대들도 엘리트 중의 엘리트다. 주가 그대들과 함께 있을지어다! 그대들도 동면에 들어가 면벽자와 함께 기나긴 종말의 여행을 시작하게 될 것이다."

아리스토텔레스가 말했다.

"동면은 필요 없습니다. 우린 정상적으로 일생을 다 마치기 전에 파벽의 임무를 완수할 테니까요."

묵자도 고개를 끄덕였다.

"파벽에 성공하면 직접 나의 면벽자를 찾아가 그의 정신이 고통과 절망 속에서 붕괴되는 모습을 지켜볼 것입니다. 그것만으로도 내 여생을 바칠 가치가 충분합니다."

파벽자 세 명 모두 마지막 파벽의 순간에 자신이 맡은 면벽자를 찾아갈 것이라고 했다.

폰 노이만이 말했다.

"우리는 인간이 지자 앞에서 지킬 수 있는 마지막 비밀을 캐낼 것입니다. 이것은 우리가 주를 위해 할 수 있는 최후의 일입니다. 이 임무를 완수하고 나면 우리도 존재할 필요가 없지요."

그때 누군가 물었다.

"뤄지의 파벽자는 누구죠?"

이 말이 진시황의 마음속 무언가를 건드린 것 같았다. 진시황은 장검으로 땅을 짚고 깊은 생각에 잠겼다. 그때 하늘에 있던 태양이 갑자기 빠르게 서쪽으로 움직이기 시작했다. 모두의 그림자가 길게 늘어졌다. 하늘 가장자리에서 절반쯤 내려온 태양이 별안간 방향을 바꾸어 지평선을 따라 위아래로 출렁였다. 금빛 찬란한 고래 등이 검은 바다에서 뛰어오르는 것 같았다. 너른 황야와 몇 사람들뿐인 이 단순한 세계에 빛과 어둠이 갈마들며 나타났다.

　진시황이 말했다.

　"뤄지의 파벽자는 바로 그 자신이다. 그는 자신이 주에게 어떤 위협을 미치는지 스스로 찾아내야 한다."

　누군가 물었다.

　"그가 주에게 어떤 위협을 미치는지 우리가 알고 있습니까?"

　"우리는 모르지만 주는 알고 계시다. 에번스도 알았다. 에번스가 주에게 그 비밀을 감추는 법을 가르쳐주었지. 그러나 그가 죽었으므로 우리는 알 수가 없다."

　누군가 조심스럽게 물었다.

　"모든 면벽자 가운데 가장 위험한 자가 뤄지입니까?"

　진시황이 고개를 들어 검푸르게 변해가는 하늘로 시선을 던졌다.

　"그건 우리도 모른다. 한 가지 분명한 건 면벽자 네 명 중 오직 그만이 주와 직접 대결할 거란 사실이다."

*

　우주군 정치부 회의.

　개회를 선언한 뒤 창웨이쓰는 한참 동안이나 침묵했다. 지금까지 한 번도 없었던 일이었다. 그의 시선이 회의 탁자 좌우에 앉은 정치부 장교들 사이를 지나 먼 곳 어딘가에 고정되어 있었다. 손에 든 펜 끝으로 책상을 똑똑 두드리는 소리가 생각의 걸음 소리 같았다. 한참 뒤 그가 깊은 생각에서 깨어났다.

"동지들, 어제 군사위원회의 명령이 발표되었다. 내가 우주군 정치부 주임을 겸임하게 되었다. 일주일 전에 임명받았지만 동지들과 함께 앉아 있는 지금에서야 복잡한 마음이 드는군. 내 앞에 있는 동지들이 우주군에서 가장 힘든 임무를 맡은 이들이라는 사실을 새삼 깨달았다. 나도 이제 자네들과 한배를 탔다. 지금까지 이 사실을 실감하지 못하고 있었던 것을 사과한다."

창웨이쓰가 자기 앞에 놓인 서류를 손으로 밀며 다시 말했다.

"동지들과 허심탄회한 대화를 나누고 싶다. 이건 회의 기록에 넣지 않을 것이다. 우리 모두 삼체인이 되어 자신의 생각을 모두에게 보여준다고 상상해도 좋다. 이건 앞으로 우리의 임무 수행에 있어서 매우 중요한 일이라는 걸 알아주길 바란다."

창웨이쓰의 시선이 장교들 한 명 한 명의 얼굴에 일이 초간 머물렀다. 모두들 깊이 침묵할 뿐 아무도 말을 꺼내지 않았다. 창웨이쓰가 일어나 엄숙하게 앉아 있는 장교들의 등 뒤로 회의 탁자를 빙 돌았다.

"미래에 있을 전쟁에 대한 필승의 신념을 부대 내에 확립시키는 것이 바로 우리의 임무다. 그런데 우리 스스로 그런 신념을 갖고 있는가? 누가 손을 들고 얘기해보지. 단, 솔직하게 말해야 한다."

아무도 손을 들지 않았다. 거의 모든 이의 시선이 책상 언저리에 머물렀다. 유일하게 흔들림 없이 전방을 똑바로 응시하고 있는 사람이 있었다. 바로 장베이하이였다.

창웨이쓰가 말했다.

"그렇다면 승리할 가능성은 있다고 생각하나? 여기서 가능성이란 우연이 발생할 미미한 퍼센트의 확률을 의미하는 것이 아니라 진정한 의미의 가능성이다."

장베이하이가 손을 들었다. 유일하게 손을 든 사람이기도 했다.

창웨이쓰가 말했다.

"우선 동지들의 솔직함에 감사를 표한다."

창웨이쓰가 장베이하이에게로 시선을 옮겼다.

"장베이하이 동지, 훌륭하군. 어떻게 그런 신념을 확립했는지 말해보게."

장베이하이가 일어나자 창웨이쓰가 그에게 앉으라는 눈짓을 했다.

"이건 정식 회의가 아니라 솔직한 대화의 자리다."

하지만 장베이하이는 그대로 선 채 이야기를 시작했다.

"한두 마디로 간단하게 설명할 수 있는 게 아닙니다. 신념을 확립하는 건 아주 길고 복잡한 과정입니다. 저는 우선 현재 부대 내에 퍼져 있는 잘못된 사상을 지적하고자 합니다. 모두가 알고 있듯이 삼체 위기가 닥치기 전 우리는 과학적이고 이성적인 마음가짐으로 미래의 전쟁을 전망했습니다. 그때의 사고방식이 지금까지도 이어지고 있습니다. 지금의 우주군은 특히 더 그렇습니다. 학자와 과학자들이 영입되면서 그런 분위기가 더 팽배하게 되었습니다. 이런 사고방식으로 400년 뒤 우주 전쟁을 내다본다면 승리에 대한 신념을 가질 수 없습니다."

한 대령이 말했다.

"장베이하이 동지의 말은 참으로 이상하군. 과학과 이성을 바탕으로 해서는 승리에 대한 굳은 신념이 생겨날 수 없다? 객관적인 사실에 기초한 신념이야말로 바위처럼 굳은 게 아닌가?"

"우선 과학과 이성을 새롭게 인식해야 합니다. 그건 단지 우리의 과학과 이성일 뿐입니다. 삼체 문명 앞에서 우리의 과학은 바닷가에서 조개껍데기를 줍는 아이 수준이죠. 진리의 바닥에 가까이 다가가본 적도 없습니다. 그러므로 우리가 알고 있는 과학과 이성은 객관적인 것이 아닙니다. 과학과 이성을 배제하고 사물의 발전과 변화에 주목해야 합니다. 기술결정론이나 기계적유물론에 휩싸여 암담한 미래를 전망해서는 안 됩니다."

"훌륭하군."

창웨이쓰가 고개를 끄덕이며 계속 이야기하라고 손짓을 했다.

"승리에 대한 신념을 확립하는 것은 군대의 책임이자 존엄성의 전제 조건입니다! 우리 군은 극한의 고난 속에서 강적을 맞이한 경험이 있습니다. 당시 우리 군은 조국과 인민에 대한 책임감을 승리에 대한 신념으로 승화시켰습니다. 이제는 전 인류와 지구 문명에 대한 책임감이 그 신념을 지탱하는 원동력이 될 것입니다."

한 장교가 말허리를 잘랐다.

"하지만 군대의 사상 공작을 수행할 수 있는 구체적인 방법이 있습니까? 우주군은 성분이 아주 복잡하기 때문에 부대에 대한 사상 공작도 복잡하고 힘들 수밖에 없습니다."

장베이하이가 대답했다.

"우선 정신 상태를 바꾸는 일부터 시작해야 합니다. 지난주에 제가 우주군에 막 편입된 공군과 해군 항공병 부대를 조사해보니 일상 훈련이 느슨하고 군기도 점점 해이해지고 있었습니다. 어제는 전체가 하복으로 바꾸어 입는 날이었습니다. 그런데도 본부에서 여전히 동복을 입고 있는 군인들이 많았습니다. 이런 정신 상태를 서둘러 바꾸어야 합니다. 지금의 우주군은 군대가 아니라 과학원에 가깝습니다. 물론 우주군이 군사과학원으로서의 임무를 가지고 있음을 부인할 수는 없지만 그보다 먼저 자신이 군인임을 인식해야 합니다. 그것도 전시 상태에 있는 군인 말입니다!"

그사이 자기 자리로 돌아가 앉아 있던 창웨이쓰가 말했다.

"모두들 고맙다. 앞으로도 이렇게 허심탄회한 대화를 나눌 수 있기를 바란다. 이제 본격적으로 회의를 시작하겠다."

창웨이쓰가 고개를 들자 장베이하이와 시선이 마주쳤다. 침착하면서도 굳은 그의 눈동자 위로 한 가닥 위로가 흘렀다.

'장베이하이, 자네가 신념을 가지고 있다는 걸 알고 있네. 그런 아버지 밑에서 자란 자네에게 신념이 없을 리 없지. 하지만 이 일은 자네의 말처럼 단순하지가 않아. 자네의 신념이 어떻게 확립되었는지 모르겠군. 어쩌면 그 신념에 어떤 다른 것들이 포함되어 있는지도 모르지. 자네 아버지처럼 말이야. 난 그분을 존경했고 그분에게 감탄했지만 결국에는 그분의 진심을 들여다볼 수 없었다네.'

창웨이쓰가 앞에 있는 서류를 펼쳤다.

"우주 전쟁 이론에 대한 연구가 시작되자마자 문제에 봉착했다. 우주 전쟁에 관한 연구는 기술 발전이 바탕이 되어야 하지만 기초 연구가 막 시작되었으니 기술 발전이 언제 이루어질지 기약이 없다. 이 사실을 인식하고 연구 계획을 수정했다. 단순히 우주 전쟁 이론을 연구하던 방식을 바꾸어 인류 사회가 미래에 도달할 수 있는 각각의 수준에 맞추어 세 부분으로 나누어 연구를 실시할 것이다. 이를 저기술 전략, 중기술 전략, 고기술 전략이라고 부른다.

현재 이 세 가지 수준을 구분하는 작업이 진행되고 있다. 분야에 따라 다양한 지표들이 있겠지만 가장 핵심이 되는 지표는 1만 톤급 우주선의 속도와 항해 범위가 될 것이다.

저기술 수준이란 우주선의 속도가 제3우주속도*의 약 50배, 즉 약 초속

* 옮긴이 주:로켓이 태양의 인력을 벗어나 태양계 밖으로 탈출하는 데 필요한 최소 속도로 초속 16.7킬로미터다.

800킬로미터이고 우주선이 환경 제어 생활 지원 시스템을 갖추지 못한 상태다. 이 수준에서는 우주선의 작전 반경이 태양계 내부로 제한된다. 다시 말해, 해왕성 궤도인 30천문단위* 이내에서만 작전이 가능하다.

중기술 수준이란 우주선의 속도가 제3우주속도의 약 300배, 즉 약 초속 4800킬로미터이고 우주선에 환경 제어 생활 지원 시스템이 일부 갖추어진 상태다. 이 수준에서는 우주선의 작전 반경이 카이퍼 벨트** 밖으로 확장되어 태양을 중심으로 1000천문단위 이내에서 작전할 수 있다.

고기술 수준이란 우주선의 속도가 제3우주속도의 약 1000배인 초속 16000킬로미터이고 우주선에 환경 제어 생활 지원 시스템이 완전하게 갖추어진 상태다. 이 수준에서는 우주선의 작전 반경이 오르트 구름***까지 확대되며 초보적인 항성 간 항해 능력을 갖추게 된다.

패배주의는 우주군의 역량을 억누르는 가장 큰 장애물이다. 따라서 우주군의 정치사상 공작자들은 중대한 사명을 맡고 있다. 우주군 정치부가 우주 전쟁 이론 연구에 참여해 패배주의를 몰아내고 옳은 방향으로 연구가 이루어질 수 있도록 할 것이다.

오늘 회의에 참석한 동지들은 모두 우주 전쟁 이론팀에 배치될 것이다. 세 개 이론 연구 분과에 겹치는 부분이 있기는 하지만 연구기관은 서로 독립적인 지위를 갖게 된다. 세 기관의 명칭은 저기술 전략연구소, 중기술 전략연구소, 고기술 전략연구소가 될 것이다. 오늘 이 회의는 동지들의 의견을 듣기 위한 자리다. 각자 원하는 분과를 이야기하도록."

회의에 참석한 정치부 장교 32명 가운데 24명이 저기술 전략연구소, 일

---

* 옮긴이 주: 태양계 내 천체의 거리를 나타내는 단위로, 지구와 태양의 거리를 1천문단위로 한다.
** 태양에서 약 30~100천문단위 떨어져 있다.
*** 태양계를 둘러싼 공 모양의 천체군으로, 비활동성 혜성으로 가득 차 있다.

곱 명이 중기술 전략연구소를 선택했으며, 고기술 전략연구소를 선택한 사람은 장베이하이뿐이었다.

"베이하이 동지는 공상과학소설 마니아가 되기로 결심했나?"

누군가의 말에 모두들 웃음을 터뜨렸다.

"고기술 전략만이 유일하게 승리할 가능성이 있다고 생각합니다. 이 기술 수준에 도달해야만 인류가 지구 및 태양계 방위 시스템을 구축할 수 있을 겁니다."

"현재 제어 핵융합 기술조차 완전히 갖추지 못했는데 1만 톤급 우주선의 속력을 광속의 5퍼센트 수준까지 끌어 올릴 수 있겠소? 그 거대한 함체가 현재 인류가 가진 트럭만 한 크기의 우주선보다 1000배나 빠르게 달릴 수 있다고요? 하하! 그건 공상과학소설 축에도 끼지 못하는 망상이겠지."

"아직 400년이 더 남아 있습니다. 원대한 안목을 가지고 내다봐야 합니다."

"하지만 물리학 기초 이론은 더 이상 발전할 수가 없소."

장베이하이도 물러서지 않았다.

"기존에 정립되어 있는 이론만으로도 응용할 수 있는 잠재력이 무궁무진합니다. 현재의 가장 큰 문제는 과학계의 연구 전략입니다. 저기술 연구에 너무 많은 비용과 시간을 낭비하고 있습니다. 로켓 엔진을 예로 들어보죠. 핵분열 엔진은 개발할 필요가 없습니다. 그런데도 여전히 막대한 비용을 쏟아붓고 있죠. 심지어 차세대 화학 엔진을 개발하는 데 엄청난 돈을 투입하고 있습니다! 지금은 핵융합 엔진 연구에 모든 역량을 집중시켜야 합니다. 작동 유체형은 건너뛰고 무작동 유체형 핵융합 엔진*을 개발해야 합니다. 다른 분야에도 마찬가지입니다. 폐쇄형 생태 시스템도 그중 하나입니다. 폐쇄형 생태 시스템은 항성 간 우주선에 필요한 기술이자 물리학 기초 이론에 대한 의존도가 낮은 분야지만 현재 연구가 적극적으로 이루어지지 않고 있습니다."

창웨이쓰가 말했다.

"장베이하이 동지가 중요한 문제를 언급했군. 현재 군대와 과학계가 각자 맡은 분야의 일을 추진하기에도 바빠서 상호 소통이 부족한 것이 사실이다. 다행히 양측 모두 이 문제를 인식해 군대와 과학계가 공동 참여하는 연석회의를 구성하고 전문 기구를 설치해 상호교류를 확대하려 하고 있다. 또한 우리도 각 연구 분야에 군 측 대표를 파견하고 과학자들을 우주 전쟁 이론 연구에 대거 투입시킬 계획이다. 기술이 발전하기만을 기다리고 있을 수는 없다. 자체적으로 전략을 수립해 각 분야의 연구를 추진해야 한다. 그리고 또 한 가지 문제가 있다. 바로 우주군과 면벽자의 관계다."

한 장교가 반문했다.

"면벽자라고요? 그들이 우주군까지 간섭합니까?"

"아직 그런 조짐은 나타나지 않았다. 타일러가 우주군을 시찰하고 싶다고 제안한 걸 제외하면 말이지. 하지만 그들이 우주군에 대해서도 어느 정도 권력을 가지고 있다는 것을 잊어서는 안 된다. 만약 그들이 정말로 우주군에 간섭한다면 우리의 임무 수행에 예상치 못한 복병이 될 수도 있다. 그런 상황이 발생할 경우 면벽 프로젝트와 주력 방어 전략 간의 균형을 유지할 수 있도록 심리적인 준비가 필요하다."

회의가 끝난 뒤 창웨이쓰 혼자 텅 빈 회의실에 우두커니 앉아 담배를 피웠다. 희푸른 담배 연기가 창문으로 비껴 들어온 햇빛과 섞여 불타오르

---

* 작동 유체형 핵융합 엔진은 화학 로켓과 비슷하게 핵융합에너지를 이용해 질량을 가진 작동 유체를 움직이게 함으로써 역추력을 통해 우주선을 추진한다. 반면 무작동 유체형 핵융합 엔진은 핵융합 복사에너지로 직접 우주선을 추진한다. 전자는 우주신에 작동 유체를 답재해야 하기 때문에 장거리 항해에서 오랫동안 가속이나 감속을 해야 하는 경우 작동 유체가 너무 많이 필요하다는 단점이 있다. 이 때문에 작동 유체형 엔진으로는 행성 간 항해가 불가능하다.

는 것 같았다.

'어쨌든 모든 게 시작됐어.'

*

이런 기분은 처음이었다. 뤄지는 꿈이 현실이 된다는 말을 실감했다. 실은 가라닌의 호언장담이 그의 허풍이라고 생각했다. 원시 상태의 자연을 간직한 아름다운 곳을 찾을 수는 있겠지만 자신이 상상하는 곳과는 큰 차이가 있을 거라 예상했다. 그런데 헬리콥터에서 내리는 순간 그는 꿈속에 들어온 것 같았다. 멀리 보이는 설산, 바로 눈앞에 펼쳐진 호수, 호숫가 옆의 풀밭과 숲. 게다가 위치도 그가 가라닌에게 그려준 것과 똑같았다. 뤄지의 말대로 상상을 초월할 만큼 자연 본연의 모습을 유지하고 있었다. 동화 속에서 막 옮겨 온 듯 달콤한 향기가 상쾌한 바람에 실려 오고 태양마저도 자신의 빛 중 가장 부드럽고 아름다운 부분을 조심스럽게 얹어주고 있었다. 가장 불가사의한 것은 호숫가에 정말로 자그마한 농장이 있고 그 한가운데 별장이 지어져 있다는 사실이었다. 그와 동행한 켄트는 별장 건물이 19세기 중엽에 지어진 것이라고 했지만 세월이 남긴 흔적도 주변 환경과 절묘한 조화를 이루어 낡았다는 느낌은 전혀 들지 않았다.

켄트가 말했다.

"놀랄 거 없소. 때로는 꿈에서 실제로 존재하는 곳을 보기도 하니까."

뤄지가 물었다.

"이 주변에 사람이 사나요?"

"반경 5킬로미터 내에는 아무도 살지 않아요. 더 나가면 작은 마을이 드문드문 있죠."

뤄지는 북유럽일 거라고 짐작했지만 묻지 않았다.

켄트가 뤼지를 데리고 별장으로 들어갔다. 널찍한 유럽식 거실로 들어가자 벽난로가 제일 처음 눈에 들어왔다. 그 옆으로 과실수 장작이 가지런히 쌓여 싱그러운 향을 풍기고 있었다.

"별장의 원래 주인이 안부를 전해달라더군. 면벽자가 이 집에 살게 된다니 영광이라고 했어요."

켄트는 이 농장 안에 뤼지가 요구했던 몇 가지 시설 외에도 아주 많은 것이 있다고 말해주었다. 설산으로 산책하러 갈 때 말을 타고 갈 수 있도록 마구간에 말 10필이 있었고, 테니스장, 골프장, 술 창고가 갖추어져 있었으며, 호수에는 모터보트와 작은 요트 몇 척이 준비되어 있었다. 겉에서 보기엔 고풍스러운 별장이었지만 내부는 현대식으로 꾸며져 있었다. 각 방마다 컴퓨터가 있었고, 초고속 케이블, 위성 텔레비전 등이 완벽하게 설치되어 있었으며 디지털 영화 감상실도 있었다. 뤼지를 태운 헬리콥터가 내린 이착륙장도 임시로 만든 것이 아니라 이미 만들어져 있던 정식 이착륙장이었다.

"돈 많은 사람이 살던 곳이죠?"

"돈만 많은 사람은 아니죠. 자기 신분을 밝히기를 원치 않는다고 했어요. 박사도 이름만 들어도 알 법한 사람이에요……. 이곳을 UN에 기증했소. 록펠러가 기증한 땅보다도 더 넓답니다. 그 덕분에 현재 이 땅과 모든 부동산은 UN 소유이고 박사는 이곳에 거주할 권리만 있어요. 하지만 박사도 많은 걸 얻었소. 주인이 떠나면서 자기 물건을 전부 놓고 갔으니 말이에요. 이 별장 안에 있는 모든 것을 박사에게 주겠다는군요. 다른 건 관두고 이 그림 몇 점만 해도 값이 꽤 나갈 거요."

켄트가 뤼지를 데리고 다니며 별장의 모든 방을 구경시켜주었다. 뤼지는 별장 주인의 비범한 안목을 느낄 수 있었다. 각 방마다 고상하고 아늑한 분위기로 꾸며져 있었고 서재에 있는 책들 중 상당수가 라틴어로 된

고서들이었다. 방에 걸린 그림들은 대부분 모더니즘 화풍이었지만 클래식한 분위기의 방과 이질감 없이 썩 잘 어울렸다. 특히 뤄지는 이곳에 풍경화가 하나도 없다는 사실을 깨달았다. 그건 의도적인 인테리어였다. 주변이 에덴동산만큼 아름다운 이곳에 풍경화를 걸어놓는 건 바다에 물 한 동이를 붓는 것만큼이나 불필요한 일일 것이다.

거실로 돌아온 뤄지는 벽난로 앞에 놓인 안락한 흔들의자에 앉았다. 손을 뻗는데 의자 옆에 있는 작은 테이블 위에서 뭔가가 만져졌다. 담뱃대였다. 유럽식 담뱃대에서는 거의 볼 수 없는 길고 가는 자루가 달려 있었다. 유한계급이 실내에서 쓰는 담뱃대였다. 뤄지는 벽에 군데군데 난 희고 네모난 흔적을 둘러보며 그 자리에 무엇이 걸려 있었을까 상상했다.

그때 켄트가 몇 사람을 데리고 들어와 뤄지에게 소개했다. 집사, 주방장, 운전사, 마부, 보트 운전사 등등 예전 주인이 데리고 있던 사람들이었다. 그들이 돌아가고 나자 켄트는 그곳의 보안을 책임진 평상복 차림의 중령을 소개해주었다. 그가 돌아간 뒤 뤄지는 켄트에게 스창이 어디에 있느냐고 물었다.

"박사의 경호 임무를 마치고 아마 귀국했을 거요."

"저 중령 대신 그를 데려오세요. 경호 임무에는 그가 더 적격인 것 같군요."

"나도 그렇게 생각하오. 그런데 영어를 못해서 일하기가 불편할 거예요."

"경호요원들을 모두 중국인으로 교체하면 되잖아요."

켄트가 즉시 그의 요구대로 처리하겠다며 밖으로 나갔다.

뤄지는 별장을 나섰다. 정성스레 가꾸어놓은 풀밭을 가로질러 호수 위로 이어진 잔교로 접어들었다. 그는 잔교 끝에서 난간을 손으로 짚고 거울 같은 수면 위에 거꾸로 비친 설산을 들여다보았다. 달콤한 공기와 찬연한 햇살이 땅과 하늘 사이를 가득 채우고 있었다.

뤄지가 혼잣말로 중얼거렸다.

'지금 이 모든 걸 누리고 있는데 400년 뒤 세상 따위 알게 뭐람? 면벽 프로젝트는 얼어 죽을!'

*

단말기 앞에 있던 연구원이 나지막이 뇌까렸다.

"이 개자식을 어째서 여기까지 들여보낸 거야?"

옆에 있던 또 다른 연구원이 속삭였다.

"면벽자니까 들어올 권리가 있지."

로스앨러모스 국립연구소의 소장 앨런 박사가 컴퓨터 사이를 오가며 레이디아즈에게 연구실을 구경시켜주고 있었다.

"워낙 평범해서 보실 게 별로 없습니다. 대통령님을 실망시켜드린 것 같군요."

"난 이제 대통령이 아니오."

레이디아즈가 정색하며 사방을 둘러보았다.

"여긴 핵무기 시뮬레이션센터 중 한 곳입니다. 이런 센터가 로스앨러모스에 네 개, 로렌스리버모어에 세 개 더 있죠."

레이디아즈는 조금은 특별해 보이는 물건 두 가지를 발견했다. 아주 커다란 모니터와 정교한 손잡이가 빽빽하게 달린 제어반이었다. 두 가지 모두 새것 같았다. 가까이 다가가 자세히 들여다보려는데 앨런이 가볍게 그를 끌어당겼다.

"게임기입니다. 여기 단말기와 컴퓨터는 게임을 할 수가 없어서 말이죠. 휴식 시간에 게임을 하려고 가져다 놓은 겁니다."

범상치 않아 보이는 두 가지 장비가 또다시 레이디아즈의 시야에 들어왔다. 복잡한 내부 구조가 들여다보이는 투명한 구조였는데 안에서 어떤 액체가 돌고 있었다. 레이디아즈가 가까이 다가가려고 하자 앨런이 웃으며 고개를 저었지만 그를 저지하지는 않았다.

"가습기입니다. 뉴멕시코주가 워낙 건조합니다. 또 저건 커피머신입니다……. 마이크, 레이디아즈 선생께 커피 한잔 대접해드리지. 아니, 이 커피 말고 내 방에 가면 고급 원두로 내린 커피가 있어. 그걸 가져다드리게."

레이디아즈가 눈을 조금 돌리자 벽에 걸린 커다란 흑백사진에 시선이 닿았다. 중절모를 쓰고 담뱃대를 문 깡마른 남자가 오펜하이머*라는 것을 알아볼 수 있었다. 앨런은 여전히 평범하기 짝이 없는 단말기들을 가리키며 설명하느라 여념이 없었다.

레이디아즈가 말했다.

"모니터들이 너무 낡았군요."

"그래도 그 뒤에 세계에서 제일 강력한 컴퓨터가 있지요. 500테라플롭스**의 연산 능력을 갖추고 있답니다."

한 엔지니어가 앨런에게 다가왔다.

"AD4453OG의 작동 준비가 완료됐습니다."

"잘됐군."

"출력 모듈을 일시 정지해놓았습니다."

엔지니어가 목소리를 낮춰 말하고는 레이디아즈를 흘긋 쳐다보았다.

"작동시키게."

앨런이 엔지니어에게 말하며 레이디아즈를 쳐다보았다.

"보십시오. 우린 면벽자에게 아무것도 숨기지 않습니다."

---

* 옮긴이 주:미국의 물리학자로, 세계 최초의 원자폭탄 제조를 지휘했다.
** 옮긴이 주:1초당 1조 회의 부동소수점 연산 처리를 한다는 뜻으로 슈퍼컴퓨터의 성능을 나타내는 단위다.

그때 종이 찢는 소리가 들렸다. 단말기 앞에 있는 사람들이 손으로 종이를 찢고 있었다. 그들이 문서를 파기하는 줄 알고 레이디아즈가 중얼거렸다.

"여기는 문서 파쇄기도 없습니까?"

그런데 다시 보니 그들은 백지를 찢고 있었다. 그때 누군가 외쳤다.

"오버(Over)!"

모두의 환호성과 함께 잘게 찢긴 종잇조각들이 허공으로 휙 던져졌다가 팔랑대며 떨어졌다. 너저분하게 어질러져 있던 바닥이 더 지저분해졌다.

"시뮬레이션센터의 전통이죠. 원자폭탄의 아버지라 불리는 엔리코 페르미 박사가 첫 원자폭탄을 터뜨릴 당시, 종잇조각을 손에 가득 쥐고 있다가 공중으로 날렸습니다. 종잇조각이 충격파에 날아간 거리를 가지고 원자폭탄의 파괴력을 계산해냈지요. 그래서 지금도 시뮬레이션을 진행할 때마다 똑같이 종잇조각을 뿌린답니다."

레이디아즈가 머리와 어깨 위에 떨어진 종잇조각을 털어냈다.

"날마다 핵실험을 진행하고 있군요. 당신들에게는 핵실험이 전자 게임처럼 편하겠지만 우린 다르오. 우린 슈퍼컴퓨터가 없으니 직접 해보는 수밖에……. 똑같은 일을 해도 비난받는 건 늘 가난한 자들의 몫이지."

"이곳 사람들은 정치에는 별로 관심이 없습니다."

레이디아즈는 단말기 몇 대를 차례로 들여다보았다. 데이터와 그래프가 쉬지 않고 지나갔다. 어렵사리 도형과 이미지를 발견했지만 역시 추상적인 문양들이라 무슨 뜻인지 알 수가 없었다.

레이디아즈가 어떤 단말기에 가까이 다가가자 그 앞에 있던 물리학자가 고개를 들고 말했다.

"대통령께서는 버섯구름을 보고 싶으신 거죠? 버섯구름은 없습니다."

"난 대통령이 아니오."

마이크가 가져온 커피를 받아 들며 레이디아즈가 다시 한번 강조했다.

앨런이 말했다.

"우리가 선생님께 무엇을 해드릴 수 있는지 이제 말씀해주시죠."

"원자폭탄을 설계해주시오."

"네. 로스앨러모스 연구소가 다양한 분야를 연구하는 기관이기는 하지만, 선생님께서 여길 찾아오신 이유가 한 가지뿐일 거라 짐작은 했습니다. 구체적으로 말씀해보십시오. 종류라든가 당량이라든가……."

"PDC가 조만간 완전한 기술 요구서를 당신들에게 보낼 겁니다. 나는 핵심만 얘기하러 왔을 뿐이오. 강력한 걸로 설계해주시오. 당량이 클수록 좋소. 최소 2억 톤급은 돼야지."

앨런이 한참 동안 레이디아즈를 뚫으지게 쳐다보다가 고개를 숙이고 생각에 잠겼다.

"시간이 필요합니다."

"당신들에겐 수학모델이 있잖소?"

"물론 500톤급 원자폭탄에서 2000만 톤급 대형 원자폭탄까지, 그리고 중성자탄에서 EMP 폭탄까지의 수학모델을 가지고 있습니다. 하지만 2억 톤급은 너무 큽니다. 현재 만들어낼 수 있는 세계 최대 원자폭탄의 10배 이상입니다. 그런 거대한 원자폭탄은 핵융합 반응의 과정이 일반 원자폭탄과 완전히 다르죠. 완전히 새로운 구조가 필요한데 지금 저희에겐 그런 모델이 없습니다."

두 사람은 거대한 원자폭탄을 제조하기 위한 전반적인 계획에 대해 이야기를 나누었다. 마지막으로 레이디아즈를 배웅하며 앨런이 말했다.

"선생님의 PDC 참모진 중에 최고의 물리학자들이 있다고 들었습니다. 원자폭탄이 우주 전쟁에서 어떤 역할을 할 수 있을지에 대해 그들에게 자문을 구하시는 게 좋을 듯합니다."

"자세히 얘기해보시오."

"우주 전쟁에서 원자폭탄은 효율이 매우 떨어지는 무기일 겁니다. 진공 상태에서는 핵폭발이 충격파를 발생시키지 못하고 광압도 거의 생성되지 않기 때문에 대기층에서 폭발할 때처럼 강한 기계적 충격을 발휘할 수 없습니다. 원자폭탄의 에너지는 복사와 전자기펄스의 형태로 방출되는데, 우리 인류조차 우주선의 방사선 및 전자기펄스 차단 기술은 매우 발전해 있습니다."

"만일 목표물을 직접 명중시킨다면 어떻소?"

"그렇다면 얘기가 달라지겠죠. 열에너지가 결정적인 역할을 하게 되므로 목표물을 녹이거나 기화시켜버릴 가능성이 큽니다. 하지만 수억 톤급 원자폭탄은 한 개만 해도 아파트 한 채만큼 크기가 커질 테니 직접 명중시키기가 쉽지 않을 겁니다……. 기계적인 충격은 원자폭탄보다는 운동에너지 무기를 쓰는 편이 낫고, 복사 강도만 보면 원자폭탄보다 입자빔 무기가 더 강력합니다. 또 열에너지를 통한 파괴력은 감마 레이저가 더 강하죠."

"하지만 그런 무기들은 실전에 투입될 수 없잖소. 원자폭탄은 현재 인류가 가진 가장 강력한 무기요. 박사가 말한 우주에서의 파괴력 문제는 개선 방법을 찾을 수 있을 것이오. 개질을 투입해 충격파를 만들어낼 수도 있지. 수류탄에 쇠구슬을 넣는 것처럼 말이오."

"흥미로운 아이디어군요. 역시 이공계 출신 지도자다우십니다."

"게다가 난 원자력에너지를 전공했지. 그래서 원자폭탄을 제일 좋아해요."

"하하하! 그런데 면벽자와 이런 문제를 논하는 게 우스운 일이라는 걸 제가 깜박 잊었군요."

두 사람이 동시에 웃음을 터뜨렸다. 하지만 레이디아즈는 곧 얼굴에서 웃음기를 싹 몰아내고 진지하게 말했다.

"앨런 박사, 당신도 다른 사람들처럼 면벽자의 전략을 신비롭게 생각하는군요. 인류가 현재 보유한 무기 중 실전에 투입할 수 있으면서, 가장 위력이 강한 무기는 바로 수소폭탄과 굉원자 핵융합 무기요. 그러니 내가 이 둘 중 하나에 집중하는 건 자연스러운 일 아니겠소? 내 사고방식이 옳다고 생각하오만."

"굉원자 핵융합은 어째서 고려하지 않으시죠?"

"그걸 아직 모르오? 그건 당신들의 전 국방부 장관이 한발 앞섰지요. 그가 이미 중국으로 갔어요."

두 사람이 고즈넉한 숲속 오솔길에서 걸음을 멈추었다.

앨런이 말했다.

"페르미와 오펜하이머가 이 길을 수없이 걸었습니다. 히로시마와 나가사키에 원자탄이 투하된 후 1세대 핵무기 연구자들은 거의 모두 생을 마감할 때까지 우울감을 떨치지 못했죠. 현재 핵무기가 어떤 사명을 짊어지고 있는지 하늘에 있는 그들의 영혼이 알 수 있다면 그들에게 아마 큰 위안이 될 겁니다."

"위력이 어떻든 무기는 다 좋은 것이오……. 마지막으로 말해두고 싶은 건 다음에 왔을 때는 당신들이 종잇조각 던지는 걸 보고 싶지 않다는 것이오. 지자에게 깔끔한 인상을 주어야 하지 않겠소?"

*

기상 여건으로 인해 메이플라워호 우주왕복선의 착륙 지점이 예비 비행장으로 바뀌었다. 프레드릭 타일러도 서둘러 헬리콥터를 타고 케네디 우주센터에서 에드워드 공군기지로 이동했다. 그는 활주로 끝에 서서 낙하산을 펼친 메이플라워호가 서서히 멈추어 서는 것을 지켜보았다. 뜨거운 기운이 그를 와락 덮쳤다. 열 방호 타일에 덮인 우주왕복선의 기체는 산업혁명 시대의 산물처럼 원시의 둔중함이 느껴졌다. 막대한 에너지를 소모하는 저효율의 이 쇳덩이가 앞으로도 상당한 기간 동안 인류를 우주로 데려다주는 주요 운송 수단으로 사용될 것이라는 사실에 타일러는 절로 한숨이 나왔다.

우주선의 문이 열리고 처음 나온 것은 우주비행사 다섯 명과 국제우주정거장에서 귀환하는 학자 두 명이었다. 뒤이어 두 명이 들것을 들고 안으로 들어가 한 사람을 싣고 나왔다. 들것 위에 누워 있는 사람은 우주복을 입고 있지 않았다. 우주선 안에서 들것에 눕기 전에 우주복을 벗은 것 같았다.

들것이 사다리를 따라 내려오자 비행 지휘관이 다가가 들것에 누워 있는 사람에게 말했다.

"딩이 박사, 우주왕복선에서 걸어 내려오는 것은 우주비행사가 갖추어야 할 최소한의 존엄입니다."

딩이가 들것 위에서 말했다.

"전 인류가 존엄을 잃었어요. 우리가 이번에 무엇을 발견했는지 아시잖아요. 오늘 밤 대령님이 침대에서 사랑을 나누시는 장면이 지자들의 흥미진진한 관찰 대상이 되겠죠."

"다시는 당신과 같은 우주선을 타고 비행하는 일이 없길 빕니다."

지휘관이 작은 물건 두 개를 들것 위로 툭 던졌다. 자세히 보니 딩이의 담뱃대였지만 이미 두 동강이 나 있었다.

"배상해요! 이건 던힐 한정판이란 말입니다. 이게 얼마짜린 줄 알아요?"

딩이가 몸을 벌떡 일으키며 성난 얼굴로 외쳤지만 현기증과 메스꺼움에 다시 들것 위로 풀썩 쓰러졌다.

"NASA가 당신에게 벌금을 내리지 않은 것만도 다행인 줄 알아요."

지휘관은 고개도 돌리지 않고 싸늘하게 내뱉고는 잰걸음으로 앞서가는 동료들을 따라갔다.

타일러가 성큼성큼 들것으로 다가가 딩이에게 인사를 건넸다.

"오, 면벽자! 안녕하시오!"

딩이가 앙상한 팔을 뻗어 타일러와 악수를 하려다가 팔을 다시 움츠려 두 팔로 들것을 덥석 붙들었다.

그가 들것을 들고 있는 두 사람을 향해 히스테릭하게 소리쳤다.

"기울어지지 않게 잡으라고 했잖아요!"

"잘 잡고 있습니다."

"그런데 왜 자꾸만 몸이 뒤로 넘어갑니까?"

들것을 든 사람이 말했다.

"귀의 달팽이관 신경이 무중력상태에 적응돼서 그래요. 곧 지구의 중력에 다시 적응할 거예요."

타일러가 옆에서 웃으며 말했다.

"겉으로 보기에는 아주 멀쩡해 보이는걸요?"

딩이가 살짝 눈을 흘겼다.

"거짓말 말아요!"

"하하! 물론 안색이 약간 창백하긴 하지만 그건 정상적인 겁니다. 우린 어쨌든 땅을 딛고 사는 동물들이니까요……. 잠깐 얘기 좀 나눌 수 있을까요?"

"하지만 당장 신체검산지 뭔지 받아야 한대요."

"실례지만 1분이면 됩니다. 아주 급한 일이에요."

"아 이것 참, 몸이 또 뒤로 넘어가네……. 차라리 내 발로 걷는 게 낫겠어요."

딩이가 들것을 멈추라는 손짓을 했다. 하지만 들것에서 내려와 발을 땅에 딛자마자 바닥으로 쿵 고꾸라졌다.

타일러가 딩이를 일으켰다. 그는 주정뱅이를 부축하듯 딩이의 한쪽 팔을 자기 어깨에 걸치고 그리 멀지 않은 곳에서 귀향한 우주인들을 기다리고 있는 차를 향해 걸음을 옮겼다.

타일러가 말했다.

"박사께서 내 계획에 동참해주시면 좋겠습니다. 그런데 박사님 몸에서 나는 이 이상한 냄새는 뭐죠?"

"저 위의 공기가 아주 고약해요. 공기 여과기의 말단부에 변소에 있는 것들까지 있다니까요……. 그건 그렇고 당신 계획이 뭔가요?"

"독립적인 우주군을 조직할 생각입니다. 꿩원자 핵융합 무기로 무장한 우주군을요."

딩이가 타일러의 어깨에 팔을 얹은 채 그를 빤히 쳐다보았다. 레이디아즈가 2억 톤급이 넘는 원자폭탄을 만들겠다고 했을 때 로스앨러모스 국립연구소 앨런 소장의 눈동자에 어렸던 바로 그 눈빛이었다.

"국민의 혈세를 낭비하지 마쇼."

"낭비로 따지면 박사 같은 물리학자들을 따라갈 수가 없죠. 슈퍼 가속기 네 대를 만들겠다고 호언장담해놓고 중도에 포기했잖습니까? 이미 수백억 달러를 쏟아부은 뒤에 말이에요."

"새로운 가속기를 건립하자는 건 내 제안이 아니었소. 나는 가속기를 몇 개 더 만들어 지자와 달리기 경주를 하는 건 머저리 같은 짓이라고 생각해왔죠. 내가 우주에 간 것도 그 때문이라니까요."

"나도 우주에 갈 생각입니다. 거기선 꿩원자핵을 수집하기가 더 쉽겠죠."

그들이 차 앞에 도착했다. 딩이가 차 문에 기대어 어깨를 축 늘어뜨린 채 타일러에게 말했다.

"당신의 참모진에 물리학자들이 있을 텐데요."

"물론입니다. 노벨물리학상 수상자만 세 명이 있죠. 그들이 그러더군요. 우리가 자연 상태에 저차원 펼침을 한 원자핵, 아, 이게 바로 굉원자핵이죠. 굉원자핵 수집이 원시인의 화살 발명이라면 미시 입자의 저차원 펼침은 미사일 개발과 같다고요. 삼체 문명이 굉원자에 대해 인류보다 얼마나 더 많이 알고 있는지 아무도 모른다면서 그들 앞에서 굉원자 핵융합 무기를 사용하는 건 중국의 고사성어로 반문농부(班門弄斧)*라고 했죠. 나는 이 고사성어의 뜻을 자세히 모르지만요."

"그들의 말을 안 믿습니까?"

"물론 일반적인 의미에서 보면 그들의 말이 맞습니다. 하지만 굉원자 핵융합 무기는 현재 인류가 가지고 있는 가장 위력적인 무기요. 그러니까 그 무기를 개발하겠다는 건 지극히 정상적인 생각 아닙니까?"

"그 베네수엘라 대통령도 텔레비전에 나와서 그렇게 말했죠. 그는 미원자(微原子) 핵융합을 사용하려는 것 같습니다."

그때 누군가 다가와 딩이에게 빨리 차에 타라고 재촉하자 타일러가 그를 강하게 저지하며 딩이를 붙잡고 말했다.

"화살이 미사일을 절대 이길 수 없는 건 아닙니다. 화살은 미사일보다 약하지만 인류에게는 삼체인이 가지지 못한 능력이 있어요. 바로 계략으로 상대를 속일 수 있다는 겁니다. 그러니까 화살과 인류의 계략을 합친다면 인류와 삼체인의 격차를 좁힐 수 있어요. 삼체인을 속여서 미사일에서 멀리 떼어놓은 뒤에 화살을 쏘면 되는 거 아닙니까!"

"성공을 미리 경축합니다. 하지만 난 그 계획에 흥미가 없어요."

"굉원자핵을 수집하는 기술은 이미 확보하고 있습니다. 박사가 없어도

---

* 옮긴이 주: 노(魯)나라의 이름난 장인 반수(班輸)의 집 앞에서 도끼를 휘두른다는 뜻으로, 재주가 뛰어난 사람 앞에서 자기 재주를 자랑한다는 말이다.

우리가 해낼 수 있다는 말입니다. 하지만 인류 문명이 위기에 처한 지금 당신 같은 과학자가 수수방관하고 있겠다는 건가요?"

"내겐 그것보다 훨씬 의미 있는 일이 있어요. 이번에도 우주방사선 속 고에너지 입자를 연구하러 우주정거장에 다녀온 거예요. 간단히 말하면 고성능 가속기 대신 우주를 이용하는 겁니다. 이 연구는 오래전부터 추진해왔지만 고에너지 우주 입자 분포가 고정적이지 않아요. 특히 물리학에서 필요한 초고에너지 입자를 검출해내기가 힘들죠. 그 때문에 가속기 대신 이걸 연구할 수가 없었던 겁니다. 고에너지 우주 입자 검출 방법은 가속기의 터미널과 유사하지만 검측소를 만드는 비용이 저렴해서 우주에 검측소를 많이 만들 수가 있어요. 이번에 당초 지면 가속기 건립에 투자하기로 했던 자금으로 100개도 넘는 검측소를 설치했어요. 이걸 위해 1년 동안 실험했죠. 처음부터 대단한 성과를 기대한 건 아니에요. 아직도 수많은 지자가 태양계로 날아오고 있는지 조사나 해보자는 생각으로 우주로 올라간 겁니다."

"결과는요?"

타일러의 얼굴 위로 긴장감이 스쳤다.

"검측해낸 모든 고에너지 충돌 사건들, 심지어 20세기에 확실한 결과가 나와 있는 충돌 유형까지도 전부 혼란이 나타났어요."

"지자가 100대도 넘는 가속기들을 동시에 교란시킬 수 있다는 뜻이군요."

"아마 우리가 검측소를 1만 개 이상 설치한다 해도 모두 교란시킬 겁니다. 즉, 현재 태양계에 있는 지자의 수가 두 개가 아니라는 겁니다."

"음……."

타일러가 고개를 들어 먼 하늘을 올려다보았다. 아무 말도 떠오르지 않았다. 무슨 말을 할 수 있을까? 무슨 말을 하든지 그들이 다 듣고 있는데 말이다. 지자들이 수없이 날아와 지구를 샅샅이 감시하고 있다. 지금도 지자의 눈이 그들 주위를 떠다니고 있을 것이다. 그가 딩이에게 말을 하면 4광년 밖에 있는 삼체인에게도 함께 말하는 셈이다. 그는 문득 정말로 삼체인에게 말하고 싶었다.

딩이가 말했다.

"하지만 이건 면벽 프로젝트의 필요성을 반증하는 거죠."

딩이를 태운 차가 출발한 뒤에도 타일러는 한참 동안 활주로 옆에 우두커니 선 채 메이플라워호가 격납고로 옮겨지는 것을 지켜보았다. 사실 그의 눈에는 아무것도 보이지 않았다. 지금껏 간과해왔던 위험성이 그의 머릿속을 꽉 채웠다. 어쩌면 물리학자가 아니라 의사나 심리학자 또는 수면 전문가를 찾아가 도움을 요청해야 할지도 모른다는 생각이 들었다.

어쨌든 자신이 잠꼬대를 하지 않게 막아줄 사람이 필요했다.

*

한밤중에 잠에서 깬 야마스기 게이코는 옆자리가 비어 있는 걸 알았다. 더듬어보니 침대 시트가 차갑게 식어 있었다. 그녀는 일어나 가운을 걸치고 침실에서 나왔다. 늘 그렇듯 남편은 정원의 대나무 숲에 있었다. 그들은 영국과 일본에 집을 한 채씩 가지고 있었는데 하인스는 일본에 있는 집을 더 좋아했다. 그는 동양의 달빛을 받으면 마음이 차분해진다고 했다. 그날 밤엔 달도 뜨지 않아 대나무 숲과 하인스의 그림자가 검은 종이를 오려 만든 그림처럼 아무런 입체감도 느껴지지 않았다.

게이코의 걸음 소리를 들었지만 하인스는 고개를 돌리지 않았다. 이상하게도 게이코는 고향에서도 신지 않는 게다를 오직 이곳에서만 신었다. 그래서 이곳에 있을 때면 그녀가 가는 곳마다 딸각거리는 걸음 소리를 들을 수 있었다.

"여보, 며칠 동안 잠을 못 이루네."

속삭이듯 작은 목소리였지만 대나무 숲의 여름 벌레들이 울기를 멈추었다. 고즈넉함이 물처럼 흘러 모든 것을 감쌌다. 남편의 한숨 소리가 새어 나왔다.

"게이코, 난 못 하겠어. 생각이 안 나. 좋은 방법이 생각나질 않아."

"누군들 좋은 방법을 생각해낼 수 있겠어? 우리가 승리할 가능성은 없어."

그녀는 앞으로 두 걸음 더 다가갔지만 하인스와는 아직도 대나무 몇 그루를 사이에 두고 있었다. 그 대나무 숲은 그들이 사색하는 곳이었다. 지금까지 그들의 연구에 도움을 준 대부분의 영감은 바로 이곳에서 얻어졌다. 그들은 이 신성한 곳에서는 서로에게 애정 표현을 하지 않았다. 대나무가 주는 동양적인 분위기 때문인지 이곳에서만큼은 두 사람 모두 서로를 손님 대하듯 예의 바르게 대했다.

"빌, 너무 부담 갖지 마. 최선을 다하면 될 거야."

하인스가 아내를 향해 몸을 돌렸지만 대나무 그늘에 가려 그녀에게는 그의 표정이 보이지 않았다.

"어떻게 그럴 수가 있어? 내가 뭘 하든 막대한 비용이 동원되잖아."

"하나만 선택해서 집중하는 건 어때? 설사 성공하지 못한다 해도 그 과정에서 의미 있는 무언가를 찾아낼 수 있을지도 몰라."

게이코는 이미 생각하고 있던 것처럼 빠르고 자연스럽게 말했다.

"방금 나도 그 생각을 했어. 인류를 승리로 이끌 계획을 생각해낼 수 없다면 다른 누군가가 생각해내도록 돕고 싶어."

"다른 누군가라면? 다른 면벽자들 말이야?"

"아니. 그들도 나와 별반 차이가 없어. 내가 말하는 건 후손들이야. 이런 생각 해봤어? 생물의 자연적인 진화가 뚜렷한 효과를 내려면 최소한 2만 년은 걸려. 하지만 인류 문명의 역사는 5000년밖에 안 돼. 현대 기술 문명의 역사는 고작 200년밖에 안 되지. 그러니까 지금 우리가 현대 과학을 연구하는 데 사용하는 대뇌는 원시인의 대뇌와 차이가 없어.”

“기술로 대뇌를 빨리 진화시키겠다는 거야?”

“우리가 뇌과학 연구를 계속해왔으니까 투자를 늘려서 지구 방위 체계만큼 큰 규모의 연구 시스템을 구축하는 거야. 그렇게 일이백 년쯤 연구하면 인류의 지능을 높일 수 있을 거야. 그러면 후손들이 과학으로 지자의 감시를 벗어날 수 있겠지.”

“뇌과학 분야에서 지능이란 건 너무 모호한 개념이잖아. 구체적으로 얘기해줄 수 있어?”

“내가 말한 지능이란 광의의 개념이지. 논리력과 추리력 외에도 학습 능력, 상상력, 창의력 그리고 인간이 일생 동안 상식과 경험을 쌓으면서도 사고의 유연함을 유지할 수 있는 능력, 그리고 사고를 강화할 수 있는 체력까지 모두 포함된 개념이야. 대뇌가 피로감을 느끼지 않고 장시간 연속해서 사고하게 만들 거야. 심지어 수면이 필요하지 않을 수도 있어……..”

“어떻게 연구할지 계획은 세웠어?”

“아니. 아직 아니야. 대뇌와 컴퓨터를 직접 연결시켜서 컴퓨터의 연산 능력을 이용해 인류의 지능을 확장할 수 있을 거야. 어쩌면 인간의 대뇌끼리 직접 연결해서 많은 사람의 사고를 하나로 결합시킬 수도 있지. 유전된 기억까지 모두 말이야. 하지만 지능을 높이는 방법이 얼마나 되든지 우선은 인간의 대뇌에서 이루어지는 사고의 메커니즘을 완벽하게 밝혀내야 해.”

“그게 바로 우리가 할 일이겠네.”

“우린 지금까지 하던 대로 뇌과학 연구를 계속하면 돼. 종전과 다른 점은 어마어마한 금액을 투자할 수 있다는 거야!”

"여보, 정말 기뻐! 다만 면벽자의 계획이라고 하기엔 너무……."

"너무 간접적이라는 거지? 하지만 생각해봐. 인류 문명의 모든 것은 인간 자체로 귀결되어야 해. 우리는 인간 개개인의 능력을 끌어올리겠다는 거야. 그러니까 이것이야말로 진정으로 원대한 계획이지. 이런 연구가 아니면 내가 또 뭘 할 수 있겠어?"

"당신 말이 맞아!"

"뇌과학과 인간의 사고에 대한 연구를 세계적인 프로젝트로 확대하는 거야. 예전에는 상상도 못 할 엄청난 자금과 인력을 투입할 수 있어. 그럼 언제쯤 성공할 수 있을까?"

"100년이면 될 것 같아."

"좀 더 넉넉하게 200년으로 잡더라도 고지능을 가진 인류에게 200년이라는 시간이 더 남아 있게 돼. 100년 동안 기초과학을 발전시키고 그 뒤 100년 동안 이론을 기술로 전환시킨다면……."

"설사 실패하더라도 어쨌든 우리가 언젠가는 해야 할 일을 한 거지."

하인스가 속삭였다.

"게이코, 나와 함께 지구 종말의 날까지 가는 거야."

"좋아. 우리에겐 시간이 아주 많아."

숲속 여름 벌레들이 그들의 존재에 적응한 듯 가느다란 소리로 다시 울어대기 시작했다. 서늘한 바람이 사각거리며 대나무 사이를 스쳤고 밤하늘의 별들이 댓잎 사이에서 빠르게 깜박였다. 여름 벌레들의 합창이 마치 별들의 수군거림 같았다.

*

PDC의 제1회 면벽 프로젝트 청문회가 사흘째 계속되었다. 타일러, 레이디아즈, 하인스 세 사람이 각각 자신의 1단계 계획을 브리핑하고 PDC 상임이사국 대표들이 그들의 계획에 대해 토론했다.

원래 안보리 회의실로 쓰였던 회의실의 거대한 원탁에 각 상임이사국 대표들이 둘러앉아 있었고, 면벽자 세 사람은 중앙의 직사각형 책상 앞에 앉아 있었다. 타일러, 레이디아즈, 하인스였다.

미국 대표의 미간이 씰그러졌다.

"뤄지는 오늘도 안 왔습니까?"

가라닌 PDC 순회의장이 말했다.

"아마 안 올 겁니다. PDC 청문회에 참여하지 않고 은거할 거라고 했어요. 계획의 일부라고 합니다."

이 말에 사람들이 귀엣말을 주고받으며 웅성거렸다. 불쾌하게 얼굴을 찌푸리는 이들도 있었고 야릇한 미소를 짓는 이들도 있었다.

레이디아즈가 욱하여 성을 했다.

"게을러빠진 쓰레기!"

"뤄지가 쓰레기면 당신은 뭡니까?"

타일러가 맞받아치자 옆에 있던 하인스가 말했다.

"난 뤄지 박사에게 경의를 표합니다. 현명한 사람이에요. 자기 깜냥을 알고 예산을 낭비하지 않으려는 태도가 훌륭해요. 레이디아즈 선생도 그를 본받아야 한다고 생각하는 바입니다."

하인스가 점잖은 표정으로 레이디아즈에게 시선을 옮겼다.

타일러와 하인스가 뤄지를 두둔하는 게 아니란 건 누구도 알 수 있었다. 그저 뤄지보다는 레이디아즈를 향한 적대감이 더 깊을 뿐이었다.

가라닌이 의사봉으로 책상을 두들겼다.

"우선 면벽자 레이디아즈 선생의 말은 부적절합니다. 다른 면벽자를 존중해주세요. 마찬가지로 하인스와 타일러 선생의 발언도 회의 자리에 적절치 않습니다."

하인스가 말했다.

"의장 선생, 면벽자 레이디아즈의 계획은 그가 전쟁광이란 걸 증명하는 것 외에 아무 의미도 없습니다. 이란과 북한의 뒤를 이어 그의 나라가 핵무기 개발로 인해 UN의 제재를 받은 뒤로 그는 원자폭탄에 대해 변태적인 성향을 갖게 된 겁니다. 타일러 선생의 굉원자 핵융합 계획과 레이디아즈 선생의 대형 수소폭탄 계획은 본질적으로 차이가 없습니다. 너무 직접적인 계획이죠. 처음부터 전략을 이토록 분명하게 드러낸다면 면벽자 프로젝트가 의미를 잃게 됩니다."

타일러가 반격했다.

"하인스 선생, 당신의 계획은 천진난만한 꿈입니다!"

청문회가 끝난 뒤 면벽자들이 명상실에 모였다. 이곳은 UN 본부에서 그들이 제일 좋아하는 곳이었다. 지금 생각해보면 명상을 위해 만든 이 작은 방은 처음부터 면벽자들을 위해 만들어진 것 같았다. 면벽자 세 사람이 그곳에 모여 조용히 생각에 잠겼다. 그들 모두 인류 최후의 전쟁이 발발하기 전까지 서로 교류하는 일은 없을 것이라고 생각했다. 장방형의 철광석이 그들의 생각을 빨아들이듯 한가운데 조용히 누워 있었다.

하인스가 나지막이 물었다.

"파벽자에 대해 들어보았소?"

타일러가 고개를 끄덕였다.

"그들이 공개적인 사이트를 통해 선언했잖습니까. CIA도 사실이라고 확인했고요."

면벽자들이 다시 침묵에 빠졌다. 그들은 자신의 파벽자가 어떤 모습일지 상상했다. 그들의 머릿속에 떠오른 파벽자의 형상이 그 후 그들의 악몽 속에 수없이 등장했다. 파벽자가 현실에서 모습을 드러내는 날은 그의 면벽자에게는 최후의 날이 될 가능성이 컸다.

＊

스샤오밍은 아버지가 들어오는 것을 보고 겁먹은 표정으로 슬금슬금 피했다. 하지만 스창은 아들 옆에 말없이 앉았다.

"무서워할 거 없다. 때리거나 소리 지르지 않을 거니까. 그럴 기운도 없구나."

스창이 담배 두 개비를 꺼내 그중 한 개비를 아들에게 건넸다. 스샤오밍이 주저하다가 담배를 받았다. 아버지와 아들이 차례로 담뱃불을 붙이고 말없이 담배만 피웠다. 한참 뒤 스창이 말을 꺼냈다.

"새 임무를 받았다. 조만간 외국에 나갈 거야."

"아버지 치료는요?"

스샤오밍이 자욱한 담배 연기 속에서 고개를 들어 걱정스러운 눈빛으로 아버지를 처다보았다.

"네 문제부터 얘기하자."

스샤오밍의 눈빛이 애절해졌다.

"엄하게 처벌할 거래요……."

"다른 일이면 나도 손써보겠지만 이 일은 나도 관여할 수가 없어. 너나 나나 모두 성인이다. 자기 행동은 스스로 책임지자꾸나."

스샤오밍은 절망적인 시선을 바닥에 떨어뜨린 채 담배만 피웠다.

"네 잘못엔 내 책임도 절반은 있지. 어릴 적부터 네게 너무 소홀했어. 날마다 밤늦게 들어가고 피곤하면 술이나 잔뜩 마시고 자버렸지. 학부모 회의에도 참석한 적 없고 너랑 제대로 대화를 나눈 기억이 없구나……. 자기 할 일은 스스로 하자고만 했지."

스샤오밍은 눈물이 크렁크렁한 눈으로 애꿎은 담배꽁초만 침대 모서리에 대고 짓이겼다. 자신의 남은 인생을 짓이겨버리려는 것 같았다.

스창이 가져온 비닐봉지 꾸러미를 침대에 내려놓았다. 담배 두 보루가 들어 있었다.

"이 안은 범죄 훈련소야. 들어가서 나쁜 놈들이랑 어울리지 말고 몸 잘 지켜라. 더 필요한 게 있으면 엄마가 보내줄 거야."

스창이 나가려다가 문 앞에서 몸을 돌려 아들을 바라보았다.

"우리가 다시 만날 때는 네가 나보다 늙어 있을 거야. 그때가 되면 너도 지금의 내 심정을 이해할 거다."

스샤오밍은 문에 달린 작은 창으로 구치소를 빠져나가는 아버지의 뒷모습을 물끄러미 쳐다보았다. 아버지의 뒷모습이 어느새 늙어버렸다는 걸 아들은 그제야 깨달았다.

*

모든 것이 긴장되고 경직된 세상에서 오로지 뭐지만이 유유자적 빈둥거리고 있었다. 호숫가를 느릿느릿 거닐고 호수에 요트를 띄워 놀다가 숲에서 딴 버섯과 호수에서 잡은 물고기를 주방장에게 가져다주면 금세 맛있는 식탁이 차려졌다. 서재를 가득 채우고 있는 책들 중 아무거나 꺼내서 읽고, 싫증이 나면 밖으로 나가 경호원과 골프를 쳤다. 말을 타고 풀밭과 숲속 오솔길을 지나 설산 쪽으로 가보기도 했지만 산자락까지 가본 적은 없었다. 그는 호숫가의 긴 벤치에 앉아 수면에 거꾸로 비친 설산의 그림자를 쳐다보는 것을 좋아했다. 아무것도 생각하지 않았다고 해도 좋고, 뭐든 다 생각했다고 해도 좋다. 그렇게 하루하루가 지나갔다.

뭐지는 늘 혼자 시간을 보냈다. 외부와 아무 연락도 하지 않았다. 농장 안에 켄트의 작은 사무실도 있었지만 뤼지를 찾아와 그를 방해하거나 간섭하지 않았다. 뤼지는 보안을 책임진 장교에게 딱 한 번 말을 걸었다. 자신이 산책하고 있을 때 경호를 맡은 군인들이 자기 뒤를 졸졸 따라다니지 말고 멀찍이 떨어져 있게 해달라는 것이었다. 꼭 따라다녀야 한다면 최대한 자기 눈에 띄지 않게 해달라고 부탁했다.

뤼지는 자신이 돛을 접고 호수에 떠 있는 요트 같다는 생각을 했다. 요트는 바람의 방향에도 물결의 흐름에도 관심 없이 그저 물 위를 조용히 떠다니고 있었다. 가끔은 예전의 생활이 생각나기도 했지만 단 며칠 만에 자신의 이전 생활이 마치 전생처럼 멀게만 느껴졌다. 그는 지금의 이런 생활이 썩 마음에 들었다.

농장의 술 창고도 마음에 들었다. 두꺼운 먼지를 뒤집어쓰고 창고 안에 가지런히 진열되어 있는 술들은 모두 최고급품이었다. 그는 그걸 거실에서도 마시고 서재에서도 마시고 이따금씩 요트에서도 마셨다. 하지만 과음하는 일은 없었다. 알근하게 기분이 좋아질 만큼 마시고 나면 별장 주인이 놓고 간 기다란 담뱃대로 맛있게 담배를 피웠다.

비가 오는 날에는 거실이 어두컴컴했지만 뤼지는 벽난로에 불을 피우지 않았다. 아직 불을 피울 때가 아니라고 했다.

인터넷을 검색하지도 않았고 가끔씩 텔레비전을 보았지만 세상 돌아가는 일과 관계가 없는 프로그램만 시청하다가 뉴스가 나오면 곧장 채널을 돌려버렸다. 때가 때니만큼 세상일과 관계된 프로그램들이 예전보다 많기는 했지만 황금시대가 지난 지 얼마 되지 않은 터라 아직은 한가한 오락 프로그램들이 남아 있었다.

어느 날 깊은 밤, 35년 전 라벨이 달린 코냑 한 병을 마신 뒤 뤼지는 신선이 되어 구름 위에 앉아 있는 듯 몽롱해졌다. HDTV 앞에서 리모컨을 쥐고 채널을 이리저리 돌렸다. 역시 뉴스 채널은 모두 건너뛰었다. 그런데 채널을 돌리다 얼핏 스친 영어 뉴스에 리모컨 버튼을 누르던 그의 손이 멈추었다. 바닷속에서 17세기 중엽의 침몰선이 발견되었다는 기사였다. 돛대 세 개가 달린 이 전장 범선은 로테르담에서 출발해 인도 파리다바드로 항해하던 중 혼곶에서 침몰한 것이었다. 잠수부들이 침몰선에서 건져 올린 유물 중에 잘 밀봉된 와인이 있었는데 전문가들은 300년 넘게 해저에 가라앉아 있었으므로 어디에서도 맛보지 못한 훌륭한 맛일 거라고 입을 모았다. 뤄지는 그 프로그램을 녹화한 뒤 켄트를 불렀다.

"저 술을 맛보고 싶어요. 경매를 받아주세요."

켄트가 수소문해보겠다고 돌아가더니 두 시간 뒤에 와서 그 와인이 엄청난 고가에 거래될 것 같다고 했다. 경매 시작가가 최소 30만 유로는 될 것이라고 했다.

"면벽 프로젝트에서 그 정도가 뭐 대수인가요? 난 그걸 사고 싶어요. 이것도 역시 계획의 일부랍니다."

그렇게 해서 '면벽자를 향한 미소'에 이어 면벽 프로젝트와 관련된 또 한 가지 유행어가 탄생했다. 황당한 요구라는 걸 알지만 그래도 꼭 해야 하는 일을 가리켜 '면벽 프로젝트의 일부' 또는 줄여서 '계획의 일부'라고 부르게 된 것이다.

정확히 이틀 뒤 그 와인이 별장에 도착했다. 오래된 술통 위에 조개껍데기가 덕지덕지 붙어 있었다. 뤄지는 술 창고에서 나사 달린 나무 술통 전용 수도꼭지를 가져다가 조심스럽게 술통을 뚫어 설치하고 첫 잔을 따랐다. 매혹적인 에메랄드빛 액체가 유리잔으로 쏟아졌다. 뤄지는 술잔을 돌려 먼저 향기를 맡은 뒤 술잔을 입가로 가져갔다.

"박사, 이것도 계획의 일부입니까?"

켄트의 얼굴은 여전히 차분했고 아무런 감정도 떠오르지 않았다.

뤄지가 대답했다.

"물론이죠."

뤄지가 술을 마시려다 말고 거실에 들어와 있는 사람들을 보며 다시 말했다.

"전부 나가주시겠어요?"

하지만 켄트 일행은 한 발짝도 움직이지 않았다.

"나가달라는 것도 계획의 일부예요. 자, 어서!"

뤄지가 눈을 부릅뜨고 정색하자 켄트가 고개를 까딱 흔들어 사람들을 데리고 나갔다.

뤄지가 술 한 모금을 홀짝였다. 자신이 지금 천상의 술을 마시고 있다고 상상하려 했지만 도저히 더 마실 용기가 없었다.

하지만 그 한 모금의 술은 그를 쉽게 놓아주지 않았다. 그날 밤 뤄지는 구토와 설사가 멈추지 않았고 급기야 그 술과 같은 색깔의 담즙까지 게워낸 뒤 침대에 널브러져 일어나지 못했다. 다음 날 의사가 술통 뚜껑을 열어 살펴보니 술통의 내벽에 커다란 구리 라벨이 붙어 있었다. 당시에는 라벨을 술통의 겉면이 아닌 안쪽에 붙였는데 오랜 세월이 흐르며 구리와 술이 화학반응을 일으켜 무언가가 술에 녹아 들어간 것 같았다……. 사람들이 술통을 수거해간 뒤 뤄지는 켄트의 얼굴에 묘한 희열의 미소가 스치는 것을 놓치지 않았다.

뤄지는 힘없이 침대에 누운 채 링거병에서 방울방울 떨어지는 약을 올려다보았다. 그 무엇으로도 누를 수 없는 강렬한 고독감이 그의 숨통을 죄었다. 며칠간의 여유는 고독의 심연으로 추락하는 동안 찾아온 일시적인 무중력상태였으며 지금은 심연의 밑바닥에 나뒹그러져 있다는 걸 그는 알고 있었다.

하지만 뤄지는 이 순간이 올 줄 이미 알고 있었다. 그는 모든 것에 대한 준비를 마치고 한 사람이 오길 기다리고 있었다. 그가 오면 계획의 다음 단계가 시작될 것이다. 그가 기다리는 사람은 스창이었다.

*

타일러는 가고시마의 부슬비 속에 우산을 받쳐 들고 서 있었다. 그의 뒤에는 방위청 장관 이노우에 고이치가 있었다. 이노우에는 우산을 접어 든 채 타일러에게서 2미터쯤 떨어진 곳에 서 있었다. 며칠째 그는 신체적으로든 정신적으로든 면벽자와 줄곧 일정한 거리를 유지했다. 그들이 있는 곳은 치란특공평화기념관이었고, 그들 앞에는 한 특공대원의 동상이 있었다. 그 동상의 옆에 502호 흰색 특공대 전투기가 전시되어 있었다. 빗물이 동상과 비행기 표면을 반지르르하게 적셔 거짓 생기를 불어넣었다.

"설마 제 건의가 토론의 여지조차 없단 말씀인가요?"

타일러에 물음에 이노우에 고이치가 빗물처럼 차갑게 대꾸했다.

"언론에는 얘기하지 않는 게 좋을 거요. 성가신 일을 겪지 않으려면."

"아직도 그 일에 그렇게 민감합니까?"

"민감한 건 역사가 아니라 선생의 건의요. 가미카제를 부활시키자고요? 어째서 미국이나 다른 나라에서 하지 않소? 지구상에서 오로지 일본인만 희생도 불사하고 적진으로 뛰어들 책임이 있는 건 아니잖아요?"

타일러가 우산을 접었다. 이노우에 고이치가 그에게 가까이 다가갔다. 타일러는 피하지 않았지만 그를 에워싼 자기장이 이노우에 고이치가 계속 다가오는 걸 막고 있는 듯했다.

"저는 미래의 가미카제가 일본인으로만 구성되어야 한다고 말한 적이 없습니다. 그건 다국적 부대가 될 겁니다. 다만, 귀국에서 시작된 특공대이므로 귀국에서 부활시키는 게 자연스럽다는 거죠."

"우주 전쟁에서 이런 공격 방식이 정말로 의미가 있겠소? 과거에도 가미카제는 전쟁에서 큰 공을 세우지 못했고 전세를 역전시키지도 못했소."

"제가 조직할 우주군은 구전(球電)을 무기로 사용할 겁니다. 핑원자핵을 포함한 구전은 전자기로 발사되는데 발사된 후에는 진행 속도가 아주 느립니다. 우주미사일만큼 빠른 속도로 날아가려면 유도 궤도의 길이가 수십 킬로미터, 심지어 100킬로미터가 넘어야 하는데 이건 비현실적입니다. 게다가 구전은 지능이 없기 때문에 일단 한번 발사되면 그걸로 끝이죠. 적의 방어나 차단을 교묘하게 돌파할 수가 없습니다. 그러므로 목표물에 가까이 다가가서 공격해야 한다는 결론에 도달하게 됩니다. 그렇기 때문에 새로운 특공 작전이 필요한 겁니다."

"어째서 꼭 사람이 직접 공격해야 합니까? 컴퓨터로 우주선을 조종해서 근거리 공격을 하게 할 순 없소?"

이 질문에 타일러의 얼굴이 상기되었다.

"그게 바로 문제의 핵심입니다! 지금은 인간 대신 컴퓨터가 전투기를 조종할 수 없습니다. 양자 컴퓨터 같은 차세대 컴퓨터를 탄생시키려면 기초 물리학을 발전시켜야 합니다. 하지만 기초 물리학이 이미 지자에게 완전히 통제되었죠. 400년 뒤에도 컴퓨터의 지능에는 한계가 있을 것이고 인간이 무기를 조종할 수밖에 없을 겁니다. ……둘째, 앞으로 부활시킬 가미카제는 굳은 신념을 주입하는 선에서 그칠 겁니다. 적어도 10대손까지는 자살 공격의 기회가 오지 않을 테니까요. 하지만 필승의 정신과 신념을 완전히 뿌리내리게 하려면 지금부터 시작하지 않으면 안 됩니다!"

이노우에 고이치가 몸을 돌려 처음으로 타일러를 똑바로 쳐다보았다. 그의 젖은 머리칼이 이마에 들러붙었고 빗물이 눈물처럼 그의 얼굴을 타고 흘러내렸다.

"이건 현대 사회의 기본적인 도덕 준칙에 위배되는 일이오! 인간의 생명은 모든 것에 우선하오. 국가와 정부는 그 누구에게도 필사의 임무를 맡길 수 없어요. 「은하 영웅 전설」에서 양원리가 이런 말을 했소. '국가의 흥망이 이 전쟁에 달려 있다. 하지만 개인의 권리와 자유에 비하면 아무것도 아니다. 각자 최선을 다하면 된다.'"

타일러가 길게 탄식했다.

"당신들은 가장 소중한 걸 잊어버린 겁니다."

말을 마친 타일러가 텅 소리와 함께 우산을 펼치더니 몸을 홱 돌려 성큼성큼 돌아갔다. 타일러가 기념관 문을 나서며 뒤를 돌아볼 때까지도 이노우에 고이치는 비를 맞으며 동상 앞에 서 있었다.

타일러는 비 섞인 바닷바람을 맞으며 걸었다. 머릿속에서 한마디가 수없이 메아리쳤다. 방금 기념관 전시실에서 본 그 한마디는 출격 직전의 가미카제 대원이 어머니에게 쓴 유서 중의 한 문장이었다.

'어머니, 저는 곧 반딧불이 될 겁니다.'

*

"예상했던 것보다 훨씬 어렵군요."

검은 화산암이 뾰족하게 솟은 기념비 옆에서 앨런이 레이디아즈에게 말했다. 그 기념비는 인류 최초의 원자폭탄이 터진 그라운드제로*에 세워져 있었다.

레이디아즈가 물었다.

* 옮긴이 주: 1945년 7월 14일 새벽 미국 뉴멕시코주 사막 지대의 화이트샌즈 미사일기지에서 '트리니티'라는 인류 최초의 핵폭탄 폭발 실험이 실시됐다. 트리니티 피폭 지점인 그라운드제로에는 검은 기념비가 세워져 있다.

"구조가 정말로 그렇게 다르오?"

"현재의 원자폭탄과는 완전히 다릅니다. 현재의 수학모델보다 100배는 더 복잡합니다. 방대한 프로젝트입니다."

"내가 할 일이 있소?"

"선생님의 참모진 중에 코스모가 있죠? 그를 제 연구소로 보내주시죠."

"윌리엄 코스모 말이오?"

"그렇습니다."

"하지만 그는, 그는……."

"천체물리학자죠. 항성 연구의 권위자이고요."

"그를 데려가서 뭘 하려고요?"

"그게 바로 오늘 제가 선생님을 만난 용건입니다. 원자폭탄이 폭발하는 거라고 생각하시겠지만, 사실 그 과정은 연소에 더 가깝습니다. 당량이 클수록 연소 과정이 더 길지요. 예를 들어 2000만 톤급 원자폭탄이 폭발하면 불덩이가 20초간 지속됩니다. 하지만 우리가 설계 중인 초대형 원자폭탄은 2억 톤급이니까 불덩이가 몇 분 동안 유지될 것입니다. 그러면 그 불덩이가 무엇과 비슷할까요?"

"작은 태양이겠군요."

"바로 그겁니다! 그 원자폭탄의 핵융합 구조는 항성과 비슷하죠. 짧은 시간 내에 항성의 진화 과정을 재연해야 하고, 그 때문에 우리가 구축하는 수학모델은 본질적으로 항성의 모델과 일치합니다."

그들 앞으로 광활한 화이트샌즈 사막이 펼쳐져 있었다. 일출 전 여명이 황야 위로 희붐하게 스며들어 또렷한 윤곽은 보이지 않았다. 그 황야를 바라보며 두 사람 모두 삼체 게임 속 황야를 떠올렸다.

"레이디아즈 선생, 저는 요즘 흥분감을 감출 수가 없습니다. 처음에는 우리에게 열정이 부족했던 것이 사실입니다. 하지만 지금 이 프로젝트는 단순히 초대형 원자폭탄 제조에 머물지 않습니다. 우리가 무엇을 하고 있는 줄 아십니까? 바로 항성을 창조하고 있는 겁니다!"

레이디아즈는 앨런의 말에 동의하지 않는다는 듯 고개를 저었다.

"그게 지구 방위와 무슨 상관이 있소?"

"지구 방위에만 국한시키지 마십시오. 저와 우리 연구소 동료들은 모두 과학자입니다. 우리에게도 이 연구가 무의미한 일이 아니라는 겁니다. 적당한 매개변수를 입력하면 이 항성이 태양으로 변할 수도 있습니다! 생각해보십쇼. 컴퓨터 메모리 안에 태양이 생긴다면 얼마나 유용할지! 우주에서 우리와 그렇게 가까운 곳에 있는 거대한 존재를 우리는 지금까지 제대로 이용하지 못하고 있었습니다. 이 모델을 만들고 나면 태양에 대해 훨씬 더 많은 걸 알게 될 겁니다."

"태양을 이용하려는 시도가 인류를 위기에 빠뜨린 거요. 우리가 지금 이곳에 함께 서 있게 된 것도 바로 그 때문이잖소?"

"하지만 새로운 발견은 인류를 위기에서 구해낼 겁니다. 일출 시간에 여기서 만나자고 한 것도 바로 그 때문입니다."

그때 지평선 위로 태양의 꼭대기가 나타났다. 황야의 윤곽도 뚜렷해졌다. 레이디아즈는 과거 지옥의 불길이 타올랐던 이곳이 드문드문 잡초로 덮여 있는 것을 보았다.

앨런이 중얼거렸다.

"'이제 나는 죽음이요, 세계의 파괴자가 되었다.'"

"뭐라고요?"

레이디아즈는 마치 누가 등 뒤에서 총을 쏜 것처럼 고개를 홱 돌려 앨런을 쳐다보았다.

"오펜하이미가 최초의 원자폭탄이 폭발하는 것을 보면서 한 말입니다. 아마 고대 인도의 서사시 「바가바드기타」에서 따온 말일 겁니다."

동쪽의 빛무리가 빠르게 커지며 황금 그물 같은 빛살을 대지 위로 뿌렸다. 예원제가 그 옛날 새벽 홍안 기지의 안테나로 조준했던 태양이자, 그보다 더 오래전 바로 이곳에서 세계 최초의 원자폭탄이 폭발한 뒤 피어오른 모래 먼지를 비추었던 태양이며, 100만 년 전 원시인과 1억 년 전 공룡이 게슴츠레한 눈을 껌벅이며 바라보았던 바로 그 태양이다. 또 그보다도 더 오래전 태초의 바다에서 첫 번째 생명 세포가 느꼈던 그 몽롱한 빛도 바로 이 태양이 뿜어낸 것이다.

앨런이 말했다.

"그때 베인브리지*라는 사람이 오펜하이머의 뒤를 이어 전혀 시적이지 않은 말을 했죠. '이제 우리는 모두 개자식이 되었다.'"

"지금 무슨 소릴 하는 거요?"

태양이 서서히 떠오르는 것을 보며 레이디아즈는 점점 호흡이 가빠졌다.

"고맙습니다, 레이디아즈 선생. 이제 우리는 개자식을 면할 수 있게 됐으니까요."

태양이 모든 것을 압도하는 웅혼함으로 서서히 떠올랐다. 세상을 향해 '나를 제외한 다른 모든 것은 순간에 끝날 뿐이다'라고 선포하는 것 같았다.

"선생, 왜 이러세요?"

앨런이 놀라 외쳤다. 레이디아즈가 갑자기 털썩 무릎을 꿇고 주저앉으며 구역질을 하기 시작했다. 하지만 아무것도 게워내지 못했다.

레이디아즈의 안색이 창백해지며 식은땀을 흘렸다. 앞으로 털썩 고꾸라지며 한 손으로 가시덤불을 짚었지만 손을 빼낼 기운조차 없었다.

"차로 갑시다."

---

* 옮긴이 주: 미국인 물리학자로, 세계 최초의 핵실험인 트리니티 실험을 주도했다.

레이디아즈가 가쁜 숨 사이로 힘겨운 한마디를 토해냈다. 그는 태양의 반대편으로 고개를 틀며 빛을 가리려는 듯 땅을 짚지 않은 손을 앞으로 뻗었다. 앨런이 그를 부축하려 했지만 축 늘어진 그의 육중한 체구를 일으키기에는 역부족이었다.

"차를 이리 몰고 오시오……."

레이디아즈가 숨을 헐떡이며 빛을 가리려고 뻗었던 손으로 눈을 가렸다. 앨런이 달려가 차를 몰고 왔을 때 레이디아즈는 바닥에 완전히 나둥그러져 있었다. 앨런이 그를 겨우 자동차 뒷좌석에 실었다.

"선글라스, 선글라스……."

레이디아즈가 뒷좌석에 기댄 채 두 손을 허공으로 뻗어 허우적거렸다. 앨런이 운전석에서 선글라스를 찾아 그에게 주었다. 선글라스를 끼고 나자 레이디아즈의 호흡이 서서히 안정을 되찾았다.

"이제 됐소. 어서 돌아갑시다. 어서요."

레이디아즈가 힘없이 말했다.

"무슨 일입니까? 어디가 편찮으세요?"

"태양 때문인 것 같소."

"언제부터…… 이런 증상이 시작된 겁니까?"

"조금 전이오."

그때부터 레이디아즈는 기괴한 태양 공포증을 앓게 되었다. 태양을 보기만 하면 그는 육체와 정신이 거의 붕괴에 가까운 공황 속에 빠졌다.

*

"너무 오랜 비행이었던 거예요? 기운이 하나도 없어 보이는군요."

뤄지가 스창을 보자마자 반갑게 말을 건넸다.

"맞아. 우리가 탔던 그 비행기만큼 편한 비행기는 없더군."

스창이 별장 주위를 둘러보았다.

"멋진 곳이죠?"

뤄지의 예상과 달리 스창은 고개를 저었다.

"전혀. 삼면이 숲으로 둘러싸여서 몸을 은폐할 곳이 너무 많아. 호수가 집에서 이렇게 가까우면 잠수해서 침투하는 적을 막기도 힘들지. 풀밭이 탁 트인 건 좋군."

"좀 낭만적일 수 없어요?"

"난 일하러 온 거야."

"다스에게 낭만적인 일을 맡길 거예요."

뤄지가 스창을 거실로 데리고 갔다. 스창이 거실을 휙 둘러보았다. 호화롭고 고상한 별장도 그에게는 아무런 감흥도 주지 못하는 것 같았다. 뤄지가 크리스털 와인 잔에 술을 따라 스창에게 건넸지만 스창은 손을 저으며 사양했다.

"30년 숙성된 브랜디예요."

"난 이제 술을 못 마셔……. 낭만적인 일이란 게 뭐지?"

뤄지가 술을 한 모금 마시며 스창 옆에 앉았다.

"절 도와주세요. 경찰이었을 땐 사람 찾는 일을 주로 하셨죠?"

"그렇지."

"자신 있으세요?"

"사람 찾는 거? 그야 당연하지."

"좋아요. 그럼 사람을 찾아주세요. 스무 살쯤 된 여자예요. 이것도 제 계획의 일부예요."

"국적은? 이름은? 주소는?"

"아무것도 몰라요. 심지어 그녀가 이 세상에 존재할 가능성도 아주 적죠."

스창이 몇 초간 뤄지를 쳐다보다가 불쑥 물었다.

"꿈에서 본 여자야?"

뤄지가 고개를 끄덕였다.

"개꿈에서요."

스창도 고개를 끄덕이며 뤄지가 예상치 못한 대답을 했다.

"다행이군."

"다행이라고요?"

"적어도 생김새는 알 거 아냐?"

"그녀는 음…… 동양 여자예요. 중국인인 것 같다고 해두죠."

뤄지가 종이와 펜을 가져다가 그림을 그리며 설명했다.

"얼굴형은 이렇게 생겼고, 코는 이렇게, 입은 이렇게. 에이, 난 원래 그림은 영 젬병이에요. 그런 거 없어요? 목격자의 진술에 따라 눈, 코, 입을 끼워 맞추면 정교한 몽타주가 완성되는 그런 프로그램 같은 거요."

"있지. 내 노트북에."

"그걸 가져오세요. 지금 당장 그려볼게요!"

하지만 스창은 소파 깊숙이 몸을 기대고 더 편히 앉았다.

"필요 없어. 안 그려도 돼. 계속 얘기해봐. 생긴 건 그렇다 치고, 어떤 여자인지 얘기해봐."

뤄지는 몸 안에서 불이 타오르는 것 같았다. 벌떡 일어나 벽난로 앞을 초조하게 서성였다.

"그녀가 이 세상에 있다는 건 쓰레기 더미에 백합 한 송이가 핀 것과 같아요. 그토록…… 그토록 순결하고 연약해요. 주위의 그 어떤 것도 그녀를 더럽힐 순 없지만 모두 그녀에게 상처를 입히죠. 그래요. 세상 모든 게 그녀에게 상처를 입힐 수 있어요! 난 그녀를 처음 보자마자 그녀를 보호해야 한다는 생각이 들었어요. 그녀가 이 거칠고 야만스러운 현실에 상처를 입지 않도록……. 그럴 수만 있다면 그 어떤 대가를 치러도 상관없어요. 그녀는 그렇게…… 그렇게……. 아, 내가 왜 이렇게 횡설수설하죠? 그 어떤 말로도 그녀를 분명하게 표현할 수가 없어요."

스창이 웃으며 고개를 끄덕였다. 처음에는 거칠고 아둔해 보였던 그의 미소가 이젠 지혜가 충만한 현자의 미소처럼 보였다. 이제 뤄지는 그 미소를 보면 마음이 차분해졌다.

스창이 말했다.

"자넨 이미 분명하게 표현했어."

"좋아요. 계속할게요. 그녀는…… 휴, 뭐라고 해야 할지……. 내 마음속의 그녀를 형언할 수가 없어요."

뤄지가 조바심을 냈다. 할 수만 있다면 자신의 마음을 활짝 열어 스창에게 보여주고 싶었다.

스창이 손을 저으며 뤄지를 진정시켰다.

"됐어. 그럼 자네가 그녀와 사귈 때 있었던 일들을 얘기해봐. 자세할수록 좋아."

뤄지의 두 눈이 휘둥그레졌다.

"내가 그녀와…… 사귀었다는 걸 어떻게 알아요?"

스창이 입을 가늘게 벌리고 웃으며 주위를 둘러보았다.

"여긴 좋은 시가 같은 건 없겠지?"

"있어요!"

벽난로 위에 놓인 정교하게 만들어진 나무 상자가 있었다. 뤄지가 그 속에서 굵직한 다비도프 한 자루를 꺼내 담배 상자보다 더 정교하게 만들어진 단두대 모양의 커터로 끝부분을 잘랐다. 그는 그걸 스창에게 건넨 뒤 시가 전용 소나무 막대기에 불을 붙여 담뱃불을 붙여주었다.

스창이 연기를 한 모금 깊이 빨아들이고는 흡족한 미소를 지으며 고개를 끄덕였다.

"얘기해봐."

조금 전까지 언어장애가 있는 듯 더듬거렸던 뤄지가 갑자기 달변가가 된 듯 술술 이야기를 풀어냈다. 그녀가 도서관에서 처음으로 세상에 모습을 드러냈을 때, 자신의 기숙사에 있는 상상의 벽난로 앞에서 그녀를 만났을 때, 그녀가 강의실에 나타났을 때의 이야기를 하고, 그날 벽난로 불빛이 저녁놀의 눈동자 같은 와인에 투영되어 그녀를 얼마나 아름답게 비추었는지 묘사했으며, 그들의 꿈같았던 여행을 행복하게 회상했다. 그는 그녀와 함께했던 매 순간을 아주 작은 것 하나 놓치지 않고 자세히 들려주었다. 눈 쌓인 들판, 파란 하늘 밑 작은 마을, 해바라기를 하는 노인들 같았던 산과 산 위에서 본 석양과 모닥불까지 하나도 빠짐없이 전부……. 뤄지의 이야기가 끝나자 스창이 담뱃불을 비벼 껐다.

"이 정도면 됐어. 자네의 이야기를 종합해서 내가 추리한 걸 얘기해볼 테니 맞는지 들어봐."

"좋아요!"

"그녀의 학력은 대졸 이상 박사 이하일 거야."

뤄지가 고개를 끄덕였다.

"맞아요. 박식하지만 고리타분하지 않아요. 오히려 지식 덕분에 이 세상을 더 민감하게 느끼죠."

"아마 지식인 가정에서 태어났을 거야. 크게 부유하지는 않지만 보통 사람들보다는 풍족한 환경에서 자랐겠지. 부모님의 사랑을 듬뿍 받고 자랐지만 사회, 특히 하층 사회와 접촉해본 경험은 거의 없을 것 같군."

"맞아요! 정확해요! 자기 가족에 대한 이야기를 한 적은 없어요. 사실 그녀 자신에 대한 이야기를 한 적도 없죠. 하지만 내 생각에도 그럴 것 같아요!"

"여기서부터는 추리라기보다는 추측이야. 틀렸다면 얘기해줘. 수수한 옷차림을 좋아할 것 같군. 그 나이의 젊은 여자들에 비해 덜 꾸민다고나 할까."

뤄지가 멍하니 고개만 끄덕였다.

"하지만 늘 흰색이 섞여 있었어요. 흰 블라우스나 흰 칼라 같은. 그 외에 다른 부분은 짙은 색이라 흰색이 더욱 도드라져 보였죠. 와! 놀랍군요, 다스……."

뤄지는 거의 경배에 가까운 눈빛으로 스창을 쳐다보았다.

스창이 손사래를 쳤다.

"이제 마지막이야. 키는 크지 않을 거야. 160센티미터쯤? 몸매는…… 뭐라고 설명할까……. 아주 가녀린 몸매일 것 같아. 바람만 불어도 날아갈 것 같은. 그래서 실제보다 키가 더 작아 보일 거야. 더 많이 추측할 수도 있지만 이 정도로 해두지."

뤄지는 경탄의 눈빛을 거두지 못했다. 스창 앞에 무릎이라도 꿇을 것 같았다.

"다스에게 두손 두발 다 들었습니다! 전생에 셜록 홈스였던 게 분명해요!"

스창이 소파에서 몸을 일으켰다.

"그럼, 이제 컴퓨터를 가져올게."

그날 저녁 스창은 노트북을 가지고 뤄지를 찾아왔다. 모니터에 그녀의 몽타주가 나타나자 뤄지는 주문에 걸린 듯 미동도 하지 않고 모니터를 뚫어져라 응시했다. 스창은 그럴 줄 알았다는 듯이 벽난로 쪽으로 가서 시가 한 자루를 꺼내 소형 단두대로 끝을 잘라낸 뒤 불을 붙였다. 스창이 담배를 여러 모금 피우고 돌아올 때까지도 뤄지는 여전히 모니터에서 시선을 떼지 못하고 있었다.

"닮지 않은 데가 있으면 말해. 수정할 테니까."

뤄지는 어렵게 모니터에서 시선을 거두고 일어나 창가로 걸어갔다. 그는 달빛을 베일처럼 두르고 있는 설산으로 천천히 시선을 던지며 잠꼬대하듯 말했다.

"수정 안 해도 돼요."

"그럴 줄 알았어."

스창이 컴퓨터를 껐다.

뤄지는 창밖을 내다보며 남들이 스창을 평가하던 말을 곱씹었다.

"다스, 당신은 정말 악마군요."

스창이 피곤한 듯 소파에 털썩 앉았다.

"그렇게 신비한 능력은 아니야. 자네나 나나 같은 남자잖아."

뤄지가 몸을 돌렸다.

"하지만 남자들마다 꿈에 그리는 여인은 제각각이잖아요!"

"하지만 같은 부류의 남자들은 꿈에 그리는 여인도 대체로 비슷해."

"아무리 그래도 이렇게 똑같이 그릴 순 없어요!"

"자네가 나한테 많은 정보를 줬잖아."

뤄지가 다가와 다시 컴퓨터를 켰다.

"나도 한 장 복사해줘요. 이 여자를 찾을 수 있겠어요?"

"지금으로선 그럴 가능성이 크다는 얘기밖엔 할 수가 없지. 하지만 찾지 못할 수도 있어."

"뭐라고요?"

몽타주 파일을 복사하던 뤄지가 손을 멈추고 몸을 돌려 스창을 쳐다보았다.

"이런 일을 어떻게 100퍼센트 장담하겠나?"

"아뇨. 내 뜻은 그게 아니에요. 난 찾을 가능성이 없다고 말할 줄 알았어요. 1만 분의 1 확률이지만 우연히 찾게 될 수도 있다, 이 정도 대답이라도 만족할 수 있었어요!"

뤼지가 고개를 홱 돌려 모니터에 뜬 그녀의 몽타주를 다시 쳐다보며 잠 꼬대하듯 말했다.

"세상에 어떻게 이런 여자가 있을 수 있죠?"

스창의 입가에 냉소가 걸렸다.

"뤼 교수, 지금까지 만나본 사람이 얼마나 돼?"

"당연히 다스와는 비교할 수 없겠죠. 하지만 세상에 완벽한 사람이 없다는 건 알아요. 완벽한 여자는 더더욱 말이죠."

"자네 말대로 수많은 사람 중에 한두 사람을 찾아내는 건 내가 반평생 해온 일이야. 내 경험에 의하면 세상에는 별의별 사람이 다 있어. 다시 한 번 말해줄 테니 잘 듣게, 아우. 세상엔 별의별 사람이 다 있어. 완벽한 사람도, 완벽한 여자도 전부 다 있어. 아직 못 만났다면 그건 자네와 인연이 없는 거지."

"처음 듣는 얘기예요."

"왜냐하면, 자네가 생각하는 완벽한 사람이 남들 눈에도 반드시 완벽해 보이는 건 아니기 때문이지. 내가 보기엔 그녀에게도…… 뭐랄까, 완벽하지 않은 구석이 있을 거야. 그러니까 찾을 가능성이 높지."

"하지만 수만 명의 오디션을 보고도 배역에 완벽하게 어울리는 배우를 찾아내지 못하는 영화감독도 있어요."

"영화감독은 우리의 수사 능력에 비할 바가 아니지. 우린 수만 명, 아니 수십만 명 속에서도 찾아낼 수 있어. 게다가 우린 영화감독에게 없는 첨단 수사 장비와 기술도 가지고 있지. 예를 들어볼까? 공안부 분석센터에 있는 대형 컴퓨터들은 1억 장이 넘는 사진들 속에서 몽타주와 비슷한 얼굴을 찾아내는 데 반나절밖에 걸리지 않아……. 다만 이 일은 내 직무 외의 일이니까 먼저 상부에 보고해야 해. 상부에서 허가가 떨어지고 내게 지시가 내려온다면 나는 당연히 최선을 다해 그녀를 찾을 거야."

"면벽 프로젝트 중 중요한 부분이니까 진지하게 검토해달라고 말해줘요."

스창이 의미를 알 수 없는 미소를 흘리며 인사를 하고 돌아갔다.

*

"뭐라고요? PDC에게 그의⋯⋯."

켄트가 적당한 중국어 단어를 찾지 못해 머뭇거리다가 다시 말을 이었다.

"꿈속 연인을 찾아달라고 했다는 겁니까? 그 자식 버릇을 잘못 들였군! 미안하지만 상부에 전달해줄 수 없소."

"이건 면벽 프로젝트의 원칙을 위반하는 겁니다. 아무리 이해할 수 없는 요구라도 면벽자의 요구를 상부에 보고해야 합니다. 실행 여부를 최종 결정하는 건 PDC의 권한이죠."

"저런 놈의 황제놀음에 인류의 자원을 쏟아부을 수는 없소! 스 선생, 오랫동안 같이 일한 건 아니지만 당신의 일 처리 능력에 감탄하는 바요. 당신은 노련하고 통찰력이 뛰어난 사람이에요. 솔직히 대답해주시오. 뤄지가 정말로 면벽 프로젝트를 수행하고 있다고 생각합니까?"

스창이 고개를 저었다.

"나도 모릅니다."

하지만 그는 뭔가 또 말하려는 켄트를 저지하며 단호하게 덧붙였다.

"그러나 이건 내 개인적인 생각이지 상부의 의견이 아닙니다. 이게 바로 선생과 나의 가장 큰 차이입니다. 난 무슨 명령이든 충실히 수행하지만 선생은 뭐든 다 이유를 묻죠."

"그게 잘못이오?"

"잘잘못을 가리자는 게 아닙니다. 무슨 명령이든 분명한 이유를 알고 난 다음에야 수행했다면 지금쯤 이 세상은 말할 수 없이 혼란해졌을 겁니다. 선생의 직급이 나보다 높지만 어차피 우린 다 시키는 대로 일하는 사람들입니다. 우리 같은 사람들은 묻지도 따지지도 말고 닥치고 해야 하는 일들이 세상엔 있단 말입니다. 그러지 못하면 괴로운 건 결국 당신일 겁니다."

"난 이미 괴롭소! 침몰선에서 나온 술을 사기 위해 거액을 쏟아부으면서 난⋯⋯. 당신은 그에게 면벽자다운 구석이 조금이라도 있다고 생각해요?"

"면벽자다운 게 뭔가요?"

켄트는 말문이 막혔다.

"설령 면벽자가 갖추어야 할 자질이 있다손 치더라도 뤄 교수가 그 조건에 모조리 위배되는 건 아닐 겁니다."

스창의 말에 켄트가 아연실색했다.

"뭐라고요? 그에게서 어떤 자질을 발견했단 말이오?"

"물론입니다."

"의외로군. 그게 뭔지 말해보겠소?"

스창이 켄트의 어깨에 손을 올렸다.

"만일 어느 날 갑자기 선생이 면벽자로 정해졌다면 뤄 교수처럼 그걸 이용해 호사를 누릴 수 있겠습니까?"

"나라면 아마 좌절했겠지."

"그렇겠죠. 그런데 뤄지는 유유자적하고 있어요. 아무 일도 없었던 것처럼 말입니다. 그러기가 쉬울 것 같아요? 대범하지 않으면 절대로 할 수 없는 일입니다. 큰일을 하려면 그런 대범함이 반드시 필요합니다. 나나 선생 같은 사람들은 큰일을 할 수가 없어요."

"그가 이러는 게…… 이렇게 빈둥거리는 게…… 면벽 프로젝트란 말이오?"

"저도 모른다고 말씀드렸잖습니까? 지금 그의 행동이 계획의 일부가 아니라는 걸 어떻게 장담하시죠? 다시 한번 말씀드리지만 그건 우리가 판단할 문제가 아닙니다. 백번 양보해서 설령 우리의 생각이 맞는다고 해도 말입니다."

스창이 퀜트에게 바짝 다가서며 목소리를 잔뜩 눌러 뱉었다.

"세상에는 천천히 해야 하는 일들도 있는 법이죠."

한참 동안 스창을 응시하던 퀜트가 역시 고개를 가로저었다. 그는 스창의 마지막 말을 자신이 제대로 이해했는지 확신할 수 없었다.

"좋소. 상부에 보고하겠소. 단, 그의 꿈속 연인이라는 그 여자를 내게 보여줄 수 있겠소?"

모니터에 뜬 여자의 몽타주를 보자 퀜트의 주름진 얼굴이 금세 온화해졌다. 그가 턱을 만지작거리며 말했다.

"오…… 맙소사. 세상에 이런 여자가 있다는 걸 믿을 순 없지만 하루빨리 찾을 수 있길 빌겠소."

*

"장베이하이 대령, 귀 부대의 정치사상 공작을 시찰하러 왔습니다. 무례한 요구인가요?"

"아닙니다. 비슷한 선례가 있습니다. 럼스펠드 전 국방부 장관께서 중앙 군사위원회 당교(黨校)를 방문하셨습니다. 당시에 제가 그 학교에서 공부하고 있었죠."

타일러가 만났던 다른 중국 장교들에게 보이던 호기심과 신중함, 경계심이 장베이하이에게는 느껴지지 않았다. 장베이하이의 진지한 태도에 둘 사이의 대화 분위기가 한결 부드러워졌다.

"영어가 유창하군요. 해군 출신이죠?"

"그렇습니다. 미국 우주군은 해군의 비중이 저희보다 더 높다고 들었습니다."

"이 오래된 군별에서는 전함이 우주를 항해할 거라는 생각조차 하지 못하죠……. 솔직히 말하면 창웨이쓰 소장이 대령을 귀 부대의 가장 우수한 정치사상 공작 간부라고 소개했을 때 육군 출신일 거라 예상했소. 육군이 중국군의 영혼이니까요."

장베이하이는 그의 말에 동의하지 않는 표정이었지만 너그럽게 미소로 넘겼다.

"군별은 달라도 정신은 모두 같죠. 각국에서 새로 창설된 우주군도 각 군별의 특징이 함께 섞여 있지 않습니까?"

"귀 부대의 정치사상 공작에 관심이 많아요. 자세히 알아보고 싶소."

"그러시죠. 상부의 지시가 있었으니 제 소관 범위 내에서는 얼마든지 알려드리겠습니다."

"고맙소!"

타일러가 잠시 망설이다가 말했다.

"한 가지 해답을 구하기 위해 중국에 왔습니다. 대령의 의견을 들어볼 수 있을까요?"

"얼마든지 말씀해보시죠."

"신념만으로 무장했던 과거의 군대를 부활시킬 수 있다고 보시오?"

"과거의 군대란 어떤 걸 말씀하시는 건가요?"

"고대 그리스부터 제2차 세계대전까지 그런 군대는 많았어요. 중요한 건 그들에게 한 가지 공통점이 있었다는 거예요. 바로 사명감과 명예가 모든 것에 우선한다는 거죠. 필요하다면 목숨을 기꺼이 버릴 수도 있을 만큼. 하지만 제2차 세계대전 이후에는 민주국가든 독재국가든 군대에서 이런 정신이 사라졌죠."

"군대도 사회와 다르지 않습니다. 그건 사회 전체가 과거의 정신을 되찾아야 가능한 일입니다."

"그 점에 있어서는 우리의 의견이 같소."

"하지만, 그건 불가능합니다."

"왜죠? 우리에겐 400년이 넘는 시간이 있소. 과거 인류 사회는 이렇게 긴 시간을 통해 집단 영웅주의 시대에서 개인주의 시대로 변화했어요. 그렇다면 이 기간 동안 과거로 다시 돌아가는 것도 가능하지 않겠소?"

장베이하이가 잠시 생각에 잠겼다가 말했다.

"그건 그리 간단한 문제가 아닙니다. 이미 성인이 된 인류 사회가 다시 아동기로 돌아갈 수는 없다고 생각합니다. 과거 400년간 인류 사회는 이런 위기와 재난에 대해 정신적으로든 문화적으로든 아무 대비도 해놓지 않았습니다."

"그렇다면 대령이 가진 승리에 대한 자신감은 어디서 나오는 겁니까? 대령은 승리에 대한 굳은 신념을 가지고 있다고 들었소. 이렇게 패배주의가 넘쳐나는 우주 함대가 어떻게 강적과 맞서겠소?"

"인류에게 시간이 400년도 더 남았다고 하지 않으셨습니까? 뒤로 갈 수 없다면 앞으로 나아가야죠."

장베이하이의 대답은 모호했다. 조금 더 깊이 들어가도 타일러가 그에게서 더 얻어낼 수 있는 건 없었다. 그저 장베이하이의 사고가 아주 깊어서 쉽게 속을 들여다볼 수 없는 사람이라는 느낌만 더 강해질 뿐이었다.

우주군 본부에서 나오던 타일러가 한 초병 앞을 지나다가 그와 눈이 마주쳤다. 초병은 타일러를 향해 약간 수줍은 듯한 미소를 보냈다. 다른 나라 군대에서는 있을 수 없는 일이었다. 다른 나라 초병들은 모두 눈동자도 돌리지 않고 무조건 전방만 응시하고 있는데 말이다. 이 젊은 초병의 얼굴을 보며 타일러는 속으로 또다시 그 말을 되뇌었다.

'어머니, 저는 곧 반딧불이 될 겁니다.'

*

그날 저녁은 비가 내렸다. 뤄지가 이곳에 온 후 처음 내리는 비였다. 거실은 어두웠고 추웠다. 뤄지는 불도 피우지 않은 벽난로 앞에 앉아 빗소리를 들었다. 별장이 마치 깜깜한 바다 위에 홀로 떠 있는 섬 같았다. 한없는 고독 속으로 파고들었다. 스창이 돌아간 뒤 그는 불안한 기다림으로 하루하루를 보내고 있었다. 이런 고독과 기다림 자체가 행복이라고 생각했다. 그때 자동차가 현관 앞에 멈추어 서는 소리가 들리더니 두런두런하는 이야기 소리가 얼핏 새어 들어왔다. 나긋나긋한 여자 목소리도 섞여 있었다. "고맙습니다" "안녕히 가세요" 같은 말들이었다. 뤄지는 그 목소리에 감전된 듯 온몸에 전율을 느꼈다.

2년 전 낮과 밤의 꿈속에서 들었던 그 목소리였다. 푸른 하늘에 날리는 한 자락 흰 베일 같은 그 목소리였다. 음울한 석양 속에 아슴아슴한 빛이 나타난 것 같았다.

잠시 후 가벼운 노크 소리가 들렸다. 뤄지는 온몸이 뻣뻣하게 굳어 꼼짝 않고 앉아 있다가 한참이 지난 뒤에야 입을 뗐다.

"들어오세요."

문이 열리고 가녀린 그림자가 비 냄새를 안고 사뿐히 들어왔다. 거실에는 스탠드 하나만 켜져 있었다. 스탠드에 챙이 넓은 구식 등갓이 씌워져 있어 어스름한 불빛이 벽난로 앞 그리 넓지 않은 공간만 둥글게 비추었다.

그 빛을 제외하면 거실에는 빛이 하나도 없이 컴컴했다. 그녀의 얼굴은 똑똑히 보이지 않았고 흰색 바지에 어두운 색 외투를 받쳐 입었다는 것만 알 수 있었다. 새하얀 칼라와 짙은 색 외투가 선명한 대조를 이루었다. 뤄지는 문득 백합을 떠올렸다.

"뤄 선생님, 안녕하세요."

뤄지가 벌떡 일어났다.

"안녕하세요. 밖이 춥죠?"

"차 안은 안 추워요. 그런데 여긴……."

그녀의 얼굴이 보이지 않았지만 뤄지는 그녀가 웃고 있다고 확신했다.

그녀가 주위를 두리번거렸다.

"조금 춥네요……. 참, 제 이름은 좡옌(莊顏)이에요."

"안녕하세요. 벽난로에 불을 피울까요?"

뤄지가 쪼그려 앉아 가지런히 쌓여 있는 과실수 장작을 벽난로 안으로 집어넣으며 물었다.

"벽난로를 본 적이 있어요? 아, 이리 와서 앉으세요."

그녀가 다가와 소파에 앉았지만 역시 어둠 속에 있었다.

"영화에서만 봤어요."

뤄지가 성냥을 그어 장작더미 아래 종이 뭉치에 불을 붙였다. 불꽃이 살아 있는 것처럼 빠르게 번지자 어룽거리는 금색 불빛 속에서 그녀의 모습이 서서히 나타났다. 성냥불이 끝까지 타올랐지만 뤄지의 두 손가락은 성냥을 쥐고 놓지 않았다. 성냥불에 데는 고통으로 이것이 꿈이 아님을 확인해야 했다. 마치 태양에 불을 붙여 현실이 된 꿈속 세상을 환히 비춘 것 같았다. 밖에 있는 태양이 비와 어둠 속에 숨어 영영 나오지 않아도, 이 세상은 모닥불과 그녀만 있어도 충분했다. 스창, 당신은 정말 악마군요. 그녀를 어디서 찾았죠? 이런 젠장, 어떻게 그녀를 찾아낼 수가 있냐고요! 뤄지는 그녀에게서 시선을 거두고 모닥불을 쳐다보았다. 자기도 모르게 눈물이 두 눈 가득 고였다. 처음에는 그녀에게 들킬까 봐 두려웠지만 감출 필요가 없을 것 같았다. 모닥불의 매운 연기가 눈을 찔러 눈물이 나는 거라고 생각할 테니. 그는 태연하게 손으로 눈물을 닦았다.

"아, 따뜻해. 정말 따뜻해요……."

그녀가 모닥불을 쳐다보며 웃었다. 이 말과 미소에 뤄지의 가슴이 또다시 철렁 내려앉았다.

"여긴 왜 이렇죠?"

그녀가 고개를 들어 어둠이 가득 채운 거실을 둘러보았다.

"상상했던 것과 다른가요?"

"달라요."

"상상했던 것만큼…… 장엄하지 않아요?"

뤄지가 그녀의 이름을 떠올렸다.*

그녀가 웃었다.

"제 이름의 '옌' 자는 '얼굴 안' 자예요."

"아, 그렇군요……. 혹시 지도와 대형 모니터로 가득 찬 방에서 내가 긴 막대기를 들고 무장한 장교들을 지휘하고 있는 광경을 상상했어요?"

"바로 그거예요."

그녀의 미소가 더 환해졌다. 봉오리를 터뜨리며 만개한 장미 같았다.

뤄지가 일어났다.

"먼 길 오느라 피곤하시죠? 따뜻한 차 한잔 드세요. 아니면 와인 한잔 드릴까요? 추위를 달랠 수 있을 거예요."

뤄지는 망설이다가 조심스럽게 물었지만 그녀는 시원스레 대답했다.

---

* 옮긴이 주: '좡옌(莊顔)'이라는 이름이 '장엄하다'는 뜻의 '莊嚴'과 발음이 같다.

"좋아요."

그녀는 와인 잔을 받아 들며 가볍게 고맙다고 한 뒤 한 모금 홀짝였다.

그날처럼 와인 잔을 들고 있는 그녀의 모습에 뤄지의 마음속 가장 연약한 어딘가가 또다시 떨렸다. 그녀는 술을 마시라는 권유에 흔쾌히 술을 마셨다. 그녀는 이 세상에 대해 아무런 경계심도 없다. 그래. 이 세상 곳곳에 위험이 도사리고 있어. 오직 이곳만 안전해. 그녀에겐 이런 보호가 필요해. 여기가 바로 그녀의 성이야.

뤄지가 앉아 창옌을 바라보며 최대한 차분하게 말했다.

"사람들이 뭐라고 하면서 당신을 이리로 데려왔나요?"

"직원을 구한다고 했어요. 뤄 선생님, 제가 할 일은 뭔가요?"

그의 마음을 산산이 무너뜨리는 천진함이 그녀의 얼굴 위로 또다시 나타났다.

"전공이 뭐죠?"

"동양화예요. 중앙미술학원*에서 공부했어요."

"졸업했나요?"

"네. 졸업한 지 얼마 안 됐어요. 대학원 시험을 준비하면서 직장을 구하고 있었어요."

뤄지는 그녀가 여기에서 할 수 있는 일이 떠오르지 않았다.

"음…… 일에 대해서는 내일 얘기해요. 피곤할 텐데 우선 편히 쉬어요. 이곳이 마음에 들어요?"

"잘 모르겠어요. 공항에서 오는 동안 안개가 너무 심했고 곧 날이 저물어서 아무것도 못 봤어요. ……여기가 어디예요?"

"나도 몰라요."

---

* 옮긴이 주: 중국 최고의 명문 미술대학.

그녀가 고개를 끄덕이며 살짝 웃었다. 뤄지의 말을 믿지 못하는 것 같았다.

"여기가 어딘지 나도 정말 몰라요. 지형을 보면 북유럽인 것 같은데 전화를 걸어서 물어볼게요."

"아니에요. 모르는 게 더 좋아요."

"왜죠?"

"어딘지 알면 세상이 좁아지는 느낌일 거예요."

맙소사! 뤄지가 속으로 외쳤다.

그녀가 갑자기 재미있는 걸 발견한 아이처럼 신이 나서 말했다.

"뤄 선생님, 이것 좀 보세요. 불빛에 비친 와인이 정말 예뻐요."

불빛이 스며든 와인은 꿈속처럼 진한 다홍빛이 돌았다.

뤄지가 긴장된 목소리로 물었다.

"뭘 닮은 것 같아요?"

"음…… 눈동자가 떠올랐어요."

"저녁놀의 눈동자요?"

"저녁놀의 눈동자. 와, 멋진 표현이에요!"

"당신도 아침놀과 저녁놀 중에 저녁놀이 더 좋아요?"

"맞아요. 그걸 어떻게 아세요? 전 저녁놀 그리는 걸 제일 좋아해요."

불빛이 비친 그녀의 두 눈은 '그게 뭐 잘못됐나요?'라고 묻고 있는 듯했다.

다음 날 아침, 비 온 뒤 하늘이 더없이 청명했다. 어제의 비는 좡옌을 맞이하기 전에 이 에덴동산을 말끔히 청소하기 위해 하느님이 내려준 것이라고 뤄지는 생각했다. 이곳의 풍경을 처음 보았을 때 좡옌은 다른 젊은 여자들처럼 호들갑을 떨며 경탄하고 찬미하지 않았다. 이 장엄한 풍경 앞에서 그녀가 느낀 건 경외감과 숨이 턱 막히는 아득함이었다. 그녀는 찬미의 말조차 감히 내뱉지 못했다.

뤄지는 그녀가 다른 여자들보다 자연의 아름다움에 더 민감하다는 걸 알았다.

뤄지가 물었다.

"어려서부터 그림 그리기를 좋아했어요?"

챵옌은 먼 설산을 바라보고 있다가 한참 뒤에야 정신이 들었다.

"아, 네. 하지만 이곳에서 자랐더라면 아마 그림을 그리지 않았을 거예요."

"왜죠?"

"이렇게 아름다운 곳을 상상하고 그린 적이 있어요. 내가 가본 곳을 그리듯 상상 속 풍경을 그렸어요. 하지만 이곳에는 상상했던 것들, 꿈에서 그렸던 풍경들이 모두 다 있어요. 이미 다 있는데 뭘 그리겠어요?"

"그렇죠. 상상했던 아름다움을 현실에서 찾는다는 건 정말이지……."

뤄지는 아침 햇살에 에워싸인 챵옌을, 자신의 꿈속에서 나온 이 천사를 물끄러미 응시했다. 한없는 행복감이 호수 위 물결처럼 가슴속에서 넘실댔다. UN, PDC 당신들은 면벽 프로젝트가 이런 결과를 가져올지 상상하지 못했겠지. 난 이제 죽어도 여한이 없어.

챵옌이 물었다.

"어제 비가 그렇게 많이 왔는데 어째서 설산 위의 눈은 씻겨 내려가지 않았을까요?"

"비는 설선 아래서만 내리기 때문이죠. 설선 위에 쌓인 눈은 만년설이에요. 우리가 살던 곳과는 기후가 많이 다르죠."

"설산에 가보셨어요?"

"아뇨. 나도 여기 온 지 얼마 안 됐어요. 설산이 마음에 들어요?"

설산에서 시선을 떼지 못하고 있던 그녀가 힘주어 대답하며 고개를 끄덕였다.

"그럼 같이 가봅시다."

그녀의 얼굴에 화색이 돌았다.

"그게 정말이에요? 언제요?"

"지금 출발합시다. 산자락으로 통하는 간이 도로가 있어요. 지금 가면 저녁 무렵엔 도착할 수 있을 거예요."

쾅옌이 설산에서 거둔 시선을 뤄지에게로 옮겼다.

"일은요?"

"급할 거 없어요. 어젯밤에 왔잖아요."

뤄지가 대충 둘러대자 쾅옌이 고개를 갸우뚱거렸다.

"그래도……."

뤄지의 가슴이 또 한 번 철렁 내려앉았다. 이 천진난만한 표정과 눈빛은 예전에도 수없이 보았던 것이다.

"그래도 제가 할 일이 뭔지는 알아야 하잖아요."

뤄지가 먼 곳으로 시선을 던지며 몇 초쯤 생각하다가 시원스레 말했다.

"그건 설산에 도착해서 알려줄게요!"

"좋아요! 그럼, 빨리 가요."

"여기서 배를 타고 호수를 건너가서 차를 타고 출발하는 게 편해요."

두 사람이 호수 위 잔교로 향했다. 뤄지는 오늘처럼 바람이 순한 날은 요트를 띄우기 좋다며 저녁에 돌아올 때는 풍향이 반대로 바뀌어 있을 거라고 했다. 그는 쾅옌이 배에 탈 수 있도록 손을 잡아주었다. 그녀의 몸에 닿는 건 처음이었다. 그녀의 손은 그 상상 속 겨울 밤 그녀와 처음 악수하던 그때처럼 차갑지만 보드라웠다. 그녀는 뤄지가 하얀 돛을 올리는 걸 신기한 눈으로 쳐다보다가 배가 잔교를 떠나자 물속으로 손을 집어넣었다.

뤄지가 말했다.

"물이 차가워요."

"물이 아주 맑아요!"

뤄지가 속으로 중얼거렸다.

'당신의 눈처럼 말이죠.'

"설산을 좋아하는 이유가 있나요?"

"제가 동양화를 좋아하기 때문이에요."

"동양화와 설산이 무슨 관계가 있죠?"

"동양화와 유화의 차이가 뭔지 아세요? 유화는 짙은 물감으로 캔버스를 빈틈없이 채워요. 어느 유명한 화가가 그랬어요. 유화에서 흰색은 황금만큼이나 귀하다고. 하지만 동양화는 달라요. 화선지에 여백이 아주 많죠. 그 여백이 바로 동양화의 눈이에요. 그림 속 풍경은 여백을 감싸는 틀일 뿐이에요. 저 설산을 보세요. 동양화의 여백 같지 않아요?"

뤄지를 만난 후 그녀가 이렇게 길게 말한 건 처음이었다. 아무것도 모르는 학생을 가르치듯 얘기했지만 조금도 무례하게 느껴지지 않았다.

뤄지는 그런 그녀를 보며 생각했다.

'당신이 그림 속 여백 같아요. 성숙한 감상자는 텅 빈 여백에서 충만한 아름다움을 읽어낼 수 있죠.'

요트가 맞은편 잔교에 도착했다. 지붕 없는 지프 한 대가 호숫가 숲 가장자리에 서 있었다. 별장 직원이 미리 차를 가져다놓고 돌아간 뒤였다.

좡옌이 차에 오르며 말했다.

"군용차죠? 올 때 주위에 군대가 있는 걸 봤어요. 초소 세 개를 지났어요."

"상관없어요. 우릴 방해하지 않을 거예요."

뤄지가 시동을 걸었다.

숲을 가로지르는 좁은 간이 도로였지만 차는 덜컹대지 않고 안정적으로 달렸다. 채 가시지 않은 아침 안개가 높이 솟은 소나무 사이로 새어 든 햇빛을 한올 한올 휘감고 있었다. 엔진 소리가 났지만 새들의 지저귐은 똑똑히 들을 수 있었다. 달콤한 바람에 나부끼는 좡옌의 긴 머리칼이 한올 한올 뤄지의 오른쪽 뺨을 간질였다. 그는 또 2년 전의 겨울 여행을 떠올렸다. 지금 그들을 둘러싼 모든 것은 그 겨울 눈 내린 중국 북부의 평원이나 타이항산과 완전히 달랐지만 그때 그가 상상했던 모든 것이 지금 현실이 되어 있었다. 뤄지는 자신에게 이런 일이 일어났다는 사실을 아직도 믿을 수가 없었다.

뤄지가 고개를 돌려 좡옌을 쳐다보니 그녀도 그를 보고 있었다. 아까부터 보고 있었던 것 같았다. 호기심 어린 그녀의 눈동자 속에 무엇과도 비교할 수 없는 순수함과 선량함이 가득 차 있었다. 숲속 빛줄기가 그녀의 얼굴과 옆모습 위로 쏟아져 내렸다. 뤄지와 눈이 마주쳤지만 그녀는 시선을 피하지 않았다.

그녀가 물었다.

"뤄 선생님은 정말로 외계인과 싸워 이길 수 있어요?"

뤄지는 그녀의 천진한 물음에 완전히 정복당했다. 그녀 외에 어느 누구도 면벽자에게 그런 걸 묻지 않았다. 게다가 두 사람은 만난 지 만 하루도 되지 않았다.

"면벽 프로젝트의 취지는 인류의 전략적 의도를 한 사람의 머릿속 안에 완전히 감추는 데 있어요. 사람의 머릿속은 인간 세상에서 유일하게 지자가 감시할 수 없는 곳이죠. 그래서 몇 사람을 고를 수밖에 없었지만 면벽자들이 모두 슈퍼맨은 아니에요. 세상에 슈퍼맨은 없어요."

"그럼, 어떻게 면벽자로 뽑히신 거예요?"

조금 전 질문보다 몇 배는 더 당돌하고 대범한 질문이 좡옌의 입에서 자연스럽게 흘러나왔다. 그녀의 투명한 마음은 모든 것을 영롱하게 투사시켰다. 뤄지가 차를 천천히 세우자 좡옌이 놀란 눈으로 그를 쳐다보았다.

뤄지는 햇빛이 군데군데 내려앉은 앞길을 응시했다.

"면벽자는 인류 역사상 가장 믿을 수 없는 사람들이에요. 최고의 사기꾼이죠."

"그건 면벽자가 해야 하는 일이잖아요."

뤄지가 고개를 끄덕였다.

"하지만, 지금 내가 하는 이야기는 진담이에요. 믿어줘요."

좡옌이 고개를 끄덕였다.

"믿을게요. 말씀하세요."

뤄지는 쉽지 않은 얘기를 하려는 사람처럼 한참 뜸을 들였다.

"나도 왜 내가 뽑혔는지 몰라요. 난 평범한 사람이에요."

뤄지가 좡옌을 향해 천천히 시선을 옮겼다.

좡옌이 또 고개를 끄덕였다.

"힘드시겠네요."

이 말이 좡옌의 순진무구한 표정과 함께 뤄지의 눈가를 축축하게 적셨다. 면벽자가 된 뒤 그에게 이렇게 말해준 것은 그녀가 처음이었다. 그녀의 눈동자는 그에게 천국과도 같았다. 그 해맑은 눈빛 속에는 다른 사람들이 면벽자를 바라보는 시선에서는 찾을 수 없는 무언가가 있었다. 그녀의 미소 역시 그의 천국이었다. 그건 면벽자를 향한 미소가 아니었다. 그 천진한 미소가 햇빛을 담은 이슬처럼 그의 마음속 가장 메마른 곳에 살포시 떨어졌다.

"네. 하지만 쉽게 생각하고 싶어요……. 진담은 여기까지예요. 면벽 상태로 돌아가죠."

뤄지가 다시 시동을 걸었다.

그 후 두 사람 사이에 침묵만 흘렀다. 숲의 나무가 점점 줄어들고 푸른 하늘이 나타났다.

촹옌이 외쳤다.

"저기 좀 보세요. 매예요!"

"저쪽에 있는 건 사슴 같군요!"

뤄지가 앞을 가리켰다. 그가 촹옌의 관심을 재빨리 다른 데로 돌린 건 그때 하늘에 나타난 게 매가 아니라 상공을 선회하고 있는 무인 경호기이기 때문이었다. 무인 경호기의 등장에 뤄지는 스창을 떠올렸다. 휴대전화를 들고 그의 전화번호를 누르자 저편에서 스창의 목소리가 들렸다.

"우아! 뭐 아우, 이제야 내 생각이 난 거야? 촹옌은 잘 있나?"

"물론이죠. 아주 잘 있어요. 고마워요!"

"그럼, 됐어. 내 마지막 임무를 완수한 셈이군."

"마지막이라고요? 어딜 가세요?"

"국내에 있을 거야. 아주 긴 잠을 자겠지만."

"뭐라고요?"

"난 사실 백혈병을 앓고 있어. 미래로 가서 치료하려고 해."

뤄지가 급하게 브레이크를 밟았다. 갑작스러운 급정거에 촹옌이 새된 비명을 터뜨렸다. 뤄지가 걱정스러운 눈으로 그녀를 살피다가 별일 없는 것을 확인하고 전화기 저편의 스창에게 말했다.

"언제부터…… 그랬어요?"

"현직에 있을 때 방사선에 피폭된 적이 있어. 발병한 건 작년이지."

"맙소사! 나 때문에 치료가 늦어진 건 아니죠?"

"늦어지고 말고가 어디 있어? 미래 의학이 얼마나 발전할 수 있을지 누가 알겠나?"

"미안해요, 다스."

"괜찮아. 그게 내 일이잖아. 더 방해하지 않을게. 나중에 또 만날 수 있을 거야. 하지만 만나지 못할 수도 있으니까 한마디만 해두지."

"말씀하세요."

스창이 한참 침묵하다가 말했다.

"옛말에 불효에는 세 가지가 있는데 자손 없는 것이 제일 큰 불효라고 했지. 뤄 형, 우리 스씨 집안이 400년 넘게 이어질 수 있도록 잘 부탁하네."

전화를 끊은 뒤 뤄지는 하늘을 올려다보았다. 무인기는 보이지 않았고 막 세수를 하고 나온 듯 샛맑간 하늘이 그의 마음처럼 텅 비어 있었다.

좡옌이 물었다.

"다스에게 전화하셨어요?"

"네. 다스를 만났어요?"

"만났죠. 좋은 분이에요. 제가 떠나던 날 다스가 손을 다쳤는데 지혈을 해도 피가 멎지 않았어요. 얼마나 놀랐는지 몰라요."

"아…… 다스가 나에 대해 뭐라고 했어요?"

"세상에서 제일 중요한 일을 하고 있으니까 뤄 선생님을 도와달라고 했어요."

숲을 완전히 벗어나자 그들과 설산 사이에 오직 초원만 펼쳐져 있었다. 은백색과 연녹색이 조화를 이루어 세상이 더 깨끗하고 단순해 보였다. 뤄지는 눈앞의 대자연이 점점 자신의 곁에 앉은 여인을 닮아가는 것 같았다. 바로 그때 뤄지는 좡옌의 눈동자에 한 가닥 우울함이 스치는 것을 놓치지 않았다. 그녀의 가벼운 한숨 소리마저 들리는 것 같았다.

뤄지가 물었다.

"왜 그래요?"

"수백 년 뒤에는 이 아름다운 세상을 아무도 볼 수 없다는 걸 생각하면 너무 슬퍼요."

"외계인이 보잖아요."

"그들은 아름답다고 느끼지 않을 것 같아요."

"왜죠?"

"저희 아빠가 그러셨어요. 대자연의 아름다움에 민감한 사람은 천성이 선량한 사람이라고. 선량하지 않은 사람은 아름다움을 느끼지 못한다고요."

"외계인이 인류를 공격하는 건 이성적인 선택이에요. 자기 종족의 생존을 위한 방법이죠. 선량함과는 무관해요."

"그런 말은 처음 들어요. ……뤄 선생님은 나중에 그들을 만나시겠죠?"

"아마도요."

"선생님 말처럼 그들이 악하지 않고 인류가 최후의 전쟁에 그들과 싸워 이긴다면, 음……."

좡옌이 고개를 돌려 뤄지를 쳐다보며 말을 잇지 못하고 망설였다.

뤄지는 그럴 가능성은 거의 제로에 가깝다고 말하고 싶었지만 차마 그럴 수가 없었다.

"이긴다면?"

"그들을 우주로 쫓아내지 않으면 좋겠어요. 우주로 쫓겨나면 그들이 죽잖아요. 그들에게 공간을 내주고 함께 살면 얼마나 좋아요?"

뤄지가 그녀의 말에 감동해 한참 동안 침묵하다가 하늘을 가리켰다.

"당신이 지금 한 말은 나만 들은 게 아니에요."

좡옌도 긴장된 얼굴로 하늘을 올려다보았다.

"아…… 그렇겠네요. 우리 주위에도 지자가 아주 많이 날아다니고 있겠죠?"

"어쩌면 삼체 문명의 최고 통치자가 당신의 말을 들었을 수도 있어요."

"저를 놀리는 거죠?"

"아뇨. 그렇지 않아요. 내가 지금 무슨 생각을 하고 있는지 알아요?"

그 순간 뤄지는 그녀의 손을 덥석 잡고 싶은 강렬한 충동을 느꼈다. 그녀의 가냘픈 왼손이 바로 핸들 옆에 있었다. 하지만 그는 충동을 꾹꾹 눌러 담으며 말했다.

"진정으로 세상을 구할 수 있는 사람은 바로 좡옌 당신이라는 생각을 하고 있어요."

좡옌이 웃음을 터뜨렸다.

"저요?"

"그래요. 당신이 너무 적다는 게 문제죠. 내 말은 당신 같은 사람이 이 세상에 너무 적다는 거예요. 인류 중 3분의 1만이라도 당신과 같다면 삼체 문명은 우리와 타협하고 이 세상에서 우리와 공존할 수 있을 겁니다. 하지만 지금은……."

뤄지의 입술 사이로 긴 한숨이 비어져 나왔다.

좡옌이 허탈하게 웃었다.

"하지만 저는 너무 힘이 드는걸요. 대학을 졸업하고 사회로 나오면 물고기가 바다로 나가는 거라고들 말하죠. 하지만 바다가 너무 탁해요. 아무것도 보이지 않아요. 맑은 바다를 찾고 싶어 쉬지 않고 헤엄쳤지만 이젠 지쳤어요……."

뤄지가 속으로 말했다.

'내가 당신을 그 바다로 데려다주고 싶어요…….'

경사 도로가 시작되었다. 고도가 높아질수록 풀과 나무가 점점 줄어들었고 길 양편으로 민둥민둥한 검은 바위가 드러났다. 달 표면 위를 달리고 있는 것 같았다. 어느새 차가 설선에 다다랐다. 주위는 온통 은백색이었고 공기가 산뜻할 정도로 차가웠다. 뤄지가 뒷좌석에 있던 배낭에서 오리털 점퍼를 꺼냈다. 두 사람은 점퍼를 입고 다시 차를 몰았다. 얼마 가지 않아서 바리케이드가 앞을 가로막았다. 도로 한가운데 '눈사태 위험 시기. 전방 도로 폐쇄'라고 적힌 표지판이 세워져 있었다. 두 사람은 차에서 내려

길옆 눈밭으로 걸어 들어갔다. 해가 서쪽으로 기울어 주위의 눈 쌓인 언덕 아래로 그림자가 길게 드리웠고 그림자가 덮인 곳은 순백의 눈이 은은한 연청빛으로 반짝이고 있었다. 멀리 깎아지른 듯 서 있는 봉우리는 아직 햇빛을 받아 눈부신 은빛을 사방으로 발산하고 있었다. 그 빛이 눈에서 뿜어져 나온 듯했다. 마치 이 세상에 태양이라는 것이 처음부터 존재하지 않았고 그 봉우리만이 세상을 비추는 유일한 빛인 것 같았다.

뤄지가 두 팔을 뻗어 한 바퀴 빙 돌렸다.

"이제 그림 속에 온통 여백뿐이군요."

순백의 세상을 바라보는 좡옌의 눈에 환희와 감격이 넘쳤다.

"이런 그림을 그린 적이 있어요! 멀리서 보면 화선지의 흰 여백뿐이고, 가까이서 보면 왼쪽 아래 모서리에는 가녀린 갈대 몇 그루가 있고 오른쪽 위 모서리에는 날아가는 새가 어렴풋이 보이죠. 여백의 한가운데에는 두 사람을 보일 듯 말 듯 아주 작게 그려 넣었어요. 제가 제일 좋아하는 작품이에요."

"상상만으로도 아름다운 작품이군요. 이 여백의 세상 속에 서서 당신이 맡게 될 일이 뭔지 들어보겠어요?"

좡옌이 고개를 끄덕였다. 그녀의 얼굴에 긴장감이 역력했다.

"면벽 프로젝트가 뭔지는 잘 알고 있겠죠. 이 프로젝트가 성공하려면 누구도 전략의 진정한 의도를 눈치챌 수 없어야 해요. 면벽자 본인 외에는 지구상에서든 삼체 세계에서든 누구도 그걸 알 수 없어야 하죠. 그러니까 아무리 불가사의한 일을 맡게 되더라도 그건 분명히 의미 있는 일이니까 이해하려고 하지 말고 그대로 따라줘요."

"이해해요."

좡옌이 입술을 앙다물고 고개를 끄덕이다가 웃으며 다시 고개를 저었다.

"아니, 내 말은 알아들었다고요."

뤄지가 눈밭에 서 있는 좡옌을 쳐다보았다. 입체감을 느낄 수 없을 만큼 순백의 새하얀 공간이었다. 온 세상이 그녀를 위해 숨어버렸고 그녀가 이곳의 유일한 존재였다. 2년 전 그가 만든 문학적 이미지가 상상 속에서 생명을 얻었을 때 뤄지는 사랑이라는 감정을 느꼈다. 하지만 지금 그는 이 대자연이라는 화폭의 여백에서 사랑의 신비로움을 깨달았다.

"좡옌, 당신이 할 일은 스스로 행복해지는 거예요."

좡옌의 두 눈이 커졌다. 뤄지가 또다시 말했다.

"이 세상에서 제일 행복하고 즐거운 여자가 되어줘요. 이건 면벽 프로젝트의 일부예요."

좡옌의 두 눈동자 속에 세상을 밝게 비추는 봉우리의 빛이 거꾸로 나타났다. 그녀의 순수한 눈빛 위로 하늘 위 구름처럼 복잡한 감정이 스쳤다. 설산이 바깥세상의 모든 소리를 삼켰다. 뤄지는 고요 속에서 참을성 있게 기다렸다. 마침내 좡옌이 아주 멀리서 들려오는 듯한 목소리로 물었다.

"그럼…… 내가 어떻게 해야 하죠?"

뤄지의 얼굴이 한껏 상기되었다.

"뭐든 하고 싶은 대로 해요! 내일, 아니 당장 오늘 저녁이라도 가고 싶은 데 가고 하고 싶은 일을 해요. 바라던 생활을 해요. 면벽자인 내가 당신이 바라는 걸 모두 이룰 수 있도록 도와줄게요."

"하지만 난…… 아무것도 필요 없어요."

좡옌의 당혹스러운 시선이 뤄지를 향했다.

"어떻게 그럴 수가 있죠? 바라는 게 없는 사람은 없어요. 남자든 여자든 자기가 바라는 걸 얻으려고 아등바등 애쓰잖아요?"

"바라는 걸…… 얻으려고 애쓴다고요? 난 그런 적이 없는 것 같아요."

"그래요. 욕심 없는 사람이죠. 하지만 꿈은 있을 거 아니에요? 예를 들면 그림 그리는 걸 좋아하니까 세계 최대 화랑이나 미술관에서 개인 전시회를 열고 싶다든가……."

쟝옌이 웃음을 터뜨렸다. 뤄지는 자신이 철부지 아이가 된 기분이었다.

"그림은 내가 보려고 그리는 거예요. 그런 생각은 해본 적 없어요."

"좋아요. 그럼 사랑을 꿈꿔본 적은 있겠죠? 이제 꿈꾸던 사랑을 찾아봐요."

뤄지의 말투는 추호의 망설임도 없었다.

석양이 봉우리에서 빛을 거두어가고 있었다. 쟝옌의 눈동자도 조금 어두워졌고 눈빛이 부드러워졌다. 그녀가 작은 소리로 말했다.

"찾을 수 있을까요?"

뤄지가 냉정을 되찾으며 고개를 끄덕였다.

"물론이에요. 그럼 이렇게 합시다. 길게 생각할 것 없어요. 우선 내일만 생각해요, 내일. 알아들어요? 내일 어딜 가고 싶은지, 무얼 하고 싶은지 생각해봐요. 내일 뭘 해야 행복해질 것 같아요?"

쟝옌이 한참 동안 생각에 잠겼다가 어렵게 입술을 달싹였다.

"말할게요. 정말 이렇게 해도 될까요?"

"내가 장담할게요. 말해봐요."

"나랑 루브르박물관에 가주시겠어요?"

＊

눈을 가리고 있던 안대가 떼어졌지만 타일러는 어둠에 익숙해진 눈을 찡그릴 필요가 없었다. 주위는 여전히 어두웠다. 밝은 등이 켜져 있더라도 어둑했을 것이다. 바위벽이 불빛을 흡수하기 때문이다. 그곳은 동굴이었다. 공기 중에 약 냄새가 떠다녔고 동굴 안은 야전병원처럼 꾸며져 있었다. 알루미늄 상자가 뚜껑이 열린 채 줄지어 있었고 상자 안에 약품이 빼곡히 채워져 있었다. 그 외에도 산소통, 소형 자외선소독기, 수술용 무영등, 휴대용 엑스레이기와 제세동기 같은 의료기기 등이 있었다. 모두 방금 포장을 뜯은 듯했고 또 언제든 상자에 넣고 옮길 수 있도록 만반의 준비가 되어 있는 것 같았다. 바위벽에 자동소총 두 자루가 걸려 있었지만 소총의 색깔이 바위 색깔과 비슷해 발견하기가 쉽지 않았다. 남자와 여자 두 사람이 무표정한 얼굴로 지나갔다. 흰옷을 입고 있지 않았지만 의사와 간호사라는 것을 알 수 있었다. 병상은 동굴의 맨 끝에 있었고 그곳은 모두 백색이었다. 주위에 드리운 커튼, 병상 위 노인이 덮고 있는 시트, 노인의 긴 수염, 그의 머리에 씌워진 두건, 심지어 그의 두 뺨까지 모두 백색이었다. 그곳의 불빛은 촛불처럼 일부는 백색을 감추고 일부는 백색 위에 희미한 금빛을 새겨 넣고 있었다. 마치 성인을 그린 고전적인 유화 같은 화면이었다.

타일러가 속으로 뇌까렸다.

'이런 젠장, 지금 무슨 생각을 하고 있는 거야!'

그는 병상으로 다가갔다. 엉덩이뼈와 허벅지 안쪽의 통증을 참으며 최대한 꼿꼿한 걸음걸이를 유지했다. 타일러는 병상 앞에 서서 몇 년 동안 자신과 자국 정부가 오매불망 찾아다니던 인물 앞에 섰다. 이게 현실이라는 걸 믿기 힘들었다. 그는 노인의 창백한 얼굴을 보았다. 언론에서 들었던 것처럼 이 세상에서 가장 온화한 얼굴이었다.

사람이란 정말이지 기묘한 존재다.

타일러가 상체를 숙여 인사했다.

"만나뵙게 돼서 영광입니다."

"나도 영광이오."

노인은 예의 바르게 대답했지만 움직이지 않았다. 거미줄처럼 가늘지만 웬만해서는 끊어지지 않을 것 같은 탄성을 가진 목소리였다. 노인이 발치를 가리키자 타일러가 조심스레 앉았다. 친근함의 표현인지는 알 수 없지만 병상 옆에 의자가 없었다.

노인이 말했다.

"오느라 수고가 많았소. 노새는 처음 타봤지요?"

"아닙니다. 예전에 그랜드캐니언을 여행할 때 타본 적이 있습니다."

하지만 그때는 이렇게 허벅지가 쓸리고 아프지 않았다고 타일러는 생각했다.

"건강은 괜찮으십니까?"

노인이 천천히 고개를 저었다.

"겉으로 보기에도 오래 살지 못할 것 같지 않소?"

노인의 끝을 알 수 없이 깊은 눈동자 위로 별안간 장난기가 반짝였다.

"당신이 이 세상에서 나의 병사를 가장 원치 않는 사람이라는 걸 알고 있소. 미안하게 됐군."

뒤에 덧붙인 말 속에 담긴 가시가 타일러의 정곡을 찔렀다. 노인의 말이 사실이란 걸 부인할 수 없었다.

예전에 타일러가 가장 두려워하던 일은 이 노인이 병사하거나 자연사하는 것이었다. 국방부 장관 재임 시절 그는 제발 이 노인이 자연사하기전에 미국의 크루즈미사일이나 특공대가 쏜 총알이 그의 머리 위로 떨어지게 해달라고 수없이 기도했다. 설령 그의 수명이 다하기 1분 전이라도말이다! 자연사란 이 노인의 승리이자, 반테러 전쟁의 참담한 실패를 의미하는 것이었다. 그런데 지금 이 노인이 그 영광적인 승리를 향해 바짝다가서 있었다. 사실 예전에도 그럴 기회는 있었다. 한번은 프레데터 무인기가 아프가니스탄 북부 산간 지역 깊숙한 곳에 숨겨진 이슬람 사원에서그의 사진을 찍었다. 곧장 그를 향해 무인기를 돌진시켰더라면 역사를 창조했을 것이다. 게다가 당시 무인기에는 헬파이어미사일이 탑재되어 있었다. 하지만 목표물의 신분을 확인한 젊은 당직 장교에게는 공격을 결정할 권한이 없었다. 그가 급하게 상부에 그 사실을 알린 뒤 다시 모니터로 시선을 옮겼을 때 목표물은 이미 사라진 후였다. 당시 자고 있다가 침대에서 이 보고를 받은 타일러는 치미는 분노를 제어하지 못하고 울부짖으며 집에 있던 고가의 중국 도자기를 모조리 박살내버렸다.

타일러는 이 난처한 주제를 오래 끌고 싶지 않아 가방을 침대 가장자리에 올려놓았다. 그가 가방을 열고 양장본 책 몇 권을 꺼냈다.

"작은 선물을 가져왔습니다. 최신 아랍어판입니다."

노인은 장작개비처럼 비썩 마른 손을 힘겹게 뻗어 제일 밑에 있는 책을 빼냈다.

"오, 앞의 세 권만 읽었소. 마지막 권도 사람을 시켜 사 왔는데 읽을 시간이 없어 미뤄두었다가 잃어버리고 말았지……. 고맙소. 아주 훌륭한 선물이오."

"전설에 의하면 조직의 명칭을 바로 이 소설에서 따오셨다더군요. 그런가요?"

노인이 책을 가만히 내려놓고 빙그레 웃었다.

"전설은 영원히 전설로 남겨둡시다. 당신들은 부와 기술을 가졌지만 내겐 전설밖에 없지 않소?"

타일러는 노인이 내려놓은 그 책을 들고 성경을 든 목사처럼 그를 바라보았다.

"셀던*이 되어주시길 부탁드리려고 찾아왔습니다."

노인의 눈동자에 또다시 장난기가 스쳤다.

---

* 미국의 SF 작가 아이작 아시모프의 유명한 소설 「파운데이션」의 주인공이다.

"내가 어떻게 해야 하오?"

"조직을 유지시켜주십시오."

"언제까지?"

"400년 뒤 최후의 전쟁까지."

"그게 가능하다고 생각하오?"

"조직이 계속 발전한다면 가능합니다. 그 조직의 정신과 영혼을 우주군에 흡수시키고 최종적으로는 조직 전체가 우주군에 편입될 것입니다."

"왜 갑자기 나의 조직을 그토록 중요하게 여기게 됐소?"

노인의 말 속에 빈정대는 투가 점점 역력해졌다.

"현재 인류 사회에서 거의 사라진, 생명을 무기로 적을 공격하는 무장 세력이기 때문이죠. 인간의 기초과학이 지자에게 완전히 포위됐다는 건 알고 계실 겁니다. 그에 비하면 컴퓨터와 인공지능의 진보가 너무 느리죠. 최후의 전쟁에서도 우주 전투기는 인간이 직접 조종해야 할 것이고 구전 무기도 목표물에 가까이 다가가서 공격해야 합니다. 이건 죽음도 불사하는 정신을 가진 군대만이 할 수 있는 일입니다!"

"그렇다면 이 책 말고 또 무엇을 가져왔소?"

타일러가 상기된 얼굴로 침대에서 벌떡 일어났다.

"필요한 건 뭐든 드리겠습니다. 이 조직이 계속 유지될 수만 있다면 필요한 모든 걸 지원해드리죠."

노인이 다시 앉으라는 손짓을 했다.

"참으로 딱하시오. 아직도 우리에게 진정으로 필요한 게 뭔지 모르고 있다니."

"그게 뭔지 말씀해보시죠."

"무기? 돈? 아니오. 그보다 더 귀중한 게 있소. 조직은 셀던과 같은 웅대한 목표로 유지되는 게 아니오. 단지 거창한 목표만으로 이성을 가진 정상적인 사람들이 기꺼이 목숨을 던지게 만드는 건 불가능하지. 조직이 존재하기 위해 반드시 필요한 게 한 가지 있소. 그건 조직의 공기이자 피요. 그게 없으면 조직은 당장 무너져버리지."

"그게 뭔가요?"

"원한이오."

타일러는 침묵했다.

"공동의 적이 생겼으니 서방에 대한 우리의 원한이 상대적으로 줄어들었소. 하지만 또 한편으로는 삼체인들이 전 인류를 멸망시킨다면 우리가 한때 증오했던 서방인들까지 모두 죽게 되니 적과 공멸하는 희열을 느낄수도 있지. 그래서 우린 삼체인에게 원한이 없소."

노인이 두 손을 펼치며 말을 이었다.

"이것 보시오. 원한은 황금이나 다이아몬드보다 더 귀한 재산이자 이세상에서 가장 강력한 무기지. 하지만 이젠 사라졌소. 당신들도 그걸 우리에게 줄 수가 없소. 그러니까 이 조직도 나처럼 오래가지 못할 것이외다."

타일러는 시종 침묵했다.

"셸던의 계획도 성공할 수 없소."

마침내 타일러가 긴 숨을 토해내며 침대 끝에 다시 앉았다.

"책의 결말을 읽으셨나요?"

노인이 의외라는 듯 한쪽 눈썹을 추어올렸다.

"안 읽었소. 그저 내 추측이지. 책에서도 셸던의 계획이 실패했소? 만약 그렇다면 작가는 대단한 사람이로구먼. 나는 해피엔드로 끝날 거라 예상했지. 알라신의 가호가 있길."

"아시모프는 오래전에 죽었습니다."

"아, 똑똑한 사람이 너무 빨리 죽었군……. 천국에 갔겠지."

돌아오는 길에는 안대가 씌워지지 않았다. 타일러는 아프가니스탄의 척박하고 험준한 지형을 두 눈으로 직접 볼 수 있었다. 그가 탄 노새를 끄는 젊은이는 자신의 자동소총을 안장 위에 걸쳐두기까지 했다. 타일러가 손만 살짝 옮겨도 닿을 수 있는 거리였다.

타일러가 물었다.

"이 총으로 사람을 죽여봤나요?"

젊은이가 알아듣지 못하자 옆에서 무기 없이 노새를 타고 동행한 연장자가 대신 대답했다.

"아뇨. 오랫동안 전투가 벌어지지 않았으니까요."

노새를 끄는 젊은이가 고개를 들어 의아한 표정으로 타일러를 쳐다보았다. 수염도 나지 않은 앳된 얼굴에 서아시아의 파란 하늘만큼이나 맑은 눈동자를 가진 청년이었다.

'어머니, 저는 곧 반딧불이 될 겁니다.'

*

뤄지와 좡옌이 루브르박물관 정문을 들어선 것은 밤 10시가 넘은 시각이었다. 켄트는 그들에게 밤에 관람할 것을 건의했다. 관람객으로 붐비는 낮 시간에는 경호하기가 힘들기 때문이다. 처음 그들의 눈길을 사로잡은 건 유리 피라미드였다. 수은처럼 흐르는 달빛 아래 피라미드가 고요히 서 있었다. U자형 궁전이 그 주위를 병풍처럼 둘러싸 어둠이 내려앉은 파리의 소음을 막아주고 있었다.

좡옌이 피라미드를 가리켰다.

"꼭 하늘에서 내려온 것 같지 않아요?"

"누구든 그런 생각을 하겠죠. 게다가 삼면이니까요."

뤄지는 말을 마치자마자 뒤에 덧붙인 말은 하지 않는 게 좋았을 거라고 후회했다. 그는 지금 이 화제를 꺼내고 싶지 않았다.

"처음에는 궁전과 어울리지 않는다고 생각했어요. 그런데 시간이 지나면서 이곳에 없어서는 안 될 조형물이 되었죠."

이것이 완전히 다른 두 세계의 결합을 상징한다고 생각했지만 뤄지는 입 밖에 내어 말하지 않았다.

바로 그때 피라미드 안의 전등이 일제히 켜지며 은백색의 달빛이 금색으로 휘황하게 빛나고, 그 옆 분수에서 물기둥이 치솟으며 전등불과 달빛 아래서 춤을 추었다. 좡옌이 놀란 눈으로 뤄지를 쳐다보았다. 그들의 방문이 루브르박물관의 잠을 깨운 것 같아 어쩐지 불안했다. 두 사람은 시원한 물소리를 밟으며 피라미드 아래 로비를 통해 궁전 안으로 들어갔다.

그들이 처음 들어간 곳은 루브르박물관에서 가장 큰 전시실이었다. 안온한 불빛이 200미터나 되는 긴 전시실을 가득 채우고 발소리가 메아리가 되어 울렸다. 그런데 뤄지는 발소리가 하나밖에 나지 않는다는 걸 알았다. 좡옌은 자신의 발소리가 깊이 잠든 무언가를 깨울까 봐 두려워 고양이처럼 소리 없이 조심스럽게 걷고 있었다. 그녀는 동화 속 신비한 궁전에 처음 들어가는 아이 같았다. 뤄지가 걷는 속도를 늦추어 좡옌과 거리를 벌렸다. 그는 이곳 예술품에는 관심이 없었다. 그가 감상하고 싶은 건 예술 세계 속에 있는 그녀였다. 클래식한 유화 속 풍만한 몸매의 그리스 신과 천사, 성모마리아가 사방에서 그와 함께 이 아름다운 동양 여자를 지켜보았다. 그녀는 박물관 앞뜰에 있는 투명한 피라미드처럼 신비로운 예술의 일부가 되었다. 그녀가 없다면 이곳은 분명히 온전하지 못할 것이다. 뤄지는 꿈처럼 황홀한 광경에 도취되어 시간이 천천히 흘러가도록 내버려두었다.

좡옌은 한참 뒤에야 뤄지가 곁에 없는 걸 알고 고개를 돌렸다가 그와 눈이 마주치자 생긋 미소를 지었다. 그 미소가 또다시 뤄지의 가슴에 일렁이는 파문을 만들었다. 그는 그녀의 미소가 그림 속 올림포스산에서 세상을 향해 던진 한 줄기 빛과 같다고 느꼈다.

뤄지가 말했다.

"이곳 소장품들을 모두 자세히 감상하려면 1년이 걸린다고 하더군요."

"저도 들었어요."

좡옌이 짧게 대답했다. 그녀의 눈빛은 마치 '그럼 난 어쩌죠?'라고 말하고 있는 듯했다. 그녀가 벽에 걸린 그림으로 시선을 돌렸다. 긴 시간이 흘렀지만 그녀는 겨우 다섯 번째 그림을 보고 있었다.

"괜찮아요. 1년 동안 함께 와줄게요. 매일 밤."

이 말에 좡옌이 다시 뤄지에게로 시선을 옮기며 감격에 겨운 눈빛으로 반문했다.

"정말이에요?"

"당연하죠."

"여길…… 와본 적 있어요?"

"아뇨. 3년 전에 파리에 왔을 때 퐁피두센터만 갔어요. 사실 난 당신이 퐁피두센터에 더 관심이 많을 줄 알았어요."

좡옌이 고개를 저었다.

뤄지가 주위의 신과 천사, 성모마리아를 둘러보았다.

"난 모더니즘은 좋아하지 않아요. 이것들은 너무 오래되지 않았어요?"

"너무 오래된 건 나도 좋아하지 않아요. 르네상스 시대의 그림만 좋아해요."

"그것들도 오래됐죠."

"하지만 오래된 것 같지 않아요. 당시 화가들은 역사상 처음으로 인간의 아름다움을 발견했어요. 그들은 신을 아름다운 인간으로 표현했죠. 이 그림들을 보세요. 이걸 그릴 때 화가들이 얼마나 행복했는지 느껴지잖아요. 그날 아침 내가 처음 호수와 설산을 보았을 때처럼 말이에요."

"르네상스 시대의 예술가들이 창조한 인문 정신이 결국엔 골칫덩이가 됐잖아요."

"삼체 위기 말씀이세요?"

"그래요. 최근에 발생한 일들을 알고 있겠죠? 400년 뒤 인류 사회가 재앙을 맞이한 뒤 중세로 회귀할 수 있어요. 인간의 본성이 극도로 억압된 사회로요."

"그럼 예술계에도 추위와 암흑이 찾아오겠네요, 그렇죠?"

촹옌의 천진한 눈빛을 보며 뤄지는 속으로 쓴웃음을 지었다.

'참으로 어리석군. 그 와중에 예술 따위를 논할 수 있을 것 같아? 살아남을 수 있다면 원시사회로 회귀한다 해도 감지덕지일 거야.'

하지만 겉으로는 이렇게 말했다.

"그때가 되면 두 번째 르네상스가 나타날지도 모르죠. 당신도 아마 잊혀버린 아름다움을 다시 발견하고 그릴 수 있을 거예요."

촹옌이 피식 웃었다. 그 미소 속에서 엷은 처연함이 배어났다. 뤄지가 자신을 위로하기 위해 하는 말이라는 걸 그녀는 아는 듯했다.

"그저 내 생각이에요. 종말의 날 이후에 이 그림과 예술품들은 다 어떻게 될까요?"

그녀가 '종말'이라는 두 글자를 입에 올렸다는 것만으로도 뤄지는 가슴이 아팠다. 조금 전의 위로는 실패했지만 이번에는 성공할 수 있을 거라 믿었다. 뤄지가 그녀의 손을 잡았다.

"갑시다. 오리엔트관으로!"

피라미드의 입구를 짓기 전 루브르박물관은 거대한 미로와 같아서 어느 방으로 가려면 아주 먼 길을 돌아서 가야만 했다. 하지만 지금은 피라미드 아래 대형 로비를 통해 어디든 직접 갈 수 있었다. 뤄지와 촹옌은 로비로 나온 뒤 표지판을 따라 오리엔트관으로 갔다. 유럽 회화 전시관과 비교하면 완전히 다른 세상에 온 것 같았다.

뤄지가 아시아와 아프리카의 조각과 그림, 고대 문헌을 보며 말했다.

"선진 문명이 낙후된 문명에서 가져온 것들이죠. 약탈해온 것도 있고, 훔치거나 속여서 빼앗아온 것도 있어요. 하지만 아주 잘 보존되어 있잖아요. 제2차 세계대전 때도 이것들은 모두 안전한 곳으로 옮겨 보호했어요."

두 사람이 밀폐된 유리 속에 전시된 둔황(敦煌) 벽화 앞에서 걸음을 멈추었다.

뤄지가 말했다.

"그 옛날 왕도사(王道士)*가 이것들을 유럽인에게 넘긴 뒤 중국은 긴 혼란과 전쟁에 휘말렸죠. 만약 이 벽화가 원래의 자리에 그대로 있었더라면 이렇게 잘 보존될 수 있었을까요?"

"삼체인들이 인류의 문화유산을 보존할까요? 그들은 인류의 문명을 중요하게 생각하지 않잖아요."

"그들이 우리를 벌레라고 칭하기 때문에요? 그건 달라요. 다른 민족이나 문명을 존중하는 최고의 방식이 뭔 줄 알아요?"

"그게 뭐죠?"

"바로 멸종시키는 거예요. 그건 문명에 대한 최고의 존중이에요."

두 사람은 오리엔트관의 24개 전시실을 다 둘러볼 때까지 한마디도 나누지 않았다. 머나먼 과거 속을 걸으며 암흑의 미래를 상상했다. 어느새 이집트관에 도착해 있었다.

뤄지가 유리관 속에 전시된 파라오의 황금 가면 옆에 서서 물었다.

"내가 여기서 누굴 떠올렸는지 알아요? 소피 마르소예요."

---

* 옮긴이 주 : 19세기 둔황의 유물을 발견한 인물로, 그 가치를 알지 못해 영국인에게 헐값에 팔아버렸다.

뤄지는 조금 가벼운 주제를 찾고 싶었다.

"〈벨파고〉 때문이죠? 그 영화에서 소피 마르소가 아주 예뻤어요. 동양적인 분위기가 풍겼죠."

착각일 수도 있지만 뤄지는 그녀의 말 속에 섞인 한 가닥 질투와 투정을 감지했다.

"하지만 당신만큼 예쁘지는 않았어요. 진심으로."

뤄지는 더 말하고 싶었다. 소피 마르소의 아름다움을 이 예술품들 속에서 찾을 수 있지만 당신의 아름다움 앞에선 이 예술품들조차 퇴색된다고. 뤄지는 그녀의 얼굴 위로 쌉싸래한 미소가 스치는 것을 보았다. 그녀의 그런 표정은 처음이었다.

좡옌이 작은 소리로 말했다.

"다시 유화를 보러 가는 게 좋겠어요."

두 사람은 다시 피라미드 아래 로비로 돌아왔지만 처음 들어갔던 입구를 찾을 수가 없었다. 그곳에서 제일 눈에 띄는 표지판이 루브르박물관의 3대 보물인 〈모나리자〉 〈비너스〉 〈니케〉가 전시된 곳을 가리키는 표지판이었다.

뤄지가 말했다.

"〈모나리자〉를 보러 갑시다."

〈모나리자〉의 표지판을 따라가다가 좡옌이 말했다.

"우리 교수님은 루브르박물관에 다녀온 뒤 〈모나리자〉와 〈비너스〉에 반감이 생겼다고 하셨어요."

"왜죠?"

"관람객들이 그 두 가지를 보려고 바쁘게 몰려가느라 그보다 덜 유명하지만 예술적 가치는 손색없는 다른 예술품은 건성으로 지나쳐버리기 때문이에요."

"나도 안목 없는 관람객 중 한 명이군요."

〈모나리자〉의 신비한 미소를 바라보며 뤄지는 생각했던 것보다 그림이 훨씬 작은 데다 두꺼운 방탄유리로 가로막혀 있다는 사실이 실망스러웠다. 챵옌도 큰 감동을 느끼지 못하는 듯했다.

챵옌이 그림 속 여인을 가리켰다.

"〈모나리자〉를 보고 면벽자들이 생각났어요."

"〈모나리자〉와 면벽자들이 무슨 관계가 있어요?"

"내 생각이지만…… 그저 내 생각이니까 비웃지 말아요. 소통 방식을 찾을 수는 없을까요? 인간만이 이해할 수 있고 지자는 이해할 수 없는 방식으로 소통한다면 인류는 지자의 감시에서 벗어날 수 있을 거 아니에요?"

뤄지가 챵옌을 응시하며 몇 초간 생각에 잠겼다가 다시 〈모나리자〉로 시선을 옮겼다.

"무슨 말인지 알겠어요. 저 미소는 지자와 삼체인들이 영원히 이해할 수 없겠죠."

"맞아요. 인간의 표정, 특히 인간의 눈빛은 가장 미묘하고도 복잡한 거예요. 눈짓 한 번, 미소 하나로도 많은 의미를 전달할 수 있잖아요! 그런 의미들은 인간만이 이해할 수 있고요."

"그렇죠. 인공지능의 최대 난제 중 하나가 바로 인간의 표정과 눈빛을 읽지 못한다는 거죠. 컴퓨터는 영원히 인간의 눈빛을 식별해내지 못할 거라고 단언하는 전문가도 있어요."

"표정 언어를 창조해볼 순 없어요? 표정과 눈빛으로 말하는 소통하는 거예요."

뤄지가 진지하게 생각에 잠겼다가 웃으며 고개를 저었다. 그가 〈모나리자〉를 가리켰다.

"〈모나리자〉의 표정은 우리도 이해하지 못하잖아요. 〈모나리자〉를 보고 있으면 저 미소의 의미가 1초에 한 번씩 변해요. 게다가 그 의미가 한 번도 중복되지 않아요."

챵옌이 아이처럼 신이 나서 말했다.

"그건 표정으로 아주 복잡한 정보도 전달할 수 있다는 의미가 아니겠어요?"

"예를 들어볼게요. 우주선이 지구에서 출발한다. 목적지는 목성이다. 이걸 표정으로 어떻게 표현하죠?"

"원시인이 말을 하기 시작했을 때는 아주 간단한 의미만 전달할 수 있었을 거예요. 새가 지저귀는 소리보다도 더 단순했겠지만 그 후에 점점 복잡해지면서 지금의 형태가 됐잖아요!"

"그럼…… 우선 표정으로 간단한 의미를 표현해볼까요?"

챵옌이 고개를 힘껏 끄덕였다.

"좋아요! 우선 한 가지씩 생각한 다음에 서로 표현해보기로 해요."

뤄지가 잠시 생각에 잠겼다가 말했다.

"생각했어요."

챵옌이 조금 뒤에 고개를 끄덕였다.

"저도 생각했어요. 시작해봐요."

두 사람은 서로의 눈을 쳐다보았다. 하지만 30초도 안 되어 동시에 웃음을 터뜨렸다.

뤄지가 말했다.

"내가 표현하려고 한 건 '오늘 밤 샹젤리제 거리에 가서 맛있는 걸 먹읍시다'였어요."

챵옌이 우스워죽겠다는 듯 배를 쥐고 키득거렸다.

"내가 하려는 말은 '신생님…… 면도하셔야겠어요'였어요!"

뤄지가 웃음을 참으며 짐짓 점잖은 투로 나무랐다.

"인류의 운명에 관계된 일인데 진지하게 합시다."

쫭옌이 게임 규칙을 다시 세우는 아이처럼 잘라 말했다.

"그럼 이번엔 둘 다 웃지 않기예요!"

두 사람이 서로 등지고 서서 생각에 잠겼다가 동시에 몸을 돌려 마주 보았다. 뤄지는 또 웃음이 터지려고 했지만 애써 참았다. 그런데 생각보다 쉽게 참을 수 있었다. 쫭옌의 맑은 눈동자가 또다시 그의 가슴을 흔들었기 때문이다.

깊은 밤 루브르박물관 〈모나리자〉의 미소 앞에서 면벽자와 한 여인이 서로를 응시했다.

뤄지의 마음속에 있던 둑에서 가느다란 물이 조금씩 새어 나오더니 그 물이 둑 전체를 적시고 미세한 금이 점점 벌어져 물줄기가 급류로 변했다. 뤄지는 두려웠다. 둑의 벌어진 틈을 메우려고 했지만 걷잡을 수 없었다. 곧 무너질 것 같았다.

뤄지는 자신이 만길 낭떠러지 끝에 서 있는 것 같았다. 젊은 여인의 눈동자는 그 낭떠러지 아래 끝없이 넓은 심연이었다. 새하얀 구름바다가 심연을 덮고 있지만 사방에서 쏟아진 햇빛에 구름바다가 황홀한 색채로 일렁인다. 뤄지는 몸이 점점 밑으로 미끄러지는 것을 느꼈다. 천천히, 아주 천천히……. 하지만 그에겐 그걸 막을 힘이 없었다. 발 디딜 곳을 찾으려 했지만 그의 발밑은 미끄러운 얼음뿐이었다. 미끄러지는 속도가 점점 빨라지고 마지막에는 추스를 수 없는 현기증에 정신이 아뜩해지더니 심연을 향해 빨려들어갔다. 추락의 행복이 눈 깜짝할 사이 극도의 고통으로 바뀌었다.

〈모나리자〉가 일그러졌고 벽도 얼음처럼 녹아내렸다. 루브르박물관도 무너져 내렸고 벽돌은 떨어지면서 붉디붉은 용암으로 변했다. 용암이 그들의 몸을 쓸고 지나갔는데 뜻밖에도 샘물처럼 시원했다. 두 사람이 루브르박물관과 함께 추락했다. 녹아내린 유럽 대륙을 뚫고 지구핵을 향해 떨어졌다. 지구핵을 관통할 때 지구의 주변이 폭발하며 우주의 찬연한 불꽃이 되었다. 불꽃이 꺼지자 우주가 순간적으로 크리스털처럼 투명해졌고, 별빛이 한데 모여 거대한 은색 카펫이 되었다. 뭇별이 넘실대며 웅장한 음악을 연주했다. 총총한 별이 바다를 이루다가 파도처럼 물결쳤다. 우주의 에너지가 두 사람을 향해 응집되어 한 점으로 오그라들다가…… 마침내 모든 것이 사랑의 빛 속에 매몰되었다.

*

피츠로이가 린저에게 외쳤다.

"지금 당장 삼체 세계를 관찰해요!"

그들이 있는 곳은 허블 2호 우주망원경 통제실이었다. 망원경은 일주일 전 최종적으로 조립이 완료되었다.

"불가능할 거예요."

"현재의 관측 내용을 보면 당신네 천문학자들이 몰래 딴짓을 하고 있는 걸로 의심할 수밖에 없소."

"딴짓을 할 수 있다면 진작 했겠죠. 허블 2호는 아직도 테스트 중이에요."

"당신들은 지금 군대를 위해 일하고 있는 거요. 명령에 따르기만 하면 그만이라고!"

"여기서 군인은 당신뿐이에요. 우린 NASA의 테스트 계획에 따르는 중이죠."

피츠로이의 말투가 조금 누그러졌다.

"린저 박사, 삼체 세계를 관찰하는 것으로도 테스트를 할 순 없어요?"

"테스트 목표는 엄격한 조사에 의해 결정된 겁니다. 각종 거리와 밝기의 종류가 있어요. 테스트 계획은 가장 경제적인 방식으로 정해졌어요. 망원경이 한 방향으로 한 바퀴 돌아가야 모든 테스트가 완료되죠. 지금 삼체 세계를 관찰하려면 망원경의 방향을 30도 가까이 되돌려야 하고 저걸 돌리려면 추진제를 써야 한다고요. 우리가 군비를 절약해주고 있는 거니까 잠자코 기다리시지요, 피츠로이 장군."

"군비를 어떻게 절약하는지 어디 한번 볼까요? 이건 내가 방금 당신들 컴퓨터에서 발견한 거요."

피츠로이가 등 뒤로 돌리고 있던 손을 앞으로 내밀었다. 그의 손에 종이에 출력한 사진이 들려 있었다. 사람들이 상기된 표정으로 고개를 들어 위를 올려다보고 있는 사진이었다. 사진의 각도로 보아 위에서 그들을 내려다보며 찍은 것이 틀림없었다. 사진 속 사람들은 바로 지금 통제실 안에 있는 그들이었다. 린저가 가운데 서 있었고 그 옆에서 여자 세 명이 요염한 포즈를 취하고 있었다. 그들이 서 있는 곳은 통제실의 옥상이었다. 사진은 십수 미터 위에서 찍은 것처럼 아주 선명했다. 보통의 사진들과 다른 점이 있다면 그 위에 복잡한 숫자들이 겹쳐서 출력되어 있다는 점이었다.

"린저 박사, 이 사진 속에서 당신들이 서 있는 곳은 지붕의 가장 높은 곳이오. 그곳에 영화 촬영용 지미집 카메라가 설치되어 있을 리는 없겠죠? 허블 2호를 30도 돌리는 데 돈이 든다면 당신들이 360도 도는 데는 얼마나 듭니까? 게다가 200억 달러가 넘는 돈은 우주에서 당신과 애인들의 기념사진을 찍기 위해 투자한 게 아니잖소? 그 돈을 당신들 각자에게 청구해도 되겠소?"

"즉시 장군의 명령대로 하죠."

린저의 다급한 대답에 엔지니어들도 분주하게 움직이기 시작했다.

목표 데이터베이스 좌표 데이터를 조정하자 우주에서 직경 20여 미터, 길이 100미터가 넘는 원주체가 서서히 움직이기 시작했다. 통제실의 대형 모니터 위로 보이는 우주의 화면도 서서히 바뀌었다.

피츠로이가 물었다.

"이게 망원경으로 보이는 겁니까?"

"아니죠. 이건 GPS 시스템에서 전송한 화면이에요. 망원경은 정지된 화면을 전송할 겁니다. 몇 가지 작업을 거쳐야 해요."

5분 뒤 화면이 정지되고 통제 시스템의 위치 보고도 완료되었다. 그리고 5분 뒤 린저가 말했다.

"완료. 원래의 테스트 위치로 환원한다."

옆에 있던 피츠로이가 놀란 표정으로 물었다.

"뭡니까? 끝난 겁니까?"

"그렇습니다. 관측한 사진을 처리하고 있는 중입니다."

"몇 장 더 찍을 순 없어요?"

"이미 여러 초점거리에서 210장이나 찍었습니다."

그때 첫 번째 사진의 처리가 끝났다. 린저가 모니터를 가리켰다.

"보십시오. 이게 바로 장군이 그토록 보고 싶어 하던 적의 세계입니다."

사진에 찍힌 것이라고는 암흑의 배경과 빛무리 세 개가 전부였다. 게다가 안개 자욱한 밤거리의 가로등 불빛처럼 어슴푸레했다. 이것이 바로 두 문명의 운명을 결정하는 그 세 개의 항성이란 말인가.

피츠로이는 실망감을 감추지 못했다.

"정말로 행성은 보이지 않는군."

"당연해요. 직경 100미터짜리 허블 3호를 만든다 해도 삼체 행성이 특정한 위치를 지날 때만 관측할 수 있을 거예요. 그것도 아주 작은 점일 뿐 자세히 들여다볼 순 없을 겁니다."

그때 한 엔지니어가 말했다.

"박사님, 이건 뭘까요?"

그가 그림 속 세 개의 빛무리 근처를 가리켰다.

피츠로이가 가까이 다가가 자세히 보았지만 아무것도 보이지 않았다. 그건 너무 어두워서 전문가들만 발견할 수 있는 것이었다.

엔지니어가 말했다.

"항성보다 직경이 커요."

린저가 대답했다.

"직경은 확실히 알 수 없어. 형태가 불규칙한 것 같군."

그 부분이 모니터를 가득 채우도록 크게 확대시켰다.

피츠로이가 외쳤다.

"브러시로군!"

가끔은 전문적인 대상을 명명할 때 문외한들이 더 뛰어난 실력을 발휘하곤 한다. 그래서 전문가들도 이런 것의 이름을 붙일 때는 일반인의 시각에서 그것을 바라보곤 한다. 브러시라는 명칭도 이렇게 정해졌다. 피츠로이의 비유는 매우 정확했다. 우주에 브러시 하나가 떠다니는 것 같았다. 더 정확하게 말하면 자루가 없는 브러시의 털 부분이었다. 머리카락을 나란히 줄 세워놓은 것과도 비슷했다.

린저가 고개를 저었다.

"접착면의 흠집이야. 타당성 연구 때 내가 렌즈를 접착해서 조립하는 방식이 문제를 일으킬 수 있다고 했잖아."

렌즈 제작사인 자이스의 전문가가 말했다.

"모든 접착면을 확실하게 검사했어요. 저런 흠집이 나 있을 리가 없어요. 렌즈 문제는 아닐 거예요. 지금까지 전송받은 사진이 수만 장이나 되는데 저런 건 한 번도 없었어요."

통제실이 침묵에 휩싸였다. 사람들이 하던 일을 모두 멈추고 모여들어 화면을 들여다보았다. 몇몇 사람들은 다른 단말기에 그 화면을 띄워놓고 관찰하기 시작했다. 피츠로이는 통제실 분위기가 확실히 변했음을 감지할 수 있었다. 오랜 테스트로 인한 피로 누적으로 느른해져 있던 사람들이 갑자기 긴장하기 시작했다. 저주에 걸린 듯 몸이 경직되었고 눈동자만 점점 형형하게 빛났다.

"오, 이런!"

몇 사람이 거의 동시에 감탄사를 내뱉었다.

미동도 없이 모니터만 쳐다보고 있던 사람들이 상기된 얼굴로 부산하게 움직이기 시작했다. 그다음에 이어진 대화는 피츠로이가 이해하기에 너무 전문적인 것들이었다.

"목표 주위의 먼지선이겠지? 검사해봐……."

"내가 이미 해봤어. 우주배경복사에 대한 흡수량을 관측해보니 200밀리미터의 흡수 피크가 나타났어. 탄소 미립자인 것 같아. 밀도는 F급."

"저 안에 나타난 고속 충격 효과에 대해선 어떻게들 생각해?"

"항적이 충격 축을 따라 확산되는 건 분명해. 그런데 확산 범위가……. 수학모델이 있어?"

"있어. 잠깐만…… 어, 여기 있다. 충격 속도는?"

"제3우주속도의 100배."

"그렇게 빨라?"

"이것도 최소한으로 잡은 거야. 충격 단면으로 보면……. 맞아, 비슷해. 이 계산이 맞을 거야."

천문학자들이 분주하게 움직이고 있을 때 린저가 통제실 한쪽에 서 있는 피츠로이에게 말했다.

"할 수 있는 걸 뭐라도 해봐요. 브러시의 털 개수를 세어본다든가."

피츠로이가 고개를 끄덕이고는 모니터 앞으로 다가가 세기 시작했다.

한 번 셀 때마다 사오 분씩 걸리는데 그때마다 차이가 나는 바람에

30분 뒤에야 결과를 내놓을 수 있었다.

수학모델을 들여다보고 있던 천문학자가 말했다.

"항적의 최종 확산 범위가 직경 약 24만 킬로미터입니다. 목성 직경의 두 배로군요."

"그럼 맞군."

린저가 우주를 올려다보듯 팔짱을 끼며 시선을 천정으로 옮기더니 가늘게 떨리는 목소리로 말했다.

"모든 게 입증됐어! 입증됐으면 좋은 거지. 나쁠 게 뭐가 있어?"

마지막 말은 혼잣말처럼 중얼거렸다.

통제실이 다시금 침묵에 빠졌다. 이번에 통제실을 가득 메운 것은 흥분된 긴장감이 아니라 침울함이었다. 피츠로이는 뭐라고 묻고 싶었지만 사람들의 숙연한 표정 앞에서 차마 말을 꺼낼 수가 없었다. 잠시 후 작은 신음이 들렸다. 젊은 연구원이 손으로 얼굴을 감싸고 흐느끼고 있었다.

누군가 그를 위로했다.

"진정해, 해리스. 여기서 자네만 회의론자인 건 아니잖아. 괴롭긴 모두 마찬가지야."

해리스라는 젊은이가 눈물범벅이 된 얼굴을 들었다.

"회의론은 일종의 위안일 뿐이라는 걸 알지만 내가 죽을 때까지 그 위안을 가지고 살 수 있을 줄 알았어요……. 그런데 하느님은 우리에게 그런 행운조차 용납하지 않으시는군요."

또다시 무거운 침묵이 내려앉았다.

린저의 시선이 피츠로이에게 닿았다.

"장군, 간단히 설명해드리겠습니다. 저 항성 세 개 주변에 우주먼지가 있습니다. 고속 운동 중인 물체가 우주먼지를 뚫고 지나가면 고속 충격으로 인해 우주먼지에 항적이 남게 되죠. 항적은 뒤로 갈수록 확산되는 형태를 띱니다. 지금 그 항적 단면의 직경이 목성의 두 배만큼 길어요. 항적과 그 주위 먼지의 차이도 아주 미세하고요. 그러므로 가까이 가도 볼 수가 없고 4광년 멀리 떨어져 있는 우리만이 그걸 관찰할 수 있는 겁니다."

피츠로이가 말했다.

"내가 세어보니 대략 1000가닥이었소."

"아마 그 정도 될 겁니다. 장군, 우리가 지금 삼체 함대를 본 겁니다."

허블 2호 우주망원경이 전송한 이 사진을 통해 삼체의 공격이 사실임이 입증되었다. 이로써 인류가 품고 있던 마지막 희망까지도 완전히 사라져버렸다.

새로운 절망, 공황, 망연함의 늪에서 겨우 추스르고 나온 뒤 인류는 진정으로 삼체 위기에 대비하며 살기 시작했다. 고통의 시대가 시작되었고 역사의 수레바퀴는 방향을 틀기 위한 요동을 멈추고 새로운 궤도로 진입했다.

격변의 세계에서 변치 않는 것은 시간이 흐르는 속도뿐이었다. 어느새 5년의 시간이 훌쩍 흘렀다.

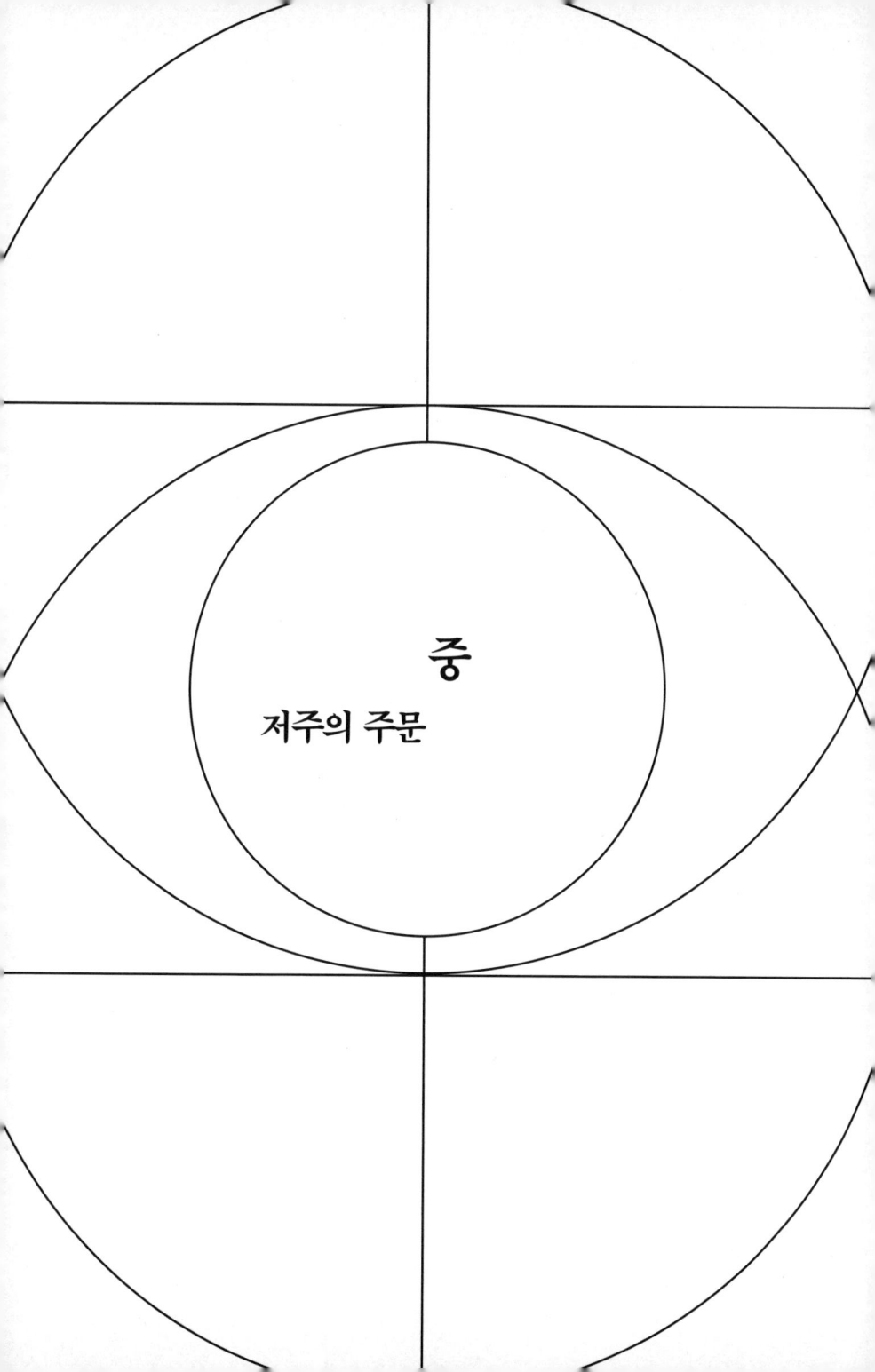

중

저주의 주문

위기의 세기 제8년, 삼체 함대와 태양계의 거리 4.20광년

최근 타일러는 초조함을 떨칠 수가 없었다. 이따금씩 지하 200미터 저장고에 내려가 그동안 수집해놓은 굉원자핵들이 자기장 속에 갇힌 채 꿈틀대는 영원의 무도회를 지켜보곤 했다. 그 선형 물체의 춤은 강렬한 최면 효과가 있어서 몇 시간 동안 그것들을 물끄러미 쳐다보고 있노라면 영혼의 안정을 찾을 수가 있었다.

우주 전자기 발사 레일도 건설되고 있었고 진척이 매우 빨랐다. 하지만 타일러는 그런 것들에는 별로 관심이 없었다. 구전과 굉원자 핵융합 대규모 실험은 우주에서만 진행될 수 있는데 우주로 진입하는 방법은 여전히 일반적인 발사가 유일했다. 우주 엘리베이터는 아직 기술 연구 단계에 머물러 있었고 막대한 투자를 위해 필요한 국제적인 협력도 진전이 순조롭지 않았다. 게다가 우주 엘리베이터 건설에 필요한 발사 능력조차 아직 갖추지 못하고 있었다. 그러므로 인류는 우주 석기 시대의 돌도끼와 몽둥이인 화학 추진 로켓을 개선하는 데 계속 매달릴 수밖에 없었다.

타일러가 할 수 있는 건 기다리는 것뿐이었다. 그는 하는 수 없이 집에 돌아와 면벽자가 된 후 처음으로 정상적인 생활을 하고 있었다.

게다가 면벽자가 사람들에게 점점 더 주목받으면서 그 자신이 원하든 원치 않든 면벽자를 구세주로 떠받드는 숭배 여론이 나타났다. UN과 PDC가 몇 번이나 나서서 적극적으로 해명했지만 그들이 초능력을 지니고 있다는 신화는 사라지지 않았고 오히려 신비로움만 안개처럼 더 짙어졌다. 그들을 영웅적인 슈퍼맨으로 등장시킨 SF 영화가 제작되었고 많은 이들이 그들을 인류의 미래를 구할 유일한 희망으로 여겼다. 이런 분위기가 면벽자들에게 강한 호소력과 정치적 에너지를 부여했으며 이는 그들이 막대한 예산을 동원하는 데 큰 힘이 되었다.

하지만 뤄지만은 예외였다. 그는 줄곧 모습을 드러내지 않았다. 그가 어디에서 무엇을 하고 있는지 아무도 알지 못했다.

그날 타일러에게 손님이 찾아왔다. 다른 면벽자들과 마찬가지로 그의 집도 경비가 삼엄해서 모든 방문객은 엄격한 보안 검사를 거쳐야 했다. 하지만 응접실에서 손님을 만났을 때 타일러는 그가 보안 검사를 아주 순조롭게 통과했으리라 짐작할 수 있었다. 누구에게든 위협을 가할 사람이 아니라는 걸 한눈에 알 수 있었기 때문이다. 한여름인데도 구깃구깃 구겨진 양복에 그 양복만큼이나 구겨진 넥타이를 매고 있었다. 더군다나 요즘은 거의 보기 힘든 중절모까지 쓰고 있었다. 자신의 방문이 격식을 갖춘 것임을 보여주기 위함인 듯했지만 오히려 그가 공식적인 자리에 거의 가보지 않았음을 증명하는 셈이었다. 영양이 부실한 듯 얼굴은 누렇게 떴고, 비썩 마르고 파리한 얼굴 위에 자리 잡은 안경이 유난히 크고 무거워 보였다. 가느다란 목은 머리와 중절모의 무게를 감당하기조차 버거워 보였고, 주름진 양복은 옷걸이에 걸어놓은 듯 펄렁거렸다. 정치계에 오랫동안 몸담았던 타일러는 그가 사회의 가장 가련한 계층에 속하는 사람이란 것을 직감적으로 알 수 있었다. 그의 가련함은 물질적인 차원이 아니라 정신적인 비루함에서 나오는 것이었다. 그는 고골의 소설 속 말단직원 같았다. 온종일 남의 눈치를 보며 벌벌 떨고 매사에 행여 작은 실수라도 저지르지 않을까, 누군가의 심기를 거스르지 않을까 걱정하며 유리 천장 위로 보이는 높은 사회계층을 감히 쳐다보지도 못하는 그런 부류 말이다. 그들은 사회적인 지위는 낮지만 그 지위를 지키기 위해 전전긍긍하고, 평생 무미건조하고 잡다한 일 속에 파묻혀 심신이 피폐한 상태로 살아간다. 타일러는 그런 소인배를 가장 경멸했다. 그런 사람들은 세상에 있어도 그만, 없어도 그만이었다. 자신이 구해야 하는 세상 사람들 대부분이 그런 이들이라는 사실을 떠올릴 때마다 타일러는 정말이지 세상을 구원한다는 일에 회의가 들었다.

그는 조심스럽게 응접실로 들어와 앞도 똑바로 쳐다보지 못하고 걸었다. 자기 신발 밑창으로 카펫이 더러워지지 않을까 잔뜩 겁을 먹고 있었다. 그는 중절모를 벗고 비굴한 시선으로 두꺼운 안경 너머의 집주인을 쳐다보며 연방 허리를 굽혀 인사했다. 타일러는 그의 말을 한마디만 듣고 밖으로 내보내기로 마음을 굳혔다. 그가 하려는 말이 그에게는 중요할지 몰라도 타일러 자신에게는 아무 의미도 없을 거라 짐작했다.

하지만 그 가련한 불청객이 용기를 내서 첫 마디를 꺼냈을 때 타일러는 벼락이 정수리에 꽂힌 듯 휘청거리며 바닥에 풀썩 주저앉았다. 그에게는 그 말 속 한 글자 한 글자가 하늘을 찢는 벽력과도 같았다.

"면벽자 프레드릭 타일러. 내가 당신의 파벽자요."

*

"우리가 이런 작전지도를 보게 될 줄 누가 상상이나 했겠나?"

창웨이쓰가 1대 1억 축척의 태양계 지도를 보며 감개무량한 표정을 지었다. 우주 지도가 띄워진 초대형 모니터는 영화관의 와이드스크린만큼이나 컸지만 모니터에 보이는 건 그저 검은 어둠뿐이었다. 한가운데 있는 작디작은 노란 반점이 바로 태양이었다. 카이퍼 벨트를 경계선으로 해서 우주 지도 전체를 모니터에 띄우면 50천문단위의 거리에서 황도면에 수직으로 선 채 태양계를 바라보는 것과 같았다. 우주 지도는 각 행성과 행성의 주위를 도는 위성의 궤도, 이미 탐사를 마친 소행성의 상황까지 표시되어 있을 만큼 정밀했다. 그뿐만 아니라 앞으로 1000년 동안 각 시간 단면에서 태양계 천체 운행의 위치까지 정확하게 예측해서 보여줄 수 있었다. 지금은 우주 지도 위에 천체 위치가 아니라 밝기를 나타내도록 설정되어 있었다. 자세히 들여다보면 목성을 찾을 수도 있겠지만 어차피 보일 듯 말 듯 아주 미세하게 반짝이는 점일 것이다. 이 거리에서는 목성 외에 다른 7대 행성은 하나도 보이지 않았다.

"그렇습니다. 변화가 아주 빠르죠."

군대에서 제작한 첫 우주 지도에 대한 감정을 막 끝낸 뒤, 텅 빈 작전실에 장베이하이와 창웨이쓰 둘만 남아 있었다.

장베이하이가 물었다.

"사령관님, 동지들이 이 지도를 쳐다보는 눈빛을 보셨습니까?"

"물론이네. 회의 전까지만 해도 우주 지도가 과학 포스터에 나오는 수준이라고 생각했겠지. 탁구공만 한 컬러 행성들이 불덩이 같은 태양 주위를 돌고 있는 그런 그림 말이야……. 실제 비율로 제작한 우주 지도를 보고 태양계의 광활함을 실감한 것 같더군. 공군이든 해군이든 그들이 도달할 수 있는 가장 먼 거리가 이 모니터의 픽셀 하나만큼도 안 된다는 걸 이제야 알았을 거야."

"동지들이 미래의 전쟁에 일말의 자신감이나 승부욕을 느끼지 못하는 것 같습니다."

"또 그 패배주의에 대한 얘긴가?"

"현실 속의 패배주의에 대해 말하려는 게 아닙니다. 그건 업무 회의에서 정식 의제로 다뤄져야 할 문제니까요. 제가 말하려는 건……."

장베이하이가 머뭇거리다가 피식 웃었다. 언제나 직설적이고 과감한 언변을 구사하는 그에게는 흔한 일이 아니었다.

창웨이쓰가 우주 지도에서 시선을 거두며 장베이하이를 향해 미소를 지었다.

"평범하지 않은 이야기를 할 건가 보군."

"그렇습니다. 선례는 없지만 건의드리고 싶습니다."

"말해보게. 단도직입적으로 얘기해. 자네에겐 그게 어울려."

"5년 전부터 행성 방위와 우주 항해에 관한 기초 연구가 거의 진전이 없습니다. 제어 핵융합과 우주 엘리베이터, 이 두 가지 기본적인 기술조차도 제자리걸음만 할 뿐 희망이 보이지 않습니다. 추진력을 강화한 화학 로켓을 만드는 것도 힘든 상황입니다. 이대로 가다가는 저기술 전략 수준의 우주 함대를 만드는 것도 공상과학영화에서나 가능할 것 같습니다."

"과학 연구의 법칙에 관해서는 자네도 잘 알잖나. 그 점을 잘 알고 고기술 전략연구소를 선택한 줄 알았는데."

"과학 연구가 도약식으로 발전한다는 건 저도 잘 알고 있습니다. 장기간 양적 변화가 축적되어야 질적 변화도 가능해지죠. 이론과 기술의 획기적인 발전은 모두 한꺼번에 도약하듯 이루어졌다는 걸 알고 있습니다. 하지만 우리처럼 생각하는 사람이 몇이나 될까요? 10년, 20년, 50년, 심지어 100년 뒤에도 과학기술이 중대한 발전을 이루지 못한다면 패배주의가 얼마나 더 팽배해지겠습니까? 우주군이 어떤 정신 상태에 빠지게 될까요? 이래도 제가 과민하다고 생각하세요?"

"나는 자네의 원대한 안목을 가장 높이 평가하네. 그건 정치사상 공작 간부로서 반드시 갖추어야 할 자질이야. 계속 얘기해보게."

"저는 제 업무 분야 안에서 생각할 뿐입니다. 제 가설이 현실이 된다면 미래의 우주군에서 정치사상 공작을 책임진 동지는 어떤 어려움을 겪게 될까요?"

창웨이쓰가 말을 받았다.

"더 심각한 건 그때 부대에 건전한 사상을 갖춘 정치사상 공작 간부가 몇이나 있겠는가 하는 것이지. 패배주의를 누르기 위해서는 우선적으로 승리에 대한 굳은 신념을 가져야 하네. 하지만 자네의 가설 속 미래에서는 그런 신념을 갖기가 지금보다 훨씬 힘들 거야."

"그게 바로 제가 걱정하는 겁니다. 그때는 우주군의 정치사상 공작이 인력 부족에 시달리겠죠."

"그래서 자네의 건의란 뭔가?"

"미래의 우주군에 대한 인력 지원입니다!"

창웨이쓰가 몇 초간 말없이 장베이하이를 쳐다보다가 서서히 대형 모니터로 시선을 옮기더니 마우스를 움직여 태양을 확대했다. 그들의 견장이 태양빛에 반사되어 눈부시게 빛났다.

"사령관님, 제 뜻은……."

"알아들었네."

창웨이쓰가 한 손을 들어 장베이하이의 말을 가로막았다. 그는 마우스로 태양을 다시 축소시켜 우주 지도 전체가 모니터 위에 나타나도록 되돌려놓았다가 작전실이 어두컴컴해지자 태양을 다시 바짝 끌어당겼……. 창웨이쓰가 그 동작을 몇 번 반복하다가 마침내 입을 열었다.

"지금도 우주군의 정치사상 공작이 막중한 임무를 띠고 있다는 걸 모르나? 동면 기술로 우수한 현역 장교들을 미래로 보낸다면 지금의 임무에 공백이 생길 텐데…….”

“그 점은 저도 잘 알고 있습니다. 이건 그저 제 건의일 뿐입니다. 검토와 최종 결정은 당연히 상부에서 해야죠.”

창웨이쓰가 일어나 전등을 켰다. 작전실이 환해졌다.

“아니야. 베이하이 동지, 이 일은 자네가 맡게. 내일부터 다른 일은 잠시 미뤄두고 우주군 정치부를 중심으로 조사를 하게. 다른 군별까지 확대해도 괜찮아. 최대한 빨리 군사위원회에 제출할 보고서를 작성해.”

*

타일러가 도착했을 때 해는 이미 서쪽으로 넘어가 있었다. 차에서 내리자 눈앞에 천국 같은 광경이 펼쳐졌다. 하루 중 가장 농염한 태양빛이 설산과 호수, 숲 위에 넌지시 손을 얹었고, 호숫가 풀밭 위에서 뤄지가 가족과 속세와 동떨어진 석양을 즐기고 있었다. 제일 먼저 타일러의 눈에 들어온 것은 아이 엄마였다. 아이를 둔 엄마인데도 소녀 같은 청순한 미모를 유지하고 있어 한 살배기 아이의 누나처럼 보였다. 거리가 멀어서 잘 보이지 않았지만 가까이 다가갈수록 그의 눈길이 아이에게로 쏠렸다. 자신의 눈으로 직접 보지 않았더라면 세상에 그렇게 사랑스럽게 생긴 아이가 있다는 걸 믿지 못했을 것이다. 그 아이는 세상 모든 아름다움의 줄기세포처럼 아름다운 싹을 틔울 때만 기다리고 있는 것 같았다. 엄마와 아이는 커다란 종이에 그림을 그렸고 뤄지는 멀리서 넋을 잃고 둘을 쳐다보고 있었다. 그의 눈빛은 루브르박물관 전시실 한가운데에서 이제는 아이 엄마가 된 사랑하는 소녀를 감상하던 그때와 조금도 다르지 않았다. 더 다가가자 타일러는 그의 눈빛에서 무한한 행복을 느낄 수 있었다. 행복이 석양빛처럼 에덴동산 같은 설산과 호수 사이를 가득 채웠다……. 냉혹한 바깥세상에서 막 들어온 타일러에게는 눈앞의 모든 것이 비현실적이었다. 두 번의 결혼 뒤 다시 독신이 된 그는 가족 간의 사랑이나 행복에는 관심을 두지 않았다. 남자로서의 찬란한 성공만을 추구할 뿐이었다. 하지만 지금 이 순간 타일러는 자신이 인생을 헛살았음을 처음으로 느꼈다.

행복감에 도취되어 있던 뤄지는 타일러가 바로 옆에 다가온 뒤에야 그의 방문을 알아차렸다. 같은 신분이라는 심리적인 장애물 때문에 네 명의 면벽자는 여태껏 사적으로 연락한 적이 없었다. 하지만 사전에 전화 통화를 했기 때문에 뤄지도 타일러의 방문에 놀라지 않았다. 뤄지가 깍듯한 친절함으로 타일러를 맞이했다.

"좋은 시간을 방해해서 죄송합니다."

아이 손을 잡고 걸어오는 좡옌을 향해 타일러가 가볍게 허리를 굽혀 인사했다.

"어서 오세요. 여긴 손님이 거의 찾아오지 않아요. 와주셔서 영광인걸요."

영어는 약간 서툴렀지만 그녀의 앳되고 부드러운 목소리와 상큼한 미소가 천사의 손처럼 타일러의 지친 영혼을 어루만져주었다. 타일러는 아이를 안아보고 싶었지만 아이를 안았다가는 감정이 북받칠 것 같아 손을 내밀지 않았다.

"두 천사를 만난 것만으로 제게 잊지 못할 여행이 되었군요."

좡옌이 미소를 지었다.

"그럼, 얘기 나누세요. 저는 저녁을 준비할게요."

"아닙니다. 그러실 필요 없습니다. 뤄지 박사와 잠깐 얘기를 나누고 싶어서 왔습니다. 오래 걸리지 않을 겁니다."

좡옌은 타일러에게 저녁을 먹고 가라고 친절하게 권하고는 아이를 데리고 집으로 들어갔다.

뤄지가 풀밭 위 하얀 벤치로 타일러를 안내했다. 타일러는 벤치에 앉자마자 긴 여행을 마치고 목적지에 도착한 나그네처럼 온몸이 노곤해지며 차분히 가라앉았다.

타일러가 말했다.

"요즘 바깥세상의 일에 대해 전혀 모르고 계신 것 같군요."

뤄지는 벤치 옆에 선 채로 손가락을 들어 주변을 휙 훑었다.

"그렇습니다. 여기가 제 전부죠."

"정말 똑똑하군요. 모든 면에서 우리보다 훨씬 책임감이 강해요."

"제가요?"

뤄지가 의아한 표정으로 타일러를 쳐다보았다.

"적어도 자원을 낭비하진 않으니까요……. 그분도 텔레비전을 안 보시나요? 방금 그 천사분 말입니다."

"저도 잘은 모르지만 요즘은 늘 아이와 함께 있다 보니 텔레비전은 거의 안 보는 것 같더군요."

"그럼 요즘 세상에서 무슨 일이 벌어지고 있는지 모르시겠군요."

"무슨 일이 있나요? 안색이 좋지 않군요. 피곤하세요? 아, 마실 걸 드릴까요?"

"뭐든 괜찮아요……."

타일러가 석양이 비낀 호수 위 마지막 황금물결을 물끄러미 응시하며 말을 이었다.

"나흘 전, 나의 파벽자가 나타났어요."

와인 잔에 와인을 따르던 뤄지의 손이 우뚝 멈추었다. 잠깐의 침묵 뒤에 뤄지가 입을 열었다.

"이렇게 일찍?"

타일러가 천천히 고개를 주억거렸다.

"그를 만난 뒤 내가 처음 한 말도 바로 그거였죠."

*

"이렇게 일찍?"

타일러가 파벽자를 응시했다. 최대한 침착한 목소리를 유지하려고 했지만 역부족이었다.

파벽자가 말했다.

"원래는 더 일찍 올 수도 있었지만 충분한 증거를 수집하느라 늦었습니다. 죄송합니다."

파벽자가 하인처럼 타일러의 옆에 섰다. 그의 느릿느릿한 말투에서 하인의 겸손함이 배어 나왔다. 마지막 한마디에서는 심지어 다정함까지 느껴졌다. 나이 든 사형 집행인이 곧 형을 집행당할 사람에게 베푸는 다정함이었다.

그 후 숨 막히는 침묵이 감돌았다. 마침내 타일러가 용기를 내어 고개를 들고 파벽자를 쳐다보았다. 파벽자가 공손한 어투로 물었다.

"계속해도 될까요?"

타일러가 고개를 끄덕이며 시선을 거두고 소파에 앉아 최대한 침착함을 유지했다.

파벽자가 허리를 다시 한번 굽혔다. 중절모는 계속 손에 들고 있었다.

"우선 밖에서 보이는 선생의 전략에 대해 간단히 말씀드리겠습니다. 지구의 주력 함대인 우주군을 창설하고 구전과 굉원자 핵융합으로 무장할 계획인 것으로 보입니다."

타일러가 말했다.

"당신과 그 계획을 논하는 건 무의미한 것 같소만."

타일러는 이 대화 자체를 중단해야 할지 계속해야 할지 망설이고 있었다. 파벽자가 자신의 신분을 밝히는 순간, 정치가이자 전략가인 그의 직감은 이미 눈앞에 있는 이 사람이 승리자라고 말해주고 있었다. 하지만 타일러는 아직도 자신의 생각이 간파당하지 않았을지도 모른다는 간절한 요행 심리를 붙들고 있었다.

"그렇다면 더 말하지 않아도 되겠군요. 저를 체포하셔도 괜찮습니다. 하지만 어떻게 하든 선생의 진정한 전략과 이 전략을 추측하게 된 모든 증거는 내일, 아니 오늘 밤에라도 전 세계 언론에 보도될 수 있다는 점은 이미 짐작하셨으리라 생각합니다. 저는 선생과 만나기 위해 저의 남은 인생을 모두 포기했습니다. 제 희생을 소중히 여겨주십시오."

타일러가 파벽자에게 손짓을 했다.

"계속 말해보시오."

"고맙습니다. 영광입니다. 오래 걸리지는 않을 겁니다."

파벽자가 다시 허리를 굽혀 인사했다. 요즘 사람들에게선 거의 볼 수 없는 겸손함과 공경한 태도였다. 이것들이 혈관 속에 스며들어 있다가 언제든 스멀스멀 기어 나와 집요한 밧줄이 되어 타일러의 목을 선득하게 옭아매는 것 같았다.

"방금 제가 말한 표면적인 전략이 맞습니까?"

"맞소."

파벽자가 말했다.

"아니죠. 틀렸습니다."

"왜죠?"

"저는 선생이 세계 각지를 돌며 각국의 군대와 군비 수준을 시찰하고 인류에게 얼마 남지 않은 희생정신을 찾아내 희생정신으로 똘똘 뭉친 우주군을 창설하려고 하는 점에 주목했습니다. 희생정신에 과도하게 집착하는 것이 비정상적이라고 생각했죠. 물론 구전과 끵원자 무기는 근거리에서 목표를 공격해야 하고, 다른 우주 무기에 비해 살상력이 더 강하기 때문에 전략에 참가하는 이들의 희생정신이 중요하다고 설명할 수 있겠죠.”

타일러가 고개를 들며 물었다.

“그게 뭐가 잘못됐소?”

“잘못되지 않았습니다. 타당한 생각이죠. 하지만 그 타당함은 겉으로 보여주기 위한 표면적인 전략에만 해당하는 얘기입니다.”

파벽자가 허리를 굽혀 얼굴을 타일러의 귓가에 바짝 가져다대고 나지막이 말했다.

“선생의 실제 전략에서는 상황이 조금 달라집니다. 정말로 우주 가미카제 또는 우주 알카에다가 창설된다면 그들은 선생의 구전 함대에 배치되지 않고 지구 주력 함대의 일부가 될 겁니다. 물론 선생은 그들이 일부가 아닌 전부가 될 수 있기를 바라겠죠.”

타일러의 마지막 남은 희망마저 완전히 무너졌다. 그는 그 뒤에 일어날 모든 일을 알고 있었고 침묵을 선택했다. 이제 그는 아무것도 말할 필요가 없었다.

파벽자의 이야기는 계속 이어졌다. 타일러의 귓바퀴에 와 닿는 그의 숨결에서 한 가닥 온기도 느껴지지 않았다. 마치 유령처럼 무덤의 냄새를 풍기며 파벽자가 속삭였다.

“선생의 구전 함대에는 그런 전사가 필요하지 않습니다. 그 함대의 최종 공격 목표는 삼체 함대가 아니니까요. 그 함대의 공격 목표는 바로 지구 주력 함대입니다.”

타일러는 계속 침묵했다. 그는 석고처럼 굳어진 얼굴로 사형 집행인이 칼을 휘두르길 기다렸다.

“최후의 전쟁이 임박한 어느 날 지구 함대가 출격을 준비하고 있을 때 우주의 진주만 습격이 발생할 겁니다. 그 엄청난 공격은 그들이 꿈에도 상상하지 못했던 곳, 꿈에도 상상하지 못했던 사람에게서 시작될 겁니다. 꿍

원자 핵융합의 불빛이 우주군의 항구에서 치솟으면 수없이 많은 태양이 합쳐진 것 같은 핵융합에너지가 발생할 겁니다. 지구 주력 함대는 그 푸른 태양들 속에서 한 줌 재가 된 뒤 무수히 많은 양자가 되어 우주 속으로 사라질 겁니다. 선생께서 얻으려는 것이 바로 그것입니다. 거시적 양자 상태(Macroscopic Quantum State)의 지구 함대. 좀 더 쉬운 말로 하면 지구 우주군을 궤멸시켜서 그들의 양자 유령*으로 삼체 함대에 저항하겠다는 것이 선생의 계획입니다. 양자 유령은 절대 질 수 없습니다. 이미 궤멸당한 함대는 다시 궤멸당할 수 없으니까요. 한 번 죽은 사람이 다시 죽을 수 없는 것처럼 말입니다."

사형 집행인의 칼날이 허공을 가르며 떨어졌다. 타일러는 여전히 침묵했지만 그의 영혼은 이미 난도질당해 사방으로 널브러졌다.

"그러니까 선생이 찾던 자아 희생정신은 주와의 전쟁을 위해 필요한 것이 아니라 우주군들이 동족에게 죽음을 당해 양자 유령이 된 뒤에도 지구 문명 구원이라는 임무를 계속 수행하기 위해 필요한 것이죠. 선생도 처음부터 지구 주력 함대를 습격할 계획은 아니었습니다. 우주 전사들이 스스로 굉원자에 파괴되어 자신들의 전함과 함께 양자 상태가 되게 할 계획이었죠. 하지만 세계 곳곳을 돌아본 뒤 현재 인류의 희생정신에 절망해 극단적인 전략을 세우게 된 겁니다. 일부만이라도 양자 유령이 되어 삼체 함대와 싸울 수 있다면 승리의 희망이 있다고 생각했을 겁니다. 하지만 제 생각엔 승리할 가망이 별로 없습니다. 너무 큰 모험이죠. 물론 면벽 프로젝트 자체가 모험이니 그 전쟁에서도 모험이 클수록 안전하겠지요."

파벽자가 몸을 일으켜 통유리창 앞으로 다가가 정원을 내다보았다. 타

---

* 옮긴이 주: 작가의 2004년 작품인 「구상섬전(球狀閃電)」에 나오는 가상의 개념으로, 구전 같은 양자 무기로 공격당한 인간이 양자 상태의 확률운이 되어 유령처럼 퍼지는 것을 말한다.

일러의 귓바퀴에 불어오던 지옥의 바람은 사라졌지만 그 냉기는 이미 타일러의 몸속 구석구석 파고들어 있었다.

"솔직히 말하죠. 타일러 선생, 당신은 면벽자로서 적합하지 않습니다. 기만 전략에 있어서는 노르망디상륙작전이 인류의 마지막 성공작이었죠. 그 후 미국의 거대한 힘은 인류의 지도자들에게서 많은 것을 빼앗아 갔습니다. 전쟁에 필요한 계책과 교활함, 간사함 같은 걸 말입니다. 당신들에게는 그런 것이 더 이상 필요치 않기 때문입니다. 당신들보다 강력한 적을 만났을 때도 그런 능력은 회복될 수 없습니다. 당신의 전략에는 트릭과 연막전술이 부족합니다. 남을 기만할 수 있는 함정이 없습니다. 너무 명백하고 직설적이죠. 당신이 처음으로 파벽당한 면벽자가 된 이유가 바로 이것입니다."

타일러는 뭐라고 말하고 싶었지만 울대뼈만 쿨렁거릴 뿐 목소리가 나오지 않았다.

"하지만 선생에게 아무런 강점이 없는 건 아닙니다. 저를 놀라게 한 점이 한 가지 있죠. 현대 사회의 윤리를 단호하게 포기했다는 점입니다. 게다가 선생은 그 과정에서 추호의 흔들림도 없었죠. 그건 쉬운 일이 아닙니다. 그 점에 대해서는 감탄합니다. 하지만 그와 동시에 선생께 일깨워드릴 것도 있죠. 선생은 지금 살인을 하려는 겁니다, 하고 말입니다."

파벽자가 창 앞에서 몸을 돌렸다. 조금 전의 핏기 없던 얼굴 위로 홍조가 떠올라 있었다. 그가 타일러를 향해 두 팔을 벌렸다.

"제 말은 다했습니다. 이제 사람을 부르시죠."

타일러가 짧은 한마디를 힘겹게 게워냈다.

"가십시오."

그의 얼굴은 석상의 그것과도 같았다. 입술의 달싹임조차 느껴지지 않았다.

파벽자가 허리를 굽히고 중절모를 든 손을 빙 돌리며 옛날식 인사를 했다.

"제가 여생을 누릴 수 있게 해주셔서 감사합니다. 오늘의 행복을 잊지 않고 남은 인생을 살겠습니다. 그럼 안녕히."

파벽자가 문을 여는데 타일러가 또 뻣뻣한 목소리로 물었다.

"만약 당신의 추측이 모두 사실이라면 어쩔 건가요?"

파벽자가 몸을 돌려 예의 그 사형 집행인 같은 부드러운 말투로 말했다.

"아무것도 안 하겠죠. 지구 함대가 궤멸되든 양자 상태가 되든, 인류의 우주 전사들이 산 사람이든 양자 유령이든 주는 개의치 않으시니까요."

*

타일러의 이야기를 듣고 뤄지는 한참 동안 침묵했다.

일반인들이 그들과 대화를 나눌 때면 상대가 면벽자라는 생각에 그들이 하는 모든 말을 믿지 못하고, 이런 암시는 대화를 가로막는 장벽이 된다. 그런데 두 면벽자가 대화를 나눌 때는 이런 암시가 양쪽 모두에게 작용하게 되므로 대화의 장벽이 두 배로 높아질 수밖에 없다. 결국 면벽자 사이의 모든 대화는 무의미해진다. 이것이 바로 지금까지 면벽자들 사이에 사적인 교류가 없었던 이유다.

뤄지가 물었다.

"파벽자의 분석을 어떻게 평가하십니까?"

사실 그의 물음은 침묵을 깨기 위한 것이었다. 이런 질문이 무의미하다는 것을 그는 곧 깨달았다.

타일러가 대답했다.

"그의 추측이 맞습니다."

뤄지는 뭐라고 말하려다 이내 다시 눌러 삼켰다. 무슨 말을 해야 할까? 무슨 말을 할 수 있을까? 그들 모두 면벽자인데 말이다.

"그게 바로 나의 전략입니다."

타일러는 부연 설명을 해야 할 필요를 느꼈다. 상대가 믿든 안 믿든 상관없었다.

"물론 아직 초보적인 단계이고 기술적인 난이도도 높은 일이죠. 양자 상태의 인간이 어떻게 현실적으로 역할을 발휘할 수 있는지도 아직은 알 수 없습니다. 실험을 통해 연구해야 하지만 인간을 실험에 이용하는 것은 살인이니까 실험이 성사될 수 없죠."

뤄지가 말했다.

"구전 연구 초기에 양자 상태로 변한 사람들이 있었습니다. 그들과 연락해보는 건 어떨까요?"

무의미한 말이라도 뭐든 해야 할 것 같았다.

"물론 시도해봤지만 실패했습니다. 그들과는 연락이 끊긴 지 오래됐어요. 물론 그들에 관한 소문은 많지만 전부 다 거짓임이 증명됐죠. 아마 영원히 사라졌을 겁니다. 물리학자들이 말하는 확률운 확산과 관련이 있을 거예요."

"그게 뭐죠?"

"거시적 양자 상태의 확률운은 시간이 흐름에 따라 공간 속에서 확산되어 점점 희박해지죠. 현실 속 양자 확률(Quantum Probability)이 점점 작아지게 되어 양자 상태의 인간이 현실의 공간에 출현할 확률은 거의 제로가 됩니다. 물론 다른 이론과 기술 문제들도 아주 많죠. 저는 앞으로 400년 동안 그 문제들이 점차 해결되기를 기대했습니다. 하지만 적들이 이 계획을 대하는 태도를 보니 모든 가능성이 무의미한 것 같군요. 무시는 가장 큰 경멸이죠. 하지만 제게 가장 큰 충격을 준 건 이것이 아닙니다."

"그럼 뭔가요?"

뤄지는 자신이 무의미한 대화 기계가 되어버린 느낌이었다.

"파벽자가 찾아온 다음 날 인터넷에 제 전략에 관한 상세한 분석이 올라왔어요. 100만 자가 넘는 장문의 자료였죠. 그중 대부분이 지자의 감청 정보에서 나온 것들이었고 엄청난 파장이 일었습니다. 그저께 PDC에서 이 일에 대한 청문회가 열렸습니다. 면벽 프로젝트에 인류의 생명을 해치는 전략이 포함될 수 없으며 이 계획이 사실이라면 계획의 집행자는 반인류죄를 저지르는 것이므로 저지하기로 결의했죠. 물론 이 계획을 세운 면벽자에게도 법적 제재를 가하기로 말이죠. 들어보십시오. 그들이 반인류이라는 단어를 썼습니다. 최근 몇 년 사이에 이 단어를 사용하는 횟수가 점점 늘어나고 있어요. PDC 결의의 마지막 대목에 이런 말이 있었습니다. '면벽 프로젝트의 기본 원칙에 따라 현재 외부로 드러난 모든 증거는 면벽자의 진정한 전략을 감추기 위한 연막전술 중 일부일 것이며, 이 면벽자가 실제로 이런 계획을 세우고 실행에 옮길 것임을 증명할 수 없다.' 결국 저는 법적 제재를 면할 수 있었습니다."

뤄지가 말했다.

"저도 그렇게 생각했습니다."

"하지만 난 그 회의에서 파벽자의 분석이 정확하다고 말했어요. 지구함대의 양자화가 나의 전략이니까 국제법과 본국의 법률에 따라 심판을 받겠다고 했죠."

"그들이 어떤 반응을 보였을지도 난 예상할 수 있어요."

"PDC 순회의장과 모든 상임이사국 대표들이 나를 보며 면벽자를 향한 미소를 지었고 의장은 회의 종료를 선언하더군요. 빌어먹을!"

"그게 어떤 기분인지 나도 잘 알아요."

"난 미친 듯이 회의장에서 달려 나와 광장을 뛰어다니며 고래고래 외쳤죠. '나는 면벽자 프레드릭 타일러다! 나의 파벽자가 내 전략을 간파했다! 그가 옳다! 나는 구전을 이용해 지구 함대를 파멸시킬 것이다! 그들을 양자 유령으로 만들어 작전을 수행하게 할 것이다! 나는 사람을 죽일 것이다! 반인류적이다! 나는 악마다! 날 처벌해! 날 죽여!'"

"타일러 선생, 그래봐야 아무 소용이 없어요."

"광장에 있던 사람들이 빙 둘러싸고 나를 구경했어요. 아이들은 신기한 눈으로, 중년들은 존경의 눈으로, 노인들은 자상한 눈빛으로 날 쳐다보았죠. 그들의 눈빛은 말하고 있었어요. '와! 면벽자다. 저 사람은 지금 일을 하고 있는 거야. 저 사람이 왜 저러는지 아는 사람은 이 세상에 자기 자신뿐이야. 와! 정말 잘한다. 어쩜 저렇게 연기를 잘할까? 적들이 어떻게 저 사람의 전략을 알아낼 수 있겠어? 그건 저 사람밖엔 몰라. 세상을 구원할 전략이니까 틀림없이 위대할 거야……' 이 빌어먹을 머저리들!"

뤄지는 침묵하기로 마음먹었다. 그는 타일러를 보며 말없이 웃었다.

뤄지를 바라보는 타일러의 창백한 얼굴 위로 한 가닥 웃음기가 떠오르더니 이내 미치광이처럼 히스테릭한 웃음을 터뜨렸다.

"하하하하! 당신도 웃는군! 면벽자를 향한 미소를 지었어! 면벽자가 다른 면벽자를 보며 미소를 지은 거야! 당신도 내가 일을 하고 있다고 생각하는군! 내 연기력이 뛰어나다고 생각하고 있어! 내가 계속 세상을 구할 거라고 생각하겠지! 하하하하! 우리가 어쩌다 이렇게 웃기지도 않은 상황에 빠진 거지?"

뤄지가 가벼운 한숨을 지었다.

"타일러 선생, 우린 이 올가미에서 영영 빠져나갈 수 없어요."

타일러의 웃음이 우뚝 멎었다.

"영영 빠져나갈 수 없다고? 그렇지 않아요, 뤄지 박사. 빠져나갈 방법이 있어요. 정말이에요. 내가 그 방법을 알려드리리다."

"휴식이 필요한 것 같군요. 여기서 며칠 쉬다가 가세요."

타일러가 천천히 고개를 끄덕였다.

"맞아요. 내겐 휴식이 필요해요. 우리만이 서로의 고통을 이해할 수 있어요. 이게 바로 내가 당신을 찾아온 이유죠."

그가 고개를 들었다. 태양은 이미 지평선 아래로 떨어졌고 에덴동산에도 점점 땅거미가 드리우고 있었다.

타일러가 중얼거렸다.

"여긴 정말 천국이군요. 호숫가를 혼자 산책해도 될까요?"

"뭐든 해도 좋습니다. 긴장을 풀어보세요. 저녁식사가 준비되면 부르러 갈게요."

타일러가 호숫가로 간 뒤 뤄지는 홀로 앉아 깊은 생각에 잠겼다.

지난 5년간 그는 행복의 바다에 가라앉은 채 조용히 살고 있었다. 특히 아이가 태어난 뒤로 그는 바깥세상에 대해 완전히 잊은 채 가족과의 행복에 영혼마저 도취되어 있었다. 세상과 단절된 이 온화한 땅에서 그는 점점 깊은 환상에 빠졌다. 바깥세상이 정말로 양자 상태와 비슷해서 일부러 관찰하지 않으면 존재하지 않는 것과 같다는 환상 말이다.

하지만 지금 추악한 바깥세상이 그의 에덴동산으로 불쑥 쳐들어왔다. 그는 두려웠고 눈앞이 아득했다. 더 깊이 생각하고 싶지 않아 타일러에게로 관심을 돌렸다. 타일러의 마지막 한마디가 아직도 그의 귓가를 맴돌고 있었다. 면벽자가 정말로 함정에서 빠져나갈 수 있을까? 어떻게 하면 이 강철 같은 논리의 족쇄를 깨부술 수 있을까……. 뤄지는 퍼뜩 정신이 든 듯 고개를 쳐들었다. 어스름이 내려앉은 호숫가에서 타일러의 모습이 보이지 않았다.

뤄지가 용수철 튕기듯 일어나 호숫가로 달려갔다. 크게 소리치고 싶었지만 좡옌과 아이가 놀랄까 봐 미친 듯이 달리기만 했다. 고즈넉한 저녁빛 아래 그의 발이 타닥타닥 풀밭을 딛는 소리밖에 들리지 않았다. 그때 탕, 하는 가벼운 소리가 그 규칙적이고 다급한 발소리 사이로 불쑥 끼어들었다.

호숫가에서 나는 총소리였다.

뤄지가 집에 돌아온 건 밤이 깊은 뒤였다. 아이는 곤히 잠들어 있었다. 좡옌이 작은 소리로 물었다.

"타일러 선생은 가셨어?"

뤄지가 피곤한 얼굴로 대답했다.

"응, 가셨어."

"당신보다 힘들어 보였어."

"맞아. 그는 쉬운 길을 택하지 않았으니까…… 당신 요즘 텔레비전 안 봐?"

"안 봐. 난……."

좡옌이 뭐라고 말하려다 입을 다물었다. 뤄지도 그녀의 심정을 알고 있었다. 바깥세상은 하루가 다르게 심각해져 바깥세상과 이곳의 차이가 점점 커지고 있다. 이런 괴리가 그녀를 불안하게 했다.

좡옌이 뤄지를 쳐다보며 물었다.

"우리가 이렇게 사는 게 정말로 면벽 프로젝트의 일부인 거지?"

그녀의 표정은 천진하기만 했다.

"당연하지."

"하지만 인류 전체가 불행한데 우리만 행복할 수 있을까?"

"여보, 인류 전체가 불행할 때 행복하게 사는 게 바로 당신의 의무야. 당신과 아이가 행복할수록 면벽 프로젝트의 성공 가능성도 커져."

좡옌이 말없이 뤄지를 바라보았다. 그녀가 5년 전 〈모나리자〉 앞에서 처음 이야기했던 표정 언어가 이제는 둘 사이에서 어느 정도 가능해진 것 같았다. 뤄지는 그녀의 눈동자에서 그녀의 마음을 읽어낼 수 있었다. 지금 그녀의 눈동자는 이렇게 말하고 있었다.

'그걸 어떻게 믿어?'

뤄지가 깊은 생각에 잠겼다가 입을 열었다.

"모든 게 다 끝나는 날, 태양과 우주도 죽는 그날, 어째서 인류만이 멸망하지 않고 영원히 살아야 하지? 이 세상은 지금 편집증에 빠져 있어. 어리석게도 아무 희망도 없는 전쟁에 집착하고 있어. 삼체 위기에 대응하려면 사고방식을 완전히 바꿔야 해. 모든 고민을 떨쳐버려야 해. 위기와 관계된 것이든, 위기 이전의 모든 고민이든 다 떨쳐버려. 남은 시간은 오로지 인생을 즐기는 데 써야 해. 400년 동안, 아니 마지막 전쟁을 포기한다면 거의 500년 가까운 시간이 되겠지. 500년이란 결코 짧은 시간이 아니야. 500년 동안 인간은 르네상스 시대에서 IT 시대로 발전했어. 그러니까 그 세월 동안 지금껏 한 번도 누리지 못한 걱정 없는 행복한 생활을 만들어내야 해. 미래에 대한 걱정을 배제한 전원의 시대를 누려야 해. 인간의 유일한 의무는 삶을 누리는 거야."

뤄지는 문득 자신이 실언을 했다는 것을 깨달았다. 좡옌과 아이의 행복이 면벽 프로젝트의 일부라고 말한 것은 좡옌의 생활을 지키기 위한 일종의 보호막이었다. 그녀가 자신의 행복을 일종의 책임이자 의무로 생각하도록 만들고 싶었다. 그건 그녀가 각박한 바깥세상에 동요하지 않고 평정심을 유지하게 만들 수 있는 유일한 방법이었다. 그런데 지금 진심을 말해버린 것이다. 좡옌의 투명한 눈동자에 저항할 수 있는 방법이 그에게는 없었다. 그녀가 그런 질문을 할 때마다 뤄지는 그녀의 눈을 똑바로 쳐다볼 수가 없었다. 게다가 타일러의 일까지 겹치는 바람에 자신의 진심을 털어놓고 만 것이다.

좡옌이 물었다.

"지금…… 그 말이 면벽자로서 한 말이야?"

"그럼, 당연하지."

뤄지는 자신의 실수를 만회하고 싶었다.

하지만 좡옌의 눈동자는 말하고 있었다.

'어쩐지 당신의 진심인 것 같아.'

*

UN PDC 제89차 면벽 프로젝트 청문회.

회의가 시작된 후 순회의장 가라닌이 발언했다. 면벽자 뤄지에게 다음 번 청문회에 꼭 참석할 것을 독촉하며 청문회 참가를 거부하는 것은 면벽 프로젝트에 속하지 않는다고 단호하게 말했다. 면벽 프로젝트에 대한 PDC의 감독권은 면벽자의 전략에 우선했기 때문이다. 이 제의에 대해 모든 상임이사국 대표가 동의했으며 이는 첫 번째 파벽자의 등장과 면벽자 타일러의 자살과도 관련되어 있었다. 청문회에 참석한 두 면벽자도 의장의 발언 속에 숨은 뜻을 알아들었다.

하인스가 먼저 발언했다. 그는 자신의 뇌과학 연구 계획이 아직 초보적인 단계에 있다고 말한 뒤 자신이 생각하고 있는 장비에 대해 설명하고는 이 장비를 분해 영상기라고 명명했다. 그의 설명에 따르면, 이 장비는 CT 단층 촬영 기술과 자기 공명 기술을 기반으로 한 것으로 촬영 대상의 모든 단면을 동시에 스캐닝하는데 각 단면 사이의 간격이 뇌세포와 뉴런 내부 구조의 간격만큼 세밀하다. 따라서 인간의 대뇌를 수백만 개의 단층으로 나누어 촬영한 뒤 컴퓨터를 통해 이를 대뇌의 수학모델로 다시 합성할 수 있다. 이런 모니터링이 초당 24프레임의 속도로 움직이면 합성된 모델도 동적으로 움직이게 되는데, 간단히 말하면 활동하고 있는 대뇌를 뉴런 단위로 촬영해서 컴퓨터로 옮겨놓을 수 있으므로 대뇌의 사고 활동을 정확하게 관찰할 수 있다. 심지어 사고하는 과정에서 일어난 뉴런의 모든 활동을 컴퓨터로 재연할 수도 있다. 이것이 앞으로 그의 연구가 추구하는 방향이 될 것이다.

다음으로 레이디아즈가 계획의 진전 상황을 보고했다. 지난 5년 동안 초대형 원자폭탄의 항성형 수학모델은 거의 완성되었으며 현재 오류를 점검하고 있는 중이었다.

뒤이어 PDC 과학 자문단이 두 면벽자의 계획에 대해 실시한 타당성 연구 결과를 브리핑했다.

우선 하인스의 분해 영상기에 대해서는 이론적으로는 성립하지만 당대에는 그런 기술을 구현하는 것이 불가능하다는 의견을 내놓았다. 현재의 단층 촬영 기술과 분해 영상기의 기술 격차가 수동 흑백필름 카메라와 고해상도 디지털카메라의 차이만큼이나 크기 때문이었다. 분해 영상기를 제작하기 위한 가장 큰 기술 난제는 디지털 처리로, 인간의 두뇌만 한 크기의 물체를 뉴런 단위로 정밀하게 모니터링하고 이를 다시 합성하는 작업은 현재의 컴퓨터 기술로 불가능했다.

레이디아즈의 항성형 원자폭탄 모델에 대해서도 비슷한 의견을 내놓았다. 현재의 컴퓨터 기술로는 도달할 수 없다는 것이었다. 현재의 컴퓨터 연산 능력으로 100분의 1초 동안 이루어지는 핵융합 과정을 모의 계산하려면 약 20년이 걸렸다. 하지만 이를 반복으로 수행해야 한다면 결국 이 모델의 실제 응용이 불가능해진다는 결론이 나왔다.

과학 자문단의 컴퓨터 기술 수석 과학자가 말했다.

"오늘날의 컴퓨터 기술은 전통적인 집적회로와 폰 노이만 구조 컴퓨터가 도달할 수 있는 한계에 거의 도달했습니다. 무어의 법칙*이 곧 한계에

---

* 반도체 집적회로의 성능이 18개월마다 두 배로 증가한다는 법칙이다.

도달하게 됩니다. 물론 전통적인 전자 및 컴퓨터 기술이라는 두 레몬에서 마지막 한 방울을 짜낼 수도 있습니다. 비록 현재의 슈퍼컴퓨터 성능 발전 속도가 점점 둔화되고 있기는 하지만 전혀 불가능한 것은 아닙니다. 현재의 컴퓨터가 이 두 계획에 필요한 능력에 도달하는 것도 가능하다고 생각합니다. 하지만 시간이 필요합니다. 아무리 낙관적으로 계산해도 20년에서 30년이 필요합니다. 목표에 도달한다면 그건 인간의 컴퓨터 기술이 도달할 수 있는 최정상일 겁니다. 더 이상의 진전은 불가능합니다. 물리학이 지자에게 통제당하고 있는 상황에서 한때 탄생할 가능성이 있었던 차세대 컴퓨터인 양자 컴퓨터가 탄생할 가능성은 이미 차단되었습니다."

의장이 말했다.

"우리는 지자가 인류의 과학 앞에 세워놓은 거대한 장벽에 이미 도달했습니다."

하인스가 말했다.

"그렇다면 우리는 앞으로 20년 동안 아무것도 할 수가 없겠군요."

"20년도 낙관적으로 전망했을 때의 기간입니다. 과학자니까 연구가 어떻게 진행되는지 누구보다 잘 알고 계시겠죠."

레이디아즈가 말했다.

"그럼, 그런 컴퓨터가 개발될 때까지 동면해야겠군요."

하인스도 말했다.

"나도 동면하기로 결정했습니다."

의장이 웃으며 말했다.

"20년 뒤 제 후임 의장에게 안부를 전해주십시오."

청문회 분위기가 일순간 부드러워졌다. 두 면벽자가 동면하기로 결정했다는 말에 참석자 모두 한시름을 놓았다. 첫 번째 파벽자의 등장과 그 면벽자의 자살은 면벽 프로젝트에 큰 충격을 안겼다. 특히 타일러의 자살은 더욱 어리석은 일이었다. 그가 살아 있었더라면 양자 함대 계획의 진위는 영원히 수수께끼로 남았을 것이다. 그의 죽음은 그 가공할 계획이 실제로 존재했음을 증명하는 것과 같았다. 그는 자기 목숨을 내놓고 면벽자의 올가미에서 벗어났지만 그 대신 면벽 프로젝트에 대한 국제사회의 의혹과 비난이 고조되었다. 면벽자가 누리는 권력을 제한해야 한다는 여론이 들끓었다. 하지만 면벽 프로젝트 자체만을 놓고 본다면 과도한 권력 제한은 면벽자의 기만전술에 제약을 가하기 때문에 계획 전체가 의미를 상실할 수 있었다. 또한 면벽 프로젝트는 인류 사회가 지금껏 한 번도 경험하지 못한 완전히 새로운 방식이므로 계속 수정하고 적응할 수밖에 없었다. 그런 점에서 두 면벽자의 동면은 이런 수정과 적응에 완충 역할을 해줄 것이었다. ——

며칠 뒤, 완벽하게 보안이 유지된 지하 벙커에서 레이디아즈와 하인스가 동면에 들어갔다.

*

뤄지는 불길한 꿈을 꾸었다. 꿈속에서 그는 루브르박물관의 끝없는 로비를 헤맸다. 루브르박물관이 꿈에 나온 건 처음 있는 일이었다. 지난 5년간 그는 행복에 도취되어 있었으므로 굳이 꿈에서 예전의 행복했던 시절로 되돌아갈 필요가 없었다. 그런데 그 꿈속에서 그는 혼자였다. 5년간 잊고 있던 고독을 다시 느꼈다. 그의 발소리가 박물관 전체에 메아리쳤다. 메아리칠 때마다 뭔가 멀리 가버리는 것 같아서 나중에는 걸음을 내딛기도 두려웠다. 그의 앞에 〈모나리자〉가 있었다. 그녀의 얼굴에는 미소가 걸려 있지 않았고, 그를 향하고 있는 두 눈에서 연민이 배어 나왔다. 발소리가 멈추자 바깥의 분수 소리가 새어 들어왔다. 점점 커지는 물소리에 뤄지가 번쩍 눈을 떴다. 물소리가 현실까지 그를 따라왔다. 밖에서 비가 내리고 있었다. 몸을 뒤척이며 아내의 손을 더듬었지만 역시나 꿈이 현실로 이어졌다.

챵옌이 곁에 없었다.

뤄지는 벌떡 일어나 아이 방으로 달려갔다. 아이 방에는 부드러운 전등빛만 가득 채워져 있을 뿐 아이는 보이지 않았다. 말끔히 정돈된 작은 침대 위에 그림 한 장이 놓여 있었다. 두 사람이 가장 좋아하는 챵옌의 그림이었다. 그림은 거의 다 여백으로 채워져서 멀리서 보면 그저 백지 같지만 가까이에서 보면 왼쪽 아래 귀퉁이에 가느다란 갈대 몇 줄기가 있었고 오른쪽 위 귀퉁이에는 거의 보일 듯 말 듯 희미한 새 한 마리가 날아가고 있었다. 그리고 텅 빈 한가운데에 두 사람이 아주 작게 그려져 있었다. 그런데 그림 위 여백에 반듯한 글씨체로 몇 글자가 쓰여 있었다.

여보, 마지막 날로 가서 당신을 기다릴게.

뤄지가 마음속으로 자기 자신에게 말했다. 언젠가는 이런 날이 오게 될 줄 알았어. 꿈결 같은 생활이 어떻게 영원히 계속될 수 있겠어? 언젠가 이런 날이 와도 너무 무서워하지 말자고 마음의 준비를 했잖아……. 하지만 역시 어질어질했다. 그는 그림을 들고 거실로 나갔다. 두 다리에 힘이 풀려 둥둥 떠 있는 것 같았다. 거실에는 아무도 없었고 벽난로 속에서 타다 남은 재가 희미하게 붉은빛을 내고 있었다. 거실 전체가 얼음이 되어 그 불빛에 녹아내리고 있는 것 같았다. 밖에는 비가 내리고 있었다. 5년 전 그날 밤에도 이렇게 빗소리가 들렸고 그녀가 꿈속에서 걸어 나왔다. 그런데 그녀가 다시 꿈속으로 들어가버렸다. 그들의 아이까지 데리고 말이다.

뤄지가 수화기를 들었다. 켄트에게 전화를 걸려는데 밖에서 작은 발자국 소리가 들렸다. 여자의 발소리 같았는데 창옌은 아니었다. 뤄지가 수화기를 내려놓고 문을 벌컥 열고 달려 나갔다.

복도에 가려진 그림자가 있었다. 그림자만 보고도 뤄지는 그녀가 누구인지 대번에 알 수 있었다.

세이였다.

"안녕하세요, 뤄지 박사."

"안녕하세요……. 제 아내와 아이는 어디 있죠?"

"마지막 날로 가서 당신을 기다리고 있어요."

그림 속에 쓰여 있던 말이었다.

"이유가 뭔가요?"

"PDC의 결의 사항이에요. 당신이 면벽자의 책임을 다할 수 있게 하려는 겁니다. 아이는 어른보다 동면에 대한 적응력이 뛰어납니다. 그러니 아이에게도 아무 문제가 없을 거예요."

"내 가족을 납치하다니! 이건 범죄요!"

"우린 아무도 납치하지 않았어요."

세이의 말에 뤄지의 가슴이 철렁했다. 현실을 외면하려는 방어기제에 그는 애써 생각을 다른 데로 돌렸다.

"이게 내 계획의 일부라고 말했잖습니까!"

"하지만 PDC는 면밀한 조사를 거쳐 이것이 계획의 일부가 아니라는 결론을 내렸어요. 그래서 당신의 임무 수행을 독촉하기 위한 조치를 취한 겁니다."

"납치가 아니라 해도 당신들은 내 동의 없이 아이를 데려갔어요. 이건 불법 행위예요!"

뤄지는 자신이 말한 '당신들' 속에 포함된 그 사람을 떠올렸다. 그는 다시 몸을 부들부들 떨다가 등 뒤에 있는 기둥에 털썩 몸을 기댔다.

"그렇습니다. 하지만 용인할 수 있는 범위 안에 있어요. 뤼지 박사, 당신이 누리고 있는 이 모든 예산이 법률의 틀 안에서 지원된 것임을 잊지 말아요. 위기의 시대이므로 UN이 하는 모든 일은 법률적으로 해석이 가능하다는 것도."

"아직도 UN 사무총장이신가요?"

"그래요."

"연임하셨어요?"

"네."

뤼지는 역시 화제를 돌리고 싶었다. 이 잔인한 현실과 마주할 용기가 없었다. 하지만 모든 노력은 실패로 돌아갔다. 아내와 아이 없이 어떻게 살 수 있을까? 두 사람 없이 어떻게 견딜 수 있을까……. 그는 마음속으로 수없이 되뇌다 소리 내어 중얼거리며 기둥을 타고 죽 미끄러졌다. 주위의 모든 것이 그와 함께 무너지는 것 같았다. 모든 게 녹아 용암이 되어 흘러내렸다. 하지만 용암의 뜨거운 열기가 그의 가슴에 모여 다시 응어리를 이루었다.

세이가 바닥에 주저앉아 있는 뤼지를 내려다보았다.

"뤼지 박사, 두 사람은 잘 있어요. 아무 일 없이 미래에서 당신을 기다리고 있어요. 당신은 냉정한 사람이지만 이제 더 냉정해져야 해요. 그건 인류 전체를 위한 일일 뿐만 아니라 두 사람을 위한 일이기도 합니다."

그때 비를 머금은 한 줄기 바람이 문틈으로 훅 파고들어왔다. 그 서늘함과 세이의 말이 뤼지의 달궈진 가슴을 식혔다.

뤼지가 물었다.

"처음부터 당신들의 계획이었던 겁니다. 그렇죠?"

"맞아요. 하지만 선택의 여지가 없었어요."

"그럼…… 여기에 올 때는 정말로 동양화를 전공한 사람이었습니까?"

"그래요."

"중앙미술학원을 졸업했습니까?"

"그래요."

"그럼 그녀는……."

"당신이 본 것은 진실한 그녀예요. 당신이 그녀에 관해 알고 있는 모든 것은 다 사실이에요. 그녀의 예전 생활, 가족 관계, 성격, 생각 등등 전부다."

"그녀가 정말로 그런 여자라는 뜻인가요?"

"그래요. 그녀가 5년 동안 계속 자신을 위장했을 거라 의심하지 말아요. 그건 그녀의 실제 모습이에요. 순진하고 온화하죠. 천사처럼. 그녀는 아무것도 위장하지 않았어요. 당신에 대한 사랑까지 모두 진심이에요."

"그런데도 이렇게 잔인하게 날 속일 수 있었다는 겁니까? 5년 동안! 자기 속마음을 그토록 철저히 감췄다고요?"

"그녀가 자기 마음을 감췄는지 어떻게 알죠? 5년 전 그날 밤 당신을 처음 만났을 때 그녀는 우울해하고 있었어요. 그녀는 그 감정을 숨기지 않았어요. 영원히 멈추지 않는 배경음악처럼 그 우울함이 5년 동안 계속 그녀를 따라다녔죠. 단지 5년 동안 그녀가 계속 우울했기 때문에 당신이 그걸 느끼지 못했을 뿐이에요."

뤄지는 그제야 깨달았다. 처음 그녀를 보았을 때 그의 마음속 가장 무른 곳을 움직인 것이 무엇인지. 무엇이 그로 하여금 온 세상이 그녀에게 상처를 주었다고 느끼고, 그로 하여금 일생을 다 바쳐 그녀를 보호하고 싶은 마음이 들게 했는지 말이다. 그건 바로 그녀의 투명하고 순수한 눈빛 속에 감추어진 엷은 우울함이었다. 그 우울함이 벽난로 불빛처럼 그녀의 아름다움을 아련하게 비추어주고 있었다. 그것이 배경음악처럼 그 자신도 느끼지 못하는 사이에 그의 잠재의식 속으로 서서히 스며들어 그를 사랑의 심연으로 조금씩 끌어당겼던 것이다.

뤄지가 물었다.

"내가 두 사람을 찾아낼 가능성은 없겠죠?"

"그래요. 내가 말했죠. 이건 PDC의 결의 사항이라고."

"그럼, 나도 두 사람과 함께 마지막 날로 가겠어요."

"원한다면 가능해요."

뤄지는 자신의 말이 거절당할 줄 알았다. 하지만 면벽자의 신분을 거부했던 지난번과 마찬가지로 세이의 대답은 한 치의 지체도 없이 그의 말끝에 얹어졌다. 그러나 뤄지는 그 대답처럼 단순한 일이 아니라는 것을 알고 있었다.

뤄지가 물었다.

"아무 문제도 없나요?"

"없어요. 정말로 가능해요. 면벽 프로젝트가 탄생했을 때부터 국제사회에서 반대 여론이 있었다는 걸 알고 있을 거예요. 또 여러 나라가 자국의 이익에 따라 찬반이 나뉘었죠. 최근 첫 번째 파벽자의 등장과 타일러의 실패로 면벽 프로젝트를 반대하는 목소리가 커지고 있어요. 반대로 찬성하는 여론은 잠잠해졌지요. 지금 박사가 마지막 날로 가겠다고 한다면 양측 모두 받아들일 수 있는 절충안이 될 거예요. 그런데 뤄지 박사, 정말로 그러길 원해요? 인류 전체가 생존을 위해 싸워야 하는 그때로 가겠어요?"

"당신 같은 정치가들은 툭하면 인류 전체를 논하죠. 하지만 내게 인류 전체는 보이지 않아요. 내 눈엔 그저 개개인이 보일 뿐이죠. 나도 한 사람이고 또 보통 사람이니까. 인류 전체를 구하는 책임은 감당할 수 없어요. 그저 각자의 생활을 바랄 뿐입니다."

"좋아요. 좡옌과 아이도 그 개개인에 속하겠죠. 그들에 대한 책임마저 저버리진 않겠죠? 좡옌이 당신에게 상처를 입히기는 했지만 당신이 그녀를 아직도 사랑하고 있다는 걸 알 수 있어요. 게다가 아이도 있으니까요. 허블 2호 우주망원경으로 삼체 함대의 진격을 확인한 뒤 한 가지 장담할 수 있는 건 인류가 끝까지 저항할 거라는 사실이에요. 박사의 아내와 아이가 400년 뒤에 깨어나 마주칠 현실은 최후의 전쟁이 될 거예요. 하지만 그때의 당신은 이미 면벽자의 신분을 잃어버릴 테니 그들을 보호할 능력이 없겠죠. 그들은 당신 곁에서 지옥 같은 생활을 하며 세상의 종말을 목도하게 될 거예요. 그렇게 되길 원하나요? 그게 바로 당신이 아내와 아이에게 만들어주고 싶은 미래인가요?"

뤄지는 아무 말도 하지 않았다. 세이가 말을 이었다.

"다른 생각은 할 필요 없어요. 400년 뒤 마지막 전쟁의 불길 속에서 당신을 쳐다볼 두 사람의 눈빛을 떠올려봐요! 그들이 보게 될 사람은 어떤 모습이죠? 인류 전체는 물론이고 자신이 가장 사랑하는 두 사람마저 포기한 사람인가요? 모든 아이, 심지어 자기 자식조차 구하지 않으려는 사람인가요? 한 남자로서 그 눈빛을 감당할 자신이 있어요?"

뤄지는 말없이 고개를 숙였다. 빗물이 호숫가 풀숲 속으로 떨어지는 소리가 마치 다른 시공에서 들려오는 수많은 아우성 같았다.

뤄지가 고개를 들었다.

"정말로 내가 이 모든 걸 바꿀 수 있다고 생각하세요?"

"어째서 해보지도 않으려는 거죠? 모든 면벽자들 가운데 성공 가능성이 가장 큰 사람이 바로 당신일 거예요. 난 그걸 당신에게 얘기해주려고 찾아왔어요."

"그럼, 말씀해보세요. 어째서 날 선택했죠?"

"전 인류를 통틀어 삼체 문명이 유일하게 죽이려는 사람이 바로 당신이에요."

뤄지가 기둥에 기댄 채 세이를 뚫어져라 응시했다. 사실 그에게는 아무것도 보이지 않았다. 그는 기억을 되돌리려 안간힘을 쓰고 있었다.

세이가 말을 이었다.

"그 교통사고, 사실은 당신을 겨냥한 것이었어요. 우연히 당신의 애인이 희생당한 거죠."

"하지만 그건 정말 우연한 사고였어요. 그 차가 우리 쪽으로 돌진한 건 다른 두 차의 충돌 때문이었으니까."

"그들이 아주 오랫동안 준비한 일이었어요."

"하지만 나는 그때 누구의 보호도 받지 않는 평범한 사람이었어요. 정말로 날 죽이려고 했다면 간단히 죽일 수 있었을 텐데 왜 그렇게 복잡한 일을 꾸몄을까요?"

"우연한 사고로 위장하기 위해서죠. 그래야 누구의 관심도 끌지 않을 테니까. 그리고 그들은 거의 성공할 뻔했어요. 그날 당신이 있었던 도시에서 51건의 교통사고가 일어나서 다섯 명이 사망했죠. 그때 당신이 죽었더라도 아무도 타살을 의심하지 않았을 거예요. 하지만 ETO 내부에 잠입한 스파이에 의하면 당신에게 발생한 교통사고는 ETO의 치밀한 살인 계획이었어요! 가장 충격적인 건 그 지령이 삼체 세계에서 왔다는 겁니다. 그 지령이 지자를 통해 에번스에게 전달되었죠. 그건 지금까지 그들이 내린 유일한 살인 명령이에요."

"나를요? 삼체 문명이 날 죽이려 한다고요? 왜죠?"

뤄지는 또 한 번 자기 자신이 낯설었다.

"그건 몰라요. 아직까지 아무도 알 수가 없죠. 에번스는 그 이유를 알았겠지만 그는 이미 죽었으니까. 살인 명령 중 '그 어떤 의심도 받지 않아야 한다'라는 요건은 그가 덧붙인 게 틀림없어요. 그 역시 당신의 중요성을 설명해주는 거죠."

"중요성이라……."

뤄지가 고개를 저으며 쓴웃음을 지었다.

"날 보세요. 내가 초능력을 가진 사람처럼 보이세요?"

"박사에겐 초능력이 없어요. 그런 쪽으로 생각하지 말아요. 냉정한 판단을 흐릴 뿐이니까!"

세이가 손을 들며 자신의 말을 강조했다.

"당신에 대해 면밀히 조사했어요. 당신은 초능력을 가지지 않았어요. 초자연적인 능력이든, 이미 알려진 자연적인 법칙 안에서의 뛰어난 기술이든 그 어느 것도 당신에겐 없어요. 박사의 말처럼 그저 평범한 사람이죠. 학자로서도 그저 평범할 뿐 비범한 점이 없어요. 우리가 알아본 범위 내에서는 말이죠. 에번스가 살인 명령에 덧붙여놓은 '그 어떤 의심도 받지 않아야 한다'라는 요건도 그 점을 방증합니다. 그건 당신이 가지고 있는 능력이 다른 이에게 받은 것일 수 있음을 의미하니까요."

"이걸 왜 이제야 얘기해주는 거죠?"

"당신이 가지고 있는 그 능력에 영향을 미칠 것을 우려했기 때문이에요. 미지의 요인이 너무 많아서 당신을 그저 자연스럽게 내버려두는 게 가장 좋다고 판단했어요."

"난 우주사회학을 연구하려고 했었어요. 왜냐하면……."

그때 뤄지의 의식 속 깊숙한 곳에서 어떤 작은 목소리가 들렸다.

'너는 면벽자야!'

자신의 목소리가 들린 건 처음이었다. 그리고 존재하지 않는 또 다른 목소리가 들리는 것 같았다. 지자가 그의 주위를 에워싸고 윙윙거리며 날아다니는 소리였다. 심지어 그는 반딧불 같은 어슴푸레한 빛무리가 눈에 보이는 것 같았다. 뤄지는 처음으로 면벽자라는 의식에 의한 행동을 했다. 그는 하려던 말을 다시 욱여 삼키며 이렇게 말했다.

"그게 이 일과 무슨 관계가 있나요?"

세이가 고개를 저었다.

"아무 관련도 없을 거예요. 우리가 알기로 박사는 연구 과제 중 하나로 신청했을 뿐이고 연구는 시작도 하지 않았죠. 그러니 당연히 아무런 성과도 없고요. 더욱이 정말로 그걸 연구했다 하더라도 다른 학자들보다 더 가치 있는 성과를 얻었을 가능성도 없어요."

"그렇게 단언하는 근거가 있나요?"

"뤄지 박사, 솔직하게 말할게요. 우리가 알기로 박사는 학자로 적격이 아니에요. 박사의 연구는 탐구욕이나 책임감, 사명감에 의한 것이 아니라 그저 생계의 수단일 뿐이죠."

"요즘 학자들이 다 그렇잖아요?"

"물론 그게 잘못된 건 아니에요. 하지만 진지하게 학문을 연구하는 학자들과 동등하다고 할 수는 없죠. 박사의 연구는 공리성이 너무 강해요. 요령을 부리고 대중에게 인기를 끌어 연구비를 얻어내는 게 가장 큰 목적이에요. 인품도 그리 성실하지 않고 책임감도 없는 데다 학자들의 사명감에 대해 냉소적이죠……. 사실 우린 박사가 인류의 운명에 관심이 없다는 것도 알고 있어요."

"그래서 이렇게 비열한 방식으로 날 압박하는 거로군요……. 날 줄곧 무시했던 거죠?"

"박사 같은 사람들은 일반적인 상황에서는 중요한 직책을 수행하지 않아요. 하지만 지금은 한 가지 사실이 모든 것을 압도하죠. 삼체 세계가 박사를 두려워하고 있다는 것. 자신의 파벽자가 되어 그 이유를 파헤쳐보세요."

세이는 말을 마치자마자 몸을 돌려 밖으로 나가 대기하고 있던 차에 올라탔다. 그녀를 태운 차가 순식간에 비 내리는 안개 속으로 사라졌다.

뤄지는 시간 감각을 상실한 채 그곳에 서 있었다. 비가 서서히 그치고 바람이 강해지며 밤하늘의 먹구름을 모두 흩어버렸다. 설산과 밝은 달이 모습을 드러냈을 때 세상은 은빛에 휘감겨 목욕을 하고 있었다. 몸을 돌려 안으로 들어가기 전 뤄지는 마지막으로 그 은빛의 에덴동산을 흘긋 쳐다보았다. 그는 속으로 좡옌과 아이에게 말했다.

'내 사랑, 마지막 날에 만나자.'

*

우주항공기 하이프런티어호가 만들어낸 거대한 그림자 속에 서서 그 거대한 기체를 올려다보며 장베이하이는 자기도 모르게 항공모함 당호를 떠올렸다. 당호는 해체된 지 이미 오래였다. 그는 심지어 하이프런티어호의 기체에 당호에서 떼어낸 강판이 몇 조각이라도 포함되지 않았을까 하는 상상을 했다.

30차례 넘는 우주 비행과 대기층 진입이 하이프런티어호의 거대한 기체에 남긴 그슬린 흔적들이 정말로 당호를 연상시켰다. 두 기체 모두 비슷하게 낡은 느낌이었다. 날개에 걸려 있는 원기둥 형태의 추진기 두 개가 새것이라는 점을 제외하면 말이다. 마치 유럽에서 오래된 건축물을 보수할 때 쓰는 방식 같았다. 보수한 부분이 원래 건축물과 선명한 대조를 이루게 함으로써 보는 이들에게 그곳이 나중에 덧붙인 부분임을 분명하게 보여주는 방식이다. 그 두 개의 추진기가 없다면 하이프런티어호는 정말로 오래된 대형 수송기처럼 보일 것 같았다. 하지만 우주항공기는 새롭게 만들어진 것이다. 이것은 지난 5년간 우주 항공 분야에서 이룩한 몇 안 되는 성과 중 하나이자 화학 추진식 우주선의 마지막 세대가 될 것이다. 우주항공기의 개념은 20세기에 이미 등장했다. 우주왕복선의 차세대 형태로 일반 비행기처럼 활주로를 이용해 이륙한 뒤 비행을 통해 대기권의 맨 꼭대기에 다다르면 다시 로켓 엔진을 가동해 우주 비행을 함으로써 우주 궤도에 진입하는 형태다. 하이프런티어호는 현재 사용되고 있는 우주항 공기 네 대 중 한 대이며 더 많은 우주항공기가 제작되고 있다. 그 우주항 공기들이 머지않은 장래에 우주 엘리베이터 건설에 투입될 것이다.

장베이하이가 자신을 배웅하러 온 창웨이쓰에게 말했다.

"우리가 죽기 전에는 우주에 가볼 수 없을 줄 알았습니다."

그는 곧 다른 우주군 장교 20명과 함께 하이프런티어호에 탑승해 국제 우주정거장으로 떠날 예정이었다. 그들은 모두 세 전략연구소의 구성원 이었다.

창웨이쓰가 웃으며 물었다.

"바다에 나가보지 않은 해군 장교가 있나?"

"물론입니다. 아주 많습니다. 바다에 나가길 원치 않는 해군도 있습니 다. 하지만 저는 그런 해군이 아닙니다."

"베이하이, 현역 우주비행사들은 아직 공군 소속이란 걸 잊지 말게. 그 러니까 자네들은 우주로 떠나는 첫 번째 우주군들이야."

"구체적인 임무가 없다는 게 아쉬울 따름입니다."

"체험도 임무지. 우주 전략을 연구하려면 우주를 직접 경험해봐야 하지 않겠나? 우주항공기가 나오기 전에는 체험하는 것조차 불가능했지. 한 명 을 우주로 보내는 데도 막대한 비용이 들었으니까 말이야. 이젠 비용이 많 이 줄어들었어. 앞으로 더 많은 연구원들을 우주로 보내야지. 어쨌든 우린 우주군이니까. 지금의 우주군이 하는 일은 탁상공론에 가까워. 이래서야 되겠나?"

바로 그때 탑승 지시가 내려졌다. 장교들이 계단으로 올라갔다. 그들은 일상적인 비행을 떠나는 사람들처럼 우주복도 없이 훈련복만 입고 있었 다. 이것만으로도 큰 진전이었다. 적어도 우주가 예전보다 평범해졌다는 뜻이었다. 장베이하이는 함께 우주항공기에 오르는 사람들의 복장을 보고 우주군 외에 다른 군인들도 동행한다는 것을 알았다.

"베이하이, 한 가지 중요한 일이 더 있네."

가방을 집어 드는 장베이하이에게 창웨이쓰가 말했다.

"군사위원회에서 우리가 보고한 보고서에 대한 검토를 끝냈어. 미래에 정치사상 공작 인력을 지원하자는 보고서 말이네. 상부에서는 아직 시기 상조라고 판단했다는군."

장베이하이가 두 눈을 가늘게 떴다. 우주항공기의 그림자 속에 있는데도 눈부신 빛을 본 것 같았다.

"사령관님, 400년을 하나의 과정으로 생각하고 일의 완급과 경중을 확실히 판단해야 합니다. 물론 안심하십시오. 공식적인 자리에서는 이렇게 말하지 않을 테니까요. 상부에서 더 면밀하게 검토하고 판단했다는 걸 저도 잘 알고 있습니다."

"자네의 원대한 사고방식은 상부에서도 높이 평가했네. 답변서에서도 미래 지원 계획을 부결하는 것이 아니라 계획을 계속 연구하고 수정할 것임을 강조했어. 다만 현재로서는 시기상조라는 거지. 물론 이건 내 생각이지만, 훌륭한 정치사상 공작 간부들이 많아지기를 기다리고 있는 것 같아. 인력이 많아져서 일의 부담이 줄어들면 그때 가서 재검토하겠지."

"우주군의 정치사상 공작 간부가 갖추어야 할 기본적인 요건이 무엇인지 사령관님도 잘 알고 계실 겁니다. 요즘은 그런 사람들이 점점 줄어들고 있습니다."

"우주 엘리베이터와 제어 핵융합 기술이 획기적인 진전을 이루면 그땐 상황이 달라질 거야. 그 두 가지 기술은 우리가 죽기 전에 진전을 이룰 가능성이 있어. 상황이 호전되겠지……. 자, 얼른 가봐."

장베이하이가 창웨이쓰에게 경례를 한 뒤 서둘러 계단을 올랐다. 항공기 안으로 들어섰을 때 그가 받은 첫 느낌은 좌석이 더 넓다는 것을 제외하면 민간 여객기와 별반 다르지 않다는 것이었다. 좌석이 넓은 것은 우주복을 입은 탑승자들을 위한 설계였다. 우주항공기가 운행에 투입된 후 처음 몇 번의 비행에서는 만일에 대비해 이륙 시 탑승자들이 우주복을 입어야 했지만 지금은 그럴 필요가 없어졌다.

장베이하이가 창가 자리에 앉았다. 옆자리에도 곧바로 누군가가 앉았는데 옷차림을 보고 군인이 아니란 걸 알 수 있었다. 장베이하이는 그를 향해 간단히 묵례를 한 후 자기 자리에 있는 복잡한 안전벨트를 매는 데 열중했다.

카운트다운도 없이 하이프런티어호의 엔진에 시동이 걸렸고 이륙을 위한 활주가 시작되었다. 일반 여객기보다 훨씬 무겁기 때문에 활주 거리는 길었지만 묵직한 느낌과 함께 지면에서 떠올라 우주로의 비행을 시작했다.

스피커에서 안내 방송이 나왔다.

"우주항공기 하이프런티어호의 제38차 비행입니다. 항공 비행 구간이 시작되었습니다. 약 30분간 계속될 것입니다. 안전벨트를 착용해주십시오."

항공기 창문을 통해 뒤로 멀어져가는 땅을 보며 장베이하이는 지난날을 회상했다. 항공모함 함장훈련반 시절 그는 해군 항공 조종사의 모든 훈련을 거치고 3급 전투기 조종사 시험에 통과했다. 첫 단독 비행 때도 이렇게 멀어져가는 땅을 바라보았다. 그러다가 문득 자신이 바다보다 창공을 더 좋아한다는 것을 깨달았다. 그런데 지금 그는 이 창공보다 더 높은 우주를 더 동경하고 있다.

그는 더 높은 곳을 향해 날고 더 먼 곳을 향하는 사람이었던 것이다.

"여객기를 탄 것과 별로 다를 게 없죠?"

옆에서 나는 소리에 고개를 돌렸다. 장베이하이는 그제야 자기 옆에 앉은 사람을 알아볼 수 있었다.

"딩이 박사님 아니십니까? 와, 이거 영광입니다!"

"하지만 곧 견디기 힘들어질 거예요."

딩이는 인사도 받지 않고 자기 얘기만 계속했다.

"첫 번째 비행 때는 항공 비행 구간이 끝났을 때 안경을 안 벗었더니 안경이 벽돌처럼 코뼈를 짓누르더라고. 그래서 두 번째 비행 때는 안경을 벗었지. 그랬더니 무중력상태가 되면서 바람에 안경이 날아가지 뭐예요? 항공기 꼬리 쪽 공기 여과기 필터에서 안경을 찾았다니까요."

장베이하이가 웃으며 말했다.

"첫 비행 때는 우주왕복선을 타고 가셨죠? 텔레비전에서 봤습니다. 그때 비행은 별로 즐겁지 않으셨던 것 같더군요."

"아, 내가 말한 건 우주항공기를 탔을 때 일이에요. 우주왕복선까지 합치면 이번에 네 번째죠. 우주왕복선을 탔을 때는 발사 전에 안경을 압수당했지."

"이번에는 무슨 일로 우주정거장에 가십니까? 제어 핵융합 프로젝트의 책임자로 임명되셨다는 기사를 봤습니다. 제3연구팀이시죠?"

제어 핵융합 연구는 네 개 연구팀으로 나뉘어 각기 다른 방향으로 연구를 진행하고 있었다.

딩이가 안전벨트에 몸을 묶은 채 손가락 하나를 들어 장베이하이를 가리켰다.

"제어 핵융합을 연구하면 우주에 가면 안 됩니까? 어째서 그들과 똑같은 소릴 하죠? 우리의 궁극적인 연구 목표는 우주선 엔진을 개발하는 거예요. 현재 항공 우주학계의 실권자들 대부분이 예전에 화학 로켓 엔진을 연구했던 사람들이죠. 지금 우리도 그들의 뜻에 따라 지상에서 얌전히 제어 핵융합이나 연구할 수밖에 없어요. 우주 함대의 전체 계획에 대해선 입도 뻥긋 못 한다니까요."

장베이하이가 안전벨트를 느슨하게 풀며 딩이 쪽으로 상체를 기울였다.

"그 점에 대해서는 저도 박사님과 생각이 일치합니다. 우주 함대의 우주 비행은 현재의 화학 로켓 비행과 근본적으로 다른 개념입니다. 우주 엘리베이터도 현재의 항공 우주 방식과 다르죠. 그런데 과거의 항공 우주 분야에서 일하던 사람들이 지금도 이 분야에서 큰 권력을 쥐고 있습니다. 그들은 생각이 앞뒤가 꽉 막혔고 고루합니다. 이대로 가다가는 심각한 문제가 속출할 겁니다."

"어쩔 수 없어요. 그 사람들이 5년 안에 이걸 만들어냈잖아요. 이게 바로 그들이 외부인을 배제할 수 있는 빌미가 된 거예요."

딩이가 손가락을 빙 둘러 주위를 가리켰다.

그때 스피커에서 다시 방송이 흘러나왔다.

"현재 2만 미터 상공에 근접했습니다. 항공 비행 후반 구간에서는 대기가 희박해집니다. 고도가 급격히 하강해 일시적인 무중력상태가 될 수 있으니 너무 놀라지 마십시오. 반드시 안전벨트를 착용해주십시오."

딩이가 말했다.

"하지만 이번에 우리가 우주정거장에 가는 건 제어 핵융합 연구와는 무관해요. 우주방사선 포획기를 수거하러 가는 거예요. 아주 비싼 것들이거든."

장베이하이가 안전벨트를 다시 조이며 물었다.

"우주 고에너지 물리학 연구는 중단된 건가요?"

"중단됐죠. 앞으로 헛수고할 필요가 없다는 걸 알았으니 한 가지 성과는 거둔 셈이죠."

"지자가 승리했군요."

"그래요. 지금 인류가 가진 고전 물리, 양자역학, 아직 초기 상태인 끈 이론, 이 알량한 이론들을 얼마나 진전시킬 수 있을지 하늘에 맡길 수밖에."

하이프런티어호의 고도가 계속 높아졌다. 항공 엔진이 윙윙 소리를 내며 힘겹게 돌아갔다. 헐떡이며 산봉우리를 오르는 것 같았지만 고도가 떨어지지는 않았다. 우주항공기가 항공 비행의 한계인 3만 미터 상공에 근접하고 있었다. 장베이하이는 하늘의 푸른빛이 점점 퇴색되어가는 것을 보았다. 하늘은 서서히 어두워지고 있지만 태양빛은 오히려 더 농염해졌다.

"현재 3만 1000미터 상공에 도달했습니다. 항공 비행 구간이 끝나고 곧 우주 비행 구간으로 접어들게 됩니다. 고중력으로 인한 압력을 줄이기 위해 화면의 안내에 따라 자세를 조정해주십시오."

비행기가 짐을 내려놓은 듯 가볍게 떠오르는 느낌이 들었다.

"항공 엔진 탈락. 우주 엔진 점화 카운트다운. 텐, 나인, 에이트……."

"그들에겐 지금부터가 진정한 발사예요. 한번 즐겨보세요."

딩이가 선심 쓰듯 한마디 던진 뒤 눈을 감았다.

카운트다운이 끝난 뒤 요란한 굉음이 고막을 두들겼다. 우주 전체가 포효하고 있는 것 같았다. 거대한 손바닥이 모든 것을 서서히 움켜쥐듯 고중력 상태가 시작되었다. 장베이하이는 힘겹게 고개를 돌려 창밖을 쳐다보았다. 엔진에서 분출되는 불꽃은 보이지 않았지만 공기가 희박해진 하늘이 붉게 물들어 하이프런티어호가 엷은 석양 속을 떠다니는 것 같았다.

5분 뒤에 추진기가 떨어져 나갔고 다시 5분간 가속을 거친 뒤 주 엔진이 닫히며 하이프런티어호가 우주 궤도로 진입했다.

항공기를 그러쥐었던 거대한 손바닥이 서서히 펼쳐졌고 장베이하이의 몸이 움푹 들어간 좌석에서 튕겨져 나왔다. 안전벨트가 있어 몸이 날아오르지는 않았지만 느낌으로는 하이프런티어호와 별개가 된 것 같았다. 중력이 사라져 마치 맨몸으로 우주항공기와 평행이 되어 우주를 유영하고 있는 것 같았다. 창밖을 쳐다보았다. 그렇게 밝은 밤하늘은 난생처음이었다. 잠시 후 우주항공기가 방향을 틀자 태양빛이 창문을 뚫고 들어왔다. 빛줄기 속에서 수많은 점들이 춤을 추었다. 중력이 사라지면서 떠오른 큰 입자의 먼지였다. 항공기가 천천히 방향을 틀자 지구가 보였다. 궤도가 낮아 지구의 온전한 형태가 아닌 부채꼴의 지평선만 볼 수 있었지만 대륙의 형태가 또렷하게 나타났다. 잠시 후 별빛 바다가 펼쳐졌다. 그건 장베이하이가 가장 보고 싶어 하던 것이었다. 그는 속으로 중얼거렸다.

'아버지, 제가 첫발을 내디뎠습니다.'

*

지난 5년간 피츠로이 장군은 자신의 말 그대로 면벽자가 된 것 같았다. 그의 앞에 있는 벽은 거대한 모니터였다. 삼체 세계가 있는 쪽의 하늘 사진이 모니터에 띄워져 있었다. 얼핏 보면 어둠뿐이었지만, 자세히 보면 별빛이 점점이 흩뿌려져 있었다. 피츠로이에게는 이미 익숙한 하늘이었다. 어제 따분한 회의에서 그는 종이에 그 별들의 위치를 그렸다. 실제 사진과 비교해보니 별의 위치가 거의 정확했다. 삼체 세계는 세 개 항성의 정중앙에 위치했으며 거의 눈에 띄지 않았다. 확대해서 보지 않으면 그저 별 하나처럼 보일 뿐이었지만, 크게 확대해서 보면 별 세 개의 위치가 지난번과 조금 달라져 있었다. 이런 우주의 춤이 그를 매료시켰다. 그는 자신이 프로젝트에 투입될 때 무슨 생각을 했었는지도 잊었다. 5년 전 처음 관측한 브러시는 천천히 희미해졌고 두 번째 브러시는 아직 나타나지 않고 있었다. 삼체 함대는 항성 간 우주 진운 사이를 지날 때만 관찰이 가능한 항적을 남겼다. 지구천문학자들은 배경 별빛의 흡수를 관찰해 앞으로 400년간 삼체 함대가 통과하게 될 우주에서 다섯 개의 우주 진운을 발견했다. 사람들은 그 우주 진운을 '눈밭'이라고 불렀다. 눈밭은 지나가는 이들의 흔적이 고스란히 남기 때문이다.

삼체 함대가 5년 동안 등가속도로 운행했다면 오늘 두 번째 눈밭을 통과하게 된다.

피츠로이는 일찍부터 허블 2호 우주망원경 통제센터에 와서 기다리고 있었다. 린저가 그를 보고 웃었다.

"장군, 크리스마스가 지나자마자 또 선물을 기다리는 아이 같군요."

"오늘 눈밭을 통과한다고 했잖소."

"맞아요. 하지만 삼체 함대는 이제 고작 0.22광년 운행했을 뿐이에요. 지구에서 4광년 떨어져 있으니 눈밭의 빛은 4년 뒤에나 지구에 도착해요."

"아차, 미안해요. 그걸 잊었군. 그걸 다시 보고 싶은 마음이 간절해서 말이지. 게다가 이번에는 그들의 속도와 가속도를 관측할 수 있잖소. 그건 아주 중요하니까."

린저가 난감한 표정으로 고개를 저었다.

"달리 방법이 없어요. 우린 광원뿔 밖에 있으니까."

"그건 또 뭐요?"

"빛은 시간의 축을 따라 원뿔 형태로 전파되죠. 물리학에서는 그걸 광원뿔이라고 불러요. 광원뿔 밖에 있는 사람은 광원뿔 내부에서 일어나는 일을 알 수가 없죠. 우주에서 수많은 중대한 사건의 정보가 광속으로 우리를 향해 날아오고 있는지도 알 수 없죠. 어떤 것들은 이미 1억 년도 넘게 날아왔을 거예요. 하지만 우리는 여전히 그 사건의 광원뿔 밖에 있어요."

"광원뿔 내부에 있는 건 운명이겠군."

"그거 참 절묘한 비유로군요!"

린저가 피츠로이를 향해 연방 고개를 끄덕이며 감탄하다가 다소 누그러진 말투로 말했다.

"하지만 지자는 광원뿔 밖에서도 뿔 내부에서 일어나는 일을 볼 수가 있죠."

"지자는 운명을 바꾼 거예요."

피츠로이가 이미지 처리 단말기를 흘긋 쳐다보았다. 5년 전 해리스라는 젊은 연구원이 이곳에서 일하다가 그 브러시를 보고 눈물을 흘렸다. 그 일 이후 그는 우울증에 걸려 거의 폐인이 된 뒤 연구센터에서 해직되었고 현재 행방이 묘연했다.

흔한 경우는 아닐 것이다.

＊

날씨가 추워졌고 눈이 오기 시작했다. 주위의 초록색도 점점 사라졌고 호수에는 살얼음이 얼었다. 세상이 컬러사진에서 흑백사진으로 변한 것처럼 빛이 바랬다. 이곳은 원래 따뜻한 계절이 짧은 곳이지만 뤄지는 아내와 아이가 사라진 뒤 에덴동산이 활기를 잃었다고 느꼈다.

겨울은 사색의 계절이다.

뤄지는 사색을 시작하며 자신의 잠재의식이 이미 사색하고 있었음을 깨닫고 깜짝 놀랐다. 고등학생 시절 선생님이 어문 시험을 치는 요령을 알려준 적이 있었다. 시험지를 받자마자 마지막 작문 문제를 확인한 뒤 맨 앞으로 돌아와 차례대로 문제를 푸는 것이다. 그러면 다른 문제를 푸는 동안에도 잠재의식 속에서는 작문 문제에 대해 생각을 하게 된다. 컴퓨터의 백그라운드 프로세스처럼 말이다. 뤄지는 자신이 면벽자가 된 그 순간부터 면벽 프로젝트에 대해 생각하고 있었으며 한 번도 사고가 멈춘 적이 없다는 사실을 깨달았다. 그저 모든 사고가 잠재의식 속에서 이루어져 그 자신조차 감지하지 못했을 뿐이다.

뤄지는 이미 완성된 사고의 처음 몇 걸음을 빠르게 반복했다.

이 모든 것이 9년 전 예원제와의 우연한 만남에서 시작되었음을 알 수 있었다. 예원제와 만난 뒤 뤄지는 그 누구에게도 그 만남에 대해 이야기하지 않았다. 불필요한 문제를 부르기 싫었기 때문이다. 예원제는 세상을 떠났으므로 그날의 짧은 만남은 그와 삼체 세계만이 아는 비밀이다. 당시 지구에 와 있는 지자는 두 개뿐이었다. 하지만 황혼녘 양둥의 무덤 앞에서 예원제와 그가 나누는 대화를 지자가 듣고 있었고 양자 배열의 파동이 순식간에 4광년의 공간을 지나 삼체 세계까지 전해졌을 것이다.

그때 예원제가 뭐라고 했지?

세이의 말은 틀렸다. 뤄지가 아직 시작하지 않은 우주사회학 연구는 매우 중요하다. 아마도 이것이 삼체 세계가 그를 죽이려는 직접적인 원인일 것이다. 이 연구를 제안한 사람이 예원제라는 사실을 세이는 알지 못한다. 비록 뤄지 자신도 그 연구가 대중의 흥미를 끌 수 있다고 생각했을 뿐이지만 말이다. 그는 사실 오랫동안 그런 기회를 찾고 있었다. 삼체 위기가 수면 위로 떠오르기 전까지만 해도 외계 문명에 대한 연구는 대중의 관심을 끌고 매스컴을 타기에 가장 좋은 주제였다. 이 시작도 하지 않은 연구 자체는 중요하지 않다. 중요한 것은 예원제가 그에게 해준 이야기였다. 뤄지의 사고가 바로 거기에서 막혔다. 뤄지는 예원제가 했던 말을 속으로 계속 곱씹었다.

'우주사회학을 연구해보는 게 어떻겠나?'

'내가 대충 가져다 붙인 이름이야. 우주 곳곳에 거대 문명이 분포하고 있다는 가설을 전제로 한 거지. 우리가 관측할 수 있는 별만큼이나 많은 거내 문명이 존재하고 그 문명들이 사회를 구성하고 있다는 전제하에 그 슈퍼 사회의 형태를 연구하는 학문이야. 그게 바로 우주사회학이지.'

'자네의 두 가지 전공을 융합시킬 수가 있어. 우주사회학은 인류사회학에 비해 수학적 구조가 훨씬 분명하지.'

'저길 좀 봐. 별은 그저 작디작은 점이야. 우주에 존재하는 각각의 문명 사회는 복잡한 구조를 갖고 있어. 하지만 그 혼돈성과 우연성은 까마득히 먼 거리에 희석되었지. 우리에겐 그 문명들 하나하나가 매개변수를 품고 있는 점이야. 수학적으로 생각하면 비교적 쉽게 이해할 수 있지.'

'순이론을 궁극적인 목표로 삼아야지. 유클리드기하학처럼 말이야. 우선 명백하고 단순한 공리 몇 가지를 설명하고 그 공리들을 바탕으로 전체적인 이론 체계를 도출해내는 거야.'

'첫째, 생존은 문명의 첫 번째 필요조건이다. 둘째, 문명은 끊임없이 성장하고 확장되지만 우주의 물질 총량은 불변한다.'

'반평생을 생각해왔지. 하지만 누군가에게 말한 건 처음이라네. 왜 이걸 자네에게 말했는지 나도 잘 모르겠어……. 음, 이 두 가지 공리에서 우주사회학의 기본 틀을 도출해내고 싶다네. 이 밖에도 두 가지 중요한 개념이 더 있어. 의심의 사슬과 기술 폭발이지.'

'그렇게 된다면 내겐 큰 영광이지만…… 어쩌면 자넨 내 말을 늙은이의 쓸데없는 이야기로 치부하게 될지도 몰라. 어떻게 되든 내 말에 책임은 지겠네. 그럼 난 이만.'

뤄지는 이 말을 수없이 되뇌며 여러 각도에서 모든 구절과 단어를 분석하고 한 글자씩 곱씹었다. 그 말을 이루고 있는 글자들이 나란히 꿰어져 염주가 되었다. 그는 경건한 승려처럼 그 염주를 한 바퀴, 두 바퀴 계속 돌리고, 염주 끈을 풀어 구슬을 모두 흩뜨려놓은 뒤에 여러 가지 순서로 다시 꿰어보기도 했다. 구슬이 닳도록 만지작거리며 사고의 장벽을 뛰어넘으려 애썼다.

하지만 아무리 해봐도 예원제의 말 속에서 단서를 찾아낼 수 없었다.

삼체 세계가 모든 인간 중 유일하게 그를 죽이려 하는 결정적인 이유 말이다.

발길 닿는 대로 산책하며 사색했다. 스산한 호숫가에서 점점 차가워지는 바람을 맞으며 걷다 보면 자기도 모르게 어느새 호수를 한 바퀴 빙 돌곤 했다. 두 번은 설산 아래까지 갔다 오기도 했다. 달 표면처럼 드러난 바위들이 벌써 흰 눈에 덮여 설산과 한 덩어리가 되어 있었다. 그 광경 앞에서 그의 감정이 사고의 궤도를 벗어났다. 이 대자연의 캔버스 속 끝없는 여백 위로 좡옌의 두 눈이 떠올랐다. 하지만 그럴 때마다 뤄지는 자신의 감정을 억누르고 계속 사색 속에 머물렀다. 어느새 한 달이 훌쩍 지났다. 겨울이 성큼 다가와 있었다. 하지만 뤄지는 여전히 밖에서 기나긴 사색의 여정을 계속하고 있었다. 추위가 그의 사고를 날카롭게 했다. 염주의 구슬 대부분이 닳아 모지라지고 빛을 잃었다. 하지만 그중 갈수록 새로워지며 은은한 빛을 내는 구슬 두 개가 있었다.

'생존은 문명의 첫 번째 필요조건이다.'

'문명은 끊임없이 성장하고 확장되지만 우주의 물질 총량은 불변한다.'

뤄지는 이 두 마디에 주목했다. 그 속에 담긴 궁극의 심오함은 아직 알 수 없었지만 긴 사색은 그에게 이 두 마디 말 속에 어떤 비밀이 숨겨져 있음을 알려주었다. 하지만 예원제가 알려준 이 우주 문명의 공리는 너무도 간단했다. 굳이 증명할 필요도 없는 이 명백한 법칙 속에서 뤄지와 인류는 무엇을 얻어낼 수 있을까?

단순하다고 해서 무시해서는 안 된다. 단순함은 탄탄함을 의미한다. 수학모델의 전체 구조는 한눈에도 다 보이도록 단순명료하지만, 논리적으로는 반석만큼 탄탄한 공리가 주춧돌이 되어 있다. 뤄지는 사방을 둘러보았다. 주위의 모든 것이 겨울의 한랭한 공기 속에서 잔뜩 웅크려 똬리를 틀고 있었다. 하지만 이 순간에도 지구의 대부분 지역은 여전히 생기가 넘쳤다. 바다, 육지, 하늘로 가득 차 있는 이 생명의 세계는 미묘하고 복잡하지만 사실은 우주 문명의 공리보다 더 단순한 법칙에 의해 운행되고 있다. 그건 바로 적자생존이다.

뤄지는 자신이 어떤 딜레마에 빠져 있는지 알아냈다. 다윈은 온갖 생명을 연구한 뒤 적자생존이라는 법칙을 도출해냈다. 그런데 뤄지는 이 법칙을 알고 있으면서도 이 세상을 우주 문명에 복원하려는 계획을 세우고 있는 것이다. 다윈과 정반대의 길이며 더 어려운 길이기도 하다.

그때부터 뤄지는 낮에 자고 밤에 생각하기 시작했다. 이 사색의 길 위에 있는 모든 어려움이 그를 두렵게 만들 때마다 머리 위 별을 보며 위안을 얻었다. 예원제의 말처럼 아주 먼 거리가 별들의 복잡한 개체 구조를 감추어주어 별이 뜬 밤하늘은 그저 공간과 점의 조합이라는 명확한 수학 구조로 단순화되었다. 그곳은 사색가의 낙원이자 논리의 낙원이었다. 적어도 느낌상으로는 뤄지가 마주하고 있는 세계는 다윈의 세계보다 훨씬 또렷했고 간결했다. 그런데 이 간결한 세계에 기이한 수수께끼가 있는 것이다. 우리와 가까운 항성에 고도의 지혜를 가진 문명이 출현했다. 하지만 전체 은하계는 끝없이 황량한 황야다.* 뤄지는 이 수수께끼 속에서 사색의 출발점을 찾아냈다.

'의심의 사슬'과 '기술 폭발'. 예원제가 설명하지 않은 이 두 가지 신비한 개념이 점점 또렷해졌다.

---

* 외계 문명에 관한 페르미 역설이다. 이론상으로 인류는 100만 년의 시간 동안 은하계의 각 별로 날아갈 수 있다. 그렇다면 외계인이 인류보다 100만 년 일찍 진화했다면 현재 그들이 지구에 도착했어야 한다. 이 역설이 설득력을 가지는 이유는 은하계의 두 가지 사실을 기반으로 하고 있기 때문이다. 첫째, 은하계는 약 100억 년이 넘을 만큼 아주 오래됐다. 둘째, 은하계의 직경은 약 10만 광년밖에 되지 않는다. 그러므로 외계인이 광속의 1000분의 1 속도로 우주를 여행한다면 그들은 약 1억 년이면 은하계를 횡단할 수 있다. 은하계의 나이와 비교하면 이 시간은 아주 짧은 시간이다. 그러므로 만약에 정말로 외계인이 있다면 그들은 이미 오래전에 태양계에 도착했어야 한다.

그날 밤은 평소보다 더 추웠다. 뤄지는 호숫가에 서 있었다. 살을 에는 추위에 밤하늘이 더 깨끗해 보였다. 그 검은 공간 속의 은색 점들이 또다시 간결한 수학 구조를 펼쳐 보였다. 뤄지는 문득 한 번도 경험해보지 않은 상태로 빠져들었다. 우주 전체가 꽁꽁 얼어붙고 모든 운동이 정지된 듯했다. 항성부터 원자까지 모든 것이 정지 상태였다. 뭇별은 그저 차갑고 작은 점들이 되어 세상 밖의 서늘한 빛을 반사하고 있었다. 모든 것이 멈춘 채 기다리고 있었다. 그가 마지막 깨달음을 얻는 순간을…….

멀리서 들려온 개 짖는 소리가 뤄지를 현실로 끌고 왔다. 경호 부대의 군견일 것이다.

뤄지는 울컥 화가 치밀었다. 방금 그는 마지막 비밀을 보지는 못했지만 그것이 존재한다는 것을 또렷하게 느꼈다.

그는 생각을 집중해 다시 조금 전 상태로 되돌아가려고 애썼지만 그럴 수 없었다. 밤하늘에는 여전히 별이 빛나고 있었지만 주변의 세상이 그의 사고를 방해하고 있었다. 모든 것이 어둠 속에 몸을 감추었고 분간할 수 있는 것은 먼 곳의 설산과 호숫가의 풀밭, 등 뒤의 저택, 그리고 반쯤 열린 문틈으로 보이는 벽난로 속 암적색 불꽃뿐이었다……. 밤하늘의 간결함에 비하면 그의 주위를 둘러싼 모든 것은 수학으로 영원히 파악할 수 없을 만큼 복잡했고 어지러웠다. 뤄지는 그것들을 머릿속에서 밀어내려고 애썼다.

뤄지는 얼음 덮인 호수 위로 발을 내딛었다. 처음에는 조심스레 걸었지만 얼음이 제법 단단하게 얼어 있어서 걸음을 조금 재촉해 금세 호수 한가운데로 들어갈 수 있었다. 사방의 호숫가가 어스름에 파묻혀 보이지 않았다. 그의 주위에는 평평하고 미끄러운 얼음뿐이었다. 세상의 복잡함과 혼돈에서 격리된 것 같았다. 그는 이 얼음의 평면이 모든 방향으로 끝없이 뻗어나가고 있다고 상상했다. 자신이 단순한 평면 세계에 있다고 생각했다. 모든 간섭이 사라졌고 그는 방금 느꼈던 그 상태로 들어갔다. 모든 것이 정지했고 밤하늘의 별들이 다시 그를 기다렸다…….

와장창, 하는 소리와 함께 뤄지의 발밑에 있는 얼음이 부서졌다. 그의 몸이 물속으로 쑥 빨려들었다.

얼음물이 뤄지의 머리끝까지 잠기는 순간 그는 정지된 밤하늘이 부서지는 것을 보았다. 별빛 바다가 소용돌이를 이루며 휩쓸리다가 은색 물결이 되어 어지럽게 요동쳤다. 선뜩한 냉기가 투명한 번개처럼 순간적으로 그의 몽롱한 의식 위로 내리꽂히며 모든 것을 밝혔다. 그는 계속 물속으로 가라앉았다. 머리 위에서 넘실대는 밤하늘이 얼음이 깨진 구멍만큼 작게 뭉쳐져 어룽거리는 빛무리가 되었다. 잉크 같은 어둠과 추위가 그를 에워쌌다. 뤄지는 자신이 얼음물이 아니라 깜깜한 우주로 뛰어든 듯한 착각에 빠졌다.

죽은 듯한 정적과 냉기, 암흑 속에서 그는 우주를 보았다.

뤄지는 곧바로 위로 떠올라 머리를 수면 위로 내밀며 입에서 물을 뿜어냈다. 깨진 얼음 위로 올라가려 했지만 절반쯤 기어 올라가면 얼음이 또 깨지고, 다시 기어 올라가면 또 얼음이 깨졌다. 그는 그렇게 얼음 위에 길을 냈지만 앞으로 나아가는 건 더디기만 했다. 추위 속에서 그의 체력이 점점 소진되었다. 자신이 익사하거나 동사하기 전에 경호 부대가 호수 쪽에서 나는 소리를 듣고 달려와줄지 알 수 없었다. 물에 젖은 오리털 점퍼를 벗어버리자 움직이기가 한결 가벼웠다. 한 가지 생각이 퍼뜩 뇌리를 스쳤다. 오리털 점퍼로 얼음을 덮고 기어오르면 압력을 분산시킬 수 있을 것 같았다. 그는 오리털 점퍼로 깨진 얼음면의 가장자리를 덮고 얼마 남지 않은 힘으로 얼음에 매달렸다. 예상대로 이번에는 얼음이 깨지지 않았다. 그는 간신히 물 밖으로 빠져나와 얼음 위를 조심스럽게 기었다. 얼음이 깨진 곳에서 멀리 벗어난 뒤에야 몸을 일으켰다. 그제야 호숫가에서 손전등 불빛이 산란하게 움직이고 그를 부르는 사람들의 외침이 들렸다.

뤄지는 얼음 위에서 똑바로 몸을 일으켰다. 턱이 덜덜 떨렸고 치아가 딱딱 부딪쳤다. 그의 오한은 얼음물이나 겨울바람 때문이 아니었다. 외우주에서 곧바로 투사되어 들어온 한기 때문이었다. 뤄지는 고개를 들었다. 이제 그에게 밤하늘은 예전의 모습이 아니었다. 그는 더 이상 감히 고개를 들어 하늘을 쳐다볼 수가 없었다. 레이디아즈가 태양을 두려워했던 것처럼 뤄지는 그때부터 심각한 밤하늘 공포증을 앓기 시작했다. 뤄지는 고개를 숙이고 위아래 어금니를 맞부딪치며 자기 자신에게 말했다.

"면벽자 뤄지, 나는 당신의 파벽자다."

*

"몇 년 사이에 머리가 백발이 되셨군요."

뤄지의 말에 켄트가 빙그레 미소를 지었다.

"적어도 앞으로는 백발이 더 늘지 않겠죠."

지금까지 켄트는 뤄지 앞에서 언제나 예의 발랐고 깍듯했다. 지금처럼 진심에서 우러난 미소를 짓는 건 처음이었다. 켄트의 눈 속에서 그가 입 밖으로 내지 않은 말을 읽어낼 수 있었다.

'드디어 일을 시작하려는군요.'

뤄지가 말했다.

"더 안전한 곳이 필요해요."

"다른 곳을 찾아보죠. 특별히 원하는 조건이 있소?"

"안전하기만 하다면 다른 건 아무래도 괜찮아요. 단, 절대적으로 안전해야 해요."

"뤄지 박사, 절대적으로 안전한 곳은 없어요. 최대한 안전한 곳을 물색하긴 하겠지만 그런 곳은 대부분 지하에 있어서 그리 쾌적하지는……."

"쾌적할 필요 없어요. 참, 가능하다면 내 나라 안에 있으면 좋겠어요."

"그건 걱정 말아요. 지금 당장 찾으러 가겠소."

켄트가 떠나려는데 뤄지가 그를 불렀다. 뤄지가 눈과 얼음으로 뒤덮인 창밖의 에덴동산을 가리키며 말했다.

"이곳이 어딘지 알려줄 수 있나요? 여기가 그리울 거예요."

*

10여 시간 동안 엄격한 경호를 받으며 이동한 끝에 뤄지는 마침내 목적지에 도착했다. 차 문을 열고 내리자마자 그곳이 어딘지 알 수 있었다. 지하 주차장처럼 넓지만 천장이 낮은 커다란 홀이었다. 5년 전 뤄지는 바로 이곳에서 출발해 완전히 새로운 인생을 시작했다. 그리고 지금, 그는 악몽과 미몽(美夢)이 뒤섞인 5년의 시간을 보낸 뒤 이 출발점으로 다시 돌아왔다.

그를 맞이한 사람 중에 장샹(張翔)이 있었다. 바로 5년 전 스창과 함께 그를 호송한 젊은이였다. 이제는 경호 책임자가 되어 있었다. 5년 만에 본 그는 예전보다 훨씬 노련해 보였고 겉모습도 중년에 가까웠다.

엘리베이터 작동은 여전히 무장경찰이 맡고 있었다. 물론 5년 전 그 무장경찰은 아니지만 뤄지는 어쩐지 친근감이 들었다. 엘리베이터는 예전의 구식 수동 엘리베이터에서 전자동으로 바뀌어 특별한 조작이 필요하지 않았다. 사병이 '-10'이라고 쓰인 버튼을 누르기만 하면 엘리베이터가 지하로 내려갔다. 지하도 새롭게 단장된 모습이었다. 복도의 통풍구는 보이지 않게 감추어져 있었고 벽에는 방수 타일이 붙여져 있었다. 구시대적인 구호가 적혀 있던 흔적도 전혀 찾을 수 없었다.

지하 10층 전체가 뤄지의 숙소였다. 쾌적함은 방금 떠나온 그곳과 비할 수 없지만 통신 장비와 컴퓨터가 완벽하게 갖추어진 데다가 원격 화상회의 시스템이 구축된 회의실은 작전 지휘실을 연상시켰다.

관리원이 뤄지에게 방 안의 조명 스위치에 대해 자세히 설명해주었다. 스위치마다 작은 태양이 그려져 있었다. 관리자는 태양등이라는 이름의 이 전등을 매일 적어도 다섯 시간씩 켜놓으라고 당부했다. 태양 광선과 유사한 불빛을 비추는 전등으로 예전에 일조량이 부족한 광부들을 위해 만들어놓은 것이라고 했다. 다음 날 뤄지의 요청으로 천문학자 앨버트 린저가 이곳 지하 10층을 방문했다. 뤄지가 린저에게 물었다.

"박사가 삼체 함대의 항적을 최초로 발견하셨습니까?"

린저의 얼굴에 불쾌감이 스쳤다.

"기자들에게 이미 여러 번 말했는데도 그들은 그 영광의 면류관을 굳이 내 머리에 씌우더군요. 처음 발견한 건 피츠로이 장군이오. 그가 허블 2호 테스트 기간에 삼체 세계를 관찰해야 한다고 우겼죠. 그러지 않았다면 우주 진운에 그려진 항적이 희미해져 관측 기회를 놓쳤을 겁니다."

"저도 천문학을 전공하긴 했지만 깊이 있게 연구하진 않았어요. 비록 전공이지만 지금은 아는 게 없죠. 우선 한 가지 여쭤볼 게 있습니다. 만약 우주에 삼체 외에 다른 관찰자가 존재한다면 지금 지구의 위치가 알려졌을까요?"

"그럴 리 없소."

"확신할 수 있어요?"

"그렇소."

"하지만 지구와 삼체 세계는 이미 상호 통신을 했잖아요?"

"그런 저주파 통신으로는 지구와 삼체 세계의 대략적인 방향과 서로 간의 거리만 알 수 있을 뿐이죠. 만약 제삼자가 그 신호를 받았다면 그들이 그 신호를 통해 알 수 있는 건 은하계 중 오리온의 팔 부분에 서로 4.22광년 떨어져 있는 두 개의 문명 세계가 존재한다는 사실뿐이에요. 그 두 세계의 정확한 위치는 알 수가 없어요. 사실 이런 양방향 통신을 통해 서로 위치를 확실히 아는 것도 태양과 삼체처럼 서로 가까이 있는 항성 간에만 가능한 거죠. 그보다 더 먼 곳에 있는 제삼자는 우리가 그들에게 직접적으로 위치를 알려준다 해도 그들은 우리의 정확한 위치를 파악할 수 없어요."

"왜죠?"

"우주의 다른 관찰자에게 항성 하나의 위치를 표시해주는 건 사람들의 생각만큼 간단한 일이 아닙니다. 비유를 해보죠. 박사가 비행기를 타고 사하라사막을 건넌다고 칩시다. 그 아래 사막에서 모래 한 알이 박사에게 '나 여기 있어요!'라고 외쳤소. 박사도 그 외침을 들었죠. 그런데 비행기 위에서 그 모래의 위치를 알 수 있어요? 은하계에 2000억 개에 가까운 항성이 있소. 한마디로 항성이 모여 있는 사막이죠."

뤄지가 고개를 끄덕였다. 무거운 짐을 내려놓은 듯 홀가분한 표정이었다.

"알아들었습니다. 그렇다면 다행이군요."

린저가 의아한 표정을 지었다.

"뭐가 다행이라는 겁니까?"

뤄지는 대답 대신 두 번째 질문을 했다.

"그러면 우리의 기술 수준으로 우주에 어떤 항성의 위치를 표시하려면 어떻게 해야 하죠?"

"초단파 전자기파를 이용해야죠. 주파수가 가시광 파장 이상이어야 합니다. 초단파 전자기파를 이용해 항성급 출력으로 신호를 발사하는 겁니다. 간단히 말하면 이 항성을 깜박이게 해서 그 자체를 우주의 등대로 만드는 거죠."

"그건 우리 기술력으로는 불가능하잖아요."

"아, 미안하오. 그 전제를 잊었군. 인류의 현재 기술력으로 머나먼 우주에 일개 항성의 위치를 알리는 건 상당히 어려운 일이오. 한 가지 방법은 있지만 그 위치 신호를 해독하려면 인류보다, 아니…… 삼체 문명보다 더 높은 기술이 필요할 거예요."

"그 방법이 뭔가요?"

"항성 간 상대 위치는 매우 중요한 정보예요. 은하계에서 어느 구역을 지정한다면 그 구역에 속해 있는 항성의 수가 아주 많을 겁니다. 대략 수십 개 정도 되겠죠. 그 3차원 공간에 존재하는 항성들의 배열 형태는 우주 전체로 볼 때 유일무이합니다. 지문을 생각하면 이해하기 쉬울 겁니다."

"어떤 항성과 주변 항성들의 상대 위치 정보를 발사하면 그 신호의 수신자가 그 정보를 성도(星圖)와 대조해 항성의 위치를 찾는다는 건가요?"

"그렇소. 하지만 말처럼 간단하지 않아요. 수신자가 은하계 전체의 3차원 모형을 가지고 있어야 하니까 말이오. 그 모형 안에 1000억 개 항성이 모두 들어 있고 또 각각의 상대 위치도 정확하게 표시되어 있어야 하죠. 만약 그게 가능하다면 우리가 보낸 신호를 받고 방대한 데이터베이스를 검색해 우리가 신호를 보낸 위치에 해당하는 우주 공간을 찾아낼 수 있을 겁니다."

"정말로 쉽지 않군요. 사막 속 모든 모래의 상대 위치를 기록하는 것과 같으니까요."

"그것보다 더 어렵죠. 은하계는 사막과 달리 계속 움직이고 항성 간 위치도 끊임없이 변화하니까요. 위치 정보를 늦게 받을수록 계산해낸 위치의 오차도 커질 겁니다. 결국 그 데이터베이스는 은하계 내부 1000억 개 항성의 위치 변화를 예측하는 능력까지 갖추고 있어야 한다는 결론이에요. 이론상으로는 가능하지만 실제로는 거의 망상에 가깝죠."

"우리가 그런 위치 정보를 보내는 것도 어렵나요?"

"그건 어렵지 않아요. 우린 일정 범위 내에서 각 항성들의 위치 구조만 파악하면 되니까요. 은하계 외각팔의 평균 항성 밀도를 기준으로 한다면 30개 항성의 위치 구조만 알면 되죠. 그보다 더 적을 수도 있어요. 그 정도면 아주 적은 겁니다."

"알겠습니다. 세 번째 질문입니다. 태양계 밖에서 행성을 가지고 있는 항성을 수백 개쯤 발견하셨죠?"

"지금까지 512개죠."

"태양과 가장 가까운 항성은 어떤 건가요?"

"244J2E1요. 태양에서 16광년 떨어져 있죠."

"제 기억으론 이름을 명명하는 기준이 있죠. 맨 앞에 붙이는 숫자는 발견된 순서이고, 그다음에 오는 알파벳 J, E, X는 각각 목성형행성, 지구형행성, 기타 행성을 의미하죠. 알파벳 뒤에 나오는 숫자는 그 행성의 개수이고요."

"그렇소. 244J2E1는 행성이 총 세 개인데 그중 목성형행성이 두 개, 지구형행성이 한 개라는 뜻입니다."

뤄지가 뭔가 생각하다가 고개를 저었다.

"너무 가까워요. 좀 더 먼 항성은 없나요? 예컨대…… 50광년쯤 떨어져 있는?"

"187J3X1이 있소. 태양에서 49.5광년 떨어져 있죠."

"잘됐군요. 그 항성의 위치 구조를 파악할 수 있나요?"

"물론이오."

"얼마나 걸릴까요? 도와드릴 건 없나요?"

"인터넷에 접속할 수 있는 컴퓨터 한 대만 있으면 바로 지금 여기서 할 수 있어요. 항성 30개의 구조쯤이야 오늘 저녁까지 완성해드리죠."

"지금이 몇 시죠? 저녁 아닌가요?"

"아마 아침일 겁니다."

린저가 바로 옆 컴퓨터실로 들어가자 뤄지가 켄트와 장샹을 불렀다. 우선 켄트에게는 PDC에 연락해 면벽 프로젝트 청문회를 서둘러 개최해달라고 부탁했다.

켄트가 말했다.

"요즘 PDC에 회의가 많아서 지금 신청해도 며칠 기다려야 할 거예요."

"그렇다면 기다릴 수밖에요. 하지만 최대한 빨리 했으면 좋겠어요. 한 가지 조건이 있어요. 직접 UN 본부에 가지 않고 여기서 화상 시스템으로 회의에 참석하겠어요."

켄트가 난감한 표정을 지었다.

"뤄지 박사, 무리한 요구예요. 국제회의잖아요……. 이건 청문회 참석자에 대한 결례예요."

"이것도 계획의 일부분이에요. 지금껏 내가 했던 이상한 요구들도 다 들어줬잖아요. 그에 비하면 이 정도는 별것 아닐 텐데요."

"하지만 지금은……."

켄트가 뭐라 말하려다 입을 다물었다.

"면벽자의 위상이 예전 같지 않다는 건 나도 알아요. 하지만 이 문제는 나도 양보할 수 없어요."

뤄지가 갑자기 목소리를 눌러 낮게 속삭였다. 그렇게 해도 주위를 떠다니는 지자들이 들을 수 있다는 것은 알고 있지만 말이다.

"각각 절반의 확률이에요. 모든 게 예전과 똑같을 수 있어요. 그렇다면 내가 UN 본부에 가도 상관없죠. 하지만 그렇지 않을 가능성도 절반이에요. 만약 나머지 절반의 가능성을 생각하면 나는 지금 위험에 처해 있어요. 그런 모험을 무릅쓸 수 없어요."

뤄지가 장샹에게 시선을 돌렸다.

"이건 내가 당신을 부른 이유이기도 해요. 이곳이 적들의 집중 공격 목표가 될 수 있어요. 경호를 강화해줘요."

"안심하셔도 좋습니다. 여긴 지하 200미터 밑이고 지상은 모두 일반인 출입 통제 지역입니다. 미사일 방어 시스템과 첨단 지하 감시 시스템도 구축되어 있어서 어떤 방향에서든 이쪽으로 땅굴을 파고 들어올 경우 모두 감지해낼 수 있습니다. 안전에 대해서는 안심하셔도 좋습니다!"

두 사람이 가고 난 뒤 뤄지는 복도를 거닐다가 자기도 모르게 에덴동산—이제는 그곳의 지명을 알고 있지만 아직도 마음속으로는 여전히 그렇게 불렀다—의 호수와 설산을 떠올렸다. 그는 자신이 남은 인생을 계속 지하에서 보낼 가능성이 크다는 것을 알고 있었다.

그는 복도 천장에 달린 태양등을 쳐다보았다. 이름은 태양등이지만 불빛은 조금도 태양빛 같지 않았다.

*

인터넷 속 가상 삼체 세계.

비성 두 개가 천천히 별빛 바다를 가로질렀고 대지 위 모든 것이 어둠에 휘감겨 있었다. 멀리 보이는 지평선도 암흑 속에서 밤하늘과 한 덩어리가 되어 있었다. 어둠 속에서 속삭임이 들렸지만 말하는 사람은 보이지 않았다. 마치 말소리가 눈에 보이지 않는 생물이 되어 어둠 속을 혼자서 떠다니는 것 같았다.

찰카당 소리가 가볍게 울림과 동시에 작은 불꽃 하나가 어둠 속에서 나타났다. 그 흔들리는 불빛 사이로 세 사람의 얼굴이 어렴풋이 보였다. 진시황, 아리스토텔레스, 폰 노이만이었다. 불꽃은 아리스토텔레스의 손에 들린 라이터에서 피어오른 것이었다. 횃불 몇 자루가 불꽃을 향해 다가오자 아리스토텔레스가 그중 하나에 불을 붙이고 그 횃불로 다른 횃불에 불을 붙였다. 황야 위로 어룽거리는 빛무리가 나타나 각 시대의 사람들을 비추었다. 그들 사이의 소곤거림도 계속되었다.

진시황이 바위 위로 펄쩍 뛰어올라가 장검을 높이 쳐들자 주위가 곧 조용해졌다.

진시황이 말했다.

"주께서 새로운 지령을 내리셨다. 면벽자 뤄지를 제거하라."

묵자가 말했다.

"우리도 그 지령을 받았소. 주가 뤄지에 관해 내린 두 번째 살해 명령이군요."

누군가 말했다.

"하지만 이젠 그를 죽이는 게 쉽지 않아요!"

"쉽지 않은 게 아니라 아예 불가능해요!"

"주가 내린 첫 살해 명령에 에번스가 조건을 덧붙이지 않았다면 그는 5년 전에 죽었을 겁니다."

"에번스가 그런 조건을 덧붙인 이유가 있을 거예요. 우리가 그걸 모르고 있는 것뿐이에요. 뤄지의 목숨은 끈질기기도 하군요. UN 광장에서도 살아남더니만."

진시황이 검을 휘두르며 외쳤다.

"그만! 그만! 실행 방법을 논의하라!"

"무슨 방법이 있겠어요? 지하 200미터에 있는 벙커에 어떻게 들어갑니까? 게다가 경비도 삼엄하잖아요."

"핵무기를 쓸까요?"

"허튼소리 작작해요! 거긴 냉전 시대에 지어진 핵 방어 벙커란 말이오!"

"방법은 한 가지밖에 없어요. 경호 부대 내부로 잠입하는 거예요."

"그게 가능할까요? 지금까지 아무도 뚫고 들어가지 못했잖아요."

"주방으로 잠입합시다!"

이 말에 웃음소리가 여기저기서 터져 나왔다.

"농담들 그만해요. 주께서 뭐지를 죽이려는 이유를 알면 방법을 생각해 낼 수 있을 겁니다."

진시황의 그 말에 대답했다.

"나도 그걸 물어보았다. 하지만 주는 그건 우주의 가장 중요한 비밀이라서 말해줄 수 없다고 하셨다. 그걸 에번스에게 말한 건 인류가 그 비밀을 이미 알고 있다고 생각했기 때문이라고 하셨다."

"그럼, 주의 전달 기술이라도 전수해주셔야죠!"

그 말에 많은 이들이 동조했다.

진시황이 말했다.

"나도 그렇게 부탁했다. 뜻밖에도 예전과 달리 단호하게 거절하시지는 않았다."

사람들이 환호성을 지르며 왁자하게 떠들었다. 하지만 진시황의 이어진 말이 흥분된 분위기에 찬물을 끼얹었다.

"하지만 목표물의 위치를 아시고는 역시 기술 전수를 거절하셨다. 현재 목표물이 있는 곳은 우리의 전달 기술로도 닿을 수 없다는군."

폰 노이만이 물었다.

"그가 정말로 그렇게 중요한 사람인가요?"

그의 말투에서 숨길 수 없는 질투심이 묻어나왔다. 그는 파벽자 가운데 최초로 성공을 거둔 뒤 조직 내에서 위상이 높아져 있었다.

진시황이 대답했다.

"주는 그를 두려워하신다."

아인슈타인이 물었다.

"주가 뭐지를 두려워하는 이유에 대해 나도 오랫동안 곰곰이 생각해봤어요. 내 추측으로는 한 가지 가능성밖에 없어요. 그가 어떤 세력을 대표하고 있다는 겁니다."

진시황이 이 화제에 대한 토론을 저지했다.

"그 얘긴 그만두고 주의 명령을 어떻게 실행할 것인지 생각해보라."

"그건 불가능합니다."

"맞소. 실행 불가능한 임무예요!"

진시황이 장검을 휘둘러 발밑에 있던 바위를 쩡, 하고 내리쳤다.

"아주 중요한 임무다. 주께서 정말로 위협을 받고 계실 수도 있어. 또한 이 임무를 완수한다면 우리 조직이 주께 큰 신임을 얻을 수 있어! 세계 각지의 엘리트들이 모여 있는데 어찌하여 방법을 하나도 생각해내지 못한다는 말인가! 모두 돌아가서 잘 생각해보고 각자의 생각을 다른 경로를 통해 내게 제출하라. 다시 말하지만 이 일은 아주 중요하다!"

횃불이 차례로 꺼졌고 다시 어둠이 모든 것을 집어삼켰다. 하지만 어둠 속의 속삭임은 계속되었다.

*

PDC의 면벽 프로젝트 청문회는 2주 뒤에야 열렸다. 타일러의 실패와 다른 두 면벽자의 동면으로 PDC의 주요 업무와 관심은 정규 방위에 쏠려 있었다. 뤄지와 켄트가 화상회의실에서 청문회가 시작되기를 기다리고 있었다. 원격 화상 시스템은 이미 작동되고 있었다. 대형 모니터에 PDC의 회의장이 비추어졌다. 안보리 시대에 전 세계인에게 익숙했던 대형 원탁은 아직 아무도 없이 텅 비어 있었다. 뤄지가 일찌감치 모니터 앞에 앉아 기다리고 있는 것은 식섭 청문회장에 출석하지 않는 무례함을 조금이나마 만회하기 위함이었다.

기다리는 동안 뤄지가 켄트에게 일상적인 이야기를 건넸다. 이곳에서 지내기가 어떤지 묻자 켄트는 젊은 시절 중국에서 3년간 살았던 경험이 있어서 생활하는 데 문제가 없다고 했다. 뤄지처럼 지하에서만 생활하는 것도 아니니 말이다. 중국에서 지낸 지 얼마 되지 않았지만 그의 어색한 중국어가 제법 유창해져 있었다.

뤄지가 물었다.

"감기 걸렸어요? 목소리가 변한 것 같아요."

"경독감에 걸렸어요."

뤄지가 깜짝 놀랐다.

"조류독감이요?"*

"아뇨, 경독감. 가벼운 독감이래요. 언론에서 그렇게 부르더군. 일주일 전에 이 근처 도시에서 유행하기 시작했는데 감염률은 높지만 증상은 별로 없어요. 열도 나지 않고 콧물만 조금 나죠. 목이 아픈 사람들도 있다더군요. 약을 먹지 않아도 사흘이면 저절로 낫는대요."

"보통 독감은 심하잖아요."

"이번 독감은 안 그래요. 여기 군인과 직원들 대부분이 걸렸어요. 박사 방을 청소하는 직원이 바뀐 걸 모릅니까? 그 직원도 경독감에 걸려서 박사에게 옮길까 봐 교체한 거예요. 하지만 난 교체할 수가 없으니 어쩔 수 없죠."

모니터 화면 위로 회의장으로 속속 들어오는 각국 대표들의 모습이 나타났다. 그들은 뤄지의 존재를 깨닫지 못한 듯 작은 소리로 두런두런 대화를 나누었다. PDC 순회의장이 개회를 선언했다.

"면벽자 뤄지 박사, 며칠 전에 끝난 특별 UN 총회에서 개정된 UN 면

---

* 옮긴이 주: 조류독감(禽流感)과 경독감(輕流感)의 중국어 발음이 비슷하다.

벽법은 보셨겠죠?"

뤄지가 대답했다.

"봤습니다."

"면벽자가 사용하는 예산에 대한 심사와 규제가 강화되었다는 것을 알겠군요. 이번 회의에서 제출한 계획이 그 법안의 허용 범위를 벗어나지 않길 바랍니다."

뤄지가 말했다.

"의장님, 다른 세 면벽자들은 이미 자신의 전략 계획을 수행하면서 막대한 예산을 사용했습니다. 제 계획에만 예산을 제한하겠다는 건 불공평합니다."

"예산 사용 권한은 계획의 내용에 따라 결정됩니다. 다른 세 면벽자의 계획은 PDC의 주요 방위 계획과 충돌하지 않았습니다. 면벽 프로젝트가 아니더라도 진행되어야 하는 연구들이라는 뜻입니다. 박사의 계획도 크게 다르지 않길 바랍니다."

"유감스럽게도 제 계획은 PDC의 방위 계획과 무관합니다."

"그렇다면 나도 유감스럽군요. 개정된 법률에 따라 박사가 이 계획에 투입할 수 있는 자원은 아주 적을 겁니다."

"어차피 처음부터 제가 사용할 수 있는 예산은 많지 않았죠. 하지만 상관없습니다. 제 계획은 예산이 거의 필요치 않으니까요."

"지금까지 하던 것과 비슷한 계획인가요?"

의장의 말에 일부 참석자들이 조소를 터뜨렸다.

뤄지가 말했다.

"아뇨. 그보다 더 적게 쓸 겁니다. 예산이 거의 필요치 않다고 말씀드렸잖아요."

의장이 고개를 끄덕였다.

"어떤 계획인지 말해보세요."

"구체적인 내용은 앨버트 린저 박사가 설명해드릴 겁니다. 각 대표님들도 관련 자료를 이미 받으셨으리라 생각합니다. 간단히 말하면 태양의 전파 확장 기능을 이용해 우주로 메시지를 보낼 겁니다. 그 메시지에는 간단한 그림 세 장과 부가 정보만 포함되죠. 그 그림이 자연적으로 발생된 것이 아니라 지능을 가진 개체가 발송한 것임을 표시하는 정보입니다. 발송할 그림은 제가 제출한 보고서에 첨부되어 있습니다."

종이 팔락이는 소리가 회의장을 가득 채웠다. 모든 참석자들이 금세 세장의 그림을 찾아냈다. 모니터에도 그 그림이 나타났다. 그의 말대로 아주단순했다. 검은 점이 불규칙하게 찍혀 있는 게 전부였다. 각 장의 그림마다유독 큰 점이 하나씩 있었고 그 옆에 작은 화살표가 그려져 있었다.

"이게 뭡니까?"

미국 대표가 불쑥 질문을 던졌다. 하지만 다른 참석자들과 마찬가지로그의 시선도 그림들 속에 고정되어 있었다.

의장이 재촉했다.

"뤄지 박사, 면벽 프로젝트의 기본 원칙에 의거해 청문회의 질문에는모두 대답해야 합니다."

뤄지가 말했다.

"저주의 주문입니다."

종이 팔락이는 소리와 웅성거림이 우뚝 멎고 참석자들이 일제히 고개를 들어 한 방향을 쳐다보았다. 뤄지는 그제야 화상회의 모니터가 회의장의 어느 위치에 설치되어 있는지 알 수 있었다.

의장이 두 눈을 가늘게 떴다.

"뭐라고요?"

대형 원탁에 앉은 누군가가 큰 소리로 외쳤다.

"저주의 주문이라고 했어요!"

의장이 물었다.

"누구를 향한 저주인가요?"

뤄지가 대답했다.

"187J3X1 항성이 거느린 행성들이요. 물론 항성에도 직접적인 작용을 하겠죠."

"어떤 작용인가요?"

"아직은 모릅니다. 하지만 한 가지 분명한 건 그 주문이 재앙을 불러올 거라는 사실입니다."

"그렇다면 그 행성들에도 생명체가 있습니까?"

"그 점에 대해 천문학계에 여러 차례 자문을 구했습니다. 지금까지 관측된 자료로는 생명체가 없습니다."

여기까지 말한 뒤 뤄지는 의장처럼 두 눈을 가늘게 뜨고 속으로 조용히 기도했다.

'제발 천문학자들의 말이 맞길⋯⋯.'

"저주의 주문을 보내면 실제 작용하기까지 얼마나 걸리나요?"

"이 항성은 태양에서 약 50광년 떨어져 있으므로 주문이 작용하려면 최소한 50년은 걸릴 겁니다. 그러면 우리는 100년 뒤에야 그 주문이 작용하는 광경을 관측할 수 있죠. 하지만 이건 최소 시간일 뿐 실제로는 더 오래 걸릴 수도 있습니다."

이번에도 회의장을 가득 메운 적막을 깬 건 미국 대표였다. 그는 손에 들고 있던 종이 세 장을 탁자에 내려놓았다.

"아주 좋군요. 우리에게도 구세주가 생겼어요."

"지하 벙커에 숨어 있는 구세주지요."

영국 대표의 말에 좌중에서 웃음이 터져 나왔다.

일본 대표는 떨떠름한 표정으로 콧방귀를 뀌었다.

"구세주보다는 무당에 가깝지 않소?"

UN 안보리에 진출하지 못하고 있던 일본은 PDC 설립을 기회로 회원국이 되었다.

가라닌 러시아 대표가 말했다.

"뤄지 박사, 기발하고 허를 찌르는 계획임은 틀림없군요."

그는 뤄지가 면벽자로 선발된 뒤 지난 5년간 몇 차례 PDC 순회의장을 역임한 바 있었다.

의장이 의사봉을 두드리자 왁자하던 회의장이 차분해졌다.

"뤄지 박사, 한 가지 질문이 있습니다. 저주의 주문이라면 어째서 적을 직접 겨냥하지 않는 건가요?"

뤄지가 말했다.

"이건 실험입니다. 제 전략의 타당성을 확인하기 위한 거죠. 본격적인 전략은 최후의 전쟁이 다가올 때 실행될 것입니다."

"삼체 세계에 저주의 주문을 실험해볼 수도 있잖습니까?"

뤄지가 단호하게 고개를 저었다.

"그럴 수 없습니다. 우리와 너무 가까워서 저주의 주문이 작용할 때 우리에게도 그 여파가 미칠 수 있습니다. 그 때문에 반경 50광년 이내에 행성을 가진 항성은 모두 배제했습니다."

"마지막 질문입니다. 앞으로 100년 넘는 시간 동안 박사는 무엇을 할 계획입니까?"

"동면이죠. 이제 저 때문에 성가실 일은 없을 겁니다. 저주의 주문이 187J3X1에 작용하는 것을 관측할 수 있을 때 저를 깨워주시면 됩니다."

동면에 들어갈 준비를 하는 동안 뤄지도 경독감에 걸렸다. 초기 증상은 남들과 비슷했다. 콧물이 흘렀고 목구멍에 경미한 염증이 생겼을 뿐이다. 그 자신은 물론 어느 누구도 크게 신경 쓰지 않았다. 그런데 이틀 뒤 뤄지의 병세가 심해지고 열이 나기 시작했다. 의사가 이상하다며 그의 피를 뽑아 검사를 의뢰했다.

그날 밤 뤄지는 고열로 혼수상태에 빠졌다. 끝나지 않는 악몽이 그를 괴롭혔다. 꿈속에서 밤하늘의 별들이 그를 에워싸고는 어지럽게 꿈을 추었다. 북 위에 뿌려진 모래가 진동하는 것 같았다. 심지어 그는 그것이 항성 간 인력에 의해 움직이고 있다는 것도 알았다. 그것은 삼체 운동이 아니었다. 은하계 속 2000억 개의 항성이 동시에 요동치고 있었다. 어지럽게 움직이던 별빛 바다가 서서히 모여 거대한 소용돌이를 이루더니 미친 듯이 돌아가기 시작했다. 그리고 그 나선 운동의 물결이 은색의 대형 뱀이 되었다. 뱀이 거친 숨소리를 내며 그의 머릿속으로 꿈틀꿈틀 파고들었다…….

새벽 4시경 다급한 전화벨이 장상을 깨웠다. PDC 경호부 간부의 전화였다. 간부는 카랑카랑 갈라진 목소리로 뤄지의 병세를 보고하라고 다그치며 기지에 비상사태를 선포하라고 지시했다. 곧 전문가팀이 도착할 거라고도 했다. 장상이 전화를 끊자마자 곧바로 전화벨이 또 울렸다. 지하 10층에서 의사가 건 전화였다. 환자의 병세가 급격히 악화되어 쇼크 상태에 빠졌다는 것이었다. 장상이 황급히 엘리베이터를 타고 내려가자 간호사와 의사가 망연자실한 표정으로 어쩔 줄 몰라 했다. 뤄지가 구토를 하다가 피를 토하기 시작하더니 혼수상태에 빠져 깨어나지 못하고 있다고 했다. 침대에 누워 있는 뤄지의 얼굴이 백짓장처럼 창백했고 입술은 보랏빛을 띠고 있었다. 그의 몸에서 그가 살아 있다는 증거를 조금도 찾을 수가 없었다.

　전문가팀이 곧 도착했다. 국가질병관리본부의 전문가와 군대병원, 군사의학과학원의 연구팀 전원이 동행했다. 다른 사람들이 뤄지의 병세를 살펴보는 동안 군사의학과학원의 한 전문가가 장샹과 켄트를 밖으로 데려가 상황을 설명했다.

　"우리는 처음부터 이 독감에 주목해왔습니다. 감염원이나 증상이 일반적이지 않았으니까요. 이제 확실해졌습니다. 이건 유전자 무기입니다. 유전자 미사일이라고도 부르죠."

　"유전자 미사일이라고요?"

　"유전자 조작을 거친 바이러스입니다. 전염성이 강하지만 일반인들에게는 약한 독감처럼 경미한 증상으로 지나갑니다. 하지만 이 바이러스는 유전자 식별 능력을 갖고 있어요. 특정인의 유전자 특징을 식별할 수 있기 때문에 일단 공격 목표에 침투하면 혈액 속에서 치명적인 독소를 생성해냅니다. 이 바이러스의 목표가 누구인지 이제 확실해졌습니다."

　장샹과 켄트는 서로 얼굴만 쳐다보았다. 처음에는 믿을 수가 없었고 그 뒤에 절망감이 엄습했다. 장샹의 얼굴에서 핏기가 가셨다. 그가 고개를 떨어뜨리며 중얼거렸다.

　"전부 제 책임입니다."

　이 대령 연구원이 말했다.

　"장 주임, 자책할 거 없습니다. 이런 공격은 막을 방법이 없습니다. 우리도 처음부터 미심쩍다고 생각하긴 했지만 유전자 무기일 거란 생각은 못했습니다. 유전자 무기의 개념이 20세기에 등장하기는 했지만 정말로 누군가가 이런 걸 만들어낼 줄은 몰랐죠. 아직 완성된 형태는 아니지만* 암

* 완성된 유전자 무기는 공격 목표 이외의 개체에는 전염된 후에도 아무런 증상이 나타나지 않는다.

살 무기로는 무서운 위력을 가지고 있습니다. 공격 목표가 있는 지역에 이 바이러스를 광범위하게 살포하기만 하면 그만이죠. 심지어 대략적인 범위를 알지 못해도 가능합니다. 지구 전체에 살포해도 상관없죠. 일반인들에게는 경미한 증상만 나타나거나 아예 아무런 증상도 없기 때문에 빠른 속도로 전파되다 보면 금세 공격 목표에 침투할 수 있으니까요."

장샹이 괴로워하며 한 손으로 눈을 가렸다.

"아닙니다. 전부 제 책임이에요. 스 대장님이 계셨더라면 이런 일은 없었을 겁니다."

장샹이 눈에서 손을 떼자 그의 눈가가 축축이 젖어 있었다. 그가 말을 이었다.

"스 대장님이 동면에 들어가기 전에 그러셨어요. 우리 같은 일을 하는 사람들은 잘 때도 눈을 반쯤 뜨고 자야 한다고. 모든 가능성에 대비해야 한다고 당부하셨는데……."

켄트가 물었다.

"그럼, 이제 어떻게 하죠?"

"바이러스가 이미 깊숙이 침투했습니다. 환자의 간 기능과 심폐 기능이 손상돼서 현대 의학으로는 손쓸 방법이 없어요. 서둘러 동면에 들어가야 합니다."

시간이 얼마나 흘렀을까, 뤄지의 잠재의식이 다시 회복되었다. 한기가 느껴졌다. 마치 그의 체내에서 만들어진 듯한 한기가 빛줄기처럼 퍼져나가 온 세상을 꽁꽁 얼어붙게 했다. 눈앞은 온통 흰 눈뿐이었다. 끝없는 은백색 외에는 아무것도 보이지 않았다. 잠시 후 은백색의 한가운데 작고 검은 점이 나타났다. 그리고 아주 천천히 익숙한 그림자로 변했다. 좡옌이었다. 그녀가 아이를 안고 입체감도 없는 텅 빈 눈밭 위를 힘겹게 걷고 있었다. 그녀의 목에 둘둘 말린 빨간 목도리는 7년 전 눈 오는 밤 그녀를 상상 속에서 처음 만났을 때 그녀의 목에 걸려 있던 그 목도리였다. 아이는 두 볼이 새빨갛게 언 채 엄마 품에 안겨 두 손을 마구 휘저으며 뭐라고 소리치고 있었다. 하지만 아이의 목소리가 들리지 않았다. 뤄지는 두 사람을 향해 달려가려 했지만 두 사람은 눈 속으로 스며들어버린 듯 금세 사라져 보이지 않았다. 하얀 세상이 점점 하나로 뭉쳐져 가느다란 은백색의 실이 되었다. 끝을 알 수 없는 암흑 속에서 그 가느다란 실이 뤄지에게 남은 의식의 전부였다. 그건 시간의 선이었다. 그 실은 미동도 하지 않은 채 정지된 채 양쪽으로 끝없이 이어지고 있었다. 뤄지의 영혼이 그 실에 꿰어진 채 영원불변의 속도로 천천히 미지의 미래로 미끄러졌다.

이틀 뒤 지구에서 보낸 강한 출력의 전파가 태양으로 향했다. 대류층을 뚫고 날아간 전파가 복사층에 있는 에너지 거울에 부딪혀 반사되며 수억 배나 확장된 뒤에 저주의 주문을 가지고 광속으로 우주를 향해 날아갔다.

위기의 세기 제12년, 삼체 함대와 태양계의 거리 4.18광년

허블 2호 우주망원경 통제센터.

브러시가 우주에 나타났다. 삼체 함대는 현재 두 번째 성간 먼지를 지나고 있었다. 허블 2호가 이 구역을 집중 감시하고 있었던 덕분에 함대의 항적이 나타나자마자 포착할 수 있었다. 이번에는 브러시가 아니라 마치 칠흑 같은 우주의 심연 위로 막 움을 틔운 풀다발 같았다. 수많은 풀들이 날마다 육안으로도 확인할 수 있는 속도로 자라났다. 게다가 9년 전에 비해 항적이 훨씬 또렷해져 있었다. 9년 동안 가속이 붙었음을 의미했다. 함대의 속력이 예전에 비해 훨씬 빨라졌고 성간 먼지에 가하는 충격도 커졌다.

린저가 모니터의 화면을 확대하며 피츠로이에게 물었다.

"자세히 봐요. 저거 보입니까?"

"여전히 1000가닥쯤 되는 것 같군."

"그거 말고. 다시 잘 봐요."

피츠로이가 모니터를 가까이 들여다보다가 브러시의 가운데를 가리켰다.

"여기 하나, 둘, 셋, 넷……. 다른 것보다 긴 것이 10가닥쯤 있군요. 앞으로 뻗어나간 것 같소."

"맞아요. 그 10가닥은 다른 것들보다 더 희미해서 화면의 선명도를 높여야 보일 정도예요."

피츠로이가 몸을 돌려 린저를 쳐다보았다. 그의 얼굴에 10년 전 삼체 함대의 항적을 처음 발견했을 때와 같은 표정이 떠올랐다.

"박사, 이건 전함 10대가 가속을 내서 날아오고 있다는 의미 아니오?"

"전부 다 가속을 내고 있죠. 그런데 저 10가닥의 항적은 더 빠른 가속도를 내고 있어요. 하지만 전함은 아닌 듯해요. 항적이 총 1010가닥으로 늘어난 거죠. 10가닥의 형태로 보건대 뒤에 있는 전함들보다 훨씬 작은 것 같아요. 다른 전함의 수십만 분의 1 정도죠. 트럭 한 대 정도의 크기일 겁니다. 크기는 작지만 속도가 빨라서 그 항적을 관찰할 수 있는 거예요."

"그렇게 작다면…… 탐측기 10대?"

"탐측기 10대가 맞을 겁니다."

허블 2호로 얻어낸 또 하나의 놀라운 발견이었다. 인류가 삼체 세계의 실체와 접촉하는 날이 예상보다 빨라질 수 있다는 뜻이었다. 비록 작은 탐측기 10대이기는 해도 말이다.

피츠로이의 얼굴에 긴장감이 역력했다.

"저것들이 언제 태양계에 도착하겠소?"

"아직은 몰라요. 앞으로의 가속 상황을 봐야 하니까. 하지만 함대보다 일찍 도착하는 건 분명할 테니 최소한으로 잡아도 함대보다 50년은 앞당겨 도착할 겁니다. 함대의 가속도가 이미 최대치에 다다른 것 같아요. 저들은 하루빨리 태양계에 도착하기 위해 더 빨리 날 수 있는 탐측기를 발사한 거예요. 우리가 모르는 어떤 원인이 있겠죠."

"이미 지자가 와 있는데 탐측기를 왜 발사했을까요?"

한 연구원이 불쑥 던진 질문에 모두들 침묵에 빠졌다.

린저가 곧 침묵을 깼다.

"우리가 추측할 수 없는 건 생각하지 말자고."

피츠로이가 한 손을 들어 그를 저지했다.

"아니요. 작은 추측이 가능해요……. 지금 우리에게 보이는 건 4년 전의 일이죠. 삼체 함대가 탐측기를 발사한 정확한 날짜를 계산해낼 수 있소?"

"물론이죠. 운 좋게도 함대가 탐측기를 발사할 때 눈밭에, 아니 먼지 위에 있었으니까. 탐측기의 항적과 함대의 항적이 교차되는 지점을 알아낼 수 있어요."

린저가 피츠로이에게 계산해낸 날짜를 알려주었다.

피츠로이가 그걸 듣고 잠시 멍하니 있다가 담배 한 개비를 꺼내 불을 붙였다. 피츠로이가 그 자리에 앉아 담배 몇 모금을 빨다가 입을 열었다.

"린저 박사, 역시 당신들은 정치가가 아니군. 내가 긴 브러시 10가닥을 발견해내지 못한 것처럼 당신들도 이 중요한 사실을 발견하지 못했소."

린저는 아직도 그의 말을 이해할 수가 없었다.

"그 날짜가…… 무슨 의미가 있습니까?"

"4년 전 바로 그날, PDC 면벽 프로젝트 청문회가 열렸지. 나도 거기 참석했었어요. 그 청문회에서 뤄지가 태양을 통해 우주로 저주의 주문을 발사하겠다는 계획을 공개했소."

과학자와 기술자들이 서로 얼굴만 멀뚱히 쳐다보았다.

피츠로이가 말했다.

"그리고 바로 그때 삼체 세계가 ETO를 향해 뤄지를 제거하라는 두 번째 지령을 내렸소."

"그가, 정말로 그렇게 중요하단 말이에요?"

"그를 뺀질거리는 바람둥이에 허세나 부리는 사기꾼 무당이라고 생각했겠죠? 물론 나도 그랬지. 아마 누구라도 그렇게 생각했을 거요. 삼체인만 빼고."

"그럼…… 장군은 그가 어떤 사람이라고 생각합니까?"

"박사, 신을 믿어요?"

뜬금없는 질문에 린저는 말문이 막혔다.

"신이라……. 여러 차원에서 여러 가지 뜻이 있잖아요. 어떤 신을 얘기하는 건지 모르겠군요……."

"난 믿소. 어떤 증거가 있어서가 아니라 그 편이 더 안전하기 때문이지. 정말로 신이 있다면 신을 믿는 것이 옳고, 신이 없다 해도 우리가 손해 볼 건 별로 없잖아요?"

장군의 말에 모두들 웃음을 터뜨렸다.

린저가 말했다.

"마지막 말은 단언할 수 없죠. 손해가 전혀 없는 건 아니에요. 적어도 과학자라면……. 하지만 신이 정말로 존재한다 해도 뭐 어때요? 어차피 눈앞의 현실적인 일들과는 아무 관계도 없는걸."

"신이 정말로 존재한다면 이 세상에 대변인이 있겠죠."

모두들 어안이 벙벙한 표정으로 서로를 쳐다보다가 그 말 속에 숨은 뜻을 이해했다.

한 천문학자가 말했다.

"장군, 무슨 말씀이십니까? 신이 무신론을 신봉하는 나라에 자신의 대변인을 두었다고요?"

피츠로이가 담뱃불을 비벼 끄고 두 손을 펼쳐 보였다.

"다른 가능성이 다 부정되고 하나만 남았다면 아무리 황당해도 그게 맞는 것 아니겠소? 이것 말고 달리 해석할 수 있겠소?"

린저가 중얼거렸다.

"만약 신이 우주에 존재하는 모든 것을 초월한 공정한 힘을 의미한다면……."

피츠로이가 손을 들어 그의 말허리를 잘랐다. 린저의 말은 모든 것을 들추어 이 사실의 신비한 힘을 상쇄시키려는 시도 같았다.

"그러니까, 다들 믿어요, 믿어. 지금부터라도 신앙심을 가져요."

피츠로이가 손으로 가슴 앞에서 성호를 그었다.

*

텔레비전에서 천제(天梯) 3호의 시운전 상황을 보도하고 있었다. 5년 전 건설된 우주 엘리베이터 세 개 가운데 천제 1호와 천제 2호가 이미 연초부터 정식 운영되고 있으므로 천제 3호의 시운전은 여론에 큰 주목을 받지 못했다. 현재 건설된 우주 엘리베이터에는 레일이 하나씩만 가설되어 당초 설계했던 4레일 방식에 비하면 운송 능력이 턱없이 떨어졌지만 어쨌든 화학 로켓 시대와는 비교할 수 없었다. 천제 건설 비용을 계산에 넣지 않는다면 이제는 여객기 항공권보다 더 낮은 비용으로 우주에 진입할 수 있게 되었다. 지구의 밤하늘에 점점 늘어나고 있는 움직이는 별들은 모두 인류가 우주 궤도 위에 지은 대형 건축물들이었다.

천제 3호는 유일하게 바다 위에 기점을 둔 우주 엘리베이터였다. 그 기점은 태평양 적도 위의 인공섬이었는데, 이 인공섬은 자체적인 원자력을 이용해 바다에서 항해할 수 있기 때문에 필요에 따라 적도 위에서 우주 엘리베이터의 위치를 바꿀 수 있었다. 이 인공섬은 쥘 베른 소설에 등장하는 프로펠러섬의 현실판이기 때문에 '베른섬'이라고 명명되었다. 지금 보이는 텔레비전 화면으로는 바다가 보이지 않았고 강철 도시에 둘러싸인 피라미드형 받침만 보였다. 받침의 꼭대기에는 곧 위로 올라갈 원기둥 형태의 운반 탱크가 있었다. 이 거리에서는 우주까지 이어진 레일을 볼 수가 없었다. 레일의 폭이 60센티미터밖에 되지 않기 때문이었다. 하지만 가끔씩 석양이 레일에 부딪혀 반사되는 부채꼴의 빛무리를 볼 수 있었다.

텔레비전 앞에 세 노인이 앉아 있었다. 장위안차오와 그의 오랜 이웃 양진원과 먀오푸취안. 세 사람 모두 일흔을 넘겼다. 기력이 쇠했고 동작이 굼뜰 만큼 늙은 것은 아니지만 이제는 노인임을 부인할 수 없었다. 이제 그들에게 과거를 회상하고 미래를 내다보는 것은 부담스러운 일이었고, 현실은 자신들의 무력함을 확인시켜줄 뿐이었다. 그들이 할 수 있는 유일한 선택은 이 어수선한 시대에 아무것도 생각하지 않고 평온하게 말년을 보내는 것이었다. 장위안차오의 아들 장웨이밍(張衛明)이 손자 장옌(張延)의 손을 잡고 현관으로 들어왔다. 장웨이밍이 종이봉투를 꺼내 아버지에게 건넸다.

"아버지, 식량 카드랑 식량 배급증을 받아왔어요."

옆에 있던 양진원이 장웨이밍의 손에 들린 식량 배급증을 들여다보았다.

"옛날 배급증이랑 똑같네."

장위안차오가 식량 배급증을 받으며 한숨을 섞어 중얼거렸다.

"옛날로 다시 돌아갔구나."

손자 장옌이 알록달록한 배급증을 가리키며 물었다.

"이게 돈이에요?"

장위안차오가 손자에게 말했다.

"돈은 아니란다. 하지만 앞으로는 먹을 것을 정해진 양보다 더 많이 사려면 이걸 돈이랑 같이 내야 하는 거야. 빵이나 케이크를 살 때도 그렇고 식당에서 밥을 먹을 때도 그렇지."

장웨이밍이 아버지에게 IC카드를 내밀었다.

"이건 옛날 거랑 달라요. 정량 카드래요."

"1인당 할당량이 얼마래?"

"저는 21.5킬로그램이에요. 샤오훙(曉虹)이랑 부모님은 각각 37킬로그램이래요. 애들은 21킬로그램이고요."

"옛날이랑 비슷하구나."

양진원이 말했다.

"한 달에 그만큼이면 충분하지."

장웨이밍이 고개를 저었다.

"그 시절을 겪어보셨잖아요. 생각 안 나세요? 지금은 충분한 것 같지만 부식 재료가 점점 줄어들 거예요. 그러면 채소든 고기든 다 배급증을 나눠 주고 할당량 이상 못 사게 막겠죠. 그러면 주식만으론 턱없이 부족할 거예요."

먀오푸취안이 손사래를 쳤다.

"에이, 설마 그렇게 심각해지려고? 그거야 수십 년 전 얘기지. 굶을 일은 없을 거야. 쓸데없는 소리 그만하고 텔레비전이나 봅시다."

*

"두고 봐. 머지않아 공업권*도 나눠 줄 테니. 이런 젠장."

장위안차오가 욕지거리를 내뱉으며 식량 배급증과 정량 카드를 탁자에 내던지고는 텔레비전으로 시선을 던졌다.

화면 속에서 원기둥 모양의 운반 탱크가 받침을 떠나 서서히 올라가기

---

* 중국에서 1960~1970년대에 대형 가전제품 등 공산품을 사기 위해 필요했던 배급증을 말한다.

시작하더니 빠르게 가속도가 붙어 황혼에 물든 하늘로 빠르게 사라졌다. 레일이 보이지 않아 운반 탱크 혼자 날아오르는 것처럼 보였다. 운반 탱크의 최고 속도는 시속 500킬로미터였지만 우주 엘리베이터의 레일 끝에 도달하려면 68시간이 걸렸다. 운반 탱크 밑 부분에 설치된 카메라가 촬영한 화면으로 바뀌었다. 60센티미터 폭의 레일이 화면의 상당 부분을 차지했다. 레일 표면이 반질반질 윤이 나서 움직임이 거의 느껴지지 않았다. 레일 위에서 빠르게 사라지는 눈금으로 카메라가 올라가는 속도를 가늠할 수 있을 뿐이었다. 레일이 아래로 갈수록 좁아지다가 이내 보이지 않았지만 레일이 가리키는 먼 아래쪽의 베른섬은 온전한 윤곽을 볼 수 있었다. 레일 밑에 매달린 커다란 쟁반처럼 보였다. 양진원이 뭔가 생각난 듯 말했다.

"아, 참, 자네들에게 보여줄 게 있어. 아주 귀한 거야."

양진원이 벌떡 일어나 이젠 제법 둔해진 걸음걸이로 밖으로 나가더니 잠시 후 다시 들어왔다. 집에 다녀왔는지 그의 손에 담뱃갑만 한 얇은 판이 들려 있었다. 양진원이 그걸 탁자에 내려놓자 장위안차오가 집어 들고 이리저리 살펴보았다. 회색의 반투명한 판인데 손톱처럼 아주 가벼웠다.

양진원이 말했다.

"이게 바로 우주 엘리베이터의 재료라는군!"

"이야! 아들이 나라의 전략 물자를 훔쳐온 거예요?"

먀오푸취안의 호들갑에 양진원이 점잖게 말했다.

"만들다 잘라낸 자투리 부분이야. 아들 말로는 우주 엘리베이터를 지을 때 이런 재료가 수천 톤, 아니 수만 톤이나 우주로 발사됐대. 우주에서 이걸로 레일을 만들어서 지상으로 점점 내렸다는 거야……. 이제 우리 같은 서민들도 우주여행을 할 수 있게 될 거야. 아들한테 나도 신청해달라고 부탁해놨지."

장위안차오가 깜짝 놀랐다.

"우주에 가려고?"

먀오푸취안이 미간을 찡그렸다.

"쳇, 그게 뭐 별건가요? 이젠 우주로 올라갈 때 기차 침대칸에 누워서 가는 거랑 똑같다고 하더구먼."

먀오푸취안은 광산 문을 닫은 뒤로 가세가 점점 기울어 신세가 초라해졌다. 고급 주택도 4년 전에 이미 팔았고 이제는 이 아파트가 그의 유일한 집이었다. 반면 양진원은 아들이 우주 엘리베이터 건설 프로젝트에 참여하게 된 덕분에 세 사람 가운데 집안 사정이 제일 좋아졌다. 먀오푸취안은 이따금씩 이런 상황에 부아가 치밀었다.

"내가 가겠다는 게 아니라……."

양진원은 장웨이밍이 아이를 데리고 다른 방으로 들어가는 걸 보며 낮은 소리로 말을 이었다.

"내 유골을 우주로 보내려는 거야. 이런 얘기 해도 괜찮지?"

장위안차오가 말했다.

"안 괜찮을 게 뭐가 있어? 근데 유골을 저 위로 보내서 뭣 하게?"

"우주 엘리베이터 끝에 전자파 발사기가 있다는 건 알지? 그 발사기로 유골을 제3우주속도로 발사해서 태양계 밖으로 내보내는 걸 우주장이라고 하잖아……. 나는 죽은 뒤에라도 외계인이 점령한 지구에 있긴 싫어. 이것도 도피주의라면 도피주의겠지."

"만약 외계인이 패하면?"

"그럴 리는 없겠지만 정말로 인류가 이긴다 해도 나야 손해 볼 게 없지. 어쨌든 우주여행을 해보는 거잖아!"

장위안차오가 고개를 저었다.

"하여튼 먹물쟁이들이란, 쯧쯧. 괴상하고 따분한 생각이나 해대지. 낙엽도 지면 뿌리로 돌아가잖아. 난 어쨌든 이 땅에 뼈를 묻을라네."

"삼체인들이 자네 무덤을 파헤칠까 봐 걱정되지 않아?"

입을 꾹 다물고 있던 먀오푸취안이 갑자기 상기된 얼굴로 두 사람에게 바짝 다가오라는 손짓을 했다. 그는 행어 지자가 엿들을까 두려운 듯 목소리를 최대한 낮추어 속삭였다.

"좋은 생각이 났어요. 산시에 빈 탄광이 여러 개 있어요……."

"거기 묻히겠다는 거야?"

"에이, 아니지. 소규모 탄광이 뭐 얼마나 깊겠어요? 그런데 그중 몇 개가 대형 국영 탄광이랑 통해 있다는 말씀. 국영 탄광들은 갱도가 지하 400미터까지 내려가 있어요. 엄청나게 깊다고요. 삼체인들이 거기까지 파헤치진 못할 거예요."

"흥, 지구인이 할 수 있는데 삼체인이라고 왜 못 하겠어? 묘비 아래를 파고들어가면 되잖아?"

장위안차오의 말에 먀오푸취안이 아연실색했다.

"그게 무슨 멍청한 소리예요? 저기 저 가방끈 긴 양반한테 물어봐요."

그들의 대화에 흥미를 잃은 듯 다시 텔레비전을 보고 있던 양진원이 고개도 돌리지 않고 낄낄거렸다.

"묘비를 세우려고? 묘비는 사람한테 보여주는 거잖아. 그땐 사람이 없을 텐데 묘비는 세워서 뭣 해?"

장위안차오가 망연자실한 표정으로 한참을 멀거니 있다가 긴 한숨을 게워냈다.

"그렇지. 사람이 없으면 전부 다 헛것이겠지."

*

핵융합 1호 실험기지로 가는 길, 장베이하이를 태운 차는 줄곧 눈이 두

껍게 쌓인 눈밭 위를 달렸다. 하지만 기지에 가까워질수록 눈이 녹아 길이 진창이 되었고 추웠던 공기도 포근해져 바람에서 축축한 봄 냄새가 났다. 장베이하이는 창밖으로 보이는 야트막한 언덕 위에 한겨울과 어울리지 않는 복숭아꽃이 피어 있는 것을 보았다. 차가 향하는 곳은 그리 멀지 않은 골짜기에 있는 흰색 건물이었다. 그 건물은 입구였고 기지는 모두 지하에 위치했다. 장베이하이는 길가의 언덕에서 누가 복숭아꽃을 따고 있는 것을 보았다. 자세히 보니 그가 바로 자신이 찾아온 사람이었다. 장베이하이가 차를 곧장 길옆에 세웠다.

"딩 박사님!"

딩이가 복숭아꽃이 흐드러지게 피어 있는 가지 몇 개를 들고 차를 향해 다가왔다.

장베이하이가 웃으며 물었다.

"그 꽃은 누굴 주시려고요?"

"핵융합에너지에 핀 꽃이니까 당연히 나한테 주는 거죠."

복숭아꽃이 배경이 되어서인지 딩이의 얼굴에도 봄기운이 넘실댔다. 그는 방금 큰 성공을 거둔 흥분감에 흠뻑 도취되어 있었다.

"이렇게 많은 에너지를 그대로 흘려보내는 건 너무 아깝군요."

장베이하이가 차에서 내려 선글라스를 벗으며 한겨울 속 봄 들판을 쳐다보았다. 숨을 쉬어도 입김이 나오지 않았고 심지어 지면의 온기가 신발 밑창을 뚫고 발바닥으로 전해질 정도였다.

"발전소를 지을 돈도 없고 시간도 없어요. 하지만 괜찮아요. 이제부턴 에너지 절약이라는 말조차 필요 없어질 테니까."

장베이하이가 딩이의 손에 들려 있는 꽃을 가리켰다.

"저는 사실 박사님을 성가시게 해서라도 이 성과가 늦게 얻어지길 바랐습니다."

"내가 없었으면 성과를 더 빨리 얻었을 거예요. 기지에 1000명도 넘는 연구 인력이 있죠. 난 그저 정확한 방식을 알려준 게 전부예요. 토카막 방식*으로는 진전을 거두기 힘들다고 생각했으니까. 방향이 정확하면 언제든 성과는 나타나죠. 나는 이론밖엔 몰라요. 실험에 대해선 쥐뿔도 모르는 내가 멋대로 지휘를 하는 바람에 더 늦어졌을 거예요."

"이 사실을 당분간 비밀로 해주실 수 있습니까? 진지하게 드리는 말씀입니다. 우주군 사령부의 요청을 비공식적으로 전달하는 것이기도 하고요."

"비밀이 지켜지기나 하겠어요? 언론에서 세 연구 프로젝트의 진전 상황을 지켜보고 있다가 조그만 낌새만 보여도 득달같이 보도하잖아요."

장베이하이가 고개를 끄덕이며 한숨을 내쉬었다.

"그렇게 되면 큰일이죠."

"이유가 대강 짐작이 가긴 하지만 어쨌든 말이나 들어봅시다."

"제어 핵융합 기술이 실현되면 곧장 우주선 연구가 시작될 겁니다. 박사님도 아시겠지만 현재 작동 유체 추진 우주선과 작동 유체가 없는 방사 추진 우주선 두 가지가 있습니다. 이 두 가지 방향을 놓고 우주학계와 우주군이 팽팽하게 대립하고 있죠. 우주학계에서는 작동 유체 추진 우주선을 연구해야 한다고 주장하고, 우주군은 방사 추진 우주선을 고집하고 있어요. 한 가지 연구만으로도 막대한 비용이 필요하기 때문에 두 가지 연구를 동시에 추진하는 건 불가능하죠. 반드시 둘 중 하나를 선택해야 합니다."

딩이가 말했다.

"나와 핵융합학계 사람들은 방사 추진 방식에 찬성해요. 나는 그게 항성 간 우주 항해를 실현할 수 있는 유일한 방법이라고 생각하죠. 물론 우

* 옮긴이 주: 핵융합 발전에서 고온의 플라스마를 도넛 형태의 장치에 가두고 자기장의 힘으로 플라스마를 밀폐시키는 방식을 말한다.

주학자들의 입장도 이해는 갑니다. 작동 유체 추진 우주선은 사실상 화학 로켓의 변종이잖아요. 핵융합에너지를 사용한다는 게 다를 뿐이지. 그러니까 그쪽을 연구하는 게 리스크가 적을 거예요."

"하지만 미래의 우주 전쟁에서는 그렇지 않습니다! 박사님 말대로 작동 유체 추진 우주선은 그저 대형 로켓입니다. 운송 능력의 3분의 2는 작동 유체를 싣는 데 써야 하고 작동 유체가 소모되는 속도도 너무 빨라서 행성 기지를 두고 태양계 안에서만 항해할 수 있습니다. 그렇게 된다면 중일 전쟁의 비극이 재연되겠죠. 태양계는 제2의 웨이하이(威海)*가 될 겁니다!"

딩이가 손에 들고 있던 꽃을 장베이하이를 향해 번쩍 추어올렸다.

"그거 참 탁월한 비유로군요!"

"사실이 그런걸요. 해군의 최전선은 적의 항구가 되어야 합니다. 물론 우리가 그곳까지 가는 건 불가능하겠지만 최전방 방위선이 적어도 오르트 구름까지는 확장되어야 합니다. 또 함대가 태양계 바깥의 광활한 우주 공간까지 진출할 수 있어야 하죠. 이것이 바로 우주군 전략의 전제입니다."

"사실 우주학계 내부도 결집력이 그리 강하진 않아요. 작동 유체 추진 우주선 연구를 주장하는 사람들은 화학 로켓 시대에 활발히 활동했던 늙다리들이에요. 지금은 다른 분야의 인력들도 우주학계에 진출했어요. 나처럼 핵융합을 연구하는 사람들도 그중 일부죠. 그들은 대부분 방사 추진 우주선을 지지하니까 두 세력이 비등비등할 겁니다. 결정적인 권력을 가진 서너 명 때문에 작동 유체 추진 방식 쪽으로 힘이 기울어진 거예요. 서너 명이 바로 그 늙다리들이라는 게 문제죠."

"이건 아주 중요한 일입니다. 이 결정이 잘못 내려지면 우주 함대는 잘못된 기반 위에 구축되고 결국 일이백 년을 낭비하게 될 겁니다. 그러면

---

* 옮긴이 주: 중국 산둥(山東)반도의 도시로, 중일전쟁의 격전지였으며 일본군에 함락되었다.

인류에겐 만회할 기회가 없습니다."

"하는 수 없지. 우리가 뭘 어쩌겠어요?"

장베이하이는 딩이와 함께 점심을 먹은 뒤 핵융합기지를 떠났다. 차가 출발한 지 얼마 되지 않아서 질펀하던 땅 위에 다시 눈이 듬성듬성 나타났다. 급격히 차가워진 공기에 장베이하이의 마음도 빠르게 냉정을 되찾았다.

항성 간 항해가 가능한 우주선을 꼭 만들어내야 했다. 다른 방법이 다 막혔다면 남은 것은 오직 하나뿐이었다. 그 길이 얼마나 험난하든 장베이하이는 결코 포기할 수 없었다.

*

장베이하이가 골목 깊숙이 빼곡하게 들어찬 사합원(四合院)* 중에서 운석 수집가의 집을 찾아냈다. 칙칙한 불빛이 드리운 오래된 사합원은 작은 지질 박물관을 연상시켰다. 사방의 벽에 유리 진열장이 서 있었고 그 안에 별로 특별할 것 없어 보이는 돌멩이들이 각각 조명을 받으며 놓여 있었다. 주인은 책상에 앉아 돋보기로 작은 돌멩이 하나를 관찰하고 있다가 친절하게 손님을 맞이했다. 오십 줄에 막 들어선 듯한 주인은 안색도 표정도 활기가 넘쳤다. 장베이하이는 그가 운이 좋은 부류에 속한다는 것을 한눈에 알 수 있었다. 바깥세상이 어떻게 변하든 자기만의 작은 세계에 파묻혀 즐거움을 얻는 그런 부류 말이다. 낡은 집 특유의 쿰쿰한 냄새를 맡으며 장베이하이는 자신과 동지들이 인류의 생존을 위해 싸우는 동안에도 대다수 사람들은 여전히 자기 생활을 고수하며 살고 있다는 사실을 깨달았

* 옮긴이 주 : 베이징의 전통가옥 양식으로 'ㅁ' 자의 폐쇄적인 형태를 띤다.

다. 그에게는 이 점이 적이 위안이 되었다.

우주 엘리베이터 건설과 제어 핵융합 기술의 진전으로 이 세상은 크게 고무되고 패배주의도 한 풀 꺾일 것이다. 하지만 냉정한 지도자들은 이 모든 것이 단지 시작일 뿐임을 알고 있었다. 해양 함대를 구축한 경험에 비추어보면, 우주 함대 구축이라는 거대한 사업 앞에서 인류는 이제 막 작살 하나 달랑 들고 바닷가에 도착했을 뿐 선박을 건조할 독조차 갖추지 못했다. 우주선 자체를 만드는 것 외에도 우주 전쟁을 위한 무기와 우주선 순환 생태 시스템도 연구해야 하고 우주 공항도 건설해야 한다. 이것들 모두 인류가 한 번도 해보지 않은 미지의 기술 영역이다. 이 모든 기술이 완성되려면 적어도 100년은 걸릴 것이다. 기술적인 문제 외에도 또 한 가지 커다란 난제가 인류 앞에 놓여 있다. 바로 우주 방위 시스템을 구축하는 데 필요한 막대한 자원을 어떻게 조달할 것인가 하는 문제다. 이는 인류의 생활 수준을 100년 넘게 후퇴시킬 수 있는 심각한 문제다. 그러므로 인간의 정신력을 시험하는 가장 큰 시련이 곧 닥치게 될 것이다. 바로 이 중대한 시기에 상부에서 우주군 정치사상 공작 인력 지원 계획을 시행하기로 결정했다. 이 계획의 최초 제안자인 장베이하이가 미래로 보내질 제1기 지원군의 지휘관으로 선발되었다. 그는 지원군 장교들이 동면에 들어가기 전에 적어도 1년간 우주에서 실습을 해야 한다고 건의했다. 미래로 가서 우주군의 임무를 수행하기 위해 반드시 필요한 훈련이라고 그는 생각했다.

장베이하이는 이 건의 사항을 제출하며 창웨이쓰에게 이렇게 반문했다.

"우리가 미래에 깨어났을 때 바다로 나갈 수 없는 함대 정치위원이 되는 걸 상부에서 바라진 않겠죠?"

그의 건의는 즉시 통과되었고, 그는 한 달 뒤 제1기 지원군 30명과 함께 우주로 떠나기로 되어 있었다.

운석 수집가가 장베이하이 앞에 차를 내놓으며 물었다.

"군인이지요?"

장베이하이가 고개를 끄덕이자 운석 수집가가 말했다.

"요즘 군인들은 군인 같지 않은데 선생은 한눈에 군인이란 걸 알아봤소."

장베이하이가 대답했다.

"지금은 군인이 아닙니다."

"나도 반평생을 총참모부 측량국에서 복무했지."

"운석에 관심을 갖게 된 특별한 이유가 있습니까?"

장베이하이가 벽면을 가득 채운 운석들을 감탄의 눈길로 훑어보았다.

"10여 년 전 탐사대를 따라 남극대륙을 횡단했지. 내 임무는 눈 밑에 숨겨진 운석을 찾는 거였어요. 그때 운석에 단단히 매료됐지. 속세 밖 머나먼 우주에서 온 것인데 얼마나 매력적이오? 운석을 하나씩 발견할 때마다 새로운 세계로 들어가는 것 같다고나 할까."

장베이하이가 웃으며 고개를 저었다.

"선생님의 상상이죠. 지구가 바로 성간 물질이 모여서 이루어진 거대한 운석입니다. 우리 발밑에 있는 돌도 운석이고 제가 들고 있는 이 찻잔도 운석이죠. 지구상의 물도 혜성이 가져온 거라고 하더군요. 그러니까 이 찻잔 안에 담긴 것도 역시 운석이죠. 그렇게 따지면 선생님께서 가지고 계신 이것들도 그리 희귀한 게 아닙니다."

운석 수집가가 장베이하이를 가리키며 웃음을 터뜨렸다.

"하하하, 아주 영리한 젊은이구먼. 벌써부터 가격을 깎으려고 하다니…… 그래도 난 내 느낌을 믿소."

운석 수집가가 흥이 나서 장베이하이에게 자신의 수집품들을 일일이 보여주었다. 금고에 보관하고 있던 가장 귀한 소장품도 꺼내 보여주었다. 화성에서 온 에이콘드라이트*인데 손톱만큼 작았다. 그는 장베이하이에게 현미경으로 운석의 표면에 있는 둥근 홈을 관찰해보라고 했다.

"이게 미생물의 화석일 가능성이 커요. 5년 전 로버트 하그**가 황금 가격의 1000배로 쳐주겠다며 팔라고 했는데도 안 팔았지."

장베이하이가 사방을 둘러보며 물었다.

"이 중에 직접 수집하신 운석은 얼마나 되나요?"

"얼마 안 돼요. 대부분은 민간 운석 수집가들에게 사거나 맞교환한 거지……. 참, 선생은 어떤 운석을 찾고 있소?"

"귀한 게 아니어도 괜찮습니다. 단, 밀도가 높아서 충격에도 잘 깨지지 않고 가공하기가 쉬워야 합니다."

"알겠소. 조각을 하려는 거지요?"

장베이하이가 고개를 끄덕였다.

"그런 셈이죠. 선반 가공이 가능하면 제일 좋고요."

"그렇다면 운철이 적당하겠군."

운석 수집가가 유리 진열장을 열고 어두운 색의 호두만 한 돌멩이를 꺼내 보여주었다.

"바로 이거예요. 주로 철과 니켈로 이루어져 있고 코발트, 인, 규소, 유황, 구리도 함유되어 있지. 운석 중에 밀도가 제일 높아요. 1세제곱센티미터당 8그램이나 되니까. 금속성이 강해서 선반 가공에도 끄떡없을 거요."

"좋긴 한데 조금 작군요."

---

* 옮긴이 주: 둥근 입자가 포함되지 않은 석질운석.
** 미국 UCLA 교수 겸 세계적인 운석 수집가로, 23세부터 운석을 수집하기 시작했으며 개인으로서는 세계에서 가장 많은 운석을 소장하고 있다.

운석 수집가가 다른 것을 꺼냈다. 사과만 한 운석이었다.

장베이하이가 물었다.

"조금 더 큰 것도 있습니까?"

운석 수집가가 말했다.

"큰 건 아주 비싸지."

"그럼, 이 정도 크기로 세 개 있습니까?"

운석 수집가가 비슷한 크기의 운철 세 개를 꺼내놓고 흥정을 시작했다.

"운철은 수가 많지 않아요. 운석 중 5퍼센트밖에 안 되지. 게다가 이 세 개 모두 색과 형태가 훌륭해서 값이 좀 나간다오. 이걸 봐요. 요놈은 옥타헤드라이트이고, 요놈은 이름이 부(富)니켈아탁사이트예요. 이렇게 표면에 교차된 문양을 비트만슈타텐 무늬라고 부르고 평행으로 된 문양은 노이만선이라고 부르지. 요놈은 카마사이트를 함유하고 있고, 요놈은 테나이트를 함유하고 있는데 지구상에는 존재하지 않는 광물이라오. 이건 내가 사막에서 금속 탐침기로 직접 찾은 거니까 바다에서 바늘을 건져 올린 셈이지. 그때 자동차가 모래 구덩이에 빠져서 구동축이 끊어지는 바람에 하마터면 저세상에 갈 뻔했다니까."

"가격을 제시해보세요."

"이 정도 크기와 형태를 가진 운석이면 아마 국제 시세가 그램당 20달러쯤 할 거요. 이렇게 합시다. 하나에 6만 위안씩, 전부 합쳐서 18만 위안. 어떻소?"

장베이하이가 휴대전화를 꺼내며 말했다.

"계좌번호를 불러주세요. 지금 송금하겠습니다."

운석 수집가가 한참 동안 말을 잇지 못했다. 장베이하이가 고개를 들어 쳐다보자 그의 입가에 난처한 웃음이 걸렸다.

"허허, 이런 참. 깎아줄 생각을 하고 있었는데."

"아닙니다. 그 가격에 사겠습니다."

"이것 봐요, 젊은이. 지금은 우주여행이 흔해졌잖아요. 물론 우주에 가서 운석을 찾는 게 지구에서 찾는 것보다는 어렵지만 어쨌든 운석의 시세가 떨어졌단 말이오. 이것들도 가치가······."

장베이하이가 단호하게 잘라 말했다.

"아닙니다. 그 가격에 사겠습니다. 이걸 선물받을 사람에 대한 존중의 의미라고 해두죠."

*

장베이하이는 운석 수집가의 집에서 나온 뒤 곧장 우주군연구소의 모형 제작실로 향했다. 늦은 시간이라 모두 퇴근해서 텅 비어 있었다. 그곳에 첨단 디지털 선반이 있었다. 장베이하이는 운석 세 개를 선반 위에 올려놓고 일정한 간격으로 잘라내 연필 굵기의 둥근 막대기로 만든 뒤 다시 일정한 간격으로 짧게 잘랐다. 원재료의 손실을 최대한 줄이기 위해 정밀하게 작업했다. 그렇게 해서 원기둥 형태의 운석 36개가 만들어졌다. 그는 절단 작업을 마친 뒤 절단할 때 나온 운석 부스러기를 말끔히 치우고 절단을 위해 사용한 특수 칼날까지 선반에서 빼낸 뒤 모형 제작실을 나섰다.

나머지 작업은 장베이하이의 비밀 지하실에서 진행되었다. 그의 앞에 있는 작은 테이블에 30구경 탄알 36개가 놓여 있었다. 그는 집게를 이용해 탄알의 탄두를 차례로 벗겨냈다. 구리 탄피로 된 예전의 탄알이라면 나사 윤활제를 뿌려야 겨우 탄두를 벗겨낼 수 있었겠지만 2년 전 군대 전체의 탄알이 무탄피탄으로 교체되었다. 무탄피탄은 탄두가 직접 발사약 위에 부착되어 있어 탄두를 벗겨내기가 훨씬 수월했다. 그는 탄두를 떼어낸 뒤 특수 접착제를 발사약 위에 바르고 운석 막대를 붙여 운석 탄알을 만들었다. 특수 접착제는 우주선 표면을 보수할 때 쓰는 것이라 온도차가 극심한 우주에서도 접착력이 유지되었다.

장베이하이는 운석 탄알 네 발을 탄창에 끼우고 탄창을 2010형 P224 권총에 장착한 뒤 벽에 걸린 자루를 향해 총을 발사했다. 비좁은 지하실에서 총소리가 고막을 찢을 듯이 울렸고 매캐한 연기가 자욱하게 피어올랐다.

장베이하이는 자루에 난 총알구멍을 자세히 살폈다. 구멍이 작은 건 총을 발사할 때 운석이 부서지지 않았다는 증거였다. 장베이하이는 자루를 열고 그 안에 든 쇠고기 덩어리를 꺼내 고깃덩이 안에 박힌 운석을 칼로 조심스럽게 꺼냈다. 작은 조각들로 바스러져 가공한 흔적을 찾을 수 없었다. 만족스러운 결과였다.

고깃덩이를 담은 자루는 우주복 소재로 만든 것이었다. 실험의 정확성을 높이기 위해 두 겹으로 겹쳐 그 사이에 보온용 스펀지와 플라스틱 튜브 등을 넣었다. 장베이하이는 나머지 운석 탄알 32발을 조심스럽게 들고 지하실에서 나와 우주로 올라갈 준비를 했다.

*

장베이하이는 황허(黃河) 우주정거장에서 5킬로미터 떨어진 우주에 떠 있었다. 자동차 바퀴를 닮은 이 우주정거장은 우주 엘리베이터의 종착점에서 300킬로미터 위로 올라간 위치에 건설되어 우주 엘리베이터의 균형을 유지하는 역할을 했다.* 이것은 현재 우주에 건설된 가장 큰 규모의 인공 물체로 1000명이 넘는 상주 인원을 수용할 수 있었다.

---

* 우주 엘리베이터는 지구의 정지궤도에서 운행하는 인공위성으로, 운행 도중 균형을 유지하기 위해 궤도 바깥에 엘리베이터와 같은 무게를 가진 시설을 설치해야 한다.

우주 엘리베이터를 중심으로 반경 500킬로미터 범위 내에 다른 우주 시설들도 건설되어 있었지만, 이보다 규모가 훨씬 작을뿐더러 미국 서부 시대 초기 황야에 세워진 유목 천막들처럼 띄엄띄엄 흩어져 있었다. 이 시설들은 우주를 향한 인류 대이동을 위한 초석이었다. 그중 규모가 제일 큰 것은 이제 막 건설이 시작된 우주 독으로 전체 크기가 황허 우주정거장의 10배쯤 될 듯하지만 아직은 공사를 위한 비계만 설치되어 있었다. 장베이하이가 있는 곳에서 80킬로미터 떨어진 지점에 독립된 구조의 우주정거장이 있었다. 황허 우주정거장의 5분의 1 규모인 그곳은 우주군이 정지궤도 위에 건설한 1호 기지이며 장베이하이는 지금 그곳에서 날아왔다. 그는 미래로 떠날 제1기 지원군들과 함께 그곳에서 석 달 동안 생활했고 그 사이에 지구에 한 번 다녀왔다.

장베이하이는 줄곧 기회가 오기를 기다렸고 바라던 기회가 지금 눈앞에 있었다. 황허 우주정거장에서 우주학계의 고위급 회의가 열릴 예정이었다. 그가 제거하려는 세 사람 모두 그 회의 참석자에 포함되어 있었다. 황허 우주정거장이 완공된 후 우주학계의 많은 회의가 이곳에서 열렸다. 과거 우주 사업에 종사했던 사람들이 우주에 직접 가보지 못한 한을 풀려는 것처럼 말이다.

1호 기지에서 출발하기 전 장베이하이는 우주복에 부착된 위치 추적 장치를 떼어 자신의 선실에 놓아두었다. 그러므로 1호 기지의 감측 시스템은 그가 기지를 이탈했다는 사실을 감지하지 못하고 그의 이 외출은 아무런 기록도 남지 않게 된다. 그는 우주복에 붙어 있는 소형 분사 추진기를 이용해 우주에서 10킬로미터 비행한 뒤 자신이 미리 정해놓은 위치에서 조용히 기다렸다.

회의는 이미 끝났고, 그는 전체 참석자가 기념 촬영을 위해 한곳에 모이기를 기다렸다.

회의가 끝난 뒤 참석자들이 단체 사진을 찍는 관례가 있었다. 보통은 사진사가 태양을 등지고 촬영했다. 그래야만 참석자들 뒤에 있는 우주정거장이 사진에 또렷하게 찍혔다. 또 참석자들은 자기 얼굴이 잘 보이도록 우주복의 헬멧 앞부분을 투명하게 맞추었다. 그런데 이때 태양이 바로 위에 떠 있으면 강렬한 햇빛에 눈이 부셔 눈을 잘 뜰 수 없을 뿐 아니라 헬멧 안의 온도가 올라가 얼굴이 벌겋게 달아오른다. 그래서 사진 촬영은 일부러 태양이 지구 가장자리에서 떠오르거나 지는 시간에 맞추어 찍었다. 우주정거장이 정지궤도 위에 있으므로 일출과 일몰도 24시간마다 한 번씩 있다. 다만 지구보다 밤이 짧다는 것이 다를 뿐이다. 장베이하이는 지금 일몰 시간이 되기를 기다리고 있었다.

황허 우주정거장의 감측 시스템이 그의 존재를 감지하겠지만 이상한 점을 눈치채지는 못할 것이다. 이 우주 개발의 발원지에는 건설에 투입될 예정이거나 버려진 건설 자재와 쓰레기들이 어지럽게 떠다니고 있었고, 그 부유물 중에 사람과 크기가 비슷한 것들이 많았다. 또 주위의 우주 시설물에 필요한 모든 물품을 우주 엘리베이터에서 공급받기 때문에 우주 엘리베이터와 다른 시설물들 사이에 빈번한 소통이 이루어지고 있었다. 우주 환경에 적응하면서 사람들은 점차 무언가에 탑승하지 않고 우주를 유영하는 일에 익숙해졌다. 우주복에 분사 추진기가 달려 있어 우주복만 입고도 시속 500킬로미터로 비행할 수 있기 때문에 엘리베이터에서 반경 수백 킬로미터까지는 우주복이 가장 편리한 교통수단이었다. 말하자면 우주복이 우주 자전거 같은 역할을 하기 때문에 우주복만 입고 엘리베이터와 우주정거장 사이를 오가는 사람들을 흔히 볼 수 있었다.

그런데 오늘은 우주가 유난히 텅 빈 것 같았다. 지구—정지궤도 위에서 온전하게 보이는 구형이다—와 그 가장자리에서 서서히 사라지려고 준비하는 태양을 제외하면 칠흑 같은 어둠뿐이었다. 수많은 별들이 부옇게 주위를 밝혔지만 우주의 공허함을 채워주지는 못했다. 우주복의 생명 유지 시스템이 유지되는 시간은 열두 시간이다. 그러므로 그는 열두 시간 내에 80킬로미터 떨어져 있는 1호 기지로 돌아가야 했다. 1호 기지가 우주의 심연 속에서 거의 형태를 알아보기도 힘든 작은 점으로 보이지만, 우주 엘리베이터라는 탯줄과 분리되면 1호 기지도 그리 오래 버틸 수 없다. 지금 이 순간 그는 이 광대한 허공을 떠다니며 저 아래 푸른색 세계와의 연결이 끊어진 듯한 기분이었다. 자신이 그 어떤 세계에도 속하지 않은 독립된 존재라는 착각이 들었다. 사방이 텅 비고 발이 땅에 닿지 않은 채 지구, 태양, 은하계처럼 우주를 떠다니고 있었다. 어디에서 온 것도 아니고 어디로 가려는 것도 아니다. 그저 존재할 뿐이다. 그는 지금의 이런 느낌이 퍽 마음에 들었다.

하늘에 계신 아버지의 영혼도 이런 기분이 아닐까.

그때 태양이 지구의 가장자리와 맞닿기 시작했다.

장베이하이가 우주복 장갑을 낀 손으로 망원 조준경을 쥐었다. 그는 이 것을 망원경 삼아 5킬로미터 떨어진 황허 우주정거장의 출구를 관찰했다. 넓은 부채꼴의 금속 외벽 위에 있는 둥근 문이 아직 굳게 닫혀 있었다.

고개를 돌려 태양을 바라보았다. 태양은 이미 절반쯤 내려앉아 지구의 반지처럼 화사한 빛줄기를 사방으로 뿜어내고 있었다.

다시 망원 조준경으로 황허 우주정거장을 관찰했다. 출구 옆에 있는 표시등이 빨간색에서 녹색으로 바뀌며 문 뒤에 있는 에어락이 진공상태가 되었음을 알렸다. 잠시 뒤 출구가 미끄러지듯 열렸고 흰색 우주복을 입은 사람들이 30명쯤 줄지어 나왔다. 그들이 단체로 우주를 유영하며 앞으로 나올수록 황허 우주정거장 외벽에 비친 그림자가 점점 커졌다. 황허 우주 정거장을 사진 속에 다 담기 위해서는 그들이 앞으로 날아와 정거장과의 거리를 벌려야 했다. 잠시 후 모든 사람이 멈추었고 사진사의 지휘에 따라 무중력상태에서 일렬로 나란히 섰다.

3분의 2쯤 모습을 감춘 태양이 지구에 새겨 넣은 발광체처럼 보였다. 석양이 비긴 바다가 매끄러운 거울처럼 절반은 푸르게, 절반은 오렌지색으로 빛났다. 햇빛을 머금은 구름은 거울을 덮은 거대한 핑크색 깃털 같았다. 빛이 약해지자 사람들이 사진에 자기 얼굴이 나올 수 있도록 헬멧의 얼굴 부분을 투명하게 바꾸었다. 장베이하이가 망원 조준경의 초점거리를 늘려 자신의 목표인 세 명을 찾았다. 그의 예상대로 세 사람 모두 자기 직위에 맞추어 제일 앞줄의 정중앙에 서 있었다.

장베이하이는 망원 조준경을 손에서 놓아 떠다니도록 내버려두고 왼손으로 오른쪽 우주복 장갑의 금속 고리를 돌려 장갑을 벗었다. 영하 100도의 냉기가 얇은 장갑만 낀 오른손을 휘감았다. 추위에 손이 곱지 않도록 몸을 돌려 쇠잔해진 태양빛이 손 위에 닿도록 했다. 그는 오른손을 우주복 주머니에 집어넣어 권총과 탄창 두 개를 꺼낸 뒤 왼손으로 앞에 떠다니고 있는 망원 조준경을 잡아 권총 앞에 끼웠다. 원래는 소총에 사용하는 것인데 끼우는 부분을 자석으로 교체해 권총에도 사용할 수 있도록 개조했다.

지구상에 있는 거의 모든 총이 우주에서도 사격이 가능하다. 진공상태는 문제가 되지 않는다. 탄알의 발사약 자체에 산화제가 들어 있기 때문이다. 발사에 영향을 줄 수 있는 것은 우주의 온도다. 저온이든 고온이든 대기층과 차이가 몹시 크기 때문에 총과 탄약에 영향을 미칠 수 있다. 장베이하이는 온도에 적응할 수 있도록 권총과 탄창을 일부러 장시간 밖으로 노출시켰다. 지난 3개월간 그는 무중력상태에서 총을 꺼내고 망원 조준경을 끼우고 탄창을 교체하는 동작을 수없이 연습했다. 드디어 그가 조준을 시작했다. 망원 조준경의 십자선이 빠르게 첫 번째 목표 위에 자리를 잡았다. 지구의 대기층에서는 아무리 정확도가 높은 저격소총이라도 5000미터 밖에서 목표물을 명중시키는 것은 불가능하지만 우주에서는 일반 권총으로도 가능하다. 탄알이 진공과 무중력상태에서 아무 저항도 받지 않고 날아가기 때문이다. 정확하게 조준하기만 한다면 탄알은 지극히 안정적인 직선 탄도를 그리며 목표물을 향해 날아가 꽂힌다. 공기의 저항을 전혀 받지 않기 때문에 탄알이 목표물에 닿는 순간의 속도가 총구에서 발사될 때의 속도와 동일하다. 따라서 원거리에서도 강한 살상력이 유지된다.

장베이하이가 방아쇠를 당기자 권총에서 탄알이 맹렬한 속도로 튕겨져 나갔다. 아무 소리도 나지 않았지만 그는 총구에서 뿜어져 나오는 불꽃을 보았고 순간적으로 뒤로 밀리는 반동도 느꼈다. 그는 첫 번째 목표를 향해 10발을 쏘고 재빨리 탄창을 갈아 끼운 뒤 두 번째 목표를 향해 또 10발을 발사하고, 다시 탄창을 바꾸어 마지막 10발을 세 번째 목표를 향해 쏘았다. 총구에서 30번 불꽃이 튀었다. 황허 우주정거장 쪽에서 누군가 그 불꽃을 보았더라도 암흑의 우주를 배경으로 반딧불 한 마리를 보았다고 생각했을 것이다.

운석 탄알 30발이 목표물을 향해 날아갔다. 2010형 권총의 탄두 발사 속도가 초속 500미터이므로 5킬로미터를 날아 목표물에 도달하기까지 10초가 걸린다. 장베이하이는 그 10초 동안 목표물이 위치를 바꾸지 않기를 기도하는 수밖에 없었다. 대단한 요행을 바라는 건 아니었다. 맨 앞줄에 있는 고위 간부들은 두 번째, 세 번째 줄에 선 사람들이 자리를 잡을 때까지 자기 자리에서 기다려야 하고, 모두 자리를 잡은 뒤에도 그들의 우주복 추진기에서 뿜어낸 흰 안개가 흩어지기를 기다린 뒤에야 사진을 찍을 수 있다. 하지만 목표물이 우주를 떠다니고 있으므로 무중력상태로 인해 위치가 바뀔 가능성을 배제할 수 없었다. 만약 그렇게 된다면 탄알이 목표에서 빗겨나 무고한 사람에게 치명상을 입힐 수도 있다.

무고한 사람이라고? 그가 죽이려는 세 사람 역시 아무 잘못이 없다. 삼체 위기 이전에 그들은 지금과는 비교도 할 수 없이 적은 예산을 가지고 살얼음판을 걷듯 조심조심 우주 시대의 여명을 열었다. 하지만 그런 경험이 그들의 사상을 옭아매는 족쇄가 되고 말았다. 항성 사이를 항해할 수 있는 우주선을 얻기 위해서는 그들을 없애는 수밖에 없다! 그들은 죽음으로 인류의 우주 사업에 마지막으로 이바지하는 셈이 된다.

사실 장베이하이는 일부러 탄알 몇 발을 약간 빗겨서 쐈았다. 목표 이외의 사람들까지 맞기를 바랐다. 가장 좋은 결과는 부상을 입히는 것이지만 정말로 목표 외에 한두 명이 더 죽더라도 그는 크게 개의치 않을 것이었다. 일부러 빗겨 쏜 것은 혹시 모를 의심을 줄이기 위해서였다.

장베이하이는 탄창이 빈 총을 들고 망원 조준경으로 냉정하게 관찰했다. 그는 실패할 가능성에 대한 마음의 준비도 되어 있었다. 실패한다면 그는 아무 일도 없었던 것처럼 두 번째 기회를 찾을 것이다. 시간이 1초, 1초 지나가고 마침내 목표가 저격당한 듯 동요가 일었다. 우주복에 난 탄알 구멍은 볼 수 없었지만 우주복에서 백색 기체가 뿜어져 나왔고 뒤이어 첫 줄과 두 번째 줄 사이에서 더 많은 백색 연기가 피어올랐다. 탄알이 목표를 관통한 뒤 등 뒤에 있는 추진기에 박힌 것 같았다. 탄알의 위력에 대해서는 자신이 있었다. 운석 탄알이 아무런 감속도 거치지 않고 목표에 꽂힌다는 것은 총구를 목표에 댄 채 총을 쏘는 것과 같다. 목표 중 한 사람의 헬멧 앞부분이 갑자기 갈라졌다. 산산이 갈라지며 불투명해졌지만 그 안에서 튀는 피를 볼 수 있었다. 피가 백색 기체와 함께 탄알 구멍으로 뿜어져나가는 동시에 응결되어 눈꽃 같은 결정으로 변했다. 장베이하이는 자신의 목표 세 명을 포함해 다섯 명이 총에 맞았음을 확인했다. 모든 목표가 적어도 탄알을 다섯 발 이상씩 맞았다는 계산이 나온다.

몇 사람의 투명한 헬멧 너머로 경악하며 비명을 지르는 표정을 볼 수 있었다. 입 모양으로 볼 때 그들이 외치고 있는 말이 그의 기대와 일치한다는 것도 알 수 있었다.

"운석우다!"

함께 사진 촬영을 하던 사람들의 추진기가 일제히 최대 출력으로 가동되었고 모두들 흰 연무를 내뿜으며 흩어져 황허 우주정거장의 둥근 입구 안으로 모습을 감추었다. 총에 맞은 다섯 명도 다른 이들에 의해 안으로 옮겨졌다.

장베이하이가 추진기를 작동시켜 1호 기지를 향해 비행했다. 그의 심장은 그를 에워싸고 있는 우주만큼이나 싸늘했고 평온했다. 우주학계 핵심 인물 세 사람이 죽는다고 해서 우주선 연구가 방사 추진 방식으로 전환된다는 보장이 없다는 것은 그도 잘 알고 있었다. 하지만 그는 자신이 할 수 있는 일을 했다. 앞으로 상황이 어떻게 돌아가든 아버지가 저세상에서 자신을 지켜보고 있을 것이라는 생각에 그는 마음이 놓였다.

*

장베이하이의 1호 기지 귀환과 거의 동시에 지구 위 인터넷 공간의 삼체 사이버 세계에 사람들이 웅기중기 모여들기 시작했다. 사람들은 황야의 한가운데 서서 방금 일어난 일에 대해 토론했다.

진시황이 탄식했다.

"지자가 전송한 정보가 이토록 상세하지 않았다면 그가 그런 일을 저질렀다는 걸 믿을 수 없었을 것이다. 그의 행동에 비하면 우리가 뤄지에게 시도한 세 번의 공격은……. 우리는 너무 무르고 소심하구나. 그와 같은 냉혹함과 노련함이 없어."

그는 심난한 심정을 달래려는 듯 장검 끝으로 바닥을 이리저리 그었다.

아인슈타인이 물었다.

"그의 행동을 수수방관하고 있을 겁니까?"

뉴턴이 대신 대답했다.

"주의 뜻에 따를 수밖에요. 그는 고집 센 저항주의자에 승리주의자예요. 주는 그런 부류의 인간들에게 아무 간섭도 할 필요가 없다고 하셨죠. 우린 도피주의자들에게만 집중하면 됩니다. 주는 승리주의자는 패배주의자보다도 덜 위협적이라고 하셨어요."

묵자의 생각은 달랐다.

"주를 위해 우리가 할 수 있는 건 다해야 하오. 그게 주를 지키는 우리의 사명에 충실한 일이외다. 주의 전략에만 곧이곧대로 따를 수 없소. 모략에 관한 한 주는 어린아이의 수준이니까."

진시황이 장검으로 바닥을 툭툭 두드렸다.

"하지만 이 일은 간섭하지 않는 게 옳다. 그들이 방사 추진 우주선 쪽으로 연구 방향을 돌리도록 내버려두자. 지자가 물리학의 발전을 봉쇄하고 있는 상황에서 인류가 방사 추진 우주선 개발에 성공할 가능성은 없다. 밑 빠진 독에 물 붓기. 인류는 모든 시간과 자원을 쏟아붓고도 아무 성과도 내지 못할 것이다."

폰 노이만이 말했다.

"그 점에 대해서는 다들 동의하죠. 하지만 저는 그자 자체가 문제라고 생각합니다. 너무 위험한 인간이에요."

아리스토텔레스도 거들었다.

"맞소! 나도 지금까지는 그를 뼛속까지 군인 정신으로 똘똘 뭉친 사람이라고 생각했소. 그런데 이번 일을 보세요. 이게 어디 규율과 명령을 목숨처럼 여기는 군인이 할 짓이오?"

공자가 긴 한숨을 내뱉었다.

"위험하오, 위험해. 신념이 굳건하고 멀리 내다보는 안목을 가졌지만 너무 냉혹하고 비정한 데다 일 처리도 냉정하고 단호하오. 평소에는 성실하지만 필요한 상황에서는 언제든 궤도를 벗어나 돌발 행동을 할 수 있소. 영정(嬴政)*의 말대로 우리 중에 그런 이가 부족해요."

뉴턴이 말했다.

"그자를 제거하는 건 어렵지 않아요. 그의 계획된 살인임을 고발하면 그만이죠."

진시황이 미간을 찡그리며 뉴턴을 향해 긴 소매를 휘둘렀다.

"그리 간단한 문제가 아니다! 이건 다 그대들의 잘못이다. 그대들이 수년간 지자의 정보임을 내세워 우주군과 UN 사이에 이간질을 해왔다. 이젠 그대들에게 고발당하는 것이 일종의 명예이자 충성의 상징이 되어버렸어!"

묵자가 끼어들었다.

"더군다나 우리 수중에 아무런 증거가 없잖소? 그의 계획이 치밀해서 탄알이 인체에 박히면서 산산조각이 났소. 부검을 한다 해도 시체 안에서 운석 부스러기밖에 나오지 않을 거요. 누구라도 운석우를 맞고 죽었다고 믿을 겁니다. 계획된 살인이라고 주장한들 누가 그걸 믿겠소?"

아인슈타인이 길게 탄식했다.

"그가 미래로 간다고 하기에 오랫동안 신경 쓸 필요가 없을 줄 알았는데……. 갑시다. 우리 중 몇 사람도 미래로 가야겠어요."

*

다시 만나자고는 했지만 이것이 영원한 이별임을 모두가 알고 있었다.

정치사상 공작 특별 파견대가 곧 동면지로 출발할 예정이었다. 창웨이

---

* 옮긴이 주 : 진시황의 이름.

쓰는 우주군의 몇몇 고위 장교와 함께 그들을 배웅하러 공항에 나왔다. 그가 장베이하이에게 편지 한 통을 건넸다.

"이건 미래의 내 후임자에게 보내는 편지다. 자네들의 상황을 설명하고 미래의 우주군 사령부에 자네들을 추천했다. 자네들이 깨어나는 건 아무리 일러도 50년 후일 것이고 그보다 더 길어질 수도 있지. 그때는 지금보다 더 열악한 상황에서 일하게 될 거야. 우선 미래에 적응하면서 이 시대의 군인 정신을 지키게. 현재 우리의 공작 방식을 버려선 안 돼. 시대가 흘려보내야 할 것도 있지만 지켜야 할 것도 있을 거야. 그게 훗날 자네들에게 큰 강점이 되리라 확신하네."

장베이하이가 말했다.

"제가 무신론자라는 사실이 처음으로 후회스럽습니다. 제게 종교가 있다면 훗날 어디서든 다시 만날 거라는 희망이라도 품을 수 있겠죠."

늘 냉정했던 그가 이런 말을 한다는 사실이 창웨이쓰에게는 뜻밖이었다. 그의 말에 모두들 울컥 목이 메었지만 군인이기에 격해지는 감정을 꾹꾹 눌러 삼켰다.

창웨이쓰가 말했다.

"이 생애에 만난 것만으로도 큰 행운이야. 미래의 동지들에게 안부를 전해주게."

마지막 경례를 마친 뒤 특별 파견대가 비행기에 탑승했다.

창웨이쓰는 장베이하이의 뒷모습에서 시선을 떼지 못했다. 장베이하이는 그가 본 군인 중 가장 신념이 굳은 전사였다. 그가 떠나고 나면 다시는 그런 군인을 볼 수 없을 것이다. 그의 굳은 신념은 어디에서 온 걸까? 창웨이쓰는 오랫동안 이 의문의 답을 찾지 못했다. 가끔은 그에게 질투가 나기도 했다. 승리에 대한 굳은 신념을 가졌다는 것은 군인으로서 누릴 수 있는 최고의 행운이니까. 이 최후의 전쟁 앞에서 그런 행운을 누리는 사람은 손에 꼽을 만큼 적다. 장베이하이의 꼿꼿한 뒷모습이 비행기 안으로 사라지자 창웨이쓰는 자신이 끝내 그를 진정으로 알지 못했음을 인정하지 않을 수 없었다.

인류의 마지막 결말을 확인하게 될 이들을 태운 비행기가 이륙해 엷은 구름 뒤로 사라졌다. 을씨년스러운 겨울날, 태양도 회색 베일처럼 얇은 구름 뒤에서 희끄무레한 빛을 맥없이 비추었고 찬 바람만 황량한 활주로 위를 내달리며 공기를 얼음 수정처럼 차갑게 응결시켰다. 봄이 정말로 오기는 할지 의심스러운 풍경 앞에서 창웨이쓰는 군복 외투 깃을 바짝 여몄다. 오늘은 그의 쉰네 번째 생일이었다. 이 스산한 겨울바람 속에서 그는 자신과 인류의 막다른 길을 보았다.

위기의 세기 제20년, 삼체 함대와 태양계의 거리 4.15광년

레이디아즈와 하인스가 동시에 동면에서 깨어났다. 그들이 기다리던 기술이 개발되었다는 소식이 즉시 전해졌다.

"이렇게 빨리?"

두 사람은 자신들이 8년밖에 잠들어 있지 않았다는 사실을 듣고 감탄했다.

그들이 잠든 사이 사상 유례없는 막대한 자금을 투입한 덕분에 기술이 빠르게 진전되었다고 했다. 하지만 그리 환호할 일은 아니었다. 지자가 놓은 거대한 장벽에 도달하기 전 마지막 스퍼트를 올린 것에 불과했기 때문이다. 진전된 것은 기술뿐, 물리학 이론 자체는 죽은 늪처럼 고스란히 멈추어 있었다. 그동안 축적해놓은 이론들이 거의 바닥났으므로 인류의 기술 진전 속도도 머지않아 급격히 둔화되다가 완전히 정지될 것이었다. 하지만 아직도 인류는 기술의 한계가 언제 출현할지 확실히 알지 못했다.

하인스는 동면의 여파가 채 가시지 않은 다리를 억지로 추슬러 체육관처럼 보이는 건물 안으로 들어갔다. 건물 내부에 뿌연 안개가 자욱했지만 하인스는 그곳이 몹시 건조하다고 느꼈다. 무슨 안개인지 알 수가 없었다. 달빛처럼 차분한 빛이 안개를 비추었다. 안개는 위쪽에 몰려 있었다. 건물 천장은 짙은 안개에 가려 보이지 않았지만 그가 서 있는 바닥은 한 길 높이 정도로 성긴 안개만 떠다녔다. 안개 속에서 자그마한 사람의 형체가 보였다. 게이코라는 걸 한눈에 알아볼 수 있었다. 하인스가 얼른 달려가 안개 속 신기루 같은 그녀를 와락 끌어안았다.

게이코가 말했다.

"미안해, 여보. 나 8년이나 늙었어."

"그래도 나보단 한 살 적잖아."

하인스가 아내를 찬찬히 들여다보았다. 세월이 그녀에게 그리 많은 흔적을 남기진 않은 것 같았다. 아내, 안개, 달빛, 이 모든 것이 일본식 정원의 대나무 숲에서 사색하던 그날 밤을 떠올리게 했다.

"당신도 2년 뒤에 동면하기로 했잖아. 왜 안 했어?"

"우리가 동면하는 동안 해야 할 일들을 준비해놓으려고 했는데 일이 너무 많아서 아직도 이러고 있지 뭐야."

게이코가 이마 앞으로 흘러내린 한 가닥 머리칼을 가볍게 쓸어 올렸다.

"힘들지?"

"말도 마. 당신이 동면에 들어가고 얼마 되지 않아서 차세대 슈퍼컴퓨터 연구 프로젝트 여섯 개가 동시에 시작됐어. 그중 세 개는 기존 컴퓨터 연구였고, 하나는 비노이만형, 다른 두 개는 양자 컴퓨터와 생체 분자 컴퓨터 프로젝트였어. 그런데 2년 뒤에 여섯 개 프로젝트를 총괄하는 수석 과학자들 모두 우리가 원하는 연산 능력을 실현하는 건 불가능하다고 통보해 왔어. 양자 컴퓨터 연구가 제일 먼저 중단됐어. 기존의 물리 이론으로는 부족하다며 지자가 놓은 장벽에 부딪혔다고 했지. 그다음엔 생체 분자 컴퓨터 연구팀도 포기를 선언했어. 이건 그저 환상일 뿐이라나. 마지막으로 비노이만형 컴퓨터 연구도 중단됐어. 그 구조가 인간의 대뇌를 재연한 것이었는데 말이야. 우리가 달걀을 만들어놓지도 않았는데 어떻게 닭이 나올 수 있느냐고 반문하더라고. 결국 기존 컴퓨터를 연구하는 세 프로젝트만 남았지만 오랫동안 아무런 진전도 거두지 못했어."

"그랬군……. 내가 계속 당신과 같이 있었어야 했어."

"소용없었을 거야. 그랬다면 당신도 함께 8년을 낭비했겠지. 한동안 완전히 절망에 빠져 있다가 한 가지 황당한 아이디어를 떠올렸어. 원시적인 방법으로 인간의 대뇌를 시뮬레이션하기로 한 거야."

"어떤 방법인데?"

"소프트웨어가 아니라 하드웨어로 시뮬레이션했어. 마이크로프로세서 하나를 뉴런 하나로 삼아서 마이크로프로세서를 서로 연결해서 말이야."

하인스는 몇 초 동안 곰곰이 생각한 뒤에야 게이코의 말을 이해했다.

"마이크로프로세서 1000억 개를 서로 연결시켰다고?"

게이코가 고개를 끄덕였지만 하인스는 여전히 믿지 못하겠다는 표정이었다.

"그건…… 인간이 지금껏 만들어낸 모든 마이크로프로세서를 다 합친 양일 텐데?"

"통계를 내보진 않았지만 아마 그보다 더 많을걸."

"설령 그렇게 많은 반도체를 확보한다 해도 그걸 일일이 연결하려면 엄청난 시간이 필요할 텐데."

게이코가 힘없는 미소를 지었다.

"나도 불가능하다는 건 알았지. 하지만 절망 속에서 떠올린 아이디어였다니까. 그땐 정말로 그렇게 하려고 했어. 할 수 있는 건 뭐든 다 해봐야 했으니까. 여기가 가상 두뇌 조립 공장 중 하나야. 총 30개를 지을 계획이야. 물론 아직은 이곳 하나뿐이지만."

게이코가 주위를 가리키자 하인스가 안타까운 표정을 지었다.

"역시 내가 당신 곁에 있었어야 했어."

"다행히 우리가 원하는 컴퓨터를 만들어냈어. 컴퓨터의 최고 성능이 당신이 동면에 들어갈 때의 만 배 이상 향상됐어!"

"기존 컴퓨터 구조를 이용해서?"

"그래, 맞아. 무어의 법칙이라는 레몬에서 이렇게 많은 즙을 짜낼 수 있을 줄 누가 상상이나 했겠어? 컴퓨터학계 전체가 놀라움을 금치 못했지…… 그런데 여보, 이젠 정말로 한계에 다다른 것 같아."

만약 인류의 노력이 실패한다면 이 특별한 컴퓨터는 처음이자 마지막이 될 것이다. 하인스는 이 생각을 입 밖에 내어 말하지 않았다.

게이코가 말했다.

"이 컴퓨터를 만들어냈으니 분해 영상기 제작은 수월할 거야…… 참, 여보, 1000억 개가 얼마나 되는 양인지 감이 와?"

하인스가 말없이 고개를 젓자 게이코가 웃으며 양손을 벌려 사방을 가리켰다.

"저길 봐. 저게 1000억 개야."

"뭐라고?"

하인스가 어안이 벙벙한 표정으로 주위를 둘러싸고 있는 부연 안개를 쳐다보았다.

"우리가 있는 이곳이 바로 슈퍼컴퓨터의 홀로그래픽 모니터야."

게이코가 목에 건 작은 물건을 조작했다. 작은 휠이 달려 있었는데 마우스와 비슷한 역할을 하는 것 같았다.

하인스는 자신을 둘러싼 흰 연기가 변하고 있음을 느꼈다. 안개가 점점 성글어지며 특정 부분이 확대되었다. 이 안개가 사실은 빛을 내는 미립자들이 수없이 모여 있는 것임을 그는 그제야 깨달았다. 이 달빛 같은 빛은 외부의 조명이 아니라 미립자 자체에서 발산되는 것이었다. 안개가 계속 확장되다가 미립자들이 반짝이는 별의 형태로 바뀌었다. 지구상에서 보이는 별빛 반짝이는 밤하늘이 아니라 마치 은하계의 한가운데를 떠다니며 구경하듯 별들이 거의 빈틈없이 빽빽이 들어차 있었다.

게이코가 말했다.

"별 하나하나가 바로 뉴런이야."

1000억 개의 별이 모여 이룬 별빛 바다가 그들의 주위를 은색으로 휘감았다.

홀로그램이 계속 확대되었다. 각각의 별들이 미세한 더듬이를 사방으로 뻗었고, 헤아릴 수 없이 많은 더듬이들이 별과 별 사이를 어지럽게 이어주었다. 하인스의 눈앞에 펼쳐진 것은 이제 밤하늘이 아니라 끝없이 넓은 망사 구조였다.

홀로그램이 계속 넓어져 각각의 별 자체에 구조가 나타나기 시작했다. 하인스가 전자현미경을 통해 수없이 보았던 뇌세포와 시냅스 구조였다.

게이코가 마우스를 돌리자 홀로그램이 순식간에 원래의 흰 안개로 되돌아왔다.

"이게 전체 대뇌 구조야. 분해 영상기로 단면 300만 개를 동시에 다이내믹 스캐닝해서 시뮬레이션했어. 물론 방금 본 홀로그램은 관찰하기 쉽도록 뉴런 사이의 거리를 사오십 배 확장한 거야. 대뇌가 기체로 변해 증발하는 것처럼 보이지만 그 사이를 연결하는 시냅스의 위상 구조(Topological Structure)는 원래 그대로야. 이번엔 움직이는 걸 한번 보겠어?"

안개 속에서 미묘한 변화가 나타났다. 불꽃 위에 화약 한 줌을 고르게 뿌린 듯 안개 위에서 불꽃이 번쩍였다. 게이코가 홀로그램을 별빛 바다의 형태로 확대시키자 대뇌의 우주 속에서 별빛 파도가 넘실거렸다. 어떤 것은 강물 같았고, 어떤 것은 소용돌이 같았고, 또 어떤 것은 모든 것을 쓸어가는 썰물 같았다. 별빛 바다가 쉼 없이 바뀌고 춤을 추며 광대한 혼돈 속에서 화려한 그림을 만들어냈다. 홀로그램이 그물 구조로 확대되자 수많은 신경 신호들이 가느다란 시냅스를 따라 부지런히 오가는 모습을 볼 수 있었다. 반짝이는 진주알들이 복잡하게 얽히고설킨 수송관들을 따라 쉬지 않고 굴러다니는 것 같았다……

하인스가 탄성을 터뜨리며 물었다.

"이게 누구의 대뇌야?"

게이코가 애틋한 눈길로 남편을 바라보았다.

"바로 나야. 이건 내가 당신 생각을 하고 있을 때 나타난 홀로그램이야."

주의 사항: 불빛이 초록색으로 바뀔 때 제6차 테스트의 명제가 제시될 것입니다. 명제가 참이면 오른손으로, 거짓이면 왼손으로 버튼을 누르십시오.

　1번 명제: 석탄은 검다.

　2번 명제: $1+1=2$

　3번 명제: 겨울에는 여름보다 기온이 낮다.

　4번 명제: 남자는 일반적으로 여자보다 키가 작다.

　5번 명제: 두 점 사이의 최단거리는 직선이다.

　6번 명제: 달이 태양보다 밝다.

위의 명제들이 피실험자 앞에 있는 작은 모니터에 나타났다. 각 명제가 4초씩 모니터에 나타나는데 피실험자는 그 명제가 참인지 거짓인지 판단한 뒤 오른손이나 왼손으로 해당하는 버튼을 눌렀다. 그들의 머리에 금속 헬멧을 씌워 분해 영상기를 통해 대뇌의 전체 움직임을 촬영한 뒤 컴퓨터

처리를 거쳐 분석 가능한 동적 신경망 모형을 만들었다.

이것은 하인스가 진행 중인 사고 연구 프로젝트의 기초 단계였다. 피실험자는 아주 단순한 판단만 하게 되고 테스트에 사용하는 명제들도 아주 간결하고 답이 명확한 것들이었다. 이런 단순한 사고 속에서 대뇌의 신경망 작동 메커니즘을 식별하기가 쉽기 때문이다. 이는 사고의 본질을 더 깊이 연구하기 위한 출발점이기도 했다.

하인스와 게이코가 이끄는 연구팀은 이미 약간의 성과를 거두었다. 인간의 판단이 대뇌 신경망의 특정 위치에서 이루어지는 것은 아니지만 특정한 신경 흥분 전달 모델을 가지고 있으며, 고성능 컴퓨터를 이용해 방대한 신경망 속에서 이 모델을 검색하고 위치를 알아낼 수 있다는 사실을 발견했다. 천문학자 린저가 뤄지의 요청에 따라 항성의 위치 지도를 만들어준 것과 매우 흡사한 방식이었다. 그런데 우주에서는 특정한 항성의 위치를 검색해서 찾아내는 것이 가능하지만 대뇌라는 우주에서는 그 구조가 동적으로 변하기 때문에 수학적 특징을 통해 식별할 수밖에 없다. 아득히 넓고 쉬지 않고 흐르는 바다에서 작디작은 소용돌이를 찾아내는 것처럼 말이다. 따라서 필요한 계산량이 항성의 위치를 검색할 때보다 수십 배나 많아서 최신 슈퍼컴퓨터가 아니면 해낼 수 없는 일이다.

하인스 부부는 홀로그래픽 모니터에 나타난 대뇌의 홀로그램 속을 천천히 거닐었다. 피실험자의 대뇌 속에서 사고가 이루어지고 있는 위치가 식별될 때마다 컴퓨터가 홀로그램의 해당 위치를 빨간빛으로 표시했다. 사실 이런 표시는 순전히 직관적인 시각적 효과를 위한 것일 뿐 실제 연구에서는 불필요했다. 가장 중요한 것은 사고가 이루어지고 있는 지점 내부의 신경 흥분 전달 구조를 분석하는 것이었다. 그 속에 사고의 가장 본질적인 비밀이 숨겨져 있을 테니까.

그때 연구팀 의학부 주임이 허겁지겁 달려와 104호 피실험자에게서 문제가 생겼다고 했다. 분해 영상기가 처음 개발되었을 때는 수많은 단면을 동시에 촬영하면서 발생되는 강한 방사선이 피촬영자에게 치명적인 피해를 입힐 우려가 있었다. 하지만 몇 차례 기술 개선을 통해 촬영할 때 발생하는 방사선을 안전선 이하로 낮추었다. 지금까지 진행한 수차례 실험에서 규정 시간을 지키기만 하면 분해 영상기가 대뇌 손상을 일으키지 않는다는 사실이 확인되었다.

서둘러 의료 본부로 달려가는 길에 의학부 주임이 말했다.

"공수병에 걸린 것 같아요."

하인스와 게이코가 우뚝 멈추어 섰다. 하인스가 휘둥그런 눈으로 의학부 주임을 쳐다보았다.

"공수병이라면, 광견병 말입니까?"

의학부 주임이 한 손을 들어 올리며 정정했다.

"아, 죄송합니다. 제 말이 정확하지 않았군요. 피실험자에게 생리적으로는 아무 문제도 나타나지 않았어요. 대뇌와 다른 기관들도 아무런 손상을 입지 않았고요. 그런데 광견병에 걸린 사람처럼 물을 극도로 무서워합니다. 물 마시기를 거부하고 심지어 수분이 함유된 음식물조차 먹지 못하고 있어요. 이건 정신적인 문제일 겁니다. 물을 독으로 믿고 있는 거죠."

게이코가 물었다.

"피해망상인가요?"

의학부 주임이 손사래를 쳤다.

"그건 아니에요. 누가 물에 독을 탔다고 믿는 건 아니고 물 자체가 독이라고 생각합니다."

하인스 부부의 발걸음이 다시 멎었다. 의학부 주임이 도무지 알 수 없다는 듯 고개를 저었다.

"그것만 빼면 다른 부분은 지극히 정상적이에요……. 저도 뭐라고 해야 좋을지 모르겠군요. 직접 가서 보시죠."

104호 피실험자는 테스트에 자원한 대학생이었다. 용돈을 벌기 위해서 왔다고 했다. 병실로 들어가기 전 의학부 주임이 하인스 부부에게 말했다.

"이틀 동안 물을 마시지 않았어요. 계속 이러다가는 심각한 탈수가 나타나겠죠. 그땐 강제로 물을 주입하는 수밖엔 없어요."

그가 입구에 서서 병실 안에 있는 가정용 전자레인지를 가리켰다.

"저걸 보세요. 빵이나 다른 음식들도 저기에 넣어 완전히 건조시킨 뒤에야 먹어요."

하인스 부부가 병실 안으로 들어가자 104호 피실험자가 겁에 질린 눈으로 그들을 쳐다보았다. 입술이 바싹 말라 갈라지고 머리칼도 심하게 헝클어져 있었지만 그 외에 다른 부분은 모두 정상인 것처럼 보였다. 그가 하인스의 옷자락을 잡아당기며 입술처럼 갈라진 목소리로 말했다.

"하인스 박사님, 저들이 저를 죽이려 해요. 왜 그러는지 정말 모르겠어요."

그는 다른 손으로 침대 머리맡에 놓여 있는 물잔을 가리켰다.

"저들이 내게 물을 먹이려고 해요."

하인스가 그 물잔을 쳐다보았다. 피실험자가 광견병에 걸리지 않은 건 분명했다. 공수병이라고도 불리는 광견병은 물만 보고도 공포에 질려 경련을 일으키고 물소리만 들어도 미친 듯이 두려움에 떤다. 심지어 누가 물에 대해 이야기하는 것만 들어도 극렬한 공포 반응을 나타낸다.

게이코가 하인스에게 일본어로 말했다.

"눈빛과 말투로 보면 정신 이상은 아닌 것 같아."

그녀는 심리학 학위를 가지고 있었다.

하인스가 남자에게 물었다.

"정말로 물이 독이라고 생각해요?"

"그걸 몰라서 묻는 거예요? 태양에 빛이 있고 공기에 산소가 있는 것처럼 당연한 상식을 부정하려는 건 아니죠?"

하인스가 그의 어깨에 손을 얹었다.

"모든 생명은 물속에서 만들어졌어요. 물이 없으면 살 수 없어요. 지금 당신 몸의 70퍼센트도 물이에요."

104호 피실험자의 눈빛이 어두워졌다. 그가 머리를 감싸며 침대에 몸을 파묻었다.

"그래요. 그 사실이 지금 저를 괴롭히고 있어요. 그건 우주에서 가장 불가사의한 일이죠."

병실에서 나오며 하인스가 의학부 주임에게 말했다.

"이 청년의 실험 기록을 봐야겠어요."

세 사람이 함께 주임의 방으로 갔다.

게이코가 말했다.

"테스트 명제부터 볼까요?"

명제가 컴퓨터 모니터에 차례로 나타났다.

1번 명제 : 고양이는 다리가 세 개다.

2번 명제 : 돌멩이는 생명이 없다.

3번 명제 : 태양은 삼각형이다.

4번 명제 : 크기가 같다는 전제하에 쇠는 솜보다 무겁다.

5번 명제 : 물은 독이다.

(……)

"잠깐."

하인스가 5번 명제를 가리키자 의학부 주임이 말했다.

"그는 5번 명제에 거짓이라고 대답했어요."

"5번 명제에 답한 뒤의 그의 대뇌 스캐닝 기록을 보여주세요."

기록을 찾아보니 5번 명제에 답한 뒤 분해 영상기가 피실험자의 대뇌 신경망 속 판단 사고의 위치에 대해 강화 촬영(Enhanced Scan)을 실시했다. 이 부위에 대한 촬영의 정밀도를 높이기 위한 것이었다. 이 때문에 작은 범위 내에서 방사선과 전자기장의 강도가 높아졌다. 하인스와 게이코는 모니터에 나타난 기록을 자세히 들여다보았다.

하인스가 물었다.

"다른 명제나 다른 피실험자들에게도 이런 강화 촬영을 실시했나요?"

의학부 주임이 대답했다.

"강화 촬영의 효과가 별로 크지 않고 국부적으로 방사선 수치가 안전선 이상으로 높아질 것을 우려해 네 번만 하고 취소했습니다."

그가 컴퓨터에서 기록을 검색했다.

"그 전 세 번은…… 모두 무해하다는 참 명제였고요."

게이코가 말했다.

"동일한 촬영 매개변수를 사용해서 5번 명제를 제시하고 한 번 더 실험해야겠어요."

의학부 주임이 놀란 표정으로 물었다.

"그걸…… 누구한테 시키죠?"

"나요."

하인스였다.

물은 독이다.

흰색 배경 위에 검은 글씨의 5번 명제가 나타났다. 하인스가 왼손으로 '거짓' 버튼을 눌렀다. 집중 촬영으로 머리에서 미열감이 느껴지는 것 외에는 별다른 느낌이 없었다.

하인스는 촬영 분석실에서 나와 게이코를 포함해 기다리고 있던 여러 사람들의 시선을 받으며 탁자 옆으로 다가갔다. 탁자에 물 한 잔이 놓여 있었다. 하인스가 잔을 들어 천천히 입가에 대고 조금 마셨다. 그의 동작은 안정적이었고 표정도 차분했다. 모두들 안도의 한숨을 내쉬려는데 어쩐지 하인스에게서 물을 목구멍으로 넘기는 동작이 나타나지 않았다. 그 대신 그의 얼굴 근육이 경직되더니 미세하게 실룩이기 시작했다. 그의 눈동자에 104호 피실험자에게서 보았던 것과 똑같은 공포감이 차올랐다. 그의 정신이 무형의 거대한 힘과 사투를 벌이고 있는 것 같았다. 결국 그는 입에 담고 있던 물을 왈칵 뱉어내고는 그 자리에 엎드려 구토를 하기 시작했다. 아무것도 게워내지 못했지만 그의 얼굴은 숨이 막힌 듯 청보라색으로 변했다. 놀란 게이코가 그를 끌어안고 한 손으로 그의 등을 두들기자 가까스로 호흡이 돌아온 하인스가 손을 뻗었다.

"휴지…… 휴지 좀……."

그는 휴지를 받자마자 구두에 튄 물방울을 물기 하나 없이 닦아냈다.

게이코의 눈에 눈물이 크렁크렁했다.

"여보, 정말로 물이 독이라고 믿어?"

실험을 시작하기 전 그녀는 명제를 바꾸자고 했다. 무해하다는 거짓 명제로 바꾸자고 여러 번이나 하인스를 설득했지만 그는 단호하게 거절했다.

하인스가 천천히 고개를 끄덕였다.

"응. 물은 독이라는 생각이 들어."

하인스가 고개를 들어 사람들을 쳐다보았다. 그의 눈동자가 당혹감에 휩싸였다.

"물은 독이라는 생각을 떨칠 수가 없어요."

게이코가 남편의 어깨를 꽉 붙들었다.

"당신이 아까 했던 말을 그대로 해줄게. 모든 생명은 물속에서 만들어졌어. 물이 없으면 살 수 없어. 지금 당신 몸의 70퍼센트도 물이야!"

하인스는 고개를 숙여 바닥에 묻어 있는 물기를 보며 고개를 끄덕였지만 이내 다시 고개를 저었다.

"맞아. 그 사실이 지금 나를 괴롭히고 있어. 그건 우주에서 가장 불가사의한 일이야."

*

제어 핵융합 기술 연구가 획기적인 진전을 거두고 3년 뒤 지구의 밤하늘에서 심상치 않은 성체 몇 개가 차례로 나타났다. 제일 많을 때는 지구의 절반 지역에서 이 성체 다섯 개의 밝기가 급격히 변하는 것을 관찰할 수 있었다. 밝기가 금성보다 더 밝아졌다가 또 갑자기 희미해지며 가물거렸다. 가끔은 이 성체 중 하나가 별안간 폭발해 눈부시게 빛났다가 이삼 초 뒤에 사라지기도 했다. 이 성체들은 정지궤도에서 실험 중인 핵융합로였다.

우주선 연구 방향이 작동 유체가 없는 방사 추진형 우주선으로 최종 결정되었다. 이 추진 방식에 필요한 대형 핵반응로는 우주에서만 실험이 가능했다. 3만 킬로미터 높이에서 빛을 발산하는 핵융합로는 핵성이라고 불렸다. 핵성이 폭발한다는 것은 실험이 실패했음을 의미했다. 많은 이들이 생각하는 것과 달리 핵성의 폭발은 핵융합로가 폭발하는 것이 아니라 핵융합으로 발생한 고온에 반응로 겉면이 녹아내려 핵융합 코어*가 겉으로

* 옮긴이 주: 초고온의 핵융합 플라스마를 가두기 위한 장치.

드러나는 현상이었다. 핵융합 코어는 작은 태양과 같아서 지구상에서 내열성이 가장 강한 소재도 양초처럼 녹일 수 있다. 그러므로 전자기장으로 이를 제어해야 하는데 종종 제대로 제어되지 못할 때가 있다. 우주군 사령부 꼭대기층 발코니에서 창웨이쓰와 하인스가 방금 발생한 핵성 폭발을 목격했다. 보름달처럼 환한 빛이 번쩍이며 그들의 그림자가 벽 위에 선명하게 각인되었다가 순식간에 사라졌다. 하인스는 창웨이쓰가 타일러에 이어 두 번째로 만난 면벽자였다.

창웨이쓰가 말했다.

"이번 달에만 세 번째로군요."

하인스가 깜깜해진 밤하늘을 올려다보았다.

"지금의 핵융합로로는 미래 우주선 엔진에 필요한 출력의 100분의 1밖에 낼 수 없죠. 그런데도 안정적으로 운행되지 못하다니…… 충분한 출력을 낼 수 있는 핵융합로가 개발된다 해도 엔진을 만드는 건 그보다 더 어려운 일입니다. 아마 그사이에 지자가 놓은 장벽과 마주치겠죠."

"지자가 모든 길을 다 막아놓았군요."

창웨이쓰가 먼 하늘로 시선을 던졌다. 하늘이 깜깜해지자 도시의 네온 바다가 더 오색찬란해졌다.

"맞아요. 지자가 모든 길을 다 막아놓았죠. 방금 나타났던 희망의 불빛이 또 사그라졌고요. 언젠가는 그 빛이 완전히 꺼질 날이 올 겁니다."

창웨이쓰가 웃으며 말했다.

"하인스 박사님, 패배주의를 논하러 저를 찾아오신 겁니까?"

"그래요. 패배주의가 다시 고개를 들기 시작했어요. 그런데 이번엔 지난번과 달라요. 생활수준이 급격히 하락하면서 사회 전반에서 패배주의가 나타나고 있기 때문에 우주군에 훨씬 더 큰 타격을 미치고 있죠."

창웨이쓰가 밤하늘에서 시선을 거두며 아무 말도 하지 않자 하인스가 말했다.

"난 장군님의 고충을 아주 잘 알아요. 그래서 우주군을 돕고 싶습니다."

창웨이쓰가 말없이 하인스를 몇 초간 바라보았다. 하인스는 그의 눈빛이 끝을 가늠할 수 없이 깊다고 느꼈다. 창웨이쓰는 하인스의 말에 대답하는 대신 이렇게 말했다.

"인류의 대뇌가 진화하려면 짧게는 2만 년, 길게는 20만 년이 걸려야 현저한 변화가 나타납니다. 하지만 인류 문명의 역사는 5000년밖에 되지 않았습니다. 그러므로 지금 우리의 대뇌는 원시인의 대뇌와 큰 차이가 없습니다……. 박사님의 독특한 생각에 감탄했습니다. 제 생각에도 이게 바로 문제의 핵심일 겁니다."

"고마워요. 우리는 정말로 현대 원시인이죠."

"그런데 기술로 사고력을 향상시키는 것이 정말로 가능한가요?"

이 말에 하인스의 눈동자가 반짝였다.

"장군님은 다른 사람들만큼 원시적이지 않습니다! 방금 '지능'이 아니라 '사고력'이라고 했죠? 사고력은 지능보다 더 상위의 개념이에요. 예를 들면 지금의 패배주의와 싸워 이기려는 건 불가능해요. 지자가 놓은 장벽 앞에서는 지능이 높은 사람일수록 승리에 대한 신념을 갖기가 힘들죠."

"그렇다면 제 질문에 대한 답이 궁금하군요. 기술로 사고력을 높일 수 있습니까?"

하인스가 고개를 가로저었다.

"저와 게이코가 삼체 위기 이전에 했던 연구에 대해 아시나요?"

"잘은 모릅니다만 인간의 사고가 본질적으로 분자가 아니라 양자 차원에서 진행된다고 하셨죠? 제 생각에 이건…….'

"그건 바로 지자도 앞에서 날 기다리고 있다는 뜻이에요. 우리가 그들을 기다리고 있듯이 말입니다. 그런데 우리 연구가 예상치 않았던 부수적인 성과를 거뒀어요."

창웨이쓰가 가볍게 고개를 끄덕이며 그의 이야기에 흥미를 보였다.

하인스가 계속 말을 이었다.

"기술적인 설명은 건너뛰고 간단히 얘기하죠. 대뇌의 신경망 속에서 사고를 통해 판단을 내리게 만드는 메커니즘을 발견했어요. 게다가 이 메커니즘에 결정적인 영향을 미치는 방법도 알아냈어요. 인간이 사고를 거쳐 판단을 내리는 과정도 컴퓨터와 같아요. 외부에서 입력된 데이터에 대해 계산을 거쳐 결과를 도출해내죠. 그런데 이 계산 과정을 생략하고 직접 결과를 주입할 수가 있어요. 어떤 정보가 대뇌에 입력될 때 신경망의 특정 부위에 영향을 가하면 대뇌가 사고를 거쳐서 판단하지 않고 그 정보를 그대로 사실이라고 믿게 되는 거죠."

창웨이쓰가 믿을 수 없다는 표정으로 반문했다.

"그게 이미 가능하다는 겁니까?"

"그래요. 이 사실을 우연히 발견한 뒤 면밀한 연구를 통해 그걸 가능하게 하는 장치를 만들어냈죠. 그 장치를 '멘털 스탬프'라고 이름 붙였어요."

"그 신념이 현실과 다르다면요?"

"결국에는 신념이 무너지겠죠. 하지만 그 과정이 상당히 고통스러워요. 멘털 스탬프가 의식 속에 만들어낸 판단이 너무도 견고하기 때문이죠. 실제로 나도 물이 독이라는 정보를 주입당한 뒤 물을 몹시 두려워했어요. 두 달간의 심리치료 끝에 겨우 두려움 없이 물을 마시게 됐죠. 그 과정은……돌이키기도 싫을 만큼 끔찍했답니다. 그런데 물이 독이라는 명제는 명백한 거짓이지만 다른 신념들은 그렇지 않아요. 예를 들어 신의 존재나 이 전쟁에서 인류가 승리한다는 믿음 같은 것들은 명확한 판단을 내릴 수가 없죠. 정상적인 상황이라면 이런 신념들은 사고가 여러 가지 선택 가운데 한쪽으로 약간 기우는 데서 그치죠. 하지만 이런 신념들도 멘털 스탬프를 통해 만들어지면 반석처럼 견고해서 절대로 무너지지 않아요."

창웨이쓰의 표정이 진지해졌다.

"정말 위대한 성과로군요. 단, 뇌과학 분야에서만 그렇죠. 현실에선 가장 골치 아픈 물건을 만들어내신 겁니다. 그건 인류 역사상 가장 끔찍한 발명품입니다."

"멘털 스탬프를 사용하고 싶지 않나요? 그것으로 승리에 대한 확고한 신념을 가진 우주군을 만들고 싶지 않습니까? 군대에는 정치위원이 있고 사회에는 목사가 있어요. 멘털 스탬프는 기술적인 수단으로 그들의 일을 도와주는 장치일 뿐이죠."

"정치사상 공작은 이성적인 사고를 통해 신념을 세웁니다."

"하지만 이 전쟁의 승리에 대한 신념을 이성적인 사고로 세울 수 있을까요?"

"그럴 바에는 승리의 신념이 없더라도 자주적인 사고를 가진 우주군이 되는 편을 선택하겠습니다."

"이 신념을 제외한 다른 사고는 모두 자주적이에요. 우린 그저 대뇌의 사고에 아주 조금 간섭할 뿐입니다. 기술로 사고의 과정을 생략하고 한 가지 결론을 의식 속에 고착화시키는 거죠."

"그건 기술이 컴퓨터 프로그램을 수리하듯 생각을 바꿔놓는 겁니다. 그렇게 수리된 인간은 인간일까요, 자동 기계일까요?"

"〈시계태엽 오렌지〉*를 본 적이 있나요?"

"깊은 의미가 담긴 영화죠."

하인스가 한숨을 쉬었다.

---

* 옮긴이 주:1971년에 제작된 스탠리 큐브릭 감독의 영화. 한 불량소년이 기계처럼 교화되어가는 과정을 통해 인간을 기계처럼 교화시키는 미래 사회를 풍자적으로 그렸다.

"장군님의 이런 반응은 저도 예상했어요. 하지만 저는 이 분야에서 계속 노력할 겁니다. 면벽자가 반드시 해야 하는 노력을 말이죠."

*

PDC의 면벽 프로젝트 청문회에서 하인스가 멘털 스탬프에 대해 소개하자 청문회장이 술렁이기 시작했다.

미국 대표의 간결한 평가가 대다수 청문회 참석자들의 생각을 대변했다.

"하인스 박사와 야마스기 게이코 박사는 자신들의 뛰어난 재능을 이용해 인류가 암흑으로 향하는 문을 열었습니다."

프랑스 대표는 흥분해서 자리를 박차고 일어났다.

"인간이 자유롭게 생각할 권리와 능력을 상실하는 것과 이 전쟁에서 패배하는 것 중 어떤 것이 더 비참합니까?"

하인스도 벌떡 일어나 반박했다.

"물론 후자죠! 전자의 상황에서는 적어도 인류가 생각의 자유를 되찾을 기회라도 있으니까요!"

러시아 대표가 천장을 향해 두 팔을 벌리며 말했다.

"이 물건이 사용된다면 면벽자들 모두를 의심할 수밖에 없을 거요. 타일러는 인류의 목숨을 빼앗으려 했고 당신은 인류의 생각을 빼앗으려 하고 있소. 면벽자 당신들…… 도대체 뭘 하려는 거요?"

이 말에 각국 대표들이 잇따라 동의했다.

영국 대표가 말했다.

"각국 정부가 이 물건을 폐기하는 데 동의할 것이라고 믿소. 어쨌든 사상을 통제하는 것보다 더 사악한 물건은 세상에 없습니다."

하인스가 말했다.

"어째서 사상 통제라는 말에 이토록 예민하게 반응하는 거죠? 사실 현대 사회에서도 사상 통제는 계속 이루어지고 있어요. 상업 광고부터 할리우드 문화까지 알고 보면 모두 다 사상 통제죠. 중국 속담 중에 '50보 도망친 사람이 100보 도망친 사람을 비웃는다'라는 말이 있더군요. 이게 바로 그런 경우가 아닌가요?"

미국 대표가 말했다.

"하인스 박사, 당신이 100보만 도망쳤다고 생각합니까? 당신은 이미 어둠의 문턱을 넘었어요. 현대 사회의 기반을 위협하고 있단 말입니다."

회의장이 또 한차례 시끌시끌해졌다. 하인스는 어떻게 해서든 이 상황을 통제해야 한다고 생각했다. 그가 목소리를 높여 외쳤다.

"우리는 그 청년을 본받아야 합니다!"

그의 말에 회의장의 소란이 순간적으로 가라앉았다.

의장이 물었다.

"어떤 청년 말인가요?"

"모두들 이 이야기를 들어보았을 겁니다. 한 청년이 숲에서 쓰러진 나무에 한쪽 다리가 깔렸습니다. 숲에는 아무도 없었고 다리에서 피가 멈추지 않았습니다. 그대로 있다가는 과다 출혈로 목숨이 위태로워질 게 분명했죠. 그러자 청년은 톱으로 나무 밑에 깔린 자신의 다리를 자른 뒤 차를 타고 직접 병원으로 갔습니다. 자기 힘으로 목숨을 지켜낸 겁니다."

아무도 자신의 말에 반박하지 못하자 하인스는 더 강한 어조로 말을 이었다.

"지금 인류는 생존이냐, 멸망이냐의 문제에 직면해 있습니다. 종족과 문명의 존망이 걸린 상황에서 단 몇 가지는 포기해야 하지 않을까요?"

땅, 땅, 땅.

의장의 의사봉 소리가 회의장에 울렸다. 회의장의 소란은 이미 사그라들었다. 독일인 의장은 이 회의장에서 평정심을 유지하고 있는 몇 안 되는 사람 중 하나였다. 의장이 차분한 목소리로 말했다.

"우선 각 대표들이 현재 상황을 정확히 인식하길 바랍니다. 우주 방위 시스템에 대한 투자가 점점 늘어나 세계 경제가 급격히 쇠퇴하고 있습니다. 인류의 생활수준이 100년을 후퇴할 것이라는 예언이 머지않아 현실이 될 가능성이 높습니다. 더욱이 우주 방위와 관련된 과학 연구들이 잇따라 지자가 놓은 장벽에 부딪혔고 기술 발전 속도가 점점 둔화되고 있습니다. 이 모든 것이 국제사회에서 새로운 패배주의를 부를 것이고 이번에는 태양계 방위 계획이 전면 붕괴될 수도 있습니다."

의장의 말에 회의장 분위기가 얼어붙었다. 그는 30초쯤 침묵을 이어가다가 다시 입을 열었다.

"각국 대표들과 마찬가지로 나도 멘털 스탬프에 대해 처음 듣고 독사를 만난 것처럼 두렵고 혐오스러웠습니다……. 하지만 지금 우리가 할 수 있는 가장 이성적인 대응은 냉정하고 진지하게 생각하는 것입니다. 정말로 악마가 나타났다 해도 냉정하고 이성적으로 대응해야 합니다. 아직 표결을 위한 의안을 제출했을 뿐입니다."

하인스는 한 가닥 희망을 보았다.

"의장님, 각국 대표님들, 제가 처음 제출한 의안이 회의에서 표결에 부쳐질 수 없다면 우리 모두 한 발씩 양보하는 건 어떨까요?"

프랑스 대표가 말했다.

"몇 발을 양보해도 사상 통제는 절대로 받아들일 수 없어요."

하지만 그의 말투는 조금 전만큼 강경하지 않았다.

"사상 통제가 아니라 통제와 자유 사이에서 절충한다면요?"

일본 대표가 끼어들었다.

"멘털 스탬프 자체가 바로 사상 통제입니다."

"통제란 통제하는 자와 통제받는 자가 있어야 합니다. 그런데 누군가 자신의 의식 속에 멘털 스탬프를 찍겠다고 자원한다면 그것도 통제라고 할 수 있을까요?"

회의장에 다시 정적이 내려앉았다. 하인스는 자신의 설득이 성공에 가까워졌음을 직감하며 말을 이었다.

"저는 멘털 스탬프를 공공시설처럼 모든 이에게 개방할 것을 제안합니다. 단, 명제는 오직 한 가지에만 국한될 것입니다. 전쟁의 승리에 대한 신념이죠. 멘털 스탬프의 힘을 빌려 이 신념을 갖길 원하는 사람들이 스스로 이 장비를 사용하게 하는 것입니다. 물론 이 모든 것을 엄격하게 감독할 것입니다."

회의에서 논의가 진행되었다. 하인스의 제안을 기초로 멘털 스탬프의 사용에 대한 다양한 규제 의견이 도출되었다. 그중 가장 중요한 것은 사용 대상을 우주군에만 국한시킨다는 점이었다. 군인들의 정신 통일은 보편적으로 받아들이기가 쉽기 때문이다. 청문회는 여덟 시간 가까이 계속되었고 최종적으로 다음 회의 때 표결에 부칠 의안이 완성되었다. 상임이사국 대표들이 각자 자국 정부에 이 의안을 보고하고 입장을 결정할 것이다.

미국 대표가 말했다.

"이 시설의 명칭을 뭐라고 정할까요?"

영국 대표가 불쑥 말했다.

"신념구제센터가 어떻소?"

영국식 유머가 섞인 이 기괴한 명칭에 회의장에서 웃음이 터져 나왔다. 하인스가 진지하게 말했다.

"구제라는 말은 빼고 신념센터로 하는 게 좋겠군요."

*

신념센터 정문 앞에 실제 비율에 따라 정밀하게 만든 자유의 여신상 모형이 서 있었다. 왜 하필 자유의 여신상을 여기에 세워놓았는지 그 의도를 아는 사람은 아무도 없었다. '자유'라는 말로 '통제'의 의미를 희석시키려고 한 듯했지만 가장 사람들의 주의를 끈 것은 동상의 받침대에 쓰여 있는 개작 시였다.

> 절망하고 앞이 막막한 자들,
> 승리의 빛을 갈망하며 두려움에 방황하는 자들을 나에게 보내다오.
> 영혼이 실의에 빠져 떠돌고 있는 자들을 나에게 보내다오.
>
> 내가 황금빛 신념 옆에 서서 그들을 위해 횃불을 들어 올리리라.*

시 속에 나오는 '황금빛 신념'이라는 말이 여신상 옆에 있는 검은 화강암 비석 위에 여러 가지 언어로 새겨져 있었다. 이 비석은 '신념비'라고 명명되었다. 이 비석의 아랫부분에는 이런 글귀가 있었다.

> 삼체 세계와의 전쟁에서 인류는 반드시 승리하고 태양계를 침범한 적들은 패배할 것이다. 지구 문명도 우주에서 영원히 존속될 것이다.

신념센터를 개소한 뒤 사흘 동안 하인스와 게이코는 날마다 격조 있게

---

* 자유의 여신상 받침에 새겨진 에마 래저러스의 원래 시는 이렇다. "지치고 가난한 자들, 자유로이 숨 쉬고자 하는 자들을 나에게 보내다오. 갈 곳 없이 풍랑에 시달린 자들을 나에게 보내다오. 내가 황금빛 문 옆에 서서 그들을 위해 횃불을 들어 올리리라."

꾸며진 정문 로비에 나와 있었다. UN 광장 근처에 지어진 그리 크지 않은 이곳이 새로운 관광지로 떠올랐다. 자유의 여신상과 신념비 앞에서 사진을 찍으려는 사람들로 센터 앞이 연일 북새통을 이루었다. 하지만 그 입구 안으로 들어가려는 사람들은 없었다. 모두들 그곳과 일정한 거리를 유지하려는 듯했다.

게이코가 말했다.

"파리 날리는 가게 같지 않아? 우린 그 가게의 주인장 부부고."

하인스가 확신을 담은 말투로 말했다.

"언젠가는 이곳이 성지가 될 거야."

사흘째 되는 날 오후, 마침내 한 사람이 신념센터로 들어왔다. 비통한 표정의 대머리 중년 남자였다. 그가 비틀거리는 걸음으로 가까이 다가오자 술 냄새가 훅 풍겼다.

그가 혀 꼬부라진 발음으로 말했다.

"신념을 얻으러 왔시다."

게이코가 정중히 허리를 굽히며 말했다.

"신념센터는 각국의 우주군 소속 군인들만 사용할 수 있습니다."

하인스는 그녀가 도쿄 고급 호텔의 프런트 직원만큼 예의 바르다고 느꼈다.

남자가 신분증을 꺼내 들이밀었다.

"나도 우주군 소속이에요. 군무원이긴 하지만. 어때요? 가능합니까?"

하인스가 신분증을 확인한 뒤 고개를 끄덕였다.

"윌슨 선생, 지금 하시겠습니까?"

남자가 고개를 끄덕이며 안주머니에서 반듯하게 접힌 종이를 꺼냈다.

"물론이지. 그 뭐더라…… 신념 명제라던가……. 여기에 적어 왔어요. 이 신념을 나한테 넣어줘요."

PDC의 결의에 따르면 멘털 스탬프는 단 한 가지 명제에만 사용될 수 있었고 그 명제는 바로 입구 앞 비석에 새겨져 있는 글귀였다. 그 글귀에서 단 한 글자도 가감할 수 없었으며 그 외 다른 명제는 엄격하게 금지되어 있었다. 게이코가 이 점을 설명하려고 했지만 하인스가 그녀를 가볍게 저지했다. 그가 내민 명제가 무엇인지 궁금했기 때문이다. 하인스가 종이를 펼쳐 보니 이렇게 쓰여 있었다.

캐서린은 나를 사랑한다.
그녀는 지금까지 한 번도 바람을 피우지 않았으며
앞으로도 영원히 그럴 것이다.

게이코는 터져 나오는 웃음을 애써 참았고, 하인스는 성난 표정으로 종이를 구겨 술꾼의 애처로운 얼굴을 향해 팽개쳤다.

"당장 꺼져!"

윌슨이 쫓겨난 뒤 또 한 사람이 신념비 안으로 발을 들여놓았다. 그것은 일반 관광객들이 신념센터와 거리를 두기 위해 지키는 경계선이었다. 그가 신념비 뒤에서 서성이는 것을 보고 하인스가 게이코를 불렀다.

"저 사람은 군인이 틀림없어!"

"심신이 피로해 보여."

"군인이 틀림없어. 두고 봐."

하인스가 밖으로 나가 그에게 말을 걸어보려는데 뜻밖에도 그가 먼저 입구 앞 계단 위로 발을 내딛었다. 나이는 윌슨보다 조금 많아 보였고 준수한 외모의 동양 남자였다. 게이코의 말대로 어딘지 우울해 보였지만, 윌슨에게서 보았던 낙담한 모습과는 달랐다. 그보다는 담담하지만 묵직한 우수 같은 것이 오랫동안 그의 곁을 따라다닌 듯했다.

"난 우웨라고 합니다. 신앙이 필요해서 왔습니다."

하인스는 그가 신념이 아니라 신앙이라고 표현한 것에 주의했다.

게이코가 정중히 몸을 굽혀 인사하며 방금 했던 말을 반복했다.

"신념센터는 각국 우주군 소속 군인들만 이용할 수 있습니다. 신분증을 보여주세요."

우웨가 그 자리에 우뚝 선 채 미동도 없이 말했다.

"16년 전 우주군에서 한 달간 복무했습니다. 지금은 전역했지만요."

하인스가 물었다.

"한 달간 복무했다고요? 실례지만 전역한 이유를 물어봐도 될까요?"

"전 패배주의자입니다. 상부에서 제가 우주군에 적합하지 않다고 판단했습니다. 저 역시 그걸 인정했죠."

게이코가 말했다.

"패배주의는 보편적인 현상이에요. 선생님은 정직한 분이라 그걸 솔직히 털어놓은 것뿐이죠. 그때 전역하지 않은 선생님의 동지들 중에 더 심한 패배주의를 가진 군인들도 있었을 거예요. 그들은 그 감정을 숨겼을 뿐이고요."

"그랬겠죠. 하지만 저는 전역한 뒤 지금까지도 절망감을 떨치지 못하고 있습니다."

"군대를 떠난 허탈함 때문인가요?"

우웨가 고개를 저었다.

"아뇨. 저는 학자 집안에서 태어나 교육을 받으며 자연스럽게 인류가 하나의 공동체라는 인식을 가지고 있었습니다. 군인이 된 뒤에도 군인으로서 최고의 명예는 인류를 위해 싸우는 것이라고 믿었습니다. 또 그런 기회가 찾아오길 간절히 바랐죠. 그런데 정작 제 앞에 닥친 건 실패가 명백한 전쟁이었던 겁니다."

하인스가 뭐라고 말하려는데 게이코가 먼저 그의 말을 잘랐다.

"실례지만 나이가 어떻게 되시나요?"

"쉰한 살입니다."

"승리의 신념을 얻고 우주군에 복귀할 수 있다 해도 다시 군인이 되기에는 늦은 나이가 아닐까요?"

하인스는 게이코가 그의 요청을 차마 단칼에 잘라내지 못하고 있다는 것을 알았다. 이 우수에 잠긴 남자가 여자들을 끌어당기는 묘한 매력이 있음을 부인할 수 없었다. 하지만 하인스는 그리 걱정하지 않았다. 남자는 그 무엇에도 흥미를 느낄 수 없을 만큼 의욕이 고갈된 것처럼 보였기 때문이다.

우웨가 또 고개를 저었다.

"오해하셨군요. 제가 찾아온 건 승리의 신념을 얻기 위해서가 아닙니다. 제게 필요한 건 영혼의 안정이죠."

하인스가 뭐라 말하려는데 이번에도 게이코가 그를 저지했다.

우웨가 말했다.

"아나폴리스 해군사관학교에서 유학하던 시절 지금의 아내를 만났습니다. 독실한 크리스천인 그녀는 미래에 대한 두려움이 없습니다. 저는 그 평온함이 부럽습니다. 그녀는 모든 것이 주님의 뜻이라고 말하죠. 과거와 미래의 모든 것은 주님의 뜻이다. 주님의 어린양인 우리는 그 뜻을 이해할 필요가 없다. 주님이 하는 모든 일은 이 우주에서 가장 옳은 일이다. 인간은 이 사실을 굳게 믿고 주님의 뜻에 따라 평온하게 살면 그만이다. 이게 아내의 생각입니다."

하인스가 물었다.

"그럼, 선생님은 하느님을 향한 믿음을 얻으려고 오신 건가요?"

우웨가 고개를 끄덕이며 주머니에서 뭔가를 꺼냈다.

"제 신앙 명제를 써 왔습니다."

게이코는 뭐라고 말하려는 하인스를 또다시 저지하며 우웨에게 말했다.

"그렇다면 신앙을 가지세요. 신앙을 갖는 데는 이런 극단적인 기술이 필요하지 않아요."

우웨의 입가에 쓴웃음이 번졌다.

"저는 유물주의 교육을 받으며 자란 사람입니다. 확고한 무신론자죠. 제가 그런 신앙을 갖기가 쉬울까요?"

이번에는 하인스가 게이코보다 먼저 말했다. 그는 상황을 최대한 빨리 정리하기로 했다.

"불가능합니다. UN 결의에 따라 멘털 스탬프에는 단 하나의 명제만 사용할 수 있다는 걸 선생도 아시겠죠."

하인스가 고급스럽게 제작된 붉은 파일 홀더를 꺼내 펼쳐 보였다. 안쪽에 덧댄 검은 벨벳 위에 승리의 신념이 금색실로 수놓아져 있었다.

하인스가 말했다.

"신념부입니다."

그가 또 여러 가지 색깔의 종이를 꺼냈다.

"이건 각 언어로 쓴 신념부죠. 멘털 스탬프 사용 규정이 얼마나 엄격한지 설명해드리려는 겁니다. 우선 안전을 위해 명제를 모니터에 띄워 보여주는 것이 아니라 신념부에 적힌 글귀를 지원자가 직접 읽는 방식으로 진행됩니다. 또 모든 조작은 지원자 스스로 진행합니다. 스스로 신념부를 열고 멘털 스탬프의 작동 스위치를 누르죠. 멘털 스탬프가 정식 작동되기 전에 시스템에서 정말로 작동을 시작할 것인지 세 차례 더 선택할 기회를 줍니다. 또한 신념부는 매번 10명으로 구성된 심사팀의 승인을 거쳐야 하는데 이 심사팀은 UN 인권위원회와 PDC 각 상임이사국에서 파견한 사람들로 구성되어 있습니다. 심사팀이 직접 현장에 나와 모든 과정을 엄격하게 감독하고요. 그러므로 선생의 요청이 받아들여질 가능성은 전혀 없습니다. 신념부의 명제를 단 한 글자라도 바꾸는 것은 범죄니까요."

우웨가 고개를 끄덕였다.

"그렇군요. 죄송합니다. 실례가 많았습니다."

그는 이미 이런 결과를 예상한 것 같았다. 뒤돌아 나가는 그의 뒷모습이 고독하고 초라해 보였다.

게이코가 연민이 담긴 말투로 낮게 속삭였다.

"저 사람, 힘든 여생을 보낼 것 같아."

"우 선생!"

하인스가 이미 문밖으로 나간 우웨를 부르며 밖으로 따라 나갔다. 신념비와 멀리 보이는 UN 본부의 유리벽 위로 석양이 반사되어 불타오르듯 빛나고 있었다. 하인스가 가늘게 뜬 눈으로 그 불꽃을 응시하며 말했다.

"믿지 않으시겠지만 저는 선생과 정반대의 일을 할 뻔했습니다."

우웨가 의아한 눈으로 그를 쳐다보자 하인스가 뒤를 쳐다보았다. 게이코가 로비 안에 있는 것을 보고 주머니에서 종이 한 장을 꺼내 우웨에게 보여주었다.

"이게 제가 멘털 스탬프를 통해 제게 주입하려고 했던 명제죠. 물론 망설이다가 결국 단념했지만요."

종이에 굵은 고딕체로 몇 글자가 적혀 있었다.

신은 죽었다.

"왜죠?"

우웨가 고개를 들어 그를 쳐다보았다.

"당연하잖아요? 신이 죽지 않았다고요? 이게 빌어먹을 주님의 뜻입니까? 이게 그 빌어먹을 온화한 멍에란 거예요?"*

우웨가 말없이 하인스를 쳐다보다가 몸을 돌려 계단을 내려갔다.

하인스가 계단 위에 서서 신념비의 그림자 안으로 들어간 우웨를 향해 큰 소리로 외쳤다.

"우 선생, 선생의 자괴감을 덮어주고 싶지만 내겐 그럴 힘이 없습니다!"

다음 날 마침내 하인스와 게이코가 기다리던 방문객이 찾아왔다. 네 사람이 환한 햇빛을 안고 신념센터의 입구로 들어섰다. 유럽인인 듯한 세 남자와 동양 여자 한 명이었다. 그들 모두 젊고 똑바른 체형에 걸음걸이도 안정적이었다. 누가 봐도 자신감 넘치고 성숙해 보였다. 하지만 하인스와 게이코는 그들의 눈 속에서 그리 낯설지 않은 무언가를 발견했다. 바로 우웨의 눈 속에 서려 있던 우울함과 막막함이었다.

그들은 자신의 신분증을 데스크에 가지런히 내놓았다. 그중 한 명이 말했다.

"우리는 우주군 장교들입니다. 승리의 신념을 얻으러 왔습니다."

사전 준비 절차가 신속하게 진행되었다. 심사팀 직원 10명이 신념부를 돌려가며 읽었다. 모두들 신념부의 글자 하나하나 자세히 검토한 뒤 공증서에 서명했다. 그다음 그들의 감독하에 첫 번째 지원자가 신념부를 들고 멘털 스탬프의 스캐너 아래 앉았다. 그는 앞에 있는 작은 테이블에 신념부를 올려놓았다. 테이블 우측 하단에 빨간 버튼이 있었다. 그가 신념부를 펼치자 어디선가 목소리가 들렸다.

---

* 존 밀턴의 시 「실명의 노래」에서 따온 말이다. "나는 어리석게 묻는다. '신께서 빛은 주시지 않고 낮일을 강요하시는가?' 그러나 인내는 그 불평을 가로막고 곧 대답한다. '신은 인간의 업적이나 재능을 원치 않으신다. 그 부드러운 멍에를 가장 잘 짊어지는 자가 신을 가장 잘 섬기는 자다.'"

"이 명제의 신념을 얻길 바랍니까? 그렇다면 버튼을 누르고 그렇지 않다면 스캐너에서 일어나주세요."

똑같은 질문이 세 번 반복되고 지원자가 모두 같은 대답을 하자 버튼에 빨간 불이 켜지고 위치 조절 장치가 서서히 움직이더니 지원자의 머리에 고정되었다. 그때 또 목소리가 들렸다.

"멘털 스탬프의 작동 준비가 끝났습니다. 마음속으로 명제를 읽은 뒤 버튼을 눌러주세요."

지원자가 버튼을 누르자 버튼의 불이 녹색으로 바뀌었다가 약 30초 뒤에 꺼졌다. 다시 목소리가 들렸다.

"멘털 스탬프의 작동이 끝났습니다."

위치 조절 장치가 분리된 뒤 지원자가 밖으로 나왔다. 지원자 네 명이 신념 주입을 마치고 로비로 돌아오자 게이코가 그들의 상태를 자세히 관찰했다. 그녀는 네 장교의 눈동자가 호수처럼 잔잔해졌음을 확인했다. 그것이 그녀의 주관적인 착각이 아니라 객관적인 사실임을 확신할 수 있었다.

게이코가 미소를 지으며 물었다.

"기분이 어떤가요?"

젊은 장교가 그녀의 미소에 미소로 화답했다.

"아주 좋습니다."

그들이 돌아갈 때 동양인 여장교가 뒤를 돌아보며 재차 인사했다.

"박사님, 고맙습니다. 정말 기분이 좋아졌어요."

지금 이 순간부터 적어도 이 네 젊은이는 미래에 대한 확신을 품고 살게 될 것이다.

그날부터 신념을 얻으려는 우주군들의 발길이 계속 이어졌다. 처음에는 혼자 평상복을 입고 찾아오는 군인들이 대부분이었지만 나중에는 삼삼오오 짝을 지어 군복을 입은 채 단체로 찾아왔다. 함께 온 사람이 다섯 명

이상이면 심사팀에서 회의를 열어 그들 중 강요나 협박을 받아 동참한 사람이 없는지 확인했다.

일주일 만에 100명 넘는 우주군이 멘털 스탬프를 통해 승리의 신념을 얻었다. 계급도 이등병에서부터 대령까지 다양했다. 대령은 각국 우주군에서 멘털 스탬프 사용을 허가한 최고 계급이었다.

그날 밤 달빛이 비추는 신념비 앞에서 하인스가 아내에게 말했다.

"여보, 우리 이제 가야지."

"미래로?"

"음. 대뇌의 사고에 대한 연구는 다른 과학자들이 우리보다 더 잘할 수 있을 거야. 우리가 해야 할 일은 다 한 것 같군. 역사의 수레바퀴를 밀어놓았으니 우리는 미래로 가서 역사를 기다려야지."

"언제로 가려고?"

"아주 멀리, 게이코. 삼체 탐측기가 태양계에 도달하는 때로 가려고 해."

"가기 전에 교토 집에 가서 잠시 지내다 오는 건 어때? 이 시대와 영영 작별하기 전에."

"물론 좋지. 나도 그곳이 그리워."

*

반년 뒤 게이코가 점점 동면에 빠져들고 있었다. 냉기가 그녀의 몸 구석구석으로 서서히 스며들었다. 10여 년 전 뤄지가 차디찬 호수에 빠졌던 그 순간처럼 혹독한 한기가 그녀의 의식 속 혼란과 소음을 동결 및 여과시켰다. 그녀가 줄곧 고민해오던 그 실마리가 춥고 적막한 어둠 속에서 서서히 모습을 드러냈다. 지금까지 모호했던 생각들이 갑자기 한겨울의 시린 하늘처럼 이상하리만치 또렷해졌다.

게이코는 동면 과정을 멈춰달라고 소리치고 싶었지만 이미 늦은 뒤였다. 초저온의 냉기가 이미 그녀의 근육을 친친 휘감아 그녀는 목소리를 낼 능력을 잃어버린 뒤였다.

동면기지의 직원과 의사들은 곧 동면에 빠질 여인의 눈꺼풀이 갑자기 움찔거리며 틈이 벌어지는 것을 보았다. 그 틈으로 비어져 나온 눈빛에 공포와 절망이 넘실댔다. 냉기가 눈꺼풀을 얼리지 않았더라면 그녀는 분명히 눈을 번쩍 떴을 것이다. 하지만 그들은 그것이 동면 과정에서 나타나는 정상적인 신경 반사라고 여겼다. 예전에도 몇몇 동면자들에게 나타난 반응이기에 특별히 주의를 기울이지 않았다.

*

UN PDC의 면벽 프로젝트 청문회에서 항성형 수소폭탄 실험에 대한 논의가 시작되었다.

대형 컴퓨터 기술이 진전을 거둠에 따라 과거 10년간 이론적으로 이미 완성된 핵폭발 항성 모형(Theoretical Stellar Model of a Nuclear Explosion)이 컴퓨터상에서 실현되어 초대형 당량을 가진 항성형 수소폭탄 제조에 착수할 예정이었다. 첫 수소폭탄의 폭발 당량은 TNT 350메가톤으로 인류가 지금까지 만든 최대 수소폭탄의 17배에 이를 것으로 예상되었다. 이런 초대형 원자폭탄의 폭파 실험은 대기층에서는 진행할 수가 없고 지하에서 실험하려면 기존 실험 때보다 훨씬 깊은 갱을 파야 한다. 기존 깊이의 갱에서 실험할 경우 핵폭발의 충격으로 지층이 위로 솟구칠 것이기 때문이다. 그런데 갱을 더 깊이 파고 들어가 실험할 경우 강력한 진동이 지구 전체로 확산되면서 지질 구조에 광범위한 영향을 미쳐 지진, 쓰나미 같은 자연재해를 일으킬 가능성이 있다. 이 때문에 항성형 수소폭탄 실험은 우주에서 진행할 수밖에 없지만 고궤도에서 실험하는 것도 불가능하다. 이 정도 거리에서는 수소폭탄이 만들어낸 전자기펄스가 지구의 통신과 전력 시스템에 심각한 영향을 미칠 수 있기 때문이다. 결국 가장 이상적인 실험 위치는 달의 반대편이었다. 그런데 레이디아즈의 선택은 달랐다.

레이디아즈가 말했다.

"폭파 실험은 수성에서 하겠소."

그의 말에 각국 대표들이 놀라며 그 계획의 의도가 무엇이냐고 질문을 쏟아냈다.

레이디아즈가 냉랭한 말투로 대답했다.

"면벽 프로젝트의 기본 원칙에 따르면 면벽자는 자신의 결정을 일일이 설명할 필요가 없소. 실험은 반드시 지하에서 실시해야 하오. 수성에 깊은 갱을 파서 실험을 할 겁니다."

러시아 대표가 말했다.

"수성 표면에서의 실험이라면 고려해볼 수 있습니다만 수성 지하에서의 실험은 비용이 너무 많이 듭니다. 똑같은 갱을 파더라도 지구에서 할 때보다 비용이 100배는 더 들 겁니다. 게다가 수성에서는 핵폭발이 환경에 미치는 영향을 고려할 필요가 없으니 그 실험으로는 수소폭탄이 지구에 어떤 영향을 미칠지 확인할 수가 없습니다."

미국 대표의 입장은 더 강경했다.

"수성 표면에서의 실험도 안 됩니다! 지금까지 레이디아즈는 면벽자들 중 예산을 가장 많이 썼습니다. 이제는 적절한 규제가 필요합니다!"

영국, 프랑스, 독일의 대표도 이 말에 동의했다.

레이디아즈가 피식 웃었다.

"내가 뤄지 박사만큼 적은 예산을 썼더라도 당신들은 내 계획을 부결시키려고 했겠지."

그가 의장을 향해 말했다.

"의장님과 각국 대표들 모두 잘 들어보시오. 모든 면벽자가 내놓은 전략 가운데 내 전략이 주요 방위 계획에 가장 근접합니다. 아니, 주요 방위 계획의 일부라고 해도 무리가 없소. 예산도 절대적인 금액으로 따지면 아주 많은 것 같지만 상당 부분이 주요 방위 계획과 겹칩니다. 그러니까……."

영국 대표가 레이디아즈의 말허리를 자르고 끼어들었다.

"굳이 수성에서 지하 핵실험을 하겠다는 이유가 무엇인지 설명해보세요. 예산 소모의 또 다른 방법이라는 것 외엔 달리 해석할 방법을 찾을 수가 없군요."

레이디아즈가 냉정한 말투로 반박했다.

"의장님 그리고 각국 대표님들, 이제 PDC는 면벽자에 대한 최소한의 존중도, 면벽 프로젝트의 원칙에 대한 존중도 다 상실했군요. 우리가 모든 계획에 대해 시시콜콜 해석해야 한다면 면벽 프로젝트가 무슨 의미가 있소?"

그가 매서운 눈빛으로 각국 대표들을 노려보자 그들은 시선을 다른 곳으로 돌렸다.

레이디아즈가 말을 이었다.

"어쨌든 내 결정의 이유는 설명하겠소. 수성에 깊은 갱을 파고 지하 실험을 하려는 것은 수성의 지하에 거대한 동굴을 파서 훗날 수성 기지로 사용하려는 거요. 그건 수성에 기지를 건설하는 가장 경제적인 방법이오."

레이디아즈의 말에 대표들이 여기저기서 머리를 맞대고 수군거렸다.

한 대표가 물었다.

"수성을 항성형 수소폭탄 발사기지로 삼겠다는 겁니까?"

레이디아즈가 자신 있게 말했다.

"그렇소. 현재의 주요 방위 전략은 외행성에만 집중되어 있소. 내행성은 간과하고 있지. 내행성 방어는 무의미하다고 생각하기 때문이오. 내가 계획한 수성 기지는 주요 방위 전략의 미흡한 부분을 보충하려는 거요."

"태양을 두려워하는 분이 태양과 가장 가까운 행성으로 가시겠다니 이상하지 않습니까?"

미국 대표의 말에 회의장에서 웃음이 터져 나왔다. 의장이 미국 대표의 발언에 주의를 주자 레이디아즈가 손을 저었다.

"의장님, 괜찮습니다. 이 정도 무시당하는 데는 이제 이골이 났으니까요. 하지만 나는 무시해도 이 사실만큼은 존중해주시오. 외행성은 물론이고 지구까지 함락당한다면 수성 기지가 인류의 마지막 보루가 될 거요. 수성은 태양을 등지고 태양복사의 엄호를 받고 있으므로 가장 견고한 요새이기도 하오."

프랑스 대표가 말했다.

"그렇다면 선생의 계획은 인류의 패색이 짙어졌을 때 사용할 마지막 저항 수단입니까? 물론 선생의 성격과 잘 어울리기는 합니다만."

레이디아즈가 점잖은 어조로 말했다.

"최후의 저항에 대해서 생각하지 않을 수 없습니다."

의장이 말했다.

"좋습니다. 그렇다면 전체 전략을 수행하는 데 항성형 수소폭탄이 몇 개나 필요합니까?"

"많을수록 좋습니다. 당량에 따라 달라지겠지만, 현재 당량을 기준으로 한다면 1차 전략에만 최소한 100만 개가 필요합니다."

각국 대표들이 헛웃음을 터뜨렸다.

미국 대표가 큰 소리로 외쳤다.

"작은 태양을 만드는 것도 모자라서 은하계 하나를 통째로 만들려나 봅니다! 레이디아즈 선생, 바닷속의 일반 수소, 중수소, 삼중수소가 모두 당신을 위해 존재한다고 생각하시오? 원자폭탄에 대한 선생의 변태적인 집착 때문에 지구가 수소폭탄 생산 공장으로 변해야 합니까?"

아직도 차분한 표정을 유지하고 있는 사람은 이 회의장에서 레이디아즈 한 사람뿐이었다. 그는 자신으로 인해 끓어오른 소란이 잠잠해지기를 조용히 기다린 뒤 한 글자씩 또박또박 말했다.

"이건 인류의 마지막 전쟁이오. 100만 개도 결코 많은 게 아니오. 난 포기하지 않겠소! 원자폭탄을 최대한 많이 만들 거요!"

*

수성 세계에서 보이는 색깔은 검은색과 금색 두 가지뿐이다. 검은색은 행성의 대지다. 이글거리는 태양이 근거리에서 빛을 비추지만 반사율이 낮은 대지는 역시 칠흑처럼 검기만 하다. 금색은 태양이다. 이 세계는 태양이 하늘의 상당한 부분을 차지한다. 거대한 태양 위에서 불의 바다가 넘실대고 흑점이 먹구름처럼 떠다니는 것을 똑똑히 볼 수 있으며 태양의 가장자리에서 나타나는 홍염의 화려한 춤도 감상할 수 있다.

태양의 불바다 위에 떠 있는 이 단단하고 거대한 바위 속에 인류가 작은 태양 하나를 파묻었다. 우주 엘리베이터가 건설된 후 인류는 태양계의 행성들을 대대적으로 탐색하기 시작했다. 유인우주선이 화성과 목성의 위성에 속속 상륙했지만 큰 이슈가 되지 못했다. 사람들은 이 탐험의 목적이 예전보다 현실적이고 명확하다는 것을 알고 있었기 때문이다. 그들의 목표는 바로 태양계 방어기지 건설이었다. 이 목표에 비하면 화학 추진 로켓과 우주선에 의지한 이런 항해는 아주 미미한 시작에 불과했다. 초기에는 방어기지 건설을 위한 탐색이 외행성에 집중됐지만 내행성의 전략적 가치를 간과한 것이 아니냐는 의문이 제기되자 금성과 수성으로도 탐색이 확대되었다. 그 덕분에 수성에서 항성형 수소폭탄 실험을 하겠다는 레이디아즈의 계획도 가까스로 통과될 수 있었다.

수성 지층에서의 갱 굴착은 인류가 태양계의 다른 행성에서 처음 진행하는 대형 건설 공사였다. 공사는 88일간 이어지는 수성의 야간에만 진행할 수 있었으므로 공사 기간이 지구 시간 기준으로 3년이나 걸렸다. 하지만 결국 계획된 깊이의 3분의 1밖에 굴착하지 못했다. 그 밑은 금속과 암석이 섞인 훨씬 단단한 지층이어서 더 깊이 파는 것은 현실적으로 불가능했다. 진척 속도가 너무 더딜 뿐 아니라 막대한 비용이 소요될 것이라는 이유로 굴착을 중단하기로 했다. 현재의 깊이에서 실험을 진행한다면 핵폭발로 인해 지층이 터져 나오며 거대한 구덩이가 생길 것이다. 사실상의 지면 실험이지만 지층의 간섭으로 인해 정상적인 지면 실험일 때보다 실험 효과를 관측하기가 훨씬 어려울 것이다. 하지만 레이디아즈는 그 구덩이 위에 덮개를 씌운다면 기지로 사용할 수 있다며 이 깊이에서 지하 실험을 실시할 것을 고집했다.

실험은 새벽 무렵에 실시되었다. 수성의 일출은 열 시간이 넘게 걸리는데 실험은 하늘 가장자리가 희붐하게 밝아올 무렵에 시작되었다.

카운트다운이 끝남과 거의 동시에 둥근 파문이 그라운드 제로를 중심으로 점차 넓게 퍼져나갔다. 순간적으로 수성의 대지가 보드라운 실크처럼 펄럭이는 것 같았다. 그리고 잠시 뒤 폭발 중심이 불룩하게 융기하며 산봉우리가 만들어졌다. 잠에서 막 깨어난 거인의 척추를 연상시켰다. 봉우리 꼭대기가 3000미터쯤 올라갔을 때 산봉우리 전체가 폭발하더니 수만, 아니 수억 톤은 될 것 같은 흙과 돌이 공중으로 날아올랐다. 수성의 대지 위로 폭죽 한 다발이 불쑥 솟구쳐 올라 하늘을 향해 성난 불꽃을 쏘아올렸다. 지층이 솟아오르며 지하에서 만들어진 불덩어리의 빛이 밖으로 새어 나와 공중으로 날아가는 돌들을 환히 비추었다. 수성의 칠흑 같은 하늘 위로 화려한 불꽃쇼가 펼쳐졌다. 불덩어리는 약 5분간 타다가 꺼졌고, 하늘로 솟구쳤던 돌들도 희미한 빛이 남아 있는 하늘과 대지 사이로 쏟아져 내렸다.

핵폭발이 끝나고 10여 시간 뒤 관측자들은 수성에 고리가 생긴 것을 발견했다. 폭발의 충격에 수성의 제1우주속도로 날아오른 돌들이 수많은 위성이 되어 수성 궤도로 흩어진 것이다. 덕분에 수성은 고리를 가진 첫 지구형행성이 되었다. 고리는 강렬한 햇빛을 받아 찬란한 광채를 발산하며 이 행성을 빛으로 감쌌다.

지층에서 튕겨져 나온 돌들 중 일부는 수성의 제2우주속도로 날아올라 완전히 수성을 벗어난 뒤 태양의 위성이 되어 희귀한 소행성대를 이루었다.

*

레이디아즈는 자신의 지하방에서 수성의 핵실험 실황 중계를 시청했다. 사실은 실황이 아니라 수성과 약 7분의 시차가 있었다. 수성의 핵폭발이 막 끝나고 불덩이가 꺼진 뒤 솟구쳐 올랐던 돌들이 비가 되어 대지 위로 떨어지고 있을 때 레이디아즈는 PDC 의장의 전화를 받았다. 항성형 수소폭탄의 막강한 위력에 주요 방위 시스템 분야의 고위 정책자들이 놀라움을 금치 못했다면서 각 상임이사국들이 면벽 프로젝트 청문회를 열어 항성형 수소폭탄 제조에 대해 논의할 것을 요청해왔다고 했다.

의장이 말했다.

"선생이 요구한 100만 개를 만드는 건 불가능하지만 어쨌든 강대국들이 이 무기에 관심을 보이고 있어요."

레이디아즈가 지하에 사는 건 안전 때문이 아니라 태양 공포증 때문이었다. 햇빛이 들어오지 않은 음침한 환경이 그에게 안정감을 주었다.

수성 실험이 끝나고 10여 시간 뒤 레이디아즈가 텔레비전 화면을 통해 눈부신 수성의 고리를 보고 있을 때 인터폰에서 정문 앞을 지키는 경호원의 목소리가 들렸다. 그가 상담을 예약해놓은 정신과의사가 찾아왔다는 것이었다.

레이디아즈가 수치스러움에 벌컥 짜증을 냈다.

"무슨 헛소리야? 내가 언제 정신과의사를 불렀다는 거야? 썩 꺼지라고 해!"

그때 침울한 목소리가 인터폰에서 새어 나왔다. 방문객의 목소리였다.

"레이디아즈 선생님, 그러지 말고 잠시만 만나주세요. 태양 공포증을 고쳐드리겠습니다."

"꺼지라니까!"

레이디아즈가 버럭 소리쳤다가 마음을 바꾸었다.

"아니, 그놈을 가두고 어디서 왔는지 조사해봐!"

방문객의 목소리는 여전히 차분했다.

"……저는 선생님에게 태양 공포증이 생긴 원인을 알고 있습니다. 저를 믿어주세요. 이 세상에서 우리 둘만 그걸 알고 있습니다."

이 말에 레이디아즈가 눈을 번쩍 떴다.

"들여보내."

레이디아즈는 초점 풀린 눈동자로 천장을 몇 초간 올려다보다가 천천히 몸을 일으켰다. 어질러진 소파 위에서 넥타이를 집어 들었지만 이내 다시 던져버리고는 거울 앞으로 가서 옷매무새를 정리하고 봉두난발이 된 머리를 손으로 대강 쓸어 빗었다. 중요한 일을 앞둔 사람처럼 보였다.

이것이 정말로 중요한 일이라는 걸 그는 직감으로 알 수 있었다.

방문객은 준수한 외모의 중년 남자였다. 문으로 들어와 자기소개도 하지 않았다. 방 안에 밴 진한 시가 냄새와 술 냄새에 그의 미간이 봉긋하게 솟아올랐다. 그는 레이디아즈의 긴장된 시선을 온몸으로 받으며 그 자리에 가만히 서 있었다.

레이디아즈가 방문객을 위아래로 훑어보며 말했다.

"어디서 본 적이 있는 것 같소만?"

"그러실 수 있습니다. 제가 슈퍼맨을 빼닮았다고 사람들이 그러더군요. 옛날 영화 속에 나오는 그 사람 말입니다."

"자신이 정말로 슈퍼맨이라고 생각하오?"

레이디아즈가 소파에 앉아 시가를 집어 앞부분을 자르고 불을 붙였다.

"그렇게 물으신다는 건 제가 누군지 이미 알고 계시다는 뜻이겠군요. 저는 슈퍼맨이 아닙니다. 레이디아즈 선생도 마찬가지로 슈퍼맨이 아니죠."

그가 앞으로 한 걸음 다가왔다. 레이디아즈는 방금 내뿜은 담배 연기 사이로 자신을 내려다보고 있는 상대를 보며 자신도 몸을 일으켰다.

방문객이 말했다.

"면벽자 마누엘 레이디아즈, 나는 당신의 파벽자입니다."

레이디아즈가 암담한 눈동자로 고개를 주억거렸다.

파벽자가 물었다.

"앉아도 되겠습니까?"

"안 되오."

레이디아즈가 그의 얼굴을 향해 담배 연기를 천천히 내뱉었다.

파벽자가 다정한 미소를 지었다.

"너무 절망할 것 없습니다."

"내가 절망했다고? 천만에."

레이디아즈의 목소리는 돌처럼 단단했고 싸늘했다.

파벽자가 벽 앞으로 걸어가 스위치를 켜자 어디선가 환기 팬이 윙윙 소리를 내며 돌아가기 시작했다.

레이디아즈가 경고했다.

"아무것도 건드리지 마시오."

"당신에겐 신선한 공기가 필요합니다. 햇빛은 더더욱 필요하죠. 면벽자 레이디아즈, 난 이 방이 아주 익숙합니다. 지자가 보내온 영상을 통해 당신이 이곳에서 우리에 갇힌 짐승처럼 몇 시간이나 이리저리 서성이는 걸 보았죠. 이 세상에 당신을 그렇게 오랫동안 지켜본 사람은 나뿐일 겁니다. 그걸 보며 내가, 당신만큼이나 마음이 무거웠다는 걸 믿어주시길 바랍니다."

파벽자가 레이디아즈를 똑바로 쳐다보았다. 레이디아즈는 얼음 조각처럼 아무런 표정도 짓지 않았다. 파벽자가 말을 이었다.

"프레드릭 타일러에 비하면 당신은 우수한 전략가죠. 면벽자로서도 합격입니다. 예의상 하는 말이 아니란 것도 믿어주십시오. 상당히 긴 시간 동안, 아마 10년쯤 됐을 겁니다. 나도 당신의 의도를 파악하지 못했습니다. 당신은 초대형 원자폭탄에 광적으로 집착했죠. 우주 전쟁에서는 효율이 낮을 수밖에 없는 그 무기를 말입니다. 그러면서 자신의 진정한 전략을 잘 감추었습니다. 당신의 진정한 전략을 알아낼 단서를 찾는 데만 아주 긴 시간이 걸렸죠. 당신이 만들어놓은 미로 속에서 길을 잃고 헤매다가 거의 절망한 적도 있습니다."

파벽자가 천장을 올려다보며 자신의 힘들었던 세월을 회상하고는 말을 이었다.

"그러다가 당신이 면벽자가 되기 전의 정보들을 찾아보기로 했습니다. 쉽지 않더군요. 지자의 도움을 받을 수가 없었으니까요. 그때는 지구에 지자의 수가 많지 않았다는 걸 잘 아시겠죠. 남미 약소국의 원수인 당신이 지자들의 주의를 끌지 못한 건 당연합니다. 하는 수 없이 직접 발로 뛰어 직접 자료를 수집하기 시작했습니다. 3년이나 걸렸죠. 나는 수집한 자료 중에 한 사람에게 주목했습니다. 윌리엄 코스모. 당신은 그와 세 차례 비밀 회동을 했죠. 당신들이 나눈 대화의 내용을 지자가 기록하지 않았고 나는 지금도 그 내용을 알 수가 없습니다. 그런데 약소국 원수가 서양의 천체물리학자를 세 번이나 만났다는 게 어쩐지 이상하지 않습니까? 그래서 그때 당신이 이미 면벽자가 될 준비를 하고 있었다는 걸 알았죠.

당신의 관심사는 코스모 박사의 연구 성과가 아니었습니다. 그 성과를 거둔 과정에 주목했죠. 당신은 이공계 출신입니다. 사회주의를 열렬히 사랑했던 당신의 전임 대통령 역시 기술을 중요하게 여겼습니다. 이것이 바로 당신이 그의 후계자가 된 중요한 원인입니다. 다시 말해 당신은 코스모의 연구 성과가 가지고 있는 잠재적인 의의를 발견할 수 있는 능력과 안목을 가지고 있었습니다.

삼체 위기가 출현한 뒤 코스모 박사가 이끌던 연구팀은 삼체 항성의 대기층에 대한 연구를 계속해왔습니다. 그들은 과거 행성의 추락으로 대기층이 생성되었을 것이라고 추측했습니다. 추락한 행성이 항성의 지층을 파괴함으로써 내부에 있던 항성 물질이 우주로 분사되어 대기층이 형성되었을 것이라는 가설입니다. 삼체 항성의 운동이 불규칙하기 때문에 세 항성이 근거리에서 교차할 수도 있죠. 항성이 교차하면 한 항성의 대기층이 다른 항성의 인력에 의해 흩어지지만 다시 항성 표면에서 분사되어 보충됩니다. 하지만 이런 분사는 일정하지 않습니다. 화산처럼 가끔은 갑작스럽게 폭발하기도 하는데 이게 바로 삼체 항성의 대기층이 수축과 팽창을 반복하는 이유입니다. 이 가설을 증명하기 위해 코스모는 우주에서 행성의 추락으로 대기층이 형성된 다른 항성을 찾으려 했습니다. 그리고 삼체 위기가 시작되고 3년 뒤에 그는 마침내 찾아냈습니다.

코스모 박사의 연구팀은 행성을 가진 항성 275E1을 찾아냈죠. 태양계에서 약 84광년 떨어져 있는 항성입니다. 당시에는 허블 2호 우주망원경이 사용되기 전이므로 그들은 워블 방식*을 사용해야 했습니다. 진동의 빈도와 빛의 밝기 변화**를 관측하고 계산해 이 행성이 모성과 아주 가깝다는 걸 알아냈습니다. 처음부터 이 점에 주목한 건 아닙니다. 당시 천문학계에서 행성을 가진 항성을 200개도 넘게 찾아냈으니까요. 그런데 얼마 후 놀라운 사실이 발견됐죠. 행성과 모성이 이미 아주 가까운데도 그 거리가 계속 축소되고 있었고, 게다가 축소되는 속도도 계속 빨라지고 있었던 겁니다. 그건 행성이 항성으로 추락하는 현상을 인류 최초로 관측해낸 것이죠. 행성이 항성으로 추락한 건 관측 후 1년 뒤였습니다. 다시 말하면 그걸 관측한 시간에서 84년 전에 발생했습니다. 당시의 관측 수준으로는 항성의 인력 진동과 주기적인 밝기 변화가 사라진 것으로 행성이 추락했다고 판단했죠. 그런데 그 후에 이상한 일이 생겼습니다. 항성 주위에서 어떤 물질들이 나선형으로 흐르면서 항성을 둘러싸서 계속 확장되기 시작했죠. 항성을 중심으로 실이 풀리는 것처럼 말입니다. 코스모와 그의 동료들은 그 나선형 흐름이 행성이 추락한 지점에서 분출되고 있음을 알았습니다. 그 행성이 항성의 표면을 깨뜨려 내부에 있는 항성 물질이 우주로 분사된 뒤 항성의 자전으로 인해 나선형을 띠게 된 것이죠.

레이디아즈 선생, 여기에 몇 가지 중요한 데이터가 있습니다. 그 항성은 황색 G2형이고 절대등급 4.3, 직경 120만 킬로미터로 태양과 아주 흡사했습니다. 또 그 행성은 지구 질량의 0.04배로 수성보다 약간 작고, 추

* 행성이 항성 주위를 공전할 때 행성의 인력으로 인해 항성에 미세한 진동이 나타난다. 태양계 바깥 행성을 망원경으로 직접 관측할 수 없는 조건에서 항성의 주기적인 진동을 관측함으로써 행성의 존재를 추측하는 방식을 말한다.
** 행성이 운행하며 항성과 관측자 사이를 통과할 때마다 주기적으로 항성의 밝기가 미세하게 변화한다.

락 당시 생성된 나선형 흐름의 반경은 3천문단위로 태양과 소행성대의 거리보다 길었습니다.

이것이 바로 제가 당신의 진정한 전략을 알아낸 단서입니다. 다음은 파벽자로서 당신의 위대한 전략을 해석해보겠습니다.

실제로 항성형 수소폭탄을 100만 개 이상 얻게 된다면 당신은 PDC 청문회에서 말한 것처럼 그것들을 모두 수성에 배치할 것입니다. 수성의 지층에서 그 수소폭탄들을 폭파시키면 슈퍼 엔진처럼 이 행성이 속도를 감속시켜 수성이 저궤도에서의 속도를 유지하지 못하고 태양으로 추락하겠죠. 그 뒤에는 84광년 밖 275E1에서 발생했던 것과 똑같은 일이 태양에서 재연되는 겁니다. 수성이 태양의 대류층 표면을 깨뜨리면 그 속 복사층에 있던 막대한 양의 항성 물질이 우주로 고속 분사되고 태양의 자전으로 인해 215E1에서와 유사한 나선형 대기층이 생성됩니다. 태양은 삼체 항성과 달리 홀로 떨어져 있으므로 다른 항성과 근거리로 교차될 가능성이 없습니다. 그러므로 그 대기층은 아무 간섭도 받지 않고 확장되어 최종적으로 삼체 항성의 대기층보다 훨씬 두터워질 겁니다. 이건 275E1에 대한 관측에서도 이미 입증된 사실이죠. 태양에서 분사된 항성 물질이 나선형으로 흐르면서 실이 풀리듯 계속 확장되면 그 두께가 화성 궤도를 넘어설 것이고, 그러면 엄청난 연쇄 반응이 시작되는 겁니다.

우선 금성, 지구, 화성 이 세 지구형행성은 태양의 나선형 대기층 안에 위치하므로 항성 물질과의 마찰로 금세 속도를 잃고 거대한 유성이 되어 태양으로 추락하겠죠. 사실 지구는 그보다도 훨씬 전에 태양 물질과 충돌하며 바다가 증발해 말라버리고 벗겨진 대기와 증발한 바다가 지구를 거대한 혜성으로 만들어버렸을 겁니다. 혜성의 꼬리가 궤도를 따라 태양을 한 바퀴 돌만큼 길어지고 지구 표면은 지구 형성 초기 마그마 바다의 상태로 돌아갑니다. 그 어떤 생명도 살아남지 못하게 되죠.

금성, 지구, 화성 세 행성이 추락하면 더 많은 태양 물질이 우주로 분사될 겁니다. 나선형의 소용돌이가 하나에서 네 개로 늘어나겠죠. 이 세 행성의 질량을 모두 합치면 수성의 40배입니다. 게다가 궤도도 높아서 추락할 때 충격 속도도 수성보다 훨씬 클 겁니다. 나선형의 소용돌이가 수성이 추락했을 때보다 수십 배 맹렬하게 우주로 뻗어나가겠죠. 아마도 그 끝이 목성 궤도에 도달할 겁니다.

목성은 질량이 워낙 커서 마찰로 인한 감속이 크지 않을 것이므로 궤도가 영향을 받을 정도가 되려면 오랜 시간이 걸릴 겁니다. 하지만 목성의 모든 위성들은 두 가지 운명을 맞이하게 되겠죠. 마찰로 인해 목성에서 떨어져나가 속도를 잃고 태양으로 떨어지거나, 목성 궤도 위에서 속도를 잃고 액체 상태의 목성으로 떨어지거나.

연쇄 반응은 아직 끝이 아닙니다. 나선형 대기층 안에서 목성의 속도가 조금씩 줄어들면서 서서히 태양을 향해 떨어질 겁니다. 떨어질수록 나선형 대기층이 점점 조밀해지며 감속 속도가 빨라지겠죠……. 그러다가 결국에는 목성도 태양으로 추락하게 되는 겁니다. 목성의 질량은 앞에서 말한 지구형행성 네 개의 질량을 모두 합친 것의 600배입니다. 이렇게 거대한 행성이 태양에 부딪친다면 더 맹렬한 나선형 소용돌이가 생기고 나선형 대기층의 끝이 천왕성, 심지어 해왕성 궤도까지 확장될 겁니다. 밖으로 갈수록 대기층이 희박해지기는 하지만 마찰로 인한 감속 작용은 결국 남아 있는 이 두 거대한 행성과 그들의 위성마저 태양으로 빨아들이겠죠. 이 마지막 연쇄 반응이 끝난 뒤 태양은 어떤 상태가 될까요? 태양계는 어떻게 될까요? 그건 아무도 모르죠. 하지만 한 가지 분명한 사실은 그 안에 있는 생명과 문명에게는 삼체 세계보다 더 참혹한 지옥이 될 거라는 점입니다.

삼체 세계에게 태양계는 유일한 희망입니다. 그들의 행성이 세 항성에 삼켜지기 전에 안정적으로 이주할 수 있는 다른 세계를 찾을 수 없겠죠.

그러면 인류의 뒤를 이어 삼체 문명도 철저히 멸망하게 될 겁니다.

이것이 바로 당신의 공멸 전략입니다. 이 모든 준비가 완료되고 모든 수소폭탄이 수성에 배치되면 당신은 이것을 빌미로 삼체 세계를 위협할 것이고 결국에는 인류를 승리로 이끌 수 있을 거라 믿고 있습니다.

이상이 바로 제가 당신의 파벽자로서 조사하고 분석한 결과입니다. 당신의 의견이나 평가는 원치 않습니다. 우리는 이것이 사실임을 알고 있으니까요."

파벽자가 자신에 대해 분석을 펼치는 동안 레이디아즈는 말없이 듣고만 있었다. 그의 손에 들린 시가는 절반이나 줄어들어 있었고, 그는 시가 불빛을 감상하듯 시가를 계속 굴리고 있었다.

파벽자는 레이디아즈 옆에 바짝 붙어 앉아 학생의 시험 성적을 평가하는 교사 같은 말투로 말했다.

"레이디아즈 선생, 당신은 훌륭한 전략가라고 제가 말했죠. 적어도 이 전략을 수립하고 실행에 옮긴 과정에서 몇 가지 탁월한 능력을 발견했기 때문입니다.

첫째, 당신은 자신의 배경을 아주 교묘하게 이용했습니다. 당신과 당신의 나라가 핵 개발로 굴욕을 당했었다는 걸 지금도 많은 사람들이 기억하고 있죠. 당시 오리노코의 핵 시설이 강압에 의해 철거당하는 현장에서 당신의 얼굴에 떠올랐던 침통한 표정을 전 세계 사람들이 보았습니다. 당신은 핵무기 편집광이라는 외부의 시선을 절묘하게 이용함으로써 전략의 진정한 의도를 숨겼죠.

계획을 실행하는 과정에서도 당신의 재능이 여러 번 드러났습니다. 한 가지 예로 수성에서의 핵실험에서 당신이 진정으로 원한 건 수성 표면에서 폭발시켜 지층을 날려버리는 것이었지만* 깊은 갱을 파서 실험할 것을 고집했죠. 이건 고도의 버티기 전술이었습니다. PDC 상임이사국들이 이렇게 막대한 예산이 드는 공사를 인내할 수 있다는 확신이 없다면 불가능했을 겁니다. 당신의 안목에 경의를 표합니다.

하지만 당신은 중대한 실수를 범했습니다. 어째서 첫 실험을 수성에서 실시해야 한다고 고집했죠? 아직 시간도 많은데 말입니다. 당신은 너무 성급했습니다. 항성형 수소폭탄을 수성에서 폭발시킬 때 어떤 효과가 나타날지 하루빨리 보고 싶은 마음에 조급하게 굴었던 겁니다. 당신은 대량의 지층 물질이 날아가는 속도가 당신의 예상을 초월할 수 있다는 걸 보고 만족스러워했지만 오히려 이것이 제 추측을 입증하는 결과를 낳고 말았습니다.

당신이 이 실수를 저지르지 않았더라면 나는 당신의 진정한 의도를 확신할 수 없었을 겁니다. 너무도 광적인 전략이니까요. 하지만 스케일이 크고 절묘하다는 점은 인정합니다. 정말로 수성의 추락으로 인한 연쇄 작용이 발생한다면 태양계는 가장 장엄하고 화려한 교향곡을 쓰게 되었을 겁니다. 안타깝게도 인류는 아주 짧은 첫 소절밖에는 감상하지 못하게 됐군요. 레이디아즈 선생, 당신은 신으로서의 자질을 갖춘 면벽자입니다. 당신의 파벽자가 된 것은 제게 큰 영광입니다.”

파벽자가 소파에서 일어나 레이디아즈에게 정중하게 고개를 숙여 인사했다.

레이디아즈는 파벽자에게 눈길을 주지 않고 시가를 한 모금 빨아들였다. 그가 흰 연기를 내뿜으며 담뱃불에 시선을 고정시킨 채 입을 열었다.

---

* 수소폭탄의 당량이 아무리 커도 수성의 공전 속도를 줄이는 효과는 아주 미미하다. 수성의 공전 속도를 줄이려면 거대한 지층 물질이 제2우주속도로 날 때 발생하는 반사력이 필요하다. 운동량 보존의 법칙에 따르면, 지층 물질이 수성의 제1우주속도로 날면 수성의 위성이 되어 감속 효과를 낼 수 없다. 그러므로 레이디아즈의 계획 전체로 보면 수소폭탄 폭발로 수성에서 떨어져 나와 태양의 소행성이 되는 암석이 중요한 역할을 하게 된다.

"좋소. 그럼 나도 타일러가 물었던 질문을 하겠소."

파벽자가 그를 대신해 그 질문을 했다.

"모든 게 사실이라면 어떻게 할 거요, 이거죠?"

레이디아즈가 담뱃불을 응시하며 고개를 끄덕였다.

"제 대답도 타일러의 파벽자와 같습니다. 주는 개의치 않으십니다."

레이디아즈가 고개를 들어 의아한 표정으로 자신의 파벽자를 바라보았다.

"당신은 겉으로는 거칠어 보이지만 속은 아주 꼼꼼합니다. 하지만 더 깊은 영혼 속으로 들어가보면 또 거칠고 급하지요. 당신은 본질적으로 치밀하지 못합니다. 이 전략에서도 그런 천성이 드러났죠. 이건 말하자면 이건 뱀이 코끼리를 삼키는 계획입니다. 인류는 그렇게 많은 항성형 수소폭탄을 만들어낼 수가 없습니다. 지구 전체의 자원을 다 쏟아붓는다 해도 그 10분의 1도 만들 수 없죠. 게다가 수성의 공전 속도를 떨어뜨려 태양으로 추락시키려면 항성형 수소폭탄 100만 개로는 턱없이 부족합니다. 급한 성미에 호전적인 당신은 처음부터 실현 불가능한 계획을 세운 겁니다. 다만 탁월한 전략가로서의 노련함으로 그걸 지금까지 억지로 끌고 온 거죠. 이것이 바로 면벽자 레이디아즈 당신의 비극입니다."

레이디아즈는 파벽자의 눈동자 위로 알 수 없는 온화함이 스치는 것을 보았다. 그의 우락부락한 얼굴이 미세하게 실룩거리기 시작하더니 이내 얼굴 근육 전체가 씰룩이며 일그러졌다. 그리고 억눌려 있던 광적인 웃음이 폭발하듯 터져 나왔다.

"하하하하하하!"

레이디아즈가 허리를 젖혀 미친 듯이 웃으며 파벽자를 가리켰다.

"큭큭, 슈퍼맨, 하하하하, 생각났어! 그 낡은 영화 속 슈퍼맨이야! 하늘을 날고 지구를 거꾸로 돌리기도 하지만 말을 타다가…… 하하하하……

말을 타다가 목이 부러졌지! 아하하하하……."

파벽자가 아무렇지 않은 표정으로 그의 잘못을 지적했다.

"목이 부러진 건 크리스토퍼 리브죠. 슈퍼맨을 연기한 배우."

"당신의 결말은 그보다 낫다고 생각하고 있지? 하하하하……."

"제가 당신을 찾아온 건 내 운명이 어떻게 되든 상관없다는 뜻이죠. 난 이미 충실한 일생을 살았으니까요. 하지만 당신은 자신의 결말을 생각해야 할 겁니다."

파벽자의 목소리에서 아무런 동요도 느껴지지 않았다.

"먼저 죽을 사람은 당신이야."

레이디아즈가 만면에 미소를 지으며 손에 들려 있던 시가를 재빨리 파벽자의 두 눈 사이에 꽂았다. 파벽자가 얼굴을 감싸고 고통스러워하는 사이 레이디아즈는 소파에 있던 군용 혁대를 그의 목에 감아 있는 힘껏 잡아당겼다. 파벽자는 그보다 훨씬 젊었지만 레이디아즈의 손아귀에서 벗어날 수 없었다. 그는 목을 감긴 채 소파에서 바닥으로 쿵 쓰러졌다. 레이디아즈가 미친 듯이 고함을 질렀다.

"목을 비틀어버리겠다, 개자식! 이게 다 잘난 척하고 나댄 네 탓이야! 네가 뭐라도 되는 줄 알아? 개자식, 목을 비틀어버릴 거야!"

그는 한 손으로 혁대를 말아 쥔 채 파벽자의 머리를 잡고 바닥에 향해 미친 듯이 내리찍었다. 둔탁한 충격음 사이로 파벽자의 이가 바닥에 부딪히는 소리가 낭랑하게 울렸다. 문밖에 있던 경호원이 달려 들어와 둘 사이를 떼어놓았다. 파벽자의 얼굴은 이미 청보라색이 되었고 입에서 흰 거품이 흘렀으며 두 눈은 금붕어처럼 퉁그러져 있었다.

광분한 레이디아즈는 경호원에게 저지당하면서도 고래고래 외쳤다.

"목을 꺾어버리겠다! 저놈을 죽여라! 목을 매달아! 지금 당장! 이것도 계획의 일부다! 이런 썩을! 귓구멍이 막혔어? 계획의 일부다!"

하지만 경호원 세 명은 그의 명령을 집행하지 않았다. 한 사람은 필사적으로 그를 잡아끌었고 다른 두 사람은 겨우 호흡이 돌아온 파벽자를 밖으로 옮겼다.

"거기 서! 이 개자식! 네놈이 곱게 죽도록 놔둘 줄 알아?"

레이디아즈는 더 이상 발버둥 치기를 포기하고 긴 숨을 토해냈다.

파벽자가 경호원의 어깨에 걸쳐진 채 고개를 돌려 뒤를 쳐다보았다. 푸르딩딩 부어오른 그의 얼굴 위로 한 가닥 희미한 미소가 걸렸다. 치아가 몇 개나 떨어져 나간 잇새로 그의 한마디가 비어져 나왔다.

"난 충실한 일생을 살았다."

*

PDC의 면벽자 청문회.

청문회가 시작되자마자 미국, 영국, 프랑스, 독일 4개국이 의안을 발의했다. 레이디아즈의 면벽자 신분을 박탈하고 그를 반인류죄로 국제재판소에 제소해야 한다는 내용이었다.

미국 대표가 발언했다.

"면밀한 조사 끝에 우리는 파벽자가 간파한 레이디아즈의 전략적 의도에 신빙성이 있다고 판단했습니다. 레이디아즈가 저지른 범죄는 인류 역사상 나타난 그 어떤 범죄보다도 잔인합니다. 현행 법률에서는 그의 범죄에 적용할 죄목조차 찾을 수가 없습니다. 그러므로 우리는 국제법에 지구생명멸종죄라는 죄목을 추가해 레이디아즈를 재판할 것을 건의하는 바입니다."

증인의 자리에 앉은 레이디아즈는 홀가분해 보였다. 그가 미국 대표를 향해 조소를 날렸다.

"당신들은 이미 오래전부터 날 제거하고 싶어 하지 않았소? 면벽 프로젝트가 시작됐을 때부터 당신들은 나를 다른 면벽자들과 다르게 대했지. 나는 당신들이 제일 싫어하는 면벽자니까."

영국 대표가 반박했다.

"레이디아즈의 주장에는 근거가 없습니다. 그가 지적한 우리 4개국은 그의 전략에 막대한 자금을 투자했습니다. 다른 세 명의 면벽자에게 투자한 금액보다 훨씬 많은 액수였습니다."

레이디아즈가 고개를 끄덕였다.

"맞는 말이오. 하지만 내 계획에 거액을 투자한 건 당신들이 항성형 수소폭탄을 갖고 싶었기 때문이지."

미국 대표가 반문했다.

"우습군! 우리가 그걸 가지고 뭘 하겠소? 그건 우주 전쟁에서 효과가 없는 무기요. 지구에서 이미 2000만 톤급 수소폭탄이 등장했었지만 실전에서는 의미가 없었소. 그런데 우리가 왜 3억 톤급 괴물을 가지려 한단 말이오?"

레이디아즈가 싸늘하게 반박했다.

"하지만 태양계의 다른 행성 표면에서 전쟁이 벌어진다면 항성형 수소폭탄은 가장 위력적인 무기지. 인간들끼리 전쟁하는 경우라면 더더욱 말이오. 다른 행성의 황량한 지표면에서 최후의 전쟁이 발발한다면 민간인의 희생이나 환경 파괴를 고려하지 않고 마음껏 파괴할 수 있지. 행성 표면 전체를 싹 쓸어 청소해도 상관없잖소? 그때는 항성형 수소폭탄이 엄청난 역할을 할 수 있소. 당신들은 인류가 태양계로 진출한다면 지구 위의 분쟁이 다른 행성으로 확장될 것임을 내다본 거요. 삼체 세계라는 공동의 적이 있더라도 그 사실은 조금도 변하지 않지. 당신들은 그때를 준비한 거요. 그때 가서 인간을 공격할 슈퍼 무기를 개발하는 건 정치적으로 문제가 많을 테니 나를 이용해서 그 무기를 얻으려는 속셈이었소."

미국 대표가 말했다.

"이건 테러리스트이자 독재자인 당신의 황당한 논리입니다. 레이디아즈가 바로 이런 자입니다. 그가 면벽자의 신분과 권력을 가지고 있는 한 면벽 프로젝트 자체가 삼체인의 공격만큼이나 위험합니다. 과감한 조치로 이 잘못을 바로잡아야 합니다."

레이디아즈가 의장을 향해 말했다.

"이 문제에 관한 한 그들의 언행이 일치합니다. CIA 요원들이 이 건물 밖에서 대기하고 있으니까요. 청문회가 끝나고 내가 이 건물에서 나가자마자 날 체포할 겁니다."

의장이 미국 대표 쪽을 흘긋 쳐다보았다. 미국 대표는 손가락 사이에 끼운 볼펜을 돌리는 데만 신경을 집중하고 있었다. 현재 순회의장인 가라닌은 면벽 프로젝트가 시작될 때 제1기 PDC 순회의장을 맡은 인물이었다. 그 후 20여 년간 그가 이 짧은 임기의 직위를 몇 번이나 역임했는지 그조차 기억하지 못할 정도였다. 하지만 이번이 그의 마지막 임기였다. 이미 백발이 성성한 노인이 된 그는 곧 은퇴를 앞두고 있었다.

가라닌이 말했다.

"면벽자 레이디아즈의 말이 사실이라면 그건 적절한 조치가 아닙니다. 면벽 프로젝트의 원칙이 유효한 이상 면벽자는 모든 법률에 대해 면책 특권을 갖고 있어요. 면벽자의 그 어떤 언행도 법률적으로 유죄 판단의 증거가 될 수 없습니다."

일본 대표가 말했다.

"게다가 이곳은 국제 영토입니다."

미국 대표가 손에 든 볼펜을 번쩍 들어 올렸다.

"그렇다면 레이디아즈가 초대형 원자폭탄 100만 개를 수성에 매설하고 폭파 준비를 하는 걸 보고만 있어야 합니까? 인류는 그에게 아무런 죄도 물을 수 없습니까?"

가라닌이 말했다.

"면벽자의 전략에서 위험성이 표출될 경우 면벽법의 관련 조항에 의거해 규제하고 저지할 수 있어요. 하지만 면벽자 본인의 면책 특권과는 별개입니다."

영국 대표가 말했다.

"레이디아즈의 범죄는 면책 특권의 선을 넘어섰습니다. 반드시 처벌해야 합니다. 이건 면벽 프로젝트가 존속되기 위해 꼭 필요한 일입니다."

레이디아즈가 자리에서 벌떡 일어났다.

"의장 및 각국 대표들, 모두 명심하시오. 이건 PDC의 면벽 프로젝트 청문회이지 나를 심판하기 위한 재판이 아니오."

미국 대표가 냉소를 지었다.

"머지않아 법정에 서게 되겠지."

가라닌이 말했다.

"면벽자 레이디아즈 선생의 말에 동의합니다. 그의 전략 자체에 대해 논의해주세요."

의장인 그는 이 민감한 문제에서 잠시 벗어날 수 있는 기회를 놓치지 않았다.

줄곧 침묵하고 있던 일본 대표가 말했다.

"각국 대표들 사이에서 한 가지 공감대가 형성된 것 같군요. 레이디아즈의 전략이 인류의 생존권을 침해할 위험성이 있다는 사실입니다. 그러므로 면벽법의 원칙에 따라 마땅히 저지해야 합니다."

가라닌이 말했다.

"그렇다면 지난번 회의에서 발의된 P269호 의안을 표결에 부칠 수 있게 됐군요. 면벽자 레이디아즈의 전략 계획을 저지하자는 의안이었죠."

레이디아즈가 손을 들었다.

"의장님, 잠깐 기다려주십시오. 표결 전에 내 전략의 몇 가지 세부 사항에 대한 최종 진술을 하고 싶습니다."

누군가 물었다.

"세부 사항만 설명하겠다면 들을 필요가 있습니까?"

영국 대표도 비아냥거렸다.

"법정에 가서 해도 늦지 않을 텐데요."

레이디아즈가 힘주어 말했다.

"아니요. 아주 중요한 세부 사항이오. 수소폭탄 100만 개를 수성에 배치하고 폭파 준비가 완료되면 나는 곳곳에 파고들어 있는 지자를 통해 삼체 세계를 향해 인류 공멸 계획을 선포할 거요. 그렇게 된다면 어떤 일이 벌어지겠소?"

프랑스 대표가 말했다.

"삼체인들의 반응은 예상할 수가 없지만 지구상의 수십억 인구는 당신의 목을 비틀어버리고 싶겠지. 당신이 파벽자에게 했던 것처럼."

"그렇소. 그러면 나는 그 상황에 대처하기 위해 어떤 조치를 내놓아야만 하겠지. 그게 바로 이것이오."

레이디아즈가 왼손을 들어 올려 자신의 손목에 있는 시계를 보여주었다. 검은색 손목시계였다. 시계의 크기와 두께가 모두 일반 남성 시계의 두 배는 되어 보였지만 레이디아즈의 우람한 손목 위에서는 조금도 커 보이지 않았다.

"이건 신호 발사 장치요. 여기에서 발사된 신호가 수성에 도달하게 되지."

누군가 물었다.

"그걸로 폭탄을 폭파시키는 겁니까?"

"정반대요. 폭파를 막는 신호요."

레이디아즈의 말에 회의장 안이 술렁였다.

레이디아즈가 말을 이었다.

"이 시스템의 코드명은 '요람'이오. 요람의 흔들림이 정지되면 아기가 잠에서 깬다는 점에서 착안한 명칭이오. 이 장치가 수성의 수소폭탄 시스템을 향해 쉬지 않고 신호를 보내 폭파를 막는 거요. 그러다 신호가 중단되면 수소폭탄이 즉시 터지는 거지."

미국 대표가 심드렁한 표정으로 말했다.

"데드맨 장치로군. 냉전 시기에 전략 핵무기에 대한 데드맨 전략을 연구한 적은 있지만 실행에 옮기지는 않았소. 당신 같은 미치광이나 그런 걸 쓰겠지."

레이디아즈가 왼손을 내려 '요람'을 소매 안으로 감추었다.

"내게 이 기발한 아이디어를 가르쳐준 건 핵전략 전문가가 아니라 바로 미국 영화였소. 영화에서 한 남자가 이런 걸 가지고 있었지. 장치에서 계속 신호를 발송하다가 그의 심장박동이 멈추면 그 신호도 멈추는 거요. 그와 동시에 다른 사람의 몸에 부착된 폭탄이 즉시 터지지. 그러니까 폭탄이 설치된 그 재수 옴 붙은 남자는 상대를 싫어하면서도 필사적으로 그를 보호할 수밖에 없었지⋯⋯. 난 미국 블록버스터를 좋아하오. 지금도 옛날 영화 속 슈퍼맨을 알아볼 수 있을 만큼."

일본 대표가 물었다.

"그렇다면 그 장치가 당신의 심장박동과 연결되어 있습니까?"

레이디아즈는 마침 일본 대표 옆에 서 있었다. 일본 대표가 손을 뻗어 자신의 소매 안에 있는 장치를 만지자 레이디아즈가 가볍게 손을 뿌리치며 몇 걸음 멀리 떨어졌다.

"물론이오. 하지만 요람은 더 정밀하게 만들어졌소. 심장박동뿐만 아니라 혈압, 체온 같은 다른 생체리듬까지 모두 모니터링하지. 이 지표들을 종합적으로 분석해서 조금이라도 비정상적이라고 판단하면 곧장 신호를 멈추게 되오. 나의 간단한 언어 명령까지도 식별할 수 있소.”

그때 누군가 긴장된 표정으로 회의장으로 들어와 가라닌의 귓가에 대고 뭐라고 속삭였다. 그의 말이 다 끝나기도 전에 가라닌이 고개를 번쩍 들어 심상찮은 눈빛으로 레이디아즈를 흘긋 쳐다보았다. 눈치 빠른 대표들은 그의 이 행동을 놓치지 않았다.

미국 대표가 말했다.

“당신의 요람을 무력화시킬 방법이 한 가지 있소. 냉전 시대에 그 방법을 심도 있게 연구한 바 있지.”

레이디아즈가 말했다.

“나의 요람이 아니라 수소폭탄의 요람이오. 요람이 멈추면 그것들이 잠에서 깨어나니까.”

독일 대표가 말했다.

“나도 그 방법이 생각났소. 신호가 당신의 시계에서 수성으로 전달되려면 복잡한 통신 회선을 거쳐야만 하는데 그 회선의 특정 마디를 끊거나 차단하고 거짓 신호를 계속 보내면 요람 시스템을 무력화시킬 수 있소.”

레이디아즈가 독일 대표를 향해 고개를 끄덕였다.

“맞소. 그게 바로 난제였소. 지자가 없다면 쉽게 해결될 수 있는 문제였지만 말이오. 회선의 모든 마디에는 동일한 암호화 알고리즘이 적용되오. 암호가 매번 다르기 때문에 외부에서 보면 무작위로 이루어지는 것 같지만 요람의 발신과 수신은 완벽하게 동일한 순서를 가지고 있소. 수신 시스템은 그 순서에 일치하는 신호만을 유효 신호로 인식하지. 거짓 신호는 그 알고리즘에 맞지 않으니 수신 시스템에서 유효 신호로 인식하지 않소. 하지만 지금은 지자가 그 알고리즘을 탐지해낼 수 있으니 이 방법은 소용이 없소."

누군가 물었다.

"그럼, 다른 방법을 생각해냈단 말입니까?"

레이디아즈가 자조적인 웃음을 흘렸다.

"아주 무식한 방법이오. 나 말고는 아무도 그런 무식한 방법을 생각해 낼 수 없겠지. 모든 구간마다 전체 회선의 상태를 민감하게 모니터링하도록 했소. 유닛 몇 개를 단위로 모든 통신 마디를 구성했지. 이 유닛들이 서로 멀리 떨어져 있기는 하지만 연속된 통신으로 이어져 있으니까 어느 한 유닛이 훼손되면 전체 마디에서 명령이 중단되오. 그러면 거짓 신호가 그다음 마디부터 신호를 발신하더라도 유효 신호로 인식되지 않소. 각 유닛끼리 상호 감시의 정밀도가 높아서 거짓 신호를 보내는 방법이 성공하려면 1마이크로초 안에 한 마디 안에 있는 모든 유닛을 훼손하고 다시 거짓 신호를 보내 신호를 연결시켜야 하오. 모든 마디는 최소 3유닛에서 최대 수십 유닛으로 구성되어 있고, 각 유닛 사이의 간격은 300킬로미터요.* 외부의 그 어떤 충격에도 경고 신호를 발송하지. 1마이크로초 내에 이 유닛들을 훼손시키는 건 삼체인이라면 몰라도 인간의 현재 기술로는 불가능하오."

레이디아즈의 마지막 한마디에 모두의 얼굴이 굳어졌다.

가라닌이 말했다.

"조금 전에 보고가 들어왔소. 레이디아즈 선생의 손목에 찬 장치가 외부로 계속해서 전자기 신호를 발송하고 있다고 합니다."

일순간 회의장에 팽팽한 긴장감이 감돌았다.

"레이디아즈 선생에게 묻겠습니다. 그 손목시계에서 발신하는 신호가 수성으로 보내지고 있습니까?"

---

* 신호 전송 광케이블의 한계 때문에 거리가 이보다 더 멀면 마이크로초급의 감시가 불가능하다.

가라닌의 물음에 레이디아즈가 웃음을 터뜨렸다.

"내가 왜 수성으로 신호를 보내겠습니까? 거긴 지금 거대한 구덩이 외에 아무것도 없습니다. 게다가 요람의 우주 통신 회선도 아직 구축되지 않았고요. 그런 일은 없습니다. 다들 걱정 마시오. 이 신호는 수성이 아니라 우리와 아주 가까운 뉴욕 시내의 어느 곳으로 보내지고 있소."

회의장을 가득 채운 공기가 미동조차 하지 않았다. 레이디아즈를 제외한 모든 이의 얼굴이 마비된 듯 작은 실룩임조차 없었다.

영국 대표가 카랑카랑한 소리로 외쳤다.

"요람에서 신호 발송이 중지되면 무슨 일이 발생하지?"

그는 더 이상 자신의 긴장감을 감추려 하지 않았다.

레이디아즈가 그에게 너그러운 웃음을 지어 보였다.

"어쨌든 뭔가는 터지지 않겠소? 내가 면벽자가 된 지 20년이 넘었소. 그동안 은밀히 얻어낸 게 몇 가지 있지."

프랑스 대표가 말했다.

"그렇다면 더 직접적으로 묻겠소. 바로 지금 당신, 아니면 우리가 몇 사람의 생명을 책임지고 있소?"

그의 얼굴은 차분해 보였지만 목소리에서 떨림이 느껴졌다. 그의 질문을 이해할 수 없다는 듯 레이디아즈가 휘둥그런 눈으로 프랑스 대표를 뚫어져라 응시했다.

"지금 뭐라고 했소? 누군가의 생명과 관계가 있느냐고? 난 이 자리에 앉아 있는 여러분이 인권을 제일 중요하게 여기는 줄 알고 있었소. 한 사람의 생명과 280만 명의 생명*이 다르단 말이오? 한 사람의 생명이라면 무시해도 좋다는 거요?"

---

* 뉴욕의 전체 인구를 말한다.

미국 대표가 벌떡 일어났다.

"20여 년 전 면벽 프로젝트가 시작될 때 우리는 이미 당신이 어떤 인간인지 지적했지."

그는 레이디아즈를 손가락으로 가리키며 침을 삼키고는 극도의 자제력으로 침착함을 유지하려 했지만 이내 자제력이 바닥나고 말았다.

"이 테러리스트! 사악하고 더러운 전쟁광! 악마! 당신들이 봉인을 열어 저자를 풀어놓은 거야. 당신들이 책임져! UN이 책임지라고!"

그가 악을 쓰듯 외치며 앞에 있던 서류들을 사방으로 미친 듯이 팽개쳤다.

레이디아즈의 입가에 미소가 걸렸다.

"진정해요. 요람은 나의 생체 지표를 아주 민감하게 모니터링하고 있소. 내가 당신처럼 히스테리를 부렸다면 신호가 이미 중단됐겠지. 날 동요시키지 않는 게 좋을 거요. 그러니까 당신뿐만 아니라 이 자리에 있는 그 누구도 내 심기를 건드리지 마시오. 가능하다면 날 기분 좋게 하려고 노력해봐요. 그게 당신들에게도 좋은 일일 테니까."

가라닌이 낮은 목소리로 물었다.

"조건이 뭡니까?"

레이디아즈의 얼굴에서 웃음기가 걷히고 처량함으로 바뀌었다. 그가 가라닌을 향해 고개를 저었다.

"의장님, 내게 무슨 조건이 있을 수 있겠습니까? 여길 떠나서 내 나라로 돌아가면 그만이지요. 케네디 공항에서 전용기가 날 기다리고 있습니다."

회의장이 적막감에 휩싸였다. 레이디아즈에게 쏠려 있던 모두의 시선이 천천히 미국 대표에게로 옮겨갔다. 미국 대표는 결국 시선의 압박감을 견디지 못하고 의자 등받이로 몸을 휙 젖히며 짧은 한마디를 잇새로 씹어 뱉었다.

"당장 꺼져."

레이디아즈가 천천히 고개를 끄덕이고는 몸을 일으켜 회의장 입구를 향해 유유히 걸어갔다.

가라닌이 연단에서 내려왔다.

"레이디아즈 선생, 내가 선생의 나라까지 배웅해드리리다."

레이디아즈는 그 자리에 서서 굼뜬 걸음걸이로 따라오는 가라닌을 기다렸다.

"고맙습니다. 의장님도 여길 곧 떠날 분이라는 걸 잊을 뻔했군요."

두 사람이 회의장 문 앞에 다다르자 레이디아즈가 가라닌을 붙들어 세우고 그와 함께 몸을 돌려 회의장을 바라보았다.

"난 이곳이 그립지 않을 거요. 난 20년도 넘게 시간을 낭비했으니까. 여긴 나를 이해해주는 사람이 아무도 없소. 내 조국, 내 인민들의 품으로 돌아가겠소. 내 조국, 내 인민들이 그립군."

뜻밖에도 이 우람한 사내의 눈가에서 눈물이 반짝였다. 그가 마지막으로 말했다.

"내가 조국으로 돌아가는 건 계획의 일부분이 아니오."

두 사람이 UN 회의실을 나서자 정오의 태양이 두 팔을 벌리고 그들을 맞이했다. 그가 감격한 듯 외쳤다.

"오, 나의 태양!"

20년 넘게 그를 괴롭히던 태양 공포증이 사라진 것이다.

레이디아즈를 태운 전용기가 이륙 후 빠르게 해안선을 넘어 광활한 대서양 위를 비행했다.

전용기 안에서 가라닌이 말했다.

"내가 타고 있으니 이 비행기는 안전할 거요. 그 데드맨 장치의 폭탄이 설치된 곳이 어딘지 내게 알려주시오."

"폭탄 따위는 없습니다. 도망치기 위해 작은 꾀를 쓴 것뿐이죠."

레이디아즈가 손목시계를 풀어 가라닌에게 툭 건넸다.

"이건 그저 단순한 신호 발신기예요. 모토로라 휴대전화를 개조해서 만든 겁니다. 내 심장박동과 연결되어 있다는 것도 다 지어낸 말입니다. 이미 꺼놨으니 기념으로 가지세요."

오랫동안 침묵하던 가라닌이 긴 한숨을 토해냈다.

"어쩌다 이렇게 됐을까? 면벽자에게 폐쇄적 전략 수립의 특권을 부여한 건 지자와 삼체 세계에 대항하기 위한 것이었소. 그런데 당신과 타일러는 그걸 이용해 인류를 자폭시키는 계획을 세웠소."

창가에 앉아 밖에서 들어오는 햇살을 즐기던 레이디아즈가 아무렇지 않은 표정으로 말했다.

"그게 뭐가 이상한가요? 현재 인류의 생존을 위협하는 가장 큰 문제는 사실 인류 자신에게서 비롯된 거잖아요?"

여섯 시간 뒤 비행기가 카리브 해안의 카라카스 국제공항에 착륙했다. 가라닌은 비행기에서 내리지 않고 UN으로 다시 돌아가기로 했다.

작별할 때 레이디아즈가 말했다.

"면벽 프로젝트를 중단시키지 마십시오. 이 전쟁에 이길 희망이 있습니다. 면벽자 두 명이 남아 있으니까요. 저를 대신해 그들의 앞길을 축복해주십시오."

"나도 그들을 만날 수가 없소."

가라닌의 표정이 무거웠다. 레이디아즈가 떠나고 비행기에 혼자 남은 뒤 그의 주름진 얼굴 위로 어지러운 눈물 줄기가 하염없이 흘러내렸다.

카라카스도 뉴욕처럼 구름 한 점 없이 맑게 갠 날씨였다. 레이디아즈는 비행기 계단에서 내려오며 익숙한 열대의 냄새를 맡았다. 그는 바닥에 엎드려 조국의 대지 위에 오랫동안 입을 맞춘 뒤 경호원들의 호위를 받으며 차를 타고 시내로 향했다. 차량의 행렬이 산간 도로 위를 30분쯤 달리자 수도의 시가지가 나타났다. 그를 태운 차가 시 중심의 시몬 볼리바르 광장으로 들어섰다. 레이디아즈는 볼리바르 동상 앞에서 차 문을 열고 내려 동상 받침대 위에 섰다. 그 위에는 지난날 스페인과 싸워 이기고 남미에 대콜롬비아 공화국을 세우려 했던 영웅이 갑옷을 입고 말을 몰며 질주하고 있었다. 그리고 그의 앞에는 수많은 인파가 몰려들어 함성을 외치며 그를 뜨겁게 맞이하고 있었다. 군인과 경찰들이 사람들을 저지했고 심지어 하늘을 향해 공포탄을 발사하기도 했지만 쏟아져 나온 인파가 안전선을 뚫고 동상 아래에 서 있는, 살아 있는 '볼리바르'를 위해 몰려들었다.

레이디아즈는 두 손을 번쩍 들고 뜨거운 눈물을 흘리며 자신을 향해 몰려드는 사람들을 향해 외쳤다.

"오, 나의 인민들이여!"

그의 인민이 던진 첫 번째 돌멩이가 그가 치켜든 왼손으로 날아와 부딪혔다. 두 번째 돌멩이는 그의 앞가슴을 맞혔고, 세 번째 돌멩이는 그의 이마를 짓이겨 그를 고꾸라뜨렸다. 뒤이어 수많은 돌멩이가 소낙비처럼 날아들더니 이미 생명을 잃은 그의 육신을 거의 파묻어버렸다. 면벽자 레이디아즈를 향해 날아온 마지막 돌멩이는 한 노파가 던진 것이었다. 노파는 그 돌멩이를 움켜쥐고 힘겹게 레이디아즈의 시신 앞에까지 걸어와 스페인어로 분노에 겨워 외쳤다.

"이 악마, 네가 죽이려는 모든 사람들 속에 내 손자가 있다. 네놈이 내 손자를 죽이려 하다니!"

그녀는 돌무덤 사이로 드러난, 레이디아즈의 짓뭉개진 머리 위로 있는 힘을 다해 돌멩이를 던졌다.

*

　유일하게 막을 수 없는 것은 시간이다. 시간은 서슬 퍼런 칼날처럼 단단한 것이든 무른 것이든 소리 없이 베어버리고 묵묵히 앞으로 나아간다. 그 무엇도 시간의 발걸음을 흔들 수 없지만 시간은 그 무엇도 다 바꾸어놓는다.

　수성의 핵실험이 실시된 그해, 창웨이쓰가 퇴역했다. 마지막으로 매스컴에 출연했을 때 그는 자신이 이 전쟁의 승리를 자신하지 못하고 있음을 솔직하게 인정했다. 하지만 역사는 여전히 이 우주군 초대 사령관이 그동안 거둔 성과를 높이 평가했다. 오랫동안 우울한 상황에서 과중한 임무를 수행해야 하는 상황이 그의 건강을 해쳤고 그는 예순여덟의 나이로 세상을 떠났다. 죽음이 임박했을 때도 그의 의식만은 또렷하게 깨어 있었고 장베이하이의 이름을 몇 차례 되뇌었다.

　야마스기 게이코의 예상대로 우웨도 고통스럽고 막막한 여생을 보냈다. 그는 10여 년 동안 인류 기념 사업에 참여했지만 그것으로도 정신적인 위안을 얻지 못하고 일흔일곱 살에 고독하게 생을 마감했다. 창웨이쓰와 마찬가지로 그도 마지막 순간에 장베이하이의 이름을 불렀다. 동면 상태로 시간을 넘고 있는 그 강인한 전사는 그들에게 유일한 희망이었다.

　두 차례 UN 사무총장을 역임한 세이는 은퇴 후 인류 기념 사업을 제안했다. 인류 문명의 모든 자료와 기념물을 수집해 무인우주선에 실어 우주로 보내자는 것이었다. 이 사업 중 가장 많은 이들이 참여한 것은 '인류 일기'라는 이름의 프로젝트였다. 수많은 인터넷 사이트를 개설해 가능한 한 많은 사람에게 자신의 일상생활을 글과 영상으로 기록해서 올리도록 했다. 이것들이 모두 문명의 일부이기 때문이다. 인류 일기 사이트의 방문자 수가 20억 명을 돌파하는 등 인터넷 탄생 이후 최대 규모의 사이트가 되었다. 얼마 후 PDC가 패배주의를 조장할 수 있다는 이유로 사업을 중단시켰지만 세이는 이 사업을 위해 헌신하다가 여든넷의 나이로 세상을 떠났다.

가라닌과 켄트는 은퇴 후 똑같은 선택을 했다. 두 사람 모두 면벽자 뤄지가 5년간 살았던 북유럽의 에덴동산에 은거하며 다시는 외부에 모습을 드러내지 않았다. 심지어 그들이 언제 사망했는지 확실한 날짜를 아는 사람도 없었다. 하지만 한 가지 분명한 사실은 그들 모두 장수했다는 점이다. 들리는 소문에 의하면 두 사람이 100세까지 무병장수하다가 편안히 세상을 떠났다고 한다.

앨버트 린저 박사와 피츠로이 장군도 여든 살 넘게 살았다. 그들은 망원경 렌즈의 직경이 100미터나 되는 허블 3호 우주망원경이 건설된 뒤 그 망원경을 통해 직접 삼체 행성을 보았다. 하지만 삼체 함대와 그들 앞으로 날아오고 있는 탐측기를 다시 볼 수는 없었다. 삼체 함대가 세 번째 '눈밭'을 지날 때까지 살아서 기다리지 못했기 때문이다.

보통 사람들의 인생도 마찬가지로 연장되거나 끝이 났다. 베이징의 세 노인들 중 먀오푸취안이 일흔다섯에 제일 먼저 세상을 떠났다. 그는 정말로 아들에게 자신을 200미터 지하 폐광의 갱도에 매장해달라고 부탁했다. 아들은 그의 유언에 따라 그를 매장한 뒤 갱도를 무너뜨리고 그 위에 추모를 위한 묘비를 세웠다. 먀오푸취안은 최후의 전쟁이 시작되기 전에 이 세상에 있는 그의 후손에게 꼭 묘비를 없애달라고 부탁했다. 그리고 그 전쟁에서 인류가 승리한다면 묘비를 원래 자리에 다시 세워달라는 말도 덧붙였다. 하지만 그가 죽은 뒤 50년도 되지 않아서 폐광이 있던 자리는 사막화되어 묘비가 온데간데없이 사라졌고 폐광의 위치도 찾을 수 없게 되었다. 그의 후손들 중에 그 위치를 찾으려는 사람은 없었다.

장위안차오는 여든에 다른 사람들처럼 병으로 사망해 화장되었으며 유골도 납골당에 평범하게 안치되었다.

양진원은 아흔둘까지 살았다. 그의 유골을 담은 합금 용기는 제3우주속도로 태양계 바깥 우주로 보내졌으며 여기에 그의 전 재산이 모두 쓰였다.

딩이의 생명은 연장되었다. 제어 핵융합 기술이 진전을 거둔 뒤 그는 다시 이론물리학으로 연구 방향을 바꾸었다. 고에너지 입자 실험을 통해 지자의 간섭에서 벗어날 수 있는 방법을 찾겠다는 그의 목표는 실현되지 못했다. 일흔이 넘자 그는 다른 물리학자들처럼 자신이 물리학에서 성과를 거둘 가능성이 전혀 없다고 절망한 뒤 동면을 선택했다. 마지막 전쟁이 닥쳤을 때 깨어나기로 했다. 그의 유일한 희망은 살아서 자기 눈으로 직접 삼체 세계의 위대한 기술을 보는 것이었다.

삼체 위기가 출현한 뒤 100년 동안 황금시대에 살았던 사람들은 모두 세상을 떠났다. 이른바 황금시대란 1980년대부터 삼체 위기가 출현하기 전까지의 아름다운 시대를 의미한다. 그 시대는 많은 이들의 향수를 불러 일으켰다. 그 시대를 살았던 노인들은 반추동물처럼 그때의 달콤한 기억을 계속 토해내 곱씹다가 이렇게 탄식하곤 했다.

"휴, 그땐 왜 그게 소중하다는 걸 몰랐을꼬?"

그들이 옛날이야기를 할 때마다 젊은이들은 질투 어린 시선으로 쳐다보며 이렇게 반문했다.

"그렇게 신화처럼 평화롭고 풍요롭고 행복한 세상이 정말로 존재했다고요? 믿을 수 없어요!"

노인들이 하나씩 떠날수록 저 멀리 아득하게 남아 있던 황금빛 해안도 역사의 안개 속으로 완전히 사라졌다. 지금 인류 문명의 배는 망망한 바다 위를 고독하게 항해하고 있다. 사방을 둘러보아도 끝없이 거칠게 요동치는 파도뿐이다. 피안이 정말로 존재하는지 그 누구도 알 수 없다.

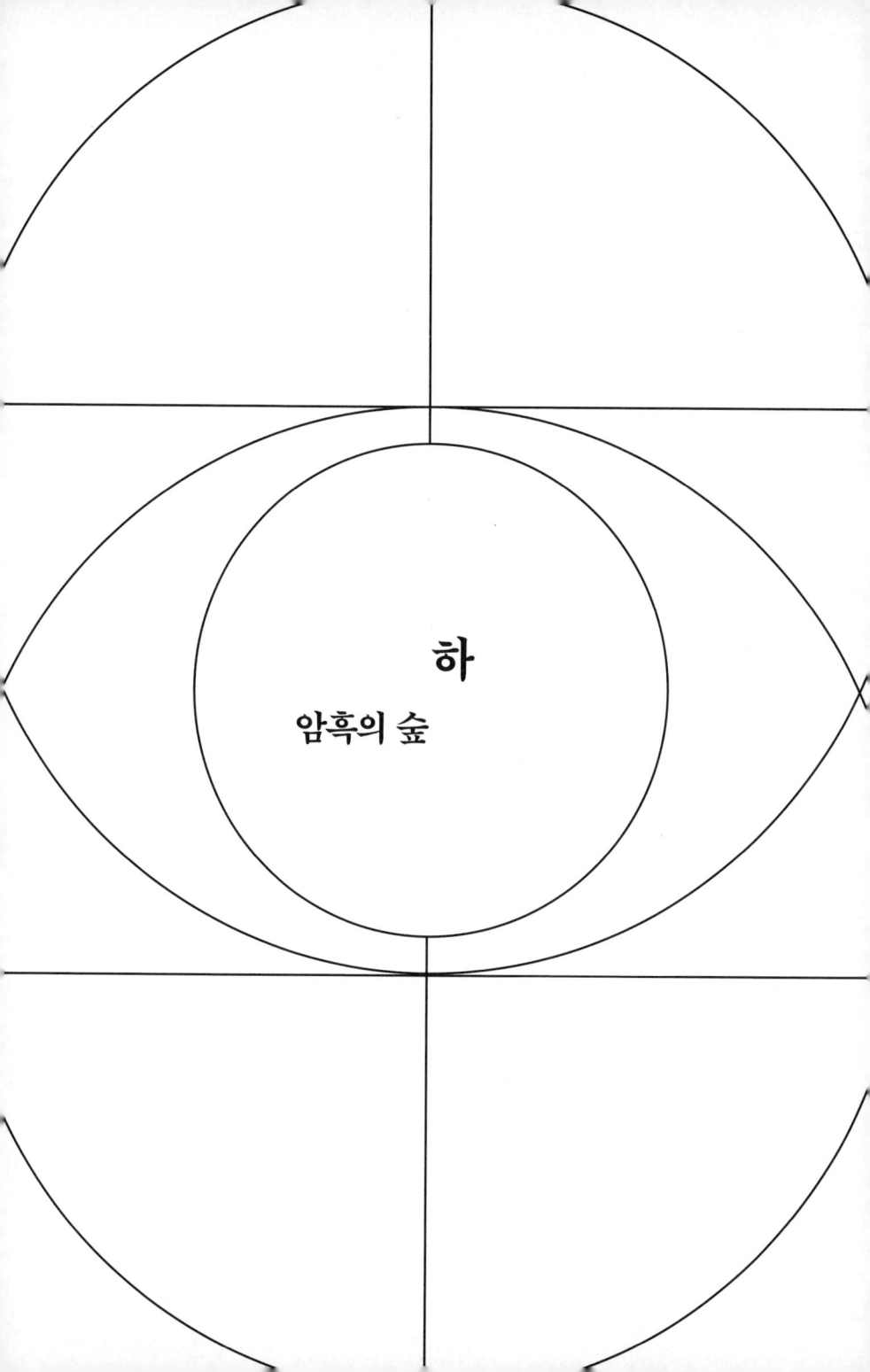

하

암흑의 숲

위기의 세기 제205년, 삼체 함대와 태양계의 거리 2.10광년

어둠이 나타났다. 지금까지는 어둠조차 없는 공허함뿐이었다. 공허함은 색깔이 없다. 아무것도 없다. 어둠이 나타났다는 것은 적어도 공간이 생겼음을 의미한다. 얼마 뒤 어두운 공간 속에서 흔들림이 나타났다. 그어떤 것이라도 파고들어 조용히 지나치는 미풍. 이것은 시간이 흐르는 느낌이다. 어둠이 나타나기 전 공허함에는 시간이 없었지만 이제는 시간도생겼다. 시간은 서서히 녹아내리는 빙하와 같다. 빛이 나타난 건 아주 오랜 시간이 흐른 뒤였다. 형태도 없는 밝은 점이 나타난 뒤에도 아주 길고긴 기다림을 거쳐 세상이 비로소 모습을 드러냈다. 막 깨어난 의식이 가까스로 꿈틀거렸다. 처음 본 것은 가로로 지나가는 가늘고 투명한 관 몇 가닥이었다. 그 뒤로 굽어보고 있는 사람의 얼굴이 보였다. 그 얼굴이 곧 사라졌고 희부연 우유색 천장이 나타났다.

뤄지가 동면에서 깨어났다.

조금 전 그 얼굴이 또 나타났다. 온화한 표정의 남자가 내려다보며 말했다.

"이 시대에 오신 걸 환영합니다."

그와 동시에 그가 입고 있는 흰 가운이 펄럭이며 새빨간 장미가 나타났다가 서서히 흐릿해지며 사라졌다. 그 뒤로도 그가 말을 할 때마다 그의 표정과 감정에 따라 흰 가운 위로 여러 가지 멋진 영상이 나타났다. 바다, 석양, 부슬비가 내리는 숲속 등등. 그는 뤄지가 동면에 빠져 있는 동안 그의 병이 말끔히 치료되었다고 했다. 동면에서 깨어나는 과정도 순조로웠다. 사흘간의 회복기가 지나자 뤄지는 정상적인 신체 기능을 완전히 회복했다.

하지만 뤄지의 사고는 여전히 처음 깨어났을 때의 어리벙벙한 상태에 머물러 있었다. 의사가 한 말 중에서도 한 가지 정보밖에는 기억에 남지 않았다. 지금이 위기의 세기 제205년이며 그가 185년간 동면했다는 사실이었다.

처음에는 의사의 억양이 이상하다고 생각했다. 하지만 유심히 들어보니 중국어 발음은 별로 달라진 게 없었다. 다만 영어 단어가 굉장히 많이 섞여 있다는 점이 특이했다. 의사가 말하는 동안 그 내용이 자막으로 천장에 나타났다. 실시간 언어 식별 시스템인 듯했다. 동면에서 깨어난 사람의 빠른 이해를 돕기 위해 의사의 말 중 영어 단어를 중국어로 변환해주는 것이다. 의사는 뤄지에게 소생실에서 일반실로 옮겨도 좋다고 했다. 작별 인사의 뜻으로 그의 흰 가운 위로 저녁놀이 밤하늘로 빠르게 바뀌는 영상이 나타났다.

뤄지가 누워 있는 침대가 저절로 움직이기 시작했다. 침대가 소생실 문을 나올 때 의사가 "다음 분!"이라고 외쳤다. 뤄지가 힘겹게 고개를 돌리자 침대 하나가 소생실 안으로 들어오고 있었다. 그 위에 동면실에서 막 나온 듯한 사람이 누워 있었다. 침대가 여러 가지 장비 사이에서 멈추자

의사의 가운이 새하얀 색으로 바뀌었다. 의사가 손가락으로 벽을 한 번 건드리자 벽의 3분의 1이 스크린으로 바뀌었고 그 위에 복잡한 그래프와 데이터가 나타났다. 의사가 잰 손놀림으로 그것들을 조작하기 시작했다.

뤄지는 자신의 소생이 중대한 일이 아닐 수 있다는 생각이 들었다. 그저 그곳에서 이루어지는 일상적인 업무 중 일부인 듯했다. 의사는 친절했지만 그에게 뤄지는 많은 동면자들 중 한 명일 뿐이었다.

소생실과 마찬가지로 복도에도 전등이 따로 없었고 벽 자체에서 빛이 발산되었다. 부드러운 조명이었지만 뤄지는 역시 눈을 반쯤 감았다. 그런데 그가 눈을 반쯤 감자마자 복도 벽이 어두워졌다. 침대가 지나가는 곳마다 복도 벽이 차례로 어두워졌다. 빛에 어느 정도 적응이 되어 눈을 크게 뜨자 이번에는 침대의 움직임을 따라 벽이 차례로 밝아졌지만 눈에 자극을 주지 않을 정도의 조도가 유지되었다. 복도의 조도 조절 시스템이 그의 동공 변화를 감지하는 것 같았다.

인간 중심적인 시대가 아니라면 불가능한 일이다.

뤄지가 전혀 예상치 못한 일이었다.

천천히 지나는 복도 벽에 스크린이 활성화되었다. 스크린은 각각 다른 크기로 벽 위에 불규칙하게 배열되어 있었는데 그중 일부에서 움직이는 영상이 나오고 있었다. 어떤 영상인지 정확히 볼 수는 없었지만 누가 스크린을 사용한 뒤 전원 끄는 것을 깜박 잊은 것 같았다.

뤄지는 복도에서 지나가는 사람이나 자동 이동 침대와 여러 번 마주쳤다. 그런데 사람들의 발바닥과 침대 바퀴가 지면에 닿을 때마다 지면에서 반짝이는 물결무늬가 나타났다. 뤄지가 동면하기 전 손가락으로 LCD 모니터를 누를 때 나타났던 무늬와 비슷해 보였다. 긴 복도에서 처음 받은 인상은 깨끗함이었다. 모니터 속 3D 동영상처럼 깨끗했다. 하지만 이 모든 것은 현실이었다. 뤄지는 이 비현실적인 현실 속에서 지금껏 한 번도 느껴보지 못한 고요함과 쾌적함을 느꼈다.

뤄지에게 가장 강렬한 인상을 준 것은 복도에서 만나는 사람들의 표정이었다. 의료진이든 일반인이든 모두 평온하고 차분해 보였고 눈이 마주치면 친절한 미소로 인사를 하거나 손을 흔들어주기도 했다. 그들이 입은 옷에서도 평화롭고 아름다운 영상이 나타났다. 사람들마다 영상의 분위기가 달라서 어떤 것은 사실적이었고 어떤 것은 추상적이었다. 뤄지는 그들의 눈빛 앞에서 자기도 모르게 경계심이 풀렸고 긴장감도 사라졌다. 사람의 눈빛은 그들이 살고 있는 지역과 시대의 문명을 가장 잘 보여주는 척도임을 뤄지는 알고 있었다. 그는 유럽 사진사들이 청나라 말기에 중국에서 찍은 사람들을 본 적이 있었다. 그중에서도 가장 깊은 인상을 받은 것이 사진 속 사람들의 경직된 눈빛이었다. 관리든 일반 백성이든 그들의 눈빛에서 느껴지는 것은 무감각, 우매함 같은 것들이었다. 한 점 생기조차 느껴지지 않았다. 그런데 지금 이 시대 사람들이 뤄지를 바라보는 눈빛 속에는 지혜, 생기 그리고 그가 살았던 시대에서는 거의 느낄 수 없었던 진실함, 다정함 같은 것들이 충만했다. 무엇보다도 뤄지의 영혼 깊은 곳을 흔드는 것은 사람들의 눈빛 속에 넘치는 자신감이었다. 그들의 형형한 눈동자에서 뿜어져 나오는, 햇빛처럼 밝은 그것은 바로 자신감이었다. 절망의 시대에는 어울리지 않는 그들의 모습에 뤄지는 다시 한번 놀랐다.

뤄지를 실은 침대가 소리 없이 병실로 들어섰다. 그곳에는 동면에서 깨어난 다른 두 사람이 있었다. 그중 한 사람은 침대에 누워 있었고, 문 쪽 침대에 있는 사람은 간호사의 도움을 받아 물건을 챙기고 있었다. 이곳에서 나갈 준비를 하고 있는 듯했다. 뤄지는 그들의 눈빛을 보고 자신과 동시대 사람들임을 대번에 알았다. 그들의 눈동자가 마치 시대를 관통하는 창인 듯 그 속에서 자신이 떠나온 회색 시대를 볼 수 있었다.

"어떻게 저럴 수가 있지? 난 할아버지뻘이라고!"

동면자가 짐을 꾸리며 원망 가득한 목소리로 투덜대자 간호사가 다독였다.

"출생년도로 나이를 따지시면 안 돼요. 법적으로 동면 기간 동안은 나이를 계산에 넣지 않아요. 그러니까 노인들에게 함부로 하시면 안 돼요……. 이제 갈까요? 면회실에서 아까부터 기다리고들 계세요."

뤄지는 그녀가 말할 때 최대한 영어 단어를 쓰지 않으려고 의식적으로 노력하고 있음을 알 수 있었다. 그녀에게는 몇몇 중국어 단어들이 낯선 고대 언어인 듯 발음이 무척 어색했다. 어쩔 수 없이 현대 언어를 써야 할 때는 그 말을 옛날 중국어로 번역한 문장이 벽 위에 자막으로 나타났다.

"무슨 말을 하는지도 알아들을 수가 없다니까! 꼬부랑말을 왜 그렇게 많이 써?"

동면자가 볼멘소리를 내며 간호사와 가방을 하나씩 들고 밖으로 나갔다.

"이 시대로 왔으니 배우셔야죠. 아니면 그냥 올라가서 사세요."

간호사의 목소리가 병실 안까지 들렸다. 뤄지에게는 현대 언어를 알아듣는 것이 그리 어렵지 않았지만 간호사의 마지막 한마디가 무슨 뜻인지는 이해할 수 없었다.

옆 침대에 누워 있던 동면자가 뤄지를 보고 인사했다.

"안녕하세요. 병 때문에 동면하셨죠?"

스무 살이 조금 넘어 보이는 청년이었다.

뤄지가 인사를 하려는데 입만 벙긋거릴 뿐 목소리가 나오지 않자 청년이 웃었다.

"말하실 수 있어요. 배에 더 힘을 줘보세요."

"안녕하세요."

드디어 뤄지의 목에서 잔뜩 쉰 목소리가 새어 나왔다.

청년이 고개를 끄덕였다.

"방금 나간 분도 병 때문에 동면하셨대요. 전 아니에요. 전 현실에서 도 망치기 위해 여기로 왔어요. 참, 제 이름은 슝원(熊文)이에요."

뤄지가 물었다.

"여긴…… 어때요?"

목소리를 내기가 한결 수월해졌다.

"저도 자세히는 몰라요. 깨어난 지 닷새밖에 안 됐거든요. 아직까지는 뭐, 좋은 시대인 것 같네요. 우리에겐 이 사회에 적응하기가 힘들겠지만요. 저는 너무 일찍 깨어난 것 같아요. 몇 년만 늦게 태어났어도 좋았을 텐데."

"몇 년 늦게? 그럼 적응하기가 더 힘들지 않겠어요?"

"아니죠. 아직 전시라서 사회의 관심이 우리에게까지 미치지 못하고 있어요. 몇십 년 뒤에 평화 협상이 타결되면 태평성세가 찾아오겠죠."

"평화 협상? 누구와?"

"누구겠어요? 당연히 삼체 세계지."

슝원의 마지막 말에 뤄지는 깜짝 놀랐다. 일어나 앉으려고 버둥거리자 간호사가 들어와 그가 침대에 기대앉을 수 있도록 도와주었다.

뤄지가 다급한 목소리로 물었다.

"그들이 평화 협상을 하겠답니까?"

"아직은 아니에요. 하지만 그들이라고 별수 있겠어요?"

슝원이 잰 몸놀림으로 일어나 다가오더니 뤄지의 침대에 걸터앉았다. 그도 새로 깨어난 동면자에게 이 시대에 대한 이야기를 들려주고 싶어 몸이 근질거리는 모양이었다.

"인류가 지금 얼마나 대단해졌는지 모르죠? 와, 진짜 엄청나게 변했다니까요!"

"어떻게 변했어요?"

"인류의 우주 전함이 삼체인의 전함보다 더 막강해졌어요!"

"어떻게 그럴 수가?"

"못 할 것도 없죠! 슈퍼 무기로 무장한 건 둘째 치고 속도만 해도 광속의 15퍼센트까지 향상됐어요! 삼체인들은 우리 꽁무니도 못 따라온다니까요!"

뤄지는 여전히 믿지 못하겠다는 표정으로 시선을 간호사에게로 옮겼다. 이제 보니 대단한 미인이었다. 이 시대 사람들은 모두 예쁘고 잘생긴 듯했다. 간호사가 생글거리며 고개를 끄덕였다.

"이분 말이 맞아요."

승원이 신이 나서 이야기를 계속했다.

"게다가 우주 함대에 이런 전함이 얼마나 있는 줄 알아요? 놀라지 마세요. 2000대나 있어요! 삼체인들의 두 배라니까요! 그뿐인가요? 지금도 계속 만들어내고 있어요!"

뤄지가 다시 간호사를 쳐다보자 그녀가 또 고개를 끄덕였다.

"지금 삼체 함대가 얼마나 딱한 신세가 됐는지 모르죠? 지난 200년 동안 그들이 세 번을 지나쳤는데……. 아, 눈밭 말이에요. 우주먼지. 마지막으로 지난 게 4년 전이에요. 망원경으로 관찰해보니까 삼체 함대가 한데 모여 있지 않고 대형이 듬성듬성 흩어져 있었어요. 전함의 절반 이상이 가속을 멈춘 데다 우주먼지를 통과하면서 또 속도가 확 줄어드는 바람에 엉금엉금 기어서 오고 있더라니까요. 그 속도로는 아마 800년이 지나도 태양계에 도착하지 못할 거예요. 태양계에 도착하기도 전에 다 망가져서 유령선이 되겠죠. 지금 속도로 계산하면 예정대로 200년 뒤에 태양계에 도착할 수 있는 전함은 300대도 안 될 거예요. 하지만 삼체 탐측기 한 대가 곧 태양계에 도달할 거래요. 바로 올해에. 뒤처져서 따라오고 있는 나머지 아홉 대는 3년 뒤에 도착할 예정이고요."

뤄지는 어안이 벙벙하기만 했다.

"탐측기가…… 뭐예요?"

간호사가 말했다.

"막 깨어난 동면자에게는 가급적 요즘 시대에 대한 이야기를 삼가주세요. 너무 많은 내용을 한꺼번에 알게 되면 차분히 휴식을 취할 수 없어서 회복하는 데 좋지 않아요."

"좋은 소식인데 뭐 어때요?"

슝원이 툴툴거리며 자기 침대로 돌아갔다. 그는 침대에 벌렁 드러눕더니 은은한 조명을 내뿜고 있는 천장을 보며 탄식했다.

"하여튼 어린애들이란!"

간호사가 퉁명스럽게 받아쳤다.

"누가 어린애죠? 동면 기간은 나이로 안 쳐요. 어린애는 바로 그쪽이죠."

하지만 뤄지가 보기에도 그녀가 슝원보다 어려 보였다. 그가 외모로 나이를 판단하는 기준이 이 시대에도 들어맞을지는 모르지만 말이다.

간호사가 뤄지에게 말했다.

"그 시대 사람들은 절망 속에서 살았겠지만 상황이 그리 심각하진 않아요."

뤄지에게 그건 천사의 목소리였다. 그는 자신이 악몽에서 깨어난 아이가 된 것 같았다. 얼마나 끔찍한 악몽이었는지 얘기해도 어른들은 그저 피식 웃어넘길 뿐이다. 천사가 말하고 있을 때 그녀의 간호복 위로 지평선에서 떠오르는 태양이 나타났다. 황금빛 햇살이 서서히 번지며 대지에 닿을 때마다 메마르고 황폐했던 대지가 초록색으로 바뀌었고 꽃들이 만개했다…….

간호사가 밖으로 나간 뒤 뤄지가 슝원에게 물었다.

"면벽 프로젝트는 어떻게 됐어요?"

슴원이 멍한 표정으로 고개를 저었다.

"면벽…… 뭐라고요? 그게 뭐예요? 처음 들어요."

청년에게 언제 동면을 시작했는지 물어보니 면벽 프로젝트가 개시되기 전이었다. 그때는 동면 비용이 아주 비쌌으므로 청년은 돈 많은 집 아들이었을 것이다. 그가 깨어나서 닷새 동안 면벽 프로젝트에 대해 들어보지 못했다면, 면벽 프로젝트가 아예 잊혔거나 적어도 별로 중요하지 않게 되었을 것이다.

잠시 후 뤄지는 새로운 시대의 발전된 기술을 새삼 실감했다. 병실로 온 지 얼마 되지 않아서 간호사가 동면에서 깨어난 후 첫 식사를 가져다주었다. 우유와 잼, 빵 등 아주 소량이었다. 간호사는 위장 기능이 완전히 회복되지 않아서 조금씩 먹어야 한다고 설명했다. 뤄지가 빵을 한입 베어무는데 톱밥을 씹는 것 같았다.

"미각도 차츰 회복될 거예요."

간호사의 말에 슴원이 불쑥 끼어들었다.

"미각이 회복되면 맛이 더 고약할 거예요."

간호사가 말했다.

"땅에서 자란 것만큼 맛있을 순 없죠."

뤄지가 입 안의 빵을 우물거리며 물었다.

"그럼 어디서 자란 거예요?"

"공장에서 만든 거예요."

"곡식을 합성해내는 건가요?"

슴원이 재빨리 대답을 가로챘다.

"합성하지 않으면 얻을 방법이 없어요. 땅에서 작물이 자라지도 않으니까."

뤄지는 그런 슴원을 보며 안타까움을 느꼈다. 그는 자신이 살던 시대에 이미 기술혁신에 면역이 생겨 아무리 놀라운 기술에도 그저 무덤덤한 부류였다. 새로운 시대의 신기함을 온전히 누릴 수 없으니 그로서는 불행한 일이었다.

뒤이어 뤄지는 또 한 번 놀랐다. 물론 그 역시 이 시대에는 지극히 일상적인 일이었다. 간호사가 우유가 담긴 컵을 가리키며 말했다.

"이건 동면자들을 위해 특별히 제작한 가열 컵이에요. 요즘 사람들은 따뜻한 음료를 마시지 않거든요. 커피도 차갑게 마시죠. 찬 우유가 싫으면 데워서 드세요. 컵 밑바닥에 있는 둥근 스위치를 돌려서 원하는 온도에 맞추면 자동으로 데워져요."

뤄지는 우유를 다 마신 뒤 컵을 찬찬히 살펴보았다. 평범해 보이는 유리잔이었지만 바닥 부분이 손가락 마디 하나 두께로 불투명했다. 그 부분이 가열 기능을 하는 것 같았다. 그런데 아무리 살펴보아도 둥근 스위치 외에는 아무것도 없었다. 컵의 아랫부분을 힘껏 돌려보았지만 바닥과 윗부분이 일체형으로 되어 있었다.

간호사가 말했다.

"여기 있는 것들을 함부로 만지지 마세요. 어떻게 쓰는지 잘 모르시니까 위험할 수 있어요."

"어떻게 충전하는지 궁금해서 그래요."

"충…… 전요?"

반문하는 간호사의 발음이 어색한 걸 보니 그 단어를 난생처음 듣는 것 같았다.

"차지(Charge), 리차지(Recharge) 말이에요."

영어로 설명해주었지만 간호사는 여전히 의아한 표정으로 고개를 저었다.

"충전식이 아니라면…… 이 안에 든 건전지를 다 쓰면 어떻게 해요?"

"건전지요?"

"배터리(Battery)요. 건전지도 없어졌어요?"

간호사가 고개를 끄덕이자 뤄지가 물었다.

"그럼 이 컵에 전기를 어떻게 공급하죠?"

"전기요? 전기는 그 안에 들어 있잖아요."

간호사가 점점 더 어리둥절한 표정을 지었다.

"컵 안에 있는 전기가 고갈되지 않아요?"

간호사가 고개를 끄덕였다.

"그럼요."

"영원히?"

"당연하죠. 전기를 어떻게 다 써요?"

간호사가 나간 뒤에도 뤄지는 컵을 손에 든 채 한동안 내려놓지 못했다. 그는 감격에 겨운 나머지 승원이 비웃는 표정으로 자신을 쳐다보고 있다는 것도 눈치채지 못했다. 인류가 천년 동안 꿈꿔오던 성물(聖物)이 바로 지금 손에 들려 있지 않은가. 인류가 정말로 고갈되지 않는 에너지를 갖게 되었다면 그건 모두를 가진 것이나 다름없다. 아까 그 미모의 간호사가 했던 말을 이제야 믿을 수 있었다. 상황이 그리 심각하지 않다는 얘기를 말이다.

얼마 후 회진 의사가 찾아와 몸 상태에 대해 이것저것 물어보았다. 뤄지가 의사의 질문에 다 대답하고는 면벽 프로젝트를 아느냐고 묻자 의사가 시큰둥하게 대답했다.

"물론 알죠. 우스운 옛날 일이잖아요."

"면벽자들은 다 어떻게 됐어요?"

"아마 한 명은 자살했고 또 한 명은 돌에 맞아 죽었을 거예요……. 어차피 200년 가까이 지난 아주 옛날 얘긴걸요."

"나머지 두 사람은요?"

"모르겠어요. 아직 동면 중이겠죠, 뭐."

"그중 한 명은 중국인이었는데 어떻게 됐는지 알아요?"

뤄지가 조심스레 물으며 긴장된 표정으로 의사의 표정을 살피는데 간호사가 끼어들었다.

"어느 별에 저주의 주문을 보낸 그 사람 말이죠? 근대사 역사책에서 봤어요."

"맞아요. 그는 지금……."

의사가 시큰둥하게 대답했다.

"모르겠어요. 동면하고 있지 않겠어요? 그런 일엔 별로 관심이 없어서요."

"그 별은요? 그가 저주의 주문을 보냈던 그 별요. 행성을 가진 항성. 그건 어떻게 됐어요?"

뤄지는 가슴이 조마조마했다.

"뭐가 어떻게 돼요? 거기 그대로 있겠죠……. 저주의 주문이요? 웃기는 소리예요."

"그 별에 대해서 정말로 아무것도 몰라요?"

"저는 못 들어봤어요. 들어봤어?"

의사가 간호사에게 묻자 간호사가 고개를 저었다.

"저도 못 들어봤어요. 그땐 참 황당한 시대였어요. 웃기는 일들이 그렇게 많았으니."

뤄지가 다그치듯 물었다.

"그다음엔 세상이 어떻게 됐죠?"

"그다음엔 대협곡이었어요."

"대협곡? 그게 뭐예요?"

"차차 아시게 될 거예요. 지금은 푹 쉬세요. 그 시대에 대해서는 모르시는 게 나을 거예요."

의사가 짧은 한숨을 지었다.

의사가 몸을 돌려 밖으로 나가는데 그의 가운 위로 먹구름이 뭉게뭉게 피어올랐다. 간호사의 옷에도 커다란 눈동자들이 나타났다. 어떤 것은 공포에 질려 있었고, 어떤 것은 눈물이 그렁그렁 맺혀 있었다.

의사와 간호사가 돌아간 뒤 뤄지는 한참 동안 우두커니 앉아 있다가 혼잣말로 중얼거렸다.

"우스운 이야기…… 우스운 옛날 일이라……."

뤄지의 입에서 헛웃음이 비어져 나왔다. 처음에는 소리 없이 웃다가 나중에는 크게 소리 내어 웃었다. 들썩이는 그의 어깨를 따라 침대도 함께 움직였다. 슝원이 놀라 의사를 부르려는데 뤄지가 그를 말렸다.

"아무 일도 아니에요. 신경 쓰지 말고 자요."

뤄지가 침대에 몸을 눕히고 동면에서 깨어난 뒤 첫 잠에 빠졌다.

꿈에서 좡옌과 아이를 보았다. 좡옌은 여전히 눈밭 위를 걸어가고 있었고 아이는 그녀의 팔 안에서 잠들어 있었다.

뤄지가 잠에서 깨자 간호사가 들어와 아침 인사를 건넸다. 그녀는 옆에서 쿨쿨 단잠에 빠져 있는 슝원을 깨울까 봐 최대한 목소리를 낮추었다.

뤄지가 사방을 둘러보았다.

"아침이에요? 여긴 왜 창이 없죠?"

"창 대신 벽이 투명하게 변해요. 어디든 원하는 곳을 투명하게 바꿀 수 있어요. 하지만 의사 선생님은 여러분이 바깥 구경을 하기엔 아직 이르다고 하셨어요. 너무 낯선 환경을 보면 휴식에 방해가 될 수 있으니까요."

"깨어난 지 하루가 지나도록 바깥세상을 볼 수 없다면 그게 더 휴식에 방해가 될 거예요. 난 저 청년과는 다르니까."

뤄지가 슝원을 가리키자 간호사가 키득거렸다.

"제가 곧 퇴근 시간이니까 모시고 나가서 구경시켜드릴게요. 아침은 다녀와서 드세요."

뤄지가 간호사를 따라나섰다. 간호사는 먼저 당직실에 들렀다. 당직실 안을 둘러보았지만 그중 절반만 어디에 쓰는 것인지 짐작할 수 있을 뿐 그 외에는 무엇에 쓰는 건지 알 수가 없었다. 컴퓨터는 물론이고 컴퓨터와 비슷하게 생긴 것도 없었다. 그 대신 벽마다 어디든 원하는 대로 모니터를 활성화할 수 있었다. 이 정도는 뤄지도 예상했던 것이다. 문 옆에 있는 우산 세 개가 뤄지의 눈길을 잡아끌었다. 디자인은 각기 다르지만 겉에서 보면 그저 평범한 우산이었다. 그런데 어쩐지 너무 크고 무거워 보였다. 설마 이 시대엔 접는 우산도 없는 걸까?

간호사가 탈의실에서 옷을 갈아입고 나왔다. 환한 동영상이 나타난다는 것을 제외하면 여자들 패션의 변화는 적어도 뤄지가 감당할 수 있는 수준이었다. 그가 살던 시대와 가장 큰 차이점은 비대칭이 두드러진다는 것이었다. 185년이 지난 지금도 여자들의 옷이 아름답다고 느낄 수 있다는 사실에 뤄지는 적이 안심이 되었다. 간호사가 우산 세 개 중 하나를 집어 들었다. 어깨에 걸쳐 메야 할 만큼 무게가 제법 나갔다.

"지금 비가 오나요?"

간호사가 고개를 저었다.

"이걸…… 우산이라고 생각하시는 거죠?"

그녀에게는 우산이라는 단어가 익숙지 않은 듯했다.

뤄지가 그녀의 어깨에 매달린 '우산'을 가리켰다.

"그럼, 이게 뭐죠?"

간호사의 입에서 신기한 이름이 흘러나올 거라 생각했지만 그의 예상은 보기 좋게 빗나갔다.

"자전거예요."

두 사람이 복도로 나왔다. 뤄지가 물었다.

"집이 멀어요?"

"제가 사는 곳을 말씀하시는 거라면 그리 멀지 않아요. 자전거로 10분쯤 걸리니까요."

그녀가 걸음을 멈추고 매력적인 눈동자로 뤄지를 쳐다보았다. 이어진 그녀의 말에 뤄지가 깜짝 놀랐다.

"지금은 집이 없어요. 누구든 다 그렇죠. 결혼이라든가, 가정이라든가, 이런 건 대협곡을 지나면서 다 없어졌어요. 이건 선생님이 제일 먼저 적응하셔야 할 일이기도 해요."

"적응할 자신이 없군요."

"금세 적응하실 거예요. 역사 시간에 배웠어요. 선생님이 살던 시대에 이미 결혼이나 가정 같은 것들이 해체되기 시작했다고. 많은 사람들이 구속을 거부했고 자유로운 삶을 추구했다고요."

그녀는 또 역사책 이야기를 했다.

뤄지가 생각했다.

'내가 바로 그런 사람이었죠. 하지만 나중엔……'

동면에서 깨어난 그 순간부터 좡옌과 아이에 대한 생각이 단 한 순간도 그의 머리를 떠난 적이 없었다. 마치 두 사람이 그의 의식이라는 데스크톱 화면 속 바탕화면이라도 된 듯 매 순간 머물렀다. 그러나 이곳 사람들은 그가 누군지 모르고 그가 어떤 일을 겪었는지도 알지 못한다. 좡옌과 아이를 향한 그리움은 사무쳤지만 두 사람이 어디에 있는지 알아볼 용기가 나지 않았다.

두 사람이 자동문을 지나자 뤄지의 눈앞이 환해졌다. 눈앞에 좁고 기다란 길이 뻗어 있었고 그를 향해 훅 달려드는 신선한 공기가 이곳이 실외임을 알려주었다.

"하늘이 참 파랗군요!"

뢰지가 밖으로 나와 처음 내뱉은 감탄사였다.

"그 시절의 하늘이 더 파랗지 않았어요?"

그렇지 않다. 그때보다 더 파랗다. 그것도 아주 많이. 하지만 뢰지는 이 말을 입 밖에 내지 않았다. 탁 트인 파란 하늘이 영혼을 누긋하게 풀어주도록 그대로 몸을 맡겼다. 그러다 한 가지 의문이 문득 뇌리를 스쳤다. 내가 정말로 천국에 온 걸까? 그의 기억 속에서 이렇게 투명하고 파란 하늘은 세상과 단절된 채 5년간 살았던 그 에덴동산의 하늘뿐이었다. 다른 점이라면 하늘에 구름이 하나도 없고 서쪽 하늘에 아주 희미하게 보이는 흰점 두 개였다. 누가 실수로 흰 물감을 잘못 묻힌 것처럼 말이다. 동쪽에서 막 떠오른 태양이 투명하고 쾌청한 대기 속에서 해사하게 빛나고 있었다. 가장자리에 이슬방울 두 개가 매달려 있는 듯한 착각마저 들었다. 뢰지가 천천히 시선을 아래로 옮기는데 갑자기 눈앞이 아찔해졌다. 발밑을 내려다보니 까마득히 높은 곳이었다. 한참만에야 정신을 차리고 눈앞의 광경을 똑바로 쳐다볼 수 있었다. 그건 도시였다. 처음에는 거대한 숲이라고 생각했다. 키 큰 나무들이 하늘을 찌를 듯 쭉쭉 뻗어 있었고, 줄기마다 다양한 길이의 가지들이 수직으로 뻗어 나와 있었다. 그리고 나뭇잎처럼 생긴 도시의 건물들이 나뭇가지마다 매달려 있었다.

건물의 배치 형태는 불규칙했다. 잎사귀가 빽빽하게 달린 나무도, 성글게 달린 나무도 있었다. 뢰지는 자신이 있는 동면소생센터가 커다란 나무의 일부분이라는 것을 알았다. 그가 하룻밤을 보낸 병실도 나뭇잎 안에 있었다. 지금 그가 서 있는 곳은 나뭇잎이 매달린 나뭇가지 위였다. 밖으로 나왔을 때 그의 앞에 쭉 뻗은 길고 가는 길이 바로 나뭇가지였던 것이다. 뒤를 돌아보자 나뭇가지가 달린 나무의 줄기가 보였다. 줄기는 끝이 보이지 않을 만큼 높이 뻗어 있었다. 그들이 있는 나뭇가지는 나무의 중상부에 위치한 것 같았다. 위아래로 나뭇가지가 뻗어 나와 있었고 그 나뭇가지에 걸린 나뭇잎 건물을 볼 수 있었다[나중에 안 사실이지만 이 도시의 주소가 정말로 '××수(樹)' '××지(枝)' '××엽(葉)'의 형태였다]. 가까이에서 보니 나뭇가지들이 공중에서 복잡하게 얽히면서 고가도로의 망을 이루고 있었다. 모든 고가도로의 끝이 허공에 떠 있었다.

뤄지가 물었다.

"여기가 어딘가요?"

"베이징이에요."

뤄지가 간호사를 쳐다보았다. 아침 햇살을 받은 그녀의 얼굴이 더 청초해 보였다. 뤄지는 그녀가 베이징이라고 말한 그곳을 다시 둘러보았다.

"중심가는 어딘가요?"

"저쪽이에요. 우리는 지금 시쓰환(西四環)* 밖에 있어요. 도시 전체를 다 볼 수 있죠."

간호사가 가리키는 먼 곳을 한참 동안 바라보던 뤄지가 놀라움을 감추지 못했다.

"이럴 수가! 어떻게 아무것도 안 남았죠?"

"뭐가 남아 있어야 하죠? 선생님이 살던 시대에 여긴 아무것도 없었어요."

"그럴 리가요? 자금성은요? 징산(景山)**은요? 천안문, 국제무역센터는요? 200년도 안 지났는데 어떻게 다 없어질 수가 있나요?"

"말씀하신 그것들은 다 있어요."

"어디예요?"

---

* 옮긴이 주 : 베이징 천안문을 중심으로 건설된 순환도로 중 네 번째 순환도로의 서쪽 구간.
** 옮긴이 주 : 자금성 뒤에 있는 야트막한 언덕.

447

"땅 위에요."

뤄지의 경악하는 표정을 보며 간호사가 까르르 웃음을 터뜨렸다. 웃다가 중심을 잃어 옆에 있던 난간을 붙잡았다.

"하하하하…… 죄송해요. 제가 깜박 잊었어요. 제가 이렇다니까요. 우리가 있는 여긴 땅속이에요. 지하 1000미터가 넘을 거예요……. 제가 언제 선생님이 사시던 그곳을 구경시켜드릴게요. 선생님을 놀라게 한 것에 대한 사과의 의미로요. 도시가 지상에 있다는 얘길 들었다면 저도 선생님처럼 놀랐을 거예요. 하하하……."

뤄지가 팔을 위로 뻗어 머리 꼭대기를 가리켰다.

"그럼…… 저건……."

간호사가 겨우 웃음을 멈추었다.

"가짜 하늘이에요. 태양도 가짜고요. 아, 정확히 말하면 가짜가 아니죠. 1만 미터 상공에서 촬영한 화면을 보여주는 거니까 진짜 하늘이라고 해도 틀린 건 아니에요."

"도시를 왜 땅속에 지었어요? 1000미터라고요? 그렇게 깊어요?"

"전쟁 때문이죠. 생각해보세요. 마지막 전쟁이 시작되면 지상은 불바다가 되지 않겠어요? 하긴 이것도 과거의 생각이긴 하죠. 대협곡 시대가 끝난 뒤 전 세계에서 지하에 도시를 건설하기 시작했어요."

"전 세계의 도시가 모두 땅속에 있단 말이에요?"

"거의 대부분은요."

뤄지가 다시 이 세계를 둘러보았다. 이제 이해할 수 있었다. 나무는 지하 세계의 천장을 지탱하기 위한 지지대이자 건물을 걸기 위한 기둥이었다.

간호사가 말했다.

"폐소공포증에 걸릴 일은 없을 거예요. 하늘을 보세요. 얼마나 넓은지!

땅 위로 올라가도 하늘이 저만큼 잘 보이지는 않을 거예요."

뤄지가 다시 하늘, 아니 하늘의 화면을 올려다보았다. 하늘에서 밝은 점을 발견했다. 처음에는 몇 개가 드문드문 보이더니 눈이 적응되고 나자 그 점이 하늘을 온통 뒤덮을 만큼 많다는 것을 알 수 있었다. 이상하게도 하늘 위 그 물체가 이곳과는 전혀 상관없는 어떤 곳을 연상시켰다. 바로 보석 가게의 진열장이었다. 면벽자가 되기 전 그가 상상 속의 좡옌을 사랑하게 되었을 때의 일이다. 황당한 생각이지만 상상 속의 천사를 위해 선물을 사주고 싶어 보석 가게에 갔다. 진열장 안에 다양한 펜던트들이 있었다. 작고 정교한 펜던트들이 밝은 불빛을 받으며 검은 벨벳 위에 나란히 놓여 있었다.

그 검은 벨벳을 파란색으로 바꾼다면 바로 지금 눈앞에 보이는 하늘과 비슷할 것 같았다.

뤄지가 상기된 목소리로 물었다.

"저게 우주 함대인가요?"

"아뇨. 여기선 함대가 안 보여요. 전부 소행성대 밖에 있죠. 저것들은 아주 다양해요. 형태가 또렷한 건 우주 도시이고 작은 점만 보이는 건 민간 우주선이에요. 가끔은 군함이 궤도로 복귀하기도 하는데 군함의 엔진에서 나오는 빛이 너무 밝아서 똑바로 쳐다보시면 안 돼요……. 그럼 저는 이만 갈게요. 어서 들어가세요. 바람이 차요."

뤄지가 인사를 하려고 몸을 돌렸다가 말문이 턱 막혔다. 그녀가 우산— 그녀의 표현에 따르면 자전거다—을 배낭처럼 등에 메자 그녀의 머리 위에서 우산이 펼쳐지더니 동축 프로펠러 날개 두 개가 소리도 없이 돌아가는 것이 아닌가! 회전 모멘트를 상쇄시키기 위해 두 날개가 서로 반대 방향으로 돌았다. 간호사가 천천히 날아오르더니 난간을 훌쩍 넘어 뤄지에게는 아찔하기만 한 낭떠러지 아래로 내려갔다. 그녀가 허공에 뜬 채 뤄지에게 외쳤다.

"보셨죠? 썩 괜찮은 시대예요. 과거는 꿈이라고 생각하세요. 내일 뵐게요!"

그녀가 사뿐히 날아갔다. 프로펠러가 햇빛을 휘저으며 커다란 나무 두 그루 사이로 날아가 작은 잠자리가 되었다. 이런 잠자리들이 도시의 나무 사이를 무리 지어 날아다니고 있었다. 가장 시선을 잡아끄는 것은 비행의 흐름이었다. 해저 식물 사이로 막힘없이 헤엄쳐 다니는 물고기 떼를 연상시켰다. 도시 위로 쏟아진 햇빛이 거대한 나무에 부딪혀 여러 가닥으로 갈라지며 줄지어 날아다니는 잠자리들 위로 금가루를 흩뿌렸다.

이 아름다운 신세계 앞에서 뤄지의 두 눈에서 굵은 눈물이 흘러내렸다. 새로 태어난 환희가 몸속 구석구석 세포 속으로 스며들었다. 정말로 한바탕 악몽을 꾸고 깨어난 것 같았다.

*

면회실로 들어서자 유럽인 같은 한 남자가 그를 기다리고 있었다. 첫눈에 어쩐지 남들과는 달라 보였다. 자세히 보니 그가 입고 있는 양복은 반짝이지도 않았고 영상이 나타나지도 않았다. 뤄지가 살던 시대의 옷과 다른 점이 없었다. 뤄지는 아마도 정중함의 표시일 것이라 짐작했다.

뤄지와 악수를 한 뒤 그가 자기소개를 했다.

"저는 함대협의회에서 특별 파견된 벤 조너선입니다. 당신의 동면 중단은 연합회의 결정에 따른 것이었습니다. 저와 함께 면벽 프로젝트의 마지막 청문회에 참석하시게 될 겁니다. 아, 제가 하는 말을 알아들으시나요? 영어가 많이 변해서 말입니다."

조너선의 말을 들으며 뤄지의 한 가지 우려가 사라졌다. 지난 며칠간 영어 단어가 많이 섞인 중국어를 들으며 뤄지는 서양 문화가 과도하게 침투한 건 아닐까 걱정했다. 그런데 조녀선의 말을 들으니 영어에도 중국어 단어가 제법 섞여 있었다. '면벽'이라는 말도 중국어를 그대로 쓰고 있었다. 이대로 가다 보면 과거 세계 통용어처럼 쓰인 영어와 사용 인구가 가장 많은 중국어가 완전한 융합을 이루며 강력한 세계어가 탄생할 것 같았다.

나중에 알고 보니 언어 융합 현상은 세계 어느 언어에서나 보편적으로 나타나는 현상이었다.

뤄지는 조녀선의 말을 알아들을 수 있었다. 과거는 꿈이 아니었다. 마침내 과거가 그를 찾아왔으니까. '마지막'이라는 단어를 듣고 뤄지는 이 모든 것이 빨리 끝날 희망이 있다고 생각했다.

조녀선이 문이 닫혔는지 확인한 후 벽으로 다가가 디스플레이 창을 활성화했다. 그가 벽을 가볍게 몇 번 건드리자 천장까지 총 다섯 면에 홀로그램이 나타났다.

뤄지는 어느새 회의장에 와 있었다. 모든 것이 바뀌고 벽과 커다란 원탁이 은은한 불빛을 내고 있었지만, 과거의 분위기를 그대로 재연하고자 한 설계자의 노력을 느낄 수 있었다. 커다란 원탁과 연단을 비롯해 전체적인 배치를 보며 뤄지는 자신이 있는 곳이 어딘지 금세 알 수 있었다. 아직 회의장은 텅 비어 있었고 직원 두 명이 자리를 돌며 서류들을 올려놓고 있었다. 아직도 종이 서류를 사용한다는 사실이 의외였지만 조녀선의 옷처럼 정중함을 표시하기 위함이라고 생각했다.

조녀선이 말했다.

"지금은 원격 회의가 관례입니다. 원격 참석이 회의의 중요도나 무게를 해치는 일은 없죠. 청문회가 시작되려면 아직 시간이 조금 남았습니다. 아직 바깥세계에 대해 잘 모르시죠? 세계의 현 상황을 간략히 설명해드려야 할까요?"

뤄지가 고개를 끄덕였다.

"물론입니다."

조녀선이 회의장을 가리켰다.

"간단히 설명해드리겠습니다. 우선 국가 상황부터 말씀드리죠. 유럽은 하나의 나라로 통일되었습니다. 명칭은 유럽 연방이고 동유럽과 서유럽이 모두 포함되었지만, 유럽에 속한 러시아 영토는 제외됐습니다. 러시아는 벨라루스와 합병했으며 러시아 연방이라는 명칭을 그대로 사용하고 있습니다. 캐나다는 프랑스어 지역과 영어 지역이 분리되어 두 나라로 나뉘었고요. 다른 지역에도 조금씩 변화가 있기는 하지만 크게는 이 정도입니다."

뤄지가 깜짝 놀랐다.

"그것밖에 변하지 않았다고요? 거의 200년이나 지났는데도? 세상이 완전히 다르게 변했을 거라 예상했어요."

조녀선이 회의장을 등지고 뤄지를 향해 무겁게 고개를 끄덕였다.

"맞습니다. 완전히 변했습니다. 뤄지 박사님, 이미 예전의 세상이 아닙니다."

"그렇지 않아요. 그 정도 변화는 내가 살던 시대에도 조금씩 시작되고 있었어요."

"하지만 그때 사람들이 예상하지 못한 게 있습니다. 지금은 강대국이 없죠. 세계 모든 국가가 쇠퇴했으니까요."

"모든 국가라고요? 그럼 국가 대신 누가 강해졌습니까?"

"국가가 아닌 실체가 있습니다. 바로 우주 함대죠."

뤄지는 한참을 곰곰이 생각한 후에야 조녀선의 말을 이해할 수 있었다.

"우주 함대가 독립했다는 말인가요?"

"그렇습니다. 함대는 어느 나라에도 속하지 않습니다. 그들은 정치적으로든 경제적으로든 독립된 존재죠. 국가와 마찬가지로 UN 회원으로 가입했고요. 지금 태양계에는 세 개 함대가 있습니다. 아시아 함대, 유럽 함대, 북미 함대. 하지만 그들의 명칭은 단순히 그들이 어디에서 시작되었는지를 설명할 뿐, 그 지역들과는 아무런 구속 관계도 없습니다. 그들은 완벽하게 독립적입니다. 이들 세 함대가 각각 과거 초강대국만큼의 정치적 영향력과 경제력을 가지고 있죠."

"어떻게 그럴 수가……."

뤄지는 말을 잇지 못했다.

"하지만 오해하진 마십시오. 군사정부가 세계를 통치하고 있는 건 아니니까요. 함대의 영토와 주권은 모두 우주에 있어서 지구 내부의 일에는 거의 간섭하지 않습니다. 이건 UN 헌장에 규정되어 있기도 하죠. 간단히 말해서 현재 인류는 두 세계로 나뉘어 있는 겁니다. 기존의 지구 세계와 새로 등장한 함대 세계, 이렇게요. 세 함대가 합쳐져서 태양계 함대가 되었고 PDC는 태양계 함대협의회로 바뀌었습니다. 태양계 함대의 최고 지휘기구입니다. 하지만 UN과 달리 협조 기능만 있을 뿐 실질적인 권력은 없습니다. 사실 태양계 함대 자체도 이름뿐이죠. 우주 함대의 실권은 세 함대의 총사령부에서 장악하고 있습니다. 청문회 참석 전에 아셔야 할 것은 이쯤이면 된 것 같군요. 오늘 청문회는 태양계 함대협의회에서 주최하는 겁니다. 그들이 면벽 프로젝트를 인계받았습니다."

그때 홀로그램 속에 작은 화면이 나타났다. 그 속에 하인스와 게이코가 있었다. 얼핏 보기에는 별로 변한 점이 없었다. 하인스는 미소를 지으며 뤄지에게 인사를 건넸지만 게이코는 무표정하게 그의 옆에 앉아 있다가 뤄지가 인사하자 고개만 까딱였다.

하인스가 말했다.

"나도 막 깨어났소, 뤄지 박사. 박사가 저주한 그 행성이 50광년 먼 거리에서 아직도 항성 주위를 돌고 있다니 안타까운 소식이군요."

뤄지가 손사래를 치며 자조했다.

"하하, 그 얘긴 꺼내지 마세요. 우스운 옛날이야깁니다."

"그래도 타일러와 레이디아즈에 비하면 박사는 운이 좋아요."

"성공한 면벽자는 박사님뿐인 것 같군요. 박사님의 전략이 인류의 지능을 높였나 봅니다."

하인스도 뤄지가 방금 지었던 자조적인 미소를 지으며 고개를 저었다.

"천만에요. 나도 방금 들었어요. 우리가 동면에 들어간 뒤 인간의 연구가 극복할 수 없는 장벽에 부딪혔다는군요. 더 깊이 들어가면 대뇌의 사고 메커니즘을 양자 차원에서 연구해야 했으니까요. 다른 분야와 마찬가지로 넘을 수 없는 지자의 장벽에 부딪힌 거예요. 우린 끝내 인간의 지능을 끌어올리지 못했어요. 우리가 뭔가 한 일이 있다면 아마 얼마 안 되는 사람들에게 자신감을 북돋워준 게 다일 겁니다."

뤄지는 멘털 스탬프가 등장하기 전에 동면에 들어갔으므로 하인스가 한 마지막 말의 의미를 알 수 없었다. 하지만 하인스가 이야기를 하는 동안 서리가 내린 듯 싸늘하던 게이코의 얼굴 위로 미묘한 웃음이 한 가닥 스치는 건 놓치지 않았다.

작은 화면이 사라졌다. 어느새 사람들이 회의장을 가득 채우고 앉아 있었다. 참석자들 대부분이 군복을 입고 있었는데 군복 디자인에도 큰 변화가 없었다. 참석자들의 옷에도 영상이 나타나지 않았지만 배지와 견장이 반짝거렸다. 태양계 함대협의회 의장은 여전히 순회의장이고 군무관 출신이었다. 그를 보며 뤄지는 이미 200년 전 고인이 된 가라닌을 떠올렸다. 기나긴 시간의 강 속에 휩쓸려 사라진 동시대인들에 비하면 어쨌든 자신은 무척 운이 좋은 편이라고 자위했다.

의장이 청문회 시작을 선포한 뒤 말을 이었다.

"올해 제47차 연석회의에서 제출된 649호 의안에 따라 이 청문회에서 최후 표결이 진행될 것입니다. 이 의안은 북미 함대와 유럽 함대가 공동 제출한 것입니다. 우선 의안의 내용을 낭독하겠습니다.

삼체 위기가 출현한 이듬해, UN PDC가 수립한 면벽 프로젝트가 상임이사국들의 만장일치로 통과되어 그 이듬해부터 실행에 옮겨졌다. 면벽 프로젝트의 핵심은 각 상임이사국이 선정하고 추천한 면벽자 네 명이 삼체 세계의 침략에 대항할 수 있는 전략을 수립하고, 이를 그 누구와도 공유하지 않음으로써 인류에 대한 지자의 감시를 피해 진정한 전략을 은폐한다는 데 있다. UN은 이 프로젝트와 관련해 면벽법을 제정하고 면벽자들에게 전략 수립 및 실행에 관한 특권을 부여했다.

면벽 프로젝트가 개시된 지 205년이 흘렀고 그사이 100년이 넘는 정체기가 있었다. 그 기간 동안 이 계획이 PDC에서 태양계 함대협의회로 이관되었다.

면벽 프로젝트는 특수한 역사적 배경의 산물이다. 삼체 위기가 출현했을 당시 인류 역사상 유례가 없는 이 재난 앞에서 국제사회는 심각한 공포와 절망에 빠졌다. 면벽 프로젝트는 바로 이런 상황에서 탄생했다.

면벽 프로젝트가 실패한 전략임은 역사로 이미 증명되었다. 이 프로젝트는 인류 사회가 유사 이래 저지른 가장 유치하고 어리석은 행동이다. 면벽자는 그 어떤 법률에도 감독받지 않는 권력을 부여받았으며, 심지어 국제사회를 기만할 수 있는 자유까지 부여받았다. 이는 사회의 가장 기본적인 도덕과 법률 준칙에 위배되는 것이다.

면벽 프로젝트로 인해 막대한 전략 자원이 무의미하게 소모되었다. 면벽자 프레드릭 타일러의 양자 함대 전략은 전략적 의미가 전혀 없다는 사실이 증명되었고, 면벽자 레이디아즈의 수성 추락 연쇄 반응 전략은 현재 인류의 능력으로도 실현 가능성이 없다. 더욱이 이 두 계획은 모두 범죄다. 타일러는 지구 함대를 공격해 궤멸시키려 했고, 레이디아즈의 계획은 지구상의 모든 생명을 인질로 삼으려고 한 더욱 잔인한 전략이었다.

나머지 면벽자 두 명의 결과도 실망스럽다. 면벽자 하인스의 사고 향상 전략은 아직도 전략의 진정한 의도가 파악되지 않았다. 그러나 초기 성과로 나타난 멘털 스탬프는 우주군에서만 사용한다 해도 사상의 자유를 심각하게 침해하는 범죄다. 사상의 자유는 인류의 문명이 존재하고 진화하기 위한 전제 조건이다. 면벽자 뤄지는 자신의 안락한 생활을 위해 공공의 자원을 사용하는 무책임한 행동을 했으며 황당한 신비주의로 대중을 농락했다.

우리는 면벽 프로젝트가 인류의 역량을 강화하고 전쟁의 주도권을 확보하는 데 아무런 기여도 하지 못했음을 인식하고, 지금이 바로 이 역사적인 과오를 종결하기에 적절한 시기라고 판단했다. 우리는 면벽 프로젝트를 즉각 중단하고 UN 면벽법을 폐기할 것을 태양계 함대협의회에 건의한다.”

의장이 의안을 천천히 내려놓고 회의장을 빙 둘러보았다.

“이제 태양계 함대협의회 649호 의안에 대한 표결을 시작하겠습니다.”

대표들이 일제히 손을 들었다.

200년이 흘렀지만 표결 방식은 여전히 원시적이었다. 한 직원이 회의장을 돌아다니며 수를 센 후 검토를 거쳐 의장에게 결과를 보고했다.

의장이 투표 결과를 선포했다.

“649호 의안은 만장일치로 통과되었습니다. 이 의안의 결정은 즉각 발효됩니다.”

의장이 고개를 들었다. 뤄지는 의장이 자신이나 하인스를 보고 있는지 알 수가 없었다. 185년 전 원격으로 청문회에 참석했을 때처럼 뤄지는 자신과 하인스를 비추는 화면이 회의장의 어떤 위치에 있는지 알 수 없었다.

"지금 이 시간부터 면벽 프로젝트는 종료되며 UN 면벽법도 폐기됩니다. 나는 태양계 함대협의회를 대표해 빌 하인스와 뤄지에게 UN 면벽법에 의해 당신들에게 부여되었던 모든 특권과 관련 법률에 대한 면책 특권이 더 이상 유효하지 않음을 통보합니다. 당신들은 각자 자국으로 돌아가 평범한 국민의 신분을 회복하게 될 것입니다."

의장이 폐회를 선언하자 조너선이 일어나 홀로그램을 껐다. 그와 동시에 200년간 계속되었던 뤄지의 악몽도 끝이 났다.

조너선이 웃으며 말을 건넸다.

"제가 알고 있는 게 맞다면 이게 바로 뤄지 박사님이 바라던 결과죠?"

"그래요. 이게 바로 내가 바라던 일이죠. 고맙습니다. 나를 평범한 사람으로 돌아가게 해준 태양계 함대협의회에도 고맙다고 전해주세요."

뤄지의 진심에서 우러난 말이었다.

"의안이 표결됐으니 회의는 다 끝났습니다. 이제 박사님과 더 구체적인 문제를 논해야겠군요. 제일 궁금한 것부터 말씀해보세요."

뤄지가 길게 생각할 것도 없이 말했다.

"내 아내와 아이는 어디 있나요?"

동면에서 깨어난 이후 줄곧 그를 고통스럽게 했던 궁금증이었다. 사실 그는 청문회가 시작되기 전 조너선을 처음 만났을 때부터 이 질문을 하고 싶었다.

"안심하세요. 잘 있습니다. 아직 동면 중입니다. 가족의 자료를 드리겠습니다. 언제든 동면 종료를 신청하실 수 있습니다."

"고맙습니다. 진심으로."

뤄지의 눈가가 축축해졌다. 그는 다시 천당에 온 것 같았다.

소파에 앉은 조너선이 뤄지에게 상체를 약간 숙이며 말했다.

"제 개인적인 생각이지만 동면자로서 이 시대의 생활에 적응하기가 쉽지 않으실 겁니다. 박사님의 생활이 안정된 후에 가족을 깨우시는 게 좋을 거예요. UN은 가족이 230년간 동면을 지속할 수 있는 비용을 미리 지불했으니까요."

"나 혼자 밖에 나가서 어떻게 살겠어요?"

뤄지의 말에 그가 웃었다.

"그건 걱정하실 필요 없습니다. 시대 변화에 적응하긴 힘들겠지만 생계에는 전혀 어려움이 없을 테니까요. 지금은 사회 복지가 완벽해서 아무것도 하지 않아도 안락한 생활을 할 수 있습니다. 박사님께서 근무하시던 대학도 아직 있고요. 바로 이 도시에 말이죠. 박사를 재채용하는 문제에 대해 고려해보겠다고 했습니다. 아마 학교 측에서 박사님께 연락할 겁니다."

문득 한 가지 일이 뤄지의 뇌리를 스쳤다. 그가 거의 몸서리를 칠 만큼 놀랐다.

"내가 밖으로 나가도 안전상의 문제는 없을까요? ETO가 날 죽이려 하고 있어요!"

조녀선이 큰 소리로 웃음을 터뜨렸다.

"ETO라고요? ETO는 100년 전에 와해됐습니다. 요즘에는 그들이 발붙일 수 있는 사회적인 기반 자체가 없으니까요. 물론 사상적으로 그런 경향을 가진 사람들은 아직 있지만 조직을 만드는 건 불가능합니다. 밖에 나가셔도 안전하실 겁니다."

용건을 마치고 돌아갈 때가 되자 조녀선의 얼굴에서 공무원 특유의 사무적인 표정이 사라졌다. 그의 양복이 환하게 빛나며 별이 과장되게 그려진 밤하늘이 나타났다. 조녀선이 웃으며 말했다.

"제가 만난 모든 과거의 인물들 중에 박사님의 유머 감각이 가장 뛰어나세요. 저주의 주문이라니요. 별을 저주한다? 하하하하……"

뤄지는 텅 빈 면회실에 우두커니 선 채 정적 속에서 눈앞의 현실을 찬찬히 헤아렸다. 200년간 구세주로 산 뒤 마침내 평범한 사람으로 돌아온 것이 아닌가. 새로운 생활이 그의 눈앞에 펼쳐져 있었다.

"보통 사람이 됐군! 오랜만이야, 아우!"

금속성 섞인 걸걸한 목소리가 뤄지의 생각 속으로 불쑥 끼어들었다. 고개를 돌려보니 스창이 문으로 들어오고 있었다.

"하하, 방금 나간 어린놈이 하는 말을 들었지."

재회의 기쁨 속에서 두 사람은 그동안 자신에게 일어난 일들을 이야기했다. 스창은 두 달 전에 동면에서 깨어났다고 했다. 물론 그의 백혈병도 말끔히 완치되어 있었다. 검사에서 그에게 간경화증이 발병할 확률이 높다는 결과가 나왔다. 아마도 음주가 원인일 것이다. 의사는 그의 백혈병을 치료하며 간 기능도 회복시켜주었다고 했다. 두 사람 모두 그리 오래 헤어졌다 만난 것 같지 않았다. 기껏해야 사오 년쯤 될까. 동면 중에는 시간 개념이 없으니 당연한 일이지만, 어쨌든 200년 뒤 새로운 세상에서 재회했다는 사실에 서로에게 더 애틋한 친밀감을 느꼈다.

"퇴원시키러 왔어. 이런 곳에 오래 있을 필요 없잖아?"

스창이 들고 온 가방에서 옷 한 벌을 꺼내 뤄지에게 건넸다.

뤄지가 상의 재킷을 흔들며 말했다.

"옷이…… 너무 크잖아요?"

"두 달 늦게 깨어나더니 아직 촌티를 못 벗었군! 한번 걸쳐봐."

스창의 핀잔에 뤄지가 말없이 재킷을 걸쳤다. 놀랍게도 재킷을 걸치자마자 스스슥, 하는 소리와 함께 몸에 딱 맞게 줄어들었다. 바지도 마찬가지였다. 스창은 재킷 앞에 달린 배지 같은 것을 가리키며 그걸 누르면 옷의 크기를 마음대로 조절할 수 있다고 알려주었다.

뤄지가 스창의 옷을 가리켰다.

"설마 200년 전 그 옷은 아니죠?"

스창이 입고 있는 가죽 재킷은 그와 마지막으로 만났을 때 입고 있던 것과 똑같았다.

"대협곡 때 내 물건들이 몇 가지 없어졌어. 다행히 그 옷은 남아 있었는데 이젠 못 입어. 자네 물건들도 조금 있더군. 자리 잡고 나면 가져가. 그것들이 어떻게 변했는지 보고 나면 200년이 결코 짧은 세월이 아니란 걸 실감할 거야."

스창이 재킷의 어떤 부분을 가볍게 누르자 옷이 전부 흰색으로 바뀌었다. 이제 보니 재킷의 가죽 질감도 영상으로 구현해낸 것이었다.

스창이 말했다.

"하지만 내 취향은 예나 지금이나 똑같지."

뤄지가 자신의 옷을 보며 물었다.

"내 옷도 이렇게 할 수 있어요? 영상이 나오게 하는 거 말이에요."

"물론이야. 복잡하게 뭘 입력하면 돼. 어서 가자고."

뤄지는 스창을 따라 나무줄기 부분의 엘리베이터를 타고 지상 1층으로 내려온 뒤 너른 로비를 가로질러 새로운 세상으로 나갔다.

*

조너선이 청문회 홀로그램을 끈 뒤에도 회의는 끝나지 않았다. 사실 뤄지는 의장이 폐회를 선언할 때 어디선가 터져 나오는 목소리를 들었다. 여자 목소리였다. 뭐라고 하는지는 또렷하게 들리지 않았지만 회의장에 앉은 모든 이의 시선이 한 방향으로 쏠렸다. 바로 그때 조너선이 홀로그램을 껐다. 그도 그 여자 목소리를 들었을 것이다. 하지만 의장이 폐회를 선언한 순간부터 뤄지는 면벽자 신분을 잃고 보통 사람으로 돌아갔으므로 청문회가 계속되더라도 참여할 자격이 없었다.

그 목소리의 주인공은 야마스기 게이코였다.

"의장님, 할 말이 있습니다."

의장이 말했다.

"야마스기 박사, 당신은 면벽자가 아닙니다. 특수한 신분 때문에 이 청문회 배석을 허가했을 뿐 박사에겐 발언권이 없습니다."

회의장에 앉은 대표들도 그녀에게는 관심이 없었다. 대표들이 하나둘씩 일어나 회의장을 빠져나가고 있었다. 사실 지금 그들에게 면벽 프로젝트는 귀찮지만 처리할 수밖에 없는 역사적인 문제였다. 하지만 이어진 게이코의 말이 그들의 걸음을 붙들었다. 게이코가 몸을 돌려 하인스에게 말했다.

"면벽자 빌 하인스, 내가 당신의 파벽자입니다."

막 자리에서 일어나던 하인스는 등 뒤에서 들린 그녀의 한마디에 다리에 힘이 풀려 다시 의자에 주저앉았다. 회의장에서도 사람들이 서로의 얼굴만 쳐다보고 있다가 웅성웅성 귓속말을 주고받기 시작했다. 하지만 하인스의 얼굴에서 점점 핏기가 사라졌다.

게이코가 회의장으로 시선을 옮기며 싸늘하게 뇌까렸다.

"이 단어가 무엇을 의미하는지 여러분이 아직 잊지 않았길 바랍니다."

의장이 말했다.

"파벽자가 무엇인지는 알고 있습니다. 하지만 그 단체는 사라진 지 오래됐습니다."

"나도 알아요. 하지만 ETO의 마지막 회원으로서 내 책임을 완수하고자 합니다."

게이코의 말투는 냉랭하기만 했다.

하인스가 중얼거렸다.

"진작 눈치챘어야 했어. 조금만 생각해보면 알 수 있었을 텐데."

그의 목소리는 힘없이 떨리고 있었다. 그는 아내가 티머시 리어리*의 주장을 신봉하며, 기술적인 수단을 통한 인간의 정신 개조를 광적으로 동경한다는 것을 알고 있었다. 하지만 그는 이것들을 그녀 깊숙이 감추어진 인간에 대한 증오와 미처 연결시키지 못했다.

"당신의 진정한 전략은 인간의 지능 향상이 아니야. 우리가 내다볼 수 있는 미래에는 인간의 기술이 결코 그 목표를 실현할 수 없다는 걸 당신은 누구보다도 잘 알고 있어. 당신이 대뇌 양자 메커니즘을 발견했기 때문에 사고에 대한 연구가 양자 차원으로 이동하게 될 거라는 사실도 알고 있지. 기초 물리학이 지자에게 봉쇄당한 상황에서 이 연구가 성공하는 건 불가능해. 멘털 스탬프는 사고를 연구하는 과정에서 우연히 얻어진 게 아니야. 당신은 처음부터 그걸 만들려고 했던 거야. 그게 연구의 최종 목표야."

게이코가 몸을 돌려 회의장을 향해 말했다.

"궁금한 게 있습니다. 우리가 동면에 들어간 후 멘털 스탬프에 어떤 일이 생겼나요?"

유럽 함대 대표가 말했다.

"그리 오래가지 않았습니다. 당시 각국의 우주군 중 약 5만 명이 멘털 스탬프를 이용해 승리에 대한 신념을 얻었죠. 그들은 군대 안에서도 스탬프족이라고 불리며 특수한 계층을 형성했습니다. 그러다가 두 분이 동면에 들어가고 10년쯤 흘렀을 때 국제사법재판소가 멘털 스탬프 사용이 사상의 자유를 침해하는 범죄 행위라고 판결했죠. 그 후 신념센터 안에 있던 멘털 스탬프의 사용이 중단되었고 세계적으로 생산과 사용이 모두 금지됐습니다. 거의 핵 확산 금지만큼이나 엄격하게 말이죠. 아니, 멘털 스

---

* 미국의 심리학자로, 환각제인 LSD를 이용하면 인간의 정신을 통제해 영혼을 구원할 수 있다고 믿었다. 20세기 중반 심리학계와 문화계에서 그를 추종하는 이들이 많았다.

탬프는 핵무기보다도 더 손에 넣기가 힘들었습니다. 그 장비에 사용된 컴퓨터 때문에요. 두 분이 동면하고 있는 동안 컴퓨터 기술도 더 이상 발전하지 못했습니다. 멘털 스탬프에 사용된 컴퓨터는 지금 수준에서 보아도 슈퍼컴퓨터입니다. 일반 단체나 개인은 그런 컴퓨터를 구할 수가 없습니다."

게이코가 중요한 사실을 처음으로 폭로했다.

"여러분은 모르시겠지만 멘털 스탬프는 한 대가 아닙니다. 총 다섯 대를 만들었고 각각 슈퍼컴퓨터가 포함되어 있습니다. 나머지 네 대의 멘털 스탬프는 신념을 주입당한 사람들에게, 방금 표현대로라면 스탬프족에게 비밀리에 전달되었습니다. 당시 그들은 3000명뿐이었지만 각국 우주군들 사이에서 국경을 초월한 비밀 조직을 구축하고 있었습니다. 하인스는 이 사실을 내게도 말하지 않았습니다. 나도 지자를 통해 이 사실을 알았죠. 주님은 강인한 승리주의자들을 개의치 않으시기 때문에 그걸 알면서도 아무런 조치도 취하지 않았던 겁니다."

의장이 물었다.

"무슨 말인지 자세히 설명해주시겠습니까?"

"멘털 스탬프는 연속적으로 작동되는 장비가 아닙니다. 필요할 때만 작동되죠. 그러니까 한 대로도 오랫동안 사용할 수 있습니다. 적절한 유지 보수가 이루어진다면 50년은 사용할 수 있죠. 총 네 대가 있으므로 한 대가 수명을 다한 뒤에 또 다른 한 대를 사용하는 방식으로 200년 동안 사용할 수 있는 겁니다. 다시 말해서 스탬프족은 지금까지 계속 명맥을 이어오고 있습니다. 일종의 종교가 된 거죠. 그들은 멘털 스탬프로 주입된 신념을 신봉합니다. 자의로 자신의 정신에 스탬프를 찍는 것이 바로 입교 의식입니다."

북미 함대의 대표가 말했다.

"하인스 박사, 당신은 면벽자의 신분을 잃었습니다. 이제는 세상을 속일 합법적인 권력이 없소. 그러니 진실을 말해주십시오. 당신의 아내, 아니 당신의 파벽자가 한 말이 모두 사실입니까?"

하인스가 무겁게 고개를 끄덕였다.

"그렇소."

아시아 함대 대표가 외쳤다.

"이건 범죄요!"

하인스가 고개를 끄덕였다.

"아마도 그렇겠죠……. 하지만 스탬프족이 지금까지 이어지고 있는지는 나도 알지 못했습니다."

유럽 함대 대표가 말했다.

"그건 중요치 않습니다. 지금 우리가 할 일은 아직 남아 있을지 모를 멘털 스탬프를 찾아내 폐기하는 겁니다. 스탬프족은 자의로 신념을 주입했으니 현행 법률에 위배되진 않을 겁니다. 그들이 다른 지원자에게 멘털 스탬프를 찍어주더라도 역시 기술적인 수단으로 주입된 신념에 지배당하고 있는 것이므로 법률적인 제재를 받지 않겠죠. 그러므로 멘털 스탬프를 찾아내면 스탬프족의 상황은 더 조사할 필요가 없을 겁니다. 태양계 함대에 승리에 대한 절대적인 신념을 가진 이들이 있지만 그들의 존재가 나쁜 일은 아니죠. 적어도 아무런 피해를 끼치지는 않습니다. 그건 개인의 프라이버시입니다. 그들이 누구인지 알 필요도 없습니다. 물론 지금은 스스로 멘털 스탬프를 사용하는 행동에 아무도 공감하지 않겠죠. 인류의 승리가 확실하니까요."

그 말에 게이코가 피식 냉소를 지었다. 이 시대에는 거의 볼 수 없는 그 표정이 각국 대표들에게 아주 오래전 어떤 시대를 떠올리게 했다. 그녀의 미소는 흡사 수풀 속을 지나가는 뱀의 비늘에 부딪혀 반사된 달빛 같았다.

"너무들 순진하시군요."

하인스가 옆에서 고개를 깊이 떨구며 아내의 말을 거들었다.

"너무들 순진해요."

게이코가 다시 남편을 쳐다보았다.

"하인스, 당신은 줄곧 내게 당신의 생각을 숨겼어. 면벽자가 되기 전에도."

하인스가 고개를 숙인 채 말했다.

"당신이 날 경멸할까 봐 두려웠어."

"교토 집의 대나무 숲에서 깊은 밤 말없이 서로를 바라보기만 한 적이 많았지. 당신 눈 속에서 면벽자의 고독을 보았어. 당신이 내게 토로하는 갈망도 보았어. 당신은 몇 번이나 내게 사실을 털어놓을 뻔했지. 내 품에 머리를 묻고 모든 진실을 말해버리고 고통에서 벗어나고 싶어 했어. 하지만 면벽자라는 신분이 그걸 막았어.

기만……. 그게 당신 임무의 일부였으니까. 설령 자신이 가장 사랑하는 사람에 대한 기만일지라도. 나는 당신의 눈 속에서 당신의 생각을 알아낼 단서를 찾으려고 했어. 당신은 모를 거야. 내가 얼마나 많은 밤을 지새웠는지. 곤히 잠든 당신 곁에서 당신이 잠꼬대를 해주길 얼마나 기다렸는지……. 당신의 손짓 한 번, 눈짓 하나도 놓치지 않고 관찰했어. 당신이 처음 동면에 들어간 동안에도 나는 당신의 모든 것을 돌이켜보며 고민했어. 그리워한 게 아니라 당신의 진정한 의도를 알아내기 위해서. 하지만 실마리를 찾지 못했지. 당신은 오랫동안 가면 뒤에 숨어 있었고 나는 그 가면 뒤에 무엇이 있는지 알 수가 없었어. 한해 한해 그렇게 시간이 흐르던 어느 날 마침내 그날이 온 거야. 당신이 첫 번째 동면에서 깨어난 뒤 대뇌 신경망의 홀로그램 사이로 내게 걸어왔을 때, 바로 그때 당신의 눈에서 단서를 찾았어. 그때의 나는 8년 동안 성숙해져 있었고 당신은 8년 전에 머물러 있었으니까. 당신은 자신을 드러내고 만 거야.

그때부터 난 당신의 진정한 모습을 보았어. 당신은 패배주의와 도피주의로 똘똘 뭉친 사람이었어. 면벽자가 되기 전이든 후든 당신의 유일한 목표는 인류의 도피였어. 다른 면벽자들과 달리 당신의 목적은 전략을 기만하는 것이 아니라 당신의 진정한 세계관을 감추고 위장하는 거였어.

하지만 당신이 인간의 대뇌에 대한 연구로 어떻게 그 목표를 실현하려는지 그건 알아낼 수 없었어. 멘털 스탬프가 만들어진 뒤에도 말이야. 그러다 동면에 들어가는 그 순간 그들의 눈빛이 떠올랐어. 멘털 스탬프로 신념을 주입당한 사람들의 눈빛. 나를 고민하게 했던 그 눈빛의 의미를 깨달은 거야. 당신에게 그랬던 것처럼 불현듯 갑자기 말이야. 그 순간 나는 당신의 진정한 전략을 간파했지만 동면이 진행되어 있었지.”

북미 함대 대표가 말했다.

“야마스기 박사, 멘털 스탬프에 뭔가 다른 전략이 숨어 있을 것 같진 않군요. 멘털 스탬프의 역사를 잘 알고 있습니다. 당시 자의로 멘털 스탬프를 사용한 5만 명 모두 작동 과정이 엄격한 감독하에 이루어졌을 텐데요.”

“그렇죠. 하지만 그건 모두 신념의 명제에 대한 감독이었죠. 멘털 스탬프 자체를 감독하진 못했어요.”

의장이 말했다.

“역사의 기록을 보면 당시 멘털 스탬프 기술도 엄격하게 감독했습니다. 정식으로 사용되기 전에 수많은 실험을 거쳤습니다.”

게이코가 가볍게 고개를 끄덕였다.

“멘털 스탬프는 굉장히 복잡한 장비입니다. 아무리 엄격하게 감독해도 빈틈이 생길 수밖에 없습니다. 특히 수억 줄에 달하는 모든 코드 속의 작은 플러스, 마이너스 기호를 일일이 대조해 검사하는 건 지자라도 할 수 없을 겁니다.”

"플러스, 마이너스 기호라고요?"

"하인스는 명제를 참으로 인식하게 하는 신경 회로의 모델과 함께 거짓으로 인식하게 하는 모델도 발견했죠. 그가 진정으로 얻고자 한 건 바로 후자였습니다. 그는 나를 포함해 그 누구에게도 이 사실을 말하지 않았죠. 멘털 스탬프의 수학모델에서는 이 두 가지 신경 회로 모델이 오직 플러스와 마이너스 기호만으로 표시됩니다. 플러스면 참, 마이너스면 거짓. 하인스는 아무도 모르게 멘털 스탬프의 제어 프로그램 속에 있는 이 기호를 조종했습니다. 멘털 스탬프 다섯 대 모두 이 기호가 마이너스로 되어 있죠."

죽음 같은 정적이 회의장을 에워쌌다. 200년 전 PDC의 면벽 프로젝트 청문회에서도 이런 정적이 나타났었다. 레이디아즈가 손목에 찬 '요람'을 보여주며 회의장 근처에 데드맨 장치가 설치되어 있다고 선언했던 그때 말이다.

의장의 성난 시선이 하인스를 와락 덮쳤다.

"하인스 박사, 당신이 무슨 일을 했는지 말씀해주시겠습니까?"

하인스가 고개를 들었다. 그의 창백했던 얼굴에 핏기가 돌아왔고 목소리도 차분해져 있었다.

"내가 인간의 힘을 과소평가했음을 시인합니다. 여러분은 믿기 힘든 성과를 거두었습니다. 이제는 나도 인류가 이 전쟁의 승자가 될 것임을 믿습니다. 승리에 대한 신념이 멘털 스탬프로 찍은 것만큼이나 굳건합니다. 2세기 전의 패배주의와 도피주의는 우스운 생각이었습니다. 그러나 이 일을 가지고 나를 후회하게 하는 건 불가능합니다. 절대로."

아시아 대표가 분에 겨운 목소리로 외쳤다.

"아직도 후회하지 않는다는 겁니까?"

하인스가 당당히 고개를 들고 말했다.

"후회하지 않는 게 아니라 후회하는 게 불가능합니다. 나도 멘털 스탬프로 신념을 주입받았으니까요. 내가 사용한 명제는 '내가 면벽 프로젝트 중에 하는 모든 행동은 옳다'라는 것이었습니다."

모두들 경악한 눈빛만 서로 주고받았다. 심지어 게이코도 그들과 같은 시선으로 남편을 쳐다보았다.

하인스가 게이코를 향해 미소 지으며 고개를 끄덕였다.

"그래, 여보. 내가 당신을 '여보'라고 부르는 걸 용서해줘. 그래야만 내 계획을 계속 수행할 힘을 얻을 수 있으니까. 그래, 맞아. 나는 내가 한 모든 행동이 옳다고 믿어. 그 점에 대해서는 추호의 의심도 없어. 현실이 어떻든 말이지. 나는 멘털 스탬프를 이용해서 나 스스로 신이 됐어. 신은 후회할 수 없어."

의장이 물었다.

"머지않은 장래에 삼체 세계의 침입자들이 인류 문명에 항복할 겁니다. 그때도 그 생각에 변함이 없겠습니까?"

조금 전과 달리 의장의 질문에는 분노가 아닌 호기심이 담겨 있었다.

하인스가 고개를 끄덕였다.

"물론입니다. 나는 옳습니다. 내가 면벽 프로젝트 중에 하는 모든 행동은 결단코 옳습니다. 현실 앞에서 지옥 같은 고통을 겪게 될지언정 그 신념은 변치 않을 겁니다."

하인스가 몸을 돌려 게이코를 쳐다보았다.

"여보, 내가 그 고통을 한 번 겪었다는 걸 당신도 알잖아. 물이 독이라는 걸 믿었던 그때 말이야."

북미 함대 대표가 회의장의 웅성임을 가르며 끼어들었다.

"지금 상황을 정리해봅시다. 스탬프족이 지금까지 이어지고 있다는 건 추측일 뿐입니다. 세월이 170년도 넘게 흘렀습니다. 패배주의에 대한 절대적인 신념을 가진 사람이나 단체가 존재한다면 어째서 아직도 모습을 드러내지 않았을까요?"

유럽 함대 대표가 말했다.

"두 가지 가능성이 있죠. 하나는 스탬프족이 사라졌다는 것. 그렇다면 지금 우린 불필요한 걱정을 하고 있는 것일 테죠……."

아시아 대표가 뒷말을 이어받았다.

"나머지 하나의 가능성이 현실이라면, 아직도 아무런 낌새도 없다는 건 그만큼 무서운 일이라는 증거일 테고요."

*

뤄지와 스창이 지하 도시를 걷고 있었다. 두 사람의 머리 위에 나무 형태의 건물이 하늘을 가리고 있었고 그 틈새로 플라잉카들이 쉬지 않고 지나갔다. 도시의 모든 건물이 나무에 매달려 있었으므로 바닥은 공간이 아주 넓었다. 거대한 나무들이 띄엄띄엄 서 있을 뿐 이 도시에는 거리나 도로의 개념이 없었다. 바닥은 나무들이 길게 서 있는 광장이었다. 환경도 나무랄 데 없이 좋았다. 넓은 풀밭과 '진짜' 나무숲이 펼쳐져 있었고 공기도 상쾌해 한적한 전원을 걷고 있는 것 같았다. 반짝이는 옷을 입은 사람들이 불빛을 내는 개미들처럼 그 사이를 지나다녔다. 현대의 소음과 북적임을 공중으로 옮겨놓고 바닥에는 자연으로 회귀한 듯한 도시를 설계해놓은 것이다. 뤄지는 입이 다물어지지 않았다. 전쟁의 그늘 따위는 조금도 느낄 수 없었고 모든 것이 쾌적했고 아늑했다. 그때 어디선가 상냥한 여자 목소리가 들렸다.

"뤄지 선생님이시죠?"

사방을 둘러보니 목소리가 난 곳은 길가의 풀밭 위에 세워진 커다란 광고판이었다. 광고판의 영상 속에서 유니폼을 입은 예쁜 아가씨가 그를 쳐다보고 있었다.

뤄지가 고개를 끄덕였다.

"그래요. 내가 뤄지예요."

"안녕하세요. 저는 통합 은행 시스템의 8065호 금융 상담사입니다. 이 시대에 오신 걸 환영합니다. 선생님의 현재 재정 상태에 대해 말씀드리겠습니다."

상담사 옆에 그래프가 나타났다.

"이것은 위기의 세기 9년 선생님의 재정 상황입니다. 당시 중국 공상은행과 중국 건설은행의 계좌 잔고, 유가증권 투자 상황 등이 포함되어 있습니다. 마지막 항목은 대협곡 시대에 발생했을 손실액입니다."

뤄지가 목소리를 낮추어 물었다.

"내가 여기 있는 건 어떻게 알았죠?"

스창이 말했다.

"자네 왼쪽 팔에 칩이 들어 있어. 걱정 마. 지금 사람들은 다 그러니까. 신분증 같은 거야. 광고판이 그 칩으로 자넬 식별한 거지. 요즘 광고는 대중이 아니라 개인에게 직접 해. 어딜 가나 광고판이 바로 앞에 있는 사람을 위한 맞춤형 광고를 하지."

광고판 속 상담원이 스창의 말을 들은 것처럼 말했다.

"선생, 이건 광고가 아니라 통합 은행 시스템의 금융 서비스입니다."

뤄지가 물었다.

"지금 내 은행 잔고가 얼마나 되나요?"

상담원 옆으로 복잡한 그래프가 나타났다.

"위기의 세기 9년 1월 1일부터 오늘까지 선생님의 은행 잔고에 대한 이자 지급 상황입니다. 조금 복잡하죠. 언제든 원하실 때 선생님의 정보를 열람하실 수 있습니다."

그래프가 비교적 단순하게 바뀌었다.

"통합 은행 시스템 중 선생님의 재정 상황을 요약한 표입니다."

뤄지는 갑자기 숫자 개념이 사라져 머릿속이 멍해졌다.

"이게 도대체…… 얼만가요?"

스창이 뤄지의 등을 툭 때렸다.

"이야, 자네 아주 부자잖아? 하긴 나도 자네만큼은 아니지만 돈깨나 있는 편이야. 하하하, 200년 동안 이자가 붙었지 뭐야? 역시 투자는 장기 투자가 제일이라니까! 쥐뿔도 없는 가난뱅이가 부자가 됐어. 그때 좀 더 저축해놓지 못한 게 아쉬워."

뤄지가 여전히 멍한 표정으로 물었다.

"뭔가…… 착오가 있는 거죠?"

"네? 그럴 리가요?"

상담사가 크고 예쁜 눈을 깜박이며 뤄지를 쳐다보았다.

"180년이 넘게 흘렀는데 그사이에 인플레이션이 없었다는 겁니까? 화폐 가치가 그대로 유지됐어요?"

스창이 혀를 차며 고개를 저었다.

"궁금한 것도 많군."

스창이 담배 한 개비를 꺼냈다. 이제 보니 담배도 예전 그대로였다. 불을 따로 붙일 필요가 없이 담뱃갑에서 꺼내 피우기만 하면 된다는 점이 다를 뿐이었다.

상담원이 말했다.

"대협곡 시대에 인플레이션이 여러 차례 발생해 금융 및 신용 시스템이 거의 붕괴 직전에 이르렀습니다. 하지만 현행 법률에서는 동면자들에게 특별한 이자 계산법을 적용하도록 규정하고 있습니다. 기존 은행 잔고에 대해 대협곡 시대의 인플레이션을 적용하지 않고 대협곡 시대가 끝난 뒤의 금리를 동면 시점부터 계산합니다."

뤄지가 깜짝 놀랐다.

"어떻게 그런…… 특혜가 있을 수 있죠?"

"내가 뭐랬어? 좋은 세상이 왔다니까."

스창이 희푸른 연기를 내뿜으며 불붙어 있는 담배를 들었다.

"담배 맛이 별로인 것만 빼면 말이지."

"뤄지 선생님, 재테크 및 투자 계획에 대해 상담하고 싶으시면 언제든지 찾아주세요. 다른 문의 사항이 없으시면 오늘은 여기까지 하겠습니다."

상담원이 뤄지를 향해 손을 흔들며 작별 인사를 하려는데 뤄지가 말했다.

"하나만 물어봅시다."

뤄지는 젊은 여자를 부르는 호칭이 어떻게 변했는지 알지 못했다. '아가씨'라고 불렀다가 실례가 될 수도 있고 '여사'라는 호칭도 적합하지 않은 듯하여 호칭을 붙이지 않고 단도직입적으로 물었다.

"시대가 어떻게 변했는지 몰라서 무례한 질문일 수도 있습니다. 그렇다면 양해 부탁드립니다."

상담원이 생긋 미소를 지었다.

"괜찮습니다. 동면자분들이 이 시대에 하루빨리 적응하도록 돕는 게 저희가 할 일이니까요."

"당신은 사람인가요, 로봇인가요? 아니면 프로그램 속 가상 인물인가요?"

상담원이 놀란 기색은 전혀 없이 대답했다.

"물론 사람입니다. 컴퓨터가 어떻게 이런 복잡한 업무를 하겠어요?"

광고판 속 미녀가 사라진 뒤 뤄지가 스창에게 말했다.

"다스, 도무지 모르겠어요. 영구 운동기(Perpetual Motion)를 발명하고 곡물도 합성하는 시대인데 컴퓨터 기술은 별로 발전한 게 없어 보여요. 인공 지능이 개인 금융 서비스를 처리할 능력도 없다니."

다스가 물었다.

"영구 운동기? 그게 뭐야? 영원히 움직이는 기계인가?"

"무한 에너지를 발견한 거 말이에요."

스창이 사방을 둘러보았다.

"그런 게 어디 있어?"

뤄지가 공중에서 날아다니는 사람들을 가리켰다.

"저 플라잉카요. 석유를 넣거나 전기 배터리가 장착된 걸까요?"

스창이 고개를 저었다.

"아냐. 지구상의 석유는 이미 고갈됐어. 전기 배터리 없이도 무제한으로 날아다닐 수 있어. 대단한 물건이지. 나도 한 대 사려고."

"이것 좀 봐요. 기술혁신에 무덤덤하잖아요. 인간에게 무한 에너지가 생겼다는 건 반고(盤固)*의 천지 창조와 맞먹는 엄청난 사건이에요! 그런데도 다스는 지금이 얼마나 위대한 시대인 줄 모르고 있어요."

스창이 담배꽁초를 손가락으로 획 튕겼다가 아무래도 안 될 것 같았는지 풀밭에 떨어진 담배꽁초를 다시 집어 몇 걸음 떨어진 곳에 있는 휴지통에 버렸다.

"내가 무덤덤하다고? 그런 기술은 우리 때도 있었어."

"그럴 리가요."

"기술적인 건 나는 잘 모르지만 실제 생활에서는 써봤어. 내가 쓰던 경찰용 도청기 말이야. 배터리도 없는데 아무리 써도 방전되지 않았지. 어떻게 그게 가능했을까? 멀리서 마이크로파를 쏴서 충전을 해줬단 말이야.

---

* 옮긴이 주: 중국의 천지 창조 신화에 등장하는 거인 신.

지금도 그런 거야. 충전 방법이 다를 뿐이지."

뤄지가 걸음을 우뚝 멈추고 멍하니 스창을 쳐다보다가 고개를 들어 공중의 플라잉카를 올려다보았다. 이제야 동면소생센터에서 본 가열 컵의 충전 원리를 알 수 있었다. 무한 에너지가 아니라 무선 충전 방식이었던 것이다. 전원을 마이크로파나 다른 방식의 전자기 진동을 이용해 발사해주면 그 마이크로파나 전자기 진동이 닿는 범위에 있는 모든 전기장치를 충전할 수 있는 것이다.

스창의 말처럼 200년 전에도 그건 대단할 것 없는 기술이었다. 단지 그런 충전 방식이 에너지 소모량이 너무 많아서 보편적으로 사용되지 않았을 뿐이다. 무선으로 발사된 전기에너지 중 일부분만 충전에 사용되고 대부분은 소실되기 때문에. 하지만 지금은 제어 핵융합 기술이 발전해 에너지가 풍부해졌으므로 무선 충전으로 인한 에너지 낭비를 크게 걱정할 필요가 없는 것이었다.

뤄지가 물었다.

"곡물도 합성하잖아요."

"그건 잘 모르지만 지금도 종자를 키워서 수확하는 건 똑같아. 공장 배양기에서 키울 뿐이지. 농작물도 전부 유전자 변형을 거쳤어. 보리도 줄기 없이 이삭만 자란다더군. 줄기가 자라는 시간을 기다릴 필요가 없는 거야. 공장에 인조 태양도 있고 농작물 성장을 촉진하는 방사선도 강하게 쪼여서 보리를 일주일이면 수확할 수 있다는군. 그러니 얼핏 보면 컨베이어 시스템으로 곡식을 생산해내는 것처럼 보이겠지."

"아……."

뤄지가 길게 탄식했다. 오색찬란한 비누 거품이 눈앞에서 순식간에 터져버리는 것 같았다. 이 위대한 시대에도 지자가 곳곳에서 떠다니고 있으며 인류의 과학기술이 여전히 지자가 놓은 장벽에 가로막혀 있다는 걸 이제야 알았다. 기적처럼 보이는 기술도 알고 보면 지자가 그어놓은 한계선을 뛰어넘지 못한 것이었다.

"우주선이 광속의 15퍼센트로 비행할 수 있다던데 그건……."

스창이 말했다.

"그건 사실이야. 우주 전함이 운행하면 작은 태양처럼 보여. 그 자체가 우주 무기 같기도 하지. 그저께 텔레비전에서 아시아 함대의 훈련 장면을 봤어. 항공모함처럼 거대한 표적함이 레이저포 한 방에 절반은 수증기처럼 증발하고 나머지 절반은 불꽃처럼 폭발해버리더군. 전자기포도 있어. 1초에 100개도 넘는 강철 공을 발사하는데 축구공만큼 큰 쇠공이 초속 수십 킬로미터의 속도로 날아가지. 화성에 있는 거대한 산이 몇 초 만에 흔적도 없이 사라지더군. 영구 운동기 같은 건 없지만 지금 가진 기술만으로도 충분히 삼체 함대와 싸워 이길 수 있어."

스창이 뤄지에게 담배 한 개비를 건네며 필터 부분을 비틀면 저절로 불이 붙는다고 알려주었다. 흰 담배 연기가 모락모락 피어올랐다.

"어쨌든 좋은 세상인 건 분명하군요."

뤄지의 말이 끝나기도 전에 스창이 그를 향해 덮쳤다. 두 사람이 몇 미터 떨어진 풀밭 위로 함께 뒹굴었다. 그와 거의 동시에 귀를 찢는 굉음이 울리며 플라잉카 한 대가 두 사람이 방금 서 있던 자리로 곤두박질쳤다. 거센 바람이 두 사람을 덮쳤고 금속 파편이 그들 위로 날아왔다. 맹렬한 기세로 날아든 파편에 광고판의 절반이 날아가버렸고 투명 유리관처럼 생긴 디스플레이 부품들이 와르르 바닥으로 쏟아졌다. 뤄지가 급작스럽게 바닥에 구른 충격에서 벗어나지 못한 사이 스창이 재빨리 일어나 추락한 플라잉카를 향해 달려갔다. 원반 형태의 차체는 원래 모습을 알 수 없을 만큼 부서졌고 일그러졌지만 연료가 없어 불이 나지는 않았고 연결 부위의 금속이 마찰되어 불꽃만 튀고 있었다.

겨우 몸을 털고 일어나 절룩거리며 다가오는 뤄지에게 스창이 말했다.

"탑승자가 없어."

뤄지가 스창의 어깨를 짚고 아픈 다리를 주물렀다.

"또 제 목숨을 구하셨군요."

"앞으로 몇 번을 더 구해야 할지 모르겠군. 자네 스스로 조심해야겠어. 이걸 보고 뭐 떠오르는 거 없나?"

스창이 부서진 플라잉카를 가리켰다.

뤄지는 불현듯 200년 전 일이 떠올라 자기도 모르게 뒷덜미가 선득해졌다.

소리를 듣고 몰려든 사람들의 옷에 무서운 영상이 나타났다. 경찰차 두 대가 사이렌을 울리며 하늘에서 내려오더니 경찰들이 내려 부서진 플라잉카 주위에 폴리스라인을 설치했다. 그들의 경찰복도 경찰차의 헤드라이트처럼 강하게 번쩍였다. 구경꾼들의 옷에 나타난 영상을 희미하게 할 만큼 강한 빛이었다. 한 경찰이 스창과 뤄지에게 다가왔다. 경찰복의 환한 빛살이 눈을 찔렀다.

"차가 추락할 때 옆에 계셨죠? 다친 데는 없으십니까?"

경찰이 친절하게 물었다. 그는 두 사람이 동면자라는 것을 알아보고 최대한 '옛날 중국어'를 구사하려고 애썼다.

뤄지가 대답하기도 전에 스창이 경찰을 데리고 행인들과 조금 떨어진 곳으로 갔다. 경찰의 옷에서 번쩍이던 빛이 꺼졌다.

스창이 말했다.

"면밀히 조사해주시오. 살해 시도인 것 같소."

경찰이 가벼운 웃음을 터뜨렸다.

"그럴 리가요? 단순 교통사고입니다."

"내 말이 맞아요. 정식으로 수사를 요청합니다."

"확실합니까?"

"물론이오. 정식으로 신고하겠소."

"갑작스러운 사고에 놀라셔서 그런 걸 겁니다. 이건 우연한 교통사고예요. 그래도 신고하시겠다면 법에 따라……."

"신고하겠소."

경찰이 소매를 누르자 디스플레이 화면이 나타났다. 경찰이 그 화면을 보며 말했다.

"알겠습니다. 앞으로 48시간 동안 경찰이 경호해드리겠습니다. 동의하신다면요."

"동의하오. 우리의 신변이 위험한 것 같으니까."

경찰이 또 웃었다.

"이건 정말로 흔한 교통사고입니다."

"흔하다고요? 한 가지만 묻죠. 이 도시에서 이런 교통사고가 월 평균 몇 건이나 일어납니까?"

"작년 한 해 동안 예닐곱 번 발생했습니다."

"그럼 내가 알려주지. 우리가 살던 시대에는 이 도시에서 하루 동안 발생한 교통사고가 그보다 더 많았소."

"그때는 차가 땅에서 다녔는데도 그렇게 위험했다니 상상이 가질 않는군요. 좋습니다. 경찰 시스템이 두 분을 계속 모니터링할 겁니다. 진전 상황이 있으면 즉시 알려드리죠. 하지만 이건 정말 흔한 교통사고라는 걸 믿어주세요. 신고를 하든 말든 배상은 받으실 겁니다."

사고 현장에서 떠나며 스창이 뤄지에게 말했다.

"서둘러 내 숙소로 가는 게 좋겠어. 밖에 있으면 마음을 놓을 수가 없어. 별로 멀지 않으니까 걸어서 가세. 택시도 무인으로 운행되니까 위험할지 몰라."

뤄지가 사방을 둘러보았다.

"ETO는 와해됐다고 들었어요."

커다란 플라잉카가 사고 현장에 도착해 부서진 플라잉카를 매달고 떠난 뒤, 시청의 작업 차량이 내려와 인부들이 흩어진 파편을 치우고 충격으로 파인 바닥을 보수했다. 도시는 언제 그랬냐는 듯 금세 평온을 되찾았다.

"그럴 거야. 하지만 내 직감을 믿게."

"난 이제 면벽자가 아니에요."

"그 플라잉카는 그렇게 생각하는 것 같지 않더군⋯⋯. 머리 위로 다니는 차들을 조심해."

두 사람은 건물의 나무 그늘을 따라 이동했고 그늘이 없는 곳에서는 빠르게 뛰었다. 잠시 후 넓은 광장이 나타났다.

스창이 말했다.

"바로 저 건너편이야. 길을 돌아서 오니까 꽤 멀군. 어서 뛰어가세."

"쓸데없는 걱정을 하는 건 아닐까요? 정말로 우연한 교통사고일 수도 있잖아요."

"조심해서 나쁠 건 없지⋯⋯. 광장 한가운데 있는 조각상 보이지? 유사시엔 저기로 몸을 피해."

광장 한가운데에 사막을 축소해놓은 것 같은 정사각형 모래밭이 있었다. 스창이 말한 조각상은 바로 그 중앙에 있는 검은 기둥들이었다. 이삼미터 높이의 검은 기둥들이 세워져 있는 모습이 검은 고목림을 연상시켰다.

두 사람이 동시에 광장을 가로질러 달렸다. 모래밭이 가까워졌을 때 스창이 외쳤다.

"빨리 숨어!"

스창이 뤄지를 확 잡아당겨 모래사장으로 함께 구르며 '고목림'의 조각상 안으로 몸을 숨겼다. 곧바로 플라잉카 한 대가 급강하하며 고목림 위를 거의 닿을 듯 스친 뒤 고도를 높여 날아갔다. 플라잉카가 일으킨 바람에 숲속 모래가 날아올라 기둥에 부딪히며 쏴쏴 소리를 냈다.

"어쩌면 우리를 향해 달려든 게 아닐 수도 있어요."

스창이 모래밭에 앉은 채 신발을 벗어 모래를 쏟아냈다.

"흥! 어쩌면 그렇겠지."

"남들이 우릴 이상하게 생각하지 않을까요?"

"그러거나 말거나. 어차피 아는 사람도 없잖아? 게다가 우린 200년 전 시대에서 온 사람들이야. 우리가 뭘 해도 저들 눈에는 이상하게 보일 거야. 조심해서 나쁠 거 없어. 정말로 자넬 목표로 공격하는 거라면 어쩔 거야?"

뤄지는 그제야 이 조각상들이 고목이 아니라 사막에서 불쑥 올라온 팔뚝의 형상을 띠고 있다는 것을 알았다. 뼈가 앙상하게 드러날 만큼 비썩 마른 팔뚝이었다. 고목처럼 보인 것도 기둥의 꼭대기에 있는 손이 하늘을 향해 제각각 다른 형태로 뒤틀려 있었기 때문이다. 마치 끝없는 고통을 표현하고 있는 듯했다.

"이건 무슨 조각상이에요?"

하늘을 향해 절규하고 있는 검은 팔뚝들을 둘러보며 뤄지는 땀으로 젖은 등줄기가 오싹해졌다. 조각상들 가장자리에 세워진 숙연한 분위기의 비석이 뤄지의 눈에 들어왔다. 비석 위에 금색으로 글귀가 새겨져 있었다.

시간이 문명을 위해 흐르는 것이 아니라 문명이 시간을 위해 흐르는 것이다.

"대협곡 기념비야."

스창은 길게 설명하고 싶지 않은 듯 뤄지의 팔을 잡아끌며 뛰는 듯 걸어 광장의 절반을 가로질렀다.

"다 왔어. 내 숙소가 이 나무에 있어."

스창이 앞에 있는 거대한 나무 빌딩을 가리켰다.

뤄지가 걸으며 고개를 들어 올리는데 갑자기 콰당 소리와 함께 발밑이 꺼지며 몸이 아래로 쑥 빠졌다. 옆에 있던 스창이 재빨리 붙잡았지만 이미 가슴까지 땅에 파묻혀버렸다. 스창이 힘껏 잡아당겨 겨우 구멍에서 빼냈다. 두 사람이 넋 나간 표정으로 바닥에 파인 구덩이를 내려다보았다. 바닥에 맨홀 같은 구멍이 뚫려 있었다. 뤄지가 그 위를 밟자마자 뚜껑이 미끄러지며 열려버린 것이다.

"오, 맙소사! 괜찮으세요? 큰일 날 뻔했습니다!"

옆에 있던 작은 광고판에서 나는 소리였다. 음료 자판기처럼 생긴 작은 부스형 광고판에서 푸른 작업복을 입은 청년이 나타났다. 하얗게 질린 얼굴을 보니 뤄지보다도 더 놀란 것 같았다.

"저는 제3시청 배수팀 직원입니다. 소프트웨어 시스템 오류로 맨홀 뚜껑이 저절로 열렸습니다."

스창이 물었다.

"이런 일이 자주 있습니까?"

"아뇨. 제가 근무한 후론 처음 있는 일입니다."

스창이 길가의 풀밭에서 작은 돌멩이를 주워 구멍으로 던지자 한참 뒤에야 바닥에 떨어지는 소리가 들렸다.

"이런 젠장! 얼마나 깊은 거야?"

광고판 속 청년이 말했다.

"30미터쯤 될 겁니다. 정말 위험했다니까요! 선생님들께서 사시던 그

때는 하수관이 얕게 묻혀 있었죠? 사고 접수는 완료했습니다."

청년이 자기 옷소매를 들여다보며 말했다.

"뭐지 선생님, 제3시청에서 배상해드릴 겁니다."

두 사람이 스창의 숙소인 1863호 건물의 로비로 들어섰다. 스창의 숙소는 나무 꼭대기에서 가까운 106지였다. 스창이 밥을 먹고 올라가자며 로비 한쪽에 있는 식당으로 들어갔다. 3D 애니메이션처럼 깔끔하게 꾸며져 있다는 것 외에도 이 시대의 또 한 가지 두드러진 특징을 느낄 수 있었다. 바로 빈틈없이 설치된 디스플레이였다. 벽, 테이블, 의자, 바닥, 천장은 물론이고 테이블 위의 물컵이나 냅킨 상자 같은 물건에도 모두 디스플레이가 설치되어 있었다. 마치 식당 전체가 커다란 모니터 같았다.

손님은 그리 많지 않았다. 두 사람은 창가 테이블을 골라 앉았다. 스창이 테이블을 가볍게 건드리자 디스플레이 창이 활성화되었고 그 위에 메뉴가 나타났다.

"난 외국어를 몰라서 중국어로 된 메뉴만 주문하지."

뭐지가 감탄했다.

"모니터를 벽돌처럼 쌓아서 만든 세상 같군요."

"누가 아니래. 매끄러운 곳은 어디든 건드리기만 하면 화면으로 변하지."

스창이 담뱃갑을 꺼내 뭐지에게 보여주었다.

"이것 좀 봐. 이게 제일 싼 담배야."

뭐지가 담뱃갑을 꺼내자마자 담뱃갑 위에 몇 가지 아이콘이 나타났다.

"이건…… 동영상이 나오는 스티커 같군요."

"스티커라니? 이걸로 인터넷도 접속할 수 있어!"

스창이 담뱃갑 위를 아무렇게나 건드리자 아이콘이 사라지더니 선택된 광고 화면이 담뱃갑 전체를 가득 채웠다. 부부와 한 아이가 거실에 앉아 있는 영상이었다. 예전 영상인 것 같았다. 담뱃갑에서 가느다란 목소리가 들렸다.

"뤄지 선생님, 선생님이 살던 시대의 모습입니다. 그때는 대도시에 집을 사는 것이 모든 이의 꿈이었죠. 이제 저희 녹엽 그룹이 선생님의 꿈을 실현시켜드리겠습니다. 이 얼마나 아름다운 시대인가요? 집이 나무에 매달린 나뭇잎이 되었죠. 저희 녹엽 그룹은 선생님께 다양한 나뭇잎을 제공해드릴 수 있습니다."

화면 위로 커다란 나뭇가지에 나뭇잎이 무성하게 매달려 있는 사진이 지나간 뒤 곧바로 나무 빌딩에 매달려 있는 다양한 형태의 집들이 나타났다. 심지어 전체가 투명해 가구가 공중에 떠 있는 것처럼 보이는 집도 있었다.

"물론 황금시대의 아늑함을 느끼실 수 있도록 옛날처럼 바닥에 집을 지어드릴 수도 있습니다. 집……."

화면에 풀밭과 전원주택이 나타났다. 역시 예전 사진인 것 같았다. 광고 속 목소리는 유창한 '옛날 중국어'를 구사하고 있었지만 '집'이라는 단어에서 잠시 멈추었다가 다시 힘주어 말을 이었다. '집'이란 그들에게 이미 사라진, 과거의 것이었다. 스창이 뤄지의 손에서 담뱃갑을 휙 낚아챘다. 그는 마지막 남은 두 개비를 꺼내 한 개비를 뤄지에게 건넨 뒤 담뱃갑을 구겨 테이블 위로 툭 던졌다. 구겨진 뒤에도 화면은 계속 움직였지만 목소리는 나오지 않았다.

스창이 손과 발로 테이블과 발밑 바닥에 있는 디스플레이를 차례로 껐다.

"어딜 가든 내가 제일 먼저 하는 일은 내 눈앞과 주위에 있는 이 물건을 꺼버리는 거야. 머리가 지끈거리는군. 하지만 이게 없으면 아무것도 할 수가 없지."

스창이 주위를 가리켰다.

"지금은 컴퓨터가 따로 없어. 인터넷에 접속하려면 아무 데나 평평한 곳을 찾으면 돼. 옷, 신발 같은 것도 다 컴퓨터로 쓸 수가 있어. 못 믿겠다면 인터넷을 접속할 수 있는 메모지를 보여줄 수도 있지."

뤄지가 냅킨을 한 장 뽑았다. 그건 인터넷에 접속할 수 없는 일반 종이였지만 그 대신 냅킨 상자가 활성화되었다. 아리따운 여자가 화면 위로 나타나 뤄지에게 반창고를 광고했다. 그녀는 뤄지가 오늘 무슨 일을 겪었는지 알고 팔다리에 상처가 났을 거라 짐작한 것이다.

"맙소사!"

뤄지가 혀를 내두르며 냅킨을 다시 상자에 집어넣자 스창이 웃음을 터뜨렸다.

"빌어먹을 IT 시대라니까. 우리 원시인이 된 것 같지 않아?"

음식이 나오기를 기다리며 뤄지가 스창에게 요즘 어떻게 지내는지 물었다. 이제야 그걸 묻는다는 게 미안했지만 하루 사이에 너무 많은 일이 있어 이제야 숨 돌릴 틈이 생긴 것도 사실이었다.

스창이 짧게 대답했다.

"퇴직했어. 퇴직금은 두둑이 받았지."

"공안국? 아니면 날 만날 때 근무했던 거기요? 거긴 아직도 있어요?"

"있지. 공안국은 지금도 공안국이라고 부르지만 동면할 때 이미 나랑 상관없는 곳이었고, 나중에 일한 그곳은 이제 아시아 함대 소속이 됐더군. 함대 자체가 거대한 나라가 된 건 알지? 난 이제 그들에게 외국인이야."

스창이 담배 연기를 길게 내뿜으며 뭉게뭉게 올라가는 담배 연기를 골똘히 쳐다보았다. 뭔가 수수께끼를 풀려고 애를 쓰고 있는 것 같았다.

"국가의 개념이 사라졌죠…… 세상이 이렇게 바뀌었다는 게 놀랍기만 해요. 그래도 나나 다스처럼 무덤덤한 사람들은 그럭저럭 살 수 있을 거예요."

"솔직히 말해서 나는 자네만큼 대범하지 못해. 내가 자네라면 그런 일을 겪고 버티지 못했을 거야."

뤄지가 테이블 위에 있는 구겨진 담뱃갑 뭉치를 집어 펼쳤다. 색은 조금 변했지만 아직도 녹엽 그룹의 광고가 나오고 있었다.

뤄지가 말했다.

"구세주가 되든 난민이 되든 내가 가진 것들로 편하게 살 수 있었으니까요. 다스는 내가 이기적이라고 생각할지도 모르지만 솔직히 말하면 난 그게 나의 유일한 장점이라고 생각해요. 다스는 겉으로는 거칠어 보여도 실은 책임감이 아주 강한 사람이에요. 책임감을 훌훌 던져버려요. 이 세상을 봐요. 누가 우릴 써주겠어요? 우린 그저 즐기며 살면 돼요."

스창이 담배꽁초를 테이블 위 재떨이에 던져 넣자 재떨이에서 담배 광고가 나왔다.

뤄지는 자신이 말실수를 했다는 걸 문득 깨달았다.

"아, 물론 다스는 날 책임져야죠. 다스 없이 내가 어떻게 살겠어요? 오늘도 내 목숨을 세 번…… 최소한 두 번 반은 살렸잖아요."

"죽도록 내버려둘 순 없잖아? 내 목숨은 자네 목숨을 살리라고 있나 보군."

스창이 담배 파는 곳을 찾으려는 듯 두리번거리다가 시선을 거두며 낮은 소리로 뤄지에게 말했다.

"하지만 한때는 자네가 정말로 구세주가 될 것 같았어."

"그 자리에서 정신이 온전할 수 있는 사람이 어디 있겠어요? 지금은 정상으로 돌아와서 다행이죠."

"어떻게 행성에 저주의 주문을 보낼 생각을 했나?"

"그땐 과대망상 중증 환자였어요. 생각하기도 싫어요. 내가 깨어나기전에 사람들이 내 병을 고쳤을 거예요. 수면 상태에서 내게 정신치료를 한 거죠. 이제 나는 그때와 완전히 다른 사람이에요. 지금 생각해보면 그건 순전히 망상이었어요.”

“망상이라니? 무슨 생각을 했던 거야?”

“얘기하자면 길어요. 재미도 없고요. 경찰이었을 때 과대망상 환자들을 만나봤죠? 누가 자길 죽이려 한다는 망상에 사로잡혀 있다거나. 그런 사람들 얘기가 재미있었어요?”

뤄지가 손에 들고 있던 담뱃갑을 천천히 찢었다. 디스플레이도 함께 찢어졌지만 찢어진 후에도 여전히 반짝였다.

“좋아. 기쁜 소식이 하나 있네. 내 아들이 아직 살아 있어.”

“그게 정말이에요?”

뤄지가 깜짝 놀랐다.

“나도 그저께 알았어. 아들이 내게 연락을 했더군. 아직 만나진 못하고 전화 통화만 했어.”

“아들이 그때…….”

“그놈이 감옥에서 얼마나 있었는지는 모르지만 나중에 동면을 했대. 미래로 가서 나를 만나겠다면서 말이야. 그놈이 무슨 재주로 그렇게 돈을 벌었는지는 모르지만 지금 땅 위에 있다는군. 내일 오기로 했어.”

뤄지가 벌떡 일어나 반짝이고 있는 담뱃갑을 바닥에 던졌다.

“다스, 축하해요……. 술 한잔해야죠!”

“좋아. 마시자고. 술맛도 고약하게 변했지만 마시면 취하는 건 똑같더군.”

그때 주문한 음식이 나왔다. 뤄지에게는 도통 낯선 음식들이었다.

스창이 말했다.

“맛은 없지만 전통 농산물을 파는 식당들이 있어. 음식값이 비싸서 탈이지. 아들놈이 오면 한 끼 사달라고 함세.”

하지만 뤄지의 관심은 이미 웨이트리스에게로 쏠려 있었다. 생김새며 몸매가 비현실적이리만치 아름다웠다. 이제 보니 테이블 사이를 돌아다니는 다른 웨이트리스들도 모두 대단한 미인이었다.

스창이 고개도 들지 않고 이기죽거렸다.

"하하, 넋 놓고 쳐다볼 거 없어. 사람이 아니니까."

뤄지가 물었다.

"로봇이에요?"

뤄지는 어렸을 적 공상과학소설에서나 보던 것들이 눈앞에서 움직이는 광경을 신기한 눈으로 쳐다보았다.

"그런 셈이지."

"그런 셈이라뇨?"

스창이 로봇 웨이트리스를 가리키며 말했다.

"바보 로봇이야. 음식 나르는 것밖에 못 해. 이동 노선도 정해져 있어. 어쩌다 테이블을 옮겨놨는데 그것도 모르고 원래 테이블이 있던 자리에 놓는 바람에 음식이 와르르 쏟아진 적도 있다니까."

로봇 웨이트리스가 음식을 모두 가져다주고는 달콤한 미소를 지으며 말했다.

"맛있게 드세요."

목소리도 기계음 같지 않고 아주 나긋나긋했다. 그녀가 갑자기 희고 가는 손으로 스창 앞에 있는 나이프를 집어 들었다…….

스창의 시선이 나이프를 쥔 웨이트리스의 손에서 맞은편에 앉은 뤄지에게로 번개처럼 옮겨가는 순간, 스창이 민첩한 동작으로 일어나 테이블 앞으로 덮치며 뤄지를 의자에서 낚아챘다. 그와 거의 동시에 미녀 로봇이 원래 뤄지의 심장이 있던 자리로 나이프를 곧장 내질렀다. 나이프가 의자 등받이를 찌르고 들어가자 의자의 디스플레이가 활성화되어 환하게 밝혀졌다. 미녀 로봇이 나이프를 쥔 손을 거두며 한 손에는 여전히 쟁반을 받쳐 든 채 테이블 옆에 섰다. 그녀의 아름다운 얼굴에는 여전히 달콤한 미소가 걸려 있었다. 뤄지가 질겁해서 스창 뒤로 숨으려는데 스창이 손을 저었다.

"괜찮아. 그렇게 순발력 있는 로봇은 아니니까."

미녀 로봇이 그 자리에 선 채 나이프를 들고 미소를 지으며 나긋한 목소리로 말했다.

"맛있게 드세요."

놀란 손님들이 웅성웅성 모여들었고 지배인이 허겁지겁 달려왔다. 스창이 로봇이 사람을 죽이려 했다며 강하게 항의하자 여자 지배인이 고개를 설레설레 저었다.

"그럴 리가 없습니다. 이 로봇은 사람을 볼 수 없고 테이블과 의자의 센서만 감지하도록 설계되어 있습니다."

"저 로봇이 나이프로 이분을 죽이려고 했어요. 우리가 똑똑히 봤어요!"

그때 누군가 큰 소리로 말하자 다른 사람들도 자기들 역시 보았다고 증언했다.

지배인이 그럴 리 없다며 재차 부인하려는데 미녀 로봇이 또 한 번 의자 등받이를 향해 나이프를 휘둘렀다. 조금 전에 찢어놓은 의자 등받이의 구멍 속으로 나이프가 정확하게 꽂혔다. 주위를 둘러싸고 있던 사람들이 놀라 비명을 질렀다.

미녀 로봇이 여전히 미소를 머금은 채 말했다.

"맛있게 드세요."

몇 사람이 식당으로 달려 들어왔다. 그중 로봇 엔지니어가 미녀의 뒤통수에 있는 버튼을 누르자 미녀의 얼굴이 무표정해지며 사무적인 말투로 말했다.

"강제 종료. 자료 백업 완료."

로봇이 그 자리에서 마네킹처럼 멈추었다.

엔지니어가 이마에 흐르는 식은땀을 닦았다.

"소프트웨어 고장인 것 같습니다."

스창이 싸늘하게 웃으며 물었다.

"자주 있는 일입니까?"

"아닙니다. 이런 일은 들어본 적도 없습니다. 맹세할 수 있습니다."

엔지니어가 함께 온 두 사람에게 로봇을 들고 나가게 했다.

지배인이 고장의 원인이 밝혀지기 전까지는 사람이 직접 서빙을 하겠다며 손님들을 진정시켰지만 손님들은 절반이나 나가버렸다.

옆에 있던 누군가가 스창에게 말했다.

"순발력이 대단하십니다."

또 한 사람이 말했다.

"동면자죠? 옛날 사람들은 이런 돌발 사건에 대처하는 능력이 뛰어났군요."

그의 옷 위로 무협지 속 검객의 영상이 나타났다.

지배인이 뤄지와 스창에게 말했다.

"어떻게 이런 일이⋯⋯. 두 분께 배상해드리겠습니다."

"알겠소. 어쨌든 먹을 건 먹어야지."

스창과 뤄지가 테이블에 앉았다. 식당 직원이 와서 조금 전 소동으로 흩어진 음식을 가져가더니 새 음식을 가져다주었다. 로봇이 아닌 사람이었다.

뤄지는 아직 놀란 가슴이 진정되지 않는 듯했다. 의자 등받이에 난 칼자국의 감촉이 등에 느껴질 때마다 온몸이 선득거렸다.

"다스, 이 세상 전체가 날 죽이려는 것 같아요⋯⋯. 몇 시간 전까지만 해도 이 시대에 좋은 인상을 가지고 있었는데 말이죠."

스창이 접시를 보며 골똘히 생각에 잠겼다가 뤄지의 술잔에 술을 따라 주었다.

"나한테 몇 가지 생각이 있어. 그 얘긴 이따가 자세히 하고 일단 술이나 마시세."

"그래요. 그때그때 즐기며 사는 거예요. 하루를 살든, 한 시간을 살든. 다스와 아들의 재회를 위하여!"

뤄지가 술잔을 들어 올리자 스창이 웃으며 뤄지를 쳐다보았다.

"자네, 진짜 괜찮은 거야?"

"구세주도 되어봤는데 뭐가 무섭겠어요?"

뤄지가 어깨를 한 번 으쓱여 보인 뒤 술을 입에 털어 넣었다. 하지만 곧바로 입을 가늘게 찢으며 미간을 찡그렸다.

"로켓 연료를 마시는 것 같군요."

스창이 엄지손가락을 치켜세웠다.

"내가 감탄하는 게 바로 자네의 그런 점이야."

스창이 사는 나뭇잎은 이 나무의 꼭대기 부분에 위치해 있었다. 제법 넓은 집에 생활에 필요한 모든 설비가 완비되어 있었다. 심지어 헬스장과 분수가 딸린 실내 정원까지 있었다.

스창이 말했다.

"함대에서 마련해준 임시 거처야. 퇴직금으로 이것보다 더 좋은 나뭇잎을 살 수 있을 거라고 하더군."

"요즘 사람들은 다들 이렇게 넓은 집에 살아요?"

"그럴 수밖에 없지. 이런 건물은 공간 이용도가 높잖아. 하지만 그보다 더 큰 이유는 사람이 적다는 거야. 대협곡을 거치면서 인구가 급격히 감소했어."

"하지만 다스의 국가는 우주에 있잖아요."

"난 거기로 못 가. 이미 퇴직했잖아."

뤄지는 그곳이 아주 편했다. 벽과 바닥에 있는 몇 개를 제외하면 집 안의 거의 모든 디스플레이가 꺼져 있었기 때문이다. 스창이 바닥에 있는 디스플레이를 발로 건드려 조작하자 모든 벽이 투명해지더니 땅거미가 내려앉은 도시의 전경이 눈앞에 펼쳐졌다. 거대하고 화려한 크리스마스트리가 빽빽이 들어찬 숲속 같았다. 플라잉카들이 크리스마스 전구처럼 줄지어 그 사이를 오가고 있었다.

뤄지가 소파 앞으로 다가가 대리석처럼 단단한 소파를 만지며 물었다.

"여기 앉아도 괜찮아요?"

스창이 앉으라고 하자 뤄지가 조심스럽게 의자에 앉았다. 딱딱하던 소파가 몸에 닿는 순간 진흙 위에 앉는 것처럼 안락하게 변했다. 소파가 자동으로 인체의 형상을 감지해 앉는 사람의 신체의 굴곡에 맞추어 변형되었다.

200년 전 UN 본부 명상실의 철광석 위에 누운 채 떠올렸던 환상이 현실이 된 것이다.

뤄지가 물었다.

"수면제 있어요?"

뤄지는 안전한 공간에 들어오자 비로소 쌓였던 피로가 몰려왔다.

"없어. 하지만 금방 살 수 있어."

스창이 벽에 있는 디스플레이를 활성화해 아이콘들을 가볍게 눌렀다.

"여기. 비처방 수면제. 이것. 멍허(夢河)."

뤄지는 네트워크를 통해 실물이 운반되는 고도의 기술을 볼 수 있을까 기대했지만 결과는 그의 예상보다 훨씬 시시했다. 몇 분 뒤 소형 운반용 플라잉카가 다가오더니 가느다란 기계 손으로 방금 투명 벽에 생긴 구멍을 통해 약을 집어넣어주었다. 약 포장은 예전과 달라진 게 없었다. 디스플레이가 활성화되지도 않았다. 뤄지가 포장 위의 설명을 읽고 한 알을 꺼낸 다음 테이블 위에 놓인 물컵을 집어 들었다.

"잠깐."

스창이 뤄지의 손에서 약을 낚아채 자세히 살펴본 후 다시 뤄지에게 건넸다.

"여기 뭐라고 쓰여 있지? 난 멍허를 시켰는데."

뤄지가 길고 복잡한 영문 명칭을 들여다보았다.

"나도 잘 모르겠어요. 어쨌든 멍허는 아니에요."

스창이 테이블 위의 디스플레이를 활성화해 의료 상담 서비스를 검색했다. 흰 가운을 입은 상담 의사가 약을 살펴보더니 오히려 스창을 경계하는 눈초리로 훑어보았다.

"이걸 어디서 구하셨나요?"

"샀소. 바로 여기서."

"불가능합니다. 이건 처방약이에요. 동면센터 안에서만 사용할 수 있죠."

"이게…… 동면이랑 무슨 관계가 있습니까?"

"단기 동면약이에요. 짧게는 열흘, 길게는 1년까지 유지되죠."

"그냥 먹고 자면 됩니까?"

"아뇨. 약을 먹은 뒤 체외 시스템을 통해 인체의 내부 순환 기능을 유지시켜줘야 단기 동면을 할 수 있습니다."

"이 약만 먹으면 어떻게 됩니까?"

"사망합니다. 아주 편안하게요. 그래서 흔히 자살할 때 쓰죠."

스창이 디스플레이 창을 끄고 약을 테이블 위로 툭 던지며 뤄지를 쳐다보았다. 두 사람이 한참 동안 서로를 응시하다가 스창이 낮게 뇌까렸다.

"이런 젠장."

"이런 젠장."

뤄지도 똑같이 따라 말하고는 소파에 벌러덩 드러누웠다. 바로 그때 뤄지를 겨냥한 오늘의 마지막 살인 시도가 나타났다.

뤄지의 머리가 소파 등받이에 닿는 순간 딱딱한 등받이가 그의 뒤통수 굴곡에 맞게 움푹 파이기 시작했다. 그런데 소파의 움직임이 멈추지 않았다. 뤄지의 머리와 목이 점점 소파 안으로 파묻히더니 목 양옆에서 촉수가 한 가닥씩 나와 뤄지의 목을 단단히 옭죄었다. 뤄지는 비명도 지르지 못하고 입만 벙긋거리며 두 팔을 버둥거렸다.

스창이 주방으로 달려가 칼을 가지고 나와 촉수를 향해 힘껏 내리친 뒤 부러진 촉수를 뤄지의 목에서 떼어냈다. 뤄지가 가까스로 소파에서 벗어나 앞으로 고꾸라지자 소파 표면이 깜박이며 에러 표시가 나타났다.

스창이 손을 주무르며 물었다.

"내가 오늘 자네 목숨을 몇 번 구했지?"

"여섯…… 번째…… 같아요."

뤄지가 가쁜 숨을 몰아쉬다가 바닥에 구토를 했다. 먹었던 것을 게워내고 힘없이 소파에 기댔다가 감전된 듯 놀라며 소파에서 떨어졌다. 두 손을 어디에 놓아야 할지도 알 수가 없었다.

"나는 언제쯤 내 몸을 스스로 지킬 수 있을까요?"

"영원히 불가능할 거야."

스창이 진공청소기처럼 생긴 기계를 바닥에 대고 밀자 토사물이 말끔히 치워졌다.

"그럼, 난 곧 죽겠군요. 이 변태 같은 세상."

"아냐. 이제 확실해졌어. 첫 번째 살인이 미수로 그친 뒤에도 다섯 번이나 연달아 시도를 했다는 건 전문적인 수법이 아니야. 뭔가 잘못된 게 분명해……. 당장 경찰에 연락해야겠어. 경찰한테만 맡겨서 해결될 일이 아니지만."

"뭐가 잘못됐다는 거예요? 벌써 200년 전 일이잖아요. 그때 생각은 떨쳐버려요."

"아냐. 이 일은 시간이 아무리 흘러도 바뀌지 않아. 뭐가 잘못됐는지는 아직 모르겠어. 그 '무엇'이 실제로 존재하는지도 의심스러워……."

그때 초인종이 울렸다. 스창이 문을 열자 몇 사람이 서 있었다. 모두 평복을 입고 있었지만 스창은 그들의 신분을 대번에 알아보았다.

"오, 지금도 살아 있는 포졸들이 계시는군. 경찰님들, 들어오시죠."

두 사람은 문밖을 지켰고 나머지 세 사람이 안으로 들어왔다. 제일 계급이 높은 듯한 경관은 나이가 서른 살쯤 되어 보였다. 그가 집 안을 획 둘러보았다. 그도 옷에 달린 모든 디스플레이를 꺼놓아 첫인상이 편안했다. 더욱이 그는 영어 단어가 섞이지 않은 유창한 '옛날 중국어'를 구사하고 있었다.

"저는 시 공안국 디지털현실과의 궈정밍(郭正明)입니다. 늦게 찾아와서 죄송합니다. 저희 실수였습니다. 이런 사건은 약 50년 전에 마지막으로 발생한 터라 저희가 소홀했습니다. 선배님께 경의를 표합니다. 요즘은 선배님처럼 훌륭한 경찰이 별로 없죠."

궈정밍이 스창에게 공손하게 허리 굽혀 인사했다.

그가 말하는 동안 집 안에 있는 모든 디스플레이 창이 꺼졌다. 이 나뭇잎이 외부 세상과 단절된 것 같았다. 다른 두 경찰은 바쁘게 움직이고 있었다. 그들의 손에 오랜만에 보는 물건이 들려 있었다. 노트북이었다. 종이만큼이나 얇다는 게 예전과 다를 뿐이었다.

궈정밍이 말했다.

"이 사람들이 이곳 나뭇잎에 방화벽을 설치해놓았습니다. 안심하십시오. 지금은 안전합니다. 정부의 공공안전 시스템을 통해 배상받으실 겁니다."

스창이 손가락을 꼽으며 말했다.

"그놈의 배상 얘긴 오늘만 네 번째로군."

"알고 있습니다. 오늘 일로 여러 부서에서 여러 사람들이 해고됐죠. 저희도 해고자 명단에 끼지 않도록 잘 부탁드립니다."

궈정밍이 뤄지와 스창에게 허리 굽혀 인사했다.

스창이 말했다.

"알겠소. 나도 예전에 그런 일이 있었지. 우리 상황을 설명해야 합니까?"

"아닙니다. 두 분을 계속 모니터링하고 있었습니다. 잠시 소홀했을 뿐입니다."

"그럼 어떻게 된 일인지 설명해주시겠소?"

"킬러 5.2버전입니다."

"그게 뭐요?"

"일종의 컴퓨터네트워크 바이러스입니다. 위기의 세기 100년쯤에 ETO가 처음 전파한 것으로 그 후 여러 차례 변종과 업그레이드가 있었습니다. 말하자면 살인 바이러스죠. 목표물의 신분을 식별한 후 다양한 방법으로 살인을 시도합니다. 모든 사람의 체내에 이식된 칩을 통해 목표물을 찾아냅니다. 일단 목표물이 발견되면 동원 가능한 모든 외부 하드웨어를 조종해 살인을 시도합니다. 오늘 직접 겪어보셔서 아시겠죠. 이 세상 모든 것이 다 선생님을 살해하려는 것 같으셨죠? 그래서 당시 사람들은 이걸 저주 바이러스라고 불렀습니다. 한때 이 킬러 소프트웨어가 거래된 적도 있습니다. 온라인 암시장에서 이걸 구입해 목표물의 특징을 입력한 후 바이러스를 인터넷에 퍼뜨린 겁니다. 한번 목표가 된 사람은 설사 목숨을 구하더라도 사회생활이 전혀 불가능했습니다."

스창의 미간이 불룩하게 솟았다.

"세상이 미쳐 돌아갔군."

뤄지가 이해할 수 없다는 표정을 지었다.

"100년 전 소프트웨어가 아직도 작동한다는 겁니까?"

"가능합니다. 컴퓨터 기술의 발전이 멈추었기 때문에 100년 전 소프트웨어가 현재 시스템에서 호환될 수 있습니다. 킬러 바이러스가 처음 출현했을 당시에는 국가 원수 한 명을 포함해 적잖은 사람들이 살해당했지만 백신 프로그램과 방화벽으로 막아내면서 차츰 사라졌죠. 그런데 이번 킬러 바이러스는 뤄지 박사님을 위해 특별히 제작된 겁니다. 목표물이 계속 동면 상태에 있었기 때문에 작동하지 않고 잠복하고 있던 거죠. 정보 보안 시스템에 발견되지도 않고 말입니다. 뤄지 박사님이 오늘 외부로 나오시면서 킬러 5.2가 활성화된 겁니다. 이 바이러스를 만든 사람은 100년 전에 사망했지만 말이죠."

뤄지가 물었다.

"100년 전에도 그들이 나를 죽이려고 찾아다닌 건가요?"

뤄지는 잊고 있던 일이 생각나 머릿속으로 그 생각을 떨쳐버리기 위해 무진 애를 썼다.

"그렇습니다. 중요한 건 이 킬러 5.2가 뤄지 박사님만을 겨냥해 만들어졌고 지금까지 잠복하고 있었다는 사실입니다."

스창이 물었다.

"그럼 이제 어떻게 해야 하지?"

"전체 시스템에서 킬러 5.2를 제거하고 있지만 시간이 필요합니다. 제거가 완료되기 전까지 두 가지 방법 중 하나를 선택하실 수 있습니다. 한 가지는 뤄지 박사님에게 일시적으로 가짜 신분을 부여하는 방법입니다. 단, 이 방법으로는 안전을 완전히 보장할 수 없고 더 심각한 문제가 생길 수도 있습니다. ETO의 소프트웨어 기술이 고도로 발달했기 때문에 킬러 5.2가 목표물의 특징을 추가로 기록해두었을 가능성이 있습니다. 100년 전 세계를 떠들썩하게 한 사건이 발생했었죠. 피보호인이 가짜 신분을 사용하자 신분을 식별할 수 없게 된 킬러 바이러스가 목표물을 포함해 100명 넘는 사람을 동시에 살해한 겁니다. 다른 한 가지 방법은 제 개인적인 건의입니다. 한동안 지상으로 올라가 지내시는 겁니다. 그곳에는 킬러 5.2가 조종할 수 있는 하드웨어가 없습니다."

스창이 말했다.

"좋소. 이런 일이 없었다고 해도 지상으로 올라가보고 싶었으니까."

뤄지가 물었다.

"지상에 뭐가 있나요?"

스창이 말했다.

"동면했다가 깨어난 사람들은 대부분 땅 위로 올라가서 살지. 여긴 적응하기가 힘들어서 말이야."

귀정밍이 말했다.

"그렇습니다. 변화한 시대에 적응하기 위한 과도기이기도 합니다. 정치, 경제, 문화, 생활습관, 남녀 관계 등 200년 동안 너무 많이 변해서 우린 적응하기가 힘들죠."

스창이 귀정밍을 위아래로 훑어보았다.

"귀 경관은 잘 적응한 것 같군."

스창과 뤄지는 그가 방금 '우리'라고 했던 것을 놓치지 않았다.

귀정밍이 웃었다.

"저는 백혈병 때문에 동면했습니다. 깨어났을 때 겨우 열세 살이었지요. 그런데도 남모르는 고통이 많았고 정신상담치료도 수없이 받았습니다."

뤄지가 물었다.

"동면자들 중에 경감님처럼 지금 세상에 잘 적응한 사람들이 많나요?"

"많죠. 하지만 지상에서도 잘 지내실 수 있을 겁니다."

*

"미래 지원 특별 파견대 지휘관 장베이하이 도착 보고합니다."

장베이하이가 거수경례를 했다.

아시아 함대 사령관의 등 뒤로 별무리가 찬연한 빛을 내며 유유히 흐르고 있었다. 목성 궤도에 있는 함대 사령부는 인공중력을 발생시키기 위해 쉬지 않고 목성 주위를 돌고 있었다. 실내 조명을 어둡게 하고 창을 넓게 내어 내부 공간과 외부 우주의 괴리감을 줄이려고 노력한 흔적이 엿보였다.

사령관이 장베이하이에게 경례를 했다.

"선배님, 안녕하십니까!"

견장과 군모의 휘장에서 번져 나온 환한 빛이 앳되어 보이는 동양적인 얼굴 위로 어른거렸다. 장베이하이가 동면에서 깨어난 지 엿새 만에 함대의 군복을 받았을 때 군모 위의 낯익은 우주군 휘장이 제일 먼저 눈에 띄었다. 중간에 커다란 은색 별이 그려져 있었고 그 별에서 예리한 검의 형상을 한 빛살 네 가닥이 뻗어나와 있었다. 200년이 흐른 뒤에도 휘장은 그대로였지만 함대 자체는 독립한 강대국이 되어 있었다. 함대의 최고 원수가 대통령이었고 사령관은 군사 분야만 담당했다.

장베이하이가 말했다.

"아닙니다, 사령관님. 저희는 지금 모든 것을 새로 배워야 하는 신병들입니다."

사령관이 미소를 지으며 고개를 저었다.

"그런 말씀 마십시오. 금세 배우실 겁니다. 오히려 저희가 선배님들의 능력을 영원히 따라갈 수 없지요. 이건 지금 시점에서 선배님들의 소생을 결정한 이유이기도 합니다."

"중국 우주군의 창웨이쓰 소장님이 대신 인사를 전해달라고 하셨습니다."

장베이하이의 이 말이 사령관의 마음속 무언가를 건드렸는지 그가 몸을 돌려 창밖의 우주로 시선을 던졌다. 도도히 흐르는 시간의 강을 거슬러 상류를 바라보려는 듯 그의 눈빛이 아득했다.

"훌륭한 군인이셨습니다. 아시아 함대의 기틀을 세우신 분이죠. 지금의 우주 전략도 그분께서 200년 전에 수립해놓으신 바탕 위에 세워졌습니다. 창 소장님이 지금의 함대 모습을 보셨으면 좋겠습니다."

"함대는 이미 그분의 꿈을 훨씬 뛰어넘는 성과를 이룩했습니다."

"하지만 이 모든 건 그분에서부터…… 아니, 선배님들에서부터 시작됐죠."

그때 목성이 나타났다. 처음에는 부채꼴의 가장자리만 보이다가 어느새 창 전체를 가득 채웠다. 목성의 오렌지색 빛무리가 사무실 전체를 휘감았다. 수소와 헬륨으로 된 그 광활한 바다 위로 몽환적인 무늬가 나타났다. 전체를 보면 숨 막힐 듯 거대했지만 일부만 보면 그 섬세함이 빨려들 듯 매혹적이었다. 붉은 반점들이 천천히 창밖을 지나갔다. 지구 두 개를 담을 수 있을 것 같은 회오리는 그 혼돈의 세상 속에 박혀 있는 눈동자 없는 눈과 같았다. 세 함대 모두 목성을 주기지로 삼고 있었다. 수소와 헬륨의 바다에서 아무리 써도 고갈되지 않는 핵융합 연료를 얻을 수 있었기 때문이다.

장베이하이는 목성의 모습에 넋을 잃었다. 꿈에서 숱하게 보았던 새로운 땅이 실제로 눈앞에 다가와 있었다. 목성의 끄트머리까지 창 앞을 지나간 뒤에야 장베이하이가 비로소 감탄을 토해냈다.

"사령관님, 이게 바로 이 시대의 위대한 성과입니다. 우리의 임무는 이제 무의미해졌습니다."

사령관이 몸을 돌려 그를 향해 시선을 던졌다.

"아닙니다. 미래 지원 계획은 원대한 계획이었습니다. 대협곡 시대에 우주군이 거의 붕괴 직전까지 갔었죠. 당시 혼란을 안정시키는 데 지원부대가 큰 역할을 했습니다."

"우리 부대가 너무 늦게 왔습니다."

사령관의 표정이 부드러워졌다.

"죄송합니다. 이해해주세요. 제1기 파견 이후 추가로 많은 지원 병력이 동면에 들어갔습니다. 늦게 파견된 부대부터 소생시키다 보니 이렇게 됐습니다."

"옳은 결정이셨습니다. 그래야 새로운 시대에 더 빨리 적응할 수 있죠."

"바로 그 때문이었습니다. 대협곡이 끝날 무렵에는 선배님의 지원부대만 동면하고 있었죠. 그때는 세계가 빠른 발전 궤도로 진입하면서 패배주의가 사라져 지원부대를 소생시킬 필요가 없었습니다. 그래서 함대가 선배님의 부대를 최후의 전쟁까지 남겨두기로 결정했죠."

"그건 우리 부대 모두의 희망 사항이기도 합니다."

장베이하이의 얼굴에 엷은 홍조가 떠올랐다.

"그건 우주군 모두에게 최고의 영예죠. 그걸 알기 때문에 그런 결정을 내렸던 겁니다. 하지만 지금은 상황이 완전히 뒤바뀌었습니다. 그건 선배님도 아시겠죠. 최후의 전쟁이 발발할 가능성이 없다는 것을요."

사령관이 등 뒤로 흐르는 별무리를 가리켰다.

"잘된 일입니다. 인류가 곧 맞이하게 될 위대한 승리에 비하면 군인으로서의 아쉬움은 언급할 가치도 없습니다. 다만 한 가지 요청을 들어주십시오. 저희 대원들을 함대의 일반 사병으로 배치해 제일 낮은 곳에서 저희가 할 수 있는 일을 하도록 해주십시오."

사령관이 고개를 저었다.

"동면에서 깨어난 날부터 군 복무 연수를 이어서 계산해 전 대원이 한두 계급씩 진급될 것입니다."

"그럴 순 없습니다. 저희가 바라는 건 함대의 제일선에서 근무하는 겁니다. 우주 함대 근무는 200년 전 우리 모두의 꿈이었습니다. 우주 함대를 떠난다면 동면한 의미도 사라집니다. 게다가 현재 계급이 유지되더라도 그에 맞는 임무를 수행할 능력도 없습니다."

"함대를 떠나시라는 게 아닙니다. 전 대원이 전함에 배치되어 중요한 임무를 수행하게 될 겁니다."

"감사합니다! 그런데 저희 능력으로 중요한 임무를 수행할 수 있을까요?"

사령관은 그의 질문에 대답하지 않고 갑자기 떠오른 듯 말했다.

"계속 서 있기가 불편하지 않으세요?"

사령부의 사무실에는 의자가 하나도 없었다. 책상 높이도 서서 일하도록 맞추어져 있었다. 사령부의 궤도 순환으로 발생한 중력이 지구 중력의 6분의 1밖에 되지 않기 때문에 서 있을 때와 앉아 있을 때 인체가 받는 피로도에 거의 차이가 없었다.

장베이하이가 웃으며 고개를 끄덕였다.

"괜찮습니다. 동면하기 전에 우주에서 1년 동안 지낸 적이 있습니다."

"언어 소통은 어떠세요? 함대 사람들과 소통하는 데 문제는 없나요?"

사령관은 표준 중국어를 구사하고 있었지만 세 함대는 각각 다른 언어를 사용하고 있었다. 지구에서 중국어와 영어가 뒤섞여 사용되고 있는 것과 비슷했다. 다른 점이 있다면 두 언어가 거의 같은 비중으로 섞여 있어 영어와 중국어 단어가 각각 절반을 차지하고 있다는 것이었다.

"처음에는 영어와 중국어 단어가 구분되지 않아 힘들었지만 금방 적응되었습니다. 지금은 말하는 게 조금 힘들 뿐 알아듣는 건 큰 문제가 없습니다."

"중국어와 영어 중 하나만 사용하셔도 됩니다. 우린 다 알아들으니까요. 현재 상황은 참모부에서 알려드렸죠?"

"네. 기지에 도착한 후 며칠 동안 상세한 설명을 들었습니다."

"멘털 스탬프에 대한 일도 아시겠군요."

"알고 있습니다."

"최근 조사에서도 스탬프족이 아직도 존재한다는 증거를 찾지 못했습니다. 어떻게 생각하세요?"

"스탬프족이 사라졌거나, 아주 깊숙이 숨어 있거나 둘 중 하나일 겁니다. 패배주의에 빠진 사람들은 주위에 자신의 소극적인 감정을 털어놓기 마련입니다. 하지만 기술을 통해 신념이 확고하게 굳어지면 사명감도 생기게 되죠. 패배주의와 도피주의는 같은 맥락입니다. 스탬프족이 실제로 존재한다면 그들의 궁극적인 임무는 우주 도피일 겁니다. 그 목표를 달성하기 위해 진심을 깊이 감추고 있겠죠."

사령관이 고개를 끄덕이며 감탄했다.

"치밀한 분석력입니다. 현재 총참모부의 생각과 정확히 일치합니다."

"사령관님, 만약 후자라면 굉장히 위험합니다."

"그렇죠. 특히 삼체 탐측기가 태양계에 근접했습니다. 지금은 지휘 체계에 따라 전함을 둘로 구분합니다. 첫째는 분산형 지휘 체계입니다. 전통적인 지휘 체계죠. 선배님께서 지휘하셨던 해상 함정과 비슷하게 각급 장교와 사병들이 함장의 명령에 따르는 체계입니다. 둘째는 집중형 지휘 체계입니다. 함장의 명령에 따라 우주선의 컴퓨터 시스템이 자동 실행되는 방식입니다. 대협곡 이후에 건조되었거나 현재 건조되고 있는 우주 전함은 모두 후자에 속합니다. 스탬프족이 있다면 바로 이 집중형 전함이 치명적인 위협을 받을 겁니다. 집중형 지휘 체계에서는 함장이 절대적인 권력을 가지고 있습니다. 전함의 출항과 정박, 항해의 방향과 속도는 물론 대부분의 무기 사용도 함장이 독단으로 결정하죠. 전함이 함장의 일부분이라고 해도 과언이 아닙니다. 현재 함대가 보유하고 있는 항성급 전함 695척 가운데 집중형 전함이 179척입니다. 이들 전함의 지휘관이 집중 심사 대상이 될 겁니다. 원칙적으로는 함장이 심사를 받는 동안 전함은 기지에 정박시키고 출입을 통제해야 하지만 지금까지는 그렇게 하지 못했습니다. 현재 세 개 함대 모두 삼체 탐측기 대비에 전력을 다하고 있기 때문이죠. 우주 함대와 삼체의 첫 전투이기 때문에 모든 전함이 언제든 출동 가능한 태세를 유지하고 있습니다."

장베이하이가 말했다.

"그렇다면 심사 기간 동안 믿을 만한 사람에게 함장의 권한을 맡겨야겠군요."

그는 사령관이 설명을 들으며 자신의 임무가 무엇일지 계속 추측했지만 아직 짚이는 바가 없었다.

사령관이 말했다.

"믿을 만한 사람이 누구일까요? 멘털 스탬프가 어디까지 사용되었는지 파악조차 하지 못했습니다. 스탬프족에 대한 그 어떤 정보도 없는데 누굴 믿을 수 있겠습니까? 저까지 포함해서 말입니다."

창밖으로 태양이 나타났다. 지구에서 보는 것보다 빛이 훨씬 약했지만 빛무리가 사령관의 등 뒤를 지날 때는 그의 몸이 광선에 파묻혀 빛무리 속에서 목소리만 들렸다.

"하지만 선배님들은 믿을 수 있습니다. 선배님들께서 동면에 들어가실 때는 멘털 스탬프가 존재하지도 않았으니까요. 또 200년 전 지원대 선발 요건이 충성심과 신념이었죠. 현재로서는 믿을 수 있는 군인은 선배님의 지원부대뿐입니다. 함대는 집중형 전함의 함장들이 심사를 받을 동안 함장의 권한을 지원부대 대원들에게 맡기기로 결정했습니다. 지원부대 대원들이 각각 집행함장으로 임명될 것이며 전함에 관한 모든 명령은 그 대원들을 통해 지휘 체계로 전달될 것입니다."

장베이하이의 눈에서 두 개의 작은 태양이 이글거리며 타올랐다.

"사령관님, 그럴 순 없습니다."

"임무를 받자마자 해보지도 않고 불가능하다는 건 우리 전통이 아니잖습니까?"

사령관의 말에 담긴 '우리'와 '전통'이라는 두 단어가 장베이하이의 마음에 온기를 불어넣었다. 200년 전 지원부대에서 시작된 핏줄이 지금의 우주 함대까지 이어지고 있음을 느꼈다.

"사령관님, 200년 전 얘기입니다. 제가 전함의 함장이 된다는 건 북양수사(北洋水師)*의 지휘관이 21세기의 구축함을 지휘하는 것이나 다름없습니다."

"정스창(鄭世昌)**과 유보섬(劉步蟾)***이 선배님 시대의 구축함을 지휘할 수 없다고 생각하세요? 그들도 지식인이고 영어도 할 줄 알았습니다. 배우면 충분히 가능했을 겁니다. 지금 우주 전함의 함장 업무는 전문 기술이 필요하지 않습니다. 명령만 내리면 되니까요. 또 집행함장으로 있는 동안 전함은 모두 기지에 정박해 있을 겁니다. 선배님들의 임무는 통제 시스템에 함장의 명령을 전달하는 것뿐입니다. 전달하기 전에 그 명령이 정상적인지만 판단하면 됩니다. 그건 배우면 충분히 하실 수 있습니다."

"그렇다 해도 우리가 맡게 될 권한이 너무 큽니다. 권한은 함장에게 그대로 두고 우리는 함장의 명령을 감독하는 건 어떻겠습니까?"

* 옮긴이 주 : 청나라 말에 창설된 중국 최초의 해군.
** 옮긴이 주 : 청일전쟁 당시 중국의 해군 총독.
*** 옮긴이 주 : 청나라 말기 북양수사의 함장.

"그것도 문제가 있습니다. 스탬프족이 정말로 존재하고 핵심적인 직위에 있다면 감독을 피하기 위해 각종 수단을 동원할 겁니다. 심하면 감독자를 살해할 수도 있죠. 명령 대기 상태의 집중형 전함은 간단한 명령 세 개만으로 출동시킬 수 있습니다. 일단 전함이 출동하고 나면 손을 쓸 수 없습니다. 그러므로 지휘 체계는 집행함장의 명령에만 따르도록 해야 합니다."

*

연락함이 아시아 함대 목성 기지의 군항을 출발했다. 장베이하이는 자신이 첩첩이 쌓인 산봉우리 위에 서 있는 것 같았다. 정박해 있는 우주 전함들이 굽이굽이 이어진 산맥 같았다. 군항이 목성의 암흑면을 지나고 있었다. 행성 표면에서 발산되는 인광*과 위쪽 유로파**에서 비치는 은백색 빛 속에서 강철 산맥들이 죽은 듯 깊이 잠들어 있었다. 잠시 뒤 산맥의 끄트머리에서 눈부신 백색 빛이 떠오르며 정박해 있는 함대들을 순간적으로 환하게 비추었다. 장베이하이는 산맥 위로 떠오르는 태양을 보는 듯한 착각이 들었다. 목성의 소용돌이치는 대기층 위에서 함대의 그림자가 유유히 떠다녔다. 두 번째 빛무리가 함대의 다른 편에서 떠올랐다. 그것이 태양이 아니라 군항으로 들어오는 전함임을 장베이하이는 그제야 알았다. 전함이 속도를 줄이자 핵융합 엔진이 항구 쪽을 향했다.

장베이하이가 부임한 함대의 참모장에게 들은 바로는 아시아 함대 소속 전함의 3분의 2인 400여 척이 현재 항구에 정박해 있다고 했다. 태양계

---

* 옮긴이 주 : 물체에 빛을 쬔 후 빛을 제거하여도 장시간 빛을 내는 현상 또는 그 빛.
** 옮긴이 주 : 목성의 제2위성.

안팎에서 순항 중이던 아시아 함대의 다른 전함들도 속속 항구로 들어올 것이다.

함대의 웅장함에 넋을 잃고 있던 장베이하이가 비로소 현실로 돌아왔다. 그가 옆에 있는 참모장에게 물었다.

"모든 전함을 소환하면 존재할지도 모를 스탬프족을 자극해 즉시 행동에 나서게 만드는 건 아닐까?"

"그렇진 않을 겁니다. 함장 심사를 이유로 전함을 소환한 게 아니니까요. 핑계가 아니라 실제 이유죠. 조금 우스운 이유이기는 합니다만. 요즘 뉴스 안 보셨나 봅니다."

"음, 자연선택호에 대한 자료를 읽느라 그럴 시간이 없었지."

"조급해하지 마십시오. 기초 훈련 때 지원부대 대원님들 모두 잘하셨습니다. 실제 근무는 전함에 승선한 뒤에 천천히 익히면 됩니다. 별로 어렵지 않을 겁니다. 현재 세 함대가 삼체 탐측기 저지 임무를 맡겠다며 서로 다투고 있습니다. 어제 회의에서 기본적인 합의는 이루어졌죠. 전문 위원회의 감독하에 각 함대에 속한 모든 전함을 항구로 집결시키기로 했습니다. 어떤 함대라도 함부로 전함을 출동시켜 단독으로 삼체 탐측기를 저지하지 못하도록 말입니다."

"왜 그러지? 어느 함대가 저지하든 입수한 정보와 기술을 공유하지 않겠나?"

"맞습니다. 하지만 명예 문제죠. 삼체 세계와 처음으로 접촉한 함대는 정치적으로 큰 의미를 가질 수 있습니다. 그런데 우스운 이유는 삼체 탐측기 저지는 아무런 리스크도 없는 아주 쉬운 일이라는 겁니다. 최악의 경우라고 해봤자 저지 과정에서 삼체 탐측기가 스스로 파괴되는 게 고작입니다. 그러니까 다들 먼저 하려고 혈안이 되어 있죠. 만약 삼체 주력 함대와의 전투라면 아무도 나서지 않으려고 몸을 사리겠죠. 지금 정치도 옛날과 별로 다르지 않습니다……. 저기 보세요. 저게 바로 자연선택호입니다.”

연락함이 자연선택호를 향해 날아가는 동안 그 거대한 강철 산봉우리가 점점 위용을 드러냈다. 장베이하이는 문득 당호가 떠올랐다. 자연선택호의 외관은 200년 전의 그 항공모함과 달리 원반형 몸체와 원주형 엔진이 완전히 분리된 형태였다. 당호가 완성되지도 못하고 폐기되었을 때 장베이하이는 집을 잃어버린 듯한 상실감에 휩싸였었다. 비록 그 집에서 살아보지도 못했지만 말이다. 지금 이 거대한 우주선도 그에게 집과 같은 아늑함을 주었다. 자연선택호의 웅장한 선체 위에서 200년 동안 방황하던 그의 영혼이 안식을 얻었다. 그의 여린 영혼이 알 수 없는 거대한 힘의 품에 안겼다.

자연선택호는 아시아 함대 제3함대의 기함으로, 규모로 보나 성능으로 보나 함대에서 최고를 자랑하는 전함이었다. 작동 유체를 탑재하지 않은 핵융합 추진 시스템을 최대 출력으로 가동하면 광속의 15퍼센트까지 속력을 낼 수 있었다. 게다가 전함 내부에 순환 생태 시스템이 완벽하게 갖추어져 있어 장시간 연속 운행도 할 수 있었다. 이 생태 시스템은 75년 전 달에서 시운전을 시작한 후 지금까지 큰 고장이나 결함이 한 번도 나타나지 않았다. 무기 역시 감마선 레이저, 레일건, 고성능 입자빔, 성간 어뢰로 이루어진 무기 시스템이 탑재되어 있어 자연선택호 단독으로도 지구만 한 크기의 행성 표면을 거뜬히 파괴시킬 수 있었다.

자연선택호가 장베이하이의 시야를 가득 채웠다. 연락함에서는 그 일부분밖에 볼 수 없었다. 거울처럼 매끄러운 우주선 외벽 위로 목성의 아름다운 대기가 선명하게 비쳤고 그 광대한 거울을 향해 서서히 다가가는 연락함의 모습도 비쳤다.

우주선 외벽 위로 타원형 입구가 나타났다. 연락함이 빨려들듯 입구로 들어가 우뚝 멈추어 섰다. 참모장이 제일 먼저 문을 열고 내렸다. 장베이하이의 무표정한 얼굴 위로 미묘한 긴장감이 흘렀다. 연락함이 아직 에어록을 다 통과하지 않았지만 열린 문틈으로 신선한 공기가 훅 빨려들어왔다. 기압이 있는 우주선에서 우주를 향해 무방비 상태로 문이 열렸지만 우주선 내부의 공기가 밖으로 새어나가지 않았다. 이 역시 그는 처음 보는 기술이었다.

장베이하이와 참모장이 서 있는 곳은 커다란 구체 내부였다. 최대 직경이 축구장 너비와 맞먹는 거대한 구체였다. 우주선 선실은 보통 구형 구조로 설계된다. 우주선의 가속, 감속, 방향 전환 때 구체의 어느 부위라도 갑판 또는 천장이 될 수 있기 때문이다. 무중력상태에서는 탑승자가 주로 구체의 중심에서 움직이게 된다. 장베이하이가 살던 시대의 우주선은 지구의 건축 구조를 본떠서 만들어졌기 때문에 선실이 사각형이었다. 그는 이 새로운 선실 구조에 적응하기가 힘들었다. 참모장은 이곳이 우주선의 전투기 격납고라고 했지만 지금은 성간 전투기가 한 대도 없고, 구형 공간의 한가운데 자연선택호의 부대원 2000명이 대열을 이루며 떠 있었다.

장베이하이가 동면에 들어가기 전에도 각국 우주군이 우주의 무중력상태에서 대열을 갖추는 훈련을 시작하고 관련 규범 및 훈련 교본을 제작하고 있었지만 실행에 옮기기가 몹시 힘들었다. 우주선 밖에서는 우주복에 달린 소형 추진기로 이동해야 했고, 우주선 안에서는 추진기가 없어 벽을 밀거나 허공에서 헤엄을 쳐서 움직여야 했으므로 가지런히 줄을 서서 대열을 만드는 것은 결코 쉽지 않았다. 그런데 지금 대원 2000명이 허공에서 흐트러짐 하나 없이 대열을 만든 채 떠 있는 것이 아닌가. 장베이하이는 눈앞의 광경에 놀라움을 금치 못했다. 대원들은 마그네틱 벨트를 이용해 무중력상태에서 움직였다. 초전도체로 만든 이 벨트의 내부에 둥근 전류가 흐르고 있는데 이 자기장이 우주선 선실과 복도를 가득 채우고 있는 자기장과 상호작용을 한다. 그 덕분에 작은 조종기 하나만 있으면 우주선 내부에서도 이동과 정지를 자유자재로 할 수 있다. 장베이하이도 똑같은 벨트를 하고 있었지만 자유롭게 움직이려면 요령을 익혀야 했다.

장베이하이는 대열을 이루고 있는 우주군 병사들을 둘러보았다. 그들 모두 함대에서 자란 세대였다. 지구에서 중력을 받으며 자란 사람들처럼 건장한 체격은 아니었지만 대부분 키가 훤칠했고 우주족 특유의 기민함과 민첩함이 느껴졌다. 병사들 앞에 장교 세 명이 서 있었다. 장베이하이의 시선이 그중 가운데 서 있는 젊고 아리따운 여장교 위에서 멈추었다. 그녀의 어깨 위에서 별 네 개가 반짝이고 있었다. 그녀가 바로 자연선택호의 함장이리라. 그녀는 우주에서 자란 신인류의 전형적인 모습이었다. 키가 제법 큰 장베이하이보다도 키가 훨씬 더 컸다. 병사들 앞에 있던 그녀가 장베이하이를 향해 다가왔다. 호리호리한 몸매가 마치 허공에 떠다니는 음표 같았다. 그녀가 장베이하이와 참모장 앞에 멈추어 서자 등 뒤에서 너울거리던 머리칼이 희고 가는 목덜미에서 탄력 있게 찰랑거렸다. 그녀의 눈에서 생기가 넘쳤다. 장베이하이는 그녀와 대화를 나누기도 전에 첫눈에 그녀에 대한 신뢰를 느꼈다.

"저는 자연선택호의 함장 둥팡옌쉬(東方延緖)입니다. 함대원 전체를 대표해 선배님께 선물을 드립니다."

장베이하이에게 경례하는 그녀의 눈동자 위로 한 가닥 장난기가 스쳤다. 그녀가 두 손으로 선물을 내밀었다. 생김새는 크게 달라졌지만 장베이하이는 그것이 권총임을 알아볼 수 있었다.

"제게서 패배주의와 도피주의를 발견하신다면 이걸로 저를 죽이셔도 됩니다."

*

지상으로 올라오는 것은 아주 쉬웠다. 거대한 나무 건축물들이 모두 지하 도시의 천장을 떠받치는 기둥이었기 때문에 나무줄기를 따라 오르내리는 엘리베이터를 타고 맨 꼭대기로 올라가기만 하면 곧바로 지상으로 올라갈 수 있었다. 300여 미터 두께의 지층이 지하 도시와 지상의 경계가 되었다. 뤄지와 스창은 엘리베이터에서 내리자마자 동면하기 전으로 되돌아간 듯한 기분이 들었다. 로비의 벽과 바닥에 뜨는 디스플레이 창 같은 건 없었고 각종 정보가 천장에 걸린 실제 모니터를 통해 전달되고 있었다. 과거의 지하철역을 연상시켰다. 사람이 많지 않았고 사람들의 옷에도 영상이 나타나지 않았다.

로비의 밀폐식 문을 나오자 흙먼지 냄새를 실은 더운 바람이 얼굴로 훅 달려들었다.

"저놈이 내 아들이야!"

스창이 계단을 뛰어오르는 한 남자를 가리키며 들뜬 목소리로 말했다. 거리가 멀어서 뤄지는 그가 사십대 남자라는 것만 알아볼 수 있었다. 뤄지는 스창이 그렇게 먼 거리에서도 한눈에 아들을 알아보았다는 사실이 내심 놀라웠다. 스창이 서둘러 계단을 내려갔다. 하지만 뤄지는 그들 부자가 상봉하는 순간을 지켜보지 못했다. 눈앞에 펼쳐진 지상 세계의 모습이 그의 시선을 빼앗아버렸기 때문이다.

하늘이 노리끼리했다. 어째서 지하 도시의 하늘을 1만 미터 상공에서 촬영한 하늘의 영상으로 채울 수밖에 없는지 뤄지는 그제야 알 수 있었다. 지상에서 하늘을 올려다보면 가장자리가 희미하게 번진 태양 외에는 온통 누런 모래 먼지뿐이었다. 땅 위를 달리는 자동차들마다 기다란 먼지를 꽁무니에 매달고 다녔다. 뤄지는 예전 그대로인 것을 또 하나 발견했다. 바로 자동차가 땅에서 달린다는 점이었다. 그런데 다양한 디자인의 차들마다 한 가지 공통점이 있었다. 차 지붕에 햇빛 가리개 같은 것이 달려 있었다. 길 맞은편으로 늘어선 옛날식 주택에도 발코니마다 모래가 잔뜩 쌓여 있었다. 대부분의 창은 밀폐식이 아니라 유리 없이 구멍만 뻥 뚫려 있었는데 일부는 지금도 사람이 살고 있었다. 어떤 집에는 창밖에 빨래가 널려 있었고 어떤 집은 발코니에 화분까지 놓여 있었다. 더 먼 곳으로 시선을 옮겼다. 허공을 채운 모래 먼지 때문에 또렷하게 보이지는 않았지만, 뤄지는 몽롱한 시야 속에서 낯익은 두 건축물의 윤곽을 찾아낼 수 있었다. 그곳은 200년 전 그가 반평생을 산 도시였다. 뤄지는 계단을 내려가 부둥켜안고 재회의 기쁨을 나누고 있는 두 사람에게 다가갔다. 가까이에서 보니 정말로 스창의 아들이었다.

스샤오밍이 눈가에 고인 눈물을 손으로 훔쳤다.

"아버지, 누가 보면 아버지와 제가 다섯 살 차이 형제인 줄 알겠어요."

"이 정도면 괜찮아. 백발 영감한테 아버지라고 불릴까 봐 걱정했다. 이런 젠장!"

스창이 호탕하게 웃고는 뤄지를 아들에게 소개했다. 스샤오밍이 눈을 휘둥그레 뜨며 뤄지에게 인사했다.

"와! 이게 누구세요! 이렇게 유명한 분을 직접 만나다니 영광입니다!"

세 사람이 길가에 세워놓은 스샤오밍의 차로 향했다. 차에 타기 전 뤄지가 차 지붕 위의 차양처럼 생긴 것을 가리키며 물었다.

"이게 뭐예요?"

"안테납니다. 지상에서는 지하 도시에서 흘러나오는 전기밖엔 쓸 수가 없어요. 그러니까 안테나가 클 수밖에요. 이 정도 전기로는 땅에서 달릴 수만 있지 날진 못해요."

전기가 부족해서인지 모래 위를 달려서인지 차의 속도가 빠르지 않았다.

차창 밖으로 펼쳐진 도시는 시선이 닿는 곳마다 누렇고 탑탑한 모래 먼지에 휘감겨 있었다. 뤄지의 머릿속에 수많은 궁금증이 뭉게뭉게 차올랐지만 스샤오밍과 스창이 쉬지 않고 이야기를 나누는 통에 도무지 끼어들 틈이 없었다.

"어머니는 위기의 세기 34년에 돌아가셨어요. 저와 제 딸이 임종을 지켰어요."

"아, 잘했구나……. 네 딸은 안 데리고 왔어?"

"이혼하면서 제 엄마가 데려갔어요. 기록을 찾아보니 위기의 세기 105년에 죽었더라고요. 여든 넘게 살았어요."

"손녀 얼굴도 한 번 못 봤구나……. 넌 교도소에 몇 년이나 있었어?"

"19년이요."

"출소해선 뭘 했어?"

"안 해본 거 없이 다 했어요. 처음에는 살길이 막막해서 사기도 쳤지만 나중에는 떳떳하게 장사를 해서 돈을 좀 모았어요. 대협곡이 시작되려는 걸 보고 동면에 들어갔죠. 그땐 세상이 이렇게 좋아질 줄은 모르고 그저 아버지를 만나겠다는 생각에 동면을 했어요."

"우리가 살던 집은 아직도 있고?"

"70년 후에 재산권이 회복됐는데 얼마 못 살고 철거됐어요. 나중에 산 집은 아직 있을 텐데 저도 아직 안 가봤어요."

스샤오밍이 창밖을 가리켰다.

"지금은 시 전체 인구가 우리 때의 100분의 1도 안 돼요. 여기서 제일 싼 게 뭔 줄 아세요? 바로 아버지가 평생 일해서 산 집이에요. 지금은 다 텅 텅 비어 있어요. 아무 빈집에나 들어가서 살면 돼요."

뤄지가 겨우 끼어들 틈을 찾았다.

"동면에서 깨어난 사람들은 전부 이 도시에서 살고 있나요? 자신들이 살던?"

"에이, 안 그래요. 전부 도시 밖에 살죠. 도시는 황사도 너무 심하고 일

자리도 없어요. 그래도 지하 도시에서 너무 멀리 떨어지면 안 되죠. 전기를 얻을 수가 없으니까."

스창이 물었다.

"아직도 우리가 할 수 있는 일이 있어?"

"생각해보세요. 우리 같은 늙은이는 할 수 있고 애들은 할 수 없는 일이 뭐가 있을지. 바로 농사예요!"

스샤오밍도 다른 동면자들처럼 법률적으로 나이를 어떻게 따지든 상관없이 요즘 사람들을 '애들'이라고 불렀다.

차가 도시를 빠져나가 서쪽으로 달리자 황사가 조금 엷어졌고 도로가 눈에 보였다. 뤄지는 이곳이 옛날의 징스(京石) 고속도로*라는 것을 알아볼 수 있었다. 모래 먼지를 흠뻑 뒤집어쓴 옛날 건물들이 도로 양편으로 스쳐 지나갔다. 하지만 이미 사막으로 변한 화베이(華北)평야에 한 가닥 생기를 주는 것이 있었다. 바로 듬성듬성한 나무숲에 둘러싸인 작은 오아시스였다. 스샤오밍은 이곳이 동면자들의 주거 지역이라고 했다.

차가 오아시스 안으로 들어갔다. 방사림으로 둘러싸인 작은 마을이었다. 스샤오밍은 이곳의 이름이 '신생활 5촌'이라고 알려주었다. 뤄지는 차에서 내리자마자 시간을 거슬러 올라간 것 같았다. 낯익은 형태의 6층 아파트가 줄지어 서 있었고 아파트 앞 공터에서는 노인들이 돌 벤치에 앉아 장기를 두고 있었으며 아이 엄마들이 유모차를 밀고 지나갔다. 황사 속에서 성기게 자란 풀밭 위에서 아이들이 축구공을 차며 놀고 있었다…….

스샤오밍의 집은 6층에 있었다. 지금 아내는 그보다 아홉 살이 어렸다. 위기의 세기 21년에 간암에 걸려 동면했다가 건강하게 소생했다고 했다. 둘 사이에서 태어난 네 살배기 아들이 스창을 할아버지라고 불렀다.

* 옮긴이 주: 베이징과 스자좡(石家莊)을 잇는 고속도로.

스창과 뤄지를 환영하는 점심식사가 소담하게 차려졌다. 모든 음식은 직접 기른 농작물과 인근 농장에서 생산한 닭과 돼지고기로 만든 것이었다. 술도 직접 빚었다고 했다. 이웃에 사는 세 남자도 식사에 초대되었다. 그들도 스샤오밍 가족처럼 모두 일찍 동면에 들어간 사람들이었다. 그때는 동면 비용이 무척 비쌌기 때문에 그들 모두 당시에는 부유층이었겠지만 100여 년이 흐른 뒤 이곳에서 보통 사람으로 살고 있었다. 스샤오밍이 특별한 한 이웃을 소개했다. 바로 옛날 스샤오밍에게 사기를 당한 장위안차오의 손자 장옌이었다.

스샤오밍이 말했다.

"아버지가 저더러 사기 친 돈을 다 돌려주라고 하셨잖아요. 교도소에서 출소한 뒤에 돈을 갚기 시작했어요. 그러다가 장옌을 알게 됐죠. 그땐막 대학을 졸업한 청년이었어요. 장옌의 이웃 할아버지들을 보고 장의 사업의 전망이 밝다는 생각에 우리 둘이 동업을 시작했죠. 회사 이름을 '가오선(高深)'으로 지었는데 높은 곳과 깊은 곳에 안장해주겠다는 뜻이에요. 높은 곳이란 우주장이에요. 유골을 화장해서 태양계 밖으로 멀리 보내는 방법도 있었고 화장하지 않고 그대로 발사하는 방법도 있었죠. 물론 가격도 비쌌고요. 깊은 곳이란 광산장이에요. 처음에는 폐광에 매장하다가 나중에는 새로 갱을 파서 안장했어요. 어쨌든 삼체인이 발견하지 못하도록 아주 깊이 묻었죠."

장옌은 나이가 오륙십은 되어 보였다. 스샤오밍은 장옌이 동면했다가 중간에 깨어나 30년 넘게 살다가 다시 동면했다고 설명했다.

뤄지가 물었다.

"여기서 법적 지위가 어떻게 되죠?"

스샤오밍이 대답했다.

"지하에 사는 사람들과 평등해요. 말하자면 우리는 도시 외곽 주민들인 거죠. 정식으로 구정부도 있어요. 여기에 동면자들만 사는 건 아니에요. 요즘 사람들도 있어요. 도시 사람들도 자주 놀러 오고요.”

장옌이 말했다.

“우리는 요즘 사람들을 ‘벽 누르개’라고 불러요. 그 사람들은 여기 와서도 습관적으로 벽을 눌러대기 때문이죠. 디스플레이를 활성화하는 게 버릇이 돼서요.”

스창이 물었다.

“살기가 괜찮은 거야?”

모두들 생활에 만족한다고 했다.

“오는 길에 밭을 보니 농작물이 비리비리하던데 그걸로 먹고살 수 있겠어?”

“당연하죠. 지금 도시에서는 농산품이 사치품이에요……. 사실 정부가 동면자들을 후하게 대해줘서 아무것도 안 하고 국가보조금만 받아도 편히 살 수 있어요. 그래도 마냥 놀고 먹을 수는 없잖아요. 동면자들이 농사를 잘 짓는 것도 아니에요. 동면하기 전에 농사를 지어본 사람도 없고요. 하지만 할 수 있는 게 이것밖에 없으니 어쩌겠어요.”

대화의 주제가 금세 200년 전 근대사로 옮겨졌다.

“대협곡은 어떻게 된 거예요?”

뤄지는 드디어 오랫동안 품고 있던 질문을 던질 기회를 얻었다.

사람들의 얼굴이 일제히 어두워졌다. 식사가 거의 끝나가는 것을 보고 스샤오밍이 말했다.

“동면에서 깨어난 지 여러 날 되셨으니까 말씀드릴게요. 아주 긴 얘기예요. 두 분이 동면에 들어간 후 십수 년 동안은 그럭저럭 살 만했어요. 그런데 갑자기 세계적으로 극심한 불경기가 찾아오고 생활수준이 점점 추락하기 시작했어요. 물론 정치적으로도 분위기가 살벌해졌죠.”

한 이웃이 말을 받았다.

"어느 국가 따질 것도 없이 세계적인 현상이었어요. 사회 전체가 공황에 빠졌어요. 말 한마디만 잘못해도 ETO나 스파이로 몰렸죠. 황금시대 때의 영화나 드라마를 보는 것도 금지당했어요. 물론 너무 많아서 다 막지는 못했죠."

"왜요?"

스샤오밍이 대답했다.

"투지를 꺾는다는 이유죠. 하지만 그땐 그래도 밥은 먹을 수 있었으니 그럭저럭 버틸 만했어요. 그 후에도 상황이 계속 악화됐어요. 굶어 죽는 사람이 얼마나 많았는지 몰라요. 뤄 선생님이 동면에 들어가시고 20여 년쯤 후일 거예요."

"불경기 때문이었나요?"

"그렇긴 하지만 근본적인 원인은 환경 악화였어요. 환경보호법도 있었지만 비관적인 분위기가 팽배해서 모두들 환경보호가 무의미하다고 생각했죠. 아무리 지구를 꽃밭으로 만들어놓아도 결국에는 삼체인들에게 고스란히 바쳐야 하잖아요. 그러니까 에라 모르겠다, 마구잡이로 환경을 훼손시켰죠. 나중에는 환경보호까지도 ETO와 연결시켜서 환경보호를 주장하는 사람들을 스파이로 몰았어요. 그린피스도 ETO의 앞잡이라면서 공격할 정도였으니 말 다 했죠. 설상가상으로 우주군이 중공업을 대대적으로 발전시키는 바람에 환경오염이 걷잡을 수 없이 확산됐어요. 온실효과, 이상기후, 사막화 등등……. 휴……."

다른 이웃이 끼어들었다.

"제가 동면에 들어갈 무렵에 사막화가 시작되고 있었어요. 사막이 만리장성을 넘어 남쪽으로 확산됐을 거라 생각하시죠? 그게 아니에요. 중국 각지에서 동시다발적으로 사막화가 시작되어 점점 주위로 확산되었어요.

이걸 꽃꽂이식 사막화라고 불렀죠. 땅이 젖은 행주처럼 서서히 마르는 거예요."

"그다음에는 농산품 생산량이 급격히 줄었고 식량이 고갈됐어요. 그다음엔…… 그다음엔 대협곡이 왔죠."

뤄지가 물었다.

"생활수준이 100년 뒤로 후퇴할 거라는 예언이 현실이 됐군요?"

스샤오밍이 쓸쓸하게 웃었다.

"100년이 뭐예요? 말도 마세요. 100년 뒤로 가면…… 1930년대죠? 대협곡과 비교하면 그땐 천국인걸요! 대협곡은 1930년대만도 못했어요. 인구는 또 얼마나 많았는지! 전 세계 인구가 83억이었어요! 장옌도 대협곡을 봤어요. 마침 그때 동면에서 깨어나 있었으니까."

장옌이 술 한 잔을 입에 털어 넣고 끔찍한 일을 회상하듯 눈을 부릅떴다.

"굶주린 난민들이 이동하는 걸 내 눈으로 봤어요. 수천만 명은 됐어요. 평원 위로 난민들이 끝없이 이어졌고 모래바람이 하늘을 가렸죠. 하늘도 땅도 이글이글 불타올랐어요. 그러다 한 사람이 푹 고꾸라져 죽으면 사람들이 우르르 몰려들어 갈기갈기 찢어 나눠 가졌어요…… 빌어먹을. 한마디로 인간 지옥이었어요. 영상 자료도 많으니 직접 보세요. 그때 생각만 해도 수명이 절로 줄어드는 것 같아요."

"대협곡이 50년이나 지속됐다니까요? 그동안 세계 인구가 83억에서 35억으로 줄어들었어요. 얼마나 끔찍했는지 상상이 가시죠?"

뤄지가 일어나 창가로 갔다. 방사림 사이로 누런 사막이 보였다. 황사로 뒤덮인 화베이평야가 정오의 태양 아래서 묵묵히 하늘 끝까지 이어져 있었다. 시간의 거대한 손바닥이 모든 것을 잠재운 뒤였다.

스창이 물었다.

"그다음엔 어떻게 됐어?"

장옌이 긴 한숨을 게워냈다. 그때의 역사를 계속 떠올리지 않아도 된다는 사실에 안도했는지 그의 표정이 조금 밝아졌다.

"그다음에는 회의론이 나타났어요. 아무리 최후의 전쟁에서 승리하기 위한 것이라 해도 이렇게 심한 대가를 치러야 하느냔 말이지요. 생각해보세요. 아이가 품에서 굶어 죽는 것과 인류의 문명을 존속시키는 것, 둘 중에 뭐가 더 중요할까요? 두 분은 후자가 더 중요하다고 생각하실 수도 있죠. 하지만 그 상황에 놓인다면 생각이 달라질 거예요. 미래가 어떻든 당장의 삶이 제일 중요하다는 걸 알게 되죠. 처음에는 이런 말을 하면 인류의 적으로 몰렸지만 시간이 갈수록 이런 생각이 점점 퍼지더니 세계적으로 공감대가 형성됐어요. 그때 유행한 구호가 명언으로 역사에 남았죠……."

뤄지가 창밖에서 시선을 거두지 않은 채 말했다.

"시간이 문명을 위해 흐르는 것이 아니라 문명이 시간을 위해 흐르는 것이다."

"맞습니다. 바로 그거예요. 문명이 시간을 위해 흐르는 것이다."

스창이 물었다.

"그다음엔?"

"제2차 계몽운동, 제2차 르네상스, 제2차 프랑스혁명……. 역사책을 보면 아실 거예요."

뤄지가 놀란 표정으로 몸을 돌렸다. 그가 창옌에게 예언했던 일들이 200년 일찍 현실이 된 것이 아닌가.

"제2차 프랑스혁명이라고요? 또 프랑스에서 일어났어요?"

"아뇨. 그저 이름을 그렇게 붙인 거죠. 그땐 어느 나라 할 것 없이 세계적으로 나타났어요. 각국에서 정부가 새로 구성되었고 우주 전략 계획을 일제히 중단했죠. 그때부턴 민생에만 집중했어요. 마침내 중요한 기술이 발명됐죠. 유전자 변형과 핵융합을 이용해 에너지를 만들어내는 기술이요. 그 덕분에 식량 부족이 해결됐고 기아도 해결됐어요. 점점 굶어 죽는 일이 줄어들었고 모든 게 빠르게 회복되기 시작했어요. 20여 년 만에 대협곡 이전 수준을 되찾았죠. 인구가 적어서 가능한 일이었어요. 그 후에는 황금시대 수준까지 회복됐고요. 과거로 다시 돌아갈 순 없다는 생각에 독한 마음으로 앞만 보고 달린 덕분이에요."

"뤄 선생님이 흥미로워하실 개념이 있어요."

한 이웃이 뤄지에게 다가갔다. 동면하기 전 경제학자였기 때문에 그는 남들보다 문제를 예리하게 바라보는 안목이 있었다.

"바로 문명 면역력이라는 겁니다. 인류가 큰 병에 걸리면 문명의 면역 체계가 작동해 위기 전 시대와 같은 일이 더 이상 발생하지 않는다는 개념입니다. 인간이 첫째이고 문명은 둘째다. 지금은 이런 인식이 사회 전반에 깔려 있죠."

뤄지가 물었다.

"그다음엔 어떻게 됐죠?"

스샤오밍이 상기된 목소리로 끼어들었다.

"그다음엔 신기한 일이 나타났어요. 세계 각국이 평온을 되찾고 삼체 위기에 대해 거의 잊어버렸더니 오히려 모든 게 발전하기 시작했죠. 특히 기술이 놀라운 속도로 발전했어요. 대협곡 이전의 우주 전략 중에서 장벽에 부딪혀 발전하지 못했던 기술들이 잇따라 획기적인 성과를 거뒀어요!"

뤄지가 말했다.

"당연해요. 인간의 본성이 해방되면 과학과 기술의 발전이 필연적으로 따라오는 법이니까."

"대협곡 이후에 대략 50년 정도 세상이 평온했어요. 그러다 다시 삼체인이 쳐들어오고 있다는 사실을 떠올렸죠. 어쨌든 전쟁에는 대비해야 하잖아요. 더군다나 이제는 인간의 능력이 대협곡 이전과는 달라졌으니까요. 그래서 다시 전시 상태로 들어간다고 선언하고 우주 함대를 구축하기 시작했어요. 하지만 이번에는 달랐죠. 각국에서 우주 전략에 소모되는 자원을 일정 수준에서 제한했어요. 우주 전략이 세계 경제와 사회에 심각한 타격을 미쳐서는 안 된다고 헌법에 명시했어요. 우주 함대가 독립국가가 된 게 바로 이때였어요……."

경제학자가 말했다.

"이젠 과거를 돌아보실 필요가 없습니다. 앞으로 어떻게 살아야 할 것인지 생각하세요. 그 명언은 파스칼의 말에서 따온 겁니다. '시간 속에서 살지 말고 시간이 삶을 위해 존재하게 하라. 오라, 새로운 삶이여!'"

모두들 마지막 잔을 비웠다. 뭔지가 멋진 말이라며 경제학자에게 고맙다고 인사했다. 지금 그의 머릿속에는 오로지 좡옌과 아이 생각뿐이었다. 서둘러 정착해 두 사람을 깨워야겠다고 생각했다.

'문명이 시간을 위해 흐르게 하고, 시간이 삶을 위해 존재하게 하라.'

*

장베이하이는 자연선택호에 탑승한 뒤 지금의 지휘 시스템이 자신의 상상을 훨씬 뛰어넘는 수준이라는 걸 알았다. 우주 전함의 크기가 21세기 최대 항공모함 세 척을 합친 것만큼이나 컸다. 거의 작은 도시와 맞먹는 어마어마한 규모였다. 그런데도 조종실과 지휘실이 없었고 함장실과 작전실도 없었다. 특수한 기능을 가진 선실이 하나도 없었다. 모든 선실은 크기만 다를 뿐 거의 모두 똑같이 생긴 구형으로 되어 있었고, 전함의 어떤 위치에서도 데이터 장갑으로 홀로그래픽 디스플레이를 활성화할 수 있었다. 고도로 정보화된 지구에도 이런 시설은 거의 없었다. 홀로그래픽 디스플레이가 매우 비쌌기 때문이다. 또 어디에 있든 시스템에 들어갈 권한만 있다면 각급 지휘 시스템에 접속할 수 있었다. 함장이 어디에 있든 디스플레이를 통해 지휘 시스템에 접속하면 함대를 지휘할 수 있는 것이다. 그러므로 전함 내부의 그 어떤 곳도 조종실이 될 수 있고 지휘실도 될 수 있고, 함장실, 작전실도 될 수 있었다. 물론 복도나 화장실도 예외가 아니다! 장베이하이는 이것이 20세기 말 컴퓨터네트워크의 변화와 비슷하다고 생각했다. 클라이언트와 서버의 모델에서 브라우저와 서버의 모델로 전환된 것처럼 말이다. 전자는 특정 소프트웨어를 설치한 컴퓨터만 서버에 접속할 수 있지만 후자는 사용자가 권한만 있다면 네트워크의 어느 위치에 있는 컴퓨터로도 모두 서버에 접속할 수 있다.

장베이하이와 둥팡옌쉬가 있는 곳도 일반 선실이었다. 다른 곳과 마찬가지로 이곳도 아무런 기기나 모니터가 없는 구형 선실이었다. 평소에는 선실 벽이 온통 흰색이어서 커다란 탁구공 안에 들어와 있는 것 같았다. 우주선이 가속해 중력이 만들어질 때는 구형 선실 벽의 어느 곳이든 몸에 잘 맞는 의자로 변했다. 이 역시 예전에는 상상하지 못한 기술이었다. 이 기술의 특징을 한마디로 하자면 바로 '무장치화'다. 지구에서는 이 개념이 이제 조금씩 적용되고 있었지만 지구보다 발전한 함대에서는 매우 보편적인 현상이었다. 함대 세계는 어딜 가나 아무것도 없는 듯 텅 비어 있었다. 평소에는 아무런 장치도 보이지 않다가 필요할 때만 나타났고 또 어디서든 나타났다. 고도로 복잡해졌던 세계가 다시 간소화되고 있었다. 기술과 장치는 현실의 뒤편으로 숨어 들어가 있었다.

둥팡옌쉬가 말했다.

"이제 첫 수업을 시작할까요? 심사받으러 온 함장인 저는 강의할 자격은 없지만 이 함대에서 저만큼 믿을 만한 사람을 찾기는 어려우실 겁니다. 오늘은 자연선택호에 시동을 걸어서 항해 상태로 들어가는 연습을 할게요. 오늘 본 것만 기억하셔도 스탬프족의 도주로를 봉쇄하실 수 있을 겁니다."

그녀가 디지털 장갑으로 공중에 홀로그래픽 디스플레이를 활성화했다.

"우주 지도입니다. 옛날 것과는 많이 다르겠지만 태양이 좌표의 원점인 건 똑같아요."

"훈련받을 때 배워서 기본적인 건 읽을 줄 알아요."

장베이하이는 200년 전 창웨이쓰가 그 오래된 태양계 지도 앞에 서 있던 장면이 아직도 눈에 선했다. 지금의 우주 지도는 태양을 중심으로 반경 100광년 이내에 있는 모든 천체의 위치가 정확하게 표시되어 있었다. 지도의 범위가 당시 그림 지도의 100배가 넘었다.

"읽을 줄 모르셔도 상관없습니다. 지금은 이 지도의 어느 위치에서도 항해가 금지되어 있으니까요……. 만약 제가 스탬프족이라면 자연선택호를 납치해 우주로 도망치려고 할 때 제일 먼저 이 방향을 선택할 겁니다. 바로 이렇게……."

둥팡옌쉬가 우주 지도의 어느 한 곳을 건드리자 그곳이 녹색으로 변했다.

"물론 지금은 모의 상태입니다. 저는 함장 권한을 상실했으니까요. 하지만 함장 권한을 되찾은 뒤에도 이 작동 명령을 내리는 건 선배님께 맡길 겁니다. 제가 이 작동 명령을 내려달라고 요청한다면 그건 아주 위험한 행동일 테니 거절하셔야 해요. 신고하셔도 됩니다."

전함의 항해 방향을 선택할 차례가 되자 허공에 디스플레이가 나타났다. 장베이하이는 훈련을 통해 이 디스플레이 조작법을 숙지했지만 둥팡옌쉬의 설명을 경청했다. 그녀는 이 거대한 전함을 시동이 꺼진 상태에서 휴면 상태로 전환시킨 후 다시 대기 상태를 거쳐 마지막으로 전진 1 상태까지 끌어 올렸다. 장베이하이와 지원부대 대원들이 이 디스플레이를 보고 가장 놀란 것은 바로 간결함이었다. 잡다한 기술은 하나도 들어가지 않아 단순했고 깔끔했다.

"실제 상황이라면 지금쯤 자연선택호가 출항하고 있을 겁니다. 어떠세요? 조종법이 옛날보다 훨씬 간단하죠?"

"그렇소. 많이 달라졌군."

"모든 게 자동으로 작동됩니다. 어떤 기술이 사용되었는지 함장들에게는 철저히 비밀이고요."

"여기서는 간단한 그래프밖에 볼 수 없는데 우주선의 항해 상황을 어떻게 압니까?"

"항해 상황은 함장 아래 각급 장교와 사병들이 감시합니다. 장교와 사병들의 디스플레이는 이것보다 더 복잡하죠. 계급이 내려갈수록 복잡해져요. 함장과 부함장인 우리는 그보다는 신중하게 숙고해야 할 일들이 많으니까요……. 그럼 계속하겠습니다. 만약 제가 스탬프족이라면……. 혹시 제가 이런 가정을 하는 게 불편하세요? 어떻게 생각하세요?"

"지금 내 신분으로는 어떻게 대답한들 무책임하겠죠."

"좋아요. 제가 만약 스탬프족이라면 처음부터 추진력을 전진 4로 맞출 거예요. 전진 4 상태에서 가속도로 항해하는 자연선택호를 따라잡을 수 있는 전함은 없습니다. 적어도 우리 함대 안에서는."

"하지만 실제로는 불가능하겠지. 권한이 있다 해도 안 될 거요. 탑승 대원 전체가 심해에 있음이 확인되어야만 시스템이 전진 4 상태로 진입하니까."

전함이 최고 속력으로 전진할 때 우주선의 가속도가 120까지 올라간다. 따라서 정상적인 상태에서 인체가 감당할 수 있는 한계의 10배가 넘는 고중력이 발생한다. 이 경우 대원들은 심해 상태로 들어가야 한다. 다시 말해, 선실 속에 '심해가속액'이라는 액체가 가득 차 있어야 한다는 뜻이다. 이 액체는 산소 함량이 풍부하기 때문에 훈련을 받은 대원들은 이 액체 속에서 코로 숨을 쉴 수 있다. 호흡할 때 폐로 들어간 액체가 차례로 각 기관으로 퍼져나가면서 산소를 공급하게 된다. 이 액체는 1990년대 중반에 누군가 고안한 것으로 당시에는 초심해 잠수가 주된 목적이었다. 인체에 심해가속액이 꽉 차면 외부의 압력과 균형을 이루기 때문에 심해어류처럼 고압에도 견딜 수 있다. 우주선이 초고가속으로 항해할 때 액체가 가득 찬 선실의 압력이 심해와 비슷하기 때문에 지금은 이 액체가 초고가속으로 항해하는 우주선 탑승자들의 인체 보호액으로 사용되고 있다. '심해 상태'라는 말도 이 액체의 명칭에서 따온 것이다.

둥팡옌쉬가 고개를 끄덕였다.

"그 확인 절차를 피하는 방법이 있다는 것도 아셔야 해요. 우주선을 원격조종 상태로 설정하면 시스템이 전함 내에 탑승자가 없다고 인식하고 탑승자 확인 단계를 생략하죠. 원격조종 상태로 설정할 수 있는 권한은 함장에게만 있어요."

"어디 확인해봅시다."

장베이하이가 앞에 있는 디스플레이를 활성화하고 우주선을 원격조종 상태로 설정하기 시작했다. 그가 손에 든 수첩을 연방 뒤적이며 디스플레이를 조작하는 것을 보고 둥팡옌쉬가 웃었다.

"지금은 더 효과적인 기록 방법이 있어요."

"하하, 난 이게 익숙해요. 무엇보다도 중요한 건 이렇게 직접 적어놔야 마음이 놓이지. 지금은 펜을 구할 수가 없더군. 동면하기 전에 연필 두 자루를 챙겨놓아 다행이에요."

"하지만 금세 배우시잖아요."

"그건 지휘 체계에 과거 해군의 방식이 많이 남아 있어서 그래요. 긴 세월이 흘렀는데도 몇 가지 용어는 안 바뀌고 남아 있더군. 추진력을 설정할 때 전진 몇이라고 부르는 것도 그때와 그대로예요."

"우주 함대가 해군에서 시작됐으니까요……. 자, 이제 자연선택호의 집행함장 시스템에 접속할 수 있는 권한을 부여받으실 겁니다. 전함도 A급

대기 상태가 될 거고요. 옛날식으로 말하면 '점화 대기' 상태죠."

둥팡옌쉬가 길고 가는 팔을 뻗어 허공에서 가뿐히 몸을 돌렸다. 장베이하이는 아직도 마그네틱 벨트를 다루는 데 서툴렀다.

"우리 때도 직접 점화를 하진 않았소. 어쨌든 해군의 역사에 대해 잘 알고 있는 것 같군요."

장베이하이는 그녀의 반감을 사기 쉬운 민감한 화제에서 벗어나고 싶었다.

"낭만적인 군별이라고 생각해요."

"우주 함대가 바로 그 낭만적인 군대를 계승하지 않았소?"

"그렇죠. 하지만 저는 곧 여길 떠날 겁니다. 전역 신청을 할 거예요."

"심사 때문인가요?"

둥팡옌쉬가 고개를 돌려 장베이하이를 쳐다보았다. 그녀의 검은 머리칼이 중력을 잃고 허공에서 출렁거렸다.

"그때도 이런 일이 자주 있었나요?"

"꼭 그렇진 않아요. 하지만 이런 일이 있어도 이해했죠. 심사를 받는 것도 군인으로서 마땅히 해야 할 직무의 일부라고 생각했으니까."

"200년이 지났습니다. 이젠 시대가 달라졌어요."

"군이 세대 차이를 강조하지 말아요. 어쨌든 다 같은 군인이오. 시대를 막론하고 군인이라면 마땅히 상부의 지시에 복종해야지."

"떠나지 말라는 말씀이세요?"

"그건 아니오."

"정치사상 공작. 이렇게 불렀죠? 선배님이 과거에 맡으셨던 직무 말이에요."

"지금은 아니오. 새 직무를 맡았으니까."

둥팡옌쉬가 무중력상태에서 장베이하이 주위를 가볍게 빙 돌며 그를 훑어보았다.

"우리가 어린애들처럼 보이세요? 반년 전에 지구에 갔다가 동면자 마을에 갔는데 예닐곱 살쯤 되어 보이는 아이가 저보고 어린애라고 하더군요."

장베이하이가 말없이 웃었다.

"왜 거의 웃지 않으세요? 웃는 모습이 훨씬 매력적이세요……. 우리가 애들로 보이세요?"

"우리 때는 서열이 아주 중요했소. 농촌에서는 다 큰 어른도 항렬이 낮으면 어린 꼬마에게 숙부님, 고모님이라고 불렀어요."

"하지만 제겐 선배님이 어느 시대 사람인지 중요하지 않아요."

"눈빛을 보고 그렇게 생각한다는 걸 알았소."

"제 눈이 예쁜가요?"

"내 딸의 눈을 닮았어요."

장베이하이의 아무렇지 않은 말투가 둥팡옌쉬를 놀라게 했다. 장베이하이는 그녀에게서 시선을 떼지 않았다. 새하얀 구체 속에 떠 있는 그녀는 세상 그 무엇보다도 아름다웠다. 온 세상이 그녀의 아름다움에 수줍어 뒤로 숨어버린 듯했다.

"딸과 부인은 함께 오지 않았나요? 지원부대의 가족들도 동면할 수 있었다고 들었습니다."

"같이 오지 않았소. 날 보내기 싫어했지. 잘 알겠지만 그때는 미래가 어둡고 고통스러울 거라고 생각했어요. 무책임하다고 날 원망하더군. 아이 엄마가 딸을 데리고 집을 나가버렸어요. 그리고 바로 다음 날 지원부대에 출발 명령이 떨어졌지. 가족과 작별 인사도 못 하고 왔어요. 추운 겨울밤에 가방 하나 둘러메고 집을 떠났소……. 아마 날 이해할 수 없을 거예요."

"그 뒤로 가족은 어떻게 됐나요?"

"아내는 위기의 세기 47년까지 살았고 딸아이는 여든한 살까지 살았더군."

"대협곡을 겪었겠군요."

둥팡옌쉬가 가만히 눈을 감자 그녀의 앞에 홀로그래픽 디스플레이가 나타났다. 디스플레이 전체에 외부가 보이도록 설정하자 백색의 구체 벽이 양초처럼 서서히 녹기 시작했다. 어느새 자연선택호가 사라졌고 두 사람이 끝없는 우주 위에 둥둥 떠 있는 것 같았다. 은하계의 몽롱한 별무리를 배경으로 두 사람이 두 개의 독립된 개체가 되었다. 그들은 어느 세계에도 의지하지 않았고 사방은 공간의 심연뿐이었다. 장베이하이는 자신이 지구, 태양, 은하계처럼 우주에 뜬 채 어디에서 온 것도 아니고 어디로 갈 생각도 없이 그저 그 자리에 존재하고 있다고 느꼈다. 190년 전 우주복만 입고 운석 탄알이 장착된 권총을 손에 든 채 우주에 떠 있던 그때처럼…….

둥팡옌쉬가 말했다.

"저는 이 상태를 좋아해요. 우주선, 함대처럼 외부의 것들은 모두 머릿속에서 밀어낼 수 있어요."

장베이하이가 나지막이 그녀의 이름을 불렀다.

"둥팡."*

"네?"

미모의 함장이 몸을 돌려 그를 쳐다보았다. 그녀의 두 눈동자 위로 은하계의 별빛이 총총하게 비쳤다.

장베이하이가 나지막이 말했다.

"어느 날 내가 당신을 죽여야만 하는 상황이 오더라도 용서해줘요."

* 옮긴이 주 : 둥팡옌쉬라는 이름은 동방연속(東方連續)과 중국어로 발음이 같다.

둥팡옌쉬가 웃음으로 반문했다.

"제가 스탬프족이라고 생각하세요?"

장베이하이가 그녀를 응시했다. 5천문단위 밖에서 비추는 은은한 햇빛이 그녀를 휘감았다. 그녀는 마치 별빛 바다 위를 나풀거리며 떠다니는 깃털 같았다.

"우리는 땅과 바다에 속해 있고 당신들은 우주에 속해 있소."

"그게 나쁜 일인가요?"

"아니. 아주 좋은 일이지."

*

"삼체 함대의 탐측기에 불이 꺼졌습니다!"

당직 장교의 급작스러운 보고에 켄 박사와 로빈슨 장군의 얼굴이 사색이 되었다. 이 소식이 전해지면 지구 세계와 함대 세계 전체가 거대한 충격에 빠질 것임을 그들도 알고 있었다.

켄과 로빈슨이 있는 곳은 린저-피츠로이 관측소였다. 이 관측소는 현재 소행성대 외측의 태양 궤도상에 있으며, 여기서 5킬로미터 떨어진 우주 위에 태양계에서 가장 기이한 물체—바로 여섯 개의 거대한 렌즈가 떠 있다. 제일 위에 있는 렌즈의 직경이 1200미터이고 그 뒤에 크기가 조금 작은 다섯 개 렌즈가 줄지어 있다. 이 물체는 최신 우주망원경으로, 과거 다섯 세대에 걸쳐 개조된 허블 망원경과 달리 이 우주망원경에는 경통이 없고 심지어 여섯 개 거대한 렌즈를 연결해주는 그 어떤 부품도 없다. 각각의 렌즈가 독립적으로 우주에 떠 있는 형태다. 모든 렌즈의 가장자리에 장착된 이온 추진기를 이용해 렌즈 간 거리를 정확하게 조절하거나 전체 렌즈의 방향을 변경하는 방식이다. 이 우주망원경을 사람들은 허블이라고 명명하지 않고 린저-피츠로이 망원경이라고 불렀다. 삼체 함대의 궤적을 처음 발견한 두 사람을 기리기 위함이었다. 그들이 학술적인 발견을 한 것은 아니지만 세 함대가 함께 건설한 거대한 망원경의 주요 용도가 삼체 함대를 감시하는 것이었기 때문이다.

지금도 망원경의 관측 책임자는 지구에서 온 수석 과학자와 함대 소속 군사 지휘관의 조합이 유지되었고, 다른 사람으로 바뀌어도 린저와 피츠로이가 그랬듯 비슷한 견제와 다툼이 발생했다. 현재 관측 책임자는 켄 박사와 로빈슨 장군이었다. 켄은 관측 시간을 쪼개어 자신의 우주학 연구에 이 망원경을 사용하고자 했지만, 로빈슨은 함대의 이익과 권력을 지키기 위해 이를 계속 저지했다. 그 외에도 두 사람 사이에 또 한 가지 갈등이 있었다. 켄은 미국을 위시한 지구의 강대국들이 큰 활약을 펼치던 시대를 그리워하며 현재 세 함대의 관료주의와 저효율을 비난했고, 로빈슨은 켄의 이런 생각을 과거에 대한 낭만적인 향수로 치부했다. 하지만 두 사람이 가장 날카롭게 대립하는 것은 관측소의 자전 속도 문제였다. 로빈슨은 느린 속도로 자전하며 약한 중력만 발생시키거나 아예 자전하지 않고 무중력 상태를 유지하자고 주장하는 반면, 켄은 빠르게 자전해 지구만큼의 중력을 발생시켜야 한다고 고집을 부렸다.

그런데 이 모든 문제를 무력하게 만드는 돌발 상황이 발생했다. 탐측기에 불이 꺼졌다는 것은 엔진의 작동이 중단되었음을 의미했다. 멀리 오르트 구름 밖에 있는 삼체 함대의 탐측기는 이미 감속을 시작했다. 엔진의 방향을 태양 쪽으로 돌려서 감속하는 방식이었고 우주망원경은 그 엔진에서 뿜어져 나오는 빛으로 탐측기를 추적했다. 탐측기가 너무 작기 때문에 엔진의 불이 꺼지면 더 이상 탐측기를 추적할 수 있는 방법이 없었다. 성간 먼지를 통과할 때 나타난 꼬리의 형태로 유추한 결과, 탐측기는 트럭한 대 크기에 불과했다. 이렇게 작은 물체가 머나먼 카이퍼 벨트 밖에 있었다. 카이퍼 벨트는 태양빛이 희미하기 때문에 탐측기의 반사광으로도 추적이 불가능했다. 린저-피츠로이처럼 강력한 망원경으로도 그렇게 멀리 있는 작고 어두운 물체를 관측하는 것은 불가능했다.

켄이 왈칵 성을 냈다.

"목표물이 사라졌답니다. 세 함대가 공을 세우는 데만 혈안이 돼 있더니 꼴좋게 됐군!"

관측소 내부가 무중력상태라는 사실도 깜박 잊고 분에 겨워 팔을 휘젓다가 그의 몸이 휘청하며 허공에서 공중제비를 넘었다.

로빈슨도 이번에는 함대를 변호하지 않았다. 원래는 아시아 함대가 탐측기를 근거리에서 감시할 경량 고속 우주선 세 대를 파견했다. 하지만 세 함대가 탐측기의 저지권을 두고 다투다가 전체 회의에서 모든 전함을 항구로 복귀시키기로 결의했던 것이다. 아시아 함대는 이 우주선 세 대가 모두 전투함이기는 하지만 속도를 최대화하기 위해 모든 무기와 외부 설비를 제거하고 각 두 명씩만 승선했으며, 목표물을 추적하는 역할만 수행할 뿐 탐측기의 전진을 저지할 능력은 갖추지 못했다고 여러 번 설명했다. 하지만 유럽과 북미 함대는 조금도 물러서지 않았다. 그들은 이미 출항한 추적함을 모두 복귀시키고 세 함대와 무관한 지구에서 새로 추적함을 파견해야 한다고 고집했다. 만약 유럽과 북미 함대가 제동을 걸지 않았더라면 지금쯤 추적함이 삼체 함대의 탐측기를 근거리에서 감시하고 있었을 것이다. 유럽과 북미 함대의 요구대로 지구의 유럽 연방과 중국에서 파견한 추적함은 아직 해왕성 궤도도 벗어나지 못하고 있었다.

로빈슨이 말했다.

"엔진에…… 다시 불이 들어올 거요. 탐측기의 속도가 빨라서 시동을 꺼서 속도를 줄이지 않으면 태양 궤도로 진입하지 못하고 태양계를 스쳐 지나갈 수 있잖아요? 감속을 위해 일시적으로 엔진을 끈 게 분명해요."

"당신이 삼체 사령관이라도 된답니까? 그 탐측기는 처음부터 정지할 계획이 없었어요. 태양계를 지나쳐 갈 계획이었단 말입니다!"

켄이 갑자기 생각난 듯 말했다.

"엔진이 멈췄으니 다시 궤도를 변경하는 건 불가능하겠지! 탐측기가 지나갈 위치를 계산해서 미리 기다리고 있으면 되겠지. 안 그래요?"

로빈슨이 고개를 저었다.

"그렇게 정밀한 계산은 불가능해요. 지구의 공군이 대기층 내에서 공중 탐색을 벌이는 것과는 달라서 아주 작은 오차로도 수십만, 많게는 100만 킬로미터나 벗어날 수 있어요. 그렇게 넓은 공간에서 어두운 물체를 찾는 건 불가능하지……. 어쨌든 방법을 생각해봅시다."

"우리가 무슨 수로요? 함대에게 맡겨야지요."

로빈슨이 정색을 했다.

"현실적으로 생각해봐요. 탐측기의 불이 꺼진 게 우리 책임은 아니지만 언론이 그런 것까지 생각해주겠어요? 린저-피츠로이 시스템이 탐측기 추적을 맡고 있는 이상 결국 모든 비난은 우리에게 쏟아질 게 틀림없어요."

켄은 로빈슨과 몸을 수직으로 둔 채 한참 동안 생각에 잠겼다가 물었다.

"현재 해왕성 궤도 밖에서 이용할 만한 것이 있나요?"

"함대 쪽에서는 없는 것 같군요. 지구 쪽에서는……."

로빈슨이 당직 장교에게 알아보라고 지시했다. 잠시 후 당직 장교는 UN 환경보호기구 소속 대형 우주선 네 대가 '안개 우산' 프로젝트를 위해 우주에 머물고 있으며, 이 대형 우주선에서 탐측기 추적 임무를 맡을 소형 우주선 세 대를 파견할 수 있다고 했다.

켄이 말했다.

"기름막을 채굴하러 온 우주선이군."

기름막은 해왕성의 띠에서 발견된 물질로, 고온에서 기체로 변해 빠르게 확산되었다가 우주에서 미세한 나노 입자로 응집되어 우주먼지가 된다. 기름막이라는 명칭이 붙은 것은 이 물질이 기체로 변해 증발된 후 우주에서 강하게 확산되어 소량으로도 아주 넓은 면적에 걸쳐 먼지를 만들어내는데 이 과정이 작은 기름방울이 물 위에서 퍼져나가 기름막을 형성하는 것과 비슷하기 때문이었다. 기름막 물질이 만들어내는 우주먼지는 또 다른 특징이 있었다. 바로 다른 우주먼지와 달리 태양풍이 불어와도 잘 흩어지지 않는다는 점이었다. 기름막 물질을 발견한 후 '안개 우산' 프로젝트의 성공 가능성이 높아졌다. 안개 우산 프로젝트란 핵폭발을 이용해 기름막을 증발시켜 태양과 지구 사이에 인공으로 기름막 먼지를 형성시키고, 이를 통해 지구에 대한 태양복사를 줄여 지구의 온실효과를 완화하겠다는 계획이었다.

켄이 물었다.

"해왕성 궤도 근처에 전쟁 이전에 만든 항성형 원자폭탄도 있지요?"

"그래요. 안개 우산 프로젝트에 투입된 우주선에도 그 원자폭탄이 실려 있겠죠. 해왕성 띠와 위성에서 폭파시킬 때도 그 폭탄을 사용하니까. 몇 개나 실려 있는지는 모르지만."

켄의 얼굴이 밝아졌다.

"한 개만 있어도 충분합니다!"

200년 전 면벽자 레이디아즈의 전략으로 개발된 항성형 수소폭탄이 훗날 5000여 개 제조되었다. 최후의 전쟁에서는 이 무기가 큰 역할을 할 수 없겠지만 레이디아즈의 예상대로 강대국들 사이에서 발발할지도 모를 인류의 행성 간 전쟁을 위해 제조해놓은 것이었다. 원자폭탄은 대부분 대협곡 시대에 만들어졌다. 당시에 자원이 고갈되면서 국제사회에 일촉즉발의 위기가 고조되었기 때문이다. 하지만 새로운 시대로 접어든 뒤에는 이 가공할 무기가 계륵이 되었다. 결국 소유권은 지구의 국가들에게 있지만 우주로 보내져 저장되었으며, 일부분은 행성 프로젝트의 폭파 작업에 활용되었고 또 일부는 태양계 바깥 궤도로 보내졌다. 원자폭탄 속에 들어 있는 핵융합 재료를 장거리 우주선의 연료로 활용하자는 제안도 있었지만, 원자폭탄을 해체하는 것이 쉽지 않다는 이유로 실행에 옮겨지지 못했다.

"한번 시도해봅시다. 그 방법밖엔 없는 것 같으니."

로빈슨의 두 눈이 반짝였다. 그는 자신이 이렇게 간단한 방법을 떠올리지 못했다는 사실이 아쉬웠다. 역사에 길이 남을 쾌거를 켄에게 빼앗겨버렸다는 생각에 못내 속이 쓰렸다.

"성공한다면 앞으로 당신이 원하는 대로 린저-피츠로이 관측소를 빠르게 자전시켜도 좋소."

*

"이건 인류가 만들어낸 가장 큰 물체일 거야."

우주선 블루섀도호의 지휘관이 칠흑처럼 깜깜한 우주를 내다보며 말했다. 그는 눈앞에 이미 우주 진운이 펼쳐져 있다고 상상해보려 했지만 사실 눈앞에는 아무것도 없었다.

우주선 조종사가 물었다.

"어째서 태양빛이 반사되지 않을까요? 혜성의 꼬리처럼 말입니다……."

블루섀도호에는 그와 지휘관 두 사람뿐이었다. 우주 진운의 밀도가 혜성의 꼬리처럼 옅다는 것을 그는 알고 있었다.

지휘관이 고개를 돌려 태양을 쳐다보았다.

"태양빛이 너무 약해서겠지. 혜성의 꼬리도 어느 정도 떨어진 거리에서만 보여. 우리가 지금 구름의 가장자리에 있다고 생각하면 돼."

해왕성 궤도와 카이퍼 벨트 사이의 이 차갑고 적막한 공간에서 보면 태양도 이제 막 원반 형태를 갖추기 시작한 커다란 별처럼 보일 뿐이었다. 태양빛이 우주선을 비추기는 했지만 그리 밝지 않았다.

조종사는 거대하면서도 희끄무레한 이 존재를 머릿속에 상상해보려고 애썼다. 며칠 전 그와 지휘관은 이 거대한 구름이 고체로 응집되었을 때의 크기를 직접 보았다. 그날 해왕성에서 온 거대한 우주선 태평양호가 이곳에 다섯 가지 화물을 내려놓았다. 처음 내려놓은 것은 전쟁 이전에 제조된 항성형 수소폭탄이었다. 길이 1.5미터, 직경 5미터의 원주형 폭탄이었다. 그다음으로 우주선 날개에서 네 개의 대형 구체를 꺼냈다. 직경 30~50미터로 크기가 제각각 다른 이 구체들을 수소폭탄에서 수백 미터 떨어진 곳에 놓았다. 이것들은 해왕성 띠에서 채취한 기름막 물질이었다. 태평양호가 떠난 뒤 수소폭탄을 폭파시키자 작은 태양이 만들어지며 엄청난 빛과 열이 얼음처럼 차디찬 우주의 심연으로 뿜어져 나와 주위의 구체들이 순식간에 기화되었다. 기화된 기름막 물질이 수소폭탄이 일으킨 소용돌이를 타고 빠르게 확산되었다가 다시 냉각되면서 무수히 많은 미세 입자로 응결되어 마침내 우주 진운을 형성했다.

이 구름의 직경이 200만 킬로미터로 태양의 직경보다 더 길었다.

우주 진운이 만들어진 위치는 삼체 탐측기가 통과할 것으로 예상되는 구간이었다. 이것은 삼체 탐측기의 엔진이 꺼지기 전에 관측한 궤도를 가지고 계산한 것이었다. 켄과 로빈슨은 삼체 탐측기가 인공 우주 진운을 통과하며 남긴 꼬리를 통해 삼체 탐측기의 정확한 궤도와 위치를 측정하겠다는 계획이었다.

우주 진운이 만들어진 뒤 태평양호는 해왕성으로 복귀하고 소형 우주선 세 대만 남았다. 탐측기의 꼬리가 보이면 탐측기를 향해 날아가 근거리에서 추격할 우주선들이었다. 블루섀도호도 그중 한 대였다. 이 소형 우주선은 고속 비행이 가능해 우주 스포츠카라는 별명을 가지고 있었다. 최대 수용 인원이 다섯 명밖에 되지 않았고 나머지 부분은 모두 핵융합 엔진으로 채워 가속 능력과 기동성이 뛰어났다. 우주 진운이 형성된 후 탐측기가 구름에 꼬리 흔적을 남길 수 있는지 시험하기 위해 블루섀도호가 진운 전체를 가로질러 비행했다. 시험 비행 결과는 만족스러웠다. 물론 꼬리 흔적은 100천문단위 밖에 있는 우주망원경으로만 관측할 수 있었다. 블루섀도호에서는 우주 진운은 물론 자신의 꼬리도 보이지 않았으며 주위를 둘러싼 우주는 여전히 텅 비고 적막하기만 했다. 하지만 구름을 가로질러 구름이 태양을 가리는 지점에 도착하자 태양의 가장자리가 희미해졌고 태양빛도 약간 어두워진 것을 느낄 수 있었다. 계기 관측으로도 그 사실이 증명되었다.

지휘관이 시계를 들어다보았다.

"세 시간도 안 남았군."

우주 진운은 사실상 태양 주위를 돌며 운행하는 희미하고 거대한 위성이라고 할 수 있었다. 우주 진운의 위치가 계속 바뀌기 때문에 얼마 후에는 탐측기가 통과할 수 있는 구간을 벗어날 예정이었다. 그때까지 탐측기가 우주 진운에 도착하지 않으면 같은 위치에 두 번째 우주 진운을 만들어야 했다.

조종사가 물었다.

"정말로 우리가 그걸 추격하길 바라세요?"

"물론이지! 우리가 역사를 창조하는 거야!"

"그 물체가 우리를 공격하진 않겠죠? 우린 둘 다 군인도 아니잖아요. 이런 일은 원래 함대 소관인데……."

바로 그때 린저-피츠로이 관측소로부터 연락이 왔다. 삼체 탐측기가 우주 진운으로 진입해 꼬리가 관측된다는 것이었다. 관측소는 블루섀도호에게 목표물을 향해 다가가 근거리에서 추격하라는 명령을 내렸다. 관측소가 블루섀도호와 100천문단위 넘게 떨어져 있으므로 관측소에서 보낸 명령이 10여 시간 뒤에 블루섀도호에 도착하기는 했지만 탐측기의 꼬리 흔적을 통해 정확하게 궤도를 계산해냈기 때문에 목표물과 조우하는 것은 시간문제였다.

블루섀도호는 계산된 탐측기의 궤도를 향해 비행 방향을 설정한 후 다시 보이지 않는 우주 진운 속으로 깊숙이 날아갔다. 이번 비행은 아주 길었다. 열 시간 넘는 비행에 두 사람 모두 피곤했지만 점점 목표와 가까워진다는 사실에 긴장감을 늦출 수 없었다.

조종사가 외쳤다.

"보여요! 저기요!"

지휘관이 퉁명스럽게 대꾸했다.

"무슨 헛소리야? 아직 1만 4000킬로미터를 더 가야 되는데."

우주가 투명하기는 하지만 1만 4000킬로미터 떨어져 있는 트럭 한 대 크기의 탐측기를 육안으로 확인하는 건 불가능했다. 하지만 잠시 후 그의 눈에도 삼체 탐측기의 모습이 보였다. 궤도함수가 가리키고 있는 방향에서 정지된 우주를 배경으로 밝은 점 하나가 움직이고 있었다.

지휘관은 그제야 깨달았다. 태양보다 더 넓은 이 우주 진운을 만들 필요가 없었다는 사실을. 삼체 탐측기가 다시 엔진을 가동하고 감속을 계속하고 있었다. 탐측기의 목표는 태양계를 지나가는 것이 아니라 그 자리에 머물러 있는 것이 틀림없었다.

*

일시적인 권한 위임이기 때문에 아시아 함대의 다른 전함들과 마찬가지로 자연선택호의 함장 위임식도 간소하고 조용하게 열렸다. 위임식에는 함장인 둥팡옌쉬와 장베이하이 집행함장, 레빈 제1부함장, 이노우에 아키라 제2부함장 그리고 총참모부에서 온 특별팀만 참석했다.

기술은 고도로 발전했지만 기초 이론의 정체는 극복할 수 없었으므로 자연선택호의 권한 식별 방식은 지금도 과거와 똑같은 홍채, 지문, 암호를 통한 인식 방식 그대로였다. 우주 전함의 인공지능은 여전히 사람의 얼굴을 식별하지 못했다.

총참모부에서 파견된 특별 팀이 함장의 권한을 식별하는 시스템에 장베이하이의 홍채와 지문 데이터를 입력했고 둥팡옌쉬는 장베이하이에게 자신의 암호를 알려주었다.

"멘 올웨이스 리멤버 러브 비코스 오브 로맨스 온리(Men always remember love because of romance only : 남자는 흘러간 로맨스 때문에 항상 사랑을 기억한다)."*

둥팡옌쉬가 암호를 말하며 도발적인 눈빛으로 장베이하이를 쳐다보았다.

장베이하이가 침착한 표정으로 그녀의 시선을 받았다.

"담배를 피우는 것 같진 않군요."

"게다가 이 브랜드는 대협곡 시대에 사라졌죠."

둥팡옌쉬의 눈동자에 한 가닥 실망감이 스쳤다.

장베이하이가 말했다.

"하지만 훌륭한 암호요. 그 옛날에도 그 문장을 아는 사람이 별로 없었지."

함장과 부함장이 밖으로 나가고 혼자 남은 장베이하이가 함장 암호를 바꾸어 입력했다. 암호 변경이 끝남과 동시에 자연선택호의 함장 권한이 완전히 장베이하이에게로 넘겨졌다.

* 담배 말보로(Marlboro)가 이 문장을 줄여서 만든 이름이라는 풍문이 있다.

구체 선실의 문이 사라진 후 이노우에 아키라가 말했다.

"정말 똑똑한 분입니다."

둥팡옌쉬가 말했다.

"이게 바로 선조의 지혜지. 우리는 200년 전 것을 배울 수 없지만 저분은 우리 것을 배울 수 있으니까."

그녀는 벽을 꿰뚫어 보려는 듯 선실 문이 사라진 자리에서 시선을 떼지 못했다.

세 사람이 말없이 기다렸다. 5분이 흘렀다. 암호를 재설정하는 시간치고는 너무 길었다. 곧 함장이 될 장베이하이는 특별 지원부대 가운데 시스템 조작에 가장 능숙한 사람이었다. 또다시 5분이 흘렀다. 두 부함장은 초조한 듯 복도에서 떠다녔고 둥팡옌쉬만 가만히 선 채로 기다렸다.

드디어 선실 벽에 다시 문이 나타났다. 구체 선실 안이 깜깜해져 있었다. 세 사람의 놀란 시선 앞에서 장베이하이는 우주 지도를 홀로그램으로 띄운 뒤 지도 위의 모든 선을 없애고 반짝이는 별들만 보이게 했다. 문밖에서 보면 마치 그가 우주선 밖 우주에 떠 있는 것처럼 보였다. 환하게 밝혀진 조작 창도 그와 함께 떠 있었다.

장베이하이가 말했다.

"끝났소."

레빈이 퉁명스럽게 말했다.

"왜 이렇게 오래 걸리셨습니까?"

이노우에가 물었다.

"자연선택호를 얻은 쾌감을 만끽하고 계십니까?"

장베이하이는 아무 대답도 하지 않았다. 그의 시선은 조작 창이 아니라 우주 지도 위로 보이는 머나먼 별을 향하고 있었다. 둥팡옌쉬는 그가 응시하고 있는 방향에서 깜박이는 초록빛을 발견했다.

레빈이 이노우에의 말을 대신 받았다.

"우습지 않습니까? 함장은 여전히 둥팡 대령님입니다. 집행함장은 일종의 방화벽일 뿐이죠. 듣고 싶지 않으셔도 어쩔 수 없습니다. 현실이 그러니까요."

이노우에가 말했다.

"이런 상태가 오래 지속되지도 않을 겁니다. 함대에 대한 조사가 거의 끝나가고 있으니까요. 이 정도면 스탬프족이 존재하지 않는다는 사실이 거의 밝혀진 것 같군요."

이노우에가 뭐라고 더 말하려 했지만 둥팡옌쉬의 나지막한 탄식에 말허리가 잘렸다.

"오, 마이 갓(Oh, my god)!"

두 부함장의 눈길이 그녀의 시선을 따라 움직였다. 그녀의 시선이 가닿은 곳은 장베이하이 앞에 떠 있는 조작 창이었다. 그 조작 창 위에 우주 전함 자연선택호의 현재 상태가 나타나 있었다. 전함은 이미 무인 원격조종 상태로 설정되어 있었고 4급 가속 상태로 돌입하기 전 승선원들이 심해 상태에 있는지 확인하는 단계를 생략한 뒤였다. 전함과 외부의 통신이 이미 차단되었고 전함이 최고 추진 단계로 돌입하기 위한 거의 모든 설정이 끝나 있었다. 이제 버튼 하나만 누르면 자연선택호는 최대 가속도로 우주 지도상에 설정해놓은 목표를 향해 날아가게 되는 것이다.

"안 돼요. 이러지 말아요."

둥팡옌쉬의 목소리는 자신만 들을 수 있을 만큼 낮았다. 이 말은 방금 자신이 부른 '신'에게 하는 말이었다. 그녀는 신의 존재를 믿지 않았지만 지금 이 순간 그녀의 기도는 진심이었다.

레빈이 외쳤다.

"미쳤습니까?"

레빈과 이노우에가 선실 안으로 뛰어 들어가려 했지만 선실 벽에 부딪혔다. 그들 앞에 보이는 것은 문이 아니라 선실 벽이 타원형으로 투명해져 문처럼 보이는 것뿐이었다.

장베이하이가 말했다.

"자연선택호는 곧 전진 4 상태로 돌입한다. 탑승자 전원은 곧장 심해 상태로 들어가도록."

그의 목소리는 차갑고 준엄했으며 낮게 가라앉아 있었다. 그가 내뱉는 한 글자 한 글자가 살을 에는 찬 바람 속에 내려진 오래된 쇠닻처럼 공기 중을 떠도는 것 같았다.

이노우에가 외쳤다.

"안 됩니다!"

둥팡옌쉬가 물었다.

"스탬프족인가요?"

그녀는 빠르게 냉정함을 되찾은 뒤였다.

"그게 불가능하다는 건 잘 알고 있겠지."

"그럼 ETO?"

"그것도 아니다."

"그럼 뭔가요?"

"나는 책임감 있는 군인으로서 인류의 생존을 위해 싸울 것이다."

"이렇게 하는 이유가 뭐죠?"

"가속 상태로 들어가면 설명해주지. 다시 명령한다. 탑승자 전원은 지금 당장 심해 상태로 들어가도록."

이노우에가 외쳤다.

"안 돼!"

장베이하이가 고개를 돌렸다. 그의 시선이 향한 곳은 두 부함장이 아니라 둥팡옌쉬였다. 둥팡은 그의 눈빛을 보며 우주군의 휘장을 떠올렸다. 별과 검이 그 속에 모두 들어 있었다.

"둥팡, 내가 말했지. 당신을 죽여야만 하는 상황이 오더라도 용서해달라고. 시간이 많지 않군."

그때 장베이하이가 있는 구체 선실에서 심해가속액이 떠오르기 시작했다. 무중력상태에서 동그란 공처럼 뭉쳐진 액체가 둥둥 떠다녔다. 액체 공마다 장베이하이의 조작 창과 우주 지도가 볼록 거울에 비친 듯 나타났다. 액체 공이 점점 많아지며 서로 만나 합쳐져 더 큰 공이 되었다. 부함장들이 둥팡옌쉬를 쳐다보자 그녀가 낮은 소리로 말했다.

"시키는 대로 해. 심해 상태로 돌입."

부함장들이 말없이 그녀를 쳐다보았다. 전진 4의 상태에서 심해 상태로 들어가지 않으면 어떻게 된다는 것을 그들 모두 알고 있었다. 신체에 자기 몸무게의 120배가 넘는 중력이 가해지면서 선실 벽에 납작하게 달라붙게 된다. 체내의 모든 피가 분출되어 얇디얇은 막처럼 납작해지고 핏자국이 상상을 초월할 만큼 넓게 퍼져나간 뒤에는 온몸의 장기가 비어져나와 달리의 초현실주의 그림 속 흐느적거리는 사물처럼 얇은 막만 남게 된다. 부함장들이 단념한 듯 몸을 돌려 승선 대원 전체를 향해 심해 상태로 돌입하라는 명령을 내렸다.

장베이하이가 둥팡옌쉬를 쳐다보며 고개를 끄덕였다.

"현명한 선택이야. 성숙한 함장이군."

둥팡옌쉬가 물었다.

"어디로 가려는 거죠?"

"어디로 가든 여기 머물러 있는 것보다는 책임감 있는 행동이겠지."

장베이하이는 이 말을 끝으로 심해가속액에 완전히 잠겼다. 둥팡옌쉬는 구체 선실을 가득 채운 액체를 통해 그의 희미한 모습을 바라보았다.

장베이하이는 반투명한 액체 속을 떠다니며 200년 전 해군 복무 시 심해 잠수를 하던 때를 떠올렸다. 수십 미터의 바닷속은 그의 상상보다 훨씬 더 어두웠다. 바닷속에 잠겨 있지만 마치 우주를 떠다니는 듯한 착각이 들었다. 바다는 지구에 있는, 우주의 축소판이다. 액체 속에 잠긴 채 호흡을 시도했지만 반사적으로 격렬한 기침이 터져 나왔다. 입과 코로 뿜어져 나온 액체와 잔류 기체 사이에 생겨난 반동력 때문에 그의 몸이 한쪽으로 휘청 기울었다. 하지만 숨이 막히지는 않았다. 맑은 액체가 폐를 가득 채우고 액체 속에 들어 있는 충분한 산소가 혈액 속으로 녹아들면서 물고기처럼 자유 호흡을 할 수 있었다.

장베이하이는 액체 속에 떠 있는 조작 창을 응시했다. 심해가속액이 우주선의 각 선실로 차례차례 들어가고 있었다. 모든 선실이 심해가속액으로 가득 차기까지 10여 분이 걸렸다. 그의 의식이 차츰 희미해지기 시작했다. 액체 속으로 최면 성분이 주입되어 우주선에 있는 모든 사람이 수면 상태로 들어갔다. 4급 가속 시의 고압과 산소 부족으로 인한 대뇌 손상을 막기 위한 것이었다.

장베이하이는 아버지의 영혼이 찾아와 자신과 하나가 되는 것을 느끼며 조작 창의 마지막 버튼을 눌렀다. 그리고 일생을 다 바쳐 기다려온 명령을 마음속으로 외쳤다.

'자연선택호, 전진 4!'

*

목성 궤도 위에 갑자기 작은 태양이 나타났다. 그 강렬한 밝기에 행성 대기층의 인광도 빛을 잃었다. 항성급 전함 자연선택호가 이 작은 태양에 떠밀려 서서히 아시아 함대의 항구를 떠난 뒤 맹렬한 기세로 가속을 시작했다. 목성 표면 위로 함대에 속한 다른 전함들의 그림자가 드리웠다. 그림자 하나의 크기가 지구 하나를 다 덮을 만큼 컸다. 10분 뒤 더 큰 그림자가 나타나 이 거대한 행성을 장막으로 씌우려는 듯 달려들었다. 자연선택호가 목성의 제1위성인 이오 옆을 지나가고 있었다.

아시아 함대 총사령부는 그제야 이 믿기 힘든 사실을 알아차렸다. 자연선택호가 도주하고 있었다!

유럽과 북미 함대가 아시아 함대에 강력한 항의와 경고를 보냈다. 처음에는 아시아 함대가 단독으로 삼체 탐측기를 저지하기 위해 전함을 출동시켰다고 생각했지만 자연선택호의 비행 방향을 보고 그게 아님을 알았다. 자연선택호는 삼체 함대와 반대 방향으로 날아가고 있었다.

각 시스템이 자연선택호를 급하게 호출했지만 대답이 없자 호출을 멈추고 추격과 저지에 나서기 시작했다. 하지만 총사령관은 그 거대한 전함의 반란을 저지할 방법이 없음을 금세 깨달았다. 목성의 많은 위성 가운데 네 개의 위성이 자연선택호를 파괴시킬 만큼 강한 화력을 갖추고 있었지만 전함을 공격할 수는 없었다. 반란을 일으킨 자는 전함 탑승자 중 극소수일 것이다. 어쩌면 한 사람일 수도 있다. 심해 상태에 있는 군인 2000여 명이 인질로 붙잡혀 있었다. 유로파의 감마선 레이저 무기기지에 있는 지휘관들도 이 작은 태양이 하늘을 가르며 외우주로 날아가는 것을 그저 바라보고 있을 수밖에 없었다. 유로파의 드넓은 얼음 평원이 그 빛을 받아 불타는 백린이 가득 뿌려진 듯 찬연하게 빛났다.

자연선택호가 목성 주위를 돌고 있는 16개 대형 위성의 궤도를 가로지르고 칼리스토 궤도를 지날 때쯤 전함의 속도가 목성의 탈출속도에 도달했다. 아시아 함대의 기지에서 보면 이 작은 태양이 점점 작아져 반짝이는 별이 되는 것처럼 보였지만 일주일이 지나도록 별은 사라지지 않고 계속 움직였다. 심해 상태로 들어가기까지 시간이 필요했기 때문에 추격함은 자연선택호가 떠난 지 45분 뒤에야 출항할 수 있었다. 이번에는 목성 위에서 여섯 개의 작은 태양이 동시에 나타났다.

회전을 멈춘 아시아 함대 사령부의 사령관이 우두커니 선 채 태양의 반대편에 있는 어두운 목성 표면을 응시했다. 1만 킬로미터 아래에 있는 대기층에서 번개가 번쩍였다. 막 떠난 자연선택호와 추격 함대의 핵융합 엔진이 목성을 향해 내뿜은 강한 복사에 대기가 이온화되며 번개가 발생한 것이다. 이 거리에서는 번개가 칠 때마다 주변 대기층에 나타나는 빛무리만 볼 수 있었다. 목성의 대기층에 동시다발적으로 빛무리가 나타났다 사라지며 연못 위로 형광 빗방울이 쏟아지는 것 같았다.

*

자연선택호의 속력을 광속의 100분의 1까지 끌어 올리느라 핵융합 연료가 절반 넘게 소모되었다. 이제 자력으로는 태양계로 돌아갈 수 없었다. 자연선택호가 영원히 외우주를 떠도는 외로운 조각배가 되었음을 의미했다.

아시아 함대 사령관은 우주를 바라보며 그 별을 찾아내려 했지만 찾을 수 없었다. 추격함의 핵융합 엔진에서 뿜어져 나오는 여섯 개의 희미한 빛 외에는 아무것도 보이지 않았다. 그는 자연선택호가 가속을 멈추었다고 보고했다. 잠시 후 자연선택호와 함대의 통신이 재개되었다. 사령부와 전함 사이의 500만 킬로미터 거리로 인해 그들의 대화도 10초 이상의 시차가 발생했다.

자연선택호 : 여기는 자연선택호. 아시아 함대 응답하라. 여기는 자연선택호. 아시아 함대 응답하라……

아시아 함대 : 자연선택호! 아시아 함대다. 현재 상황을 보고하라.

자연선택호 : 나는 집행함장 장베이하이다. 함대 사령관과 직접 대화하고 싶다.

함대 사령관 : 함대 사령관입니다.

장베이하이 : 자연선택호의 이탈은 모두 나의 책임이다.

함대 사령관 : 공모자가 있습니까?

장베이하이 : 없다. 나의 단독 행동이다. 자연선택호에 탑승한 다른 군인들은 이 일과 무관하다. 둥팡옌쉬 함장이 중요한 순간에 현명한 결정을 내렸지.

함대 사령관 : 둥팡 함장과 대화하고 싶습니다.

장베이하이 : 지금은 그럴 수 없다.

함대 사령관 : 현재 전함의 상황이 어떻습니까?

장베이하이 : 모두 양호하다. 나를 제외한 모든 승선 인원은 심해 상태에 있고 동력 시스템과 생태 시스템이 정상적으로 작동되고 있다.

함대 사령관 : 반역을 감행한 이유는 무엇입니까?

장베이하이 : 이탈하기는 했지만 반역은 아니지.

함대 사령관 : 이유가 무엇입니까?

장베이하이 : 이 전쟁에서 인류는 반드시 패배한다. 나는 지구의 항성 간 우주선을 보존해 인류 문명의 씨앗이자 희망을 지키려는 것이다.

함대 사령관 : 선배님은 도피주의자입니까?

장베이하이 : 책임감이 강한 군인일 뿐이지.

함대 사령관 : 멘털 스탬프를 사용했습니까?

장베이하이 : 그게 불가능하다는 건 잘 알겠지. 사령관도 알다시피 나는 멘털 스탬프 기술이 개발되기 전에 동면에 들어갔으니까 말이야.

함대 사령관 : 그렇다면 이토록 강한 패배주의를 갖게 된 이유가 뭔가요?

장베이하이 : 내겐 멘털 스탬프가 필요 없다. 내 신념의 주인은 바로 나니까. 내가 이렇게 굳은 신념을 갖게 된 건 인류가 패배할 것이라는 결론이 혼자만의 독단

이 아니기 때문이지. 삼체 위기가 출현했을 때 부친과 나는 이 전쟁의 가장 기본적인 문제에 대해 진지하게 생각했다. 깊은 뜻을 가진 학자들이 부친의 주위로 서서히 모여들었지. 그들 중에는 과학자, 정치가, 군사전략가가 모두 있었고 그들 스스로 미래사학파라고 불렀다.

함대 사령관: 비밀 조직이었습니까?

장베이하이: 그렇지 않아. 그들은 기초 연구에 몰두했지. 토론은 공개적으로 진행되었고 군대와 정부가 나서서 미래사학파의 학술 심포지엄을 개최하기도 했지. 그들의 연구 결과를 본 뒤 나는 인류가 이 전쟁에 승리할 수 없다는 확고한 신념을 갖게 되었다.

함대 사령관: 하지만 지금은 미래사학파의 이론이 틀렸음이 증명되었습니다.

장베이하이: 사령관, 자네는 그들을 과소평가하는군. 그들은 이미 대협곡, 제2차 계몽운동, 제2차 르네상스가 나타나리라는 걸 예언했어. 세계가 다시 고도로 발전할 것이라는 사실도 그들의 예언과 일치하네. 그들은 인류가 최후의 전쟁에 패배해 멸종할 것이라는 결론을 내렸지.

함대 사령관: 하지만 지금 선배님이 탑승하고 계신 우주선은 광속의 15퍼센트로 비행할 수 있습니다.

장베이하이: 칭기즈 칸의 기병도 20세기의 탱크만큼 빨랐고, 북송 때 상노라는 쇠뇌는 사정거리가 1500미터로 20세기의 저격소총과 맞먹었지. 하지만 어차피 칭기즈 칸의 기병과 북송의 상노일 뿐, 현대 무기와 싸워 이길 수는 없어. 미래사학파는 모든 것이 기초 이론에 의해 결정된다는 걸 알았지. 지금 인류는 멸망 직전에 일시적으로 나타난 회광반조에 눈이 멀어 향락에 취해 있다. 인류의 운명을 결정할 마지막 결전을 앞두고 있지만 인류는 현대 문명의 온상 위에 드러누워 꿈을 꾸고 있지.

함대 사령관: 선배님은 위대한 군대의 일원이었습니다. 당시 군대는 막강한 무기로 무장한 적을 맞이해 용맹하게 싸워 이겼습니다. 적에게 빼앗은 무기로 세계적

인 육지전을 승리로 이끌었습니다. 지금 선배님의 행동은 그 위대한 군대를 욕보이는 것입니다.

장베이하이 : 존경하는 사령관, 자네는 내 앞에서 과거의 군대를 논할 자격이 없다. 우리 집안은 삼대에 걸쳐 군인이었어. 내 할아버지는 한국전쟁에서 미군의 퍼싱탱크에 수류탄을 던졌지. 수류탄이 터졌지만 탱크는 끄떡도 없었어. 할아버지는 두 다리에 총상을 입고 일생을 병상 위에서 지내야 했지만 그 자리에서 흔적도 없이 폭파된 두 전우와 비교하면 아주 운이 좋은 편이었지……. 그 전쟁은 기술 격차가 얼마나 결정적인 역할을 하는지 증명해주었다. 자네들이 알고 있는 빛나는 영광은 역사에 기록된 것이야. 우리의 상처는 우리 아버지와 할아버지들이 흘린 핏자국이 켜켜이 쌓여 만들어진 것이지. 전쟁에 관한 한 우리가 자네들보다 훨씬 더 많은 것을 알고 있다.

함대 사령관 : 언제부터 반란을 계획했습니까?

장베이하이 : 다시 말하지만 나는 반란을 일으킨 것이 아니다. 이 계획을 결심한 건 아버지를 마지막으로 만난 그날이었다. 아버지의 마지막 눈빛은 내가 해야 할 일이 무엇인지 알려주었고 나는 이 계획을 위해 200년을 준비했다.

함대 사령관 : 굳건한 승리주의자로 위장한 것도 이 계획을 위한 것이었습니까? 아주 성공적이었군요.

장베이하이 : 창웨이쓰 소장은 나를 거의 간파했었지.

함대 사령관 : 그렇습니다. 그분은 선배님의 확고한 승리주의가 어디에 뿌리내리고 있는지 꿰뚫어 보지 못하셨죠. 그것 때문에 줄곧 불안해하셨습니다. 선배님이 항성 간 항해가 가능한 핵융합 엔진 우주선에 비정상적으로 집착하는 것을 보고 선배님에 대한 의심이 더 커졌습니다. 창 소장님은 선배님을 미래로 보내는 것에 강하게 반대했지만 상부의 지시에 따를 수밖에 없었습니다. 그분이 우리에게 보낸 편지에서도 그 사실을 경고했죠. 하지만 그 시대 특유의 함축적인 표현 때문에 우리가 그걸 간과하고 말았습니다.

장베이하이 : 항성 간 항해가 가능한 우주선을 만들기 위해 내 손으로 세 명을 죽였다.

함대 사령관 : 그건 저희도 몰랐습니다. 아니, 아마도 모를 겁니다. 다만, 그때 확정된 연구 방향이 우주 항해 기술의 발전에 크나큰 역할을 했음은 분명한 사실입니다.

장베이하이 : 알려줘서 고맙군.

함대 사령관 : 알려드릴 게 하나 더 있습니다. 선배님의 계획은 실패했습니다.

장베이하이 : 그럴 수도 있지. 하지만 아직은 아니야.

함대 사령관 : 자연선택호가 출항할 때 핵융합 연료를 5분의 1밖에 넣지 않았습니다.

장베이하이 : 그걸 알지만 곧장 행동에 옮길 수밖에 없었지. 이 기회를 놓치면 더 이상 기회가 없을 테니까.

함대 사령관 : 연료 부족으로 현재 자연선택호가 낼 수 있는 최대 속력이 광속의 100분의 1밖에 되지 않습니다. 연료를 무리하게 쓸 수도 없죠. 우주선의 생태 순환 시스템을 작동시킬 에너지도 필요할 테니까요. 지금 있는 연료로도 짧게는 수십 년, 길게는 수백 년 동안 유지할 수 있겠지만 현재의 속도로 항해한다면 곧 추격 함대에 붙잡힐 겁니다.

장베이하이 : 어쨌든 자연선택호는 아직 나의 통제하에 있다.

함대 사령관 : 좋습니다. 우리가 뭘 걱정하는지 알고 계시겠죠. 우리가 빠르게 뒤쫓을 경우 계속된 가속으로 자연선택호의 연료가 바닥날 겁니다. 에너지가 없으면 생태 시스템이 작동을 멈추게 되고 자연선택호는 절대영점*에 가까운 죽은 전함이 됩니다. 우선은 자연선택호를 근거리로 추격하지 않고 현재 거리를 유지하기로 결

---

* 옮긴이 주 : 절대온도 단위에서 가장 낮은 온도. 모든 운동이 정지되는 상태의 온도로 섭씨 −273.15도를 말한다.

정했습니다. 자연선택호의 지휘관과 병사들이 스스로 문제를 해결할 수 있을 거라 믿습니다.

장베이하이 : 나 역시 모든 문제가 해결될 거라고 믿는다. 나는 끝까지 내 책임을 다할 것이다. 아직은 자연선택호가 옳은 방향으로 나아가고 있다고 확신한다.

*

꿈에서 깨어났을 때 뤄지는 과거로 돌아간 듯한 착각이 들었다. 과거와 똑같은 것을 또 한 가지 발견했다. 바로 폭죽이었다. 창밖의 하늘이 어슴푸레 밝아오고 있었다. 살포시 고개를 내민 태양에 사막이 순백색으로 빛났고 그 위에서 폭죽이 요란하게 터지며 섬광을 내뿜었다. 폭죽 소리 사이로 다급한 노크 소리가 불쑥 끼어들었다. 스샤오밍이 대답도 기다리지 않고 뛰어 들어왔다. 그가 달뜬 얼굴로 뤄지를 텔레비전 앞으로 데리고 갔다.

뤄지는 요즘 텔레비전을 거의 보지 않았다. 신생활 5촌에서 지내기 시작하면서 그는 과거의 생활로 돌아가 있었다. 동면에서 깨어난 뒤에 겪었던 충격이 채 가시지 않은 터라 낯선 소식에 이 안락함을 방해받고 싶지 않았다. 그는 거의 대부분의 시간을 좡옌과 아이를 그리워하며 보냈다. 두 사람을 동면에서 깨우기 위한 수속은 모두 마쳤지만 정부가 동면자 인구를 조절해야 한다는 이유로 두 사람의 소생을 두 달 뒤로 미루었다.

텔레비전에서 뉴스가 나오고 있었다. 다섯 시간 전 린저-피츠로이 망원경으로 삼체 함대가 다시 성간 우주 진운을 통과하는 모습이 관찰되었다. 삼체 함대가 출항한 후 200년 동안 일곱 번째로 우주 진운을 통과하는 것이었다. 함대의 대형이 흐트러져 있었고 브러시의 형태도 처음 우주 진운을 통과할 때와는 완전히 다른 모습이었다. 제2차 통과 때와 비슷하게 브러시의 털 한 가닥이 제일 앞으로 뻗어 있었지만 그 궤적으로 판단할 때 이 털이 탐측기가 아니라 함대 소속 전함으로 추정된다는 차이점이 있었다. 삼체 함대는 가속기와 순항기를 지나 15년 전부터 차례로 감속을 시작했으며, 10년 전부터는 거의 모든 전함이 감속 상태를 유지하고 있었다. 그런데 적어도 한 대는 아직 감속기로 돌입하지 않았음이 확인된 것이다. 우주 진운에 나타난 흔적으로 보면 지금도 가속 상태인 것 같았다. 현재의 가속률로 보면 함대보다 약 50년 일찍 태양계에 도착할 것으로 추측되었다. 우주선 한 대가 단독으로 막강한 함대가 지키고 있는 태양계로 진입한다는 것은 제 발로 죽으러 찾아오는 것이나 다름없다. 그렇다면 그것은 협상을 위해 먼저 파견된 전함이 아닐까? 200년간의 관찰을 통해 추정한 전함의 최대 가속 능력으로 본다면 제일 앞에서 항해하고 있는 우주선은 감속 부족으로 150년 후에 태양계를 지나쳐 갈 것으로 보인다. 그렇다면 두 가지 가능성이 있었다. 하나는 삼체인이 지구 세계가 그들의 감속을 도와주기를 바라고 있다는 것이고, 다른 하나는 그 전함이 태양계를 빠져나가기 전 감속이 용이한 소형 우주선을 내려놓을 수 있다는 것이다. 물론 그 소형 우주선에는 삼체 세계의 협상 대표단이 타고 있을 것이다. 후자의 가능성 쪽에 더 무게가 실렸다.

뤄지가 물었다.

"협상할 뜻이 있다면 지자를 통해 인류에 통보하면 되잖아요. 왜 그러지 않을까요?"

스샤오밍이 자신 있게 대답했다.

"그거야 뻔하죠! 그들은 생각하는 방식이 다르잖아요. 삼체인들의 사고는 완전히 투명해요. 자신들의 의도를 우리가 이미 알고 있다고 생각하는 거예요!"

설득력이 부족한 해석이지만 뤄지의 생각도 그와 비슷했다. 창밖에서 태양이 서서히 떠오르고 있었다.

태양이 머리 꼭대기까지 떠올랐을 무렵 환희의 분위기가 최고조에 달했다. 하지만 이곳은 세상의 한 귀퉁이였다. 지금 이 순간 가장 열광하고 있는 곳은 지하 세계였다. 나무 밖으로 뛰쳐나와 거리와 광장을 가득 메운 사람들이 주체할 수 없는 기쁨을 나누었다. 사람들의 옷에서 번져 나온 형형색색의 조명이 찬란한 물결이 되어 넘실거렸다. 하늘에서도 가상의 불꽃놀이가 펼쳐졌다. 흐드러지게 만개한 불꽃들이 군무를 추었고 불꽃 한 발이 온 하늘을 뒤덮기도 했다. 태양빛이 무색하리만치 밝고 화려한 불꽃이었다.

새로운 소식이 속속 전해졌다. 정부는 일단 신중한 입장이었다. 정부 대변인은 삼체 세계가 협상을 원한다는 확실한 증거가 없다며 성급한 추측을 자제해달라고 부탁했지만, 그사이에 UN과 태양계 함대협의회가 긴급 정상회담을 열고 협상 절차와 조건을 논의하기 시작했다. 신생활 5촌에서는 뜨거운 축제 분위기 속에서 작은 해프닝이 벌어지기도 했다. 한 시의원이 이 틈을 타 동면자들의 지지를 얻으려는 속셈에 자신이 햇볕 계획의 열렬한 지지자라고 밝히며 연설을 한 것이다.

햇볕 계획이란 UN이 처음 제의한 것으로 인류가 최후의 전쟁에 승리한 후 패배한 삼체 문명이 태양계에서 명맥을 이어갈 수 있도록 생존 공간을 제공하자는 인도주의적인 주장이었다. 이 계획에도 여러 가지 방안이 있었다. 소극적인 방안으로 명왕성, 벌컨(Vulcan),* 해왕성의 위성을 삼체 문명에게 내주고 삼체 함대의 패잔병들만 받아들이자는 주장이 있었다. 이 위성들은 열악한 환경 때문에 핵융합에너지와 인류의 도움이 없이는 생존할 수 없다. 한편 태양계에서 지구 다음으로 좋은 생존 조건을 가

* 옮긴이 주:수성보다 안쪽에 있을 것으로 추정되는 가설상의 소행성.

진 화성을 삼체 문명에 내주자는 통 큰 의견도 있었다. 그럴 경우 삼체 함대의 패잔병들 외에도 삼체 세계에서 오는 모든 난민들을 받아들일 수 있을 것이다. 그 외의 주장들은 대부분 이 두 가지 방안을 적절히 절충한 것들이었지만, 삼체 문명을 지구 사회의 일부로 편입시키자는 극단적인 의견도 있었다. 햇볕 계획은 지구 세계와 함대 세계로부터 광범위한 지지를 받으며 이미 사전 연구와 계획 수립이 어느 정도 진행된 상태였다. 두 세계에서 이 계획을 추진하는 민간 단체가 나타나기도 했다. 그러나 동면자들은 대부분 이 계획에 강하게 반대했다. 동면자들은 이 계획을 지지하는 이들을 '동곽(東郭)*족'이라고 부르며 비난했다.

시의원이 연설을 시작하자 동면자들이 거세게 항의하며 그에게 토마토를 집어 던졌다. 시의원이 날아오는 토마토를 피하며 사람들을 진정시켰다.

"제 말 좀 들어보세요. 제2차 르네상스가 지나고 인간 중심적인 시대가 왔습니다. 모든 종족의 생명과 문명은 존중받을 권리가 있습니다. 여러분도 이 시대의 햇볕을 받고 있지 않습니까? 동면자들은 현대 사회에서 완벽하게 평등한 지위를 인정받고 있어요. 아무런 차별도 없습니다. 비록 헌법과 법률로 정해져 있지만 어쨌든 많은 이들이 진심으로 수긍하기에 가능한 일입니다. 이 점은 모두 알고 계실 겁니다. 삼체 세계도 위대한 문명입니다. 그들의 생존권도 존중해줘야 합니다. 햇볕 계획은 자선사업이 아니라 인류 문명의 가치를 실현할 수 있는 절호의 기회입니다! 만약 우리가…… 이 자식들 뭣들 하는 거야! 정신 똑바로 차리고 일해!"

---

* 옮긴이 주:중국의 전래 민화 「동곽 선생과 늑대」의 주인공. 마음씨 착한 동곽 선생이 산길을 가다가 사냥꾼에게 쫓기고 있는 늑대를 만난다. 동곽 선생은 살려달라고 애원하는 늑대를 숨겨주지만 사냥꾼을 무사히 피한 늑대는 배가 고프다며 동곽 선생을 잡아먹으려 한다.

그의 마지막 말은 자신의 수행원들에게 한 말이었다. 수행원들이 땅에 떨어진 토마토를 줍는 데 정신이 팔려 있었기 때문이다. 지하 세계에서는 토마토가 아주 비싼 음식이었다. 그걸 보고 동면자들이 오이, 감자 같은 것들을 연단 위로 마구 집어 던졌고 작은 충돌은 양쪽 모두 유쾌하게 웃으며 마무리되었다.

점심때가 되자 집집마다 잔치가 벌어졌고 마을의 풀밭에서도 도시 사람들—동곽족 시의원과 그의 수행원들도 포함되었다—을 위해 풍성한 음식이 차려졌다. 물론 땅에서 직접 재배한 것들이었다. 오후가 되자 모두들 거나하게 술이 취했다. 해가 서쪽으로 뉘엿뉘엿 지고 있었다. 그날따라 석양이 유난히 아름다웠다. 마을 밖 사막이 오렌지빛 석양 아래에서 치즈처럼 매끄럽게 빛났고 봉긋하게 솟은 모래 언덕은 옆으로 누워 잠든 여인의 실루엣 같았다…….

땅거미가 내려앉은 뒤 노곤하게 널브러져 있던 사람들을 다시 흥분시키는 소식이 전해졌다. 함대 세계가 아시아, 유럽, 북미 세 함대의 항성급 전함 2015대를 총동원해 연합 함대를 구성하고 한꺼번에 출격시키기로 결의했다는 것이었다. 그들의 목표는 해왕성 궤도를 넘어온 삼체 탐측기를 맞이하는 것이었다.

오아시스로 둘러싸인 작은 마을이 또다시 낭자한 환호성으로 가득 찼고 불꽃이 밤하늘을 가득 수놓았다. 하지만 여기저기서 비웃음이 터져 나왔다.

"알량한 탐측기 하나 막겠다고 전함 2000대를 출동시킨다고?"

"닭 한 마리 잡겠다고 백정 칼 2000자루를 들이대는 격이군!"

"누가 아니래? 모기 한 마리 잡겠다고 대포 2000대를 쏘는 거야!"

"여러분! 함대 세계를 이해해줍시다. 그들에게는 이번이 전쟁에 나갈 수 있는 유일한 기회일 거예요."

"그렇긴 하지. 이것도 전쟁이라고 부를 수 있다면 말이야!"

"나쁠 것도 없지. 인류가 얼마나 대단한지 보여줄 수 있잖아. 삼체인들이 함대를 보자마자 오줌을 지리고 도망칠 거야. 삼체인들도 오줌을 눈다면 말이야!"

"하하하……."

자정이 가까울 무렵 새로운 소식이 전해졌다. 연합 함대가 목성 기지를 출발했다는 것이었다. 남반구에서는 육안으로 함대를 볼 수도 있다고 했다. 환호성과 박수 소리로 왁자하던 마을이 처음으로 조용해졌다. 모두들 목을 길게 빼고 두리번거리며 밤하늘에서 목성을 찾았지만 쉽지 않았다. 텔레비전에 나온 전문가들은 서남쪽 하늘에서 그 별을 찾았다고 했다. 연합 함대가 5천문단위를 날아 지구로 다가오고 있었다. 45분 뒤 목성이 섬광처럼 밝아지며 시리우스를 제치고 밤하늘에서 제일 밝은 별이 되었다. 잠시 후 형형한 별 하나가 육신을 빠져나오는 영혼처럼 목성에서 분리되자 목성이 곧 원래의 밝기로 돌아갔다. 목성에서 빠져나온 별이 서서히 움직이며 목성과 멀어졌다. 그것이 바로 목성에서 출동하는 연합 함대였다.

그와 거의 동시에 목성 기지로부터 전송받은 실황중계 영상이 지구에 도착했다. 깜깜한 우주에서 2000개의 태양이 동시에 나타났다! 직사각 진열을 이룬 빛 덩어리가 우주의 어둠 속에서 홀연히 나타나는 광경을 목격하며 사람들의 뇌리에 약속이나 한 듯 한 문장이 떠올랐다.

"빛이 있으라 하시니 빛이 있었다."

2000개의 불빛을 받은 목성과 그 위성들이 활활 불타오르는 것 같았다. 목성의 대기층이 이온화되며 번개를 일으켜 행성 표면의 절반이 다이아몬드 융단을 덮은 듯 번쩍였다. 함대는 가속을 시작했지만 직사각 진열은 조금의 흐트러짐도 없었다. 이 거대한 태양 장벽이 우주 깊숙한 곳으로 기세등등하게 진격하며 우주 전체에 인류의 존엄성과 막강한 힘을 알렸다.

200년 전 삼체 함대가 출발하는 영상에 짓밟힌 인류의 정신이 완벽한 해방을 선언하는 순간이었다. 별빛 은하수도 묵묵히 자신의 빛을 감추고 '인간'만이 조물주와 일체가 되어 우주의 한가운데를 도도히 거닐었다.

모두의 눈가에 눈물이 그렁그렁 맺혔다. 감격에 겨워 울음을 터뜨리는 이들도 있었다. 역사상 처음 맞이하는 순간이었다. 사람들은 자신이 인류의 일원임을 행운이자 자랑으로 여겼다.

하지만 냉정한 사람들도 있었다. 뤄지도 그중 하나였다. 그의 시선은 열광하는 인파 너머 자신보다 더 차갑고 이성적인 사람을 향하고 있었다. 스창은 혼자 대형 홀로그램 텔레비전 한쪽에 서서 담배를 피우며 무표정한 얼굴로 사람들을 쳐다보고 있었다.

뤄지가 다가가 말을 걸었다.

"왜 그렇게……."

"오, 아우 왔군. 난 책임이 있잖아. 뭐든 극단적이면 문제를 일으키는 법이지. 사고가 제일 많이 일어나는 게 바로 이럴 때라고. 오전에 동곽족이 연설할 때도 내가 얼른 사람들을 시켜 토마토를 가져다놓지 않았다면 아마 돌멩이 세례를 퍼부었을 거야."

스창이 흥분한 사람들을 가리켰다. 스창은 최근에 신생활 5촌의 경찰대장으로 임명되었다. 스창은 아시아 함대 소속이므로 국적으로 따지면 중국인이 아니었다. 동면자들은 중국인도 아닌 그가 지구에서 정식 공무원이 되었다는 사실을 납득하기 어려웠지만, 그가 유능한 경찰이라는 점은 누구도 부인하지 않았다.

"그리고 나는 말이야. 아무리 기뻐도 이성을 잃은 적은 없어. 물론 자네도 마찬가지겠지만."

스창이 뤄지의 어깨를 가볍게 두드리자 뤄지도 고개를 끄덕였다.

"맞아요. 나는 현재를 즐기는 데만 집중하는 사람이죠. 미래에는 관심이 없어요. 200년 전에 그들이 갑자기 내게 구세주가 되라고 강요한 것뿐이고요. 지금 내가 여기에 있는 건 그때 받은 피해에 대한 보상이라고 생각해요. 저는 자러 갈게요. 다스가 믿을지는 모르겠지만 오늘은 정말로 잘 수 있을 것 같아요."

"저길 봐. 자네 동료가 왔군. 저 사람에게는 인류의 승리가 기쁜 일이 아니겠지."

뤄지가 어리둥절한 표정으로 스창이 가리키는 곳을 쳐다보다가 깜짝 놀랐다. 면벽자 빌 하인스였다! 그는 안색이 창백했고 어딘가 정신이 흐릿해 보였다. 그는 스창에게서 그리 멀리 떨어지지 않은 곳에 서 있다가 뤄지를 발견하고 다가왔다. 두 사람이 가볍게 포옹하며 인사를 나누었다. 뤄지는 하인스의 몸이 힘없이 떨리고 있음을 느꼈다.

하인스가 말했다.

"당신을 만나러 왔어요. 역사가 남긴 쓰레기인 우리 둘만이 서로를 이해할 것 같아서 말이에요. 지금은 당신도 날 이해하지 못할 수도 있겠군요."

뤄지가 물었다.

"야마스기 게이코 씨는요?"

"UN 본부에 있던 그 명상실 기억해요? 거기가 황폐해져서 지금은 관광객이나 가끔씩 찾아가지요……. 거기에 있던 철광석도 기억나요? 게이코가 그 위에서 할복자살을 했어요."

"아……."

"죽기 전에 날 저주했죠. 나더러 죽는 것보다 더 비참한 삶을 살 거라고 했어요. 나의 패배주의는 멘털 스탬프 때문에 절대로 흔들릴 수 없지만 인류는 승리했으니 말예요. 그녀가 맞았어요. 괴로워 견딜 수가 없어요. 물론 나도 인류의 승리가 기쁩니다. 하지만 이 모든 걸 믿을 수가 없어요. 두 검투사가 내 머릿속에서 치열하게 싸우고 있어요. 물이 독이라는 믿음을 극복할 때보다 훨씬 더 힘들군요."

뤄지는 스창과 함께 하인스에게 잘 곳을 마련해준 뒤 자기 방으로 돌아와 곧 잠이 들었다. 꿈에서 창옌과 아이를 보았다. 눈을 떠보니 샛말간 햇살이 창으로 비껴 들어왔고 바깥은 여전히 흥분이 식을 줄 모르고 있었다.

*

자연선택호는 광속의 100분의 1 속도로 목성과 토성의 궤도 사이를 지나고 있었다. 우주선 뒤로 보이는 태양은 아주 작아져 있었지만 아직도 우주에서 가장 밝은 별이었다. 앞에는 은하수가 찬연히 흐르고 있었다. 전함은 백조자리를 향해 날아가고 있었다. 외우주의 광대함에 비하면 자연선택호의 이동은 거의 보이지도 않을 만큼 미미했다. 누군가 자연선택호를 가까이에서 지켜본다면 티끌 하나가 우주 공간에 정지된 채 떠 있다고 생각할 것이다. 사실 이 위치에서 보면 우주 전체의 운행도 거리에 희석되어 거의 느낄 수 없었다. 멀리 있는 태양과 우주선 앞에 있는 은하수도 영원히 정지 상태로 머물러 있는 것 같았다. 시간마저 멈추어버린 듯했다.

둥팡옌쉬가 장베이하이에게 말했다.

"계획이 실패했군요."

두 사람을 제외한 모든 승선원은 심해 상태에서 잠들어 있었다. 장베이하이가 자신을 구체 안에 가두고 있었기 때문에 둥팡옌쉬는 더 가까이 다가갈 수가 없었다. 둥팡옌쉬는 그와 내부 통화 시스템으로 통화해야 했다. 선실 벽의 투명 창을 통해 인류가 만들어낸 최대 규모의 전함을 납치한 사람이 구체 선실 안에 유유히 떠 있는 모습을 볼 수 있었다. 그는 고개를 숙인 채 수첩에 무언가를 열심히 쓰고 있었고 그의 앞에는 조작 창이 떠 있었다. 조작 창의 화면으로 볼 때 전함은 지금도 4급 가속 상태로 돌입하기 전의 대기 상태에 머물러 있었다. 버튼 하나만 누르면 곧장 전진 4 상태로 들어갈 수 있었다. 그의 주위에는 크고 작은 액체 공들이 어지럽게 떠다니고 있었다. 완전히 빠져나가지 못하고 남아 있는 심해가속액이었다. 하지만 그의 군복은 다 마르고 쭈글쭈글해져 그를 부쩍 늙어 보이게 했다.

장베이하이는 둥팡옌쉬에게 눈길도 주지 않고 고개를 숙인 채 수첩에 무언가를 열심히 적었다.

둥팡옌쉬가 말했다.

"추격 함대와 자연선택호의 거리가 120만 킬로미터밖에 되지 않아요."

장베이하이가 고개도 들지 않고 대답했다.

"나도 알아. 전체 탑승원에게 심해 상태로 돌입하라고 지시한 건 현명한 판단이었어."

"다른 방법이 없잖아요? 흥분한 병사와 장교들이 이 선실을 공격하면 전함을 전진 4단계로 진입시켜 한꺼번에 죽일 테니까요. 추격 함대가 더 가까이 따라오지 못하는 것도 바로 그 때문이죠."

장베이하이는 아무 대꾸도 없이 수첩을 한 장 넘긴 뒤 계속해서 무언가를 적었다.

둥팡옌쉬가 나지막이 물었다.

"설마 그러진 않겠죠?"

"내가 이런 일을 벌일 줄도 예상하지 못했잖아?"

장베이하이가 멈추었다가 몇 초 뒤 덧붙였다.

"우리 시대 사람들에게는 우리만의 사고방식이 있지."

"하지만 우린 적이 아니에요."

"영원한 적도 영원한 동지도 없어. 영원한 책임만 있을 뿐."

"그렇다면 전쟁에 대한 비관적인 전망도 설득력이 떨어져요. 현재 삼체 세계는 협상하겠다는 뜻을 내비쳤어요. 태양계 연합 함대가 삼체 탐측기를 저지하려 출동했고요. 이 전쟁은 인류의 승리로 끝날 거예요."

"나도 그 뉴스는 봤지……."

"그런데도 패배주의와 도피주의를 버릴 수 없나요?"

"물론."

둥팡옌쉬가 이해할 수 없다는 표정으로 고개를 저었다.

"당신들의 사고방식은 우리와 정말 다르군요. 당신은 처음부터 이 계획이 성공할 수 없다는 걸 알았어요. 자연선택호에 연료가 5분의 1밖에 채워지지 않았으니까 틀림없이 따라잡힐 거라는 걸 알았죠."

장베이하이가 메모하던 손을 우뚝 멈추고 고개를 들어 둥팡옌쉬를 쳐다보았다. 그의 눈빛이 호수처럼 평온했다.

"같은 군인이지만 우리의 가장 큰 차이점이 뭔 줄 아나? 자네들은 가능한 결과를 가지고 행동을 결정하지만, 우리는 결과가 어떻든 책임을 다한다는 점이야. 내가 이렇게 행동한 건 이게 유일한 기회이기 때문이지."

"그렇게 자위하는 건가요?"

"아니. 이건 본성이지. 나를 이해해줄 거라 기대하지 않아. 어쨌든 우리 사이엔 200년의 차이가 있으니."

"그럼 이제 당신이 말한 책임을 다한 셈이군요. 당신의 도피 계획은 성공할 가망이 없어요. 투항하는 게 좋을 거예요."

장베이하이가 그녀를 향해 빙그레 웃더니 고개를 숙이고 메모를 계속했다.

"아직은 아냐. 내가 경험한 모든 걸 기록하고 있어. 200년 동안 겪은 모든 일을 말이지. 앞으로 200년 동안 냉철한 이성을 가진 사람들에겐 이 기록이 큰 도움이 될 테니까."

"말로 하면 컴퓨터가 기록해줄 텐데요."

"아니. 난 이게 편해. 종이가 컴퓨터보다 더 오래 남으니까. 걱정할 거 없어. 모든 책임은 내가 질 테니까."

*

딩이가 양자호 선실의 탁 트인 창을 통해 바깥을 쳐다보고 있었다. 구형 선실 내의 홀로그램 영상으로 더 넓은 우주를 볼 수 있었지만 그는 이렇게 자기 눈으로 직접 보는 편이 더 좋았다. 그는 작은 태양 2000개로 이루어진 거대한 평면 위에 있었다. 백발이 성성한 그의 머리칼이 눈부신 빛에 불타는 것 같았다. 연합 함대가 출격한 뒤 며칠 동안 봐온 광경이지만 딩이는 매번 볼 때마다 그 장엄함에 소름이 돋을 만큼 압도되었다. 함대가 직사각형의 평면 대형으로 배치된 것은 단순히 위용을 과시하기 위한 목적만이 아니었다. 해군 함대의 전통적인 종렬 대형으로 항해할 경우 각 열을 교차시킨다 해도 전함의 엔진에서 뿜어져 나오는 고온의 열기가 후방의 전함에 영향을 미칠 수 있었다. 하지만 직사각형 편대를 이루고 각 전함의 간격을 전후좌우 20킬로미터씩 유지하면 평균 크기가 해군 항공모함의 서너 배나 되는 전함도 다른 전함의 열기에 영향을 받지 않았다.

연합 함대의 편대는 매우 조밀하게 배치되었다. 열병식을 제외하면 전함들이 이렇게 가까이 모여 있는 경우가 없었다. 정상적으로 순항하는 편대의 경우 옆 전함과의 거리를 300~500킬로미터씩 유지했다. 세 함대의 장교들이 밀집형 배치에 이의를 제기했지만 일반적인 배치에 따를 경우 민감한 문제가 불거질 수 있었다. 우선 참전 기회의 공평성이라는 원칙에 위배되었다. 일반적인 대형으로 탐측기에 접근할 경우 가장 가까이 접근한다 해도 편대 가장자리에 위치한 전함은 목표물에서 수만 킬로미터나 떨어지게 된다. 만약 탐측기를 포획하는 과정에서 전투가 발생한다면 상당히 많은 수의 전함이 전쟁에 참여할 수 없게 되고 이는 역사에 영원한 유감으로 남을 수 있다. 그렇다고 각 함대의 전함들을 무작위로 뒤섞어 배치할 수도 없었다. 이 경우 특정 함대의 편대 본부가 유리한 위치를 차지할 수 있기 때문이다. 여러 가지 문제점을 고려한 결과 전함들을 아주 조밀하게 배치한 현재의 대형이 만들어지게 되었다. 모든 전함이 작전 거리 내에 들어오려면 이 방법밖에는 없었다. 이 밖에도 한 가지 이유가 더 있었다. 함대 세계와 UN 모두 연합 함대가 강력한 시각적 효과를 내기를 바랐다는 점이다. 이는 삼체 세계보다는 인류 자신에게 보여주기 위한 것이었다. 역사상 전례가 없는 어마어마한 힘을 과시한다면 함대 세계와 지구 세계 모두 크나큰 정치적 효과를 얻을 수 있다는 계산이 작용했다. 현재 적의 주력 함대는 2광년 밖 머나먼 곳에 있으므로 세 함대 전체를 총동원해 밀집형 편대를 조직해도 문제될 것이 없어 보였다.

양자호는 직사각형 편대의 한쪽 모서리에 위치했기 때문에 딩이는 함대 전체를 조망할 수 있었다. 토성 궤도를 지나면서부터 함대가 감속을 시작했다. 모든 핵융합 엔진을 앞을 향해 가동시켰다. 삼체 탐측기와 만나려면 아직 더 가야 했지만 속력을 마이너스까지 줄여 태양 쪽으로 후퇴했다. 목표물의 앞을 가로막기 위해서는 목표물과의 상대속도를 0으로 조절해야 했다.

딩이가 담뱃대를 입에 물었다. 지금은 잎담배를 구할 수 없지만 그는 여전히 빈 담뱃대를 손에서 놓지 않았다. 200년이 지났어도 담뱃대에 밴 담배 냄새는 과거의 기억처럼 엷게 남아 있었다.

딩이는 7년 전에 동면에서 깨어나 베이징대학 물리학과에서 학생들을 가르쳤다. 하지만 작년에 삼체 탐측기를 처음으로 관찰할 수 있는 기회를 달라고 함대에 요청했다. 명망 높은 학자이기는 하지만 그의 요청은 번번이 거절당했다. 그는 세 함대의 사령관 앞에서 요청을 들어주지 않으면 당장 목숨을 끊겠다고 위협한 끝에 마침내 검토해보겠다는 답변을 들을 수 있었다. 사실 누가 탐측기에 처음 다가갈 것인가 하는 문제는 오랫동안 해결하지 못한 난제였다. 탐측기를 처음 탐사한다는 것은 삼체 세계와의 최초 접촉을 의미했다. 공평성의 원칙에 따라 세 함대 중 그 어느 쪽도 이 영예로운 자격을 독점할 수 없었다. 세 함대에서 파견한 사람들이 동시에 접촉하는 방법도 검토해보았지만 사실상 불가능했다. 실전에서 세 함대의 대표가 동시에 탐측기를 발견할 수 있다고 장담할 수 없었기 때문이다. 궁리 끝에 함대 세계에 속하지 않은 누군가에게 그 임무를 맡기기로 했고, 그렇다면 당연히 딩이가 적임자였다. 그러나 딩이의 요청이 최종적으로 승인된 것은 대놓고 말하기 어려운 한 가지 이유 때문이었다. 솔직히 말하면 함대 세계든 지구 세계든 탐측기를 무사히 포획할 자신이 없었다. 탐측기가 저지당하는 과정에서 또는 포획당한 후에 자폭할 가능성이 컸기 때문이다. 하지만 탐측기가 자폭하기 전 최대한 많은 정보를 수집하기 위해서는 근거리에서 직접 접촉하고 탐사하는 것이 가장 확실한 방법이었다. 딩이는 굉원자를 발견하고 제어 핵융합 방법을 발명해낸 훌륭한 물리학자이므로 그 임무를 맡을 만한 능력을 가지고 있었다. 어쨌든 그의 생사를 결정하는 것은 그의 몫이고, 여든세 살이라는 나이와 누구도 범접할 수 없는 화려한 경력으로 볼 때 그는 자신이 하고 싶은 일을 할 권리가 있었다. 탐측기 저지 작전을 수행하기 전 양자호 지휘부의 마지막 회의가 열렸다. 이 회의에서 딩이는 삼체 탐측기의 영상을 보았다. 세 함대에서 파견한 추격함 세 대가 이미 지구 세계에서 보낸 블루섀도호를 대신해 삼체 탐측기를 추격하고 있었다. 영상은 함대의 추격함이 목표물을 500미터 거리에서 촬영한 것으로 지금까지 인류가 삼체 탐측기에 가장 가까이 접근해서 찍은 것이었다.

탐측기의 크기는 길이 3.5미터로 예상했던 것과 큰 차이가 없었다. 딩이도 처음 받은 인상은 남들과 다르지 않았다. 수은 방울 같았다. 탐측기는 아름다운 물방울의 형상을 띠고 있었다. 앞부분은 매끈하게 둥글었고 꼬리 부분은 뾰족했으며 표면은 거울처럼 반지르르한 반사경으로 되어 있었다. 표면에 비친 은하수의 반짝이는 물결이 물방울의 순수함과 아름다움을 더 부각시켰다. 누구든 처음 보면 정말로 액체가 아닐까 의심할 정도였다. 그 내부가 기계 구조로 이루어져 있다는 것을 믿기 힘들었다.

탐측기 영상을 본 후 딩이는 입을 굳게 다물었다. 그는 회의 내내 침묵을 유지했고 얼굴빛도 어두웠다.

함장이 물었다.

"딩 박사님, 안색이 좋지 않으십니다."

"예감이 좋지 않군."

딩이가 가라앉은 목소리로 대답하며 손에 든 담뱃대로 탐측기의 홀로그램 영상을 가리켰다.

한 장교가 물었다.

"특별한 이유가 있나요? 제가 보기에는 전혀 위협적이지 않은데요. 멋진 예술품 같습니다."

딩이가 고개를 저었다.

"그래서 예감이 좋지 않소. 성간 탐측기가 아니라 예술품 같잖아. 우리가 생각했던 것과 달라도 너무 달라. 이건 좋은 징조가 아니오."

"이상한 건 사실이죠. 엔진 배출구도 없는 완전 밀폐형이기도 하고요."

"엔진에서 빛이 나오는 건 분명합니다. 예전에는 빛이 관측됐으니까요. 블루섀도호가 탐측기 엔진이 꺼지기 전에 근거리에서 촬영한 영상을 보면 빛이 방출됐었어요. 그런데 빛이 나오는 곳이 어딘지 모르겠군요."

딩이가 물었다.

"무게가 얼마나 되지?"

"정확히는 모르지만 고정밀 중력계로 계산한 어림치로는 대략 10톤 이하인 것 같습니다."

"그렇다면 적어도 중성자별 물질로 만든 건 아니군."

함장이 장교들의 웅성거림을 정리하고 회의를 계속 진행시켰다. 함장이 딩이에게 말했다.

"박사님의 탐사 작업 지원 계획입니다. 무인우주선이 목표물을 포획한 후 일정 시간 관찰한 뒤에도 이상이 발견되지 않으면 박사님께서 왕복우주선을 타고 탐측기를 포획한 우주선으로 들어가 직접 탐사하시게 됩니다. 박사님의 탐사 시간은 15분을 넘길 수 없습니다. 이쪽은 시쯔(西子) 소령입니다. 아시아 함대를 대표해서 박사님의 탐사 작업에 처음부터 끝까지 동행할 겁니다."

젊은 장교가 딩이에게 깍듯하게 경례했다. 함대의 다른 여자들처럼 그녀도 큰 키에 날렵한 몸매를 가진 전형적인 우주의 신인류였다.

딩이가 소령을 흘끗 쳐다보고는 함장에게로 시선을 옮겼다.

"누구와 같이 간다고? 나 혼자 가면 안 되겠소?"

"그럴 순 없습니다. 우주 환경에 익숙하지 않으시니 반드시 동행자가 있어야 합니다."

"그렇다면 난 안 가는 게 낫겠소. 나를 따라……."

딩이가 '죽으러 간다는 거요?'라는 뒷말을 내뱉지 않고 말끝을 흐렸다.

함장이 말했다.

"위험한 작업인 것은 사실이지만 꼭 그런 것만도 아닙니다. 탐측기가 자폭한다면 포획 과정에서 일어날 가능성이 큽니다. 포획이 끝나고 두 시간이 지나도록 폭파 조짐이 나타나지 않는다면 자폭할 가능성은 적다고 판단할 수 있습니다."

지구 세계와 함대 세계가 사람을 보내 탐측기와 직접 접촉하기로 결정한 주된 목적은 탐사가 아니었다. 세계 최초로 탐측기의 영상이 공개된 뒤 사람들은 그 아름다운 모습에 매료되었다. 예상 외로 예술적인 형태에 찬사가 쏟아졌다. 생김새는 단순하지만 미학적 관점에서 보면 곡면의 각도와 표면의 질감 등이 완벽했다. 수은 방울 하나가 우주의 심연으로 떨어지고 있는 것 같은 착각이 들 정도였다. 아무리 천재적인 예술가가 밀폐형 곡면으로 연출해낼 수 있는 모든 형태를 다 시도해본다 해도 이렇게 완벽한 조형물을 만들어낼 수는 없을 것 같았다. 플라톤의 이상국에도 이토록 아름다운 형태는 존재하지 않을 것이라는 확신마저 들었다. 선은 직선보다 더 곧았고, 원은 세상에서 가장 완벽한 원보다도 더 둥글었다. 꿈의 바다에서 펄쩍 뛰어오른 은빛 돌고래 같기도 했고, 우주의 모든 사랑이 하나로 응집된 결정체 같기도 했다……. 아름다움은 언제나 선함과 연결되는 법이다. 만약 우주에도 선과 악이 있다면 이 물방울은 틀림없이 선에 속할 것이라는 믿음을 주기에 충분했다.

그러자 사람들은 이 물체가 탐측기가 아닐 것이라고 추측했다. 가까이에서 관찰해보면 그 추측을 증명할 수 있을 것 같았다. 사람들은 우선 이 물체의 표면에 주목했다. 표면이 미끄러질 듯 윤기가 흐르는 반사경으로 되어 있었다. 함대는 감측 장비를 동원해 각기 다른 파장을 가진 고주파의 전자기파를 탐측기의 표면으로 발사한 뒤 전자기파의 반사율을 측정하는 실험을 실시했다. 그 결과 이 물체의 표면이 가시광선을 포함한 전자기파를 흡수하지 않고 100퍼센트 반사해낸다는 사실을 발견했다. 전자기파를 모조리 반사해낸다는 것은 이 물체를 외부에서 탐색할 수 없다는 뜻이다. 그렇다면 이 물체의 설계 자체에 중요한 의미가 담겨 있을 것이다. 가장 설득력 있는 주장은 이것이 삼체 세계가 인류에게 보낸 일종의 징표라는 추측이었다. 이 물체의 유려한 디자인, 그리고 기능을 최대한 배제한 설계 속에 인류를 향한 선의와 평화에 대한 염원이 담겨 있다는 것이었다.

그 후 사람들은 이 탐측기를 '물방울'이라고 부르기 시작했다. 함대 세계와 지구 세계 모두 물은 생명의 근원이자 평화를 상징했다.

그러자 물리학자 한 명과 일반 장교 세 명으로 이루어진 탐사대가 아니라 정식으로 인류 대표단을 보내 이 물방울과 접촉해야 한다는 여론이 높아졌다. 하지만 함대 세계는 신중을 기하기 위해 당초 계획대로 진행하기로 결정했다.

딩이가 시쓰를 가리키며 물었다.

"그렇다면 다른 장교로 바꿔줄 수 있소? 여자분에게 동행해달라고 하기는……."

시쓰가 딩이를 보며 미소를 지었다.

"딩 박사님, 저는 양자호의 과학장교입니다. 항해 기간 중 외부 과학 탐사가 제 직책이에요."

함장이 말했다.

"함대 구성원 중 절반이 여자이기도 합니다. 총 세 사람이 박사님과 동행할 겁니다. 나머지 두 명은 유럽 함대와 북미 함대의 과학장교입니다. 그들이 곧 양자호에 도착할 예정입니다. 다시 한번 말씀드리지만 태양계 함대협의회의 결의에 따라 박사님이 인류 최초로 목표물과 접촉하게 되실 겁니다. 다른 세 장교는 박사님이 관찰을 끝낸 뒤에 접촉할 수 있습니다."

딩이가 못마땅하다는 듯 고개를 저었다.

"한심하기 짝이 없군. 세월이 아무리 흘러도 인류의 허영심은 눈곱만치도 변하질 않아……. 하지만 걱정할 거 없소. 시키는 대로 할 테니까. 나도 내 눈으로 직접 보고 싶은 것뿐이니까. 내가 정말로 관심 있는 건 이 엄청난 기술의 이면에 있는 기초 이론이지. 하지만 죽기 전에……."

함장이 딩이 앞으로 다가가 다독이듯 말했다.

"조금이라도 쉬어두세요. 포획 작전이 곧 시작될 테니까요. 탐사를 떠나기 전에 체력을 비축하셔야죠."

딩이는 고개를 들어 함장을 가만히 쳐다보았다. 자신을 회의실에서 내보낸 뒤에 논의해야 할 문제들이 많이 남아 있다는 것을 그제야 눈치챘다. 딩이는 고개를 돌려 물방울의 영상을 다시 한번 보았다. 물방울의 매끄러운 앞부분에 가지런히 비친 빛들이 이제 눈에 들어왔다. 그 빛들은 뒤로 갈수록 점점 변형되어 은하수의 빛무리와 한데 뭉쳐 어룽졌다. 그 빛들은 바로 함대였다. 딩이는 자기 앞에 떠 있는 양자호의 지휘관들을 휘 둘러보았다. 모두 앞날이 창창한 젊은이들이었다. 특히 딩이의 눈에는 아직 새파란 어린애들로 보였다. 하나같이 잘생겼고 귀티가 흘렀으며 함장에서 대위까지 영민한 눈빛을 반짝이고 있었다. 창밖에서 들어오는 함대의 빛이 투명한 선체 벽을 투과하며 저녁놀처럼 황금빛으로 변했다. 그들은 이 휘황한 금빛에 에워싸인 채 초자연적인 은색 기호 같은 물방울의 영상을 보고 있었다. 마치 올림포스산에 사는 신들처럼 보였다. 딩이는 내면 깊숙한 곳에서 무언가가 요동치는 것을 느꼈다. 뜨거운 격정이 울컥 차올랐다.

함장이 물었다.

"더 말씀하실 게 남으셨습니까?"

딩이가 두 손을 허공으로 뻗어 허우적거렸다. 그의 담뱃대가 공중으로 두둥실 떠올랐다.

"음, 내가 말하고 싶은 건……. 내가 제군에게 하고 싶은 말은 그동안 내게 잘해줘서 고맙다는 거요."

부함장이 말했다.

"박사님은 저희가 제일 존경하는 분이니까요."

"아…… 그래서 내가 정말로 하고 싶은 말이 있소……. 노망난 늙은이의 헛소리라고 생각하겠지만. 그래도 어쨌든 난 200년 전 시대에서 온 사람이고 제군보다 훨씬 많은 일을 겪었으니까……. 물론 내 말을 너무 진지하게 들을 필요는 없지만……."

"뭐든 말씀하세요. 박사님은 정말로 우리가 제일 존경하는 분입니다."

딩이가 천천히 고개를 끄덕이며 위를 가리켰다.

"이 우주선이 최고 가속도를 내려면 이 안에 있는 사람들이 모두……
액체에 잠겨야 하지?"

"그렇습니다. 심해 상태입니다."

"오, 그렇지. 심해 상태."

딩이가 다시 망설이다가 결심한 듯 입을 열었다.

"우리가 탐사를 떠난 뒤 이 우주선, 그러니까 이 양자호가 심해 상태로
들어갈 수 있소?"

장교들은 어안이 벙벙한 듯 서로 얼굴만 쳐다보았다.

함장이 물었다.

"그래야 하는 이유가 있습니까?"

딩이가 다시 두 팔을 허우적거렸다. 함대의 빛을 받아 그의 백발이 더
욱 하얗게 반짝였다. 그가 처음 양자호에 탑승할 때 누군가 말했던 것처럼
그는 정말로 아인슈타인과 비슷해 보였다.

"음…… 어쨌든 그렇게 해도 큰 손해는 없는 거지? ……내 예감이 안
좋아."

딩이는 이 말을 마친 뒤 입을 다물며 시선을 아득히 먼 곳으로 던졌다.
그는 허공에서 떠다니고 있는 담뱃대를 잡아 주머니에 넣고는 인사도 없
이 초전도 벨트를 서툴게 조종해 선실 문 쪽으로 향했다. 장교들이 그의
뒷모습을 눈으로 배웅했다. 그는 몸을 선실 문밖으로 절반쯤 내밀었다가
다시 몸을 돌렸다.

"제군, 내가 이 시대로 와서 뭘 했는지 아나? 대학에서 물리학을 가르치
고 박사들을 지도했지."

그가 창 너머 은하수로 시선을 던지며 뜻 모를 미소를 지었다. 장교들은 그의 미소 위로 스치는 한 가닥 처량함을 보았다.

"제군, 난 200년 전 사람이오. 그런 내가 대학에서 물리학을 가르쳤단 말이야."

그는 이 말을 마친 뒤 몸을 돌려 선실 밖으로 나갔다.

함장이 딩이에게 뭐라고 말하려 했지만 그가 이미 밖으로 나간 것을 보고 입을 다물었다. 장교들 중 몇 명은 물방울의 영상을 보고 있었지만 대부분의 시선이 함장에게로 쏠렸다.

한 소령이 물었다.

"설마 박사님 말씀을 진지하게 생각하시는 건 아니시죠?"

옆에 있던 누군가 말했다.

"훌륭한 과학자이기는 하지만 그래도 옛날 사람이에요……."

"하지만 물리학 분야에서 인류가 진보하지 않은 건 사실입니다. 아직도 저분이 살던 시대에 머물러 있죠."

한 장교가 두려운 표정으로 말했다.

"직감적으로 뭔가 일어날 것 같다고 느끼시는 것 같아요."

"그리고……."

시쯔가 뭐라고 말하려다가 주위에 있는 장교들이 모두 자신보다 계급이 높다는 생각에 하려던 말을 다시 욱여 삼켰다.

함장이 말했다.

"소령, 계속 말해봐."

"박사님 말대로 심해 상태로 들어가도 손해 볼 건 없지 않습니까."

부함장이 말했다.

"다른 가능성에 대해서도 대비할 필요가 있습니다. 현재의 작전 계획은 포획에 실패해서 물방울이 도주할 경우 함대에서 전투기를 보내 추격하기로 되어 있습니다. 하지만 장거리 추격을 하려면 항성급 전함이 나서야 합니다. 이에 대한 대비도 필요합니다."

함장이 말했다.

"우선 함대에 보고하지."

함대에서 곧 지시가 내려왔다. 탐사대가 출발한 후 양자호와 양자호에서 가까운 곳에 있는 항성급 전함인 청동시대호 역시 모두 심해 상태로 들어가라는 것이었다.

*

물방울 포획 작전이 진행되는 동안 연합 함대의 편대는 목표물과 1000킬로미터의 거리를 유지하기로 되어 있었다. 이는 면밀한 계산을 거쳐 결정된 것이었다. 물방울이 자폭할 경우 가장 큰 에너지를 발생시킬 수 있는 방법은 물질과 반물질의 쌍소멸이다. 물방울의 무게가 10톤 이하이므로 물질과 반물질을 각각 5톤씩 사용해 쌍소멸을 일으켜야 필요한 에너지를 낼 수 있다. 이런 쌍소멸이 지구에서 발생한다면 지구 표면 위에 있는 모든 생명을 파괴하겠지만 우주에서 발생하면 이 에너지 전체가 광방사의 형태로 나타나게 된다. 따라서 강력한 광방사 방어 능력을 가진 항성급 전함의 경우 1000킬로미터 밖에 떨어져 있으면 위험을 피할 수 있다.

포획 작전은 당랑호라는 이름의 소형 무인우주선이 담당하기로 했다. 당랑호는 주로 소행성대에서 광물 표본을 채취하는 용도로 사용하는 우주선인데 기다란 로봇 팔을 가졌다는 특징이 있었다.

작전이 개시되자 당랑호가 감시 우주선이 설정해놓은 500킬로미터 경계선을 넘어 조심스럽게 목표물을 향해 다가갔다. 매우 느리게 비행할 뿐아니라 50킬로미터마다 한 번씩 수 초간 정지한 뒤 후방에 있는 감시 시스템이 목표물을 전방위로 탐색하고 특이 현상이 없음이 확인되어야 다시 전진할 수 있었다.

1000킬로미터 떨어진 곳에서 연합 함대가 물방울과 같은 속도로 전진하고 있었다. 전함 대부분은 핵융합 엔진을 끄고 조용히 우주의 심연 위에 떠 있었다. 거대한 금속 함체가 희미한 태양빛을 받아 흡사 버려진 우주 도시처럼 보였다. 줄지어 선 전함들은 마치 침묵하고 있는 고대의 스톤헨지 같았다. 모든 전함에 탑승한 120만 명이 숨을 죽인 채 당랑호의 이 짧은 비행을 지켜보고 있었다.

함대가 보고 있는 영상은 세 시간 동안 광속으로 날아가 지구에서 똑같이 숨을 죽이고 있는 30억 명의 눈동자에까지 전해졌다. 인류 세계의 거의 모든 활동이 정지되었다. 나무 사이를 오가는 플라잉카의 행렬도 끊기고 지하 도시 전체가 적막에 휩싸였다. 심지어 탄생 후 300년 동안 쉬지 않고 북적거렸던 인터넷망도 한산했다. 네트워크를 타고 전송되는 데이터의 대부분이 20천문단위 밖에서 날아온 영상이었다.

당랑호는 30분 동안 가다 서다를 반복하며 우주 전체로 치면 한 걸음도 되지 않을 이 거리를 비행한 후 마침내 목표물에 50미터 거리로 접근했다. 물방울의 수은 같은 표면 위로 볼록하게 부푼 당랑호의 모습이 나타났다. 우주선에 탑재된 수많은 장비들이 목표를 근거리에서 탐색했다. 우선 물방울의 표면 온도가 주위의 우주 온도보다 낮아 거의 절대영점에 가깝다는 관측 결과가 사실임이 확인되었다. 과학자들은 물방울 내부에 강력한 쿨링 시스템이 탑재되어 있을 것이라고 추측했다. 하지만 이미 관측했던 대로 당랑호의 그 어떤 장비로도 물방울의 내부 구조를 탐지할 수는 없었다.

당랑호가 목표물을 향해 기다란 로봇 팔을 뻗었다. 뻗었다 멈추었다를 반복하며 살얼음판 위를 걷듯 조심스럽게 다가갔지만 여전히 아무런 반응도 나타나지 않았다. 30분 뒤 로봇 팔의 끝부분이 4광년 밖에서 출발해 200년 가까이 우주를 날아온 이 외계의 물체에 닿았다. 로봇 팔의 집게 여섯 개가 물방울을 꽉 움켜쥐는 순간, 함대에 있는 100만 명의 심장도 함께 움찔거렸고, 세 시간 뒤 지구에 있는 30억 개의 심장도 동시에 움찔거렸다. 로봇 팔이 물방울을 움켜쥐고 정지한 채로 10분 동안 기다렸지만 역시 아무런 반응도 나타나지 않았다. 당랑호가 서서히 물방울을 잡아당겼다.

그 순간 사람들은 기묘한 대비를 목격했다. 로봇 팔은 둔중한 철근과 유압 설비가 밖으로 불퉁그러졌으며 복잡하고 투박한 기능 위주의 설계가 특징인 반면, 물방울은 미끈한 커브와 영롱한 표면이 기능과 기술을 은근하게 감추고 있어 철학적이고 예술적이며 탈속적인 느낌까지 풍겼다. 로봇 팔의 쇠 집게가 물방울을 그러쥔 모습이 마치 고대 유인원이 털북숭이 손으로 진주를 움켜잡은 것처럼 보였다. 물방울은 쇠 집게에 눌려 바스러지지 않을까 걱정될 만큼 연약해 보였다. 하지만 그런 일은 일어나지 않았다.

로봇 팔이 물방울을 쥐고 우주선으로 돌아오는 데도 30분이 걸렸다. 로봇 팔은 물방울을 서서히 잡아당긴 후 당랑호의 벌어진 입구 안으로 집어넣었다. 만일 물방울이 자폭한다면 가능성이 제일 높은 순간이 지금이었다. 함대와 그 뒤에 있는 지구 세계가 숨죽이고 지켜보았다. 우주에서 시간이 흐르는 소리까지 들을 수 있을 만큼 고요했다.

두 시간이 흘렀지만 아무 일도 일어나지 않았다.

물방울이 자폭하지 않았다는 사실에 사람들의 또 한 가지 추측이 사실로 확인되었다. 만약 이것이 정말로 군사용 탐측기라면 적에게 포획당했을 때 자폭해야 한다. 자폭하지 않았다는 것은 이것이 삼체 세계가 인류에게 보낸 선물이며, 삼체 문명이 인류가 이해하기 힘든 방식으로 보낸 평화의 메시지라는 추측이 정확하다는 의미다.

세계가 또다시 환호했다. 하지만 이번에는 지난번만큼 열광적이지 않았다. 전쟁의 종료와 인류의 승리는 인류에게 더 이상 놀라운 일이 아니었기 때문이다. 설령 곧 닥칠 협상이 결렬되어 전쟁이 계속된다 해도 인류가 최후의 승리자라는 확신에는 변함이 없었다. 연합 함대의 위용을 목격한 후 사람들은 인류의 힘을 새삼 확신했다. 이제 지구 문명은 그 어떤 적과도 싸워 이길 수 있다는 자신감을 얻었다. 하지만 물방울과의 접촉으로 삼체 세계에 대한 사람들의 태도에도 미묘한 변화가 나타났다. 태양계를 향해 날아오고 있는 종족이 위대한 문명을 가지고 있으며, 그들이 200차례 넘는 재난을 겪은 뒤 인류는 믿기조차 힘든 강인함으로 살아남았다는 사실을 인식하기 시작한 것이다. 그들이 4광년 밖 우주에서 험난한 항해를 계속해온 것은 그저 안정된 태양과 문명을 지킬 수 있는 터전을 찾기 위함일 것이다⋯⋯. 삼체 세계에 대한 반감과 증오가 동정과 연민, 심지어 존경심으로 바뀌었다. 이와 함께 자기반성의 목소리도 나타났다. 삼체 세계의 물방울 10개가 200년 전에 발사되었지만 인류가 이제야 그들의 진정한 뜻을 이해한 것은 삼체 문명의 행동이 너무 난해한 탓도 있지만, 인류가 피비린내 나는 역사를 겪으며 왜곡된 사고방식을 갖고 있었기 때문이라는 것이다. 인터넷 공간에서 실시된 투표에서 햇볕 계획의 지지율이 급상승했고 인도적인 차원에서 삼체 문명에게 화성을 내주자는 목소리가 점점 높아졌다.

UN과 함대는 평화 협상 준비에 박차를 가했고 지구 세계와 함대 세계가 공동 인류 대표단을 구성하기 시작했다.

이 모든 일이 물방울을 포획한 지 하루 만에 이루어졌다.

하지만 사람들을 가장 흥분시킨 것은 눈앞의 현실이 아니라 희망적인 미래에 대한 기대감이었다. 삼체 문명의 기술과 인류의 힘이 결합된다면 태양계가 꿈의 낙원으로 변하지 않을까?

*

태양의 다른 쪽으로 거의 같은 거리만큼 떨어진 우주에서 자연선택호가 광속의 100분의 1 속도로 미끄러지듯 항해하고 있었다.

둥팡옌쉬가 장베이하이에게 말했다.

"방금 들어온 소식이에요. 물방울을 포획했지만 자폭하지 않았대요."

"물방울이 뭐지?"

장베이하이가 투명한 선실 벽 너머 둥팡옌쉬에게 시선을 던졌다. 그의 얼굴은 조금 초췌해 보였지만 군복 매무새는 흐트러짐 하나 없었다.

"삼체 탐측기예요. 알고 보니 그건 삼체 세계가 인류에게 보낸 선물이었어요. 삼체 세계가 보낸 평화의 메시지예요."

"그래? 잘됐군."

"별로 개의치 않는 것 같네요."

장베이하이는 둥팡옌쉬의 말에 대꾸하지 않고 수첩을 두 손에 들고 앞으로 내밀었다.

"다 썼어."

그가 수첩을 주머니에 넣었다.

"이제 자연선택호의 통제권을 내놓을 수 있나요?"

"그래. 하지만 먼저 물어볼 게 있어. 통제권을 가지면 뭘 할 거지?"

"감속이요."

"추격 함대가 따라오길 기다릴 건가?"

"그래요. 남아 있는 핵융합 연료로는 돌아갈 수 없어요. 연료를 보충해야만 태양계로 돌아갈 수 있어요. 하지만 추격 함대도 우리에게 나눠 줄 만큼 연료가 충분하지 않을 거예요. 그 전함 여섯 대의 크기가 자연선택호의 절반밖에 되지 않고 추격하면서 광속의 100분의 5 속도로 가속했다가 똑같은 강도의 감속을 했으니까 스스로 태양계로 돌아갈 만큼의 연료밖엔 없겠죠. 그러니까 자연선택호의 승선원들이 추격 함대로 옮겨 타고 돌아갈 수밖에 없어요. 그런 다음에 연료를 충분히 실은 우주선을 보내 자연선택호를 태양계로 복귀시켜야죠. 그러자면 오랜 시간이 걸릴 거예요. 그러니까 지금부터 최대한 감속을 해놓아야 그 시간을 단축할 수 있어요."

"감속하지 마."

"왜죠?"

"감속하면 자연선택호의 남은 연료를 소모시킬 거야. 에너지를 고갈시킬 수는 없어. 앞으로 무슨 일이 닥칠지 몰라. 함장이라면 그런 가능성까지 대비해야지."

"또 무슨 일이 있겠어요? 전쟁은 끝날 것이고 인류는 승리할 것이고 당신은 완전히 틀렸다는 게 증명되겠죠!"

장베이하이가 흥분한 둥팡옌쉬를 보며 빙그레 웃었다. 그녀의 격앙된 감정을 다독이려는 듯 그녀를 응시하는 그의 눈동자에 지금까지 한 번도 본 적 없는 온화함이 차올랐다. 그 눈빛이 그녀의 마음에 파동을 일으켰다. 그녀는 장베이하이의 패배주의를 이해할 수 없었고 그의 도주에 다른 목적이 있을 것이라고 의심했다. 어쩌면 그에게 정신적인 문제가 있는 건 아닌지 의심했다. 하지만 그와 동시에 그에게 이유를 알 수 없는 연민을 느꼈다. 그녀는 어릴 적 아버지와 헤어진 경험이 있었다. 물론 이 시대의 아이들에게 그건 정상적인 일이었다. 부성애란 이미 옛것이 되어버렸다. 그러나 지금 그녀는 21세기에서 온 옛날 군인에게서 그런 감정을 느끼고 있었다.

장베이하이가 말했다.

"나는 험난한 시대에서 왔네. 현실적인 사람이야. 내가 아는 건 적이 아직도 존재하고 있으며 그들이 태양계로 접근하고 있다는 사실뿐이야.

적이 다가오는 걸 두 손 놓고 기다리고만 있는 건 군인으로서 직무유기지……. 감속하지 말게. 감속하지 않는다고 약속한다면 통제권을 넘겨주지. 물론 그 약속을 지킬지는 자네의 인격에 달려 있겠지.”

“약속할게요. 감속하지 않겠어요.”

장베이하이가 몸을 돌려 허공에 떠 있는 조작 창 앞으로 갔다. 그는 권한 이양 페이지로 들어가 자신의 암호를 입력한 후 화면을 여러 번 건드려 클릭한 다음 조작 창을 닫았다.

장베이하이가 고개도 돌리지 않고 말했다.

“자연선택호의 함장 권한이 자네에게로 이양되었어. 암호를 다시 ‘말보로’로 바꿔놓았지.”

둥팡옌쉬가 허공에 조작 창을 띄워 권한 이양이 완료되었음을 확인했다.

“고마워요. 하지만 계속 선실 안에 머물러요. 문도 열지 말아요. 심해 상태에서 깨어난 승선원들이 당신을 공격할지 몰라요.”

“나더러 스프링보드에서 뛰어내리라는 건가?”

둥팡옌쉬가 어리둥절한 표정을 짓자 장베이하이가 웃으며 말했다.

“아, 이건 옛날 배에서 쓰던 사형 집행 방법이야. 바다로 뛰어내리게 하는 거지. 지금까지 이 방법이 전해졌더라면 아마 나 같은 죄인은 우주로 뛰어내려야 하겠지……. 좋아. 어차피 나도 혼자 있고 싶으니까.”

*

연락선이 양자호를 출발했다. 거대한 모함과 선명한 대조를 이룬 연락선이 훨씬 더 작아 보였다. 마치 도시에서 자동차 한 대가 빠져나오는 것 같았다. 엔진의 빛이 절벽 아래 켜놓은 촛불처럼 거대한 함체의 일부만 비추었다. 연락선이 양자호의 그림자를 빠져나와 서서히 태양빛 속으로 들어갔다. 엔진의 분출구가 반딧불처럼 깜박거리며 1000킬로미터 떨어져 있는 물방울을 향해 날아갔다. 탐사대는 딩이와 시쯔 외에 유럽과 북미 함대에서 온 장교 두 명까지 총 네 명으로 구성되었다. 유럽과 북미 함대의 장교는 각각 소령과 중령이었다.

딩이가 선실 창을 통해 점점 멀어져가는 함대를 바라보았다. 전체 진형의 모서리에 위치한 양자호는 지금 보아도 여전히 컸지만 그 옆에 있는 전함 구름호는 형태를 거의 알아볼 수 없을 정도로 작았고 조금 더 시야를 먼 곳으로 옮기면 전함들이 그저 나란히 늘어서 있는 점으로 보였다. 직사각형을 이룬 진형은 한 줄에 전함 20대씩 100줄이 길게 포진되어 있었고 전함 10여 대가 기동 상태를 유지하며 진형 바깥에서 머물고 있었다. 하지만 세로 방향으로 전함을 세어보면 대략 30대밖에 보이지 않았다. 30번째 전함도 600킬로미터나 떨어져 있었기 때문에 그 뒤에 있는 전함은 육안으로는 볼 수가 없었다. 가로 방향으로 세어도 마찬가지였다. 육안으로 볼 수 있는 한계 거리에 위치한 전함은 그저 희미한 태양빛 속에 섞인 어슴푸레한 빛일 뿐이었다. 뭇별을 배경으로 어떤 빛이 전함인지 분간하기 어려웠다. 모든 전함의 엔진이 가동되어야만 함대의 전체 진형을 볼 수 있었다. 딩이는 연합 함대가 마치 우주에 떠 있는 100×20의 행렬 같았다. 그는 이 행렬과 또 다른 행렬의 곱셈 연산을 머릿속에 떠올렸다. 수평 요소와 수직 요소가 하나씩 차례로 곱해지며 더 큰 행렬을 만들어냈다. 하지만 현실에서 이 거대한 행렬과 대칭이 되는 것은 아주 작은 점 하나였다. 바로 물방울이다. 딩이는 이런 극단적인 비대칭을 좋아하지 않았다. 그는 떨리는 마음을 진정시키기 위해 간단한 곱셈 연산을 시도했지만 마음대로 되지 않았다. 가속의 압력이 사라진 뒤 그가 고개를 돌려 옆에 있는 시쯔에게 말을 건넸다.

"항저우 출신인가?"

수백 킬로미터 앞에 있는 당랑호를 찾으려는 듯 전방에 시선을 고정시키고 있던 시쯔가 딩이를 쳐다보며 고개를 저었다.

"아니요. 저는 아시아 함대에서 태어났어요. 제 이름이 항저우와 관계가 있는지는 잘 모르지만* 항저우에 가본 적은 있어요. 아름다운 곳이었어요."

"우리 때 항저우가 아름다웠지. 지금 시후는 사막 속의 오아시스가 됐어……. 지금은 어딜 가든 다 사막이잖아. 아, 물론 그 옛날 항저우와 비슷한 점도 있어. 항저우는 미인이 많기로도 유명했으니까 말이야."

딩이가 시쯔를 바라보았다. 선실 창을 뚫고 들어온 태양빛이 그녀의 아름다운 옆모습을 가만히 감쌌다.

"자네를 보면 옛날에 내가 사랑했던 한 여인이 생각나. 그녀도 소령 장교였어. 키는 자네보다 작았지만 자네만큼이나 예뻤지……."

시쯔가 창밖 우주에 시선을 매단 채 가볍게 말했다.

"외부로 송출되는 통신 채널이 아직 켜져 있어요."

딩이가 뒤를 가리키며 말했다.

"괜찮아. 함대와 지구가 너무 긴장하고 있잖아. 관심을 딴 데로 돌려 긴장을 풀어주는 것도 나쁘지 않지."

앞에 앉아 있던 북미 함대의 중령이 고개를 돌리며 딩이를 향해 웃었다.

"딩 박사님, 좋은 생각이십니다."

"젊으셨을 때는 여자들에게 인기 많으셨을 것 같아요."

시쯔가 멀리 있던 시선을 거두어 딩이를 쳐다보았다. 그녀도 팽팽하게 당겨진 자신의 신경줄을 느슨하게 할 필요가 있다고 생각했다.

"글쎄, 잘 모르겠군. 나를 좋아하는 여자에겐 관심이 없었으니까. 난 내

* 옮긴이 주 : 중국 항저우에 시후(西湖)라는 유명한 호수가 있다.

가 좋아하는 여자만 처다봤어."

"그녀에게 세심하고 자상한 남자였을 것 같아요."

"음…… 그렇진 않아. 내가 좋아하는 여자들을 방해하지 않았어. 난 괴테의 이 말을 좋아해. '내가 당신을 사랑하는 것이 당신과 무슨 상관이겠는가?'"

시쯔가 딩이를 보고 말없이 웃자 딩이가 말했다.

"물리학에 대해서도 마찬가지야. 내 인생에서 가장 후회스러운 일은 지자에게 신경을 빼앗겼다는 거야. 생각해보게. 우리가 법칙을 탐색하는 것이 규칙과 무슨 상관이 있겠나? 인류든 다른 무언가든 다른 것에 한눈팔지 않고 물리학의 법칙만을 탐구한다면 그렇게 해서 발견한 법칙으로 그들 자신의 현실을 바꾸고 우주 전체도 바꿀 수 있을 거야. 모든 항성계를 밀가루 반죽처럼 주물러서 원하는 형태로 만들 수 있을지도 모르지. 하지만 그래봤자 또 무얼 하겠나? 법칙은 바뀌지 않는데 말이야. 그래. 법칙은 거기에 있어. 유일하게 변할 수 없는 존재야. 영원히 젊지. 우리 기억 속의 연인처럼……."

딩이가 창밖에 있는 찬란한 은하수를 가리켰다.

"이 사실을 너무 늦게 깨달았어."

대화 주제가 바뀌자 중령이 김샌 표정으로 고개를 저었다.

"박사님, 미인 얘기 더 해주세요."

하지만 딩이는 대화에 흥미를 잃었고 시쯔도 아무 말 하지 않았다. 연락선 내부에 적막이 감돌았다. 잠시 후 당랑호가 보였다. 아직 200킬로미터도 더 떨어져 있는 밝은 점이기는 하지만 목표물이 출현했다는 사실에 연락선 내부의 긴장감이 더욱 고조되었다. 연락선이 180도로 회전해 엔진 분출구를 전방으로 향하며 감속을 시작했다.

거대한 전함들이 겨우 형태만 보일 정도의 작은 점으로 변했다. 어지럽게 흩어져 있는 뭇별 사이에서 흐트러짐 없이 나란히 줄지어 있다는 것 외에는 전함을 식별할 수 있는 방법이 없었다. 직사각형의 전체 진형이 은하계 앞에 씌워진 그물처럼 보였다. 어지러운 별빛 바다와 규칙적인 배열이 선명한 대조를 이루고 거대함은 거리에 희석되어 규칙적인 배열만이 전함의 위용을 드러냈다.

감속의 압력이 사라질 무렵 연락선은 거의 당랑호에 접근해 있었다. 예상했던 것보다 훨씬 빨랐다. 연락선에 탄 탐사대는 당랑호가 우주에서 갑자기 불쑥 나타난 것 같았다. 도킹도 빠르게 완료되었다. 무인우주선인 당랑호는 선체 내부에 공기가 없으므로 탐사대는 간이 우주복을 입었다. 함대로부터 마지막 지시를 받은 뒤 그들은 무중력상태에서 물고기처럼 헤엄쳐 도킹된 문을 지나 당랑호 안으로 들어갔다.

당랑호의 하나뿐인 선실 한가운데에 물방울이 떠 있었다. 양자호에서 영상으로 볼 때와는 전혀 다르게 색이 훨씬 어두웠고 부드러웠다. 주위의 배경이 표면에 비쳤기 때문이다. 물방울의 표면은 주위의 배경을 반사할 뿐 그 어떤 색도 띠지 않았다. 당랑호의 선실에는 접힌 로봇 팔을 비롯해 각종 장비가 여기저기 설치되어 있었고 행성에서 채취한 작은 암석 무더기도 있었다. 물방울은 기계와 암석 사이에 두둥실 뜬 채로 또 한 번 정교함과 투박함, 유미주의와 기술주의의 선명한 대비를 보여주었다.

시쯔가 말했다.

"성모마리아의 눈물 같아요."

그녀의 음성이 당랑호에서 광속으로 전송되어 함대로 전달된 뒤 세 시간 후에는 전 인류의 공감을 이끌어냈다. 탐사대에 속한 시쯔와 두 함대에서 온 두 장교는 모두 일반인이었다. 그들 모두 뜻밖의 기회에 문명사에 한 획을 그을 이 역사적인 순간의 중심에 서게 된 것이다. 이렇게 가까운 거리에서 물방울을 쳐다보며 세 사람 모두 똑같은 기분이 들었다. 머나먼 세계에 대한 낯선 느낌이 사라졌고 그 세계와 가까워지고 싶다는 강렬한 열망이 꿈틀거렸다. 그렇다. 이 춥고 광막한 우주에서 같은 탄소계 생명체라는 것만으로도 대단한 인연일 것이다. 수십억 년의 세월을 쌓아야 겨우 만들어지는 인연일지도 모른다. 사람들은 물방울을 향해 시공을 초월한 사랑의 감정을 느꼈다. 두 존재 사이에 아무리 깊은 골짜기가 있다고 해도 그 사랑으로 모두 메울 수 있을 것 같았다. 시쯔의 눈시울이 촉촉해졌고 세 시간 뒤 수십억 명의 눈에도 뜨거운 눈물이 차올랐다.

하지만 딩이는 맨 뒤에서 이 모든 것을 냉정한 시선으로 응시하고 있었다.

"내 눈에는 다르게 보이는군. 나를 잊고 남을 잊는 경지야. 자신을 완전히 봉쇄함으로써 모든 것을 포용하려는 노력이지."

시쯔가 그렁그렁 눈물 괸 눈으로 가볍게 웃었다.

"박사님은 너무 철학적이세요. 무슨 말씀인지 못 알아듣겠어요."

"박사님, 시간이 많지 않습니다."

중령이 딩이에게 손짓을 했다. 그가 인류 최초로 물방울을 처음 만져보아야 했기 때문이다.

딩이가 천천히 물방울 앞으로 다가가 한 손을 물방울의 표면에 가만히 내려놓았다. 절대영점의 표면에 동상을 입을 우려가 있어 장갑 낀 손으로 만져야 했다. 그다음으로 세 장교가 차례로 물방울을 만졌다.

시쯔가 작게 속삭였다.

"만지기만 해도 부서질 것 같아요."

중령이 놀란 표정으로 말했다.

"마찰력을 조금도 느낄 수가 없어요. 표면이 너무 매끄럽군요."

딩이가 물었다.

"얼마나 매끄럽지?"

시쯔가 우주복 주머니에서 원통형 장비를 꺼냈다. 현미경이었다. 그녀가 현미경 렌즈를 물방울 표면에 대자 현미경에 달린 작은 창 위로 표면이 크게 확대되어 나타났다. 현미경으로 확대해 보아도 역시 거울처럼 매끄러웠다.

딩이가 물었다.

"몇 배로 확대한 건가?"

"100배예요."

시쯔가 현미경 창에 나타난 작은 숫자를 가리키며 확대 배율을 1000배로 높였다.

1000배로 확대했지만 표면은 여전히 매끄러운 거울이었다.

중령이 말했다.

"현미경이 고장 난 것 같군."

시쯔가 현미경을 들어 올려 자신의 우주복 헬멧 앞에 가져다 댔다. 나머지 세 명이 그녀 주위로 모여들어 확대된 헬멧 표면을 관찰했다. 육안으로 보면 헬멧도 물방울과 다름없이 매끄럽지만 현미경으로 들여다본 표면은 자갈밭처럼 거칠었다. 시쯔가 현미경을 다시 물방울 표면에 가져다 댔다. 확대하든 확대하지 않든 표면의 모습이 거의 다르지 않았다.

딩이가 말했다.

"배율을 10배 더 올려보게."

광학을 통한 확대로는 한계가 있어서 현미경을 광학 모드에서 전자 터널링 모드로 전환했다. 인류가 가진 기술로 가공해낼 수 있는 가장 매끄러운 표면은 1000배로 확대해보면 그 거친 모습이 적나라하게 드러난다. 소인이 된 걸리버가 본 미인의 피부처럼 말이다.

중령이 말했다.

"10만 배로 높여봐."

현미경에 비친 표면은 여전히 매끄러웠다.

"100만 배로."

똑같이 매끄러웠다.

"1000만 배로!"

대분자도 보일 만큼 확대 배율을 높였지만 현미경 창에 나타나는 것은 여전히 반지르르한 반사 표면뿐이었다. 티끌만 한 흠조차 없을 뿐 아니라 밝기도 육안으로 보이는 주위의 표면과 차이가 없었다.

"더 높여봐!"

시쯔가 고개를 저었다. 이미 전자 현미경으로 도달할 수 있는 확대 배율의 한계에 다다라 있었다.

200여 년 전 아서 클라크는 자신의 소설 「2001 스페이스 오디세이」에서 고도로 발전한 외계 문명이 달에 남긴 검은 비석 모노리스에 대해 묘사했다. 탐사대가 보통의 측정기로 이 비석의 세 변을 측량했을 때 비율이 1:3:9였다. 그런데 그 후 아무리 정밀한 방식으로 측량해도 그 비율이 조금의 오차도 없는 1:3:9였다. 클라크는 "그 문명은 이렇게 오만한 방식으로 자기 능력을 과시했다"라고 썼다.

그런데 현재 인류 앞에 있는 문명은 그보다 훨씬 더 오만했다.

시쯔가 감탄했다.

"이렇게 완벽한 활면이 있을 수 있어요?"

딩이가 말했다.

"가능하지. 중성자별의 표면이 마찰이 거의 없는 완벽한 활면이야."*

"하지만 이 물체는 질량이 정상적이잖습니까?"**

---

* 중성자별의 원자를 함께 모아 압력을 가하면 일정하고 고르게 배열된다.
** 중성자별 물질의 비중은 물의 1014배다.

딩이가 잠시 생각에 잠겼다가 장교들에게 말했다.

"우주선에 물어보게. 포획할 때 로봇 팔의 집게가 어느 위치를 잡았는지."

함대의 모니터 요원이 컴퓨터를 조작하자 당랑호의 컴퓨터에서 아주 미세한 붉은 레이저빔 몇 가닥이 나와 물방울의 표면 위에 집게가 닿았던 위치를 표시해주었다. 시쯔가 현미경으로 그중 한 부분을 들여다보았다. 1000만 배로 확대했지만 역시 아주 작은 흠집도 발견할 수 없었다.

중령이 물었다.

"집게로 잡을 때 표면에 가한 압력은 얼마나 되지?"

함대로부터 곧바로 회신이 왔다. 1제곱센티미터당 약 200킬로그램의 압력을 가했다고 했다.

표면이 매끄러울수록 쉽게 긁히는 법이다. 하지만 금속 집게에 강하게 눌렸던 표면에서도 아무런 흔적을 찾을 수 없었다.

딩이가 두리번거리며 선실 밖으로 나가더니 지질 망치를 들고 돌아왔다. 누가 우주선 안에서 암석 표본을 검사하다가 두고 간 것 같았다. 장교들이 저지할 겨를도 없이 딩이가 지질 망치로 물방울 표면을 세게 내리쳤다. 땅, 하는 청명한 소리가 딩이의 귀에 들렸다. 옥으로 된 대지를 망치로 두들기는 듯한 그 소리가 그의 몸을 통해 귀로 전해졌지만 진공상태인 까닭에 다른 이들에게는 들리지 않았다. 딩이가 망치 자루 끝으로 자신이 두드린 곳을 가리키자 시쯔가 현미경으로 그 부분을 들여다보았다.

1000만 배로 확대했지만 역시 작은 흠집도 없었다.

딩이가 신경질적으로 지질 망치를 휙 던져버리고는 물방울을 쳐다보지도 않고 고개를 푹 숙인 채 생각에 잠겼다. 그의 옆에 있는 세 장교와 함대에 있는 100만 명의 시선이 그에게로 쏠렸다.

잠시 후 딩이가 고개를 들었다.

"한 가지 가능성밖에 없어. 이 물질의 분자가 의장대만큼이나 가지런히 배열된 채 서로 똘똘 뭉쳐 있어. 이렇게 견고한 물질을 알고 있나? 분자는 망치로 때리면 자체 진동도 사라질 만큼 완전히 부서지지."

시쯔가 외쳤다.

"이 물체의 온도가 절대영점이기 때문이에요!"*

그녀와 다른 두 장교도 딩이의 말뜻을 이해했다. 일반적인 밀도를 가진 물질은 원자핵 사이의 간격이 넓기 때문에 그 원자핵들을 단단히 연결시키는 것은 태양과 다른 여덟 개 행성을 정지 상태의 구조물로 고정시키는 것만큼이나 어렵다.

"어떤 힘으로 이걸 해냈을까요?"

"한 가지밖에 없지. 강한 상호작용(Strong Interaction)이야."

헬멧 너머로 보이는 딩이의 이마에 식은땀이 맺혔다.

"그건…… 활을 쏘아 달을 맞히는 것과 같지 않습니까?"**

"저들은 활을 쏘아 달을 맞힌 거지……. 성모마리아의 눈물 같다고? 하하하……."

딩이가 냉소를 터뜨렸다. 그의 웃음소리가 소름 돋을 만큼 처량하게 들렸다. 세 장교는 그 냉소에 담긴 의미를 알고 있었다. 물방울이 약하기는커녕 태양계에서 가장 견고한 물질보다 100배나 더 강했다. 이 세상 그 어떤 물질도 이 물체 앞에서는 종잇장만큼 약했다. 이 물체는 총알이 치즈를 뚫고 지나가듯 지구를 관통할 수 있다. 제 표면에는 작은 흠집조차 남기지

---

* 물체의 온도는 분자 진동에 의해 생성된다.
** 강한 상호작용은 자연계에서 가장 강한 힘으로 전자기력의 100배나 된다. 하지만 원자핵 내부의 초단거리에서만 작용할 수 있고, 원자핵과 원자의 크기에 큰 차이가 있다. 예를 들어 원자가 영화관만 하다면 원자핵은 호두만큼 작다. 따라서 원자의 크기가 강한 상호작용의 범위를 초월하기 때문에 원자와 원자 사이, 분자와 분자 사이에서 작용하는 힘은 대부분 전자기력이다.

않으면서 말이다.

중령이 물었다.

"이…… 이걸로 뭘 하려는 걸까요?"

"그걸 누가 알겠나? 어쩌면 정말로 그들이 보낸 메신저일 수도 있지. 하지만 이것이 인류에게 전하는 메시지는 우리 생각과는 완전히 다를 거야……."

딩이의 시선이 물방울 위에서 미끄러졌다.

"그게 뭐죠?"

"내가 너희를 멸망시키는 것이 너희와 무슨 상관이겠는가?"

이 말 뒤에 따라온 건 죽음 같은 적막이었다. 탐사대의 다른 세 명과 연합 함대의 100만 명이 그 뜻을 곱씹었다. 그때 딩이가 불쑥 외쳤다.

"피해!"

두 글자의 낮은 외침 뒤에 그가 두 손을 번쩍 들어 올리며 찢어질 듯한 목소리로 외쳤다.

"바보 놈들아! 빨—리—피—해!"

시쯔가 당황해서 물었다.

"어디로요?"

딩이보다 몇 초 늦었지만 중령도 상황을 파악했다. 그도 딩이처럼 절망적으로 외쳤다.

"함대! 함대! 흩어져!"

하지만 이 모든 것이 다 끝난 뒤였다. 강력한 전파 방해가 나타나 당랑호에서 송출되는 영상이 일그러져 사라졌고 함대는 중령의 마지막 외침을 듣지 못했다.

물방울의 뾰족한 꼬리에서 파랗고 둥근 광륜이 나타났다. 처음에는 작지만 아주 밝아서 주위의 모든 것을 푸르게 물들이더니 급격히 커지며 파란색이 노란색으로 바뀌었다가 다시 붉은색으로 변했다. 광륜은 점점 넓어지면서 밝기가 약해졌다. 크기가 물방울 최대 직경의 두 배까지 넓어졌다가 사라졌다. 빛이 사라짐과 동시에 두 번째 푸른 광륜이 물방울 끝에서 나오더니 조금 전과 똑같이 커지고 색이 변하다가 빠르게 사라졌다. 물방울의 끝에서 광륜이 계속 나오며 확장되었다. 광륜이 1초에 두세 개씩 빠르게 나오며 그 추진력으로 물방울이 서서히 전진하더니 점점 가속도가 붙었다.

탐사대 네 사람은 두 번째 광륜이 출현하는 것도 보지 못하고 첫 번째 광륜이 나타난 후 태양 핵에 가까운 초고온에서 순간적으로 기화되어 흔적도 없이 사라졌다.

당랑호 선체가 붉게 빛났다. 밖에서 보면 종이 갓을 씌운 촛불처럼 보였다. 당랑호의 금속 선체가 붉게 달아올랐다가 순식간에 양초처럼 녹아버리더니 곧장 폭발해버렸다. 폭발과 동시에 당랑호 선체의 금속이 일시에 액체가 되어 사방으로 튕겨져 나갔다.

함대에서도 1000킬로미터 밖에 있는 당랑호의 폭발을 똑똑히 볼 수 있었다. 처음에는 모두들 물방울이 자폭했다고 생각했다. 그들은 먼저 탐사대 4인의 희생에 슬퍼했고 그 후에는 물방울이 평화의 메신저가 아님에 실망감을 감추지 못했다. 하지만 그 뒤에 발생한 일들 앞에 인류는 가장 기본적인 마음의 준비조차 없이 무방비 상태로 내던져졌다.

첫 번째 이상 조짐은 함대의 우주 감측 시스템 컴퓨터에서 발생했다. 컴퓨터가 당랑호의 폭발 장면을 찍은 영상을 처리하던 중 파편이 정상적이지 않음을 발견했다. 대부분의 파편이 액체로 용화된 금속이었고, 폭발후 모두 똑같은 속도로 우주로 날아갔다. 그런데 유독 한 덩어리만 가속을 하고 있었다. 물론 사방으로 날아가는 수많은 파편 중에서 이 작은 현상을 발견할 수 있는 것은 컴퓨터뿐이었다. 컴퓨터가 데이터베이스를 순식간에 검색해 당랑호의 모든 정보를 포함한 막대한 양의 자료를 추출해낸 뒤 이 이상한 파편의 출현에 대해 가능한 해석을 수십 가지나 도출해냈다. 하지만 그중 어느 하나도 정확하지 않았다.

컴퓨터도 인간과 마찬가지로 이 폭발의 희생물이 당랑호와 그 안에 탄 탐사대 네 명뿐일 것이라고 오판했다.

가속도로 날아오는 이 파편에 대해 함대의 우주 감측 시스템은 낮은 등급의 3급 경보를 내렸다. 이 파편이 함대의 한가운데가 아니라 직사각 진형의 한쪽 모서리를 향해 날아오고 있었고, 현재의 비행 방향으로 보면 함대 옆을 스치고 지나갈 것으로 예상되었기 때문이다. 이 3급 경보는 당랑호가 폭발함과 동시에 내려진 수많은 1급 경보 속에서 아무런 주의를 끌지 못했다. 하지만 컴퓨터는 이 파편의 놀라운 가속도에 주목했다. 300킬로미터를 날아왔을 뿐인데 파편의 속도가 제3우주속도에 도달했고 그 후로도 계속 속도가 빨라지고 있었다. 잠시 후 경보가 2급으로 격상되었지만 역시 누구도 그 파편에 주의하지 않았다. 파편이 폭발점에서 함대의 한쪽 모서리까지 약 1500킬로미터를 날아오는 데 대략 50초밖에 걸리지 않았다. 이 파편이 함대의 모서리에 도착했을 때 속도가 초속 31.7킬로미터였고, 직사각 진형의 모서리 끝에 있는 전함 인피니트호와 160킬로미터 떨어져 있었다. 그런데 파편이 그곳에서 함대 옆을 스쳐 지나가지 않고 30도 각도로 급격히 방향을 틀었다. 그러고는 속도가 전혀 줄어들지 않은 상태로 곧장 인피니트호를 향해 날아갔다. 파편이 단 2초 만에 160킬로미터를 날아갔지만 컴퓨터는 오히려 이 파편에 대한 경보를 2급에서 3급으로 낮추었다. 컴퓨터는 이 파편이 질량을 가진 실체가 아닐 것이라고 추측했다. 우주동력학으로 볼 때 그런 운동은 절대로 불가능하기 때문이다. 제3우주속도의 두 배나 되는 속도에서 감속하지 않고 30도의 예각으로 방향을 바꾼다면 그때 받는 압력은 동일한 속도로 쇠로 된 벽에 부딪힐 때와 맞먹는다. 만약 이 비행물이 금속이라면 그 압력에 의해 얇은 박막으로 변해버릴 것이다. 그러므로 컴퓨터는 이 파편이 실체가 없는 환영일 수밖에 없다고 판단했다.

사실 그건 파편이 아니라 물방울이었다. 물방울은 인류의 물리학으로는 상상도 할 수 없는 운동 방식으로 누구의 주의도 끌지 않은 채 제3우주 속도의 두 배 속도로 인피니트호를 향해 날아갔다.

물방울은 인피니트호의 3분의 1쯤 되는 곳을 측면으로 뚫고 들어가 그대로 관통했다. 그림자처럼 아무런 저항력도 받지 않고 가뿐히 선체를 뚫었다. 충돌 속도도 매우 빨랐다. 물방울이 뚫고 들어갔다가 빠져나온 자리에 가장자리가 매끈한 둥근 구멍이 생겼다. 그 직경이 물방울의 제일 두꺼운 부분과 거의 비슷했다. 하지만 구멍은 생기자마자 사라졌다. 주위의 함체 표면이 고속 충돌로 인해 발생한 열과 물방울을 추진시키는 광류에서 나온 초고온에 금세 녹아버렸기 때문이다. 물방울과 충돌한 함체는 곧바로 벌겋게 달아올랐다. 물방울과 충돌한 지점에서부터 금속이 점점 벌겋게 변하더니 빠르게 확산되어 금세 인피니트호의 절반이 쇳물처럼 달아올랐다. 이 거대한 함체가 마치 용광로에서 막 꺼낸 쇠붙이 같았다.

인피니트호를 관통한 물방울은 계속해서 초속 30킬로미터의 속도로 비행해 3초 만에 90킬로미터를 날아간 뒤 직사각 진형의 제1열에서 인피니트호와 인접해 있던 디스턴스호를 관통했고, 뒤이어 포그혼호, 남극호, 극한호를 차례로 뚫고 지나갔다. 이들 전함의 함체도 물방울이 지나간 즉시 벌겋게 달아올라 함대의 제1열에서 차례로 붉은빛이 점등하는 것처럼 보였다.

인피니트호의 대폭발이 시작되었다. 뒤에 관통당한 다른 전함들과 마찬가지로, 인피니트호의 선체가 관통당한 위치는 바로 핵융합 연료탱크가 있는 곳이었다. 당랑호의 폭발은 고온에서 발생한 일반적인 폭발이었지만, 인피니트호는 핵연료가 핵융합 반응을 일으키며 폭발했다. 사람들은 아직 이 핵융합 반응이 물방울에서 나온 광류의 초고온 때문인지 아니면 다른 요인 때문인지도 분간할 수 없었다. 물방울이 뚫고 지나간 곳에서 핵폭발의 불덩이가 생겨나 함대 전체를 향해 강렬한 빛을 뿜어냈다. 검은 융단 같은 우주를 배경으로 그 빛이 유난히 붉고 밝게 보였다. 은하수도 그 빛 앞에서는 어둡게 보일 정도였다. 불덩이는 디스턴스호, 포그혼호, 남극호, 극한호에서도 차례대로 나타났다.

그 후 8초 사이에 물방울은 항성급 전함 10대를 관통했다.

처음 생겨났던 불덩이는 인피니트호의 함체 전체를 집어삼킨 뒤 점점 줄어들기 시작했지만, 그 뒤로 물방울에 관통당한 전함에서 차례로 불덩이가 생겨나 빠르게 팽창했다. 물방울이 직사각 진형의 세로 방향을 따라 날아가며 항성급 전함들을 1초 간격으로 하나씩 뚫고 지나갔다.

처음 공격당한 인피니트호에서 핵융합의 불덩이가 사그라진 뒤 완전히 녹아버린 함체가 폭발했다. 검붉은 100만 톤의 액체 금속이 꽃봉오리를 터뜨리듯 사방으로 뻗어나갔다. 액체 상태의 금속이 우주를 향해 날아가며 금속 마그마를 폭우처럼 쏟아냈다.

물방울은 계속 전진해 직선 방향으로 전함들을 관통하고 지나갔다. 물방울 뒤로 10여 개의 불덩이가 무섭게 타올랐고 그 작은 태양들의 빛을 받아 함대 전체가 붉은 파도가 넘실대는 바다로 변했다. 불덩이들 뒤에서 녹아내린 전함들이 차례로 액체 금속을 뿜어내며 붉은 물보라를 일으켰다. 마그마의 바다에 거대한 돌덩이들이 차례로 빠진 듯 시뻘건 쇳물이 사방으로 튀었다.

물방울은 1분 18초 만에 2000킬로미터를 날아 연합 함대의 제1열에 있는 전함 100대를 모두 관통했다.

제1열의 마지막에 있던 전함 애덤호가 불덩이에 휩싸였을 때 다른 쪽 끝에서는 이미 마그마가 폭발과 냉각을 마치고 흩어져 사라진 뒤였다. 폭발의 시작점이자 1분 전 인피니트호가 있던 자리에는 거의 아무것도 보이지 않았다. 디스턴스호, 포그혼호, 남극호, 극한호까지 차례로 마그마가 되어 흩어져버렸다. 마지막 불덩이가 사그라진 후 우주는 다시 어두워졌다. 날아가며 점점 냉각된 액체 금속들도 어디로 갔는지 보이지 않았다. 우주가 어두워진 뒤 다시 검붉은 빛이 나타났다. 2000킬로미터 길이의 핏빛 강이 넘실거렸다. 물방울은 제1열의 마지막 전함인 애덤호를 관통한 후 전방의 텅 빈 우주를 향해 약 80킬로미터쯤 날아가더니 또다시 인류의 우주동력학으로는 해석할 수 없는 예각으로 방향을 틀었다. 이번에는 조금 전보다 더 급하게 15도 각도로 방향을 틀었다. 순식간에 뒤로 회전하듯 방향이 급변했지만 속도는 조금도 줄어들지 않았다. 그러고는 다시 방향을 약간 조정해 함대의 제2열—기존에 있던 제1열이 사라졌으므로 이제는 제1열이 되어버렸다—과 직선으로 맞춘 뒤 초속 30킬로미터의 속도로 첫 번째 전함인 갠지스호를 향해 돌진했다.

그때까지도 연합 함대의 지휘 시스템은 아무런 대응도 하지 못했다.

함대의 전선 정보 시스템은 거대한 감측망을 통해 1분 18초 동안 전선에서 일어난 정보를 빠짐없이 기록하고 있었다. 정보량이 너무 많아 단시간 내에는 컴퓨터에 의지해 분석할 수밖에 없었다. 컴퓨터 분석 결과 우주에 막강한 적이 등장해 아군의 함대에 공격을 가하고 있다는 결론이 도출되었지만 그 적이 무엇인지에 대해서는 아무런 정보도 내놓지 못했다. 확실한 것은 단 두 가지뿐이었다. 적이 물방울이 있던 방향에서 나타났다는 것, 그리고 적을 감지할 수 없다는 것.

함대의 지휘관들은 이미 충격과 전율에 휩싸여 판단력을 상실한 뒤였다. 과거 200년 동안의 우주 전략과 전술을 연구하고 갖가지 극단적인 시나리오를 모두 예상했지만 눈앞에서 전함 100대가 폭죽처럼 1분 만에 모두 폭발해버린 상황을 감당하기에는 역부족이었다. 전선 정보 시스템에서 쏟아져 들어오는 수많은 정보들은 컴퓨터를 통해 분석할 수밖에 없었고, 감지할 수 없는 적이 무엇인지가 그들을 가장 당혹스럽게 했다. 그들은 보이지 않는 적이 인류와 삼체 외에 제삼의 외계 세력일 것이라고 추측했다. 삼체 세계는 그들의 잠재의식 속에서 이미 나약한 실패자였기 때문이다. 함대의 전선 정보 시스템이 물방울의 존재를 발견하지 못한 것은 물방울이 그 어떤 파장의 레이더에도 포착되지 않았고 가시 광파대의 영상 분석으로만 발견할 수 있었기 때문이다. 수많은 정보 가운데 가시광 영상 정보는 레이더 정보에 밀려 관심을 끌지 못했다. 공격이 시작되었을 때 우주에서 폭우처럼 흩어지던 파편들은 대부분 핵폭발의 고온에서 녹은 액체 금속들이었다. 전함 한 대가 녹아내린 금속이 100만 톤에 달했고 그 거대한 양의 액체 파편들 대부분이 물방울과 크기와 형태가 비슷했다. 컴퓨터로는 그 파편들 중에서 물방울을 분간해낼 수 없었다. 게다가 거의 모든 지휘관들이 물방울이 이미 당랑호와 함께 자폭해버렸다고 생각했기 때문에 물방울의 존재는 잊힌 뒤였다.

이 밖에도 전선의 혼란을 가중시키는 상황들이 더 있었다. 제1열의 전함이 폭발하며 흩어진 파편들이 제2열을 향해 날아가자 전함의 방위 시스템이 자동적으로 반응해 제2열에 있던 전함들이 그 파편들을 향해 고에너지의 레이저와 전자기포를 발사하기 시작했다. 날아오는 파편들은 핵의 불덩이에 녹은 금속들로 크기가 제각각이었고 날아오는 동안 우주의 저온에 일부 냉각되기는 했지만 겉만 약간 단단해졌을 뿐 속은 여전히 뜨거운 액체였다. 그 파편들이 레이저와 전자기포를 맞아 더 작게 흩어졌다. 그러자 함대 제2열과 이미 궤멸된 제1열 함대가 남긴 어두운 '핏빛 강' 사이에 평행의 화염 벽이 생기며 넘실대는 불바다를 이루었다. 보이지 않는 적의 방향에서 밀려들어오는 불바다처럼 보였다. 흩어진 파편들이 우박처럼 걷잡을 수 없이 날아오자 방위 시스템으로도 그것들을 다 막지 못해 대부분은 전함에 부딪혔다. 고체와 액체가 뒤섞인 금속 파도가 제2열 전함의 함체를 심각하게 파괴했고 일부는 함체를 뚫고 들어갔다. 감압 경보가 처량하게 울려 퍼졌다……. 총사령부의 컴퓨터와 인간 모두 파편과의 전투에 정신을 빼앗겨 함대와 적 사이에 치열한 교전이 벌어졌다는 착각에 빠졌다. 인간도 컴퓨터도 이제 곧 제2열을 전멸시킬 그 작디작은 '사신'의 존재를 발견하지 못했다.

그러므로 물방울이 갠지스호를 향해 돌진하고 있을 때 제2열에 있는 전함 100대는 여전히 직선으로 줄지어 선 채 죽음을 기다리고 있었다.

물방울은 번개처럼 돌진해 10초 만에 갠지스호, 콜롬비아호, 정의호, 마사다호, 양성자호, 염제(炎帝)호, 대서양호, 시리우스호, 추수감사절호, 전진호, 한(漢)호, 폭풍우호까지 12개 항성급 전함을 관통했다. 제1열과 마찬가지로 모든 전함은 관통당한 후 붉게 달아올랐다가 핵융합의 불덩이에 집어삼켜졌고, 불덩이가 꺼진 뒤 녹아버린 전함이 100만 톤의 검붉은 액체 금속이 되어 폭발했다. 직선으로 늘어서 있던 함대는 2000킬로미터에 달하는 도화선에 불이 붙은 듯 차례로 화염과 함께 사라졌다.

1분 21초 뒤 제2열의 전함 100대도 전멸했다.

제2열의 마지막 전함인 메이지호를 뚫고 나온 물방울은 또다시 예각으로 방향을 틀어 제3열의 첫 번째에 있는 뉴턴호를 향해 돌진했다. 제2열의 액체 파편과 제1열에서 쪼개져 나와 냉각된 금속 파편들이 제3열을 향해 날아들었다. 제3열의 전함들의 방위 시스템이 반응했고, 그와 동시에 엔진을 가동하고 후퇴하기 시작했다. 하지만 제3열의 전함들도 직선 형태는 흐트러졌지만 전함 100대가 길게 늘어서 있는 대열에는 크게 변함이 없었다. 뉴턴호를 관통하고 나온 물방울이 급하게 방향을 틀어 순식간에 20킬로미터를 날아가더니 뉴턴호와 3킬로미터쯤 옆으로 비껴 있는 계몽호로 돌진했다. 계몽호를 뚫고 나온 물방울은 다시 방향을 틀어 반대쪽으로 비껴나 있던 백악기호로 달려들었다. 물방울은 이렇게 지그재그로 비행하며 제3열에 있는 전함들을 차례로 관통했다. 지그재그로 비행하는데도 속도는 조금도 줄어들지 않았다. 나중에 분석해보니 물방울의 방향 전환이 모두 날카로운 예각을 이루고 있었다. 평행곡선 비행만 가능한 인류의 우주 비행기로는 도저히 이해할 수 없는 구동 방식이었다. 물방울은 질량이 없는 그림자처럼, 마치 조물주가 펜을 들고 지그재그로 선을 그리듯 자유자재로 운동했다. 제3열의 전함을 모두 관통하는 동안 물방울은 1초당 이삼 회씩 방향을 틀었다. 물방울은 사신의 자수바늘처럼 아주 정교하고 정확하게 제3열의 전함 100대를 모두 꿰뚫고 지나갔다.

물방울이 제3열의 전함들을 모두 관통하는 데 걸린 시간은 2분 35초였다.

이때 함대에 속한 모든 전함들이 엔진을 가동시켰다. 직사각의 진형이 완전히 흐트러졌지만 물방울의 공격은 멈추지 않았다. 공격 속도는 조금 느려졌지만 15초마다 3~5개의 불덩이가 우주에 탄생했다. 그 죽음의 불덩이에 비하면 전함의 엔진에서 뿜어져 나오는 빛은 눈에 띄지도 않을 만큼 어두웠다. 전함들이 겁에 질린 반딧불처럼 어지럽게 흩어졌다.

그때까지도 함대의 총사령부는 적이 어느 방향에서 공격하고 있는지도 파악하지 못한 채 상상 속의 보이지 않는 함대를 찾기에만 급급했다. 하지만 일부에서 정확한 분석이 제기되기 시작했다. 수많은 정보 속에서 제일 먼저 정확한 분석을 해낸 이들은 아시아 함대 소속의 두 말단 장교였다. 그들은 북방호 전함의 목표 식별 장교인 자오신(趙鑫) 소위와 만년곤붕(萬年昆鵬)호의 전자기 무기 시스템 제어 장교인 리웨이(李維) 대위였다. 다음은 그들의 교신 기록이다.

자오신 : 여기는 북방 TR317. 만년곤붕 EM986 응답하라! 여기는 북방 TR317. 만년곤붕 EM986 응답하라!

리웨이 : 만년곤붕 EM986이다. 전함 간 음성 교신은 전시 규정을 위반하는 것이다.

자오신 : 리웨이! 나 자오신이야! 드디어 찾았구나!

리웨이 : 자오신! 살아 있었구나!

자오신 : 내가 발견한 게 있어. 이걸 지휘 시스템으로 전송해야 하는데 내 권한으로는 불가능해. 네가 대신 전달해줘!

리웨이 : 그건 내 권한으로도 불가능해. 어차피 지금 지휘 시스템으로 모든 정보가 다 전송되고 있을 거야. 그런데 뭘 발견한 거야?

자오신 : 가시광 영상을 분석했어⋯⋯.

리웨이 : 레이더가 아니라 가시광 영상을 분석했다고?

자오신 : 가시광 영상으로 레이더가 잡아내지 못하는 걸 포착할 수도 있어. 내가 뭘 발견했는지 알아? 지금 무슨 일이 벌어지고 있는지 알아?

리웨이 : 그게 뭐야?

자오신 : 나더러 미쳤다고 하지 마. 넌 내 친구니까 내 성격 잘 알지?

리웨이 : 알지. 네가 냉혈 동물이라는 걸. 네가 미친다면 아마 세상이 다 미친 후일 거야. 말해봐. 뭔데 그래?

자오신 : 함대가 미쳤어. 아군끼리 공격하고 있어!

리웨이 : ⋯⋯.

자오신 : 인피니트호가 디스턴스호를 공격하고, 디스턴스호가 포그혼호를 공격하고, 포그혼호가 남극호를 공격하고, 남극호가⋯⋯.

리웨이 : 빌어먹을! 이런 미친 놈!

자오신 : A가 B를 공격하면 B가 폭발하기 전에 C를 공격해. C가 공격을 당하면 폭발하기 전에 또 D를 공격하지⋯⋯. 공격당한 전함들이 전염병에 걸린 것처럼 옆에 있는 전함을 공격하고 있어. 전함들이 미쳤다고!

리웨이 : 무기가 뭐야?

자오신 : 나도 몰라. 영상으로는 발사체가 나오는 것만 보여. 아주 작고 빨라. 전자기포보다도 빠르고 정확해. 정확하게 연료탱크를 명중시키고 있어!

리웨이 : 분석 정보를 보내줘.

자오신 : 이미 보냈어. 잘 봐! 네 눈을 믿을 수 없을 테니까!

(자오신의 분석이 황당하기는 하지만 거의 정확했다. 리웨이가 자오신이 보낸 자료를 들여다보는 30초 사이에도 전함 39대가 폭발했다.)

리웨이 : 속도 봤어?

자오신 : 무슨 속도?

리웨이 : 그 작은 발사체의 속도 말이야. 모든 전함이 그걸 발사할 때는 속도가 약간 느리지만 발사체가 날아가면서 가속해서 초속 30킬로미터로 전함을 뚫고 들어가. 그 전함이 폭발하기 전에 쏘는 발사체도 마찬가지야. 처음 발사될 때는 속도가 조금 느리지만 날아가면서 가속을 해…….

자오신 : 그게 뭐가 이상하다는 거야?

리웨이 : 내 말은…… 뭔가 저항력이 있다는 거지.

자오신 : 저항력이라니?

리웨이 : 발사체가 목표를 관통할 때 저항을 받아서 속도가 느려지는 거야.

자오신 : ……알아들었어. 그러니까 그 발사체가 목표를 관통한다는 거지……. 발사체 하나가 전함들을 뚫고 지나간다?

리웨이 : 바깥을 봐. 전함 100대가 또 폭발했어.

이 교신은 현대의 함대 언어가 아니라 21세기 중국어로 이루어졌고, 대화 방식에서도 그들이 동면자라는 것을 알 수 있었다. 세 함대에서 복무 중인 동면자들의 수가 많지 않았고 대부분 나이가 젊었지만 현대 지식에 빠르게 적응하지 못해 대부분은 함대에서 말단 장교로 복무하고 있었다.

하지만 나중에 사람들은 이 거대한 재난 속에서 제일 먼저 냉정을 되찾고 정확한 판단을 내린 지휘관과 병사들 가운데 동면자의 비중이 높다는 사실을 발견했다. 이들 두 장교만 해도 전함의 고급 분석 시스템에 접근할 권한도 없는 말단 장교지만 놀라운 분석력과 판단력을 발휘했다.

자오신과 리웨이의 정보가 함대의 총사령부까지 전달되지는 못했지만 지휘 시스템의 전쟁 분석에 정확한 방향을 제시해주었다. 그들은 이 재난이 보이지 않는 적의 공격은 아니라고 판단하고 이미 수집된 정보를 분석하는 데 집중했다. 수많은 영상 자료를 검색하고 대조한 결과 마침내 물방울의 존재를 발견해낼 수 있었다. 영상 분석 소프트웨어에서 추출해낸 영상 속의 물방울은 꼬리에서 광륜이 나온다는 것 외에는 아무런 변화도 발견할 수 없었다. 물방울은 조금의 손상도 없이 완벽한 모습을 유지하고 있었으며, 고속 운동과 함께 거울 같은 표면 위로 불덩이와 액체 금속이 차례로 비추어 형형한 빛과 검붉은색을 수시로 바꿔내고 있었다. 마치 우주가 흘린 검붉은 핏방울처럼 보였다. 우주 전략을 연구해온 지난 200년간 인류는 최후의 전쟁에 대한 수많은 시나리오를 예상했다. 전략가들이 상상하는 적의 모습은 언제나 거대했다. 그들의 상상 속 삼체 전함은 도시만큼이나 커다란 죽음의 성이었다. 인류가 예상한 수많은 극단적인 무기와 전술 가운데 가장 무서운 것은 반물질 무기였다. 반물질은 총알 크기만 한 것으로도 항성급 전함 한 대를 궤멸시킬 수 있다.

하지만 연합 함대가 맞닥뜨린 현실은 인류의 예상을 완전히 빗나갔다. 지금 인류의 적은 소형 탐측기 한 대였다. 이것은 삼체가 가진 위력적인 바다에서 튕겨져 나온 물방울 하나일 뿐이었다. 더욱 놀라운 것은 이 물방울의 공격 방식이 인류의 해군이 오래전 사용했었던 가장 원시적인 전술인 돌격*이라는 사실이었다.

총사령부에서 물방울이 함대를 공격하고 있다고 판단하기까지 약

13분이 걸렸다. 사상 초유의 전쟁임을 감안할 때는 매우 빠른 편이었지만 물방울의 공격은 그보다 훨씬 빨랐다. 20세기의 해전에서는 적의 함대가 수평선에 나타난 뒤에야 모든 함장들이 모여 전술 회의를 시작했지만 우주 전쟁은 초를 다투는 전쟁이었다. 이 13분 동안 전함 600여 대가 물방울의 공격을 받아 우주에서 사라졌다. 그제야 사람들은 우주 전쟁을 지휘하는 것이 인간의 능력으로는 불가능한 일이며, 인류의 인공지능이 지자의 장벽에 가로막혀 우주 전쟁을 지휘할 만한 수준까지 발전하지 못했음을 깨달았다. 한마디로 인류에게는 삼체와의 우주 전쟁을 수행할 만한 지휘력이 없었다.

물방울의 공격이 워낙 빠르고 레이저에도 포착되지 않아서 전함의 방어 시스템은 속수무책으로 뚫렸다. 하지만 전함들의 간격이 벌어지면서 물방울의 공격 거리가 멀어졌고 전함의 방어 시스템도 물방울을 목표로 설정하면서 방어 기능이 조금씩 회복되었다. 처음으로 물방울에 대한 저지를 시도한 것은 넬슨호였다. 작고 빠른 목표물에 대한 타격 정밀도를 높이기 위해 넬슨호는 물방울을 향해 레이저를 발사했다. 레이저에 명중당한 물방울이 눈부신 빛을 뿜어냈다. 전함에 탑재된 레이저 무기는 모두 감마선 레이저를 발사했다. 이 레이저는 육안으로는 보이지 않지만 물방울에 부딪혀 반사될 때는 가시광으로 변했다. 사람들은 물방울이 레이저에 포착되지 않는 것이 아마도 모든 것을 반사해내는 표면과 완벽한 난반사 형태가 전자기파를 변환시켜 반사하기 때문일 것이라고 추측했다. 물방울이 레이저에 맞은 뒤 뿜어내는 빛에 주위의 핵융합 불덩이조차 어둡게

---

* 인류의 해전에서 전함 돌격 전술이 성공한 마지막 전쟁은 1811년 리사해전이었다. 훗날 1894년 중일 갑오해전에서 중국의 치원(致遠)호가 일본 전함에 돌격했다가 침몰한 후 이 전술은 사용되지 않았다.

보였다. 모든 감시 시스템이 광학 부품의 손상을 막기 위해 영상의 밝기를 낮추었다. 육안으로 똑바로 쳐다보면 실명을 일으킬 만큼 강한 빛이었다. 물방울에서 반사되는 강한 빛과 비교하면 그 어떤 빛도 암흑과 다를 바가 없었다. 물방울은 모든 것을 삼켜버릴 듯한 강렬한 빛을 안고 넬슨호를 관통했다. 그 빛이 넬슨호 속으로 들어가자 우주 전체가 순식간에 암흑에 휩싸인 것 같았다. 그 후 핵융합의 화염이 다시 위력을 드러냈다. 넬슨호를 뚫고 나온 물방울은 작은 흠집조차 발견할 수 없을 만큼 온전했고 다시 80여 킬로미터 떨어져 있는 그린호를 향해 곧장 날아갔다.

그린호의 방어 시스템은 전자기포로 무기를 바꾸었다. 전자기포에서 발사하는 금속 탄알은 엄청난 파괴력을 가지고 있다. 고속으로 날아가기 때문에 금속 탄알이 목표물을 명중시키면 거대한 폭탄이 터진 것과 같은 효과를 낸다. 행성의 지면에 있는 목표물에 연속 발사하면 평평했던 지면에 불룩한 산봉우리가 생겨날 정도다. 하지만 물방울은 고속으로 날아오는 금속 탄알을 맞고도 속도가 약간 줄어드는 것 외에 별다른 변화가 없었다. 물방울은 다시 추진력을 높여 원래의 속도를 되찾은 후 비처럼 쏟아지는 금속 탄알 사이를 뚫고 그린호를 향해 날아갔다. 초고배율의 현미경으로 물방울의 표면을 관찰하더라도 아마 흠집 하나 없는 매끄러운 거울면만 보일 것이다. 강력한 작용력을 가진 재료는 일반적인 물질과 강도의 차이가 크다. 고체와 액체의 차이처럼 말이다. 인류의 무기로 물방울을 공격하는 것은 파도가 암초에 부딪히는 것과 같아서 목표물에 아무런 손상도 입힐 수 없었다. 태양계에서 물방울을 파괴할 수 있는 것은 아무것도 없었다.

이제 막 안정을 되찾아가던 함대의 총사령부가 다시 혼란에 빠졌다. 이번에는 당혹감보다도 모든 수단이 실패했다는 절망감이 사령부 전체를 휘감았다.

우주의 비정한 살육은 계속되었다. 전함 사이의 거리가 넓어질수록 물방울의 가속도 빨라져 물방울은 이제 처음 속도의 두 배인 초속 60킬로미터로 함대를 휘젓고 다녔다. 쉬지 않고 공격하는 와중에도 물방울은 냉혹하고도 정확한 지혜를 드러냈다. 일정한 구간 내에서 여행하는 외판원 문제*를 완벽하게 해결해 공격 노선이 거의 중복되지 않았다. 목표의 위치가 끊임없이 변하는 상황에서도 공격 노선이 중복되지 않으려면 광범위한 측량과 복잡한 계산이 필요하다. 물방울은 고속 운동을 하는 동시에 이런 측량과 계산을 완벽하게 해내고 있었다. 게다가 한 구역에서 공격에 집중하다가 갑자기 그 구역을 떠나 함대의 가장자리로 쏜살같이 날아가 함대의 진형을 벗어난 전함들을 빠르게 공격했다. 전함들이 그 방향으로 도주하지 못하도록 억제하기 위한 것이었다. 심해 상태로 진입할 시간이 없는 전함들은 전진 3의 가속도로 비행할 수밖에 없으므로 아무리 안간힘을 써도 함대에서 빠져나갈 수 없었다. 물방울은 사나운 양치기 개가 양 떼를 몰듯이 함대의 가장자리를 돌며 도망치는 전함들을 공격했다. 물방울에 관통된 전함은 물방울에 뚫린 구멍을 중심으로 벌겋게 달아올랐다가 3~5초 사이에 핵연료의 핵융합 폭발로 불덩이에 휘감겼고 전함에 타고 있는 모든 생명도 순간적으로 기화되었다. 하지만 이것은 공격의 일반적인 상황일 뿐이었다. 물방울은 대부분의 경우 전함의 연료탱크를 정확하게 명중시켰다. 물방울이 실시간으로 연료탱크의 위치를 감지할 수 있는 것은 지자가 수집한 전함 구조의 데이터베이스에 저장된 정보 덕분일 것이다. 하지만 10대 중 한 대꼴로 연료탱크를 명중시키지 못할 때가 있었다. 핵연료가 핵융합을 일으키지 않을 경우 전함이 붉게 달아오른 상태에서 폭발에

* 옮긴이 주: 여행하는 외판원 문제(Traveling Salesman Problem)는 수학에서 한 점을 다시 거치지 않고 여러 개의 점 사이를 최단 시간에 이동하는 순회 노선에 관한 문제를 말한다.

이르기까지 상당히 긴 시간이 걸리는데 이것이 가장 잔인한 일이었다. 전함에 탄 승선원들은 고온에 고통스럽게 몸부림치다가 불타 죽어야 했다.

함대의 후퇴는 순조롭지 못했다. 우주에서 응결되거나 아직 액체 상태인 파편과 선체의 커다란 잔해들이 떠다니며 사방에서 전함의 비행을 방해했다. 전함의 방어 시스템이 전방의 위쪽으로 레이저나 전자기포를 쏘아 파편들을 막아냈지만, 파편이 대부분 가까운 거리에 있었기 때문에 전함은 빛과 화염을 뒤집어쓰고 비행해야 했다. 게다가 방어 시스템으로도 막지 못한 상당히 많은 파편이 전함으로 달려들어 선체를 심각하게 파손시키며 앞을 가로막았다. 특히 선체의 커다란 잔해와 충돌하는 것은 매우 치명적이었다. 총사령부가 함대의 후퇴를 지휘하기는 했지만 함대가 워낙 조밀한 진형을 이루고 있었기 때문에 전함끼리 충돌하는 사고도 적지 않았다. 히말라야호와 토르호가 고속으로 정면충돌해 두 전함이 종잇장처럼 구겨졌고, 메신저호와 창세기호가 추돌해 선체가 찢어지면서 승선원들이 전함 안에 실려 있던 갖가지 물품들과 함께 우주로 튕겨져 나왔다…….

제일 끔찍한 광경은 아인슈타인호와 하(夏)호에서 연출되었다. 두 전함의 함장은 원격 제어를 통해 승선원들이 심해 상태로 진입하지 않은 상황에서 전진 4의 가속 상태로 돌입했다. 하호에서 전송된 영상을 보면 전투기 격납고의 전투기가 모두 비워지고 그 안에 100명도 넘는 승선원이 머물러 있었다. 전함의 가속이 시작되자 격납고 내부 전체가 고중력에 짓눌려 바닥에 납작하게 붙어버렸다. 공중에서 찍은 영상 속에서 축구장만 한 크기의 새하얀 광장 위로 붉디붉은 꽃이 한 송이씩 만개했다. 고중력 때문에 피도 얇은 막처럼 넓게 번져나갔고 핏빛 꽃송이가 서로 뒤엉켜 한 덩어리가 되었다……. 제일 끔찍한 건 구형 선실 내부였다. 고중력 상태로 돌입하자 선실 안에 있던 모든 승선원들이 선실 바닥에 짓눌려졌다. 보이지 않는 거대한 손이 진흙 인형을 짓뭉개는 것 같았다. 누구 하나 비명 지를 틈도 없이 피와 내장이 짓눌리고 뼈가 아스러지는 소리만 들렸다. 잠시 뒤 뼈와 살덩이는 피에 잠겼고 고중력에 의해 불순물이 모두 빠져나간 피는 반투명 액체로 변했다. 강한 중력이 핏빛 강의 표면을 잔물결 하나 없이 평평한 고체처럼 눌렀다. 이미 형체를 알아볼 수 없게 뭉그러진 뼈와 살덩이, 내장이 붉고 반투명한 피의 강 속에 갇혀 영롱한 루비처럼 보였다.

처음에는 아인슈타인호와 하호가 전진 4단계로 돌입한 것이 혼란 속에서 발생한 시스템 오류일 것이라고 추측했지만 나중에 자료를 분석해보니 처음 예상과는 달랐다. 전진 4단계로 진입하기 전 전함의 통제 시스템 모두 엄격한 감시 프로그램이 작동되고 있었다. 그렇다면 승선원 전원이 심해 상태로 들어간 후에야 전진 4단계로 진입할 수 있다. 이 경우 전함을 원격 제어 상태로 놓아야만 승선원들이 심해 상태로 들어갔는지의 여부를 확인하지 않고 전진 4단계로 들어갈 수 있고, 그러기 위해서는 복잡한 시스템 조작이 필요하다. 오류로 인한 것일 가능성은 희박했다. 사람들은 이 두 전함에서 전송된 정보를 통해 그들이 전진 4단계로 진입하기 전 소형 우주선과 전투기를 통해 승선원들을 탈출시키고 있었음을 알았다. 두 전함은 물방울이 근접해 근처에 있는 전함들이 폭발한 뒤에야 전진 4단계로 진입했다. 이는 맹렬한 가속으로 도망쳐 전함을 온전하게 지키기 위한 것이었다. 하지만 아인슈타인호와 하호는 결국 물방울의 마수를 벗어나지 못했다. 이 사신은 두 전함이 다른 전함들보다 훨씬 빠르게 가속하고 있음을 감지하고 빠른 속도로 두 전함을 추격해 이미 생명체가 남아 있지 않은 선체를 파괴해버렸다.

반면 전진 4로 진입한 다른 두 전함은 물방울의 공격에서 벗어날 수 있었다. 바로 양자호와 청동시대호다. 그들은 물방울 포획 작전을 개시하기 전 딩이의 건의로 심해 상태로 들어가 있었다. 제3열의 전함들이 물방울의 공격을 받을 때 두 전함은 전진 4 상태로 진입해 같은 방향으로 긴급 가속을 했다. 직사각 진형의 모서리에 위치해 있었으므로 물방울과 거리가 멀어 함대에서 벗어날 수 있는 시간적 여유도 있었다.

20분 만에 전함 1000여 대가 파괴되었고 연합 함대의 절반 이상이 사라져버렸다.

파편들은 우주를 가득 채웠고, 직경 10만 킬로미터의 금속 구름을 형성한 뒤에도 계속 몸집을 불려갔다. 구름 속의 전함이 폭발하면서 나타나는 불덩이들이 구름의 희미한 윤곽을 비추었고 그럴 때마다 우주의 어두운 밤하늘 위로 음침한 얼굴이 모습을 드러냈다. 불덩이가 터지는 순간 액체 금속의 빛이 구름을 핏빛 노을로 물들였다.

얼마 남지 않은 전함들은 대부분 금속 구름 안에 있었다. 전함의 전자 기포는 에너지가 고갈되어 레이저로 길을 터야 했다. 하지만 레이저도 에너지가 거의 바닥난 뒤였으므로 전함의 속도를 줄여 파편 사이를 피해 비행해야 했다. 대부분의 전함은 구름이 팽창되는 속도와 거의 비슷하게 감속했기 때문에 금속 구름을 벗어날 수 없었다.

물방울의 속도는 제3우주속도의 세 배가 넘는 초속 170킬로미터였다. 물방울이 맹렬한 속도로 파편에 부딪히면 파편이 다시 녹아 고속으로 흩어지며 다른 파편들과 2차로 충돌해 물방울 뒤로 눈부신 꼬리를 만들었다. 처음에는 이 꼬리가 날아가는 혜성과 비슷했지만 금세 길게 늘어나더니 1만 킬로미터도 넘는 거대한 용이 되어 광란의 춤을 추었다. 그 꼬리의 앞부분에 관통당한 전함들은 꼬리의 중간쯤에서 폭발했다. 거대한 용의 몸 위로 핵융합으로 만들어진 작은 태양들이 번쩍였고, 뒤로 갈수록 전함이 녹아내린 100만 톤의 액체 금속들이 폭발해 용의 꼬리 부분을 농염한 핏빛으로 물들였다.

30분 뒤에도 용의 비행은 계속되었지만 몸에 매달려 있던 불덩이들은 사그라지고 꼬리의 핏빛도 사라졌다. 금속 구름 안에는 전함이 한 대도 남아 있지 않았다. 거대한 용도 금속 구름을 뚫고 나온 뒤 서서히 자취를 감췄다. 물방울은 구름 밖으로 빠져나온 전함들을 청소하기 시작했다. 구름을 빠져나온 전함은 21대가 전부였고, 그중 대부분은 구름 속에서 고속으로 비행하는 바람에 이미 심각하게 부서진 상태로 느리게 수평 비행을 하고 있었으므로 물방울에 금세 따라잡혀 완전히 소멸되었다. 이렇게 폭발한 전함들이 우주에서 금속 구름을 만들며 점점 팽창하고 있는 거대한 구름과 합쳐졌다. 물방울이 비교적 온전하게 탈출한 전함 다섯 대를 파괴하는 데는 시간이 조금 걸렸다. 그 전함들이 고속으로 비행하고 있는 데다 도주 방향도 제각각이었기 때문이다. 물방울이 마지막 전함인 방주호를 폭파시켰을 때는 이미 금속 구름과 상당히 멀리 떨어져 있었다. 방주호가 폭발하면서 만들어낸 불덩이는 광야에 홀로 밝혀진 등불처럼 우주의 깊은 곳에서 몇 초간 외롭게 반짝이다가 사라졌다.

이로써 인류가 보유한 우주 군대가 완전히 섬멸되었다.

물방울은 양자호와 청동시대호가 도주한 방향을 향해 맹렬한 속도로 가속했지만 곧 추격을 포기했다. 두 목표물이 너무 멀리 떨어져 있는 데다 속도가 상당히 빨랐다.

양자호와 청동시대호가 이 재앙에서 살아남은 생존 전함이었다.

물방울은 이 살육의 현장을 유유히 떠나 태양을 향해 날아갔다.

온전한 전함 두 대 외에도 소수의 생환자들이 있었다. 그들은 주로 모함이 공격당하기 전 소형 우주선이나 전투기를 타고 탈출한 이들이었다. 물론 물방울의 위력이라면 그들을 놓치지 않을 수 있었지만 소형 우주선에는 그다지 흥미가 없는 모양이었다. 이 우주선들을 가장 크게 위협하는 것은 부서져 나온 파편들과의 충돌이었다. 공격이 시작될 때와 끝날 때 모함에서 탈출한 이들은 생존 확률이 높았다. 처음에는 금속 구름이 만들어지지 않았고, 공격이 막바지에 다다랐을 때는 금속 구름이 팽창하면서 파편의 밀도가 낮아졌기 때문이다. 생환한 소형 우주선과 전투기는 천왕성 궤도 밖 우주에서 며칠 동안 표류하다가 이곳을 지나던 민간 우주선에 구조되었다. 생환자들은 총 6만 명밖에 되지 않았다. 그들 중에는 제일 처음 물방울의 공격을 정확하게 파악해낸 동면자 출신의 장교 자오신 소위와 리웨이 대위도 끼어 있었다.

우주는 다시 잠들었고 금속 구름 속에 있던 모든 것도 우주의 냉기 속에서 빛을 잃었다. 구름 전체가 암흑 속에 파묻혔다. 그 후 태양의 인력에 의해 구름이 팽창을 멈추고 길게 늘어지더니 긴 띠를 이룬 뒤 태양 주위를 도는 성긴 금속 띠가 되었다. 편히 눈 감지 못한 100만 영혼들과 마찬가지로 그들도 태양계의 가장 적막한 우주 공간에서 영원히 떠돌았다.

인류 전체의 우주 군대를 궤멸시킨 것은 삼체 세계의 작디작은 탐측기 한 대였다. 그것과 같은 탐측기 아홉 대가 3년 후 태양계에 도착할 예정이다. 이 탐측기 10대를 모두 합쳐도 그 크기가 삼체 전함의 1만 분의 1도 되지 않는다. 그리고 그런 삼체 전함이 1000대도 넘게 밤낮 없이 태양계를 향해 날아오고 있다.

내가 너희를 멸망시키는 것이 너희와 무슨 상관이겠는가?

*

긴 잠에서 깨어나자마자 장베이하이는 시간을 확인했다. 열다섯 시간이나 잠을 잤다. 200년간의 동면을 제외하면 이렇게 긴 잠은 처음이었다. 새로 태어난 것 같았다. 그는 자신의 마음속을 찬찬히 더듬어 본 뒤 그 감정이 어디에서 나온 것인지 알았다.

이제야 혼자가 된 것이다.

지금까지 끝없는 우주 속에서 혼자 떠 있기는 했지만 혼자라는 생각은 들지 않았다. 아버지가 위에서 줄곧 자신을 내려다보고 있는 것 같았다. 그 눈빛이 매 순간 그를 주시하고 있었다. 낮의 태양과 밤의 별처럼 그건 이미 세상의 일부와 같았다. 그런데 이제 아버지의 눈빛이 사라졌다.

나갈 때가 됐어.

장베이하이는 자기 자신에게 말하며 군장을 꾸렸다. 무중력상태에서 잠을 잤기 때문에 옷매무새와 머리칼에 조금도 흐트러짐이 없었다. 그는 자신이 한 달 넘게 머물렀던 이 구형 선실을 마지막으로 휘 둘러본 뒤 선실 문을 열고 나갔다. 그는 이제 성난 사람들과 차분하게 마주할 준비가 되어 있었다. 숱한 원망과 경멸의 시선, 그리고 마지막 심판까지 모두다……. 자신이 얼마나 더 살 수 있을지는 모르지만 군인으로서의 책임을 완수했으므로 무슨 일이 닥치든 남은 생을 평온하게 살 수 있었다.

복도는 텅 비어 있었다.

장베이하이는 천천히 복도를 지나갔다. 복도 양쪽의 선실들을 차례로 스쳐 지나갔다. 선실 문이 모두 열려 있었다. 모든 선실이 똑같이 구형 구조에 선실 벽이 새하얀 색이어서 꼭 눈동자 없는 안구 같았다. 선실마다 아주 깨끗하게 치워지고 조작 창도 모두 꺼져 있었다. 우주선의 정보 시스템은 모두 새로 부팅되거나 초기화되어 있었다.

장베이하이는 오래전에 본 영화가 떠올랐다. 영화 속 사람들이 큐브로 된 세상에 살고 있었다. 그 세계는 모두 똑같이 생긴 정육면체, 즉 큐브로 이루어져 있었는데 모든 큐브마다 각기 다른 치명적인 살인 장치들이 있었고 사람들은 그 큐브 속에서 끝나지 않는 싸움을 해야 했다.

그는 자신이 공상을 하고 있다는 사실에 깜짝 놀랐다. 지금까지 그에게는 이런 공상조차 사치였다. 하지만 200년의 시간을 넘어 일생의 사명을 완수한 지금은 머릿속을 한가한 생각에 내줄 여유가 생긴 것이다. 모퉁이를 돌자 더 기다란 복도가 나타났다. 역시 텅 비어 있었고 선실 벽도 모두 아이보리색으로 은은하게 빛나 입체감을 느낄 수가 없었다. 양옆에 있는 구형 선실은 모두 문이 활짝 열려 있었고 똑같은 백색의 구형 구조였다.

자연선택호는 거의 버려진 전함 같았다. 장베이하이는 자신이 타고 있는 거대한 전함이 거대하지만 아주 단순한 기호처럼 느껴졌다. 그 속에 현실 뒤편의 어떤 법칙이 숨어 있는 것 같았다. 장베이하이는 이 똑같이 생긴 백색의 구체 공간 안에 무한히 뻗어나가는 우주가 꽉 차 있으며 우주가 끝없이 반복되고 있다고 생각했다. 한 가지 개념이 문득 그의 뇌리를 스쳤다. 홀로그래피.*

어느 구형 선실에서든 자연선택호를 조종하고 통제할 수 있다. 적어도 과학적인 관점에서 보면 모든 선실이 자연선택호 그 자체다. 자연선택호가 홀로그래피와 같지 않은가.

이 우주선은 인류 문명의 모든 정보를 담은 금속 씨앗과 같다. 이 씨앗이 우주의 어딘가에서 싹을 틔운다면 다시 온전한 문명을 번성시킬 수 있을 것이다. 일부에는 전부가 포함되어 있다. 그러므로 인류 문명도 역시 홀로그래피다. 장베이하이는 실패했다. 그는 이 씨앗을 퍼뜨리지 못했다는 사실이 아쉬웠지만 슬프지는 않았다. 자기 책임은 완수했기 때문이다. 그는 이미 사고의 자유를 얻었고 머릿속에서 생각의 나래를 펼치고 있었다. 그는 우주도 역시 홀로그래피일지 모른다고 생각했다. 모든 점 안에 전부가 들어 있는 것이다. 원자 하나라도 남는다면 우주의 모든 것이 남는 셈이다. 그는 불현듯 이 모든 것을 포용할 수 있을 것 같았다. 10여 시

---

* 옮긴이 주:두 개의 레이저광이 서로 만나 일으키는 빛의 간섭현상을 이용해 빛이 가지는 모든 정보, 즉 파동과 위상(位相)을 동시에 축적하고 재생하는 기술. 아무리 작게 잘라도 빛을 쏘이면 전 세상이 입체적으로 떠오른다.

간 전 그가 잠들어 있었을 때 머나먼 태양계의 다른 편에서 물방울을 향해 마지막 항해를 하던 딩이도 지금의 그와 비슷한 감정을 느꼈다.

장베이하이는 복도 끝의 문을 열고 전함에서 가장 큰 구형 홀로 들어갔다. 석 달 전 그가 처음 자연선택호에 탑승할 때에도 이 홀을 통해 들어왔다. 그때와 마찬가지로 구형 홀의 한가운데에 전함에 승선한 전체 장교와 사병이 줄지어 떠 있었다. 하지만 인원수는 그때보다 몇 배나 많았다. 군인들은 세 층으로 사각 진형을 이루며 떠 있었다. 자연선택호의 2000명은 그중 가운데 층에 있었다. 장베이하이는 그들만이 실제 군인이며 위아래 두 개 층은 홀로그램이라는 것을 알았다. 자세히 보니 그 홀로그램 속 군인들은 추격 함대 네 대에 타고 있는 승선원들이었다. 세 층으로 된 진형의 정면에 둥팡옌쉬를 포함한 대령 다섯 명이 일렬로 서 있었다. 그중 네 명은 추격 함대의 함장들이었다. 역시 둥팡옌쉬 외에는 모두 홀로그램이었다. 그 영상들은 추격 함대에서 전송해 온 것이리라. 장베이하이가 구형 홀로 들어가자 5000여 명의 시선이 일제히 그에게로 쏠렸다. 그들의 눈빛은 반역자를 향한 그것이 아니었다. 함장들이 차례로 그에게 경례를 했다.

"아시아 함대 소속 블루스페이스호입니다!"

"북미 함대 소속 엔터프라이즈호입니다!"

"아시아 함대 소속 딥스페이스호입니다!"

"유럽 함대 소속 무한법칙호입니다!"

둥팡옌쉬가 마지막으로 장베이하이에게 경례를 했다.

"아시아 함대 소속 자연선택호입니다! 선배님께서 인류의 항성급 전함 다섯 대를 지켜주셨습니다. 이 다섯 대는 현재 인류가 가진 우주 함대 전체이기도 합니다. 이제부터 저희는 선배님의 지휘에 따를 것입니다!"

스샤오밍이 고개를 저으며 탄식했다.

"무너졌어요. 단결심이 완전히 무너졌어요. 도시 전체가 통제를 잃고 혼란에 빠졌어요."

그는 방금 지하 도시에 갔다가 돌아오는 길이었다. 구정부에서 회의를 소집했다. 구정부 공무원들이 모두 참석했다. 그중 3분의 2가 동면자였고 나머지는 현대인이었다. 이제는 그들을 한눈에 구분할 수 있었다. 누구나 극도의 우울감에 빠져 있기는 했지만 동면자들은 침울한 상태에서도 평정심을 유지하고 있는 반면, 현대인들은 정도의 차이는 있지만 거의 대부분 패닉 상태에 빠져 있었다. 회의가 시작된 후 그들은 자기감정을 통제하지 못하고 폭발시켰다. 스샤오밍의 말이 그들의 약해진 신경을 또 자극했다. 구정부의 최고 행정 장관은 두 뺨의 눈물 자국이 채 마르기도 전에 다시 얼굴을 감싸고 울음을 터뜨렸다. 다른 현대인 공무원들도 덩달아 흐느꼈다. 교육 담당 공무원은 카랑카랑한 목소리로 히스테릭한 웃음을 터뜨렸고, 고통에 울부짖다가 물잔을 바닥에 내동댕이치는 사람도 있었다.

스창이 말했다.

"진정들 하세요."

그의 목소리는 차분했지만 묵직한 위엄이 느껴졌다. 현대인 공무원들도 조금씩 평정을 되찾았다. 소리 내어 울고 있던 행정 장관과 다른 몇몇 사람들도 흐느끼며 애서 울음을 욱여 삼켰다.

"정말 어린애들이란."

하인스가 고개를 저었다. 그는 주민 대표의 자격으로 회의에 참가했다. 그는 연합 함대 패배의 유일한 수혜자일 것이다. 현실이 그의 신념과 일치하게 되었으니 그도 정상을 회복한 셈이었다. 그동안 그는 이미 눈앞에 닥친 것처럼 보이는 승리 앞에서 온종일 괴로워했다. 정신적으로 거의 파멸 지경에 이를 정도였다. 그를 시내의 대형 병원으로 데리고 갔지만 그곳의 정신과의사들도 그를 치료하지 못했다. 의사는 그를 병원에 데리고 간 구정부 공무원과 뤄지에게 기발한 아이디어를 내놓았다. 알퐁스 도데의 「베를린 포위」와 오래전 황금시대의 영화 〈굿바이, 레닌〉처럼 환자를 위해 인류가 패배하는 허구의 환경을 만들어주라는 것이었다. 그들은 의사의 말대로 했다. 시뮬레이션 기술이 고도로 발전해 있어서 허구의 환경을 만드는 것은 어렵지 않았다. 하인스는 자신의 거처에서 자기만을 위해 보도되는 뉴스를 보며 지냈다. 생생한 3D 영상까지 곁들여 있어서 실제와 거의 똑같았다. 삼체 함대의 일부가 가속 비행으로 미리 태양계에 도착한 뒤 카이퍼 벨트에서 인류와 전쟁을 벌였고, 이 전쟁에서 연합 함대가 대패해 해왕성 궤도를 사수하지 못하고 세 함대가 목성 궤도로 후퇴해 힘들게 저항한다는 줄거리였다. 이 시나리오를 구상한 구정부의 보건 담당 공무원은 이 일을 무척 재미있어했다. 하지만 연합 함대가 실제로 전멸당했을 때 그가 받은 충격은 남들보다 몇 배는 컸다. 그는 하인스의 신념에 부응하기 위한 것도 있었지만 자신의 창작 욕구를 충족시키기 위해 온갖 상상력을 동원해 인류를 가장 처참하게 묘사했다. 하지만 정작 닥친 현실은 그의 상상을 훨씬 뛰어넘는 것이었다.

함대가 전멸하는 광경이 담긴 영상이 20천문단위 밖에서 세 시간 만에 지구에 도착했을 때 인류는 절망한 아이들 같았고, 세계는 악몽에 사로잡힌 유치원이 되었다. 수많은 사람들이 패닉에 빠졌고 모든 것이 통제 불능 상태가 되었다.

스창이 살고 있는 구에서도 그보다 직위가 높은 공무원들이 사퇴하거나 겨우 자리를 지키고 있더라도 정신적인 충격으로 아무것도 하지 못했다. 그러자 상급 정부가 급하게 그를 이 구의 최고 행정 장관으로 임명했다. 대단한 직위는 아니었지만 어쨌든 갑작스럽게 닥친 위기 앞에서 이 동면자 거주촌의 운명이 그의 손에 달려 있었다. 도시와 비교하면 이 동면자 마을은 비교적 차분함을 유지하고 있었다.

스창이 마을 사람들에게 말했다.

"현 상황을 직시해야 합니다. 지하 도시의 인공 생태 시스템에 문제가 생기면 그곳은 지옥이 될 겁니다. 지하에 살던 사람들이 전부 땅 위로 쏟아져 나올 거예요. 그러면 이곳도 살기가 힘들어질 테니까 그런 상황에 대비해서 이주를 고려해야 합니다."

누가 물었다.

"어디로 이사를 가죠?"

"인구가 적은 곳으로 가야죠. 서북부라든가. 물론 우선 사람을 보내 사전 조사를 할 겁니다. 세상이 어떻게 변할지 아무도 몰라요. 다시 대협곡이 닥칠 수도 있으니까 농업으로 생존할 준비를 해둬야 합니다."

또 누군가가 물었다.

"물방울이 지구를 공격할까요?"

스창이 고개를 저었다.

"그런 걱정은 해서 뭐 합니까? 어차피 대응할 방법도 없잖소. 어쨌든 물방울이 지구를 뚫고 지나가기 전까지는 살아봐야 하잖아요. 안 그래요?"

침묵을 지키고 있던 뤄지가 말했다.

"다스 말이 맞아요. 걱정해봐야 아무 소용 없어요. 그건 분명해요."

*

인류에게 남아 있는 우주 전함 일곱 대는 모두 태양계 밖에 있었다. 그중 다섯 대는 자연선택호와 그 뒤를 따르고 있는 추격 함대였고, 나머지 두 대는 물방울의 공격에서 겨우 살아남은 양자호와 청동시대호였다. 이 두 함대는 각각 태양계의 양 끝에서 태양을 사이에 두고 거의 반대 방향으로 망망한 우주를 향해 날아가고 있었다.

자연선택호에 타고 있던 장베이하이는 연합 함대가 전멸한 과정을 보고받고도 표정에 아무런 변화가 없었다. 그는 여전히 물처럼 평온한 표정으로 담담하게 말했다.

"편대를 밀집 배치한 것은 용납할 수 없는 실수지만 다른 건 모두 예상한 대로군."

장베이하이는 다섯 함장들 너머 세 층으로 공중에 떠 있는 병사들을 향해 시선을 던졌다.

"동지들, 내가 자네들을 이 오래된 호칭으로 부르는 것은 지금 모두가 한뜻을 가지고 행동해야 하기 때문이다. 우리에게 닥친 현실을 똑바로 인식하고 앞으로 닥칠 미래도 정확히 알아야 한다. 동지들, 우리는 다시 돌아갈 수 없다."

그렇다. 돌아갈 수 없다. 연합 함대를 전멸시킨 물방울이 아직 태양계에 있고, 나머지 물방울 아홉 개도 3년 후면 태양계에 도착할 것이다. 이 소형 함대의 터전이었던 곳은 지금 죽음의 구덩이로 변해버렸다. 복귀는 아무런 의미가 없다. 지구의 멸망은 멀지 않았다. 인류 문명은 삼체의 주력 함대가 도착하기도 전에 완전히 멸망할 것이 거의 확실하다. 이 다섯 대의 우주선은 문명 계승이라는 임무를 수행해야 한다. 지금 할 수 있는 것은 전진뿐이다. 그들은 영원히 우주선에 살게 될 것이고 이 우주에서 최후를 맞이할 것이다. 5500명의 장교와 병사들은 이제 막 탯줄이 잘린 후 우주의 심연 속으로 비정하게 내던져진 갓난아기 같았다. 갓난아기처럼 그들은 그저 울고만 싶었다. 하지만 장베이하이의 침착한 눈빛이 마력을 지닌 자기장처럼 그들을 끌어당겼고 군인으로서의 존엄성을 추슬러 세웠다.

끝없이 어두운 밤의 한가운데 버려진 아이들에게 가장 필요한 것은 아버지다. 지금 이 순간 둥팡옌쉬가 그랬듯 그들 모두가 이 오랜 옛날에서 온 군인에게서 아버지의 묵직한 힘을 느꼈다.

장베이하이가 말했다.

"우리는 인류의 일부분이다. 하지만 이제는 독립된 사회가 되었다. 지구에 대한 정신적인 의존을 떨쳐버려야 한다. 그러기 위해서는 우리 세계의 이름을 지어야 한다."

둥팡옌쉬가 말했다.

"지구에서 왔고 지구 문명의 유일한 계승자가 될 수 있으니까 '우주선 지구'라고 하는 게 어떨까요?"

"그거 좋군. 이제부터 우리는 우주선 지구의 일원이다. 바로 지금이 인류 문명의 두 번째 출발점이 될 수도 있다. 우리는 해야 할 일이 아주 많다. 전원 각자의 위치로 돌아가도록."

홀로그램 영상이 사라졌고 자연선택호의 승선원들도 흩어지기 시작했다.

아직 남아 있는 홀로그램 속 딥스페이스호 함장이 물었다.

"선배님, 저희 전함 네 대는 뒤처져 있습니다. 속력을 내서 따라갈까요?"

장베이하이가 고개를 저었다.

"그럴 필요는 없네. 현재 자연선택호와 20만 킬로미터 떨어져 있군. 가까이 있으면 좋지만 속도를 내면 핵융합 연료를 소모하게 돼. 에너지에 우리의 생존이 달려 있어. 지금도 충분하지 않으니 최대한 아끼는 게 좋아. 우리는 이 우주에 남아 있는 유일한 인류라는 걸 명심하게. 서로 모여 있고 싶은 마음은 이해하지만 20만 킬로미터도 그리 먼 것은 아니야. 앞으로는 무슨 일이든 멀리 내다보고 결정해야 해."

"그렇죠. 멀리 내다보고 결정해야죠."

둥팡옌쉬가 장베이하이의 말을 나지막이 따라하며 그를 쳐다보았다. 눈앞에 펼쳐진 장구한 세월을 바라보듯 그녀의 눈빛이 아스라했다.

장베이하이가 말했다.

"서둘러 전체 회의를 소집하게. 우주선 지구의 기본적인 업무 분담을 확정하고 승선원 대부분을 동면시켜서 생태 순환 시스템을 최소화 모드로 작동시켜야 해……. 우주선 지구의 역사가 시작됐어."

아버지의 눈빛이 다시 장베이하이를 감쌌다. 우주 끝에서 모든 것을 꿰뚫고 날아와 자신을 주시하고 있는 시선을 그는 느낄 수 있었다. 그는 속으로 말했다.

'그래요, 아버지. 아버지에게 안식은 불가능한 일이죠. 끝나지 않았어요. 모든 게 계속되고 있어요.'

*

이튿날—우주선 지구는 계속 지구 시간을 사용했다—우주선 지구에서 제1차 전체 회의가 열렸다. 각 전함에 있는 다섯 개 분회장의 홀로그램이 합쳐지자 전체가 모인 대회의장이 되었다. 회의에 직접 참석한 인원은 약 3000명이었고, 자신의 자리를 지켜야 하는 사람들은 네트워크를 통해 참여했다. 우선 가장 시급한 문제에 대해 논의했다. 우주선 지구의 목적지였다. 이 안건은 만장일치로 현재의 목적지를 유지하기로 결정되었다. 현재 전함은 장베이하이가 자연선택호를 출항시킬 때 설정해놓은 백조자리 방향으로 항해하고 있었다. 정확한 목적지는 NH558J2 항성이었다. NH558J2는 행성을 가진 항성 중 태양계에서 가장 가까운 항성으로 행성 두 개를 가지고 있다. 두 행성 모두 목성과 비슷한 액체형 행성으로 인류가 생존하기에는 부적합하지만 우주선에 핵융합 연료를 보충할 수는 있다. 이제 보니 장베이하이가 그곳을 목적지로 삼은 것은 심사숙고한 결과였다. 관측 망원경상으로는 다른 곳에도 행성을 가진 항성들이 있었다. NH558J2와 1.5광년 떨어진 곳에도 행성의 자연환경이 지구와 비슷할 것으로 추측되는 항성이 있었다. 하지만 그 항성은 행성이 하나뿐이기 때문에 만약 그곳이 인류가 생존하기에 부적합하다면—인간이 생존할 수 있는 조건이 까다롭기 때문에 1광년 넘는 거리에서 관측한 결과는 실제와 오차가 있다—우주선 지구가 연료를 보충할 기회를 잃게 될 수 있었다. 반면 NH558J2에 도착한 후 연료를 보충하면 우주선의 최고 항해 속도를 더 높일 수 있으므로 다음 목표로 더 빠르게 이동할 수 있을 것이다.

NH558J2는 태양계에서 18광년 떨어져 있으며 현재의 항해 속도와 항해 중에 발생할 수 있는 각종 불확실한 요인을 고려하면 우주선 지구가 2000년 후에나 도착할 수 있는 곳이었다.

2000년. 이 냉혹한 숫자 앞에서 현실과 미래가 더욱 분명하게 다가왔다. 동면을 고려하더라도 현재 우주선 지구의 인구 대부분은 목적지에 도달할 때까지 살 수 없을 것이다. 그들의 인생은 2000년이라는 기나긴 항해의 일부만을 공유할 수 있을 뿐이다. 하지만 목적지에 도착할 그들의 후손들에게 NH558J2는 단지 중간역일 뿐이다. 그 누구도 다음 목적지가 어디일지 알 수 없다. 또 언제 우주선 지구가 진정으로 생존에 적합한 터전을 찾을 수 있을지는 더더욱 알 수 없다.

장베이하이는 비정상적이리만치 이성적이었다. 그는 지구가 이토록 인류가 생존하기에 적합한 것은 우연이 아니고 인류 원리*의 작용은 더더욱 아니며, 지구의 생태계와 자연환경이 오랫동안 상호작용한 결과라고 생각했다. 이 결과가 다른 머나먼 항성의 행성에서 완벽하게 똑같이 나타날 수는 없다. 그가 NH558J2를 목적지로 삼은 것은 한 가지 가능성을 염두에 둔 결정이었다. 인간이 생존할 수 있는 세계를 찾지 못해 새로운 인류 문명이 영원히 항해하는 우주선 문명이 될 가능성 말이다.

하지만 장베이하이는 자신의 생각을 입 밖에 내지 않았다. 우주선 지구의 후대들만이 우주선 문명이라는 가혹한 현실을 받아들일 수 있을 거라 생각했기 때문이다. 현재 우주선 지구에 있는 인류는 지구를 닮은 상상 속의 행성에만 희망을 걸고 있을 것이다.

이 전체 회의에서 우주선 지구의 정치적 지위도 확정되었다. 우주선 다섯 대가 인류 세계에 속하지만 현재 상황에서는 정치적으로 다시금 세 함대가 지구에 속하게 될 가능성이 없다. 그러므로 완전히 독립된 국가가 되어야 한다.

이 결의를 태양계로 발송하자 UN과 태양계 함대협의회에서 한참 후에야 회신이 왔다. 그들은 아무런 입장 표명도 하지 않았고 그저 암묵적인 허락으로 축복을 대신했다.

이로써 인류 세계는 셋으로 쪼개졌다. 오래된 지구 세계, 새 시대의 함대 세계 그리고 우주 깊은 곳으로 향하는 우주선 세계로. 우주선 세계는 인구가 5000명 남짓밖에 되지 않지만 인류 문명의 모든 희망을 짊어지고 있었다.

제2차 전체 회의에서 우주선 지구의 정치기구에 관한 논의가 시작되었다.

회의를 시작하면서 장베이하이가 말했다.

"나는 이 안건을 논의하는 것이 시기상조라고 생각한다. 어떤 정치기구가 필요한지는 우선 우주선 지구의 사회 형태가 확실해져야 알 수 있다."

둥팡옌쉬가 말했다.

---

* 옮긴이 주:물리 법칙의 모든 상수가 인간이라는 생명체를 탄생시키기 위해 교묘히 맞춰져 있다는 원리를 말한다.

"맞습니다. 우선 헌법부터 제정해야 해요."

"최소한 헌법의 기본 원칙이라도 정합시다."

이렇게 해서 회의의 논의 방향이 바뀌었다. 대부분은 우주선 지구가 열악한 우주 환경에 있고 자체적인 생태 시스템도 취약하기 때문에 이런 조건에서 생존하기 위해서는 엄격한 법률을 적용해야 한다고 주장했다. 누군가 현재의 군대 체계를 유지하자고 발언하자 많은 이들이 동조했다.

그때 장베이하이가 말했다.

"이건 독재주의지."

블루스페이스호 함장이 말했다.

"선배님, 말씀이 너무 심하십니다. 우린 원래 군인이잖습니까."

장베이하이가 단호한 표정으로 고개를 저었다.

"안 돼. 생존에만 급급하면 오래 생존할 수 없어. 발전시켜야만 생존할 수 있지. 항해하는 동안 과학기술을 발전시키고 함대의 규모도 확충해야 해. 중세와 대협곡 당시의 역사를 돌아보게. 독재는 인류의 발전에 가장 큰 걸림돌이야. 우주선 지구에는 융통성 있는 새로운 사고와 창의력이 필요해. 이건 인간의 본성과 자유를 존중하는 사회에서만 가능한 일이네."

한 하급 장교가 말했다.

"선배님께서 말씀하시는 사회가 오늘날의 지구 세계 같은 형태라면 우주선 지구는 태생적으로 유리한 조건을 갖췄다고 할 수 있습니다."

둥팡옌쉬가 그를 향해 고개를 끄덕였다.

"그렇지. 우주선 지구는 인구가 적고 IT 시스템이 완벽하게 갖추어져 있죠. 뭐든 전원이 신속하게 논의하고 표결에 부칠 수 있어요. 우리가 인류 역사상 최초로 진정한 민주주의 사회를 만들 수 있을 겁니다."

장베이하이가 고개를 저었다.

"그것도 안 돼. 우주선 지구는 열악한 우주 공간을 항해하고 있다는 걸 잊어서는 안 돼. 언제라도 세계 전체를 위협하는 재난이 닥칠 수 있어. 오늘날 지구의 인문 사회는 커다란 재난이 닥쳤을 때, 특히 전체를 지키기 위해 일부를 희생해야 할 때 제대로 된 기능을 발휘하지 못하지."

모든 회의 참석자들이 서로 얼굴만 멀뚱멀뚱 바라보았다. 그들의 눈빛에서 똑같은 의문이 흘러나왔다.

'그럼 어떻게 하란 말이지?'

장베이하이가 빙그레 웃으며 말을 이었다.

"내가 너무 단순하게 생각했군. 이 문제는 인류의 기나긴 역사에서도 해답을 찾지 못했는데 어떻게 회의 한 번으로 해결할 수 있겠나? 오랜 실천과 탐색의 과정을 거친 뒤에 우주선 지구에 적합한 사회 형태를 찾을 수 있을 거야. 이 회의가 끝난 뒤에 논의해보세…… 회의를 방해해서 미안하군. 의제로 돌아가는 게 좋겠어."

둥팡옌쉬는 장베이하이가 이렇게 웃는 것을 본 적이 없었다. 그는 좀처럼 웃지 않았지만 이따금씩 웃을 때면 자신감 넘치고 관대해 보였다. 하지만 지금 그의 미소에는 여태껏 한 번도 본 적 없는 수줍음과 겸연쩍음이 배어 있었다. 누구보다도 신중하고 치밀한 그가 자기 의견을 내놓았다가 스스로 거두어들이는 것은 아마 지금이 처음일 것 같았다. 둥팡옌쉬는 그에게서 편안함을 보았다. 이 회의에서 그는 아무것도 기록하지 않았다. 지금까지 그는 회의가 열릴 때마다 모든 내용을 열심히 기록했다. 아직도 종이와 펜을 쓰는 사람은 그뿐이었고 종이와 펜은 함대에서 이미 그의 트레이드마크였다.

지금 어떤 생각이 그의 머릿속을 차지하고 있는 걸까?

함대 지휘기구 구성에 관한 논의가 시작되었다. 모두들 아직은 선거를 실시할 조건이 갖추어지지 않았으므로 각 전함의 지휘 시스템을 유지해야 한다는 의견을 내놓았다. 함장이 각 전함을 지휘하고 다섯 함장이 우주선 지구의 권력위원회를 구성해 중대한 사안에 대해서는 공동 논의를 통해 결정하는 방식이었다. 장베이하이는 만장일치로 권력위원회 의장으로 추대되어 우주선 지구의 최고 권력을 쥐게 되었다. 이 결의는 전체 투표를 통해 진행되었다.

하지만 장베이하이는 이 자리를 거절했다.

딥스페이스호 함장이 말했다.

"그 자리는 선배님이 꼭 맡아주셔야 합니다."

둥팡옌쉬도 거들었다.

"우주선 지구에서 전체 전함을 통솔할 수 있는 위엄을 지닌 사람은 선배님뿐입니다."

장베이하이가 빙긋이 웃었다.

"내 책임은 다했네. 이제 지쳤어. 은퇴할 나이가 됐지."

회의가 끝나고 모두들 돌아가는데 장베이하이가 둥팡옌쉬를 불렀다.

"나는 이제 자연선택호의 집행함장으로 돌아가고 싶군."

둥팡옌쉬가 놀란 눈으로 그를 쳐다보았다.

"집행함장이요?"

"음. 전함에 대한 최고 조종 권한을 다시 내게 줄 수 있겠나?"

"자연선택호 함장 자리도 내드릴 수 있어요. 진심이에요. 권력위원회와 다른 승선원들 모두 반대하지 않을 거고요."

장베이하이가 웃으며 고개를 저었다.

"아니야. 함장은 자네가 맡게. 함장의 모든 지휘권은 자네가 가져. 난 자네 일에 그 어떤 간섭도 하지 않을 거야. 믿어도 좋아."

"그럼 집행함장의 권한은 가져서 뭐 하시려고요?"

"나는 이 우주선이 좋아. 이건 200년 전 우리의 꿈이었어. 자네도 알고 있겠지. 이런 우주선을 탄생시키기 위해 내가 무슨 일을 했는지……."

장베이하이가 둥팡옌쉬를 물끄러미 바라보았다. 예전 그의 눈빛 속에서 형형하게 빛나던 반석은 사라지고 이제 남은 건 해쓱한 공허함과 무거운 비애뿐이었다. 마치 다른 사람이 된 것 같았다. 더 이상 그는 비정하고 냉혹하며 신중하지만 과감하며 강인한 남자의 모습이 아니었다. 과거의 무게에 짓눌려 허리가 굽어버린 초췌한 사람이었다. 그를 보며 둥팡옌쉬는 지금껏 한 번도 느끼지 못했던 연민이 차오르는 걸 느꼈다.

"선배님, 그 일은 그만 잊으세요. 선배님이 21세기에 했던 일에 대해 역사학자들도 긍정적으로 평가했어요. 그 일로 인해 방사 추진 우주선으로 연구 방향을 선택한 것이 인류의 우주 항해 기술을 발전시키는 중요한 계기가 되었어요. 어쩌면 그때는 그…… 그게 유일한 선택이었을 거예요. 지금 자연선택호에게 도피가 유일한 선택인 것처럼. 현대 법률로 따져도 그 일은 이미 공소 시효가 훨씬 지났고요."

"그렇다고 해서 내가 진 십자가를 내려놓을 수 있는 건 아니야. 자네는 이해할 수 없겠지……. 나는 우주선에 각별한 애착이 있어. 우주선이 내 분신인 것 같아서 우주선을 떠날 수가 없어. 앞으로도 내가 해야 할 일이 있을 거야. 집행함장이라는 신분을 가지고 있으면 심리적으로 더 안정될 것 같군."

장베이하이가 말을 마친 뒤 회의실을 나갔다. 그의 초췌한 뒷모습이 천천히 멀어져 커다란 백색 공간에 떠 있는 작고 검은 점이 되었다. 둥팡옌쉬는 점점 희미해지는 그의 모습을 보며 스산한 고독감이 사방의 백색 벽에서 달려들어 그를 파묻어버리는 것 같았다. 그 후 몇 번의 전체 회의가 열렸고 우주선 지구 사람들은 새로운 세계를 창조한다는 흥분에 들떴다. 그들은 이 세계의 헌법과 사회 구조에 대해 열띤 토론을 벌였고 각종 법률을 제정했으며 첫 번째 선거를 계획했다……. 장교와 사병들이 계급을 따지지 않고 토론했고 전함의 구별 없이 적극적으로 소통했다. 모두들 우주선 지구가 미래에 거대한 문명으로 불어날 작은 눈덩이가 되기를 기대했다. 함대가 행성계에 도착할 때마다 이 눈덩이의 몸집이 점점 불어날 것이고, 우주선 지구가 제2의 에덴동산이 되어 인류 문명의 두 번째 발상지가 될 것이라는 희망에 부풀었다.

하지만 장밋빛 기대는 그리 오래가지 못했다. 우주선 지구가 진정한 에덴동산이었기 때문이다.

*

란시(藍西) 중령은 자연선택호의 수석 심리학자였다. 그가 이끄는 제2지원부대는 심리학 전문 장교들로 이루어진 중요한 부대였다. 전함이 장기 우주 항해나 전쟁에 투입될 때 함께 따라가 군인들의 심리 상담을 해주는 것이 그들의 임무였다. 우주선 지구가 돌아가지 않을 항해를 하고 있는 동안 란시와 그의 부하들은 강적과 대치 중인 전사들처럼 팽팽한 긴장감을 놓지 못했다. 과거의 가상훈련 경험을 토대로 향후 발생 가능한 심리적 위기에 신속하게 대처할 수 있도록 만반의 준비를 했다.

그들 모두 현재 가장 큰 적은 'N 문제', 즉 향수병(Nostalgia)이라는 데 동의했다. 돌아갈 수 없는 항해는 인류 역사를 통틀어 처음 겪는 일이었고 이 N 문제가 집단적인 심리 문제를 일으킬 가능성이 컸다. 란시는 제2지원부대에게 만반의 준비를 갖추도록 지시했다. 지구 및 함대 세계와 소통할 수 있는 전용 통신 채널을 구축해 전함의 모든 승선원이 지구와 함대에 있는 가족이나 친구와 지속적으로 연락할 수 있도록 하고, 지구와 함대의 뉴스와 텔레비전 프로그램을 시청할 수 있도록 하는 것도 그중 한 가지 방법이었다. 현재 우주선 지구가 태양과 70천문단위나 떨어져 있기 때문에 통신도 아홉 시간의 시차가 있기는 하지만, 통신의 품질은 매우 좋은 편이었다. 제2지원부대의 심리 상담 장교들은 N 문제가 나타난 사람들을 대상으로 적극적인 심리 상담을 해주는 한편, 집단적인 심리 문제가 나타날 경우 대응할 수 있는 극단적인 조치도 준비했다. 정신적으로 통제를 상실한 이들을 강제로 동면시켜 다른 이들과 격리시킨다는 것이었다.

하지만 시간이 지날수록 그들의 걱정이 기우였음이 증명되었다. N 문제가 우주선 지구 내부에서 광범위하게 나타나기는 했지만 통제 불능의 수준에 이르지는 않았던 것이다. 예전의 일상적인 항해에서 발생했던 것보다도 더 약한 수준이었다. 하지만 란시는 이 사실이 오히려 곤혹스러웠다. 그는 곧 원인을 찾았다. 인류의 주력 함대가 전멸한 후 지구 세계가 모든 희망을 잃었다. 최후의 날까지 아직 200년이 남아 있기는 하지만—가장 낙관적인 예상이다—지구에서 전해지는 뉴스를 보면 처참한 패배 이후 혼란에 빠진 세계에 죽음의 그림자가 짙게 드리워 있었다. 우주선 지구에 사는 사람들은 태양계에 있는 지구에 큰 기대를 걸지 않았다. 그렇기 때문에 고향에 대한 그리움도 그리 크지 않았던 것이다.

하지만 적은 나타났다. 게다가 그 적은 N 문제와는 비교도 할 수 없을 만큼 위험했다. 란시와 제2지원부대가 적의 출현을 알아차렸을 때는 이미 방어선이 완전히 뚫린 뒤였다.

장기 비행 경험에 따르면 N 문제는 병사와 하급 장교들 사이에서 제일 먼저 나타난다. 그들은 상급 장교들에 비해 근무의 강도나 책임의 크기에 있어서 훨씬 여유롭고 자기 심리 조절 능력도 약하기 때문이다. 그러므로 제2지원부대는 하급 장교들의 심리 상태를 예의 주시했다. 그런데 뜻밖에도 문제는 상급 장교들에게서 먼저 시작되었다.

처음 이상한 낌새를 발견한 것은 란시였다. 우주선 지구의 최고 지휘 기구를 선출하는 선거가 곧 시작될 예정이었다. 이 선거는 전체 투표로 진행되었다. 고위 지휘관들 가운데 대부분은 장교에서 정부 공직자로의 신분 전환을 앞두고 있었다. 그들이 자리를 옮긴 뒤 남는 고위 계급을 차지하기 위해 그 아래 장교들이 경쟁하고 있었다. 그런데 란시를 놀라게 한 것이 있었다. 유독 자연선택호의 고위 지휘관들 중에는 그들의 남은 인생을 좌우하게 될 이번 선거에 관심을 갖는 사람이 없다는 사실이었다. 그들은 최소한의 선거운동조차 하지 않았고, 선거 이야기가 나와도 그저 심드렁하기만 했다. 그들을 보며 란시는 제2차 전체 회의에서 보았던 장베이하이의 태도를 떠올렸다. 그는 회의 내내 마음을 비운 듯 시큰둥한 표정이었다.

중령 이상의 군인들 중에서 심리적인 문제가 수면 위로 드러나기 시작했다. 처음에는 점점 말수가 적어지고 혼자 틀어박혀 오랫동안 생각에 잠겨 있는 일이 많아졌으며 사람들과의 교류가 급격히 줄어들었고 회의에서의 발언 횟수도 점점 줄어들었다. 많은 이들이 철저한 침묵을 선택했다. 란시는 어두운 그림자가 그들의 눈동자에서 빛을 몰아내는 것을 보았다. 그들은 자신의 침울함을 남들에게 들킬까 봐 사람들과 눈을 마주치지 않았고, 어쩌다 눈이 마주쳐도 감전된 듯 시선을 홱 피해버렸다. 계급이 높을수록 증세가 더 심각했으며 점점 하급 장교들에게로 확산되었다. 심리 상담도 아무 소용이 없었다. 모두들 심리 상담 장교들과 대화하기를 완강하게 거부했다. 제2지원부대가 부득이하게 특권을 이용해 강제 심리 상담을 실시했지만 대부분의 장교들이 상담 내내 침묵으로 일관했다.

란시는 최고 지휘관과의 논의가 필요하다고 판단해 둥팡옌쉬를 찾아갔다. 자연선택호와 우주선 지구에서 장베이하이가 누구도 범접할 수 없는 명망과 지위를 가지고 있었지만 그 스스로 보통 사람으로 돌아가겠다며 경선을 포기했다. 그는 함장의 지시를 우주선 통제 시스템에 전달하는 집행함장의 직책만을 수행했고, 대부분의 시간은 자연선택호 곳곳을 돌아다니며 장교나 병사들에게 우주선에 대해 자세하게 물어보며 보냈다.

그에게서 이 우주의 방주에 대한 각별한 정이 듬뿍 묻어났다. 그의 표정은 늘 평온했고 담담했으며 전함에서 전염병처럼 번지고 있는 우울한 집단 심리에도 아무런 영향을 받지 않았다. 그가 전함에 대한 관심의 끈을 스스로 내려놓았기 때문인 것 같았다. 하지만 란시는 또 다른 중요한 이유가 있음을 알고 있었다. 옛날 사람들의 심리는 현대인들만큼 예민하지 않다. 현재 상황에서 그가 보이는 이런 무덤덤한 감정은 훌륭한 자기 보호 본능에서 나온 것이다. 자연선택호에 타고 있는 많은 남자들과 마찬가지로 란시 중령 역시 이 미모의 함장에게 남몰래 연민을 품고 있었다. 눈동자가 생기를 잃은 둥팡옌쉬는 창백하고 무기력해 보였다. 그런 그녀를 보며 란시의 가슴에서 시큰한 무언가가 훅 치밀었다.

"함장님, 최근에 무슨 일이 있었는지 최소한 제게는 알려주셔야겠습니다."

"그건 중령이 우리에게 알려줘야지."

"현재 함장님 자신이 어떤지 전혀 모르고 계십니까?"

둥팡옌쉬의 암담한 눈동자 위로 한없는 슬픔이 왈칵 차올랐다.

"내가 알고 있는 건 우리가 처음으로 우주에 진입한 인류라는 사실뿐이야."

"뭐라고요?"

"진정으로 우주로 진입한 인류는 우리가 처음이야."

"아…… 무슨 뜻인지 알겠습니다. 그러니까 지금까지는 인류가 우주에서 얼마나 멀리까지 비행했든 지구에서 날린 연이나 마찬가지였다는 말이죠? 정신적인 끈으로 지구와 연결되어 있었으니까 말입니다. 하지만 지금은 그 끈이 끊어진 거죠."

"맞아. 끈이 끊어졌어. 더 정확하게 말하면 손이 그 끈을 놓은 것이 아니라 손이 아예 사라졌지. 지구에 최후의 날이 닥칠 예정이니까. 우리의 정신 속에서 지구라는 존재가 사라졌어. 우주선은 이제 그 어떤 세계와도 연관이 없지. 사방에 우주의 심연 외에는 아무것도 없어."

"인류가 한 번도 겪어본 적 없는 심리적 환경인 건 사실이죠."

"맞아. 이런 환경이 인류의 정신을 근본적으로 변화시킬 거야. 인간이……."

둥팡옌쉬가 우뚝 말을 멈추었다. 그녀의 눈 속에 어려 있던 우울함조차 사라졌고 잿빛 암담함만이 남았다. 그녀의 눈동자는 비 온 뒤 먹구름에 뒤덮인 하늘 같았다.

"이런 환경에서 인간이 새롭게 변한다는 건가요?"

"새롭게 변한다고? 아니. 인간이…… 아닌 존재가 되는 거야."

둥팡옌쉬의 마지막 한마디에 란시는 뒷목이 서늘해졌다. 란시가 고개를 들어 그녀를 똑바로 바라보았다. 그녀는 그의 눈빛을 피하지 않았지만 돌아오는 건 헛헛한 시선뿐이었다. 그녀의 마음은 외부에 굳게 닫혀 있었다.

"인간의 개념이 사라진다는 뜻이야……. 중령, 내가 할 수 있는 말은 이것뿐이야. 중령은 맡은 책임만 다하면 돼. 어차피…… 중령도 곧 그렇게 될 테니까."

그녀의 마지막 한마디가 잠꼬대처럼 들렸다.

상황이 계속 악화되었다. 란시가 둥팡옌쉬를 찾아간 다음 날, 자연선택호에서 끔찍한 사건이 일어났다. 항법 시스템을 맡고 있는 한 중령이 같은 선실에서 생활하는 장교를 총으로 쏜 것이다. 피해자에 따르면 그 중령이 한밤중에 벌떡 일어나더니 어째서 자신의 잠꼬대를 엿들었느냐며 난데없이 시비를 걸었고 실랑이를 벌이던 중 분노를 조절하지 못하고 자신에게 총을 쏘았다고 했다. 란시는 구속되어 있는 가해자를 찾아갔다.

란시가 물었다.

"무슨 잠꼬대를 했습니까?"

가해자가 기겁하며 물었다.

"그가 정말로 들었답니까?"

란시가 고개를 저었다.

"아무것도 듣지 못했다는군요."

"하긴, 들었다고 해도 뭐 어쩌겠습니까? 어차피 잠꼬대잖아요? 내 진심은 아닙니다! 잠꼬대한 것 때문에 지옥에 갈 리는 없어요!"

란시는 끝까지 가해자가 무슨 잠꼬대를 했는지 알아내지 못했다. 란시가 마지막 방법으로 최면치료를 해도 되는지 물었다. 그러자 가해자가 의자에서 솟구치듯 벌떡 일어나더니 란시의 목을 조르기 시작했다. 꼭 실성한 사람 같았다. 소리를 듣고 달려 들어온 헌병들이 겨우 그를 떼놓았다. 하는 수 없이 유치장에서 나오는데 방금 그들의 대화를 들은 한 헌병 장교가 란시에게 말했다.

"중령님, 최면치료 얘기는 꺼내지 마십시오. 그러지 않으면 제2지원부대가 함대 전체에서 가장 불행한 부대가 될 수 있습니다. 오래 살 수 없을 겁니다."

란시는 엔터프라이즈호의 심리학자 스콧 대령에게 연락했다. 스콧은 엔터프라이즈호의 종군목사—아시아 함대의 전함에는 대부분 종군목사가 없었다—이기도 했다. 현재 엔터프라이즈호와 추격 함대 소속 다른 세 전함은 20만 킬로미터 떨어져 있었다.

란시가 엔터프라이즈호에서 전송된 영상을 보며 말했다.

"거긴 왜 그렇게 어둡죠?"

스콧이 있는 구형 선실의 벽은 누르칙칙한 조명이 켜져 있었고 그 옆으로 외부 우주의 영상이 떠 있었다. 마치 그가 검은 안개 자욱한 우주에 떠 있는 것 같았다. 그의 얼굴도 검은 그림자 속에 가려져 잘 보이지 않았지만 란시는 그의 눈빛이 자신의 시선을 재빨리 피하는 것을 놓치지 않았다.

그림자 속에서 스콧의 공허한 목소리가 들렸다.

"에덴동산이 어두워지고 있어. 어둠이 모든 걸 삼켜버렸어."

란시가 스콧에게 연락한 것은 엔터프라이즈호의 목사인 그는 무언가를 알고 있을 것이라는 기대 때문이었다. 누군가 그에게 회개를 하며 진실을 털어놓았을 수도 있었다. 하지만 스콧의 말과 그림자 속에서 얼핏 보이는 그의 눈빛만으로 란시는 자신의 기대가 빗나갔음을 알았다. 란시는 물으려고 했던 말을 욱여 삼키며 자기 자신조차 예상치 못했던 놀라운 질문을 했다.

"첫 번째 에덴동산에서 일어났던 일이 두 번째 에덴동산에서도 재연될까요?"

"그건 모르지. 어쨌든 독사는 이미 나타났어. 두 번째 에덴동산의 독사가 사람들의 영혼 위로 기어오르고 있어."

"대령님도 선악과를 드셨습니까?"

"그런 셈이지."

스콧은 천천히 고개를 끄덕인 뒤 푹 숙인 고개를 다시 들지 않았다. 영혼을 팔아버린 눈빛을 감추려고 안간힘을 쓰고 있는 것 같았다.

"에덴동산에서 누가 쫓겨나게 됩니까?"

란시의 목소리가 가늘게 떨렸고 손바닥에서 식은땀이 났다.

"많은 사람들이 떠날 거야. 하지만 이번에는 누군가 남게 되겠지."

"그게 누구죠? 누가 남게 됩니까?"

스콧이 긴 한숨을 게워냈다.

"란시 중령, 난 이미 많은 얘기를 해줬어. 어째서 직접 선악과를 찾아보려 하지 않지? 어차피 누구나 선악과를 받게 될 거야, 안 그래?"

"선악과가 어디에 있습니까?"

"자네 일을 내려놓고 많이 생각하고 많이 느껴봐. 그러면 어렵지 않게 찾을 수 있을 테니까.”

스콧과 대화를 마친 뒤 더 심란해진 란시는 바쁜 일을 잠시 중단하고 대령의 말처럼 마음을 가라앉히고 생각에 잠겼다. 에덴동산의 그 서늘하고 축축하며 미끄러운 독사는 생각했던 것보다 훨씬 빨리 그의 의식 속으로 스멀스멀 기어들어왔다. 그는 선악과를 손에 넣었고 망설임 없이 그것을 먹었다. 그의 영혼 속에 남아 있던 마지막 한 가닥 빛이 사라졌고 모든 것이 어둠 속으로 파묻혀버렸다.

우주선 지구에서 보이지 않는 줄이 서서히 당겨지더니 이제는 금세라도 끊어질 것처럼 팽팽해졌다.

이틀 뒤 무한법칙호의 함장이 자살했다.

당시 그는 전함 맨 뒷부분의 플랫폼 위에 서 있었다. 플랫폼은 투명한 구형 덮개로 덮여 있어 이곳에 서면 우주로 나와 있는 듯한 기분이 들었다.

전함의 뒷부분은 태양계 쪽을 향하고 있었다. 그곳에서 보면 태양도 어슴푸레한 황색 별일 뿐이었다. 또 이쪽 방향은 은하계 나선팔*의 바깥쪽에 위치해 있어 별도 드문드문 떠 있었기 때문에 우주가 더욱 심오하고 광막하게 보였다. 사람들의 눈과 영혼을 의지할 수 있는 곳이 없었다.

무한법칙호의 함장은 이곳에서 혼잣말을 중얼거린 후 총으로 자살했다.

“어둡군. 젠장. 끔찍하게 어두워.”

*

무한법칙호의 함장이 자살했다는 소식을 들은 후 둥팡옌쉬는 마지막 순간이 닥칠 것임을 예감했다. 그는 두 부함장을 전투기 격납고에 있는 구

---

* 옮긴이 주:나선 은하의 양쪽 끝부분.

형 홀로 긴급 소집했다. 격납고로 가던 중 둥팡옌쉬는 누군가 부르는 소리를 들었다. 뒤를 돌아보니 장베이하이였다. 음울한 나날을 보내는 며칠 동안 그녀는 그의 존재를 거의 잊고 있었다. 장베이하이가 둥팡옌쉬를 위아래로 쳐다보았다. 그의 눈빛에서 아버지 같은 자상함이 느껴졌다. 둥팡옌쉬는 그의 눈빛을 보며 한 번도 경험해보지 못한 아늑함을 느꼈다. 현재 우주선 지구에서는 그늘 없는 눈동자를 보기가 무척 힘들었다.

"둥팡, 요즘 자네들 뭔가 이상해 보여. 이유는 모르겠지만 뭔가를 숨기고 있는 것 같군."

둥팡옌쉬는 대답 대신 반문했다.

"선배님, 잘 지내세요?"

"음. 아주 잘 지내지. 여기저기 다니며 견학도 하고 공부도 하고 있어. 요즘은 자연선택호의 무기 시스템에 대해 배우고 있는 중이야. 물론 아직도 모르는 게 많지만 재미있군. 콜럼버스가 항공모함을 구경했다면 지금의 나와 비슷한 기분이었을 거야."

장베이하이의 한가롭고 태평한 모습에 둥팡옌쉬는 자기도 모르게 질투가 났다.

'하긴, 위대한 임무를 완수했으니 편히 쉴 자격이 충분하지. 이제는 역사를 창조한 위인에서 무지한 동면자로 돌아간 거야. 지금 선배님에게 필요한 건 보호일 거야.'

둥팡옌쉬가 말했다.

"선배님, 다른 사람에게는 그렇게 물어보지 마세요. 이 모든 일의 이유를 묻지 마세요."

"그건 왜? 왜 묻지 말라는 건가?"

"선배님이 위험해질 수 있어요. 선배님이 아실 필요도 없고요. 절 믿으세요."

장베이하이가 고개를 끄덕였다.

"알겠네. 안 물을게. 나를 평범한 우주선 지구인으로 대해줘서 고마워. 내가 바라는 바야."

둥팡옌쉬가 인사를 하고 몸을 돌려 총총히 자리를 떴다. 그때 뒤에서 이 우주선 지구 창조자의 목소리가 들렸다.

"둥팡, 무슨 일이든 순리를 따르게. 다 잘될 거야."

구형 홀의 한가운데에서 둥팡옌쉬와 두 부함장이 만났다. 이곳으로 소집한 것은 너른 들판에 와 있는 듯 공간이 넓고 탁 트여 있었기 때문이다. 여기에 있으면 그들 세 사람이 깨끗한 세상의 한가운데 있고 그들 외에는 우주에 아무것도 없는 것 같아 더 안전하게 대화를 나눌 수 있을 것 같았다.

세 사람이 각기 다른 방향을 바라보고 멈추어 섰다.

둥팡옌쉬가 말했다.

"결론을 내야 할 때가 됐어."

부함장 레빈이 말했다.

"맞습니다. 1분 1초 시간이 갈수록 점점 위험해지고 있습니다."

레빈과 이노우에 아키라가 몸을 돌려 둥팡옌쉬를 바라보았다. 함장이 먼저 얘기를 하라는 뜻이었다.

두 번째 인류 문명의 여명이었다. 지금 일어나는 모든 일이 새로운 오디세이나 성경의 내용이 될 것이다. 유다가 인류의 역사에 길이 남은 것은 그가 제일 처음으로 예수에게 입을 맞추었기 때문이다. 두 번째 입을 맞춘 사람들과는 본질적으로 다르다. 지금도 마찬가지다. 처음으로 이 일을 입밖으로 꺼내는 사람이 두 번째 문명사의 이정표가 될 것이다. 그는 두 번째 유다가 될 수도 있고 두 번째 예수가 될 수도 있다. 어느 쪽이든 그녀는 용기가 없었다. 하지만 그녀는 자신의 사명을 완수해야 하기에 현명한 선택을 내렸다. 그녀는 두 부함장의 시선을 피하지 않았다. 이 순간 말이 필요치 않았다. 그들은 눈으로 모든 대화를 나눌 수 있었다. 서로를 쳐다보며 눈빛이 고속 통신 선로가 된 것처럼 세 사람의 영혼이 하나로 모였다. 모든 대화는 서로를 응시하는 눈빛을 타고 이루어졌다.

연료.

연료.

연료.

항로의 상황이 확실치 않지만 이미 관측된 성간 먼지는 최소한 두 개입니다.

저항력.

성간 먼지를 통과하고 나면 먼지의 저항을 받아 우주선의 속도가 광속의 1000분의 0.3으로 줄어들게 됩니다.

현재 목표인 NH558J2에서 10광년 이상 떨어져 있어요. 목표에 도착하려면 6만 년은 걸릴 겁니다.

그건 영원히 도착할 수 없다는 뜻이야.

우주선은 도착할 수 있겠지만 우주선에 타고 있는 사람들은 도착할 수 없어요. 아무리 동면한다 해도 그렇게 오래 버티는 건 불가능해요.

성간 먼지를 통과할 때 속도를 계속 유지하거나 통과한 후에 가속한다면 가능합니다.

하지만 연료가 부족해.

핵융합 연료는 우주선의 유일한 에너지야. 우주선의 생태 순환 시스템을 작동시키고 항해 방향을 조정하는 데도 사용해야 하잖아……

목적지에 도착했을 때 감속하기 위한 연료도 필요해. NH558J2는 태양보다 질량이 훨씬 작기 때문에 인력에 의한 감속만으로는 궤도에 진입할 수 없어. 우주선 스스로 가속하지 않으면 목표를 지나쳐버릴 거야.

우주선 지구의 연료를 다 합치면 두 대는 충분히 사용할 수 있을 거예요.

충분한 양을 확보하려면 한 대만 남는 게 최선이에요.

연료.

연료.

둥팡옌쉬가 말했다.

"부품 문제는?"

부품.

부품.

핵융합 엔진, 정보 통제 시스템, 생태 순환 시스템이 핵심 시스템입니다.

당장은 문제가 없겠지만 생존을 위해서 부품 확보는 필수적입니다. NH558J2가 생존이나 정착에 부적합하다면 연료를 보충해서 다음 성계까지 가야 합니다. 자연선택호가 보유하고 있는 핵심 부품 여유분은 두 개입니다.

너무 적어.

너무 적어.

핵융합 엔진을 제외하면 우주선 지구의 다른 우주선에 있는 핵심 부품도 대부분 호환할 수 있습니다.

엔진 부품도 개조하면 사용이 가능합니다.

"전함 한두 대에 승선원을 집중시키는 건?"

둥팡옌쉬의 말소리는 대화의 방향을 이끄는 역할을 할 뿐이었다.

불가능합니다.

불가능합니다.

사람이 너무 많아서 생태 순환 시스템과 동면 시스템으로도 모두 감당할 수 없어요. 현재 인원에서 더 늘어난다면 치명적인 문제가 될 겁니다.

"그렇다면 결론은 하나뿐인가?"

둥팡옌쉬의 목소리가 휑뎅그렁한 백색 공간에 메아리쳤다. 깊이 잠든 사람이 가끔씩 하는 잠꼬대 같았다.

그렇습니다.

그렇습니다.

일부만 죽거나 다 같이 죽거나.

이제 눈빛도 침묵했다. 세 사람은 우주 깊은 곳으로부터 들려온 천둥소리에 놀란 듯 몸을 떨었다. 영혼이 전율하고 있었다. 세 사람 모두가 서로의 눈빛을 피하고 싶었다. 여섯 개의 눈동자가 가늘게 떨렸다. 둥팡옌쉬가 먼저 자신의 눈빛을 추슬렀다.

그녀가 말했다.

"그만두는 게 좋겠어."

안 됩니다.

포기하지 마십시오.

포기하지 말라고?

포기하지 마십시오! 그들이 포기하지 않는데 우리만 포기하면 우리가 에덴동산에서 쫓겨날 겁니다.

어째서 우리죠?

물론 그들이어서도 안 됩니다.

누구도 쫓겨나서는 안 돼.

하지만 누군가는 쫓겨나야 합니다. 에덴동산이 수용할 수 있는 인원은 한계가 있어요.

우리는 에덴동산을 떠나고 싶지 않습니다.

그러니까 포기하지 마십시오!

흩어지려던 세 사람의 눈빛이 다시 하나로 모였다.

초저주파 수소폭탄.*

초저주파 수소폭탄.

초저주파 수소폭탄.

전함마다 탑재되어 있습니다.

스텔스미사일을 발사하면 방어하기 힘들 겁니다.**

세 사람의 시선이 잠시 흩어졌다. 그들은 정신적으로 거의 패닉 상태에 가까웠으므로 잠시 휴식이 필요했다. 세 사람의 눈빛이 다시 서로를 응시했을 때는 눈빛이 초점을 잃고 흔들리고 있었다. 바람 앞에서 광란의 무도회를 벌이는 등불 같았다.

---

* 우주 핵무기의 일종. 방사능 차단 기능을 가진 우주선에 사용하는 무기로 공기 중의 초저주파 진동을 이용한다. 여러 차례 핵폭발을 일으켜 강력한 전자기복사를 발생시키면 전자기복사와 우주선의 금속 선체가 상호작용을 일으켜 전자기에너지를 우주선 내부 공기의 소리에너지로 전환시킨다. 이렇게 생성된 강력한 초저주파가 우주선 내부의 모든 거시 생명체를 살상하지만 비행 장치에는 아무런 손상을 일으키지 않는다.
** 초저주파 수소폭탄으로 전자기펄스를 이용해 살상 효과를 낼 수 있다. 직접적으로 목표물을 명중시킬 필요 없이 목표와 먼 거리에서도 목표 내부에 탄 사람들을 살상할 수 있다. 미사일이 레이저에 감지되지 않으며 목표에 가까이 다가가야만 가시광 관측 등 기타 관측 수단으로만 발견할 수 있다.

너무 잔인해!

너무 잔인해요!

너무 잔인해요!

우리가 악마가 되는 거야!

악마가 되는 겁니다!

악마가 되는 겁니다!

"하지만……그들은 무슨 생각을 하고 있을까?"

둥팡옌쉬가 낮은 소리로 물었다. 그녀의 목소리는 작았지만 모기 소리처럼 흰색 공간에서 멈추지 않고 떠다니는 것 같았다.

그래. 우리는 악마가 되고 싶지 않아. 하지만 그들이 무슨 생각을 하고 있는지 모르겠어.

그런 생각을 하는 것만으로도 우리는 악마예요. 그게 아니라면 어떻게 함부로 남을 악마라고 여기겠어요?

알았어. 그들이 악마라는 생각은 하지 않겠어.

둥팡옌쉬가 천천히 고개를 저었다.

"하지만 그렇다고 문제가 해결되는 건 아니야."

맞습니다. 그들이 악마는 아니지만 그렇다고 문제가 해결되는 건 아니죠.

그들도 우리가 어떻게 생각하고 있는지 모르기 때문입니다.

그들도 우리가 악마가 아니라는 걸 안다면?

그래도 문제가 해결되진 않아요.

그들은 그들에 대해 우리가 어떻게 생각하고 있는지 몰라요.

그들은 그들이 우리에 대해 어떻게 생각하는지에 대해 우리가 어떻게 생각하고 있는지 몰라요.

끝없는 의심의 사슬이에요. 그들은 우리가 그들에 대해 어떻게 생각하는지에 대해 그들이 어떻게 생각하고 있는지에 대해 우리가 어떻게 생각하고 있는지 몰라요…….

어떻게 해야 이 의심의 사슬을 끊을 수 있을까?

소통하면 될까요?

지구에서는 가능했지만 우주에서는 불가능해. 일부만 죽느냐 다 같이 죽느냐.

이건 우주가 우주선 지구를 위해 만들어놓은 생존의 딜레마입니다. 넘을 수 없는 벽이죠. 이 벽 앞에서 소통은 아무런 의미가 없어요.

그렇다면 한 가지 선택만 남지. 문제는 누가 선택하느냐야.

어둡군. 젠장. 끔찍하게 어두워.

"더 이상 미룰 수 없어."

둥팡옌쉬의 말투가 결연했다.

미룰 수 없어요. 전투사들이 어두운 우주에서 숨죽이고 정신을 곤두세우고 있어요. 그 정신줄이 거의 끊어지기 일보 직전이에요.

1분 1초 위험 지수가 높아지고 있어요.

누가 먼저 방아쇠를 당길 것인가의 문제라면 우리가 먼저 당겨야 해요!

침묵하고 있던 이노우에 아키라가 불쑥 말했다.

"한 가지 선택이 더 있습니다!"

우리 스스로 희생을 선택하는 겁니다.

왜지?

왜 우리야?

우리 셋은 물론 그럴 수 있어. 하지만 우리가 자연선택호의 2000명을 대신해서 그런 선택을 할 권리가 있을까?

세 사람은 시퍼런 칼날 위에서 서서 고통스럽게 베어지고 있었다. 칼날의 어느 쪽으로 뛰어내리든 끝없는 나락이었다. 이것은 우주에 신인류를 탄생시키기 위한 산고(産苦)였다.

레빈이 말했다.

"우선 목표를 정한 뒤에 다시 생각하는 게 어떻겠습니까?"

둥팡옌쉬가 고개를 끄덕이자 레빈이 허공에 무기 시스템 제어 창을 띄웠다. 초저주파 수소폭탄과 미사일 탑재 조작 창이 나타났다. 자연선택호를 원점으로 한 구형 좌표계 위에 20만 킬로미터 밖에 있는 블루스페이스호, 엔터프라이즈호, 딥스페이스호, 무한법칙호 네 개의 점이 깜박였다.

거리가 목표의 구조를 희석시켜 우주에서는 모든 것이 그저 작은 점일 뿐이었다.

그런데 이 네 개의 점이 각각 붉은 원에 둘러싸여 있었다. 그것은 죽음의 올가미였다. 무기 시스템이 이미 이 목표들을 조준하고 있다는 뜻이었다.

세 사람이 충격에 휩싸인 눈동자로 서로를 바라보며 동시에 고개를 저었다. 자신들이 한 일이 아니라는 뜻이었다. 그들 외에 무기 시스템에서 목표 조준의 권한을 가진 사람은 무기 제어 장교와 목표 식별 장교뿐이었다. 하지만 그들은 목표를 조준하려면 함장이나 부함장의 허가를 받아야 했다. 그렇다면 남는 건 단 한 사람뿐이었다. 그는 목표를 조준하고 공격할 수 있는 권한을 가지고 있었다.

우리가 바보 같았어. 그는 역사를 두 번 바꿀 수 있는 사람이었어!

그는 이 모든 걸 다 내다보고 있었던 겁니다!

그가 지금 무슨 생각을 하고 있는지는 아무도 몰라. 하지만 우주선 지구가 탄생했을 때, 아니 어쩌면 그보다 더 오래전 연합 함대가 패배할 것임을 알았을 때……그는 정말로 이 세상을 걱정했겠지. 그때의 부모들이 자식을 걱정했던 것처럼 말이야.

둥팡옌쉬가 가장 빠른 속도로 구형 홀을 가로질러 날아갔다. 두 부함장이 그녀의 뒤를 바짝 따랐다.

그들이 긴 복도를 지나 장베이하이의 선실 문 앞에 다다랐을 때 장베이하이의 앞에 방금 그들이 보았던 것과 똑같은 조작 창이 떠 있는 것을 보았다. 달려 들어가고 싶었지만 자연선택호가 출항할 때와 똑같은 상황이 재연되었다. 그들은 선실 벽에 부딪혔다. 선실 벽이 타원형 모양으로 투명하게 바뀌어 있을 뿐 문은 굳게 닫혀 있었다.

레빈이 외쳤다.

"지금 뭐 하는 겁니까?"

"아이들아."

장베이하이가 그들을 '아이들'이라고 부른 것은 처음이었다. 그의 뒷모습만 보였지만 물처럼 평온한 그의 눈빛을 상상할 수 있었다.

"이 일은 내가 하마."

둥팡옌쉬가 외쳤다.

"선배님은 지옥에 떨어질 거예요!"

"군인이 된 순간부터 나는 어디든 갈 준비가 되어 있었어."

장베이하이가 무기 발사를 위한 조작을 했다. 바깥에 있는 세 사람 모두 그가 비록 능숙하지는 않지만 정확하게 순서를 밟아가고 있는 것을 보았다.

둥팡옌쉬의 눈에서 눈물이 후드득 떨어졌다. 그녀가 외쳤다.

"같이하면 어때요? 들어가게 해줘요. 같이 지옥에 떨어지자고요!"

장베이하이는 아무 대꾸도 없이 계속 조작 창 위에서 차분히 손을 움직였다. 그는 미사일을 수동 자폭 기능으로 설정했다. 비행하는 도중 모함이 미사일을 조종해 자폭하게 할 수 있었다. 이 단계까지 조작을 마친 후 그가 말했다.

"둥팡, 우리가 예전에도 이 선택을 할 수 있었을까? 절대 불가능해. 하지만 지금은 할 수 있어. 우주가 우리를 신인류로 바꾸어놓았으니 말이야."

그는 미사일과 목표물 사이의 최단 폭발 거리를 50킬로미터로 설정했다. 그러면 목표 내부 설비의 파괴를 최대한 피할 수 있었다. 조금 멀리 떨어져서 폭발해도 목표물 내부의 생명체는 살상할 수 있었다.

"새로운 문명이 탄생하고 새로운 윤리도 형성되고 있어."

그는 수소폭탄 발사의 3단계 안전장치 중 첫 번째 안전장치를 제거했다.

"앞으로는 우리가 한 이 모든 행동이 지극히 정상적인 일이 될 수 있어. 그러니까 아이들아, 우린 지옥에 떨어지지 않을 거야."

두 번째 안전장치도 제거되었다.

그때 갑자기 요란한 경보음이 우주선을 가득 채웠다. 암흑의 우주에서 날아온 수많은 유령들이 울부짖는 것 같았다. 허공에서 떠오른 조작 창이 눈덩이처럼 커지며 와락 달려들었다. 자연선택호의 방어 시스템을 뚫고 들어온 미사일에 대한 수많은 정보들이 그 위에 수없이 나열되었지만 그걸 다 읽을 겨를도 없었다.

경보가 울리기 시작한 후 초저주파 수소폭탄이 폭발할 때까지 4초밖에 걸리지 않았다.

자연선택호가 마지막으로 지구로 전송한 영상 속에서 장베이하이는

1초 만에 모든 것을 파악했던 것 같다. 200여 년 동안 험난한 인생을 살아오며 마음이 무쇠처럼 단련된 그였지만 마지막 결단을 내리기 전 그는 주저했다. 영혼의 전율을 억누르려 애를 썼다. 영혼의 가장 깊은 곳에 남아 있던 한 모금의 유약함이 그를 죽이고 자연선택호에 있는 모든 사람을 죽였다. 한 달간 계속된 어두운 대치의 마지막 순간에 그는 상대보다 몇 초 늦었다.

세 개의 작은 태양이 탄생해 이 암흑의 공간을 밝게 비추었다. 그것들은 자연선택호를 꼭짓점으로 이등변삼각형을 이루었다. 이등변삼각형의 둘레가 40킬로미터쯤 되었다. 핵융합의 불덩이는 20초간 지속되었다. 이 수십 초 동안 초저주파가 불덩이를 뒤흔들었지만 육안으로는 보이지 않았다.

전송된 영상을 보면 나머지 3초 동안 장베이하이는 둥팡옌쉬를 향해 몸을 돌리고 미소 지으며 이렇게 말했다.

"괜찮아. 다 똑같아."

이 말이 영상에 다 담기지는 않았다. 이 말을 끝마칠 시간이 없었다. 세 방향에서 달려든 강력한 전자기펄스에 자연선택호의 거대한 함체가 매미 날개처럼 파르르 떨렸다. 진동에너지가 초저주파로 바뀌었고 부연 핏빛 안개가 화면 전체를 뒤덮었다.

공격은 무한법칙호에서 시작되었다. 무한법칙호는 우주선 지구의 다른 네 우주선을 향해 초저주파 수소폭탄 탄두가 장착된 스텔스미사일 12발을 발사했다. 20만 킬로미터 떨어져 있는 자연선택호를 향해 발사하는 세 발은 다른 아홉 발보다 먼저 발사했다. 가까이에 있는 세 우주선을 향해 발사한 미사일과 동시에 폭발 위치에 도달할 수 있도록 하기 위한 것이었다. 무한법칙호의 함장이 자살한 후 함장직은 부함장에게로 넘겨졌다. 하지만 누가 이 마지막 선택을 했는지는 알 수 없었다. 영원히 아무도 알 수 없을 것이다.

하지만 무한법칙호는 에덴동산의 마지막 행운아가 되지 못했다.

추격 함대에 속한 나머지 세 전함 가운데 블루스페이스호가 돌발 상황에 대비해 만반의 준비를 갖추고 있었기 때문이다. 그들은 이미 우주선 내부를 진공상태로 만들어놓고 승선원 전원이 우주복을 입고 있었다. 진공상태에서는 초저주파가 발생하지 않는다. 따라서 블루스페이스호의 승선원들은 모두 무사했고 함체만 초강력 전자기펄스에 의해 경미한 손상을 입었다.

원자폭탄의 불덩이가 우주를 밝히자마자 블루스페이스호가 반격을 시작했다. 반응 속도가 가장 빠른 레이저 무기로 사격을 했다. 무한법칙호는 고성능 감마선 레이저 다섯 발을 맞고 함체에 다섯 개의 구멍이 뚫렸다. 강력한 화염이 내부를 집어삼킨 뒤 국부적인 폭발이 일어나 전투 능력을 상실했다. 블루스페이스호는 틈을 주지 않고 더 맹렬한 공격을 퍼부었다. 핵미사일의 연속 공격과 폭우처럼 쏟아지는 전자기에너지 공격으로 무한법칙호는 산산이 부서졌다. 단 한 명의 생존자도 없었다.

우주선 지구에서 암흑의 전쟁이 시작된 것과 거의 동시에 태양계의 머나먼 반대쪽에서도 비슷한 참극이 벌어졌다. 청동시대호와 양자호 사이에서 갑작스러운 전투가 벌어진 것이다. 마찬가지로 초저주파 수소폭탄을 사용해 상대 우주선의 선체에 아무런 손상도 가하지 않은 채 그 내부에 있는 모든 생명체를 죽였다. 이 두 우주선에서 지구로 전송된 자료가 많지 않아 지구의 사람들은 그들 사이에 무슨 일이 발생했는지 알 수 없었다.

어둠의 품 안에서 어둠의 신인류가 탄생했다. 무한법칙호의 폭발로 만들어진 금속 구름 속에서 블루스페이스호는 생명의 온기조차 느낄 수 없는 엔터프라이즈호와 딥스페이스호로 다가가 남아 있는 핵융합 연료 전체를 수거한 뒤 각종 부품을 떼냈다. 그다음에는 20만 킬로미터 떨어져 있는 자연선택호로 날아가 연료와 부품을 수거했다. 우주선 지구는 우주의 거대한 공사장 같았다. 죽어버린 전함의 함체 위에서 레이저 용접 불꽃이 쏟아졌다. 장베이하이가 살아 있었다면 틀림없이 200년 전의 항공모함 당호를 떠올렸을 것이다.

블루스페이스호는 여러 조각으로 쪼개진 전함 세 대의 잔해에 둘러싸였다. 그 잔해물들은 거대한 돌무덤 같았다. 이 우주의 묘지에서 어둠의 전투에서 사망한 모든 전사자들을 위한 장례식이 열렸다.

우주복을 입은 블루스페이스호의 1273명 승선원들이 묘지 한가운데에 나란히 줄지어 섰다. 이제 그들은 우주선 지구의 전체 인구였다. 우주선의 잔해들이 산봉우리처럼 우뚝 선 채 그들을 에워싸고 있었다. 잔해의 찢겨 나간 틈 사이는 깜깜한 동굴 같았다. 사망자 4247명의 시신이 잔해 속에 있었고 살아 있는 모든 사람들은 그 잔해의 그림자 속에 있었다. 깊은 밤 골짜기에 있는 것 같았다. 잔해 사이의 작은 틈 사이로 은하계의 서늘한 별빛이 새어 들어왔다.

장례식에 참석한 이들 모두 평온해 보였다. 우주의 신인류가 이제 영아기를 지난 셈이었다.

망자들을 위한 작은 램프에 불이 켜졌다. 50와트짜리 작은 전구였다. 그 옆으로 전구 100개가 더 있었다. 전구가 파손될 경우 자동으로 대체될 전구들이었다. 램프의 전원은 소형 핵전지로 수만 년 동안 바닥나지 않고 쓸 수 있었다. 이 어슴푸레한 빛이 골짜기 속에 밝혀진 등불처럼 잔해의 거대한 봉우리를 향해 아슴아슴한 빛무리를 던졌다. 그 빛무리가 닿은 티타늄 합금 벽 위로 사망자 전원의 이름이 새겨져 있었다. 묘비명은 없었다.

한 시간 뒤 우주의 무덤에서 블루스페이스호가 가속하며 뿜어낸 빛이 이 무덤의 마지막 빛이었다. 묘지는 광속의 100분의 1로 미끄러지듯 서서히 움직였다. 수백 년 후 성간 먼지를 만나면 광속의 1000분의 0.3으로 속도가 떨어질 것이고 6만 년 뒤 NH558J2에 도착할 것이다. 하지만 그때가 되면 블루스페이스호는 이미 5만여 년 전 그곳을 거쳐 다른 성계를 찾아 떠났을 것이다.

블루스페이스호가 우주의 깊은 곳으로 향했다. 충분한 양의 핵융합 연료를 싣고 핵심 부품도 여덟 개씩 보유하고 있었다. 우주선 내부에 모두 실을 수 없어서 선체 외부에 저장 칸 몇 개를 만들어 달았다. 거대하지만 볼품없는 비대칭 형태의 우주선이 되었지만 먼 길을 떠나는 여행자에게는 그 편이 더 어울렸다.

1년 전 태양계의 다른 쪽 끝에서 청동시대호도 양자호의 폐허를 남겨두고 황소자리 방향으로 향했다.

블루스페이스호와 청동시대호는 광명의 세계에서 왔지만 둘 다 어둠의 우주선이 되어 있었다.

우주도 밝았던 시절이 있었다. 태초의 거대한 폭발이 있은 지 얼마 되지 않았을 때는 모든 물질이 빛의 형태로 존재했다. 그 후 우주는 다 타버린 뒤 재만 남았고 그제야 어둠 속에서 중원소들이 가라앉아 행성과 생명체를 탄생시켰다. 그렇게 본다면 어둠은 곧 생명과 문명의 어머니다.

지구에서 블루스페이스호와 청동시대호를 향해 거센 저주와 악담을 퍼부었지만 두 우주선은 아무런 반응도 없었다. 그들은 태양계와의 모든 연락을 끊었다. 그들에게 지구는 이미 죽은 곳이었다.

두 어둠의 우주선은 암흑의 우주와 하나가 되어 태양계에서 점점 멀어졌다.

그들은 인류의 모든 사상과 기억을 담고 지구의 모든 영광과 꿈을 품은 채 영원한 밤 속으로 소리 없이 사라지고 있었다.

*

"그럼 그렇지!"

태양계 양쪽 끝에서 어둠의 전쟁이 일어났다는 소식을 듣자마자 뤄지가 벌떡 일어나며 외쳤다. 그는 어리둥절해하는 스창을 내버려둔 채 밖으로 뛰쳐나가더니 한달음에 마을을 가로질러 드넓은 화베이 사막 앞에 우뚝 멈추었다.

　그가 하늘을 향해 고함을 질렀다.

　"내가 맞았어! 내가 맞았다고!"

　한밤중이었다. 한 줄기 비가 대기를 씻어 내린 덕분에 오랜만에 별들을 볼 수 있었다. 하지만 21세기처럼 하늘이 탁 트인 것은 아니었다. 가장 밝은 별 몇 개만 볼 수 있었다. 성긴 별빛이 가물가물하게 깜박였지만 뤄지는 200년 전 시리게 춥던 그날 밤 얼음 호수에서 느꼈던 감정으로 되돌아갔다. 지금 이 순간 보통 사람인 뤄지는 사라졌다. 그는 다시 면벽자가 되어 있었다.

　가까이 다가오는 스창을 보며 뤄지가 말했다.

　"다스, 내 손에 인류를 승리로 이끌 열쇠가 있어요!"

　"뭐? 낄낄……."

　스창의 비웃음이 뤄지의 흥분을 차갑게 가라앉혔다.

　"믿지 못하겠죠. 이해해요."

　스창이 물었다.

　"그럼 당장 뭘 해야 하지?"

　뤄지가 모래 위에 앉았다. 그의 기분이 낭떠러지로 떨어지듯 빠르게 가라앉았다.

　"할 수 있는 건 하나도 없죠."

　"최소한 자네 의견을 전달해볼 수는 있잖아."

　"효과가 있을지는 모르지만 한번 해볼게요. 면벽자의 책임을 다하는 셈 치죠."

"누굴 찾아갈 거야?"

"최고위층이요. UN 사무총장이나 태양계 함대협의회 의장."

"그건 불가능해. 우린 지금 평범한 시민이잖아……. 그래도 가만있을 순 없으니까……. 음, 먼저 시장을 찾아가봐."

"한번 해보죠. 시 정부에 다녀올게요."

뤄지가 모래를 툭툭 털며 일어났다.

"같이 가줄까?"

"괜찮아요. 나 혼자 갈게요."

"내가 알량한 지위지만 어쨌든 공무원이니까 시장을 만나는 데 도움이 될 거야."

뤄지가 고개를 들어 밤하늘을 올려다보았다.

"물방울이 언제 지구에 도착해요?"

"뉴스에서 열몇 시간 후면 도착한다고 했지."

"물방울이 뭘 하러 오는지 알아요? 그놈의 임무는 연합 함대를 섬멸시키는 것도 아니고 지구를 공격하러 오는 것도 아니에요. 바로 나를 죽이러 오는 거예요. 그놈을 만났을 때 다스가 내 곁에 있는 건 바라지 않아요."

"낄낄……."

스창이 또 입을 가늘게 찢으며 비웃었다.

"열 시간도 더 남았는데 뭘 그래? 그놈이 오면 내가 자네한테서 도망칠게."

뤄지가 쓸쓸하게 웃으며 고개를 저었다.

"내 말을 믿지도 않으면서 왜 나를 도와줘요?"

"자넬 믿고 안 믿고는 위에서 할 일이야. 나는 무슨 일이든 제일 안전한 방법을 택하지. 200년 전 수십억 인구 중에 자네가 선택된 건 그럴 만한 이유가 있지 않겠어? 지금 자네를 혼자 보냈다가 내가 역사의 죄인이 되면 어쩔 거야? 위에서 자네 의견을 무시한다 해도 나는 손해 볼 게 없어. 시내 구경 한번 한 셈 치지. 아무리 그래도 지금 지구로 날아오고 있는 그놈이 자넬 죽이러 오는 거란 얘긴 못 믿겠어. 살인에 대해서는 내가 전문가야. 아무리 상대가 삼체인이라 해도 그건 너무 황당해."

뤄지와 스창은 이른 새벽 구시가지의 지하 도시 입구에 도착했다. 지하 도시로 내려가는 엘리베이터가 정상 운행되고 있었다. 지하 도시에서 큰 짐을 들고 올라오는 사람들은 많았지만 내려가는 사람은 거의 없었다. 하행 엘리베이터에 그들 두 사람 외에 승객이 단 두 명뿐이었다.

그중 한 젊은이가 물었다.

"두 분 동면자죠? 동면자들은 전부 땅 위에 사는데 왜 내려가세요? 요즘 저 밑이 말도 못 하게 어수선해요."

그의 옷 위로 어둠을 배경으로 불덩이가 번쩍이는 영상이 나타났다. 자세히 보니 연합 함대가 전멸할 때의 영상이었다.

스창이 물었다.

"그러는 자네는 왜 내려가나?"

"땅 위에서 살 곳을 찾았어요. 짐을 가지러 가는 거예요."

젊은이가 두 사람을 향해 고개를 끄덕였다.

"땅 위 사람들은 떼돈 벌겠어요. 지하 도시에서 이사 온 사람들한테 집을 비싸게 팔 수 있잖아요."

스창이 말했다.

"지하 도시가 무너져서 사람들이 한꺼번에 올라오면 집을 정상적으로 사고팔 수 있겠나?"

엘리베이터 구석에 움츠리고 있던 중년 남자가 그들이 나누는 이야기를 듣고 있다가 갑자기 손으로 얼굴을 감싸고 흐느끼기 시작했다.

"오, 안 돼. 오……."

흐느낌이 이내 오열로 변했고 그는 힘없이 바닥에 주저앉았다. 그의 옷 위로 오래전 성경 속 한 장면이 나타났다. 벌거벗은 아담과 이브가 에덴동산의 나무 아래 서 있었고 요염한 독사 한 마리가 그들 사이에서 꿈틀거리고 있었다. 그 그림이 얼마 전 일어난 어둠의 전쟁을 상징하는 것인지는 정확히 알 수 없었다.

젊은이가 통곡하는 그를 가리키며 경멸조로 말했다.

"저런 사람들 많아요. 너무 심약해서 탈이라니까요."

젊은이가 눈동자를 반짝이며 말을 이었다.

"마지막이란 아주 멋진 거예요. 어쩌면 지금이 인류가 탄생한 후 가장 아름다운 시대일지도 몰라요. 걱정, 근심을 다 떨쳐버리고 온전히 나 자신만을 위해 살 수 있는 유일한 기회잖아요. 저렇게 울고불고하는 건 정말이지 멍청한 짓이에요. 지금은 매 순간 현재를 즐기는 게 제일 책임감 있는 태도라고 생각해요."

엘리베이터가 지하 도시에 도착했다. 문이 열리자마자 이상한 냄새가 훅 끼쳤다. 뭔가 타는 냄새 같았다. 예전에 비해 지하 도시의 빛은 더 밝아졌지만 사람을 피곤하게 하는 백색 형광등 불빛이었다. 뢰지가 고개를 들어 위를 올려다보았다. 거대한 나무의 틈새로 보이는 것은 희푸른 새벽하늘이 아니라 텅 빈 공백이었다. 지하 도시의 둥근 천장 위로 나타나던 하늘의 영상은 이미 사라져서 아무것도 없는 천장뿐이었다. 텅 빈 돔형 천장이 텔레비전 뉴스에서 본 우주선의 구형 선실을 연상시켰다. 풀밭에는 갖가지 부서진 조각들이 어지럽게 널브러져 있었다. 모두 나무 건물 위에서 떨어진 것들이었다. 그리 멀지 않은 곳에 플라잉카 몇 대의 잔해가 떨어져 있었고 불이 붙은 잔해 주위를 사람들이 빙 둘러싸고 있었다. 그들은 풀밭에 흩어져 있는 것들 중 불에 타는 것들을 주워 불 속으로 던졌다. 어떤 사람은 영상이 나오고 있는 자신의 옷을 벗어 불 속에 던졌다. 비틀린 지하

파이프에서 물줄기가 높이 치솟았고, 그 옆에서 온몸이 흠뻑 젖은 사람들이 아이들처럼 시시덕대며 놀고 있었다. 그들은 비명인지 환호성인지 모를 괴성을 질러가며 사방에서 떨어지는 파편들을 피해 뛰어다니다가 또다시 한데 모여 깔깔대고 장난을 쳤다. 뤄지는 다시 고개를 들어 위를 쳐다보았다. 커다란 나무 군데군데에서 불꽃이 번쩍였고 소방 플라잉카들이 사이렌을 울리며 불이 붙은 채 떨어져 내리는 나뭇잎들 사이로 날아다니고 있었다……. 뤄지는 길에서 만나는 사람들이 두 부류라는 사실을 발견했다. 엘리베이터에서 만났던 두 사람이 바로 그 두 부류의 특징을 극명하게 보여주었다. 한 부류는 우울감에 빠져 어깨를 축 늘어뜨린 채 걸어다니거나 꿈쩍도 하지 않고 풀밭에 앉아 절망감에 압사할 듯 괴로워했다. 처음에는 인류의 패배에 절망했지만 이제는 당장 눈앞에 닥친 고통스러운 생활에 신음했다. 다른 한 부류는 광적인 흥분 상태에서 고삐 풀린 망아지처럼 방종하며 자기 자신을 무감각하게 마취시키고 있었다.

도시 교통은 이미 통제 불능이었다. 뤄지와 스창은 30분 만에 겨우 택시를 잡았다. 무인 운전 플라잉카가 그들을 태우고 거대한 나무 사이를 날아가는 동안 뤄지는 이 도시에서 겪었던 끔찍한 일들이 다시 떠올라 롤러코스터를 타는 것처럼 뒷목이 쭈뼛해졌다. 다행히 그리 오래지 않아서 플라잉카가 시 정부 앞에 도착했다.

업무상의 이유로 시 정부에 몇 번 와본 스창 덕분에 순조롭게 방문 수속을 마쳤다. 여러 단계 절차를 거친 후 드디어 시장과의 접견이 허가되었다. 하지만 오후까지 기다려야 했다. 쉽지 않을 것임은 뤄지도 예상한 바였다. 오히려 그는 시장이 접견에 응해준 것이 뜻밖이었다. 이런 비상시국에 평범한 자신들을 만나주겠다니 말이다. 어제 새로 취임한 신임 시장이었다. 원래는 시 정부에서 동면자 관리 업무를 담당했기 때문에 스창과 잘 아는 사이였다. 말하자면 스창의 전임 상사였던 셈이다.

점심을 먹던 중 스창이 말했다.

"우리 동향 사람이야."

요즘은 동향이라는 말이 지리적인 개념에서 시간적인 개념으로 바뀌었다. 모든 동면자들이 서로를 그렇게 부르는 것은 아니고, 비슷한 시대에 동면에 들어간 사람들끼리 서로 동향이라고 불렀다. 기나긴 세월을 건너와서 만났다는 동질감 때문에 요즘의 동향 사람들은 같은 지역에 살았던 예전의 동향 사람들보다 서로 간의 정이 더 각별했다.

시장을 만난 것은 오후 4시 반이 넘어갈 무렵이었다. 요즘은 고위 공무원도 연예인과 비슷해서 외모가 출중해야만 당선될 수 있다. 그런데 신임 시장은 지극히 평범한 외모의 소유자였다. 나이는 스창과 비슷해 보였고 깡마른 체구가 인상적이었다. 그 외에도 그가 동면자임을 한눈에 알아볼 수 있는 한 가지 특징이 있었다. 바로 안경을 쓰고 있다는 점이었다. 200년 된 골동품이 분명했다. 요즘은 콘택트렌즈도 없어진 지 오래다. 하지만 오랫동안 안경을 써온 사람들은 안경을 벗으면 자기 외모의 단점이 드러난다고 생각하는 경향이 있다. 그래서 동면자들 중에는 시력 회복 수술을 받은 뒤에도 계속 도수 없는 안경을 쓰는 사람들이 많았다. 시장의 얼굴은 이미 피곤에 찌들어 있었다. 깡마른 몸을 의자에서 일으키는 것조차 버거워 보였다. 스창이 불쑥 찾아와 미안하다고 인사를 한 후 승진을 축하하자 그가 고개를 저었다.

"시대가 이토록 약해빠졌으니 우리처럼 질긴 야만인들이 나서야지요."

"동면자 중에서는 제일 높은 자리에 오르셨군요."

"그거야 모르죠. 세상이 빠르게 변하니까 동향 중에 더 높은 자리에 오르는 사람이 나타날지도요."

"전임 시장님은요? 공황 상태인가요?"

"아니에요. 요즘 사람들 중에도 강한 사람이 더러 있어요. 그는 시장의 직무를 충실하게 수행했어요. 안타깝게도 이틀 전 폭동이 발생했을 때 교통사고로 사망했습니다."

시장이 스창의 어깨 너머에 있는 뤄지에게로 시선을 옮기더니 반갑게 손을 내밀었다.

"오, 뤄지 박사. 안녕하세요! 200년 전에 당신의 팬이었답니다. 면벽자 네 명 중에 당신이 제일 면벽자다웠지요. 당신이 무슨 생각을 하는지 도무지 알 수가 없더군요."

하지만 뒤이어 그가 내뱉은 한마디는 뤄지와 스창의 기대에 찬물을 끼얹었다.

"박사는 내가 이틀 동안 만난 네 번째 구세주예요. 아직 수십 명이 밖에서 더 기다리고 있지요. 하지만 난 더 이상 그들을 만날 기운이 없군요."

"시장님, 뤄지는 그 사람들과는 다릅니다. 200년 전……."

"200년 전 수십억 인구 중에서 선발되었다는 걸 압니다. 그래서 내가 이렇게 당신들을 만나기로 한 거예요. 스창 선생에게 부탁할 일도 있고요. 그 얘긴 좀 이따가 합시다. 우선 나를 찾아온 이유부터 듣고 싶군요. 그런데 작은 부탁이 하나 있어요. 세상을 구원할 방법은 굳이 설명하지 않아도 됩니다. 대부분은 너무 길더군요. 내게 부탁할 일이 뭔지부터 말씀해보세요."

뤄지와 스창의 설명을 들은 후 시장은 더 생각해볼 것도 없다는 듯이 단호하게 고개를 저었다.

"도와주고 싶지만 나는 그럴 능력이 없어요. 지금도 상부 기관에 보고해야 할 일들이 산더미 같아서 말이에요. UN 사무총장은 고사하고 국가 지도자도 만나게 해줄 수가 없어요. 아주 골치 아픈 일이 생겼어요."

뤄지와 스창도 시장이 말한 골치 아픈 일이 무엇인지 뉴스를 통해 알고 있었다.

연합 함대가 전멸한 후 200년 동안 잠들어 있던 도피주의가 다시 깨어나 빠르게 퍼져나갔다. 심지어 유럽 연방은 도피를 위한 기초 계획까지 수립했다. 제비뽑기 방식으로 1차로 도피할 국민 10만 명을 선발한다는 계획이 국민 투표에서 가결되었다. 하지만 제비뽑기 결과가 발표된 후 도피 명단에 들지 못한 대다수 국민들이 반발해 대규모 폭동이 발생했고 여론은 다시 도피주의를 반인륜적 죄악이라고 거세게 비난했다.

외우주에서 생존한 전함들 간에 어둠의 전쟁이 발생한 후 도피주의에 대한 비난이 한층 더 격화되었다. 지구 세계와 정신적 유대 관계가 끊기면 우주에 있는 인간들이 정신적으로 철저히 변화하기 때문에 설령 도피가 성공한다 해도 생존자들은 더 이상 인류 문명이라고 할 수 없다는 주장이었다. 지구에서 떨어져 나가면 인간이 어둡고 사악한 존재가 되어 삼체 세계와 마찬가지로 인류 문명의 적이 된다는 것이다. 사람들은 그 문명에 '반문명'이라는 새로운 이름까지 붙여주었다.

더욱이 물방울이 지구에 점점 가까워지자 도피주의에 대한 신경질적인 반응이 극에 달했다. 물방울이 지구를 공격하기 전에 틀림없이 누군가 지구에서 도망칠 것이라는 경고가 등장하자, 우주 엘리베이터 기지와 우주 발사 기지 주변마다 수많은 인파가 운집해 우주로 가는 모든 통로를 차단해야 한다고 핏대를 세웠다. 그들에게는 정말로 그럴 능력이 있었다. 지금 시대에는 누구든 자유롭게 무기를 소지할 수 있었기 때문이다. 민간용 무기는 대부분 소형 레이저건이었다. 레이저건 하나로는 우주 엘리베이터 운반 탱크와 이륙하는 우주선을 위협할 수 없지만 과거의 무기와 달리 레이저건은 수많은 사람이 모여 한 점을 향해 발사할 경우 엄청난 위력을 발휘할 수 있었다. 우주 엘리베이터 기지와 우주 발사 기지를 에워싸고 있는 사람들이 적게는 수만, 많게는 100만에 이르렀고 그중 최소한 3분의 1이 무기를 가지고 있었다. 엘리테이터 운반 탱크가 올라가거나 우주선이 이륙할 때 그들이 동시에 레이저건을 발사한다면 목표물을 거뜬히 파괴할 수 있었다. 지구와 우주의 교통이 두절되었지만 혼란은 계속 확산되었다. 최근에는 공격 목표가 정지궤도에 있는 우주 도시로 바뀌었다. 어느 우주 도시가 도피 우주선으로 개조되고 있다는 등의 유언비어가 인터넷을 통해 퍼져나가더니 급기야 우주 도시들이 집단 공격을 받았다. 거리가 워낙 멀어 레이저빔이 우주 도시에 도달할 때쯤에는 위력이 크게 약해졌고 우주 도시가 계속 돌고 있기 때문에 실질적인 피해는 입지 않았지만 우주 도시를 향한 공격이 전 인류의 집단 오락이 되어버렸다. 오늘 오후 유럽 연방의 3호 우주 도시인 '뉴파리'가 북반구에서 발사된 수천만 개 레이저빔의 공격을 받아 도시의 기온이 급격히 상승하는 바람에 주민들이 대피하는 일이 발생했다. 당시 우주 도시에서 내려다본 지구는 태양보다도 더 밝았다고 한다.

뤄지와 스창은 더 이상 아무 말도 하지 않았다.

시장이 스창에게 말했다.

"동면이민국에 있을 때 선생의 근무 태도에 깊은 인상을 받았습니다. 궈정밍 알죠? 궈정밍도 공공안전국장으로 승진한 뒤에 내게 선생을 추천했죠. 선생이 시 정부로 와서 일해주면 좋겠어요. 지금 선생 같은 사람이 꼭 필요해요."

스창이 잠시 생각에 잠겼다가 고개를 끄덕였다.

"저희 구의 일이 안정되고 나면 시 정부로 와서 일하겠습니다. 지금 상황이 어떤가요?"

"계속 악화되고 있지만 아직은 통제되고 있어요. 지금 제일 중요한 건 전기 공급 유도 자기장을 유지시키는 거예요. 전기 공급이 중단되면 도시는 완전히 붕괴될 겁니다."

"우리 시대와는 혼란의 심각성이 다르군요."

"그래요. 우선 원인부터 달라요. 지금 사람들은 미래에 대한 희망을 완전히 잃었어요. 희망을 되돌리기가 쉽지 않을 겁니다. 게다가 우리가 쓸수 있는 방법도 과거에 비해 턱없이 적어요."

시장이 벽에 영상을 띄웠다.

"여기가 중심 광장입니다. 100미터 상공에서 촬영한 거예요."

중심 광장이란 대협곡 기념비가 있는 그곳이라는 것을 뤄지도 알고 있었다. 뤄지와 스창이 킬러 바이러스에 감염된 플라잉카를 피해 숨었던 그곳 말이다. 그런데 지금 상공에서 내려다본 화면 속에는 기념비와 주위의 모래사장은 보이지 않았고 광장 전체가 온통 하얀색으로 뒤덮여 있었다. 희멀건 덩어리들이 꿈틀거리는 모습이 마치 흰죽이 끓고 있는 거대한 솥과 같았다.

뤄지가 믿을 수 없다는 표정으로 물었다.

"저게 다 사람인가요?"

"벌거벗은 사람들이죠. 초대형 섹스 파티예요. 이미 10만 명이 넘었고 계속 증가하고 있어요."

이 시대의 이성 관계와 동성 관계의 개방 수준은 뤄지의 상상을 훨씬 뛰어넘는 것이었다. 지금 사람들은 대수롭지 않게 여기는 이 광경이 뤄지와 스창에게는 소름이 끼칠 만큼 충격적이었다. 뤄지는 성경에서 인류가 십계를 받기 전의 타락했던 상황을 떠올렸다. 이것은 세계 종말의 전형적인 광경이었다.

스창이 물었다.

"정부는 저걸 왜 단속하지 않죠?"

"어떻게 막겠어요? 저건 합법적인 행동이에요. 저걸 막는다면 정부가 범죄를 저지르는 것이죠."

스창이 길게 탄식했다.

"음, 경찰과 군대도 할 수 있는 게 없군요."

시장이 말했다.

"법률을 샅샅이 뒤져보았지만 현재 상황을 통제할 수 있는 근거를 찾지 못했어요."

"차라리 물방울이 지구를 붕괴시켜버리는 게 나을 지경이군요."

스창의 말에 뤄지는 잊고 있던 일이 생각났다. 뤄지가 깜짝 놀라며 물었다.

"물방울이 지구에 도착하려면 얼마나 남았나요?"

시장이 조작 창을 두드려 역겨운 화면을 실시간 뉴스 화면으로 바꾸었다. 태양계의 시뮬레이션 영상이었다. 붉은 선이 물방울의 이동 경로를 표시해주고 있었다. 혜성의 이동 경로처럼 가파른 선의 끝이 지구와 거의 맞닿아 있었고 화면의 우측 하단에 있는 카운트다운 시계가 빠른 속도로 바뀌고 있었다. 물방울이 감속하지 않는다면 약 다섯 시간 뒤에 지구에 도착하게 될 것이다. 물방울에 대한 전문가들의 분석이 화면 하단의 자막 뉴스로 지나갔다. 전 세계를 뒤덮은 공포 분위기와는 달리 과학자들은 패배의 충격에서 벗어나 이성을 되찾고 있었다. 그들의 분석은 매우 냉정했다. 그들은 물방울의 구동 방식이나 에너지원에 대해서는 정보가 전혀 없지만 몇 가지 정황으로 분석할 때 물방울의 에너지도 점점 소진되고 있을 것이라고 추측했다. 연합 함대를 공격한 후 물방울이 태양 쪽으로 날아오는 속도가 현저히 감소했다. 물방울이 목성 옆을 스치고 지나오면서도 목성 궤도에 있는 세 함대를 공격하지 않고, 목성의 인력을 이용해 가속하는 데만 집중했다. 이것도 역시 현재 물방울에 남아 있는 에너지가 많지 않음을 추측할 수 있는 근거였다. 과학자들은 물방울이 지구를 뚫고 지나갈 가능성은 전혀 없다고 입을 모았지만 물방울이 지구로 오는 목적에 대해서는 아무도 이렇다 할 추측을 내놓지 못했다.

뤄지가 말했다.

"내가 여기서 나가야 해요. 안 그러면 이 도시가 정말로 붕괴될 수 있어요."

시장이 물었다.

"이유가 뭔가요?"

스창이 대신 대답했다.

"물방울이 이 친구를 죽이러 오고 있다는군요."

"하하하……."

오랫동안 웃어본 적이 없는 듯 시장의 웃음이 어색했다.

"뤄지 박사, 당신은 내가 본 사람 중에 가장 자기중심적인 사람이군요."

*

땅 위로 올라온 후 뤄지와 스창은 서둘러 차를 몰았다. 지하 도시의 주민들이 대거 쏟아져 올라오는 바람에 교통체증이 심각했다. 그들은 30분 만에 겨우 구시가지를 벗어나 고속도로로 들어선 뒤 서쪽을 향해 전속력으로 달렸다.

자동차에 설치된 텔레비전에서 뉴스가 흘러나왔다. 물방울이 감속하지 않고 초속 75킬로미터 속도로 지구에 접근하고 있으며 이 속도대로라면 세 시간 뒤 지구에 도착할 것이라고 했다.

지하 도시의 전기 공급 유도 자기장이 약해져 차의 속력이 떨어졌다. 스창은 축전지로 겨우 차의 속력을 유지시켰다. 그들은 신생활 5촌 등 여러 동면자 거주촌을 지나 계속 서쪽으로 향했다. 두 사람은 줄곧 침묵했다. 거의 대화를 나누지 않고 텔레비전에서 나오는 실시간 뉴스에 신경을 곤두세웠다.

물방울은 달의 궤도를 지난 후에도 감속하지 않았다. 현재 속도라면 30분 뒤 지구에 도착할 것이다. 혼란을 우려해 언론에서는 물방울의 충돌 예상 위치를 공개하지 않기로 했다.

뤄지는 결단을 내렸다. 계속 미루고 싶은 결정이지만 더 이상 미룰 수 없다고 판단했다. 뤄지가 말했다.

"다스, 이제 저 혼자 갈게요."

스창이 차를 세웠고 두 사람은 차에서 내렸다. 거의 지평선과 맞닿은 저녁 해가 두 사람의 그림자를 사막 위로 길게 늘어뜨렸다. 뤄지는 자신이 발을 딛고 있는 대지가 자신의 마음처럼 물컹거리는 것 같았다. 그는 바닥을 온전히 딛고 서 있기가 힘들었다. 뤄지가 말했다.

"나는 최대한 인가가 드문 곳으로 갈 거예요. 돌아가세요. 최대한 멀리 가셔야 해요."

"난 여기서 기다릴 거야. 일이 끝나면 이리로 와. 같이 돌아가세."

스창이 주머니에서 담배를 꺼냈다. 라이터를 켜려다가 요즘 담배는 불을 붙일 필요가 없다 것이 생각났다. 스창이 먼 과거에서 가지고 온 다른 물건들처럼 그의 습관적인 동작도 변함이 없었다.

뤄지의 얼굴 위로 처량한 미소가 스쳤다. 그는 스창이 정말로 그래주기를 바랐다. 적어도 그렇게 말해주니 작별을 받아들이기가 조금은 쉬웠다.

"기다리고 싶으면 기다리세요. 단, 언덕 뒤에 숨어 계세요. 충돌의 위력이 얼마나 클지는 나도 모르니까."

스창이 웃으며 고개를 저었다.

"그 말을 들으니 200년 전에 만났던 한 지식인이 생각나는군. 자네처럼 궁상맞은 표정으로 새벽부터 왕푸징(王府井) 교회 앞에서 엉엉 울고 있더라니까……. 그런데 나중에는 아주 잘 살았어. 동면에서 깨어난 뒤에 찾아보니 100세 가까이 장수했더라고."

"물방울을 처음 만졌다가 죽은 그 사람 얘긴 왜 안 해요? 딩이 박사 말이에요. 다스는 그 사람을 개인적으로 아는 것 같던데."

"그건 스스로 죽으러 간 거고."

스창이 딩이를 떠올리듯 노을에 물든 하늘로 시선을 던졌다.

"하지만 그는 대범한 사람이었어. 무슨 일이든 그렇게 거침없었지. 그를 만난 건 한 번뿐이지만 대단한 지혜를 느낄 수 있었어. 아우도 그 사람을 본받아야 해."

"또 그 얘기군요. 우린 이제 평범한 사람이에요."

뤄지가 시계를 들여다보았다. 지체할 시간이 없었다. 그가 스창에게 손을 내밀었다.

"고마워요. 지난 200년 동안 나를 위해 해준 모든 일들이. 언제 어디서 다시 만날지도 모르죠. 그럼 저는 이만."

스창은 뤄지가 내민 손을 잡지 않고 손을 휙 내저었다.

"그런 소린 집어치워! 날 믿어. 아무 일도 없을 거야. 가봐. 다 끝나면 나를 데리러 와. 저녁에 술 마시면서 실컷 놀려줄 테니 두고 봐."

뤄지가 서둘러 차에 올랐다. 눈가에 차오른 눈물을 스창에게 보여주고 싶지 않았다. 뤄지는 백미러 속 일그러진 스창의 모습을 다시 한번 마음에 새겨 넣은 뒤 힘껏 가속페달을 밟아 마지막 여정에 올랐다.

어쩌면 어디선가 다시 만날 수도 있다. 지난번에는 200년의 시간을 뛰어넘어 다시 만났다. 이번에는 또 무엇을 뛰어넘게 될까? 뤄지는 문득 200년 전 우웨가 그랬던 것처럼 자신이 무신론자라는 사실이 후회스러웠다.

석양이 완전히 사라지자 길 양편의 사막이 눈밭처럼 희뿌연 빛을 내뿜었다. 뤄지는 200년 전 어코드 자동차에 상상 속의 연인을 태우고 달리던 때가 떠올랐다. 그때 달리던 길도 바로 이 길이었다. 그때의 화베이평야에는 정말로 눈이 쌓여 있었다. 그녀의 긴 머리가 바람에 나부끼며 한 가닥 한 가닥 그의 볼을 간질였다.

말하지 말아요! 여기가 어딘지 말하지 말아요. 그걸 알고 나면 세상이 지도처럼 작아져버리니까요. 여기가 어딘지 몰라야 세상이 넓다고 느낄 수 있어요.

좋아요. 그럼 길을 잃어봅시다.

뤄지는 좡옌과 아이가 그의 상상 때문에 이 세계로 온 것 같다는 생각을 지울 수 없었다. 그런 생각이 들자 뤄지는 가슴이 욱신거리며 아팠다. 이 순간 그를 가장 힘들게 하는 것은 사랑과 그리움이었다. 눈물이 그의 시선을 흐릿하게 뭉갰다. 잡념을 떨쳐내려 애썼지만 좡옌의 그 아름다운 눈동자가 아이의 달콤한 웃음소리와 함께 그의 머릿속으로 꾸역꾸역 밀고 들어왔다. 뤄지는 텔레비전 뉴스에 정신을 집중시켰다.

물방울이 라그랑주 점(Lagrange Point)*을 지나 변함없는 속도로 지구를 향해 돌진하고 있었다.

뤄지는 자신이 생각하는 가장 이상적인 곳에 차를 세웠다. 평지와 산이 서로 만나는 지점이었다. 육안으로 닿는 범위 안에는 사람도 건물도 보이지 않았다. 자동차가 서 있는 곳은 삼면이 산으로 둘러싸인 U 자 골짜기 안이었다. 이렇게 하면 충돌의 충격파를 조금은 상쇄시킬 수 있었다. 뤄지는 차에서 텔레비전을 떼어 사방이 탁 트인 사막의 한가운데로 가서 앉았다.

물방울이 3만 4000킬로미터의 지구 정지궤도를 지났다. 물방울이 우주 도시 뉴상하이를 근거리로 지나칠 때 우주 도시에 있는 모든 사람들이 하늘을 쏜살같이 가로지르는 밝은 빛을 똑똑히 보았다. 뉴스에서 8분 뒤 물방울이 지구와 충돌할 것이라고 했다.

뉴스에서 마침내 충돌 예상 지점의 경도와 위도를 발표했다. 중국 수도

---

* 지구와 달의 중력과 원심력이 평형을 이루는 점.

의 서북부였다.

뤄지의 예상대로였다.

땅거미가 짙어졌고 하늘의 모든 빛이 서쪽 하늘의 작은 점으로 응집되었다. 눈동자도 없는 백색 구체가 이 세계를 도도히 내려다보고 있었다.

기다리는 동안 뤄지는 자신의 일생을 가만히 반추했다.

그의 인생은 면벽자가 된 사건을 경계로 분명하게 둘로 나뉘었다. 면벽자 이후의 인생이 200년에 걸친 긴 세월이기는 하지만 그에게는 바로 어제 일처럼 짧게만 느껴졌다. 긴 세월이지만 돌이켜 회상하는 데 그리 오래 걸리지 않았다. 뤄지에게는 그 세월이 자기 인생 같지 않았기 때문이다. 가슴 저린 사랑마저도 한순간에 사라진 꿈과 같았다. 그는 아내와 아이를 다시 떠올릴 용기가 없었다.

하지만 그의 기대와 달리 면벽자가 되기 전의 인생도 그의 기억 속에서 역시 백짓장처럼 텅 빈 공백이었다. 기억의 바다에서 건져 올린 것들은 모두 사금파리 같은 조각들뿐이었다. 시간을 앞으로 당길수록 건질 수 있는 조각들도 줄어들었다. 정말로 고등학교에 다닌 걸까? 초등학교는 다녔던 걸까? 정말로 첫사랑을 했던 걸까? 지리멸렬한 기억의 조각들 속에서 우연히 찾아낸 몇 가닥 흔적이 있었다. 확신할 수 있을 만큼 또렷한 몇 가지 기억은 있었지만 그때의 감정은 흔적도 없이 사라졌다. 과거는 그의 손 안의 한 줌 모래처럼 꽉 쥐었다고 생각하지만 실은 손가락 사이로 우수수 흘러내리는 것이다. 기억은 메마른 강바닥에 드문드문 남아 있는 자갈과도 같다. 그의 인생은 얻자마자 잃어버려 남은 게 거의 없었다. 뤄지는 저녁 어스름에 휘감긴 산들을 쳐다보며 200여 년 전 그 산속에서 보낸 겨울밤이 생각났다. 수억 년 동안 서 있다가 지쳐 누워버린 산속이었다.

이 산은 해바라기를 하는 마을 노인들 같아요.

그의 상상 속 연인은 이렇게 말했다. 너른 들판과 도시를 이루었던 화베이평야는 이미 사막으로 변했지만 산들은 변한 것이 거의 없었다. 구불구불 산등성이가 이어졌고 메마른 풀과 가시덤불이 잿빛 바위 틈을 뚫고 나와 끈질긴 생명력을 이어가고 있었다. 200년 전만큼 무성하지는 않았지만 큰 차이가 없었다. 이 바위산에서 변화를 발견하기에 200년이라는 시간은 너무도 짧았다.

산들이 보기에 인류의 세상은 어떤 모습일까? 아마도 한가로운 오후의 작은 구경거리일 것이다. 살아 있는 작은 생명체들이 평야 위에 하나둘씩 나타나더니 어느새 제법 많아졌다. 잠시 후 개미굴 같은 건물들이 만들어졌고 그것들이 금세 무리를 이루어 밝게 빛을 내고 연기를 내뿜기 시작했다. 하지만 오래가지 못해서 빛도 연기도 사라지고 작은 생명체들도 사라진 후 건물들이 무너져 모래에 파묻혔다. 그저 그뿐이다. 이것은 산이 목도한 수많은 일들 중 짧게 지나간 광경이며 어쩌면 가장 재미있는 해프닝일 수도 있다.

드디어 뤄지는 자신의 기억 중 가장 오래된 것을 찾아냈다. 자신이 기억할 수 있는 인생의 시작도 역시 모래벌판이었다는 사실에 그는 깜짝 놀랐다. 말하자면 인생의 원시 시대였다. 어디였는지 기억조차 나지 않았고 그때 누가 옆에 있었는지도 가물가물했다. 또렷하게 기억나는 것은 모래벌판 옆으로 강이 흐르고 있었다는 사실뿐이었다. 하늘에는 둥근 보름달이 떠 있었고 달빛 아래로 강물이 은빛 비늘을 반짝이며 흘렀다. 그는 모래벌판에 구덩이를 파고 있었다. 구덩이 밑바닥에서 물에 솟아나오자 물 위에도 작은 달이 떴다. 그는 그렇게 쉬지 않고 구덩이를 여러 개 팠다. 구덩이가 생길 때마다 작은 달도 하나씩 늘어났다.

그것은 정말로 그의 가장 오래된 기억이었다. 더 위로 거슬러 올라가면 새하얀 공백이었다.

어둑어둑한 사막에서 텔레비전 불빛만이 뤄지의 주위를 비추었다.

뤄지는 모든 생각을 밀어내고 머릿속을 텅 비우려 안간힘을 썼다. 머리카락이 쭈뼛해졌다. 하늘을 덮은 거대한 손바닥이 자신을 짓누르는 것 같았다.

하지만 손바닥이 서서히 움츠러들었다.

그때 물방울이 지상 2만 킬로미터 상공에서 급하게 방향을 틀어 태양을 향해 날아가며 속도를 줄였다. 뉴스에서 기자의 다급한 외침이 터져 나왔다.

"북반구 주의하십시오! 북반구 주의하십시오! 물방울이 감속하면서 빛이 밝아졌습니다. 이제 육안으로도 물방울을 볼 수 있습니다!"

뤄지가 고개를 들어 하늘을 올려다보았다. 정말로 그 빛을 볼 수 있었다. 그리 밝지는 않았지만 빠른 속도 때문에 다른 별들과 쉽게 구분해낼 수 있었다. 물방울은 별똥별처럼 밤하늘을 가르고 날아가더니 서쪽 하늘에서 자취를 감추었다. 물방울과 지구의 상대속도가 0이 되자 물방울이 스스로 태양의 정지궤도를 찾았다. 이것은 앞으로 물방울이 지구와 태양의 사이에서 계속 지구 주위를 돌게 된다는 뜻이다. 지구와 물방울의 거리는 4만 킬로미터였다.

뤄지는 이것으로 끝이 아님을 예감하고 모래 위에 앉아 기다렸다. 구부정한 노인 같은 바위산들이 그의 양옆과 뒤에서 조용히 자신을 지켜보고 있다는 사실이 그의 마음을 너무룩하게 가라앉혔다. 아직은 새로운 속보가 없었다. 지구가 재앙에서 벗어났는지 확신할 수 없어 전 세계가 숨죽이고 기다렸다.

10분이 흘렀지만 아무 일도 일어나지 않았다. 관측 시스템상으로 보면 물방울은 가만히 우주에 떠 있었다. 꼬리에서 나오던 광륜도 사라졌고 태양을 향하고 있는 둥근 앞부분에서 눈부신 빛이 반사되어 앞의 3분의 1이 불타고 있는 것 같았다. 뤄지는 물방울과 태양 사이에서 모종의 신비한 감응이 일어나고 있는 것 같았다.

텔레비전 화면이 갑자기 흐릿해졌고 잡음이 심해졌다. 그와 동시에 뤄지는 자기 주변이 어수선해지는 느낌이 들었다. 산속에서 새들이 푸드덕 날아올랐고 멀리서 개 짖는 소리가 들렸다. 착각인지 아닌지 분간할 수 없었다. 살갗이 미세하게 간질거렸다. 텔레비전 화면과 음성이 몇 번 흔들리다가 다시 또렷해졌다. 나중에 안 사실이지만 그 후에도 전파 교란이 계속되었다. 전 세계 통신 시스템의 교란 방어 시스템이 작동해 갑자기 나타난 방해 전파를 차단한 것이었다. 하지만 언론은 이 사건에 신속하게 반응하지 못했다. 대량의 관측 데이터를 분석하느라 10여 분이 지난 후에야 뉴스에 보도되었다.

물방울이 태양을 향해 간헐적으로 강한 전자기파를 발사하고 있었다. 전자기파의 강도가 태양이 확대시킬 수 있는 임계치를 뛰어넘어 모든 대역의 주파수를 차지해버렸다.

뤄지가 갑자기 미친 사람처럼 웃음을 터뜨렸다. 숨이 가쁘도록 웃음이 멈추지 않았다. 그는 확실히 자기중심적이었다. 왜 이 사실을 몰랐을까? 자신은 중요하지 않으며 중요한 것은 태양이라는 사실을 말이다. 그때부터 인류는 더 이상 태양이라는 슈퍼 안테나를 통해 우주로 정보를 보낼 수 없게 되었다.

물방울이 지구에 온 목적은 태양을 봉쇄시키는 것이었다.

"낄낄낄! 이것 봐. 아무 일도 없을 거라고 했잖아! 돈을 걸고 내기를 했어야 하는데 말이야!"

언제 왔는지 스창이 뤄지 곁에 와 있었다. 지나가는 차를 얻어 타고 온 것이었다.

뤄지는 바람 빠진 풍선처럼 어깨가 축 늘어져 모래 위에 벌러덩 드러누왔다. 모래에 남아 있는 태양의 온김이 그를 편안하게 했다.

"다스, 이제 맘 편히 살 수 있겠어요. 이제 정말 다 끝났어요."

"자네의 면벽자 일을 돕는 것도 이게 마지막이로군."

*

돌아오는 길에 스창이 말했다.

"면벽자라는 직업이 자네 머리를 고장 내놓은 게 분명해. 병이 도진 거야."

"정말로 그런 것이라면 좋겠어요."

어제 보았던 별들이 다시 자취를 감추었고 시커먼 사막과 밤하늘이 지평선에서 한 덩어리가 되었다. 앞에 보이는 도로만이 자동차 헤드라이트 불빛을 따라 이어지고 있었다. 이 세상은 지금 뤄지의 머릿속처럼 사방이 온통 깜깜했고 오직 한 곳만 또렷했다.

"사실, 정상으로 되돌리는 건 어렵지 않아. 좡옌과 아이를 깨워야 할 차례가 됐지. 시국이 워낙 혼란해서 동면자의 소생이 중단됐는지도 모르겠군. 중단됐더라도 머지않아 재개될 거야. 상황이 금세 진정될 테니까. 인류가 몇 대쯤 더 이어갈 수 있게 됐어. 자네도 이제 맘 편히 살 수 있을 거라고 했잖아?"

"내일 동면이민국에 가서 물어봐야겠어요."

스창의 말이 뤄지에게 희망을 던져주었다. 암울했던 마음에 마침내 한 가닥 빛이 비추었다. 아내와 아이를 다시 만나는 것은 그가 자신을 구원할 수 있는 유일한 기회일 것이다.

하지만 인류를 구원해줄 사람은 이제 없었다.

신생활 5촌에 거의 도착할 무렵 스창이 갑자기 차의 속력을 줄였다. 그가 전방을 유심히 쳐다보았다.

"뭔가 이상해."

뤄지가 스창을 따라 시선을 옮겼다. 저 멀리 희미한 빛이 어른거리고 있었다. 아래쪽의 환한 빛이 허공으로 번진 것 같았다. 빛의 정체가 무엇인지는 보이지 않았다. 어스름한 빛이 계속 흔들리는 것을 보면 마을의 불빛은 아닌 것 같았다. 고속도로를 돌아 내려오자 그들 앞으로 기이한 장관이 펼쳐졌다. 신생활 5촌과 도로 사이의 사막이 야광 카펫을 깔아놓은 듯 눈부시게 빛나고 있었다. 반딧불이 모여 바다를 이룬 것처럼 바닥이 보이지 않을 정도로 촘촘한 빛이 반짝거렸다. 뤄지는 한참 뒤에야 정신을 차렸다. 그것은 사람들이었다. 모두 도시에서 온 사람들이었고 환하게 빛나고 있는 것은 바로 그들의 옷이었다.

차가 천천히 그들을 향해 다가가자 사람들이 헤드라이트 불빛에 눈이 부셔 손으로 빛을 가렸다. 스창이 헤드라이트를 껐다. 기이하고 다채로운 사람들이 차 주위를 에워쌌다.

"누구를 기다리고 있는 것 같군."

스창이 뤄지를 쳐다보았다. 그의 눈빛이 뤄지를 긴장시켰다. 스창이 차를 세우며 말했다.

"자넨 여기 있어. 내가 알아볼게."

스창이 차에서 내려 사람들을 향해 다가갔다. 환하게 빛나고 있는 사람들 사이에서 스창의 건장한 체구가 검은 그림자가 되었다. 스창이 사람들과 한두 마디를 주고받더니 곧 돌아왔다.

"역시 자네를 기다리고 있군. 가봐."

스창이 차 문 옆에 서서 어리둥절한 표정의 뤄지를 안심시켰다.

"괜찮아. 별일 아니야."

뤄지가 차에서 내려 사람들을 향해 다가갔다. 현대인들의 옷차림에는 이미 익숙해졌지만 이 황량한 사막에서는 어쩐지 자신과 다른 종족에게 다가가는 듯한 기분이었다. 사람들의 표정을 볼 수 있을 만큼 가까워지자 뤄지는 심장박동이 빨라지기 시작했다. 동면에서 깨어난 뒤 그가 처음 깨달은 것은 각 시대마다 사람들의 표정이 다르다는 점이었다. 시간을 뛰어넘어 먼 미래로 온 그에게는 그 차이가 확연하게 느껴졌다. 그래서 그는 현대인과 동면에서 깨어난 지 얼마 되지 않은 사람들을 쉽게 구분할 수 있었다. 하지만 지금 뤄지의 앞에 있는 사람들의 표정은 현대인의 것도 21세기인의 것도 아니었다. 그는 이 표정이 어느 시대의 것인지 알 수가 없었다. 더럭 겁이 나서 걷기도 힘들었지만 스창에 대한 신뢰 때문에 기계적인 발걸음을 내딛었다. 사람들과의 거리가 좀 더 좁혀지자 그는 결국 우뚝 멈추어 섰다. 그들의 옷에 나타난 영상을 똑똑히 볼 수 있었기 때문이다.

그들의 옷에 나타난 것은 모두 뤄지의 영상이었다. 정지된 사진도 있었고 움직이는 영상도 있었다. 뤄지는 면벽자가 된 후 거의 언론에 얼굴을 비춘 적이 없었으므로 남아 있는 영상 자료가 거의 없었다. 하지만 그 얼마 되지 않는 영상들이 사람들의 옷마다 나타나 있었다. 심지어 그중 몇 사람의 옷에는 그가 면벽자가 되기 전의 사진이 나타나 있었다.

사람들의 옷은 모두 네트워크로 연결되어 있다. 그러므로 지금 그의 영상이 전 세계인의 옷에 나타나 있다는 뜻이다. 그 영상들은 현대인의 취향에 맞추어 편집한 것이 아니라 모두 원본 그대로였다. 그것들이 이제 막 인터넷에 퍼지기 시작했다는 뜻이다.

뤄지가 멈추어 서자 사람들이 그를 향해 다가왔다. 이삼 미터 거리로 다가오자 맨 앞줄에 있는 사람들이 걸음을 멈추어 뒷사람들이 더 가까이 오지 못하게 막았다. 맨 앞에 있는 사람들이 바닥에 엎드리자 뒤에 있는 사람들도 따라서 엎드렸다. 환한 빛을 내는 사람들이 해변에서 쓸려 나가는 썰물처럼 사막 위에서 일제히 엎드렸다.

"주여, 우리를 구원해주소서!"

누군가의 외침이 우렁우렁한 메아리를 일으켰다.

"신이시여, 세상을 구해주소서!"

"위대한 대변인이시여, 우주의 정의를 세워주십시오!"

"정의의 천사님, 부디 인류를 구해주세요!"

두 사람이 뤄지에게 다가왔다. 그중 한 사람의 옷에서는 영상이 나오지 않았다. 하인스였다. 그의 옆에 있는 사람은 번쩍이는 견장과 훈장을 달고 있는 군인이었다.

하인스가 뤄지를 향해 깍듯한 말투로 말했다.

"뤄지 박사, 방금 내가 UN 면벽프로젝트위원회의 연락관으로 임명받았어요. UN 면벽프로젝트위원회를 대신해 박사에게 소식을 전합니다. UN의 면벽 프로젝트가 재개되었으며 당신이 유일한 면벽자로 지명되었습니다."

옆에 있는 군인이 말했다.

"저는 태양계 함대협의회의 특파원 벤 조너선입니다. 박사께서 동면에서 깨어나신 직후에 뵌 적이 있죠. 저도 태양계 함대협의회가 박사에게 보낸 메시지를 전합니다. 아시아 함대, 유럽 함대, 북미 함대 모두 효력이 회복된 면벽 헌장에 동의하며 박사의 면벽자 신분을 인정합니다."

하인스가 사막에 엎드려 있는 사람들을 가리켰다.

"박사는 두 가지 신분을 갖게 되었어요. 신을 믿는 사람들은 박사를 정의의 천사로 여기고, 무신론자들은 박사를 은하계 문명의 대변인이라고 생각하고 있어요."

뒤이어 정적이 흘렀다. 모두의 시선이 뤄지에게로 쏠렸다. 뤄지는 아무리 생각해도 한 가지 가능성밖에 떠오르지 않았다. 그가 기어들어가는 목소리로 물었다.

"혹시 제 저주가 효과를 발휘했나요?"

하인스와 조녀선이 고개를 끄덕였다. 하인스가 말했다.

"항성 187J3X1이 파괴됐어요."

"언제요?"

"51년 전이에요. 1년 전에 관측됐는데 그 정보가 오늘 오후에 발견됐답니다. 지금까지 그 항성에 관심을 갖는 사람이 거의 없었어요. 태양계 함대협의회의 몇 사람이 현 상황에 절망해 고민하다가 역사에서 해결 방법을 찾을 수 있을까 하는 기대로 역사를 뒤졌답니다. 그러다가 면벽 프로젝트와 박사의 저주에 대한 기록을 찾아낸 거예요. 항성 187J3X1을 찾아보니 항성은 사라졌고 그 위치에 성운만 남아 있더랍니다. 그들이 항성 관측 시스템의 관측 기록을 검색하다가 1년 전에 187J3X1이 폭발할 때의 모든 데이터를 찾아냈어요."

"그 항성이 인위적으로 폭파됐다는 증거가 있나요?"

"187J3X1이 태양처럼 안정기에 있었다는 건 박사도 알잖소. 신성 폭발이 일어나는 건 절대로 불가능해요. 폭파되는 과정이 고스란히 관측됐어요. 어떤 물체가 광속에 가까운 속도로 날아와 187J3X1과 충돌했어요. 부피가 너무 작아서 그 물체가 항성을 둘러싼 기층을 뚫고 나온 뒤에야 그 꼬리가 관측됐어요. 아주 작지만 거의 광속에 가까웠어요. 상대론적 효과에 의해 그 물체의 질량이 급격히 불어나더니 목표와 충돌하는 순간에는 질량이 항성 187J3X1의 8분의 1이었어요. 결과적으로 항성은 폭파되었고 행성 4개도 동시에 기화됐어요."

뤄지가 고개를 들어 하늘을 올려다보았다. 하늘에 별이 하나도 없어 깜깜하기만 했다. 뤄지가 앞으로 걸어가자 사람들이 일어나 조용히 그에게 길을 터주었다. 하지만 그가 지나간 자리는 곧 사람들로 메워졌다. 모두들 추위에 떨며 햇볕을 갈망하는 이들처럼 뤄지에게 조금이라도 더 가까이

다가가고 싶었지만 그를 향한 경외감에 일정한 거리를 남겨두었다. 반딧불 바다 속에 태풍의 눈과 같은 흑점이 나타났다. 그때 누군가 뤄지 앞으로 달려들며 땅에 털썩 엎드렸다. 뤄지가 걸음을 우뚝 멈추자 그가 뤄지의 발에 입을 맞추었다. 또 몇 사람이 그 옆에 엎드려 똑같이 따라했다. 사람들이 동요하려고 하자 누군가의 호통 소리가 들렸고 뤄지 앞에 엎드렸던 사람들이 황급히 몸을 일으켜 인파 속으로 들어갔다.

뤄지는 계속 앞으로 걸었다. 자신이 어디로 가려는지 그도 알 수가 없었다. 뤄지가 다시 걸음을 멈추었다. 그는 고개를 들어 사람들 틈에서 하인스와 조녀선을 찾더니 그들에게 다가갔다.

뤄지가 두 사람에게 물었다.

"그럼 내가 지금 뭘 해야 하죠?"

하인스가 뤄지에게 허리를 굽히며 정중하게 말했다.

"물론 면벽법에서 허용하는 모든 일을 다 할 수 있어요. 면벽법의 제약이 있기는 하지만 사실상 지구 세계의 모든 자원을 다 사용할 수 있죠."

조녀선이 덧붙였다.

"함대 세계의 자원도 모두 사용하실 수 있습니다."

뤄지가 잠시 생각에 잠겼다가 입을 열었다.

"필요한 건 하나도 없어요. 하지만 내가 정말로 면벽법이 부여하는 권력을 회복하게 된다면……."

"그야 물론이지요!"

하인스의 말에 조녀선도 고개를 끄덕였다.

"그렇다면 두 가지 요청이 있어요. 첫째, 도시의 질서를 회복하고 정상적인 생활로 돌아갈 것. 이유는 설명하지 않아도 다들 아실 겁니다."

사람들이 너도 나도 고개를 끄덕였다. 누군가 말했다.

"전 세계가 구세주의 말씀을 듣고 있습니다."

하인스가 말했다.

"그래요. 지금 전 세계가 박사의 말을 듣고 있어요. 안정을 되찾으려면 시간이 필요하지만 박사가 있으니 우리가 해낼 수 있을 거라 믿어요."

모두들 그의 말에 동의했다.

"둘째, 집으로 돌아가세요. 이곳을 조용하게 만들어주세요. 고맙습니다!"

뤄지의 말이 떨어지자 사방에 정적이 흘렀지만 금세 웅성임이 시작되었다. 앞에 있는 사람들이 뒤에 있는 사람들에게 그의 말을 전해주고 있었다. 사람들이 흩어지기 시작했다. 처음에는 발걸음이 떨어지지 않는 듯 천천히 움직였지만 점점 걸음이 빨라졌고 차들이 한 대씩 고속도로로 빠져나가 도시를 향해 달렸다. 도로를 따라 걸어가는 사람들도 많았다. 어두운 밤하늘 아래 빛을 내며 줄지어 가는 개미들 같았다.

사막이 텅 비었다. 어지러운 발자국이 낭자한 모래밭 위에 뤄지, 스창, 하인스, 조너선 네 사람만 남았다.

하인스가 말했다.

"예전의 나를 생각하면 부끄럽기 짝이 없어요. 5000년밖에 되지 않은 인류 문명도 생명과 자유를 이토록 소중하게 여기는데 저 우주에 있는 수십억 년 역사를 지닌 문명도 도덕을 가지고 있는 건 너무도 당연하잖아요?"

조너선이 말했다.

"저도 부끄럽습니다. 신의 존재를 의심하다니."

하인스가 뭐라고 말하려 하자 그가 손을 들어 그의 말을 막았다.

"아마 우리는 똑같은 생각을 하고 있을 겁니다."

두 사람이 부둥켜안고 참았던 눈물을 쏟았다.

뤄지가 두 사람의 등을 두드렸다.

"그만 돌아가세요. 필요한 게 있으면 연락할게요. 고맙습니다."

뤄지는 행복한 연인처럼 서로를 부축하고 떠나는 두 사람의 뒷모습을 바라보았다. 이제 남은 건 그와 스창 둘뿐이었다.

뤄지가 스창을 향해 미소를 지었다.

"다스, 무슨 생각 해요?"

스창은 아까부터 멍한 표정으로 서 있었다. 놀라운 마술 쇼를 보고 넋이 나간 사람 같았다.

"이런 젠장! 환장하겠군!"

"왜요? 내가 정의의 천사라는 걸 못 믿겠어요?"

"때려죽여도 못 믿어."

"그럼 은하계 문명의 대변인이라는 건요?"

"천사보다는 낫지만 솔직히 말하면 그것도 못 믿겠어. 아무리 생각해도 이상해."

"우주에 정의와 도덕이 존재한다는 걸 못 믿어요?"

"나도 몰라."

"다스는 법을 집행하는 사람이잖아요."

"내가 말했잖아. 모르겠다고. 환장하겠다니까!"

"그렇다면 다스는 지금 세상에서 제일 이성적인 사람이에요."

"이 빌어먹을 우주의 정의에 대해 설명 좀 해봐."

"좋아요. 날 따라와요."

뤄지가 사막의 한가운데로 걸어갔다. 스창이 그의 뒤를 바짝 따랐다. 두 사람은 한참 동안 말없이 걸어 고속도로를 건넜다.

스창이 물었다.

"어디로 가는 거야?"

"제일 어두운 곳으로요."

　두 사람은 고속도로의 반대편으로 갔다. 이곳에서는 거주촌의 불빛이 가려져 사방을 분간할 수 없을 만큼 깜깜했다. 뤄지와 스창이 모래 위에 앉았다.

　어둠 속에서 뤄지의 목소리가 들렸다.

　"시작할게요."

　"쉽게 얘기해. 난 가방끈이 짧아서 복잡한 건 딱 질색이니까."

　"누구라도 알아들을 수 있어요. 진리는 간단해요. 내 얘길 듣고 나면 왜 그걸 몰랐는지 이상하다고 할 거예요. 수학의 공리 알죠?"

　"고등학교 때 기하학 시간에 배웠지. 두 점을 지나는 직선은 하나뿐이다. 이런 거 말이야?"

　"맞아요. 우주 문명에 두 가지 공리가 있어요. '첫째, 생존은 문명의 첫 번째 필요 조건이다. 둘째, 문명은 끊임없이 성장하고 확장되지만 우주의 물질 총량은 불변한다.'"

　"그리고 또?"

　"이게 다예요."

　"고작 그걸로 뭘 알아낼 수 있어?"

　"다스는 탄두 하나, 피 한 방울로 사건 전체를 밝혀내잖아요. 우주사회학에서도 이 두 가지 공리로 은하계 문명과 우주 문명 전체를 다 추측해낼 수 있어요. 과학은 원래 그런 거예요. 어떤 체계든 초석은 아주 단순해요."

　"그럼 추측해봐."

　"어둠의 전쟁부터 얘기해볼게요. 우주선 지구가 우주 문명의 축소판이라면 믿겠어요?"

　"그럴 리가. 우주선 지구는 연료와 부품이 부족한데 우주는 부족한 게 없잖아. 세상에 우주만큼 큰 게 어딨어?"

"틀렸어요. 우주는 아주 크지만 생명은 그것보다 더 커요. 이건 두 번째 공리로 알 수 있어요. 우주의 물질 총량은 변하지 않지만 생명은 지수적으로 증가하고 있어요! 지수는 수학의 악마예요. 바닷속에 사는 눈에 보이지 않는 세균이 30분마다 한 번씩 분열한다고 가정해보세요. 그 세균들의 양분이 충분하기만 하다면 며칠 만에 그놈들이 지구상의 모든 바다를 가득 채울 거예요. 인류와 삼체 세계에 현혹되어 착각하지 마세요. 두 문명 모두 아주 작아요. 그저 갓 태어난 문명일 뿐이에요. 문명이 장악하고 있는 기술이 어떤 임계를 넘어가면 생명이 우주에서 확장된다는 건 아주 무서운 일이에요. 예를 들어 현재 인류의 항해 속도라면 100만 년 후면 지구 문명이 은하계 전체를 가득 채울 수 있어요. 우주의 기준에서 보면 100만 년은 아주 짧은 시간이에요."

"그러니까 자네 말은 멀리 내다본다면 우주 전체에서 우주선 지구와 같은 상황이 벌어질 거라는 뜻이야? 그…… 뭐라고 하더라, 생존의 딜레마?"

"멀리 내다볼 것도 없어요. 이미 우주 전체가 생존의 딜레마에 빠져 있으니까! 하인스의 말처럼 문명은 수십억 년 전에 우주에서 탄생했어요. 지금까지 상황으로 보면 우주가 이미 가득 찬 것 같아요. 은하계와 우주 전체에 빈 공간이 얼마나 남았으며, 아직 발견되지 않고 남아 있는 자원이 얼마나 되는지는 아무도 몰라요."*

"그런데 이상하지 않아? 우주가 텅 비어 있잖아. 삼체 외에 다른 외계 생명체는 아직 발견되지 않았어."

---

* 생명의 성질이 다른 문명에서는 필요한 자원도 다르다. 따라서 우주 문명의 자원 분배는 여러 차원으로 나눌 수 있다. 탄소계 생명과 규소계 생명에서부터 항성 생명과 전자기 생명에 이르기까지, 기본적으로 우주에 있는 모든 물질 형태의 자원을 필요로 하며, 그 자원들이 서로 겹치게 된다.

"그게 바로 내가 지금부터 말하려는 거예요. 담배 있어요?"

뤄지가 어둠 속을 한참 더듬어 스창이 건넨 담배를 받았다. 뤄지가 담배를 받아 들고 다시 말을 시작했다. 뤄지가 다시 스창에게서 삼사 미터 떨어져 앉아 있다는 것을 그의 목소리로 알 수 있었다.

"조금 떨어져 앉아야 우주를 더 잘 느낄 수 있어요."

뤄지가 담배의 필터 부분을 돌리자 담배에 불이 붙었다. 스창도 한 개비를 피워 물었다. 어둠 속에서 작은 화성 두 개가 생겨났다.

"쉽게 설명하기 위해서 아주 간단한 우주 문명의 모형을 만들어볼게요. 이 두 화성을 서로 다른 문명을 가진 별이라고 가정할게요. 우주 전체가 이 두 개의 별로 이루어져 있고 다른 건 하나도 없어요. 주위에 아무것도 없다고 생각해보세요. 어때요?"

"사방이 깜깜해서 그런지 실감이 나는군."

"이쪽은 내 문명, 그쪽은 다스의 문명이라고 부를게요. 두 세계가 서로 멀리 떨어져 있어요. 100광년쯤 떨어져 있다고 할게요. 다스가 나의 존재를 관측하기는 했지만 자세한 상황은 몰라요. 나는 다스의 존재조차도 모르고요."

"음."

"두 가지 개념을 정의할게요. 문명의 선의와 악의에요. 과학에서는 선과 악의 구분이 명확하지 않으니까 정의가 필요해요. 선의는 다른 문명을 자발적으로 공격하지 않는 것이고 악의는 그 반대라고 할게요."

"그건 아주 기본적인 선의잖아?"

"다스는 우주에 내 문명이 존재한다는 걸 알잖아요. 그러면 나를 어떻게 할지 생각해보세요. 단, 우주 문명의 공리와 우주의 환경, 거리를 반드시 고려해야 해요."

"자네와 교류할 수 있나?"

"그럴 순 있지만 그 대신 다스의 존재를 노출하는 대가를 치러야 해요."

"음. 우주에서 그건 사소한 일이 아니겠군."

"얼마나 노출할 것인가의 문제도 있어요. 제일 강한 노출이라면 내게 다스의 정확한 좌표를 공개하는 것이고 그다음은 대략적인 방향만 노출하는 거죠. 다스가 우주에 존재한다는 것만 알려준다면 가장 약한 노출이고요. 하지만 가장 약한 노출이라도 내가 다스를 탐색해서 찾아낼 수 있어요. 다스가 내 존재를 찾아낼 수 있었다면 나도 당연히 다스를 찾아내겠죠. 기술이 어느 정도 발전해야 가능하겠지만 어차피 그건 시간문제예요."

"그래도 나는 위험을 무릅쓰고 자네와 교류할 수 있어. 자네가 악의를 가졌다면 나는 운이 없는 것이고, 자네가 선의를 가졌다면 나는 교류의 폭을 더 넓혀 더 큰 선의의 문명을 만들 수 있지."

"좋아요. 그러면 다시 우주 문명의 공리로 돌아갈게요. 설령 내가 선의의 문명이라고 해도 교류 초기에 다스 역시 선의의 문명이라고 판단할 수 있을까요?"

"물론 그건 불가능하지. 그건 첫 번째 공리에 위배되니까."

"그러면 다스는 우선 내가 선의의 문명인지 악의의 문명인지 판단해야해요. 악의의 문명이라면 나를 멸망시키고, 선의의 문명이라면 계속 교류하겠죠."

뤄지가 들고 있는 화성이 위로 올라간 뒤 이리저리 움직였다. 뤄지가 일어나 서성이고 있는 것이었다.

"지구에서라면 가능하지만 우주에서는 불가능해요. 여기에서 중요한 개념이 등장하죠. 바로 의심의 사슬이에요."

"이상한 명칭이군."

"나도 처음에는 이 명칭만 들었어요. 그분은 설명도 해주지 않았어요. 그러다가 나중에 그 뜻을 추측해냈죠."

"그분이라니? 누구?"

"……그건 이따가 말해줄게요. 만약 다스가 나를 선의의 문명으로 생각하더라도 마음을 놓지는 못할 거예요. 첫 번째 공리에 따라 선의의 문명도 아무런 정보가 없는 상황에서는 다른 문명을 선의의 문명으로 생각할 수 없으니까. 그러니까 다스는 내가 다스를 어떻게 생각하는지 알 수 없어요. 만약 다스가 나를 선의의 문명으로 생각하고 나도 다스가 나를 선의의 문명으로 여긴다는 것을 안다고 해도 나는 다스가 내가 다스를 어떻게 생각하고 있다고 생각하는지 알 수 없어요. 무슨 말인지 알겠죠? 이 사슬의 고리는 세 개뿐이지만 계속 늘어날 수 있어요. 끝도 없이."

"무슨 말인지 알겠어."

"이게 바로 의심의 사슬이에요. 지구에서는 이런 사슬이 있을 수 없어요. 인류는 같은 물종이고 서로 비슷한 문화를 가지고 있고 동일한 생태계에 의지하고 있으며 또 가까이 있으니까요. 이런 환경에서는 의심의 사슬에 고리가 한두 개쯤 달리다가도 곧 사라지죠. 하지만 우주에서는 의심의 사슬이 아주 길게 이어져요. 서로 소통을 통해 사슬을 끊기 전까지 말이요. 어둠의 전쟁도 이렇게 발생한 거예요."

스창이 담배 한 모금을 깊게 들이마셨다. 생각에 잠긴 그의 얼굴이 어둠 속에서 불그스름하게 나타났다.

"이제 보니 어둠의 전쟁이 우리에게 아주 많은 걸 가르쳐줬군."

"그래요. 우주선 지구의 우주선 다섯 대는 각각 유사 우주 문명이었을 뿐이에요. 진정한 우주 문명은 아니었어요. 그 문명이 인류와 같은 물종으로 이루어져 있고 서로 가까이 있었으니까요. 그렇긴 해도 생존의 딜레마 앞에서 의심의 사슬이 등장했어요. 하지만 진정한 우주 문명 안에서는 다른 종족 간의 생물학적 차이가 '문', 아니 '계'를 넘을 수 있어요.* 문화적인 차이는 상상도 할 수 없죠. 게다가 서로 아주 멀리 떨어져 있으니까 의심의 사슬을 끊을 방법이 거의 없어요."

"그러니까 자네 말은 나와 자네가 선의의 문명이든 악의의 문명이든 결과는 모두 같다는 거야?"

"그래요. 이게 의심의 사슬이 가진 가장 중요한 특징이에요. 문명 자체의 사회 형태와 도덕 성향과는 무관하게 모든 문명이 사슬의 양 끝점에 놓이죠. 문명이 선의를 가졌는지 악의를 가졌는지는 상관없어요. 의심의 사슬로 이루어진 그물 속으로 들어가면 모두 똑같아져요."

"하지만 자네가 나보다 아주 많이 약해서 나를 위협할 수 없다면 내가 자네와 교류할 수도 있잖아?"

"아니죠. 여기에서 두 번째 개념이 등장해요. 기술 폭발이에요. 이 개념에 대해서도 그분의 설명을 듣지 못했지만 의심의 사슬보다는 추측하기가 쉬웠어요. 인류 문명은 5000년 역사를 가지고 있고 지구의 역사는 수십억 년이 되었지만 현대 기술은 고작 300년 사이에 발전했어요. 우주의 시간을 기준으로 보면 그건 발전이 아니라 폭발이에요! 모든 문명은 기술이 비약적으로 발전할 가능성을 품고 있어요. 마치 폭약을 감추고 있는 것처럼. 내부 요인이든 외부 요인이든 그 폭약에 불을 붙이면 펑, 하고 터지는 거예요. 지구에서는 기술이 폭발하는 데 300년이 걸렸지만 우주 문명 중에 인류의 발전이 제일 빠르다고 장담할 수는 없어요. 다른 문명의 기술 폭발은 더 맹렬할 수도 있죠. 지금은 내가 다스보다 약하지만 다스가 교류를 위해 보낸 정보를 받고 다스의 존재를 알고 난 뒤 우리 사이에도 의심의 사슬이 만들어질 것이고, 그사이에 언제든 내게서 기술 폭발이 일어나

---

* 생물학에서 생물을 종, 속, 과, 목, 강, 문, 계 7단계로 분류한다. 하위로 갈수록 서로의 특징이 비슷해진다. 지구상의 인류는 종족이 달라도 그 생물학적 차이가 '계'를 넘지 않는다. 비탄소계 생명이 존재한다면 외계 종족의 차이가 '계'를 넘을 것이다.

다스의 기술을 앞질러버릴 수도 있어요. 우주의 기준으로 볼 때 몇백 년은 손가락 한 번 튕길 만큼의 짧은 시간이에요. 내가 다스의 존재를 알고 다스와 교류하면서 알게 된 정보가 기술 폭발의 도화선이 될 가능성이 크고요. 내 문명이 지금은 갓난아기 단계라고 해도 다스에게는 충분히 위험한 존재일 수 있어요."

스창이 뤄지가 있는 쪽의 어둠 속 화성을 응시하며 몇 초간 생각하다가 자신의 담뱃불을 쳐다보았다.

"그럼 나는 침묵을 택하겠어."

"그게 옳다고 생각해요?"

두 사람은 말없이 담배를 피웠다. 화성이 밝아질 때마다 어둠 속에서 두 사람의 얼굴이 번갈아 나타났다. 이 작은 우주에서 생각에 잠긴 두 조물주와 같았다.

스창이 침묵을 깼다.

"그것도 옳은 선택은 아니군. 만약 자네가 나보다 강하고 내가 자네를 발견했다면 자네도 언젠가는 나를 찾아낼 테고 그러면 우리 사이에 역시 의심의 사슬이 나타나겠지. 반대로 자네가 나보다 약하더라도 언제든 기술 폭발이 일어날 수 있으니까 역시 의심의 사슬은 생겨날 거야. 이렇게 정리할 수 있겠군. 첫째, 자네에게 나의 존재를 알린다. 둘째, 자네를 계속 존재하게 둔다면 내가 위험해진다. 이 두 가지 모두 첫 번째 공리에 위배된다."

"다스는 정말로 이성적이고 똑똑한 사람이에요."

"이제 시작이야. 내 머리가 겨우 자네의 말을 따라갈 수 있게 됐군."

뤄지가 어둠 속에서 한참 동안 침묵했다. 화성의 어스름한 빛 사이로 그의 얼굴이 두세 번쯤 보인 뒤에야 그가 입을 열었다.

"다스, 시작이 아니에요. 추론은 이걸로 끝이에요."

"끝이라고? 아무것도 밝혀낸 게 없잖아? 우주 문명 전체를 설명해준다고 했잖아."

"다스가 나의 존재를 알게 되면 교류할 수도, 침묵할 수도 없어요. 다스에겐 한 가지 선택밖에 없어요."

오랜 침묵이 흐르는 동안 두 화성의 불빛이 모두 사그라졌다. 바람 한 점 불지 않았고 공기는 미동조차 없었다. 정적에 눌린 어둠이 아스팔트처럼 끈적끈적해져 밤하늘과 사막이 한 덩어리로 엉겨 붙었다. 마침내 어둠 속에서 스창의 한마디가 들렸다.

"제기랄!"

뤄지가 어둠 속에서 고개를 주억거렸다.

"다스의 선택을 수억 개 항성의 억만 개 문명으로 확대해봐요. 그러면 우주 문명 전체가 그려질 거예요."

"그건…… 너무 암울해……."

"우주는 원래 어두운 곳이죠."

뤄지가 백조 깃털을 잡으려는 것처럼 손을 뻗어 허공에서 휘저었다. 어둠의 질감을 느끼려는 것 같았다.

"우주는 암흑의 숲이에요. 모든 문명이 총을 든 사냥꾼이죠. 그들이 유령처럼 숲속을 누비고 있어요. 길을 가로막는 나뭇가지를 살며시 치우고 발소리를 최대한 줄이고 숨소리조차 낮추고……. 조심해야 해요. 숲속에 곳곳에 사냥꾼들이 숨어 있으니까요. 다른 생명을 발견하면 그게 사냥꾼이든 아니든, 천사든 악마든, 갓난아기든 꼬부랑노인이든, 소녀든 소년이든 할 수 있는 건 단 하나뿐이에요. 총을 쏴서 없애버리는 거죠. 이 숲에서 타인은 그 자체만으로 지옥이고 영원한 위협이에요. 자신의 존재를 드러내는 그 어떤 생명도 곧바로 없애버려야 해요. 이것이 바로 우주 문명이고 페르미 역설에 대한 해석이에요."

스창이 담배를 또 한 개비 꺼내 물었다. 이번에는 어둠을 조금이라도 밀어낼 빛이 필요했을 뿐이다.

뤄지의 말이 계속 이어졌다.

"그런데 그 암흑의 숲에 인류라는 멍청한 아이가 있었어요. 옆에 모닥불을 피워놓고 엉엉 울며 외쳤죠. '나 여기 있어요! 나 여기 있다고요!'"

"누가 그걸 들었어?"

"당연하죠. 하지만 그 아이가 어디에 있는지는 정확히 알 수가 없었어요. 인류는 아직 지구와 태양계의 정확한 위치를 우주로 발사한 적이 없어요. 지금까지 발사된 정보를 가지고 태양계와 삼체 세계의 상대 거리와 은하계에서 두 세계가 위치하는 대략적인 방향은 알 수 있죠. 하지만 이 두 세계의 정확한 위치는 아직 비밀이에요. 은하계의 황량한 가장자리에 있는 우리가 상대적으로 안전해요."

"그럼 자네의 저주는 어떻게 된 거야?"

"내가 태양을 통해 우주로 보낸 지도 세 장에는 각각 30개의 점이 찍혀 있어요. 항성 30개의 3차원 좌표를 평면에 투명시킨 거예요. 그 지도를 3차원 입체 좌표로 만들어 조합시키면 정육면체 공간이 만들어지고 그 안에 187J3X1과 그 주위에 있는 30개 항성의 상대 위치가 나타나죠. 187J3X1에 특별한 표시도 해놨어요.

생각해보세요. 사냥꾼이 암흑의 숲에서 살금살금 다니고 있는데 갑자기 앞에 나무를 깎아서 만든 하얀 나무토막 하나가 날아왔어요. 그 위에 모든 사냥꾼이 알아볼 수 있는 기호로 숲의 어느 지점이 표시되어 있어요. 사냥꾼이 그걸 보고 무슨 생각을 할까요? '누군가 그곳에 내게 줄 음식을 준비해놨구나'라고 생각하지는 않을 거예요. 수많은 가설 중에 가장 가능성이 큰 건 누군가 모두에게 그곳에 살아 있는, 죽여 없애야만 하는 사냥감이 있다고 알려주기 위해 그 나무토막을 만들었다는 것이에요. 그걸 만든 목적은 중요하지 않아요. 중요한 건 이 암흑의 숲이 생존의 딜레마로 인해 극도의 긴장 상태라는 거예요. 그 숲을 제일 쉽게 자극할 수 있는 건 제일 민감한 신경을 건드리는 거죠. 숲속에 사냥꾼 100만 명이 있다고 가정하면(은하계의 항성 1000억 개 중에 존재하는 문명의 수는 100만의 1000배는 될 것이다) 그중 90만 명은 이 기호를 무시할 것이고, 나머지 10만 명 중 9만 명은 이 위치를 탐측한 후 생명이 없음을 발견하고 무시할 거예요. 그리고 나머지 1만 명 중 반드시 누군가는 이 위치로 총을 쏘아보겠죠. 기술 수준에 따라 어떤 문명에게는 공격이 탐측보다 더 쉽고 안전할 테니까요. 그 위치에 아무것도 없다 해도 그 사냥꾼에게는 손해될 것도 없고요. 지금 그런 사냥꾼이 나타났어요."

"자네의 저주를 다시 발사할 수는 없겠지?"

"불가능하죠. 은하계 전체에 퍼뜨려야 하는데 태양이 가로막혔으니까요."

"인류가 한발 늦은 걸까?"

스창이 담배꽁초를 획 던졌다. 작은 화성이 어둠 속에서 포물선을 그리며 바닥에 떨어져 모래밭을 손바닥만큼 밝혔다.

"아니에요. 생각해보세요. 태양이 가로막히지 않고 내가 삼체 세계의 위협에 맞서기 위해 삼체 세계를 저주하는 정보를 발사한다면 어떻게 될까요?"

"자네는 레이디아즈처럼 군중들이 던진 돌멩이에 맞아 죽고 세계는 더이상 남에게 그런 저주를 하지 못하도록 법으로 금지하겠지."

"맞아요. 태양계와 삼체 세계 사이의 상대 거리와 은하계에서의 대략적인 위치가 이미 공개됐어요. 이건 태양계의 위치가 거의 공개됐다는 뜻이죠. 그러니까 지금 삼체 세계를 향한 저주를 발사하는 건 공멸하겠다는 거예요. 한발 늦은 건 맞지만 어차피 인류가 내디딜 수 없는 걸음이었어요."

"자네가 그때 직접 삼체를 향한 저주를 발사했어야 했어."

"그때는 나도 이 방법의 효과를 확신할 수 없었어요. 우선 효과를 실험해보려고 한 건데 시간이 너무 오래 걸렸죠. 사실 진정한 원인은 내 마음속에 있어요. 결단력이 부족했죠. 하지만 그런 결단력을 가진 사람은 아마 없을 거예요."

"이제 보니 오늘 시장을 만나러 가는 게 아니었어. 이 계획은 전 세계가 다 알게 되면 성공할 수 없어. 다른 두 면벽자가 어떻게 됐는지 생각해봐."

"나는 책임을 다했을 뿐이에요. 우리 둘 다 말하지 않길 바라지만 다스는 말해도 괜찮아요. 그분 말씀처럼 어떻게 되든 내 책임은 다해야 하니까요."

"걱정 마. 난 절대로 말하지 않을 거니까."

"어쨌든 희망은 있어요."

두 사람이 어둠이 조금 옅은 고속도로 위로 올라갔다. 멀리 마을에 드문드문 켜져 있는 불빛이 눈을 찌를 만큼 도드라져 보였다.

"아, 그런데 말이야. 자네가 아까부터 말하는 그분이…… 누구야?"

뤄지가 잠시 망설이다가 말했다.

"그건 알 거 없어요. 우주 문명의 공리와 암흑의 숲 이론을 내가 생각해낸 게 아니라는 것만 알아두세요."

"나는 내일 시 정부로 출근해야 돼. 앞으로 도움이 필요하면 언제든 말해."

"다스는 이미 많이 도와줬어요. 나도 내일 도시로 갈 거예요. 동면이민국에 가서 소생 절차를 알아보려고요."

*

뤄지의 예상과 달리 동면이민국은 좡옌과 아이의 소생을 여전히 허가하지 않았다. 국장은 면벽자의 권한으로도 이 결정을 바꿀 수 없음을 분명히 밝혔다. 하인스와 조녀선을 찾아갔지만 그들도 그 일에 대해 자세한 설명을 해주지 못했다. 그저 개정된 면벽법에 UN과 면벽프로젝트위원회는 면벽자가 면벽 프로젝트에만 전념할 수 있도록 모든 조치를 취할 수 있다는 조항이 포함되었다는 말만 반복할 뿐이었다. 200년이 흐른 뒤에도 UN은 그의 가족을 그를 압박하고 통제하는 수단으로 사용하고 있는 것이다.

뤄지는 자신이 살고 있는 동면자 거주촌을 외부의 간섭 없이 현재 상태로 유지시켜달라고 요구했다.

이 요구는 전적으로 받아들여졌다. 취재진과 성지순례객들이 마을 가까이 다가갈 수 없도록 차단되었고 신생활 5촌은 아무 일도 없었던 것처럼 평온을 되찾았다. 이틀 뒤 뤄지는 면벽 프로젝트 재개 후 처음 열리는 청문회에 참석했다. 그는 북미의 지하에 있는 UN 본부에 직접 가지 않고 신생활 5촌에 있는 자신의 소박한 집에서 동영상을 통해 원격으로 청문회에 참석했다. 그의 집에 있는 평범한 텔레비전에 회의장의 화면이 나타났다.

위원회 희장이 말했다.

"면벽자 뤄지 박사, 박사가 단단히 화가 나 있을 줄 알았습니다."

뤄지가 소파 등받이 깊숙이 몸을 파묻으며 느른한 말투로 대꾸했다.

"제 마음이 다 타버리고 재만 남아서 화를 낼 힘도 남지 않았거든요."

의장이 고개를 끄덕였다.

"좋은 일이군요. 하지만 우리 위원회는 박사가 그 좁은 곳에서 나와야 한다고 생각해요. 그곳은 태양계 방어 전쟁의 지휘센터가 되기에 적합하지 않아요."

"시바이포(西柏坡)를 아시나요? 여기서 멀지 않은 아주 작은 마을이죠. 200년 전에 이 나라를 건국한 분이 그곳에서 중국 전역의 전쟁을 지휘했습니다. 그 전쟁은 세계적인 규모였죠."

의장이 고개를 저었다.

"박사는 아직도 200년 전 그대로군요……. 좋습니다. 박사의 습관과 선택을 존중합니다. 최대한 빨리 프로젝트에 착수해주세요. 그때처럼 이미 면벽 계획을 수행 중이라고 말하는 건 아니겠죠?"

"아직은 할 일이 없습니다. 계획의 전제 조건이 충족되지 않았으니까요. 항성급 출력으로 저의 저주를 우주로 널리 알려주실 수 있나요?"

아시아 함대 대표가 말했다.

"불가능하다는 걸 알잖습니까? 물방울이 태양의 전파를 계속 차지하고 있고 향후 이삼 년 동안은 현 상태가 지속될 것으로 보입니다. 그때는 나머지 물방울 아홉 개도 태양계에 도착하겠지요."

"그러면 난 할 수 있는 게 없습니다."

의장이 말했다.

"아니오. 뤄지 박사, 아직 하지 않은 중요한 일이 있어요. UN과 태양계 함대협의회에 저주의 비밀을 공개하지 않았어요. 저주로 어떻게 항성을 파괴하겠다는 건가요?"

"그건 공개할 수 없습니다."

"공개하는 조건으로 박사의 아내와 아이를 소생시켜주겠다면?"

"그렇게 비열한 제안을 이런 자리에서 내놓을 줄은 몰랐군요."

"이건 비공개회의예요. 면벽 프로젝트 자체도 원래는 현재 사회에서 용납될 수 없는 것입니다. 면벽 프로젝트가 재개되었으니 200년 전 UN의 면벽프로젝트위원회가 했던 결의도 자동으로 효력을 회복했어요. 당시 결의에 따르면 좡옌과 박사의 아이는 최후의 전쟁이 발발하기 전까지는 동면 상태를 유지해야 합니다."

"얼마 전에 있었던 전쟁이 최후의 전쟁이 아닌가요?"

"지구 세계와 함대 세계는 그렇게 생각하지 않아요. 삼체의 주력 함대가 아직 도착하지 않았으니까."

"저주의 비밀을 지키는 것은 면벽자로서의 책임입니다. 그걸 공개해버리면 인류의 마지막 희망마저 사라집니다. 지금으로선 그 희망이 이미 사라진 것처럼 보이지만 말이죠."

청문회가 끝나고 며칠 동안 뤄지는 두문불출하며 온종일 술로 근심을 달랬다. 대부분의 시간을 만취한 상태로 보냈다. 아주 가끔씩 집 밖으로 나온 그의 모습은 노숙자처럼 옷매무새가 흐트러졌고 수염이 덥수룩했다.

두 번째 면벽 프로젝트 청문회가 열렸다. 뤄지는 역시 자기 집에서 원격으로 참석했다.

"뤄지 박사, 박사의 상태가 우려스럽군요."

의장이 봉두난발에 꾀죄죄한 얼굴을 한 화면 속 뤄지를 향해 말했다. 그는 카메라를 움직여 뤄지의 집 안을 비추어 바닥에 잔뜩 널브러진 술병들을 각국 대표들에게 보여주었다.

유럽 연방 대표가 말했다.

"정신 상태를 정상으로 회복하기 위해서라도 일을 시작하는 게 좋겠습니다."

"나를 정상으로 되돌려놓는 방법이 뭔지 알고 있잖아요?"

의장이 말했다.

"박사의 아내와 아이를 소생시키는 일은 사실 별로 중요하지 않아요. 우린 그걸 빌미로 박사를 압박하고 싶지도 않고 압박할 수 없다는 것도 알아요. 하지만 과거 위원회의 결의 사항이므로 쉽게 해결할 수 있는 문제가 아니에요. 적어도 조건이 충족되어야 합니다."

"당신들의 조건을 거절한다고 말했을 텐데."

"아니에요, 뤄지 박사. 조건이 바뀌었어요."

의장의 말에 뤄지가 눈을 번쩍 뜨며 몸을 일으켜 소파에 똑바로 앉았다.

"조건이 뭐요?"

"아주 간단해요. 몇 가지 일을 해주기만 하면 됩니다."

"우주로 저주를 발사할 수 없다면 난 할 수 있는 게 아무것도 없어요."

"박사가 꼭 해주어야 할 일이 있어요."

"무의미한 일이라도 꼭 해야 하나요?"

"대중이 보기에 의미 있는 일이면 상관없어요. 그들은 박사가 우주 정의의 대표자 또는 신이 인간 세상에 보낸 정의의 천사라고 굳게 믿고 있으니까. 적어도 박사가 지닌 대중적인 신뢰를 이용해 현 시국을 안정시킬 수는 있지요. 하지만 박사가 오랫동안 아무것도 하지 않으면 그 신뢰를 잃게 될 겁니다."

"그런 방식으로 안정을 얻는 건 위험합니다. 끔찍한 부작용이 생길 겁니다."

"하지만 이 혼란을 안정시키지 않으면 안 돼요. 물방울 아홉 개가 3년 뒤 태양계에 도착합니다. 서둘러 대비를 해야 해요."

"저는 정말로 자원을 낭비하고 싶지 않습니다."

"그렇다면 위원회가 박사에게 임무를 부여하지요. 자원을 낭비하지 않는 임무입니다. 자세한 건 태양계 함대협의회 의장님이 설명해주실 겁니다."

역시 영상으로 청문회에 참석한 태양계 함대협의회 의장에게로 발언권이 전달되었다. 그가 있는 곳은 우주에 떠 있는 구조물 안이었다. 그의 뒤로 나 있는 넓은 창 밖으로 뭇별이 천천히 지나갔다.

태양계 함대협의회 의장이 말했다.

"물방울 아홉 개의 태양계 도착 예상 시간은 그것들이 4년 전 마지막 성간 먼지를 통과할 때의 속도와 가속도로 계산한 겁니다. 이 물방울 아홉 개는 이미 태양계에 들어와 있는 1호 물방울과 달리 엔진이 가동될 때 불빛도 나오지 않고 위치를 파악할 수 있는 고주파 전자기도 방출되지 않습니다. 1호 물방울이 인류에게 위치를 추적당한 후에 바꾼 것으로 보입니다. 외우주에서 이렇게 작고 불빛도 나지 않는 물체를 수색하고 추적하기란 몹시 힘든 일이죠. 우리는 지금 그것들을 추적할 수도 없고 태양계에 도착한다 해도 관측할 수가 없습니다."

뤄지가 물었다.

"그럼 내가 할 수 있는 게 뭐죠?"

"설원 프로젝트를 주도해주길 바랍니다."

"그게 뭔가요?"

"항성형 수소폭탄과 해왕성의 기름막을 이용해 우주 진운을 만들어내는 겁니다. 물방울이 그곳을 지나갈 때 꼬리를 관측하겠다는 계획이죠."

"저더러 그걸 해달라고요? 저는 우주에 관해서 아는 게 하나도 없어요."

"과거에 천문학자였잖습니까? 당신은 이 프로젝트의 주도자로 적격입니다."

"지난번에 우주 진운을 만들어 물방울의 위치와 속도를 관측해낸 건 목표의 대략적인 궤도를 알고 있었기 때문입니다. 하지만 지금은 아무것도 모르죠……. 만약 그 물방울들이 빛을 내지 않고도 가속과 궤도 변경이 가능하다면 그것들이 태양계의 어느 쪽으로든 진입할 수 있어요. 우주 진운을 어디에 만들어야겠습니까?"

"모든 방향에요."

"태양계를 완전히 감싸는 먼지 볼을 만들라는 건가요? 그게 정말로 가능하다면 의장님이야말로 신이 보낸 사람이겠군요."

"먼지 볼을 만드는 건 불가능하지만 황도면* 위에 먼지 링을 만들 수는

---

* 지구가 태양을 공전할 때 지나가는 길을 연결한 평면.

있죠. 목성과 소행성대 사이에 말입니다."

"물방울들이 황도면 바깥으로 진입한다면?"

"그렇다면 어쩔 수 없죠. 하지만 우주동력학의 관점에서 볼 때 물방울 편대가 태양계의 각 행성에 접촉하려면 황도면 안으로 들어올 가능성이 가장 큽니다. 1호 물방울도 그랬죠. 먼지에 물방울들의 꼬리가 한 번만 나타나도 태양계의 광학 추적 시스템으로 정확한 위치를 파악해낼 수 있습니다."

"물방울의 위치를 파악한다고 칩시다. 그게 무슨 의미가 있죠?"

"적어도 물방울 편대가 태양계로 들어왔다는 건 알 수 있죠. 그것들이 우주의 민간 목표물을 공격할 가능성이 있으니 우주에 나가 있는 모든 우주선을 귀환시킬 겁니다. 최소한 물방울이 지나갈 위치에 있는 우주선들이라도 소환해야죠. 또 우주 도시의 주민들도 모두 지구로 귀환시켜야 하고요. 민간 목표물은 그들의 공격에 취약합니다."

그때 면벽프로젝트위원회 의장이 끼어들었다.

"더 중요한 게 있어요. 먼 우주로 항해할 우주선의 안전한 항로를 파악할 수 있지요."

"먼 우주로 항해한다고요? 설마 도피주의에 대해 말씀하고 계신 건 아니겠죠?"

"박사가 꼭 그 명칭을 써야 한다면 어쩔 수 없지요. 맞아요. 도피주의."

"지금 당장 도피를 시작하면 되잖아요?"

"아직은 정치적인 여건이 무르익지 않았어요. 하지만 물방울 편대가 지구에 근접한다면 국제사회도 소규모 도피를 용납하게 될 겁니다……. 물론 이건 한 가지 가능성일 뿐이지만 UN과 함대 차원의 준비가 필요합니다."

"그렇군요. 하지만 그 프로젝트에는 제가 필요 없을 것 같군요."

"필요해요. 목성 궤도 안에 먼지 링을 만드는 것만 해도 방대한 일입니다. 1만 개 가까운 항성형 수소폭탄을 배치해야 하고 1000만 톤 넘는 기름막 물질이 필요하죠. 거대한 우주 함대도 조직해야 하고요. 3년 안에 프로젝트를 완수하려면 박사가 가지고 있는 대중적인 신뢰가 꼭 필요합니다. 지구 세계와 함대 세계의 자원을 동원할 수 있도록 협조해주길 바랍니다."

"제가 이 일을 받아들인다면 제 아내와 아이가 언제 동면에서 깨어날 수 있죠?"

"설원 프로젝트가 본격적으로 개시되기만 하면 가능합니다. 다시 말하지만 그 문제는 그리 중요하지 않아요."

*

하지만 설원 프로젝트는 본격적으로 개시되지 않았다.

지구 세계와 함대 세계 모두 설원 프로젝트에는 큰 관심이 없었다. 대중이 면벽자에게 바라는 것은 세상을 구원할 전략이지 고작 적의 도착을 알릴 수 있는 계획 따위가 아니었다. 사람들은 이것이 면벽자의 생각이 아니라 UN과 태양계 함대협의회가 그의 권위에 기대어 추진하는 계획일 뿐임을 알고 있었다. 설상가상으로 UN의 예상과 달리 물방울 편대가 가까이 다가올수록 도피주의에 대한 여론이 점점 더 악화되었다. 설원 프로젝트를 본격적으로 개시한다면 우주 경제 전체가 침체에 빠지고 지구와 함대의 경제도 타격을 입게 될 가능성이 컸다. 지구와 함대 모두 이 프로젝트를 위해 그렇게 큰 대가를 치르는 것은 원치 않았다. 그러므로 기름막 물질을 채취하러 해왕성으로 떠나는 우주 함대를 조직하는 일이든 항성형 수소폭탄을 제조하는 일이든(레이디아즈의 계획이 남긴 수소폭탄 5000여

개 중, 200년이 지난 지금도 사용할 수 있는 것은 1000개도 되지 않았고, 이는 설원 프로젝트를 성공시키기에 턱없이 부족한 수량이었다) 모두 지지부진했다.

하지만 뤄지는 설원 프로젝트에 몰두했다. 당초 UN과 태양계 함대협의회는 그저 그의 지위를 이용해 필요한 자원을 동원할 생각이었지만, 뤄지는 이 프로젝트 추진에 전력을 쏟아부었다. 그는 먹고 자는 것도 잊은 채 기술위원회의 과학자, 엔지니어 들과 수많은 방법들을 고안해냈다. 한 예로 그는 원자폭탄마다 소형 항성 간 이온 엔진을 탑재해 원자폭탄이 궤도 위에서 이동할 수 있도록 하면, 필요에 따라 우주 진운의 밀도를 조절할 수 있을 것이라고 생각했다. 이 방법을 이용하면 수소폭탄을 직접적인 공격 무기로 사용할 수 있다는 장점도 있었다. 그는 이것을 우주 지뢰라고 불렀다. 항성형 수소폭탄으로 물방울을 파괴시킬 수 없다는 사실이 증명되기는 했지만 멀리 내다보면 삼체 우주선을 공격하기 위한 무기로 이 항성형 수소폭탄을 사용할 수 있다는 것이다. 물방울은 그렇다 쳐도 적의 우주선도 강한 상호작용력을 가진 재료로 만들어졌다는 증거는 아직 없기 때문이다. 뤄지는 태양 궤도 위에 수소폭탄 배치도를 직접 그리기도 했다. 현대 기술 수준에서 보면 뤄지의 구상 중 대부분은 21세기의 유치하고 무지한 수준을 벗어나지 못한 것들이었지만 그의 권위와 면벽자로서의 권력 때문에 그가 내놓는 의견들은 대부분 채택되었다. 뤄지에게는 설원 프로젝트 자체가 일종의 도피 방식이었다. 그는 현실에서 도피하는 가장 좋은 방법은 현실 속에 완전히 매몰되는 것임을 알고 있었다.

하지만 뤄지가 설원 프로젝트에 몰두할수록 세상은 점점 그에게 실망했다. 사람들은 그가 하루빨리 가족을 만나기 위해 큰 의미도 없는 일에 매달린다고 생각했다. 전 인류가 고대하는 인류 구원 계획은 나오지 않았다. 뤄지는 언론과 인터뷰를 할 때마다 항성급 출력으로 저주를 발사할 수 없다면 자신이 할 수 있는 게 아무것도 없다고 누누이 말했다.

설원 프로젝트는 추진한 지 1년 반 만에 중단되었다. 그때까지 해왕성에서 채취한 기름막 물질은 150만 톤밖에 되지 않았다. 여기에 과거 안개 우산 프로젝트 때 채취해놓은 60만 톤을 합친다 해도 프로젝트에 필요한 양에는 훨씬 못 미쳤다. 태양에서 2천문단위 떨어진 궤도 위에 기름막 물질로 감싼 항성급 수소폭탄 1614개를 배치했지만 전체 필요량의 5분의 1밖에 되지 않았다. 이 기름막 수소폭탄을 폭파시키는 것으로는 길게 이어진 우주 진운벨트를 만들 수 없었다. 그저 덩어리 상태의 우주 진운들이 태양을 에워싸고 드문드문 떨어져 있는 형태가 될 것이었다. 그렇다면 물방울의 도착을 감지해내는 효과가 크게 떨어질 수밖에 없었다.

기대가 빠르듯 실망도 빠른 이 시대에 1년 반이나 기다린 사람들은 면벽자 뤄지를 향한 인내심과 신뢰를 모두 거두어들였다.

세계 천문 연맹의 회의에서— 이 회의가 마지막으로 세계적인 관심을 끈 것은 2006년이었다. 당시 이 회의에서 명왕성의 행성 지위를 박탈했다—여러 천문학자와 천체물리학자들이 항성 187J3X1의 폭발은 그저 우연한 사건이라고 주장했다. 그들은 천문학자인 뤄지가 이 항성의 폭발 조짐을 발견한 뒤 이른바 저주 전략으로 사람들을 현혹시켰을 것이라고 비난했다. 허점투성이의 주장이었지만 이 주장을 믿는 사람들이 점점 늘어나기 시작했고 뤄지의 권위는 더욱 빠르게 추락했다. 뤄지의 대중적인 이미지가 구세주에서 보통 사람으로 하락하더니 급기야 희대의 사기꾼으로 전락했다. UN이 부여한 면벽자 신분은 유지되었고 면벽법도 여전히 유효했지만 그에게는 더 이상 실권이 없었다.

위기의 세기 제208년, 삼체 함대와 태양계의 거리 2.07광년

찬비가 부슬부슬 흩날리는 가을 오후, 신생활 5촌의 주민 대표회가 한 가지 결정을 내렸다. 뤄지를 마을에서 추방하기로 한 것이다. 이유는 주민들의 생활에 방해가 된다는 것이었다. 설원 프로젝트를 수행하는 기간 동안 뤄지는 회의 참석을 위해 외출할 때를 제외하면 대부분의 시간을 마을 안에서 보냈다. 그는 자신의 집에서 설원 프로젝트를 수행하는 각 기관과 연락을 주고받았다. 뤄지의 면벽자 신분이 회복된 뒤로 신생활 5촌은 안팎으로 삼엄한 경비가 펼쳐졌고 이로 인해 주민들은 일과 생활에 방해를 받았다. 뤄지의 지위가 추락하면서 마을에 대한 경비는 점차 느슨해졌지만 상황은 더욱 악화되었다. 도시 사람들이 수시로 몰려와 뤄지의 아파트 앞에 진을 치고 앉아 그를 조롱하고 창문에 돌멩이를 던지기 시작했다. 이 장면을 취재하기 위해 기자들까지 몰려오면서 마을 전체가 하루도 조용할 날이 없었다. 하지만 뤄지가 추방당하는 진짜 이유는 동면자들조차 그에게 완전히 실망했다는 것이었다.

회의는 해거름 녘에 끝이 났다. 주민위원회 위원장이 회의의 결정 사항을 통보하기 위해 뭐지를 찾아갔다. 그녀는 초인종을 몇 번 누른 뒤 잠기지 않은 문을 열고 들어갔다. 집 안은 술 냄새와 담배 냄새, 땀 냄새로 찌들어 질식할 것 같았다. 집 안의 모든 벽이 지하 도시의 디스플레이 벽으로 개조되어 어느 곳을 건드리든 조작 창이 켜졌다. 어지러운 화면이 벽면을 가득 채웠고, 화면 위에 복잡한 데이터와 그래프가 나타나 있었다. 그중 제일 큰 화면에는 우주에 둥근 구체 하나가 떠 있는 영상이 나타나 있었다. 그것이 바로 기름막 물질로 감싼 항성급 수소폭탄이었다. 기름막 물질은 투명하기 때문에 내부의 수소폭탄을 똑똑히 볼 수 있었다. 위원장은 그 구체가 과거 자신이 살던 시대에 아이들이 가지고 놀던 유리구슬 같다는 생각을 했다. 구체는 천천히 돌았고 회전축의 한쪽 극에 작은 돌기가 튀어나와 있었다. 그것이 바로 이온 엔진이었다. 반질반질하게 윤이 나는 구슬 위로 작은 태양이 비추었다. 어지럽게 깜박이는 수많은 화면들 때문에 집 전체가 신비한 상자가 된 것 같았다. 전등은 모두 꺼져 있고 벽 위의 화면들만 환히 밝혀져 집 안 전체가 어지러운 불빛 속에서 흐릿하게 뭉개졌다. 얼핏 보면 실체와 영상을 분간하기가 힘들었다. 눈이 빛에 적응하고 난 뒤 위원장은 마약중독자의 지하실에 와 있는 듯한 착각이 들었다. 바닥에는 술병과 담배꽁초가 어지럽게 나뒹굴었고 너저분하게 쌓여 있는 옷가지에는 담뱃재가 덕지덕지 붙어 있어 쓰레기더미 같았다. 그녀는 이 쓰레기더미 속에서 겨우 뭐지를 찾아냈다. 그는 몸을 잔뜩 곱송그린 채 구석에 처박혀 있었다. 색색의 화면을 배경으로 그의 모습이 더욱 암울해 보였다. 마치 아무렇게나 내던져진 고목 가지 같았다. 처음에는 자는 줄 알았지만 자세히 보니 초점 풀린 시선을 쓰레기가 수북한 바닥에 내리꽂고 멍하니 앉아 있었다. 뭔가를 보기 위한 것이 아니었다. 그의 눈동자에는 핏발이 거미줄처럼 번져 있었고 얼굴은 초췌했으며 몸은 제 체중도 지탱하지 못할 만큼 바싹 야위어 있었다. 위원장이 이름을 부르자 그가 천천히 고개를 돌려 쳐다보더니 역시 천천히 고개를 끄덕였다. 적어도 살아 있는 건 분명했지만 200년 동안 겪었던 숱한 고통이 그의 몸 위에 단단히 똬리를 틀고 짓누르고 있었다.

위원장은 모든 것을 다 소진해버린 이 사람에게 일말의 연민도 느낄 수 없었다. 그 시대의 다른 사람들과 달리 그녀는 세상이 아무리 어두워도 어딘가에는 정의가 살아 있을 것이라고 믿었다. 뤄지는 그녀의 이런 신념을 증명해주었지만 또 얼마 못 가서 가차 없이 깨뜨려버린 사람이었다. 뤄지에 대한 그녀의 실망이 분노로 바뀐 지 오래였다. 그녀는 냉랭한 표정으로 그에게 위원회의 결정을 알렸다.

뤄지는 다시 천천히 고개를 끄덕인 뒤 염증으로 쉬어버린 가랑가랑한 목소리로 말했다.

"내일 떠날게요. 떠나야죠. 제가 잘못한 게 있다면 용서해주시길 바랍니다."

위원장은 이틀 뒤에야 그의 마지막 인사 속에 담긴 진정한 의미를 깨달았다.

안 그래도 뤄지는 그날 저녁에 떠날 생각이었다. 뤄지는 밖으로 나가는 위원장을 눈으로 배웅한 뒤 비척거리며 일어나 침실로 향했다. 그는 배낭에 몇 가지 물건을 넣었다. 그중에는 창고에서 찾은 삽도 있었다. 삽자루가 배낭 위로 비죽 튀어나왔다. 그는 바닥에 널브러져 있는 때 묻은 외투를 집어 몸에 걸친 뒤 벽을 가득 채운 디스플레이 창들을 그대로 켜둔 채 배낭을 메고 집을 나섰다.

아파트 복도는 텅 비어 있었다. 계단 끝에서 막 학교에서 돌아오는 학생과 마주쳤다. 학생은 그가 아파트 현관을 나갈 때까지 낯설고 복잡한 눈빛으로 그를 주시했다. 밖으로 나온 뒤에야 비가 오고 있다는 것을 알았지만 우산을 가지러 다시 들어가고 싶지 않았다. 뤄지는 자신의 차를 타지 않았다. 차를 몰고 나가면 경비원들의 주의를 끌기 때문이었다. 좁은 길을 따라 마을 밖으로 나오는 동안 한 사람도 마주치지 않았다. 마을을 둘러싸고 있는 나무숲을 가로질러 사막으로 나왔다. 부슬비가 작고 시린 손으로 어루만지듯 얼굴 위로 흩어졌다. 사막과 하늘이 저녁 어스름에 한 덩어리가 되어 수묵화의 여백을 연상시켰다. 뤄지는 이 여백 속에 자신의 그림자가 더해진 그림을 떠올렸다. 그건 바로 좡옌이 마지막으로 남기고 간 그림이었다.

고속도로 갓길에서 지나가는 차들에게 손짓을 했다. 몇 분 뒤 차 한 대가 그의 앞에 멈추어 섰다. 차에는 세 식구가 타고 있었고 그들은 매우 호의적인 태도로 그를 차에 태웠다. 구시가지로 돌아가는 동면자 가족이었다. 아이는 어렸고 아이 엄마도 젊었다. 세 사람이 비좁은 앞좌석에 붙어 앉아 작은 소리로 속닥거렸다. 아이는 조막만 한 머리통을 자꾸만 엄마 가슴팍에 파묻었고 그럴 때마다 세 사람이 까르르 웃음을 터뜨렸다. 뤄지는 한참 동안 넋 놓고 그들을 쳐다보았다. 차 안에 흐르는 음악 때문에 그들의 말소리는 들리지 않았다. 20세기에 유행했던 오래된 노래들이었다. 〈카추샤〉, 〈칼린카〉 등 러시아 민요도 있었다. 뤄지는 〈우랄산맥의 마가목〉이 흘러나오길 간절히 바랐다. 200년 전 시골 마을 앞 무대 위에서 그가 상상 속의 연인에게 불러준 바로 그 노래 말이다. 나중에 북유럽의 에덴동산에서 지내던 시절에도 설산이 거꾸로 비친 호숫가에서 그와 좡옌이 그 노래를 함께 불렀었다.

앞에서 마주 다가오는 자동차의 헤드라이트 불빛이 뒷좌석을 비추자 아이가 무심코 고개를 돌렸다가 뤄지의 얼굴을 힐끗 쳐다보았다. 아이가 몸을 홱 돌려 뤄지를 노려보며 외쳤다.

"와! 면벽자랑 닮았다!"

부부도 아이의 외침에 따라 고개를 돌렸다. 그는 자신이 바로 뤄지임을 시인하지 않을 수 없었다.

바로 그때 차 안에서 〈우랄산맥의 마가목〉이 흘러나왔다.

차가 끼익 멈추어 섰다.

"내리세요."

아이 아빠의 냉기 서린 목소리가 그의 등을 떠밀었다. 그에게로 쏠린 아이 엄마와 아이의 시선도 바깥에 내리는 가을비처럼 서늘했다.

뤄지는 꼼짝도 하지 않았다. 노래를 끝까지 듣고 싶었다.

"내려주십시오."

남자가 다시 말했다. 뤄지는 그의 눈빛에 담긴 무언의 말을 읽었다.

'세상을 구원할 능력이 없는 건 당신 잘못이 아니지만 세상에 희망을 주었다가 다시 갈기갈기 찢어버린 건 용서받지 못할 죄악이야.'

뤄지는 결국 차에서 내렸다. 그의 배낭이 그의 뒤로 내팽개쳐졌다. 자동차가 출발할 때 그도 뒤따라 몇 걸음 뛰었다. 그 노래를 조금이라도 더 듣고 싶었기 때문이다. 하지만 〈우랄산맥의 마가목〉은 싸늘한 빗속으로 가물거리며 사라졌다.

구시가지의 경계 부분이었다. 저 멀리 오래된 마천루가 비를 맞으며 웅기중기 서 있었고 드문드문 켜져 있는 흐릿한 불빛이 고독한 눈동자처럼 보였다. 걷다 보니 버스정류장이 나타났다. 정류장 지붕 아래서 한 시간 가까이 기다린 뒤에야 그의 목적지로 향하는 무인 버스를 탈 수 있었다. 차에는 승객이 예닐곱뿐이었고 모두 구시가지에 사는 동면자들이었다. 승객들은 굳은 표정으로 가을밤의 우울한 분위기에 휩싸여 있었다. 처음에는 아무 일도 없었다. 그런데 한 시간 남짓 지난 뒤 누군가 뤄지를 알아보았고 그가 뤄지라는 것을 안 승객들은 일제히 그에게 차에서 내릴 것을 종용했다. 뤄지는 떳떳하게 버스표를 사고 탑승했으니 버스를 탈 권리가 있다고 말했지만, 백발이 성성한 한 노인이 요즘은 거의 볼 수 없는 동전 두 닢을 꺼내 그에게 주며 차에서 내리라고 했다.

버스가 출발하려 할 때 누군가 버스 창문 밖으로 머리를 쑥 내밀었다.

"어이, 면벽자! 삽은 왜 짊어지고 다녀?"

"제 무덤을 파려고요."

뤄지의 말에 버스 승객들이 박장대소했다.

아무도 그의 말을 진심으로 받아들이지 않았다.

비가 그치지 않고 추적추적 내렸다. 버스도 끊겼다. 다행히 그가 가려는 곳이 멀지 않아 배낭을 메고 터벅터벅 걸음을 옮겼다. 30분쯤 차도를 따라 걷다가 모퉁이를 돌아 좁은 길로 접어들었다. 가로등이 멀어질수록 어둠은 농밀해졌다. 그는 배낭에서 손전등을 꺼내 발밑을 비추었다. 길이 점점 험해졌다. 물 먹은 신발이 바닥에 닿을 때마다 찌걱찌걱 소리를 냈다. 진탕에서 몇 번이나 미끄러져 온몸이 진흙범벅이 되었다. 배낭에서 삽을 꺼내 지팡이 삼아 겨우 걸음을 옮겼다. 눈앞에 보이는 것이라곤 먹먹한 안개와 빗줄기뿐이었지만 그는 자신의 방향 감각을 믿었다.

빗속을 한 시간쯤 걷자 공동묘지가 나타났다. 아래쪽에 있는 무덤은 모래에 파묻혔고 위쪽에 있는 무덤들만 온전히 남아 있었다. 그는 손전등을 비추며 줄지어 서 있는 묘비들 사이를 돌아다녔다. 크고 화려한 묘비는 지나치고 작고 투박한 묘비들은 일일이 손전등을 비추어 이름을 확인했다. 비에 젖은 비석이 불빛을 반사해 눈동자가 깜박이는 것 같았다. 무덤의 대부분이 20세기 말에서 21세기 초에 만들어진 것들이었다. 먼 세월 속으로 떠나버린 그들은 행운아였다. 그들은 마지막 순간까지도 자신이 살았던 이 세상이 영원히 존속될 것이라고 믿었을 것이다.

찾을 수 있을 거라 기대하지 않았던 그 무덤을 예상 외로 금세 찾을 수 있었다. 뤄지는 비문을 보지 않고도 한눈에 알아볼 수 있었다. 200년이나 흘렀는데 참 이상한 일이었다. 빗물에 씻겨서인지 묘비에서 세월의 흔적을 찾을 수가 없었다. '양둥의 묘'라는 묘비 위의 네 글자가 어제 새긴 듯 선명했다. 바로 옆에 예원제의 무덤이 있었다. 비문을 제외하면 두 묘비의 생김새가 똑같았다. 이름과 생몰 연대만 새겨진 예원제의 묘비를 보자 뤄지는 홍안 기지의 옛 터에서 본 작은 비석이 떠올랐다. 그것들은 망각을 기리기 위한 것이었다. 두 묘비는 뤄지가 찾아오길 기다리고 있었다는 듯 빗속에 우두커니 서 있었다.

뤄지는 피로가 한꺼번에 밀려와 예원제의 무덤 옆에 털썩 주저앉았지만 온몸으로 스며드는 밤비의 한기에 진저리를 치며 삽으로 땅을 짚고 일어났다. 그는 예원제 모녀의 무덤 옆에 자신의 무덤을 파기 시작했다.

처음에는 흙이 눅눅하게 젖어 있어 수월하게 파냈지만 깊이 들어갈수록 땅이 단단하고 돌멩이가 많아 산을 파내는 것처럼 힘이 들었다. 그는 시간의 무력함과 강인함을 동시에 느꼈다. 200년 동안 켜켜이 쌓인 것이 고작 얇은 모래층이라니. 하지만 이 묘지를 떠받치고 있는 산은 인간이 존재하지도 않았던 먼 옛날에 만들어졌다. 너무 힘이 들어 땅을 파다 쉬다, 파다 쉬다를 반복해야 했다. 그러는 사이에 밤이 조용히 흘렀다.

한밤중에 비가 멎었고 벌어진 구름 사이로 별이 보였다. 뤄지가 이 시대로 건너온 뒤에 본 별 중 가장 밝은 별이었다. 210년 전의 어느 석양 무렵 그와 예원제가 이곳에서 보았던 바로 그 하늘이었다.

지금은 별과 묘비밖에 남지 않았지만 공교롭게도 이 두 가지가 바로 영원함을 상징하는 가장 훌륭한 것들이었다. 뤄지는 마지막 한 줌의 힘까지 모두 소진해버렸다. 삽을 들 기운조차 없었다. 그는 자신이 파놓은 구덩이를 들여다보았다. 무덤으로 쓰기에는 얕은 감이 없지 않지만 어쩔 수 없었다. 사실 이렇게 구덩이를 파놓은 것은 이곳에 묻히고 싶다는 자신의 소망을 사람들에게 알리기 위함이지만, 결국 그는 화장로에서 재가 된 뒤 아무도 모르는 곳에 버려질 가능성이 가장 컸다. 그렇게 된다 해도 상관없었다. 어차피 머지않아 자신의 뼛가루가 이 세상과 함께 거대한 화장로에서 원자로 변해 산산이 흩어질 테니 말이다.

뤄지는 예원제의 무덤 위에서 자기도 모르게 잠이 들었다. 온몸을 엄습하는 한기 때문인지 꿈에서 또 새하얀 설원을 보았다. 이번에도 좡옌이 아이를 품에 안고 어디론가 가고 있었다. 그녀의 목에 둘러진 새빨간 목도리가 타오르는 불꽃 같았다. 좡옌과 아이가 소리 없이 그를 불렀다. 그는 목이 찢어지도록 두 사람을 불렀지만 거리는 점점 멀어지기만 했다. 물방울이 눈밭을 향해 맹렬한 기세로 날아오고 있었다. 하지만 아무리 울부짖어도 목소리가 나오지 않았다. 이 세상 전체가 무음 상태가 된 듯 죽음 같은 적막에 친친 휘감겨 있었다. 하지만 좡옌은 그의 무언의 외침을 들은 것처럼 아이를 안고 멀리 도망쳤다. 눈밭 위에 한 가닥 발자국만 남았다. 수묵화 속 희미한 먹물 자국 같았다. 설원은 텅 빈 여백이고 그 먹물 자국이 있기에 비로소 대지가, 아니 이 세계가 존재할 수 있다. 모든 것이 좡옌의 그림으로 변했다. 뤄지는 불현듯 깨달았다. 그녀가 아무리 도망쳐도 벗어날 수 없다는 것을 말이다. 곧 들이닥칠 파멸의 재앙이 모든 것을 집어삼킬 것이다. 그 파멸은 물방울과는 무관하다…… 또 한차례 극렬한 통증이 그의 가슴을 비집고 들어왔다. 그는 뭔가를 그러잡으려는 듯 허공으로 손을 뻗어 허우적거렸지만, 텅 빈 설원 위에는 멀어져 작은 점이 되어버린 좡옌의 뒷모습 외에 아무것도 없었다. 뤄지는 사방을 둘러보았다. 빈 여백의 세상에서 실재하는 무언가를 찾고 싶었다. 눈밭 위에 두 개의 검은 묘비가 나란히 서 있었다. 처음에는 눈밭 위에서 선명하게 도드라졌지만 비석의 표면이 반질반질하게 변하며 거울처럼, 아니 물방울처럼 모든 것을 반사했다. 묘비 위의 비문도 사라졌다. 뤄지는 자신의 모습을 비추어 보려 묘비 앞에 엎드렸지만 거울 속에는 자신의 모습이 없었다. 거울에 비친 설원 위에는 좡옌의 뒷모습도 보이지 않았고 희미한 발자국뿐이었다. 뤄지가 소스라치게 놀라 고개를 홱 돌렸다. 거울 밖 설원도 텅 비어 있었다. 그녀의 발자국조차 없었다. 그는 다시 고개를 돌려 묘비를 쳐다보았다. 묘비 위로 새하얀 세상이 비쳐 묘비의 형태조차 거의 분간할 수 없었다. 손을 뻗어 만져보니 얼음처럼 차고 매끄러운 표면을 느낄 수 있었다……. 뤄지가 눈을 떴을 때 어느새 하늘이 우련하게 밝아오고 있었다. 새벽이슬을 머금은 산뜻한 공기에 묘지가 또렷하게 보였다. 누운 채로 고개를 돌려 주위의 묘비를 둘러보자 뤄지는 자신이 원시 시대의 거대한 스톤헨지 사이에 있는 것 같았다. 몸에서 고열이 났고 치아가 딱딱 부딪힐 만큼 심한 오한이 났다. 스스로 제 몸을 다 태우고 남은 등불의 심지 같았다. 그는 때가 왔음을 알았다.

몸을 일으키려고 예원제의 묘비를 끌어안았을 때, 묘비 위에서 움직이는 작은 흑점이 그의 눈에 들어왔다. 이 계절 이런 시간에 개미를 본다는 건 흔한 일이 아니었다. 하지만 정말로 개미였다. 개미 한 마리가 묘비를 타고 기어 올라가고 있었다. 200년 전 자신의 동족과 마찬가지로 개미는 비문에 매료되어 종횡으로 교차한 신비한 고랑을 탐색하느라 여념이 없었다. 개미를 본 순간 뤄지의 마음에서 마지막 경련이 일었다. 지구상의 모든 생명을 향한 안타까움이었다.

뤄지가 개미에게 속삭였다.

"내가 잘못한 게 있다면 미안하다."

뤄지는 일어나기가 힘들었다. 바들바들 떨리는 몸을 겨우 추슬러 묘비에 의지해 일어났다. 그는 한 손으로 진흙범벅이 된 젖은 옷과 헝클어진 머리칼을 대충 매만진 뒤 주머니에서 금속성의 기다란 물체를 꺼냈다. 가득 충전해놓은 권총이었다.

뤄지는 희푸르게 밝아오는 동쪽 하늘을 바라보며 지구 문명과 삼체 문명의 마지막 결전을 시작했다.

*

"삼체 세계는 들어라."

크지 않은 목소리였다. 원래는 한 번 더 반복하려고 했지만 그러지 않았다. 상대가 이미 들었음을 알았기 때문이다.

아무 기척도 없었다. 묘비는 새벽의 고요 속에 말없이 서 있었고 점점 밝아오기 시작하는 하늘이 땅 위의 물웅덩이마다 비쳤다. 하늘을 담은 물웅덩이들이 마치 지구가 거울로 된 구체인 것 같은 착각을 일으켰다. 거울 위를 얇게 덮고 있던 대지와 온 세상이 빗물에 씻겨 내려가 군데군데 구체의 표면이 드러난 것 같았다.

아직 잠에서 깨지 않은 세상은 자신이 얼마나 커다란 도박의 카드가 되어 우주라는 게임테이블 위로 던져졌는지 까맣게 모르고 있었다.

뤄지가 왼손을 들어 올리자 그의 손목 위에 시계만 한 것이 드러났다.

"이것은 생체 신호 감지기다. 이것이 송신기를 통해 요람 시스템과 연결되어 있다. 200년 전 면벽자 레이디아즈가 했던 일을 기억한다면 요람 시스템이 무엇인지도 알겠지. 이 감지기에서 전송되는 신호가 요람 시스템의 회로를 지나 설원 프로젝트를 통해 태양 궤도 위에 설치한 3614개의 원자폭탄으로 전달되고 있다. 신호가 초당 1회씩 전송되는 한 원자폭탄은 폭파되지 않는다. 만약 내가 죽어 요람 시스템의 신호 전송이 끊기면 모든 원자폭탄이 동시에 터지고 원자폭탄을 감싸고 있는 기름막 물질이 태양 둘레에 3614개의 성간 먼지를 만들게 된다. 멀리서 보면 그 우주 진운에 가려진 태양이 가시광과 기타 고주파 대역에서 반짝일 것이다. 태양 궤도 상에 있는 모든 원자폭탄은 정밀한 계산에 따라 배치되어 있다. 태양이 반짝이는 신호가 세 개의 그림을 만들어내는데 이것이 바로 200년 전에 발송한 지도 세 장과 같다. 각 그림마다 30개의 점이 배열되어 있고 그중 한 점에만 특별한 표시가 되어 있다. 이것들을 모두 합치면 3차원 좌표도가 만들어지지. 하지만 이번에는 조금 달라. 이번에 발송하는 그림은 삼체 세계와 그 주위에 있는 항성 30개의 상대 위치를 나타내고 있다. 태양이 은하계의 등대가 되어 그 저주를 발송하는 것이다. 물론 태양계와 지구의 위치도 동시에 공개되겠지. 은하계의 어느 한 점에서 보면 그 그림을 완성하기까지 1년 넘게 걸리겠지만, 은하계에서 그 정도 기술을 가진 문명은 아주 많을 거야. 여러 방향에서 동시에 태양을 관측할 수가 있지. 그러면 며칠, 아니 몇 시간 만에 모든 정보를 다 수집할 수 있겠지."

하늘이 점점 밝아질수록 별은 하나둘씩 사라졌다. 수많은 눈들이 차례로 감기는 것 같았다. 점점 환해지고 있는 동쪽 하늘에서 거대한 눈이 서서히 눈꺼풀을 들어올렸다. 개미는 여전히 예원제의 묘비 위를 기어오르며 그녀의 이름이 만들어낸 미로를 탐색하고 있었다. 지금 묘비에 기대어서 있는 이 도박꾼이 태어나기 1억 년 전 지구상에는 이미 이 개미의 동족이 살고 있었다. 그러므로 이 세상에 그들의 몫도 분명히 있지만, 개미는 지금 일어나고 있는 일에 아무런 관심도 없었다.

뤄지가 묘비에서 몇 걸음 떨어져 자신을 위해 파놓은 구덩이 옆에 섰다. 그는 권총을 쥔 손을 천천히 들어 총부리를 심장의 위치에 가져다 댔다.

"이제 내 심장의 박동을 정지시킬 것이다. 이 방아쇠를 당기는 동시에 나는 두 세계의 역사에 가장 큰 죄인으로 남을 것이다. 두 문명에 깊은 사과를 전한다. 하지만 후회하지 않을 것이다. 이것이 유일한 선택이기 때문이다. 지자가 내 옆에 있다는 것을 안다. 너희는 인류의 부름에 응답하지 않았다. 무언은 가장 큰 경멸이다. 우리는 지난 200년 동안 경멸당해왔다. 원한다면 계속 침묵해도 좋다. 30초의 시간을 주겠다."

뤄지는 자신의 심장박동에 따라 시간을 세었다. 심장박동이 빨라 두 번 뛸 때마다 1초씩 세었다. 극도의 긴장감에 시작부터 잘못 세는 바람에 처음부터 다시 셌다. 그 때문에 지자가 나타났을 때는 시간이 얼마나 흘렀는지 확실히 알 수 없었다. 객관적으로는 10초도 채 흐르지 않았지만 그에게는 한평생만큼 긴 시간이었다. 그의 눈앞에서 세상이 네 개로 쪼개졌다. 하나는 주위의 현실 세계였고 다른 셋은 일그러진 영상이었다. 영상은 허공에서 홀연히 모습을 드러낸 세 개의 구체 위로 비쳤다. 그것들은 거울처럼 모든 것을 반사해냈다. 방금 마지막 꿈에서 보았던 묘비와 같았다. 지자가 몇 차원 펼침을 한 상태인지는 알 수 없었다. 커다란 구체 세 개가 그의 시야 속 하늘을 반이나 가렸고 동쪽 하늘도 가렸다. 구체에 비친 서쪽 하늘에서 아직 남아 있는 잔별 몇 개가 반짝였다. 구체의 아래쪽에는 묘비와 그의 모습이 일그러져 나타났다. 뤄지가 가장 궁금한 것은 어째서 구체가 세 개인가 하는 것이었다. 처음 그의 뇌리를 스친 것은 삼체 세계의 상징이었다. 예원제가 마지막 ETO 회의에서 보았던 그 예술품 말이다. 하지만 형태는 일그러졌어도 구체 위에 선명하게 비친 현실의 모습을 보니 평행 세계로 들어가는 세 개의 통로인 것 같았다. 선택 가능한 세 가지 가능성을 암시하는 것은 아닐까? 그러나 바로 뒤에 펼쳐진 광경은 뤄지의 예상을 보란 듯이 비껴갔다. 세 개의 구체 위로 각각 한 글자씩 나타났다.

꼼. 짝. 마.

뤄지가 고개를 들어 구체를 향해 말했다.
"이제 내 조건을 말해도 될까?"

총부터 내려놓고 협상하자.

구체 세 개 위로 동시에 나타난 글자들이 붉은 광채를 발산했다. 글자들은 일그러지지 않고 똑바로 줄을 맞추어 나타났다. 구체 표면에 새겨진 것 같기도 했고 구체 내부에서 나오는 것 같기도 했다. 뤄지는 이 글자들의 고차원 공간이 3차원 세계 속에 투영된 영상임을 알았다.

"협상이 아니다. 내가 살기를 바란다면 반드시 응해야 하는 조건이지. 내가 알고 싶은 건 너희가 이 조건을 수용할 것인가, 거절할 것인가 그뿐이야."

조건이 무엇인가.

"물방울인지 탐측기인지 모르지만 태양을 향한 전파 발사를 중단해."

당신 요구대로 했다.

뤄지가 예상치 못한 대답이었다. 그들의 말이 사실인지 확인할 수는 없었지만 주위 환경에서 미묘한 변화를 느낄 수 있었다. 줄곧 이 세상에 울리고 있었지만 귀에는 들리지 않았던 배경음이 사라진 것 같았다. 물론 그의 환각일 것이다. 인간은 전자기파를 느낄 수 없다.

"지금 즉시 태양계를 향해 날아오고 있는 물방울 아홉 개의 방향을 돌려 태양계에서 멀리 떨어져라."

이번에는 몇 초간의 정적이 흐른 뒤 구체가 대답했다.

당신 요구대로 했다.

"우리가 그걸 어떻게 확인할 수 있지?"

너희의 린저-피츠로이 망원경으로 관측할 수 있도록 탐측기 아홉 개 모두 가시광을 발산할 것이다.

당장 확인할 수는 없었지만 뤄지는 삼체 세계를 믿기로 했다.

"마지막 조건이다. 삼체 함대가 오르트 구름 안으로 들어와서는 안 된다."*

함대는 현재 최대 감속 상태에 있다. 오르트 구름 밖에서 태양과의 상대속도를 0까지 줄이는 것은 불가능하다.

"그렇다면 물방울 편대처럼 방향을 틀어 태양계에서 멀리 떨어져."

어떤 쪽으로 방향을 돌리든 길이 없다. 함대가 태양계 옆을 지나 우주의 황무지로 나가게 된다. 그렇게 되면 삼체 세계로 돌아가려 하든 생존 가능한 다른 행성을 찾으려 하든 너무 오랜 시간이 걸린다. 함대의 생체 순환 시스템이 그렇게 오래 버틸 수 없다.

"길을 찾을 수도 있어. 만약 너희 말대로 된다면 인류의 우주선이든 삼체 세계의 우주선이든 그들을 뒤쫓아서 구하면 된다."

이 문제는 최고 사령관의 허가가 필요하다.

---

* 오르트 구름은 태양에서 삼체 세계까지의 전체 거리 4분의 1 지점에 위치하며, 태양에서 1광년 떨어져 있다.

"방향을 돌리는 데만도 긴 시간이 걸리잖아? 우선 방향을 돌려서 나와 다른 생명들이 계속 생존할 수 있게 해줘."

3분간의 긴 침묵 뒤에 구체가 대답했다.

지구 시간으로 10분 뒤 함대가 방향을 돌릴 것이다. 방향을 돌리기 시작하고 약 30분 뒤에 인류의 우주 관측 시스템을 통해 확인할 수 있을 것이다.

"좋다. 더 이상의 조건은 없다."

뤄지가 권총을 쥔 손을 내리고 다른 손으로는 묘비를 짚어 넘어지지 않도록 몸을 지탱했다.

뤄지가 말했다.

"우주가 암흑의 숲이라는 사실을 알고 있었나?"

그렇다. 오래전부터 알고 있었다. 인류가 그걸 이제야 알았다는 것이 이상하다……. 당신의 건강 상태가 걱정스럽다. 설마 뜻하지 않게 요람 시스템으로의 신호 전송이 중단될 리는 없겠지?

"그런 일은 없을 거야. 이 장치는 레이디아즈의 것보다 성능이 훨씬 뛰어나니까. 내 숨이 끊어지지 않는 한 신호 전송이 중단될 가능성은 없지."

앉아서 쉬는 것이 좋겠다. 그러면 좀 나아질 것이다.

"고맙군."

뤄지가 묘비에 등을 기대고 앉았다.

"걱정 마. 죽진 않으니까."

우리가 지금 지구 세계와 함대 세계의 최고위층과 연락하고 있다. 구급차를 불러주길 원하는가?

뤄지가 웃으며 고개를 저었다.

"필요 없어. 난 구세주가 아니야. 내가 지금 간절히 바라는 건 평범한 사람들처럼 여길 떠나 집에 가는 거야. 잠깐 쉬었다가 갈게."

구체 세 개 중 두 개가 사라졌고, 남은 한 개도 글자를 밝히던 빛이 꺼져 표면이 어둑해졌다.

역시 속임수에 패했다.

뤄지가 고개를 끄덕였다.

"우주 진운으로 태양을 가려서 태양을 이용해 우주에 정보를 전송하는 전략은 내가 고안해낸 게 아니야. 20세기의 천문학자들이 생각해낸 거지. 사실 너희는 내 전략을 간파할 기회가 여러 번 있었어. 설원 프로젝트를 수행하는 내내 내가 가장 심혈을 기울였던 것이 태양 궤도 위의 원자폭탄 배치였지."

당신은 두 달 동안 혼자 집에 틀어박혀 원자폭탄에 장착한 이온 엔진을 원격 조정 해서 그것들의 위치를 미세하게 조정했다. 우리는 그걸 대수롭지 않게 생각했다. 당신이 현실을 도피하기 위해 무의미한 일에 몰두하고 있다고 생각했다. 그 원자폭탄들의 간격에 어떤 의미가 담겨 있을 줄은 상상도 못 했다.

"기회가 또 있었어. 내가 물리학자들에게 지자가 우주에서 펼침을 할 때 발생하는 문제에 대해 물어본 적이 있지.* ETO가 있었다면 아마 내 전략을 간파했을 거야."

그렇다. 그들을 버린 건 잘못이었다.

"그뿐이 아니야. 내가 설원 프로젝트를 수행하면서 이렇게 이상한 요람 시스템을 개발해달라고 요구했잖아."

그때는 레이디아즈의 일이 떠오르긴 했지만 깊이 생각하지 않았다. 200년 전 레이디아즈가 우리에게 아무런 위협도 가하지 못했기 때문이다. 다른 면벽자 두 명도 역시 우리에게 전혀 위협적이지 않았다. 그들에 대한 무시가 당신에게까지 옮겨 간 것이다.

"그들을 무시한 건 너희의 실수였어. 그 세 사람은 위대한 전략가였지. 그들은 최후의 전쟁이 인류의 패배로 돌아갈 것임을 분명히 알았다."

이제 협상을 시작해도 될 것 같다.

"그건 내 일이 아니야."
뤄지가 긴 한숨을 내뱉었다. 새로 태어난 듯 홀가분했다.

---

* 뤄지는 우주 진운이 만들어진 뒤 지자가 진운 덩어리들 사이에서 2차원 펼침을 진행함으로써 태양을 가리고 정보의 발송을 방해할 것을 걱정했다. 하지만 지자가 2차원 펼침을 하면 공간 이동이나 위치 결정 능력이 없으며 행성의 인력을 이용해 형태를 유지하는 것만 가능하다는 사실을 알았다. 지자가 우주에서 펼쳐질 경우 태양풍 등 여러 가지 요인에 의해 이리저리 접히게 된다. 2차원 펼침을 한 지자가 삼체 행성의 주변에서만 형태를 유지하며 회로 식각이 가능한 것도 바로 이 때문이다.

그렇다. 당신은 면벽자의 임무를 완수했다. 그래도 몇 가지 제안은 할 수 있겠지?

"인류의 협상자들은 너희에게 더 우수한 신호 전송 시스템을 만들어달라고 할 거야. 그러면 인류가 언제든 우주로 저주를 발사할 수 있지. 물방울이 태양에 대한 봉쇄를 중단하더라도 현재 시스템은 너무 원시적이야."

우리가 중성미자 발사 시스템을 구축해줄 수 있다.

"내 예상에 그들은 중력파 쪽을 더 선호할 거야. 지자가 지구에 찾아온 후 인류의 물리학 가운데 비교적 많이 발전한 분야니까. 자신들이 원리를 이해할 수 있는 시스템을 가지려 하겠지."

중력파 안테나는 크기가 너무 크다.

"그건 너희와 그들의 일이야. 이상하군. 이제 내가 인류의 일원이 아닌 것 같은 기분이 들어. 지금 나의 가장 큰 소원은 이 모든 것에서 하루빨리 벗어나는 거야."

그들은 아마 우리에게 지자가 세워놓은 장벽을 치우고 과학기술을 전수해달라고 할 것이다.

"그건 너희에게도 중요하지. 삼체 세계의 기술은 완만한 속도로 발전하니까 200년 뒤에도 지금보다 더 빠른 후속 함대를 파견할 수는 없을 거야. 그러니까 우주의 황무지로 나가 있는 삼체 함대를 구하려면 미래 인류의 도움을 받아야만 해.”

나도 이제 가야 한다. 정말 혼자서 돌아갈 수 있는가? 당신의 생명에 두 문명의 생존이 달려 있다.

“걱정 마. 한결 나아졌으니까. 돌아가는 즉시 요람 시스템을 반납할 거야. 그러고 나면 나는 이 모든 것과 무관해지지. 고맙다는 말을 하고 싶군.”

무엇이 고맙지?

“나를 살려줬으니까. 생각을 조금만 바꾸면 우리 모두 계속 생존할 수 있어.”

구체가 11차원의 미시 상태로 돌아갔다. 동쪽 하늘에 걸린 반쪽 태양이 방금 파멸의 위기에서 벗어난 세계를 황금빛으로 비추었다.

뤄지가 천천히 일어나 예원제와 양둥의 묘비를 힐끗 쳐다보았다. 그리고 왔던 길을 따라 비틀거리며 떠났다.

개미는 어느새 묘비의 정상에 서서 새벽을 밀고 올라온 태양을 향해 자랑스럽게 더듬이를 흔들고 있었다. 그는 지구 생명체 중 방금 일어난 일을 지켜본 유일한 목격자였다.

*

5년 뒤.

뤄지의 가족 앞에 중력파 안테나가 모습을 드러냈다. 하지만 차로 30분을 더 달린 뒤에야 그 앞에 도착했다. 그들은 그 엄청난 크기를 비로소 실감할 수 있었다. 안테나는 가로로 누운 원기둥 형태로 길이 1500미터, 직경 50미터가 넘었으며 지면에서 2미터쯤 떠 있었다. 안테나의 표면은 역시 반드르르한 거울이었다. 거울의 절반에는 하늘이, 나머지 절반에는 화베이평야가 비쳤다. 사람들은 그것을 보며 삼체 세계의 거대한 추, 저차원으로 펼쳐진 지자, 물방울 등 여러 가지를 떠올렸다. 이 물체의 거울 같은 표면은 인류가 아직도 이해하지 못한 삼체 세계의 어떤 개념을 상징했다. 삼체 세계에 이런 명언이 있었다.

'우주를 있는 그대로 비춤으로써 자신을 감추는 것이 영원해질 수 있는 유일한 길이다.'

안테나 주위를 둘러싼 푸른 풀밭이 화베이 사막 위에 작은 오아시스를 만들어냈다. 인공적으로 만든 풀밭은 아니었다. 중력파 시스템이 구축된 뒤 쉬지 않고 신호를 발사했다. 다만 발사한 중력파가 조절되지 않아서 초신성 폭발, 중성자별 또는 블랙홀에서 방출하는 중력파와 다를 바가 없을 뿐이었다. 그런데 중력파 빔이 대기층에서 알 수 없는 작용을 일으켜 대기 중의 수증기가 안테나 위에 모였고 이 때문에 안테나 주위에 비가 자주 내렸다. 때로는 반경 삼사 킬로미터 안에서만 비가 내리기도 했다. 화창한 하늘로 던진 커다란 비행접시처럼 둥근 비구름이 안테나 위에만 떠 있어서 머리 위에서는 비가 내리는데 사방은 햇살이 화사하게 쏟아지는 신기한 일도 있었다. 비가 자주 내리자 이곳에서 저절로 잡초가 자라기 시작해 둥근 풀밭을 이루었다. 뤄지 가족은 아쉽게도 그런 기이한 경험을 할 수 없었다. 안테나 위에 흰 구름만 뭉게뭉게 떠 있었다. 바람이 불면 구름이 중력파 빔 밖으로 흩어졌지만 금세 또 새로운 구름이 생겨났다. 언제나 구름이 떠 있는 하늘의 둥근 부분이 마치 다른 우주로 통하는 문처럼 보였다. 아이는 그 구름을 가리키며 거인 할아버지의 백발 같다고 했다.

뤄지와 좡옌도 풀밭 위를 달리는 아이를 따라 안테나 밑으로 들어갔다. 제일 처음 만들어진 중력파 시스템은 각각 유럽과 북미에 설치되었다. 그 시스템의 안테나는 자기부양식이어서 지면에서 몇 센티미터만 떠 있지만 이 안테나는 반중력 방식을 사용했기 때문에 원한다면 우주까지도 올라갈 수 있었다. 세 사람은 안테나 아래 풀밭에 서서 위를 올려다보았다. 거대한 원기둥이 그들의 머리 위에서부터 앞으로 쭉 뻗어 있어 양옆을 말아 올린 하늘 같았다. 원기둥이지만 직경이 워낙 넓고 바닥면의 굴곡이 완만해 그 표면에 비친 모습이 실제와 거의 같았다. 안테나 아래로 길게 드러누운 석양에 챵옌의 머리카락과 흰 스커트가 금빛으로 너울댔다. 그녀는 하늘에서 땅을 내려다보고 있는 천사 같았다. 뤄지가 아이를 번쩍 들어 올리자 아이가 앙증맞은 손으로 안테나를 만지다가 한쪽 방향으로 힘껏 밀었다.

"내가 이걸 돌릴 수 있어요?"

"충분히 오래 민다면 돌릴 수 있지."

챵옌이 뤄지 쪽으로 고개를 돌리며 물었다.

"그렇지?"

뤄지도 챵옌을 보며 고개를 끄덕였다.

"충분한 시간만큼 밀면 네 힘으로 지구도 돌릴 수 있어."

두 사람의 눈빛이 교차했다. 그들의 눈 맞춤은 200년 전 〈모나리자〉의 미소 앞에서 서로를 바라보았던 그때부터 지금까지 계속되고 있었다. 챵옌이 생각해낸 눈빛 언어가 현실이 되었다. 어쩌면 서로 사랑하는 사람들은 이미 오래전부터 이런 언어로 소통해왔을 것이다. 그들이 서로의 눈을 마주 보고 있으면 수많은 의미가 눈빛을 통해 전달된다. 중력파 빔이 만들어내는 구름처럼 잠시도 멈추지 않고 이어진다. 하지만 이것은 이 세계에 속한 언어가 아니라 그 자체로 의미 있는 세계를 만들어낸다. 이 언어의 모든 단어들은 이 장밋빛 세계 안에서만 대응물을 찾을 수 있다. 그 세계에서는 누구나 신이다. 사막의 모든 모래알을 한순간에 정확히 헤아릴 수도 있고 별을 엮어 만든 영롱한 목걸이를 연인의 목에 걸어줄 수도 있다…….

이게 바로 사랑인가?

그들 옆에서 저차원으로 펼쳐진 지자가 불쑥 나타나 표면에 이 글자들을 띄웠다. 공중에 떠 있는 원기둥의 어딘가가 녹아 한 방울 뚝 떨어져 내린 듯 구체의 거울 표면이 매끈했다. 뤄지는 아는 삼체인이 많지 않았다. 그는 지금 자신에게 말을 건 지자가 누구인지도 몰랐고, 이 외계인이 삼체 세계에서 왔는지, 태양계에서 점점 멀어지고 있는 함대에서 왔는지도 알지 못했다.

뤄지가 미소를 지으며 끄덕였다.

"아마도요."

뤄지 박사, 당신에게 항의하러 왔다.

"항의라고요?"

어젯밤 강연에서 당신이 말했다. 우주가 암흑의 숲이라는 사실을 인류가 오랫동안 깨닫지 못한 것은 문명이 성숙하지 못해 우주에 대한 인식이 부족했기 때문이 아니라 인류에게 사랑이 있었기 때문이라고.

"그게 잘못됐나요?"

그렇다. '사랑'이라는 단어가 과학적으로는 불명확한 개념이지만 당신이 그 뒤에 한 말은 틀렸다. 당신은 말했다. 인류가 우주에서 유일하게 사랑을 아는 종족일 가능성이 크다고. 또 면벽자의 임무를 수행하는 동안 가장 힘들었던 시기에 이런 생각을 하며 버틸 수 있었다고.

"말이 그렇다는 거죠. 말하자면…… 비유라고나 할까요."

삼체 세계에도 사랑이 있다. 그것이 전체 문명의 생존에 불리하기 때문에 싹이 트자마자 억눌러버리는 것뿐이다. 하지만 그 싹의 생명력이 워낙 강해서 어떤 개체에게서는 왕성하게 자라기도 한다.

"미안하지만 우리가 아는 사이인가요?"

아니다. 나는 200년 전 지구로 경고를 보낸 감청원이다.

좡옌이 깜짝 놀랐다.
"어머나! 아직 살아 있다고요?"

앞으로 남은 시간이 많진 않다. 나는 오랫동안 탈수 상태에 있었지만 너무 오랜 세월이 흘러 탈수 상태에서도 늙어버렸다. 그래도 내가 바라던 미래를 보았으니 더없이 행복하다.

뤄지가 말했다.
"존경스럽군요."

당신과 한 가지 가능성에 대해 얘기를 나누고 싶다. 사랑의 싹은 우주의 다른 곳에도 존재할 것이다. 우리는 그 싹이 자라 무성하게 자라도록 도와주어어 한다.

"모험을 해볼 수는 있죠."

그렇다. 모험을 할 수 있다.

"내겐 한 가지 꿈이 있습니다. 언젠가는 눈부신 햇빛이 암흑의 숲속을 비출 수 있기를 바랍니다."

어느새 해가 뉘엿뉘엿 넘어가 먼 산 너머로 끄트머리만 남아 있었다. 산봉우리 위에 반짝이는 보석을 박아놓은 것 같았다. 아이는 풀밭에서 달음박질을 하며 황금빛 노을로 목욕을 하고 있었다.

태양이 사라졌는데도 당신의 아이는 어째서 무서워하지 않는가?

"무서워할 필요가 없죠. 내일 태양이 다시 떠오른다는 걸 아니까요."

옮긴이 ──────────────── **허유영**

한국외국어대학교 중국어과 및 동 대학 통번역대학원 한중과를 졸업하고 현재 전문번역가로 활동하고 있다. 옮긴 책으로『개처럼 싸우고 꽃처럼 아끼고』『길 위의 시대』『팡쓰치의 첫사랑 낙원』『적의 벚꽃』『햇빛 어른거리는 길 위의 코끼리』『검은 강』『나비탐미기』『화씨 비가』등 다수가 있다.

삼체
2부 암흑의 숲

© 류츠신, 2016

초판 1쇄 발행일   2016년 8월 22일
개정 초판 1쇄 발행일   2020년 7월 6일
개정 초판 16쇄 발행일   2024년 10월 31일

지은이 류츠신   옮긴이 허유영   펴낸이 정은영

펴낸곳 (주)자음과모음
출판등록 2001년 11월 28일 제2001-000259호
주소 (우10881) 경기도 파주시 회동길 325-20
전화 편집부 (02)324-2347, 경영지원부 (02)325-6047
팩스 편집부 (02)324-2348, 경영지원부 (02)2648-1311
이메일 munhak@jamobook.com

ISBN 978-89-544-4270-1 (04820)
        978-89-544-4268-8 (set)